Pour Clementine Hollyer

GÉMEAUX

STELLA ANDROMEDA

ILLUSTRÉ PAR EVI O. STUDIO

Le lotus & l'éléphant

I.

Connaître le Gémeaux

II.

Son signe en détail

III.

En savoir plus

Introduction

Sur le fronton du temple d'Apollon à Delphes, en Grèce, étaient gravés les mots « Connais-toi toi-même ». Il s'agit de l'une des 147 maximes delphiques, ou règles de vie, attribuées à Apollon lui-même, et reformulée ensuite par le philosophe Socrate avec la célèbre phrase « Une vie sans examen ne vaut pas la peine d'être vécue ».

Il existe de multiples façons de se connaître, de se réconcilier avec la vie, et de méthodes pour comprendre les défis de l'existence, parfois par le biais de thérapies ou de systèmes de croyances comme la religion organisée. Nous nous efforçons de trouver les outils particuliers qui nous permettront de mieux comprendre les rapports que nous entretenons avec nous-même et avec les autres.

Grâce à son emploi symbolique des constellations, des représentations des signes du zodiaque, des planètes et de leur influence énergétique, l'astrologie a beaucoup à offrir pour la connaissance et la compréhension de la nature humaine. Nombre de personnes pensent que l'accès à ces informations et l'exploitation de leur plein potentiel sont utiles pour réfléchir à la manière de gérer leur vie pleinement.

Qu'est-ce que l'astrologie ?

En termes simples, l'astrologie établit une correspondance entre l'Homme et le monde dans lequel il vit. Fondées sur une combinaison de connaissances factuelles, l'étude et l'interprétation de la position des planètes à un moment spécifique dans le temps permettent de déterminer certaines caractéristiques psychologiques d'une personne.

L'astrologie est moins un système de croyances qu'un outil pour mieux gérer sa vie, à partir duquel une sagesse ancienne et établie peut être enseignée. Chacun de nous peut apprendre à se servir de l'astrologie, non pas tant pour connaître le futur, mais plutôt comme un guide qui donne la possibilité d'aborder le quotidien de manière plus réfléchie. Les cycles sont au cœur de l'astrologie, et la connaissance des configurations planétaires et de leurs interrelations à des moments précis peut nous aider à affiner certains de nos choix et décisions.

Savoir quand des changements majeurs risquent de se produire – en raison de configurations planétaires particulières telles qu'un retour de Saturne (voir page 103) ou lorsque Mercure rétrograde (voir page 104) – ou ce que signifie avoir Vénus dans votre septième maison (voir pages 95-99), tout en connaissant les caractéristiques spécifiques de votre signe, sont autant d'outils que vous pouvez utiliser à votre avantage. Le savoir, c'est le pouvoir, et l'astrologie est un instrument très puissant pour mieux appréhender les hauts et les bas de la vie quotidienne et les relations que nous nouons en chemin.

Les douze signes du zodiaque

Chaque signe du zodiaque arbore toute une gamme de caractéristiques identifiables, partagées par les personnes nées sous le même signe. Il s'agit du signe solaire – que vous connaissez probablement déjà –, point habituel à partir duquel nous commençons à explorer notre propre voie astrologique. Les attributs des signes solaires peuvent être spécialement présents selon les individus ; pour autant, ils ne représentent qu'une partie d'un ensemble.

En général, l'image que nous renvoyons aux autres est soumise à l'influence de divers facteurs qui méritent d'être pris en compte. Votre ascendant est tout aussi important, ainsi que le positionnement de votre Lune. Vous pouvez également consulter les attributs de votre signe opposé pour voir ce que votre signe solaire pourrait nécessiter, en vue d'équilibrer ses particularités.

Après avoir fait plus ample connaissance avec votre signe solaire dans la première partie de ce livre, vous aurez peut-être envie d'explorer la section « En savoir plus » (voir pages 74-105) afin de comprendre plus en détail le fonctionnement de votre thème natal. Ce chapitre vous donnera un aperçu beaucoup plus vaste de la myriade d'influences astrologiques qui peuvent traverser votre vie.

Les signes solaires

Il faut 365 jours (et un quart, pour être précis) pour que la Terre réalise un tour complet autour du Soleil ; le Soleil nous semble donc passer un mois à parcourir chaque signe du zodiaque. Ainsi, votre signe solaire correspond au signe que le Soleil traversait au moment de votre naissance. Le fait de savoir ce que cela signifie pour vous et votre famille, vos amis et vos partenaires, donne déjà un premier aperçu de vos caractère et personnalité.

La conjonction

Pour ceux dont la date d'anniversaire est proche de la fin d'un signe solaire ou du début d'un autre, cela vaut la peine de savoir à quelle heure vous êtes né. Astrologiquement parlant, il n'existe rien de tel qu'être au centre d'une conjonction – car les signes commencent à une heure et une date précises, bien que cela puisse légèrement varier d'une année à l'autre. Si vous n'êtes pas sûr, vous devrez connaître vos date, heure et lieu de naissance pour déterminer avec précision à quel signe solaire vous appartenez. Une fois que vous les avez, vous pouvez consulter un astrologue ou renseigner vos données par le biais d'un site d'astrologie (voir page 108) pour obtenir un thème natal le plus complet possible.

Bélier

Le bélier

✶

21 MARS–20 AVRIL

Premier signe du zodiaque, le Bélier apparaît aux côtés de l'équinoxe vernal (ou équinoxe de printemps). Signe cardinal, le Bélier est aussi un signe de feu gouverné par la planète Mars, ce qui lui permet de relever n'importe quel défi avec une énergie et une créativité débordantes. Son signe opposé est le signe d'air de la Balance.

Taureau

Le taureau

✶

21 AVRIL–20 MAI

Fort, sensuel et adepte des plaisirs de la chair, le Taureau est un signe fixe lié à la terre et symbolisé par la planète Vénus, déesse de l'amour et de la beauté. Généralement caractérisé par une vision simple et facile de la vie, bien que parfois têtu, son signe opposé est le signe d'eau du Scorpion.

Gémeaux

Les jumeaux

*

21 MAI–20 JUIN

Signe d'air mutable symbolisé par des jumeaux. Le natif du Gémeaux a tendance à voir les multiples facettes d'une discussion, sa curiosité intellectuelle étant influencée par sa planète maîtresse Mercure. Quelquefois inconstant, ce signe incarne également une certaine jeunesse d'esprit. Son signe opposé est le signe de feu du Sagittaire.

Cancer

Le crabe

*

21 JUIN–21 JUILLET

Représenté par un crabe à grosses pinces, le Cancer est un signe cardinal d'eau gouverné par la Lune, l'astre maternel. Émotionnel et intuitif, il se protège derrière une lourde carapace qui symbolise la sécurité du foyer, auquel le Cancer est très attaché. Son signe opposé est le signe de terre du Capricorne.

Lion

Le lion

★

22 JUILLET–21 AOÛT

Signe de feu fixe gouverné par le Soleil, le Lion aime briller comme ce dernier. C'est un idéaliste dans l'âme, à la fois positif et généreux, qui a une grande foi en l'Humanité. Ce signe ne cherche pas à faire de compromis, il rugit de fierté et a confiance en lui. Son signe opposé est le signe d'air du Verseau.

Vierge

La jeune fille

★

22 AOÛT–21 SEPTEMBRE

Traditionnellement symbolisé par une jeune fille, ce signe de terre mutable, très observateur et autocritique, aime la minutie et tend vers l'autosuffisance. Gouverné par Mercure, le natif de la Vierge est mû par un intellect aigu et se montre soucieux de sa santé. Son signe opposé est le signe d'eau du Poissons.

Balance

La balance

★

22 SEPTEMBRE–21 OCTOBRE

Signe d'air cardinal gouverné par Vénus, la Balance est toujours à la recherche d'équilibre et d'harmonie dans un monde plutôt romantique. Doté d'un goût prononcé pour l'esthétique, le natif de la Balance peut être à la fois artiste et bricoleur ; il aime aussi l'équité et sait faire preuve de diplomatie. Son signe opposé est le signe de feu du Bélier.

Scorpion

Le scorpion

★

22 OCTOBRE–21 NOVEMBRE

Porté par des sentiments intenses, comme il sied à un signe d'eau fixe, le Scorpion symbolise la mort, ainsi que la renaissance, et il est gouverné par Pluton et Mars. Traversé par une forte spiritualité et des émotions profondes, le Scorpion a besoin de sécurité, dans laquelle il puise sa force. Son signe opposé est le signe de terre du Taureau.

Sagittaire

L'archer

*

22 NOVEMBRE–21 DÉCEMBRE

Représenté par un archer, le Sagittaire est un signe de feu mutable féru de voyage et d'aventure, que ce soit à travers le corps ou l'esprit, qui se montre très direct dans son approche. Gouverné par le bienveillant Jupiter, le Sagittaire est un éternel optimiste qui aime la liberté, mais a tendance à généraliser. Son signe opposé est le signe d'air du Gémeaux.

Capricorne

La chèvre cornue

*

22 DÉCEMBRE–20 JANVIER

Gouverné par Saturne, le Capricorne est un signe de terre cardinal associé au travail acharné. Digne de confiance et n'ayant pas peur de l'engagement, le Capricorne est suffisamment discipliné pour exercer une profession indépendante. Son signe opposé est le signe d'eau du Cancer.

Verseau

Le porteur d'eau

★

21 JANVIER–19 FÉVRIER

Représenté en porteur d'eau, le Verseau est un signe d'air fixe gouverné par l'imprévisible Uranus, qui aime balayer les idées anciennes pour laisser place à une pensée innovante. Tolérant, ouvert d'esprit et tourné vers l'autre, il est doué d'une vision sociale et lucide. Son signe opposé est le signe de feu du Lion.

Poissons

Le poisson

★

20 FÉVRIER–20 MARS

Sensible à son environnement, le natif du Poissons confond parfois fantaisie et réalité. Signe d'eau mutable représenté par deux poissons nageant dans des directions opposées, il est gouverné par Neptune. Il s'épanouit dans un univers imaginatif et empathique, et il est souvent en phase avec les humeurs des autres. Son signe opposé est le signe de terre de la Vierge.

I. Connaître

le Gémeaux

Le signe dans lequel le Soleil voyageait au moment de votre naissance est le point de départ fondamental pour explorer votre caractère et votre personnalité à travers le zodiaque.

VOTRE SIGNE SOLAIRE

Signe d'air mutable, représenté par des jumeaux.

Gouverné par Mercure, planète associée au dieu du commerce et des voyages, messager des autres dieux.

SIGNE OPPOSÉ

Sagittaire

EXPRESSION CLÉ

Je pense

I.

La couleur porte-bonheur

Le jaune – la couleur du soleil – et les colorations d'agrumes voisines comme le citron vert et l'orange entrent en résonance avec la lueur et la transcendance de Mercure. Portez cette couleur pour vous connecter à votre énergie lorsque vous avez besoin d'un coup de pouce psychologique et d'un peu de courage supplémentaire. Choisissez aussi des accessoires jaunes – chaussures, gants, chapeau, voire sous-vêtements – si vous n'avez pas d'habits de cette couleur.

II.

Le jour porte-bonheur

Le mercredi. Le milieu d'une semaine de travail pour la plupart d'entre nous. Le mot mercredi est issu du latin *Mercurii dies*, signifiant « jour de Mercure ».

III.

Les pierres porte-bonheur

L'agate, une pierre multicolore qui symbolise l'éloquence et l'expression, également réputée pour porter chance aux voyageurs. L'autre joyau du Gémeaux est la citrine (terme venant du latin *citrus*, qui désigne le citron), dont l'éclat jaune stimulerait l'intellect.

IV.

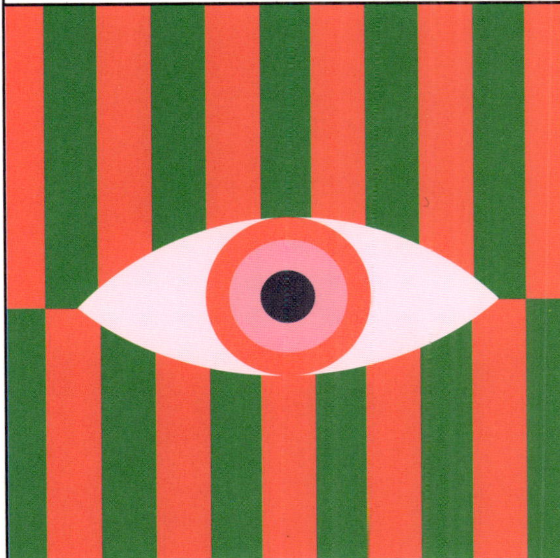

Les lieux

On trouve parmi les pays préférés du Gémeaux les États-Unis, le Maroc, la Belgique, la Suède, l'Érythrée et l'Islande – tous considérés comme astrologiquement bénéfiques pour les natifs de ce signe ; tandis que les villes prisées par le Gémeaux incluent Londres, San Francisco, Tripoli, Cardiff et Melbourne.

V.

Les vacances

Le Gémeaux aime voyager dans des endroits qui stimulent son intellect ; ses destinations de vacances préférées convoquent donc souvent des images et des sons à même de lui revigorer le corps et l'esprit. Cela va du spectacle de lumière des aurores boréales en Islande au marché aux fleurs de Hong Kong, en passant par l'architecture de Rome et la visite de temples antiques en Sicile.

VI.

Les fleurs

Le parfum vivifiant de la lavande rafraîchit et apaise l'esprit agité du Gémeaux, tandis que le muguet délicat lui porte chance. Sans oublier le rhododendron et ses éclats de couleurs vives.

VII.

Les arbres

L'acacia et le mimosa, avec leurs feuilles légères et leurs fleurs jaunes subtilement parfumées, calment l'esprit trépignant du Gémeaux. Selon la Bible, le bois d'acacia a été utilisé pour construire l'arche d'Alliance, ce qui lui donne une signification et un sens supplémentaires.

VIII.

Les animaux

Comme on pouvait s'y attendre avec ce signe d'air, l'oiseau est un animal de compagnie plaisant pour le natif du Gémeaux. Le perroquet aux plumes vert irisé ou la calopsitte élégante, avec son regard brillant et son goût pour le mimétisme verbal, attireront le Gémeaux.

IX.

Les soirées

Premier arrivé, dernier parti, ce signe communicatif est un noctambule. Les grands rassemblements qui permettent de discuter et de danser jusqu'au bout de la nuit font appel à la nature grégaire du Gémeaux – tant qu'il y aura du monde, alors le lieu, la nourriture et les boissons seront considérés comme secondaires. En matière de cocktails, un dry martini conviendra parfaitement à son esprit sophistiqué.

Les caractéristiques du Gémeaux

Les mots clés associés au Gémeaux sont insaisissable, communicatif, polyvalent, énergique et adaptable. Il y a aussi une part d'idéalisme et de versatilité fascinante chez lui. Plutôt laxiste, voire distant, capable de se voiler la face sur la réalité d'une situation lorsque cela lui convient, sans pour autant mentir délibérément. Signe parfois jugé comme capricieux, il existe une sorte de dualité derrière l'apparat du Gémeaux, incarnée par les jumeaux mythologiques Castor et Pollux, nés de la même mère mais de deux pères différents.

Cette dualité se traduit par une capacité à endosser plusieurs rôles, rendue possible par l'adaptabilité liée au caractère mutable du signe. Cela peut également le faire passer pour quelqu'un de désordonné, qui saute d'une idée, d'un travail et d'une occupation à l'autre. Une sorte d'hyperactif dissipant sans cesse son énergie et dont on pense qu'il entretient des relations superficielles avec autrui, car chaque nouvelle idée semble en entraîner une autre, puis une autre, et encore une autre – ce qui le rend parfois difficile à suivre. Les théories du Gémeaux sont souvent bonnes ; mais si elles n'aboutissent pas, le Gémeaux en tire des leçons et apprend de ses erreurs.

Dirigé par Mercure, le besoin de communiquer du Gémeaux est toujours présent, car, même s'il ne parle pas, il est fort probable qu'il enverra des messages, des textos, des courriels ou qu'il sera présent sur les réseaux sociaux – la plupart du temps en simultané. Le Gémeaux a toujours une opinion sur tout, quelque chose d'intéressant à dire, capable de discourir sur divers sujets ; ses observations pointues en font un compagnon divertissant. Ainsi, ses prises de parole en public suscitent peu d'anxiété et parler à des étrangers est un véritable plaisir pour lui. Même le Gémeaux le plus timide trouvera toujours dans cette curiosité innée une aide à la connexion. Il est également susceptible de posséder un large éventail d'amis, souvent issus de milieux sociaux différents, ce qui reflète sa tendance à s'adapter à son environnement, tel un caméléon.

Le Gémeaux affiche un côté très rationnel et il est capable de prendre de la distance avec ses émotions, ce qui lui permet de défendre facilement une position, son esprit vif étant capable de saisir nombre de perspectives différentes. Ces traits de caractère expliquent pourquoi le Gémeaux a du mal à penser ou à ressentir profondément les choses. Si cela n'est pas compris, cela pourrait avoir des conséquences néfastes sur ses relations.

TEMPÉRER L'AIR

Les caractéristiques clés d'un signe solaire peuvent être compensées, voire renforcées, par les attributs des autres signes du thème natal, en particulier ceux de l'ascendant et de la Lune.
Ce qui explique que, parfois, une personne ne semble pas être tout à fait conforme à la nature de son signe solaire. Cependant, les particularités des natifs du Gémeaux auront toujours une influence fondamentale dans la construction globale de sa personnalité.

Le corps du Gémeaux

Le Gémeaux paraît souvent plus jeune que son âge, grâce notamment à son regard vif et à son physique svelte, qu'il tentera de préserver jusqu'à ses vieux jours. Il se joue, tel Peter Pan, du processus naturel de vieillissement aussi longtemps qu'il peut compter sur son charme volontairement superficiel. Soigner son apparence est une perte de temps pour le Gémeaux.

Santé

Les mains, les bras et les épaules, à partir desquels se déploient des ailes métaphoriques, sont des zones sensibles pour le Gémeaux. Il peut par exemple souffrir de blessures de tension répétitive (RSI) dues à de longues heures passées à communiquer à l'aide d'un clavier et d'une souris. Ses organes liés à l'air et à l'inspiration, comme ses poumons, sont également sensibles à des maladies telles que l'asthme, la bronchite et la pneumonie. En raison du penchant naturel du Gémeaux pour un mode de vie frénétique, une alimentation saine et nutritive ne fait pas partie de ses priorités, et, bien qu'il reste mince, ses apports nutritionnels seront de fait médiocres et contribueront à engendrer des problèmes de santé plus généraux à long terme.

Exercice

Muscler les bras, les épaules et le haut du dos peut se révéler très utile dans la prévention des microtraumatismes répétés. Cela permet aussi de maintenir une bonne posture, ce qui améliorera ses fonctions pulmonaires. La salle de sport intéresse le Gémeaux en raison de son caractère social, et il aura tendance à favoriser les exercices dont les résultats lui permettront d'atteindre son objectif rapidement, avant, toutefois, de se précipiter vers la prochaine activité qui aura retenu son attention. Il se montre souvent adroit, ce qui le destine naturellement à des sports axés sur la coordination œil-main, comme le tennis ou le golf.

Comment le Gémeaux communique

L'impétuosité du Gémeaux se manifeste généralement à travers ses modes de communication, même au clavier. Sa voix peut être haletante et légère – en accord avec son signe solaire –, mais claire et bien énoncée : il ne marmonne pas. Toutefois, ce qu'il transmet verbalement ou par écrit peut quelquefois manquer de substance ou de clarté immédiate. Il n'est pas irréfléchi, mais sa pensée est si rapide qu'il échoue à exprimer ce qui semble pourtant évident à ses yeux, même si ce n'est pas aussi limpide pour les autres. Il convient alors de rappeler au Gémeaux trop pressé que c'est souvent pour cette raison que sa pensée nécessite des éclaircissements, et non parce que les autres sont lents.

Les métiers du Gémeaux

Étant donné une disposition dans l'art de la communication, sa pensée rationnelle et sa capacité à traiter plusieurs sujets à la fois, il n'est guère surprenant de trouver abondance de Gémeaux dans le métier d'avocat. S'appuyant sur son aptitude à prendre rapidement une décision, il est à l'aise dans une salle d'audience. La rhétorique parfois désinvolte du Gémeaux peut également se montrer très utile dans le commerce ou dans la politique.

Ainsi, le journalisme est une activité typique de ce signe solaire, en raison, entre autres, de la nature évanescente de cet exercice. Si l'écriture d'un livre n'est pas son fort, car cela exige bien plus de ténacité et de persévérance que le Gémeaux n'en possède habituellement, s'il parvient à canaliser sa capacité à se servir des mots, il pourra toujours relater des faits ou inventer des fictions. Son attrait pour le voyage peut aussi le mener à exercer comme guide touristique, d'autant plus qu'il aime partager ses connaissances, visiter des endroits exotiques et fréquenter de nouvelles personnes.

Les résonances du Gémeaux

Entouré de nombreux amis issus d'horizons différents, le Gémeaux est un signe grégaire et sociable, qui a la faculté de s'intégrer à une foule diversifiée. C'est une personnalité populaire – quelquefois difficile à cerner – qui butine d'une relation à l'autre, éprouvant des difficultés à s'engager de façon durable. Cela tient davantage à son désir naturel d'être toujours en mouvement qu'à de la mauvaise volonté. Le Gémeaux cherche surtout à rencontrer quelqu'un qui soit capable de le comprendre et de le convaincre de la valeur de l'engagement. Pour lui, un endroit sûr d'où partir et où revenir le sécurise tout autant que la force d'une relation.

La femme Gémeaux

La femme Gémeaux est une séductrice par nature qui résiste à l'attachement. Cet esprit libre a besoin d'ailes pour voler, de sorte que toute tentative de les couper pourrait la faire fuir. Elle utilise volontiers ses mains pour communiquer, mais n'est pas particulièrement câline, ce qui veut dire qu'elle semble parfois être sur la réserve. Pour cette raison, bien que la femme Gémeaux soit amicale, elle paraîtra toujours instaurer une sorte de distance.

FEMMES GÉMEAUX CÉLÈBRES

Joan Collins entretient son image de séductrice et demeure entourée d'une aura de mystère. Grâce à la force de ses bras, Venus Williams est devenue une championne de tennis, aux côtés de Steffi Graf. Judy Garland a donné de la voix, tandis que les actrices Marilyn Monroe, Angelina Jolie et Nicole Kidman ont en commun une allure gracieuse et ondulante.

L'homme Gémeaux

L'homme Gémeaux semble souvent plus jeune que son âge, ce qui peut étonner son auditoire lorsqu'il énonce des notions ardues. Sa capacité à lier des amitiés puis à les tenir à distance le rend difficile à cerner, d'autant qu'il peut prendre plusieurs décisions en même temps avant de les chasser pour une autre qui vient à peine de surgir. De façon parfois exaspérante, il n'hésite pas à utiliser son charme pour rétablir la situation à son profit.

HOMMES GÉMEAUX CÉLÈBRES

Les auteurs-compositeurs Bob Dylan et Paul McCartney continuent de nous surprendre avec leur répertoire inépuisable, tandis que Kanye West se lance dans différentes carrières. Jean-Paul Sartre était un homme aux idées complexes, mais aussi un grand charmeur, et Paul Gauguin n'a pas hésité à partir pour Tahiti et y peindre des chefs-d'œuvre.

Qui aime

qui ?

Gémeaux & Bélier

L'air du Gémeaux donne de l'oxygène au feu du Bélier, dans une combinaison à l'esprit libre mais au sang chaud. Tant que la détermination du Bélier ne se montre pas trop exclusive, cela peut être un appariement réussi.

Gémeaux & Taureau

Le Gémeaux pourra trouver les avances très directes de ce signe de terre fascinantes mais pas particulièrement convaincantes, et verra probablement dans le Taureau trop pragmatique un manque de challenge.

Gémeaux & Gémeaux

Quand des jumeaux rencontrent des jumeaux, ils se reconnaissent, mais cette double combinaison pourrait se révéler trop frénétique et volage pour s'installer dans le temps, surtout en dehors de la chambre à coucher.

Gémeaux & Cancer

Le caractère ludique du Gémeaux est probablement trop libre pour le besoin de sécurité du Cancer. Dès lors, difficile de savoir ce qui lui passe par la tête. Le Gémeaux est bien volatil pour ce signe sensible, qui préfère les eaux plus calmes.

Gémeaux & Lion

La bonne entente s'installe certainement entre ces deux signes extravertis et qui ont confiance en eux ; à l'intérieur comme à l'extérieur du lit. Mais le besoin du Lion d'être prioritaire dans la vie de l'autre peut être trop difficile à satisfaire.

Gémeaux & Vierge

Étant donné qu'ils sont tous les deux gouvernés par Mercure, il existe une affinité mentale entre eux, mais le Gémeaux a tendance à trouver trop ennuyeuse la démarche centrée sur les détails de la Vierge, ce qui rend leur union épineuse dès le départ.

Gémeaux & Scorpion

Si la passion est immédiate sous la couette, le problème se situerait plutôt en dehors, la nature ouverte du Gémeaux entrant en conflit avec le besoin d'intimité du Scorpion. À moins que ce désaccord ne soit géré avec tact de chaque côté, il annonce déjà la fin.

Gémeaux & Balance

Intellectuellement, ces deux signes d'air s'accordent avec délicatesse. Souvent d'accord, ils partagent le même goût pour le voyage et l'aventure. De plus, ils font tous deux preuve d'aisance et de tolérance et sont bien assortis sexuellement.

Gémeaux & Sagittaire

En tant que signes opposés, l'attraction est puissante entre leurs corps et leurs esprits ; mais la nature versatile de ces deux signes, si elle n'est pas identifiée et prise en compte, pourrait empêcher tout engagement mutuel.

Gémeaux & Verseau

Parce qu'ils ont en commun une vision insouciante et audacieuse de la vie, avec un fort penchant pour l'imprévisibilité, c'est une combinaison logique susceptible de forger un lien heureux et durable, soutenu par une appréciation mutuelle.

Gémeaux & Poissons

Il y a beaucoup de passion à l'origine d'une puissante attraction ici, mais le Gémeaux n'est pas vraiment compatible avec l'imagination et la sensibilité du Poissons. En outre, il aurait tendance à être agacé par son besoin de sécurité.

Gémeaux & Capricorne

La promesse d'ordre exerce un magnétisme certain sur le Gémeaux, soumis à une influence stabilisatrice bonne pour lui, tandis que la part sombre du Capricorne sera ravivée en retour. Tout est question d'équilibre, et, pour y parvenir, il faudra faire preuve de patience.

Amour-o-mètre du Gémeaux

Le plus compatible
Lion
Sagittaire
Bélier
Capricorne
Verseau
Balance

Son signe

II.

en détail

Dans cette section,
vous approfondirez la façon
dont votre signe solaire pourrait
vous guider ou vous brider,
et découvrirez comment utiliser
cet ensemble de connaissances
pour éclairer votre chemin.

Le foyer du Gémeaux

La sécurité des Gémeaux ne réside pas particulièrement dans la brique et le mortier ; il fait donc partie des signes le plus susceptibles de déménager régulièrement ou de redécorer sa maison. Ce qui lui importe surtout, c'est de vivre dans un endroit lumineux et aéré, sans trop d'encombrement. Pour autant, le Gémeaux n'est pas quelqu'un de minimaliste, car il aime évoluer dans de grands espaces ouverts où il peut respirer et apprécie par-dessus tout les logements avec une bonne hauteur sous plafond. Les couleurs dominantes de son intérieur tirent vers le jaune et le vert clair, mais il y a aussi du blanc et du bleu ciel, qui évoquent l'air, son élément. Les fenêtres et la porte d'entrée semblent toujours entrouvertes, de manière à souhaiter la bienvenue aux amis de passage et aux étrangers.

Il est possible de trouver beaucoup de livres ou de magazines dans le foyer du Gémeaux, vu sa tendance à se lancer dans la lecture de plusieurs ouvrages à la fois. Il collectionne aussi les tablettes, les ordinateurs portables et autres appareils de communication, avec probablement un débit Internet parmi les plus rapides du marché.

CONSEILS DE BIEN-ÊTRE

- Aidez votre esprit agité à marquer le pas en apprenant la méditation.
- Ne dites pas « oui » à chaque invitation ou opportunité : le temps pour soi est précieux.
- Ralentissez en vous promenant régulièrement dans un environnement naturel.

Bien-être

Le bien-être ne figure pas dans la liste des priorités du Gémeaux, mais il vaudrait mieux prendre le temps de faire le point et de penser aux nombreux problèmes qui pourraient être minimisés, voire évités. Ce besoin constant d'activité peut être à l'origine de blessures accidentelles : tomber, se fouler le poignet, se couper les doigts en cuisinant... Les mains, les bras et les épaules du Gémeaux sont particulièrement sensibles aux contraintes et tensions quotidiennes.

Se précipiter sans cesse engendre du surmenage, et même si le Gémeaux n'est généralement pas affecté par l'insomnie, l'hyperactivité peut causer des ravages. Se réveiller l'esprit saturé à trois heures du matin n'est pas inéluctable si on prend le temps de marquer une pause. Souvent, le Gémeaux ignore ce problème jusqu'à ce qu'il s'effondre presque littéralement. Éviter l'épuisement professionnel doit être une priorité pour cette personnalité active, car il est source d'anxiété et de dépression. Si le Gémeaux est naturellement résilient et apprend vite, il ne semble pas toujours se rendre compte que la notion de bien-être doit être globale et questionnée tous les jours pour mieux soutenir un mode de vie dynamique.

LES ESSENTIELS DANS LA CUISINE DU GÉMEAUX

- Des œufs : rapides et faciles à cuire, l'aliment parfait, riche en protéines.
- De la viande séchée pour une collation nutritive.
- Un minuteur : un élément qui fait partie du kit de cuisine du Gémeaux, facilement distrait.

Nourriture et cuisine

Si la préparation ne peut pas être rapide, alors le Gémeaux préférera souvent manger sur le pouce. Cependant, lorsqu'il passe derrière les fourneaux, le Gémeaux est capable de concocter les recettes les plus délicieuses avec des résultats spectaculaires. Sa dextérité manuelle caractéristique lui sera très utile pour séparer les œufs lors de la confection d'une meringue ou pour couper le thon en fines tranches. Néanmoins, le Gémeaux doit rester attentif à la cuisson car il risque toujours d'avoir la tête ailleurs.

CONSEILS FINANCIERS

- Conservez vos factures et vos reçus ; votre déclaration de revenus en bénéficiera.
- Réfléchissez ou demandez conseil pour ce qui concerne votre future retraite.
- Consolidez votre épargne : vous n'avez pas besoin de six comptes bancaires.

Comment le Gémeaux gère l'argent

L'argent ne constitue pas un moteur particulièrement puissant pour le Gémeaux. La reconnaissance a tendance à être davantage recherchée dans l'estime de soi que dans la richesse matérielle – généralement suffisante parce qu'il travaille dur et quelquefois dans de multiples domaines. Ce manque d'attachement aux possessions personnelles peut aussi expliquer pourquoi le Gémeaux dépense sans trop réfléchir, ce qui est surprenant dans la mesure où il cogite beaucoup. Par ailleurs, ses achats sont un prolongement de son désir de communiquer, de sorte qu'un ordinateur à la pointe de la technologie l'accompagne souvent lors de ses voyages dans des endroits stimulants. Cette indifférence envers les biens matériels peut également faire du Gémeaux un être généreux avec les autres.

Le Gémeaux et la hiérarchie

Un patron peut trouver l'employé Gémeaux délicat à gérer, notamment parce qu'il n'est pas toujours évident de savoir où il apparaîtra et à quel moment. Va-t-il respecter les délais, adopter une approche non conventionnelle à la dernière minute, voire disparaître à travers le pays en suivant une nouvelle piste ? Cette imprévisibilité typique peut causer des ravages dans l'organisation des autres, sans parler de leurs nerfs ; donc, même si le patron sait que le Gémeaux terminera toujours son travail, il aimerait bien savoir avec certitude quand.

Fortement apprécié pour sa pensée rationnelle et sa façon bien à lui d'aborder les problèmes, le Gémeaux est une force vive dans l'entreprise, malgré ses méthodes peu orthodoxes, et qui ne se soucie pas toujours des autres. Gardez à l'esprit que le patron doit gérer une équipe, ce qui comprend l'organisation des différentes tâches de chacun. Le Gémeaux sera d'autant plus apprécié s'il est peut s'inscrire dans une dynamique de groupe ; ce qui devrait, à terme, lui rapporter pas mal de points.

COMMENT SE METTRE LE PATRON DANS LA POCHE

- N'imaginez pas que votre patron est capable de lire dans vos pensées : tenez-le au courant.
- N'oubliez pas que même si certains travaux ne sont que routiniers, ils peuvent également être importants ; n'ignorez pas les demandes ennuyeuses.
- Faire les choses à sa façon peut être une bonne idée, mais il vaut toujours mieux vérifier.

CONSEILS POUR UNE VIE PLUS FACILE

- Tenez un calendrier commun et essayez de vous souvenir d'y ajouter les projets et les événements à mesure qu'ils arrivent.
- Conservez vos clés de maison au même endroit et essayez de ne pas les oublier lorsque vous vous dirigez vers la porte.
- Ne réorganisez pas les affaires des autres sans les consulter.

Vivre avec le Gémeaux

Livré à lui-même, le Gémeaux est assez facile à vivre. Mais des problèmes peuvent néanmoins se poser si les colocataires ou partenaires attendent de lui des conseils sur quoi faire et où aller. Ce n'est pas que le Gémeaux désire que l'on se débrouille sans lui, c'est surtout qu'il est indécis. Cela peut le faire passer pour quelqu'un de secret : comme il n'est pas important à ses yeux d'établir un plan et de s'y tenir, il n'est pas vraiment en capacité de comprendre pourquoi cela devrait être important pour les autres. Ainsi, si la spontanéité et l'imprévisibilité sont habituelles pour le Gémeaux, cela peut être extrêmement déconcertant. Il serait donc plus que judicieux d'en être conscient.

Indépendant et sociable, le Gémeaux prospère en société ; il n'est pas du genre à rester enfermé des jours dans sa chambre et, par conséquent, son environnement domestique immédiat peut ne présenter qu'un simple intérêt passager pour lui. Pour autant, le Gémeaux ayant parfois tendance à se transformer en fée du logis, ses futurs colocataires ou partenaires doivent s'attendre à revenir dans un espace méconnaissable où leurs effets personnels ont également été rangés et réorganisés.

Comment gérer une rupture

De manière générale, le Gémeaux a le sentiment qu'une fois sa décision prise, c'est définitif. Toutefois, s'il est convaincu que tout va bien dans une relation, il percevrait mal les signes avant-coureurs d'une rupture tellement il pourrait être absorbé par autre chose. Une fois qu'il est confronté à la situation, sa capacité à rationaliser et à envisager l'après lui permet de faire fi de ses sentiments (ou de ceux de ses partenaires).

Ce n'est pas que le Gémeaux est incapable d'éprouver du chagrin, c'est surtout que cette stratégie lui sert à rationaliser son affection jusqu'à ne plus rien ressentir. S'il est à l'origine de la rupture, le Gémeaux ne vacillera pas et agira avec la brutalité du bourreau, ne laissant aucune place à l'ambiguïté. Dans tous les cas, le Gémeaux ne perd pas de temps.

CONSEILS POUR UNE RUPTURE PLUS DOUCE

- Réfléchissez avant de vous précipiter.
- Allez-y doucement (pour vous ou pour votre ex) et prenez le temps de récupérer.
- Soyez un peu plus mesuré : il peut y avoir des leçons utiles à tirer de tout ça.

Comment le Gémeaux désire être aimé

Le Gémeaux veut être aimé pour ce qu'il est ; son corps, son esprit et son âme, mais il ne réalise pas toujours que ce n'est pas facile pour ses partenaires de bien le connaître. Cela le rend délicat à gérer, mais aussi épuisant, car c'est beaucoup demander à l'autre ; donc le Gémeaux doit prendre conscience que, pour obtenir ce dont il a besoin, il lui appartient de faire une partie du chemin.

Le Gémeaux est capable, de son point de vue, de consacrer suffisamment de temps à l'amour, mais en réalité, il peut tellement s'éparpiller que la passion sera souvent reléguée au second plan, quelque part entre s'occuper de la litière du chat et sauver le monde. Certes, ce n'est guère encourageant pour les partenaires potentiels, mais connaître le mode de fonctionnement du Gémeaux permet surtout d'éviter d'en faire une affaire personnelle. Son imprévisibilité peut finir par exaspérer quand il s'agit d'essayer de l'aimer. Mais la bonne nouvelle, c'est qu'il accueillera à bras ouverts toute personne qui lui laissera un minimum d'espace vital et l'aidera, avec tact, à se libérer de la pression. Comme d'habitude, il s'agit d'une question d'équilibre, et il sera d'autant plus facile de l'atteindre si le Gémeaux est déjà engagé dans une relation.

CONSEILS POUR AIMER LE GÉMEAUX

- Tenez-vous la main : ce contact ordinaire est précieux.
- Soyez spontané : ici et maintenant est une bonne occasion de faire l'amour.
- Stimulez l'esprit du Gémeaux et son corps suivra.

La vie sexuelle du Gémeaux

Bien qu'il ne soit pas un signe ouvertement physique, le Gémeaux aime embrasser et toucher en se servant de ses bras et de ses mains. Il est également sensible au massage des mains, des bras et des épaules ; zones assez chargées érotiquement. Curieux, aventureux et spontané, il est naturellement confiant une fois nu – le sexe peut tout à fait être ludique pour le Gémeaux, et il n'est pas contre les rencontres d'un soir. Mais, même si les ébats physiques peuvent être appréciés, c'est la rencontre entre deux esprits qui peut déclencher la transcendance sexuelle chez lui. Les conversations érotiques figurent également à son répertoire, car la communication sonore est particulièrement excitante tandis que la lecture lui permet de se préparer en vue des préliminaires. Le jeu de rôle est également caractéristique de sa relation amoureuse.

L'inconvénient provient du fait que, malgré l'expression spontanée de son désir selon l'humeur (comprendre dans la chambre, en plein air ou sur le sol de la cuisine), le Gémeaux est parfois jugé trop pressé par ses partenaires les plus sensuels, qui aimeraient prendre leur temps. Respecter l'emploi du temps, c'est une chose, mais le Gémeaux ferait bien de se rappeler qu'il y a des moments qui méritent d'être savourés, et le sexe en fait partie.

En
III.

savoir plus

Le signe solaire ne dévoile qu'une petite partie de la personnalité d'un individu. Dans cette section, vous apprendrez à décoder les nuances de votre thème natal et découvrirez un nouveau niveau de compréhension astrologique.

Votre thème natal

Votre thème natal est l'instantané d'un moment particulier, dans un lieu spécifique, à l'instant précis de votre naissance et vous est donc totalement personnel. Il est comme un plan, une photographie, une déclaration d'occurrence, qui énonce les traits et les influences possibles – mais il ne s'agit pas de votre destin. Le thème natal est une carte symbolique à laquelle vous pouvez vous référer, fondée sur la position des planètes lors de votre naissance. Si vous ne pouvez pas vous rendre chez un astrologue, de nos jours il est possible de consulter son thème natal en quelques minutes en ligne (voir page 108 pour une liste des sites et applications). Même si vous ne connaissez pas l'heure exacte de votre naissance, connaître la date et le lieu permet de poser les prémices d'un modèle utile.

Rappelez-vous, rien n'est intrinsèquement bon ou mauvais en astrologie et il n'y a pas d'annonce explicite ou de prévision : il s'agit plutôt d'influences et de la façon dont celles-ci pourraient se manifester positivement ou négativement. Et si nous maîtrisons les outils avec lesquels nous pouvons effleurer, voir ou interpréter les opportunités et notre environnement, cela nous donne une base sur laquelle travailler.

Lorsque vous examinez votre thème natal, il est nécessaire de comprendre d'abord la nature des données à votre disposition : non seulement les signes astrologiques et ce qu'ils représentent, mais aussi les dix planètes mentionnées en astrologie et leurs caractéristiques individuelles, ainsi que les douze maisons et leur signification. Pris séparément, ces mécanismes astrologiques sont, certes, d'un intérêt limité, mais lorsque vous commencez à saisir comment ils peuvent se juxtaposer, le schéma d'ensemble devient beaucoup plus intelligible et nous commençons à obtenir des informations qui peuvent nous être utiles.

D'une manière générale, chacune des planètes suggère un type d'énergie différent, les signes astrologiques indiquent les différentes façons dont cette énergie pourrait s'exprimer, tandis que les maisons représentent des domaines d'expérience dans lesquels cette expression pourrait opérer.

Ensuite, la position des signes se situe en quatre points clés : l'ascendant et son opposé, le descendant ; puis le milieu du ciel (MC pour *medium coeli*) et son opposé, le fond du ciel (IC pour *imum coeli*), sans oublier les différents aspects générés par les congrégations de signes et de planètes.

Il est maintenant possible de voir à quel point la lecture d'un thème natal peut être subtile et combien elle est à la fois infinie dans sa variété et très spécifique à un individu. Avec ces informations et une compréhension pratique de la signification symbolique et des influences des signes, des planètes et des maisons de votre profil astrologique unique, vous pouvez commencer à utiliser ces outils pour vous aider dans vos prises de décision et bien d'autres aspects de votre vie.

Lire votre thème

Si vous avez préparé votre thème natal, soit à la main, soit sur un site en ligne, vous verrez un cercle divisé en douze segments, avec des informations regroupées en différents points indiquant la position de chaque signe du zodiaque, les segments sur lesquels ils apparaissent et à quel degré. Quelles que soient les caractéristiques pertinentes pour l'individu, chaque thème suit le même schéma en matière d'interprétation.

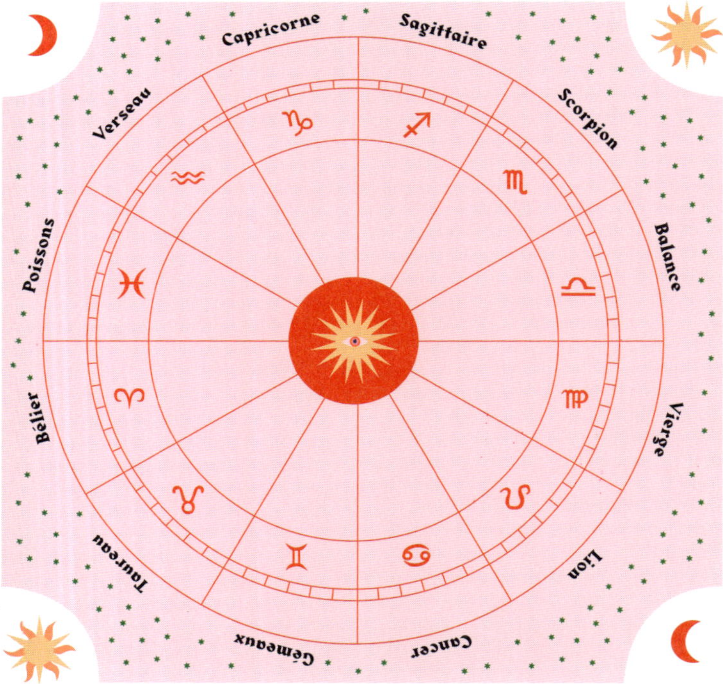

Compte tenu de l'heure, du lieu de naissance et de la position des planètes à ce moment, le thème natal, parfois appelé thème astral, est dressé.

Si vous considérez la roue du zodiaque comme un cadran d'horloge, la première maison (voir pages 95-99 pour les maisons astrologiques) commence au neuf, et il faut ensuite lire le thème dans le sens inverse des aiguilles d'une montre au fil des douze segments du graphique. Le point de départ, le neuf, est également le point correspondant au signe et au degré qui se trouvaient au-dessus de l'horizon oriental au moment exact de votre naissance, vous donnant votre ascendant. En face, sur le trois du cadran de l'horloge, se trouve votre signe descendant. Le milieu du ciel de votre thème est au douze, et son opposé, l'IC, au six (voir pages 101-102).

Saisir la signification des signes astrologiques et des planètes, leurs énergies particulières, leurs emplacements et leurs aspects les uns par rapport aux autres peut être très utile pour mieux se positionner et démêler nos rapports avec les autres.

Dans la vie de tous les jours, la configuration changeante des planètes et de leurs effets est beaucoup plus facile à interpréter avec une connaissance élémentaire de l'astrologie, tout comme les schémas récurrents qui peuvent parfois renforcer ou retarder les opportunités et les possibilités. Travailler avec ces tendances, plutôt que contre, peut simplifier la vie et la rendre plus prospère.

L'influence de la Lune

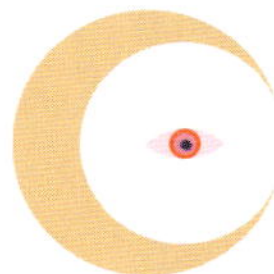

Si votre signe solaire représente votre conscience, votre force vitale et votre volonté individuelle, la Lune représente cet aspect de votre personnalité que vous avez tendance à dissimuler. C'est le domaine de l'instinct, de l'intuition, de la créativité et de l'inconscient, qui peut vous emmener émotionnellement dans des endroits parfois difficiles à appréhender. C'est ce qui confère une subtilité et de la nuance bien au-delà de son signe solaire. Vous pouvez ainsi avoir votre Soleil en Gémeaux, avec ce que cela signifie, contrebalancé par une Lune en Cancer fortement empathique ; ou vous pouvez avoir votre Soleil en Lion, mais une Lune en Verseau avec tout le détachement rebelle et émotionnel que cela implique.

Les phases de la Lune

La Lune effectue une révolution complète autour de la Terre en vingt-neuf jours environ. Sa surface à un moment donné est déterminée par la quantité de lumière du Soleil qu'elle réfléchit, ce qui nous donne l'impression qu'elle croît et décroît dans le ciel. Jour après jour, la Lune réfléchit de plus en plus de lumière et passe du premier croissant au premier quartier ; puis à la lune gibbeuse croissante, suivie de la phase de pleine lune. Ensuite, la lune commence à décroître avec la lune gibbeuse décroissante jusqu'au dernier quartier, avant que le cycle ne recommence. Les phases de la lune se déroulent sur quatre semaines. Lorsque nous avons deux pleines lunes au cours d'un mois civil, la seconde est appelée lune bleue. Chaque mois, la Lune se déplace également à travers un signe astrologique, comme nous pouvons le constater par le biais du thème natal. Un mouvement qui apporte des informations – une Lune en Scorpion peut avoir une action très différente d'une Lune en Capricorne –, et selon son propre thème natal, elle peut avoir une influence changeante chaque mois. Par exemple, si la Lune dans votre thème est en Vierge, alors lorsque la véritable Lune va se déplacer en Vierge, elle aura un rayonnement supplémentaire. Consultez les caractéristiques des signes du zodiaque pour plus d'informations (voir pages 12-17).

Le cycle de la Lune a une portée énergétique dont l'effet est assez facilement vérifiable sur les marées océaniques. En astrologie, parce que la Lune est un symbole de fertilité en accord avec notre psychologie profonde, elle est souvent utile pour nous aider à nous concentrer de manière créative sur les aspects les plus importants de notre vie.

Les éclipses

De manière générale, une éclipse correspond à l'occultation d'une source de lumière par un objet physique. Astrologiquement parlant, cela dépendra de la position du Soleil ou de la Lune par rapport aux autres planètes. Donc, si une éclipse solaire est en Gémeaux, il y aura forcément une influence géminienne ou un impact sur le Gémeaux.

Éclairer ou jeter un voile sur un pan de notre existence est comme une invitation à y prêter davantage attention. Les éclipses marquent généralement un début ou une fin, c'est pourquoi nos ancêtres les considéraient comme des présages, des événements importants. Comme il est possible de savoir quand une éclipse va se produire, celles-ci sont cartographiées astronomiquement ; par conséquent, leur signification astrologique peut être évaluée et traitée par avance.

Les dix planètes

En matière d'astrologie (contrairement à l'astronomie, où le Soleil, par exemple, est une étoile), on distingue dix planètes, et chaque signe astrologique est gouverné par une planète maîtresse. Mercure, Vénus et Mars sont assignées à deux d'entre eux. Les planètes ont une importance fondamentale car leur énergie psychique influence le caractère d'une personne. Ainsi, la connaissance des caractéristiques de chaque planète permet de compléter et interpréter le thème natal.

Le Soleil

Le Soleil représente la part masculine et est considéré comme l'énergie à l'origine de la vie, ce qui suggère une dynamique paternelle dans notre thème natal. Il symbolise également l'ego, notre moi social, et notre raison d'être.

Gouverne le signe du Lion.

La Lune

Cet astre à la fois opposé au Soleil et formant un duo avec lui (les luminaires) représente la part féminine. La Lune symbolise le contrôle et la réceptivité, elle est à l'origine de nos réactions instinctives et sentimentales.

Gouverne le signe du Cancer.

Mercure

Mercure est la planète du discours et symbolise notre envie de donner un sens à nos pensées, de comprendre et de communiquer par des mots.

Gouverne les signes du Gémeaux et de la Vierge.

Vénus

La planète de l'amour est associée à l'attraction, à la connexion et au plaisir. Dans un thème féminin, elle symbolise le style de féminité, tandis que dans un thème masculin, elle représente le partenaire idéal.

Gouverne les signes du Taureau et de la Balance.

Mars

Cette planète symbolise l'énergie pure (Mars étant, après tout, le dieu de la guerre) mais elle indique aussi dans quels domaines vous êtes le plus susceptible de vous affirmer, d'être agressif ou de prendre des risques.

Gouverne les signes du Bélier et du Scorpion.

Saturne

Saturne est parfois comparée à un vieux sage ou au maître d'œuvre de l'astrologie, symbolisant les leçons apprises et leurs limites ; nous montrant la valeur de la détermination, de la ténacité et de la résilience.

Gouverne le signe du Capricorne.

Jupiter

Jupiter est la plus grande planète de notre système solaire ; elle symbolise la générosité et la bienveillance, et, par conséquent, tout ce qui est expansif et jovial. Comme le signe qu'elle gouverne, elle pousse au voyage et à l'exploration.

Gouverne le signe du Sagittaire.

Uranus

Cette planète symbolise l'inattendu, les nouvelles idées et l'innovation ; le besoin de démolir l'ancien et de bâtir le nouveau. Elle peut aussi marquer une incapacité à s'intégrer et donc le sentiment d'être un étranger.

Gouverne le signe du Verseau.

Pluton

Alignée sur Hadès (*Pluto* en latin), le dieu des Enfers et de la mort, cette planète symbolise une forte puissance se trouvant sous la surface et qui, dans sa forme la plus négative, peut représenter des obsessions et des comportements compulsifs.

Gouverne le signe du Scorpion.

Neptune

Liée à l'élément de l'eau, elle est en relation avec tout ce qui est trop profond pour être vu clairement. Sensible, intuitive et artistique, Neptune symbolise également la capacité d'aimer inconditionnellement, de pardonner et d'oublier.

Gouverne le signe du Poissons.

Les quatre éléments

Les douze signes du zodiaque sont divisés en quatre éléments fondamentaux : la terre, le feu, l'air et l'eau, qui apportent de nouvelles caractéristiques. Ils proviennent de la médecine antique, où le corps était considéré comme composé de fluides corporels ou « humeurs ». Ces quatre humeurs – sang, bile jaune, bile noire (atrabile) et phlegme (pituite) – correspondaient aux quatre tempéraments – sanguin, colérique, mélancolique et flegmatique –, aux quatre saisons de l'année – printemps, été, automne, hiver – et aux quatre éléments.

Liées à l'astrologie, ces qualités symboliques éclairent davantage les nombreux attributs des différents signes. Carl Jung les a également utilisés en psychologie – ce qu'il a défini comme des « archétypes » –, et nous décrivons parfois les autres comme étant « dans leur élément ». En astrologie, les signes solaires qui partagent le même élément sont censés éprouver une affinité ou une compréhension mutuelle.

Dans tous les domaines, il existe du positif et du négatif, et prendre également conscience de ces « parts sombres » peut être utile pour la connaissance de soi et de ce qu'il est possible d'améliorer ou d'équilibrer, en particulier dans nos rapports avec les autres.

L'air

GÉMEAUX ✱ BALANCE ✱ VERSEAU

Le monde des idées est un domaine où ces signes aériens excellent. Intuitifs, visionnaires et capables d'apprécier une image dans son ensemble, les signes d'air ont une facilité à analyser la situation. Trop d'air, cependant, peut dissiper les intentions, donc le Gémeaux peut se montrer indécis, la Balance a tendance à demeurer ambiguë, tandis que le Verseau peut se désengager.

Le feu

BÉLIER ✱ LION ✱ SAGITTAIRE

On trouve beaucoup de chaleur et d'énergie dans ces signes ; une approche positive de la vie, de la spontanéité et de l'enthousiasme qui peuvent être très inspirants et motivants pour les autres. L'inconvénient est que le Bélier risque de se précipiter tête la première, le Lion peut avoir un grand besoin d'attention et le Sagittaire une tendance à ne pas respecter ses promesses.

La terre

TAUREAU ✱ VIERGE ✱ CAPRICORNE

De façon assez notable, ces signes jouissent des plaisirs sensuels, savourant la nourriture et d'autres satisfactions physiques. Optant pour le pragmatisme, ils préfèrent se fonder sur des faits. L'inconvénient est que le Taureau peut être têtu, la Vierge se montre parfois pointilleuse et le Capricorne peut s'installer dans un conservatisme obstiné.

L'eau

CANCER ✱ SCORPION ✱ POISSONS

Les signes d'eau sont réactifs, comme le flux et le reflux de la marée, et peuvent se révéler très perspicaces et intuitifs, parfois même de manière étrange, en raison de leur capacité à ressentir. L'inconvénient est une certaine propension à se sentir submergé, puisque le Cancer est à la fois tenace et auto-protecteur, le Poissons insaisissable et le Scorpion imprévisible et intense.

Signes cardinaux, fixes et mutables

En plus de leur répartition en quatre éléments, les douze signes sont regroupés en trois subdivisions, selon lesquelles leurs énergies peuvent agir ou réagir, donnant plus de profondeur aux caractéristiques de chaque signe.

Cardinaux

BÉLIER * CANCER * BALANCE * CAPRICORNE

Ils sont liés à des planètes d'action et dotés d'une énergie qui leur permet de prendre l'initiative. Le Bélier a la vision, le Cancer les sentiments, la Balance les contacts et le Capricorne la stratégie.

Fixes

TAUREAU ✸ LION ✸ SCORPION ✸ VERSEAU

Plus lents mais plus déterminés, ces signes travaillent à maintenir les projets que les signes cardinaux ont initiés. Le Taureau offre le confort physique, le Lion la fidélité, le Scorpion le soutien émotionnel et le Verseau des conseils judicieux. Vous pouvez compter sur les signes fixes, même s'ils ont tendance à résister au changement.

Mutables

GÉMEAUX ✸ VIERGE ✸ SAGITTAIRE ✸ POISSONS

Flexibles aux nouvelles idées, endroits et personnes, les signes mutables ont une capacité unique à s'adapter à leur environnement. Le Gémeaux est mentalement agile, la Vierge est pratique et polyvalente, le Sagittaire visualise les possibilités et le Poissons est sensible au changement.

Les douze maisons

Le thème natal est divisé en douze maisons figurant des secteurs distincts et des domaines de l'existence. Quand on dit que vous avez quelque chose dans une maison spécifique – par exemple, la Balance (l'équilibre) dans la cinquième maison (la créativité et le sexe) –, cela permet d'interpréter les influences qui peuvent survenir et qui sont propres à la façon dont vous gérez votre vie.

Chaque maison se rapporte à un signe solaire, et chacune est représentée par certaines des caractéristiques de ce signe, qui illustre en quelque sorte son autorité naturelle.

Trois de ces maisons sont considérées comme mystiques, liées à notre monde intérieur et psychique : la quatrième (le foyer), la huitième (la renaissance), la douzième (les secrets).

1re Maison

L'EGO

GOUVERNÉE PAR LE BÉLIER

Cette maison symbolise l'ego : vous, qui vous êtes et comment vous vous représentez, vos goûts, vos aversions et votre philosophie de la vie. Elle représente aussi la manière dont vous vous voyez et ce que vous voulez.

2e Maison

LES POSSESSIONS

GOUVERNÉE PAR LE TAUREAU

La deuxième maison symbolise vos biens, ce que vous possédez, y compris l'argent ; comment vous gagnez ou vous procurez vos revenus ; votre sécurité matérielle et les choses physiques que vous emportez avec vous au cours de votre vie.

3e Maison

LA PENSÉE

GOUVERNÉE PAR LE GÉMEAUX

Cette maison parle de communication et d'état d'esprit ; principalement de la façon dont vous vous exprimez. Il s'agit également de la manière dont vous fonctionnez au sein de votre famille, dont vous vous rendez en cours ou au travail, dont vous pensez, parlez, écrivez et apprenez.

4e Maison

LE FOYER

GOUVERNÉE PAR LE CANCER

Cette maison se rapporte à vos racines et à votre foyer, présents, passés et futurs. Elle concerne donc à la fois votre enfance et votre vie privée, ainsi que la sécurité de votre foyer et ce que cela représente pour vous.

5e Maison

LA CRÉATIVITÉ

GOUVERNÉE PAR LE LION

Présentée comme la maison de la créativité et du jeu, elle inclut également le sexe, l'envie créative et la libido sous toutes ses formes. Il est aussi question de spéculer sur la finance, l'amour, le plaisir, l'affection et les affaires de cœur.

6e Maison

LA SANTÉ

GOUVERNÉE PAR LA VIERGE

Cette maison est liée à la santé : notre propre santé physique et émotionnelle ; mais aussi à la santé de ceux dont nous nous soucions, sur lesquels nous veillons ou à qui nous apportons un soutien.

7e Maison

LES RELATIONS

GOUVERNÉE PAR LA BALANCE

Opposée à la première maison, elle reflète les objectifs partagés et les partenariats intimes, notre choix de partenaire de vie et le succès de nos relations. Elle concerne tout autant les associés et les adversaires du monde professionnel.

8e Maison

LA RENAISSANCE

GOUVERNÉE PAR LE SCORPION

La mort, la régénération et la transformation spirituelle : cette maison évoque également les questions d'héritage dans les traits de personnalité ou matériellement.
Et parce que la renaissance implique le sexe, elle traite aussi des émotions sexuelles.

9e Maison

LE VOYAGE

GOUVERNÉE PAR LE SAGITTAIRE

La maison du voyage et de l'exploration ; elle reflète l'ouverture d'esprit que le lointain peut apporter et la façon dont cela peut s'exprimer. Elle parle également de pensée abstraite, qu'elle soit issue d'une réflexion ou d'une publication.

10e Maison

LES ASPIRATIONS

GOUVERNÉE PAR LE CAPRICORNE

Elle représente nos aspirations et notre statut, tout ce qui concerne la vie publique, nos ambitions, notre image et les objectifs que nous aimerions atteindre à la faveur de nos efforts.

11e Maison

LES AMITIÉS

GOUVERNÉE PAR LE VERSEAU

La onzième maison concerne tant les amis et les connaissances que les projets et les idées ; moins la satisfaction immédiate et davantage les rêves à long terme et comment ceux-ci pourraient se réaliser grâce à notre capacité à travailler en harmonie avec les autres.

12e Maison

LES SECRETS

GOUVERNÉE PAR LE POISSONS

Considérée comme la maison la plus spirituelle, elle est aussi la maison de l'inconscient, des secrets et du « cadavre dans le placard ». Elle évoque également la façon dont nous pourrions nous auto-saboter ou gâcher nos propres tentatives en ne les sondant pas suffisamment.

L'ascendant

Aussi qualifié de « signe ascendant », c'est le signe du zodiaque qui apparaît à l'horizon lorsque l'aube se lève le jour de votre naissance, selon le lieu et l'heure. C'est pourquoi connaître votre heure de naissance est un facteur très utile en astrologie, car votre signe ascendant fournit de nombreuses informations sur les aspects de votre personnalité les plus perceptibles, par exemple votre façon de vous présenter ou d'être vu par les autres. Donc, si votre signe solaire correspond au Gémeaux mais que votre ascendant est le Cancer, vous serez considéré comme quelqu'un de maternel, avec un attachement notable à la vie domestique d'une manière ou d'une autre. Connaître votre propre ascendant – ou celui d'une autre personne – aidera souvent à expliquer pourquoi il ne semble pas y avoir parfois de corrélation directe entre la personnalité et le signe solaire.

Lorsque vous connaissez votre heure et votre lieu de naissance, il est très facile de déterminer votre ascendant à l'aide d'un site ou d'une application en ligne (voir page 108). Demandez simplement à l'un de vos parents ou à un autre membre de la famille, ou encore vérifiez votre acte de naissance (dans les pays qui précisent l'heure de naissance). Le thème natal étant semblable à un cadran d'horloge, l'ascendant se trouve sur le neuf.

Le descendant

Le descendant donne un indice sur le partenaire de vie possible, fondé sur l'idée que les contraires s'attirent. Une fois que vous connaissez votre ascendant, le descendant est facile à trouver car il est toujours à six signes de distance : par exemple, si votre ascendant est Vierge, votre descendant est Poissons. Le thème natal étant semblable à un cadran d'horloge, le descendant se trouve sur le trois.

Le milieu du ciel (MC)

Le milieu du ciel ou MC (du latin *medium coeli*) est également inclus dans votre thème natal, et indique votre attitude envers le travail, vos carrière et statut professionnel. Le thème natal étant semblable à un cadran d'horloge, le milieu du ciel se trouve sur le douze.

Le fond du ciel

Votre fond du ciel ou IC (du latin *imum coeli*) évoque votre conduite à l'égard de votre foyer et famille, et est aussi lié à la fin de votre vie. Votre IC se situe à six signes de votre MC : par exemple, si votre MC est Verseau, votre IC sera Lion. Le thème natal étant semblable à un cadran d'horloge, l'IC se trouve sur le six.

Le retour de Saturne

Saturne est l'une des planètes les plus lentes du système solaire, puisqu'elle met environ vingt-neuf ans pour revenir à la place qu'elle occupait dans le ciel au moment de votre naissance. Ce transit peut durer entre deux et trois ans et être particulièrement tangible aux environs de la période qui couvre vos trentième et soixantième anniversaires.

Parce que l'énergie de Saturne est parfois perçue comme contraignante, ce n'est pas toujours un passage facile à vivre. Bien que son influence soit ressentie comme pondérée ou éprouvante, certains voient dans le retour de Saturne un « mal pour un bien », à la manière d'un enseignant rigoureux chargé de nous montrer le chemin.

Tout le monde est capable d'expérimenter le retour de Saturne en fonction de sa situation et de ses besoins. Il représente souvent l'occasion de faire le point, de lâcher tout ce qui vous encombre, de réviser vos attentes et de penser davantage aux choses que vous aimez. Donc, si vous vous apprêtez à traverser cette période, vivez-la pleinement et travaillez de concert avec elle parce que ce que vous apprendrez – surtout à propos de vous-même – est chaque fois un moment gratifiant, si turbulent soit-il. Et cela pourrait bien porter ses fruits quant à la façon dont vous envisagerez les trente années suivantes !

Mercure rétrograde

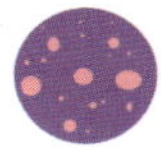

Même ceux qui s'intéressent peu à l'astrologie sont au courant lorsque la planète Mercure rétrograde. Astrologiquement parlant, les rétrogrades sont des périodes où les planètes sont stationnaires mais, alors que nous continuons à avancer, elles semblent « reculer ». Il y a comme une aura de mystère qui entoure la période rétrograde, et il est parfois difficile de savoir si une planète ralentit ou au contraire accélère, ce qui peut être un rien déroutant. De manière générale, le conseil est de ne pas prendre de décision importante liée aux moyens de communication durant une phase rétrograde. Si la décision est déjà prise, sachez qu'elle est susceptible de changer.

Puisque Mercure est la planète de la communication, il est aisé de comprendre pourquoi lorsqu'elle rétrograde, par exemple, votre courrier se perd ou votre ordinateur tombe en panne. Par ailleurs, cela peut affecter vos déplacements, avec des retards sur les vols ou les horaires des trains, des embouteillages, voire des collisions. Mercure influence également les communications personnelles : écouter, parler, être entendu (ou non) sont autant de sources de confusion ou de dispute. Cela peut aussi concerner des accords plus formels, comme un contrat entre un acheteur et un vendeur.

Ces périodes rétrogrades se produisent trois ou quatre fois par an et s'étalent sur environ trois semaines. Les intervalles durant lesquels elles se déroulent se rattachent en outre à un signe astrologique spécifique. Si, par exemple, Mercure rétrograde entre le 25 octobre et le 15 novembre, son influence sera liée aux attributs du Scorpion. De plus, ceux dont le thème natal réserve une place plus large au Scorpion peuvent également ressentir un effet manifeste.

Pour savoir à l'avance lorsque Mercure rétrograde, il suffit de consulter des tables astronomiques, aussi appelées éphémérides. Celles-ci peuvent être utilisées afin d'éviter de planifier un événement important durant cette période. La façon dont cela pourrait vous affecter plus personnellement nécessite toutefois une bonne connaissance de votre thème natal et une compréhension plus spécifique des combinaisons d'influences entre les signes et les planètes.

S'il n'y a absolument rien d'insurmontable, néanmoins sachez que des problèmes pourront toujours survenir – dans une certaine mesure –, alors attendez-vous à des retards et n'hésitez pas à tout vérifier deux fois. Restez positif en cas de report et profitez de cette période pour ralentir un peu et reconsidérer certaines idées dans votre entreprise ou dans votre vie personnelle. Utilisez ce temps à bon escient pour corriger des erreurs ou remodeler des plans, et préparez-vous à avancer de nouveau plus facilement le moment venu.

Pour aller plus loin

À lire

ABC de l'astrologie (1983), Danièle de Caumon, Jacques Grancher éditeur

Décryptez votre thème astral (2019), Julie Gorse, Hachette

Jung's Studies in Astrology (2018), Liz Greene, RKP

L'Astrologie (2008), Didier Colin, Hachette Pratique

L'Astrologie pour les nuls (2005), Rae Orion, First Éditions

Le Langage secret de l'astrologie (2013), Roy Gillett, Hors Collection

Pratique d'interprétation du thème astral (1996), Stephen Arroyo, Éditions du Rocher

Sites internet

astro.alwaysdata.net

astro.com/horoscope/fr

astrotheme.fr

passion-astrologue.com

pleiade-astrologique.net

Applications

Astrostyle

Chaturanga

Co-Star

The Daily Horoscope

The Pattern

Time Passages

Remerciements

Un merci tout particulier à ma fidèle équipe de Taureaux. Tout d'abord, à Kate Pollard, directrice de publication chez Hardie Grant, pour sa passion des beaux livres et pour la commande de cette série. À Bex Fitzsimons pour son travail de révision bon enfant et consciencieux. Et, enfin, à Evi O. Studio, dont les talents d'illustration et de design ont fait vivre toutes ces petites œuvres d'art. Avec une si belle équipe, ces livres ne pouvaient que resplendir, et pour cela, merci.

À propos de l'auteure

Stella Andromeda étudie l'astrologie depuis plus de trente ans, affirmant qu'une compréhension des constellations du ciel et de leur potentiel d'interprétation psychologique est un instrument incontournable. Le partage de sa passion pour la réflexion et la connaissance de soi sous forme de livre a permis de rendre plus accessibles les idées les plus modernes à propos de la sagesse ancienne des étoiles. Taureau ascendant Verseau avec la Lune en Cancer, Stella se sert de la terre, de l'air et de l'eau pour inspirer et enrichir son propre voyage astrologique.

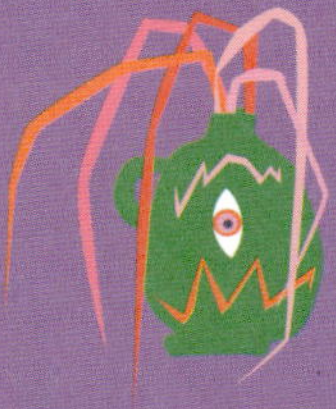

Publié pour la première fois par Hardie Grant Books,
une marque du groupe Hardie Grant Publishing.

Direction éditoriale : Kate Pollard
Édition : Bex Fitzsimons
Direction artistique et illustrations : Evi O. Studio
Coordination éditoriale : Wendy Hobson
Fabrication : Sinead Hering

Pour l'édition française :

58, rue Jean Bleuzen – 92178 Vanves Cedex

Traduction : Bruno Provezza

Achevé d'imprimer en Chine en janvier 2024
ISBN : 978-2-01-722927-8
25 4060 6 / 03

FSC
www.fsc.org
MIX
Paper | Supporting
responsible forestry
FSC™ C020056

Uni-Taschenbücher 1983

W0316086

UTB
FÜR WISSEN
SCHAFT

Eine Arbeitsgemeinschaft der Verlage

Wilhelm Fink Verlag München
Gustav Fischer Verlag Jena und Stuttgart
A. Francke Verlag Tübingen und Basel
Paul Haupt Verlag Bern · Stuttgart · Wien
Hüthig Fachverlage Heidelberg
Leske Verlag + Budrich GmbH Opladen
Lucius & Lucius Verlagsgesellschaft Stuttgart
Mohr Siebeck Tübingen
Quelle & Meyer Verlag · Wiesbaden
Ernst Reinhardt Verlag München und Basel
Schäffer-Poeschel Verlag · Stuttgart
Ferdinand Schöningh Verlag Paderborn · München · Wien · Zürich
Eugen Ulmer Verlag Stuttgart
Vandenhoeck & Ruprecht in Göttingen und Zürich

Rainer Eppelmann/Horst Möller/
Günter Nooke/Dorothee Wilms (Hrsg.)

Lexikon des DDR-Sozialismus

Das Staats- und Gesellschaftssystem der Deutschen Demokratischen Republik

Band 1: A-M

2., aktualisierte und erweiterte Auflage

Wissenschaftliche Koordination:

Günter Buchstab – Karl Wilhelm Fricke – Gernot Gutmann – Gunter Holzweißig – Eberhard Kuhrt – Günther Rüther– Friedrich-Christian Schroeder– Peter R. Weilemann – Manfred Wilke – Roswitha Wisniewski

Leitung:

Hans-Joachim Veen – Udo Margedant – Peter Maser

Ferdinand Schöningh

Paderborn · München · Wien · Zürich

Die Herausgeber:
Rainer Eppelmann, MdB, Pfarrer und führender Bürgerrechtler der ehemaligen DDR; Vorsitzender der ersten und zweiten Enquete-Kommission zur „Aufarbeitung von Geschichte und Folgen der SED-Diktatur in Deutschland"
Professor Dr. Horst Möller, Direktor des Instituts für Zeitgeschichte in München
Günter Nooke, Physiker, führendes Mitglied verschiedener Oppositionsgruppen in der ehemaligen DDR
Dr. Dorothee Wilms, Bundesminister für innerdeutsche Beziehungen 1987-1991, Mitglied der ersten Enquete-Kommission zur „Aufarbeitung von Geschichte und Folgen der SED-Diktatur in Deutschland"

Die Deutsche Bibliothek – CIP-Einheitsaufnahme

Lexikon des DDR-Sozialismus: das Staats- und Gesellschaftssystem der Deutschen Demokratischen Republik / Rainer Eppelmann ... (Hrsg.). – Paderborn; München; Wien; Zürich: Schöningh
(UTB für Wissenschaft: Uni-Taschenbücher; 1983)
ISBN 3-8252-1983-6 (UTB)
ISBN 3-506-99485-9 (Schöningh)

Bd. 1.A.-M. – 2., aktualisierte Aufl. – 1997

Gedruckt auf umweltfreundlichem, chlorfrei gebleichtem Papier (mit 50 % Altpapieranteil)

(Verlag Ferdinand Schöningh GmbH, Jühenplatz 1, D-33098 Paderborn)
ISBN 3-506-99485-9

Printed in Germany
Herstellung: Ferdinand Schöningh, Paderborn
Einbandgestaltung: Alfred Krugmann, Freiberg am Neckar

UTB-Bestellnummer: ISBN 3-8252-1983-6

Inhaltsverzeichnis

Vorwort der Herausgeber

Der DDR-Sozialismus ist 1989/90 untergegangen. Aber die Folgen dieser zweiten Diktatur auf deutschem Boden in diesem Jahrhundert werden noch lange nachwirken. Die Erforschung und Auseinandersetzung mit der DDR-Geschichte hat gerade erst begonnen. Die Öffnung der Archive, die Erinnerungen von Zeitzeugen, die vielfältigen Aktivitäten in den neuen Bundesländern, die Ergebnisse der Forschungsprojekte der teilweise neu gegründeten universitären und außeruniversitären Institute und nicht zuletzt die Impulse, die von beiden Enquete-Kommissionen des Deutschen Bundestages zur Aufarbeitung von Geschichte und Folgen der SED-Diktatur ausgegangen sind und weiterhin ausgehen werden, erweitern das Bild des SED-Regimes um immer neue Facetten. Der Zugang zu bis vor kurzem noch unbekannten Dokumenten und Quellen erlaubt es, ein immer präziseres Bild der Herrschaftsstrukturen des ehemals abgeschotteten Systems des DDR-Sozialismus zu erhalten.

Das „Lexikon des DDR-Sozialismus“ erscheint in einer Zeit, in der von verschiedenen Seiten mit wachsender Intensität und unterschiedlicher Motivation die DDR-Vergangenheit verharmlost und ihr totalitärer Charakter verschwiegen wird. Legendenbildungen und nostalgische Verklärung behindern jedoch die Auseinandersetzung und Beschäftigung mit diesem Teil gemeinsamer deutscher Geschichte, die als Grundlage des inneren Vereinigungsprozesses unabdingbar sind. Wir können unsere gemeinsame Zukunft nicht auf Irrtümern, Erinnerungslücken, Beschönigung der Vergangenheit, Unkenntnis der Fakten, historisch-politischem Desinteresse oder Manipulation des Geschichtsbildes aufbauen. Wahrscheinlich wurde 1955 im Blick auf die erste Diktatur auf deutschem Boden das Wort von der „unbewältigten Vergangenheit“ erstmals öffentlich benutzt. Den Optimismus, die Vergangenheit „bewältigen“ zu können, haben wir verloren. Es bleibt aber die Aufgabe, sich der Vergangenheit in einem fortwährenden Prozeß des Erinnerns und der wissenschaftlichen Forschung zu stellen. Das schließt auch Bewertungen im Rahmen der politischen Bildungsarbeit ein. Dazu möchte das „Lexikon des DDR-Sozialismus“ beitragen.

Die Herausgeber haben erst nach einem längeren Diskussionsprozeß diesem Werk den Titel „Lexikon des DDR-Sozialismus“ gegeben, um damit anzuzeigen, daß es hier um mehr als nur die historisch-politische Beschreibung der SED-Diktatur im engeren Sinne geht. Die DDR, 1949 unter sowjetischer Herrschaft errichtet, wurde von ihrem Anfang bis zu ihrem Ende durch den totalitären Führungsanspruch der SED auf der ideologischen Grundlage des Marxismus-Leninismus bestimmt. Der Durchsetzung dieses Anspruchs diente die enge Verflechtung von Staats- und Parteiapparat ebenso wie die Blockpolitik der SED, durch die alle noch nicht restlos in das System eingebundenen sozialen Gruppen und gesellschaftlichen Einrichtungen zu innerer Anpassung und zunehmender Übereinstimmung angeleitet werden sollten. Das Fehlen rechtsstaatlicher Normen, freier demokratischer Wahlen und eines politischen Pluralismus machte die Menschen in der DDR vom Wohlwollen der Machthaber abhängig und erzwang Wohlverhalten oder zumindest äußere Anpassung. Das Meinungsmonopol der SED, die totalitäre Aneignung der Geschichte durch die „führende Partei“, die Propagierung des Antifaschismus zur Selbstlegitimation des politischen Regimes und die immer neuen Kampagnen zur gesellschaftlichen Aktivierung, aber auch der ständig ausgebaute Repressionsapparat des Ministeriums für Staatssicherheit zielten darauf, auch die letzten privaten Nischen in der DDR-Gesellschaft zu durchdringen und aufzulösen. Die politisch dominierte Wirtschaftspolitik steuerte im Verbund des RGW unaufhaltsam auf den ökonomischen Kollaps der DDR zu, verursachte ökologische und strukturelle Schäden in vielfacher Milliardenhöhe und entzog auch den sozialen Sicherungssystemen, auf die die SED-Führung glaubte stolz sein zu dürfen, jegliche finanzielle Basis.

Wer heute auf den DDR-Sozialismus zurückblickt, sollte sich aber auch im klaren darüber sein, daß der totalitäre Charakter der SED-Diktatur im allgemeinen Bewußtsein – auch außerhalb der DDR – nur noch partiell wahrgenommen oder gar verharmlost wurde, je länger das System bestand. Die von der SED immer wieder instrumentalisierten und propagierten Ziele des Antifaschismus, der sozialistischen Friedens- und Sozialpolitik, der Gleichheit aller und generell die Utopie des Sozialismus fanden vielfach breite Zustimmung, ohne daß sie auf ihren Realitäts- und Wahrheitsgehalt hin geprüft wurden.

Solche oft kaum bewußten Anpassungsprozesse an die tatsächlichen Machtverhältnisse wurden auch durch die traumatischen Erfahrungen des von sowjetischen Truppen niedergeschlagenen Volksaufstandes im Juni 1953, des Mauerbaus 1961, der politischen Ereignisse in Ungarn, Polen und der ČSSR, nicht zuletzt aber auch durch die wachsende internationale Anerkennung der DDR gefördert. Um so höher muß die Haltung derjenigen Gruppen und Einzelpersönlichkeiten respektiert werden, die über die Jahrzehnte hinweg mit unterschiedlicher Intensität den totalitären Zumutungen des SED-Regimes widerstanden. Das Spektrum von Resistenz, Opposition und Widerstand in der DDR war breit gefächert und bedarf in seinen Motiven, Ausdrucksformen und historisch-politischen Bedingtheiten noch intensiver Erforschung. Vieles, was hier gewagt wurde, hat sich zunächst lediglich in den Akten des Staatssicherheitsdienstes niedergeschlagen. Erst von der Zeit an, als die unabhängigen Gruppen – zum Teil unter dem Schutz der Kirchen – ihren Protest öffentlich machten und damit die konspirativen Strukturen des SED-Regimes langsam außer Kraft setzten, gewannen Opposition und Widerstand an politischer Durchsetzungskraft. Es waren die Menschen in der DDR, welche die totalitäre SED-Diktatur aus eigen Kraft überwunden haben. Dabei spielten die günstiger werdenden nationalen und internationalen Rahmenbedingungen – insbesondere der Zerfall des kommunistischen Systems der Sowjetunion – eine wesentliche Rolle. Aber auch das fortgeltende verfassungsrechtliche Wiedervereinigungsgebot in der Bundesrepublik Deutschland trug ebenso wie die vielfältigen innerdeutschen Verbindungen maßgeblich dazu bei, daß die innere Einheit Deutschlands letztlich nie aufgegeben wurde: Auf seiten der Bundesrepublik zählt deshalb das Offenhalten der deutschen Frage zu den entscheidenden Voraussetzungen der Wiedervereinigung.

Bei der Untersuchung des DDR-Sozialismus muß darauf geachtet werden, sowohl die Optik derer, die Resistenz, Opposition und Widerstand gegenüber den totalitären Ansprüchen der SED-Diktatur praktizierten, wie auch die Erlebniswelt derjenigen, die auch unter diesen Bedingungen ihren Alltag lebten, nicht auf Dauer auseinanderfallen zu lassen. Der DDR-Sozialismus war so facettenreich wie die Menschen, die ihn über vierzig Jahre hinweg erlebten und unter ihm lebten. Er durchlief verschiedene Entwicklungsphasen, wurde von unterschiedlichen Interessen geformt und war immer auch durch die wechselnden internationalen Rahmenbedingungen bestimmt. Auch waren die beiden Staaten in Deutschland seit 1949 immer stärker in ihren Beziehungen oder Nichtbeziehungen aufeinander bezogen, als es vielleicht der jeweils handelnden Generation bewußt war. Die Geschichte des DDR-Sozialismus ist so im wahrsten Sinne des Wortes auch gesamtdeutsche Geschichte. Diese Vielgestaltigkeit nachzuzeichnen, haben die Herausgeber als Aufgabe des Lexikons definiert.

Deshalb werden in rund 240 Artikeln Staatsaufbau und Staatsorganisation der DDR, das Verhältnis von SED und Staat, die Ideologie des

Marxismus-Leninismus, die Bereiche von Wirtschaft und Gesellschaft, Rechtswesen, Außenpolitik, Deutschlandpolitik und innerdeutschen Beziehungen, Kultur, öffentlicher Meinung, Wissenschaft und Bildung, Widerstand und Opposition bis hin zum Prozeß der Vereinigung dargestellt. Die drei einleitenden Beiträge „Der SED-Staat – die zweite Diktatur in Deutschland" (Horst Möller), „Phasen des DDR-Sozialismus" (Gerhard Wettig) und „Erfahrene DDR-Wirklichkeit" (Ehrhart Neubert) geben der Leserschaft dazu einen historisch und sachlich orientierten Bezugsrahmen.

Um einen möglichst vielfältigen, facettenreichen Zugang zu den Problemen des DDR-Sozialismus zu gewinnen, haben die Herausgeber zahlreiche Wissenschaftler sowie führende Bürgerrechtler, Publizisten und politische Akteure der deutschen Einheit zur Mitarbeit eingeladen. Das war nur unter der Voraussetzung durchzuführen, daß die unterschiedlichen Stile, die verschiedenen wissenschaftlich-methodischen Verfahrensweisen und politischen Grundeinstellungen der Mitwirkenden respektiert und sie nicht auf ein enges lexikalisches Grundraster verpflichtet wurden. Wir glauben, daß dadurch der Charakter des Lexikons als einer ersten Bilanz des DDR-Sozialismus deutlicher hervortritt, als wenn wir strikt auf formaler Einheitlichkeit, übereinstimmender Sprachregelung und perfekter inhaltlicher Abstimmung bestanden hätten. Somit ist auch dieses Lexikon ein Echo der Vielstimmigkeit geworden, die die Erforschung und Auseinandersetzung mit der SED-Diktatur prägt. Wir hoffen, daß das Lexikon, in dem besonderer Wert auf Allgemeinverständlichkeit gelegt wird und das nicht den Anspruch auf bis ins einzelne gehende Vollständigkeit erhebt, insbesondere für die politische Bildung in den neuen wie in den alten Bundesländern nützlich sein wird, so wie es sich auch an jeden politisch Interessierten richtet.

Im „Lexikon des DDR-Sozialismus" werden sowohl Quellenbegriffe aus der DDR als auch historisch-theoretische Fachbegriffe benutzt, die in der Wissenschaft, dem Marxismus-Leninismus oder auch dem offiziellen SED-Sprachgebrauch geläufig sind oder waren. Letztere werden nur dann besonders kenntlich gemacht, wenn sie zitatweise verwendet werden. Um den Umfang der Artikel in Grenzen zu halten, wurde darauf verzichtet, kurze Textpassagen – vor allem aus der marxistisch-leninistischen Literatur – und Zitate aus Titeln, die aus dem Literaturnachweis unter dem jeweiligen Artikel zu erschließen sind, im einzelnen nachzuweisen. Am Ende der Artikel wird auf speziell weiterführende und vertiefende Literatur verwiesen. Im Mittelpunkt stehen dabei die Materialien der Enquete-Kommission „Aufarbeitung von Geschichte und Folgen der SED-Diktatur in Deutschland“, die in ihren 18 Bänden – unter umfangreicher Heranziehung der Literatur – zu vielen Themen den Forschungsstand Mitte der neunziger Jahre widerspiegeln. Die zusätzliche Auswahlbibliographie ist zum gründlicheren Studium heranzuziehen. Sie umfaßt die wesentlichen Dokumenten- und Quelleneditionen, Handwörterbücher und Monographien zur Geschichte der SBZ/DDR und zu den verschiedenen Bereichen von Politik, Wirtschaft, Kultur und Gesellschaft.

Die vorliegende Taschenbuchausgabe basiert auf dem „Lexikon des DDR-Sozialismus“, das 1996 in der Reihe Studien zur Politik (Band 29) – herausgegeben im Auftrag der Konrad-Adenauer-Stiftung – im Verlag Ferdinand Schöningh, Paderborn, erschien. Die Originalausgabe wurde ergänzt und aktualisiert: Mehrere Stichwörter wurden neu aufgenommen, Schaubilder und zwischenzeitlich erschienene Literatur hinzugefügt.

Da auch in absehbarer Zukunft mit einer dichten Folge von Neuerscheinungen zu rechnen ist, empfiehlt es sich, gegebenenfalls auch die einschlägigen Zeitschriften, insbesondere das „Deutschland Archiv“, zu konsultieren. Die Verweise in den Artikeln, das Personen- und das Sachregister sowie das Abkürzungsverzeichnis sollen dabei helfen, die komplexe Thematik dieses Lexikons aufzuschlüsseln und über Artikelgrenzen miteinander in Verbindung zu bringen. Die bewußt knapp gehaltene Zeittafel dient lediglich als Gedächtnisstütze.

Die Herausgeber haben bei der Erarbeitung des Lexikons vielfache Unterstützung erfahren. Die wissenschaftliche Koordination der einzelnen Themenbereiche lag in den Händen von: Roswitha Wisniewski (Ideologie), Günter Buchstab (Staatsaufbau, Parteien und Massenorganisationen), Karl Wilhelm Fricke (Widerstand und Opposition), Gernot Gutmann (Wirtschaft und Sozialpolitik), Gunter Holzweißig (Öffentliche Meinung, Medien, Sport), Eberhard Kuhrt (Deutschlandpolitik, deutsche Frage), Udo Margedant (Bildung und Wissenschaft), Peter Maser (Gesellschaft), Günther Rüther (Kultur), Friedrich-Christian Schroeder (Rechtswesen, Polizei, Repressionsapparat), Peter R. Weilemann (Internationales; Außen- und Sicherheitspolitik) und Manfred Wilke (SED; zentrale geschichtliche Ereignisse). Dankbar gedenken wir des 1995 verstorbenen Bonner Historikers Alexander Fischer, der maßgeblichen Anteil an der Erarbeitung der Konzeption des Lexikons hatte.

Besonderer Dank gilt der Konrad-Adenauer-Stiftung, insbesondere dem Leiter des Bereichs Forschung und Beratung, Hans-Joachim Veen, der zusammen mit Udo Margedant und Peter Maser die Gesamtorganisation und Koordination bewerkstelligt sowie die Redaktion verantwortlich geleitet hat.

Rainer Eppelmann *Horst Möller*
Günter Nooke *Dorothee Wilms*

Einführende Beiträge

Horst Möller

Der SED-Staat – die zweite Diktatur in Deutschland

Gerhard Wettig

Phasen des DDR-Sozialismus

Ehrhart Neubert

Erfahrene DDR-Wirklichkeit

Horst Möller

Der SED-Staat – die zweite Diktatur in Deutschland

1. „Das Ende einer Illusion“

2. Die DDR – eine Parteidiktatur

3. Kommunistische und nationalsozialistische Diktaturen im Vergleich

1. „Das Ende einer Illusion“

„Le passé d'une illusion“, „Das Ende einer Illusion“, so lautet die aufsehenerregende Bilanz, die der französische Historiker François Furet jüngst im Rückblick auf die Geschichte des Kommunismus im 20. Jahrhundert zog. Er analysierte damit unter anderem die Geschichte französischer Linksintellektueller, die sich trotz des Schocks, den schon der Einmarsch sowjetischer Truppen in Ungarn 1956 bewirkt hatte, mit dem Widerspruch sozialistischer Utopien zur kommunistischen Herrschaftsrealität nur schwer abfinden konnten. Solche Illusionen existierten aber auch in Deutschland, obwohl der in der DDR „real existierende Sozialismus“ das anschauliche Exempel für die repressive und diktatorische Herrschaft des Kommunismus lieferte – einer Herrschaft, deren Unfähigkeit zur Lösung aller zentralen Probleme von Staat, Gesellschaft und Wirtschaft dem vereinigten Deutschland eine nur mühsam abzutragende Erbschaft hinterlassen hat.

Die mangelnde ökonomische Leistungsfähigkeit sämtlicher im 20. Jh. existierender sozialistischer und kommunistischer Systeme war und ist überall offenkundig, nur ideologische Verblendung kann darüber hinwegsehen. Im Falle der DDR war die katastrophale Ausweglosigkeit dieses Systems durch verschiedene Faktoren verdeckt: Das sowjetische Satellitensystem und seine Wirtschaftsstruktur begünstigten die DDR, enorme direkte bzw. indirekte bundesrepublikanische Zahlungen und Hilfen (bzw. Begünstigung durch die Europäische Gemeinschaft infolge der Römischen Verträge von 1957) kamen der DDR zugute und beliefen sich insgesamt bis 1989 nach derzeitigen Berechnungen auf mehr als 70 Mrd. DM. Trotz des nach westlichen Maßstäben niedrigen Lebensstandards war die DDR allein nicht lebensfähig: In einem entscheidenden Ausmaß lebte die SED-Diktatur paradoxerweise von der propagandistisch verleumdeten Bundesrepublik Deutschland und ihrem marktwirtschaftlichen System.

Aber allein schon der Zusammenbruch des Comecon-Systems mußte zwangsläufig in die Katastrophe führen, zumal sich trotz fortdauernder Repression und Agitation immer weniger Menschen in der DDR mundtot machen ließen: Vielmehr begannen sie durch Proteste, Massendemonstrationen und ständig anwachsende Fluchtbewegung ihrer Unzufriedenheit Luft zu machen. Auf diese Weise entzogen sie der Scheinlegitimität der DDR den Boden, deren Führung erwies sich ohne die sowjetische Unterstützung als hilflos. Schließlich zeigte sich einmal mehr, wie isoliert die DDR selbst innerhalb des Ostblocks war. Der Bankrott der SED-Diktatur hätte katastrophaler nicht ausfallen können. Wie Bertolt Brecht, zeitweilig eine kulturelle Gallionsfigur der DDR, schon nach dem Aufstand vom Siebzehnten Juni 1953 ironisch bemerkt hatte, blieb der SED-Führung nur die Wahl, sich ein neues Volk auszusuchen, da ihr das alte nicht mehr gefiel. Doch 1989 fand die SED weder sowjetische Panzer noch eine Mehrheit in der Bevölkerung, die selbstbewußt ausrief: „Wir sind das Volk!"

Mit welch menschenverachtender Ignoranz kommunistische Herrschaften verfuhren, zeigte nicht nur der schwere Reaktorunfall in Tschernobyl 1986, sondern auch die zum Teil lebens- und gesundheitsgefährdende Umweltverschmutzung in der DDR. Die Sicherheitsstandards kommunistischer Staaten waren mit denen westlicher kapitalistischer Industriestaaten in keiner Weise vergleichbar. Im angeblich humanitären Sozialismus galt und gilt der einzelne tatsächlich nichts, was immer seine Ideologen behaupten mögen.

Doch gibt es in jedem noch so diktatorischen Regime neben den eigentlichen Funktions- und Herrschaftseliten große Gruppen von Menschen, die an seinen verführenden und ködernden Privilegien teilhaben, die durch ideologische Verblendung, Angst, kleinere Konzessionen, Unvorsichtigkeiten oder Opportunismus korrumpiert werden und deswegen dazu beitragen, Mitläufer und Opfer zu produzieren. Solche Gruppen haben aus unterschiedlichen Motiven ein Interesse daran, das nachfolgende politische System zu diskreditieren, sei es, weil es ihnen ihre Pfründe genommen hat, sei es, weil sie in der einen oder anderen Weise selbst verstrickt waren. Sie treffen dabei nicht selten auf die offenen Ohren derer, die durch die gravierenden Probleme des Übergangs persönlich getroffen sind oder auch das Gefühl haben, durch den Untergang der DDR sei ihnen ein Stück ihrer individuellen Identität genommen worden. Selten erkennen solche Gruppen die Ursachen der gegenwärtigen Probleme, die tatsächlich in den Jahrzehnten vor 1989 liegen.

Solche „DDR-Nostalgie" empört andererseits jene, die aufgrund von Verfolgung, Vertreibung, beruflicher oder materieller Benachteiligung durch die DDR-Diktatur lange Zeit um ihre Lebenschancen gebracht oder gar psychisch zerbrochen wurden.

Die Aufgabe der Historiker dieses Themenbereichs begann zwar nicht erst im Jahre 1989, doch ist sie durch den Zusammenbruch der SED-Diktatur, der eine zeitgeschichtliche Periode abschloss und zugleich wesentliches Quellenmaterial zugänglich machte, erst im vollen Sinne der distanzierten wissenschaftlichen Analyse möglich geworden. Doch betrifft sie wie alle Zeitgeschichtsforschung diejenigen, die die SED-Diktatur noch am eigenen Leibe erlebt haben, die Zeitzeugen, die

Täter, die Opfer und oftmals beides in einer Person. Die Geschichte der DDR ist also nicht bloß ein abstrakter, vergangener Forschungsgegenstand: Dies muß er zwar für den Historiker sein, doch bleibt er zugleich als miterlebter Zeitabschnitt und aufgrund der noch weit in die Zukunft hineinragenden Folgen ein doppeltes Politikum. Die Erforschung und Darstellung der SED-Diktatur ist also gleichermaßen geschichtswissenschaftlich wie politisch nötig. Die Tatsache der verlorenen Illusionen muß dabei ebenso in Rechnung gestellt werden wie die Erfahrung, daß Menschen ungern ihre Illusionen verlieren, es sich hierbei also um schmerzliche Vorgänge handelt.

2. Die DDR – eine Parteidiktatur

Die Geschichte der SED-Diktatur ist die Geschichte der zweiten deutschen Diktatur im 20. Jh., sie folgte der nationalsozialistischen und ging aus der sowjetischen Besatzungsdiktatur nach dem Zweiten Weltkrieg hervor. Daraus resultierte die fundamentale Diskussion darüber, ob es sich bei der SED-Diktatur im Unterschied zu derjenigen der NSDAP um ein bloß abgeleitetes, von außen aufgezwungenes System gehandelt habe.

Diese Einschätzung ist zweifellos bis zu einem gewissen Grade zutreffend, doch knüpfte andererseits die SED-Herrschaft an die auch in Deutschland vor 1933 existierende Kommunistische Partei an, die trotz ihrer Abhängigkeit von der durch Moskau gesteuerten Komintern eine eigene Tradition herausgebildet hatte. Und schließlich gewann auch die Herrschaft der SED im Laufe von vier Jahrzehnten eine gewisse, wenngleich begrenzte Autonomie gegenüber der Sowjetunion, d.h. also auch eine eigene Verantwortlichkeit in bezug auf ihre innere Struktur. Die Willkürjustiz einer Hilde Benjamin, Repressionsmaßnahmen des Stasi, die politischen Verfolgungen, Einkerkerungen und die Mordtaten bis hin zur Erschießung Hunderter von Flüchtlingen an der Berliner Mauer und zur Ausweisung von Schriftstellern waren Maßnahmen, die die DDR-Führung in eigener Verantwortung durchführte und für die sie folglich selbst verantwortlich ist. Und dies gilt selbstverständlich nicht allein für die Führung, sondern für all diejenigen, die das System aktiv unterstützt haben, zuvörderst den Unterdrückungs- und Bespitzelungsapparat des Ministeriums für Staatssicherheit, dem 1989 91 015 hauptamtliche und etwa 174 000 inoffizielle Mitarbeiter, sog. IM, angehörten und der über etwa 4 Mio. DDR-Bürger Dossiers angelegt hatte, 4 von 16 Mio.: Zieht man von diesen Kinder, Jugendliche, Greise und Schwerkranke ab, so wird klar, daß die SED-Diktatur einen großen Teil der aktiven erwachsenen Bevölkerung überwacht hat: Dies erinnert sehr viel stärker an George Orwells Horror-Vision „1984“ als an die Legende vom Klima „sozialer Wärme“, das im vermeintlichen „Arbeiter- und Bauernstaat“ geherrscht haben soll, und die dem Leiden der Opfer, aber auch der Situation der Durchschnittsbevölkerung Hohn spricht. Die ungefähr 180 km Akten des MfS in der Gauck-Behörde in Berlin sprechen eine deutliche Sprache.

Keine Frage also: Die DDR war eine Diktatur, für die Einschüchterung, Überwachung und Terrorisierung der Bevölkerung zum Alltag gehörten. Die DDR war trotz ihres Namens weder eine Demokratie noch ein Rechtsstaat, sondern eine Parteidiktatur, die andere Parteien nur im Rahmen eines ausgeklügelten Blocksystems und ohne eigene Machtbeteiligung zuließ, was nicht ausschloß, daß Mitglieder der Blockparteien einen gewissen Spielraum besaßen, sich der völligen Gleichschaltung zu entziehen. Diese begrenzte und domestizierte Parteienzulassung ist insofern ein interessantes Phänomen, als es von nationalsozialistischen und faschistischen, aber auch den anderen kommunistischen Diktaturen innerhalb des Ostblocks abweicht. Es ist entstehungsgeschichtlich erklärbar aus den Bedingungen der Besatzungsherrschaft und der Ideologie einer „antifaschistischen“ Einheitsfront kommunistischer und „fortschrittlicher“ bürgerlicher Kräfte in der Nachkriegszeit. Dieses System wurde zum Herrschaftsinstrument, das man nicht zuletzt deshalb benötigte, weil es in der als Feind Nr. 1 angesehenen Bundesrepublik Deutschland Parteien – die freilich aufgrund ihrer völligen Selbständigkeit und der freien Wahlen mit dem DDR-System absolut unvergleichbar waren – gab. Tatsächlich handelte es sich hier nur um eine scheinbare Analogie, sowenig die „Volkskammer“ mit einem frei gewählten Parlament wie dem Bundestag verglichen werden kann. Allerdings zeigen diese Bezeichnungen, wie wenig man die in der DDR verwendete Sprache zum Nennwert nehmen kann: Diese Verkehrung von Bedeutungsinhalten hatte Absicht und System, sie war ein Mittel der Agitation. Diese Pervertierung der Sprache, die übrigens für alle ideologisch geprägten Diktaturen charakteristisch ist, schuf mehrere Bedeutungsebenen, wie sie der in der DDR wirkende Romanist Viktor Klemperer in seinem Buch „LTI“ für die nationalsozialistische Diktatur beschrieben hat. Insofern hat ein Lexikon zur SED-Diktatur auch in bezug auf die Bedeutung der von den Funktionseliten verwendeten Begriffe entschlüsselnde Kraft.

Die Gleichschaltungsmaßnahmen gegenüber den nach 1945 zugelassenen Parteien, manifest in der Vertreibung ihrer Führungselite, bei der CDU etwa Jakob Kaisers, die in der Regel unter Zwang erfolgende

„Vereinigung“ von SPD und KPD zur SED, der Ausschluß der „Blockparteien“ von jeglicher wirklichen Macht, zeigten schon früh, daß es sich hier nicht um einen demokratischen Parteienpluralismus handelte, sondern um taktisch motivierte dekorative Versatzstücke der SED-Diktatur. Wirklich freie Wahlen hat die DDR nie zugelassen, weswegen man die bis zum Mauerbau 1961 stetig anwachsende Fluchtbewegung von mehr als 2,7 Mio. DDR-Bürgern in den Westen auch als die wahre Abstimmung, die mit den Füßen, bezeichnet hat. Und ebensowenig führte die DDR die von den Nationalsozialisten ebenfalls unterdrückte deutsche Tradition des Föderalismus fort: Als die Länder 1952 aufgelöst wurden, besaßen sie schon seit Jahren keine politische Bedeutung mehr.

3. Kommunistische und nationalsozialistische Diktaturen im Vergleich

Wenn es also keinem Zweifel unterliegt, daß die DDR eine Parteidiktatur der SED war, für die nach rechtsstaatlichen Begriffen Regierungs- und Staatskriminalität Wesensmerkmale darstellten, so muß der oftmals affektgeladene Widerstand gegen jegliche diktaturvergleichende Analyse verwundern. Und dies um so mehr, als sich nicht allein sozialistische Ideologen dagegen verwehren, sondern selbst ehemalige DDR-Bürger, die dem Regime kritisch gegenüberstanden. Dies hat zunächst psychologische Gründe: Für viele Ostdeutsche bildete die DDR auch dann ein Stück „heimatlicher“ Lebensrealität, wenn sie keine Kommunisten waren, für viele erschienen die Westdeutschen, die Gnade, Schicksal oder Zufall davor bewahrt hatte, in der SBZ bzw. der DDR aufzuwachsen, als ebenso arrogant wie ignorant: Im Laufe von viereinhalb Jahrzehnten hatte sich ein Gemeinschaftsgefühl herausgebildet, das in einen Ost-West-Gegensatz einmündete – eine Teilung der deutschen Gesellschaft, die noch nicht überwunden ist, zumal die jahrzehntelange kommunistische Indoktrination zumindest indirekte Wirkungen hatte, wie bis heute der unterschiedliche Wertekatalog in bezug auf politische Grundfragen, beispielsweise die marktwirtschaftliche Ordnung, zeigt. Gerade in diesem Bereich haben sich die historischen Perzeptionen verschoben: Ein Teil derjenigen, die 1989/1990 ausriefen: „Wenn die DM nicht zu uns kommt, kommen wir zur DM“, haben heute ein idealisierendes Bild der DDR-Planwirtschaft und ein kritisches von der Sozialen Marktwirtschaft; beides stimmt mit der ökonomischen und historischen Realität nicht überein, ist heute aber eine sozialpsychologische Tatsache, deren politische Auswirkungen keinesfalls unterschätzt werden dürfen.

Und schließlich kannte man die grauenhaften Verbrechen der nationalsozialistischen Diktatur: Erschien dagegen die DDR nicht geradezu harmlos, hatte sie doch weder millionenfachen, mit technischer Perfektion betriebenen Massenmord zu verantworten, noch einen Weltkrieg ausgelöst. Insofern sind SED-Diktatur und NSDAP-Diktatur tatsächlich unvergleichbar; der historisch angemessene Vergleich ist derjenige zwischen Hitlers Deutschland und Stalins Sowjetunion, die das von den Nationalsozialisten errichtete Konzentrationslager Buchenwald nach 1945 zunächst weiterführte und dort nicht ohne Unterstützung deutscher Kommunisten viele zehntausend Menschen aus politischen Gründen ermordete.

Die offenkundigen Unterschiede hindern aber keineswegs, Strukturmerkmale nationalsozialistischer und faschistischer Diktaturen mit kommunistischen zu vergleichen: Ein historischer Vergleich bedeutet keineswegs Gleichsetzung, sondern stellt neben Ähnlichkeiten auch Unterschiede heraus. Wer dies nicht wahrhaben will, verzichtet auf geschichtswissenschaftliche Erklärungen zugunsten einer argumentativen Immunisierungsstrategie, gerade weil er die Darstellung von Ähnlichkeiten totalitärer Herrschaft in bezug auf die DDR fürchtet. Dies kann durch persönliche Verstrickung oder auch nur das Gefühl, keinen Widerstand geleistet zu haben, bedingt sein.

Bei westlichen Interpreten gibt es ebenfalls unterschiedliche Gründe für die Abneigung gegen eine komparatistische Analyse der DDR und der NS-Diktatur; so haben zum Beispiel nicht wenige Politiker, Wissenschaftler und Publizisten vor 1989 die DDR-Herrschaft verharmlost, haben gewissermaßen eine neue Appeasement-Politik betrieben, weil sie entweder die Realität verkannten oder mehr oder weniger explizit in der DDR eine vermeintlich „progressive" Alternative der deutschen Geschichte sahen, d.h. sie sich noch immer damit schwer tun, von eigenen Illusionen Abschied zu nehmen. Und sicher gehört es nicht zu den Beispielen politischer Hellsichtigkeit, daß eine Gruppe von SPD-Politikern mit der SED ein gemeinsames Strategie-Papier verabschiedete und durch diese Gemeinsamkeit mit den „rotlackierten Faschisten", wie der erste Nachkriegsvorsitzende der SPD, Kurt Schumacher, die Kommunisten genannt hatte, gleichsam die Zwangsvereinigung postum legitimierte.

Schließlich haben diejenigen Bedenken gegen einen Vergleich, die darin eine Relativierung der als singulär betrachteten nationalsozialistischen Diktatur sehen; sie sind weniger von wissenschaftlichen als von volkspädagogischen Gründen geleitet.

Zwar ist jedes historische Phänomen im strengen Sinne singulär, doch steckt allein schon in der Begriffsbildung ein Vergleich. Die Verwendung des Wortes Diktatur etwa verweist auf identische begriffsbildende Merkmale von Herrschaftsformen. Und da es sich bei einem wesentlichen Teil dieser Merkmale um formale Kriterien handelt, spielt die unterschiedliche bzw. gegensätzliche Ideologie kommunistischer oder nationalsozialistischer Diktaturen für den Charakter ihrer Herrschaftspraxis keine ausschlaggebende Rolle, sondern zum Beispiel die Tatsache, wie sie mit politischen Minderheiten umgehen, wie sie ihre Herrschaft durchsetzen usw. Und da zeigt sich, daß das nationalsozialistische Regime der Vorkriegszeit, also der Jahre 1933 bis 1939, sehr wohl mit dem SED-Regime Ähnlichkeiten aufweist.

Die im politikwissenschaftlichen Totalitarismusmodell seit den 1930er Jahren entwickelten Kriterien, die damals auf die deutsche und die sowjetische Diktatur angewandt worden waren, bieten dafür einen sinnvollen heuristischen Zugang, will man die Herrschaftstrukturen und -mechanismen herausarbeiten.

Die ideologischen Unterschiede bleiben dabei außer Betracht, kann man doch mit Fug und Recht in Zweifel ziehen, daß die kommunistische Herrschaftspraxis von den hehren humanitären Zielen der ihr zugrundeliegenden Ideologie auch nur im geringsten beeinflußt war: Die sozialistischen Ideale haben nicht verhindert, daß die stalinistische Sowjetunion mit vergleichbarer Brutalität und krimineller Energie zu Werke ging wie die nationalsozialistische Diktatur. Für die Opfer von Diktaturen bedeutet es keinen Trost, wenn sie statt von einer menschenverachtenden „Weltanschauung" wie der nationalsozialistischen von einer idealistischen zugrunde gerichtet werden. Eine Trennung des „real existierenden Sozialismus" von den ihn leitenden Ideen erscheint schon deshalb als unzulässig, weil zweifellos Ideen Konstruktionsfehler aufweisen müssen, deren Realisierungsversuche in mehr als sieben Jahrzehnten grundsätzlich und unter allen historischen, nationalen und geographischen Bedingungen katastrophal gescheitert sind. Da dies nachweislich so ist, hat ihre Realisierung historisch gesehen die sozialistischen und kommunistischen Ideen widerlegt.

Ein historischer Vergleich der Diktaturen des 20. Jh. geht von folgenden Prämissen aus:

1. vom grundsätzlichen und unaufhebbaren Gegensatz von Demokratie und Diktatur. Daraus folgt eine Verwandtschaft aller diktatorischen, aber auch aller demokratischen Systeme.
2. Ein historischer Vergleich erstrebt nicht Gleichsetzung.
3. Ein historischer Vergleich ist weder Apologie noch Entschuldigung. So entschuldigt beispielsweise die Feststellung, Stalins Verbrechen seien denen Hitlers vergleichbar, weder die einen noch die anderen.

4. Vergleiche erstrecken sich nicht zwangsläufig auf das gesamte System, das auch in seinen jeweiligen epochalen Bezügen interpretiert werden muß, sondern in der Regel auf Strukturmerkmale, die eine spezifische Herrschaftsform, in diesem Fall eine moderne, ideologiegeleitete Diktatur konstituieren.

So gelten beispielsweise die Mehrzahl der aus dem Totalitarismusmodell Carl Joachim Friedrichs, Zbigniew Brzezinskis u.a. stammenden Merkmale mit spezifischen Modifikationen für die meisten Diktaturen des 20. Jh. Dies sind vor allem:

– das Ziel einer totalen Erfassung und Gleichschaltung der Bevölkerung durch eine Partei und der ihr untergeordneten gesellschaftlichen Massenorganisationen;
– das Nachrichtenmonopol des Herrschaftssystems, d.h. also die Unterdrückung einer freien Presse und eines politischen Pluralismus der Medien;
– die rechtliche oder faktische Existenz eines Einparteienstaats mit dem Entscheidungsmonopol der Partei, die als Massenpartei organisiert ist, zugleich aber den Anspruch erhebt, die politische Elite zu verkörpern;
– Einsatz vergleichbarer terroristischer Machttechniken, greifbar in der Existenz einer Geheimpolizei und eines entsprechenden Überwachungs-, Spitzel- und Unterdrückungsapparats;
– eine dem Anspruch nach allein- und allgemeingültige Herrschafts- und Gesellschaftsideologie.

Zu diesen Strukturmerkmalen kommen weitere hinzu, die z.T. logisch aus der ersten Gruppe hervorgehen:

– monopolistische Machtkonzentration auf einen Führer oder eine Führungsclique innerhalb der Partei;
– Persönlichkeitskult um den Führer;
– Ausgrenzung und z.T. bis zum Mord gehende Terrorisierung größerer Bevölkerungsgruppen, seien sie nun rassisch-national, religiös, politisch oder sozial definiert;
– Unterdrückung von Minderheiten bzw. Zwang zur Emigration;
– ein ideologisches Feindbild;
– prinzipiell unbegrenzte Reichweite politischer bzw. rechtspolitischer Entscheidungen und Sanktionsmöglichkeiten, z.B. politische Justiz;
– Verbindung von Unterdrückung, Terror und Verführung, beispielsweise durch (materielle) Privilegien, ideelle Auszeichnung für Angehörige einer vermeintlichen oder tatsächlichen Funktionselite;
– moderne bzw. modernste Technik zur Inszenierung von Herrschaftskulten bzw. Durchsetzung der Herrschaft.

Mögen sich Diktaturen auch plebiszitär, besser gesagt, pseudoplebiszitär legitimieren, so basieren sie doch tatsächlich immer auf Gewalt. Diktatur ist Gewaltherrschaft auch dann, wenn es verschiedene Grade des Terrors gibt und dieser sich im Laufe jahrzehntelanger Herrschaft auch vermindern kann. So ist die Ausweisung, die die DDR-Führung gegen mißliebige Schriftsteller verhängte – die in der Regel kaum einer prinzipiellen Opposition zuzurechnen waren, sondern meist „reformsozialistisch" orientiert waren – zweifellos ein weniger brutales Herrschaftsinstrument als Todesurteile, Einsperrung oder Deportation; ein schwerer Unrechtsakt aber ist auch die Ausweisung von Staatsangehörigen.

Mit diesem Hinweis ist zugleich gesagt, daß auch Diktaturen, zumal wenn sie lange existieren, ihren Herrschaftsstil verändern können, selbst also eine Geschichte haben und nicht von Beginn bis Ende identisch sind oder überhaupt sein können. Entscheidend aber bleibt die Tatsache der Gewaltherrschaft auch bei Abschwächung, Modifikation oder Neuorientierung der hier genannten Strukturmerkmale und Machttechniken. Selbstverständlich reagiert jede Machtsicherung auch auf exogene und endogene Faktoren und Wandlungen, beispielsweise Generationswandel.

Keineswegs ausschlaggebend ist indes die Wirtschaftsstruktur für einen Diktaturvergleich, können doch Diktaturen sowohl planwirtschaftliche als auch marktwirtschaftlich-kapitalistische Strukturen aufweisen. Davon abgesehen ist dieses Argument gegen einen Diktaturvergleich schon deshalb nicht stichhaltig, weil die Wirtschaftsstruktur des NS-Regimes, beispielsweise bei der Autarkiepolitik oder der Organisierung der Kriegswirtschaft mit der Indienstnahme der Wirtschaft für die politischen Ziele des Nationalsozialismus, auch ohne Sozialisierung planwirtschaftliche Elemente enthielt.

Wendet man die genannten Kriterien auf die konkrete historische Realität an, wird es sinnvoll, die Partei- und Massenorganisationen, beispielsweise gleichgeschaltete Gewerkschaften oder Jugendorganisationen, den Staatssicherheitsdienst mit dem Reichssicherheitshauptamt bzw. der GESTAPO, die Politisierung der Justiz, die Wissenschafts- und Kulturpolitik u.a.m. zu vergleichen, wobei ins Auge fällt, daß die mehr als vierzig Jahre dauernde SED-Diktatur ihre Herrschaft sehr viel stärker ausgebaut hat als die zwölfjährige NS-Diktatur, von der – wie gesagt – vor allem die sechs Vorkriegsjahre zu vergleichen sind. Es wird zudem möglich, neben der Verfolgung von NS-Tätern auch die Integration von ehemaligen Nationalsozialisten unter dem Gesichtspunkt der Kontinuität von Funktionseliten, die es neben ihrem ideologisch bedingten Wandel ebenfalls gegeben hat, zu vergleichen. Von solchen im einzelnen erhellenden Beispielen abgesehen, dient der Vergleich sowohl zur angemesseneren historischen Erfassung der deutschen Geschichte im 20. Jahrhundert als auch der unverzichtbaren und offenbar jeder Generation neu zu vermittelnden Tatsache, daß Diktaturen auch nicht teilrichtig sein können, sondern einen in sich unüberwindbaren Gegensatz zu demokratischen Rechtsstaaten darstellen: Die hier vorgelegte enzyklopädische wissenschaftliche Bestandsaufnahme erfüllt beide Aufgaben, sie liefert in der Tradition der bisherigen Forschung, aber aufgrund der veränderten Bedingungen umfassender, eine Fülle von Informationen und bietet gerade dadurch politische Orientierung.

Gerhard Wettig

Phasen des DDR-Sozialismus

1. Die „antifaschistisch-demokratische" Anfangsphase (1945–1947)
2. Grundlegung des ostdeutschen Systems (1947–1949)
3. Das Dilemma von Befreiungsanspruch und Abschirmungserfordernis (1950–1961)
4. Bemühungen um eine Wirtschaftsreform (1961–1971)
5. Niedergang und Zusammenbruch (1971–1989)

1. Die „antifaschistisch-demokratische" Anfangsphase (1945–1947)

In ihrem Aufruf vom 11. Juni 1945 verkündete die Führung der KPD die „Auffassung, daß der Weg, Deutschland das Sowjetsystem aufzuzwingen, falsch wäre" und begründete dies mit der These, daß dieser Weg „nicht den gegenwärtigen Entwicklungsbedingungen in Deutschland" entspreche. Demzufolge beschränkte sich das Streben der deutschen Kommunisten auf die Durchsetzung „antifaschistisch-demokratischer" Ziele, die angeblich allen Parteien gemeinsam waren. Damit nahmen die Kommunisten die Sozialdemokraten und die bürgerlichen Kräfte faktisch für ein Programm in Anspruch, das dazu bestimmt war, eine spätere vollkommunistische Phase vorzubereiten. Wie es aber hieß, ging es allein um die Vollendung der bürgerlichen Revolution in Deutschland, die 1848 vergeblich eingeleitet worden war. Wer in der KPD diese – auf die offene Proklamierung des Sozialismus vorerst verzichtende – Linie nicht mitmachen wollte und für die Verwirklichung sozialistischer Ziele eintrat, sah sich dem Verdikt linken „Sektierertums" ausgesetzt. Aus diesen Tatbeständen ist verschiedentlich der Schluß gezogen worden, daß Stalin zumindest anfänglich willens gewesen sei, eine demokratisch-liberale Ordnung in dem besetzten Land einschließlich der SBZ zu akzeptieren. Dem steht der Eindruck vieler mitlebender Zeitgenossen wie rückschauender Historiker gegenüber, daß die sowjetische Besatzungsmacht im Zusammenwirken mit den von ihr eingesetzten KPD-Funktionären von vornherein auf die Einführung des „Sozialismus" genannten Sowjetsystems hingearbeitet habe.

Die inzwischen zutage gekommenen internen Dokumente der KPD/SED und der UdSSR belegen unzweideutig, daß man sowohl in Moskau als auch in Ost-Berlin zu keiner Zeit von der Perspektive des Sozialismus abging. Die Pläne, die eine von der KPdSU eingesetzte, aus KPD-Emigranten bestehende Arbeitskommission 1944 unter der Anleitung Dimitroffs und Stalins für die einzuführende Ordnung formulierte, umfaßten unter anderem eine stalinistisch strukturierte kommunistische Kader- und Kampfpartei, deren politische Stärkung durch eine zu assimilierende SPD, eine von Anbeginn an festzulegende Führungsrolle der KPD gegenüber den anderen Parteien, ersatzparlamentarische Funktionen für den so geschaffenen „Block der kämpferischen Demokratie", eine starke staatliche „Volksmacht" ohne Gewaltentrennung und die Entmachtung der bis dahin sozial führenden Schichten durch Enteignung aller größeren Agrar- und Industriebetriebe. Auch wenn immer wieder von der Schaffung einer parlamentarisch-demokratischen Republik auf deutschem Boden die Rede war, fehlten auffallenderweise alle Ausführungen über die Schaffung einer Volksvertretung, die aus Wahlen hätte hervorgehen sollen.

Das hervorstechende Merkmal dieses Aktionsprogramms war sein dynamischer Charakter. Anders als üblich sollte die KPD ihre Endziele nicht sogleich auf die politische Tagesordnung setzen. Auch wenn der Blick bereits von Anfang an auf den angestrebten Endzustand zu richten war, erschien es geboten, phasenweise vorzugehen und erst nach und nach in einer feststehenden Abfolge die den jeweiligen Entwicklungsbedingungen entsprechenden Forderungen zu erheben und durchzusetzen. Das Konzept beruhte auf der Voraussetzung, daß die KPD in jeder Phase die Initiative in der Hand hatte. Dadurch sollte sie die Fähigkeit erhalten, die Alternative jedesmal so zu formulieren, daß sie die stärkere Seite war und die jeweils auf die Gegenseite gedrängten Kräfte isolieren und entmachten konnte. Das 1944 in Moskau formulierte Aktionsprogramm lief daher auf eine Strategie sukzessiver Machtergreifung hinaus. Je länger, desto weniger sollten nicht-kommunistische Kräfte und nicht-kommunistische Vorstellungen zur Geltung kommen.

Der behauptete „allgemein-demokratische" Charakter der ins Auge gefaßten Ordnung erweist sich angesichts dieses Befunds der internen Dokumente als Fiktion. Das läßt die Frage entstehen: Warum hielt die sowjetische Besatzungsmacht überhaupt eine demokratisch aussehende Anfangsphase für ratsam? Zwar sahen sich die kommunistischen Gefolgsleute der UdSSR von vornherein durch die sowjetischen Maßnahmen überall begünstigt und mit entscheidenden Positionen gegen ihre politischen Konkurrenten ausgestattet, aber es wäre doch alles für sie noch ungleich einfacher gewesen, wenn das als Endperspektive vorgesehene Sowjetsystem sogleich eingeführt worden wäre. Dann hätten sich die nicht-kommunistischen Kräfte in der SBZ gar nicht erst konstituieren können; für ihre konkurrierenden Bestrebungen hätte es von vornherein keine Grundlage gegeben. Wozu also der Umweg über die anfängliche „antifaschistisch-demokratische" Fassade?

Zwei Überlegungen waren für Stalin und seine Mitarbeiter entscheidend. Zum einen hielten sie es für notwendig, dem aufgrund der nationalsozialistischen Herrschaft unterentwickelt gebliebenen sozialistischen Bewußtsein der deutschen „Massen" entgegenzukommen. Wenn die Kommunisten ihre Vorstellungen in ungeschützter Radikalität vertreten hätten, wäre nach Moskauer Einschätzung ein so starker Widerstand in der deutschen Gesellschaft zu erwarten gewesen, daß selbst dort, wo die sowjetische Besatzungsmacht ihre Macht einsetzen konnte, außerordentliche Schwierigkeiten entstanden wären. Zum anderen erschien der sowjetischen Führung Deutschland insofern als ein besonders komplizierter Fall, als dieses Land nicht allein von der UdSSR besetzt wurde. Von den westlichen Okkupationsmächten jedoch waren Gegenwirkungen zu befürchten, wenn die Einführung des Sowjetsystems auf die politische Tagesordnung gesetzt würde. Es mochte zwar möglich sein, die politisch-sozialen Verhältnisse in der SBZ allen Widerständen zum Trotz auf das Moskauer Vorbild auszurichten, aber dann mußte man zwei gewaltige Nachteile in Kauf nehmen: den Verlust des Einflusses auf die Westzonen und eine offene Konfrontation mit den angelsächsischen Mächten. Stalin suchte jedoch seine Pläne in gesamtdeutschem Maßstab zur Geltung zu bringen und scheute auch die offene Auseinandersetzung mit den USA, die aus dem Krieg gestärkt und prosperierend hervorgingen. Ein Bruch mit Washington erschien machtpolitisch riskant und war überdies geeignet, Hoffnungen auf materielle Unterstützung des sowjetischen Wiederaufbaus zunichte zu machen. Wenn der Kreml dagegen seine Ziele in Deutschland scheinbar in Übereinstimmung mit den westlichen Demokratien verfolgte, schien sich eine Möglichkeit zu bieten, das Unvereinbare miteinander zu vereinbaren. Demnach galt es, die Einführung des Sowjetsystems in Deutschland auf verschlungenen Wegen und mittels demokratischer Mimikry zu erreichen.

Das Moskauer Aktionsprogramm von 1944 zeichnete weithin die Maßnahmen vor, welche die Besatzungsmacht bzw. auf deren Geheiß die kommunistische Partei in der SBZ durchführte. Allerdings zogen unvorhergesehene Umstände verschiedentlich Abänderungen nach sich. Nachdem es Stalin durch die Eroberung Berlins und der Mark Brandenburg Anfang Mai 1945 gelungen war, die politische Mitte Deutschlands unter seine Herrschaft zu bringen, suchte er diese Lage auszunutzen. Im Widerspruch zu den Übereinkünften mit den angelsächsischen Mächten verlegte er überraschend die erst für später vorgesehene Zulassung deutscher Parteien vor in der Hoffnung, durch die seiner Kontrolle unterworfenen Berliner Parteizentralen entscheidenden Einfluß auf das politische Leben in ganz Deutschland ausüben zu können. Der Anschluß der SPD an die KPD, an den erst nach „Klärungen" im kommunistischen Sinne gedacht gewesen war, wurde ab Herbst 1945 ebenfalls beschleunigt. Der Grund war, daß entgegen den Moskauer Erwartungen nicht die Kommunisten, sondern die Sozialdemokraten Massenzulauf erhielten. Damit drohte statt einer Vereinigung, die von einer gestärkten KPD bestimmt worden wäre, eine politische Marginalisierung der Kommunisten. Um für diese noch zu retten, was zu retten war, stellte die Besatzungsmacht eilig die Weichen für einen raschen Zusammenschluß der „Parteien der Arbeiterklasse" und setzte im übrigen darauf, daß die Macht ihrer Behörden künftig ausgleichen könne, was den kommunistischen Kadern an Anziehungskraft fehlte. Unter diesen Auspizien wurde die Vereinigung von KPD und SPD zur SED am 21./22. April 1946 vollzogen.

Das war zum einen ein Triumph für die Kommunisten, die auf diese Weise in der SBZ die übermächtige sozialdemokratische Konkurrenz ausschalten und zugleich deren Anhängerschaft übernehmen konnten, ohne die Führung ernstlich teilen zu müssen. Zum anderen jedoch zeigten sich auch die Grenzen des Einflusses, den die sowjetische Unterstützung verschaffte: Es gelang nicht, die Vereinigung auf die Westzonen oder auch nur auf die Berliner Westsektoren zu erstrecken. Damit wurde erstmals klar, daß sich die deutschen Kommunisten nur so weit durchsetzen konnten, wie sie auf sowjetische Zwangsgewalt zurückgreifen konnten. Analog dazu scheiterten auch die Bemühungen, die Autorität der von der UdSSR eingesetzten und überwachten Führungen der bürgerlichen Parteien außerhalb der SBZ zur Geltung zu bringen. Im gesamtdeutschen Rahmen konnten sich die Kommunisten mit ihrem Führungsanspruch nicht durchsetzen. Die „Massen", die sie anzuleiten und zu mobilisieren hofften, sympathisierten statt dessen mit politischen Konkurrenten. Nur innerhalb der SBZ konnte die Besatzungsmacht ihre deutschen Helfershelfer vor den Folgen ihrer Ablehnung durch die Bevölkerungsmehrheit schützen. Wie schwer selbst dies war, zeigte sich, als sich die östliche Seite durch Wahlen in den Westzonen genötigt sah, diesem Beispiel zu folgen. Nur mittels extremer Eingriffe der Besatzungsmacht konnte die SED ein Mindestmaß der für erforderlich gehaltenen Stimmen gewinnen. Die Abhängigkeit der Kommunisten vom Einsatz der sowjetischen Macht zog die Konsequenz nach sich, daß kein Druck der „Massen" zustande kam, der gemäß dem Plan von 1944 die auf eine sozialistische Weiterentwicklung angelegte Ordnung der SBZ auf die westlichen Teile Deutschlands übertragen hätte. Damit zeichnete sich bereits vor Ausbruch des offenen Ost-West-Konflikts die Teilung des besetzten Landes in zwei Staaten mit gegensätzlichem System ab.

2. Grundlegung des ostdeutschen Systems (1947–1949)

Die Hoffnung der sowjetischen Besatzungsmacht und ihrer ostdeutschen Helfershelfer, die politischen Verhältnisse in den Westzonen wesentlich beeinflussen zu können, verlor auch durch die Entwicklung des

Verhältnisses zu den Westmächten ihre Basis. In der ersten Nachkriegszeit war bezüglich der Deutschland als Ganzes betreffenden Fragen eine asymmetrische Beziehung entstanden. Die UdSSR verhinderte Maßnahmen der beiden angelsächsischen Staaten zur wirtschaftlichen Sanierung ihrer Zonen mit ihrem Veto, beanspruchte aber für sich selbst das Recht zur autonomen Bestimmung aller Angelegenheiten innerhalb ihres Okkupationsbereichs. Nachdem auf der Moskauer Außenministerkonferenz ein weiterer Versuch zur Einigung gescheitert war, hielten die Regierungen in Washington und London diesen Zustand für nicht länger erträglich. Am 5. Juni 1947 kündigte der amerikanische Außenminister Marshall das seither nach ihm benannte Hilfsprogramm für die europäischen Länder einschließlich Westdeutschlands an. Die USA waren somit nicht länger willens, sich in den europäischen und deutschen Angelegenheiten durch sowjetische Einwände am notwendig erscheinenden Handeln hindern zu lassen. Stalin sah dies als politische Kriegserklärung an und reagierte, indem er alle Brücken zu den Westmächten abbrach. Mit der These von den beiden einander feindlich gegenüberstehenden Lagern erhob er die Konfrontationspolitik zum Programm. In der Deutschland-Frage ging es ihm um die Wiederherstellung der früheren Asymmetrie. Diesem Zweck diente die Forderung, die andere Seite müsse zum Standpunkt der deutschen Einheit auf der Grundlage der Potsdamer Beschlüsse von 1945 (die angeblich in ganz Deutschland eine politische Entwicklung wie in der SBZ vorgesehen hatten) zurückkehren. Zu diesem Zweck geforderte Verhandlungen über den Abschluß eines Friedensvertrags sollten die Westmächte darauf festlegen.

In der Folgezeit war die SED-Führung deshalb bestrebt, die „Massen“ in Ost- wie Westdeutschland für das Ziel der deutschen Einheit zu mobilisieren. In den Vordergrund trat statt der demokratischen Mimikry die nationale Parole. Der Appell an das Verlangen der Deutschen nach staatlicher Einheit sollte die Kommunisten und ihre sowjetische Schutzmacht als Verfechter des nationalen Interesses legitimieren und ihnen im Volk die Unterstützung für ihre – unausgesprochen damit verbundene – Politik der sozialistischen Umgestaltung verschaffen. Zugleich ging es darum, die Konstituierung eines westdeutschen Gemeinwesens außerhalb der sowjetischen Einflußsphäre zu verhindern und vielleicht sogar eine staatliche Vereinigung unter sowjetischer Ägide zu ermöglichen. Schon vor dem offenen Bruch vom Juni 1947 hatte die SED-Führung auf sowjetisches Betreiben mit der Vorlage eines gesamtdeutschen Verfassungsentwurfs und mit Plänen für einen Volksentscheid über die Bildung eines deutschen Staates Vorarbeiten geleistet. Am 6./7. Dez. 1947 ließen die ostdeutschen Kommunisten den 1. Deutschen Volkskongreß tagen, der, auch mit Delegierten aus dem Umfeld der westdeutschen KPD beschickt, die sowjetischen Einheitsforderungen zum Willen des deutschen Volkes erklärte. In Übereinstimmung mit Stalins Konfrontationspolitik ging die Einheitskampagne nicht mit einer Abschwächung, sondern mit einer Verschärfung der auf die künftige Schaffung eines sozialistischen Systems gerichteten Tendenz einher. Dem lag die Vorstellung zugrunde, daß es um die sozialistische Sache in Deutschland um so besser stehe, je stärker die SBZ als Bastion der sozialistischen Zukunft ausgebaut werde. Stalin legte dabei – anders als die Verfechter einer harten Linie in der SED und in den Besatzungsbehörden – im Interesse einer gesamtdeutschen Optik Wert darauf, daß auch weiterhin nur von einer „antifaschistisch-demokratischen" Ordnung die Rede war.

Die verstärkte Neigung zu einem rascheren Fortschreiten auf dem Weg zum Sozialismus zeigte sich natürlicherweise zuerst an der SED als dem Kern des Herrschaftssystems. Der II. Parteitag vom 20. bis 24. Sep. 1947 vollzog eine klare Abwendung von jenen kompromißlerischen Strukturelementen, die im Vorjahr aus der SPD bei der Vereinigung hereingekommen waren, und proklamierte als Ziel eine uneingeschränkt stalinistische „Partei neuen Typus". Der damit anvisierte Wandel wurde während der folgenden zwei Jahre durchgesetzt. Die These vom „verschärften Klassenkampf" rechtfertigte Maßnahmen wie innerparteiliche Säuberungen, Verpflichtung zu kommunistischer Disziplin und Wachsamkeit, Einführung des „demokratischen Zentralismus", Systematisierung der Durchdringung von Staat und Gesellschaft mit kommunistischen Kadern, Erklärungen der unbedingten Unterwerfung unter den sowjetischen Willen, die Einführung einer Parteikontrollkommission und eines Systems der Prüfung und Bewährung bei der Aufnahme neuer Mitglieder.

Die Besatzungsbehörden leiteten seit Spätherbst 1947 drastische Schritte ein, um CDU und LDPD des bis dahin noch vorhandenen politischen Eigenwillens zu berauben. Die dadurch bewirkte Entmachtung und Unterwerfung der beiden bürgerlichen Parteien wurde 1948/49 vollendet. Die SED-Führung rief durch beauftragte Kader zwei scheinbürgerliche Parteien, DBD und NDPD, ins Leben, sie nahm von ihr beherrschte „gesellschaftliche Organisationen" als verdeckte Mehrheitsbeschaffer in den Parteienblock herein und unterwarf dann die so formierte Nationale Front einer verschärften Disziplin. Das Mehrparteiensystem der SBZ, das von Anfang an seinen Mitgliedern nur beschränkte Handlungsfähigkeit zugebilligt hatte und stets kommunistischer Vorherrschaft unterstellt gewesen war, entwickelte sich endgültig zur Farce. Parallel dazu wurden Verbände wie FDGB und FDJ, die zunächst durch ihren angeblich überparteilichen Gemeinsamkeitscharakter entsprechende Gründungen von nicht-kommunistischer Seite verhindert hatten, zu kommunistischen Kaderschmieden. Das Organisationsmonopol in der Partei wurde ungeniert festgelegt.

Die neue Tendenz trat auch in den staatlichen Strukturen zutage. Das Prinzip der kommunalen und regionalen Selbstverwaltung, das die sowjetische Seite auf Wunsch der Westmächte und zum Zweck der Niederhaltung Deutschlands 1945 akzeptiert hatte, erwies sich je länger, desto mehr als Hindernis für die sozialistische Umgestaltung. Daher wurden schon im Winter 1946/47 erste Zentralisierungsmaßnahmen durchgeführt. Nach dem offenen Bruch mit den Westmächten im Juni 1947 entfielen alle bisherigen Hinderungsgründe. Innerhalb von nur drei Wochen wurden daraufhin die Deutsche Wirtschaftskommission und die Deutsche Verwaltung des Innern als Kerne ostdeutscher Staatlichkeit ausgestattet. Die Wahl dieser beiden Schwerpunkte war für die stalinistische Systemperspektive kennzeichnend: Zentralverwaltungswirtschaft und Polizeiregime waren die tragenden Säulen, auf denen die Herrschaftsordnung ruhte.

1948 wurde ein erster ökonomischer Zwei-Jahr-Plan ausgearbeitet. Bezüglich der bewaffneten Machtapparate, die System und Regime nach innen und außen zu schützen bestimmt waren, kam es zu einer stürmischen Entwicklung. Es wurde nicht allein die allgemeine Polizei verstärkt und auf die nunmehr klar formulierte Aufgabe verpflichtet, Partei und Staat zu schützen – gegen den Bürger, wie man zwischen den Zeilen lesen konnte. Es wurde auch die – seit 1946 separat bestehende – Grenzpolizei einer Kasernierung unterworfen. Die innerhalb der Kriminalpolizeien aufgebauten K-5 Dienststellen, denen die Besatzungsmacht bis dahin überwiegend fallweise politisch-geheimpolizeiliche Aufträge übertragen hatte, erhielten im August 1947 die Funktion einer allgemeinen Entnazifizierungsbehörde. Da der Vorwurf nationalsozialistischer Gesinnung gemäß erteilter Anweisungen je nach politischer Opportunität erhoben oder fallen gelassen werden konnte, entstand damit ein Organ zur Verfolgung von Gegnern mit geheimdienstlichen Mitteln. Seine Zuständigkeit dehnte man in der Folgezeit ausdrücklich auf die Feststellung und Ahndung von Vergehen gegen die sozialistische Wirtschaft aus. Die so geschaffene Behörde wurde bald personell verstärkt, organisatorisch verselbständigt und durch einen nachrichtendienstlichen Zweig ergänzt. Daraus wurde am 8. Februar 1950 das Ministerium für Staatssicherheit gebildet.

In den Sommer 1947 fällt auch der Beginn der Planungen für militärische Kader und Formationen. Auf diesen Vorarbeiten fußend, ordnete Stalin am 2. Juli 1948 die Bildung der ersten kasernierten Bereitschaften an. Weitere Maßnahmen in den folgenden beiden Jahren führten zur Schaffung eines etwa 50 000 Mann umfassenden Personalkerns für ostdeutsche Bodentruppen. 1951 und 1952 begannen Vorbereitungen für die Bildung von Marine- bzw. Luftwaffenkadern.

Allen Machtorganen des entstehenden Staates galt eine besonders intensive Aufmerksamkeit der sowjetischen Besatzungsmacht. Dies trifft insbesondere für den Staatssicherheitsdienst und für die Streitkräfte zu, die bis in ihre Untergliederungen hinein von überwachenden und anleitenden „Beratern" (sovetniki) durchsetzt wurden, die ihrerseits einer klaren Kontrolle durch vorgesetzte Stellen unterworfen waren. Das bewirkte einen Sonderstatus. Die Staatssicherheit bzw. die Streitkräfte wurden, von der verwaltungsmäßigen Betreuung abgesehen, aus der ostdeutschen Kompetenz herausgenommen und direkt den einschlägigen Besatzungsbehörden unterstellt. Für den politischen Gesamtzusammenhang ist es bezeichnend, daß 1947 nicht allein die Absicherung des Systems nach innen für wichtig erachtet wurde. Es ging auch darum, daß die SED-Führung – bzw. die sie kontrollierende Moskauer Zentrale – auf der gesamtdeutschen Ebene über militärische Kräfte verfügte. Da zu dieser Zeit an die Aufstellung entsprechender Truppen in Westdeutschland noch nicht zu denken war, dürfte die Überlegung dahin gegangen sein, der ostdeutschen Seite gegenüber den Westzonen eine bewaffnete Überlegenheit zu sichern. Stalin mag gedacht haben, daß er auf diese Weise auch dann noch die deutsche Situation kontrollieren könnte, wenn – seinem Verlangen entsprechend – früher oder später die Besatzungstruppen aus Deutschland zurückgezogen würden.

Die Bemühungen der SED-Führung, mittels der Volkskongreßbewegung die westdeutsche Bevölkerung für ihre Ziele zu mobilisieren, scheiterten im Laufe des Frühjahrs 1948. In den internen Dokumenten findet man Hinweise darauf, daß sich diese Einsicht auch in Ost-Berlin und Moskau Bahn brach. Einer der daraus gezogenen Schlüsse war, den vom 2. Deutschen Volkskongreß konstituierten Deutschen Volksrat mit Aufgaben der Staatsbildung (insbesondere mit der Ausarbeitung einer Verfassung) zu beauftragen, die sich scheinbar auf Gesamtdeutschland, faktisch jedoch auf die SBZ bezogen. Auf diese Weise konnte sich die SED-Führung weiterhin als Verfechter der deutschen Einheit präsentieren und die in Westdeutschland eingeleitete Staatsbildung durch Einheitskampagnen stören, ohne auf ihren sozialistisch orientierten Staat verzichten zu müssen.

Eine andere Konsequenz der Enttäuschung über die westdeutschen „Massen“ war, daß Stalin zu Mitteln der Pression griff. Die gegen West-Berlin verhängte Blockade sollte die Westmächte dazu zwingen, entweder der sowjetischen Forderung nach Wiederherstellung des Vetos bezüglich der Westzonen nachzukommen oder aber mit der Preisgabe West-Berlins dem Vertrauen der Deutschen auf den Westen, vor allem auf die USA, die Grundlage zu entziehen. Der Erfolg der Luftbrücke machte diesen Plan zunichte. Für die sowjetische Führung war damit endgültig klar, daß das der SBZ aufgezwungene System bis auf weiteres nur dort durchgesetzt werden konnte. Ein ostdeutscher Staat schien unausweichlich. Am 30. Mai 1949 wählte der 3. Deutsche Volkskongreß den 2. Deutschen Volksrat. Dieser wurde – nach Verschiebung der eigentlich im Herbst anstehenden Wahlen – am 7. Okt. 1949 zur provisorischen ostdeutschen Volksvertretung erklärt. In dieser Eigenschaft proklamierte er am gleichen Tag die Deutsche Demokratische Republik, die aufgrund der Tatsache, daß auch westdeutsche Personen (aus dem Umfeld der KPD) an dem Gründungsakt mitwirkten, den Anspruch auf gesamtdeutsche Legitimation erhob. Demnach repräsentierte die DDR das ganze deutsche Volk und wurde nur durch die Anwesenheit der westlichen Besatzungstruppen in den Westzonen an der Wahrnehmung ihres gesamtdeutschen Mandats gehindert.

Dementsprechend bildete das Bemühen um eine Mobilisierung der westdeutschen „Massen“ auch in den folgenden Jahren ein wesentliches Moment der SED-Politik. In scharfem Kontrast dazu stand, daß die SED-Führung sich auch weiterhin scheute, für das beanspruchte Volksmandat eine Legitimation durch Wahlen einzuholen. Als schließlich im Herbst 1950 eine reguläre Volkskammer zustande kam, beruhte sie auf „Wahlen“, bei denen den Wählern jede Möglichkeit der Wahl genommen war. In der Bundesrepublik reagierte man daher auf die gesamtdeutschen Ansprüche der SED mit dem Verlangen, daß der geforderte einheitliche deutsche Staat auf der Basis freier Wahlen geschaffen werden müsse.

3. Das Dilemma von Befreiungsanspruch und Abschirmungserfordernis (1950–1961)

Die gesamtdeutschen Ambitionen der ostdeutschen Kommunisten und ihrer sowjetischen Protektoren wurden ideologisch mit der Vorstellung begründet, daß der Sozialismus dazu berufen sei, die Menschheit von Ausbeutung und Unterdrückung zu befreien. Im Blick auf das deutsche Volk hatte die SED diesen Befreiungsauftrag zu erfüllen. Die Realitäten in der DDR sprachen jedoch dem Ideal hohn – mit der Folge, daß sich die „Massen“ dort noch mehr als anderwärts vom sozialistischen System abwandten. Politische Unterdrückung und wirtschaftliche Planung machten es gleichermaßen notwendig, den Einwohnern jede Möglichkeit zu nehmen, sich der auferlegten Herrschaft zu entziehen. Genau diese Chance jedoch besaßen die DDR-Bürger. Auf dem Boden der gleichen Nation gab es eine demokratische und prosperierende Bundesrepublik, die deutsche Flüchtlinge aufzunehmen bereit war. Es kam daher – nach einem von Lenin geprägten Ausdruck – zu einer massenweisen „Abstimmung mit den Füßen“ gegen den DDR-Sozialismus. Von 1949 bis 1961 verließen – ungeachtet sich verstärkender Hinderungsversuche der ostdeutschen Behörden – Jahr für Jahr zwischen 130 000 und 280 000 Menschen die DDR, insgesamt 2,7 Mio. Spätestens 1951 wurde in Ost-Berlin und Moskau erwogen, dem Flüchtlingsstrom radikal ein Ende zu machen. Am 29. Mai 1952 wurden die Grenze zur Bundesrepublik und der Außenring um West-Berlin geschlossen. Die Sektorenübergänge in den Ostteil der Stadt blieben jedoch offen; das dadurch übriggebliebene Schlupfloch sollte durch Posten an der Demarkationslinie zwischen Ost-Berlin und der DDR unter Kontrolle gehalten werden. Das gelang allerdings nur sehr unvollkommen; die Republikflucht wurde kaum eingedämmt. Dem Wunsch der SED-Führung, auch die Sektorengrenze abzuriegeln, entsprach Stalin jedoch nicht. Augenscheinlich wollte er weder den Konflikt mit den Westmächten auf die Spitze treiben noch den Anspruch auf die Einheit Deutschlands durch Zerstörung des besonderen Berlin-Status gefährden.

Seit dem Winter 1951/52 war der sowjetische Führer jedoch willens, dem Ost-Berliner Verlangen nach einem sozialistischen Etikett nachzugeben. Auf dieser Basis bereitete die SED-Führung für den folgenden Sommer eine 2. Parteikonferenz vor. Noch bevor die Reaktion der Westmächte auf das sowjetische Scheinangebot einer deutschen Wiedervereinigung vom 10. März 1952 feststand, fixierte das SED-Politbüro eine konfrontative Linie. In den folgenden Wochen wurden nach Weisungen Stalins und des sowjetischen Außenministeriums die Einzelheiten des zu verkündenden „Aufbaus des Sozialismus“ in der DDR formuliert: eine Veränderung der Verwaltungs- und Justizstrukturen nach sowjetischem Vorbild, eine „Stärkung der demokratischen Volksmacht“ und der SED-Führungsrolle, längerfristig auf Kollektivierung abzielende Maßnahmen im Bereich der Landwirtschaft, ein vorrangiger Ausbau der militärwirtschaftlich wichtigen Schwerindustrie, repressive Schritte gegen Bürgertum und Kirche, Vorkehrungen für eine künftig unverhüllte Wiederbewaffnung und eine großumfängliche Heranziehung der DDR zur Übernahme sowjetischer Rüstungslasten. Zum einen war dieses Programm, das – mit Ausnahme der Ausrufung nationaler Streitkräfte – auf der 2. Parteikonferenz vom 9. bis 12. Juli 1952 beschlossen wurde, für die Verfechter einer harten Linie in der SED um Ulbricht ein Triumph. Zum anderen wurde damit jedoch der DDR, die nach wie vor unter Reparationsleistungen und Besatzungskosten stöhnte, eine weitere wirtschaftliche Last aufgebürdet, die das sozialistische System zunehmend überforderte. Die Verschärfung der politischen Unfreiheit und der materiellen Misere führten zu einer immer explosiver werdenden innenpolitischen Lage.

Es war die sowjetische Seite, die auf die Alarmzeichen zuerst aufmerksam wurde. Nach dem Tod Stalins am 5. März 1953 dauerte es gleichwohl noch mehr als zwei Monate, bis sich dessen Nachfolger mit dem Ernst der Situation auseinandersetzten. Am 28. Mai faßten sie den Beschluß, daß in der DDR ein „Neuer Kurs" eingeleitet werden müsse, um die Gefahr für das sozialistische System zu entschärfen. Vorgesehen – und der SED-Führung am 3. Juni 1953 hastig aufgezwungen – wurden insbesondere weitreichende politische und wirtschaftliche Erleichterungen für Bürgertum, Kirche und Kleingewerbe. Dadurch sollten die im Land verbreitete Mißstimmung ebenso wie unnötige Hindernisse für die Entfaltung der Produktivität abgebaut werden. Die wenig zuvor von der DDR-Regierung verfügte Normenerhöhung, d.h. Lohnsenkung, für die Arbeiterschaft blieb bei der Korrektur unberücksichtigt. Die sowjetische Maßnahme verfehlte ihren Zweck vollkommen. Mangels Vorbereitung und Erläuterung sahen sich die Kader durch die abrupte Wende verwirrt, während die Bevölkerung Hoffnung auf eine totale Wende schöpfte. Die Arbeiterschaft, der als einziger Gruppe keine Zugeständnisse gemacht worden waren, reagierte am schärfsten. Vor diesem Hintergrund kam es zu den Unruhen des 17. Juni einschließlich vorausgehender und folgender Protestaktionen. Nur das militärische Eingreifen der im Lande stationierten sowjetischen Truppen rettete das Regime vor dem spontan ausgebrochenen Volkszorn.

Das war der politische Bankrott des DDR-Sozialismus und ein Vorgang, der fortan für das Regime zum Trauma wurde. Die Machthaber in Ost-Berlin und Moskau waren bemüht, einer Wiederholung mit allen Mitteln vorzubeugen. Ihre Aufmerksamkeit galt vor allem dem Ausbau und der Umstrukturierung der Machtapparate, die am 17. Juni entweder völlig versagt hatten oder aber zu schwach gewesen waren. Vor allem Polizei und Armee wurden umgegliedert. Das Ministerium für Staatssicherheit wurde mit einem erheblich vergrößerten Personalbestand ausgestattet; sein Auftrag erweiterte sich von der bloßen Verfolgung verdächtiger Elemente zur Überwachung der gesamten Gesellschaft und zur vorbeugenden Beobachtung der in ihr wirkenden Tendenzen. Die – bereits vor dem 17. Juni ansatzweise eingeleitete – Aufstellung von Betriebskampfgruppen der SED als Massenstreitmacht für den Fall eines Bürgerkriegs vollendete das Aktionsprogramm. Der durchgängige Zweck war, dem Sozialismus in der DDR eine Machtgrundlage zu verschaffen, die einen nochmaligen Rückgriff auf sowjetische Truppen überflüssig machen würde.

Vor dem Hintergrund innerer Schwäche erschienen die bisherigen politischen Offensiven gegen die Bundesrepublik nicht länger zeitgemäß. Es kam alles darauf an, die DDR als gegen den Westen vorgeschobene Bastion des Sozialismus innerlich zu festigen und auszubauen. Dem diente in den folgenden Jahren eine Politik, die den ostdeutschen Staat wirtschaftlich entlasten, politisch stärken und mit größerer internationaler Autorität ausstatten sollte. Zugleich erschien es wichtig, den „Neuen Kurs" für einige Zeit in eingeschränktem Umfang als innenpolitisches Palliativ beizubehalten. Anfang 1956 sah sich die SED-Führung erstmals mit Risiken aus der UdSSR bedroht, als Chruschtschow auf dem 20. KPdSU-Parteitag die Entstalinisierung verkündete. Das ostdeutsche Regime reagierte – so wie bei analogen Herausforderungen der Folgezeit – mit ängstlicher Abwehr. Es gelang ihm, den kritischen Punkt ebenso wie die polnischen und ungarischen Ereignisse im Herbst des gleichen Jahres ohne größeren Schaden zu überstehen. Im Herbst 1957 hielt die SED-Führung die Lage in der DDR für so weit gefestigt, daß sie es wagte, die Zugeständnisse von 1953 vollständig zurückzunehmen. Am Ende des Jahrzehnts ging sie auch dazu über, durch rücksichtslose Kollektivierung der Landwirtschaft und Beseitigung der Kleingewerbebetriebe die bislang noch bestehenden Defizite an Sozialismus zu eliminieren.

Der verschärfte Kurs ließ die Flüchtlingszahlen stark anwachsen. Die SED-Führung wollte aber nicht noch einmal so wie 1953 in die Lage kommen, Konzessionen machen zu müssen. Daher drang Ulbricht in Moskau auf Beseitigung der „offenen Grenze" und des Störfaktors West-Berlin. Chruschtschow seinerseits glaubte, die Westmächte aufgrund eines angeblich für sie ungünstigen nuklearstrategischen Kräfteverhältnisses unter Druck setzen zu können. Am 30. Nov. 1958 forderte er sie auf, innerhalb eines halben Jahres einer Regelung zuzustimmen, die West-Berlin zu einer „freien" – d.h. von westlichen Truppen entblößten und damit ungeschützten – Stadt machen würde. Die Erwartung, daß die USA und ihre Verbündeten klein beigeben würden, erfüllte sich jedoch nicht. Der sowjetische Führer war daher genötigt, das Ultimatum mehrfach zu verlängern. Schließlich sah er einen Ausweg in der Möglichkeit, sein Verlangen auf die Schließung der Sektorengrenze zu beschränken. Dementsprechend gestattete er Ulbricht, am 13. Aug. 1961 jene Absperrmaßnahmen durchzuführen, als deren Ergebnis die Berliner Mauer entstand.

4. Bemühungen um eine Wirtschaftsreform (1961–1971)

Unter dem Gesichtswinkel des SED-Regimes war die durch den Mauerbau geschaffene Situation eine Chance. Die ostdeutsche Bevölkerung wurde gegen die westdeutsche Systemkonkurrenz physisch abgeschirmt und so dazu gezwungen, sich mit den ihr auferlegten Verhältnissen zu arrangieren. Für die Wirtschaft der DDR entstand nun auch bezüglich der Arbeitskräfte volle Planungssicherheit. Mit der Massenflucht entfiel der Grund, auf den bisher die aufgetretenen Mängel und Ausfälle zurückgeführt worden waren. Die Zentralverwaltungswirtschaft mußte nunmehr erweisen, ob sie dem ideologischen und politischen Anspruch gerecht wurde, dem Kapitalismus im Westen überlegen zu sein. Ulbricht erkannte, daß zusätzliche Anstrengungen notwendig waren, um das angestrebte Resultat zu erzielen. Auf dem VI. SED-Parteitag vom 15. bis 21. Jan. 1963 erklärte er die Steigerung der Arbeitsproduktivität zur zentralen Aufgabe und forderte zu diesem Zweck eine Erhöhung der Investitionsquote. Auf einer Wirtschaftskonferenz am 24./25. Juni 1963 wurden unter der Bezeichnung „Ökonomisches System der Planung und Leitung der Volkswirtschaft" strukturelle Reformen umrissen, die eine Erreichung der gesteckten Wachstumsziele gewährleisten sollten.

Ein wesentlicher Kern der ins Auge gefaßten Maßnahmen war eine „stärkere Anwendung ökonomischer Hebel" wie Gewinn, Prämie und Kapitalzins. Die einzelnen Branchen sollten durch sozialistische Konzerne geleitet werden; für die Betriebe wurden erweiterte Dispositionsbefugnisse vorgesehen. Dieser Teil des Reformprogramms zielte – analog zu entsprechenden Bemühungen in der UdSSR – darauf ab, einzelne Marktmechanismen in den Dienst des sozialistisch geplanten und gelenkten Wirtschaftens zu stellen, um auf diese Weise Effizienzanreize zu schaffen. Ein weiteres Moment der von Ulbricht angestrebten Reform lief darauf hinaus, das als schädlich erkannte Übermaß der Ostorientierung abzubauen. Es lag zwar im ostdeutschen Interesse, Energie und Rohstoffe aus der UdSSR zu beziehen und dafür Fertigwaren dorthin zu liefern. Aber es erschien nachteilig, wenn sich der Außenhandel auf die Sowjetunion in einem solchen Umfang ausrichtete, daß das technologische Niveau im Lande davon bestimmt wurde. Ulbricht und seine Mitarbeiter hatten sich zu der Erkenntnis durchgerungen, daß die notwendige technische Innovation nicht aus dem Osten, sondern nur aus dem Westen bezogen werden konnte. Daher galt es in ihrer Sicht, die wirtschaftlichen Beziehungen vor allem zur Bundesrepublik zu erweitern und auszubauen. Nach ihrer Ansicht war dies eine unerläßliche Voraussetzung für die angestrebte Verbesserung der Arbeitsproduktivität, die dem DDR-Sozialismus die notwendige materielle Basis verschaffen sollte.

Unter ideologisch-politischen Gesichtspunkten war das Konzept nicht unproblematisch. Zum einen wurde erstmals in einem Bereich der Sachverstand über die Politik gestellt. Das Postulat des technokratisch-autoritären Managements einer „sozialistischen Menschengemeinschaft" stand tendenziell in Widerspruch zu den kommunistischen Prinzipien einer klassenlegitimierten Parteiherrschaft. Zum anderen wurde auf ökonomischem Felde der traditionelle Grundsatz außer Kraft gesetzt, dem zufolge das Lernen von der Sowjetunion Erfolg und Sieg gewährleistete. Damit verband sich eine Neigung zur Reduzierung bestimmter (nämlich wirtschaftlicher) Bindungen an die UdSSR. Die in der SED vorherrschenden Kräfte der Beharrung nutzten alles dies, um gegen die Wirtschaftsreform Stimmung zu machen. Solange Chruschtschow an der Macht war, hatten sie damit in Moskau wenig Erfolg. Der Sturz des Generalsekretärs der KPdSU im Oktober 1964 jedoch veränderte die Lage grundlegend. Die nachfolgende Breschnew-Führung stoppte die ökonomischen Neuerungen in der UdSSR, weil sie eine Gefährdung des Sozialismus befürchtete. Der analoge Versuch in der DDR erschien zusätzlich dadurch diskreditiert, daß er auf eine Schwächung der Ost- und eine Stärkung der Westbindungen hinauslief. Die neuen Herren im Kreml fürchteten, daß dies auch zu einer Verschiebung der politischen Gewichte in Ost-Berlin führen könnte. Die UdSSR sah überdies ihr wirtschaftliches Interesse daran verletzt, daß sich die Industrieproduktion der DDR auf ihre Modernisierungsbedürfnisse einstellen und ihr für alle gewünschten Lieferungen zur Verfügung stehen sollte.

An diesem Punkt kam es zum offenen Konflikt. Die sowjetische Führung zwang der DDR ein Abkommen auf, das diese dazu verpflichtete, ihre vorrangig für den Westexport bestimmten Qualitätserzeugnisse in die Sowjetunion zu liefern. Unmittelbar nach Unterzeichnung des Vertrages beging Ulbrichts Planungschef Apel am 3. Dez. 1965 Selbstmord. Fortan war aus dem Reformkonzept ein wesentlicher

Mosaikstein herausgebrochen. Auch weitere Bestandteile wurden in Frage gestellt. Gleichwohl hielt Ulbricht an dem Willen zur Korrektur der hergebrachten Zentralverwaltungswirtschaft grundsätzlich fest. Das Ergebnis war das „Ökonomische System des Sozialismus“ der Jahre 1967 bis 1970, das in Moskau mit großem Mißtrauen beobachtet wurde. Sowjetischer Druck führte zu weiteren Abstrichen von dem Konzept. Damit war der Mißerfolg, der wegen der sozialistischen Struktur ohnehin nahelag, vollends unvermeidlich. Auch in anderen Bereichen, insbesondere in der Kulturpolitik, scheiterte das Bemühen um eine begrenzte Loslösung von den traditionell sehr strikten Formen der umfassenden Anleitung und Beaufsichtigung „von oben“. Schon 1965 wurden hier – so wie auch auf anderen Feldern der Innenpolitik – die Zügel wieder fest angezogen.

5. Niedergang und Zusammenbruch (1971–1989)

Erich Honecker, der am 3. Mai 1971 Ulbricht als SED-Generalsekretär ablöste, wandte sich von dessen technokratischen Wirtschaftsreformversuchen ab und begünstigte nach dem sowjetischen Vorbild Breschnews den Konsum der Bevölkerung. Auf dem VIII. Parteitag vom 15. bis 19. Juni 1971 setzte er mit der von dann an verbindlichen Einheit von Wirtschafts- und Sozialpolitik den entscheidenden Akzent. Die DDR-Bürger sollten durch stark erhöhte Versorgungs- und Sozialleistungen des Staates für den Sozialismus gewonnen werden. Damit ging das Bemühen einher, die Repression weniger sicht- und fühlbar zu machen. An eine Liberalisierung des Systems, wie sie manche erhofften, dachte der neue SED-Generalsekretär jedoch nicht. Was nach außen hin als Lockerung in Erscheinung trat, wurde durch intensivierte Überwachung kompensiert. Das zeigte sich vor allem am personellen Ausbau des Staatssicherheitsdienstes, dessen Mitarbeiterzahl unter Honecker auf das Mehrfache des bisherigen Umfangs anwuchs. Das war allerdings auch auf den Umstand zurückzuführen, daß sich die bisherige Abschirmung der DDR gegenüber der Bundesrepublik nicht länger im früheren Ausmaß fortführen ließ. Denn auf Moskauer Drängen hin sah sich Honecker veranlaßt, den von Ulbricht geleisteten Widerstand gegen grenzüberschreitende Regelungen des Kontakts und der Kommunikation in Deutschland aufzugeben, die einen Zustand der Entspannung und des Modus vivendi zwischen beiden deutschen Staaten ermöglichen sollten.

Die neue konsumorientierte Politik war von Anfang an auf Bedenken der verantwortlichen ostdeutschen Wirtschaftsfachleute gestoßen.

Die auf die sozialistische Lenkungsstruktur und den Modernitätsrückstand gegenüber dem Westen gleichermaßen zurückzuführende Produktivitätsschwäche des Landes schien der sich daraus ergebenden Belastung nicht gewachsen. Honecker jedoch meinte, die notwendige Mehrerzeugung werde sich schon einstellen, wenn die Werktätigen sähen, daß sie mehr Güter erhielten. Das erwies sich freilich als Illusion, wie die führenden Ökonomen der DDR während der folgenden Jahre feststellten. Der SED-Generalsekretär war jedoch nicht willens, sich durch irgendwelche Einwände beirren zu lassen. Er bedeutete daher den Kritikern, daß sie das Problem von einer ideologisch falschen Position her betrachteten. Mit diesem Argument konnte er jedoch die eintretenden materiellen Defizite nicht aus der Welt schaffen. Es mußte daher nach Wegen gesucht werden, wie die Fehlbeträge gedeckt werden konnten.

Die DDR genoß Anfang der 70er Jahre den großen Vorteil, daß sie aus der UdSSR Energie und Rohstoffe zu Preisen weit unter Weltmarktniveau beziehen konnte. Honeckers DDR machte davon jedoch den denkbar schlechtesten Gebrauch: Die Industrie gewöhnte sich an eine verschwenderische Nutzung der billigen Ressourcen. Die solcherart erheblich reduzierte Vorteilsmasse wurde nicht zur Verbesserung oder auch nur Aufrechterhaltung des Kapitalstocks eingesetzt, sondern diente dem Verbrauch, ohne jedoch auch nur annähernd auszureichen. Daher blieb nichts anderes übrig, als die Substanz anzugreifen. Eine Erneuerung der Industrieanlagen unterblieb weithin; für die Abwendung der durch Chemieproduktion, Abbau wie Verbrennung von Braunkohle und ähnlichem hervorgerufenen Umweltprobleme wurde nichts getan. Der ökologische Raubbau verstärkte sich weiter, als die SED-Führung beschloß, das aus der UdSSR importierte Erdöl so weit wie möglich für den Westexport einzusetzen und daher den inländischen Brennstoffbedarf in größtmöglichem Umfang mit einheimischer Braunkohle zu decken. Alles dies genügte jedoch nicht entfernt, um die Konsum- und Sozialpolitik zu finanzieren. Die Schwierigkeiten verschärften sich, als die UdSSR an der Wende zu den 80er Jahren begann, die gelieferten Erdölmengen zu verringern und die dafür geforderten Preise zu erhöhen.

Die Wirtschaft der DDR geriet auf eine immer steiler werdende abschüssige Bahn. Investitionen wurden weithin nur im Verbrauchssektor, insbesondere im Wohnungsneubau, getätigt. Die Produktionsanlagen wurden vielfach nur noch notdürftig repariert; sie veralteten und verfielen immer mehr. Zur Beschaffung fehlender Geldmittel verschuldete sich der ostdeutsche Staat zusehends im westlichen Ausland. Anfang der 80er Jahre war man so weit, daß von Tag zu Tag Zahlungsunfähigkeit drohte (die jede Chance für weitere Kredite genommen hätte). Angesichts der zunehmend kritisch werdenden Lage begann die SED-Führung, die innerdeutsche Entspannung wirtschaftlich zu instrumentalisieren. Die Vereinbarungen von 1971 und 1972, die ihr eine finanzielle Vergütung für den Berlin-Transit sowie für Reise- und Besuchserlaubnisse gewährt hatten, boten dafür die geeignete Ausgangsbasis. Fortan suchten Honecker und seine Mitarbeiter aus dem Geschäft „menschliche Erleichterungen" gegen Zahlungen aus Bonn maximalen Gewinn zu schlagen.

Das beschwor die Gefahr herauf, daß dem sozialistischen System immer mehr der Schutz entzogen wurde, den ihm die 1961 hergestellte und 1971/72 verminderte physische Abschirmung gegen die Bundesrepublik bot. Honecker und seine Mitarbeiter glaubten das Problem entschärfen zu können, indem sie sich nur auf Zugeständnisse mit kontrollierbar erscheinenden Auswirkungen einließen und im übrigen getroffene Vereinbarungen verschiedentlich verletzten, wenn diese unvorhergesehene negative Folgen zeitigten. Ein Problem, das sich auf diese Weise nicht beheben ließ, war allerdings das wachsende ostdeutsche Angewiesensein auf die Bonner Leistungen, das der DDR-Regierung keine Alternative zur Zusammenarbeit mit dem westdeutschen Klassenfeind mehr ließ. Die darin liegende Schwierigkeit wurde freilich erst längerfristig klar. Auf kurze Sicht hin erwies sich die Kooperationspolitik als höchst erfolgreich: 1983 und 1984 stellten zwei westdeutsche Milliardenkredite, die der bayerische Ministerpräsident Strauß und die Bundesregierung vermittelt hatten, die internationale Kreditwürdigkeit der DDR wieder her und ermöglichten damit eine zeitweilige Konsolidierung der Verschuldungssituation.

Gleichwohl balancierte die ostdeutsche Wirtschaft nach wie vor am Rande des Abgrunds. Das zeigte sich, als sich Mitte der 80er Jahre die außenwirtschaftlichen Konditionen erneut verschlechterten. Von da an stieg die Auslandsverschuldung der DDR sprunghaft an. Honeckers Ökonomen errechneten, daß am Ende des Jahrzehnts der Zeitpunkt herannahte, an dem man endgültig zahlungsunfähig sein werde. Der SED-Generalsekretär war jedoch nicht zu einer Korrektur der Wirtschaftspolitik zu bewegen. Er verließ sich einfach darauf, daß es schon irgendwie weitergehen werde. Die Entwicklung wurde vollends bedrohlich, als es in der UdSSR zu politischen Veränderungen kam. Nachdem Gorbatschow im März 1985 die Macht in Moskau übernommen hatte, stellte er allmählich fest, daß auch in seinem Lande die gefährlich zunehmenden wirtschaftlichen Schwierigkeiten nicht länger auf herkömmliche Weise zu beheben waren. Daraus begann er 1986/87 vor allem zwei Schlüsse zu ziehen. Zum einen hielt er eine grundlegende politische Reform (Perestroika) für erforderlich; zum anderen sah er die bisher von der UdSSR für die anderen Länder des Sowjetblocks übernommenen materiellen Lasten – wie insbesondere die bisherigen Erdöllieferungen zu anderen als Weltmarktkonditionen – als nicht länger tragbar an.

Er erkannte, daß sich unter diesen Umständen die Bevormundung und Protektion der anderen sozialistischen Regime nicht mehr aufrechterhalten ließ. Die sowjetische Führung konnte aber den verbündeten Ländern auch nicht länger vorschreiben, wie sie ihre inneren Probleme zu lösen hatten, wenn sie nicht zugleich willens war, die Lösung durch materielle Unterstützung funktionsfähig zu machen. Auch der Schutz verbündeter Regierungen durch sowjetische Truppen machte keinen Sinn mehr, wenn Moskau die Kosten des Regime-Erhalts nicht mehr zu tragen bereit war. Daher kündete Gorbatschow nicht nur das Ende aller Vorzugsbedingungen im wirtschaftlichen Austausch an, von denen bis dahin vor allem die DDR profitiert hatte. Er revozierte zugleich die Breschnew-Doktrin und entzog damit der Honecker-Führung seinen militärischen Schutz gegenüber der Bevölkerung.

Die Kehrtwende der sowjetischen Politik hatte weitreichende Konsequenzen. Die Freiheitsräume, die der KPdSU-Generalsekretär seinen Landsleuten zunehmend gewährte, delegitimierte die von der SED nach wie vor ausgeübte Repression. Die Ostdeutschen wurden durch die Veränderungen in der UdSSR zu der Forderung nach Gleichem ermutigt, während sich zugleich innerhalb der SED-Führung erstmals Spaltungs- und Oppositionstendenzen bemerkbar machten. Als im Sommer 1989 unzweifelhaft deutlich wurde, daß das Regime nicht mit sowjetischer Truppenunterstützung gegen die unruhig werdende Bevölkerung rechnen konnte, war dies für die herrschenden Kreise ein weiterer Faktor der Verunsicherung. Für die – im Frühjahr und Sommer zum bewaffneten Einstehen für den Sozialismus aufgerufenen – ostdeutschen Sicherheitskräfte war es eine angstmachende Aussicht, nicht mehr so wie am 17. Juni 1953 auf eine Wiederherstellung der Situation durch die Sowjetmacht rechnen zu können, falls die eigenen Bemühungen zur Abwehr des Ansturms „konterrevolutionärer Kräfte“ nicht ausreichen sollten.

Vor diesem Hintergrund wird der ungewöhnlich rasche Zusammenbruch des DDR-Sozialismus im Herbst 1989 verständlich. Der ostdeutsche Staat hatte seine materiellen Reserven aufgezehrt und stand unmittelbar vor dem Bankrott. Alle führenden SED-Politiker, die nicht einfach so wie Honecker die Augen vor den Problemen schlossen, sahen sich einer klaren und überzeugenden Perspektive beraubt. Sie hatten daher kein Ziel, das sie den protestierenden „Massen" hätten entgegenhalten können. Zugleich fehlte dem Regime zum ersten Mal die politische, wirtschaftliche und militärische Unterstützung der sowjetischen Schutzmacht. Das wirkte sich nicht nur in psychologischer Hinsicht aus. Die einzige Hoffnung, an die sich die herrschenden Kreise noch klammern konnten, war die Gewährung massiver Subventionen durch die westdeutsche Seite. Das aber setzte voraus, daß man der Bundesrepublik kein Bild bot, das deren Ablehnung provozierte. Die Hoffnung auf finanzielle Hilfe aus Bonn beruhte jedoch auf Voraussetzungen, die hinfällig geworden waren bzw. im Verlauf der Ereignisse wurden: Der Wegfall der sowjetischen Garantie für das SED-Regime ließ dieses nicht länger unangreifbar erscheinen, und der Fall der Berliner Mauer am 9. Nov. 1989 machte für Bonn die Zahlung von Preisen für deutsch-deutsche Kontakt- und Kommunikationsmöglichkeiten unnötig. Damit verloren die Ost-Berliner Machthaber die Verhandlungsmacht, die sie bis dahin gegenüber der Bundesrepublik in die Waagschale geworfen hatten. Das bedeutete das Ende des DDR-Sozialismus und des SED-Staates.

Literaturhinweise:

Hertle, Hans-Hermann: Der Fall der Mauer. Die unbeabsichtigte Selbstauflösung des SED-Staates, Wiesbaden 1996.

Kowalczuk, Ilko-Sascha/Mitter, Armin/Wolle, Stefan (Hrsg.): Der „Tag X". 17. Juni 1953. Die „innere Staatsgründung" der DDR als Ergebnis der Krise 1952/54, Berlin 1995.

Kuhrt, Eberhard (Hrsg.): Die SED-Herschaft und ihr Zusammenbruch, Opladen 1996.

Mitter, Armin/Wolle, Stefan: Untergang auf Raten. Unbekannte Kapitel der DDR-Geschichte, Gütersloh 1993.

Nakath, Detlev/Stephan, Gerd-Rüdiger: Countdown zur deutschen Eineit, Berlin 1996.

Pirker, Theo/Lepsius, M. Rainer/Weinert, Rainer/Hertle, Hans-Hermann (Hrsg.): Der Plan als Befehl und Fiktion. Wirtschaftsführung in der DDR, Opladen 1995.

Przybylski, Peter: Tatort Politbüro. Die Akte Honecker, 2 Bde., Berlin 1991, 1992.

Richter, Michael: Die Staatssicherheit im letzten Jahr der DDR, Weimar 1996.

Schroeder, Klaus (Hrsg.): Geschichte und Transformation des SED-Staates. Beiträge und Analysen, Berlin 1994.

Spittmann, Ilse (Hrsg.): DDR-Lesebuch, 2 Bde., Köln 1989/1991.

Spittmann, Ilse/Helwig, Gisela (Hrsg.): Chronik der Ereignisse in der DDR (1989–90), Köln (4. erw. Aufl.) 1990.

Stephan, Gerd-Rüdiger (Hrsg.): „Vorwärts immer, rückwärts nimmer!" Interne Dokumente zum Zerfall der SED und DDR 1988/89, Berlin 1994.

Weber, Hermann: Aufbau und Fall einer Diktatur. Kritische Beiträge zur Geschichte der DDR, Köln (voll. überarb. u. erg. Neuaufl.) 1991.

Weber, Hermann: DDR. Grundriß der Geschichte 1945–1990. Handbuch, Hannover 1991.

Weber, Jürgen (Hrsg.): Der SED-Staat, München 1994.

Ehrhart Neubert

Erfahrene DDR-Wirklichkeit

1. Sozialistisch definierter Alltag
2. Inszenierte Volkstümlichkeit
3. Arrangement mit der Realität
4. Sozialistisches und westliches Design des Alltags
5. Zuteilung und Beschaffung
6. Gesunder Menschenverstand und sauberer Staat
7. Alltag der Außenseiter
8. Sprachstandards und Volkswitz
9. Der Alltag nach dem Sturz der SED-Diktatur

1. Sozialistisch definierter Alltag

Der Anspruch der SED, allen gesellschaftlichen Interessen gerecht zu werden und sie vertreten zu können, blieb eine Fiktion. Trotz aller Homogenisierung von Lebensläufen, trotz der rücksichtslosen Aufhebung von schichtenspezifischen Milieus und trotz aller Zerstörung kultureller Traditionen mißlang das gesellschaftspolitische Erziehungsprojekt, das die Menschen als „allseitig gebildete Persönlichkeiten" mit einer „sozialistischen Lebensweise" entwickeln sollte. Die SED half sich über diese Schwierigkeiten hinweg, indem sie alles, was nicht in die sozialistischen Vorgaben paßte, als Ausfluß von Restbeständen bürgerlichen Bewußtseins denunzierte und auch oft genug kriminalisierte oder kurzerhand Alltagsbedürfnisse und Alltagsvollzüge als sozialistisch umdefinierte. In der veröffentlichten Meinung wurde ein glücklicher sozialistischer Alltag gezeichnet, dessen Probleme man als Übergangserscheinungen verharmloste, die unter der Fürsorge von Funktionären gelöst werden würden. Honeckers Äußerung vor Künstlern im Juni 1979 definierte das Dogma vom sozialistischen Alltag: „Durch den Sozialismus wurden nicht nur die Lebensverhältnisse der Menschen gründlich verändert, sondern auch ihre Stellung in der Gesellschaft, in der ihre Interessen und Bedürfnisse zum Maßstab des Handelns von Millionen wurden."

Um 1980 gab es eine öffentliche Diskussion zur „sozialistischen Lebensweise", und der DDR-Soziologenkongreß 1980 befaßte sich mit diesem Thema. Mangels Kriterien für die Bestimmung des sozialistischen Alltags wurden private Feiern zur Jugendweihe, Volksvergnügen aller Art, die Pflege von Hobbys im Rahmen des Kulturbundes usw. als typisch sozialistisch erklärt und die stete Verbesserung massenkultureller Angebote in Aussicht gestellt. Der Kulturwissenschaftler Helmut Hanke merkte 1980 an: „Nicht nur die Kunst, auch das Bier kann in der DDR mancherorts besser werden! (...) Ich bin überzeugt, daß sich noch viele Reserven erschließen lassen, die uns einen Zuwachs an Geselligkeit und Kultur bringen würden." Aufbauend auf Jürgen Kuczynskis Arbeiten zur „Geschichte des Alltags des deutschen Volkes" wurde in der marxistischen Philosophie der DDR der festgestellte Widerspruch zwischen Alltag und Ideologie bzw. zwischen theoretischer und praktizierter Weltanschauung als eine Aufgabe der Bewußtseinsbildung gesehen. Um diesen Widerspruch zu beheben, sollten „marxistisch-leninistische Grundüberzeugungen" erforscht und für den Alltag vermittelbar gemacht werden.

Nur im Rahmen der evangelischen Kirchen gab es eine unabhängige Diskussion zur Lebensweise und zum Alltag in der DDR, die unter sozialethischen Gesichtspunkten geführt wurde. Die Theologische Studienabteilung beim Bund der Evangelischen Kirchen veröffentlichte kritische Studien zu Themen wie Leistung, Disziplin, Umweltbewußtsein und -praxis.

2. Inszenierte Volkstümlichkeit

Um einen sozialistischen Alltag wahrnehmbar zu machen, wurde eine oft ans Peinliche grenzende Volkstümlichkeit inszeniert. Der Begriff Volk wurde ähnlich der NS-Propaganda vielfach genutzt, wie Volkspolizei, Volksrichter, Volksarmee, Volkssolidarität u.a. In der sozialistischen Ikonographie wurden die Spitzenfunktionäre der Partei häufig in Gesprächen mit Arbeitern oder mit Kindern auf dem Arm gezeigt. Auch Sowjetsoldaten mit Arbeitern und Kindern täuschten eine Verbundenheit zwischen diesen und dem Volk vor, die in Wahrheit bewußt unterbunden wurde.

Der Kunst und der Literatur fiel die Aufgabe zu, den sozialistischen Alltag idealtypisch darzustellen. Zeitweise griff das intellektuellenfeindliche Regime auf Inszenierungen zurück, die wie der „Bitterfelder Weg“ den Kulturschaffenden vorschrieben, nah am arbeitenden Volk Kunst zu produzieren. Es wurden „Zirkel schreibender Arbeiter“ gegründet und Folklore und Kunstgewerbe gefördert. Leitfiguren, wie gütige und weise Parteisekretäre und Volkspolizisten, kluge Neuerer in der Arbeiterklasse, klassenbewußte Genossenschaftsbauern und Kämpfer in den Arbeiterkampfgruppen wurden propagiert. Leistungs- und Massensport sollten Identität vermitteln. FDJ-Singgruppen sollten der westlichen Unterhaltungskultur entgegensteuern. Als eine sozialistische Nationalkultur in der Honecker-Ära erzeugt werden sollte, wurde auch versucht, alte Traditionen, wie Heimatfeste, Bauernmärkte, Festumzüge zu Orts- und Stadtjubiläen zu instrumentalisieren. Diese inszenierte Volkstümlichkeit verfehlte ihre Wirkung in der Bevölkerung nicht. Die Verknappung von nichtideologischem Wissen und der kulturelle Traditionsabbruch hatten zur Folge, daß die Botschaft vom ersten Arbeiter- und Bauernstaat auf deutschem Boden von vielen geglaubt wurde, wenn dieser auch unvollkommen erschien.

3. Arrangement mit der Realität

Die DDR-Bürger suchten durch das Arrangement mit den realen Verhältnissen Konflikten auszuweichen. Sie nutzten die Angebote, ohne sich mit ihnen ganz zu identifizieren oder auch nur identifizieren zu können. Es bestand ein ungeschriebenes Stillhalteabkommen zwischen Herrschern und Beherrschten. Lutz Niethammer hat „die volkseigene Erfahrung“ in den Lebenssituationen des DDR-Alltags dokumentarisch nachgezeichnet. Fast durchgängig zeigte sich die doppelte, die offizielle und die inoffizielle, die inszenierte und die reale, die politische und die unpolitische Existenz. Doch beide Seiten waren auch miteinander verbunden. Die reale Existenz hatte sich in der inszenierten eingerichtet, und die inszenierte rechnete mit der realen. Die Theorie von der bloßen Flucht der DDR-Bürger in die privaten Nischen erweist sich als zu einfach. Viele Bindungen an das System, darunter auch und vorwiegend die durch die soziale Sicherheit auf niedrigem Niveau erzeugten, wurden in die Nische mitgenommen. Und das Private durchflocht das Politische. Der Tausch zwischen Herrschern und Beherrschten ermöglichte es, daß der persönlich errungene Aufstieg im System dieses auch mit einem Stück Intimität ausstattete. Gerade diese Seite des Systems machte einerseits den politischen Zugriff so hart, weil sie jede intime Distanz durchbrach, wie sie andererseits das Politische in der Politik verhinderte. Die SED bot Alltagsverfahren, die die Mühen der Alltagsbewältigung mit einem Sinn ausstatteten, der diese Mühen in die „Geschichte verstrickte“, eine Geschichte, die ohne eigenes Zutun über die DDR-Deutschen gekommen war und zum Ziel kommen sollte. Da wurden keine Subjekte, keine selbst bestimmten Individuen gebraucht. Eigenständigkeit und Subjektivität war ohnehin zu riskant. Sich irgendwie als „Sieger der Geschichte“ treiben zu lassen, einzuordnen, Orden zu empfangen, Betriebsfeste zu feiern, zur Volkswahl zu gehen, auf Demonstrationen zu jubeln oder Mitglied in mehreren Massenorganisationen zu sein, war eine Minimallösung, aber sie war eine. Die Unterdrückung war so verinnerlicht, daß sie, einmal verdrängt, als Entlastung von eigener Verantwortung genossen werden konnte. Das alles hatte mit der Realität wenig gemein. Da nach der Ideologie im Sozialismus alle Probleme im Prinzip gelöst waren, mußten tatsächliche sprachlich verharmlost, in der Öffentlichkeit unterdrückt oder auch gefälscht werden. 1977 wurde etwa behauptet, daß die Kriminalität in der DDR um 75% reduziert worden sei. Damals wiesen aber die statistischen Jahrbücher noch die Kriminalitätsrate aus. Daraus kann entnommen werden, daß in den Jahren von 1968 die Straftaten um über 25% und die Verurteilungen auf fast 50% gestiegen waren. Der offiziellen Beschönigung stand die private Wirklichkeitsflucht gegenüber. Viele Ungereimtheiten waren leichter hinzunehmen, wenn nicht zu genau nachgefragt wurde. Als eine DDR-Reisegesellschaft in der Sowjetunion sah, wie ein Mann seine Frau verprügelte, erhob sich unter ihnen im Namen des Sozialismus Widerspruch. Der Reiseleiter erklärte: „Lassen Sie sich von der Realität nicht täuschen."

4. Sozialistisches und westliches Design des Alltags

Die eigentliche Niederlage im DDR-Volk erlitt die SED im Alltag. Das Alltagsdesign bestand aus einem Ost-West-Mischmasch lebensweltlicher Symbolik. Ostdeutsche Wohnzimmer konnten an den Wänden die Aktivistenurkunde und die sozialistische Belobigung und im Büfett leere westliche Bierdosen zieren.

Die SED verlor alle Kämpfe darum, Westliches aus der DDR-Kultur zu verdrängen. Nach dem Mauerbau ließ sie die Westantennen von FDJ-Brigaden ausbauen, später duldete sie den Westempfang. In den 80er Jahren installierte sie in den entlegenen Gegenden Anlagen, die den Empfang der Westsender ermöglichten. Als die SED die Jugend nicht von den westlichen Moden und westlicher Musik abhalten konnte, ließ sie sie selbst ausstrahlen. So erreichte der Jugendsender DT 64 trotz Zwangseinschaltungen bei der Volksarmee und in Jugendheimen mit Mühe 9% Einschaltquoten. Er sendete aber schließlich 80% West-Musik. In den 60er Jahren wurden Schüler von den Oberschulen geworfen, weil sie Jeans trugen. Im Oktober 1989 traten die sportlichen MfS-Schlägertruppen in „Boxer-" oder „Wisent-Jeans" auf. Bei sozialistischen Namensgebungen wurden den Kleinen nicht etwa die Namen Erich, Willy oder Margot gegeben, sondern Rene, Yvonne oder Nadine, wie gerade die Helden in den westlichen Fernsehserien hießen. Nur eines gab es nicht: den Trabi als Matchbox.

Das westliche Design verlieh dem Alltag einen Hauch von Jenseitigkeit. Der DDR-Alltag als Übergangserscheiung war für die einen erträglicher, wenn sie auf den Sozialismus hoffen, für die anderen, wenn sie über ein Stück „Welt- und Westniveau" verfügen konnten. Für die meisten war es eine Mischung aus beidem. Auch beste Genossen atmeten im Intershop tief durch.

5. Zuteilung und Beschaffung

Zu den dauerhaften Alltagsproblemen gehörte die Beschaffung von Waren des täglichen Gebrauchs und von Konsumgütern. Nur die Versorgung mit relativ billigen Grundnahrungsmitteln war seit Mitte der 60er Jahre ausreichend gesichert. Knapp waren besonders langlebige Konsumgüter, deren Verteilung teilweise streng geregelt war. Für die Beschaffung eines Autos mußten lange Wartezeiten in Kauf genommen werden. 1989 wurden Trabis ausgeliefert, deren Bestellung vierzehn

Jahre vorher angemeldet worden war. Waren für den täglichen Gebrauch, wie Scheren, Schreibpapier, Nägel, Windeln usw., konnten plötzlich für längere Zeit aus den Geschäften verschwinden. Regelmäßige Engpässe in der Warenzuteilung traten im Sommer bei Getränken, im Winter bei Heizungsmaterial, an der Ostsee bei Badebekleidung oder auf dem Land bei Gartengeräten auf. Dazu gehörte auch Toilettenpapier, dessen Fehlen Gegenstand unendlicher Geschichten war. Daneben gab es einen Überfluß an Ladenhütern, wie unverkäufliche Kleidungsstücke schlechtester Qualität oder billige „Plaste"-Artikel im „**S**ozialistischen **E**inheits-**D**esign – SED". Lichtblicke im Beschaffungsalltag waren Sonderzuteilungen vor Feiertagen. Südfrüchte gab es vor dem 1. Mai und zu Weihnachten. Manchmal konnten Exportüberschüsse oder Importwaren guter Qualität ergattert werden.

Der ständige Mangel führte zu einer latenten Unzufriedenheit, die oft auch offen geäußert wurde. Häufig kam es zu Protesten und spontanen Unmutsäußerungen in Geschäften. Ärger erregte ständig die Bevorteilung von Berlin in der Warenzuteilung. Die Schlangen oder auch „sozialistischen Wartegemeinschaften" vor den Läden, die nie verschwanden, mußten in besonders knappen Zeiten von Volkspolizisten überwacht werden.

Die „gelernten" DDR-Bürger entwickelten Beschaffungstechniken, um außerhalb und neben dem Zuteilungssystem ihre Bedürfnisse befriedigen zu können. Knappe Waren wurden über Beziehungen „organisiert", getauscht oder durch Aufpreise „schwarz" erworben. Um „Bückwaren" zu bekommen, die Verkäuferinnen unter dem Ladentisch für Freunde und Bekannte bereithielten, genügten manchmal schon gute Nachbarschaft und kleine Gegenleistungen. Baumaterialien, die nicht nach Planbilanzen abgegeben wurden, konnten durch Tausch anderer knapper Dinge bezogen werden. Autos wurden privat oder auf stillschweigend geduldeten Schwarzmärkten mit völlig überhöhten Preisen gehandelt. Selbst mehrjährig gebrauchte Fahrzeuge erzielten Preise, wie sie für neue Wagen bezahlt werden mußten.

Daneben galt es, im offiziellen Bevorteilungs- und Privilegiensystem einen guten Platz zu besetzen. Diese Zuteilungen waren hierarchisch geordnet und von der Stellung im politischen System abhängig. Gestaffelte Sonderversorgungen gab es entsprechend den Rängen der Funktionäre oder als zusätzliche Prämien und Geldleistungen bei Auszeichnungen und Orden. Die Verdienstmedaille der DDR, die häufig für treue Staatsfunktionäre und Zuträgerdienste beim MfS vergeben wurde, war mit 1 000 Mark dotiert und überschritt damit wesentlich den Durchschnittsverdienst von Arbeitern, Angestellten oder Pfarrern und entsprach mehr als zwei Monatsrenten dieser Berufsgruppen. Außer Geldleistungen waren Funktionären Sonderzuteilungen von knappen Waren, darunter vor allem Bananen, zugänglich, und die höher bewerteten Kadernomenklatur hatten eigene Läden.

Das Zuteilungssystem konnte bisweilen abgemildert werden, weil sich Arbeitskollektive, entgegen den Intentionen der Prämienverteilung, oft informell über die Aufteilung der Prämien einigten. Insgesamt wurde dieses Privilegiensystem unter vorgehaltener Hand von der Bevölkerung kritisiert. Es gab aber so etwas wie ein Beschaffungsglück, da unabhängig von tatsächlicher Leistung materielle Erfolge durch Beziehungsarbeit oder Konformität erzielt werden konnten. Weitgehend verdrängt wurde von Teilen der Bevölkerung die Existenz der breiten sozialen Randgruppen, die diese Beschaffungstechniken nicht entwickeln konnten. In den Städten gab es seit Mitte der 70er Jahre das Phänomen der Altersarmut und Verwahrlosung, Rentner, die mit den Mindestrenten auskommen mußten, und von immer mehr sozial Schwachen, die als „Asoziale" auch noch kriminalisiert werden konnten. Quer zu den Zuteilungs- und Beschaffungssystemen lag der Vorteil derer, die über „Westgeld" verfügten oder aus der Bundesrepublik von Freunden und Verwandten beschenkt wurden. Auf Grund des chronischen Devisenmangels richtete die DDR die Intershops u.ä. Einrichtungen ein und nahm es hin, daß die DM zur „zweiten ersten Währung" wurde. Als die Westmark in Forumschecks als zugelassenes Zahlungsmittel eingelöst werden mußte, ging die Redensart um: „Forum geht es?" Die SED erzeugte auch auf diesem Gebiet Sozialneid und Unzufriedenheit. Zugleich aber stieg die Faszination der westdeutschen Währung. Die SED definierte das westliche Feindesland als NSW, d.h. als „nichtsozialistisches Währungsgebiet", wobei ein sozialistisch erzogener Lehrling, der sich eine echte Jeans erwerben wollte, diese nur bekommen konnte, wenn er „entsprechend Faluda" auf dem Schwarzmarkt gegen das fünf- bis siebenfache seines Monatseinkommens eintauschen konnte.

Ökonomische Selbstorganisation der DDR-Bürger war aber auch erfinderisch. Nebenverdienste wurden erschlossen, Bauern konnten offiziell geduldet in „sozialistischer produktiver Freizeitgestaltung" den Markt bedienen, und Städter mit Autos fuhren in der Nacht, nur widerwillig von den Behörden hingenommen, „Schwarztaxi".

6. Gesunder Menschenverstand und sauberer Staat

Der DDR-Marxismus konnte keine politische und soziale Ethik entwickeln, die über die Klassenkampfmoral hinausging, und christliche

Normen konnten sich in der entkirchlichten Bevölkerung kaum noch reproduzieren. Um den Mangel auszugleichen, erfand Ulbricht die Zehn Gebote der sozialistischen Moral, und Honecker propagierte einen Tugendkatalog, der als zentrale Werte „Treue zur Partei" und „Disziplin" enthielt. Dies war praktisch kaum umsetzbar, wurde unterlaufen und im wesentlichen nur in den öffentlichen Ritualen zur Schau gestellt. Die moralisch-ethische Steuerung der sozialen Kommunikation fußte daher auf dem Bodensatz der politischen deutschen Kultur samt deren Potentialen an Urteilen und Vorurteilen. Dies wurde von der SED auch genutzt. Sie konnte an den gesunden Menschenverstand appellieren, der Außenseiter und Nichtkonforme ausgrenzte, Honecker konnte vom „sauberen Staat" reden, der Ordnung sicherte und geistige „Entartung" verbot. Oppositionelle und Kritiker hatten Jahrzehnte mit den Ausgrenzungstendenzen in der Bevölkerung zu kämpfen. Wahlverweigerungen konnten von Hausnachbarn gerügt werden, weil sie sich selbst bedroht sahen und sie solches Verhalten als Extravaganzen betrachteten. Als die SED gegen „Gammler" – das konnten langhaarige Aussteiger und auch Menschen aus der Friedensbewegung sein – propagandistisch zu Felde zog, wurde sie von der Bevölkerung verstanden.

Ein Großteil der Bevölkerung nahm die Militarisierung der Gesellschaft als Ordnungsfaktor in Kauf. In dörflichen Wohnzimmern hingen oft die Bilder vom uniformierten Großvater aus dem Ersten Weltkrieg, dem Vater aus dem Zweiten Weltkrieg und vom Sohn, der bei der „Fahne" diente, nebeneinander – alle in ähnlichen Uniformen. Ein Problembewußtsein gab es fast nicht, wenn in der Kleinkinderzeitschrift „Bummi" der Teddybär in Reih und Glied gewehrüber mit der Volksarmee marschierte.

Die autoritäre Pädagogik wurde als Erziehungsprinzip akzeptiert. Rassistische und antisemitische Emotionen konnten bereits Anfang der 50er Jahre von der SED genutzt werden, um kommunistische Abweichler zu deklassieren. Chauvinistische Haltungen gegenüber den polnischen Nachbarn wurden 1980 zur ideologischen Abwehr der polnischen Solidarność-Bewegung erfolgreich mobilisiert und noch einmal unter der Modrow-Regierung, um im Herbst 1989 Aggressionen umzuleiten.

In der DDR-Gesellschaft machte sich ein im Prinzip unpolitischer, moralischer Mief breit, und spießbürgerliche Prüderie kennzeichnete das öffentliche Leben. Der Staatsbürger wurde überall, in der Straßenbahn, im Laden, in den Behörden ermahnt und ermahnte seine Mitmenschen. Es schien selbstverständlich, daß die Volkspolizei nach Verkehrssünden eine schriftliche Selbstkritik verlangte und daß sich die

Bürger gegenseitig darauf hinwiesen, daß der Rasen in den Parks nicht betreten werden durfte.

Die Sexualmoral und Sexualaufklärung waren hygienisiert. Der Umgang mit homosexuell orientierten Menschen war von Ängsten und Vorurteilen geprägt. Politisch konnte die SED diese Unsicherheiten nutzen, als sie 1976 Wolf Biermann als „Weiberheld" und Pfarrer Oskar Brüsewitz als „Selbstentblößer" diffamierte. Dem fügte sich eine inszenierte und aufgesetzte Offenheit in Gestalt eines monatlich erlaubten Nackedeifotos in der Zeitschrift „Magazin" und von gekennzeichneten FKK-Badestränden ein. Diese kleinen Freiheiten kompensierten nicht ganz die Neugier. Als sich im Westfernsehen Mitte der 70er Jahre eine neue erotische Freizügigkeit breitmachte, gab es in der DDR einen Ansturm auf die damals noch sehr teuren Fernsehapparate.

Diese enge Individualmoral konnte von der SED aber nicht für soziale Aktivitäten genutzt werden. Der saubere Staat verdreckte systematisch. Industriegebiete, Bahnhöfe, Straßen, ganze Wohnviertel verkamen. Es bröckelte, Mülltonnen brannten, es stank. Sozialistische Wettbewerbe wurden in Gang gesetzt, die die Bürger zum Kampf um „die goldene Hausnummer", zur Reinlichkeit in den Fluren und auf den Gehwegen anhalten sollten. Der Aufruf: „Schöner unsere Städte und Gemeinden – Mach mit" und auf dem Lande der Kampf um den Titel „Schönes und produktives sozialistisches Dorf" liefen regelmäßig auf, wenn die Bürgermeister den Freiwilligen nicht einen ordentlichen Nebenverdienst sichern konnten. Sauber gehalten wurden der Trabi und die Wohnung hinter der Eingangstür.

7. Alltag der Außenseiter

Während die Masse der Bevölkerung sich arrangierte und dem grauem Alltag private Farbtupfer gab, hatte die Minderheit der Abweichler, Außenseiter, Widerständigen und Oppositionellen Alltagsprobleme, die aus dem Willen zur Selbstbehauptung des Individuums und dem Streben nach sozialer Selbstorganisation herrührten.

Viele Jugendliche haben sich an den westlichen Moden und an westlicher Lebensweise orientiert, und seit Anfang der 70er Jahre bildeten sich stabile Subkulturen aus. War es zunächst die Beat-Generation, traten ab 1980 auffällig Punks in Erscheinung. Schätzungsweise handelte es sich bei aller Fluktuation um mehrere tausend Jugendliche, die sich direkt als Punks verstanden. Um sie gruppierten sich Wochenend- oder Freizeit-Punks und andere Sympathisanten. Sie waren der Generation nach die Enkel Ulbrichts, fast alle nach dem Mauerbau geboren, Produkte der sozialistischen Erziehung und eben darin das perfekte Gegenbild zum Leitbild einer sozialistischen Persönlichkeit. Die Übernahme modischer Trends aus dem Westen war üblich und ein Zeichen für die sichtbare Protesthaltung. Ihr Alltag war von schwerster Repression, Verfolgungen, Inhaftierungen, polizeilichen Treibjagden und allen nur denkbaren Disziplinierungen bestimmt. Trotzdem behaupteten sie sich und kamen sogar zu bescheidenen Formen der Selbstorganisation. Neben Platzgruppen, einigen Hausbesetzergruppen und Szenen im Jugendfreizeitbereich bildeten sich an die hundert Punk-Bands. Später kamen Skin-Heads, Heavy Metal, Grufties u.a. hinzu. Diese Subkulturen hatten zwar ihre spezifischen politischen Ideologien, waren aber vor allem als Phänomene alternativer Lebensweise und Alltagsgestaltung zu verstehen.

Andere alternative Milieus, wie die vorwiegend in den Kirchen handelnde oppositionelle Friedensbewegung, sahen in einer asketischen Lebensweise und dem Bruch mit den Alltagsnormen schon fast ein Programm politischen und sozialen Handelns. Ihr Alltag war von ihrer sozialen Minderheitensituation ebenso geprägt wie von der ständigen Benachteiligung oder auch Verfolgung durch die Behörden. Auch der Alltag der Kirchenchristen, sieht man von einigen Privilegierten unter ihnen ab, war von der ständigen geistigen Selbstbehauptung, der Auseinandersetzung mit der offenen und verdeckten Benachteiligung bestimmt. Für Kinder und Jugendliche sowie deren Eltern gehörten zu den bedrückendsten Alltagserfahrungen die Schule und die Ausbildungsstätten.

Seit den 70er Jahren entwickelte sich ein besonders hartnäckiges widerständiges Milieu, die Antragsteller auf Ausreise in die Bundesrepublik. An ihnen war abzulesen, in welchem Ausmaß unter dem Mehltau des sozialistischen Alltags die verschüttete Sehnsucht nach freier Selbstbestimmung plötzlich Energien freisetzte. Antragsteller, bis in die Kreise der Angepaßten und Privilegierten hinein, tauchten aus der gleichgeschalteten Gesellschaft auf und dokumentierten mit ihrem Antrag eine radikale Absage an das System und an den schöngeredeten Alltag. Sie mußten Ausgrenzungen, Arbeitsentlassungen und Kriminalisierungen hinnehmen. Ihr Alltag war nur von dem Willen bestimmt, so schnell wie möglich die DDR zu verlassen. Dies motivierte sie oft zur öffentlichen Aktion, demonstrativen und symbolischen Protesten. Manche verkauften schon mit dem Stellen des Antrags Hab und Gut, kündigten von sich aus und lebten jahrelang auf gepackten Koffern. Seit Mitte der 80er Jahre war diese Situation im DDR-Alltag nicht mehr übersehbar. Politische Qualität bekam diese Wahrnehmung aber erst im

Sommer 1989. Bis dahin blieb der Bevölkerung die mögliche Ausreise eine zwar riskante, aber doch gangbare Rückversicherung.

8. Sprachstandards und Volkswitz

Die Entsubjektivierung und Entstrukturierung der DDR-Gesellschaft schlug sich in der Umgangs- und Alltagssprache nieder, die allen voran von den SED-Funktionären gesprochen wurde. Die unpersönlichen Wendungen mit „man", die Kollektivsemantik mit „unser", die ideologischen Ballonkonstruktion wie „Stärkstes Kind des Kindergartens" (Sieger der Kindergartenspartakiade), falsche Bedeutungszuweisungen wie „Reserve" statt Mangel, die verlogenen Komparative und Superlative wie „Unsere Besten werden täglich noch besser", die allgegenwärtige Parolenmystik wie „Fest geschart in unverbrüchlicher Freundschaft mit der KPdSU" und die zahlreichen sozialistischen Neubildungen wie „Kombine" konnten natürlich keine DDR-Nationalsprache kreieren, waren aber doch Ausdruck einer reduktionistischen alltäglichen Sprachkultur. Holpernd und stolpernd ging es „seinen sozialistischen Gang", wenn die Genossen etwas „durchstellten" oder privat gemauschelt und getauscht wurde, damit die Gaststättenkultur „gesteigert" und „ausgelastet" wurde. „Junger Mann", sagte eine junge Verkäuferin zu einem Rentner, „das gehört zur Allgemeinbildung, daß die Schlange rechts herum geht."

Die sozialistische Wohnkultur konnte folgendermaßen beschrieben werden: „Die Lebensprozesse der Menschen verlaufen differenziert. (...) Schulen und Kindergärten gehören dazu, wo die Eltern in den entsprechenden Gremien kollektive Gedanken entwickeln, die ihre Kinder und damit auch das Wohngebiet betreffen (...). In den Häusern, die ich kenne, sehe ich das so: Es gibt Leute, die jede Handreichung ablehnen, weil sie bewußt Desintegration pflegen. Aber es gibt einen relativ großen Teil von Bewohnern, der Freundlichkeiten und kleine Gesten der Hilfe, von Schlüsselaufbewahrung über Wäscheabnehmen und Kinderbetreuung, gern annimmt, ohne daß das über einen solchen Kontakt hinausgeht (...). Natürlich gibt es immer auch besondere Anlässe: Quartierwerbung, Hausputz, Schneeschippen – dann werden entsprechende Versammlungen veranstaltet, um die entsprechenden Notwendigkeiten abzustimmen (...). Die konkrete Arbeit verwirklicht das allgemeine soziale und politische Anliegen."

Es gab in der DDR im Volksmund viele hintergründige Wortbildungen, die die Verhältnisse treffend bezeichneten: „Konsumsender" für DDR-Radio oder „Sankt Walter" für den Fernsehturm in Berlin mit seinem im Sonnenlicht strahlenden Kreuz auf der Kugel. Und der Volkswitz signalisierte Distanz, wenn von der DDR „als der größten DDR der Welt“ gesprochen wurde, die „vier Hauptfeinde“ hätte – „Frühjahr, Sommer, Herbst und Winter“. Der Witz monierte, daß „Lenin den Sozialismus für die ganze Welt, Ulbricht für die DDR und Honecker nur noch für Berlin wollte“. Auch Schriftsteller haben die Umgangssprache bereichert. Von Ulrich Plenzdorf stammt die Redewendung: „Ich denk, mich streift ein Bus!“ und Christa Wolf machte noch am Ende der DDR die „Wendehälse“ populär.

Die Alltagssprache war, und sie wird es noch lange sein, von Eigenheiten gezeichnet, die teils die Lebensverhältnisse, teils regionale Identitäten spiegelten, aber auch Ausdruck von kulturellen Beschädigungen ist. Sprachstandards verkümmerten nicht zuletzt angesichts der Entchristlichung und des kompletten Abbruchs der humanistischen Bildung. Ganze Begriffshierarchien und deren Bedeutungen sind verlorengegangen.

9. Der Alltag nach dem Sturz der SED-Diktatur

Der politische Umsturz 1989/90 war neben anderen Faktoren die Folge eines Massen-Coming-out, einer Flucht aus dem DDR-Alltag nach vorn. Sie war das Ende eines großen Betrugs und auch das Ende des alltäglichen Selbstbetrugs. Der ostdeutsche Alltag hat sich schnell westlichen Standards angepaßt. Die Ostdeutschen lernten schnell die Verbraucherrolle. Alte Fernsehträume sind wahr geworden.

Als sich aber herausstellte, daß mit dem politischen System auch der gewohnte Alltag, die ehemals bewährten Beschaffungsmechanismen, die Alimentierung des Stillhaltens außer Kraft gesetzt waren, setzte eine DDR-Nostalgiewelle ein. Jetzt sollte der Bürger selbst für die Lebensplanung verantwortlich sein, selbst Risiken übernehmen, und Leistung wurde zur Voraussetzung von Erfolg. Die Alltagserfahrungen und die Lebenserfahrungen schienen vielen entwertet zu sein. Alle einschlägigen soziologischen Erhebungen erbrachten auch fünf Jahre nach dem Ende des SED-Regimes, daß die Ostdeutschen die Werte Sicherheit, Geborgenheit und Kontinuität an die erste Stelle setzen. Der Wert Freiheit steht am Ende der Werteskala. Zugleich aber versichern alle Befragten, daß sie die DDR und das Leben in ihr nicht zurückhaben wollen. Es scheint die Vorstellung zu bestehen, daß die Vorteile einer leistungsstarken freien Gesellschaft mit den Zuteilungsprinzipien der Planwirtschaft verbunden werden könnten.

Grund für die DDR-Nostalgie ist ein Zurückbleiben der mentalen Ausstattung, der sozialen Verhaltensstrategien und Lebenshaltungen hinter den neuen Anforderungen. In den Köpfen reproduzieren sich die Täuschungen der DDR-Verhältnisse, und die Wirklichkeitswahrnehmung verläuft nach den alten Mustern. Verstärkt wird dies noch, weil Versorgungsängste und Orientierungsmängel von Demagogen politisch genutzt und das alte Feindbilddenken mobilisiert wird. Schuldig gesprochen wird der Kapitalismus, der als „kalte" Gesellschaft erlebt wird, da den vielen diktaturgeschädigten Ich-Schwachen die Nestwärme eines Systems fehlt, das die Verantwortung sogar für den Alltag übernehmen wollte. Dem Kollaps des totalitären politischen Systems wird mit zeitlicher Verzögerung ein Alltagsverhalten folgen, das in freier Wahl und in eigener Verantwortung Lebensstile ausprobiert und darin auch die erworbene Freiheit genießen kann.

Literaturhinweise:

Merkel, Ina/Müllberg, Felix: Wunderwirtschaft. DDR-Konsumkultur in den 60er Jahren, Köln (2. Aufl.) 1996.

Niethammer, Lutz/Plato, Alexander von/Wierling, Dorothee: Die volkseigene Erfahrung. Eine Archäologie des Lebens in der Industrieprovinz der DDR, Berlin 1991.

Stichworte von A bis Z

Agitation und Propaganda

Im marxistisch-leninistischen Selbstverständnis ist die Agitation Bestandteil der „politischen Leitung der Gesellschaft durch die Partei der Arbeiterklasse". Sie steht in enger Wechselwirkung mit der Propaganda, der systematischen Verbreitung und Erläuterung der wissenschaftlichen Gesellschaftsstrategie der marxistisch-leninistischen Partei Agitation und Propaganda dienen der „politischen Überzeugungs- und Erziehungsarbeit". Die untrennbare, im engen Wechselverhältnis stehende Einheit von Agitation und Propaganda (Agitprop) zur ideologischen Beeinflussung der Menschen wurde auch im theoretischen Schrifttum der SED hervorgehoben. In der Praxis klaffte jedoch ein unüberbrückbarer Gegensatz zwischen dem ideologischen Anspruch und der „realsozialistischen" Wirklichkeit. Der Auftrag der Propagandisten bestand in der Verkündung der Lehre von der vermeintlichen Gesetzmäßigkeit beim weltweiten Übergang des Kapitalismus zum Sozialismus bis zur Erfüllung der „historischen Mission der Arbeiterklasse" – der Vollendung der kommunistischen Gesellschaft – sowie dem daraus abgeleiteten totalitären Herrschaftsanspruch der Kommunisten (→ *Marxismus-Leninismus*). Demgegenüber hatten die Agitatoren in erster Linie die Aufgabe, die diesem Ziel im Wege stehenden tagesaktuellen Hemmnisse zu relativieren und der breiten Öffentlichkeit plausibel zu machen. In der parteiamtlichen Diktion galt die Agitation als „unlösbarer" Bestandteil der Partei- und Staatspolitik. Sie hatte das Wort der Partei in die „Massen" zu tragen (→ *Meinungsmonopol*). Bei offenkundigem Versagen der Kommandowirtschaft erfolgten allerdings vielfach die parteiinternen Schuldzuweisungen nicht an die Adresse der dafür unmittelbar Verantwortlichen, sondern nur an die Agitprop-Funktionäre des Parteiapparates. Zuständig waren auf der obersten Ebene vor allem zwei ZK-Abteilungen, die dem Sekretär für Agitprop, der in der Regel ein Politbüromitglied war, unterstanden.

In der ZK-Abteilung Agitation, der auch die Lenkung und Kontrolle der → *Massenmedien* oblag, beschäftigten sich 1989 drei Sektoren mit der zentralen Anleitung und Organisation der schriftlichen, der mündlichen sowie der Sichtagitation. Die letztere befaßte sich beispielsweise mit der Konzeption von Plakaten, Wandzeitungen oder Ausstellungen. Die Redaktion von „Was und Wie", eine Monatsschrift für Funktionäre mit dem Untertitel „Informationen – Argumente – Übersichten für den Agitator", bildete in dieser Abteilung einen eigenständigen Sektor. Ursprünglich gaben seit 1973 die Abteilungen Propaganda und Agitation diese Schrift gemeinsam heraus. Seit 1975 zeichnete jedoch nur noch die Abteilung Agitation verantwortlich. Der Inhalt dieser Schriftenreihe wie auch der unzählbaren mündlichen und schriftlichen „Argus“ (Argumentationen) offenbarte ein grundsätzliches Dilemma der Agitprop-Arbeit. Die von Lenin postulierte „Agitation durch Tatsachen“ bedeutete nichts anderes, als daß kommunistische Agitatoren die Tatsachen immer nur selektiert oder verkürzt auf den Tisch legen durften. Angesichts der sich seit Mitte der 70er Jahre in der DDR verschärfenden wirtschaftlichen und innenpolitischen Lage wurde es immer schwieriger, das ohnehin oft von bloßen Wunschvorstellungen geprägte und durch Halbwahrheiten verfälschte „Was“ mit dem „Wie“ in der Parteischulung methodisch glaubhaft in Einklang zu bringen.

Zu den arbeitsintensiven Bereichen der ZK-Abteilung Propaganda gehörte insbesondere die Ausarbeitung von detaillierten und verbindlichen Lehrplänen und Schulungsheften für das obligatorische Parteilehrjahr der SED-Mitglieder (→ *Schulungswesen der SED*). Hinzu kam die ideologisch-methodische Anleitung und Kontrolle der Schulen der sozialistischen Arbeit des FDGB oder des FDJ-Studienjahrs. Inhaltlich wiesen die jährlich herausgegebenen, teilweise nur parteiintern veröffentlichten Lehrmaterialien häufig politisch-ideologische Korrekturen auf, die auf Veränderungen der Parteilinie zurückzuführen waren. Regelmäßig enthielten diese Materialien auch die Aufforderung zur ständigen und offensiven „Entlarvung der imperialistischen Strategie, Politik und Ideologie“, zur Bekämpfung des → *Antikommunismus* und des Nationalismus. Ungeachtet gegenteiliger Beteuerungen war kritisches Denken in den eigenen Reihen verpönt und lief Gefahr, als Revisionismus oder Opportunismus angeprangert zu werden. Die Realitätsferne der SED-Propagandisten belegt der letzte Lehrplan für das Parteilehrjahr 1989/90, der mit Blick auf den geplanten XII. SED-Parteitag entworfen worden war. Danach hatte man beabsichtigt, die sozialistische Planwirtschaft und ihre angebliche Überlegenheit über die kapitalistische Marktwirtschaft zu behandeln.

Zur Propaganda, im Selbstverständnis der SED ein entscheidender Bestandteil der ideologischen Arbeit und „Herzstück der gesamten Tätigkeit der Partei“, gehörten u.a. auch die Geschichtspropaganda oder die Anleitung der Erwachsenenbildung im Rahmen der URANIA. Für die sog. Massenpropaganda war die Zusammenarbeit mit der ZK-Abteilung Agitation auch insofern erforderlich, weil – wie in allen totalitär regierten Staaten – Presse, Hörfunk und Fernsehen als unverzichtbare Instrumente zur Indoktrination aller Bevölkerungskreise angesehen wurden.

Gunter Holzweißig

Akademien

In der DDR gab es drei traditionsreiche Akademien: Die Akademie der Wissenschaften der DDR (AdW) zu Berlin verstand sich als Nachfolgerin der von Gottfried Wilhelm Leibniz 1700 gegründeten Kurfürstlich Brandenburgischen Sozietät der Wissenschaften. Ihre Wiedereröffnung nach dem Zweiten Weltkrieg erfolgte am 1. Juli 1946 als Deutsche Akademie der Wissenschaften aufgrund des SMAD-Befehls Nr. 187. Seit 1972 nannte sie sich offiziell Akademie der Wissenschaften der DDR. Die Sächsische Akademie der Wissenschaften zu Leipzig (SAW) war 1846 als Königlich Sächsische Gesellschaft der Wissenschaften in Leipzig gegründet worden. Die Deutsche Akademie der Naturforscher Leopoldina zu Halle/Saale reicht bis 1652 zurück.

Ferner bestanden Akademien für einzelne Wissenschaftsbereiche: Akademie für Staats- und Rechtswissenschaft der DDR, Akademie der Landwirtschaftswissenschaften der DDR, Akademie der Künste der DDR (AdK), Akademie der Pädagogischen Wissenschaften der DDR und Bauakademie der DDR. Im Dezember 1976 wurde das Institut für Gesellschaftswissenschaften beim ZK der SED in Akademie für Gesellschaftswissenschaften beim ZK der SED (AfG) umbenannt (→ *Geschichtsauffassung*). Für die Weiterbildung der im Gesundheits- und Sozialwesen tätigen Hochschulkader bestand seit 1970 die Akademie für Ärztliche Fortbildung.

Ein besonderes Gewicht im politischen System des SED-Staates hatten die AdW und die AfG; beide prägten entscheidend die Forschungslandschaft der DDR (→ *Wissenschaft*). Die AdW wurde im Zuge der 3. Hochschulreform 1968/69 – sowjetischem Vorbild entsprechend – zur zentralen Forschungseinrichtung umstrukturiert. Zuletzt umfaßte sie insgesamt 60 Institute mit ca. 25 000 Mitarbeitern. Hauptaufgabe war die Grundlagenforschung vor allem in den Natur- und Technikwissenschaften. Die Geistes- und Sozialwissenschaften banden nur etwa 10% des Potentials. Die AdW unterstand dem → *Ministerrat*. Das Forschungspotential bildeten die Zentralinstitute, Institute und Forschungsstellen, die in verschiedene Forschungsbereiche aufgegliedert waren. Die AdW hatte das Promotionsrecht A und B. Mit der Umstrukturierung der AdW 1968/69 bahnte sich eine Entwicklung an, die von dem Humboldtschen Ideal der Einheit von Forschung und Lehre mehr und mehr Abschied nahm. Gleichzeitig wurde versucht, die Wissenschaft dem Zugriff der SED total auszuliefern. An der AdW führte das dazu, daß alle fünf Jahre ein Zentraler Forschungsplan aufgestellt wurde, der vom Politbüro des ZK der SED bestätigt werden mußte.

Die Einhaltung und Durchführung des Zentralen Forschungsplans hatte die SED-Kreisleitung der AdW, in enger Zusammenarbeit mit der ZK-Abteilung Wissenschaft und den Parteisekretären der Akademieinstitute, zu überwachen. Die Steuerung und Kontrolle der AdW durch die SED bezog sich nicht nur auf die vorgegebenen Forschungskonzeptionen und deren inhaltliche Gestaltung, sondern zunehmend auch auf die → *Kaderpolitik.* Sicherheitspolitisch relevante Forschungsprojekte führten dazu, daß das MfS (→ *Staatssicherheit*) erheblichen Einfluß auf die AdW gewann. Ab 1988 hatte z.B. eine Ablehnung durch die Staatssicherheit bei einer geplanten Einstellung absolut bindende Wirkung. Das Prinzip der Selbststeuerung von → *Wissenschaft und Forschung* wurde von der SED-Führung außer Kraft gesetzt.

Die AfG hatte die Aufgabe, Kader für die Durchsetzung des Marxismus-Leninismus in den Gesellschaftswissenschaften auszubilden, die häufig nach Abschluß ihrer Dissertation an die Universitäten delegiert wurden, wo sie oft Schlüsselpositionen übernahmen und die Linie der SED durchsetzten. Die AfG war zugleich für andere wissenschaftliche Einrichtungen ideologisch-theoretische Leiteinrichtung der SED für gesellschaftswissenschaftliche Forschung und Lehre. Sie gehörte in den Zuständigkeitsbereich des ZK-Sekretariats für Wissenschaft und Kultur (Kurt Hager) und war dem Politbüro des ZK der SED unmittelbar rechenschaftspflichtig. Die Forschung an der AfG erfolgte ebenfalls auf der Grundlage des Zentralen Forschungsplans, der vom Politbüro des ZK der SED bestätigt werden mußte. Seit Anfang der 80er Jahre spielte die AfG keine entscheidende Rolle mehr und ihre Ergebnisse hatten kaum noch Wirkung auf die Politik, sondern dienten nur noch einer pseudowissenschaftlichen Rechtfertigung der SED-Politik. Dennoch trat die AfG nach 1985 bei der Erarbeitung des SED-SPD-Papiers von 1987 ins öffentliche Bewußtsein.

Die Akademien waren seit 1946 durch die SED politisch fremdbestimmt, was sich in den verschiedenen Phasen der DDR-Geschichte in unterschiedlich starkem Maße offenbarte, und sie reagierten in system- und institutionsspezifischer Weise auf diese Fremdbestimmung. Der Berufsstand des Wissenschaftlers trat im Herbst 1989 wenig in Erscheinung und spielte im öffentlichen Bewußtsein keine Rolle. Die Wissenschaftselite verfügte infolge eines offenkundigen Selektionsdrucks, spezifischer Privilegien und ideologisch orientierter Auswahlkriterien über kein gesellschaftlich relevantes Kritikpotential. Die Wissenschaftler waren in das System integriert; eine „institutionalisierte Gegenelite" (P. Ch. Ludz) bildeten sie nicht.

Gemäß § 38 des → *Einigungsvertrags* wurde die AdW als Dachorganisation von Forschungseinrichtungen Ende 1991 aufgelöst. Zahlreiche Wissenschaftler der AfG gründeten im März 1990 das selbständige Berliner Institut für Sozialwissenschaftliche Studien GmbH (BISS). Hauptgeschäftsführer wurde der ehemalige Rektor Rolf Reißig. Im April 1990 wurde die AfG in eine der → *PDS* nahestehende Stiftung umgewandelt.

Das „Wissenschaftler-Integrations-Programm (WIP)" ist 1992 im Rahmen des Hochschul-Erneuerungs-Programms durch den Bund und die ostdeutschen Länder gestartet worden, um wissenschaftlich kreatives Potential aus der abgewickelten Akadmie der Wissenschaften der DDR aufzufangen und dauerhaft an ostdeutsche und Berliner Hochschulen zu überführen. Zahlreiche Forschungseinrichtungen der Akademie der DDR wurden getreu den Empfehlungen des Wissenschaftsrats neu strukturiert und gestrafft in das westdeutsche System eingepaßt. In den neuen Ländern und Berlin entstanden drei Großforschungseinrichtungen, mehr als dreißig Institute der sog. Blauen Liste sowie Fraunhofer- und Max-Planck-Institute, die insgesamt etwa 9 000 Mitarbeiter der ehemaligen Akademie-Institute übernahmen. Etwa 2 000 besonders qualifizierte Wissenschaftler wurden in das Wissenschaftler-Integrations-Programm aufgenommen.

In den sieben Jahren seit dem Fall der Mauer ist allerdings auch eine ganze Reihe von zum Teil hochqualifizierten Wissenschaftlern der DDR-Akademie der Wissenschaften, die vom Wissenschaftsrat bei der „Evaluierung" als besonders förderungswürdig eingestuft wurden, wegen der ungünstigen Lage an den ostdeutschen Berliner Hochschulen und Forschungseinrichtungen in die alten Bundesländer und ins Ausland abgewandert.

Bernhard Marquardt

Literaturhinweise:

Fischer, Bernd-Rainer: Bildungs- und Erziehungssystem in der DDR, Materialien der Enquete-Kommission, a.a.O., Bd. III, 2, S. 852-875.

Marquardt, Bernhard/Schmickl, Emil: Wissenschaft, Macht und Modernisierung in der DDR, in: Aus Politik und Zeitgeschichte, B 3/1987, S. 20-32.

Materialien zur Deutschen Einheit und zum Aufbau in den neuen Bundesländern (Bundestagsdrucksache 12/6854), Bonn 1995, insbes. S. 590-612.

Meyer, Hansgünter: Intelligenz, Wissenschaft und Forschung in der DDR, Berlin, New York 1990.

Schütrumpf, Jörn: Steuerung und Kontrolle der Wissenschaft durch die SED-Führung, in: Materialien der Enquete-Kommission, a.a.O., Bd. III, 1, S. 359-373.

Aktivistenbewegung

Da eine Volkswirtschaft, die zentral-administrativer Planung unterliegt (→ *Wirtschaft*), die primäre Aufgabe hat, Ziele realisieren zu helfen, die von der politischen Führung des Landes festgelegt und in das Gefüge der Wirtschaftspläne übernommen werden, ergeben sich spezifische Probleme für die Leistungsmotivation der in den Betrieben arbeitenden Menschen. Es bedarf daher besonderer Maßnahmen, um zu erreichen, daß die Werktätigen hinsichtlich des Verbrauchs an Produktionsfaktoren und hinsichtlich der Menge und Qualität der Erzeugnisse ein Verhalten an den Tag legen, das den politisch vorgegebenen Zielsetzungen bestmöglich entspricht. Dies versuchte man in der DDR nicht nur mittels verschiedener Formen der Leistungskontrolle, sondern auch dadurch zu erreichen, daß man Leistungsanreize materieller und immaterieller Art schuf.

In diesem Zusammenhang ist die Aktivistenbewegung als einer der vielen Versuche der SED-Führung zu verstehen, die Leistungsmotivation zu erhöhen. Ein Aktivist war ein Werktätiger, dessen außergewöhnliche Leistung den anderen als vorbildlich und zur Nachahmung verpflichtend vorgestellt wurde und der dafür einen Ehrentitel (Held der Arbeit; Verdienter Aktivist; Aktivist des Siebenjahrplanes usw.) (→ *Auszeichnungen*) erhielt. Die Methode, Aktivisten als Vorbilder herauszustellen, ging zurück auf entsprechende Versuche zur Leistungsstimulierung in der Sowjetunion, wo 1935 die Stachanow-Bewegung (A. G. Stachanow, 1905 bis 1979) in der Kohleindustrie inszeniert wurde, von der man sich Steigerungen der Arbeitsproduktivität, Senkung der Selbstkosten durch technische Verbesserungen, eine bessere Arbeitsorganisation und eine leistungssteigernde Korrektur der Arbeitsnormen versprach.

Die Aktivistenbewegung in der DDR nahm als „Massenbewegung" ihren Ausgang am 13. Okt. 1948, als der Bergarbeiter Adolf Hennecke durch eine besonders durchdachte Arbeitsvorbereitung und -organisation seine Tagesnorm mit 387% erfüllte. Eine Aktivistenbewegung wurde üblicherweise durch die besondere Leistung eines einzelnen (Neuerer) – gelegentlich auch durch die einer Gruppe (Aktivistenbrigade) – eingeleitet, wobei hierfür besonders günstige Arbeitsbedingungen eigens geschaffen wurden. Man versprach sich davon individuelle und kollektive Verpflichtungen von Werktätigen zur Planübererfüllung – meistens vom → *FDGB* und dessen betrieblichen Untergliederungen initiiert – sowie die Propagierung neuer Arbeitsmethoden, die sich dann im Rahmen des Sozialistischen → *Wettbewerbs* verbreiten sollten. Innerbetriebliche Aktivistenschulen, in denen neue Arbeitsmethoden am Arbeitsplatz vorgeführt und andere Arbeiter in deren Anwendung unterwiesen wurden, sowie Aktivistenkonferenzen spielten hierbei eine Rolle. Letztere dienten dem Erfahrungsaustausch und dem Versuch, bestimmte Neuerungen allgemein zur Anwendung zu bringen.

Der Sozialistische Wettbewerb, in den die Aktivistenbewegung als ein Element eingebettet war, war nicht lediglich ein wirtschaftspolitisches Instrument zur Leistungsstimulierung, sondern hatte auch politisch-ideologische Bedeutung. Die Teilnahme an diesem Wettbewerb und die dort erbrachten Leistungen zum Nutzen der von der politischen Führungsschicht verfolgten Ziele des Wirtschaftens galten auch als Maßstab für den erreichten Grad in der Entwicklung des sozialistischen Bewußtseins der Bevölkerung.

Gernot Gutmann

Allgemeiner Deutscher Nachrichtendienst (ADN)

Am 10. Okt. 1946 erteilte die Propagandaabteilung der → *SMAD* 16 Gesellschaftern aus Zeitungsverlagen der SBZ und dem Hörfunk die Lizenz zur Gründung des ADN, der ersten deutschen Nachrichtenagentur im Nachkriegsdeutschland. Unter dem Deckmantel der „Überparteilichkeit" und des „antifaschistisch-demokratischen Aufbaus" bezog man auch bürgerliche Lizenznehmer in die ADN GmbH ein. Sie hatten jedoch in der von ehemaligen KPD-Funktionären beherrschten Agentur lediglich eine Alibifunktion. Mit Wirkung vom 1. Mai 1953 wandelte die DDR-Regierung den ADN in eine staatliche Institution um, die formal dem Weisungsrecht des Ministerpräsidenten unterlag. Es wurde, zumindest bei Routinevorgängen, durch das ihm unterstellte Presseamt ausgeübt. Am 1. Jan. 1956 erfolgte die Vereinigung des ADN mit der bis dahin selbständigen Bildagentur Zentralbild. Ende der 80er Jahre beschäftigte der ADN knapp 1 400 Mitarbeiter. 1992 verkaufte die Treuhandanstalt den ADN an den Deutschen Depeschen Dienst, der der Agentur mit einem inzwischen drastisch verringerten Personalbestand die Regionalberichterstattung aus den neuen Bundesländern zuwies.

Der ADN besaß das Monopol für die Auslandsberichterstattung; er war 1986 in 87 Staaten akkreditiert. Lediglich das SED-Zentralorgan Neues Deutschland und die elektronischen Medien verfügten in wenigen Ländern über eigene Korrespondenten. Die meisten der von Auslandskorrespondenten des ADN verfaßten ausführlichen Hintergrundberichte waren nicht für die Veröffentlichung bestimmt, sondern dienten zur exklusiven Information der Partei- und Staatsführung. Nicht wenige entstanden auf Veranlassung der Hauptverwaltung Aufklärung des MfS.

Verbindliche ideologische Arbeitsrichtlinien für die Redakteure ließ die Partei im ADN-Statut vom 14. Juli 1966 unmißverständlich verankern. Danach hatte sich die Wort- und Bildberichterstattung des ADN nach dem SED-Parteiprogramm sowie nach den Beschlüssen des SED-ZK und der staatlichen Organe zu richten. Außerdem bestand für den ADN die Verpflichtung, „zur Entwicklung und Festigung des sozialistischen Bewußtseins aller Schichten der Bevölkerung“ durch eine „parteiliche“ Informationsvermittlung beizutragen. Das bedeutete: Der ADN fungierte in erster Linie als Transmissionsriemen für die Informationspolitik der SED-Führung (→ *Meinungsmonopol*). Alle DDR-Medien waren gehalten, ausschließlich ADN-Meldungen zu verwenden, wobei häufig selbst deren genaue Plazierung in der Berichterstattung der Medien angewiesen wurde.

Gunter Holzweißig

Literaturhinweise:

Minholz, Michael/Stirnberg, Uwe: Der Allgemeine Deutsche Nachrichtendienst (ADN). Gute Nachrichten für die SED, München, New Providence, London, Paris 1995.

Olivier, Kurt: ADN – „Spitze der Informationskette“. Zur Medienpolitik der SED-Führung, in: Deutschland Archiv 28 (1995), S. 244-255.

Alliierte Konferenzen über Deutschland

Die Konferenzen der Regierungschefs der USA, der UdSSR und Großbritanniens (Präsident Roosevelt, ab April 1945 Truman; Marschall Stalin; Premierminister Churchill, ab Ende Juli 1945 Attlee) in der Kriegs- und unmittelbaren Nachkriegszeit in Teheran (28. Nov. bis 1. Dez. 1943, vorbereitet durch eine Außenministerkonferenz in Moskau, 19. bis 30. Okt. 1943), Jalta (4. bis 11. Feb. 1945) und Potsdam (17. Juli bis 2. Aug. 1945) waren die herausragenden Ereignisse im Rahmen der Konsultationen und Verhandlungen der „Anti-Hitler-Koalition“. Für die Nachkriegssituation Deutschlands und Europas waren sie wesentlich nicht nur wegen der dort getroffenen Vereinbarungen, sondern auch wegen ihrer Bedeutung für die Herausbildung des Ost-West-Konflikts (→ *Kalter Krieg*).

In den Beratungen der drei Mächte wurden – neben dem gemeinsamen Ziel, den Krieg in Europa siegreich zu beenden und eine künftige Bedrohung durch Deutschland nach Möglichkeit auszuschließen – unterschiedliche, zum Teil gegensätzliche Interessen erkennbar. Die USA verfolgten die Linie, die Beendigung der Kampfhandlungen in Europa und Asien als absolute Priorität zu behandeln und für die danach zu treffenden politischen Entscheidungen möglichst lange freie Hand zu behalten, dabei aber die Sowjetunion in die Vorbereitungen für eine als Garant der Nachkriegsordnung vorgesehene Organisation der Vereinten Nationen einzubeziehen. Auf seiten der Sowjetunion wurde zunehmend deutlicher, daß Stalin an dem Ziel, das er bereits in dem Pakt mit Hitler verfolgt hatte – der UdSSR eine politische Einflußsphäre in Mittel- und Südosteuropa vorzulagern – auch in der neuen Bündniskonstellation festhielt und bestrebt war, diesen Bereich möglichst weit nach Westen vorzuschieben. Großbritannien war demgegenüber bemüht, eine sowjetische Dominanz im Nachkriegseuropa zu verhindern; es strebte seit 1942 mit wachsendem Nachdruck nach frühzeitigen alliierten Absprachen, die einer einseitigen sowjetischen Politik im östlichen Teil Europas vorbeugen sollten.

Dieser Interessengegensatz trat seit Anfang 1945, mit dem Vorrücken der sowjetischen Truppen, mehr und mehr in den Vordergrund. Seine erste konkrete Ausprägung fand er in der Frage der Ordnung Polens, in der die Sowjetunion in Jalta im wesentlichen ihre Position durchsetzte: Nicht die von den Westmächten anerkannte polnische Exilregierung in London, sondern die von den Sowjets eingesetzte Provisorische Regierung erhielt, nachdem sie um ein Mitglied der Londoner Regierung erweitert worden war, die Anerkennung der drei Mächte. Eine auf westliche Initiative in Jalta verabschiedete „Deklaration über das befreite Europa", in der sich die drei Mächte verpflichteten, in den befreiten Staaten zunächst die Bildung von vorläufigen Regierungen, in denen „alle demokratischen Elemente innerhalb der Bevölkerung vertreten" sein sollten, und die alsbaldige Durchführung freier Wahlen zu fördern, blieb ohne praktische Wirkung, da die Sowjetunion diese Verpflichtung in der Folgezeit nicht honorierte.

Im Hinblick auf Deutschland waren vor allem Fragen der Kapitulationsbedingungen, der staatlichen Gliederung (einschließlich Ostgrenze), der Grundsätze und Ziele der Besatzungspolitik (einschließlich Reparationen) zu erörtern, zum Teil nach vorbereitender Bearbeitung durch die von der Moskauer Außenministerkonferenz eingesetzte Europäische Beratende Kommission von hohen Beamten der drei Mächte (European Advisory Commission, EAC) in London.

Kapitulation: Eine von der EAC ausgearbeitete und auf der Konferenz von Jalta erweiterte und bestätigte Urkunde fand bei der militärischen Kapitulation am 7./8. Mai in Reims und Karlshorst keine Verwendung. Die Militärbefehlshaber der Vier Mächte erließen statt dessen am 5. Juni 1945 eine „Erklärung in Anbetracht der Niederlage Deutschlands" mit drei begleitenden Dokumenten. Diese „Berliner Erklärung" blieb grundlegend für die Rechte und Verantwortlichkeiten der → *Vier Mächte* in Deutschland. Sie verdeutlichte u.a., daß Deutschland als Ganzes im Ergebnis des Zweiten Weltkrieges nicht untergegangen war, sondern, obgleich mangels entsprechender Organe handlungsunfähig, rechtlich fortbestand (→ *Grundlagenvertrag*).

Staatliche Zerteilung: Der Gedanke einer Aufteilung Deutschlands in mehrere Staaten (Dismemberment), den Stalin erstmals im Herbst 1941 gegenüber dem britischen Außenminister Eden ins Gespräch gebracht hatte, wurde auf den Konferenzen von Teheran und Jalta mit grundsätzlich zustimmender Tendenz erörtert, aber wegen unterschiedlicher Auffassungen im einzelnen, hinter denen vor allem auf sowjetischer und britischer Seite konzeptionelle Differenzen standen, nicht beschlossen und nach der Konferenz von Jalta von den drei Mächten fallengelassen.

Ostgrenze: Über das Prinzip der territorialen Entschädigung Polens zu Lasten Deutschlands bestand bereits in Teheran Einvernehmen, die Grenzziehung im einzelnen blieb kontrovers (→ *Oder-Neiße-Grenze*). Die Westmächte sagten zu, die sowjetische Forderung nach Königsberg und dem nördlichen Teil Ostpreußens auf der Friedenskonferenz zu unterstützen; sie akzeptierten in Potsdam die Regelung, daß die anderen deutschen Gebiete östlich der Oder und Görlitzer Neiße in polnische Verwaltung übergeben wurden. Die endgültige Grenzfestlegung blieb dem Friedensvertrag vorbehalten. Gleichzeitig wurde vereinbart, daß die deutsche Bevölkerung dieser Gebiete in „ordnungsgemäßer und humaner Weise" ausgesiedelt werden sollte.

Besatzungszonen: Zum Zweck der militärischen Besetzung wurde Deutschland in drei Zonen und das besondere Gebiet von Berlin eingeteilt (Londoner Protokolle der EAC vom 12. Sept. und 14. Nov. 1944, bestätigt von den Regierungschefs auf der Konferenz von Jalta). Durch das Abkommen vom 26. Juli 1945 erhielt zusätzlich Frankreich eine Besatzungszone (aus Territorien, die bisher der britischen und der amerikanischen Zone zugeordnet waren) und einen Sitz im Kontrollrat. Im Zuge der Einnahme der vereinbarten Besatzungszonen und der Sektoren Berlins zogen die amerikanischen und britischen Truppen im Juli 1945 aus den während der Kampfhandlungen besetzten Teilen Thüringens, Sachsens, Sachsen-Anhalts und Mecklenburgs ab.

Ziele der Besatzungspolitik: Übereinstimmung wurde lediglich in allgemeinen und interpretationsfähigen Grundsätzen erreicht. Deutschland sollte entmilitarisiert, entnazifiziert, demokratisiert und dezentralisiert werden; die inhaltliche Füllung dieser Begriffe erwies sich als kontrovers. Die Oberhoheit in Deutschland übten im Auftrag ihrer Regierungen die vier Militärgouverneure aus, je für sich in den einzelnen Besatzungszonen, gemeinsam und nach dem Prinzip der Einstimmigkeit im Alliierten Kontrollrat in allen Deutschland als Ganzes betreffenden Fragen. Auf die Errichtung einer deutschen Regierung wurde vorläufig verzichtet; fünf Zentralverwaltungen, die unter der Aufsicht des Kontrollrates tätig werden sollten, wurden vorgesehen, in der Folgezeit aber nicht verwirklicht. Das Vier-Zonen-Deutschland sollte soweit wie möglich als wirtschaftliche Einheit behandelt werden; die Regelung der Reparationen (→ *Kriegsschäden, Demontagen, Reparationen*) stellte allerdings auch in diesem Punkt den grundsätzlichen Beschluß in Frage.

Zur Erörterung weiterer Fragen, u.a. der Friedensverträge mit Deutschland und seinen ehemaligen Verbündeten, wurde in Potsdam die Errichtung eines Rates der Außenminister vereinbart, der von 1945 bis 1949 sechsmal zusammentrat. Diese Zeit war bestimmt durch eine deutlichere Ausprägung der Gegensätze zwischen den Vier Mächten, kulminierend in der sowjetischen Blockade Berlins 1948/49. Angesichts offener Konfliktpunkte, u.a. in Griechenland, und vor dem Hintergrund der Erfahrungen mit der sowjetischen Politik der vollendeten Tatsachen vollzogen die USA ab Herbst 1946, verstärkt ab Frühjahr 1947, eine Wende in ihrer Europapolitik und gingen von dem Versuch, den Konsens mit der UdSSR aufrechtzuerhalten, zur Politik der „Eindämmung" des sowjetischen Ausgreifens über. Dies schloß die wirtschaftliche und politische Stabilisierung der deutschen Westzonen sowie ihre Einbeziehung in die entstehenden westlichen Bündnisstrukturen ein. Im Zuge der Verschärfung des Ost-West-Konfliktes rückte auch Frankreich schrittweise von seinen vorherigen besonderen deutschlandpolitischen Zielen (Loslösung des Ruhrgebiets, des Saargebiets und des Rheinlands) ab und schloß sich der gemeinsamen amerikanischen und britischen deutschlandpolitischen Linie an.

Die Gegensätzlichkeit der westlichen und sowjetischen Vorstellungen prägte auch die Tagungen des Außenministerrates. Ein amerikanischer Vorschlag, eine Vereinbarung zur gemeinsamen Besetzung, Demilitarisierung und Kontrolle Deutschlands für 25 oder 40 Jahre abzuschließen, wobei aber die Klammern zwischen den vier Zonen gestärkt werden sollten (Byrnes-Plan), wurde von der Sowjetunion zurückgewiesen. Die ausführlichen Erörterungen der Deutschlandfrage auf den Außenministerkonferenzen von Moskau und London (10. März bis 24. April bzw. 25. Nov. bis 15. Dez. 1947) blieben ergebnislos und markierten das Scheitern der gemeinsamen alliierten Besatzungspolitik.

Die Teilung Europas und Deutschlands in einen sowjetischen und einen westlichen Einflußbereich war nicht die Folge der Vereinbarungen der Siegermächte auf den Kriegs- und Nachkriegskonferenzen, sondern Ergebnis gegensätzlicher Zielvorstellungen, die auf diesen Konferenzen nicht ausgeglichen, sondern lediglich durch Kompromisse und unterschiedlich interpretierte Grundsatzformulierungen überdeckt werden konnten. Hauptfaktor der Teilung Deutschlands war die Sonderentwicklung, welche die Sowjetunion mit den gesellschaftlichen und wirtschaftlichen Umgestaltungen in ihrer Besatzungszone frühzeitig einleitete und in der Folgezeit als die wirkliche Umsetzung der Potsdamer Beschlüsse ausgab. Indem die UdSSR die Westmächte zur „Rückkehr" zu diesen Beschlüssen aufrief, forderte sie entsprechende Umgestaltungsmaßnahmen in ganz Deutschland, lud aber auch die Westmächte ein, von ihrer Linie der wirtschaftlichen und politischen Stabilisierung Westdeutschlands und seiner Einbeziehung in die westliche Allianz abzurücken und zu einer Politik der Kontrolle der Siegermächte über Deutschland zurückzukehren.

Eberhard Kuhrt

Literaturhinweise:

Fischer, Alexander/Rißmann, Martin: Deutschland als Gegenstand alliierter Politik (1941–1949), in: Materialien der Enquete-Kommission, a.a.O., Bd. II, 2, S. 1301-1349.

Graml, Hermann: Die Alliierten und die Teilung Deutschlands. Konflikte und Entscheidungen 1941–1948, Frankfurt/M. 1985.

Amnestie

Die DDR hat in regelmäßigen Abständen elf umfangreiche Amnestien erlassen, die teilweise als Begnadigung oder auch als bloße Strafentlassung bezeichnet wurden. Sie galten als Ausdruck des „sozialistischen Humanismus" und wurden auch der Bundesrepublik als nachahmenswert empfohlen. Bei diesen Amnestien wurden jedoch – umgerechnet auf die Bevölkerungszahl – teilweise mehr Menschen aus dem Strafvollzug entlassen als in der Bundesrepublik überhaupt inhaftiert waren. Sie waren daher ein unerläßliches Hilfsmittel, um die Folgen der völlig überzogenen Strafverfolgung wieder zu beseitigen; sie waren nicht zuletzt erforderlich, um in den Strafanstalten wieder Platz für Neuzugänge zu schaffen und damit das Repressionssystem aufrechtzuerhalten. Üblicherweise wurden Amnestien zu politisch bedeutsamen Daten, insbesondere an den Jahrestagen der Gründung der DDR, erlassen und dazu benutzt, Dankbarkeit gegenüber dem SED-Staat zu erzeugen. Da in der DDR Straftaten, deren Verfolgung aufgrund einer Amnestie eingestellt wurde, nicht statistisch erfaßt wurden, dienten die Amnestien schließlich der Entlastung der Kriminalstatistik und damit der Förderung des Eindrucks eines niedrigen Standes der → *Kriminalität.*

Die Amnestie zum 38. Jahrestag der Gründung der DDR 1987 wurde wegen des Besuches von Erich Honecker in der Bundesrepublik bereits am 17. Juli verkündet, wobei offensichtlich übersehen wurde, daß damit bis zum 7. Okt. begangene Taten im voraus straflos gestellt wurden.

Die Amnestien der DDR bieten heute Schwierigkeiten für die Verfolgung von SED-Unrechtstaten, da zweifelhaft ist, ob sie die nach rechtsstaatlichen Grundsätzen erforderliche Strafbarkeit zur Zeit der Tat wirksam aufgehoben haben. Der Bundesgerichtshof hat darauf abgestellt, daß von der Amnestie 1987 nur solche Straftaten erfaßt worden seien, derentwegen es bereits zu einem Ermittlungsverfahren gekommen sei.

Friedrich-Christian Schroeder

Antifaschismus

Seine Wurzeln reichen bis in die 20er Jahre zurück. 1922 übernahmen die von Benito Mussolini gegründeten Fasci di combattimento die Regierungsgewalt in Italien. Seither versteht man unter Faschismus eine antiliberale, antiparlamentarische Bewegung mit nationalistischer, imperialistischer, z.T. kapitalismuskritischer Tendenz, die straffe Staatsdisziplin fordert. Der Faschismus entwickelte sich zur Massenbewegung, die nicht nur in Italien unter dem Anspruch auftrat, die Nation zu einen und die Klassenspaltung zu überwinden, und neben bürgerlichen auch bäuerliche und proletarische Schichten mit Erfolg integrierte. Deswegen ist es nicht überraschend, daß sich gerade Marxisten schon früh mit diesem Phänomen beschäftigten, das ihnen Konkurrenz machte und die Basis zu entziehen drohte. Seither gilt die Bezeichnung Faschismus nicht nur für das italienische System und seine Ideen (1923–1943/45), sondern auch als Kennzeichnung ähnlicher, in verschiedenen Ländern auftretender totalitärer Herrschaftssysteme und ihrer Ideen. Der Faschismus gilt danach als Ergebnis der Krise solcher Gesellschaften, in denen es private Verfügungsgewalt über Produktionsmittel gibt. In kritischen Situationen neigen die Eigentümer der Produktionsmittel (Kapitalisten) dazu, sich eine Schutztruppe gegen die Bedrohung durch die sozialistische Bewegung zu halten. Deswegen ist aus marxistischer Sicht die Gefahr des Faschismus erst gebannt, wenn die private Verfügungsgewalt über Produktionsmittel in einer sozialistischen Gesellschaft aufgehoben ist. Antifaschismus und Sozialismus hängen also untrennbar zusammen. Im Dezember 1933 formulierte der Bulgare Georgi Dimitroff auf dem XIII. Plenum des Exekutivkomitees der Kommunistischen Internationale (Komintern) die parteioffizielle Definition: „Faschismus ist die offene terroristische Diktatur der am meisten reaktionären, chauvinistischen und imperialistischen Elemente des Finanzkapitals."

Mit dem katastrophalen Zusammenbruch des nationalsozialistischen Deutschlands gewann der Antifaschismus nach 1945 eine ganz besondere Bedeutung und Funktion. Die Ablehnung des Nationalsozialismus war ein Grundpfeiler des demokratischen Neubeginns (→ *Entnazifizierung*). Das Selbstverständnis des Antifaschisten kennzeichnen folgende 14 Merkmale, Eigenschaften und Verhaltensweisen: Der Antifaschist betrachtet sich als humanitär, liberal, demokratisch (im weitesten Sinne des Begriffs), aufklärerisch, rational, revolutionär im Sinne der Französischen Revolution von 1789, radikal (d.h. aufklärerisch, nicht etwa subversiv), individualistisch, den Menschenrechten verpflichtet, der Freiheit der Person zugeneigt, den Idealen der Gleichheit und Gleichberechtigung verbunden, Gegner des Antikommunismus (da dieser konstitutives Merkmal des Faschismus sei) und friedliebend (wobei der Antifaschist annimmt, daß Frieden nur im Sozialismus möglich ist, weil die Kriege aus Klassenspannungen entstehen).

Bis zum Herbst 1989 war die Sympathie für die „Errungenschaften des real existierenden Sozialismus", die verteidigt werden sollen, eine Grundlage des Antifaschismus. Der Kommunismus sowjetischer Prägung wurde als unerläßliche Stütze des Antifaschismus eingeschätzt. Seither hat sich die Sympathie der Antifaschisten einem idealen Sozialismus zugewendet, der sich vom → *Stalinismus* absetzt. Ein Einwand gegen den Stalinismus ist, daß dieser den Antifaschismus durch den Hitler-Stalin-Pakt, aber auch durch die Anwendung harter Repression verraten habe. Auf jeden Fall gehört zu diesem ideologisch verwaschenen Sozialismus eine antikapitalistische Grundeinstellung.

Zu unterscheiden ist zwischen einem mehrdimensionalen und einem eindimensionalen Antifaschismus. Mehrdimensional bedeutet, daß bei der Ablehnung des Faschismus sowohl moralisch als auch sozioökonomisch argumentiert wird. Die Überwindung des Faschismus wird von der Beseitigung seiner sozioökonomischen Grundlagen, der privaten Verfügungsgewalt über Produktionsmittel, abhängig gemacht. Eindimensional ist ein Faschismusverständnis, das ausschließlich moralisch argumentiert, in der Abwehr des Faschismus aber keine gesellschaftsverändernde Ziele verfolgt. Besonders bürgerliche, liberale, kirchliche Gruppen und Einzelpersönlichkeiten hängen diesem eindimensionalen Faschismusverständnis an, während das mehrdimensionale von Sozialisten und Kommunisten vertreten wird.

Bereits 1945–1952 bedienten sich die KPD bzw. die SED des Ausdrucks „antifaschistisch demokratische Periode" zur Kennzeichnung eines Zeitabschnitts, in dem in der SBZ sozialistische Veränderungen durchgeführt wurden, die aber nicht als sozialistisch, sondern als antifaschistisch gekennzeichnet wurden. Mit Hilfe dieses semantischen Tricks lähmte man antisozialistische Widerstände der damals noch handlungsfähigen bürgerlichen Parteien, die ein offenes Bekenntnis zum Sozialismus bekämpft hätten, einer antifaschistischen Zielsetzung aber zustimmen mußten, um nicht selber in den Faschismusverdacht zu geraten.

Die grundlegende Bedeutung des Antifaschismus für die DDR hat Walter Ulbricht persönlich bereits in den 50er Jahren festgelegt. Als sich die Herrschaftsform des deutschen Monopolkapitals in seiner Niedergangsperiode befunden habe, hätten die Herren der Schwerindustrie angesichts der Gefahr, vom deutschen arbeitenden Volk hinweggefegt zu werden, die Regierung den Nationalsozialisten übertragen, die durch Volksbetrug und Terror Massenanhang gewonnen hätten. Deshalb müsse der konsequente antifaschistische Kampf darauf gerichtet sein, „die Wurzeln des Faschismus – die Herrschaft des Finanzkapitals – zu beseitigen". Nach der Niederlage des Faschismus im Zweiten Weltkrieg würde sich das „nationale Unglück" – Wiederherstellung der alten Machtstrukturen nach dem Ersten Weltkrieg – nicht wiederholen.

Daß die Herstellung der antifaschistisch demokratischen Ordnung nichts anderes bedeutete als die Einführung des Sozialismus, wurde später in der Geschichtswissenschaft der DDR ohne weiteres zugestanden (→ *Geschichtsauffassung*).

In der Spätzeit der DDR, als die Legitimationskrise des Systems bereits spürbar war, wurde versucht, die nachlassende Bindekraft des → *Marxismus-Leninismus* einerseits durch Berufung auf nationale Traditionen (etwa ab 1978), andererseits aber durch verstärkte Betonung des Antifaschismus zu stützen.

Im März 1989 hielt Kurt Hager es für nötig, auf die in der Sowjetunion zunehmende Kritik am → *Stalinismus* zu reagieren. Das moralische Gewicht der DDR suchte er mit der antifaschistischen Tradition zu rechtfertigen: „Die DDR ist anerkannt in der Welt durch einen sie tief prägenden Humanismus und Antifaschismus."

Fast unmittelbar vor dem Zusammenbruch des DDR-Systems, als die steigende Unzufriedenheit der Bevölkerung sich bereits in einer Fluchtwelle äußerte, stellte Prof. Otto Reinhold, Mitglied des → *ZK der SED* und seit 1962 Rektor der Akademie für Gesellschaftswissenschaften beim ZK der SED, fest: „Die DDR ist nur als antifaschistischer, sozialistischer Staat, als sozialistische Alternative zur BRD denkbar." Bezeichnenderweise rangiert der Antifaschismus als systemstabilisierender und -legitimierender Integrationsfaktor noch vor dem Sozialismus.

Innenpolitisch hatte der Antifaschismus für die DDR die Funktion einer Integrationsideologie; er diente der soziostrukturellen Umgestaltung und der moralischen Rechtfertigung des Systems, sollte aber zugleich gegnerische Kräfte lähmen.

Auch in außenpolitischer Hinsicht hatte der Antifaschismus für die DDR die Funktion, sich von der Bundesrepublik abzugrenzen, das westliche Bündnis zu destabilisieren und die DDR als Hort des Antifaschismus moralisch aufzuwerten.

Mitte der 50er Jahre steigerten sich im Zusammenhang mit der → *Wiederbewaffnung* die Vorwürfe einer ungebrochenen faschistischen Kontinuität in Westdeutschland. Der Adressat dieser Angriffe war das westliche Ausland, in dem auf Kriegserinnerungen beruhende, antideutsche Ressentiments wachgehalten und gegen die Bundesrepublik und ihre Integration ins westliche Bündnis gekehrt werden sollten (→ *Imperialismus*). Aber auch in der Innenpolitik der Bundesrepublik erwiesen sich die Vorwürfe einer „Renazifizierung" nicht als wirkungslos, so daß diese Waffe verstärkt als Kampfmittel von der DDR eingesetzt wurde. Eine besondere Bedeutung hatte hierbei der am 7. Jan. 1954 gegründete Ausschuß für deutsche Einheit, der bis 1965 bestand. Ungefähr 1958 setzte der Versuch ein, das antifaschistische Argument gegen die Bundesrepublik zu wenden. Zahlreiche Veröffentlichungen sollten einerseits im westlichen Ausland Furcht vor dem westdeutschen „Militarismus" hervorrufen, indem Erinnerungen an die Zeit des Zweiten Weltkrieges geweckt wurden. Zum anderen sollte Einfluß auf die Linke innerhalb der Bundesrepublik genommen werden. Hier diente das antifaschistische Argument der Einflußnahme, die der SED mit sozialistischen/kommunistischen Argumenten verwehrt geblieben wäre. Mit dem Beginn der 60er Jahre bemühte sich der Ausschuß zunehmend und in zahlreichen Fällen erfolgreich, die Vergangenheit politisch führender oder einflußreicher Personen antifaschistisch zu instrumentalisieren. Einen bedeutsamen Erfolg erreichte die antifaschistische Propaganda mit Veröffentlichungen, die sich gegen den Bundesminister der Vertriebenen, Theodor Oberländer, richteten.

Die Versuche der DDR, mit Hilfe des Faschismus-Vorwurfs die politische Ordnung der Bundesrepublik zu destabilisieren und einen Keil zwischen sie und ihre westlichen Verbündeten zu treiben, blieb letzten Endes erfolglos, aber nicht wirkungslos. Wenngleich weder die politische Ordnung der Bundesrepublik noch das westliche Bündnis erschüttert wurden, hatten die SED und ihre Hilfsorganisationen doch insoweit Wirkung erzielt, als eine ganze Reihe von Personen ihre Positionen räumen mußten und Dokumente aus Archiven der DDR von westdeutschen Politikern und Publizisten übernommen wurden. Dies wäre nicht geschehen, wenn sie offen ihre kommunistische Zielsetzung bekannt hätten. Unter dem Vorwand aber, daß es sich um die Säuberung des öffentlichen Lebens von nationalsozialistischen Überresten handele, wurden die Argumente als akzeptabel betrachtet. Der Antifaschismus hat sich also als durchaus partiell wirksames Instrument zur Verfolgung politischer Ziele der SED erwiesen.

Auch nach dem Ende des real existierenden Sozialismus hat der Antifaschismus seine emotionale Mobilisierungskraft behalten, gerade weil er weniger rational und stärker emotional auftritt. In der Zeit des Umbruchs diente er als Mittel, die Eigenart der DDR zu erhalten und die Wiedervereinigung zu verhindern. Das Ziel war, die Eigenstaatlichkeit der DDR zu bewahren. Die antifaschistisch-demokratische Periode der SBZ bzw. DDR von 1945–1949/52 wird als positive Zeit, als Aufbruch und Aufbau einer neuen, besseren Ordnung romantisiert. Daß gerade diese Zeit eine Phase schlimmsten stalinistischen Terrors war, wird geleugnet. Die Bundesrepublik gilt demgegenüber als kapitalistisch, als Staat der Bourgeoisie, so daß eine Wiedervereinigung in Form eines Anschlusses an die Bundesrepublik das Ende jeglichen Sozialismus bedeute.

Ende November 1989 veröffentlichten zahlreiche Intellektuelle und Künstler den Aufruf „Für unser Land“, in dem es heißt: „Noch haben wir die Chance, in gleichberechtigter Nachbarschaft zu allen Staaten Europas eine sozialistische Alternative zur Bundesrepublik zu entwickeln. Noch können wir uns besinnen auf die antifaschistischen und humanistischen Ideale, von denen wir einst ausgegangen sind.“ Dieser

Aufruf wurde von zahlreichen Intellektuellen, aber auch von Egon Krenz, damals noch Chef der SED, unterzeichnet. An diesem Beispiel wird deutlich, daß die moralische Komponente des Antifaschismus seit 1989/90 als Vorwand zur Rettung des diskreditierten Sozialismus fungierte.

Seit der Wiedervereinigung dient der Antifaschismus verstärkt als gemeinsamer Nenner aller derjenigen linken und linksextremen Kräfte, die die politische und gesellschaftliche Ordnung der Bundesrepublik Deutschland ablehnen. Gerade wegen des moralischen Anspruchs ist der Antifaschismus als Basis sehr gegensätzlicher politischer Richtungen geeignet und erweist sich als Volksfrontkitt.

Vom Standpunkte der freiheitlichen Demokratie ist der Antifaschismus mit liberalen Vorstellungen nicht zu vereinbaren, weil er im Kampf gegen den Faschismus (das schließt die Ablehnung der bürgerlichen Demokratie ein) antiliberale linksextremistische Ideen und Organisationen als Bündnispartner akzeptiert (→ *Totalitarismus*).

Hans-Helmuth Knütter

Literaturhinweise:

Antifaschismus und Rechtsradikalismus in der SBZ/DDR, in: Materialien der Enquete-Kommission, a.a.O., Protokoll der 30. Sitzung, Bd. III, 1, S. 95-201.

Grunenberg, Antonia: Antifaschismus – ein deutscher Mythos, Reinbek 1993.

Horn, Werner: Grundprobleme der Entwicklung Deutschlands nach dem Zweiten Weltkrieg, in: Heinz Heitzer: DDR – Geschichte in der Übergangsperiode (1945–1961), Berlin (Ost) 1987.

Knütter, Hans-Helmuth: Die Faschismus-Keule. Das letzte Aufgebot der deutschen Linken, Frankfurt/M. (2. Aufl.) 1994.

Antifaschistisch-demokratische Umwälzung

Die SED definierte die Nachkriegsphase als „tiefgreifende revolutionäre gesellschaftliche Veränderung aller bisher vom Imperialismus beherrschten Lebensbereiche unter Führung der Arbeiterklasse und ihrer marxistisch-leninistischen Partei" als „die erste Etappe des einheitlichen revolutionären Prozesses des Übergangs vom Kapitalismus zum Sozialismus, die mit der Gründung der DDR in die sozialistische Revolution hinüberwuchs". Damit wurde die von der sowjetischen Besatzungsmacht bis Oktober 1949 mit administrativen Mitteln durchgesetzte Entwicklung als eine von der KPD/SED gelenkte erste Phase des Übergangs vom Kapitalismus zum Sozialismus gerechtfertigt. Nach der im sowjetischen Machtbereich herrschenden Ideologie des → *Marxismus-Leninismus* vollzog sich demnach weltweit der Übergang vom Kapitalismus zum Sozialismus gesetzmäßig unter Führung der Arbeiterklasse und der kommunistischen Parteien. Die Macht der SED hatte die Besetzung des östlichen Teils Deutschlands zur Voraussetzung. Mit dieser ideologischen Sprachregelung wurde auch die Etablierung einer kommunistischen Diktatur auf deutschem Boden begründet. Das Bild von der antifaschistisch-demokratischen Umwälzung wurzelte auch in der Programmatik der KPD.

Seit 1937 favorisierte die im Moskauer Exil lebende Führung der KPD die Idee, in Deutschland eine „demokratische Volksrepublik" zu etablieren. In einer Resolution des ZK der KPD vom 14. Mai 1938 hieß es, in der neuen demokratischen Republik, die nach dem Sieg über Hitler zu errichten sei, werde das deutsche Volk „den Faschismus mit der Wurzel ausrotten und ihm seine materielle Basis durch Enteignung der faschistischen Verschwörer unter den Großkapitalisten und Großgrundbesitzern entziehen". Auf ihrer Berner Konferenz 1939 erklärte die KPD, daß im zukünftigen Deutschland die Interessen der „Arbeiterklasse" als der führenden Kraft gebührend beachtet werden müßten.

Die KPD-Führung orientierte sich bei der Formulierung ihrer Vorstellungen unmittelbar an Lenins Schrift „Zwei Taktiken der Sozialdemokratie in der demokratischen Revolution" aus dem Jahre 1905. Darin erteilte Lenin seinen bolschewistischen Anhängern den Rat, ein Aktionsprogramm aufzustellen, das im Sinne von Minimalforderungen „den objektiven Bedingungen des gegebenen historischen Augenblicks und den Aufgaben der proletarischen Demokratie" entspreche. Darunter verstand Lenin Umgestaltungen, die „einerseits auf dem Boden der jetzigen gesellschaftlich-ökonomischen Verhältnisse vollauf durchführbar und andererseits für den weiteren Schritt vorwärts, für die Verwirklichung des Sozialismus notwendig sind". In Anlehnung an das Leninsche Konzept formulierten Wilhelm Pieck und Walter Ulbricht 1944 in Moskau ein „Aktionsprogramm des Blocks der kämpferischen Demokratie", in dem versucht wurde, die erwartete Ausgangssituation in Deutschland bei Kriegsende zu skizzieren. Das durch den Sieg der alliierten Anti-Hitler-Koalition nötige Arrangement mit den westlichen Siegermächten zwang die sowjetische Führung und mit ihr die KPD daher ebenso, sich mit Plänen einer schnellen revolutionären Umgestaltung zurückzuhalten, wie der eigene Mangel an → *Kadern* und die Haltung der deutschen Bevölkerung. Um die sowjetisch gelenkte Machtergreifung durch die kommunistische Führungsgruppe um Ulbricht und Pieck dennoch ideologisch zu legitimieren, wurde der anvisierten „sozialistischen Revolution" die Phase einer „antifaschistisch-demokratischen Umwälzung" vorangestellt. Im Aufruf des ZK der KPD vom 11. Juni 1945 forderte die KPD-Führung in diesem Sinne, in Deutschland zunächst eine antifaschistisch-demokratische, parlamentarische Republik mit allen demokratischen Rechten und Freiheiten für das Volk zu schaffen. Der grundlegende Unterschied zur Weimarer Republik sollte im antikapitalistischen Charakter der neuen Ordnung liegen. Unter Berufung auf den gemeinsamen Kampf zur Überwindung der Folgen des Nationalsozialismus wurden die neuen politischen Kräfte auf den → *Antifaschismus* verpflichtet. Die 1945 von der → *SMAD* in der SBZ lizensierten Parteien KPD, SPD, CDU und LDPD mußten sich bereits bei ihrer Gründung verpflichten, sich am „Block der antifaschistisch-demokratischen Parteien" (→ *Blockpolitik*) zu beteiligen, in dem dank sowjetischer Unterstützung von Beginn an die KPD dominierte. Die Tatsache, daß die von der sowjetischen Besatzungsmacht befohlene und durchgesetzte antifaschistisch-demokratische Ordnung von Anfang an der ideologisch abgesicherten Machtübernahme durch die deutschen Kommunisten diente, wurde schon dadurch deutlich, daß die SMAD keinen Zweifel am Anspruch der KPD/SED auf die Schlüsselpositionen der deutschen Verwaltungsorgane (z.B. die Dezernate für Personalfragen, für Volksbildung und für den Aufbau der Polizei) ließ. „Es ist doch ganz klar", erläuterte Walter Ulbricht 1945 die kommunistische Taktik, „es muß demokratisch aussehen, aber wir müssen alles in der Hand behalten."

Bald wurde auch deutlich, daß sich der antifaschistische Kampf nicht nur gegen ehemalige Anhänger des NS-Regimes richtete, sondern als ideologische Grundlage für die schrittweise Zerschlagung der privaten Besitzverhältnisse (→ *Eigentum*) im Agrarbereich, in der Wirtschaft sowie in den Bereichen Handel und Banken diente. In Industrie und Landwirtschaft wurden nach den radikalen Enteignungen die Weichen ab 1948 in Richtung einer Zentralverwaltungswirtschaft nach sowjetischem Muster gestellt. Der Block der antifaschistisch-demokratischen Parteien erwies sich schnell als Mittel zur Unterdrückung aller politischen Bestrebungen in Richtung demokratischer und freiheitlicher Verhältnisse. Schritt für Schritt setzte die Besatzungsmacht auch hier die Vorherrschaft der kommunistischen Partei durch. Die Vereinigung von KPD und → *SPD* zur SED im April 1946 beendete bereits frühzeitig den Einfluß sozialdemokratischer Politik auf die Entwicklung. Bis 1950 folgte die schrittweise Gleichschaltung der bürgerlichen Parteien → *CDU* und → *LDPD*. Institutionen wie der Volkskongreß (→ *Volkskongreßbewegung*) und der Volksrat bereiteten die SED-Diktatur ebenso vor wie die Entmündigung der Landes- und Kommunalparlamente, die Gründung neuer, prokommunistischer Parteien (→ *NDPD* und → *DBD*) und die Schaffung von Zentralverwaltungsorganen, in denen von Anfang an die SED dominierte. Die Gründung der DDR im Oktober 1949 schloß die antifaschistisch-demokratische Umwälzung ab und leitete die Phase der → *sozialistischen Umwälzung* ein. Bis Ende der 50er Jahre vertrat die SED die Auffassung, die Phase der antifaschistisch-demokratischen Umwandlung habe bis zur 2. Parteikonferenz der SED im Jahre 1952, bei der der Aufbau des Sozialismus offiziell propagiert wurde, gedauert. Ab Mitte der 70er Jahre galt offiziell, daß diese Phase mit der DDR-Gründung abgeschlossen gewesen sei. In der Folgezeit formulierte die SED offen und uneingeschränkt ihren Anspruch auf den alleinigen und umfassenden → *Führungsanspruch* in allen Bereichen von Politik, Wirtschaft und Gesellschaft. Durchgesetzt von der sowjetischen Besatzungsmacht und der SED, entstand eine totalitäre Herrschaftsordnung (→ *Totalitarismus;* → *SED*), deren Merkmale die Durchdringung der Gesellschaft mit einer Ideologie, der Unterdrückungsapparat (→ *Unterdrückungsmechanismen*; → *Schau- und Geheimprozesse*) und der → *Personenkult* waren.

In den vier Jahrzehnten der Existenz der DDR behielten der Antifaschismus und die Kennzeichnung der Entwicklung von 1945 bis 1949 als antifaschistisch-demokratische Umwälzung ihre die SED-Diktatur legitimierende Funktion. Die DDR sollte als „Hort des Antifaschismus" erscheinen, während in der Bundesrepublik angeblich die imperialistischen deutschen Traditionen fortlebten. Mit der Beseitigung der SED-Diktatur durch die friedliche Revolution 1989/90 verschwand auch die revolutionäre Verklärung der Entwicklung von 1945 bis 1949 als einer Phase der antifaschistisch-demokratischen Umwälzung weitgehend und wird nur noch in Kreisen der PDS kolportiert. Die heute zugänglichen Unterlagen aus sowjetischen und DDR-Archiven lassen keinen Zweifel daran, daß die Entwicklung von 1945 bis 1949 vollständig von der sowjetischen Besatzungsmacht gesteuert und kontrolliert wurde. Von einer demokratischen Umwälzung kann angesichts der gewaltsamen Etablierung einer neuen totalitären Diktatur durch die Besatzungsmacht keine Rede sein.

Michael Richter

Literaturhinweis:

Richter, Michael: Entstehung und Transformation des Parteiensystems in der SBZ und Berlin 1945–1950, in: Materialien der Enquete-Kommission, a.a.O., Bd. II, 4, S. 2509-2586.

Antiimperialistische Solidarität

Politik gegenüber und mit Staaten der Dritten Welt firmierte in der DDR als „antiimperialistische Solidarität". Laut Art. 6 Abs. 3 ihrer Verfassung unterstützte sie „die Staaten und Völker, die gegen den Imperialismus und sein Kolonialregime, für nationale Freiheit und Unabhängigkeit kämpfen, in ihrem Ringen um gesellschaftlichen Fortschritt". Eine „Dritte Welt" allerdings war für die DDR ebensowenig existent wie ein „Dritter Weg". Es ging einmal darum, den „realen Sozialismus" nach Übersee zu exportieren, das östliche Staats- und Gesellschaftsmodell auf die Entwicklungsländer zu übertragen. Daneben wirkte die DDR überall dort, wo sie die Macht dazu hatte, darauf hin, den Alleinvertretungsanspruch der Bundesrepublik zu konterkarieren und ihrer deutschlandpolitischen Drei-Staaten-Theorie zum Durchbruch zu verhelfen. Der Trennungsstrich zwischen „Westberlin" und „Westdeutschland" sollte auch in der Dritten Welt möglichst deutlich markiert werden. Besonders umworben wurden Staaten mit sozialistischer Orientierung. Sie galten als natürliche Verbündete der Länder des Sozialismus und erfreuten sich entsprechender Förderung. Die „Gerechtigkeit revolutionärer Gewaltanwendung im Kampf um nationale Unabhängigkeit, Demokratie und Sozialismus" stand für die DDR außer Zweifel. Ost-Berlin propagierte eine globale Revolution nach dem Motto: „Was der Imperialismus an Elbe und Oder für immer verloren hat, soll er nicht am Sambesi oder am Kongo behalten." Die meisten Kontakte zwischen DDR und Dritter Welt liefen über das Solidaritätskomitee. Kommandozentrale jedoch war die SED.

Die Anfänge der DDR-Dritte-Welt-Politik reichen bis in die 50er Jahre zurück. Ein Schwerpunkt lag zunächst auf der Schulung von Jugend- und Gewerkschaftsfunktionären. Im Januar 1958 begann an der Jugendhochschule Wilhelm Pieck am Bogensee der erste Jahreslehrgang für Kader ausländischer Jugendorganisationen. Seit 1964 entsandte die FDJ Brigaden der Freundschaft nach Übersee, um Länder Asiens, Afrikas und Lateinamerikas beim nationalen Aufbau zu unterstützen. Die Botschafter im Blauhemd traten vorwiegend in solchen Ländern auf den Plan, die politisch-ideologisch in östliches Fahrwasser abgedriftet waren. In späteren Jahren nahm die DDR militante Befreiungsbewegungen unter ihre Fittiche. Für Organisationen wie den Afrikanischen Nationalkongreß von Südafrika (ANC) oder die Südwestafrikanische Volksorganisation (SWAPO) war Ost-Berlin die erste Adresse in Europa. Auch die Palästinensische Befreiungsorganisation (PLO) war beim Solidaritätskomitee der DDR akkreditiert. Die SED stand Pate bei der Umwandlung der Guerillaorganisationen FRELIMO und MPLA in marxistisch-leninistische Kaderparteien. Sie leistete wichtige Dienste bei der Schaffung der Jemenitischen Sozialistischen Partei, und sie war die treibende Kraft beim Aufbau einer marxistisch-leninistischen Partei in Äthiopien. Auch die Geheimpolizeiorganisationen in Angola, Moçambique, Äthiopien und der Volksdemokratischen Republik Jemen wurden von „Entwicklungshelfern" des MfS in Ost-Berlin auf- und ausgebaut. Diese Form der „Entwicklungshilfe" sicherte der DDR den direkten Zugriff auf den Staats- und Parteiapparat der überseeischen Partnerländer. Wenn es um die „Verteidigung sozialistischer Errungenschaften" ging, sparte Ost-Berlin auch nicht mit Militärhilfe. Seit Ende der 60er Jahre lieferte die DDR Waffen in die Dritte Welt, seit Mitte der 70er Jahre wurden in größerer Zahl NVA-Instrukteure nach Übersee geschickt. Dort, wo die jungen Volksdemokratien auf besonders schwachen Füßen standen, engagierte sich Ost-Berlin massiv.

Insgesamt ließ die DDR diese „besondere Form der internationalistischen Hilfe" mehr als 20 Ländern angedeihen. Im Vergleich zur westdeutschen Entwicklungshilfe war die von der DDR geleistete Hilfe minimal. Dennoch trug diese nicht unwesentlich dazu bei, das Kräfteverhältnis in Schlüsselregionen der Dritten Welt zugunsten des sowjetischen Machtbereiches zu verändern. Als einer der engagiertesten Exporteure des „realen Sozialismus" fungierte die DDR gleichermaßen als Revolutionierungsmacht und als Konsolidierungsmacht – ohne die eigene Profilierung zu vernachlässigen, das heißt die weltweite Abgrenzung gegenüber dem „imperialistischen" deutschen Staat, der Bundesrepublik. Durch Konzentration auf bestimmte Schwerpunktländer gelang es Ost-Berlin, vorübergehend einige wenige „DDR-Hochburgen" in Übersee, speziell in Afrika, zu schaffen, indem sie zum Machtfaktor für die dortigen Regime wurde.

Bereits Anfang der 80er Jahre war abzusehen, daß sich die DDR mit diesem Kraftakt übernommen hatte. Ost-Berlins revolutionärer Feuereifer an den Brennpunkten des „antiimperialistischen Kampfes" in Afrika, Asien und Lateinamerika kostete viel und brachte wenig. Als das „sozialistische Weltsystem" zerbrach und die DDR von der Landkarte verschwand, stürzten auch die überseeischen Kartenhäuser ein.

Henning von Löwis

Antikommunismus

Unter Antikommunismus wird generell die ideologische und politische Gegnerschaft zum Kommunismus verstanden. Antikommunismus ist damit ein Sammelbegriff für extrem unterschiedliche Formen der Gegnerschaft. Als früheste Form kann die juristische Verfolgung des Bundes der Kommunisten angesehen werden, die 1852 zum Kölner Kommunistenprozeß führte. Die Niederschlagung der Pariser Kommune 1871 und die alliierte Intervention gegen Sowjetrußland 1918/19 stellten gewaltsame Formen antikommunistischer Politik dar. Dazu ist im weiteren Sinne auch der Antikominternpakt zwischen dem nationalsozialistischen Deutschland und Japan 1936 zu rechnen. Innenpolitische Repression kennzeichnete die Kommunistenverfolgung in den USA im Rahmen des sog. McCarthyismus 1953/54. Andererseits gehörten zu den Gegnern der kommunistischen Systeme stets auch antikommunistisch, freiheitlich eingestellte Dissidenten und Emigranten, die für die Schaffung einer pluralistischen Demokratie eintraten. Aufgrund seines disparaten Charakters ist der Begriff Antikommunismus wissenschaftlich nur begrenzt verwendbar. Spezifische Begriffe wie z.B. Antistalinismus verfügen über einen größeren Erklärungswert. Seine eigentliche Bedeutung erlangte der Begriff als politisches Schlagwort.

Im politischen Sprachgebrauch der DDR galt Antikommunismus als „grundlegender Wesenszug der bürgerlichen Ideologie und Politik, der alle ihre Formen durchdringt und ihren Inhalt sowie ihre Ziele bestimmt“. Er sei fester Bestandteil des Kapitalismus und Imperialismus und diene ideologischen Angriffen auf den Sozialismus. Diese Angriffe richteten sich vor allem gegen die Sowjetunion, weshalb der Antisowjetismus als Hauptform des Antikommunismus zu betrachten sei. „Im Bestreben, sein zum Untergang verurteiltes System zu erhalten, greift er (der Imperialismus) zu vielfältigen antikommunistischen, politischen und ideologischen Konzeptionen und Methoden des Kampfes sowie zu Provokationen und organisierter Diversion gegen den gesellschaftlichen Fortschritt.“ Der Antikommunismus habe die Absicht, den „wissenschaftlichen Kommunismus in Theorie und Praxis mit allen Mitteln zu vernichten“. Seine Wesenszüge bildeten Aggressivität, Feindschaft und blinder Haß. Zu den Mitteln des Antikommunismus gehöre die Verfälschung von Wahrheiten und die Verunglimpfung der sozialistischen Staaten. Im Bereich der Sozialwissenschaften geschehe dies insbesondere durch die Konvergenztheorie, die Totalitarismustheorie und die Pluralismustheorie. Revisionistische und sozialdemokratische Argumente zugunsten eines „demokratischen Sozialismus“ gehörten ebenso wie trotzkistische und „ultralinke“ Positionen zur antikommunistischen Propaganda, die mittels „ideologischer Diversion“ der Stärkung „konterrevolutionärer Kräfte“ diene. Antikommunismus war mit den Worten Walter Ulbrichts ein „Verbrechen an der Menschheit". Das SED-Programm von 1976 verlangte „die konsequente Auseinandersetzung mit [...] dem Antikommunismus und Antisowjetismus". In der politischen Praxis galt jede Form der Kritik an der Herrschaft der SED und am System der DDR als Antikommunismus.

In einer parteiinternen Studie der Akademie für Gesellschaftswissenschaften beim ZK der SED aus dem Jahre 1985 „Entwicklungstendenzen der bürgerlichen Ideologie der Gegenwart" wurde zwischen einem „offenen und militanten" Antikommunismus als charakteristischem Kennzeichen des westlichen Konservatismus, einem „weniger direkt und offen" auftretenden Antikommunismus im Rahmen bürgerlich-liberaler Strömungen sowie „antikommunistischen Vorbehalten, Stimmungen und Ansichten" bei „Strömungen des kleinbürgerlich-demokratischen Alternativdenkens" (Friedensbewegung, Grüne) unterschieden. Bei letzteren könnte der Antikommunismus „zurückgedrängt und abgebaut" werden. Als „geistige Zentren" des Antikommunismus nannte die Studie die Kommunismusforschung, die „Sowjetologie" und die DDR-Forschung. Zur Bekämpfung des Antikommunismus wurde „die schnellere Entwicklung der methodischen Fähigkeiten zur selbständigen ideologischen Auseinandersetzung bei immer mehr Werktätigen", „die stärkere Vermittlung des polemischen Geistes der marxistisch-leninistischen Weltanschauung" sowie die „Entwicklung neuer und Nutzung bereits bewährter Formen massenwirksamer Auseinandersetzung mit der imperialistischen Ideologie" empfohlen (Parteiinternes Material, 13. Aug. 1985, SAPMO IV 2/2.039/10). Hinsichtlich der Sozialdemokratie kam es 1986 im Zusammenhang mit den Gesprächen zwischen SED und SPD zu einer Neueinschätzung, die Otto Reinhold veröffentlichte. Danach galten Sozialdemokraten nicht mehr als Antikommunisten, sondern als „Nichtkommunisten".

In der DDR überwog im offiziellen und im internen Sprachgebrauch der SED und des Staatsapparates zur Kennzeichnung von Systemgegnern der Begriff „konterrevolutionäre" und „antisozialistische Kräfte".

Wolfgang-Uwe Friedrich

Literaturhinweise:

Hofmann, Werner: Stalinismus und Antikommunismus. Zur Soziologie des Ost-West-Konflikts, Frankfurt/M. (5. Aufl.) 1970.

Lozek, Gerhard: Die Totalitarismus-Doktrin im Antikommunismus. Kritik einer Grundkomponente bürgerlicher Ideologie, Berlin (Ost) 1985.

Arbeit

Sozialistisches Verständnis: Nach marxistischer Auffassung ist Arbeit das konstitutive Merkmal menschlichen Seins (→ *marxistisches Menschenbild*; → *marxistische Philosophie*). Zugleich ist sie der einzig produktive Faktor, der die aus der Natur gewonnenen Ressourcen umformt und einen Mehrwert schafft, der weit über den zu seiner Erhaltung erforderlichen Güterverbrauch hinausgeht. Dieser Mehrwert werde in einem auf Privateigentum an den Produktionsmitteln beruhenden kapitalistischen Wirtschaftssystem von den Kapitaleignern angeeignet, mit der Konsequenz wachsender Absatzschwierigkeiten und steigender Massenarbeitslosigkeit, die sichtbares Anzeichen für die Verschwendung des Produktionsfaktors Arbeit sei. Im Gegensatz dazu sei unter sozialistischen Produktionsbedingungen die rationelle Nutzung des Faktors Arbeit sichergestellt, weil jeder arbeitswilligen Person ein Arbeitsplatz garantiert und damit das „Recht auf Arbeit" stets verwirklicht werde, das in der DDR den Status eines verfassungsmäßig garantierten Grundrechts hatte. Vollbeschäftigung sei damit eine der großen „Errungenschaften" des Sozialismus, die diesen besonders für unterentwickelte Länder zu einem attraktiven Wirtschaftssystem mache.

Als Beleg für die Überlegenheit des Sozialismus wurde auf die offiziellen → *Statistiken* verwiesen, die in der DDR seit 1960 keine Arbeitslosenzahlen mehr auswiesen. Fehlende Registrierung und formale Arbeitsplatzgarantie verhindern jedoch nicht automatisch eine Verschwendung menschlicher Arbeitskraft, wie sie in marktwirtschaftlichen Systemen durch die Arbeitslosenzahlen dokumentiert wird. Ob eine rationale Verwendung des Faktors Arbeit und eine rationale Wirtschaftsführung im Sozialismus überhaupt möglich sind, war lange Gegenstand einer wissenschaftlichen Diskussion, die zu dem Ergebnis kam, daß dies nur unter idealtypischen Voraussetzungen denkbar ist. Als mögliche „Rechenmaschine", die die fehlenden Marktpreise als Knappheitsindikatoren ersetzt, wurde hier der Planmechanismus erkannt, der gesamtwirtschaftliche Knappheiten mittels Mengensalden in Planbilanzen anzeigt. Dieses Verfahren ähnelt der praktischen Volkswirtschaftsplanung in der DDR, bei der für einzelne Gütergruppen Aufkommen und Bedarf einander gegenübergestellt und entstehende Salden in einem iterativen Bilanzierungsprozeß beseitigt wurden (→ *Planungsmechanismen*).

Zentrale Planung und Bilanzierung des Arbeitskräfteeinsatzes: Sie waren Teil dieses Planungsprozesses und erforderten ebenfalls eine Aufkommens- und Bedarfsplanung: Das Aufkommen an Arbeitskräften ermittelten die Planungsinstanzen im Rahmen der Bilanz der Bevölkerung, der Beschäftigten und der Arbeitskräfteressourcen für die Volkswirtschaft insgesamt und für einzelne Sektoren, Regionen und Berufsgruppen. Dazu wurden auf Grundlage demographischer Erkenntnisse die Entwicklung der Gesamtbevölkerung sowie deren Aufteilung in Altersklassen geschätzt. Daraus ergab sich eine Prognose der Zahl der Personen im erwerbsfähigen Alter, woraus man nach Addition der zu erwartenden Anzahl der arbeitenden Altersrentner und nach Abzug der nichtarbeitsfähigen Invaliden und Vollrentenempfänger im erwerbsfähigen Alter die arbeitsfähige Wohnbevölkerung ermittelte. Hiervon wurden dann abgezogen die Zahl der Lernenden, d.h. der Schüler der Klassen 9 bis 12, der Lehrlinge und der Studierenden, und die prognostizierte Zahl der Nichtberufstätigen, woraus eine Schätzung der zu erwartenden Zahl der Erwerbstätigen resultierte.

Dem so geplanten Aufkommen stellte man den Arbeitskräftebedarf der sozialistischen Wirtschaft gegenüber. Die Anzahl der von den produzierenden Bereichen benötigten Arbeitskräfte erfaßten die Planer, indem sie das für die Planperiode festgelegte Produktionsvolumen durch die als erreichbar angesehene Arbeitsproduktivität (Produktionsergebnis pro Beschäftigtem) dividierten. Diese mögliche Arbeitsproduktivität wurde in der DDR mittels einer Überschlagsrechnung ermittelt, indem der Anteil der Produktionsarbeiter an den Beschäftigten insgesamt, die gesetzlich festgelegte nominale Arbeitszeit je Produktionsarbeiter, die tatsächlich geleistete Arbeitszeit des Produktionspersonals je nomineller Arbeitsstunde (und damit die Höhe der durch Krankheit, Urlaub, sonstiges Fehlen, Warte- und Stillstandzeiten und andere Gründe bedingten Ausfallzeiten) und die Nettoproduktion je tatsächlich geleisteter Arbeitsstunde des Produktionspersonals geschätzt wurden.

Arbeitskräfteaufkommen und -bedarf wurden dann innerhalb eines sich wiederholenden Prozesses zum Ausgleich gebracht: Reichte die in der Aufkommensplanung ermittelte Zahl an Arbeitskräften zur Deckung des Arbeitskräftebedarfs der Wirtschaftszweige aus, übernahm man die projektierten Werte für die Entwicklung des Arbeitskräfteeinsatzes und der Arbeitsproduktivität zusammen mit der beabsichtigten Produktion in den Volkswirtschaftsplan. Deckten dagegen die vorhandenen Arbeitskräfte den aus der Produktionsplanung abgeleiteten Bedarf nicht, versuchte man, Arbeitskräfte zwischen Betrieben umzusetzen, Arbeitskräftereserven zu erschließen (auch ausländische Arbeitskräfte aus anderen sozialistischen Staaten) oder durch veränderten Kapitaleinsatz und verbesserte Arbeitszeitnutzung die Arbeitsproduktivität zu steigern. Genügten auch diese Maßnahmen nicht, revidierte man den Planansatz für die Gesamtproduktion nach unten und versuchte in einer neuen Planungsrunde, Arbeitskräfteaufkommen und -bedarf in Übereinstimmung zu bringen.

Nach Planverabschiedung erhielten die Betriebe genaue Vorschriften in Form von Obergrenzen über die Zahl der insgesamt einzusetzenden Arbeitskräfte sowie die Aufteilung in einzelne Berufssparten und Lohngruppen. Die Betriebe durften nicht mehr als die planmäßig spezifizierten Arbeitnehmer beschäftigen und mußten bei Einstellung weiterer Beschäftigter eine Genehmigung bei ihren Leitungsorganen einholen. Formal waren den Betrieben damit enge Grenzen hinsichtlich ihrer Arbeitskräftepolitik gesetzt.

Entscheidungsspielräume staatlicher Betriebe und privater Haushalte: Faktisch schränkten diese Beschäftigtenplafonds den Arbeitskräftebedarf der Betriebe jedoch niemals bindend ein, weil die genaue Festlegung solcher Höchstgrenzen für die Planstelle ein schwieriges Problem darstellte und sie bei dessen Lösung auf die Mithilfe der Betriebe angewiesen war. Diese verfügten infolge ihres Informationsvorsprungs über beträchtliche Entscheidungs- und Handlungsspielräume, die sie im eigenen Interesse nutzen konnten (→ *Wirtschaft*). Die Betriebe konnten schon während der Planvorbereitungsphase durch gezielte Fehlinformationspolitik Einfluß auf ihren Beschäftigtenplan nehmen, indem sie die Arbeitsintensität ihres Produktionsprogramms und den durch Fehl-, Krankheits- und Stillstandzeiten zu erwartenden Beschäftigungsausfall bewußt übertrieben oder solche Arbeitsvorgänge „schufen", für die der Produktionsplan die Einstellung zusätzlicher Arbeitskräfte vorsah. Darüber hinaus konnten sie auch während der Plandurchführung mehr Arbeitskräfte als vorgegeben einstellen, wenn sie darauf verwiesen, daß Zulieferer infolge der unzureichenden naturalen Planung für den Betrieb planmäßig vorgesehene Vorleistungen nicht oder nicht rechtzeitig oder nur in unzureichender Menge und Qualität lieferten und der eigene Produktionsplan nur bei Beschäftigungsausweitung erfüllt werden konnte.

Ergänzt wurden diese Einflußmöglichkeiten der staatlichen Betriebe durch Entscheidungs- und Handlungsfreiheiten der privaten Haushalte, die als Arbeitsanbieter ihren Arbeitsplatz – mit Einschränkungen – frei wählen konnten und keiner dirigistischen Arbeitskräftelenkung unterlagen. Von Ausnahmen abgesehen, erfolgte der größte Teil der Neueinstellungen in Form direkter Anwerbungen durch die Betriebe, ohne daß staatliche Stellen zwischengeschaltet waren. Das Instrument, mit dem die Betriebe um Arbeitskräfte warben und diese zu höheren Leistungen motivierten, waren monetäre Anreize in Form von Löhnen und Gehältern, die nach Sektor, Betriebsgröße und Position eines Arbeitnehmers im Betrieb differierten (→ *Löhne und Preise*), und Prämien, die in Abhängigkeit von der Übernahme und Erfüllung zentral vorgegebener Planziele gezahlt wurden (→ *Prämiensystem*). Die Höhe dieser monetären Einkommen hing neben zentral fixierten Tarifsätzen von der Vorgabe betriebsspezifischer Normen und Kennziffern ab, die von den Betrieben wesentlich beeinflußt werden konnten. Dies gelang ihnen beispielsweise, indem sie in Monaten vor einer Normanpassung auf die Einführung neuer Produktionstechniken verzichteten, so daß sich die gesetzten Normen bald überholten. Konsequenzen waren eine Lohndrift und ein im Vergleich zu den staatlich gesetzten Tariflöhnen wachsendes Effektivlohnniveau, auf dessen Höhe die Betriebe erheblichen Einfluß hatten und das es ihnen erlaubte, bereits beschäftigte Arbeitnehmer an den Betrieb zu binden oder neue Arbeitnehmer anzuwerben.

Anpassungsreaktionen von Betrieben und Haushalten: Die Betriebsleiter nutzten diese Entscheidungs- und Handlungsspielräume zur Verfolgung persönlicher Zielsetzungen, wobei die Maximierung der Prämienzahlungen dominierte, die für viele betriebliche Leistungskräfte den Hauptteil ihrer persönlichen Arbeitseinkommen ausmachten. Die Höhe der Prämienzahlungen richtete sich nicht nur nach der tatsächlich erbrachten Betriebsleistung, sondern auch nach den im Produktionsplan genannten Vorgaben, so daß Planerfüllung das vordringlichste Anliegen des Betriebes war (→ *Prämiensystem*). Da die Planvorgaben für den Betrieb jedoch keine starr vorgegebenen, sondern durch seine Informationspolitik gegenüber der Zentrale beeinflußbare Größen darstellten, waren die Betriebe bemüht, bei Ausarbeitung und Verteidigung des Planentwurfes „weiche", möglichst leicht zu erfüllende Vorgaben zu erhalten. Sie versuchten, eine stille Reserve an Produktionsfaktoren anzulegen, die es ihnen ermöglichte, den Produktionsplan auch bei verspäteter oder mangelhafter Lieferung materieller Vorleistungen durch andere Betriebe zu erfüllen. Dieses Streben nach „weichen" Plänen betraf vor allem auch den Faktor Arbeit, für den die Betriebe während der Planvorbereitung versuchten, einen höheren als tatsächlich notwendigen Bedarf durchzusetzen. Darüber hinaus bestand für die Betriebe ein Anreiz, die Produktionspläne nicht oder nur mäßig überzuerfüllen, um die stille Arbeitskräftereserve nicht gegenüber der Zentrale offenzulegen. Planübererfüllung einer Periode führte zu einer erhöhten Planvorgabe in der Folgeperiode und bedeutete, daß man künftig auf seine Sicherheitsreserve an Arbeitskräften verzichten mußte.

Konsequenz dieses Verhaltens war eine Arbeitskräftehortung, zu der die Betriebe imstande waren, weil sie wegen des Staatseigentums an den Produktionsmitteln (→ *Eigentum*) faktisch nicht in Konkurs gehen konnten und Liquiditätsabflüsse wegen überhöhter Lohnzahlungen durch staatliche Kredite finanziert wurden. Sobald sie diese paternalistische Haltung des Staates erkannten und realisierten, daß die Zentrale jede Verschlechterung ihrer Finanzlage tolerieren und alimentieren mußte, sofern sie nur richtig begründet war, konnten sie weiterhin nach „weichen" Plänen streben und Arbeitskräfte horten, indem sie für alle dadurch verursachten Ineffizienzen außerhalb ihres Verantwortungsbereichs liegende Ursachen verantwortlich machten, was ihnen wegen der erwähnten Informationsvorsprünge gegenüber der Zentrale auch gelang. Ihre Finanzlage wurde damit zu einer bei ihren Entscheidungen zu vernachlässigenden Größe, so daß auch jeder mittelbare Einfluß der Planbehörde auf das betriebliche Nachfrageverhalten verlorenging. Konsequenterweise versuchten die Betriebe, jede bei ihnen vorstellig werdende Arbeitskraft einzustellen und zu horten, selbst wenn für diese keine unmittelbare Verwendungsmöglichkeit bestand. Daneben entließen die Betriebe auch unzuverlässige Arbeitskräfte nicht, sofern nicht völlig sichergestellt war, daß ein Ersatz gefunden werden konnte. Aus diesen Bedingungen ergab sich eine kaum zu befriedigende Nachfrage nach Arbeitskräften, die erst bei einer solch großen Arbeitskräftehortung eine Schranke fand, daß sie selbst für die Planbehörde offensichtlich wurde.

Verstärkt wurden diese negativen Effekte noch durch Reaktionen der privaten Haushalte, die ja nicht nur Anbieter von Arbeit, sondern zugleich Nachfrager von Konsumgütern sind. Wegen der unzureichenden finanziellen Disziplin der Betriebe verfügten die Haushalte zwar über steigende Lohneinkommen, konnten damit aber lediglich wachsende Geldbestände ansammeln, denen kein genügend großes Konsumgüterangebot gegenüberstand (→ *Geld- und Währungswesen*). Folge solcher Ungleichgewichte zwischen „Kauf- und Warenfonds" der Bevölkerung waren Konsumgüterrationierungen, die den Leistungswillen der Arbeitnehmer zerrütteten. Darüber hinaus verursachte dies bei den Haushalten umfangreiche Umgehungs- und Anpassungsreaktionen, die weiter zu Lasten des effektiven Arbeitsangebots gingen: Sie mußten in der offiziellen Wirtschaft „Schlange stehen", und es kam zu Abwanderungen von Arbeitskräften in die Schattenwirtschaft, wodurch sich in der offiziellen Wirtschaft das Angebot leistungswilliger und -fähiger Arbeitskräfte weiter verringerte und es zu weiter verstärktem Absentismus kam.

Versteckte Arbeitslosigkeit: Betriebliches Hortungsstreben und Arbeitsangebotsreaktionen der Haushalte zusammen bedingten damit eine Unterauslastung und eine Verschwendung des Produktionsfaktors Arbeit, die als Arbeitslosigkeit interpretiert werden kann und einen Verzicht auf mögliche Produktion bedeutete. Da die hiervon betroffenen Arbeitnehmer formal ihren Arbeitsplatz behielten und nicht entlassen wurden und sie mit den Betrieben eine Interessenkoalition darüber eingingen, den Umfang der Arbeitslosigkeit nicht gegenüber der Planzentrale offenzulegen, liegt es nahe, diese Erscheinungsform der Arbeitslosigkeit als „interne" oder „versteckte" zu bezeichnen. Sie bedingt, daß gesamtwirtschaftlich die Produktion bei unverändertem Beschäftigtenstand sinkt und die Durchschnittsproduktivität der Arbeit abnimmt. Versteckte Arbeitslosigkeit drückt sich damit in einer durchschnittlichen Arbeitsproduktivität aus, die unter dem bei effizientem Arbeitseinsatz erreichbaren Wert liegt.

Da versteckte Arbeitslosigkeit ihrer Natur nach nicht offen zutage tritt, läßt sich ihr Umfang nur schwierig ermitteln. Deutliche Indizien für ihre Existenz liefern jedoch gesamtwirtschaftliche Daten über die Höhe der Arbeitsproduktivität in der DDR im Vergleich zu westlichen Marktwirtschaften, wo interne Arbeitslosigkeit und ein Verzicht auf Produktion bei gleichzeitig unveränderter Beschäftigung dauerhaft nicht auftreten können. Diese Untersuchungen zeigen einen erheblichen Produktivitätsrückstand der DDR gegenüber Marktwirtschaften (der allerdings noch gering im Vergleich zu dem Ungarns und Polens war). Zu ähnlichen Ergebnissen führten auch im Frühjahr 1990 in der DDR durchgeführte Befragungen über den Anteil der Beschäftigten, der entweder aus betriebswirtschaftlichen Gründen als für die Erfüllung der Planaufgaben nicht erforderlich angesehen wurde oder auf den bei einer verbesserten betrieblichen Organisation oder gesamtwirtschaftlichen Planung (wegen dann sinkender Stillstand- und anderer Ausfallzeiten) hätte verzichtet werden können. Diese Ergebnisse zeigten, daß in der DDR etwa 1,4 Mio. Personen als versteckt arbeitslos galten, was einer Quote von 15% der Beschäftigten entsprach.

Der Arbeitsmarkt im Transformationsprozeß: Mit dem Übergang zu einer marktwirtschaftlichen Ordnung haben sich für viele Betriebe in den neuen Bundesländern die Rahmenbedingungen fundamental geändert, innerhalb derer sie über ihren Beschäftigtenstand entscheiden. Staatliche Planaufgaben und Einkommensbemessung nach dem Planerfüllungsprinzip sind Marktbeziehungen und Gewinnstreben gewichen. Unter diesen neuen Bedingungen ist es für die Betriebe weder nötig noch möglich, Arbeitskräfte zu horten und eine „stille Arbeitskräftereserve" zu halten, weil sie nicht mehr den Unzulänglichkeiten der zentralen Planung unterliegen und ein zu hoher Beschäftigtenstand mit überhöhten Produktionskosten und Gewinneinbußen verbunden ist, deren finanzielle Konsequenzen nicht mehr durch staatliche Subventionen oder Kredite abgedeckt werden. Deshalb mußten viele Betriebe ihren Beschäftigtenstand reduzieren, und es ist zu vermuten, daß zumindest ein Teil der jetzt in den neuen Bundesländern zu beobachtenden registrierten Arbeitslosigkeit auf einer bloßen Umwandlung bislang versteckter in offene Arbeitslosigkeit beruht. Hinzu tritt, daß in der Vergangenheit viele Betriebe Produkte erzeugt hatten, die unter Weltmarktbedingungen nicht mehr wettbewerbsfähig waren. Die Anpassung an ein modernes und bedarfsgerechtes Produktionsprogramm benötigt Zeit und ist ein weiterer Grund für den Beschäftigungsrückgang im Transformationsprozeß, der unter marktwirtschaftlichen Bedingungen jedoch aufgehalten und korrigiert wird, sobald der dringend notwendige Strukturwandel abgeschlossen ist. Deshalb kann vermutet werden, daß sich ein großer Teil der jetzt in den neuen Bundesländern beobachtbaren Arbeitslosigkeit in Zukunft wieder abbauen wird, zumal den Arbeitskräften jetzt ein vielfältiges Konsumgüterangebot zur Auswahl steht, das Leistungsanreize schafft.

Uwe Vollmer

Literaturhinweise:

Gutmann, Gernot: Beschäftigungsprobleme im Sozialismus, in: Wirtschaftsdienst, 59 (1979), S. 135-140.

Paraskewopoulos, Spiridon: Arbeitslosigkeit und Instrumente ihrer Bekämpfung, in: Thieme, H. Jörg (Hrsg.): Gesamtwirtschaftliche Instabilitäten im Systemvergleich, Stuttgart, New York 1979. S. 147-159.

Thieme, H. Jörg, Produktions- und Beschäftigungseffekte monetärer Impulse in sozialistischen Planwirtschaften, in: Ders. (Hrsg.): Geldtheorie. Entwicklung, Stand und systemvergleichende Anwendung, Baden-Baden (2. Aufl.) 1987, S. 295-318.

Vogler-Ludwig, Kurt u.a.: Verdeckte Arbeitslosigkeit in der DDR, in: Ifo-Schnelldienst, 24/90, 1990, S. 3-10.

Vollmer, Uwe: Arbeitslosigkeit in sozialistischen Planwirtschaften, Stuttgart, Jena, New York 1994.

Arbeiter- und Bauerninspektion (ABI)

1946 entstanden in der SBZ zunächst Volkskontrollausschüsse. Ihre Aufgabe war die Unterstützung der Selbstverwaltungs- und Ordnungsorgane gegen das Schieber- und Spekulantentum. Nach dem II. Parteitag der SED wurden auf Anordnung des Sekretariates der Deutschen Wirtschaftskommission 1948 die Zentrale Kontrollkommission und bei den Ländern Landes-Kontrollkommissionen eingerichtet. Neben der Bekämpfung der Wirtschaftskriminalität oblag ihnen die Kontrolle des Wirtschaftsplanes. Auf der 4. Arbeitstagung der Zentralen Kommission bezeichnete Otto Grotewohl die Organe der Volkskontrollausschüsse als „wichtigen Arm der Regierung". Mit der Verwaltungsreform der DDR 1952 wurden in den 14 Bezirken Bevollmächtigte, in den 217 Kreisen und in Schwerpunktbetrieben Beauftragte eingesetzt. Nach dem Erlaß des → *Staatsrates* vom 27. Febr. 1961 über die → *Eingaben* der Bürger und die Bearbeitung von Eingaben durch die Staatsorgane erlangte die staatliche und gesellschaftliche Kontrolle „als hervorragende Schule der sozialistischen Erziehung der Massen erstrangige Bedeutung". Von der direkten Kontrolle der → *Wirtschaft* verlagerten sich die Aufgaben auf die formale Kontrolle von Wirtschaft und Gesellschaft durch die Werktätigen. Ziel war es, den Bürgern ein Bild der Wahrung ihrer Rechte und der strikten Einhaltung der → *sozialistischen Gesetzlichkeit* zu vermitteln. Im Mai 1963 wurden die Zentrale Kommission für staatliche Kontrolle und ihre ehrenamtlich arbeitenden Helfer auf der Grundlage eines gemeinsamen Beschlusses des → *ZK der SED* und des → *Ministerrats* in der Arbeiter- und Bauerninspektion als staatliches und gesellschaftliches Kontrollorgan zusammengefaßt. Die kontrollierende Tätigkeit der ABI sollte der Festigung der sozialistischen → *Demokratie* und Staatsmacht dienen. Sie war nach dem Prinzip des → *demokratischen Zentralismus* organisiert.

Zentrale Organe waren das Komitee der ABI beim ZK der SED und beim Ministerrat der DDR. Ihnen nachgeordnet waren die Bezirks-, Kreis- und Stadtkomitees sowie die gewählten Inspektionen in den zentral geleiteten → *Kombinaten* und Einrichtungen der Industrie, des Verkehrs, des Bauwesens, des Handels, der volkseigenen Güter (→ *Landwirtschaft*) und der → *LPG*. Die Volkskontrollausschüsse und Kommissionen auf der Ebene der Stadtbezirke, Gemeinden und Betriebe wurden von den Einwohner- bzw. Betriebsversammlungen für die Dauer von zwei Jahren gewählt. Auf unterer Ebene waren die Mitarbeiter der ABI ehrenamtlich tätig und arbeiteten eng mit den → *Massenorganisationen* zusammen. Sie waren den jeweils übergeordneten Komitees und den zuständigen leitenden Parteiorganen der SED rechenschaftspflichtig. Neben dem Inspektions- und Weisungsrecht hatte die ABI auf zentraler Ebene die Möglichkeit, Disziplinar- und Ordnungsstrafen zu erteilen. Auf unterer und mittlerer Ebene bestand lediglich ein Vorschlagsrecht gegenüber der übergeordneten Instanz. Die

Vorsitzenden der Kommissionen und Volkskontrollausschüsse oder ihre Stellvertreter gehörten entsprechend einer Orientierung des ZK der SED den zuständigen Parteileitungen an.

Konrad Kühne

Literaturhinweis:

Jendretzky, M.: Die neuen Aufgaben der staatlichen und gesellschaftlichen Kontrolle, Berlin (Ost) 1962.

Arbeiter- und Bauernstaat → Staat

Atheismus

Ausgehend vom dialektischen Materialismus von Karl Marx konzipierte Lenin nach der russischen Oktoberrevolution eine Religions- und Kirchenpolitik mit wissenschaftlichem Anspruch, die zu blutigen Verfolgungen der Kirchen und Religionsgemeinschaften in der Sowjetunion führte. Stalin milderte während des Zweiten Weltkrieges diese Politik, um sich die Unterstützung weiter Bevölkerungsteile zu sichern. Chruschtschow verschärfte in den 60er Jahren erneut die Unterdrückung der Kirchen. Für die deutschen Kommunisten war die sowjetische Religionspolitik normierend. Unmittelbar nach dem Krieg wurden den Kirchen einige Freiheiten gewährt. Doch schon seit Ende der 40er Jahre setzte eine Verdrängungspolitik ein, die 1952 und 1953 in eine regelrechte Verfolgungswelle mündete. Der Kampf der Kommunisten richtete sich vor allem gegen die kirchliche Jugendarbeit. Nach dem → *Siebzehnten Juni* 1953 modifizierte das → *Politbüro* der SED die konfrontative Kirchenpolitik.

Bis 1989 galten die festgelegten Prinzipien, die eine innerkirchliche Differenzierung herbeiführen und in Anwendung verdeckter Methoden die Kirchen als gesellschaftlichen Faktor ausschalten und dem christlichen Glauben als einziger ideologischen Gegenkraft den Boden entziehen sollten. Der Gottesglaube schien der SED besonders gefährlich, da er einer inneren Bindung an das politische System Grenzen setzte. Neben den kirchenpolitischen Maßnahmen, die auf Unterwanderung und Inanspruchnahme der Kirchen zielten, sollte der Atheismus als Bestandteil einer wissenschaftlichen marxistischen Weltanschauung (→ *Marxismus-Leninismus*) durchgesetzt werden. Dazu bediente sich die SED neben den administrativen Maßnahmen gegen Christen, wie deren systematische Benachteiligung im Bildungswesen und dem Druck zum Kirchenaustritt, einer massiven Propaganda und einer kompensatorischen Religionsbekämpfung. Die antireligiöse Propaganda berief sich auf einen wissenschaftlichen Atheismus, der im Sozialismus in seiner höchsten Stufe erschienen sei. Im Sozialismus würde die Religion absterben: „Der Mensch bedarf nicht mehr eines illusorischen Glücks, das ihm der christliche Glaube vermittelt, weil er das wirkliche Glück findet" (Olof Klohr). Da die Welt erkennbar und gestaltbar sei, erübrige sich die Annahme eines transzendenten Gottes zur Welt- und Lebensdeutung.

Die Atheismuspropaganda war fester Bestandteil der Ideologievermittlung im Bildungswesen und allen anderen politisch-ideologischen Schulungen, die weite Teile der Bevölkerung und vor allem die Funktionsträger des Systems erfaßte. In organisierter Form betrieb u.a. die Gesellschaft zur Verbreitung wissenschaftlicher Kenntnisse (URANIA) Atheismuspropaganda. 1963 wurde an der Universität in Jena ein Lehrstuhl für Wissenschaftlichen Atheismus eingerichtet, der bis zu seiner Aufhebung aus kirchenpolitischen Gründen 1968 von Olof Klohr, der auch danach der wichtigste Vertreter der marxistischen Religionssoziologie blieb, eingenommen wurde. In der DDR wurde außerdem antireligiöses marxistisches Schrifttum von sowjetischen Autoren verbreitet. Der Entzug von nichtmarxistischem philosophischen und religiösen Wissen und der organisierte Abbruch der christlichen Kulturtradition förderten die Verbreitung des Atheismus und die Entchristianisierung der Gesellschaft. Neben der sog. wissenschaftlichen, marxistischen Aufklärung bediente sich die Atheismuspropaganda immer wieder primitiver Argumente. So hätte etwa der sowjetische Kosmonaut Gagarin im Weltraum keine Anzeichen Gottes festgestellt.

Wie unecht die marxistische Aufklärung war, zeigte sich an der kompensatorischen Religionsbekämpfung. Es kam zur Installierung eines quasireligiösen Systems, das die Kirchen ersetzen sollte. Dem Sozialismus wurde ein geschichtsmetaphysischer Ewigkeitscharakter zugeschrieben, seine Ideologie als gleichsam offenbarte Wahrheit ausgegeben und die Gottesvorstellung durch einen Materiebegriff ersetzt, nach dem die der Materie innewohnenden Gesetze tragender Grund alles natürlichen und gesellschaftlichen Seins waren. Zudem wurde eine Fülle von quasireligiösen Symbolhandlungen, Riten und Feiern (→ *Jugendweihe*; → *Feiern*) eingerichtet, die teilweise christlichen Handlungen nachgebildet waren. Die christliche Ethik als eine vor Gott verantwortete Lebenshaltung sollte durch eine sozialistische Moral bzw. Lebensweise ersetzt werden, die die Menschen zum Klassenkampf verpflichtete. Walter Ulbricht hatte zu diesem Zweck die „Zehn Gebote der sozialistischen Moral" verkündet. Der letzte Versuch der SED, die Kirchen kompensatorisch zu bekämpfen, wurde 1988/1989 durch die Gründung des Freidenkerverbandes unternommen. Er sollte u.a. die Ende der 80er Jahre in den protestantischen Kirchen wirksamen kritischen Gruppen an sich ziehen, das immer noch spürbare Monopol der Kirchen in der Seelsorge brechen und das für die SED ungelöste Problem des Umgangs mit Sterben und Tod bearbeiten. Die Folgen der Atheismuspropaganda und der Religionsbekämpfung in Ostdeutschland sind Bildungsdefizite, ein Kulturabbruch und eine Entchristianisierung größten Ausmaßes. Dies führte zu einer nachhaltigen Entfremdung der Bevölkerungsmehrheit von den Kirchen. Die Rudimente einer pseudowissenschaftlichen, postmarxistischen Weltanschauung behindern und blockieren weithin den Zugang zum religiösen Denken und Verhalten.

Ehrhart Neubert

Literaturhinweis:

Klohr, Olof (Hrsg.): Religion und Atheismus heute, Berlin (Ost) 1966.

Aufarbeitung

a) historisch-politische: Neben den zahlreichen Aufarbeitungsinitiativen im Umfeld von Häftlingsverbänden, Opfer- und Bürgerrechtsgruppen sowie der akademischen Forschung beteiligen sich auch parlamentarische Gremien im wiedervereinigten Deutschland an der historischen und politischen Aufarbeitung der SED-Diktatur. Der Untersuchungsausschuß des Landtages Brandenburg, der die Vorwürfe gegen den Ministerpräsidenten des Landes Brandenburg, Dr. Manfred Stolpe, zu bearbeiten hatte, und die Enquete-Kommission, die der Landtag Mecklenburg-Vorpommern einsetzte, blieben sowohl im Umfang ihrer Fragestellungen als auch in ihren Ergebnissen begrenzt. Die sog. „Alternative Enquete-Kommission Deutsche Zeitgeschichte", die von der → *PDS* ins Leben gerufen wurde, spielte in der öffentlichen Debatte über die Aufarbeitung der zweiten Diktatur in Deutschland zwar kaum eine Rolle, lieferte jedoch den

Mitgliedern und Sympathisanten der SED-Nachfolgepartei Argumentationsmuster für eine geschönte Interpretation der DDR-Vergangenheit.

Die Enquete-Kommission des Deutschen Bundestages „Aufarbeitung von Geschichte und Folgen der SED-Diktatur in Deutschland", die auf der Grundlage eines gemeinsamen Antrages der Fraktionen der CDU/CSU, SPD und FDP sowie der Gruppe Bündnis 90/Die Grünen am 12. März 1992 eingesetzt wurde, war wie das Stasi-Unterlagengesetz und die Gauck-Behörde (→ *Stasi-Akten*) ein Anliegen der Bürgerrechtsbewegung in der DDR. Vorläufige Überlegungen zur Einsetzung einer solchen Kommission waren bereits in der ersten freigewählten Volkskammer der DDR angestellt worden. Nach § 56 seiner Geschäftsordnung kann der Bundestag Enquete-Kommissionen „zur Vorbereitung von Entscheidungen über umfangreiche und bedeutsame Sachkomplexe" einrichten. Im Unterschied zu den sonstigen Ausschüssen des Bundestages sind Enquete-Kommissionen „gemischte Gremien", in denen externe Sachverständige mitwirken. Die Leitung der Enquete-Kommission „SED-Diktatur" übernahm der CDU-Abgeordnete Rainer Eppelmann, neben dem auch andere führende Bürgerrechtler der DDR in der Kommission mitarbeiteten, in der die Mitglieder aus den neuen Bundesländern in der Mehrheit waren.

Die Enquete-Kommission veranstaltete insgesamt 81 Plenarsitzungen, von denen 44 als öffentliche Anhörungen in Bonn und Berlin, aber auch in Halle, Rostock, Erfurt, Dresden und Jena durchgeführt wurden. Im Ramen dieser Anhörungen kamen 327 Sachverständige und Zeitzeugen aus ganz Deutschland und den verschiedensten Lebens- und Wirkungsbereichen zu Wort. Besondere Bedeutung kam jenen Veranstaltungen zu, in denen die Kommission → *Opfer der SED-Diktatur* und Vertreter von Opposition und Widerstand anhörte. Bei der Erarbeitung ihres Berichts an das Plenum des Bundestages stützte sich die Kommission darüber hinaus auch auf rund 150 Expertisen, Gutachten und Berichte. Die Protokolle der Anhörungen und die wissenschaftlichen Gutachten ergaben zusammen eine Textsammlung von reichlich 15 000 Seiten, die der Deutsche Bundestag 1995 in einer 18 Bände umfassenden Edition der Öffentlichkeit zugänglich machte. Der Bericht der Kommission (rund 600 Seiten) wurde am 17. Juni 1994 im Plenum des Deutschen Bundestages nach einer mehrstündigen und oft bewegenden Diskussion zustimmend zur Kenntnis genommen.

Das Programm und die Ergebnisse der Arbeit der Enquete-Kommission „Aufarbeitung von Geschichte und Folgen der SED-Diktatur in Deutschland" sind im Kern bereits in ihrem Titel enthalten, den die Kommission selber erarbeitet hat. Es geht um die historische und politische Aufarbeitung von Geschichte – also nicht um „Vergangenheitsbewältigung" – in einem fortwährenden Prozeß, in den auch die Betrachtung der Folgen dieser Geschichte einbezogen werden muß. Die Enquete-Kommission sprach von der DDR unmißverständlich als der SED-Diktatur und korrigierte damit nicht zuletzt auch die Perspektive einer systemimmanenten Betrachtungsweise, wie sie in Teilen der westdeutschen DDR-Forschung üblich geworden waren. Mit dem erst zuletzt in den Kommissiontitel aufgenommenen Zusatz „in Deutschland" verdeutlichte die Enquete-Kommission zudem ihre Überzeugung, daß die deutsche Teilungsgeschichte und die gesamtdeutschen Bezüge bei einer Aufarbeitung von Geschichte und Folgen der SED-Diktatur nicht ausgeblendet bleiben dürfen.

Die Arbeit der Enquete-Kommission orientierte sich sachlich an folgenden Hauptthemen: „Machtstrukturen und Entscheidungsmechanismen im SED-Staat und die Frage der Verantwortung", „Rolle und Bedeutung der Ideologie, integrativer Faktoren und disziplinierender Praktiken in Staat und Gesellschaft der DDR", „Recht, Justiz und Polizei im SED-Staat", „Innerdeutsche Beziehungen und internationale Rahmenbedingungen", „Rolle und Selbstverständnis der Kirchen in den verschiedenen Phasen der SED-Diktatur" sowie „Möglichkeiten und Formen abweichenden und widerständigen Verhaltens und oppositionellen Handelns, die friedliche Revolution im Herbst 1989, die Wiedervereinigung Deutschlands und das Fortwirken von Strukturen und Mechanismen der Diktatur". Für die Themen „Staatssicherheit", „Wirtschaft", „Seilschaften" und „Archive" wurden eigene Arbeitsgruppen eingerichtet.

Die wichtigsten inhaltlichen Festellungen der Enquete-Kommission faßt der interfraktionelle Entschließungsantrag prägnant zusammen, den sich das Plenum des Deutschen Bundestages am 17. Juni 1994 mit überwältigender Mehrheit zu eigen machte:

1. „Der SED-Staat war eine Diktatur. Er war dies nicht durch Fehlentwicklung oder individuellen Machtmißbrauch – der kam im einzelnen hinzu –, sondern von seinen historischen und ideologischen Grundlagen her. [...] Die wirkliche Grundlage der äußerlichen Stabilität des Systems war die von der Sowjetunion gegebene Existenzgarantie; als sie zurückgezogen wurde, stand das Regime der aufbegehrenden Bevölkerung haltlos gegenüber und brach zusammen."

2. „Die Hauptverantwortung für das Unrecht, das von diesem System begangen wurde, trägt die SED. Sie hat ihre ‚führende' Rolle in Staat, Justiz, Wirtschaft, Gesellschaft, Bildung, Kultur und Wissenschaft und damit ihre Vormundschaft gegenüber den Einwohnern ihres Staates mit allen Mitteln durchgesetzt."

3. „Die politisch-moralische Verurteilung der SED-Diktatur bedeutet keine Verurteilung der ihr unterworfenen Menschen, im Gegenteil. Die Deutschen in der SBZ/DDR haben den schwereren Teil der deutschen Nachkriegsgeschichte zu tragen gehabt. [...] Es ist das bleibende Verdienst der Deutschen in Sachsen, Thüringen, Sachsen-Anhalt, Mecklenburg-Vorpommern, Brandenburg und im Ostteil Berlins, daß sie das SED-Regime stürzten und den Weg zur Demokratie und damit zur Vereinigung Deutschlands freigemacht haben!"

4. „Die innere Einheit Deutschlands und damit die Beseitigung der materiellen und immateriellen Folgeschäden der SED-Diktatur bleibt die herausragende Aufgabe der bevorstehenden Jahre."

5. „Einvernehmen sollte über eine grundlegende Konsequenz aus der Erfahrung mit der SED-Diktatur bestehen: Zu den geistigen Grundlagen einer innerlich gefestigten Demokratie gehört ein von der Gesellschaft getragener antitotalitärer Konsens. [...] Das Credo demokratischer Politik nach 1945 ‚Nie wieder Krieg von deutschem Boden, nie wieder Diktatur auf deutschem Boden!' bleibt bestehen. Dies bedeutet die Absage an jedwede Form totalitärer Ideologien, Programme, Parteien und Bewegungen."

Die Enquete-Kommission hat mit ihrer Arbeit eine durchaus beachtliche Öffentlichkeit erreicht, vielfache Diskussionen angeregt und zur präziseren Bewertung der SED-Diktatur wesentliche Beiträge geleistet. Die Materialien der Enquete-Kommission hat die Präsidentin des Deutschen Bundestages, Prof. Dr. Rita Süßmuth, zu Recht als „einzigartiges Zeugnis der Vergewisserung gerade eben erlebter Vergangenheit" bezeichnet und daraus geschlußfolgert: „Heutigen wie Späteren ist damit eine repräsentative Sammlung von artikulierten Gefühlen, Erfahrungen, Meinungen und Bewertungen an die Hand gegeben, deren Wert mit dem zeitlichen Abstand steigen wird."

Allen denen, die sich an der Enquete-Kommission beteiligten, war klar, daß damit nicht die ganze Arbeit getan war. In ihrem Bericht an den Bundestag hat die Kommission selber die Fülle der noch offenen Fragen festgehalten, in denen weiterer Forschungsbedarf besteht. Hier werden die Aufarbeitungsinitiativen der Häftlingsverbände, Opfer- und Bürgerrechtsgruppen sowie die akademische Forschung den Aufarbeitungsprozeß fortsetzen müssen. An diesem beteiligt sich aber auch die am 22. Juni 1995 vom Deutschen Bundestag eingesetzte Nachfolgekommission, die ihre Aufmerksamkeit verstärkt auf die „Überwindung der Folgen der SED-Diktatur im Prozeß der deutschen Einheit" richtet. Soll der Aufarbeitungsprozeß jedoch auf Dauer gesichert werden, so ist durch die Gründung einer Bundesstiftung zur Aufarbeitung von Geschichte und Folgen der SED-Diktatur dafür auch institutionell eine feste Basis zu schaffen.

Peter Maser

Literaturhinweise:

Materialien der Enquete-Kommission „Aufarbeitung von Geschichte und Folgen der SED-Diktatur in Deutschland" (12. Wahlperiode des Deutschen Bundestages), hrsg. vom Deutschen Bundestag. Neun Bde. in 18 Teilbden, Baden-Baden, Frankfurt/M. 1995.

Jansen, Marlies: Enquete-Kommission, in: Weidenfeld, Werner/ Korte, Karl-Rudolf (Hrsg.): Handbuch zur deutschen Einheit, Bonn, Frankfurt/M. (Neuausg.) 1996, S. 264-275.

Maser, Peter: Auf dem Weg zur deutschen Einheit: Anmerkungen zur neuen Enquete-Kommission des Deutschen Bundestages, in: Unrecht überwinden – SED-Diktatur und Widerstand. Aktuelle Fragen der Politik 38, Sankt Augustin 1996, S. 69-77.

b) *Aufarbeitungsinitiativen*:

Vorgeschichte: Aus den Kreisen und dem Umfeld der Widerstands- und Oppositionsgruppen gegen das SED-Regime entwickelten sich in der Wendezeit 1989/90 unabhängige Initiativen, die sich vorzugsweise mit der Auflösung der Stasi und der Aufarbeitung ihrer Methoden, Strukturen und Taten auseinandersetzten. Während sich nach der Wiedervereinigung viele von ihnen auflösten, setzten andere ihre Tätigkeit als Vereine, Verbände, Bürgerkomitees oder Initiativgruppen fort. Viele ihrer Akteure sind mit der Erstürmung und Besetzung von Bezirks- und Kreisstellen des Ministeriums für Staatssicherheit (MfS) oder durch die Gespräche am Runden Tisch erstmalig in das öffentliche Bewußtsein gerückt. Schwerpunktmäßig beschäftigen sie sich seitdem mit der Aufarbeitung und Öffentlichmachung ihrer Erkenntnisse. Sie legen dabei besonderen Wert auf ihre Unabhängigkeit und begreifen ihre Tätigkeit als bürgernahe Ergänzung der institutionalisierten Aufarbeitung. Obwohl sich nicht alle Gruppierungen durch die Bezeichnung „Aufarbeitungsinitiativen" ausreichend charakterisiert sehen, werden sie in der Öffentlichkeit heute gemeinhin unter diesem Sammelbegriff wahrgenommen.

Struktur: Einige tausend Mitglieder zählen die gegenwärtig noch rund 76 derart aktiven Initiativen. Mangelnde thematische Betroffenheit junger Menschen und eine zunehmende Überalterung, insbesondere der

Mitglieder von Opferverbänden, haben zur Folge, daß die überwiegend ehrenamtlich geleistete Arbeit meistens nur noch von wenigen Personen verrichtet wird. Oftmals gibt es sogar nur ein einziges Mitglied, das die Tätigkeit der Initiative aufrechterhält.

Die Mehrzahl der Initiativen hat sich die juristische Rechtsform eines Vereins gegeben. Mit der Union der Opferverbände kommunistischer Gewaltherrschaft (UOKG) gibt es einen vom Bundesinnenministerium geförderten Dachverband, dem 18 Initiativen angehören. Die Landes- und Kreisverbände des Bundes der Stalinistisch Verfolgten (BSV) dagegen sind ebenso wie die Landes- und Kreisgruppen der Vereinigung der Opfer des Stalinismus (VOS) und das unter dem Dach der Robert-Havemann-Gesellschaft in Berlin wirkende Robert-Havemann-Archiv und das Berliner Matthias-Domaschk-Archiv Gliederungen eines Vereins. UOKG, BSV und VOS sind aufgrund ihrer Struktur bundesweit tätig. Ein Großteil der hiervon unabhängigen Initiativen ist dagegen mit ihrer Tätigkeit an einen Ort gebunden. Ihre Angebotspalette, die von Wanderausstellungen über Seminare und Vorträge bis zu eigenen Publikationen reicht, wird aber auch überregional wahrgenommen.
Formen der Zusammenarbeit der einzelnen Initiativen untereinander werden gesucht und ausgebaut. Sie ergeben sich beispielsweise für den Raum Berlin beim mehrmals jährlich stattfindenden Forum beim Berliner Landesbeauftragten für die Unterlagen des Ministeriums für Staatssicherheit der ehemaligen DDR. Die sog. Operativer-Vorgang-Treffen (OV-Treffen) für Personen, über die ein operativer Vorgang beim MfS angelegt wurde, stellen eine überregionale Gesprächsebene für diesen Personenkreis und deren Initiativen dar. Außerdem kommt es bei öffentlichen Veranstaltungen der vom Deutschen Bundestag eingesetzten Enquete-Kommission „Deutsche Einheit“ immer wieder zu informellen Treffen der verschiedenen Initiativen. Neben einem regen Gedankenaustausch dienen diese Veranstaltungen vornehmlich der Entwicklung gemeinsamer Projekte. Auch im Bereich der Presse- und Öffentlichkeitsarbeit wird der Versuch unternommen, durch gegenseitige Verweise auf Veranstaltungen und Publikationen eine engere Kooperation untereinander zu erreichen.

Finanzierung: Als Eigenkapital stehen den Initiativen in erster Linie nur ihre Einnahmen aus Spenden, Mitgliedsbeiträgen, Eintrittsgeldern und dem Verkauf von Publikationen zur Verfügung. Da diese Mittel bei weitem nicht zur Deckung des eigenen Finanzbedarfs ausreichen, geschweige denn zur Einrichtung bzw. zum Erhalt von Arbeitsstellen, sind die Initiativen auf öffentliche Gelder angewiesen. Diese werden, wenn überhaupt, nahezu ausschließlich in Form projektgebundener Gelder von staatlichen oder gesellschaftlichen Institutionen vergeben. Sie dienen dabei nur der projektbezogenen Finanzierung von Stellen, Publikationen und Veranstaltungen. Ein großer Teil der Initiativen sieht sich deshalb gezwungen, benötigte Stellen in erster Linie über Arbeitsbeschaffungsmaßnahmen bzw. Arbeitsförderungsgelder einzurichten.

Aufgaben: Das Aufgabenspektrum nahezu aller Initiativen läßt sich am ehesten durch die Stichworte Aufarbeitung, Aufklärung sowie Beratung und Betreuung charakterisieren.

Der Bereich der Aufarbeitung setzt sich dabei in erster Linie aus der Erfassung, Sicherung und Auswertung von Materialien und Hinterlassenschaften der SED und des MfS sowie des Widerstandes dagegen zusammen. Diese werden wissenschaftlich aufbereitet und dokumentiert. Teilweise wird auch eigene Forschungsarbeit betrieben. Die Archive der Initiativen bieten der Forschung einen reichhaltigen Fundus für ihre Recherchen.

Neben der Aufarbeitungstätigkeit gehört die Aufklärung der Öffentlichkeit über die SED-Diktatur und ihre Folgen im Rahmen diverser Bildungsangebote zu den Kernaufgaben der Initiativen. Unter Rückgriff auf die klassischen Formen der politischen Bildungsarbeit wie Vorträge, Seminare, Podiumsdiskussionen, Tagungen und Symposien sowie Ausstellungen, Führungen und Publikationen stellen sie ihre Forschungsergebnisse und sich selbst als Zeitzeugen zur Verfügung.

Die Beratung, Betreuung und Hilfe für die Opfer staatlicher Repression in der ehemaligen SBZ/DDR stellt eines der zentralen Anliegen der Initiativen dar. Sie verstehen sich als Ansprechpartner und Interessenvertreter der Betroffenen und sind oftmals deren einzige Anlaufstelle. Sie lassen diesen Menschen psychologische Hilfe beim Umgang mit ihrer Vergangenheit zuteil werden und unterstützen sie in Fragen der Rehabilitierung und Entschädigung. Dadurch nehmen sie eine wichtige Vermittlungsfunktion zwischen den Betroffenen sowie der Exekutive und Legislative wahr.

Einige Initiativen sind darüber hinaus noch in der Gedenkstättenarbeit aktiv. Sie beteiligen sich an der Einrichtung, Betreuung und Pflege von historischen Orten des Gedenkens an Verfolgung und Widerstand in der SBZ/DDR. Gleichzeitig bieten viele von ihnen Führungen durch Erinnerungsstätten an, die sich in erster Linie aus ehemaligen Dienststellen des MfS, Haftanstalten oder ehemaligen Speziallagern des NKWD zusammensetzen.

In Form von Faltblättern, Informationsschriften oder Rundbriefen wird die Öffentlichkeit regelmäßig über die Aktivitäten der einzelnen Initiativen informiert. Diese sprechen mit ihrer Arbeit dabei nicht nur

Betroffene oder Wissenschaftler an, sondern alle Bevölkerungskreise, insbesondere Jugendliche und Schulklassen.

Ausblick: Zur Existenzfrage nahezu aller Aufarbeitungsinitiativen wird zunehmend die nicht vorhandene bzw. die in Frage stehende finanzielle Förderung. Da alle Förderungsmaßnahmen generell zeitlich befristet sind, machen sie eine langfristige Planung unmöglich. Aufgrund der angespannten Haushaltslage von Bund und Ländern geht die gegenwärtige Richtung zudem dahin, diese staatlich geförderten Arbeitsplätze den allgemeinen Sparzwängen zum Opfer fallen zu lassen. Diese Entwicklung hat zur Folge, daß zahlreiche Aufarbeitungsinitiativen vor dem Aus stehen. Das Jenaer Matthias-Domaschk-Archiv beispielsweise gehört zu den aktuellsten Opfern dieses Trends. Es mußte seine Tätigkeit mangels ausreichender finanzieller Kapazitäten und Unterstützungsleistungen einstellen und sein umfangreiches Archiv auf einem Bauernhof bei Jena zwischenlagern. Um diesen unhaltbaren Zuständen ein Ende zu bereiten, werden gegenwärtig parteiübergreifend Schritte zur Einrichtung einer Stiftung zur weiteren Sicherung der Arbeit von Aufarbeitungsintiativen unternommen. Diese Idee wird auch von den Initiativen selbst als einziger noch verbleibender Rettungsanker angesehen, auf den sich mittlerweile die meisten Hoffnungen und Erwartungen konzentrieren.

Eine andere Gefahr droht den Initiativen durch den Mißbrauch, der heute zunehmend mit der Bezeichnung „Aufarbeitungsinitiative“ durch PDS-nahe Gruppierungen betrieben wird. Der PDS-gesteuerte Dachverband „Unabhängiges Kuratorium der Verbände“ beherbergt ein Konglomerat von diversen Vereinen und Verbänden, die sich formell in die Reihe der Aufarbeitungsinitiativen einordnen lassen, in Wirklichkeit aber nur dem Zweck der DDR-Apologetik und gezielten Geschichtsfälschung dienen. Um die ganze Bandbreite dieser Organisationen halbwegs abzudecken, sei hier insbesondere auf die „Alternative Enquete-Kommission“, die „Helle Panke“, aber auch auf die „Gesellschaft zum Schutz von Bürgerrechten und Menschenwürde“ oder das „Insider-Komitee“ verwiesen, für das sich Aufarbeitung auf reine Interessenvertretung der Mitglieder des ehemaligen Ministeriums für Staatssicherheit beschränkt.

Udo Baron

Aufenthaltsbeschränkung

Die Aufenthaltsbeschränkung war eine Zusatzstrafe, durch welche einem Verurteilten nach Verbüßung seiner Freiheitsstrafe oder während einer Strafaussetzung zur Bewährung der Aufenthalt in bestimmten Orten oder Gebieten untersagt oder angewiesen werden konnte (§§ 51f. StGB). Sie wurde für die Dauer von zwei bis fünf Jahren oder unbefristet verhängt. Eingeführt wurde sie durch eine Verordnung vom 24. Aug. 1961, d.h. elf Tage nach dem Bau der Mauer.

Die Aufenthaltsbeschränkung entsprach der Verbannung des russischen Rechts. Wenn auch die Aufenthaltsbeschränkung in der DDR nicht so schwerwiegend war wie in der Sowjetunion mit ihren abgelegenen und unterentwickelten Gegenden, so hatte sie doch durch die Abschneidung von dem bisherigen Lebens- und Freundeskreis, die Schwierigkeit der Unterkunftssuche, das andere Freizeitangebot und die unterschiedliche Versorgung in den einzelnen Gebieten der DDR einschneidende Wirkungen. Sie hinderte den Verurteilten auch noch längere Zeit nach Abbüßung seiner Strafe in seiner Freizügigkeit.

Friedrich-Christian Schroeder

Ausbürgerung

Hierunter ist der Entzug der Staatsangehörigkeit durch Aberkennung seitens der Regierung zu verstehen. Im Gegensatz zum Grundgesetz der Bundesrepublik, das in Artikel 16 den Entzug der deutschen Staatsangehörigkeit ausdrücklich verbietet, konnte in der DDR die Ausbürgerung verfügt werden, seitdem durch das Staatsbürgerschaftsgesetz vom 20. Febr. 1967 eine besondere „Staatsbürgerschaft der Deutschen Demokratischen Republik" eingeführt worden war. Mit der Ausbürgerung (Aberkennung der Staatsbürgerschaft) griff die SED-Diktatur auf eine Praxis zurück, die bereits unter den Nationalsozialisten durch Gesetze über den Widerruf von Einbürgerungen und die Aberkennung der deutschen Staatsangehörigkeit vom 14. Juli 1933 eingeführt worden war.

Nach § 13 des Staatsbürgerschaftsgesetzes konnte die DDR-Staatsbürgerschaft Bürgern, „die ihren Wohnsitz oder Aufenthalt außerhalb der Deutschen Demokratischen Republik" hatten, „wegen grober Verletzung der staatsbürgerlichen Pflichten aberkannt werden". Auch in dieser Umschreibung war die politische Motivation der Ausbürgerung eindeutig. Über die Aberkennung der Staatsbürgerschaft entschied formell der → *Ministerrat*, der allerdings kaum ohne Vorgabe der SED-Politbürokratie gehandelt haben dürfte. Der Vollzug der Entscheidung oblag dem Minister des Innern.

In den 70er und 80er Jahren kam es vereinzelt zu Ausbürgerungen von Deutschen aus der DDR, die sich außerhalb ihres Landes regimekritisch oder oppositionell geäußert und insofern ihre „staatsbürgerlichen Pflichten grob verletzt" hatten. Das spektakulärste Beispiel dafür bot der Fall des Liedermachers Wolf Biermann, dem am 16. Nov. 1976 nach einem offiziell genehmigten Gastspiel in Köln die Staatsbürgerschaft der DDR aberkannt wurde. „Mit seinem feindseligen Auftreten gegenüber der Deutschen Demokratischen Republik hat er sich selbst den Boden für die weitere Gewährung der Staatsbürgerschaft der DDR entzogen", hieß es in der formellen Begründung. Der Fall Biermann rief selbst in der DDR solidarische Empörung hervor. Mit einem offenen Protestschreiben von zwölf Schriftstellern, die eine Revision der Ausbürgerung forderten, erreichte die innere Opposition der DDR eine neue Qualität. „Nie zuvor war oppositionelles Verhalten von Schriftstellern in dieser Eindeutigkeit und in diesem Ausmaß vorgekommen", stellte die Enquete-Kommission Aufarbeitung von Geschichte und Folgen der SED-Diktatur in Deutschland fest. Mehr als hundert weitere Künstler und Literaten hatten sich dem Protest angeschlossen. Gleichzeitig kam es zu neuen Verfolgungen. Im Zusammenhang mit der Ausbürgerung Biermanns wurde der Regimekritiker Robert Havemann unter Hausarrest gestellt. Der Schriftsteller Jürgen Fuchs sowie Gerulf Pannach und Christian Kuhnert von der Leipziger Renft-Combo wurden verhaftet und später aus der DDR ausgewiesen. Weitere prominente Schriftsteller verließen in der Folgezeit die DDR (→ *Literatur*). Umgekehrt verzichteten zahlreiche Schriftsteller und Intellektuelle lange Zeit auf Reisen in die Bundesrepublik, obwohl sie ihnen genehmigt worden waren, weil sie das Risiko der Ausbürgerung zu gewärtigen hatten. „Das Ausbürgern könnte sich einbürgern" (Stefan Heym). Um das die DDR diskreditierende Instrument der Ausbürgerung möglichst selten anzuwenden, wurden zahlreiche Bürger genötigt, bei ihrer Ausreise aus der DDR, die „Entlassung aus der Staatsbürgerschaft" gemäß § 10 des Staatsbürgerschaftsgesetzes zu beantragen. Vielfach kam diese Vorgehensweise einer verschleierten Ausbürgerung gleich.

Karl Wilhelm Fricke

Ausreise

Unter Ausreise ist das Phänomen des legalen Verlassens von Bürgern der DDR in westliche Staaten, insbesondere in die Bundesrepublik und nach West-Berlin, zu verstehen. Bis 1983 gab es für die Ausreise keinerlei Rechtsgrundlage. Diese wurde erstmals im September 1983 mit der Verordnung zur Regelung von „Fragen der Familienzusammenführung und Eheschließung zwischen Bürgern der Deutschen Demokratischen Republik und Ausländern“ geschaffen. Der antragsberechtigte Personenkreis blieb jedoch im wesentlichen auf Rentner, Invaliden und staatlich genehmigte Eheschließungen begrenzt. Ein erweitertes Antragsrecht (bezogen auf sog. humanitäre Gründe) schuf die DDR erst mit einer im Januar 1989 in Kraft getretenen Verordnung. Es stand allerdings unter dem Generalvorbehalt, daß mit der Ausreise keine „gesellschaftlichen Interessen“ beeinträchtigt werden durften. Vor dem Hintergrund dieser Gesetzeslage wurden alle Antragsteller auf Ausreise, die nicht zum ausgewählten Personenkreis gehörten, bis zum Herbst 1983 intern als „rechtswidrige Antragsteller“ und danach als „Übersiedler“ bezeichnet.

Die Zahl der in bundesdeutschen Aufnahmeverfahren registrierten Ausgereisten belief sich zwischen 1962 und Ende Oktober 1989 auf insgesamt rund 480 000 Personen, darunter rund 34 000 von der Bundesrepublik freigekaufte politische Häftlinge (→ *Deutschlandpolitik*). DDR-interne Angaben sprechen von insgesamt rund 560 000 Ausgereisten (Zeitraum: 1961 bis Anfang September 1989). Die Ausreise betraf in den 70er Jahren überwiegend Rentner und Invaliden (z.B. 1972–1977 knapp 70% aller Ausgereisten), danach zunehmend auch nicht antragsberechtigte Personen im Alter zwischen 18 und 40 Jahren. Vor dem Hintergrund der von der DDR auf der deutsch-deutschen und internationalen Ebene eingegangenen Verpflichtungen zur Gewährung individueller Freiheitsrechte forderten seit Mitte der 70er Jahre immer mehr Bürger die Ausreise. Zurückweisungen riefen bei diesen Antragstellern teilweise hartnäckigen Widerstand hervor. So entstand eine, auch vor demonstrativen Handlungen nicht mehr zurückschreckende Ausreisebewegung, die das SED-Regime innenpolitisch und außenpolitisch unter einen Dauerdruck setzte. Der Machtapparat der DDR versuchte diese Bewegung einerseits durch repressive Maßnahmen, andererseits durch das Öffnen des Ausreiseventils zu entschärfen. Repressalien richteten sich vorwiegend gegen aktive Antragsteller, aber auch generell gegen bestimmte Berufsgruppen. Sie äußerten sich beispielsweise in beruflichen Diskriminierungen und Berufsverboten sowie in Ordnungs- und Ermittlungsverfahren. Von 1977 bis Sommer 1989 leiteten das MfS und die Kripo etwa 20 000 Ermittlungsverfahren gegen Antragsteller ein.

Eine wesentliche Entlastung wollte die SED im Frühjahr 1984 erreichen, als sie kurzzeitig über 21 000 Antragsteller ausreisen ließ (→ *Ausbürgerung*). Das MfS sprach in diesem Zusammenhang von ausgewiesenen „Feinden, Kriminellen und anderen Unverbesserlichen“. Die erwartete Entspannung trat jedoch nicht ein, vielmehr glich diese Aktion einer Initialzündung. Die Zahl der Antragsteller explodierte geradezu. Gab es vor 1984 im jährlichen Durchschnitt (mit leicht zunehmender Tendenz) etwa 10 000 Erstantragsteller, so waren es 1984 über 50 000. Danach pendelte sich – abgesehen von einem vorübergehenden Rückgang im Jahre 1985 auf rund 27 000 – ihre Zahl wieder zwischen 40 000 und 50 000 ein. Ende 1987 überschritt die Anzahl nichtberechtigter Antragsteller erstmals die Grenze von 100 000. (Darin eingeschlossen waren etwa 25% Kinder und Jugendliche bis 18 Jahre.) Von 1977 bis zum Sommer 1989 summierte sich die Zahl auf rund 500 000 (knapp 320 000 Erstantragsteller, rund 160 000 Ausgereiste und rund 18 000 freigekaufte politische Häftlinge). Zur Rücknahme ihres Antrages konnten angeblich knapp über 90 000 Personen bewegt werden.

Schwerpunkte der Ausreisebewegung bildeten in den 80er Jahren die Bezirke Karl-Marx-Stadt, Dresden, Berlin, Gera und Leipzig. Begleitet war die Entwicklung von zunehmenden öffentlichkeitswirksamen Aktionen. Der Auftakt dazu erfolgte bereits in den 70er Jahren. So initiierten 1973 die Familien Faust und Hauptmann in Pirna eine Unterschriftensammlung zur Durchsetzung des Rechts auf freie Ausreise, und 1976 machte eine von 79 Personen unterstützte Petition des Riesaer Arztes Dr. Karl-Heinz Nitschke „zur vollen Erlangung der Menschenrechte“ in den Westmedien Schlagzeilen. In den 80er Jahren traten Antragsteller immer häufiger mit Schweigedemonstrationen öffentlich in Erscheinung und formierten sich als Gruppierungen unter dem Dach der Kirchen. So demonstrierten beispielsweise im Februar 1987 in Dresden 300 Ausreisewillige unter der Losung „Erich gib den Schlüssel raus!“. Die seit 1981 in der Leipziger Nikolaikirche etablierten montäglichen „Friedensgebete“ entwickelten sich nicht nur zu einer Kommunikationszentrale, sondern auch zu einem ständigen Ausgangspunkt massiver demonstrativer Handlungen von Antragstellern.

Im Herbst 1987 entstand in Ost-Berlin die „Arbeitsgruppe Staatsbürgerschaftsrecht der DDR“. Sie strebte eine Legalisierung der Ausreisebewegung an. 1988 registrierte das MfS (→ *Staatssicherheit*) in fast allen Bezirken der DDR „öffentlichkeitswirksame Provokationen“ von „aktiv handelnden Zusammenschlüssen“. Darüber hinaus wurden die staatlichen Behörden bis hinauf in die Staatsspitze mit Beschwerden bzw. Eingaben konfrontiert. 1987 waren das über 130 000.

Die Strategien der SED und des MfS gegen die Ausreisebewegung gerieten von Anfang an in eine unausweichliche Zwickmühle. Eine restriktive Genehmigungspraxis führte zum Anwachsen der inneren Spannungen mit vielerlei Ausbrüchen, die sich in spektakulärer Weise vor allem in Botschaftsbesetzungen ausdrückten. Repressive Maßnahmen widersprachen dem Geist und Buchstaben der KSZE-Beschlüsse und brachten die DDR außenpolitisch in Mißkredit. Verstärkte Ausreisen hingegen ermunterten Ausreisewillige zur Antragstellung und führten zu neuen „Rückverbindungen", das heißt zu vermehrten Kontakten von Ausgereisten zurück in die DDR, was wiederum ganz wesentlich zur Aktivierung und Dynamisierung der Ausreisebewegung beitrug. Dieser Teufelskreis war die Folge einer Politik, die dem Bürger das Selbstbestimmungsrecht verweigerte, die aber dennoch Hunderttausende nicht daran hindern konnte, dieses Recht für sich zu beanspruchen, öffentlich einzuklagen und durchzusetzen. Als Gründe wurden von den Ausgereisten des Jahres 1984 vor allem die fehlende Meinungsfreiheit (71%), politischer Druck (66%), beschränkte Reisemöglichkeiten (56%), die schlechte Versorgung (46%), fehlende Zukunftsaussichten (45%) und verwandtschaftliche Bindungen (36%) genannt.

Im Sommer 1989 geriet die Ausreisebewegung schließlich immer stärker in das Fahrwasser der → *Fluchtbewegung*. Beide zusammen bildeten einen politischen und sozialen Sprengstoff, der die Öffnung der deutsch-deutschen Grenzen und den endgültigen Zusammenbruch des SED-Regimes im Herbst 1989 auslöste.

Bernd Eisenfeld

Literaturhinweise:

Eisenfeld, Bernd: Die Ausreisebewegung – eine Erscheinungsform widerständigen Verhaltens, in: Poppe, Ulrike/Eckert, Rainer/Kowalczuk, Ilko-Sascha (Hrsg.): Zwischen Selbstbehauptung und Anpassung. Formen des Widerstandes und der Opposition in der DDR, Berlin 1995.

Flucht- und Ausreisebewegung in verschiedenen Phasen der DDR-Geschichte, in: Materialien der Enquete-Kommission, a.a.O., Protokoll der 69. Sitzung, Bd. VII, 1, S. 314-449.

Jeschonnek, Günter: Ausreise – das Dilemma des ersten deutschen Arbeiter- und Bauern-Staates?, in: Kroh, Ferdinand (Hrsg.): „Freiheit ist immer Freiheit ..." Die Andersdenkenden in der DDR, Frankfurt/M. 1988, S. 234 ff.

Lochen, Hans-Hermann/Meyer-Seitz, Christian: Die geheimen Anweisungen zur Diskriminierung Ausreisewilliger, Köln 1992.

Rehlinger, Ludwig: Freikauf. Die Geschäfte der DDR mit politisch Verfolgten 1963–1989, Berlin 1991.

Ronge, Volker: Von drüben nach hüben, Wuppertal 1985.

Außenpolitik

Die Außenpolitik der DDR diente in erster Linie der Existenzsicherung des Herrschaftssystems der SED. Sie war im hohen Maße von externen Faktoren geprägt. Es gab nur wenige Zeitpunkte, zu denen sie auf einigen begrenzten Feldern Unabhängigkeit, Eigenständigkeit und Gestaltungsfähigkeit demonstrieren konnte.

Phasen und Ziele: Sieht man von der kurzen Schlußepisode nichtsozialistischer DDR-Außenpolitik ab – von den ersten freien Wahlen im März 1990 bis zur Vereinigung –, so kann man drei Phasen unterscheiden. Die erste beginnt mit der Gründung der DDR 1949 und endet mit dem Abschluß des Souveränitätsvertrages mit Moskau und der Aufnahme in den Warschauer Pakt 1955. Die zweite Phase ist gekennzeichnet durch wachsende Etablierung im sozialistischen Lager und den Kampf gegen den Alleinvertretungsanspruch der Bundesrepublik in der internationalen Politik. Sie schließt ab mit der Aufnahme der beiden deutschen Staaten in die Vereinten Nationen 1973. Die dritte Phase kann als Ausbau der internationalen Kontakte insbesondere zu den westlichen bzw. neutralen Staaten bezeichnet werden. Innerhalb dieses Zeitraumes gewinnt die Außenpolitik der DDR für einige Jahre ein eigenes Profil, das ihr internationales Image teilweise bis heute prägt, mit der Machtübernahme Gorbatschows 1985 aber substanzlos geworden war.

Drei Bezugsfelder der DDR-Außenpolitik lassen sich unterscheiden: die sog. Blockpolitik, das heißt die Beziehungen zu den sozialistischen Staaten, die unter dem ideologischen Etikett des Sozialistischen Internationalismus geführt wurde. Die Definition der DDR als untrennbarer Bestandteil der sozialistischen Staatengemeinschaft erhielt 1974 Verfassungsrang. Zweitens, die Westpolitik, zu der nach DDR-Verständnis auch die innerdeutschen Beziehungen (→ *Deutschlandpolitik*) gehören sollten, im Grunde aber die Politik gegenüber den westlichen Verbündeten der Bundesrepublik und den neutralen Staaten zu verstehen ist. Ihr ideologisches Signum war die → *Friedliche Koexistenz*. Das dritte Bezugsfeld war die sog. Dritte Welt. Ihr geographischer Schwerpunkt lag, sieht man von Staaten des sozialistischen Lagers ab, in Afrika. Die ideologische Basis bildete die → *Antiimperialistische Solidarität*.

1949–1955: Diese Phase stand im Zeichen ungesicherter Existenz, eingeschränkter Souveränität und praktisch nicht existenter außenpolitischer Handlungsfähigkeit. Moskau behandelte die SBZ als Vasallen, dessen Wert als strategisches Vorfeld taxiert und in Reparationsleistungen (→ *Kriegsschäden, Demontagen und Reparationen*) gemessen wurde. Die SED-Führung hatte die deutsche Einheit – natürlich unter sozialistischen Vorzeichen – als Ziel noch nicht aufgegeben (→ *SED und deutsche Frage*). Es gab erste Versuche, im Westen den Bonner Alleinvertretungsanspruch zu brechen (Etablierung nichtstaatlicher Handelskammern) sowie zu Staaten des Nahen Ostens Kontakt aufzunehmen. Eine internationale Rolle spielte die DDR noch nicht. Selbst innerhalb des Ostblocks mußte die eigene Stellung erst gesichert werden.

Das neue Staatsgebilde wurde 1950 zwar vollberechtigtes Mitglied des → *RGW*. In Abkommen mit Polen und der ČSSR anerkannte die SED-Führung gegen ihre ursprüngliche Intention die Ziehung der östlichen Grenzen Deutschlands. Bis 1953 war erreicht, daß mit allen sozialistischen Staaten Botschafter ausgetauscht waren. Von einer Existenzsicherung aber konnte in dieser Phase noch keine Rede sein. Mit der Aufnahme in den → *Warschauer Pakt* am 15. Mai 1955 wurde die vorher vorstellbare Option eines neutralen Gesamtdeutschland von östlicher Seite beiseite gelegt. Erst am 25. Sept. 1955 beendete Moskau formal die Arbeit der Hohen Kommissare und übertrug der DDR die volle Souveränität. Doch hielt auch die Sowjetunion bis zuletzt an ihren Rechten als Siegermacht und dem Vier-Mächte-Vorbehalt für Deutschland als Ganzes fest (→ *Vier Mächte*).

1955–1973: Die zweite Phase ist gekennzeichnet durch die Konsolidierung der eigenen Position innerhalb des Ostblocks und intensive, aber lange vergebliche Bemühungen, auch außerhalb des sozialistischen Lagers volle völkerrechtliche Anerkennung zu erreichen. An ihrem Ende stand zwar der internationale Durchbruch, aber die Voraussetzungen dazu wurden gegen den Willen der ersten Führungsgeneration unter Ulbricht geschaffen.

Die Politik zur internationalen Aufwertung der DDR lag in der Hand der Sowjetunion. Der erste Versuch Chruschtschows scheiterte, über das Berlin-Ultimatum 1958 den Status quo in Europa zu zementieren, West-Berlin zu einer eigenständigen Einheit zu machen (Drei-Staaten-Theorie) und die Anerkennung der DDR als erstem sozialistischen Staat auf deutschem Boden in der Staatengemeinschaft zu erzwingen. Das Resultat war der → *Mauerbau*. Am Ende dieser Etappe bot Moskau einen neuen Vertrag über Freundschaft, gegenseitigen Beistand und Zusammenarbeit (1964) an, der volle Gleichberechtigung der Partner und Achtung der staatlichen Souveränität festschrieb und somit die alte Besatzungszone formal aufwertete. Die DDR wurde engster Verbündeter der Sowjetunion und fungierte als Wachhund der Blockdisziplin, weil jede Schwächung die eigene Stellung und Herrschaft ernsthaft gefährdete. Nicht zuletzt auf Drängen Ulbrichts marschierten Warschauer Pakt-Truppen 1968 in Prag ein *(→ sozialistische Bruderhilfe)*. Auch auf außenpolitischem Feld achtete die DDR gegenüber den sozialistischen Bruderländern auf Besitzstandswahrung. Das bedeutete: keine Aufnahme diplomatischer Beziehungen zwischen diesen Ländern und der Bundesrepublik ohne völkerrechtliche Anerkennung der DDR durch Bonn, das bereits in den frühen 60er Jahren versucht hatte, die bilateralen Kontakte nach Prag, Budapest und Warschau zu intensivieren. Diese Politik der umgekehrten Hallstein-Doktrin (→ *Deutschlandpolitik*) war aber nur deshalb erfolgreich, weil Moskau seinerseits kein Interesse daran haben konnte, daß die Staaten des Warschauer Paktes eine eigene Westpolitik betrieben. Als Ende der 60er Jahre im Zuge der Entspannungspolitik die Interessen Moskaus und der anderen Warschauer-Pakt-Staaten sich änderten, widersetzte sich Walter Ulbricht der Neugestaltung der Ost-West-Beziehungen (Ostverträge, Viermächte-Abkommen), was schließlich zu seiner Entmachtung und dem Amtsantritt Erich Honeckers führte. Ulbricht hatte seine Maximalforderungen nicht durchsetzen können.

Bis zu diesem Zeitpunkt hatten die vielfältigen Bemühungen der DDR um völkerrechtliche Anerkennung nur magere Ausbeute gebracht. Obwohl die SED-Führung jede Gelegenheit nutzte, sich als Völkerrechtssubjekt zu etablieren, hatte allein Kuba diplomatische Beziehungen zur DDR aufgenommen. Die Aufnahme in Internationale Organisationen blieb der DDR verwehrt. Ihre Westpolitik bestand im Kern in Außenwirtschaftsbeziehungen von zumeist geringem Umfang (→ *Außenwirtschaft*) und in dem Bemühen, Handelskammern als politische Vertretungen dort aufzuwerten, wo sich entsprechender Spielraum bot. Besondere politische Akzente setzte sie gegenüber den skandinavischen Staaten unter dem Slogan „Ostsee – Meer des Friedens".

Mit großer Intensität versuchte die DDR auch in der Dritten Welt Fuß zu fassen, wobei auch rohstoffpolitische Interessen eine nicht thematisierte, aber doch wichtige Rolle spielten. Ein bevorzugtes Betätigungsfeld wurde seit Anfang der 60er Jahre der afrikanische Kontinent mit seinen jungen instabilen Staaten; die Erfolgsbilanz blieb gleichwohl gemischt, wenn nicht negativ. Einen besonderen Schwerpunkt bildeten bereits seit dem Suez-Konflikt 1956 die sozialistisch orientierten arabischen Staaten. Hier hoffte die DDR, Profit aus deren Ressentiments gegenüber der Solidarität Bonns mit Israel schlagen zu können. Doch erst 1969, nachdem die Bundesrepublik die Hallstein-Doktrin gelockert hatte (Aufnahme diplomatischer Beziehungen zu Kambodscha) und im

Nachklang zum Sechs-Tage-Krieg waren der Irak, Sudan, Syrien, Ägypten und Südjemen bereit, volle diplomatische Beziehungen aufzunehmen.

So hatte die DDR am zwanzigsten Jahrestag ihrer Gründung mit insgesamt zwanzig Staaten diplomatische Beziehungen und sicherlich außenpolitisches Terrain gewonnen. Aber es ist übertrieben zu sagen, daß sie sich vom Vasallen zum „Juniorpartner" der Sowjetunion entwickelt habe. Als im Zuge der Entspannungspolitik Moskau andere Prioritäten setzte, mußte nicht nur Ulbricht gehen. Die DDR verlor ihre Sonderstellung und war im eigenen Lager in die Isolation geraten.

1973–1989: Nach Ratifizierung der Ostverträge und des Grundlagenvertrages zwischen den beiden Staaten in Deutschland beginnt mit der Aufnahme in die Vereinten Nationen und der raschen völkerrechtlichen Anerkennung durch fast alle Staaten der Welt eine neue Phase der DDR-Außenpolitik, die bis Mitte der 80er Jahre durch eine aufsteigende Tendenz gekennzeichnet war. In der Perspektive der SED-Führung war die Ausgangslage keineswegs einfach. Die deutschlandpolitischen Maximalforderungen – eigener Status West-Berlins und volle völkerrechtliche Anerkennung durch die Bundesrepublik einschließlich der Staatsbürgerschaftsfrage – waren nicht erfüllt. Das Viermächte-Abkommen und der → *Grundlagenvertrag* ließen nur wenig Raum für Störaktionen. Die sowjetische Führung hatte deutlich gemacht, wie abhängig Ost-Berlin von Moskau war. Die Entspannungspolitik des Westen war nicht bloß auf friedliche Koexistenz, sondern dem eigentlichen Ansatz nach auch auf innere Öffnung der Systeme angelegt, eine Tendenz, die durch den KSZE-Prozeß langfristig verstärkt wurde. Der neue Generalsekretär Erich Honecker reagierte auf diese veränderte Lage innenpolitisch mit rigider Abschottung insbesondere gegen innerdeutsche Kontakte. In der Blockpolitik versuchte er, die DDR wieder neu zu positionieren. Ein neuer Vertrag mit Moskau 1975 gewährte formal ein Mehr an Konsultationsrechten. Die Verankerung im sozialistischen Lager sollte durch weitere Verträge mit den anderen Paktstaaten gefestigt werden. Freundschaftsverträge mit der Mongolei und Vietnam kamen neu hinzu.

Die DDR entwickelte in dieser Phase ein bemerkenswertes Engagement in der Dritten Welt. Sie nutzte das neu gewonnene UN-Forum, um internationale Gefolgschaft zu gewinnen. Dabei kamen ihr die antiwestliche Stimmung vieler Staaten der Blockfreien-Bewegung und ihre über Jahre hin gepflegten Beziehungen zu „Befreiungsbewegungen" zu Hilfe. Ost-Berlin unterstützte intensiv, teilweise mit massiver militärpolitischer Hilfe, Staaten und sog. Befreiungsbewegungen der Dritten Welt, die sich dem sozialistischen Modell verschrieben hatten. Besonders enge Zusammenarbeit gab es mit Angola, Äthiopien, Moçambique, Jemen und Libyen, dem Sandinista-Regime in Nicaragua sowie mit Vietnam. Von DDR-Hilfe profitierten der ANC in Südafrika und die SWAPO in Namibia; mit der PLO wurden sogar diplomatische Beziehungen aufgenommen. Die Politik orientierte sich stark an strategischen Interessen der Sowjetunion. Markenzeichen war die enge Kooperation und Hilfeleistung auf dem Gebiet der inneren und äußeren Sicherheit, das heißt beim Machterhalt totalitärer, repressiver Regime, beim Aufbau von Parteikadern und auf dem Felde der Massenkommunikation. Es wurden nicht nur große Kontingente von Entwicklungshelfern, Sicherheits- und Militärberatern in die Partnerstaaten entsandt. Die DDR wurde auch Heimstatt und Kaderschule für tausende sog. Freiheitskämpfer aus diesen Ländern.

Das neue Feld der Westpolitik ging die DDR zunächst vor allem über die neutralen Staaten (Finnland, Österreich) an. Ziel der Westpolitik war es einmal, völkerrechtlich nachzubessern, was aus SED-Perspektive im Grundlagenvertrag und Berlin-Abkommen nicht erreicht worden war (Ost-Berlin als Hauptstadt der DDR; Frage der Staatsangehörigkeit), zum anderen die Wirtschaftsbeziehungen zu diversifizieren, um sich aus der Abhängigkeit des innerdeutschen Handels zu lösen. Letztlich sollte das international gewonnene Gewicht auch die Legitimation nach innen stärken und den Handlungsspielraum gegenüber Moskau erweitern. Dabei präsentierte sich die DDR gerne als Garant für Friedens- und Abrüstungspolitik. Als hilfreiches Instrument zur Förderung dieses Images erwies sich auch eine Auswärtige Kulturpolitik, die das klassische deutsche Erbe für sich in Anspruch nahm. Ihre friedenspolitische Botschaft, deren Kern Bewahrung des Status quo und damit Existenzsicherung der DDR war, fand erst dann Resonanz, als die DDR, in Reaktion auf die Verschärfung des Ost-West-Konfliktes (Afghanistan, Kriegsrecht in Polen, Nachrüstungsdebatte) und kurz vor dem wirtschaftlichen Zusammenbruch stehend, von der Notwendigkeit einer Koalition der Vernunft sprach, im Wechselspiel mit Ungarn die besondere Verantwortung der kleineren und mittleren Staaten für den Frieden in Europa hervorhob und sich als Makler der Entspannung anbot. Die westpolitische Bilanz aber blieb mager. Die Beziehungen erschöpften sich in erster Linie in einer Besuchsdiplomatie, die Honecker nicht nur nach Schweden und Japan, sondern auch nach Frankreich und in andere westeuropäische Staaten führte. In diesen Kontext gehört auch die mehrfach verschobene Staatsvisite in Bonn; der ersehnte USA-Besuch kam nie zustande. Die Diversifizierung der Handelsbeziehungen gelang nicht. Der Anteil des Westhandels (ohne innerdeutschen Handel) stieg nur geringfügig über das Niveau von 1972. In der Berlin- und Staatsbürgerschaftsfrage orientierten sich die westlichen Staaten – nicht immer ohne Bonner Nachhilfe – an der Bundesrepublik.

Zwar konnte die DDR-Außenpolitik im Westen bis zum Ende von ihrem Image als europäische Mittelmacht zehren, das sie in der kurzen Phase des sowjetischen Interregnums aufgebaut hatte. In der Substanz allerdings war sie längst wieder auf die alten Parameter zurückgeworfen. Als Gorbatschow 1985 auf außen- wie innenpolitischen Reformkurs ging, sperrte sich das SED-Regime dagegen. Dabei verlor es einerseits seine Rolle als Ansprechpartner für einen entspannungspolitischen Kurs. Andererseits isolierte die Ablehnung der Perestroika das Regime international wie im eigenen Lande. Dabei stellte sich heraus, daß es der DDR nicht gelungen war, trotz des immensen Netzwerkes an Staatsverträgen, Konsultationsvereinbarungen oder offiziellen Parteibeziehungen mit ihren osteuropäischen Nachbarn eine breite gesellschaftliche Basis gemeinschaftlicher Politik zu schaffen.

Im letzten Jahr ihrer Existenz war die DDR-Außenpolitik zur Bedeutungslosigkeit verurteilt. Die alte Führung – Fischer blieb Außenminister bis März 1990 – sah selbst nach dem Fall der Mauer keinen Anlaß für grundsätzliche Korrekturen; den existentiellen Schulterschluß mit Moskau wiederherzustellen gelang nicht. Die außenpolitischen Ansätze der Regierung de Maizière – bereits unter dem Vorbehalt der Wiedervereinigung formuliert und stark von Elementen der oppositionellen Friedensbewegung geprägt – kamen überhaupt nicht zur Entfaltung. Die DDR war an den Zwei-plus-Vier-Verhandlungen beteiligt; die entscheidenden Fragen aber wurden von der Bundesregierung in Bonn im Zusammenspiel mit Washington und Moskau gelöst (→ *Deutschlandpolitik*).

Bestimmungsfaktoren: Die konkreten außenpolitischen Ziele und Entscheidungen der SED-Führung in diesen Phasen lassen sich ableiten einerseits von den Konjunkturen des Ost-West-Konfliktes (→ *Kalter Krieg*; → *Vier Mächte*), insbesondere den amerikanisch-sowjetischen Beziehungen und dem Stellenwert der deutschen Frage (→ *SED und deutsche Frage*; → *Deutschlandpolitik)* sowie dem ideologischen Selbstverständnis der DDR als marxistisch-leninistischem Staat mit revolutionärer Tradition (→ *Staat*). Die Ideologie verband sich mit dem Kalkül des Machterhaltes und der Machtsicherung. Ideologie spielte eine Rolle bei der Formulierung der Außenpolitik und insbesondere für die Propaganda nach innen und außen. Ihre realpolitische Prägekraft reduzierte sich auf Fehlperzeptionen und Verblendung, die in Formeln wie „Unumkehrbarkeit des Sozialismus“ und „Fortschreiten des revolutionären Weltprozesses“ ihren Niederschlag fanden. Die entscheidenden Determinanten der DDR-Außenpolitik waren die außen- und sicherheitspolitischen Interessen Moskaus sowie die → *Deutschlandpolitik* Bonns und seiner Verbündeten. Für die Bundesrepublik war das Festhalten an der Wiedervereinigung der rechtliche Ausdruck dieser Position. Die DDR wurde nie als Ausland anerkannt. Dadurch ergaben sich Einwirkungsmöglichkeiten, die das Herrschaftssystem permanent in Frage stellten, obwohl im Laufe der Zeit immer mehr Nationen die Existenz zweier Staaten in Deutschland gleichsetzten mit der Lösung der deutschen Frage und einer stabilen europäischen Friedensordnung. Die Sowjetunion hatte nach 1955 die internationale Anerkennung der DDR tatkräftig unterstützt und gefördert. Die SED-Führung konnte sich der Dauerhaftigkeit dieser Politik nie völlig sicher sein. Die Existenz des zweiten deutschen Staates blieb der Globalstrategie Moskaus untergeordnet (→ *Sowjetunion und SBZ/DDR*). Er konnte jederzeit zum Faustpfand oder Verhandlungsobjekt werden. Die DDR war ohne sowjetische Protektion weder existenz- noch verteidigungsfähig.

Akteure, Entscheidungsprozesse und Primat der Innenpolitik: Diese Abhängigkeit von der Sowjetunion spiegelt sich auch wider in den engbegrenzten außen- und sicherheitspolitischen Entscheidungs- und Gestaltungsspielräumen der DDR. Der offizielle, sogar verfassungsmäßig verankerte Schulterschluß mit der kommunistischen Führungsmacht bedeutete in der Regel strikte Orientierung an Moskau, wenn nicht Befehlsausführung in allen wichtigen außen- und sicherheitspolitischen Fragen. Vor allem in den ersten Jahrzehnten gehörte direkte persönliche Einflußnahme der sowjetischen Führung – untermauert durch militärische Präsenz der Roten Armee – zur Norm. Erst in der Zeit des Interregnums zwischen Breschnews Tod und Gorbatschows Machtübernahme konnte die DDR gewisse Freiräume nutzen. Die politische Verantwortung für Außen- und Sicherheitspolitik lag innerhalb des DDR-Herrschaftssystems ausschließlich bei der SED-Führung, das heißt beim Politbüro und den zuständigen ZK-Sekretären. In der Spätphase der Honecker-Ära wurde sie zunehmend beim → *Generalsekretär* zentralisiert, der mit einem kleinen auf ihn zugeschnittenen Kreis (Internationale Verbindungen: Hermann Axen; Wirtschaft: Günter Mittag; Sicherheit: Erich Mielke; Verteidigung: Heinz Keßler) die außen- und sicherheitspolitischen Geschicke bestimmte. Die staatlichen Organe waren politisch ausgeschaltet und wurden als nachgeordnet behandelt. Die Spitzenämter im Staatsapparat wurden in Personalunion mit denen im Parteiapparat ausgeübt. Die → *Volkskammer* (Ausschuß für Außenpolitik, Interparlamentarische Gruppen) hatte wenig zu sagen. Der → *Staatsrat* vertrat die DDR völkerrechtlich. Dem → *Ministerrat* und den zuständigen Ministerien (Auswärtige Angelegenheiten; Nationale Verteidigung; Außenhandel bzw. Außenwirtschaft; Kommunikation und Propaganda) oblag lediglich die Durchführung der Beschlüsse der Parteiführung. Keiner der Außenminister (Georg Dertinger CDU – 1953, Lothar Bolz NDPD – 1965, Otto Winzer – 1975, Oskar Fischer – 1990) gehörte in den engsten Führungskreis der Partei. Die neue außenpolitische Funktionselite, die seit 1964 am Institut für Internationale Beziehungen an der Akademie für Staats- und Rechtswissenschaft geschult wurde, verfügte über handwerkliche Kompetenz und bürokratische Effizienz. Aber ihr fehlte es – wie sie in der Rückschau beklagt – an politischem Einfluß. Trotz einer gewissen Distanz zur SED-Führung in den letzten Jahren bei bestimmten Fragen aber hat sie das System mitgetragen und innenpolitische Reformen, wenn überhaupt, viel zu spät angemahnt. Der außen- und sicherheitspolitische Entscheidungsprozeß blieb bis zuletzt intransparent.

Die gesellschaftliche Verankerung der Außen- und Sicherheitspolitik der DDR war schwach und eher künstlich. Zwar pflegten Massenorganisationen wie der FDGB oder die FDJ, die Blockparteien oder auch die Liga für Völkerfreundschaft, der mehrere Dutzend gesellschaftliche Gruppierungen angehörten, Auslandskontakte. Unter der Losung „Antiimperialistische Solidarität" fanden Großkundgebungen und Solidaritätstage mit „massenhafter" Beteiligung statt. Aber es gab keine um den außenpolitischen Konsens miteinander in Wettbewerb tretende Parteien, autonome Verbände oder Interessengruppen. Auch die wissenschaftlichen Beratungsinstitutionen wie AdW oder IPW standen unter der direkten Führung der SED. In der ersten Hälfte der 80er Jahre mag die antinukleare Haltung des Generalsekretärs in der Mittelstreckendebatte für die Bevölkerung eine gewisse Attraktivität gehabt haben. Die Glaubwürdigkeit solcher Politik hatte aber ihre Grenzen in der Militarisierung der Gesellschaft und der Unterdrückung jeglicher autonomen Friedensbewegung. Die offizielle Friedensrhetorik, von der Partei organisierte Kampagnen oder protokollarisch beeindruckend inszenierte Staatsvisiten konnten in der Mehrheit ebensowenig DDR-Nationalbewußtsein schaffen wie eine echte Identifizierung mit dem zweiten deutschen Staat bewirken. Schon gar nicht bedeuteten sie Ersatz für die fehlende Legitimation. Der Versuch, über die Außenpolitik internationale Reputation und ein gutes Image in der Welt zu gewinnen, um damit auch die Legitimation des eigenen Herrschaftssystems zu stärken, scheiterte. Das internationale Ansehen, das in den 80er Jahren erworben wurde, war größer als die innere Akzeptanz. Umgekehrt blieb für die SED-Führung Außenpolitik immer dem Machterhalt untergeordnet. Der fehlende Glaube an die innere Sicherheit engte nicht nur in der Westpolitik den außenpolitischen Handlungsspielraum ein. Die Öffnung durch Vertragspolitik auf Regierungsebene hatte kein gesellschaftspolitisches Pendant. Die internationale Normalisierung ging nicht einher mit inneren Reformen. Friedenspolitische Rhetorik aber konnte Reformpolitik nicht ersetzen.

Bewertung: Im Urteil der ehemaligen außenpolitischen Elite der DDR schwingt Stolz über Erfolge und Leistungen der Außenpolitik des zweiten deutschen Staates mit. Im Selbstverständnis der DDR spielten die antifaschistische Tradition, eine positive Rolle im KSZE-Prozeß, in der Abrüstungspolitik, in den Vereinten Nationen und bei der „Befreiungspolitik" gegenüber der Dritten Welt eine wichtige Rolle. Auch in der westlichen Forschung und Politik gab es nicht wenige Stimmen, die unter dem Eindruck der erfolgreichen Anerkennungspolitik und vor allem der Entspannungsrhetorik der 80er Jahre die Bilanz der internationalen Rolle der DDR positiv bewerteten und ihr das Etikett einer stabilisierenden Mittelmacht anhängten. Westliche Beobachter sahen die scheinbaren Axiome, daß die deutsche Teilung Stabilität in Europa garantiere und die positive Entwicklung der DDR eine Destabilisierung Osteuropas verhindere, durch das außen- und sicherheitspolitische Verhalten der SED-Führung konkret untermauert.

Aus einer weiteren Perspektive wird erkennbar, daß bei dieser Beurteilung vor allem die erste Hälfte der 80er Jahre im Vordergrund steht, während andere Phasen und einschneidende Ereignisse eher verdrängt werden. Die These, daß die DDR ein Faktor von Stabilität, Sicherheit und Berechenbarkeit gewesen sei, bedarf der kritischen Überprüfung.

Das Hauptziel der DDR-Außenpolitik, Existenz- und Herrschaftssicherung, wurde nicht erreicht. Das Scheitern war systemimmanent, solange mit der außenpolitischen Öffnung nicht die innere Öffnung einherging. Die antifaschistische Tradition beeinflußte nicht die grundsätzliche Bereitschaft der SED-Führung, NVA-Soldaten auch in den von Hitler-Deutschland überfallenen Ländern wieder einzusetzen, wenn es um den sozialistischen Machterhalt ging. Eine echte Aussöhnung mit den Völkern der Nachbarstaaten wurde ebenso versäumt wie eine Politik der → *Wiedergutmachung* gegenüber Israel. Hier, wie im Verhältnis zur Sowjetunion, werden die Defizite erschreckend deutlich, wenn man sie auf der Folie des Verhältnisses der Bundesrepublik Deutschland zu ihren westlichen Verbündeten betrachtet. Die aktive

Teilnahme der DDR am KSZE-Prozeß klammerte den natürlich genauso wichtigen Teil der Menschenrechte und freiheitlicher innerer Ordnung aus. Konstruktive Diplomatie in den KSZE-Foren zu Rüstungskontrolle und vertrauensbildenen Maßnahmen z. B. muß konfrontiert werden mit der Überrüstung und dem hohen Mobilisierungsgrad der NVA sowie der systemimmanenten, fehlenden Offenheit in Sicherheitsfragen. „Befreiungspolitik“ war Brückenkopf- oder Stützpunktpolitik zugunsten des sozialistischen Lagers und bedeutete meistens Unterstützung von Repressionsmechanismen durch Entsendung von Stasi- und Polizeiexperten. Der Beitrag zur Überwindung des kolonialen Erbes spricht Hohn angesichts der Erbmasse, die in Angola, Moçambique, Äthiopien oder Vietnam nach dem Zusammenbruch des Ostblocks vorzufinden war. Letztlich ist es eine totale Verkennung der Grundkonstanten der bundesdeutschen Politik, wenn die DDR-Außenpolitik mäßigend auf westdeutsche Großmachtambitionen eingewirkt haben soll. Wie in der Innenpolitik, so gibt es auch in der Außen- und Sicherheitspolitik der DDR keine Errungenschaften, die als Erbe in eine moderne außenpolitische Tradition des geeinten Deutschlands einmünden könnten, wohl aber viele Legenden.

Peter R. Weilemann

Literaturhinweise:

Bulla, Marcel: Zur Außenpolitik der DDR – Bestimmungsfaktoren, Schlüsselbegriffe, Institutionen und Entwicklungstendenzen, Deutschlandreport 4, Melle 1988.

Crome, Erhard/Krämer, Raimund: Die verschwundene Diplomatie. Rückblicke auf die Außenpolitik der DDR, in: WeltTrends Nr. 1, September 1993, S. 128-146.

Jacobsen, Hans-Adolf/Leptin, Gerd/Scheuner, Ulrich/Schulz, Eberhard (Hrsg.): Drei Jahrzehnte Außenpolitik der DDR, Wien 1979.

Plate, Bernhard von: Die Außenpolitik und internationale Einordnung der DDR, in: Weidenfeld, Werner/Zimmermann, Hartmut (Hrsg.): Deutschlandhandbuch. Eine doppelte Bilanz 1949–1989, München, Wien 1989, S. 589-604.

Weilemann, Peter R. u.a.: Die Westpolitik der DDR. Beziehungen der DDR zu ausgewählten westlichen Industriestaaten in den 70er und 80er Jahren, Forschungsbericht 66 der Konrad-Adenauer-Stiftung, Melle 1989.

Außenwirtschaft

Grundlagen: Außenwirtschaft beinhaltet die Gesamtheit zwischenstaatlicher ökonomischer Beziehungen, wie Waren-, Dienstleistungs-, Kapital- und auch Wanderungsbewegungen Der Terminus Außenwirtschaft wurde in der DDR erst seit der Reformperiode der 60er Jahre verwendet. An die Stelle der sowjetischen Konzeption, Außenhandel als Ergänzungsfaktor (Lückenbüßer) der nationalen Wirtschaft, sollten dieser und darüber hinausgehende außenwirtschaftliche Beziehungen nunmehr als ökonomische Wachstumsfaktoren eingesetzt werden. Im Unterschied zur Bundesrepublik wurden in der DDR die → *innerdeutschen Wirtschafts- und Finanzbeziehungen* zur Außenwirtschaft gerechnet.

Mit der Übertragung des sowjetischen Wirtschaftssystems auf die SBZ/DDR wurde das Gestaltungsprinzip der Außenwirtschaft zur Durchsetzung der staatlichen Außenwirtschaftspolitik und zur Gewährleistung der zentralen Planung das staatliche Außenwirtschaftsmonopol (Art. 9 DDR-Verfassung). Es umfaßte das Außenhandels-, das Devisen- und das Transportmonopol. Außenhandelsgeschäfte konnten grundsätzlich nur von staatlichen Außenhandelsbetrieben getätigt werden. Wichtiges Instrument zur Durchsetzung der zentralen Planung waren dabei langfristige bilaterale Handelsabkommen.

Alle Devisen waren bei der Staatsbank der DDR und zwei von ihr beauftragten Banken konzentriert. Damit waren die einheimischen Produzenten trotz ständiger Veränderungsversuche bis zum Schluß organisatorisch und finanziell weitgehend von den Außenmärkten abgeschottet; die Konfrontation mit internationalen Wettbewerbsbedingungen fehlte.

Auf Grund der administrativen Preisfestsetzung war außerdem die Mark der DDR eine nicht konvertible Binnenwährung. Wie in allen zentralen Planwirtschaften herrschte ständiger Mangel an harten Devisen. Diese konnten nur im Westhandel, nicht aber im innerdeutschen Handel, erlöst werden. Im Handel zwischen den RGW-Staaten (Intrablockhandel) herrschte zweiseitige Verrechnung auf der Basis einer künstlichen Verrechnungseinheit, nämlich des transferablen Rubels. Der komplizierte Umrechnungsmodus von Exporterlösen und Importaufwendungen in Mark sowie die vom Staat willkürlich festgesetzten Preise führten zu schweren Bewertungsmängeln; Berechnungen etwa zur Exportrentabilität waren stets unzureichend. Die Außenhandelsergebnisse wurden in der künstlichen Recheneinheit Valutamark (VM) ausgedrückt. Der jeweilige Umrechnungsfaktor in Mark der DDR war streng geheim. Die publizierte Außenhandelsstatistik war dadurch und wegen der seit 1975 extremen Einschränkung wenig aussagekräftig. Massive Fälschungen in der zweiten Hälfte der 80er Jahre zur Verschleierung der sprunghaft ansteigenden Defizite im Westhandel machten sie schließlich fast unbrauchbar. Die Zahlungsbilanz war höchstes Staatsgeheimnis.

Herausbildung der Regional- und Warenstruktur: Bereits vor Gründung der DDR hatte sich durch politische und ökonomische Eingliederung in den sowjetischen Einflußbereich eine Umorientierung der Außenwirtschaftsbeziehungen vollzogen. Dabei dominierte bis 1947 nicht der auf eine Restgröße zusammengeschmolzene echte Außenhandel der damaligen SBZ, sondern die erheblich umfangreichere Einbahnstraße des Güterstroms in Form von Demontagen und Reparationen sowie die Deportationen von Zivilpersonen als Arbeitskräfte in die Sowjetunion.

Von 1948 an wickelte die SBZ/DDR bis zu drei Viertel ihres Außenhandelsumsatzes mit den sog. sozialistischen Ländern, in erster Linie den Ländern des 1949 gegründeten → *RGW* ab, dem sie 1950 beitrat. Diese Verlagerung der Handelsströme der hochindustrialisierten ehemaligen mitteldeutschen Region und die Dominanz des Sowjethandels bewirkten schwerwiegende Kostensteigerungen und Strukturveränderungen. Dazu gehörte die Kappung der wichtigsten bisher inländischen Rohstoff- und Energiequellen, etwa im Ruhrgebiet, und deren Ersatz durch transportbedingt kostenungünstigere sowjetische Lieferungen, z.B. Steinkohle, und der Aufbau einer eigenen Schwerindustrie sowie die Ausrichtung der Industriestruktur auf das mit Ausnahme der Tschechoslowakei niedrigere industrielle Niveau der neuen Handelspartner. Das führte zum arbeitsteilig unvorteilhaften komplementären Warenaustausch für die DDR. Sie wurde zum wichtigsten Investitionsgüterlieferanten im RGW. So gingen bis zu 85% ihrer Maschinenbauerzeugnisse dorthin. Dafür erhielt sie überwiegend Rohstoffe und Halbfabrikate.

Die Handelsbeziehungen mit den westlichen Industrieländern waren zwar einerseits durch den unbegrenzten Bedarf der DDR an moderner Technologie, die im RGW nicht zu erhalten war, andererseits aber aufgrund der hohen Verflechtung der Volkswirtschaften der RGW-Staaten durch das begrenzte Exportpotential gekennzeichnet. Dabei hatte die DDR gegenüber allen anderen RGW-Ländern den Vorteil, rund 40% ihres Westhandels nicht in konvertiblen Devisen abwickeln zu müssen, sondern im innerdeutschen Handel auf der Basis von Verrechnungseinheiten (→ *innerdeutsche Wirtschafts- und Finanzbeziehungen*).

Entwicklung: Die Entwicklung der Außenwirtschaft zerfällt analog zu den beiden durch Walter Ulbricht und Erich Honecker geprägten Perioden in zwei Phasen. In der ersten Phase war sie weitgehend von der Lückenbüßerkonzeption geprägt; der Westhandel galt dabei als „Feuerwehr". Bis Ende der 60er Jahre verlief die Entwicklung aufgrund strenger Bilateralität relativ ausgeglichen. Unmittelbar vor und nach dem Mauerbau waren 1961/62 allerdings Defizite im Handel mit der UdSSR entstanden, zu deren Ausgleich die Sowjetunion Warenkredite in Höhe von 1,3 Mrd. VM gewährte. Eine Westverschuldung trat erst 1970 ein und belief sich 1971 auf 2 Mrd. DM, was Ulbricht bei seinem Sturz schwer angekreidet wurde.

Die Regionalstruktur blieb in dieser Phase ziemlich konstant. Rund drei Viertel des Außenhandelsumsatzes entfielen auf den RGW und die übrigen sozialistischen Länder, darunter vor allem Jugoslawien. Mit bis zu 46% am gesamten Umsatz dominierte die Sowjetunion. Die DDR war ihrerseits der größte Außenhandelspartner der UdSSR. Sie hatte damit außer Bulgarien den höchsten Verflechtungsgrad mit der Sowjetunion. Dabei waren die 50er Jahre durch erhebliche Preisdiktate seitens der UdSSR gekennzeichnet.

Der Westhandelsanteil einschließlich innerdeutschem Handel schwankte um 20%. Entgegen der lautstarken Propaganda war der Handel mit den Entwicklungsländern eine Restgröße, die bis 1970 unter 5% lag, eine Ursache dafür war die Hallstein-Doktrin.

Die Warenstruktur entsprach einem entwickelten Industrieland, exportseitig dominierten die Investitionsgüter mit etwa 50%, auch importseitig waren diese Güter mit 34% im Jahre 1970 die größte Position. Über den Warenverkehr hinausgehende Außenwirtschaftsbeziehungen bestanden wegen der fehlenden politischen Anerkennung im Westen fast ausschließlich mit den RGW-Ländern. Neben Investitionshilfen handelte es sich dabei um die sog. wissenschaftlich-technische Zusammenarbeit (WTZ), die aus dem für die DDR besonders nachteiligen unentgeltlichen Austausch von wissenschaftlich-technischen Dokumenten bestand; erst ab 1968 wurde er im RGW auf entgeltlicher Basis, also als Lizenzhandel, zugelassen. Dieser Terminus wurde aber nur im Westhandel verwendet und als Kooperationsform bezeichnet.

Die zweite Phase der Außenwirtschaftsentwicklung sollte auf der Basis des konzeptionellen Umdenkungsprozesses in der Reformphase der 60er Jahren von der Außenwirtschaft als Wachstumsfaktor der Wirtschaft bestimmt werden. Mit der → *Sozialpolitik* war dies das Kernstück der auf dem VIII. Parteitag 1971 verkündeten Wirtschaftspolitik von Honecker. Voraussetzungen dafür schienen einerseits die einsetzende Ost-West-Entspannung und andererseits die sozialistische ökonomische Integration (SÖI) im RGW auf der Basis des Komplexprogramms von 1971 zu bieten. Von beidem wurden qualitative Wachstumsimpulse erhofft. Ziel des Komplexprogrammes war es, durch internationale Produktions- und Investitionszusammenarbeit (Spezialisierung und Kooperation) sowie durch erweiterte Finanzbeziehungen eine schnellere Niveauangleichung der Mitgliedländer und damit eine höhere Arbeitsteilung zu erreichen.

Völlig neue Perspektiven eröffneten sich im Westhandel. Durch die diplomatische Anerkennung Anfang der 70er Jahre konnten Finanzbeziehungen als Außenwirtschaftsfaktor eingesetzt werden. Die darauf basierende Außenwirtschaftskonzeption sah für die erste Hälfte der 70er Jahre eine Modernisierung der Wirtschaft durch kreditfinanzierte Westimporte vor, der in der zweiten Hälfte der 70er Jahre eine Exportoffensive zur Tilgung der dann aufgelaufenen Verschuldung folgen sollte. Diese Konzeption scheiterte restlos. Die Rohstoff- und vor allem Erdölpreisexplosion auf dem Weltmarkt von 1973 führte zu einer – wenn auch durch den gleitenden Preismechanismus im RGW zunächst nachhinkenden – Preiserhöhung für Importe aus der Sowjetunion, die ständig wachsende Fertigwarenexporte der DDR zur Bezahlung erforderte. Dabei entstanden ab 1976 hohe Handelsbilanzdefizite, die durch Verrechnungskredite der Sowjetunion ausgeglichen werden mußten. Wachstumsimpulse aus der SÖI blieben wegen der angespannten Situation aller RGW-Länder aus. Zum Schwerpunkt der Kooperation wurden die Investitionsbeteiligungen an den ständig steigenden Erschließungskosten für Roh- und Energiestoffe in der Sowjetunion. Im Rahmen der Spezialisierung mußte die DDR sich noch stärker auf die Sowjetunion ausrichten. Das anspruchsvolle sozialpolitische Programm des VIII. Parteitages der SED, die damit verbundene Ausweitung von Konsumgüter- statt Investitionsgüterimporten aus dem Westen, der kostenintensive Aufbau spezieller Westexportproduktionslinien und die erneute Ölpreisexplosion von 1979 hatten statt zum Abbau der in der ersten Hälfte der 70er Jahre entstandenen Devisenverschuldung zu deren Verdopplung geführt. Ab 1978 mußten immer neue Kredite aufgenommen werden, um die Zinsen zu bezahlen.

Die Zahlungsbilanzkatastrophe: Eine dramatische Eskalation entstand durch den Kreditstopp der westlichen Banken im Jahre 1982 und die unerwartete Kürzung der sowjetischen Erdöllieferungen von 19 auf 17 Mio. Tonnen jährlich ab 1982. Die rigorose Drosselung der Westimporte und der Westexport um jeden Preis zu Lasten von Investition und Konsum schwächten die dringend modernisierungsbedürftige ökonomische Substanz weiter. In Ermangelung wettbewerbsfähiger Erzeugnisse wurde mit dem Export von Mineralölprodukten bis zu einem Drittel der Westdevisenerlöse erzielt. Die erneute Öffnung der internationalen Kreditmärkte gelang allerdings erst durch zwei ungebundene

Finanzkredite aus der Bundesrepublik in den Jahren 1983 und 1984 in Höhe von je 1 Mrd. DM. Mit Hilfe des riskanten Exportprogrammes von Mineralölprodukten konnte bis 1985 die Verschuldung bei 28 Mrd. DM gehalten werden.

Der Zusammenbruch der Preise für Erdöl und damit auch für Erdölprodukte auf dem Weltmarkt ab 1986 besiegelte dann den unaufhaltsamen Abstieg. Wettbewerbsfähige Güter standen noch weniger als zu Beginn der 80er Jahre zur Verfügung, die Warenstruktur war nun auch exportseitig extrem rohstofflastig und entsprach eher der eines Entwicklungslandes. Die Westexporte gingen drastisch zurück, während die Importe weiter wuchsen. Die Verschuldung nahm rasch zu; 1989 reichten die Devisenerlöse der DDR lediglich dazu, 35% der Ausgaben für Importe, Tilgung und Zinszahlungen zu decken. 65% sollten durch neue Bankkredite und andere Quellen beschafft werden.

Eine von Egon Krenz veranlaßte Politbürovorlage über die „ungeschminkte Lage" zum 31. Okt. 1989 enthielt den Offenbarungseid, daß die Auslandsverschuldung sich auf 49 Mrd. VM (DM) beliefe und allein ein Stoppen der Verschuldung für 1990 eine Senkung des Lebensstandards um 25–30% erfordere und damit die DDR unregierbar würde.

Am 14. November wurde diese Verschuldung von Schalck-Golodkowski durch Schürer nicht bekannte Guthaben auf 37,4 Mrd. VM korrigiert. Rückrechnungen nach der Wende brachten weitere Korrekturen nach unten. Im Mai 1990 belief sich nach Angaben der Bundesbank die Nettoverschuldung der DDR lediglich auf 27,4 Mrd. DM. Auch diese wesentlich niedrigere Westverschuldung wäre mangels notwendigen Exportpotentials in absehbarer Zeit nicht mehr beherschbar gewesen. Das in den 80er Jahren durch schnellen Verschleiß der Anlagen bedingte Sinken der Arbeitsproduktivität hatte zu einem dramatischen Verfall des Binnenwertes der Mark geführt. Noch 1970 betrug der Umrechnungsfaktor 1,80 Mark gleich 1 DM; 1989 mußten dagegen durchschnittlich 4,40 Mark zur Erwirtschaftung von 1 DM im Export aufgewendet werden.

Der Bereich Kommerzielle Koordinierung (KoKo): Mit Geheimniskrämerei und schließlich krasser Fälschung von Außenwirtschaftsdaten konnten über Jahre in- und ausländische Experten und Banken sowie internationale Organisationen wie OECD, UNO, RGW und auch Gorbatschow geblufft werden (→ *Finanzierung des Systems*). Selbst dem sehr kleinen Kreis der Zahlunsbilanzhüter in der DDR waren nicht alle Daten zugänglich. Denn im November 1989 offerierte Alexander Schalck-Golodkowski dem neuen Ministerpräsidenten Modrow die im Bereich KoKo erwirtschafteten geheimen Devisenreserven in Höhe von 12,6 Mrd.

DM. Aber auch dieses verborgene Polster hätte nach Schalcks Auffassung die unmittelbar bevorstehende Zahlungsunfähigkeit Ende 1989 oder Anfang 1990 nicht mehr abwenden können. Ebenso wie die Handels- und Zahlungsbilanzsituation wurde auch KoKo erst nach Wende und Wiedervereinigung, letztere vor allem durch den Schalck-Untersuchungsausschuß des Deutschen Bundestages, transparent. Mit dem 1966 gegründeten Bereich KoKo wurde das Dogma vom staatlichen Außenhandels- und Devisenmonopol konterkariert. Neben dem starren staatlichen Außenhandelsapparat bestand ein flexibler zweiter Apparat von marktwirtschaftlich agierenden Unternehmen mit dem Status als Devisenausländer „zur massiven Erwirtschaftung von Devisen außerhalb des Planes“. An seiner Spitze stand der Staatssekretär im Außenhandelsministerium Schalck-Golodkowski, Offizier im besonderen Einsatz (OibE) des MfS. Er unterstand direkt dem ZK-Wirtschaftssekretär und Politbüromitglied Günter Mittag und als Oberst des MfS Erich Mielke.

Mit „mehr oder weniger unseriösen Praktiken“ (Schalck 1965), die für staatliche Außenhandelseinrichtungen nicht opportun waren, erwirtschafteten die von Beginn an personell eng mit dem MfS verquickten KoKo-Firmen von 1966 bis 1989 etwa 25 Mrd. DM. Neben Verkäufen aus Staatsreserven, Abzweigungen von Planexporten, Rüstungsexporten, Reexporten, z.T. erpresserischem Kunst- und Antiquitätenhandel bis hin zur Erbschaftsschleicherei gehörten dazu auch die illegale Beschaffung von High-Tech-Embargowaren für die Wirtschaft und das MfS, die Versorgung der Politbürokratie in Wandlitz mit Westwaren sowie „Festtagsimporte“ für die Bevölkerung.

Maria Haendcke-Hoppe-Arndt

Literaturhinweise:

Derix, Hans-Heribert/Haendcke-Hoppe, Maria: Die Außenwirtschaftssysteme, in: Materialien zum Bericht zur Lage der Nation im geteilten Deutschland 1987, Bundestagsdrucksache 11/11 vom 18.02.1987, S. 205-222.

Gespräch mit Schürer, Gerhard: Es wäre besser gewesen, wir wären früher pleite gegangen, in: Deutschland Archiv 25 (1992), S. 132-145; und Das reale Bild war eben katastrophal, ebenda, S. 1031-1039, sowie Dokumentation S. 1112-1120.

Haendcke-Hoppe, Maria: Die außenwirtschaftlichen Beziehungen der DDR, in: Gutmann, Gernot/Haendcke-Hoppe, Maria (Hrsg.): Die Außenbeziehungen der DDR. Schriftenreihe der Gesellschaft für Deutschlandforschung Bd. 2, Heidelberg 1981, S. 61-117.

Lösch, Dieter/Plötz, Peter: Die Bedeutung des Bereichs Kommerzielle Koordinierung für die Volkswirtschaft der DDR, in: Beschlußempfehlung und Bericht des 1. Untersuchungsausschusses nach Art. 33 des Grundgesetzes, Bundestagsdrucksache 12/7600 vom 27. 05. 1994, Anhangband S. 3-158.

Volze, Armin: Ein großer Bluff? Die Westverschuldung der BRD Ende 1989, in: Deutschland Archiv 29 (1996), S. 701-713.

Auszeichnungen

Der SED-Staat entwickelte ein fast unüberschaubares System materieller und moralischer Anerkennung in Form verschiedenster Auszeichnungen. Es gehörte einiges Geschick dazu, als DDR-Bürger einer Auszeichnung aus dem Wege zu gehen. Nach vorsichtigen Schätzungen gab es zu DDR-Zeiten etwa 8 000 verschiedene Orden, Medaillen, Preise und Auszeichnungen. Dabei unterschieden die Verantwortlichen zwischen staatlichen Orden, Preisen, Ehrentiteln und Medaillen der DDR, Auszeichnungen der Parteien und → *Massenorganisationen*, nichtstaatlichen Auszeichnungen der → *Bewaffneten Kräfte* und zentraler Staatsorgane sowie betrieblichen Auszeichnungen. Nach einer Anlage zum DDR-Gesetz über die Stiftung und Verleihung staatlicher Auszeichnungen vom 7. April 1977 wurden die folgenden höchsten DDR-Auszeichnungen durch den Staatsratsvorsitzenden verliehen: 1. „Karl-Marx-Orden", 2. Ehrentitel „Held der DDR" (mit automatischer Verleihung des Karl-Marx-Ordens, u.a. war der Minister für Staatssicherheit, Erich Mielke, Held der DDR), 3. Ehrentitel „Held der Arbeit", 4. Ehrentitel „Hervorragender Wissenschaftler des Volkes", 5. Orden „Stern der Völkerfreundschaft" (in drei Stufen), 6. „Nationalpreis der DDR" (in drei Klassen), 7. „Vaterländischer Verdienstorden" (in vier Stufen) und 8. Orden „Banner der Arbeit" (in drei Stufen).

Mit der Verleihung der Orden und Ehrentitel waren Geldzuwendungen verbunden (z.B. beim Karl-Marx-Orden bei Einzelpersonen 20 000 Mark; Träger des Vaterländischen Verdienstordens erhielten – sofern die Auszeichnung bis 1973 erfolgte – ein jährliches Ehrengeld). Auszeichnungen erhielten Einzelpersonen und → *Kollektive*, → *Kombinate*, → *Betriebe* und Einrichtungen, Genossenschaften und Organisationen, Verbände, Truppenteile und Einrichtungen der Bewaffneten Kräfte, Städte und Gemeinden.

Die DDR-Grenztruppen erhielten beispielsweise 1986 aus der Hand von Erich Honecker den Karl-Marx-Orden. Andere staatliche Auszeichnungen verliehen der Vorsitzende des → *Ministerrats* (so den Ehrentitel „Betrieb der sozialistischen Arbeit"), der Vorsitzende des → *Nationalen Verteidigungsrats* den „Scharnhorst-Orden", die höchste militärische Auszeichnung. Weniger bedeutsame Auszeichnungen verliehen die Minister und Leiter zentraler Staatsorgane. Vorschriften regelten genau, wann, wo und wie die Auszeichnungen getragen werden sollten. („Auf der linken oberen Brustseite beginnend von innen nach außen.“) Gegen Ende der DDR gab es praktisch keinen Lebensbereich mehr, für den nicht Orden und Medaillen bereitstanden. Die Partei- und Staatsführung nutzte damit die Eitelkeit vieler Menschen aus. Gelegentlich waren derartige Ordensverleihungen aber auch identitätsstiftend und banden die Ausgezeichneten an den SED-Staat. Das traf in erster Linie auf sehr hohe Auszeichnungen und auf Ehrentitel zu, zum Beispiel den Nationalpreis in seinen drei Klassen. Politisch mißliebig gewordenen Personen konnten Auszeichnungen auch wieder entzogen werden.

Peter Joachim Lapp

Literaturhinweise:

Bartel, Frank: Auszeichnungen der DDR von den Anfängen bis zur Gegenwart, Berlin (Ost) 1979.

Tautz, Günter: Orden und Medaillen. Staatliche Auszeichnungen der DDR, Leipzig (2. Aufl.) 1983.

Bausoldaten

Wehrpflichtige, die mit dem Dienstgrad Bausoldat als Angehörige von Baueinheiten der NVA (→ *Bewaffnete Kräfte*) gemäß Anordnung des Nationalen Verteidigungsrates vom 7. Sept. 1964 einen Wehrdienst ohne Waffe ableisten konnten. Die Dienstzeit dauerte 18 Monate. Sie beinhaltete das Ablegen eines Gelöbnisses, eine militärische Grundausbildung sowie Arbeitsleistungen, die in der Zeit bis 1973 überwiegend auf militärische Objekte (u.a. Bau- und Ausbau von Militärflugplätzen), zwischen 1974 und 1982 im Bereich der Rückwärtigen Dienste der NVA und zwischen 1983 und 1989 auf Großbaustellen und Industriebetriebe konzentriert wurden. Bausoldaten waren durch ein Spatensymbol auf den Schulterstücken einer steingrauen Uniform besonders gekennzeichnet. Im Volksmund nannte man sie demzufolge Spatensoldaten. Bausoldat konnte jeder Wehrpflichtige werden, der aus religiösen Anschauungen oder aus „ähnlichen Gründen“ im Rahmen des allgemein üblichen Musterungsverfahrens und spätestens bei der Einberufungsüberprüfung unmißverständlich (schriftlich oder mündlich) klarstellte, daß er den Wehrdienst mit der Waffe ablehne. Ein gesondertes Überprüfungs- und Genehmigungsverfahren existierte nicht. Diese scheinbar liberale Regelung entsprang einer besonderen Interessenlage. In den ersten beiden Jahren nach Einführung der Wehrpflicht (→ *Wehrdienstverweigerer*) hatten über 1 500 Wehrpflichtige – überwiegend junge evangelische Christen – den Wehrdienst trotz drohender Gefängnisstrafe verweigert. Sie standen der von Walter Ulbricht Anfang der 60er Jahre propagierten „sozialistischen Menschengemeinschaft" und den darin eingebundenen Bestrebungen im Wege, die Konfrontationsphase gegenüber den Kirchen und Christen durch eine Dialogpolitik abzulösen (→ *Kirchen und Kirchenpolitik*). Die Aufstellung von Baueinheiten kam aber auch der NVA entgegen. Sie gewann auf diese Weise potentielle Wehrdienstverweigerer als Arbeitskräfte für den damals vorgesehenen Bau und Ausbau militärischer Objekte. Der zwischen Staat und Evangelischer Kirche ausgehandelte Kompromiß war ambivalenter Natur. Einerseits war er nicht als Legalisierung einer Wehrdienstverweigerung interpretierbar. Vielmehr verlangte das Gelöbnis, daß die Bausoldaten „ihre ganze Kraft für die Erhöhung der Verteidigungsbereitschaft" einzusetzen und gegenüber ihren militärischen Vorgesetzten „unbedingten Gehorsam" zu leisten hatten. Andererseits widersprach der Status Bausoldat der offiziell propagierten Erwartung vom „sozialistischen Ehrendienst" im Sinne einer unbedingten Bereitschaft zum Waffendienst. Dies blieb nicht ohne Folgen. Die Bausoldatenregelung wurde als „letztes Zugeständnis der Arbeiterklasse" charakterisiert und neben einer weitestgehenden Tabuisierung derart praktiziert, daß sie eine abschreckende Wirkung erzielen mußte. Diejenigen Wehrpflichtigen, die von dieser Möglichkeit Gebrauch machten, mußten zu allen Zeiten Diskriminierungen hinnehmen. Eine Beförderung von Bausoldaten blieb ausgeschlossen. Bausoldaten wurden vom MfS generell als staatsgefährdend eingestuft und der potentiellen Reserve des Gegners zugeordnet. Ihre Zusammenführung in Baueinheiten bewertete man als eine „Konzentration feindlich-negativer Kräfte" (→ *Widerstand, Opposition und Verweigerung*). Vor ihrer Einberufung wurden Dossiers erstellt. Gleichermaßen als vorbeugend disziplinierende wie auch als diskriminierende Maßnahme muß der Tatbestand bewertet werden, daß die als Bausoldat gemusterten Wehrpflichtigen zumeist erst im relativ hohen Alter zwischen 23 und 26 Jahren eingezogen wurden. Während der Dienstzeit waren Bausoldaten im besonderen Maße Schikanen durch militärische Vorgesetzte ausgesetzt. Darüber hinaus mußten Bausoldaten die Verweigerung und eine besondere Eingrenzung von Studienplätzen sowie Berufsverbote und generelle Berufseinschränkungen (u.a. Verhinderung von Leitungsfunktionen) hinnehmen. Die aktivsten Bausoldaten wurden nicht nur während, sondern auch nach ihrer Dienstzeit systematisch vom MfS observiert. Das besondere Augenmerk richtete sich vor allem darauf, jegliche Versuche der Bausoldaten, innerhalb oder außerhalb der Kirche legale organisatorische Strukturen aufzubauen, im Keime zu ersticken. Die durch die Bausoldaten permanent in Frage gestellten gesetzgeberischen Grundlagen der Wehrpolitik charakterisierte das MfS als „Absicht feindlicher Kräfte, einen organisierten, zielgerichteten Widerstand gegen die Verteidigungspolitik unseres sozialistischen Staates zu leisten."

Trotz Diskriminierungen und Verfolgung entwickelte sich in der DDR über Jahre hinweg eine Bausoldatenbewegung, die dem System friedensethische und politische Alternativen entgegenstellte. Während der Dienstzeit meldeten viele ihren Widerspruch gegen den Gelöbnistext an und/oder verweigerten das Sprechen dieses Textes (vor allem hinsichtlich des „unbedingten Gehorsams" und seiner militärpolitischen Ausrichtung), forderten in Eingaben und gemeinsamen Erklärungen die Umwandlung des Bausoldatendienstes in einen Zivildienst, plädierten generell für das Prinzip der Gewaltlosigkeit, stellten die offizielle Feindbildideologie in Frage und schreckten auch vor eindeutigen politischen Bekenntnissen – so u.a. Ablehnung des antidemokratischen Wahlverfahrens (→ *Wahlen*) und Antragstellung auf dauerhafte Ausreise (→ *Ausreise*) – nicht zurück. Diese Aktivitäten waren um so intensiver, je zentralisierter die Bausoldaten zum Einsatz kamen. Das bezog sich auf die Jahre von 1964 bis 1973, als man die Bausoldaten in Baupionierbataillonen zusammenfaßte, und auf die Jahre von 1983 bis 1989, als ihr Einsatz aus überwiegend ökonomischen Gründen zunehmend in größeren Gruppen auf Industriebetriebe und Großbaustellen konzentriert wurde. Hingegen gab es von 1974 bis 1982, als die Bausoldaten aus den Baupionierbataillonen herausgelöst und dezentralisiert in kleinen Gruppen vorwiegend im Bereich der Rückwärtigen Dienste der NVA zum Einsatz kamen, vergleichsweise wenig Aktivitäten. Nach ihrer aktiven Dienstzeit traten ehemalige Bausoldaten vielfach als Initiatoren und Träger von basisorientierten kirchlichen Friedens-, Öko- und Menschenrechtsgruppen in Erscheinung und beeinflußten auf diese Weise auch die offizielle Friedensarbeit der Kirchen. Die Anfang der 80er Jahre unter der Losung Schwerter zu Pflugscharen ins Licht der Öffentlichkeit gerückte staatlich unabhängige → *Friedensbewegung* beruhte im wesentlichen auf der Vorarbeit ehemaliger Bausoldaten, die sich in Friedensarbeitskreisen und Friedensseminaren regelmäßig zusammenfanden und als Austausch- und Informationsbörse zur Problematik der Bausoldaten, der Wehrerziehung (→

vormilitärische Ausbildung) und der Wehrdienstverweigerung (→ *Wehrdienstverweigerer*) galten. Mit der Etablierung von Beauftragten für Wehrdienstfragen bei einzelnen Landeskirchen 1983 erhielt diese „Börse" ihre amtliche Verankerung in den Kirchen. Auch die in der DDR Mitte der 80er Jahre entstandene Menschenrechtsbewegung wurde wesentlich von ehemaligen Bausoldaten geprägt.

Das alles korrelierte mit einem ständigen Anstieg der Zahl der Bausoldaten. Ihr Anteil an den gemusterten wehrpflichtigen Jahrgängen lag zwar nur zwischen 0,4% (1978) und 1,4% (Frühjahr 1989). In den 80er Jahren stieg jedoch die absolute Zahl sprunghaft an. Vom September 1964 bis zum Frühjahr 1989 wurden insgesamt rund 15 000 Wehrpflichtige als Bausoldat eingezogen; 2 500 davon in den ersten 15 Jahren. Zwischen 1980 bis 1985 lag die Zahl bei insgesamt etwa 3 400, danach stieg sie auf knapp über 2 000 jährlich an.

Es blieben aber auch zunehmend Waffendienstverweigerer von einer Einberufung verschont, z.B. wehrpflichtige Antragsteller auf ständige Ausreise in den Westen, Theologiestudenten, Pfarrer und andere kirchliche Mitarbeiter, für die die Kirchen Befreiung von der Dienstpflicht beantragten. So ergab sich trotz steigender Einberufungen in den 80er Jahren ein vergleichsweise hoher Anteil nicht einberufener Bausoldaten. Die Größenordnung lag im Frühjahr 1989 bei rund 12 000 (ab Herbst 1989 war allerdings durch den massiven Einsatz in den Chemiezentren des Bezirkes Halle ein rapider Abbau vorgesehen). Von seiner Einführung bis zum Frühjahr 1989 summierte sich die Zahl der Wehrpflichtigen, die sich offen zum Bausoldatendienst bekannten bzw. diesen ableisteten, auf insgesamt rund 27 000. Mehrheitlich handelte es sich dabei um junge evangelische Christen. Im Laufe der Jahre erhöhte sich der Anteil nichtreligiös motivierter Waffendienstverweigerer und erfaßte zunehmend Antragsteller auf ständige Ausreise; 1988 entschieden sich von rund 450 Antragstellern rund 250 für den Bausoldatendienst.

Bernd Eisenfeld

Literaturhinweise:

Eisenfeld, Bernd: Eine „legale Konzentration feindlich-negativer Kräfte". Zur politischen Wirkung der Bausoldaten in der DDR, in: Deutschland Archiv 28 (1995), S. 256-271.

Eisenfeld, Bernd: Wenn wir nicht handeln bleiben wir schuldige Opfer. Der Widerstand der Bausoldaten, in: Ehring, Klaus/Dallwitz, Martin (Hrsg.): Schwerter zu Pflugscharen. Friedensbewegung in der DDR, Reinbek 1982, S. 118-137.

Koch, Uwe: Die Baueinheiten der Nationalen Volksarmee – Einrichtung, Entwicklung und Bedeutung, in: Materialien der Enquete-Kommission, a.a.O., Bd. II, 3, S. 1835-1899.

Bauwirtschaft und Wohnungswesen

Zur Bauwirtschaft in der DDR wurden alle Betriebe und Kombinate gerechnet, deren Haupttätigkeit die Errichtung von Gebäuden und baulichen Anlagen (Hoch- und Tiefbau; Industrie- und Wohnungsbau) und die Durchführung von Maßnahmen zur Erhaltung, Instandsetzung und Modernisierung von bestehenden Gebäuden, Anlagen und Wohnungen war.

Betriebe, Beschäftigte und Bauleistung: 1989 umfaßten Bauindustrie und Bauhandwerk der DDR zusammen 16 099 Betriebe, davon gehörten 97% zum Bauhandwerk (Produktionsgenossenschaften und private Handwerksbetriebe). Das Kernstück der Bauwirtschaft, die Bauindustrie, umfaßte nur noch 516 Großbetriebe. Diese befanden sich ausschließlich im Staatseigentum. Weiterhin zählten in der → *Landwirtschaft* 216 zwischengenossenschaftliche Bauorganisationen und 160 Meliorationsgenossenschaften zur Bauwirtschaft. Die Zahl der Berufstätigen in diesem Wirtschaftsbereich erreichte 1989 fast 580 000 Personen (davon rund 420 000 in der Bauindustrie).

Aufgrund des jahrzehntelangen Vorrangs politisch-strategisch bedeutender Industriezweige und der Konzentration volkswirtschaftlicher Ressourcen auf ausgewählte Staatsverbrauchsziele gehörte die Bauwirtschaft zu den vernachlässigten und unterentwickelten Wirtschaftsbereichen. Ihr Beitrag zur volkswirtschaftlichen Gesamtleistung (Nettoprodukt) betrug 1988 nur 7%. Die gesamte Bauleistung der DDR-Volkswirtschaft erreichte 1988 einen Produktionswert von 47,95 Mrd. Mark.

Verdrängung der Privatwirtschaft: 1950 stammte noch mehr als die Hälfte der jährlichen Bauleistung der Bauwirtschaft aus Privatbetrieben, dagegen steuerten in der Bauindustrie die Staatsbetriebe bereits 55% zur Jahresgesamtleistung bei. 1970 beherrschten staatliche Baubetriebe in der Bauindustrie zu 87% und in der Bauwirtschaft zu rund zwei Dritteln das Bauleistungsangebot. Übereinstimmend hiermit wurde die Zahl der Beschäftigten in der Privatwirtschaft dezimiert (von 84 000 Ende der 50er Jahre auf 4 150 Arbeiter und Angestellte 1970). Bei der letzten von Honecker und Mittag 1972/73 organisierten Verstaatlichungskampagne, bei der sämtliche der bis dahin hofierten halbstaatlichen Betriebe vollständig verstaatlicht wurden, gingen auch die letzten Arbeitsplätze in privaten Baubetrieben verloren.

Das private Bauhandwerk erreichte seinen Tiefstand in der ersten Hälfte der 80er Jahre (etwa 13 100 Betriebe; Beitrag zum Bauvolumen nur noch 5%). Die bereits in dieser Zeit zunehmenden Proteste der Bevölkerung gegen die miserable Versorgung mit Baumaterial, Baureparaturen und Modernisierungsleistungen zwangen die SED zu einem Kurswechsel. Gewerbeerlaubnisse an Handwerker, die vorwiegend Instandhaltungsleistungen übernehmen wollten, wurden wieder leichter erteilt. Gleichzeitig bot man privaten Handwerksmeistern, die eine Erweiterung ihrer Kapazitäten anstrebten, Kredite zu vergünstigten Bedingungen an, erhöhte leicht die Baustoffzuteilungen und gewährte den Handwerksbetrieben für durchgeführte Reparaturen höhere Preise. Diese Förderungsmaßnahmen stoppten den Niedergang der privaten Bauhandwerksbetriebe. Ihre Zahl erhöhte sich bis Ende 1989 um etwa 1 500 Betriebseinheiten. Da die durchschnittliche Zahl der Beschäftigten in diesen Betrieben lediglich drei Personen betrug, wurden hierdurch im privaten Bauhandwerk natürlich keine Wunder an Angebotsleistungen erzeugt. Der Beitrag dieses Bausektors ging infolgedessen im Jahre 1989 auch nicht über einen Anteil von 5,4% am gesamten Bauvolumen hinaus.

Betriebs- und Unternehmenskonzentration: 1950 wurden in der Bauwirtschaft noch rund 50 000 Betriebe gezählt, davon gehörten knapp 46 000 privaten Bauhandwerkern. In den Folgejahren setzte dann die SED-Führung beschleunigt ihre Klassenkampfpolitik gegenüber der Privatwirtschaft, die Enteignung und Verstaatlichung von Privatbetrieben sowie die Vertreibung der privaten Eigentümer fort. Die der Staatswirtschaft einverleibten Betriebe wurden zumeist zu größeren Betriebseinheiten zusammengelegt. Beim Machtantritt Honeckers waren von den ehemals über 4 000 Betrieben der Bauindustrie noch 1 321 übriggeblieben. Die SED-Führung hatte die Zahl der Bauhandwerksbetriebe auf ein Drittel des ursprünglichen Bestandes von 1950 dezimiert (1971 nur noch 16 637).

Angesichts eines enorm hohen und durch die Kriegs- und Nachkriegsereignisse stark ramponierten Althausbestandes entfielen 1971 im Durchschnitt auf jeden übriggebliebenen Bauhandwerksbetrieb 364 Kundenwohnungen (Bestand in der DDR nach der Zählung am 1. Jan. 1971: 6 057 032 Wohnungen). Den wenigen übriggebliebenen Handwerksbetrieben war von da an zur Hauptsache die Last übertragen, die Erhaltung und Modernisierung des DDR-Wohnungsbestandes zu gewährleisten, und das bei einer ständig ungenügenden Versorgung mit

Material, Treibstoffen, Ersatzteilen und Werkzeugen. Wie dann der fortschreitende Verfall älterer Wohnhäuser und Wohnungen bis Ende 1989 gezeigt hat, war das Bauhandwerk dieser Aufgabe nicht im mindesten gewachsen.

Die 1971 angebrochene Ära Honecker-Mittag führte in der Industrie und Bauwirtschaft zu einer gigantischen Betriebs- und Unternehmenskonzentration. Ideologisch überzeugt von der grundsätzlichen Überlegenheit des Großbetriebes über die Klein- und Mittelbetriebe, forcierte der Sekretär des ZK der SED für Wirtschaft, Günter Mittag, die Bildung von Betriebsvereinigungen in Form von → *Kombinaten*, die bereits Anfang der 80er Jahre unter den Betriebs- und Unternehmensformen der DDR nahezu eine Monopolstellung errungen hatten. Parallel zu dieser Unternehmenskonzentration lief eine gewaltige Betriebskonzentration. Durch sie wurden oft ohne sorgfältige Berücksichtigung von Kosten-Nutzen-Überlegungen Einzelbetriebe zu Großbetrieben zusammengefaßt. 1989 verfügte jeder staatliche Baubetrieb im Durchschnitt über eine Belegschaft von 821 Mitarbeitern. Mehr als ein Fünftel aller Betriebe der DDR-Bauindustrie beschäftigte über 1 000 Personen.

Ende 1988 bestanden in dem unmittelbar von Ost-Berlin zentralgeleiteten Bauwesen 21 und in der bezirksgeleiteten Bauwirtschaft 31 Kombinate. Sie faßten unter ihrer Leitung insgesamt 520 Betriebe der Bauindustrie zusammen. Im zentralgeleiteten Bauwesen vereinigte 1988 ein solches Kombinat in der Regel zwölf Betriebe mit einer Belegschaft von durchschnittlich 12 000 Beschäftigten unter seinem Dach. Eine ebenso hohe Konzentration und Spezialisierung wies auch die Baumaterialindustrie auf. Ihre 97 Betriebe waren in nur sieben Kombinaten zusammengefaßt (z.B. Kombinat Zuschlagstoffe und Natursteine, Kombinat Bau- und Grobkeramik usw.). Ihre Belegschaften umfaßten im Durchschnitt 13 000 Werktätige. So war die gesamte Zementproduktion der DDR in einem Kombinat vereinigt (Belegschaftsstärke 16 000 Beschäftigte). Ebenso lag auch die Verantwortung für die technische Gebäudeausrüstung (z.B. bei Industriebauten und Hochhäusern im Wohnungsbau) fast vollständig in den Händen nur eines Kombinats.

Den gleichen hohen Spezialisierungs- und Monopolisierungsgrad erzwang die Wirtschafts- und Industriepolitik Günter Mittags auch im bezirks- und im örtlich geleiteten Bauwesen. Die Baubetriebe dieses Unterstellungs- und Leitungsbereichs wurden für Bauaufgaben eingesetzt, die aus der Sicht der Wirtschaftsstrategie der SED eigentlich nachrangig waren (Wohnungsbau, kommunale Infrastruktureinrichtungen,

Baureparaturen). Gerade diese Bauleistungen kamen jedoch unmittelbar der Verbesserung der Wohn- und Lebensverhältnisse der Bevölkerung zugute. Für jeden Bezirk (einschließlich Ost-Berlin) war nur ein einziges Wohnungsbau- und Tiefbaukombinat zuständig. In diesen hatte die Wirtschaftsführung alle größeren staatseigenen Wohnungsbau- und Tiefbaubetriebe zusammengefaßt. 1988 beschäftigte jedes dieser Kombinate im Durchschnitt 5 000 Arbeiter und Angestellte. Die Leitung der örtlichen Bauindustrie und des Bauhandwerkes oblag den Bauämtern der Bezirke und Kreise.

Ausstattung und Produktivität: Infolge der unzureichenden Leistungskraft der Investitionsgüterindustrie und der vorzugsweisen Versorgung anderer Industriezweige mit Investitionsmitteln war die Ausstattung der Bauwirtschaft mit Fahrzeugen, Fördermitteln, Hebezeugen, Kraftanlagen, Baumaschinen und Werkzeugen völlig ungenügend. Die Grundmittelausstattung je Werktätigen erreichte nur etwa ein Drittel der Ausstattung je Arbeitskraft in den anderen produzierenden Wirtschaftszweigen. Maschinelle Hilfen zum Abbau von Arbeitserschwernissen waren zumeist auf ausgewählte Bauvorhaben konzentriert. Der Anteil der Handarbeit war infolgedessen sehr hoch.

Die mechanisierte Plattenbauweise im Wohnungsbau täuschte eine Modernität vor, die es flächendeckend nicht gab. Hinzu kam, daß in der zweiten Hälfte der 80er Jahre der Grundmittelfonds der Bauwirtschaft (Gebäude, Anlagen und Ausrüstungen) buchungsmäßig zur Hälfte verschlissen war. Rund 70% des Maschinenparks hatte in den Jahren 1987 bis 1989 nur noch Schrottwert. Der Reparaturaufwand für die aus Mangel an neuen Maschinen immer weiter genutzten Maschinenwracks war daher enorm hoch. Diese Mängel führten zu einer insgesamt sehr niedrigen Arbeitsproduktivität der Bauwirtschaft. Nach Berechnungen von Fachleuten der DDR erreichte 1988 die Nettoproduktivität nur 54% derjenigen des Bauwesens in Westdeutschland.

Wohnungswesen und Wohnungspolitik: a) Die Wohnungspolitik der SED war bereits zur SBZ-Zeit und dann verstärkt nach der Gründung der DDR durch folgende Merkmale gekennzeichnet: 1. Die gesamten Wohnungsbauaktivitäten wurden nach politischen Prioritäten festgelegt und gelenkt. 2. Die Eigentumsverhältnisse beim Wohnungsbestand wurden nach sozialistischem Vorbild umgestaltet. Dementsprechend wurde der Anteil staatlicher und genossenschaftlicher Wohnungen massiv gesteigert. Das sozialistische Wohnungseigentum sollte zur beherrschenden Eigentumsform gemacht werden(→ *Eigentum*). Dies bot der SED die Möglichkeit, die Vergabe von begehrten neuen Wohnungen

Vergleich ausgewählter Wohnbedingungen in der ehemaligen DDR und im früheren Bundesgebiet, 1989

Soziale Indikatoren auf dem Gebiet der Wohnverhältnisse	Ehemalige DDR	Frühere Bundesrepublik Deutschland
1. Versorgungsgrad mit Wohnungen: Wohnungen je 1 000 Einwohner	372[1)]	415[1)]
2. Durchschnittliche Größe der Wohnungen (alle Altersklassen):		
– in Wohngebäuden	70,0 m²	86,4 m²
– in Wohngebäuden und in Nicht-Wohngebäuden	73,4 m²	–
3. Belegung von Wohnungen: Einwohner je Wohnung	2,7[1)]	2,3[1)]
4. Wohnfläche je Einwohner	27,2 m²	36,7 m²
5. Durchschnittliche Wohnfläche je Neubauwohnung	58,4 m²	–
6. Durchschnittliche Wohnfläche je Neubauwohnung bei mehrgeschossigen Wohnbauten in Plattenbauweise	55,9 m²	.
7. Zahl der Räume je Wohnung in Wohngebäuden	2,9	4,4
8. Anteil der Mietwohnungen am Wohnungsbestand	74 v.H.	58 v.H.
9. Durchschnittliche Wohnfläche je Mietwohnung	57 m²	71 m² [2)]
10. Durchschnittliche Wohnfläche in Mietshäusern pro Person	23,2 m²	33,0 m²

11.	Durchschnittliche Wohnfläche je Wohnung im *privaten Eigenheimbau*		
	1987	102 m^2	113 m^2
	1989	102,3 m^2	–
12.	Anteil der Wohnungen in Privateigentum am gesamten Wohnungsbestand [3)]	41 v.H.	81 v.H.
13.	Eigentümerwohneinheiten (Eigentümerquote; vom Eigentümer selbst bewohnte Wohnungen)	26 v.H.	42 v.H.
14.	Erreichte Verschleißquote des Wohnungsbestandes (Gebäude und Ausrüstungen) [4)]	42 v.H.	

1) Den hier vorgestellten Angaben über den Versorgungsgrad mit Wohnungen liegt für das Jahr 1989 ein von DDR-Beschönigungen bereinigter realistischer Wohnungsbestand von 6 190 000 Wohnungen in Wohngebäuden und Nicht-Wohngebäuden zugrunde.
Außerdem darf bei dem unter *Pkt. 1 und 3* durchgeführten Vergleich der *Wohnungsversorgungsquoten* nicht übersehen werden, daß in der ehemaligen DDR die Nachfrage nach Wohnungen durch die Flucht und Abwanderung von rd. *2,7 Millionen Menschen* im Zeitraum von 1949 bis Oktober 1990 drastisch verringert wurde. Demgegenüber stieg im gleichen Zeitraum diejenige in der früheren Bundesrepublik in nahezu gleichem Umfang an. Ende 1949 betrug die Wohnbevölkerung in der DDR rund 18,79 Millionen Personen, demgegenüber wohnten im DDR-Untergangsmonat Oktober 1989 nur noch 16,10 Millionen Personen im Gebiet der damaligen DDR.
So „resultierte" nach *Manzel* z.B. die im „Jahrzehnt (von 1950 bis 1960) zu verzeichnende Verbesserung in der quantitativen Wohnungsversorgung ... zu einem geringeren Teil aus dem Wohnungsbau; dieser entsprach in den 50er Jahren nur einem Zehntel der westdeutschen Fertigstellungen".
Vgl. Statistisches Jahrbuch der DDR 1990, S. 1, und Karl-Heinz Manzel (ehemals Staatliche Zentralverwaltung für Statistik der DDR, heute Zweigstelle Berlin des Statistischen Bundesamtes): Von der Wohnlaube zum Wohnblock – Ziel der ‚registrierten Antragstellung', in. Egon Hölder (Hrsg.): Im Trabi durch die Zeit – 40 Jahre Leben in der DDR, Wiesbaden 1992, S. 251-264, hier S. 257.

2) 1990

3) Der ausgewiesene Prozentsatz enthält auch die von Privateigentümern nicht selbst genutzten, sondern vermieteten Privatwohnungen. Für die DDR ermittelt a) einschließlich der Datschen (zu Wohnzwecken genutzte Ferien- und Gartenhäuser) und b) einschließlich der leerstehenden und durch Verfall unbewohnbar gewordenen Wohnungen und Wohnhäuser im Privateigentum.

4) Ermittelt auf der Grundlage der amtlichen Abschreibungsnormen der DDR.

Quellen:

Statistisches Jahrbuch der DDR 1989, S. 1, S. 168-172.

Statistisches Jahrbuch der DDR 1990, S. 1, S 120/21, S. 189 und S. 198-202.

Statistisches Jahrbuch der Bundesrepublik Deutschland 1990, S. 43, S. 217-223.

Gunnar Winkler (Hrsg.): Sozialreport DDR 1990 (Daten und Fakten zur sozialen Lage in der DDR), Stuttgart, München, Landsberg 1990, S. 157-167.

Karl-Heinz Manzel: Von der Wohnlaube zum Wohnblock – ‚Ziel der registrierten Antragstellung', in: Egon Hölder (Hrsg.): Im Trabi durch die Zeit – 40 Jahre Leben in der DDR, Wiesbaden 1992, S. 251-264.

Statistisches Bundesamt: Zur wirtschaftlichen und sozialen Lage in den neuen Bundesländern, Sonderausgabe, Wiesbaden, Dezember 1992, S. 7-16.

Statistisches Bundesamt (Hrsg.): Datenreport 1994 (Zahlen und Fakten über die Bundesrepublik Deutschland), Schriftenreihe Bd. 325 der Bundeszentrale für politische Bildung, Bonn 1994, S. 127-137.

Scheewe, Peter: Wohnungen und ihre Ausstattung. Ergebnis der 1%-Gebäude- und Wohnungsstichprobe am 30. September 1993, in: Wirtschaft und Statistik, Heft Nr. 5/1995, S. 361-365.

zu einem Instrument der Belohnung von politischem und ökonomischem Wohlverhalten zu machen. 3. Die Verfügungs- und Nutzungsgewalt privater Eigentümer über ihr persönliches Grund-, Haus- und Wohnungseigentum wurde weitgehend aufgehoben. 4. Die Wohnungszuweisung und die Wohnraumverteilung wurde in staatliche Hand (Wohnungszwangswirtschaft, behördliche Wohnraumbewirtschaftung) übernommen. 5. Alle Reste des früher vorhandenen Wohnungs- und Immobilienmarktes wurden liquidiert. Dazu gehörte sogar die Unterbindung freier Vereinbarungen von Wohnungssuchenden über einen Wohnungstausch. 6. Die totale Mietpreisbindung (→ *Löhne und Preise*) wurde auf dem überkommenen niedrigen Niveau von 1936 zementiert. 7. Die Mietpreise wurden auf niedrigem Niveau durch Haushaltssubventionen (→ *Staatshaushalt*) gestützt. Die nicht gedeckten Kosten für die Verzinsung und Tilgung der Kapitalinvestitionen im Wohnungsbau und laufender Aufwendungen für die Wohnraumerhaltung und Wohnraumbewirtschaftung wurden durch den Staat übernommen. 8. Wechselnde Experimente zur Entdeckung einer sozialistischen Wohn- und Lebensweise und einer sozialistischen Städtebaupolitik wurden durch die SED-Führung gefördert. Demgemäß konzentrierte sich die Leistungskraft der Bauwirtschaft vor allem ab 1970 vorrangig auf die Errichtung von geschlossenen Neubausiedlungen am Rand der Städte mit in der Regel mehr als 5 000 Wohneinheiten (Massenbau nach dem Baukastenprinzip). Dieses sei die zweckmäßigste Siedlungsform für das Zusammenleben der Menschen im Sozialismus. Durch die mit der Errichtung von großen Trabantensiedlungen erreichte Normung und Prägung der Wohnbedingungen sei gewährleistet, daß in der DDR nicht mehr äußerliche bürgerliche Protzerei für die Gestaltung der Wohngebäude und Wohnbedingungen bestimmend werden könnte. Dies sei zudem die wichtigste Vorbedingung, um in der DDR eine dem Kapitalismus gegenüber qualitativ höherwertige „sozialistische (kollektive) Denk-, Wohn- und Lebensweise“ hervorzubringen. Ausgehend hiervon wurden der Erhaltung, Renovierung und Modernisierung des Altbaubestandes ehemals bürgerlicher Wohngegenden kaum Aufmerksamkeit gewidmet (negatives kapitalistisches Erbe). Dies führte vor allem in den Mittelstädten zu einem enormen Verfall kulturhistorisch wertvoller Bausubstanz aus Klassizismus, Gründerzeit und Jugendstil.

b) Bis zum Sturz Ulbrichts fristete der Wohnungsbau wegen der bevorzugten Versorgung ausgewählter Zweige der Industrie (→ *Industriepolitik*), des Militärs und der Rüstungsbetriebe sowie des Staatssicherheitsbereichs (einschließlich Grenzsperren) mit Investitionsgütern und Baukapazitäten nur ein Schattendasein. So lag in der Phase von 1966 bis 1970 die jährliche Neubauleistung durchschnittlich nur bei 59 000 Wohnungen. Nach der Machtübernahme Honeckers avancierte der Wohnungsbau zum „Kernstück der Sozialpolitik“. Innerhalb von nur 20 Jahren sollte die „Wohnungsfrage als soziales Problem“ endgültig aus der Welt des DDR-Sozialismus geschafft werden. Die Aufwendungen für das gesamte Bauprogramm des komplexen Wohnungsbaus während der vier Fünfjahresplanperioden von 1971 bis 1990 (einschließlich Aufschließung, Infrastrukturanbindung und wohngebietsnaher sozialer und kultureller Einrichtungen) veranschlagte die SED-Wirtschaftsführung auf rund 235 Mrd. Mark. Damit sollten bis 1990 die Wohnverhältnisse für rund zwei Drittel der DDR-Bewohner entscheidend verbessert werden. Bis in die letzten Tage der SED-Herrschaft blieb das Wohnungsbauprogramm die sozialpolitische Verheißung, von der die SED-Führung behauptete, sie könne guten Gewissens zusichern, daß diese erfüllt werde.

Nach den während der SED-Herrschaft veröffentlichen „amtlichen Angaben“ über die Bauleistungen wurden in den 15 Jahren zwischen 1975 und 1989 rund 2,79 Mio. Wohnungen neugebaut oder modernisiert (fertiggestellte Wohnungen). Diese Angaben suggerierten, daß das Anfang der 70er Jahre aufgestellte Mindestziel, 1976 bis 1990 2,8 Mio. Wohnungen fertigzustellen und an Wohnungssuchende zu übergeben, tatsächlich bis Ende 1990 erfüllt werden würde. Die 1990 vom Statistischen Amt der DDR veröffentlichte neue Bilanz der Wohnungsbauaktivitäten wich von den 15 Jahre lang stolz verkündeten Planerfüllungserfolgen stark ab. Statt des bisher präsentierten Ergebnisses von nahezu 2,8 Mio. „fertiggestellter Wohnungen“ wurden von 1975 bis 1989 nach der intern weitergeführten „zweiten, realistischen Buchführung“ gemäß den internationalen Erfassungsregeln der ECE nur annähernd 1,7 Mio. Wohnungen neugebaut und modernisiert.

Ähnliche Schönungsmanipulationen fanden auch bei der Abrechnung der reinen Neubauleistungen statt. Nach den jährlichen Planerfüllungsberichten und den amtlichen Angaben in den Statistischen Jahrbüchern bis 1989 wurden von 1971 bis 1988 insgesamt 1,92 Mio. Wohnungen neugebaut. Tatsächlich waren es aber nur 1,73 Mio. Einheiten. Das bedeutet, daß ca. 600 000 Menschen, denen nach amtlichen Angaben eine neue Wohnung zugewiesen worden war, in Wirklichkeit in ihrer alten Behausung verbleiben mußten. Je mehr das Leistungsvermögen der überforderten Bauwirtschaft abnahm, um so skrupelloser wurden die Ergebnismanipulationen der SED-Statistik. Von 1979 bis 1988 wurden im Durchschnitt 15% der als bezugsfertig gemeldeten Neubauwohnungen gar nicht gebaut.

Das anspruchsvolle Wohnungsbauprogramm der SED wurde nicht erfüllt. Es ist gescheitert. Ende 1989 stapelten sich bei den Abteilungen Wohnungspolitik der Stadtbezirke von Ost-Berlin, der Räte der Kreise und der Gemeinden der DDR 781 000 Anträge (Registrierkarten) von Wohnungssuchenden, die vom Staat eine Wohnung begehrten und auf Wohnraumzuweisung drängten. Bis zum Untergang der DDR hat es demnach zu keinem Zeitpunkt eine annähernde Lösung der Wohnungsfrage als soziales Problem gegeben.

c) Der Bau von Wohnungen war hauptsächlich dem Staat und den sozialistischen Wohnungsbaugenossenschaften (Arbeiterwohnungsbau- und Gemeinnützige Wohnungsbaugenossenschaften) übertragen. Dabei fungierten vor Ort die von der Wirtschaftsführung gegründeten VEB Kommunale Wohnungsverwaltungen/VEB Gebäudewirtschaft als

Bauherren. Sie übernahmen auch nach der Fertigstellung der Neubauten die Vermietung und Bewirtschaftung der Wohnungen. Ein kleiner Teil der neu geschaffenen Wohnungen wurde mit List, Geschick und unter großen Mühen von privaten Bauherren errichtet (in den 80er Jahren etwa 13 000 Eigenheime pro Jahr). 1981–1989 verteilten sich die Neubauaktivitäten durchschnittlich zu 55% auf den Staat, zu 32% auf Wohnungsbaugenossenschaften und zu 13% auf private Haushalte als Bauträger.

d) Nach den von propagandistischen Luftbuchungen befreiten Zahlen wurden 1971 bis 1990 2 Mio. Wohnungen gebaut. Im gleichen Zeitraum nahm der Bestand an Wohnungen aber nur um 946 000 Wohnungseinheiten zu. Hieraus folgt, daß während dieser zwei Jahrzehnte lediglich mit jeder zweiten neugebauten Wohnung auch zusätzlicher Wohnraum geschaffen wurde. Während der Laufzeit des SED-Wohnungsbauprogramms wurden über eine Million Wohnhäuser und Wohnungen aus der Altbausubstanz von der SED-Führung geopfert, indem die Leistungskraft der DDR-Bauwirtschaft mit planwirtschaftlicher Brachialgewalt auf den Wohnungsneubau, auf prestigeträchtige Renommierbauten und auf den „Hauptstadtausbau“ Ost-Berlins konzentriert wurde. Gleichzeitig führte die sträfliche Vernachlässigung der Instandhaltung und Modernisierung des Althausbestandes dazu, daß massenhaft Wohnungen und Häuser dieser Kategorie unbewohnbar wurden.

Hannsjörg F. Buck

Literaturhinweise:

Buck, Hannsjörg F.: Die Sozialpolitik der DDR am Beispiel des Wohnungsbaus, in: Materialien der Enquete-Kommission, a.a.O., Bd. II 1, S.729-745.

Buck, Hannsjörg F./Reuter, Ute: Das Scheitern des SED-Wohnungsbauprogramms und die infrastrukturellen und ökologischen Erblasten für die Wohnumwelt in den neuen Bundesländern, hrsg. vom Gesamtdeutschen Institut, Bonn 1991.

Hoscislawski, Thomas: Bauen zwischen Macht und Ohnmacht. Architektur und Städtebau in der DDR, Berlin (Ost) 1991.

Institut für angewandte Wirtschaftsforschung (Hrsg.): Wirtschaftsreport. Daten und Fakten zur wirtschaftlichen Lage Ostdeutschlands. Berlin (Ost) 1990.

Manzel, Karl-Heinz: Der Wohnungsbau in der ehemaligen DDR. Planabrechnung und Wirklichkeit, in: Bundesbaublatt 5/1991, S. 278-284.

Marcuse, Peter/Staufenbiel, Fred (Hrsg.): Stadtgestaltung in der ehemaligen DDR als Staatspolitik, Berlin 1991.

Beitritt

Mit dem Beitritt zur Bundesrepublik Deutschland endete die DDR. Auf gemeinsamen Antrag der Fraktionen der CDU, der DSU, der FDP und der SPD beschloß die → *Volkskammer* am 23. Aug. 1990 mit 294 gegen 62 Stimmen bei 7 Enthaltungen den Beitritt der DDR „zum Geltungsbereich des Grundgesetzes der Bundesrepublik Deutschland gemäß Artikel 23 des Grundgesetzes mit Wirkung vom 3. Oktober 1990". Die in der ersten freien Volkskammerwahl am 18. März 1990 demokratisch legitimierten Repräsentanten der Deutschen in der DDR entschieden sich damit gegen die Fortexistenz der DDR als zweiter deutscher Staat und für die Einheit und Freiheit Deutschlands.

Durch Art. 23 Satz 2 GG war „anderen Teilen Deutschlands" das Recht eingeräumt worden, durch einseitige Erklärung der Bundesrepublik beizutreten. Einer irgendwie gearteten Annahme des Beitritts durch diejenigen Deutschen, die von Anfang an in der Ordnung des Grundgesetzes leben konnten, bedurfte es danach also nicht. Die Väter und Mütter des Grundgesetzes haben von Anfang an die Tür zum Staat des Grundgesetzes bewußt offengehalten.

Die Möglichkeit des Beitritts nach Art. 23 GG (a.F.) stellte einen Weg zur Wiedervereinigung unter Beibehaltung des Grundgesetzes dar. Daneben stellte das Grundgesetz mit Art. 146 einen zweiten Weg zur Einheit über die Ausarbeitung einer neuen Verfassung zur Verfügung. Für den Fall, daß eine Wiedervereinigung unter dem Grundgesetz nicht zu erreichen war, stellte sich das Grundgesetz um des Ziels der deutschen Einheit willen damit selber zur Disposition. Die Deutschen in der DDR haben sich am 18. März 1990 aber für den Beitritt und gegen eine Neukonstituierung entschieden, indem sie mehrheitlich die Parteien wählten, die sich für den Weg über Art. 23 GG ausgesprochen hatten. Damit wurde nachträglich der Anspruch des Grundgesetzes bestätigt, daß der an der Verfassungsgebung von 1949 beteiligte Teil des deutschen Volkes in Ausübung der verfassungsgebenden Gewalt „auch für jene Deutschen gehandelt [hat], denen mitzuwirken versagt war" (Präambel zum GG, a.F.).

Weder das Grundgesetz noch das sonstige Bundesrecht galt nach einem Beitritt im Beitrittsgebiet automatisch. Art. 23 Satz 2 GG bestimmte, daß das Grundgesetz „in anderen Teilen Deutschlands [...] nach deren Beitritt in Kraft zu setzen" sei. Beim Beitritt des Saarlandes im Jahre 1956 erfolgte dies durch Überleitungsgesetz des Bundes. Beim Beitritt der DDR wurden demgegenüber die Modalitäten der Überleitung des Bundesrechts vorab zwischen den Regierungen der beiden deutschen Staaten ausgehandelt. Die Beitrittserklärung der DDR erfolgte dann am 23. Aug. 1990 in Kenntnis der wesentlichen Ergebnisse der Verhandlungen über den → *Einigungsvertrag*; erst am 3. Okt. 1990, also nach dem Inkrafttreten des Einigungsvertrags (29. Sept. 1990), ist der Beitritt wirksam geworden.

Mit der Herstellung der staatlichen Einheit Deutschlands sind die deutschlandrechtlichen Aussagen des Grundgesetzes obsolet geworden. Im Einigungsvertrag wurde Art. 23 GG darum gestrichen und die Präambel sowie Art. 146 neu gefaßt. Damit sollte nach innen und außen dokumentiert werden, daß die Einheit und Freiheit Deutschlands in freier Selbstbestimmung mit dem Beitritt der DDR vollendet ist und das Grundgesetz als Verfassung für das gesamte deutsche Volk gilt.

Henner Jörg Boehl

Literaturhinweise:

Isensee, Josef: Verfassungsrechtliche Wege zur Einheit, Zeitschrift für Parlamentsfragen 21 (1990), S. 309-332.
Scholz, Rupert: Kommentierung zu Art. 23 GG (a.F.), in: Maunz, Theodor/Dürig, Günter: Kommentar zum Grundgesetz, Band II, Lieferung 29 (September 1991).

Berlin

Innerhalb des geteilten Deutschlands spielte der Status von Berlin rechtlich eine besondere Rolle. Die Auseinandersetzungen um die deutsche Einheit wie das Bemühen der DDR-Führung um die Perpetuierung der deutschen Teilung aktualisierten sich vor allem in und um Berlin. Nach dem Zweiten Weltkrieg und der Aufteilung Deutschlands in Besatzungszonen wurde das Gebiet von Groß-Berlin in den Grenzen vom 27. April 1920 als spezielles Territorium (Special Berlin Area) ausgewiesen, für das eine gemeinsame besatzungsrechtliche Zuständigkeit der vier Siegermächte begründet wurde (→ *Alliierte Konferenzen*). Nach dem „Abkommen über Kontrolleinrichtungen in Deutschland" vom 14. Nov. 1944 und der Erklärung in Anbetracht der Niederlage Deutschlands vom 5. Juni 1945 übernahmen die vier Besatzungsmächte die oberste Gewalt in Deutschland und installierten als gemeinsame Einrichtungen den (bewußt in der deutschen Hauptstadt Berlin angesiedelten) Alliierten Kontrollrat als höchstes Kontrollorgan für alle Deutschland als Ganzes betreffenden Angelegenheiten sowie für Berlin selbst die Alliierte Kommandantur, die sich als gesamttreuhänderische Besatzungsinstanz am 11. Juli 1945 konstituierte (→ *Vier Mächte*).

Am 20. März 1948 verließen die Sowjets den Alliierten Kontrollrat, am 16. Juni 1948 auch die Alliierte Kommandantur. Damit war der Prozeß der Spaltung Berlins bereits eingeleitet. Am 8. Juli 1948 verhängte die Sowjetunion die Blockade über Berlin, die erst – nach wirksamer Gegenwehr über die von den Westalliierten geschaffene Luftbrücke – am 4. Mai 1949 aufgehoben wurde (Jessup-Malik-Abkommen). Am 30. Nov. 1948 trat im sowjetischen Sektor Berlins eine „provisorische Stadtverordnetenversammlung" zusammen, die einen eigenen „Magistrat" wählte und damit die innenpolitische Abspaltung des sowjetischen Sektors vom übrigen (westlichen) Berlin vollzog. Während die Westalliierten für die von ihnen gehaltenen Sektoren am Besatzungsstatut festhielten und dies auch nach der Gründung der Bundesrepublik und deren wiederhergestellter Souveränität bewahrten, versuchten die Sowjetunion und die DDR, den östlichen Teil Berlins (sowjetischer Sektor) insgesamt in die DDR zu inkorporieren und damit den besatzungsrechtlichen Status von ganz Berlin systematisch auszuhöhlen. Die völkerrechtlichen Grundlagen dieses besatzungsrechtlichen Status von ganz Berlin waren jedoch niemals einseitig aufkündbar und wurden demgemäß auch nie formell beendet. Gerade dieser besatzungsrechtlich einheitliche Status von ganz Berlin erwies sich über die Jahrzehnte der deutschen Teilung als rechtliche Klammer zwischen beiden deutschen Teilstaaten und damit auch als Unterpfand der ungelösten deutschen Frage (→ *Deutschlandpolitik*; → *SED und deutsche Frage*).

Nach Art. 23 GG (a.F.) galt Berlin als ein Land der Bundesrepublik Deutschland. Mit dem Genehmigungsschreiben der Militärgouverneure zum Grundgesetz vom 12. Mai 1949 wurde diese Zugehörigkeit Berlins zum Bund aber unter den Vorbehalt gestellt, daß „Berlin keine abstimmungsberechtigte Mitgliedschaft im Bundestag oder im Bundesrat erhält und auch nicht durch den Bund regiert werden wird" (sog. Governmentvorbehalt). Aus diesem Grunde entwickelte sich die Rechtseinheit zwischen West-Berlin und dem Bund unter dem Dach der fortbestehenden alliierten Besatzungshoheit in differenzierter Form, namentlich über die jeweilige Übernahme von Bundesgesetzen durch das Abgeordnetenhaus von Berlin. Die Entwicklung in Ost-Berlin verlief zunächst in gewisser Parallele zu der Entwicklung in West-Berlin, führte aber immer mehr zu Maßnahmen und Einbeziehungen von Ost-Berlin in die DDR, wie sie mit dem Status von ganz Berlin nicht vereinbar waren: Nach Art. 2 Abs. 2 DDR-Verf. vom 7. Okt. 1949 und Art.

1 Abs. 2 DDR-Verf. vom 6. April 1968 wurde Berlin zur „Hauptstadt der DDR“ erklärt. Die zentralen Organe der SBZ und später der DDR nahmen ihren Sitz in Ost-Berlin. Am 28. Jan. 1957 wurde die fast vollständige Eingliederung von Ost-Berlin in die DDR vollzogen.

Mit dem → *Mauerbau* am 13. Aug. 1961 wurde die Stadt in statuswidriger Weise gewaltsam geteilt, wobei als Rechtsgrundlage das sog. Verteidigungsgesetz der DDR diente, das jedoch wegen des entmilitarisierten Status von ganz Berlin nur unter entsprechendem Verstoß gegen das Völkerrecht (Besatzungsrecht) in Ost-Berlin in Kraft gesetzt und exekutiert werden konnte. Ungeachtet dessen wurde am 24. Aug. 1962 sogar ein DDR-Stadtkommandant für Ost-Berlin ernannt.

Das gleiche galt für die Übernahme des Wehrrechts der DDR nach Ost-Berlin. Im Juni 1979 wurde eine Änderung des Wahlgesetzes beschlossen, wonach künftig die Abgeordneten der Volkskammer aus Ost-Berlin ebenso wie diejenigen aus der DDR direkt gewählt werden sollten (sie waren vorher, ebenso wie die West-Berliner Abgeordneten zum Bundestag, von der Stadtverordnetenversammlung delegiert worden). Am 25. März 1982 versuchte die DDR sogar, die Sektorengrenze in Berlin als angebliche Staatsgrenze der DDR zu deklarieren.

Alle diese Maßnahmen verstießen jedoch gegen den besatzungsrechtlichen Status von ganz Berlin. Sie erfolgten unter sichtlicher Tolerierung durch die Sowjetunion, dienten sie doch dem Ziel, Ost-Berlin als Hauptstadt der DDR auch förmlich auszuweisen, Ost-Berlin damit auf kaltem Wege in die DDR zu integrieren und so die deutsche Teilung zu verfestigen. Parallel hierzu versuchte man die „Insel West-Berlin“ – angefangen von der Blockade bis hin zum Mauerbau – buchstäblich auszutrocknen. Ziel und Hoffnung der DDR-Politik bestanden stets darin, daß der DDR im Ergebnis auch West-Berlin zufallen mochte.

Diese Hoffnung erfüllte sich aber bekanntlich nicht, was an der Widerstandskraft der Berliner im westlichen Teil der Stadt ebenso wie an der klaren und politisch festen Haltung der Bundesrepublik einerseits und der westlichen Bündnispartner andererseits lag. Von den Westalliierten wurde der Status Berlins stets bewahrt und durch entsprechende militärische Schutzgarantien zugunsten West-Berlins ergänzt. In diesem Sinne stand West-Berlin auch unter dem Schutz der NATO.

So sehr sich die DDR um die möglichst komplette Eingliederung Ost-Berlins in die DDR und die möglichst vollständige Beseitigung der besatzungsrechtlichen Vorbehalte für ganz Berlin und damit auch für ganz Deutschland bemühte, so differenziert stellte sich im Ergebnis die sowjetische Berlin-Politik dar. Die vorgenannten Verstöße gegen den Status von Berlin, namentlich etwa der Mauerbau, wurden von der Sowjetunion zwar offenkundig geduldet. Andererseits hat sie nie auf ihre besonderen besatzungsrechtlichen Vorbehalte gegenüber Ost-Berlin förmlich verzichtet, auch nicht im Zusammenhang mit der Souveränitätserklärung der DDR vom 25. März 1954 und des weiteren auch nicht im Rahmen der Verträge mit der DDR vom 20. Sept. 1955, 12. Juni 1964 und 7. Okt. 1975. In der Souveränitätserklärung vom 25. März 1954 behielt sich die Sowjetunion ausdrücklich diejenigen „Funktionen" vor, die „sich aus den Verpflichtungen ergeben, die der Sowjetunion aus den Vier-Mächte-Abkommen erwachsen". Das gleiche galt für die vorgenannten weiteren Verträge (→ *Sowjetunion und SBZ/DDR*).

Von sowjetischer Seite wurde zwar regelmäßig behauptet, daß allein West-Berlin noch unter Besatzungsstatus stehe, Ost-Berlin dagegen Hauptstadt der (souveränen) DDR sei. Dies alles hatte jedoch nie mehr als propagandistische Bedeutung. Die Sowjetunion unternahm lediglich einen – freilich erfolglosen – Versuch, den besatzungsrechtlichen Status von ganz Berlin aufzukündigen, nämlich in Gestalt ihrer Note vom 27. Nov. 1958, dem sog. Chruschtschow-Ultimatum, mit dem der Vier-Mächte-Status als angeblich nichtig deklariert wurde und „die Umwandlung West-Berlins in eine selbständige politische Einheit – in eine Freie Stadt –" gefordert wurde. Dieses Chruschtschow-Ultimatum wurde von den Westmächten jedoch ebenso wie von der Bundesrepublik zurückgewiesen.

Einen zwischenzeitlichen Abschluß nahm die Nachkriegsentwicklung Berlins und seines Status mit dem Vier-Mächte-Abkommen vom 3. Sept. 1971, das in Teil I ausdrücklich festhielt, daß die „Vier-Mächte-Rechte und -Verantwortlichkeiten und [die ...] entsprechenden Vereinbarungen und Beschlüsse der Vier-Mächte aus der Kriegs- und Nachkriegszeit [...] nicht berührt werden". Hierdurch wurde der besondere besatzungsrechtliche Status von ganz Berlin erneut bekräftigt, nicht aber neu konstituiert oder gar qualitativ verändert. Von östlicher Seite wurde dies freilich häufig bestritten. Man versuchte die Geltungskraft dieses Abkommens auf West-Berlin zu begrenzen, was indessen eindeutig gegen Wortlaut wie Sinn dieses Abkommens verstieß. Unter dem Dach dieses Vier-Mächte-Abkommens wurde eine Reihe innerdeutscher Vereinbarungen zwischen den Regierungen der Bundesrepublik und der DDR getroffen, die dem Ziel einer gewissen Normalisierung auch der Bindungen zwischen Berlin und dem Bund dienten. Dies galt vor allem für das Transitabkommen vom 11. Sept. 1971, das Protokoll über den Post- und Fernmeldeverkehr vom 30. Sept. 1971 sowie für die Vereinbarungen zwischen dem Berliner Senat und der

DDR-Regierung über den Reise- und Besuchsverkehr innerhalb Berlins vom 20. Dez. 1971.

Die Teilung Berlins und sein besonderer (besatzungsrechtlicher) Status endeten mit der deutschen Wiedervereinigung. Im Zwei-plus-Vier-Vertrag vom 12. Sept. 1990 wurde vereinbart, daß „das vereinte Deutschland die Gebiete der Bundesrepublik Deutschland, der Deutschen Demokratischen Republik und ganz Berlins" umfaßt (Art. 1 Abs. 1). Mit der Erklärung zur Aussetzung der Wirksamkeit der Vier-Mächte-Rechte und -Verantwortlichkeiten vom 12. Sept. 1990 beendeten schließlich die vier Siegermächte des Zweiten Weltkriegs „ihre Rechte und Verantwortlichkeiten in bezug auf Berlin und Deutschland als Ganzes mit Wirkung vom Zeitpunkt der Vereinigung Deutschlands".

Auch aus diesen die deutsche Teilung beendenden Dokumenten und Vereinbarungen ergibt sich, daß der besatzungsrechtliche Status von ganz Berlin auch von der Sowjetunion stets – jedenfalls im Prinzip – bewahrt wurde, daß die statuswidrigen Handlungen der DDR in und gegenüber Berlin ohne völkerrechtliche Rechtfertigung erfolgten und daß letztlich auch die Sowjetunion ihre Rechte und Verantwortlichkeiten in und für Berlin als Teil ihrer gesamtdeutschen Ausgangsverantwortung begriff und bewahrte, wie sie im Londoner Protokoll vom 12. Sept. 1944 sowie im Protokoll der Konferenz von Potsdam vom 2. Aug. 1945 konstituiert wurden.

Auf deutscher Seite wurde für das abschließende Schicksal Berlins der Einigungsvertrag maßgebend, der in Art. 2 Abs. 1 verfügt, daß die „Hauptstadt Deutschlands Berlin ist". Andererseits ließ der → *Einigungsvertrag* „die Frage des Sitzes von Parlament und Regierung" noch offen; dies sollte erst „nach der Herstellung der Einheit Deutschlands entschieden" werden. Diese Entscheidung fiel zugunsten Berlins und gegen Bonn mit dem Beschluß des Deutschen Bundestages vom 20. Juni 1991 sowie mit den nachfolgenden Regelungen auf Parlaments- und Regierungsebene, namentlich dem Berlin-Bonn-Gesetz vom 26. April 1994, das – im Zusammenhang mit einer Reihe weiterer Beschlüsse und Vereinbarungen – festlegt, daß der Umzug von Bundestag und Bundesregierung von Bonn nach Berlin in der Legislaturperiode ab 1998 stattfindet.

Rupert Scholz

Literaturhinweise:

Diepgen, Eberhard (Hrsg.): Berlinpolitik. Rechtsgrundlagen, Risiken und Chancen, Berlin 1989.

Langguth, Gerd (Hrsg.): Berlin. Vom Brennpunkt der Teilung zur Brücke der Einheit, Köln 1990.
Mahncke, Dieter: Das Berlin-Problem – die Berlin-Krise 1958–1961/62, in: Materialien der Enquete-Kommission, a.a.O., Bd. V, 2, S. 1766-1821.
Presse- und Informationsamt des Landes Berlin (Hrsg.): Berlin Handbuch. Das Lexikon der Bundeshauptstadt, Berlin (2. Aufl.) 1993.
Scholz, Rupert: Der Status Berlins, in: Isensee, Josef/Kirchhof, Paul: Handbuch des Staatsrechts der Bundesrepublik Deutschland, Bd. I, Heidelberg (2. Aufl.) 1995, S. 351 ff.

Berliner Bischofskonferenz

Die sich nach Bildung der alliierten Besatzungszonen abzeichnende deutsche Teilung machte es für die Bistümer und Jurisdiktionsbezirke der → *katholischen Kirche* in der SBZ und späteren DDR notwendig, gemeinsam interessierende seelsorglich-pastorale, karitative und kirchenpolitische Fragen auf regelmäßigen Konferenzen zu besprechen. Diese Zusammenkünfte fanden seit Dezember 1945 unter Vorsitz des Bischofs von Berlin statt; sie hatten zunächst noch keinen kirchenrechtlichen Status. Mit Dekret des Heiligen Stuhls vom 12. Juli 1950 erhielten sie analog zu bayerischen und westdeutschen Regionalkonferenzen den Status einer eigenen ostdeutschen Bischofskonferenz. Ihre Bezeichnung schwankte zunächst. Seit 1955 bürgerte sich der Name Berliner Ordinarienkonferenz (BOK) ein. Sie war für „besondere Aufgaben ihres Gebietes" zuständig und Teil der 1966 errichteten Deutschen Bischofskonferenz (DBK).

Wiederholten Pressionen der DDR-Führung, die gesamtdeutsche Kirchenorganisation aufzukündigen, konnte die BOK widerstehen. Sie wurde jedoch im Zuge der vatikanischen Ostpolitik unter Papst Paul VI. am 26. Okt. 1976 zur selbständigen Berliner Bischofskonferenz (BBK) erhoben. Die Verbindung zur DBK erfolgte über den Bischof von Berlin, der Mitglied beider Konferenzen war, sich in der DBK aber durch seinen Westberliner Generalvikar vertreten ließ. Eine weitergehende kirchenrechtliche Trennung wurde durch den Pontifikatswechsel zu Johannes Paul II. (1978) verhindert.

Nach der Vereinigung Deutschlands löste sich die Berliner Bischofskonferenz am 24. Nov. 1990 auf. Ihre Mitglieder traten der DBK bei. Besondere seelsorgliche Aufgaben in den neuen Bundesländern wurden übergangsweise bis Ende 1995 von der Arbeitsgemeinschaft der DBK-Region Ost wahrgenommen.

Ulrich von Hehl

Literaturhinweise:

Harteld, Konrad: Die Entwicklung der Jurisdiktionsverhältnisse der katholischen Kirche in der DDR von 1945 bis zur Gegenwart, in: Ernst, Wilhelm/Feiereis, Konrad (Hrsg.): Denkender Glaube in Geschichte und Gegenwart, Erfurter Theologische Studien, Bd. 63, Leipzig 1992, S. 415-440.

Pilvonsek, Josef: Gesamtdeutsche Wirklichkeit – Pastorale Notwendigkeit. Zur Vorgeschichte der Ostdeutschen Bischofskonferenz, in: Coreth, Emerich/Ernst, Wilhelm/Tiefensee, Eberhard (Hrsg.): Von Gott reden in säkularer Gesellschaft. Festschrift für Konrad Feiereis zum 65. Geburtstag. Erfurter Theologische Studien, Bd. 71, Leipzig 1996, S. 229-242.

Schirmer, Friederike: Die rechtliche Entwicklung von der Zonenkonferenz zur Berliner Bischofskonferenz als autoritas territorialis, masch. Magisterarbeit, Straßburg 1993.

Berufsausbildung

Im Rahmen des Bildungssystems in der SBZ/DDR beruhte die Berufsausbildung auf einer Verbindung spezifisch deutscher Traditionen mit den Merkmalen der sozialistischen Planwirtschaft. Diese grundlegende Konstellation war 1948–1989 für die gesamte Entwicklung in diesem Bereich kennzeichnend. Vom Ausland her gesehen wiesen beide deutsche Staaten bestimmte gemeinsame Merkmale der beruflichen Ausbildung auf, die trotz der politischen und ökonomischen Systemunterschiede bestehen blieben. Am wichtigsten war die betriebszentrierte Form der Facharbeiterausbildung mit begleitendem theoretischen Unterricht in einem staatlich geregelten und kontrollierten System normierter Ausbildungsberufe, im Unterschied zu einer primär schulisch organisierten Berufsausbildung oder einer rein betrieblichen Lehre. Obwohl man in der DDR die in der Bundesrepublik hierfür verwendete Bezeichnung „duales System“ ablehnte, handelte es sich auch dort um ein Nebeneinander von berufspraktischem und schulischem Lernen. Die Bezeichnung Lehrling und Lehrlingsausbildung wurde, im Gegensatz zur Bundesrepublik, auch amtlich beibehalten. Unter Berufsausbildung verstand man ausschließlich die Ausbildung für Facharbeiterberufe, wobei der Facharbeiterbegriff alle Personen umfaßte, die eine Ausbildung in einem der 308 Ausbildungsberufe (1984) erfolgreich abgeschlossen hatten. Vollzeitschulische berufliche Ausbildungsgänge zählten zu den → *Fachschulen*.

Charakteristisch für die Berufsausbildung waren vor allem: 1. die rein staatliche Trägerschaft, 2. die enge Einbeziehung in das System der

Arbeitskräfteplanung und -politik im Rahmen der Planwirtschaft, 3. die angestrebte Verbindung von beruflicher Qualifizierung und politisch-ideologischer Erziehung. Das Berufsbildungssystem befand sich im Schnittpunkt ökonomischer und pädagogischer Ziele und Funktionen und unterlag daher auch trotz der einheitlichen politisch-ideologischen Steuerung unterschiedlichen Einflüssen und Interessen, z.B. seitens der Betriebe und Kombinate oder des Ministeriums für Volksbildung, das für den allgemeinbildenden Anteil in der Berufsausbildung zuständig war. Die gesamtstaatliche Leitung oblag dem 1970 geschaffenen Staatssekretariat für Berufsbildung mit einem eigenen Verwaltungsapparat. Die territoriale und branchenmäßige Leitung sowie die Verantwortung der Betriebe, vor allem auch hinsichtlich der Finanzierung, ergaben ein kompliziertes Geflecht bürokratischer Kompetenzen und Rivalitäten.

Die wichtigste institutionelle Neuerung in der Berufsausbildung war die 1948 begonnene Errichtung von Betriebsberufsschulen in der volkseigenen, d.h. verstaatlichten Industrie; Ende der 80er Jahre gehörten rund 75% aller Berufsschulen und 68% der Lehrlinge dazu. Ein Teil der Betriebsberufsschulen wurde später zu größeren, auch den polytechnischen Unterricht und die Erwachsenenqualifizierung einbeziehenden Betriebsschulen erweitert. Die kommunalen Berufsschulen, d.h. solche ohne Bindung an einen bestimmten Betrieb, dienten der theoretischen Unterweisung der Lehrlinge aus dem Handwerk, Klein- und Mittelbetrieben ohne Betriebsberufsschule sowie aus dem kaufmännischen und Dienstleistungsbereich.

Die Inhalte der Berufsausbildung in ihrem praktischen wie theoretischen Teil hingen u.a. von den Vorleistungen der allgemeinbildenden polytechnischen Oberschule ab. Durch die berufsorientierende Funktion der → *polytechnischen Bildung* konnte die Berufsausbildung teilweise darauf aufbauen, aber zu einem abgestimmten inhaltlichen Gesamtkonzept ist es trotz verschiedener Anläufe nicht gekommen. So verlief z.B. die Ausarbeitung und Entwicklung der Lehrpläne für die allgemeinbildenden Schulen und die Berufsausbildung in eigenen Bahnen. In der inhaltlichen Bestimmung der jeweiligen berufsspezifischen Anforderungen für die Ausbildung haben die vorwiegend aus Praktikern bestehenden Berufsfachkommissionen die wichtigste Arbeit geleistet. Die Dauer der Berufsausbildung richtete sich nach dem Schulabgang (8. oder 10. Klasse) und nach den spezifischen Anforderungen der Ausbildungsberufe; sie betrug in den meisten Fällen nur zwei Jahre.

Eine wichtige Rolle in der Entwicklung der Berufsausbildung spielte seit den 60er Jahren die Diskussion über das Verhältnis von „beruflicher Grundlagenbildung und Spezialbildung", die Parallelen zur Bundesrepublik aufwies. Die staatlichen Regelungen zielten zunächst auf eine drastische Reduzierung der früheren Spezialisierungen, ohne die realen Bedingungen genügend zu berücksichtigen; in den 80er Jahren bemühte man sich in der berufspädagogischen Forschung um einen Ausgleich extremer Positionen, wobei die Kontakte zu entsprechenden Zentren in der Bundesrepublik nicht ohne Bedeutung waren. Auf dem Feld der Berufsausbildung konnten sich die innerdeutschen Beziehungen noch am stärksten entwickeln.

Zu Beginn des Schuljahres 1959/60 wurden dreijährige Abiturklassen in der Berufsausbildung (11. bis 13. Schuljahr) als ein neuer Typus der Verbindung von Allgemeinbildung mit Berufsbildung eingeführt. (Das an der Erweiterten Oberschule 1962 eingeführte Abitur mit Facharbeiterbrief bestand nur bis zum Ende der 60er Jahre und darf damit nicht verwechselt werden.) Ursprünglich spielten bei den Abiturklassen an Berufsschulen ideologische Motive eine wichtige Rolle: Aus ihnen sollte der „Kern der Intelligenz der Arbeiterklasse" hervorgehen. Ebenso lag die Idee der „Verbindung von Lernen und Arbeit" dem Programm zugrunde. Die weitere Entwicklung zeigte, daß diese kombinierte allgemein- und berufsbildende Schulform vor allem dem erweiterten Zugang zu einem Hochschulstudium im technischen, militärischen und pädagogischen Bereich diente und gleichzeitig einen Ausweg darstellte, die sehr restriktive Politik bei der Hochschulzulassung zu unterlaufen. Mitte der 80er Jahre betrug die Zahl der Absolventen der Berufsausbildung mit Abitur rund die Hälfte der Absolventen der Erweiterten Oberschule und knapp 4% eines Altersjahrganges.

Der idealtypische sozialistische → *Betrieb* sollte nicht nur der wichtigste Lernort in der Berufsausbildung sein, sondern auch zu einem bestimmenden Erziehungsfaktor werden. Verschiedene Rituale der sozialistischen Lehrlingserziehung, die vor allem von der FDJ organisiert wurden, hatten sich im Laufe der Entwicklung eingebürgert und gehörten zum Alltag der Jugendlichen. Trotzdem blieb unter den Lehrlingen und jungen Facharbeitern der Anteil der FDJ-Mitglieder im Vergleich zu den Studenten niedriger. Die berufliche Sozialisation junger DDR-Bürger wurde in der Berufsausbildung stärker durch ihren praktischen qualifikatorischen Kern als durch die politische Erziehung bestimmt.

Oskar Anweiler

Literaturhinweise:

Anweiler, Oskar: Berufsbildung in der Deutschen Demokratischen Republik unter vergleichenden Aspekten, in: Berufsbildung in Wissenschaft und Praxis, 16. Jg., Sonderheft, Juni 1987, S. 3-7.

Rauchfuß, Dieter: Hochschulreife und Facharbeiterbrief. Eine vergleichende Untersuchung von Bundesrepublik Deutschland und Deutscher Demokratischer Republik. Erziehungswissenschaftliche Veröffentlichungen des Osteuropa-Instituts an der Freien Universität Berlin, Bd. 13, Berlin 1979.

Schäfer, Hans-Peter: Das System der Berufsausbildung in der DDR. Probleme der Lehrlingsausbildung in der DDR. Verbindung von Allgemeinbildung und Berufsbildung in der DDR, in: Vergleich von Bildung und Erziehung in der Bundesrepublik Deutschland und in der Deutschen Demokratischen Republik, Köln 1990, S. 312-315, 326-335, 351-356.

Waterkamp, Dietmar: Handbuch zum Bildungswesen der DDR, Berlin 1987, S. 169-226.

Berufsverbot

Berufs- und Arbeitsverbote sowie das Vorenthalten bzw. die genaue Zumessung von Bildung und Bildungsabschlüssen (→ *Zulassungsbedingungen im Bildungswesen*) waren für die SED wichtige Instrumente zum Erhalt ihres Machtmonopols. Sie sicherten die Besetzung der relevanten Stellen mit geeigneten → *Kadern* und stellten auch ein wirksames Disziplinierungs- und Erziehungsinstrument dar. Auswahl, Einsatz, Erziehung und Qualifizierung der Kader waren für die SED stets genauso wichtig wie Ausgrenzung, Benachteiligung, Vertreibung und Terrorisierung Andersdenkender und deren Familien. Berufsverbote wurden je nach eingeschätzter Gefährlichkeit des Klassenfeindes differenziert und unter Umständen unter Einsatz geheimdienstlicher Methoden angewendet.

Die SED hatte das Zuweisungsmonopol und lenkte u.a. den Zugang zu höherer Bildung, Stipendienvergabe und Studienort, beruflichen Einsatz und Aufstieg, Förderung bzw. Benachteiligung der Kinder (→ *Bildungswesen;* → *Hochschulen*; → *Wissenschaft*). So konnte ein Parteiloser nicht zum Kaderleiter aufsteigen. Für praktizierende Christen war es schwer, das Abitur abzulegen oder einen Studienplatz zu erhalten.

In der DDR war zwar das Recht auf → *Arbeit* in der Verfassung festgeschrieben. Dies schloß jedoch zugleich die Pflicht zur Arbeit mit ein. In der Verfassung von 1968 wurde ausdrücklich festgehalten: „Gesellschaftlich nützliche Tätigkeit ist eine ehrenvolle Pflicht für jeden arbeitsfähigen Bürger." Arbeitsverbote wurden gegen Personen verhängt, die als nicht mehr oder kaum noch beeinflußbar eingeschätzt wurden. Hierzu gehörten Ausreisewillige (→ *Ausreise*) und bekannte oppositionelle Schriftsteller und Künstler (→ *Widerstand*). Diese Personengruppen wurden in den Westen abgeschoben oder wegen „Arbeitsverweigerung" inhaftiert.

Auch Oppositionellen wurde Arbeit verweigert. Häufig fanden jene dann Unterschlupf bei der Kirche (z.B. als Totengräber oder Krankenpfleger). Das Recht auf Arbeit garantierte also nicht die Ausübung eines erlernten Berufes. Die Verletzung der staatsbürgerlichen Pflicht zur Arbeit konnte mit „Arbeitserziehung" – das bedeutete Zwangsarbeit im Gefängnis – bestraft werden. Je nach „Bedarf" wurde „Arbeitserziehung" auch für uneingeschränkte Zeit angeordnet – bis der „Erziehungserfolg" gewährleistet schien. Das 2. Strafrechtsänderungsgesetz vom 7. April 1977 schaffte die Arbeitserziehung ab. Das bedeutete jedoch eine weitere Verschärfung des Strafsystems; denn jetzt mußte der wegen Verletzung der Pflicht zur Arbeit Angeklagte – wenn ein Verstoß vorlag (hierüber bestimmte die SED bzw. das MfS) – nach §249 StGB zu einer Haftstrafe verurteilt werden. Die Arbeitserziehung stand in der rechtlichen Bewertung immerhin noch unterhalb der Gefängnisstrafe.

Dieter Voigt

Betrieb

Betrieb und → *Arbeit* bildeten als Kernbereiche sozialistischer Lebensweise das Kampffeld der SED um sozialistisches Bewußtsein der werktätigen Bevölkerung.

Betriebsformen: Im Zuge der → *antifaschistisch-demokratischen Umwälzung* wurde durch → *Enteignungen*, unter Aufsicht der sowjetischen Besatzungsmacht, in der SBZ/DDR nach dem Zweiten Weltkrieg ein sozialistisches Wirtschaftssystem errichtet. Nach dem Vorbild der Sowjetunion trat letztendlich ein einheitlicher Typ hervor: der → *Volkseigene Betrieb*.

Die Befehle der → *SMAD* vom 23. Juli 1945 (Schließung der Banken; Beschlagnahme der Geld- und Wertpapierbestände) und vom 30. Okt. 1945 (Beschlagnahme und Übernahme verschiedener Eigentumsformen in SMAD-Verwaltung) sowie die Aufrufe der KPD vom 11. Juni 1945 und vom 8. Sept. 1945 zu einer → *Bodenreform* bildeten die Basis für die sozialistische Umgestaltung der SBZ.

Landwirtschaft, Handwerk, Handel und Industrie durchliefen mehrere Phasen sozialistischer Umgestaltung. In der → *Landwirtschaft* folgte der Landverteilung an Kleinbauern ab 1952 die Kollektivierung. LPG und Volkseigene Güter (VEG) bildeten später die häufigsten Betriebsformen. Parallel dazu wurden ab 1953 die selbständigen Handwerker in Produktionsgenossenschaften des → *Handwerks* (PGH) gedrängt. Im Handel wurden 1945 die im Nationalsozialismus enteigneten Konsumgenossenschaften rehabilitiert, zum Verband Deutscher Konsumgenossenschaften (VDK) zusammengeschlossen und 1949 unmittelbar dem Ministerium für Handel und Versorgung unterstellt. Im November 1948 wurde die staatliche Handelsorganisation (HO) gegründet. Einzelhändler und Gastwirte mußten seit 1954 Warenlieferungen über Kommissionsverträge mit der staatlichen HO oder dem Konsum abwickeln. Diese Mischformen staatlichen und privaten Eigentums kennzeichneten auch halbstaatliche Kleinbetriebe.

1972 arbeiteten 93% aller Werktätigen in sozialistischen Betrieben unter zentraler Leitung durch den Ministerrat der DDR.

Allgemeine Merkmale: In sozialistischen Betrieben waren die Belegschaften in Brigaden gegliedert. An deren Spitze stand der Brigadier. Diese sozialistischen → *Kollektive* bildeten die kleinsten organisatorischen Einheiten der Betriebe. Den Betrieb leitete ein vom Staat berufener Betriebsleiter (Direktor) nach dem Prinzip der Einzelleitung bei persönlicher Verantwortlichkeit für die Tätigkeit des Betriebes und der Planerfüllung (→ *Planungsmechanismen der Wirtschaft*). In den Betrieben war nur die SED mit Betriebsparteiorganisationen (BPO) vertreten, während sich die Blockparteien (→ *Blockpolitik*) in Betrieben nicht organisieren durften. Diese Betriebsparteiorganisationen arbeiteten eng mit den Betriebsgewerkschaftsorganisationen des → *FDGB* zusammen. Partei und Gewerkschaft organisierten das wichtigste Instrument zur Erziehung der Werktätigen, den sozialistischen → *Wettbewerb*, der die Entwicklung der Menschen zur → *sozialistischen Persönlichkeit* fördern, die Erfüllung des Volkswirtschaftsplanes und die Steigerung der Arbeitsproduktivität garantieren sollte.

Seit 1951 schlossen Betriebsleiter und Betriebsgewerkschaftsleitungen (BGL) sog. Betriebskollektivverträge (BKV), die sich auf staatliche Vorgaben (Rahmenkollektivverträge) stützten. In den BKV verpflichteten sich die Brigaden zur Planerfüllung, Betriebsleiter und BGL zur Verbesserung der Arbeits- und Lebensbedingungen. Planerfüllung und volkswirtschaftliche Notwendigkeit des Betriebes bestimmten die Zuwendungen (Fonds) an den einzelnen VEB, die Vereinigung Volkseigener Betriebe (VVB) oder das → *Kombinat* aus dem → *Staatshaushalt.* Für die Arbeitenden bedeuteten Kultur- und Sozialfonds, Prämienfonds und Leistungsfonds wesentliche Ergänzungen (bis zu 30% des Nettoeinkommens) zu den Barentlohnungen und waren eine Säule der → *Sozialpolitik.*

Leben im sozialistischen Betrieb: Vier Merkmale determinierten das Arbeitsleben als Erziehungsprozeß zur sozialistischen Persönlichkeit im sozialistischen Betrieb: 1. die Pflicht zur Arbeit; 2. die Monopolstellung des Staates als Arbeitgeber; 3. der Führungsanspruch der Partei (SED); 4. die Einbindung in das sozialistische Kollektiv. Auf diesen Grundlagen etablierten die Partei- und Gewerkschaftsfunktionäre ein Überwachungsnetz. Dem Arbeitskollektiv fiel die Funktion der Kontrollinstanz zu. Nur kollektives Wohlverhalten sicherte Prämien und Auszeichnungen.

Schärfste Waffe des → *Strafrechts* gegen soziale und politische Außenseiter war der § 249 (Gefährdung der öffentlichen Ordnung) StGB der DDR, der „Arbeitsscheu" als parasitäres Verhalten mit bis zu fünf Jahren Haft bedrohte; § 106 (Staatsfeindliche Hetze) und § 220 (Öffentliche Herabwürdigung) erweiterten die → *Unterdrückungsmechanismen.* Mitbestimmung verkam in diesen Beziehungs- und Machtstrukturen zur Mitwirkungspflicht an zentralistisch vorgegebenen Parteibeschlüssen.

Der sozialistische Betrieb sollte die gesamte Lebenssphäre, in der die Menschen arbeiteten, wohnten, politisch aktiv waren, sich bildeten, kulturell betätigten, sich erholten oder Sport trieben, durchdringen. Die Übertragung sozialer Aufgaben, Leistungen und Einrichtungen an die sozialistischen Betriebe entsprach dieser immanenten Logik. Ihren Machtanspruch kaschierten die Partei- und Gewerkschaftsfunktionäre mit den Formeln der „Sorge um den Menschen", dem Hinweis auf die → *sozialistischen Errungenschaften* der Arbeitspolitik und des allgemeinen Sozialwesens. So gab es schon 1948 in den Betrieben für die dort Beschäftigten Sozialeinrichtungen: Kindergärten, Werkküchen, Nähstuben, Schuhreparaturwerkstätten, Polikliniken und Ambulatorien. Die Versorgung der Belegschaften sollten Verkaufsstellen in den Betrieben sichern. Die Kampagnen zur Stärkung der sozialistischen Arbeitskollektive, der Kampf um den Titel Brigade der sozialistischen Arbeit wurden unter der Losung „Sozialistisch arbeiten, lernen und leben" geführt.

Kulturelle Einrichtungen wie Sportanlagen, Kulturhäuser, (Jugend-) Klubs, Betriebsbibliotheken u.a. stellten die Betriebe unentgeltlich zur Verfügung. Hinzu kamen die betriebseigenen Ferienplätze, Theaterbesuche, Feiern an sozialistischen Ehren- und Gedenktagen, Ferienlager für Kinder. Die Vergabe von Wohnungen und Ferienplätzen, die Zuteilung von Mangelwaren verschiedener Art, zum Teil über Sonderversorgungssysteme für volkswirtschaftlich bedeutende Betriebe, → *Auszeichnungen* und Prämien, waren die Instrumente zur Belohnung für Wohlverhalten. Für die kostenlose betriebliche Aus- und Weiterbildung wurden Bildungseinrichtungen eröffnet. Jugendobjekte und Jugendbrigaden boten Jugendlichen einen besonderen Rahmen, um ihre Verbundenheit mit Partei, Betrieb und Staat unter Beweis zu stellen. Frauensonderförderungspläne setzten die → *Frauen- und Familienpolitik* durch; sie zielte darauf, Frauen auch unter schwierigen familiären Bedingungen (alleinerziehend, kinderreich) in den Kollektiven des sozialistischen Betriebes zu halten.

Selbst einen Teil der Gerichtsbarkeit übertrug man den Betrieben. Die Konfliktkommissionen wurden 1953 als betriebliche Organe der Rechtspflege erstmals zur Entscheidung von arbeitsrechtlichen Streitigkeiten und zur Behandlung von Verstößen gegen die Arbeitsmoral legitimiert. Später entwickelten sie sich, zusammen mit den territorialen Schiedskommissionen zu gesellschaftlichen Gerichten. Ihre Entscheidungsbefugnis wurde ständig erweitert und umfaßte neben den wenigen arbeitsrechlichen Streitigkeiten vor allem Kleinkriminalität, einfache zivilrechtliche oder andere Streitigkeiten. Dieses eng geflochtene Beziehungsnetzwerk im Betrieb wurde nicht nur als Ausdruck des Repressionsinstrumentariums von Partei und Staat empfunden. Im Betrieb entstand, meist über viele Jahre gemeinsamer Arbeit geprägt, ein Zusammengehörigkeitsgefühl, das von vielen Menschen als Sicherheit und Geborgenheit erlebt wurde. Mit dem Zusammenbruch der DDR und der schnellen Auflösung der sozialistischen Betriebe und Kombinate zerfiel dieser Typ von Produktionsgemeinschaft. Die nach Effizienzkriterien ausgerichtete Marktwirtschaft führte zu Arbeitslosigkeit und verschärftem Konkurrenzdruck in den Betrieben. Entsolidarisierungsprozesse innerhalb der Belegschaften waren die Folge. So brachen scheinbar fest gefügte soziale Bindungen auseinander und erzeugten eine kollektive Orientierungslosigkeit unter den ehemals Geführten.

Sabine Lugert

Literaturhinweise:

Belwe, Katharina: Mitwirkung im Industriebetrieb der DDR. Planung – Einzelleitung – Beteiligung der Werktätigen an Entscheidungsprozessen des VEB, Opladen 1979.

Hamel, Hannelore (Hrsg.): Soziale Marktwirtschaft – Sozialistische Planwirtschaft. Ein Vergleich Bundesrepublik Deutschland – DDR, München (5. Auflage) 1989.

Keupp, Heiner/Röhrle, Bernd (Hrsg.): Soziale Netzwerke, Frankfurt/M. 1987.

Voigt, Dieter: Schichtarbeit und Sozialsystem. Zur Darstellung, Entwicklung und Bewertung der Arbeitsorganisation in der Bundesrepublik Deutschland und der DDR, Bd. 2, Bochum 1986.

Bewaffnete Kräfte

Kernstück aller Bewaffneten Kräfte/Organe der DDR war die Nationale Volksarmee (NVA), die aus der Kasernierten Volkspolizei (KVP) hervorging (→ *Wiederbewaffnung*). Dazu zählten nach SED-Verständnis auch die DDR-Grenztruppen (→ *Grenzregime*), die Zivilverteidigung (→ *Militarisierung der Gesellschaft*), die Kampfgruppen der Arbeiterklasse, das Wachregiment des MfS (→ *Staatssicherheit*) und die Deutsche Volkspolizei (→ *Polizei*) bzw. die Kasernierten Einheiten des Ministeriums des Innern (Bereitschaftspolizei), die Bestandteile der bewaffneten Kräfte sein sollten. NVA, DDR-Grenztruppen und Zivilverteidigung wurden vom Ministerium für Nationale Verteidigung geführt, die Landesverteidigung insgesamt oblag – was die staatliche Seite betraf – dem Nationalen Verteidigungsrat der DDR (→ *Nationaler Verteidigungsrat*).

Von 1956 bis 1962 war die NVA eine Freiwilligenarmee, seit Frühjahr 1962 wurden jeweils Ende April und Ende Oktober Wehrpflichtige für 18 Monate einberufen. Wehrdienst- bzw. Kriegsdienstverweigerung sahen DDR-Verfassung und -Gesetze nicht vor, seit 1964 konnte aber ein waffenloser Militärdienst in Baueinheiten der NVA absolviert werden (→ *Bausoldaten*). Für Zeitsoldaten betrug die Mindestverpflichtungszeit drei Jahre, für Berufsunteroffiziere 10 Jahre, bei Fähnrichen (eigene Laufbahngruppe zwischen Unteroffizier und Offizier) 15 Jahre, Berufsoffiziere mußten mit 25 Jahren rechnen. Mit der Entlassung aus dem Grundwehrdienst bestand die Wehrpflicht bis zur Vollendung des 50., im Mobilisierungs- oder Verteidigungsfall des 60. Lebensjahres, fort. Die Reservistenordnung legte fest, daß der gediente Soldat seine Wehrfähigkeit als Mitglied der Kampfgruppen oder/und der → *Gesellschaft für Sport und Technik* (GST) zu erhalten hatte.

Militär und Partei: Nach ihrem Selbstverständnis war die NVA als „sozialistische Armee" das wichtigste Klassen- und Machtinstrument des sozialistischen → *Staates* unter Führung der SED. Im Verbund mit den sowjetischen Truppen in Deutschland und den „anderen Koalitionsarmeen“ des Warschauer Pakts sollte die NVA die DDR gegen alle Feinde schützen. Mit etwa 173 000 Angehörigen (1989) bildete die NVA den westlichen Eckpfeiler des Ostblocks in Mitteleuropa. Von Anfang an war die NVA Produkt und Instrument sowjetischer Politik und hat der Hegemonialmacht des Warschauer Pakts „bis zum Ende die Vasallentreue gehalten und dem SED-Regime als Stütze und Mittel seiner Politik gedient“ (Joachim Goldbach, ehemaliger NVA-Generaloberst und einer der stellvertretenden DDR-Verteidigungsminister im Jahre 1992).

Die Partei- und Staatsführung von SED und DDR besetzte alle leitenden Funktionen in Armee und Flotte mit Genossen. Die Einheitspartei bestimmte allein, was in der NVA passierte. Nicht ein einziger aktiver Offizier der NVA hatte das Mitgliedsbuch einer der vier Blockparteien. 99% der Offiziere gehörten der SED an.

Höchstes leitendes Parteiorgan in NVA und Grenztruppen war die Politische Hauptverwaltung (PHV) mit den Rechten einer SED-Bezirksleitung. Der Chef dieser Einrichtung hatte de facto die Funktion eines 1. Stellvertreters des DDR-Verteidigungsministers, dieser „Parteigeneral“ war dem SED-Generalsekretär direkt unterstellt. Den Politorganen der NVA gehörten rund 6 000 Offiziere an. In einer Kompanie wurde der direkte Einfluß der SED durch den Politoffizier garantiert (zugleich Stellvertreter des Chefs), im Bataillon sorgten zumeist zwei Politoffiziere für den Zugriff der Partei, im Regiment vier bis sechs, in der Division schließlich 14 bis 16 Offiziere.

Der Stellenplan für die Politische Verwaltung der (drei) Teilstreitkräfte enthielt jeweils die Dienstposten für vier Generale und 45 bis 50 Offiziere. Dazu kamen Zivilbeschäftigte. Der PHV selbst gehörten laut Strukturdokumenten 1989 zehn Generale, 88 Oberste, 71 andere Offiziere sowie 15 Fähnriche, 13 Berufsunteroffiziere und 92 Zivilbeschäftigte an. Mit einem derart extremen Personalaufwand suchte die Parteiführung ihren Einfluß institutionell abzusichern.

Das Sekretariat der PHV berief eine Parteikontrollkommission (PKK) und beschickte nachgeordnete Gremien. Diese „Parteipolizei“ der SED verfolgte „abweichendes Verhalten“ von Armeeangehörigen und überwachte, zusammen mit der Verwaltung 2000 des MfS in der NVA, die Kontakte und das Verhalten der Soldaten aller Laufbahngruppen. Mit der Verwaltung 2000 verfügte das MfS in Truppe und Flotte über ein eigenes, unabhängiges Strukturelement, das von der Hauptabteilung I des Mielke-Imperiums geführt wurde. Unterstützt von Tausenden → *Inoffizieller Mitarbeiter* aus allen Dienstgradgruppen, versuchte das MfS, eine lückenlose interne Überwachung der NVA sicherzustellen.

Politisch-militärisch angeleitet wurden die Bewaffneten Kräfte durch das SED-Politbüro bzw. die Abteilung Sicherheitsfragen im ZK der SED, auf der staatlichen Ebene durch den Nationalen Verteidigungsrat unter seinem Vorsitzenden sowie durch den Minister für Nationale Verteidigung, der zugleich Mitglied des Politbüros war. Die praktische politische Umsetzung des Parteiwillens besorgte die Politische Hauptverwaltung. Die politischen Grundsatzentscheidungen zum DDR-Militär fielen, wenn nicht in Moskau, dann im Politbüro in Berlin. Vorbereitet vom ZK-Apparat legte man entsprechende Vorlagen zur Entscheidung vor, die zumeist vorab mit dem Verteidigungsminister besprochen worden waren (oder auf seine Initiative zustande kamen). Dabei gab es durchaus (zumal in Kader- bzw. Personalfragen) Meinungsunterschiede zwischen Verteidigungsministerium und der ZK-Abteilung Sicherheitsfragen, die dann intern oder durch Entscheid des Politbüros geklärt wurden. Verteidigungsministerium und Nationaler Verteidigungsrat, unterstützt vom Hauptstab der NVA, setzten nach Verabschiedung der Grundsatzentscheidungen diese in staatliche Normen (Anordnungen/Beschlüsse/Befehle/Direktiven) um.

Funktion und Struktur: Die NVA setzte sich aus drei Teilstreitkräften zusammen: Landstreitkräfte, Luftstreitkräfte/Luftverteidigung und Volksmarine. Die Grenztruppen der DDR konnten als 4. Teilstreitkraft angesprochen werden; von 1961/62 bis 1972/73 waren diese Teil der NVA, danach wurden sie vom Verteidigungsministerium geführt. Die Ausbildung der Grenztruppen entsprach der der Mot-Schützendivisionen der NVA – wenigstens in großen Teilen. „Abversetzungen“ von der NVA zur Grenztruppe waren üblich.

Zu den Landesstreitkräften gehörten bis 1989/90 vier Mot-Schützen- und zwei Panzer-Divisionen; darüber hinaus gab es fünf gekaderte Reserve-Mob-Divisionen. Zum Bestand der Luftstreitkräfte gehörten fünf Jagdflieger-, zwei Jagdbomber- sowie jeweils ein Transportflieger- und Transporthubschraubergeschwader. Die Volksmarine unterhielt drei Flottillen und Marinefliegerkräfte.

Die DDR-Streitkräfte waren organisatorisch in fünf Militärbezirke aufgeteilt:

I Ministerium für Nationale Verteidigung (Strausberg)
II Luftstreitkräfte/Luftverteidigung (Strausberg/Eggersdorf)
III Landstreitkräfte (Leipzig)
IV Volksmarine (Rostock)
V Landstreitkräfte (Neubrandenburg).

Den beiden Militärbezirken in Leipzig und Neubrandenburg unmittelbar unterstellt waren jeweils unter anderem eine Raketenbrigade und ein Kampfhubschraubergeschwader.

Am 1. Jan. 1990 hatte die NVA folgende Soll-Stärke: 99 300 bei den Landstreitkräften, 29 500 bei der Luftverteidigung, 4 700 bei den Luftstreitkräften, 14 100 bei der Volksmarine, 20 400 bei zentralen Verwaltungen und direkt zugeordneten Verbänden, Truppenteilen, Einheiten und Einrichtungen (Schulen). Dazu kamen etwa 56 000 Zivilbeschäftigte. Im Mobilisierungsfall standen der NVA rund 400 000 Reservisten der Kategorie I (bis 35 Jahre) zur Verfügung. In der NVA dienten seit 1956 annähernd 2,5 Mio. Wehrpflichtige und Soldaten auf Zeit.

Planung, Ausbildung, Bewaffnung und Logistik der NVA entsprachen weitgehend sowjetischen Vorgaben. Die Gliederung der Verbände wurde der Sowjetarmee nachempfunden. Von der UdSSR übernahm die NVA alle Führungsgrundsätze. Ihre höheren Offiziere erhielten alle eine Spezialausbildung in der Sowjetunion. Im Rahmen der Führungsstäbe des Warschauer Pakts bestimmten Offiziere der NVA zwar mit, alle wichtigen Entscheidungen fielen aber ausschließlich durch die Sowjetführung. Entsprechend der bis zum Frühjahr 1987 gültigen Militärdoktrin des Warschauer Pakts war die NVA Teil der sowjetischen Offensivstrategie und im Kriegsfall dazu ausersehen, im Verbund der Sowjetarmee den Aggressor auf seinem eigenen Territorium „vernichtend zu schlagen“. Bei einem Bereitschaftsgrad von 85% war die NVA theoretisch in der Lage, innerhalb von zwei Stunden die Kasernen gefechtsmäßig zu verlassen. Erst 1987 orientierte eine von Michail Gorbatschow initiierte neue Doktrin des Warschauer Pakts auf eine mehr defensive Konzeption; eine eigene DDR-Militärdoktrin konnte 1990 nicht mehr verabschiedet werden.

Ausbildung und Laufbahn: Jahrzehntelang versuchten die Verantwortlichen in Armee und Flotte, die Angehörigen durch Haßerziehung auf ein Feindbild festzulegen. Diesbezügliche Anstrengungen waren Teil einer breitangelegten Politerziehung, die von einfachen Soldaten auch als „Rotlichtbestrahlung“ bezeichnet wurde. Bis weit in die 80er Jahre hinein war es Armeeangehörigen ausdrücklich verboten, westliche Medien zu empfangen. Ehemalige höhere NVA-Offiziere berichteten nach der Wende in der DDR, tatsächlich – schon wegen der Kinder – auf Westrundfunk und Westfernsehen verzichtet zu haben. Kontakte mit Westbürgern, auch solche, die zufällig zustandekamen, waren meldepflichtig bzw. unerwünscht und verboten, auch solche im weiteren Familienkreis.

Die fachlich-militärische Ausbildung in der NVA, insbesondere die der Offiziere und Fähnriche, wird auch heute noch als gut eingeschätzt. Die Einrichtungen zur Ausbildung von Offizieren sind seit 1956 mehrfach umgestaltet worden. Zunächst bestanden mehr als ein Dutzend Offiziersschulen für einzelne Waffengattungen. Von 1956 bis 1961 gab es sogar eine Kadettenanstalt mit Kindern und Jugendlichen, die zum Offizier herangebildet werden sollten. Im Herbst 1963 faßte man die Offiziersschulen zusammen – jeweils für jede Teilstreitkraft. Anfang der 70er Jahre erhielten diese Einrichtungen Hochschulstatus, später firmierten sie – bis zum Ende – als Offiziershochschulen (OHS). Ab 1983 erfolgte die Ausbildung an diesen OHS in einem vierjährigen Studium, das mit der Verleihung eines Diploms in den verschiedenen „Profilen" beendet wurde. An der OHS der Landstreitkräfte in Löbau und Zittau wurden z.B. in 35 Disziplinen Ausbildungsprofile angeboten. Die Gesamtausbildungszeit betrug 5 000 Stunden, davon 20% gesellschaftswissenschaftliche Ausbildung (bei Politoffizieren 50%). Das Studium begann im Alter von 18 Jahren. Die Offiziersschüler hatten in der Regel zuvor eine vormilitärische Laufbahnausbildung bei der → *Gesellschaft für Sport und Technik (GST)* durchlaufen. Nach vierjährigem Studium wurde der 22jährige zum Leutnant befördert und erhielt ein Diplom. Dann schloß sich eine zwei- bis dreijährige Dienstzeit als Zugführer an, in der Folge wurde der Offizier befördert und für zwei bis drei Jahre als Kompaniechef eingesetzt. Anschließend wurde der Mann zum Bataillonslehrgang delegiert und im Bataillon verwendet. Ohne ein weiteres militärakademisches Studium war dann noch der Aufstieg möglich bis auf die Ebene Regiment oder Lehreinrichtung, verbunden mit dem Rang Major oder Oberstleutnant. Rund 10% der Offiziere wurde Gelegenheit gegeben, an einer Militärakademie ein (weiteres) Studium von drei Jahren aufzunehmen und dann als Stabschef eines Regiments oder in Führungsstäben einer Division den Dienstgrad Oberstleutnant/Oberst erreichen zu können. NVA-Offiziere für höhere Führungsaufgaben – 283 seit 1955/56 – besuchten die sowjetische Akademie des Generalstabs in Moskau (zwei Jahre); aus ihnen rekrutierten sich zumeist die Generäle. Offiziere, die nicht mehr für geeignet im Militärdienst gehalten wurden, konnten jederzeit entlassen werden. Sie fanden zum Teil recht gute Positionen im Partei-, Regierungs- und Wirtschaftsapparat.

Grundwehrdienstleistende unterlagen in der NVA Zwängen, die an Zustände in der Sowjetarmee erinnerten. Vor allem frisch eingezogene Wehrpflichtige litten unter den Drangsalierungen ihrer dienstälteren Kameraden, die von den Vorgesetzten übersehen wurden und zum Ritual gehörten. Wehrsold und Ausgang waren knapp bemessen, die sanitären Verhältnisse mangelhaft, die Unterbringung spartanisch, Mitbestimmungsrechte weitgehend unbekannt.

Auflösung: Die friedliche Revolution des Herbstes 1989 überraschte die NVA sowie alle Bewaffneten Kräfte der DDR. Versuche der alten Partei- und Staatsführung, Teile der NVA und/oder Kampfgruppen sowie Volkspolizei gegen die Demonstranten einzusetzen, scheiterten. Leitende Generale verweigerten die Gefolgschaft, die Mehrheit der Soldaten, Unteroffiziere und Offiziere beobachteten die politische Wende mit Interesse, Neugier und Unsicherheit. „Die Armee steht dabei", als die Revolution Wirkung zeigte, sie griff nicht ein, sie ließ sich nicht gegen das Volk mißbrauchen. Die alte Armeeführung unter Heinz Keßler wurde im November 1989 von reformerischen Kräften in der NVA/SED zum Rücktritt gezwungen, die neue Regierung unter Hans Modrow berief den bisherigen Chef der Volksmarine, Theodor Hoffmann, zum Verteidigungsminister, der unter erheblichen Mühen versuchte, die Ordnung in der Armee aufrechtzuerhalten. Seit der Öffnung der Grenzen 1989 hatten die DDR-Grenztruppen keine Aufgaben mehr, ihre Moral brach zusammen. Auch die reguläre Armee verzeichnete Auflösungserscheinungen und viele Fahnenfluchten. Auf Beschluß des Außerordentlichen SED-Parteitags von Anfang Dezember 1989 wurden alle Parteiorganisationen in den Streitkräften bis zum 15. Febr. 1990 aufgelöst, bis zum 1. Febr. entließ der neue Verteidigungsminister 75 Generale und Admirale der NVA, darunter die gesamte Spitze der Politorgane.

Nach den demokratischen Wahlen vom 18. März 1990 versuchte Rainer Eppelmann als Minister für Abrüstung und Verteidigung, die Lage für die NVA-Angehörigen zu stabilisieren und ihnen eine Perspektive aufzuzeigen. Spätestens aber mit der Vereinbarung im Nordkaukasus zwischen Michail Gorbatschow und Helmut Kohl im Juli 1990 – Obergrenzen von 370 000 Mann für die vereinte deutsche Armee – wurde klar, daß die NVA keine Zukunft mehr hatte. Im September 1990 verließen nahezu alle älteren, höheren Offiziere die Armee. Eppelmann gelang es noch, die Totalabwicklung der NVA zu verhindern: 51 000 NVA-Angehörige, darunter 32 000 Offiziere, erhielten eine Perspektive, von der Bundeswehr übernommen zu werden – nur ein Teil konnte oder wollte davon Gebrauch machen. Mit dem Tag der Deutschen Einheit ging die NVA unter. Damit verschwand die „sehr andere deutsche Armee" von der Bildfläche – zusammen mit dem Staat, den sie nach außen zu schützen hatte.

Peter Joachim Lapp

Literaturhinweise:

Backerra, Manfred (Hrsg.): NVA – Ein Rückblick für die Zukunft, Köln 1992.
Bald, Detlef (Hrsg.): Die Nationale Volksarmee, Baden-Baden 1992.
Hoffmann, Theodor: Das letzte Kommando. Ein Minister erinnert sich, Berlin, Bonn, Herford 1993.
Lapp, Peter Joachim: Die NVA 1956–1990, in: Materialien der Enquete-Kommission, a.a.O., Bd. II, 3, S. 1900-1972.
Naumann, Klaus (Hrsg.): NVA – Anspruch und Wirklichkeit nach ausgewählten Dokumenten, Berlin, Bonn, Herford 1993.
Schönbohm, Jörg: Zwei Armeen und ein Vaterland, Berlin 1992.

Bildende Kunst

In der DDR stand auch die bildende Kunst unter dem Dogma des → *sozialistischen Realismus*. Alle Kunstwerke, die sich nicht unter diesem ideologieträchtigen Begriff subsumieren ließen, wurden von den Parteifunktionären der SED als bürgerlich-dekadent abgelehnt.

Hieß es 1946 auf der Ersten Zentralen Kulturtagung der KPD in Berlin noch: „An die Spitze stellen wir die Forderung, daß der wissenschaftlichen Forschung und dem künstlerischen Schaffen unbedingte Freiheit zugesichert werden muß", so wurden nur zwei Jahre später auf der Ersten Zentralen Kulturtagung der SED in Berlin schon ganz andere Töne angeschlagen: „Literatur und Kunst können nur in lebendiger Wechselwirkung mit dem Volke gedeihen. Eine reale, wirklichkeitsnahe und volksverbundene Kunst kann der Förderung durch alle aufbauenden und fortschrittlichen Volkskräfte sicher sein."

Mit solchen Intentionen vermag die Kunst wenig anzufangen, da sie mit dem schöpferischen Prozeß an sich nichts zu tun haben. Zu tun damit hatten freilich die Künstler und Kunsthistoriker, auch die Betrachter.

1949 fand in Dresden die 2. Deutsche Kunstausstellung, die letzte gemeinsame übrigens (vertreten waren Künstler aller vier Besatzungszonen), statt. Schon hier wird überwiegend bemängelt, daß die Darstellung der „Arbeiter und Bauern" und das „Neue Menschenbild" fehlen.

1950 wurde der Verband Bildender Künstler Deutschlands gegründet, der in den folgenden Jahren wesentlich an den ideologischen Debatten um die Kunst beteiligt war. Neu entbrannte die berüchtigte Formalismusdebatte, in deren Ergebnis schon damals viele Künstler und Intellektuelle – vom Glauben an das „bessere Deutschland" geheilt – das Land verlassen haben. Im Zusammenhang mit dieser Auseinandersetzung wurde 1951 auf der 5. Tagung des ZK der SED beschlossen, den „Kampf gegen den Formalismus in Kunst und Literatur, für eine fortschrittliche deutsche Kultur“ zu führen, indem eine Staaliche Kommission für Kulturangelegenheiten gegründet wurde, deren Hauptaufgabe es u.a. war, die verschiedenen Kunstsparten ideologisch anzuleiten bzw. zu bevormunden.

Der Druck, den die Partei auf die Entwicklung der Kunst ausübte, wurde von Parteitag zu Parteitag stärker. Die Haupttendenzen dabei waren die Vertiefung ideologischer Aspekte und die Forderung an die Kunst, die „Wirklichkeit abzubilden“.

Diesem Anspruch widersetzten sich Künstler wie Hermann Glöckner, Willy Wolff, Claus Weidensdorfer, Gerhard Altenburg, Eberhard Göschel, Penck, Michael Morgner, Dieter Tucholke, Carlfriedrich Claus, Dieter Goltzsche, Strawalde und viele andere.

Zu den Protagonisten der Parteipolitik gehörten auf unterschiedliche Weise und mit unterschiedlichen Intentionen Willi Sitte, Bernhard Heisig, Werner Tübke, Wolfgang Mattheuer, Walter Womacka, Wolfgang Peuker, Sieghard Gille, Heinz Zander und andere.

In der Hallenser Tageszeitung „Freiheit“ vom 2. Febr. 1963 findet sich eine Stellungnahme des Malers und späteren Präsidenten des Verbandes Bildender Künstler der DDR, Willi Sitte, die erschauern läßt, gleichzeitig aber einen konkreten Eindruck von dem Verhältnis zwischen der Partei und den ihr folgenden Künstlern vermittelt. Unter der Überschrift „Meine ganze Kraft dem sozialistischen Realismus“ schreibt Sitte: „In vollem Umfang hat mir das Ergebnis des VI. Parteitages u.a. wieder Aufschluß gegeben darüber, welche Bedeutung die Kunst beim Aufbau einer sozialistischen Gesellschaft hat.“

Die V. Kunstausstellung in Dresden 1963 wurde heftig kritisiert wegen mangelnder Parteilichkeit der Kunst. Sitte bekennt dazu im selben Artikel: „...daß ich bezüglich der V. Dresdner Kunstausstellung nicht immer in vollem Umfange die Positionen meiner Partei vertreten habe [...]. Ich bekenne mich voll und ganz zu den Beschlüssen meiner Partei.“ Aber die SED hatte im Januar 1960 beschlossen, die von ihr eingesetzte Kulturkommission in eine Ideologische Kommission unter Leitung von Kurt Hager zu verwandeln, die sich den „Aufgaben der Überwindung der Trennung von Kunst und Leben, von Künstler und Volk, auf die Entfaltung eines neuen Kulturlebens der Massen“ widmen sollte.

Bei den ideologischen Fragen der Kunst ging es immer wieder um die Darstellung der Arbeiterklasse. Dabei wurden die Begriffe „falsch“ und „richtig“ auffallend häufig gebraucht. Was „falsch“ und „richtig“ war, entschieden die Parteifunktionäre. Überbetont wurde permanent die erzieherische Aufgabe, die Kunst im Sozialismus zu übernehmen habe. Dieser Aspekt wurde fast ausschließlich als Kriterium für die Qualität eines Kunstwerkes festgelegt.

Kunstwerke wurden nicht gewertet als individuelle Sicht eines Künstlers, neben der es viele andere geben kann. Es wurde verlangt, in einem Bild die Gesamtheit der Entwicklung der Gesellschaft darzustellen, und das zugleich möglichst positiv. Es kamen Bilder ins Gespräch, die oft nichts weiter als plakativ sind.

Solche Anschauungen wurden von hohen Parteifunktionären und Repräsentanten des Staates seit den 50er Jahren in bedrohlicher Weise vorgegeben.

So heißt es in einem Interview, das Walter Ulbricht 1958 im Zusammenhang mit der IV. Deutschen Kunstausstellung in Dresden veröffentlichen ließ: „Es genügt, sich die Darstellung der menschlichen Gestalt und des menschlichen Gesichtes auf manchen der ausgestellten Bilder anzusehen, um zu verstehen, was ich meine. Hier zeigt sich zweierlei: Erstens eine liberal-bürgerliche Auffassung des Arbeiters als eines ewig bemitleidenswerten, leidenden und hilflosen Mitmenschen. Zweitens die dekadente Abwertung des Menschenbildes, aus der sich ein Hang zur Darstellung des Häßlichen ergibt. Beispiele einer solchen Menschendarstellung, bei der Arme und Beine zu Stöcken werden und die Köpfe zu schematisierten eiförmigen Gebilden, sind leider noch allzu zahlreich. Künstler, die den Menschen so sehen und darstellen, müssen sich nicht wundern, wenn ihnen kein kunstliebender Arbeiter und Bauer ihre Bilder abnimmt. Und ich möchte sagen, daß auch die Organe unseres Staates einfach nicht berechtigt sind, die Schaffung und Verbreitung solcher Kunstwerke zu fördern und Arbeitergroschen für den Ankauf solcher Bilder auszugeben."

Im Prinzip hielt die SED an dieser Kunstauffassung auch unter Erich Honecker fest. Viele Künster machten es der offiziellen staatlichen Kulturpolitik jedoch zunehmend schwieriger.

Bereits in den 60er Jahren begannen einige ihre Botschaften über die Darstellung historischer Ereignisse und mythologischer Stoffe zu vermitteln, eine Entwicklung, die sich später noch verstärken sollte. Erste Beispiele dafür lassen sich 1965 in der 7. Bezirkskunstausstellung Leipzig finden.

Diese Tendenz verstärkte sich ebenso wie die zunehmend kritische Sicht der Künstler auf die gesellschaftliche Enge, die eingeschränkten Entwicklungsmöglichkeiten in den 70er Jahren.

Bei allem Streit um die Staatskünstler gilt es doch zu differenzieren: Während Willi Sitte als Propagandakünstler gilt, hat Wolfgang Mattheuer das Geschehen kritisch begleitet und in seinen Arbeiten entsprechend gestaltet. So gab es immer wieder heftigste Debatten um seine Bilder.

„Die Geschichte der Künste in der DDR wird immer mehr zu einer Geschichte der Künstler, die eigene Wege beschreiten", heißt es in der 1996 erschienenen „Kunstdokumentation".

Die jüngere Künstlergeneration, die in den 80er Jahren mit Arbeiten hervortrat, kümmerte sich kaum noch um die Vorgaben der Partei. Schnell hatten sie begriffen, daß es ihre einzige Chance ist, das Land zu verlassen oder über Freunde und Galeristen zu versuchen, auf dem westlichen Kunstmarkt bekannt zu werden.

1980 war Penck ausgewiesen worden, ihm folgten viele der jungen Künstler, wohl auch in der Hoffnung, ähnlich berühmt zu werden.

Penck ist heute weltberühmt, vielleicht der populärste bildende Künstler. Aber auch einige der jungen haben ihren Weg gefunden – Via Lewandowsky, Else Gabriel, Rainer Görß.

Das Happening „Intermedia I", das 1985 in Coswig stattfand, führte den Ungehorsam der neuen Künstlergeneration deutlich vor Augen und hatte schließlich erneute Ausreisen zur Folge.

Der Widerstand gegen Einmischungen der SED-Funktionäre in die Kunstprozesse nahm weiter zu. Das Kunstkonzept der SED konnte nicht aufgehen, weil es kunstfeindlich war.

Gabriele Muschter

Literaturhinweise:

Feist, Günther (Hrsg.): Kunstkombinat DDR, Berlin 1990.

Feist, Günter/Gillen, Eckhart/Vierneisel, Beatrice (Hrsg.): Kunstdokumentation SBZ/DDR 1945-1990, Aufsätze – Berichte – Materialien, Köln, 1996.

Gillen, Eckhart/Haarmann, Rainer (Hrsg.): Kunst in der DDR, Köln 1990.

Kultur und Kunst in der DDR, Protokoll der 35. und 36. Sitzung, in: Materialien der Enquete-Kommission, a.a.O., Bd. III, 1, S. 415-636.

Muschter, Gabriele/Thomas, Rüdiger (Hrsg.): Jenseits der Staatskultur, München 1992.

Bildungswesen und Bildungspolitik

Politische Grundlagen: Alle Inhalte schulischer und außerschulischer Bildung waren nach dem marxistischen Verständnis Gegenstände gesellschaftlicher Entscheidung und wurden als solche von der SED maßgeblich festgelegt. Bereits in den ersten Nachkriegsjahren nahm die Partei dementsprechend das Bildungswesen in die Pflicht, „auf der

Grundlage des Marxismus-Leninismus in allen Unterrichtsfächern die fortschrittlichen Ergebnisse der Wissenschaft zu vermitteln". Aus der ideologischen Position, wie sie die SED-Führung vertrat, daß das Bildungswesen Machtinstrument zur Durchsetzung der herrschenden Klasse sei und folglich deren politisch-moralische Überzeugungen zu vermitteln habe, wurde die Berechtigung abgeleitet, das bis dahin bestehende Bildungswesen im sozialistischen Sinne umzugestalten. Der Jugend sollte eine „unverrückbare Klassenposition" vermittelt werden. Es sollte – wie es im Lehrplan Staatsbürgerkunde von 1983 heißt – gelehrt werden, „für die Sache des Sozialismus in jeder Situation Partei zu ergreifen und die ganze Kraft für die begeisternden Aufgaben der sozialistischen Revolution einzusetzen". Die Überzeugung von der „Überlegenheit des Sozialismus" wurde dabei immer im Kontrast zur „untergehenden kapitalistischen Gesellschaft" gesehen und entsprechend vermittelt. Der Unterricht in allen Einrichtungen des Bildungswesens sollte mit innerer Stringenz in seinen Zielen die Auseinandersetzung mit dem Klassenfeind verfolgen. Hierzu diente ab den 70er Jahren auch die Wehrerziehung, die bereits im Kindergarten einsetzte und den Kindern „altersgemäß" entwickelte Freund-Feind-Schemata nahebrachte. Die Wehrerziehung durchzog alle Altersstufen von der Vorschule bis zur Hochschule und war auch Bestandteil der Berufsausbildung. Sie sollte die jungen Menschen zur Wehrbereitschaft motivieren, indem man ihnen einerseits vermittelte, daß sie für eine gerechte, für die freie Lebensform des → *Sozialismus* einträten. Andererseits war damit die Erziehung zum Haß gegen den Klassenfeind, vor allem gegen den Imperialismus (→ *Militarisierung*) verbunden. Das Feindbild blieb bis zuletzt Bestandteil sozialistischer Erziehung in der DDR (→ *sozialistische Persönlichkeit*).

„Antifaschistisch-demokratische" Schulreform (1945–1949): Nach dem Kriegsende wurden sehr schnell die Schlüsselpositionen in der Bildungsverwaltung mit Kommunisten besetzt. Sowjetische Bildungsoffiziere wirkten beim organisatorischen Wiederaufbau der Bildungseinrichtungen, aber auch bei grundsätzlichen inhaltlichen Entscheidungen maßgeblich mit. Es wurde eine zentrale Verwaltungsbehörde für das gesamte Bildungswesen eingerichtet: die Deutsche Verwaltung für Volksbildung. Aus ihr ging 1949 das Ministerium für Volksbildung hervor.

Bereits die ersten politischen Maßnahmen ließen das Ziel erkennen, das Bildungswesen, nach sowjetischem Vorbild und zugleich der Tradition der deutschen marxistischen Arbeiterbewegung verpflichtet, neu zu gestalten: Auflösung der Privatschulen (25. Aug. 1945); Ersetzen von Zehntausenden von Lehrern durch „Heranziehung geeigneter Antifaschisten" (häufig ohne pädagogische Vorbildung) als Hilfslehrer (→ *Entnazifizierung*); einheitliche Lehrpläne für Grund- und Oberschulen (1. Juli 1946); Gründung einer einheitlichen Jugendorganisation (26. Febr. 1946; → *FDJ*). In den Ländern der SBZ wurde im Mai/Juni 1946 durch das „Gesetz zur Demokratisierung der deutschen Schule" eine einheitliche, achtjährige gemeinsame Schule für alle Kinder eingeführt. Diese „neue deutsche Schule" setzte sich ausdrücklich von der nationalsozialistischen Schule und insgesamt auch von der „Standesschule" vor 1933 ab. Der Gedanke der Einheitsschule wurde seitdem immer wieder als bedeutende → *sozialistische Errungenschaft* gefeiert. Jedoch blieb das pädagogische Problem weitgehend ungelöst, wie im Rahmen dieser Schule Differenzierungen möglich und organisatorisch durchzuführen wären, die individuelle Begabungen und Interessen zugleich im Sinne der Betroffenen und der intendierten gesellschaftlichen Bedürfnisse berücksichtigten.

Nach dem Schulgesetz von 1946 gliederte sich das Bildungswesen in: 1. Vorstufe (Kindergarten); 2. achtklassige Grundstufe (Grundschule); 3. Oberstufe (Berufs- und Fachschule; vierjährige Oberschule); 4. Hochschule (Universität).

In der ersten Aufbauphase verfolgte die SED-Führung von Anfang an das Ziel, den Erziehungsauftrag der Bildungseinrichtungen den jeweils von der Politik festgelegten Maßgaben anzupassen. Diese ideologische Einflußnahme ging einher mit der innerparteilichen Formung der → *SED* zur „Partei neuen Typus". Ab dem Herbst 1947 verstärkte die SED ihre Bemühungen, durch Schulungsarbeit den Einfluß der Partei in der Bildungs- und Jugendarbeit auszuweiten, da man den erreichten Grad ideologischer Durchdringung als unbefriedigend erachtete. Hans Siebert, damaliger Hauptreferent des ZK der SED für Schul- und Erziehungsfragen, forderte auf der Lehreraktivistenkonferenz in Leipzig Mitte November 1948 die kritische Auseinandersetzung mit der „spätbürgerlichen Reformpädagogik" und trat für das Studium der marxistischen Erziehungswissenschaft und der Sowjetpädagogik ein, um auf dieser Grundlage ein „modernes, deutsches, demokratisches Erziehungswesen" aufbauen zu können.

Die DDR-Pädagogen bezeichneten den IV. Pädagogischen Kongreß im August 1949 in Leipzig als Abschluß der antifaschistisch-demokratischen Umgestaltung des Schulwesens.

Aufbau des sozialistischen Bildungswesens (1949–1961/62): Zunächst wurden die „ideologisch-theoretischen Grundpositionen der neuen deutschen Pädagogik in der DDR" als einer Wissenschaft auf der Grundlage des → *Marxismus-Leninismus* bestimmt, der die „objektiven Wahrheiten" enthalte. Die Inhalte und Ziele der pädagogischen Wissenschaft sollten unmittelbar mit den aktuellen Aufgaben entsprechend der jeweiligen Entwicklung der Gesellschaft verbunden werden. Diese bildungspolitische Leitlinie fand ihren konkreten Niederschlag in den Kampagnen 1951 und 1952 zum Studium der sowjetischen Pädagogik. Die ersten „marxistisch-leninistischen" Lehrpläne mit Russisch als einziger Fremdsprache wurden am 1. Sept. 1951 eingeführt.

Die Ideologisierung des Bildungswesens wurde schnell vorangetrieben: 1951 bis 1952 mußten alle Lehrer, Kindergärtnerinnen und Heimerzieher an obligatorischen Weiterbildungskonferenzen über die Sowjetpädagogik teilnehmen. Viele Lehrer, Hochschullehrer und Schulfunktionäre wurden nach 1949 abgesetzt oder aus ihrer Bildungseinrichtung verwiesen. Nach Schätzungen verließen 1949 bis 1953 etwa 9 000 Lehrkräfte und nach amtlichen Zählungen (Antragsteller im Bundesnotaufnahmeverfahren) zwischen 1954 und 1961 17 877 Lehrer und 769 Hochschullehrer die DDR.

Auf dem III. Parteitag der SED im Juli 1950 betonte Walter Ulbricht, „die Erfüllung der großen Aufgaben des Fünfjahrplans" mache es notwendig, „daß auch Zehnklassenschulen eingeführt werden, deren Schüler zum Studium an Ingenieurschulen oder Schulen ähnlichen Charakters übergehen könnten". Die Bemühungen um die Zehnklassenschule sowie die polytechnische Bildung waren auch Ausdruck des engen Zusammenhangs von Bildungspolitik und wirtschaftlichen Bedingungen; d.h. Erziehung und Ausbildung wurden vorrangig am Bedarf an Arbeitskräften in der Volkswirtschaft orientiert. In den Thesen „Über die sozialistische Entwicklung des Schulwesens in der DDR" forderte das ZK der SED am 17. Jan. 1959 dann den Aufbau der zehnklassigen allgemeinbildenden Polytechnischen Oberschule ausdrücklich als Grundlage für die berufliche Tätigkeit und für alle weiterführenden Bildungseinrichtungen.

Die sozialistische Umgestaltung des Bildungswesens – insbesondere der Schule – wurde um 1955 verstärkt und in den 60er Jahren mit der Einrichtung des einheitlichen sozialistischen Bildungswesens abgeschlossen. Die Phase des Experimentierens hinsichtlich der strukturellen Gliederung der Schule fand ihren vorläufigen Abschluß in dem Gesetz vom 2. Dez. 1959, das die zehnklassige allgemeinbildende Polytechnische Oberschule zur Pflichtschule erklärte und das gesamte Bildungswesen auf eine polytechnische Grundlage stellte (→ *polytechnische Bildung*).

In dieser Periode wurde die Pädagogik wissenschaftlich, ideologisch und politisch als eine Disziplin begründet, welche die Inhalte ihres Ge-

genstandes aus dem Marxismus-Leninismus herleitete. Ihre Aufgabe war es, sich „mit der bewußten, systematischen und planmäßigen Entwicklung der Menschen" und mit dem „Problem der allseitigen Entwicklung der Persönlichkeit" (→ *sozialistische Persönlichkeit*) auseinanderzusetzen.

Gestaltung des Bildungssystems ab 1961/62: Diese Phase der Gestaltung des einheitlichen sozialistischen Bildungssystems reichte mit zwei deutlichen Akzentsetzungen 1971 und 1981 bis zum Ende der DDR. In der Praxis hatte sich das Schulgesetz von 1959 als nicht durchführbar erwiesen; denn die zehnklassige Oberschule führte nur dem Namen nach zur Hochschulreife. Die Erweiterte Oberschule (EOS) öffnete nur über Ausleseverfahren den Weg zur Hochschule (→ *Zulassungsbedingungen*).

Der entscheidende Anstoß für ein neues bildungspolitisches Konzept erfolgte auf dem VI. Parteitag der SED im Januar 1963 mit dem dort proklamierten Ziel des umfassenden Aufbaus des Sozialismus in der DDR. Die gesellschaftliche Funktion des Bildungswesens wurde in noch stärkerem Maße als bisher im Kontext der ökonomischen Aufgaben – Steigerung von Produktion und Arbeitsproduktivität – unter der leitenden Idee der „Meisterung der technischen Revolution" als Ziel der anstehenden Entwicklungsphase auf dem Wege zur Vollendung der sozialistischen Gesellschaft gesehen (→ *Sozialismus*).

Das „Gesetz über das einheitliche sozialistische Bildungssystem" vom 25. Febr. 1965 lieferte die für das gesamte Bildungswesen bis zum Ende der DDR gültige Struktur, deren Bestandteile die Einrichtungen der Vorschulerziehung, die zehnklassige allgemeinbildende polytechnische Oberschule, die Einrichtungen der Berufsausbildung, die zur Hochschulreife führenden Bildungseinrichtungen, die Ingenieur- und Fachschulen, die Universitäten und Hochschulen sowie die Einrichtungen der Aus- und Weiterbildung der Werktätigen waren. Im Unterschied zum Gesetz von 1959, das den egalitären Auftrag der Schule hervorgehoben hatte, wird differenzierter formuliert, daß in bestimmten Fällen „die Oberschulbildung in den Einrichtungen der Berufsausbildung oder der Aus- und Weiterbildung der Werktätigen beendet werden" könnte (→ *Berufsausbildung*; → *Fachschulen*).

Obwohl nach dem VII. Parteitag der SED im April 1967 die weiterführenden Bildungseinrichtungen und die berufliche Aus- und Weiterbildung noch stärker an der Beschäftigungssituation orientiert wurden, erfüllten sich trotz mehrfacher Revision der Zielvorgaben die Vorstellungen der SED nicht, daß das einheitliche Bildungssystem eine neue Elite ausbildete, welche die sozialistische Planwirtschaft effektiver zu gestalten vermöge. Vielmehr trug die Bildungspolitik insofern zur „negativen Führungsauslese“ (Max Weber) bei, als Bereitschaft zur ideologischen Anpassung, Einbindung in bürokratische Strukturen und diszipliniertes Sozialverhalten höher bewertet wurden als Individualität und Kritikfähigkeit.

Mit dem von der SED erklärten Übergang zum real existierenden Sozialismus und dem Wechsel in der Führung von Ulbricht zu Honecker folgte eine weitere Akzentverlagerung in der Bildungspolitik. Margot Honecker forderte auf dem VIII. Parteitag 1971 die Heranbildung von 900 000 hervorragend ausgebildeten Facharbeitern im Fünfjahrplanzeitraum; denn dies sei „von entscheidender Bedeutung für die Entwicklung unserer gesamten sozialistischen Gesellschaft und ihrer führenden Kraft, der Arbeiterklasse.“ In der praktischen Umsetzung des neuen Kurses sank die Zahl der Neuzulassungen zum Studium um etwa ein Viertel. Nur noch knapp 12% der Altersgruppe der 19–21jährigen (Bundesrepublik zur gleichen Zeit etwa 18% mit steigender Tendenz) wurden zum Studium zugelassen. Diese Quote blieb in der DDR bis 1989 etwa gleich. Seit Mitte der 70er Jahre konnten jährlich nur noch knapp 10% der 10. Jahrgangsstufe in die EOS und knapp 5% in die Berufsausbildung mit Abitur (→ *Berufsausbildung*) wechseln. Neben dem Notendurchschnitt spielten die ideologische Zuverlässigkeit, die beruflichen Pläne (z.B. Offizierslaufbahn in der NVA) und die soziale Herkunft eine wesentliche Rolle bei der Auswahl und Zulassung zu weiterführenden Bildungseinrichtungen (→ *Zulassungsbedingungen*). Jedoch waren damit die Chancen von Arbeiterkindern, eine Hochschule besuchen zu können, nicht höher als etwa in der Bundesrepublik.

In den 70er und 80er Jahren wurden die Bemühungen verstärkt, individuelle Begabungen zu fördern, nachdem ein Defizit an Kreativität und Eigenständigkeit bei den Absolventen der Bildungseinrichtungen auftrat, was sich auch negativ auf die Wirtschaft auswirkte. Ein besonderes Augenmerk galt der Begabtenförderung durch außerschulische Bildungseinrichtungen: Schülergesellschaften in den mathematisch-naturwissenschaftlichen Fächern; Musikschulen mit Zugang nur über Aufnahmeprüfungen; Stationen junger Techniker und Naturforscher der FDJ und Veranstaltungen der Schüler-URANIA. Auf solche stark anwachsende Formen außerschulischer Bildung mit Differenzierungscharakter fand die allgemeinbildende Einheitsschule keine Antwort.

Alle Anstrengungen der politischen Führung, zu höheren Leistungen und zu verstärktem gesellschaftlichen und politischen Engagement zu motivieren, damit die DDR als „moderner sozialistischer Industriestaat mit der weltweiten wissenschaftlich-technischen Revolution Schritt halten“ (Erich Honecker) könne, scheiterten, da es nicht gelang, glaubhaft zu machen, daß die ideologischen Zielvorgaben auch in die Praxis umsetzbar wären. Vielmehr waren in den 80er Jahren die Rückschritte in der Leistungsfähigkeit der Volkswirtschaft unverkennbar.

Die Rolle des Lehrers: Als Hauptaufgabe des Lehrers bzw. Pädagogen nennt die Schulordnung von 1979 „die Erteilung eines wissenschaftlichen, parteilichen und lebensverbundenen Unterrichts.“ Von den Lehrern wurde erwartet, daß sie, in ihrem „gesellschaftlichen und persönlichen Leben der jungen Generation stets Vorbild“ seien. Nach dem Bildungsgesetz von 1965 sollte sich der Lehrer auch in seiner „gesellschaftlichen Tätigkeit außerhalb des Unterrichts [...] Aufgaben der Erziehung und der Freizeitgestaltung der Jugend“ zuwenden. Hierzu zählte die Betreuung der Schüler in Arbeitsgemeinschaften, Sportgruppen, Klubs und in den organisierten Ferien.

Auf allen Parteitagen seit 1972 wurde stereotyp immer wieder der gesellschaftliche Auftrag des Lehrers in der entwickelten sozialistischen Gesellschaft betont. Als Beauftragter des Arbeiter- und Bauernstaates (→ *Staat*) präge er entscheidend das geistige, politische und moralische Antlitz der Jugend und beeinflusse damit Gegenwart und Zukunft. Der Lehrer wurde von der SED hoch eingeschätzt. Seine Tätigkeit, die Formung sozialistischer Persönlichkeiten, stellte in der Sichtweise der SED eine fortgesetzte ideologische Anforderung dar. Die Lehrer und Erzieher – gleiches galt auch für die Hochschullehrer – waren die Werkzeuge der Partei, welche die → *Kader* „produzierten“; deshalb wurden seitens der SED erhebliche Anstrengungen darauf verwandt, die Lehrerausbildung und -weiterbildung zu verbessern und vor allem die Pädagogen ideologisch zu schulen. Besondere Anstrengungen galten der ideologischen Schulung der Geschichts- und Staatsbürgerkundelehrer. Das Bildungsgesetz von 1965 postulierte ausdrücklich die Einheit von politisch-ideologischer, fachlicher und pädagogischer Weiterbildung.

Die Frage, welche Freiräume dem Lehrer noch blieben, läßt sich nur schwer beantworten. Einerseits waren die Stundendeputate niedriger als in der Bundesrepublik und die Klassen kleiner. Andererseits engten Reglementierungen seine pädagogischen Möglichkeiten ein. Die Eingriffe reichten bis zu zentralen Anweisungen für die Bewertung von Schülerleistungen. Wegen der vielfältigen Kontakte mit den Schülern und den auf die Schule einwirkenden Kräften (Schulorganisationen der SED, Schulgewerkschaften, Weiterbildungsinstitutionen) hatten die Lehrer zudem größere Möglichkeiten, den Schüler zu beeinflussen. Man kann dem Lehrer in der DDR daher ein hohes Maß an pädagogischer Verantwortung zuschreiben; dieses gilt im positiven, aber auch im negativen

Sinne. Wenn auch die politisch-ideologische Erziehung nicht die von der SED erwünschten Erfolge erzielt hatte, gelang doch weitgehend die Disziplinierung der Schüler im Stile antiquierter Pädagogikkonzepte.

Die Lehrer hatten insgesamt zu ihrem Staat und ihrer Gesellschaft ein positiveres Verhältnis als die Durchschnittsbevölkerung. Die überwiegende Mehrzahl der Lehrer und Erzieher war SED-Mitglied. Gleichwohl läßt sich hieraus nicht ableiten, daß die Mehrzahl der Lehrer das SED-Regime aktiv stützte.

Wirksamkeit politischer Indoktrination: Besonders fragwürdig waren die Vermittlung sozialistischer Werte, die Umsetzung politischer Parolen, der Appell an die Solidarität mit der sozialistischen Staatengemeinschaft, die patriotische Erziehung oder der Aufruf zu Arbeiten für das Kollektiv, zumal die Sprache der politischen und wissenschaftlichen Kader zu Floskeln verkümmerte. Diese stereotype Sprache war autoritär wie das System, das sich ihrer bediente (→ *Sprache und Politik*). Stereotype und autoritative Handlungsanweisungen durchzogen auch die Schulgesetze, Lehrpläne, Unterrichtsmaterialien und Unterrichtshilfen. Entlarvend wirkten dann Formulierungen wie die „Linienführung" des Unterrichts entsprechend den politisch-ideologischen Vorgaben.

Selbst die SED bezweifelte anscheinend die Wirksamkeit ihrer ideologischen Einflußnahme. In den 50er und verstärkt in den 80er Jahren äußerte sie wiederholt Bedenken hinsichtlich des politisch-ideologischen Ausbildungsstandes ihrer wissenschaftlichen und pädagogischen Kader und deren Fähigkeit bzw. Bereitschaft, den ihnen aufgetragenen Beitrag zur Erziehung des sozialistischen Menschen leisten zu können. Margot Honecker wies mehrfach darauf hin, daß die „Lehrerbildner", Lehrer und Studenten weiter spürbare Fortschritte auf dem Weg zur Ausgestaltung der sozialistischen Gesellschaft machen müßten, wie sie im Programm der SED vorgezeichnet war und auf den Parteitagen und pädagogischen Kongressen jeweils präzisiert bzw. neu bestimmt wurde.

Der Zusammenbruch des SED-Regimes bedeutete gleichzeitig die Bankrotterklärung der politisch-ideologischen → *Erziehung* und mithin des sozialistischen Bildungssystems.

Udo Margedant

Literaturhinweise:

Anweiler, Oskar: Schulpolitik und Schulsystem in der DDR, Opladen 1989.
Fischer, Andreas: Das Bildungssystem der DDR. Entwicklung, Umbruch und Neugestaltung seit 1989, Darmstadt 1992.

Fischer, Bernd-Reiner: Das Bildungs- und Erziehungssystem der DDR, in: Materialien der Enquete-Kommission, a.a.O., Bd. III, 2, S. 852-875.
Geißler, Gert/Wiegmann, Ulrich: Schule und Erziehung in der DDR. Studien und Dokumente, Neuwied 1995.
Margedant, Udo: Das Bildungs- und Erziehungssystem der DDR, in: Materialien der Enquete-Kommission, a.a.O., Bd. III, 3, S. 1489-1529.
Neuner, Gerhart: Allgemeinbildung, Berlin (Ost) 1989.
Schneider, Ilona Katharina: Weltanschauliche Erziehung in der DDR. Namen – Praxis – Opposition, Opladen 1995.
Waterkamp, Dieter: Handbuch zum Bildungswesen der DDR, Berlin 1987.

Binnenhandel

Macht- und ordnungspolitisch (→ *Eigentum*) konsequent unterwarf sich die SED-Führung unmittelbar nach der Machtergreifung und mit Hilfe der SMAD nicht nur die Schaltzentralen der produzierenden Wirtschaft, sondern auch den gesamten Wirtschaftsverkehr auf dem Inlandsmarkt. Alle Geld- und Warenströme dort sollten ihrem Einfluß und Gestaltungswillen unterliegen. Zu diesem Zweck unterstellte man erstens alle grenzüberschreitenden Warenbewegungen strikter staatlicher Planung und Aufsicht (Außenhandelsmonopol) (→ *Außenwirtschaft;* → *innerdeutsche Wirtschafts- und Finanzbeziehungen*). Zweitens wurde Geld in Umlauf gebracht, das ausschließlich Kaufkraft im Inland besaß (Binnenwährung) (→ *Geld- und Währungswesen*), so daß Betriebe und private Haushalte ihre Nachfrage prinzipiell nur mit Produkten und Leistungen befriedigen konnten, die auf dem Binnenmarkt angeboten wurden. Drittens schließlich verdrängte man das privatwirtschaftliche Unternehmertum aus jenen Betrieben und Einrichtungen, die mit der Warenversorgung des Binnenmarktes befaßt waren. Das betraf sowohl die Groß- wie die Einzelhandelsunternehmen für Produktionsmittel und (oder) Konsumgüter als auch die Betriebe des Hotel- und Gaststättengewerbes, da letztere in der DDR-Statistik dem Binnenhandel zugeordnet wurden. Im Ergebnis dieser Kampagne wurde eine ganze soziale Schicht wirtschaftlich weitgehend liquidiert.

Weil ihm eine Schlüsselstellung im Binnenhandel zukam, entstand in der damaligen SBZ sehr schnell ein staatseigener Großhandel, überwiegend auf dem Wege direkter oder indirekter Enteignung (staatliche Übernahmen oder Mehrheitsbeteiligungen) vormals privater Unternehmen. Die so geschaffenen und der Deutschen Handelszentrale (DHZ) unterstellten Großhandelsbetriebe hatten die Industrie, die Landwirtschaft und den Einzelhandel mit Produktionsmitteln oder Konsumgütern zu versorgen. Bereits 1950 realisierte dieser staatliche Großhandel mehr als 65% des gesamten Großhandelsumsatzes; 15 Jahre später, nur vier Jahre nach dem Mauerbau, betrug dieser Anteil bereits 95%.

Die Betriebsformen und -strukturen des staatlichen Großhandels veränderten sich mehrmals über die Zeit, nicht aber deren straffe Führung und Kontrolle durch die Machtinstanzen der SED. Beim politischen Ende der DDR existierten beispielsweise im staatlichen Konsumgüter-Großhandel sieben spezialisierte Unternehmen, von denen – gemessen an der Umsatzleistung und den zu beliefernden Einzelhandelsbetrieben – die beiden wichtigsten die für Waren des täglichen Bedarfs (WtB) sowie für Obst, Gemüse, Speisekartoffeln (OGS) waren. Die übrigen fünf Großhandelsunternehmen waren spezialisiert auf Textil- und Kurzwaren, Schuhe und Lederwaren, Technik, Möbel, Kulturwaren und Sportartikel sowie auf Exquisit- und Delikaterzeugnisse. Sie alle unterlagen der SED-Führung und -Kontrolle auf mindestens drei Ebenen: der zentralen wirtschaftsleitenden über das Ministerium für Handel und Versorgung (→ *Ministerrat*), der administrativen über die Bezirks- und Kreisverwaltungen sowie der SED-internen über die hierarchischen Gliederungen vom Parteisekretär eines Großhandelsbetriebes über die Kreis- und Bezirksleitungen bis hinauf zum Sekretär für Handel und Versorgung beim → *ZK der SED*.

Bei der Gleichschaltung des überwiegend für die Versorgung der Bevölkerung zuständigen Einzelhandels ging die SED-Führung subtiler vor. Zunächst ließ man gemäß Befehl Nr. 176 der SMAD vom 18. Dez. 1945 den Neuaufbau der Konsumgenossenschaften zu. Ende 1945 existierten bereits 5 380 Konsum-Verkaufsstellen. 1950 erreichten die Konsumläden bereits 17% am gesamten Einzelhandelsumsatz der DDR. Ergänzend dazu entstanden ab 1948 die Verkaufseinrichtungen der Staatlichen Handelsorganisation (HO), die anfangs bevorzugt lang entbehrte Gebrauchsgüter und Lebensmittel ohne Bewirtschaftung (Lebensmittelkarten) anboten. Schon 1950 vereinten die knapp 2 300 HO-Geschäfte gut 26% des Einzelhandelsumsatzes auf sich, während die 219 000 privaten Verkaufsstellen einschließlich des verkaufenden Handwerks einen Umsatzanteil von knapp 53% (davon 12% für Handwerk) erbrachten. Noch vor dem Mauerbau stieg der Anteil des sog. sozialistischen Detailhandels in HO- und Konsum-Läden auf über 77%. Die rund 140 000 privaten Geschäfte hatte man bis 1960 dank gezielter Behinderung (Steuern, Kreditgewährung, Belieferung mit Waren) auf einen Anteil von gut 16% abgedrängt. Der Rest entfiel auf den seit 1956 etablierten Kommissions- bzw. halbstaatlichen Handel.

Nach 1961 ging die Zahl der privaten Geschäfte und Gaststätten im Einzelhandel drastisch zurück (1987: 25 600) und auch der Umsatzanteil sank weiter (1987: 8,5%) und erreichte seinen Tiefststand 1989 mit 4,9%. Den Hauptteil des Umsatzes von 1989 erwirtschafteten die rund 95 000 Geschäfte des sozialistischen Einzelhandels, darunter 1 260 Kaufhallen, rund 330 branchenspezialisierte Kauf- und 30 traditionelle Warenhäuser.

Die Entwicklung des Binnenhandels vollzog sich unter dem ideologischen Leitbild vom Primat der Produktion im Sozialismus. Entsprechend gering fielen die staatlichen Zuwendungen zum Aufbau einer modernen Infrastruktur im Handel aus. Während die Investitionen für industrielle Vorhaben seit Bestehen der DDR jährliche Anteile an allen volkswirtschaftlichen Investitionen von 43–58% erreichten, lagen die vergleichbaren Ausgaben für den gesamten Binnenhandel bei 2,5 bis 3,5%. Unter diesen Rahmensetzungen konnte sich der Binnenhandel nicht zu einem bedeutenden Wachstumsfaktor der Volkswirtschaft entfalten. Während sich der Index der industriellen Produktion 1989 gegenüber 1950 um das 12,4fache vergrößert hatte (→ *Industriepolitik*), steigerte sich der vergleichbare Einzelhandelsumsatz nur auf das 7,6fache (→ *Lebensstandard*).

Gernot Schneider

Literaturhinweis:

Thalheim, Karl C.: Die wirtschaftliche Entwicklung der beiden Staaten in Deutschland, Opladen (3., überarb. und erw. Aufl.) 1988.

Blockparteien → **Blockpolitik** → **Nationale Front**

Blockpolitik

Die Blockpolitik war ein wichtiges Element der SED-Bündnispolitik und bezeichnete die Zusammenarbeit zwischen der Einheitspartei und den mit ihr „befreundeten“ Parteien sowie ausgewählten → *Massenorganisationen*. Mitglieder des Blocks waren in den letzten Jahren der DDR alle Parteien und Organisationen, die zugleich eine Fraktion in der → *Volkskammer* stellten (SED, CDU, LDPD, DBD, NDPD, FDGB,

FDJ, DFD, Kulturbund und Vereinigung der gegenseitigen Bauernhilfe). Ausschüsse des Demokratischen Blocks gab es an zentraler Stelle in Ost-Berlin, in den Bezirken, Kreisen und Städten.

Geschichte: Die historischen Wurzeln der Blockpolitik reichen bis in die 30er Jahre zurück. Unter dem Eindruck der sich verfestigenden nationalsozialistischen Herrschaft in Deutschland befürwortete die (von der KPdSU kontrollierte) Kommunistische Internationale eine breitangelegte Bündnispolitik, um so den Sturz der NS-Diktatur zu erreichen. Die KPD, die sich in der Weimarer Republik noch als einzige antifaschistische Kraft definiert hatte, paßte sich dieser Taktik an. Die Bildung einer Volksfront war u.a. Kern des im Moskauer Exil entwickelten Konzepts für den politischen Neubeginn in Deutschland nach dem Kriege und schließlich auch eine wichtige Forderung im Gründungsaufruf der Partei vom 11. Juni 1945. Er war in engem Kontakt zur KPdSU-Führung in Moskau erarbeitet worden und trug zugleich den deutschlandpolitischen Zielen der Sowjetunion Rechnung.

Nicht zuletzt aus taktisch motivierter Rücksichtnahme auf die übrigen Siegermächte und die potentiellen Bündnispartner bekannte sich die KPD dort zu einer nichtrevolutionären, antifaschistisch-demokratischen Programmatik und verstand ihren Aufruf zugleich als „Grundlage zur Schaffung eines Blocks der antifaschistischen, demokratischen Parteien (der Kommunistischen Partei, der Sozialdemokratischen Partei, der Zentrumspartei und anderer)“. KPD und → *SMAD* drängten die Gründer der übrigen Parteien, sich möglichst sofort zu einer solchen Kooperation bereit zu erklären. Die Konstituierung des Blocks war in dieser Phase offensichtlich eines der wichtigsten Ziele sowjetischer Besatzungspolitik. Absicht der KPdSU-Führung war es vermutlich, mit der raschen, unter eigener Kontrolle vollzogenen Wiedergründung politischer Parteien im noch allein von der Roten Armee besetzten Berlin das zukünftige gesamtdeutsche Parteiensystem vorzuprägen, zu präjudizieren und mit dem Block ein Gremium zu schaffen, das der KPD die gleichberechtigte Beteiligung am politischen Prozeß überall dort verbriefte, wo dieses Modell übernommen wurde – im Idealfall auch im Westen. Unverkennbares Bestreben war es, von Berlin aus politische Weichen zu stellen, noch bevor die Siegermächte auf der Potsdamer Konferenz versuchten, zu gemeinsamen Beschlüssen über Deutschland zu kommen.

Die Berliner Sozialdemokraten (→ *SPD*) reagierten im Frühjahr 1945 positiv auf das Kooperationsangebot der KPD und bildeten am 19. Juni 1945 einen Gemeinsamen Arbeitsausschuß, der sich u.a. das Ziel setzte, mit den anderen im Entstehen begriffenen Parteien „Vereinbarungen über die Bildung eines festen Blocks" zu treffen. In Anbetracht der katastrophalen sozialen und wirtschaftlichen Lage erklärten sich auch die Gründungsinitiatoren von → *CDU* und → *LDP* zum Blockbeitritt bereit. Beide Parteien wurden daraufhin am 10. Juli 1945 von den sowjetischen Dienststellen zugelassen.

Nachdem die KPD den Wünschen der Union entsprochen hatte, den Begriff „Block" zu eliminieren und die Eigenständigkeit der Mitgliedsorganisationen ausdrücklich hervorzuheben, konnte am 14. Juli 1945 das Gründungskommuniqué der Einheitsfront der antifaschistisch-demokratischen Parteien Deutschlands veröffentlicht werden, unterzeichnet von den Vorsitzenden der vier Mitgliedsparteien. Durch die enge Verknüpfung der Lizenzierung mit der Bereitschaft zum Beitritt kann von einer „Hineingründung" der CDU und der LDP in den Block gesprochen werden.

Im Kommuniqué war gefordert worden, auch in den Ländern, Kreisen und Gemeinden entsprechende Vereinbarungen zu treffen. Dies gelang oft nur mit größerer Verzögerung. Zudem hatten die Ausschüsse auf unterer Ebene z.T. eine wesentlich andere politische Funktion, zuweilen auch eine andere Zusammensetzung. In den Gemeinden fungierten sie oft als bloße Entnazifizierungsorgane und wichen später den Ausschüssen der → *Nationalen Front*, in den Ländern ähnelte ihre Tätigkeit mitunter der von Ausschüssen der 1946 gewählten Landtage, in denen die Parlamentsarbeit vorbesprochen und Konflikte zu lösen versucht wurden.

Die Modalitäten der Zusammenarbeit regelte die am 27. Juli 1945 verabschiedete, seinerzeit unveröffentlichte Geschäftsordnung. Jede Partei konnte danach fünf Vertreter in den zentralen Einheitsfront-Ausschuß entsenden. Er sollte zweimal im Monat zusammentreten, der Vorsitz von Sitzung zu Sitzung wechseln. Beschlüsse konnten nur „auf dem Wege der Vereinbarung, somit nicht durch Abstimmung" gefaßt werden, sollten dann aber als „Parteibeschlüsse" für die Gesamtorganisation verbindlich sein – eine Zentralisierung, die gerade der KPD wichtig war. Faktisch hatte somit jede Partei eine Art Vetorecht. Was nicht die Zustimmung aller fand, so schien es, konnte auch nicht verwirklicht werden.

Blockpolitik 1945–1948: Tatsächlich aber war die politische Macht, dem Besatzungsstatus entsprechend, bei der SMAD konzentriert. Sie konnte frei darüber befinden, welche Entscheidungen sie per Befehl treffen, welche sie den deutschen Verwaltungen und Parlamenten und welche dem Einheitsfront-Ausschuß überlassen wollte. Es ging ihr offensichtlich primär darum, den zunächst noch ausschließlich von der Militärregierung getroffenen gesellschaftspolitischen Grundentscheidungen durch die Zustimmung der Parteien eine breite Legitimation zu verschaffen und die Veränderungen nicht als rein besatzungspolitisch-administrative Maßnahmen erscheinen zu lassen. Dies war nicht zuletzt im Interesse sowjetischer Deutschlandpolitik wichtig. Sie wollte das in der östlichen Besatzungszone Verwirklichte im Westen als Modell für Gesamtdeutschland propagieren.

Gesucht wurde die Zustimmung des Einheitsfront-Ausschusses vor allem zur → *Bodenreform*, zur Enteignung der großen Industriebetriebe (Sommer 1946), zur Schaffung vorparlamentarischer Gremien 1947/48 (→ *Volkskongreßbewegung*), zur Anerkennung der → *Oder-Neiße-Grenze* und zur Gründung der DDR.

In diesen für die sowjetische Deutschlandpolitik essentiellen Fragen existierte das Vetorecht der Blockmitglieder faktisch nicht. Wurde die Zustimmung verweigert, wie im Falle der CDU zur entschädigungslosen Bodenenteignung und zur Volkskongreßbewegung, so zögerte die SMAD-Spitze nicht, ihre machtpolitischen Möglichkeiten zu nutzen und die Vorsitzenden kurzerhand abzusetzen.

Auch zwischen den Mitgliedsorganisationen des Blocks verlief die Zusammenarbeit konfliktreich. CDU und LDP kritisierten immer wieder das Verhalten der KPD/SED, die, begünstigt durch ihre enge Zusammenarbeit mit der Besatzungsmacht, die Arbeit des Einheitsfront-Ausschusses prägte und ihre Partner eher als Gegner denn als Verbündete zu betrachten schien. Schon im Herbst 1945 stellte die CDU aufgrund von Presseangriffen der KPD gegen einzelne ihrer Führungsmitglieder die Zusammenarbeit vorübergehend ein. Die erste gravierende Änderung in der Zusammensetzung des Blocks trat im April 1946 mit der Vereinigung von KPD und SPD zur SED ein. Der Versuch der SED, schon gleich nach ihrer Gründung den → *FDGB* als weiteres Mitglied in die Einheitsfront zu integrieren, die Konflikte um die Benachteiligung der nichtmarxistischen Parteien bei den Gemeinde- und Landtagswahlen 1946 sowie die Auseinandersetzungen um die Industrieenteignungen und die Verabschiedung von Landesverfassungen belegen, wie schwierig sich das Miteinander in der Praxis gestaltete. Die KPD/SED tat sich schwer, den modifizierend-hemmenden Einfluß der Blockpartner zu dulden, den ihnen diese Form der Zusammenarbeit immerhin ermöglichte.

Funktionswandel seit Ende der 40er Jahre: Ab Mitte 1948 setzte die SED ihren Führungsanspruch auch gegenüber CDU und LDPD schrittweise durch. Der Charakter der Zusammenarbeit veränderte sich damit grundlegend. Der Demokratische Block, so die neue Bezeichnung, wurde mehr und mehr zum Vollzugsorgan der SED-Bündnispolitik. Am Ende dieses Prozesses, der sich bis Ende 1952 hinzog, waren CDU und LDPD faktisch zu abhängigen Organisationen geworden, deren Repräsentanten den Führungsanspruch der zur leninistischen „Partei neuen Typus" umgeformten SED vorbehaltlos anerkannten. Der Begriff Blockpartei wurde im Westen Deutschlands wie in großen Teilen der DDR-Bevölkerung zum Synonym für eine abhängige Organisation. Nach außen wurde Kontinuität suggeriert. Die im August 1949 verabschiedeten neuen Arbeitsrichtlinien schrieben die erste Geschäftsordnung fort. Lediglich die Zahl der Vertreter pro Organisation war auf vier reduziert worden. Der Führungsanspruch der SED blieb unerwähnt.

Der Wandel der Blockpolitik vollzog sich vor dem Hintergrund veränderter deutschlandpolitischer Rahmenbedingungen (→ *Deutschlandpolitik*). Mit dem Beginn des → *Kalten Krieges* bemühte sich die Sowjetunion – freilich zunächst nicht explizit – um die Integration ihrer Besatzungszone in das „Lager der Volksdemokratien" und paßte die politischen Strukturen zunehmend den eigenen an. Anders als in Ungarn und Rumänien wurden die Bündnisparteien in der SBZ/DDR nicht aufgelöst. Solange die deutsche Frage nicht entschieden war, wollte sich die Sowjetunion offenbar diese Parteien als zukünftig vielleicht noch nützliche Verbündete erhalten und zugleich den Anschein von politischem Pluralismus wahren, den die Existenz nichtkommunistischer Parteien auf den ersten Blick erweckte. Solange es sie gab, war aber aus der Sicht der Machtträger auch das Instrument Blockpolitik zu deren Einbindung und Kontrolle vonnöten. Doch verlor der zentrale Block-Ausschuß spürbar an Bedeutung. Mit dem Deutschen Volksrat hatte die SED 1948 eine Institution konstituiert, die den propagandistischen Anspruch erhob, für alle Deutschen zu sprechen. Er sollte durch seine Zustimmung bei Bedarf innerzonalen Entscheidungen eine – freilich nur behauptete – gesamtdeutsche Legitimation verschaffen. Durch die Gründung zweier neuer, von der SED und SMAD kontrollierter Parteien, der → *DBD* und der → *NDPD,* und die Aufnahme wichtiger → *Massenorganisationen* (FDGB, FDJ, DFD) verschob sich die politische Gewichtsverteilung zuungunsten von CDU und LDPD.

Der Block degenerierte bis Ende der 50er Jahre schrittweise zu einem bloßen Akklamationsorgan. Seine politische Abwertung wurde beschleunigt durch die Gründung der → *Nationalen Front* Anfang 1950 als Dachverband aller Parteien und gesellschaftlichen Organisationen in der DDR. Von nun an waren die Block-Ausschüsse auch organisatorisch nicht mehr selbständig. Sie bildeten den Kern der Nationalen Front und wurden in deren Apparat eingebunden. Eine ihrer wichtigsten Aufgaben war es nun, die Kandidaten für die Einheitslistenwahlen zu den „Volksvertretungen“ zu bestätigen.

Solange die deutsche Frage noch offen zu sein schien, blieb der zentrale Demokratische Block freilich ein Gremium, in dem die Vertreter von CDU und LDPD hinter verschlossenen Türen hin und wieder noch zu Kritik und Widerspruch gegenüber der SED bereit waren. Unter dem Eindruck der deutschlandpolitischen Offensive der Sowjetunion Anfang 1952 etwa drängte die CDU auf eine Reaktivierung des Block-Ausschusses, den die SED seit einem Jahr nicht mehr einberufen hatte. Als der Block am 6. Mai 1952 wieder zusammentrat, forderte Außenminister Georg Dertinger im Namen der Union, die Zusammenarbeit auf eine neue Grundlage zu stellen und entsprechend geänderte Richtlinien zu verabschieden. Der Block sollte „gewissermaßen das Politbüro des gesamten antifaschistisch-demokratischen Apparats in unserer Republik sein“, forderte er, und „mit entsprechenden, vergleichbaren Aufgaben und Kompetenzen ausgestattet werden“. Faktisch war dies ein Plädoyer für politischen Pluralismus. Der Block, so Dertingers zutreffendes Urteil, sei „immer mehr zu einer Farce geworden“, nur noch selten zusammengetreten, um dann „mehr oder weniger akklamativ und propagandistisch zu größeren politischen Ereignissen Stellung zu nehmen“. Auf Landes-, Kreis- und Ortsebene, so der Außenminister, arbeiteten die Blockausschüsse sehr unterschiedlich, oft gar nicht. Häufig werde, was zentral beschlossen wurde, dort nicht respektiert. Hauptursache der Fehlentwicklung sei die Sonderrolle, die sich die SED anmaße: „Im Kaiserreich hat man die Kaisertreuen bevorzugt. Heute haben die Bolschewisten den Vorzug.“ Gerade dieser Satz zeigte bei den SED-Vertretern Wirkung. Ulbricht sprach drohend vom verantwortungslosen Wirken westlicher Agenten in den Blockparteien, zeigte aber keinerlei Bereitschaft, auf die Reformvorschläge einzugehen.

Lediglich die Richtlinien wurden aktualisiert und in der Neufassung im September 1953 verabschiedet. Sie sahen zwar für die Ausschüsse aller Ebenen eine höhere Sitzungsfrequenz (eine pro Monat) als bisher üblich vor, vermieden aber eine politische Aufwertung des Blocks. Wie es scheint, blieben sie weithin wirkungslos. Auch die Häufigkeit der Treffen nahm nicht zu. Welche Folgerungen Ulbricht vor allem wichtig schienen, zeigte sich im Januar 1953: Dertinger wurde verhaftet und später wegen angeblicher Spionage zu 15 Jahren Zuchthaus verurteilt.

Kritikbereitschaft zeigten einzelne Blockdelegierte von CDU und LDPD, wenn Bewegung in die Deutschlandpolitik zu kommen schien – sei es, daß die Sowjetunion die Initiative ergriffen hatte oder der forcierte Aufbau des Sozialismus in der DDR in eine Krise geraten war und damit gesamtdeutsche Hoffnungen innerhalb der Bevölkerung aufkeimten wie im Zusammenhang mit dem → *Siebzehnten Juni 1953* und der Entstalinisierungsdebatte 1956. Der durchaus SED-loyale CDU-Vorsitzende Otto Nuschke mahnte im zentralen Block bis zu seinem Tode Ende 1957 immer wieder mehr Rechtsstaatlichkeit in der DDR an und forderte eine selbstkritische Debatte über die Ursachen der Fluchtbewegung, wie man den (bis September 1961 angefertigten) stenographischen Mitschriften des Diskussionsverlaufs entnehmen kann.

Die SED ihrerseits bediente sich häufig des Instruments Blockpolitik, um auf die Entwicklung der anderen Parteien gezielt Einfluß zu nehmen. Sie forderte die konsequente Beachtung gefaßter Beschlüsse und ein stärkeres Eintreten für die staatliche Ordnung in der DDR. Wenn es ihr opportun erschien, veranlaßte sie die Absetzung von Funktionären, die sie für politisch unzuverlässig hielt. Im Extremfall konnten Block-Sitzungen zum Tribunal werden. So am 9. Dez. 1952, als die SED-Spitze massive Kritik an der Arbeit des LDPD-Mitvorsitzenden und Ministers für Handel und Versorgung, Karl Hamann, übte und dessen kurz darauf erfolgende Inhaftierung und spätere Verurteilung argumentativ vorbereitete. Am 20. Jan. 1953 ging es der SED darum, die gerade erfolgte Festnahme von Außenminister Dertinger im Block „auszuwerten“ und Konsequenzen in den Parteien anzumahnen. Niemand war mehr bereit, für die Beschuldigten Partei zu ergreifen, obwohl die Vorwürfe letztlich nicht belegt worden und z.T. fadenscheinig waren.

Bedeutungsverlust nach dem Bau der Mauer: Der Block verkam vollends „zur Sprachlosigkeit und Bedeutungslosigkeit“, so die zutreffende rückblickende Charakterisierung durch den LDPD-Vorsitzenden Manfred Gerlach auf der letzten Zusammenkunft am 28. Nov. 1989. Die Sitzungen fanden im Rhythmus der Volkskammertagungen, also nur noch 2–3mal jährlich statt. Zwar wechselte nach wie vor der Vorsitz, doch waren die Rollen genau verteilt. Dem einleitenden Monolog Ulbrichts bzw. des beauftragten Politbüromitgliedes zur Lage im Lande und den Beschlüssen seiner Partei folgten zustimmende Erklärungen der Block-Mitgliedsorganisationen, die nur noch je zwei Vertreter delegierten, um den Kreis übersichtlich zu halten. Da differenzierte Meinungen oder gar Rat nicht gefragt waren, hatten die Blocksitzungen weniger Konsultations-, als vielmehr begrenzte, von der SED ausgehende Informationsfunktion.

Die zuständige ZK-Abteilung formulierte in der Regel schon Tage vor dem Zusammentreffen das für die Veröffentlichung in allen Tageszeitungen bestimmte Kommuniqué über Verlauf und Ergebnisse und nahm selbst die Reaktionen der SED-Verbündeten vorweg mit gestanzten Formulierungen wie: „Auch weiterhin, so versicherten sie, werden ihre Mitglieder und Mitarbeiter in den Ausschüssen der Nationalen Front hohe Leistungen vollbringen." Politisch Bedeutsames, wenn es denn zur Sprache gekommen war, blieb unerwähnt. Über den Sitzungsverlauf wurden nur noch stark zusammenfassende Berichte von der für die Blockpolitik zuständigen ZK-Abteilung angefertigt. Sie waren lediglich der SED-Führung zugänglich.

Die seit den 70er Jahren in etwa gleicher Häufigkeit wie Blocksitzungen stattfindenden Besprechungen zwischen den Vorsitzenden der „befreundeten" Parteien und SED-Generalsekretär Honecker verliefen ähnlich wie Block-Beratungen. Mitunter kamen die Vertreter der anderen Parteien bei solchen Treffen gar nicht zu Wort, so am 26. April 1974, als Honecker nach der Festnahme des DDR-Spions Günter Guillaume über den Stand der innerdeutschen Beziehungen informierte.

Doch wurden bei diesen Zusammenkünften im kleineren Kreis offenbar mehr politisch vertrauliche Informationen weitergegeben und die Spitzen der Blockparteien insofern gegenüber denen der Massenorganisationen privilegiert behandelt – sofern die nicht, wie der FDGB-Vorsitzende, dem innersten Führungszirkel der SED angehörten und bereits informiert waren.

Mitte der 80er Jahre schien die Blockpolitik eine Aufwertung zu erleben. Nach vielen Jahren wurde wieder eine neue Organisation, die mitgliederstarke Vereinigung der gegenseitigen Bauernhilfe (VdgB), in den Block aufgenommen und diese Form der Zusammenarbeit zum Schluß als „Bündnispolitik in den Farben der DDR" von der SED selbstbewußt gefeiert. So sollte unterstrichen werden, daß in der DDR alle Bevölkerungsgruppen politisch integriert seien und – anders als in der Sowjetunion – Reformbedarf nicht bestehe. An der Praxis ritualisierter Blockpolitik aber hatte sich nichts geändert. Eine Initiative Gerlachs Ende 1988, den Block zu „beleben", traf auf den gemeinsamen Widerstand von SED, CDU, NDPD und DFD. Erst Ende November 1989 war allenthalben systemimmanente Reformbereitschaft festzustellen. Dazu aber war es nun zu spät. Als der Block am 28. Nov. 1989 zusammentrat, überraschte der neue CDU-Vorsitzende Lothar de Maizière die übrigen Teilnehmer mit der Feststellung, er halte es für die „redlichste Lösung", Block und Nationale Front aufzulösen und sich am → *Runden Tisch* zu beteiligen. In der ersten Dezemberwoche 1989 erklärten die Blockparteien nacheinander ihren Austritt aus dem Bündnis, das die KPD ursprünglich als unkündbar konzipiert hatte.

Siegfried Suckut

Literaturhinweise:

Erfassung und Einbindung des Menschen im SED-Staat: Zur Rolle der Blockparteien und Massenorganisationen, in: Materialien der Enquete-Kommission, a.a.O., Protokoll der 22. Sitzung, Bd. II, 1, S. 277-414.

Erler, Peter/Laude, Horst/Wilke, Manfred (Hrsg.): Nach Hitler kamen wir. Dokumente zur Programmatik der Moskauer KPD-Führung 1944/45 für Nachkriegsdeutschland, Berlin 1994.

Fischer, Alexander: Sowjetische Deutschlandpolitik im Zweiten Weltkrieg 1941–1945, Stuttgart 1975.

Reinert, Fritz (Hrsg.): Protokolle des Landesblockausschusses der antifaschistisch-demokratischen Parteien Brandenburgs 1945–1950, Weimar 1994.

Suckut, Siegfried: Block-Ausschüsse, in: Broszat, Martin/Weber, Hermann (Hrsg.): SBZ-Handbuch, a.a.O., S. 595-618.

Suckut, Siegfried (Hrsg.): Blockpolitik in der SBZ/DDR 1945–1949. Die Sitzungsprotokolle des zentralen Einheitsfront-Ausschusses. Quellenedition, Mannheimer Untersuchungen zu Politik und Geschichte der DDR, Bd. 3, Köln 1986.

Bodenreform

Die KPD hatte die Idee einer radikalen Bodenreform seit ihrer Gründung 1918 verfochten, nach dem Zweiten Weltkrieg konnte sie sie mit Hilfe der → *SMAD* in der SBZ umsetzen. Sie vermied es dabei allerdings, die ideologischen Motive – nach Lenin war das Bündnis der Arbeiterschaft mit bestimmten bäuerlichen Schichten und Gruppen Voraussetzung zur Eroberung der politischen Macht – hervorzukehren, und betonte statt dessen die politische, wirtschaftliche und humanitäre Notwendigkeit einer umfassenden Veränderung der Agrarstrukturen insbesondere im Raum östlich der Elbe.

Darüber bestand in der Tat weitgehende Einigkeit zwischen der SMAD und den vier zugelassenen Parteien. Die SBZ wies im Gegensatz zu Westdeutschland eine extrem ungleiche Verteilung des landwirtschaftlichen Besitzes auf: 28,2% der Nutzfläche waren in der Hand von nur 1,1% Großbetrieben mit über 100 ha Grundbesitz, während 57,7% kleinbäuerliche Betriebe nur 9,2% des Bodens bewirtschafteten.

Anfang September 1945 wurden von allen Provinzial- und Landesverwaltungen der SBZ Verordnungen zur Bodenreform erlassen, für die die KPD die Losung „Junkerland in Bauernhand“ ausgegeben hatte. Die Verordnungen folgten dem Muster der Provinz Sachsen (Teil des heutigen Landes Sachsen-Anhalt). Dort hatte am 29. Aug. 1945 der KPD-Vorsitzende im Einheitsfront-Ausschuß in Anwesenheit eines SMAD-Offiziers und zur Überraschung der übrigen Parteien einen Gesetzentwurf zur Bodenreform vorgelegt und seine sofortige Annahme verlangt. Durch das rasche und entschlossene Vorgehen in zunächst einer Provinz wollten die Kommunisten offenbar Präjudizien für die übrigen Landesverbände und für die Ebene des zentralen Einheitsblocks (→ *Blockpolitik*) schaffen.

Der Entschließungsentwurf der KPD, der mit geringfügigen Veränderungen am 3. Sept. 1945 als „Verordnung der Provinz Sachsen über die Bodenreform" Gesetzeskraft erlangte, proklamierte die „demokratische Bodenreform" als eine „unaufschiebbare nationale, wirtschaftliche und soziale Notwendigkeit". Sie müsse „die Liquidierung des feudal-junkerlichen Großgrundbesitzes gewährleisten", weil dieser in der Vergangenheit „immer eine Bastion der Reaktion und des Faschismus" und „eine der Hauptquellen der Aggression [...] gegen andere Völker" gewesen sei. Das Gesetz sah vor, den Grundbesitz von „Kriegsverbrechern und Kriegsschuldigen" sowie von „Naziführern und aktiven Verfechtern der Nazipartei" mit allem darauf befindlichen landwirtschaftlichen Vermögen unabhängig von der Größe zu enteignen. Weiterhin sollte aller Großgrundbesitz, der größer als 100 ha war, mit allen Bauten, lebendem und totem Inventar und allem landwirtschaftlichen Vermögen enteignet werden. Aus dem enteigneten Grundbesitz wurde ein Bodenfonds (→ *Landwirtschaft*) gebildet, aus dem das Ackerland der bereits bestehenden Bauernhöfe unter 5 ha vergrößert werden sollte. Außerdem sollten neue, selbständige Bauernwirtschaften für landlose Bauern, Landarbeiter und kleine Pächter geschaffen werden und Umsiedlern und Flüchtlingen Land zugeteilt werden.

Die auch von den übrigen Landesverwaltungen nach dem Vorbild Sachsen-Anhalts und damit nach dem Muster des KPD-Entwurfs erlassenen Verordnungen zur Bodenreform führten innerhalb weniger Monate zu grundlegenden Veränderungen in der Eigentums- und Wirtschaftsstruktur der SBZ. 7 160 Betrieben von über 100 ha Betriebsfläche wurden insgesamt 2,5 Mio. ha Land entschädigungslos entzogen. Darüber hinaus wurden 4 537 Betriebe von unter 100 ha, meist solche von ehemaligen Nationalsozialisten, enteignet – insgesamt 131 742 ha. Dazu wurden 517 241 ha aus staatlichem Besitz in den Bodenfonds überführt, der damit ca. 3,2 Mio. ha umfaßte. Davon wurden 2,2 Mio. ha an 559 089 Privatpersonen ganz unterschiedlicher Kategorien (Landarbeiter, landlose und landarme Bauern, Umsiedler, Arbeiter und Handwerker) aufgeteilt, der Rest ging in staatlichen Besitz über.

Die Bodenreform wurde mit großer Entschiedenheit, ja Radikalität durchgeführt. Mit der Enteignung war für die betroffenen Grundbesitzerfamilien die Ausweisung aus der Heimat, waren bisweilen Verhaftung oder Verschleppung verbunden; dies widersprach jeglichem Rechtsempfinden. Unter den mit der KPD auf Landes- und Zentralebene im zentralen Block vereinigten Parteien war es vor allem die CDU, die Widerstand gegen die Art der Durchführung der Bodenreform bekundete. Grundsätzlich befürwortete auch sie tiefgreifende Veränderungen in den agrarischen Eigentumsstrukturen, wie schon aus ihrem Gründungsaufruf vom 26. Juni 1945 hervorging. Doch sie wehrte sich gegen entschädigungslose Enteignungen und gegen Enteignungen bei nicht nationalsozialistisch belasteten Grundbesitzern. Außerdem fürchtete sie Produktivitätseinbußen bei zu starker Zerstückelung der landwirtschaftlichen Nutzfläche. Tatsächlich hatten zahlreiche Neubauern nur Zwergparzellen bekommen und konnten nicht rentabel wirtschaften, zumal sie ganz unzulänglich mit Vieh, landwirtschaftlichem Gerät und Wirtschaftsgebäuden ausgestattet waren. Die CDU-Vorsitzenden Andreas Hermes und Walther Schreiber wurden im Dezember 1945 wegen ihrer Unnachgiebigkeit in den Fragen der Bodenreform von den Sowjets abgesetzt (→ *CDU*; → *SMAD*).

Offiziell wurden die einschlägigen Verordnungen von den deutschen Provinzial- und Landesverwaltungen erlassen; diese aber waren schon an den entscheidenden Stellen mit Kommunisten besetzt, oder sie wurden von russischen Offizieren durch Einschüchterungen, Drohungen oder Versprechungen „überzeugt". Die Texte für die Verordnungen folgten offensichtlich russischen Vorlagen oder waren zumindest von Moskau redigiert. Nicht von ungefähr verlief die agrarpolitische Entwicklung nach dem Zweiten Weltkrieg in allen dem sowjetischen Einfluß unterliegenden osteuropäischen Staaten annähernd gleichförmig. Die Dominanz der sowjetischen Besatzungsmacht erlaubte ein einheitliches, an den sowjetischen Interessen und Vorstellungen orientiertes Vorgehen.

Insgesamt wird an der Bodenreform erkennbar, „wie die deutschen Kommunisten mit Unterstützung der SMAD den Block zur Durchsetzung und zur Legitimierung ihrer Politik instrumentalisierten". (Wernet-Tietz) Die Bodenreform blieb trotz demokratischen Anscheins „eine besatzungspolitische Maßnahme mit nur eingeschränkter Unterstützung durch die neugegründeten Parteien" (Suckut).

Manfred Agethen

Literaturhinweise:

Bauerkämper, Arnd (Hrsg.): „Junkerland in Bauernhand?" Durchführung, Auswirkungen und Stellenwert der Bodenreform in der Sowjetischen Besatzungszone. Historische Mitteilungen, Beiheft 20, Stuttgart 1996.

Hermes, Peter: Die Christlich-Demokratische Union und die Bodenreform in der Sowjetischen Besatzungszone Deutschlands im Jahre 1945, Saarbrücken 1963.
Suckut, Siegfried: Der Konflikt um die Bodenreformpolitik in der Ost-CDU 1945. Versuch einer Neubewertung der ersten Führungskrise der Union, in: Deutschland Archiv 15 (1982), S. 1080-1095.
Weber, Adolf: Umgestaltung der Eigentumsverhältnisse und der Produktionsstruktur in der Landwirtschaft der DDR, in: Materialien der Enquete-Kommission, a.a.O., Bd. II, 4, S. 2809-2888.
Weber, Adolf: Zur Agrarpolitik in der ehemaligen SBZ/DDR. Rückblick und Ausblick, in: Merl, Stephan/Schinke, Eberhard (Hrsg.): Agrarwirtschaft und Agrarpolitik in der ehemaligen DDR im Umbruch, Berlin 1991, S. 53-70.
Wernet-Tietz, Bernhard: Bauernverband und Bauernpartei in der DDR. Die VdgB und die DBD 1945–1952. Ein Beitrag zum Wandlungsprozeß des Parteiensystems der SBZ/DDR, Köln 1984.

Bund der Evangelischen Kirchen in der DDR (BEK)

Obwohl die Regionalsynode Ost der Evangelischen Kirche in Deutschland (EKD) 1967 bekräftigt hatte, an der Einheit der EKD festhalten zu wollen, jedoch so, daß „wir uns gegenseitig so weit freizugeben haben, daß wir unserem Auftrag in demjenigen Teil Deutschlands, in dem wir leben, gerecht werden", kam es 1968/69 zur Trennung der Gliedkirchen in der DDR von der EKD. Anlaß dafür war die Verabschiedung einer neuen DDR-Verfassung. In ihr wurde die bisherige Rechtsstellung der Kirchen dadurch grundsätzlich in Frage gestellt, daß verbindliche Aussagen über Rechte und Pflichten der Kirche in der Gesellschaft fehlten. Nachdem der Thüringer Landesbischof Moritz Mitzenheim erklärt hatte, daß die Staatsgrenzen der DDR „auch die Grenze für die kirchlichen Organisationsmöglichkeiten" darstellten, erklärten trotz mancher Kritik am Verfassungsentwurf die anderen Bischöfe: „Als Staatsbürger eines sozialistischen Staates sehen wir uns vor die Aufgabe gestellt, den Sozialismus als eine Gestalt gerechteren Zusammenlebens zu verwirklichen." Die Vereinigte Evangelisch-Lutherische Kirche (VELKD) spaltete sich im November 1968 – jedoch unter Beibehaltung ihrer Verfassung und Struktur. Im Juni 1969 bildete sich der Bund der Evangelischen Kirchen in der DDR (BEK) und gab sich eine von der EKD deutlich unterschiedene Ordnung. In ihr bekannte sich der BEK in Art. 4, Abs. 4 zur „besonderen Gemeinschaft der ganzen evangelischen Christenheit in Deutschland". Diese Formulierung nahm auch die EKD in ihre Grundordnung auf. Dagegen wandte sich die Partei- und Staatsführung und erkannte den BEK erst 1971 an. Innerhalb der Kirchen sahen einige seine Gründung als der Not gehorchend unter dem Zwang äußerer Verhältnisse. Einige vollzogen die Anpassung an den Staat in bewußter Konformität mit seiner ideologisch-politischen Tendenz (Thüringer Weg). Andere wollten die „Einwanderung der Kirche in die von der marxistisch-leninistischen Ideologie geprägte Gesellschaft" mit dem „realutopische(n) Ziel eines demokratischen Sozialismus" (Heino Falcke).

Während seiner ganzen Existenz hat sich der BEK intensiv um die Beschreibung seines Standortes in der sozialistischen Gesellschaft bemüht, vor allem seine Synode. Von einem „Wächteramt" der Kirche gegenüber dem Staat wurde nicht mehr gesprochen, vielmehr davon, daß die Kirchen die DDR als „ihren Staat" betrachteten, in dem „sie ihre Mitverantwortung in der Weise wahrnehmen können, zu der sie Zeugnis und Dienst des Evangeliums verpflichten" (Bischof Heinrich Rathke). Propst Heino Falcke ging 1972 von Karl Barths Lehre von der Königsherrschaft Christi aus und folgerte daraus, „daß auch die sozialistische Gesellschaft unter der Herrschaft des befreienden Christus" steht. Dadurch seien wir „befreit aus der lähmenden Alternative zwischen prinzipieller Antistellung und unkritischem Sich-vereinnahmenlassen zu konkret unterscheidender Mitarbeit. [...] So werden sich Christen überall engagieren, wo es gilt, die sozialistische Gesellschaft als gerechtere Form des Zusammenlebens aufzubauen. [...] Unter der Verheißung Christi werden wir unsere Gesellschaft nicht lassen mit der engagierten Hoffnung eines verbesserlichen Sozialismus." Hier liegt die Grundlage für die Kurzformel „Kirche im Sozialismus" bzw. für die ausführlichere Formel „Zeugnis- und Dienstgemeinschaft in der sozialistischen Gesellschaft der DDR". Diese war von Anfang an mehrdeutig. Der Staat beanspruchte sie als Parteinahme für die sozialistische Gesellschaftsordnung der DDR, innerkirchlich war sie umstritten, weil nicht klar war, ob es sich bei ihr lediglich um eine Ortsbeschreibung handelte oder nicht doch um eine Parteinahme für einen – wie auch immer gestalteten – Sozialismus. Unumstritten war, daß damit ausgedrückt werden sollte, daß es gerade auch in der sozialistischen Gesellschaft Kirche gibt. Erst 1988/89 wurde diese Formel kirchenöffentlich deutlich in Frage gestellt.

Die DDR-Verfassung von 1968/74 ließ die Beziehungen zwischen Staat und Kirche bewußt ungeregelt, so daß ein ständiger Verhandlungsbedarf seitens der → *Kirchen* bestand.

Am 6. März 1978 kam es zur ersten offiziellen Begegnung des Vorsitzenden des Staatsrates Erich Honecker mit dem Vorstand der

Konferenz der Kirchenleitungen des BEK unter Führung von Bischof Albrecht Schönherr. Gespräche zwischen Staat und Kirche waren bei dem bis dahin ungeregelten Verhältnis beider zueinander dringend notwendig geworden. Das Gespräch betraf wichtige Fragen; die wichtigsten aber blieben ausgespart: das → *Bildungswesen* und die → *Militarisierung*. Hier ließ sich die Partei- und Staatsführung bis zuletzt trotz Zusagen auf kein Gespräch ein. Jedoch wurden Gefangenenseelsorge in kirchlicher Verantwortung und kirchliche Fernsehsendungen vereinbart sowie Regelungen auf dem Gebiet der Diakonie und der kirchlichen Altersversorgung getroffen. In der Folge des 6. März 1978 kam es zu erstaunlicher Kooperation bei den Lutherfeierlichkeiten 1983, obwohl die gegenseitige Eigenständigkeit gewahrt blieb. Obwohl bis 1989 immer wieder der Geist des 6. März 1978 beschworen wurde, nahmen infolge des kirchlichen Friedensengagements die Spannungen im Staat-Kirche-Verhältnis ständig zu.

Die Landeskirchen und der BEK sind aufs Ganze gesehen nie staatskonform gewesen, nur zeitweise muß dies von der Evangelisch-Lutherischen Kirche Thüringens gesagt werden. Die „Gratwanderung zwischen Anpassung und Verweigerung" (Albrecht Schönherr) blieb immer voller Risiken. Manchen ging die Anpassung zu weit, zu der systemkonforme Gruppierungen wie Weißenseer Arbeitskreis, → *Christliche Friedenskonferenz*, Bund Evangelischer Pfarrer und Kirchliche Bruderschaften ständig drängten. Trotz massiver (erst im nachhinein bekannt gewordener) Infiltration seitens des Staatssicherheitsdienstes blieben die Kirchen eigenständig.

Obwohl der Sekretär des BEK, Manfred Stolpe, die in der Verfassung der DDR verankerte führende Rolle der SED anerkannte und diese im Alltag eine ständig gegenwärtige Realität war, haben zahlreiche Christen in der DDR diesem Totalitätsanspruch widerstanden, indem sie ihre Kinder nicht zur Jugendweihe oder zur SED-gebundenen Jugendorganisation schickten, sich dem Militärdienst mit der Waffe entzogen oder auf eine Berufskarriere verzichteten.

In der theologischen Begründung für die Haltung zum SED-Staat gab es keine Einmütigkeit. Die unierten Kirchen beriefen sich vorwiegend auf Karl Barths Lehre von der Königsherrschaft Christi und auf Dietrich Bonhoeffers „Kirche für andere", die lutherischen Kirchen auf Luthers Zwei-Reiche-Lehre. Doch gab es auch Berührungen zwischen beiden Positionen.

Karl-Hermann Kandler

Literaturhinweise:

Besier, Gerhard: Der SED-Staat und die Kirche. Der Weg in die Anpassung. Die Vision vom „Dritten Weg". Höhenflug und Absturz, 3 Bde., Gütersloh, Frankfurt/M. 2 Bde., 1993 und 1995.

Goeckel, Robert F.: Die evangelische Kirche und die DDR, Leipzig 1995.

Kandler, Karl-Hermann: Die Kirchen und das Ende des Sozialismus, Asendorf 1991.

Lohse, Eduard: Der Bund der Evangelischen Kirchen in der DDR (BEK) und die Evangelische Kirche in Deutschland (EKD) in ihrem Verhältnis zueinander und zu den beiden Staaten in Deutschland, in: Materialien der Enquete-Kommission, a.a.O., Bd. IV, 2, S. 997-1025.

Maser, Peter: Kirchen und Religionsgemeinschaften in der DDR, Konstanz 1992.

Steinlein, Reinhard: Die gottlosen Jahre, Berlin 1993.

Bürger und SED-Staat

Das Verhältnis von Bürger und Staat wurde in der DDR auf der Grundlage des → *Marxismus-Leninismus* entschieden, der den Menschen nicht als sittlich autonome, als sich nach eigenem Willen entfaltende Persönlichkeit sieht, sondern als Produkt der sozialen Verhältnisse begreift. Der Bürger wird so zur Funktion der jeweiligen Gesellschaftsordnung.

Während der bürgerliche Begriff der Staatsangehörigkeit als bloß formaler Ausdruck der Personalhoheit des Staates und des Ausschlusses der Mehrheit des Volkes von der Ausübung der politischen Macht mißverstanden wurde, sollte der Begriff des sozialistischen Staatsbürgers die neue im sozialistischen Staat ermöglichte Konzeption des Verhältnisses von Bürger und Staat zum Ausdruck bringen. Dieser Idee lag das Leitbild des Bürgers als einer → *sozialistischen Persönlichkeit* (Art. 25 Abs. 3 Verf.) zugrunde, die sich durch die aktive Teilnahme am Aufbau des Sozialismus entfaltet (Art. 21 Verf.). Den Kern dieses Leitbildes bildeten die in der Verfassung verankerten Grundrechte und Grundpflichten, die in bewußter Abkehr vom westlichen Verständnis der Grundrechte als gegen den Staat gerichtete Abwehrrechte primär als Mitwirkungsrechte, aber auch -pflichten konzipiert waren. In Theorie und Praxis war diese Mitwirkungskonzeption allerdings mit dem bis zum 1. Dez. 1989 verfassungsrechtlich verankerten Führungsanspruch der SED (Art. 1 Abs. 1 Verf.) aufs engste verknüpft.

Ungeachtet dieser materiellen Elemente mußte der Kreis der Staatsbürger auch formal abgegrenzt und dem Staat zugeordnet werden. Dies geschah zunächst nach Maßgabe des Reichs- und Staatsangehörigkeitsgesetzes (RuStAG) von 1913, dessen grundsätzliche Weitergeltung angesichts der betont gesamtdeutsch ausgerichteten ersten DDR-Verfassung vom 7. Okt. 1949 nur konsequent war (Art. 1 Abs. 1 und 4 Verf. 1949).

Erst mit der sich verschärfenden Abgrenzungspolitik der DDR, die im hier behandelten Zusammenhang in dem Versuch strikter staatsangehörigkeitsrechtlicher Verselbständigung durch Erlaß des 1967 in Kraft getretenen Gesetzes über die Staatsbürgerschaft der DDR (StBG) gipfelte, ergab sich nachträglich die Notwendigkeit, die eigene Staatsbürgerschaft bereits mit dem Gründungsdatum der DDR, die sich nun als Nachfolgestaat des untergegangenen Deutschen Reiches begriff, am 7. Okt. 1949 beginnen zu lassen. Demgegenüber hat die Bundesrepublik stets an der deutschen Staatsangehörigkeit nach dem RuStAG festgehalten, so daß DDR-Bürger ohne weiteres deutsche Staatsangehörige waren. Die meisten Drittstaaten außerhalb des Ostblocks räumten den DDR-Bürgern das Wahlrecht ein, ob sie die DDR oder die Bundesrepublik als Heimatstaat ansehen wollten. Im übrigen traten Probleme nur auf, wenn bei Einbürgerungsakten der DDR nicht gleichzeitig die Voraussetzungen für den Erwerb der deutschen Staatsangehörigkeit gegeben waren. Da das deutsche Staatsvolk als Subjekt des Selbstbestimmungsrechts nicht auseinanderfallen durfte, wurden diese Akte von der Bundesrepublik bis zur Grenze des Verstoßes gegen ihren ordre public anerkannt. Dies ist auch die Art. 19 → *Einigungsvertrag* zugrundeliegende Lösung. Die seit 1964 mögliche, ins StBG übernommene (§ 13) Aberkennung der Staatsbürgerschaft konnte andererseits die deutsche Staatsangehörigkeit nicht in Wegfall bringen.

Diese „wegen grober Verletzung der staatsbürgerlichen Pflichten" zulässige Aberkennung der Staatsbürgerschaft – der spektakulärste Fall dieser Art war der Wolf Biermanns im November 1976 – verweist auf das bereits erwähnte materielle Verständnis der sozialistischen Staatsbürgerschaft; denn der Ausgangspunkt dieser Konzeption war das Postulat der Einheit von Staat und Bürger. Ausweislich der Präambel der Verfassung (1968/74) waren Ziel der gesellschaftlichen Entwicklung die Verwirklichung und Gestaltung der entwickelten sozialistischen Gesellschaft und schließlich des Kommunismus. Der Weg dahin sollte sich nach objektiven, der Erkenntnis der marxistisch-leninistischen Partei zugänglichen Gesetzmäßigkeiten vollziehen. Dieses Erkenntnismonopol begründete den Führungsanspruch der Partei. Aus der These, daß im sozialistischen Staat das gesamte Volk die Macht im Staat habe und sie in Übereinstimmung mit den objektiven Gesetzmäßigkeiten gesellschaftlicher Entwicklung ausübe, wurde gefolgert, daß der Gegensatz zwischen Bürger und Staat aufgehoben sei. Der Schluß, daß Abwehrrechte gegen den Staat nicht erforderlich seien, da die sozialistischen Bürger (Werktätige) vor der Macht, die sie selbst geschaffen hätten und ausübten, nicht geschützt werden müßten, lag dann auf der Hand. Grundrechte waren demgemäß vor allem Mitwirkungs- und Gestaltungsrechte in Richtung der von der Verfassung definierten Zielperspektive. Es war Aufgabe der flankierenden Grundpflichten, dem Bürger diese Zielrichtung vor Augen zu halten, indem sie den für unerläßlich gehaltenen Kernbereich, das rechtliche Minimum der Verhaltensanforderungen an den Bürger als sozialistische Persönlichkeit definierten.

Neben einzelnen ausdrücklich genannten Pflichten (z. B. Schutz und Mehrung des sozialistischen Eigentums, Wehrpflicht, Pflicht zu gesellschaftlich nützlicher Tätigkeit) wurde aus der Staatsbürgerschaft (Art. 19 Abs. 4 Verf.) eine allgemeine staatsbürgerliche Treuepflicht abgeleitet, die vom Bürger, unabhängig von seinem Aufenthaltsort, eine Haltung verlangte, die das Bekenntnis zur sozialistischen Staatsordnung mit ihren Grundlagen und Zielen einschloß. Von daher verstand sich die Aussonderung jener Personen aus der Staatsbürgerschaft (Aberkennung), die dieser Treuepflicht zuwiderhandelten. Ein anderes markantes Beispiel bietet die Reaktion der DDR-Behörden auf die Stellung von Ausreiseanträgen. Da sie als schwerwiegende Verletzung der Treuepflicht angesehen wurden, hatten sie in der Regel den sofortigen Entzug der Rechtsgarantien sozialer und persönlicher Sicherheit zur Folge und führten häufig zu strafrechtlicher Verfolgung.

Die in der DDR-Verfassung enthaltenen Grundrechte wurden in politische, persönliche, sozialökonomische und kulturelle Grundrechte unterteilt. Im Zentrum stand das Recht jedes Bürgers der DDR, „das politische, wirtschaftliche, soziale und kulturelle Leben der sozialistischen Gemeinschaft und des sozialistischen Staates umfassend mitzugestalten" (Art. 21 Abs. 1 Verf.). Diesem Recht wurde der Charakter eines übergreifenden Verfassungsprinzips zugewiesen. Da die marxistisch-leninistische Partei das Erkenntnismonopol der objektiven Gesetzmäßigkeiten der gesellschaftlichen Entwicklung in Anspruch nahm, konnte sich die Grundrechtsausübung nur in den von der Parteiführung gezogenen Grenzen bewegen. Damit galten alle Grundrechte nur unter dem Vorbehalt, daß sie nicht mit der politischen Linie der Partei kollidierten. Ein Grundrechtsgebrauch, der sich gegen die Interessen der Werktätigen und ihres Staates und gegen die Grundsätze der Verfassung richtete, war darum mißbräuchlich und unzulässig. Diese allgemeine Grundrechtsgrenze wurde vor allem gegen die politischen Grundrechte wie Meinungsäußerungs-, Versammlungs- und Vereinigungsfreiheit geltend gemacht. Aber auch außerhalb der politischen Grundrechte wurde die Grundrechtsausgestaltung und -interpretation an den Erfordernissen der Gestaltung der sozialistischen Gesellschaft ausgerichtet. So wurde etwa ungeachtet des prinzipiellen Gebots der Gleichbehandlung jedes Bürgers „unabhängig von seiner sozialen Herkunft" (Art. 20 Abs. 1 Verf.) der Zugang zu den Universitäten und Hochschulen nur unter Berücksichtigung der sozialen Struktur der Bevölkerung gewährleistet (Art. 26 Abs. 1 Verf.). Dieser Widerspruch wurde mit der These gerechtfertigt, daß sich Klassenunterschiede zunächst auch in der sozialistischen Gesellschaft fortsetzten, denen mit der Privilegierung der Unterprivilegierten entgegengetreten werden müsse.

In der Gewährleistung sozialökonomischer Rechte wurde eine wesentliche Unterscheidung zu den Grundrechten der westlichen Staaten gesehen, da es ohne gesicherte soziale Lebensverhältnisse keine politische Freiheit und keine Gleichheit der Bürger geben könne. Als sozialökonomische Grundrechte waren insbesondere das Recht auf Arbeit (Art. 24), das Recht auf Freizeit und Erholung (Art. 34), das Recht auf Gesundheitsschutz und Fürsorge im Alter (Art. 36) und das Recht auf Wohnraum (Art. 37) enthalten. Das Grundrecht auf Arbeit (Art. 24) gründete sich vor allem auf die neue Stellung des Bürgers als Eigentümer der Produktionsmittel und als Träger der sozialistischen Staatsmacht. Der Anspruch beinhaltete das Recht auf einen Arbeitsplatz und seine freie Wahl entsprechend den gesellschaftlichen Erfordernissen und der persönlichen Qualifikation. Ein Recht, nicht zu arbeiten, gab es dagegen nicht, denn das Recht auf Arbeit war in Art. 24 Abs. 2 mit der Pflicht zu gesellschaftlich nützlicher Tätigkeit verbunden, deren Verletzung in § 249 DDR-StGB strafbewehrt war. Dabei kamen eine Vielzahl von Tätigkeiten in Betracht. Als gesellschaftlich nützlich galten: die Arbeit als (selbständiger) Handwerker, Tätigkeiten auf kulturellem Gebiet, aber auch die unbezahlte Hausarbeit von Frauen, wobei allerdings rund 80% der Frauen berufstätig waren. Die Berufstätigkeit der Frauen und damit ihr Recht auf Arbeit wurden durch ein umfassendes staatliches Kinderbetreuungssystem gewährleistet. In anderen Bereichen entsprach den rechtlichen Verbürgungen die Realität häufig nicht. So konnte der Wohnungsbedarf bei weitem nicht gedeckt werden, und es gab auch einen hohen Anteil versteckter Arbeitslosigkeit.

Ungeachtet des Postulats der Einheit von Bürger und Staat und der Übereinstimmung von gesellschaftlichen und individuellen Interessen wurde den Grundrechten der Charakter subjektiver Rechte zuerkannt. Sinn dieser Subjektivierung konnte es freilich nicht sein, einen staatsfreien Raum für die Freiheit der Bürger zu schaffen, sondern sie diente als Instrument einer Verhaltensorientierung staatlicher und gesellschaftlicher Organe und Funktionäre und der Bürger selbst. Eine analoge erzieherische Funktion hatte das Staatshaftungsgesetz (StHG), mit dem die Willkür einzelner Organe und Funktionäre ausgeschlossen und die sozialistische Gesetzlichkeit gewahrt werden sollte.

Die Wirkung der Grundrechte als subjektive Rechte war auch dadurch entscheidend eingeschränkt, daß gerichtlicher Rechtsschutz gegen Maßnahmen des Staates oder der gesellschaftlichen Organe nicht existierte. Dies folgte bereits aus dem Prinzip des → *Demokratischen Zentralismus* und der sich daraus ergebenden Gewalteneinheit. Eine Normenkontrolle durch Gerichte kam demnach von vornherein nicht in Betracht. Auch gegen Verwaltungsentscheidungen stand dem Bürger in aller Regel nur ein Beschwerderecht an das jeweils übergeordnete staatliche Organ zur Verfügung, nachdem 1952 die Verwaltungsgerichte abgeschafft worden waren. Erst in den 80er Jahren wurde wieder vorsichtig über die gerichtliche Überprüfung von Verwaltungsentscheidungen diskutiert und eine Vereinheitlichung des Verwaltungsverfahrens gefordert. Eine gewisse Öffnung ergab sich dann durch das Gesetz über die Zuständigkeit und das Verfahren der Gerichte zur Nachprüfung von Verwaltungsentscheidungen vom 14. Dez. 1988, mit dem gegen wichtige Verwaltungstätigkeiten der Rechtsweg eröffnet wurde; er war allerdings ausgeschlossen, soweit Interessen der nationalen Sicherheit oder der Verteidigung berührt waren. In den gerichtlichen Rechtsschutz wurden auch die besonders aktuellen Fälle, wie die Verweigerung der Ausreise oder die Versagung der Erlaubnis oder Auflösung von Versammlungen, einbezogen. Auch die vom StHG eingeräumten Ansprüche konnten seit dem 1. Juli 1989 nach Durchführung des verwaltungsinternen Beschwerdeverfahrens mit der Klage vor dem Kreisgericht geltend gemacht werden. Entscheidende Auswirkungen hat diese Liberalisierung jedoch nicht mehr gehabt.

Neben dem gesetzlich eingeräumten Beschwerderecht hatte der Bürger ein → *Eingabenrecht*, mit dem er sich an die Volksvertretungen oder die staatlichen und wirtschaftlichen Organe wenden konnte (Art. 103 Verf.). Es gab dem Bürger einen Anspruch auf fristgemäße Bescheidung. Sinn des Eingabenrechtes war es, eher auf gesellschaftliche Mißstände aufmerksam zu machen, als individuelle Rechte zu verfolgen. Es war daher mehr im Sinne eines politischen Mitbestimmungsrechts des sozialistischen Staatsbürgers denn als Rechtsmittel konzipiert.

Die Entbehrlichkeit des Gerichtsschutzes ergab sich auch aus der Ansicht, daß der Staat die Rechte der Bürger gewährleiste. Demgemäß wurde den politischen, ideologischen und ökonomischen Garantien ein höherer Stellenwert als den juristischen eingeräumt. Diese Garantien bestanden in der Existenz der sozialistischen Staatsmacht (politische Garantie) sowie in der wissenschaftlichen Weltanschauung und dem sozialistischen Staatsbewußtsein (ideologische Garantien), die die Existenz des sozialistischen Staates und seiner Verfassung sichern sollten. In den sozialistischen Produktionsverhältnissen, insbesondere im Volkseigentum an Produktionsmitteln, wurde die Grundvoraussetzung für die materielle Gewährleistung der Grundrechte (ökonomische Garantie) gesehen. Die tatsächliche Anwendung der Gesetze sollte im Rahmen der sozialistischen Gesetzlichkeit gesichert werden.

Zusammenfassend läßt sich sagen, daß die in der kommunistischen Ideologie vertretene Konzeption von Bürger und Staat die Garantie eines gegen den Staat gerichteten Freiheitsraums des Bürgers ausschließt. Da der Staat unter der Führung der marxistisch-leninistischen Partei steht, die die Erkenntnis der objektiven Gesetzmäßigkeit der gesellschaftlichen Entwicklung monopolistisch für sich in Anspruch nimmt, ist ihren Wegweisungen nicht nur der Staat, sondern kraft der identitären Auffassung auch der Bürger unterworfen. Die DDR-Verfassung konnte daher auch ein inhaltlich festgelegtes Bild des Bürgers entwerfen, das dieser Maßgabe zu entsprechen hatte: die → *sozialistische Persönlichkeit*. Daraus folgt das Zurücktreten, ja eigentlich bereits die Leugnung individueller, den Allgemeinvorstellungen widersprechender Interessen. Die Freiheit des Bürgers in der DDR war die rechtlich alternativlose Freiheit, am Aufbau des Sozialismus mitzuwirken und sich als sozialistische Persönlichkeit zu vervollkommnen. Diese „Verstaatlichung" des einzelnen Bürgers machte sich in der materiellen Interpretation der Rechte ebenso bemerkbar wie in Fragen der Rechtsdurchsetzung und des Rechtsschutzes. Die weitreichende soziale Bevormundung des Bürgers durch den Staat enthob ihn zwar manchen Risikos und mancher Lebensunsicherheit. Sie beraubte ihn aber auch der Möglichkeit zur Entfaltung seiner schöpferischen Kräfte und stellte ihn unter Kuratel. Der Bürger wurde zum lebenslangen Objekt staatlicher Fürsorge und Erziehung.

Eckart Klein

Literaturhinweise:

Bundesministerium für innerdeutsche Beziehungen (Hrsg.): Bürger und Staat. Eine vergleichende Untersuchung zu Praxis und Recht der Bundesrepublik Deutschland und der Deutschen Demokratischen Republik, Köln 1990.

Klenner, Hermann: Marxismus und Menschenrechte, Berlin 1982.

Luchterhandt, Otto: Der verstaatlichte Mensch. Die Grundpflichten des Bürgers in der DDR, Köln 1985.
Poppe, Eberhard (Red.): Grundrechte des Bürgers in der sozialistischen Gesellschaft, Berlin (Ost) 1980.
Riege, Gerhard: Die Staatsbürgerschaft der DDR, Berlin (Ost) 1986.

Bürgerrechtsbewegung

Während in Ost- und Ostmitteleuropa im Zusammenhang mit dem Helsinki-Prozeß der 70er Jahre bereits eine ganze Reihe von Bürgerrechtsgruppen entstand, entwickelte sich eine öffentlich wahrnehmbare Bürgerrechtsbewegung in der DDR erst im Laufe der 80er Jahre. Als ihre Vorläufer sind einige Gruppen der unabhängigen → *Friedensbewegung* anzusehen. In den Jahren 1983/84 – nach den Beschlüssen über die Stationierung von Mittelstreckenraketen – ist eine deutliche Akzentverschiebung hinsichtlich der thematischen Ausrichtung verschiedener Gruppen feststellbar. Einerseits wendeten sie sich den ökologischen Problemen zu, andererseits diskutierten sie innerhalb und außerhalb der Evangelischen Kirche verstärkt über Demokratisierung und die Durchsetzung elementarer Menschen- und Bürgerrechte.

Nachdem ein für den Herbst 1985 in Berlin vorbereitetes Menschenrechtsseminar auf Betreiben von SED und MfS, deren „Empfehlung" sich das Konsistorium der Evangelischen Kirche Berlin-Brandenburg angeschlossen hatte, verhindert worden war, beschloß der Vorbereitungskreis, die Arbeit fortzusetzen. So entstand mit der „Initiative Frieden und Menschenrechte" Anfang 1986 die erste kontinuierlich arbeitende Bürgerrechtsgruppe in der DDR (Gründungsmitglieder waren u.a. Lotte und Wolfgang Templin, Ralf Hirsch, Peter Grimm, Bärbel Bohley, Werner Fischer, Martin Böttger, Ulrike und Gerd Poppe). Die Gruppe orientierte sich in Zielsetzung und Arbeitsweise am Vorbild der tschechoslowakischen Charta 77, ohne allerdings eine vergleichbare Wirkung zu erzielen, da sich – anders als in Polen, Ungarn und der ČSSR – prominente Intellektuelle, Wissenschaftler, Schriftsteller und Künstler von den oppositionellen Gruppen fernhielten. Die Initiative verstand sich als kirchenunabhängig, arbeitete jedoch mit einigen Pfarrern und Vertretern christlicher Friedenskreise eng zusammen (u.a. Hans-Jochen Tschiche, Rainer Eppelmann, Markus Meckel, Martin Gutzeit, Rudi Pahnke, Heiko Lietz, Edelbert Richter, Christoph Wonneberger, Martin König, Bernd Albani), punktuell auch mit eher linksgerichteten, auf sozialistische Reformen orientierten Gruppen innerhalb und außerhalb der Kirche, wie der Berliner Umweltbibliothek (u.a. Wolfgang Rüddenklau, Carlo Jordan), der „Kirche von unten" und der Gruppe „Gegenstimmen" (u.a. Reinhard Schult, Vera Wollenberger, Thomas Klein), die sich ebenfalls Demokratie- und Menschenrechtsthemen widmeten.

Die Bürgerrechtsbewegung blieb nicht auf Berlin beschränkt. Beispielsweise entstanden im Leipziger Kreis um Pfarrer Wonneberger ab 1987 vergleichbare Gruppierungen, die später die bekannten Montagsdemonstrationen des Herbstes 1989 organisierten (→ *Zusammenbruch der DDR*). Zu den jährlich in verschiedenen Städten unter dem Titel „Frieden konkret" stattfindenden Arbeitstreffen kamen Gruppen aus der ganzen DDR zusammen, die immer häufiger die Demokratisierung und die Durchsetzung elementarer Grundrechte forderten. Ein besonders wichtiges Anliegen war die DDR-weite Vernetzung der Gruppen, die lange Jahre angestrebt wurde, aber erst 1989 Gestalt annahm, wobei sie auch zu diesem Zeitpunkt nicht zu einer geschlossen agierenden demokratischen Opposition führte, sondern nur zu mehreren sich parallel zueinander entwickelnden Bürgerbewegungen und Parteien.

Große Übereinstimmung bestand im Anspruch, öffentlich zu reden und zu handeln, was den Repressionsapparat von SED und MfS in besonderem Maße herausforderte. Seit 1986 entstanden – in Anlehnung an vergleichbare Publikationen in Polen, der ČSSR und Ungarn – mit technisch unzulänglichen Mitteln hergestellte – Samisdat-Schriften wie „Grenzfall" (Redaktion: Peter Grimm, Reinhard Weißhuhn) und „Umweltblätter" (Redaktion: Wolfgang Rüddenklau). Sie wurden monatlich in Auflagen von etwa 1 000 Exemplaren hergestellt und in der ganzen DDR verteilt. Um die Vernetzung der Gruppen zu erreichen, war solche Öffentlichkeitsarbeit eine unverzichtbare Voraussetzung.

Wichtiger noch als die Übernahme bestimmter Methoden und Techniken war für die sich in der DDR formierende Bürgerrechtsbewegung die Beeinflussung durch die von den ostmitteleuropäischen Dissidenten (z.B. Václav Havel, Adam Michnik, György Konrad) geführte Debatte, die sich durch eine zunehmende Abkehr von den „großen Utopien", verbunden mit einem – eher pragmatischen – öffentlichen Eintreten für die Menschenrechte, dem „Versuch, in der Wahrheit zu leben" (Havel), auszeichnete.

Wie schon die frühen Versuche von Teilen der → *Friedensbewegung* waren auch die Aktivitäten der entstehenden DDR-Bürgerrechtsbewegung von einem blockübergreifenden, grenzüberschreitenden Anspruch geprägt. Immer wieder gab es Solidaritätsbekundungen im Falle von Verhaftungen polnischer, tschechischer oder russischer Dissidenten oder für die Opfer des rumänischen Diktators Ceauşescu.

Andererseits hätten die Bürgerrechtsgruppen wohl kaum Bestand gehabt, hätten sie nicht immer wieder Unterstützung erfahren – von ostmitteleuropäischen Oppositionellen ebenso wie von westeuropäischen und -deutschen Friedens- und Menschenrechtsaktivisten, Journalisten, Diplomaten, Politikern (z.B. Petra Kelly, Gert Weisskirchen, Stefan Schwarz) sowie von ausgebürgerten DDR-Oppositionellen (z.B. Roland Jahn, Jürgen Fuchs).

Nach dem offiziellen Honecker-Besuch in Bonn im Herbst 1987, durch den sich das SED-Regime aufgewertet fühlte, unternahm es – ähnlich wie in den Jahren 1983/84 – noch einmal den Versuch, seine unbequemsten Gegner zu inhaftieren oder in den Westen abzuschieben. Am 25. Nov. 1987 durchsuchten MfS-Angehörige die Berliner Umweltbibliothek, beschlagnahmten Druckmaschinen und Publikationen und verhafteten mehrere Mitglieder der Gruppe. Nachdem am Rande der offiziellen Liebknecht-Luxemburg-Demonstration am 17. Jan. 1988 eine größere Gruppe von Ausreisewilligen und einige Bürgerrechtler mit eigenen Transparenten demonstrierten, wurden mehr als 100 Personen verhaftet, schließlich am 25. Jan. mehrere der aktivsten Mitglieder der „Initiative Frieden und Menschenrechte", die nach massiver „Bearbeitung" durch das MfS zur (z.T. zeitweiligen) Ausreise in den Westen genötigt wurden.

Die Zunahme der Repression führte zu einer starken Solidarisierung innerhalb und außerhalb der DDR. Neue Protestformen wie Mahnwachen (November 1987) und Fürbittgottesdienste mit Tausenden von Teilnehmern in mehr als 25 Städten der DDR (Januar 1988) waren die Folge. Ähnliche Protestaktionen gab es auch nach zwei Verhaftungswellen in Leipzig (1988 und 1989). Neben den mehr oder weniger erfolgreichen Vernetzungsversuchen und überregionalen Zusammenschlüssen von Gruppen (z.B. Frieden konkret, Solidarische Kirche, Kirche von unten, Ökologisches Netzwerk Arche, Umweltbibliotheken, mobile Friedensseminare, Wehrdienstverweigerer), waren es vor allem die DDR-weiten Solidaritätskampagnen, welche die Voraussetzungen für die Neugründungen von Bürgerbewegungen und Parteien schufen, die im Herbst 1989 zum Kristallisationskeim der friedlichen Revolution wurden.

Im März 1989 rief die „Initiative Frieden und Menschenrechte" zur DDR-weiten Vernetzung auf, doch ihrem Versuch war nur mäßiger Erfolg beschieden. In den darauffolgenden Monaten wurde der desolate Zustand, die völlige Reformunfähigkeit der DDR-Führung immer offenkundiger. Die durch Bürgerrechtsgruppen nachgewiesenen Wahlfälschungen durch das SED-Regime sorgten für zusätzliche Verbitterung.

Das seitens der SED-Führung für das Massaker vom Pekinger Tienanmen-Platz geäußerte Verständnis ließ eine „chinesische Lösung" auch in der DDR befürchten. Die Ausreisewelle nahm sprunghaft zu. Immer mehr Menschen kamen zu den montäglichen Leipziger Friedensgebeten und Demonstrationen, auch die monatlichen Protestaktionen auf dem Berliner Alexanderplatz erhielten immer mehr Zulauf.

Die Unzufriedenheit der DDR-Bürger hatte ein solches Ausmaß erreicht, daß den monatelang vorbereiteten Neugründungen von Bürgerbewegungen und Parteien auf Anhieb größerer Erfolg beschert war als allen vorherigen Versuchen. Die seit ca. fünf Jahren angestrebte Formierung einer Bürgerrechtsbewegung wurde mit der Bildung von vier neuen Gruppierungen abgeschlossen:

Das „Neue Forum" (NF; u.a. Bärbel Bohley, Reinhard Schult, Hans-Jochen Tschiche, Heiko Lietz, Martin Böttger, Katja Havemann, Rolf Henrich) veröffentlichte nach seiner Gründungsversammlung am 9. Sept. 1989 einen Aufruf, der zur Demokratisierung und zum innergesellschaftlichen Dialog aufrief und der innerhalb kürzester Zeit von etwa 200 000 Bürgerinnen und Bürgern unterschrieben wurde.

Der Aufruf der „Bürgerbewegung Demokratie Jetzt" (DJ) vom 12. Sept. (u.a. Wolfgang Ullmann, Hans-Jürgen Fischbeck, Stephan Bickhardt, Konrad Weiß, Ludwig Mehlhorn, Ulrike Poppe, Martin König, Gerhard Weigt), die aus der Gruppe Absage an Prinzip und Praxis der Abgrenzung hervorgegangen war, stellte das Ziel demokratischer Wahlen in den Vordergrund.

Die „Initiativgruppe zur Gründung einer Sozialdemokratischen Partei" (SDP) hatte ihre programmatischen Vorstellungen schon im August 1989 bekanntgemacht. Am 7. Okt. 1989, ausgerechnet dem 40. Jahrestag der DDR, wurde die SDP in Schwante/Brandenburg gegründet (u.a. Markus Meckel, Martin Gutzeit, Angelika Barbe, Stephan Hilsberg, Manfred „Ibrahim" Böhme).

Der „Demokratische Aufbruch" (DA) schließlich, der – nach dem vergeblichen Versuch des Zusammenschlusses der verschiedenen Bürgerbewegungen – ebenfalls das Ziel einer schnellen Parteigründung anstrebte, veröffentlichte seine ersten programmatischen Vorstellungen Mitte September 1989 und gründete sich am 1. Okt. 1989 (u.a. mit Rainer Eppelmann, Ehrhart Neubert, Günter Nooke, Rudi Pahnke, Edelbert Richter, Thomas Welz, Wolfgang Schnur).

Währenddessen gingen in Leipzig Hunderttausende auf die Straße und brachten durch ihr furchtloses Verhalten das SED-Regime endgültig an das Ende seiner illegitimen Macht. Der Versuch, die größte Demonstration der DDR-Geschichte (mehr als eine halbe Million Menschen zog es am 4. Nov. 1989 spontan zum Berliner Alexanderplatz) durch eine fragwürdige Zusammensetzung der Rednerliste zu manipulieren, blieb erfolglos. Die alten und neuen Verbrechen von SED und MfS waren hinreichend bekannt, nicht zuletzt durch die von der Bürgerrechtsbewegung zusammengetragenen Fakten (vgl. z.B. die von Marianne Birthler und Werner Fischer herausgegebene Dokumentation über die gewaltsamen Übergriffe vom 6./7. Okt. 1989). Das von der SED zum Verstummen gebrachte Volk hatte seine eigene Sprache wiedergefunden und legte keinen Wert mehr auf die Ansprachen von SED-Spitzenfunktionären und Stasi-Generälen.

Die von manchen Autoren geäußerte Vermutung, die Bürgerrechtsbewegung der DDR hätte ausschließlich einen verbesserten Sozialismus, den sog. „Dritten Weg", im Sinn gehabt, ist unzutreffend. Zwar kam der Sozialismus-Begriff in manchen Erklärungen der Bürgerbewegungen und neuen Parteien noch vor, entscheidend waren jedoch die immer wieder formulierten Forderungen nach Rechtsstaatlichkeit, Gewaltenteilung und Demokratie. Vorstellungen eines neuen, besseren Sozialismus wurden eher von Vertretern einiger später gegründeter Gruppierungen wiederbelebt (Vereinigte Linke, Unabhängiger Frauenverband, Teile der Grünen Partei).

Die Formierung einer an demokratischen Werten orientierten Bürgerrechtsbewegung konnte auch nicht dadurch verhindert werden, daß es dem MfS gelang, eine Reihe von Inoffiziellen Mitarbeitern in allen neuen Gruppierungen zu etablieren, z.B. Manfred „Ibrahim" Böhme und Wolfgang Schnur.

Richtig ist allerdings, daß das Thema der deutschen Einheit von den Bürgerrechtsgruppen vernachlässigt und erst nach der Maueröffnung vom 9. Nov. 1989 behandelt wurde. Daß sie die Dynamik der Entwicklung nicht hinreichend voraussehen konnten, unterscheidet sie nicht von der Mehrheit der Bevölkerung.

Es gelang den neuen Gruppierungen trotz zahlreicher Versuche nur selten, u.a. mit der Formulierung eines „Wahlbündnisses '90" (Wolfgang Ullmann) am 4. Okt. 1989, sich auf ein gemeinsames Vorgehen der Opposition zu einigen. Der nach der Reduzierung des äußeren Drucks verstärkte Differenzierungsprozeß war notwendig. Immerhin erreichten sie es aufgrund ihrer Vielfalt, mit neun Oppositionsgruppen am → *Runden Tisch* zu sitzen und damit die politischen Entscheidungen jener Übergangszeit maßgeblich zu beeinflussen. Als es jedoch am 18. März 1990 um die Etablierung der parlamentarischen Demokratie ging, hatte die Bürgerrechtsbewegung aufgrund organisatorischer Schwächen und der unzureichenden Behandlung der Deutschen Frage den aus der Bundesrepublik massiv unterstützten Parteien nicht viel entgegenzusetzen, und ihre Wahlergebnisse blieben weit hinter den Erwartungen zurück.

Rainer Eppelmann/Gerd Poppe

Literaturhinweise:

Hirsch, Ralf/Kopelew, Lew (Hrsg.): Grenzfall, Berlin (Nachdruck) 1989.

Möglichkeiten und Formen abweichenden und widerständigen Verhaltens und oppositionellen Handelns, in: Materialien der Enquete-Kommission, a.a.O., Bd. VII, 1 und 2; Bericht der Enquete-Kommission, Bd. I.

Müller-Enbergs, Helmut/Schulz, Marianne/Wielgohs, Jan (Hrsg.): Von der Illegalität ins Parlament. Werdegang und Konzept der neuen Bürgerbewegung, Berlin 1991.

Christlich-Demokratische Union Deutschlands (CDU)

Die Gründung einer überkonfessionellen christlichen Volkspartei unmittelbar nach Kriegsende beruhte auf den Erfahrungen aus dem Scheitern der Weimarer Republik und aus Widerstand und Verfolgung im Dritten Reich. Bereits am 26. Juni 1945 wurde der Gründungsaufruf der CDU in Berlin veröffentlicht; die Hälfte der Unterzeichner waren politische Gefangene im Dritten Reich gewesen. Die → *SMAD* wurde von dieser Neugründung überrascht. Sie war in ihren Überlegungen von einer Wiederbegründung der 1933 aufgelösten Zentrumspartei ausgegangen, die im wesentlichen die katholische Bevölkerung repräsentiert hatte und im Gebiet der SBZ nur eine geringe Resonanz erwarten ließ. Zum ersten Vorsitzenden für die SBZ und Berlin wurde Andreas Hermes gewählt.

Die neue Partei war in der SBZ und in Ost-Berlin ungleich schwierigeren Bedingungen unterworfen als in den westlichen Zonen. Von Anfang an war sie in den sog. Block mit KPD, SPD und LDPD gezwungen (→ *Blockpolitik*); nur unter dieser Voraussetzung war ihre Zulassung genehmigt worden. Die Gründungs- und Konsolidierungsphase war gekennzeichnet durch den energischen Widerstand gegen den Anpassungsdruck, der von der SMAD und der KPD/SED ausgeübt wurde. Die Repressionen, denen der Zonenverband in der SBZ mit seinen fünf Landesverbänden dabei ausgesetzt war, gipfelten schon Ende 1945 in der Absetzung des ersten Vorstandes mit Andreas Hermes und Walther Schreiber, weil er seine Zustimmung zu einer entschädigungslosen Enteignung bei der → *Bodenreform* verweigerte. Konfliktpotential gab es auch in der Behandlung der Bankenfrage und der Schulreform. Die Sowjets signalisierten damit, daß sie eine eigenständige unabhängige Parteientwicklung nicht zulassen würden. Unter diesen Umständen war der nächste Vorstand mit Jakob Kaiser und Ernst Lemmer bereit, den Sowjets und der SED mit Kompromissen weit entgegen zu kommen.

Zu den Kompromißformeln Kaisers zählte der Begriff eines „Sozialismus aus christlicher Verantwortung". Es wäre jedoch falsch, hieraus eine „sozialistische" Sonderrolle der CDU in der SBZ/DDR abzuleiten, zumal dieser Begriff in der Gründungsphase auch von der CDU in den Westzonen gelegentlich benutzt wurde. Programmatisch erlangte der „Sozialismus aus christlicher Verantwortung" aber keine Bedeutung. Er war vielmehr Ausdruck des Versuchs, ältere Konzeptionen von Solidarität in zeitgemäßer Terminologie zu beschreiben. Kaiser, der der CDU die Aufgabe des „Wellenbrechers des Marxismus" zuweisen wollte, verwendete diesen Begriff zusätzlich aus taktischen Erwägungen. Mit „christlichem Sozialismus" als einem dritten Weg zwischen Kapitalismus und dem Sozialismus in marxistischem Verständnis hoffte er, den „Sozialismus alter Prägung" zu überwinden und die Arbeiterschaft für die CDU zu gewinnen. Auch wollte er damit den Vorwurf entkräften, die neue Partei sei eine Vertretung der bürgerlichen Reaktion.

Schikanen und Repressalien von SMAD und SED trugen frühzeitig Verunsicherung in die Reihen der neuen Partei, die 1946 bereits ca. 200 000 Mitglieder hatte. Bei den Landtags-, Kreistags- und Gemeindewahlen erreichte sie im Herbst 1946 trotz Behinderungen rund ein Viertel der Wählerstimmen und wurde zweite Kraft hinter der SED. Weil Kaiser und Lemmer auf politischer Freiheit bestanden, den Marshallplan befürworteten und sich weigerten, am SED-inspirierten Volkskongreß teilzunehmen, wurden sie Ende 1947 ebenfalls durch die SMAD abgesetzt. Diese Zwangsmaßnahme veranlaßte die CDU/CSU-Gremien in den westlichen Zonen, die Zusammenarbeit mit dem neuen Vorstand von sowjetischen Gnaden zu beenden.

Die Absetzung Kaisers und Lemmers, die in den Westen Berlins auswichen, führte zu heftigen innenpolitischen Auseinandersetzungen in den Landesverbänden der Ost-CDU; die Autorität des nun in West-Berlin arbeitenden legalen Hauptvorstandes unter Kaiser blieb geraume Zeit ungebrochen, während der ohne demokratische Legitimation auf Anordnung der SMAD eingesetzte Koordinierungsausschuß auf erhebliche Vorbehalte der Mitglieder stieß. Denn der Führungswechsel bedeutete zugleich eine Annäherung der CDU in der SBZ an die von der

SED vorgegebene politische Generallinie, insbesondere an die Konzeption einer Neutralisierung Deutschlands auf sowjetfreundlichem Kurs.

Der Versuch des Kaiser-Vorstandes, von West-Berlin aus dieser Entwicklung entgegenzusteuern, war nur bedingt erfolgreich. 1950 gründete sich die Exil-CDU, die sich als legaler Vorstand der Ost-CDU verstand und von der im selben Jahr in Goslar gegründeten bundesweiten CDU als eigenständiger Landesverband anerkannt wurde. Offizielle Kontakte zwischen der Ost-CDU und der CDU in der Bundesrepublik gab es in der Folgezeit nicht mehr.

Maßgebend für den SED-hörigen Kurs der Ost-CDU waren ihr Vorsitzender Otto Nuschke und ihr Generalsekretär Gerald Götting. Ende 1949 wurde – so die offizielle Selbstdarstellung – der „letzte umfassende Klärungsprozeß innerhalb der CDU gegen die von Hugo Hickmann, dem Landesvorsitzenden von Sachsen, geführte innenpolitische Reaktion" eingeleitet. In den Meißener Thesen vom Oktober 1951 bekannte sich die CDU-Parteiführung „zur sozialistischen Gesellschaftsordnung". Der 6. Parteitag (16.–18. Okt. 1952) erkannte „vorbehaltlos die führende Rolle" der Arbeiterklasse und ihrer Partei beim Aufbau des Sozialismus an. Nach eigenem Bekenntnis war damit „die Periode der politisch-ideologischen Klärung und Konsolidierung innerhalb der CDU im wesentlichen" abgeschlossen und die „Möglichkeiten intensiver und konstruktiver Teilnahme an der Gestaltung des Sozialismus in der DDR" eröffnet. Von nun an bestimmten die „drei Grundelemente des gesellschaftlichen Wollens und Wirkens" das Verhalten der CDU: „Treue zum Sozialismus, kameradschaftliches Zusammenwirken mit der Partei der Arbeiterklasse, feste Freundschaft mit der Sowjetunion".

In der Phase der Gleichschaltung bis 1952, die von der Mehrheit der führenden Politiker und der Parteimitglieder nicht widerstandslos hingenommen wurde, verlor die CDU durch Repressionsmaßnahmen mehr als 25% ihrer Mitglieder. Noch vorhandene Widerstandsreste wurden repressiv ausgeschaltet. Bis 1961 verschwanden weit über 2 000 CDU-Mitglieder hinter Gefängnismauern. Viele Funktionäre und Mitglieder entzogen sich den andauernden Pressionen durch Flucht in die Bundesrepublik, wo sie sich der Exil-CDU anschlossen. Bis 1961 flohen im Durchschnitt 2 000 Mitglieder pro Jahr.

In der fast vierzig Jahre dauernden Phase von 1952 bis 1989 erwiesen sich die Führungsgremien der Ost-CDU als reine Erfüllungsgehilfen der SED. Ihre Funktion war es, christlich orientierte Bürger an die Politik der SED heranzuführen und zu binden. An die Parteispitze und auf Führungsposten gelangten nur noch SED-genehme Politiker. Höchstes Organ der Partei war der Parteitag, der den Hauptvorstand wählte. Dieser berief die Parteivorsitzenden: Otto Nuschke (1948–1957), August Bach (1957–1966), Gerald Götting (1966–1989). Höchste Organe des Hauptvorstandes waren das Präsidium und das Sekretariat, der eigentliche Führungskern der Partei. Wichtigste Einrichtung für die Heranbildung des Funktionärsnachwuchses war die Zentrale Schulungsstätte in Burgscheidungen an der Unstrut. Das Zentralblatt der Partei, die „Neue Zeit", erschien mit einer täglichen Auflage von 188 000. Der monatliche Informationsdienst für Funktionäre, „Union teilt mit", hatte eine Auflage von 12 000.

Bis in die 70er Jahre spielten Kirchenfragen die wichtigste Rolle in der politischen Arbeit der CDU. Zuständig war hier die Abteilung für Kirchenfragen beim Sekretariat des Hauptvorstands, bis die SED auch diesen politischen Bereich für sich beanspruchte, was den fortschreitenden Bedeutungsverlust der CDU deutlich macht. Einfluß auf außenpolitische Entscheidungen besaß die Partei nicht. Wirtschaftspolitisch unterstützte sie die Kollektivierung von Landwirtschaft und Handwerk sowie die Zerschlagung des Mittelstandes.

Anders als die Parteiführung sympathisierten die Parteimitglieder nicht grundsätzlich mit der SED. Reste der ursprünglichen Unions-Idee blieben erhalten und kamen insbesondere bei neuralgischen Punkten der DDR-Geschichte zum Vorschein (1953, 1961, 1968 und im Gefolge der Solidarność-Bewegung). Mitgliedschaft in der CDU bedeutete einerseits den Nachweis für staatspolitisches Engagement, sie bot andererseits ein Refugium für alle jene, die – aus einer pragmatischen und realistischen Grundhaltung heraus – die Nachteile einer völligen Verweigerung mit all ihren Konsequenzen nicht lebenslang ertragen oder sich durch Flucht unter Aufgabe ihrer Heimat diesem Staat entziehen wollten. Sie bot nicht zuletzt – innerhalb eines eng begrenzten Rahmens – die Möglichkeit, kirchliche Belange zu unterstützen oder für Menschen im kommunalen Bereich einzutreten. Für berufliche Spitzenpositionen war die CDU nie die „richtige" Partei. Trotz aller Treueschwüre ihrer Führung mißtraute die SED der DDR-Verbundenheit der CDU.

Im Gefolge der Reformbewegungen in den Ostblockländern artikulierte sich auch die Unzufriedenheit der Mitgliedschaft mit ihrer Parteiführung deutlicher. Der „Brief aus Weimar" vom 10. Sept. 1989 nahm wesentliche Kritikpunkte auf. Mit dem Sonderparteitag vom 15./16. Dez. begann die personelle, organisatorische und programmatische Erneuerung. Der neue CDU-Vorsitzende Lothar de Maizière wurde zugleich Ministerpräsident, als die CDU aus den Volkskammerwahlen vom 18. Mai 1990 mit 40,9% als stärkste Partei hervorging. Beim 38. CDU-Bundesparteitag am 1./2. Okt. 1990 deklarierten sich die im Juli 1990 neu errichteten Landesverbände als „Teil der Christlich-Demokratischen Union Deutschlands“ und knüpften somit wieder an die gemeinsamen Anfänge des Jahres 1945 an.

Günter Buchstab

Literaturhinweise:

Agethen, Manfred: Die CDU in der DDR, in: Kleine Geschichte der CDU, hrsg. von der Konrad-Adenauer-Stiftung, Stuttgart 1995, S. 201-249.
Buchstab, Günter: Widerspruch und abweichendes Verhalten in der CDU der SBZ/DDR, in: Materialien der Enquete-Kommission, a.a.O., Bd. VII, 1, S. 504-539.
Richter, Michael: Die Ost-CDU 1948–1952. Zwischen Widerstand und Gleichschaltung, Düsseldorf (2. Aufl.) 1991.
Richter, Michael/Rißmann, Martin (Hrsg.): Die Ost-CDU. Beiträge zu ihrer Entstehung und Entwicklung, Weimar 1995.
Rißmann, Martin: Kaderschulung in der Ost-CDU 1949–1971. Zur geistigen Formierung einer Blockpartei, Düsseldorf 1995.

Christliche Friedenskonferenz (CFK)

Die CFK wurde 1958 in Prag von Vertretern der osteuropäischen orthodoxen und protestantischen Kirchen sowie von linksorientierten Theologen, Pfarrern und Publizisten des Westens gegründet. Sie war anfangs vor allem gegen atomare Aufrüstung und Massenvernichtungswaffen gerichtet. Außerdem wollte sie eine Brückenfunktion zwischen Christen in West- und Osteuropa erfüllen und den Dialog zwischen Christen und Marxisten fördern. Die CFK trat für die friedliche Koexistenz ein und lehnte den als Friedenshindernis angesehenen Antikommunismus ab. 1961 lud die CFK zur I. Allchristlichen Friedenskonferenz nach Prag ein; bis 1986 fanden sechs weitere solcher Konferenzen in Prag statt. 1968 kam es im Zusammenhang der blutigen Beendigung des „Prager Frühlings“ durch die Sowjetunion zu einer tiefgreifenden Krise der CFK. Ihr Präsident, der tschechische Theologe Josef Hromadka und zahlreiche einflußreiche Mitglieder traten aus Protest gegen die sowjetische Intervention zurück oder wurden ausgeschaltet. Danach vertrat die CFK einmütig den real-existierenden Sozialismus osteuropäischer Prägung. Das internationale Ansehen der

CFK als blockübergreifende, ökumenische und friedensstiftende Bewegung ging stark zurück.

Obwohl die CFK generell gegen Hochrüstungstendenzen auftrat, hat sie sich doch politisch fast ausschließlich gegen die NATO-Rüstung gewendet. Westdeutsche Verfassungsschutzorgane sahen in ihr eine weltweit agierende, einseitige Interpretin sowjetischer Friedens- und Abrüstungsvorstellungen, ein moskautreues Instrument des kommunistischen Weltfriedensrates. In den 70er Jahren setzte die CFK ihren Schwerpunkt bei Problemen der Dritten Welt und bekämpfte die von ihr als imperialistisch und (neo)kolonialistisch bezeichnete Politik der westlichen Großmächte.

Der zunächst auf Europa konzentrierten CFK gehörten schließlich Kirchen, christliche Gruppen und Einzelpersonen aus mehr als 90 Ländern an. Sie hatte Beraterstatus im Wirtschafts- und Sozialrat der Vereinten Nationen. Sie war im wesentlichen auf den nichtkatholischen Bereich konzentriert. In den meisten osteuropäischen Staaten gehörten ihr die orthodoxen und die protestantischen Kirchen korporativ an. In der DDR dagegen gelang es nicht, die im BEK (→ *Bund Evangelischer Kirchen)* vereinigten evangelischen Kirchen zum Beitritt zu bewegen. Hier bestand die CFK, wie übrigens auch in Westeuropa und in Nordamerika, aus Einzelmitgliedern – evangelische Bischöfe, Pfarrer, Universitätstheologen, Laienchristen –, insgesamt etwa 600 Personen. Sie waren zu einer Regionalkonferenz zusammengeschlossen. Diese wurde seit 1962 von einem Regionalausschuß geführt, der aus 20 auf vier Jahre gewählten Mitgliedern bestand. Der Ausschuß wählte einen Vorsitzenden – zuletzt war das der Berliner Theologe Heinrich Fink –, zwei Stellvertreter und einen Sekretär. Die Leitungsfunktionen der DDR-Regionalkonferenz lagen weitgehend in Händen von Funktionären der Ost-CDU. Bestes Beispiel ist der von 1961 bis 1992 amtierende Sekretär des Regionalausschusses, Carl Ordnung, der zugleich Mitglied des Hauptvorstandes der Ost-CDU war. Finanziell lebte die DDR-CFK von Mitgliederspenden und von Zuwendungen des Staatssekretariats für Kirchenfragen. Trotz ihrer geringen Mitgliederzahl wurde sie als Teil der „sozialistischen Friedensbewegung" stark unterstützt. Sie war eine durchweg regimetreue Organisation, und sie stützte sich auf drei ebenfalls staatsnahe Organisationen, die auf die Beeinflussung christlicher Kreise im Sinne sozialistischer Friedensarbeit gerichtet waren – den „Bund Evangelischer Pfarrer", den „Weißenseer Arbeitskreis" und den „Friedensrat der DDR". Erst Ende Oktober 1989 gestand die DDR-CFK ein, daß sie im Umgang mit den „marxistischen Freunden" oft zu wenig kritisch und eigenständig gewesen sei und die Fehler des Sozialismus immer nur interpretiert habe, statt sie zu beseitigen. Von der SED, die vor allem bei Kaderfragen eingriff, war sie immer wieder für ihr „politisch-positives Handeln gegen negativ-feindliche Kräfte der Kirche" gelobt worden.

Das kleinere katholische Gegenstück der CFK war die seit 1964 bestehende Berliner Konferenz europäischer Katholiken (BK). Auch sie verstand sich als internationales Forum der Ost-West-Begegnung und des sozialistischen Friedenskampfes. Doch war sie der CFK ferngeblieben, weil sie deren in der Frühphase betont antikatholischen Kurs nicht mittragen wollte.

Die CFK gab in der DDR die „Mitteilungen" (1962–1975) und einen „Rundbrief" (1975–1992) in unregelmäßiger Folge heraus. Am 7. März 1992 stellte der Regionalausschuß als Leitungsgremium seine Tätigkeit ein. Die Anbindung der verbliebenen Mitglieder an die westdeutsche Regionalkonferenz wurde einem Koordinierungsausschuß überlassen.

Manfred Agethen

Literaturhinweise:

Besier, Gerhard: Der SED-Staat und die Kirche. Der Weg in die Anpassung, München 1993, S. 441-490.

Scheerer, Reinhard (Hrsg.): Gott schreibt auch auf krummen Linien gerade. Zur Geschichte der christlichen Friedenskonferenz (CFK), Frankfurt/M. 1993.

DEFA

Die sowjetische Besatzungsmacht erteilte am 17. Mai 1946 nach intensiven Vorbereitungen und in Absprache mit kommunistischen Funktionären der Deutschen Verwaltung für Volksbildung in der SBZ die Lizenz für die Deutsche Film AG in Gründung (DEFA). Drei Monate später erhielt die DEFA die Rechtsform einer GmbH, die wiederum im November 1947 in eine Sowjetisch-Deutsche Aktiengesellschaft (SAG) umgewandelt wurde. Von deutscher Seite überwachte eine Filmkommission beim Zentralvorstand der SED den Produktionsbetrieb der DEFA. Im Januar 1951 zogen sich die Sowjets aus der DEFA zurück. Entsprechend ihrer Verordnung über die Bildung volkseigener Filmproduktionsbetriebe vom 31. Dez. 1952 unterstellte die DDR-Regierung im April 1953 die DEFA dem Staatlichen Komitee für Filmwesen und bildete unter dem Namen der DEFA volkseigene Betriebe für die einzelnen Filmsparten. Anfang 1954 fiel die staatliche Aufsicht über die einzige, damit eine Monopolstellung ausübende, Filmgesellschaft in der DDR an das Ministerium für Kultur. Die dort 1962 geschaffene Hauptverwaltung Film war mit tatkräftiger Unterstützung des MfS bis zum Ende des SED-Regimes für die Anleitung und Überwachung der zuletzt (1989) insgesamt 2.450 DEFA-Mitarbeiter zuständig. Ende der 80er Jahre produzierte die DEFA jährlich 16 bis 18 Kino- sowie durchschnittlich über 30 Fernsehfilme. Insgesamt belief sich bis 1990 die DEFA-Produktion auf 680 Kino- und 620 Fernsehfilme. 1992 erwarben private Investoren von der Treuhandanstalt die DEFA-Betriebe in Potsdam-Babelsberg und in Berlin, wodurch deren Fortbestand unter marktwirtschaftlichen Bedingungen zunächst gesichert werden konnte.

Die Konzeption und die Abnahme politisch brisanter Spiel- und Dokumentarfilme bedurfte in der Regel der Zustimmung der ZK-Abteilung Kultur oder – bei Fernsehproduktionen – der ZK-Abteilung Agitation, der zuständigen ZK-Sekretäre und, in nicht wenigen Fällen, auch der des SED-Generalsekretärs (→ *Meinungsmonopol*). Künstlerisch anspruchsvolle Filme fielen dabei häufig der Parteizensur zum Opfer. Tauwetter-Perioden wechselten in regelmäßigen, tagespolitisch bedingten Abständen mit Zeiten verschärfter Repression. Symptomatisch war dafür die auf dem 11. Plenum des ZK der SED im Dezember 1965 vollzogene Generalabrechnung mit kritischen Künstlern und insbesondere mit Film- und Fernsehregisseuren, deren Nachwirkungen bis zum Herbst 1989 zu verspüren waren.

Gunter Holzweißig

Literaturhinweise:

Agde, Günther (Hrsg.): Kahlschlag. Das 11. Plenum des ZK der SED 1965. Studien und Dokumente, Berlin 1991.
Blunk, Harry/Jungnickel, Dirk (Hrsg.): Filmland DDR. Ein Reader zur Geschichte, Funktion und Wirkung der DEFA, Köln 1990.
Film in der DDR, Reihe Hanser Bd. 238, München 1977.

Demokratie, sozialistische

Nimmt man die ewig gleichen Verlautbarungen der Staats- und Parteiführung der DDR sowie der in ihrem Dienste schreibenden Gesellschaftswissenschaftler wörtlich, dann lebten die Ostdeutschen in der besten aller denkbaren Welten. Unablässig feierten Politik und Wissenschaft den Erfolg der „weiteren Vervollkommnung“, „Entwicklung“, „Entfaltung“ der sozialistischen Demokratie, des → *Sozialismus* in den „Farben der DDR“, des „ersten Arbeiter- und Bauernstaates auf deutschem Boden“ (→ *Staat*) oder wie immer die selbstgewählten Bezeichnungen für das SED-Regime auch heißen mochten. Was die meisten DDR-Bürger vier Jahrzehnte lang als Diktatur erlebten, interpretierten die kommunistischen Sinnstifter auf den Lehrstühlen und im Politbüro als eine allen westlichen – sog. „bürgerlichen“ – Verfassungsstaaten haushoch überlegene politische Ordnung, als einen „weltgeschichtlich höheren Typus der Demokratie“, der allein die Bedingungen realer Freiheit und Demokratie für die „Werktätigen“ sichere, weil „die politische Herrschaft fest in den Händen der Arbeiterklasse und ihrer Verbündeten“ liege.

Mit diesen und ähnlichen formelhaften Wendungen wurde die Usurpation der Macht durch die SED, deren „Macht ohne Mandat“ (Ernst Richert) umschrieben und in ermüdendem Rückgriff auf die Lehrsätze des → *Marxismus/Leninismus* gerechtfertigt. Die Umdeutung der Wirklichkeit feierte Triumphe und fand ihren Niederschlag in Politikerreden, Leitartikeln des Neuen Deutschland und in Tausenden von pseudowissenschaftlichen Publikationen. Die von der Parteiführung vorgegebene Sprachregelung funktionierte in diesen Grundfragen der Herrschaftslegitimation bis zum letzten Tag der Existenz der DDR nachgerade perfekt. Was in den letzten Heften der vom ZK der SED herausgegebenen maßgeblichen theoretischen Zeitschrift für „Theorie und Praxis des wissenschaftlichen Sozialismus“, der „Einheit“, zu diesem Thema publiziert wurde, unterschied sich in nichts von dem, was am selben Ort zwanzig oder dreißig Jahre zuvor zu lesen war (das gilt selbstverständlich auch für die staatsrechtlichen Lehrbücher, wie z.B.: Staatsrecht der DDR. Lehrbuch, hrsg. von der Akademie für Staats- und Rechtswissenschaft der DDR, Berlin 1977; Verfassungen der Deutschen Demokratischen Republik. Dokumente und Kommentare, 2 Bände, hrsg. von Klaus Sorgenicht u.a., Berlin 1969; Gerhard Haney: Die Demokratie – Wahrheit, Illusionen und Verfälschungen, Berlin 1971; siehe auch: Kleines politisches Wörterbuch, Berlin 1988, S. 876–878).

Im krassen Gegensatz zu der von den marxistisch/leninistischen Exegeten stets beschworenen „Dynamik sozialistischer Demokratieentwicklung“ stand die Statik ihrer Argumentationsketten und Analysen einer politisch-gesellschaftlichen Scheinrealität. So als hätte sich die innere Situation der DDR im Laufe der Honecker-Ära nicht verändert, als hätte das Land nicht bereits seit Jahren vor dem wirtschaftlichen Bankrott gestanden, als hätte es nicht das der Staatssicherheit wohl bekannte und von ihr penibel registrierte Phänomen der inneren Emigration von Hunderttausenden von DDR-Bürgern, nicht ein Erstarken oppositioneller Bürgerrechtsgruppen und ein durch die Entwicklung in der Sowjetunion unter Gorbatschow millionenfach verbreitetes Hoffen in der DDR-Bevölkerung auf wirkliche Freiheit gegeben, propagierten die Autoren und Machthaber ihre bekannten Glaubenssätze. Worthülsen und ideologische Nebelwände verdeckten die schlichte Tatsache, daß eine selbsternannte Herrschaftselite unter Rückgriff auf den angeblich wissenschaftlichen Erkenntnisquell des Marxismus/Leninismus bis in die letzten Winkel des Landes präsent war und trotz der ständig bemühten Losung an die Beherrschten „Arbeite mit, plane mit, regiere mit" nicht daran dachte, sich freien Wahlen zu stellen.

Folgerichtig war daher bis 1989 in der „Einheit" vom Ausbau der sozialistischen Rechtsordnung und dem Schutz der Freiheit und Menschenwürde der Bürger die Rede, von der sozialistischen Demokratie als „Grundwert und Triebkraft" des Sozialismus in der DDR: „Sozialistische Demokratie durchdringt in unserem Lande alle Sphären des gesellschaftlichen Lebens; sie wird mehr und mehr immanenter Bestandteil der sozialistischen Lebensweise. Sie ist als Demokratie der Tat gekennzeichnet von freier, gleichberechtigter Erörterung aller Probleme, die unser Leben stellt, und schließt sowohl die demokratische Entscheidung als auch die disziplinierte, ideenreiche Umsetzung des Beschlossenen ein [...]. Demokratie und Sozialismus sind eins, das eine existiert nicht ohne das andere. Sozialistische Demokratie trägt – wie jede Demokratie – Klassencharakter [...]. Stets ist zu fragen: Demokratie für wen, für welche Klasse, in wessen Interesse? Wessen Interessen in der bürgerlichen Demokratie wirklich dominieren, das belegen heute millionenfache Arbeitslosigkeit, Sozialabbau, Einschränkung gewerkschaftlicher Rechte, die am Profit orientierte Durchsetzung der wissenschaftlich-technischen Revolution. Eben der klassenmäßig geprägte Inhalt der Demokratie schließt aus, Elemente der sozialistischen und der bürgerlichen Demokratie zu vereinen, der sozialistischen Demokratie etwa Elemente der bürgerlichen zu transplantieren." (Einheit, 1989, S. 210 ff.)

25 Jahre zuvor klang dies nicht viel anders, wenn in einer Abhandlung über „Demokratie und Freiheit in der sozialistischen Gesellschaft" ausgeführt wurde, die „sozialistische Demokratie, die in den Ländern der sozialistischen Staatengemeinschaft verwirklicht wurde", sei „von ihrem Wesen und ihren geschichtlichen Funktionen, von ihrem

Klasseninhalt und ihren Klassenaufgaben her von vornherein ‚millionenfach demokratischer als jede bürgerliche Demokratie‘, denn sie verkörpert erstmalig in der Geschichte die wirkliche Herrschaft der gewaltigen Mehrheit der Arbeiterklasse und der mit ihr verbündeten werktätigen Klassen und Schichten.“ (Einheit, 1976, S. 982)

Damit die immer wieder geforderte und als Realität unterstellte Mitwirkung der Bürger an den Entscheidungen ihres sozialistischen Staates sich nicht zur Bedrohung des Herrschaftsmonopols der kommunistischen Partei entwickeln konnte, mußten jene natürlich die von der Partei vorgegebenen festen Bahnen und Zielsetzungen beachten; andernfalls wäre ja die sozialistische Demokratie wieder in die durch die Revolution überwundene Formation der bürgerlichen Demokratie abgeglitten, hätte sich also zurückentwickelt. Ganz im Tonfall des Herrschers im Obrigkeitsstaat erinnerte daher der zuletzt als Präsident der Volkskammer amtierende Horst Sindermann wenige Wochen vor dem Zusammenbruch der SED-Herrschaft daran, was mit der Mitwirkung der Bürger in der sozialistischen Demokratie gemeint und was nicht damit gemeint war: „Wir wollen, daß unsere Bürger über alles urteilen können, um bewußt die Politik des Sozialismus mit zu gestalten. Das erfordert auch, die Menschen anzuhören, ‚das Wort der Bürger zu achten, mit Verständnis auf ihre Fragen einzugehen, ihnen geduldig und prinzipienfest den Kurs der Partei zu erläutern, sie mit ihrer Sachkenntnis und ihrem Verantwortungsbewußtsein für das Allgemeinwohl in kommunale Entscheidungen und Vorhaben einzubeziehen‘. In dieser realen Mitbestimmung der Bürger liegt die Lebenskraft unserer sozialistischen Demokratie, die durch nichts zu ersetzen ist.“ (Einheit, 1989, S. 809)

Nicht anders, nur kämpferischer brachte auch der letzte Generalsekretär der SED, Egon Krenz, anläßlich der Jubelfeiern zum 40. Jahrestag der DDR-Gründung die Entschlossenheit der Parteiführung zum Ausdruck, die DDR-Bürger auch weiterhin unter der Vormundschaft der kommunistischen Herrschaftselite zu halten: „Mit dem Streben unserer Partei und des sozialistischen Staates nach immer umfassenderer Einbeziehung der Menschen in die gesellschaftlichen Prozesse wächst deren Fähigkeit, die objektiven Gesetze der Entwicklung immer besser zu erkennen und sie bewußt für das Voranschreiten der Gesellschaft zu nutzen. Das ist ein wesentliches Merkmal des Humanismus unserer sozialistischen Demokratie. [...] Als Kommunisten sind wir konsequente Demokraten. [...] In der DDR haben wir Sozialismus und Demokratie stets als Einheit verwirklicht. Niemals haben wir dabei außer acht gelassen, daß es den objektiven Gesetzen des Klassenkampfes entspricht, scharf zwischen bürgerlicher und sozialistischer Demokratie zu unterscheiden. Unsere Demokratie des Mitarbeitens, Mitplanens und Mitregierens beweist ihre Überlegenheit." (Einheit, 1989, S. 834 ff.)

Mit voluntaristischem Gestus bedienten sich die Spitzen der SED-Führung bis zuletzt der Leerformeln des Marxismus/Leninismus, um die mit Händen greifbare, fehlende Legitimität ihrer Herrschaft verbal zu verschleiern. Sie zögerten daher auch nicht, vom in der DDR verwirklichten Selbstbestimmungsrecht der dort lebenden Menschen zu sprechen, wie dies etwa Ministerpräsident Willi Stoph in einer seiner letzten gedruckten Äußerungen tat: „Werden und Wachsen der DDR bringt in überzeugender Weise die Legitimität des ersten deutschen Arbeiter- und Bauernstaates und seinen unverwechselbaren demokratischen Charakter zum Ausdruck. In Wahrnehmung des Selbstbestimmungsrechtes schuf das Volk der DDR seinen Staat, um die Erfolge der antifaschistisch-demokratischen Umwälzung im Interesse des gesellschaftlichen Fortschritts machtpolitisch und staatsorganisatorisch zu verankern." (Einheit, 1989, S. 798)

Das eherne Gesetz der marxistisch/leninistischen Staatslehre von der sozialistischen Demokratie als einer Staats- und Lebensform der Arbeiterklasse unter Führung ihrer Partei verloren die Herrschenden der DDR zu keiner Zeit aus dem Auge – die Machtfrage nämlich, die, so Willi Stoph, „ein für allemal durch das Volk geklärt" sei; die marxistisch/leninistische Partei habe „die Macht in harten Klassenkämpfen errungen, hält sie fest in ihren Händen und wird niemals und von niemandem daran rütteln lassen" (ebenda, S. 799). Die unverhohlene Drohung dieser Worte an die Adresse all derer, die, in welcher Form auch immer, am Machtmonopol der Partei rütteln wollten, verstand jeder DDR-Bürger. Daß die Machthaber im gleichen Atemzug den „notwendigen bürgernahen Arbeitsstil" der staatlichen Organe lobten, die Bürger zu Kritik und Selbstkritik ermunterten und immer wieder mit gigantischen Zahlen aufwarteten, um die bereitwillige und permanente Mitarbeit von Hunderttausenden von DDR-Bürgern in allen möglichen Aktivs, Beiräten, Kommissionen, Volksvertretungen, Gerichten, Kontrollgremien usw. als Beleg für eine bestens funktionierende Demokratie zu zitieren, mußte für viele als Gipfel des Zynismus erscheinen. Neben den Blockparteien, den Gewerkschaften, der FDJ, dem demokratischen Frauenbund, dem Kulturbund und der Vereinigung der gegenseitigen Bauernhilfe mußte auch der Verband der Kleingärtner, Siedler und Kleintierzüchter herhalten, um zu belegen, was fast niemand in der DDR glauben wollte – daß es sich beim SED-Staat um eine echte Demokratie handele, die ihresgleichen in der kapitalistischen Welt suche.

Die hohe Aktivitätsrate der DDR-Bürger – nahezu jeder dritte Bürger übte zumindest formal eine ehrenamtliche gesellschaftliche oder staatliche Funktion aus – konnte zu keinem Zeitpunkt darüber hinweg täuschen, daß alle Wahlen in der Substanz nur Zustimmungshandlungen zu den von den Parteigremien getroffenen Personal- und Sachentscheidungen waren, daß sogar diese Akte der Akklamation in ihren Ergebnissen gefälscht wurden, daß mit der marxistisch/leninistischen Lehre von der Unteilbarkeit der Macht der Werktätigen nur das Machtmonopol der Parteispitze verfestigt, die politische Ohnmacht der Bürger durch Leerformeln verschleiert, die Machtkontrolle durch eine unabhängige Justiz für überflüssig erklärt und somit das umfassende Erkenntnis- und Wahrheitsmonopol einer kleinen Schicht von Spitzenfunktionären jeder Kontrolle und Rechtfertigung durch das Volk entzogen blieb. Weil aber der Marxismus/Leninismus trotz aller Bemühungen der SED nur einen Bruchteil der Bevölkerung von der Richtigkeit seiner Lehre zu überzeugen vermochte und weil die Herrschaft der Losungen in so diametralem Gegensatz zur Lebenswirklichkeit und zum täglich erfahrenen Lebensstandard der Menschen stand, konnte das SED-Regime keine Legitimität gewinnen. Die sozialistische Demokratie, die von der Parteiführung der SED unermüdlich, doch letztlich vergeblich propagiert wurde, hatte daher mit dem westlichen Demokratiemodell außer einigen äußerlichen begrifflichen Ähnlichkeiten nichts gemein. Der aktive Untertan war ihr Ideal, nicht der freie Staatsbürger, die Wohlfahrtsdiktatur war ihre Substanz, nicht der soziale Rechtsstaat.

Jürgen Weber

Demokratische Bauernpartei Deutschlands (DBD)

Am 17. Juni 1948, nur bis 1953 als Gründungstag gefeiert, wurde die DBD durch die → *SMAD* zugelassen. Die sich verschärfende Kritik von → *CDU* und → *LDPD* an der von der SED initiierten Volkskongreßbewegung und an der Enteignungspolitik in der Industrie sowie die Bemühungen der bürgerlichen Parteien zur Revision der Ergebnisse der Bodenreform hatten die Funktionsfähigkeit des Blocksystems zunehmend in Frage gestellt. Auch der in der Vereinigung der gegenseitigen Bauernhilfe (VdgB) gewonnene Einfluß von CDU und LDP beeinträchtigte die Durchsetzung der agrarpolitischen Ziele der SED. Für die

Verwirklichung ihrer Agrar- und Bauernpolitik bedurfte die SED aber eines loyalen Bündnispartners. Mit der durch die SMAD veranlaßten Gründung der DBD sollten der Einfluß auf die bäuerliche Bevölkerung gestärkt, die soziale Basis der bürgerlichen Parteien eingeengt und Mitglieder aus CDU und LDPD abgeworben werden.

Auf zentraler und auf Landesebene gehörten die Parteigründer und Spitzenfunktionäre überwiegend der Vereinigung der gegenseitigen Bauernhilfe an und waren von der SED abgestellte ehemalige Mitglieder von KPD und SPD. Organisatorische Hilfe erfolgte überwiegend durch die SMAD und die VdgB. Am 16. und 17. Juli 1948 legte die Partei auf der „Zonengründungskonferenz" in Schwerin ihre Grundsätze und Forderungen sowie den Entwurf eines Statutes vor. Hauptgrundsatz der Parteiführung war von Anfang an die Festigung des Bündnisses der Arbeiter und Bauern unter Führung der SED. In der Sicherung der Ergebnisse der → *Bodenreform*, der politischen Vertretung der werktätigen bäuerlichen Bevölkerung und der Freundschaft mit den Völkern der Sowjetunion sah die DBD ihre Hauptaufgaben.

Die Anlehnung der Parteiführung an die Landwirtschaftspolitik der SED verlief nicht konfliktlos. Mit Beschluß vom 21. Mai 1951 durften keine Betriebsgruppen mehr gebildet werden. Bereits bestehende, insbesondere in den Volkseigenen Gütern und Maschinen- und Traktorenstationen, waren durch Überführung der Mitglieder in die Ortsgruppen aufzulösen. 1952 wurden Mitglieder und Funktionäre, die der Art und Weise der Kollektivierung kritisch gegenüberstanden, aus der Partei ausgeschlossen. Vom 1. Okt. bis zum 31. Dez. wurden auf Zentral- und Landesebene insgesamt 390 haupt- und nebenamtliche Funktionäre abgesetzt, auf Kreisebene 180 Planstellen neu besetzt. Die Parteiführung billigte auch die Niederschlagung des Volksaufstandes vom → *Siebzehnten Juni* 1953. Aus den Bezirken berichteten die Funktionäre von Unzufriedenheit und Bestrebungen, die Partei in eine Oppositionspartei umzugestalten. Von Februar bis Dezember verließen fast 5 000 Mitglieder die Partei oder wurden ausgeschlossen.

Im September 1952 bekannte sich die DBD zum „Aufbau des Sozialismus" und unterstützte massiv die Kollektivierung, den Übergang zur genossenschaftlichen Produktion. Nach dem „sozialistischen Frühling auf dem Lande" wurden ab 1960 ihre Wirkungsmöglichkeiten erheblich beschränkt. Über 300 Staatsfunktionäre wurden von ihrer Arbeit im Bereich Landwirtschaft entbunden, die Präsenz in wichtigen zentralen und dezentralen Einrichtungen rigoros beschnitten. Der Druck führte dazu, daß der VII. Parteitag der DBD 1963 das Programm der SED übernahm. Die DBD hatte kein eigenes Ziel mehr. Erst im

Herbst 1989 ging sie langsam auf Distanz zur SED. 1990 bekannte sich die Partei zu ihrer Mitschuld an den landwirtschaftlichen Fehlentwicklungen beginnend mit dem Zwang zur Kollektivierung, der Verletzung der Eigentumsrechte, der Ignoranz grundlegender Erkenntnisse der Landwirtschaftslehre, dem Ausbau unüberschaubarer Produktionseinheiten, der Trennung von Pflanzen- und Tierproduktion, der Aushebelung demokratischer Rechte in den LPG bis hin zur Duldung der Diskriminierung der eigenen Mitglieder in Produktion und Wissenschaft.

Die Partei war eine SED-abhängige, politisch und ökonomisch nur eingeengt arbeitende Organisation, deren Führung sich für die Inszenierung einer Scheindemokratie mißbrauchen ließ und die Interessen ihrer Mitglieder politisch immer weniger durchsetzte. Eigene Interessen wurden nicht artikuliert. 1951 hatte die DBD über 80 000 Mitglieder. Zeitweilig gab es Verbote zur Aufnahme neuer Mitglieder. Die größte Mitgliederzahl erreichte die Partei 1988 mit 122 000 (davon 30% Frauen), die in 6 900 Orts- und Wohnbezirksgruppen sowie 205 Kreisverbänden in allen Bezirken organisiert waren. 69 Mitglieder waren Abgeordnete und Nachfolgekandidaten in der Volkskammer, in den örtlichen Volksvertretungen wirkten 22 600 Mitglieder. Ferner stellte die Partei einen der stellvertretenden Vorsitzenden des Staatsrates und ein weiteres Mitglied sowie ein Mitglied des Ministerrates (zugleich stellvertretender Vorsitzender) zuständig für Landwirtschaft bzw. ab 1971 für Umweltschutz und Wasserwirtschaft. 1 500 Mitglieder waren haupt- und nebenamtliche Bürgermeister bzw. Stellvertreter. In 1 000 LPG gehörte der Vorsitzende der DBD an, über 20 000 Leitungskader rekrutierten sich in den landwirtschaftlichen Produktionsbetrieben aus der Reihe der Partei. In den Räten für Land- und Nahrungsgüterwirtschaft arbeiteten 1 900 DBD-Mitglieder mit.

Aufbau und Organisation der Partei beruhten auf dem → *Demokratischen Zentralismus*. Höchstes Organ war der alle fünf Jahre tagende Parteitag, der den Vorsitzenden und das Präsidium wählte und das Sekretariat bestätigte. Vorsitzende waren von 1948–1982 Ernst Goldenbaum, von 1982–1987 Ernst Mecklenburg und bis 1990 Günther Maleuda. Am 25. Juni 1990 schlug der Parteivorstand vor, „durch einen Zusammenschluß mit der Christlich-Demokratischen Union den Mitgliedern der DBD eine neue politische Heimat zu geben“. Diese persönliche Entscheidung hatte jedes Mitglied für sich selbst zu fällen. Etwa 20 000 wurden Mitglied der CDU. Aber auch in der SPD haben viele eine neue Mitgliedschaft begründet. Günther Maleuda trat zurück, und Ulrich Junghanns wurde amtierender Vorsitzender. Auf der Grundlage der Beschlüsse der Kreis- und Landesverbände erfolgte am 15. Sept. der Zusammenschluß mit der CDU.

Presseorgane waren die Tageszeitung „Bauern-Echo“ (ab Juli 1948) und das Funktionärsorgan „Der Pflüger“ (ab April 1949). Die zentrale Bildungsstätte „Thomas Müntzer“ in Borkheide bei Potsdam wurde im November 1948 eröffnet.

Konrad Kühne

Literaturhinweise:

Kühne, Konrad: Die Anfänge der DBD, in: Frölich, Jürgen (Hrsg.):„Bürgerliche“ Parteien in der SBZ/DDR, Köln 1995, S. 89-102.

Nehrig, Christel: Rolle, Bedeutung und Wirkungsmöglichkeiten der Blockparteien – die DBD, in: Materialien der Enquete-Kommission, a.a.O., Bd. II, 4, S. 2375-2398.

Wernet-Tietz, Bernhard: Bauernverband und Bauernpartei in der DDR, in: Weber, Hermann (Hrsg.): Mannheimer Untersuchungen zu Politik und Geschichte der DDR, Bd. 2, Köln 1984, S. 99-248.

Demokratischer Frauenbund Deutschlands (DFD)

Vorläufer des am 8. März 1947 gegründeten DFD waren die seit Sommer 1945 von der → *SMAD* lizensierten antifaschistischen Frauenausschüsse. Durch sie wurde die Bildung traditioneller, eigenständiger und politisch vielfältiger Frauenorganisationen verhindert. Nach der Gründung des DFD wurden die noch heterogenen Frauenausschüsse auf SMAD-Befehl mit dem DFD verschmolzen. Der DFD sollte eine „einheitliche, überparteiliche, überkonfessionelle, demokratische“ Frauenorganisation sein. Mit der Entwicklung der → *SED* zur „Partei neuen Typus“ wurde der anfängliche Anspruch, eine überparteiliche Repräsentation der Frauen zu sein, aufgegeben und der DFD zur SED-abhängigen → *Massenorganisation* umgewandelt. SED-Funktionärinnen besetzten nun auch offen die zentralen Machtpositionen und erkannten die Führungsrolle der Partei an, wodurch der DFD sich zum Hilfsorgan der SED-Politik entwickelte. Dieser sollte die Frauen unter die Kontrolle der SED bringen, das kommunistische Gedankengut verbreiten und sie zur Erfüllung der anstehenden Aufgaben aktivieren. Bis zum Umbruch in der DDR nahm der DFD unter dem Vorsitz von Ilse Thiele (1953–1989) treu seine Rolle als Transmissionsriemen der SED wahr.

Der DFD nahm für die → *Frauen- und Familienpolitik* eher eine Alibifunktion ein und blieb weitgehend ohne politische Einflußmöglichkeiten. Ihm ist es – trotz des gestiegenen Bildungsniveaus der Frauen in der DDR – nicht gelungen, die Aufstiegschancen von Frauen zu verbessern und vor allem ihren Anteil an Leitungstätigkeiten deutlich zu erhöhen. Für die zentralen Fragen der Gleichberechtigung kamen dem DFD nur geringe Kompetenzen auf unterer Ebene zu. Für die SED war die Emanzipation der Frauen identisch mit der möglichst breiten Einbeziehung der Frauen in das Erwerbsleben. Aber schon früh wurde der DFD um breitere Wirkungsmöglichkeiten gebracht, indem ihm die Betriebsgruppenarbeit entzogen wurde. Die Frauenarbeit wurde dort den Frauenkommissionen (bis 1981/82 Frauenausschüsse) übertragen, die in den Betrieben 1965 den BPO und später der BGL unterstellt waren. Der DFD war eher für Frauen zuständig, die für die SED schwer erreichbar waren, also unorganisierte, nichtberufstätige oder christlich gebundene. In Frauenakademien oder in Frauenversammlungen wurden politisch-ideologische, kulturelle, aber auch hauswirtschaftliche Themen angesprochen. Die Arbeit des DFD konzentrierte sich auf soziale oder praktische Fragen wie z. B. die Säuglingspflege oder Haushaltsführung. Hierfür standen dem DFD seit 1971 Beratungszentren für Haushalt und Familie in den Bezirks- und Kreisstädten zur Verfügung. Politische Impulse aus den sich neu bildenden unabhängigen Frauenbewegungen wurden entweder ignoriert oder bekämpft. Neue Themen der westlichen Frauenbewegung wie Gewalt gegen Frauen, Diskriminierung oder Doppelbelastung wurden vom DFD nicht aufgegriffen, wodurch er auch thematisch erstarrte.

Der DFD war nach dem Territorialprinzip der SED gegliedert. 1989 hatte er etwa 1,5 Mio. Mitglieder, von denen knapp die Hälfte über 50 Jahre alt war. Er gehörte von 1949 bis 1990 zu den in der → *Volkskammer* vertretenen → *Massenorganisationen* der DDR. Von den 35 Volkskammerabgeordneten des DFD waren fast alle zugleich auch Mitglied der SED. In der Phase des politischen Umbruchs verschwand er fast völlig in der Bedeutungslosigkeit. Beim Zentralen Runden Tisch wurde dem DFD erst bei der zweiten Sitzung am 18. Dez. 1989 der Status eines Beobachters (ohne Stimmrecht) zugewiesen. Der DFD konnte bei der Volkskammerwahl vom 18. März 1990 in Halle noch ein Mandat gewinnen. Am 3. März 1990 fand der außerordentliche Bundeskongreß statt, auf dem sich der DFD ein neues Programm und Statut gab. Am 13. Aug. 1991 erfolgte die Eintragung in das Vereinsregister beim Amtsgericht Charlottenburg unter dem Namen Demokratischer Frauenbund e. V.

Viola Neu

Literaturhinweise:

Helwig, Gisela: Frauen im SED-Staat, in: Materialien der Enquete-Kommission, a.a.O., Bd. III, 2, S. 1223-1274.
Weber, Gerda: DFD – Letztes Kapitel, in: Deutschland Archiv 23 (1990), S. 1092-1097.
Weber, Gerda: Demokratischer Frauenbund Deutschlands (DFD), in SBZ-Handbuch, a.a.O., S. 691-713.

Demokratischer Zentralismus

Der demokratische Zentralismus war in der DDR das maßgebliche Organisationsprinzip sowohl der Arbeiterklasse (Kommunistische Partei) und aller von ihr bestimmten gesellschaftlichen Kräfte als auch der staatlichen Organisation. Es sollte der Arbeiterklasse ihre führende Rolle in der sozialistischen Gesellschaft und im → *Staat* garantieren und die Einheitlichkeit der sozialistischen Staats- und Gesellschaftsorganisation, das Funktionieren des sozialen Gesamtmechanismus und seiner Bestandteile sichern. Lenin sah im demokratischen Zentralismus den wissenschaftlichen Ausdruck der Auffassungen des Proletariats von Demokratie und Organisiertheit, von Freiheit und Disziplin. Wo immer das Prinzip des demokratischen Zentralismus Anwendung findet, begründet es strikte Hierarchie und Einheitlichkeit der Führung.

Von daher versteht sich die hervorragende Bedeutung, die dem demokratischen Zentralismus in den Statuten der SED, der Blockparteien und der Massenorganisationen eingeräumt wurde. Er gewährleistete die Leitung dieser Einheiten von oben, die Verbindlichkeit der Entscheidungen der übergeordneten Organe, die Auswahl der Funktionäre nach den Vorschlägen der Leitung (→ *Kaderpolitik*) und die straffe (Partei-) Disziplin. Durch Art. 47 Abs. 2 DDR-Verfassung wurde, ganz im Leninschen Sinn, der demokratische Zentralismus auch auf die Staatsebene übertragen. („Die Souveränität des werktätigen Volkes, verwirklicht auf der Grundlage des demokratischen Zentralismus, ist das tragende Prinzip des Staatsaufbaus.“) Der Grundsatz hatte auf der Staatsebene die zentrale staatliche Leitung durch die oberste Volksvertretung sicherzustellen, weil nur damit die Interessen des werktätigen Volkes zu wahren und die gesellschaftlichen Kräfte auf einheitliche Ziele zu richten und optimal zur Wirkung zu bringen seien. Hieraus ergaben sich wichtige Anforderungen an die territoriale und politische Struktur der DDR.

So wurde entsprechend dem Erfordernis, die gesellschaftliche Entwicklung von einem staatlichen Zentrum aus zu leiten, eine unitarische Form des Staatsaufbaus (Einheitsstaat) festgelegt. Die Hierarchisierung des Staates wurde durch das von Über- und Unterordnung geprägte System der Volksvertretungen erreicht, an dessen Spitze formal die Volkskammer stand, bei der alle staatlichen Aufgaben zentralisiert waren und von der die übrigen staatlichen Institutionen ihre Befugnisse ableiteten. Der demokratische Zentralismus schloß ein System der örtlichen Selbstverwaltung aus (→ *Staats- und Verwaltungsapparat)*. Die örtlichen Volksvertretungen sind daher als sozialistische Machtorgane definiert worden, durch die die Werktätigen unter Führung ihrer marxistisch-leninistischen Partei (SED) die politische Macht ausüben und dabei an die Weisungen der übergeordneten Volksvertretung gebunden sind. Die Durchsetzung des einheitlichen Staatswillens wurde gegenüber den Fachorganen der örtlichen Räte durch das Prinzip der doppelten Unterstellung, d. h. ihre Unterstellung unter den jeweiligen Rat und unter das Fachorgan des übergeordneten Rats bzw. unter das zuständige Ministerium gewährleistet. Das Prinzip der Gewalteneinheit wurde in scharfer Wendung gegen das „bürgerliche" Prinzip der Gewaltenteilung verteidigt (→ *Parlamentsverständnis)*. Von hier aus erklärt sich auch die propagandistische Überhöhung der Volksvertretungen, da mit ihr der Ausschluß gerichtlicher Kontrolle staatlicher Akte erklärt werden konnte.

Von einem strikt demokratischen Standpunkt aus ließe sich allerdings die zentrale Stellung der Volksvertretung begründen. Dies setzte jedoch die Freiheit der Wahl und ein pluralistisches Parteiensystem voraus. Angesichts der Überlagerung des gesamten gesellschaftlichen und staatlichen Lebens durch die marxistisch-leninistische Partei, deren Führungsanspruch bis zum 1. Dez. 1989 von der Verfassung ausdrücklich garantiert war (Art. 1 Abs. 1) und die ihrerseits nach dem Prinzip des demokratischen Zentralismus organisiert war, konnte hiervon freilich keine Rede sein. Vielmehr erwies sich der demokratische Zentralismus als das entscheidende Legitimations- und Durchsetzungsinstrument für die Führung der SED (→ *Führungsanspruch*). Demgemäß wurde das Hohelied des demokratischen Sozialismus gesungen: „Dem demokratischen Zentralismus ist alles Schablonenhafte fremd. Er ist gegen den Bürokratismus gerichtet und bedingt einen mit dem Volk zutiefst verbundenen Arbeitsstil."

Die Verwirklichung der Souveränität des Volkes auf der Grundlage des demokratischen Zentralismus (Art. 47 Abs. 2) führte, wie durchaus erkannt wurde, zu einer neuen Inhaltsbestimmung der Volkssouveränität, die sich aus ihrer Verbindung mit der führenden Rolle der Arbeiterklasse und der kommunistischen Partei ergab. Diese Verbindung schloß nicht nur andere Klassen von der Teilhabe an der Volkssouveränität aus, sondern ordnete die Souveränität zuletzt rechtlich und faktisch allein der SED bzw. ihrer Führung zu. Entsprechend konnte die Einheit von Volk und Staat, von Staat und Staatsbürger proklamiert werden. Diese Identitätskonzeption führte konsequent zum Wegfall jedes individuellen Rechtsschutzes gegen staatliche Akte.

Als Grundprinzip der Organisation und Tätigkeit des sozialistischen Staates lag der demokratische Zentralismus auch der Volkswirtschaft zugrunde (Art. 9 Abs. 3). Demokratischer Zentralismus erforderte hier die ständige Aufrechterhaltung und Verstärkung der zentralen staatlichen Leitung und Planung der sozialistischen Ökonomie.

Eckart Klein

Literaturhinweise:

Akademie für Staats- und Rechtswissenschaft der DDR (Hrsg.): Der demokratische Zentralismus. Theorie und Praxis, Berlin (Ost) 1981.

Akademie für Staats- und Rechtswissenschaft der DDR (Hrsg.): Staatsrecht der DDR, Lehrbuch, Berlin (Ost) (2. Aufl.) 1984.

Klein, Eckart/Lörler, Sighart: Überlegungen zur Verfassungsreform der DDR, Königswinter 1990.

Deutsche Hochschule für Körperkultur (DHfK)

Die zentrale Ausbildungs- und Forschungseinrichtung für den Sport in Leipzig wurde 1950 auf Betreiben Walter Ulbrichts gegründet. Diese wissenschaftliche Einrichtung bildete im Direkt- oder Fernstudium bis zur Auflösung 1990 17 000 Trainer für den Leistungssport (Diplomsportlehrer), Funktionäre, Sportoffiziere, Wissenschaftskader und nach 1986 auch Leitungskräfte für den Massensport (Breitensport) aus. Ein Großteil der DDR-Sportelite hat das stark ideologisch und zugleich pragmatisch geprägte Studium an der DHfK durchlaufen und war im international erfolgreichen Leistungszentrum des SC DHfK Leipzig organisiert. An der DHfK absolvierten auch 2 500 ausländische Führungskräfte und Trainer ein Studium einschließlich Promotion oder wurden in speziellen Kursen ausgebildet. Anstelle der DHfK besteht seit 1991 die Fakultät Sportwissenschaft an der Universität Leipzig.

Der Großteil der praxisbezogenen empirischen Forschung der DHfK zur Optimierung des Hochleistungssports wurde 1969 in das Forschungsinstitut für Körperkultur und Sport (FKS) überführt. Auf Anweisung von Manfred Ewald betrieb diese akademieartige Einrichtung mit Promotionsrecht u.a. die streng geheimen Forschungen (Staatsplanthema 14.25) auf dem Gebiet anaboler und zentral stimulierender Mittel (Doping). Der Versuch, DHfK und FKS 1973 dem DTSB unter Ewald zuzuordnen, scheiterte am Veto Honeckers.

Hans-Dieter Krebs

Literaturhinweis:

Krebs, Hans-Dieter: DHfK Leipzig – Symbol und Herausforderung, in: Deutschland Archiv 18 (1985), S. 1255-1257.

Deutscher Turn- und Sportbund (DTSB)

1957 wurde als Nachfolgerin des Deutschen Sportausschusses (gegr. 1948) im Zuge des zweiten Fünfjahrplanes eine „einheitliche sozialistische" Dachorganisation des DDR-Sports geschaffen, die seit 1974 unter dem Namen DTSB der DDR firmierte. Der Sportbund umfaßte 1989 insgesamt 33 Fachverbände sowie zwei angeschlossene Verbände mit 3,7 Mio. Mitgliedern und war in 15 Bezirksorganisationen gegliedert. Die Armeesportvereinigung Vorwärts und die Sportvereinigung Dynamo besaßen den Rang eigener Bezirksorganisationen. Das höchste Beschlußorgan, der Turn- und Sporttag, trat bis 1990 siebenmal zusammen. Der DTSB war in das staatliche, zentral gesteuerte sportpolitische Gesamtkonzept der DDR personell und strukturell eingebunden. Er empfing seine Direktiven jedoch von der Parteiführung, die eine eigene Sportabteilung beim ZK besaß.

Der DTSB verstand sich als „Initiator, Mobilisator und Organisator" sowie als Sprecher des Sports auf allen Ebenen. Er sollte mitwirken, durch Sport und Körperkultur → *sozialistische Persönlichkeiten* herauszubilden und zu formen. Dieses Ziel sollte neben den kontinuierlichen Leistungsaufträgen der Partei und den Jahressportplänen des DTSB die nach dem → *Demokratischen Zentralismus* bestimmte parteitreue Leitungsstruktur erfüllen helfen.

Der durch ständige Aktionen und Wettbewerbe in Bewegung gehaltene Massen- und Leistungssport auf unterer und mittlerer Ebene vollzog sich zumeist in den Grundorganisationen, wie den Sportgemeinschaften mit ihren Sektionen (Abteilungen). Sie waren vor allem Betrieben oder Schulen als Trägern zugeordnet. Geringe Beiträge (1,30 Mark für Erwachsene, 20 Pfennige für Kinder), eine nicht unerhebliche Zahl an ehrenamtlichen Mitarbeitern einschließlich des umfangreichen Netzes von (1989) 265 000 Übungsleitern und 159 000 Kampf- und Schiedsrichtern reichten indes nicht aus, den Organisationsgrad (22% der Bevölkerung gegenüber 30% in der Bundesrepublik Deutschland) und den angestrebten Massencharakter zu verbessern sowie das Leistungsniveau entscheidend zu erhöhen. Als bedeutende Schaustellungen im Interesse der Partei- und Staatsführung organisierte der DTSB zwischen 1954 und 1987 acht (ursprünglich Deutsche) Turn- und Sportfeste in Leipzig, die eine Demonstration sportlicher Vielfalt und pompöser Propaganda mit internationaler Ausstrahlung vereinten.

Erheblich erfolgreicher entwickelte sich das Leistungssportsystem des DTSB. Mit hohem personellen, materiellen und logistischen Aufwand schuf der DTSB eine durchgängige, wenngleich nicht monolithische Struktur zur Förderung des Spitzensports als gezielt eingesetztes Instrument der Innen- und Außenpolitik (→ *Sport und Sportpolitik*). Die zielstrebige Talentsuche in Schulen, Sportgemeinschaften und mittels der alle zwei Jahre durchgeführten Kinder- und Jugendspartakiaden, Nachwuchsbildung in Trainingszentren und Kinder- und Jugendsportschulen sowie der Leistungsoptimierung in den Sportclubs standen im Mittelpunkt der sportpolitischen Anstrengungen des DTSB. Sie wurden besonders intensiv von den Sportclubs der NVA (Vorwärts), von MfS und MdI (Dynamo) als vorrangigen Leistungsträgern vorangetrieben.

Architekt dieses an Medaillen und Rekorden erfolgreichen Systems mit Mängeln und inneren Brüchen war ZK-Mitglied Manfred Ewald, der von 1961 bis 1988 den DTSB und von 1973 bis 1989 das Nationale Olympische Komitee der DDR als Präsident leitete und damit eine auch international anerkannte Reputation und eisern ausgeübte Machtfülle besaß.

Der DTSB beschloß am 22. Sept. 1990, sich zum 5. Dez. 1990 aufzulösen. Die in der Zwischenzeit gegründeten fünf Landessportbünde traten dem Deutschen Sportbund bei. Die jeweiligen Fachverbände schlossen sich zwischen 1990 und 1991 bis auf zwei Ausnahmen den jeweiligen bundesdeutschen Organisationen an.

Hans-Dieter Krebs

Deutschlandpolitik

Begriff: Deutschlandpolitik bezeichnet die Gesamtheit aller politischen Bemühungen 1945–1990, die Teilung Deutschlands zu überwinden. Sie schließt – neben der unmittelbaren Wiedervereinigungspolitik, wie sie im eigentlichen Sinne erst 1989/90 möglich wurde – somit alle diejenigen politischen Maßnahmen und Bestrebungen ein, die darauf gerichtet waren, die rechtlichen und tatsächlichen Voraussetzungen für eine künftige Wiedervereinigung zu schaffen oder zu erhalten.

Dieser Artikel behandelt die Deutschlandpolitik der Bundesregierungen. Nur da, wo zur Erklärung und Erhellung notwendig, wird auf die SED-Politik (→ *SED und deutsche Frage*) Bezug genommen.

Ausgangspunkt: Die Teilung Deutschlands war die unmittelbare Folge der Uneinigkeit der Siegermächte über die Grundsätze einer gemeinsamen Politik gegenüber dem besiegten Gegner. Den Alliierten war es bis zum Kriegsende nicht gelungen, sich auf detaillierte Richtlinien für eine gemeinsame Politik gegenüber Deutschland festzulegen (→ *Alliierte Konferenzen*). Einigkeit bestand zwischen den Vier Mächten zwar grundsätzlich in den Zielen einer Entnazifizierung, Entmilitarisierung, Demokratisierung und Dezentralisierung Deutschlands, doch war bereits die inhaltliche Ausfüllung dieser Begriffe umstritten. Die Sowjetunion betrieb in ihrer Besatzungszone eine Politik der vollendeten Tatsachen; sie errichtete in Etappen (→ *SED*; → *Sozialismus*) zunächst in der vorbereitenden Form einer in ihrer Interpretation → *antifaschistisch-demokratischen Umwälzung* die Diktatur der marxistisch-leninistischen SED. Hierdurch setzte sehr schnell eine unterschiedliche Entwicklung in der SBZ einerseits, den drei Westzonen andererseits ein. Schon vor der Gründung der beiden Staaten war die Zweiteilung des Vier-Zonen-Deutschlands (nach Abtrennung der in polnische bzw. sowjetische Verwaltung übernommenen Ostgebiete) offensichtlich. Auch der Versuch, Berlin gemeinsam zu verwalten, erwies sich als undurchführbar; die Blockade West-Berlins durch die Sowjetunion 1948/49 bedeutete die erste kritische Zuspitzung des Ost-West-Konfliktes.

Die Teilung Deutschlands stand im Mittelpunkt der Teilung Europas und des weltweiten Ost-West-Gegensatzes (→ *Kalter Krieg*). In dem Nebeneinander zweier Staaten, die beide beanspruchten, Modell und Kernstaat eines künftigen Gesamtdeutschland zu sein (→ *SED und deutsche Frage*), spiegelte sich der Gegensatz zwischen den beiden Großmächten und ihren konkurrierenden Grundsätzen freiheitlich-demokratischer Ordnung einerseits, kommunistischer Diktatur andererseits (→ *Demokratie, sozialistische*). Man kann allerdings aus dem Nebeneinander der Geltungsansprüche nicht auf die Gleichwertigkeit der konkurrierenden Systeme schließen. Der entscheidende Unterschied lag auf der Ebene der Legitimation: In der freiheitlich-demokratischen Ordnung wird staatliche Gewalt begründet durch die Ausübung des Selbstbestimmungsrechtes in Gestalt freier Wahlen. Sie wird zugleich begrenzt durch die Geltung personaler, vorstaatlicher → *Grund- und Menschenrechte*. Dagegen ist in kommunistisch regierten Staaten die Geltung der Grundrechte durch ihre Bindung an obrigkeitlich definierte Staatsziele ausgehöhlt und die Ausübung politischer Macht abgeleitet aus der Selbstermächtigung einer selbsternannten Elite (→ *Führungsanspruch*).

Dies galt auch in Deutschland. Während die Bundesrepublik durch freie und geheime Wahlen ihrer zentralen Verfassungsorgane legitimiert war, stellte sich das SED-Regime seit 1946 keinen freien Wahlen mehr. Der Volksaufstand vom → *Siebzehnten Juni* 1953 und der → *Mauerbau* 1961 bewiesen, daß das Regime von den Bürgern nicht getragen wurde, sondern sich lediglich auf von der Besatzungsmacht ausgeübte oder gedeckte Gewalt stützen konnte (→ *SMAD*; → *Sowjetunion und SBZ/DDR*). Der SED-Staat blieb bis zu seinem Ende mit dem Makel der demokratischen Illegitimität behaftet.

Deshalb stand die Forderung nach freien Wahlen in der SBZ/DDR bei der Bewertung sowjetischer Deutschlandpläne im Westen auch stets im Vordergrund. Der Kernsatz einer Deutschlandpolitik, die darauf zielte, die Einheit Deutschlands in Freiheit und Selbstbestimmung zu vollenden, lautete bis 1990: „Die Freiheit ist der Kern der deutschen Frage."

Wichtig für die Wiedervereinigung von 1990 war, daß nach 1945 die gesamtdeutsche Staatlichkeit selbst („Deutschland als Ganzes", „Das Deutsche Reich in den Grenzen von 1937"), entgegen den Behauptungen der DDR bzw. SED, als Völkerrechtssubjekt nie erloschen gewesen ist. Dies blieb auch an den weitergeltenden Rechten und Verantwortlichkeiten der → *Vier Mächte* für Deutschland als Ganzes erkennbar (→ *Berlin*). Die Vorbehaltsrechte der Vier Mächte beschränkten einerseits den politischen Handlungsspielraum deutscher Regierungen, sie bildeten andererseits in der Zeit der Teilung eine der rechtlichen Klammern Gesamtdeutschlands. 1990 machten sie es erforderlich, daß die Bundesregierung und die DDR-Regierung die Zustimmung der Vier Mächte für die Wiedervereinigung im Rahmen der Zwei-plus-Vier-Gespräche einholten, (→ *Zusammenbruch der DDR*).

Die Phase der Westintegration: Die Politik der Bundesrepublik war in ihren Grundzügen vorgegeben durch die Wertordnung des Grundgesetzes einschließlich des Ziels der Wiederherstellung der deutschen Einheit (Art. 23 und 146). Die Präambel (alte Fassung) drückte die Ziele der Deutschlandpolitik aus, wie sie später auch vom Bundesverfassungsgericht immer wieder herangezogen worden sind: „Im Bewußtsein seiner Verantwortung vor Gott und den Menschen, von dem Willen beseelt, seine nationale und staatliche Einheit zu wahren und als gleichberechtigtes Glied in einem vereinten Europa dem Frieden der Welt zu dienen, hat das Deutsche Volk in den Ländern [...] dieses Grundgesetz der Bundesrepublik Deutschland beschlossen. Es hat auch für jene Deutschen gehandelt, denen mitzuwirken versagt war. Das gesamte Deutsche Volk bleibt aufgefordert, in freier Selbstbestimmung die Einheit und Freiheit Deutschlands zu vollenden."

Die für jede Deutschlandpolitik zentralen Begriffe lauteten: nationale und staatliche Einheit, Frieden, Selbstbestimmung, vereintes Europa. Die Deutschlandpolitik jeder Bundesregierung mußte sich daran messen lassen, wieweit sie zur Erreichung dieser Ziele beitrug.

Das auch deutschlandpolitisch wichtigste Ziel deutscher Politik unter dem ersten Bundeskanzler Konrad Adenauer war die Hineinführung der Bundesrepublik in das westliche Bündnis. Vordringlich war für Adenauer zunächst die Wiedererlangung der staatlichen Gleichberechtigung und Souveränität der Bundesrepublik, um nach der totalen Niederlage Hitler-Deutschlands eigenen Verhandlungsspielraum zu erreichen. Mit der Integration der Bundesrepublik in das westliche Bündnis wollte Adenauer den freien Teil Deutschlands fest und für alle Zeit mit den freien Demokratien des Westens verbinden und Deutschland in der westlichen Wertegemeinschaft unwiderruflich verankern – sowohl zum eigenen Schutz wie auch zur Abwehr möglicher Ängste der Nachbarn und neuen Partner. Zugleich sollte die Westbindung der Bundesrepublik den Rückhalt und die Unterstützung verschaffen, ohne die jegliche Deutschlandpolitik gegenüber der Sowjetunion von vornherein aussichtslos bleiben mußte oder unkalkulierbare Risiken barg.

Freiheit – Frieden – Einheit: In diesen Leitbegriffen und in dieser Reihenfolge faßte Adenauer die Zielsetzung seiner Politik zusammen. Seine Hoffnung und Vision war, daß der kommunistische Osten eines Tages vor der Sogwirkung der Freiheitsidee und der wirtschaftlichen Kraft des Westens kapitulieren müsse – eine Vision, die 1989 Wirklichkeit wurde.

Entscheidendes Zwischenergebnis dieses deutschlandpolitischen Ansatzes war der Deutschlandvertrag von 1954, abgeschlossen zwischen der Bundesrepublik und den drei West-Alliierten, der dem freien Teil Deutschlands die nahezu volle Souveränität zurückgab und den

Eintritt in die NATO brachte. Er verpflichtete die Bundesrepublik, die deutsche Einheit nur mit friedlichen Mitteln anzustreben; die Westmächte ihrerseits banden sich (Art. 7), für die friedliche und freiheitliche Wiedervereinigung Deutschlands einzutreten – eine vertragliche Verpflichtung, die 1990 im Rahmen der Zwei-plus-Vier-Verhandlungen eingelöst wurde.

Aus den Leitlinien dieser Politik folgte auch die Ablehnung Adenauers – ebenso wie die der Westmächte – der von Stalin 1952 an die drei ehemaligen Alliierten gerichteten deutschlandpolitischen Noten, in denen, in allerdings vagen und mehrdeutigen Begriffen, die Möglichkeit eines vereinten Deutschland mit neutralem Status in Aussicht gestellt wurde. Adenauers Urteil lag auch die Einschätzung zugrunde, daß die sowjetische Führung nicht bereit war, das kommunistische Regime in der DDR zur Disposition zu stellen. Heute finden wir aufgrund von Nachforschungen in Moskauer Archiven bestätigt, daß Stalin mit diesen Noten tatsächlich die Westbindung der Bundesrepublik zu verhindern suchte, aber zur Gewährung der Selbstbestimmung und Einheit der Deutschen nicht bereit war. Der westliche Gegenvorschlag – freie Wahlen in ganz Deutschland vor einem Friedensvertrag – wurde von der Sowjetunion auch auf den Konferenzen der Vier Mächte in Berlin (1954) und in Genf (1955 und 1959) zurückgewiesen.

Die Politik der Westbindung wurde ergänzt durch die Bemühung, eine rechtliche und faktische Verfestigung der Teilung Deutschlands zu verhindern. Die Bundesregierung erhob den Anspruch, als einzige durch freie Wahlen demokratisch legitimierte Regierung in Deutschland für alle Deutschen zu sprechen (Alleinvertretung). Nach Aufnahme diplomatischer Beziehungen mit der Sowjetunion 1955 leitete sie hieraus die außenpolitische Konsequenz ab, die Anerkennung der DDR durch dritte Staaten als unfreundlichen Akt zu behandeln (Hallstein-Doktrin). Diese Politik zielte nicht auf eine Diskriminierung der Deutschen in der DDR, wohl aber auf eine Isolierung und Delegitimierung des diktatorischen SED-Regimes; sie war in diesem Sinne bis Ende der 60er Jahre erfolgreich.

Adenauers Politik war innenpolitisch heftig umstritten. Politische und publizistische Kritiker Adenauers glaubten in der engen Bindung an den Westen die Gefahr einer Verfestigung der deutschen Teilung zu sehen oder lehnten einen bundesdeutschen Verteidigungsbeitrag zur westlichen Allianz grundsätzlich ab. Auch die SPD bekannte sich erst 1960 zur Westpolitik der Bundesregierung. Andere empfanden die enge Verbindung mit dem atlantischen Bündnis und der entstehenden europäischen Gemeinschaft als zu weitgehenden Verzicht auf herkömmliche Attribute nationalstaatlicher Souveränität.

Einige Wissenschaftler vertreten bis heute die These, Adenauer habe zwar die Westbindung der Bundesrepublik, nicht aber die Wiedervereinigung Deutschlands wirklich gewollt. Solche Meinungen verkennen die Erfahrung vieler noch lebender Zeitzeugen und die Ergebnisse einer inzwischen umfangreichen Adenauer-Forschung. Insbesondere gehen sie von einem Gegensatz zwischen den Zielen Westbindung und Wiedervereinigung aus, den Adenauer selbst nicht annahm – er betrachtete im Gegenteil beide Ziele als eng miteinander zusammenhängend, als zwei Seiten einer Münze – und der durch die historische Entwicklung Ende der 80er Jahre auch nicht bestätigt worden ist.

Veränderungen in der internationalen Lage und Unsicherheiten in der Deutschlandpolitik: Ab Mitte der 50er Jahre begann sich die internationale Situation allmählich zu wandeln, und damit gerieten auch die bisherigen Rahmendaten für die Deutschlandpolitik ins Wanken. Entscheidend hierfür war eine allmähliche erhebliche Verschiebung in den militärischen Kräfteverhältnissen: Die Sowjetunion, die in Europa seit Kriegsende ein Übergewicht in den konventionellen Streitkräften besaß, holte schrittweise auch ihren Rückstand in der nuklearen Bewaffnung und in der Raketentechnologie auf (Start des ersten künstlichen Erdsatelliten Sputnik 1957). 1958 löste sie die zweite Berlin-Krise aus, indem sie ultimativ den Abzug der westlichen Truppen aus den Westsektoren Berlins und deren Umwandlung in eine „Freie Stadt" verlangte. Minimalziel dabei war es, die Anerkennung der DDR-Regierung durch die Westmächte durchzusetzen. Bei der Abwehr dieses zweiten sowjetischen Vorstoßes auf West-Berlin bewährte sich vor allem die durch Adenauer und de Gaulle neu gefestigte deutsch-französische Partnerschaft. Der sowjetische Vorstoß in Berlin und auf Kuba (1962, Stationierung von sowjetischen Raketen) zeigte, daß aus sowjetischer Sicht die 1956 verkündete Doktrin von der → *Friedlichen Koexistenz* ein offensives Ausgreifen auch mit Mitteln militärischen Drucks nicht ausschloß. Die Berlinkrise führte 1961 zum → *Mauerbau.*

Die gefährliche Zuspitzung der Ost-West-Spannungen (→ *Kalter Krieg*) weckte auf beiden Seiten das Bedürfnis nach Mechanismen zur Krisenbewältigung, nach Rüstungskontrolle und nach Reduzierung der Spannungen und ihrer Ursachen (Détente-Politik). Atomteststoppabkommen, Vereinbarungen zur Nichtverbreitung von Atomwaffen und zur strategischen Rüstungsbegrenzung (SALT I) wurden äußere Zeichen dieser neuen Politik.

Die neuen Entwicklungen im Ost-West-Verhältnis setzten die Bundesregierungen unter starken Anpassungsdruck. Während die Sowjetunion seit 1955 deutlich machte, daß sie von der Existenz zweier gleichberechtigter deutscher Staaten ausging und daß offene Fragen des Verhältnisses zwischen diesen Staaten bilateral, also unter westlicher Anerkennung der DDR, zu behandeln seien, blieb es das Interesse der Bundesregierung, am Ziel der Wiedervereinigung Deutschlands festzuhalten und daher Fortschritte in der Ost-West-Entspannung an gleichzeitige Fortschritte in der Deutschlandpolitik zu koppeln. Die Westmächte dagegen setzten jetzt ihre Priorität auf eine Sicherheits- und Entspannungspolitik mit der Sowjetunion unter Zurückstellung deutschlandpolitischer Zielsetzungen. Nach 1957 waren sie zu einer operativen Wiedervereinigungspolitik auf Vier-Mächte-Ebene nicht mehr bereit. Die Bundesregierungen Adenauer (CDU/CSU und FDP), Erhard (CDU/CSU und FDP) und Kiesinger (CDU/CSU und SPD) mußten ihre Deutschlandpolitik diesen veränderten Rahmenbedingungen anpassen. Sie waren bemüht, eine endgültige Besiegelung der Teilung Deutschlands, wie sie Chruschtschow im Zuge der zweiten Berlin-Krise verlangte, zu verhindern, und durch Entwicklung der Beziehungen mit der Sowjetunion sowie Kontakte zu den Ostblock-Staaten die eigenen ostpolitischen Spielräume zu erweitern. Gleichzeitig trat, bereits unter Adenauer, angesichts der damaligen Unerreichbarkeit der Wiedervereinigung, in den Vordergrund praktischer deutschlandpolitischer Bemühungen das Ziel, den Deutschen in der DDR menschliche Erleichterungen zu verschaffen, die Kontakte zwischen den Menschen in den beiden Teilen Deutschlands zu verdichten und damit zugleich den nationalen Zusammenhalt der Deutschen auch unter den Bedingungen der staatlichen Teilung aufrechtzuerhalten (→ *Innerdeutsche Verbindungen*).

In diesem Sinne unterbreitete Bundeskanzler Adenauer der Sowjetunion vertraulich deutschlandpolitische Pläne, die bei einstweiliger Zurückstellung der Wiedervereinigungsfrage den Menschen in der DDR mehr Freiheit geben sollten („Österreich-Lösung“ 1958, „Burgfriedens-Angebot“ 1962). In der Regierung Erhard versuchten Außenminister Gerhard Schröder (CDU) und der Gesamtdeutsche Minister Mende (FDP) eine Politik der Öffnung und Bewegung gegenüber den Ostblockstaaten, unter gleichzeitiger Ausklammerung der DDR, einzuleiten (u.a. „Friedensnote“ von 1966); dieser Ansatz wurde von der Sowjetunion und der DDR abgeblockt.

Die Bundesregierung der Großen Koalition (seit 1966) bezog die DDR in das Angebot von Gewaltverzichtserklärungen ein. Sie verdeutlichte auch auf der internationalen Bühne, daß sie die Verwirklichung des Selbstbestimmungsrechtes der Deutschen als Teil und im Rahmen einer gesamteuropäischen Friedensordnung zu erreichen suchte. In diesem Sinne gelang es auch, den deutschlandpolitischen Konsens der westlichen Verbündeten erneut zu festigen (vgl. den Harmel-Bericht vom Dezember 1967).

Die umstrittenste Frage der deutschlandpolitischen Neuorientierung war, ob die Bundesrepublik auch in direkte Verhandlungen mit der DDR auf Regierungsebene eintreten solle – was deren staatliche Anerkennung und damit auch die rechtliche Anerkennung der deutschen Zweistaatlichkeit nach sich ziehen mußte. Dies war bis zum Ende der Großen Koalition wegen des Widerstandes der CDU/CSU nicht machbar. Aber innenpolitisch wuchs der Druck auf die Regierung, neue Wege in der Ost- und Deutschlandpolitik zu gehen. Die Formel des damaligen Senatssprechers von Berlin, Egon Bahr, in einem Vortrag von 1963, nunmehr eine Politik des „Wandels durch Annäherung" zu versuchen, fand ein breites Echo.

Ostverträge und Grundlagenvertrag: Die 1969 gebildete SPD/FDP-Regierung unter Bundeskanzler Brandt und Außenminister Scheel ging in der Deutschlandpolitik den entscheidenden Schritt weiter. Willy Brandt sprach in seiner Regierungserklärung von „zwei Staaten in Deutschland", die allerdings „füreinander nicht Ausland" seien, sondern Beziehungen von „besonderer Art" entwickelten. Die Regierung trat in intensive Verhandlungen mit Moskau und Warschau und etwas später mit Prag ein. Der Moskauer Vertrag von 1970, der die Basis für die folgenden Verträge mit Polen, der DDR und der ČSSR bildete, stand in zeitlichem und sachlichem Zusammenhang mit dem Vier-Mächte-Abkommen über → *Berlin*. Im Dezember 1972 wurde der → *Grundlagenvertrag* mit der DDR unterzeichnet, der die Basis für Einzelverträge mit der DDR in verschiedenen Bereichen und für den Ausbau der → *innerdeutschen Verbindungen* auf privater Ebene legte.

Die Vertragspolitik mit der DDR enthielt von vornherein das Problem, daß beide Seiten von unterschiedlichen, zum Teil entgegengesetzten Zielen ausgingen. Während die DDR-Führung die Beziehungen in dem Sinne zu „normalisieren" suchte, daß sie zwischenstaatliche Beziehungen von quasi internationaler Art etablieren und den staats- und völkerrechtlichen Sondercharakter der innerdeutschen Beziehungen nicht akzeptieren wollte, strebte die Bundesregierung danach, vor allem eine Normalisierung des Umgangs der Menschen über die innerdeutsche Grenze hinweg zu erreichen, also möglichst viele Verbindungen und Kontaktmöglichkeiten zu erwirken.

Die Ostpolitik der Bundesregierung Brandt/Scheel führte in der Bundesrepublik zu scharfen politischen Auseinandersetzungen bis hin zum – bis heute ungeklärten – gescheiterten Mißtrauensvotum der Unionsfraktion gegen Kanzler Brandt 1972. Die CDU/CSU-Opposition im Bundestag stand den Zielen und Inhalten der Verhandlungen mit der DDR skeptisch bis ablehnend gegenüber. Man befürchtete zu große Zugeständnisse an die DDR und eine allzu unkritische Haltung gegenüber den kommunistischen Systemen in Osteuropa und der DDR. Diese Sorge war nicht unberechtigt, da sich das politische Klima in der Bundesrepublik seit Ende der 60er Jahre geändert hatte: Viele Intellektuelle, Medien und nicht zuletzt Politiker aus SPD und FDP waren von der Entspannungspolitik so fasziniert, daß sie sich von früheren parteiübergreifenden deutschlandpolitischen Grundpositionen abwandten. Der Unrechtscharakter des SED-Systems (→ *Unterdrückungsmechanismen*) wurde mehr und mehr übersehen. Zwar sprach die SPD/FDP-Bundesregierung in amtlichen Erklärungen von der Bedeutung der Westbindung der Bundesrepublik und der Ablehnung einer völkerrechtlichen Anerkennung der DDR; aber solche Äußerungen völker- und vertragsrechtlicher Art gingen in der anders gearteten lautstarken veröffentlichten Meinung nahezu unter.

Bei der CDU/CSU wuchsen der Verdacht und die Sorge, der geplante Grundlagenvertrag mit der DDR könne zu einem „Teilungsvertrag" für Deutschland werden. Die Kritik galt insbesondere den überhasteten Verhandlungen mit der DDR-Regierung, bei denen schwierige Themen ausgeklammert und ihre Lösung einem späteren Zeitpunkt überlassen wurde. Die Unionsfraktion versuchte im Parlament, durch Aufzeigen der Schwachpunkte Druck auf die Verhandlungen auszuüben. Sie trug maßgebend dazu bei, daß dem Moskauer-Vertrag von 1970 und dem innerdeutschen Grundlagenvertrag von 1972 der „Brief zur Deutschen Einheit" beigegeben wurde, in dem die Bundesregierung ihr Ziel zur Kenntnis gab, „auf einen Zustand des Friedens in Europa hinzuwirken, in dem das deutsche Volk in freier Selbstbestimmung seine Einheit wiedererlangt". Bei Ratifizierung des Moskauer Vertrages erzwang die Opposition die Verabschiedung einer Resolution (17. Mai 1972), die die Grundpositionen der Deutschlandpolitik nochmals festschrieb. Bei der Abstimmung im Bundestag über den innerdeutschen Grundlagenvertrag enthielt sich die CDU/CSU ihrer Stimme. Es ging der Union weniger um das „Ob" der Verträge als um das „Wie".

In diesem Sinne wurde vom Freistaat Bayern das Bundesverfassungsgericht angerufen, das 1973 klarstellte, daß der Grundlagenvertrag dann als verfassungsgemäß anzusehen sei, wenn er nicht als Teilungsvertrag interpretiert und die DDR nicht völkerrechtlich – also als Ausland – anerkannt werde. Alle Verfassungsorgane wurden erneut auf das Wiedervereinigungsgebot des Grundgesetzes verpflichtet.

Die Amtszeit der SPD/FDP-Regierung Schmidt/Genscher (1974–1982) war geprägt von den Bemühungen, die Verträge mit Leben zu erfüllen. Hilfreich im Sinne der Politik der Bundesregierung war die KSZE-Konferenz mit ihrer Schlußerklärung 1975, in der u.a. die Menschenrechte und Grundfreiheiten und die Zusammenarbeit der Staaten in humanitären Fragen beschworen wurden. Damit war für die Verhandlungen mit der DDR eine weitere Berufungsgrundlage geschaffen.

Die DDR ihrerseits bemühte sich, den innerdeutschen Grundlagenvertrag im Sinne ihrer Abgrenzungspolitik „nachzubessern" (→ *Geraer Forderungen*) und zeitweise zwischenmenschliche Kontakte über die innerdeutsche Grenze hinweg einzuschränken (z.B. Erhöhung des Mindestumtauschs im innerdeutschen Reise- und Besuchsverkehr 1982; → *Innerdeutsche Verbindungen*). Die Verschärfung des Ost-West-Konflikts Ende der 70er Jahre (sowjetische Mittelstreckenrüstung und folgende Diskussion über westliche Nachrüstung, Krise in Polen, sowjetischer Einmarsch in Afghanistan) ließ auch die innerdeutschen Beziehungen nicht unbeeinflußt. Das Ende der Regierung Schmidt/Genscher, u.a. infolge von Konflikten innerhalb der SPD über den NATO-Doppelbeschluß, stand unter dem Zeichen einer Abkühlung in den Beziehungen zu den westlichen Verbündeten (laut Schmidt das „Standbein der deutschen Außenpolitik") bei gleichzeitiger Stagnation in der Ostpolitik (dem außenpolitischen „Spielbein", H. Schmidt in der Sitzung der Enquete Kommission am 8. Dez. 1993).

Umbruch in Osteuropa – der Weg zur Vereinigung: Die Außen- und Deutschlandpolitik der Regierung Kohl/Genscher ab Ende 1982 war von drei Zielsetzungen geprägt:

Erstens: Wiederherstellung des Vertrauens der westlichen Bündnispartner in die Verläßlichkeit deutscher Politik durch feste Einbindung der Bundesrepublik in das westliche Bündnis und durch Vorantreiben der europäischen Einigungspolitik. Der NATO-Doppelbeschluß wurde trotz heftigsten innenpolitischen Widerstandes 1983 durchgesetzt.

Zweitens: Weiterentwicklung der innerdeutschen Beziehungen ohne Preisgabe deutschlandpolitischer Grundsatzpositionen mit dem Ziel spürbarer menschlicher Erleichterungen und verbesserter Kontaktmöglichkeiten im geteilten Deutschland. Trotz zahlreicher Bedenken in den Unionsparteien erklärte Bundeskanzler Kohl in diesem Sinne den Grundlagenvertrag mit der DDR und die Ostverträge zur Basis auch seiner Politik.

Drittens: Gleichzeitig betonte die Bundesregierung jedoch in weit stärkerem Maße als ihre Vorgängerinnen – nach innen wie nach außen – die Grundsatzpositionen ihrer Deutschlandpolitik, nicht zuletzt auch unter Bezugnahme auf die Urteile des Bundesverfassungsgerichts. Der normative Abstand zwischen beiden Systemen wurde wieder deutlicher betont.

Die Auffassung, Bundeskanzler Kohl habe die Politik seiner Vorgänger Brandt und Schmidt nahtlos fortgesetzt, entspricht nicht den historischen Zusammenhängen, wie sie auch in der Folgezeit zunehmend deutlicher wurden. Die Beziehungen zur DDR-Führung wurden von der CDU/CSU-FDP Regierung anders als von der SPD-Opposition eingeordnet. Aus den Reihen der SPD wurde gefordert, im Zuge einer „zweiten Phase der Entspannungspolitik" das Wiedervereinigungsgebot in der Präambel des GG zu überdenken und die deutsche Frage nicht länger als „offen" anzusehen. Während die SPD Sonderbeziehungen zur SED zu entwickeln begann (u.a. mit dem „Ideologiepapier" von 1987), suchte die Bundesregierung ein pragmatisches Verhältnis zur DDR-Regierung, um – auch durch entsprechende Geldleistungen und Kredite (→ *Innerdeutsche Wirtschafts- und Finanzbeziehungen*) – die Teilungsfolgen für die Menschen zu erleichtern und die Verbindungen zwischen den Menschen in beiden Teilen Deutschlands qualitativ und quantitativ zu verbessern. Es galt, einem völligen Auseinanderleben der Deutschen Einhalt zu gebieten. Normative Grundsatzpositionen wurden dabei aber nicht preisgegeben; die Bundesregierung hielt am Ziel der Einheit in Freiheit und an den Rechtspositionen fest, die nach wie vor eine rechtliche Klammer des geteilten Deutschland bildeten. Auch die → *Geraer Forderungen* Honeckers wurden nicht akzeptiert, was sich hinsichtlich der Staatsangehörigkeitsfrage in der Wendezeit 1989/90 als entscheidend für die vielen Übersiedler aus der DDR erwies: Sie wurden als Deutsche aufgenommen. Auch der für viele sehr schmerzliche Besuch des Staatsratsvorsitzenden Honecker 1987 wurde im Sinne der doppelten Zielsetzung genutzt: Der Besuch erbrachte erhebliche Erleichterungen im Reiseverkehr, besonders für jüngere Menschen (→ *Innerdeutsche Verbindungen*; → *Reiseregelungen*). Die deutlichen Worte Helmut Kohls in der Godesberger Redoute zur Einheit Deutschlands und zur Mauer in Berlin wurden auf Drängen der Gastgeber auch vom DDR-Fernsehen live übertragen.

Operative Deutschlandpolitik im Sinne aktiver Wiedervereinigungspolitik war aber auch jetzt bis 1989 praktisch nicht möglich – die internationalen Rahmenbedingungen boten dafür keine Chance. Erst die neue Politik des sowjetischen Staatspräsidenten Gorbatschow, mit der er auf die wirtschaftliche Überspannung der sowjetischen Kräfte (u.a. in der Rüstungspolitik der 70er Jahre) und auf Freiheits- und Unabhängigkeitsbewegungen in Staaten des Warschauer Paktes reagierte, eröffneten neue Möglichkeiten in der internationalen Politik, die auch sogleich Bewegung in die offene deutsche Frage brachten.

In der DDR stieg 1989 der Ausreisedruck erheblich an. Die Menschen flohen in großer Zahl, erst über die bundesdeutschen Botschaften, dann auch über Ungarn und Österreich in die Bundesrepublik (→ *Fluchtbewegung*). Gleichzeitig gewann die → *Bürgerrechtsbewegung* in der DDR an Gewicht. Ihre Demonstrationen fanden Zulauf und wurden seit September 1989 mächtiger und unüberhörbar (→ *Zusammenbruch der DDR*).

Im Sommer 1989 wurde die Bundesregierung Kohl im Sinne der Fürsorgepflicht für alle Deutschen für die Flüchtlinge und Übersiedler aus der DDR auch international helfend tätig (z.B. Prag, Warschau). Mit Ungarn wurden im August/September 1989 erfolgreiche Gespräche wegen der Öffnung der ungarisch-österreichischen Grenze für die Flüchtlinge geführt.

Bundeskanzler Kohl ergriff Anfang November 1989 die Initiative in der Deutschlandpolitik: Er ließ den neuen Staatsratsvorsitzenden Krenz wissen, daß jede weitere wirtschaftliche Hilfe durch die Bundesrepublik die Zulassung der DDR-Opposition, also den Verzicht auf das SED-Machtmonopol, und die Durchführung baldiger freier Wahlen in der DDR voraussetze. Kohl forderte Freiheit für die Deutschen in der DDR. Deutschlandpolitisch von weichenstellender Bedeutung war das Zehn-Punkte-Programm, das Kohl am 28. Nov. 1989 im Deutschen Bundestag vortrug. Darin wurde ein Stufenplan entwickelt, der über konföderative Strukturen zu einer bundesstaatlichen Ordnung in Deutschland führen sollte. Dieser Plan setzte, erstmals seit Jahrzehnten wieder, das Thema Wiedervereinigung auf die Tagesordnung der Politik.

In der DDR wurde bei den anhaltenden Massendemonstrationen die Forderung nach deutscher Einheit seit Anfang Dezember mit zunehmender Lautstärke erhoben. Ein besonders deutliches Signal setzte der Empfang des Bundeskanzlers durch die Bevölkerung Dresdens anläßlich seines dortigen Treffens mit Ministerpräsident Modrow am 19. Dez. 1989. Das internationale Echo auf diese Forderungen war dagegen durchaus geteilt; auch unter den westlichen Verbündeten waren oft die Zweifel und Fragen lauter als das Verständnis für den deutschen Wunsch nach Wiedervereinigung.

Die Bundesregierung blieb weiterhin bemüht – auch vor dem Hintergrund der umwälzenden Veränderungen in der DDR –, ihren vielfältigen vertraglichen und finanziellen Verpflichtungen nachzukommen. Neue gemeinsame Kommissionen mit der DDR-Regierung Modrow (z.B. für Wirtschaft, Umweltschutz) sollten Impulse bringen. Eine Forderung von Modrow nach pauschaler Überweisung von 15 Mrd. DM wurde abgelehnt, dafür allerdings überaus großzügig medizinische und soziale Hilfe durch die Bundesregierung direkt in die DDR geleitet. Im Februar 1990 wurde eine → *Währungs-, Wirtschafts- und Sozialunion* angeboten.

Ende Januar 1990 einigte sich Ministerpräsident Modrow mit dem → *Runden Tisch* auf die Vorverlegung der Volkskammerwahlen auf den 18. März 1990. Im Februar 1990 bildete die Bundesregierung einen Kabinettsausschuß „Deutsche Einheit" unter Leitung von Bundeskanzler Kohl, der die konzeptionellen Vorarbeiten zur deutschen Einheit aufnahm.

Gleichzeitig wurden die auswärtigen Gesprächskontakte sowohl mit der Sowjetunion als auch mit den westlichen Verbündeten vertieft; sie mündeten in die Zwei-plus-Vier-Gespräche, in denen die internationalen Aspekte der Wiedervereinigung verhandelt wurden. Dabei fand auch die Frage der deutschen Ostgrenze, die viele Menschen, vor allem Vertriebene, berührte, aber auch international große Aufmerksamkeit fand, ihre Lösung (→ *Oder-Neiße-Grenze*).

Die deutsche Einheit vollzog sich formell durch den Vertrag vom 18. Mai 1990 zur → *Währungs-, Wirtschafts- und Sozialunion*, durch den erfolgreichen Abschluß der Zwei-plus-Vier-Gespräche am 12. Sept. 1990 (Vertrag über die abschließende Regelung in bezug auf Deutschland) und durch Abschluß des → *Einigungsvertrags* am 31. Aug. 1990, der zum → *Beitritt* der DDR zur Bundesrepublik am 3. Okt. 1990 führte.

Dorothee Wilms

Literaturhinweise:

Fischer, Alexander (Hrsg.): Vierzig Jahre Deutschlandpolitik im internationalen Kräftefeld, Berliner Colloquium der Gesellschaft für Deutschlandforschung, 8.–10. 11. 1989, Köln 1989.

Materialien der Enquete-Kommission, Bd. V, 1-3, Baden-Baden 1995.

Münch, Ingo von (Hrsg.): Dokumente des geteilten Deutschland, Bd. I/II, Stuttgart 1968, 1974.

Wilms, Dorothee: Freiheit in Europa – Zukunft für Deutschland. Gedanken zur deutschen Frage, Stuttgart 1989.

Diktatur des Proletariats

Für die mit dem Sieg einer sozialistischen → *Revolution* verbundene Umgestaltung der zuvor kapitalistischen in eine sozialistische Gesellschaft und die Vollendung des → *Sozialismus* ist nach marxistisch-leninistischer Lehre eine „Diktatur des Proletariats" als Übergangsphase notwendig, die ihrerseits Entwicklungsstadien durchläuft. Sie hat ihre „historische Mission" erfüllt nach dem Übergang zum Kommunismus. Der bei Karl Marx und Friedrich Engels nur sporadisch verwandte, erst im Zusammenhang mit der Pariser Kommune (1871) näher entwickelte Begriff erhält bei Lenin (Staat und Revolution, 1917) seine für die kommunistische Lehre gültige, gegen „Revisionismus" und „Sozialreformismus" gerichtete, auf die Führungsrolle der Partei hin orientierte Prägung. Diese wird von Stalin (vgl. „Fragen des Leninismus", 1951) weiter verschärft und gehört zu den Kerngedanken der kommunistischen Staatstheorie (→ *Marxismus-Leninismus*, → *Stalinismus*). Die Theorie blieb allerdings innerhalb des kommunistischen Lagers nicht widerspruchslos. Neben Karl Kautsky sprach sich vor allem Rosa Luxemburg („Freiheit ist immer Freiheit des anders Denkenden", 1922) dagegen aus. Kritik wurde nach 1945 vor allem aus Jugoslawien und China geübt.

Waren Marx und Engels noch der Auffassung, ihr kurzfristig zu erreichendes Ziel sei nur die Verwandlung der Staatsorgane aus „Herren" zu „Dienern der Gesellschaft" (→ *Parlamentsverständnis*; → *Verfassung*), geht es Lenin nicht nur um die politische, sondern auch ökonomische Entmachtung der vormals herrschenden „bourgeoisen" Führungsschichten und deren Ablösung durch eine proletarische Demokratie, in der die Diktatur des Proletariats die Interessen der Werktätigen und damit der „Mehrheit" des Volkes durchsetzt: „auf neue Art demokratisch (für die Proletarier und ihre Verbündeten) und auf neue Art diktatorisch (gegen die Bourgeoisie)" ist seine Formel (→ *Blockpolitik*). Damit verändert sich zugleich die Rolle der kommunistischen Partei als Partei der „jetzt herrschenden Klasse": Sie „trägt Verantwortung für alles, was in der Gesellschaft geschieht"; dazu muß sie die Staatsorgane wie auch die Massenorganisationen (vor allem die Gewerkschaften) „lenken".

Die Diktatur des Proletariats kann je nach den historischen Bedingungen verschiedene Organisationsformen annehmen, allerdings immer unter dem Führungsanspruch der Kommunistischen Partei: Einparteiensystem wie in der UdSSR oder verschiedene Formen von Volksdemokratie in den sozialistischen Staaten seit 1948. Die Spielart in der DDR bestand aus dem Blockparteiensystem (→ *Blockpolitik*; → *Nationale Front*). Ebenso variieren die Mittel der Durchsetzung: Neben abgestufter „Unterdrückungsfunktion" (bis hin zu Geheimpolizei, Säuberungen, Terror und Massenmord vor allem in der Stalin-Ära) gelten wirtschaftlich-organisatorische und kulturell-erzieherische Maßnahmen als „Hauptfunktionen". Als historische Bestätigung der Theorie gilt im kommunistischen Selbstverständnis die Große Sozialistische Oktoberrevolution (1917). Für die DDR war „in Gestalt des Arbeiter- und Bauernstaates" die Diktatur des Proletariats mit fortschreitenden Entwicklungsetappen errichtet, als deren „Hauptinstrument" die wiederum mit der SED zu identifizierende „Staatsmacht" galt.

Jörg-Dieter Gauger

Literaturhinweise:

Klaus, Georg/Buhr, Manfred: Diktatur des Proletariats, in: Philosophisches Wörterbuch, a.a.O., S. 281 ff.

Leonhard, Wolfgang: Sowjetideologie heute, Bd. II, Frankfurt/M. 1962, S. 158ff.

Leonhard, Wolfgang: Diktatur des Proletariats, in: Sowjetsystem und demokratische Gesellschaft, Bd. 1, Freiburg, Basel, Wien 1966, S. 1260-1275.

Eigentum

Allgemein: Charakteristisch für die Eigentumsordnung in der DDR war zunächst ihre an ideologischen Gesichtspunkten ausgerichtete, hierarchische Gliederung nach Eigentumsformen, die verschiedenen Rechtsregeln unterstanden und einen abgestuften Rechtsschutz genossen. Innerhalb der Kategorie des „sozialistischen" Eigentums wurde zwischen den drei Unterformen des staatlichen Eigentums (gesamtgesellschaftliches Volkseigentum), des genossenschaftlichen Eigentums (genossenschaftliches Gemeineigentum werktätiger Kollektive) und des Organisationseigentums (Eigentum gesellschaftlicher Organisationen der Bürger) unterschieden (Art. 10 Abs. 1 Verf.). Diesen nach der marxistischen Ideologie hochwertigen Formen des Kollektiveigentums standen zwei Formen des individuellen Eigentums gegenüber, nämlich das ideologisch unbedenkliche „persönliche Eigentum" an Konsumgütern (Art. 11 Abs. 1 Verf.) und das ideologisch verwerfliche, aber aus opportunistischen Gründen bis auf weiteres in engen Grenzen geduldete „Privateigentum" an Produktionsmitteln. Da alle Eigentumsformen bestimmten Zwecken zu dienen hatten, unterlagen sie einer je spezifischen Funktionsgebundenheit, deren juristische Konkretisierung allerdings verschwommen blieb. Schon wegen der systembedingten Funktionsgebundenheit konnte und sollte dem Eigentümer nicht die umfassende Sachherrschaft im Sinne des § 903 BGB vermittelt werden. Des weiteren wurde die Eigentümerposition durch die zentrale Wirtschaftsplanung und -leitung (→ *Planungsmechanismen*), zahlreiche öffentlich-rechtliche Beschränkungen und eigentumsähnliche Nutzungsberechtigungen derart überlagert, daß sie vielfach zu einem wirtschaftlich wertlosen, praktisch inhaltslosen Rechtstitel verkam. Die Befugnis zur Ausübung der herkömmlichen Eigentümerbefugnisse wurde auf diese Weise vom Eigentum gelöst. Die wirtschaftliche Bedeutungslosigkeit des Eigentums führte namentlich im Grundstücksrecht dazu, daß die Grundbücher vernachlässigt wurden und das juristische Eigentum nicht der tatsächlichen Sachherrschaft folgte. Die sachgerechte Bereinigung der verworrenen Eigentums- und Nutzungsverhältnisse hat nach der Wiedervereinigung den Gesetzgeber wie die Rechtsprechung auf eine harte Probe gestellt.

Staatliches Eigentum (Volkseigentum): Das staatliche Eigentum genoß als ideologisch höchstwertige, weil total vergesellschaftete Eigentumsform bedeutende Privilegien. Die wichtigsten Produktionsmittel waren nach Art. 12 Abs. 1 Verfassung ihm vorbehalten und damit dem privaten Rechtsverkehr entzogen. Sachen in staatlichem Eigentum konnten weder verpfändet oder belastet noch ersessen werden und waren im Vollstreckungsverfahren schlechthin unpfändbar. Das Anlagevermögen der Betriebe unterlag einem grundsätzlichen Verfügungsverbot in bezug auf private Erwerber. Ein gutgläubiger Erwerb staatlicher Grundstücke war ausgeschlossen. Diese zivilrechtlichen Regelungen, in denen der Grundsatz der Unantastbarkeit des Volkseigentums zum Ausdruck kam, wurde durch weitere Vorschriften ergänzt, die auf eine privilegierende Vermehrung der staatlichen Vermögensmasse abzielten.

Der Staat als Eigentümer war natürlich ein juristisches Abstraktum. In rechtstatsächlicher Hinsicht stellte er sich als ein hochkomplexes Geflecht planender, regelnder, verwaltender und wirtschaftender Organisationseinheiten dar, unter denen die Eigentümerbefugnisse (Besitz, Nutzung, Verfügung) ebenso verteilt waren wie die traditionellen Hoheitsbefugnisse (Rechtsetzung, Vollziehung, Rechtsprechung). Die dadurch aufgeworfenen Konstruktionsprobleme wurden weder theoretisch noch gesetzestechnisch befriedigend gelöst. Insbesondere die doppelte Rechtsstellung der staatlichen → *Betriebe* (→ *Kombinate*; → *VEB*) als plan- und weisungsgebundene Verwalter staatlichen Vermögens einerseits und als Träger Dritten gegenüber absolut wirkender, aber funktionsgebundener Besitz-, Nutzungs- und Verfügungsbefugnisse andererseits wurde niemals sachgerecht erfaßt. Zu ihrer Kennzeichnung vermochte sich auch keine einheitliche Terminologie durchzusetzen. Lange Zeit war der aus dem Sowjetrecht übernommene Ausdruck „operative Verwaltung“ gebräuchlich; später wurde in der Wirtschaftsgesetzgebung die „Fondsinhaberschaft“ und im Grundstücksrecht die „Rechtsträgerschaft“ bevorzugt.

Gruppeneigentum: Das genossenschaftliche Eigentum, das vor allem in der Landwirtschaft (→ *LPG),* im → *Handwerk*, im Einzelhandel (Konsumgenossenschaften) und im Wohnungsbau verbreitet war, wurde als eine niedere Entwicklungsstufe des sozialistischen Eigentums betrachtet, da sich die Vergesellschaftung nur auf eine Gruppe erstreckte. Das gleiche galt für das meist stillschweigend übergangene Organisationseigentum, als dessen Träger die SED und ihre Gefolgsparteien, die Gewerkschaften, die FDJ und andere gesellschaftliche Organisationen in Betracht kamen. Beide Eigentumsformen unterschieden sich hauptsächlich nach ihrer Funktionsgebundenheit, da die Genossenschaften in erster Linie wirtschaftlichen Zwecken dienten, während die gesellschaftlichen Organisationen sehr verschiedene politische, soziale, kulturelle, propagandistische u.a. Zwecke verfolgten. Im übrigen galten für sie die gleichen zivilrechtlichen Regeln, in denen der Unantastbarkeitsgrundsatz in abgeschwächter Form zum Ausdruck kam. Verfügungsverbot, Ausschluß der Ersitzung und des gutgläubigen Grundstückserwerbs waren ebenso maßgebend wie beim staatlichen Eigentum. Verpfändung und Belastung waren hingegen möglich. Eine Zwangsvollstreckung war nicht schlechthin, sondern nur in das genossenschaftliche Anlagevermögen und in das zur Zweckerfüllung benötigte Organisationsvermögen unzulässig.

Individuelles Eigentum: Für das persönliche Eigentum und das meist nicht ausdrücklich so benannte Privateigentum galten – trotz ihrer entgegengesetzten ideologischen Bewertung – grundsätzlich die gleichen Regeln, die sich durch Abwesenheit der genannten Privilegien auszeichneten. Das Privateigentum wurde insofern geduldet, als es sich um „auf überwiegend persönlicher Arbeit beruhende kleine Handwerks- und andere Gewerbebetriebe“ handelte (Art. 14 Abs. 2 Verfassung). Für Handwerksbetriebe wurde diese allgemeine Vorgabe gesetzlich insofern konkretisiert, als in ihnen höchstens zehn Personen beschäftigt werden durften. Ansonsten wurde das Privateigentum durch Enteignungen, faktischen Entzug der Eigentümerbefugnisse (eingebrachte Böden von LPG-Mitgliedern, staatliche Verwaltung des Flüchtlingsvermögens, öffentliche Bebauung privater Grundstücke), Genehmigungsvorbehalte (Grundstücksverkehr, Nutzungsänderungen bei landwirtschaftlichen Grundstücken) und andere administrative Praktiken auf ein Minimum zurückgedrängt. Das persönliche Eigentum sollte der Befriedigung der materiellen und kulturellen Bedürfnisse der Bürger dienen. Aus dieser Funktionsgebundenheit ergaben sich praktische Abgrenzungsprobleme. Es war anerkannt, daß neben Haushalts- und Einrichtungsgegenständen, Gegenständen des persönlichen Bedarfs und Geld auch Personenkraftwagen, Eigenheime und Wochenendgrundstücke der Befriedigung persönlicher Bedürfnisse dienten. Der Einsatz des persönlichen Eigentums zur Gewinnerzielung, wie die private Vermietung von Wohnraum oder die Verwendung des PKW als Taxi, war vom Funktionsvorbehalt aber nicht mehr gedeckt. Trotzdem mußten hier ideologische Kompromisse eingegangen und Ausnahmen zugelassen werden, um etwa in Erholungsgebieten (Ostseeküste) den Bedarf an Unterbringungsmöglichkeiten zu befriedigen.

Zivilrecht: Die Regelung des Eigentums im ZGB war rudimentär und systematisch mißlungen. Das eigentliche Eigentumsrecht war im Zweiten Teil (§§ 17–42) enthalten, aber zahlreiche Regelungen befanden sich in dem den diversen Grundstücksnutzungen gewidmeten Vierten Teil (§§ 284–322). In inhaltlicher Hinsicht fielen vor allem zwei Besonderheiten auf. Bei der rechtsgeschäftlichen Eigentumsübertragung wurde das Abstraktionsprinzip des BGB zugunsten des Kausalprinzips aufgegeben. Bewegliche Sachen wurden durch einen auf Eigentumsübertragung gerichteten Vertrag und Übergabe (bzw. Besitzkonstitut oder Abtretung des Herausgabeanspruches) übertragen, wobei beim Kauf die Zahlung des Kaufpreises grundsätzlich Voraussetzung des Eigentumsübergangs war (Eigentumsvorbehalt). Bei Grundstücken und Gebäuden bedurfte der Vertrag der Beurkundung und der staatlichen Genehmigung, und der Eigentumsübergang trat mit der Eintragung im Grundbuch ein. Zweitens waren die Möglichkeiten des gutgläubigen Erwerbs stark eingeschränkt. Hinsichtlich beweglicher Sachen war er nur beim Kauf im Einzelhandel sowie an Geld und Inhaberpapieren möglich. Beim Grundstückserwerb konnte man sich auf den öffentlichen Glauben des Grundbuchs lediglich bei privaten Grundstücken, nicht aber bei „sozialistischem" Eigentum verlassen.

Strafrecht: Der strafrechtliche Schutz des Eigentums zeichnete sich den ideologischen Vorgaben entsprechend durch eine Dichotomie aus. Im StGB waren die Straftaten „gegen das sozialistische Eigentum" (§§ 157–164) und „gegen das persönliche und private Eigentum" (§§ 177–184) getrennt geregelt. Trotzdem waren die Tatbestände und die abstrakten Strafandrohungen identisch. In der Praxis wurden allerdings die Straftaten gegen das „sozialistische“ Eigentum in aller Regel härter bestraft.

Georg Brunner

Literaturhinweise:

Brunner, Georg: Das staatliche Eigentum in der Wirtschaftsverfassung der Honecker-Ära, in: Recht, Wirtschaft, Politik im geteilten Deutschland. Festschrift für Siegfried Mampel, hrsg. von Gottfried Zieger, Köln u.a. 1983, S. 489-515.

Westen, Klaus/Schleider, Joachim: Zivilrecht im Systemvergleich. Das Zivilrecht der Deutschen Demokratischen Republik und der Bundesrepublik Deutschland, Berlin 1984, S. 289-401.

Zivilrecht. Lehrbuch (Leitung und Gesamtredaktion: Joachim Göhring, Martin Posch), Berlin (Ost) 1981, Bd. 1, S. 132-174.

Eingabenrecht

Die Bürger der DDR hatten das Recht, sich mit Eingaben (Vorschlägen, Hinweisen, Anliegen oder Beschwerden) an die Volksvertretungen, ihre Abgeordneten oder die staatlichen und wirtschaftlichen Organe zu wenden (Art. 103 Verf. und Gesetz über die Bearbeitung der Eingaben der Bürger vom 19. Juni 1975). Dieses Eingabenrecht war nur ein kümmerlicher Ersatz für den 1952 abgeschafften gerichtlichen → *Verwaltungsrechtsschutz*. Über die Eingaben entschieden die Leiter der angegangenen Institutionen, also diejenigen Einrichtungen, die die angegriffenen Maßnahmen selber erlassen hatten. Schon in dem Begriff der Eingabe kommt der autoritäre Charakter des politischen Systems der DDR zum Ausdruck, bei welchem der einzelne sein Recht nicht vor unabhängigen Organen vertreten, sondern nur bei den Staatsorganen eine „Eingabe machen“ durfte. Das Eingaberecht war zwar rechtlich weniger als ein Klagerecht vor Gericht, hatte jedoch wegen der Verstaatlichung weiter Bereiche einen sehr großen Anwendungsbereich. Bei dem Kampf um die Zuteilung von Wohnungen, Autos und anderen Mangelgegenständen, aber auch bei Gewährleistungsansprüchen wegen Mängeln von gekauften Sachen und bei Mängeln von gemieteten Wohnungen wurde das Instrument der Eingabe eingesetzt. Im Eingabewesen wurde weniger nach Rechtsgrundsätzen als nach sozialen, politischen und persönlichen Gesichtspunkten entschieden. Der → *Staats-*

rat der DDR erteilte sogar im März 1985 die ausdrückliche Anweisung, Eingaben nicht nur nach den Rechtsvorschriften, sondern auch nach den gesellschaftlichen Möglichkeiten zu bearbeiten. Das Eingaberecht hatte somit eine Ventilfunktion und konnte in der allgemeinen Defizit- und Mangelwirtschaft der DDR zu gewissen Vergünstigungen führen, wobei auch die „gesellschaftliche" Reputation des eine Eingabe Machenden und seine persönlichen Beziehungen zu Parteifunktionären eine Rolle für die Erfolgsaussichten spielten. Insofern förderte auch das Eingabenwesen den Niedergang des Rechtsbewußtseins in der DDR, indem es das Gefühl entstehen ließ, bei staatlichen Leistungen spielten nicht so sehr Rechtsvorschriften eine Rolle als die Möglichkeiten des Einflusses auf die entscheidenden Bearbeiter.

Friedrich-Christian Schroeder

Einigungsvertrag

Rahmenbedingungen: Der Einigungsvertrag war das politische und rechtliche Instrument zur Herstellung der Einheit Deutschlands in Freiheit. Er ist nicht denkbar ohne die vorangegangenen und gleichzeitigen grundstürzenden Veränderungen im Ost-West-Verhältnis, in Europa und in Deutschland in den Jahren 1989/90.

Die außenpolitischen Rahmenbedingungen der Deutschlandpolitik hatten sich seit dem Amtsantritt Michail Gorbatschows als Staats- und Parteichef der UdSSR im Jahre 1985, seiner Politik der Perestroika, dem Rückzug der sowjetischen Armee aus Afghanistan und der damit verbundenen Aufgabe der Beschnew-Doktrin entscheidend gewandelt. Diese Veränderungen realisierten sich in der Reaktion der ostmitteleuropäischen Staaten auf die → *Fluchtbewegung* von Deutschen aus der DDR im Spätsommer 1989 und in der kühlen Reaktion des Staatsoberhaupts der Sowjetunion auf die inneren Probleme der SED-Führung beim Staatsbesuch zur 40-Jahr-Feier der DDR-Gründung. („Wer zu spät kommt, den bestraft das Leben.") Die entscheidende außenpolitische Veränderung stellte die Einigung der Außenminister Deutschlands und der → *Vier Mächte* am Rande der Konferenz von Ottawa (13. Febr. 1990) dar, daß allein die „äußeren Aspekte" der deutschen Einheit in sog. Zwei-plus-Vier-Gesprächen behandelt werden sollten und daß über die „inneren Aspekte" einer Vereinigung die beiden deutschen Staaten selbst zu entscheiden hätten. Damit war der Weg frei für Verhandlungen über die Herstellung der Einheit Deutschlands und den Einigungsvertrag.

Zu den Voraussetzungen, ohne die der Einigungsvertrag nicht denkbar wäre, zählt zum anderen der grundlegende Wandel der Verhältnisse in der DDR selber. Unter dem Schutz der Kirchen hatte sich eine Oppositionsbewegung gebildet, die sich 1989 im Protest gegen die Manipulation der Kommunalwahlen artikulierte. Demonstrationen am 4./5. Okt. 1989 in Dresden und am 7. Okt. 1989 in Ost-Berlin waren von der Volkspolizei und der Staatssicherheit gewaltsam aufgelöst und die Teilnehmer verhaftet worden. Am 9. Okt. 1989 konnten in Leipzig erstmals 70 000 Menschen für Reformen demonstrieren, ohne daß die Staatsmacht einschritt. Am 18. Okt. 1989 wurde Erich Honecker als Generalsekretär der SED, Vorsitzender des Nationalen Verteidigungsrates und des Staatsrats der DDR vom ZK der SED abgesetzt. Auch unter seinem Nachfolger Egon Krenz konnte sich das Regime aber nicht mehr stabilisieren: Am 4. Nov. 1989 demonstrierten in Ost-Berlin fast 1 Mio. Menschen; in Leipzig wurde auf der mit 500 000 Teilnehmern größten Montagsdemonstration „Deutschland einig Vaterland" skandiert. Den vorläufigen Höhepunkt der Veränderungen stellte die Öffnung der innerdeutschen Grenze am 9. Nov. 1989 dar.

Es war das besondere der → *Revolution* in der DDR, daß sie eine „friedliche Revolution" und in gewissem Sinne eine „unvollendete Revolution" blieb. Das stillschweigende Einverständnis zwischen bisherigen Machthabern und Opposition, die „Wende" in geordneten Bahnen zu vollziehen, führte u.a. zum Eintritt des neuen CDU-Vorsitzenden Lothar de Maizière in das Kabinett Modrow am 17./18. Dez. 1989, zur Streichung des → *Führungsanspruchs der SED* aus der → *Verfassung* am 1. Dez. 1989 und zu den Gesprächen von SED und Opposition am → *Runden Tisch*.

Die eigentliche Phase der Herstellung der staatlichen Einheit, deren Ergebnis schließlich der Einigungsvertrag war, konnte nach der ersten freien und demokratischen Wahl zur → *Volkskammer* der DDR am 18. März 1990 beginnen. Von da an war die DDR nicht mehr der „Staat der SED". Zugleich wurde deutlich, daß ihre Existenz als zweiter deutscher Staat mit dem Sozialismus verkoppelt gewesen war; mit der Freiheit war eine unaufhaltsame Bewegung zur Einheit angestoßen worden. Die Parteien der Einheit errangen eine 3/4-Mehrheit; die Allianz für Deutschland aus CDU, DSU und Demokratischem Aufbruch, die sich im Wahlkampf wie Bundeskanzler Helmut Kohl für eine Wiedervereinigung auf dem Weg über Artikel 23 des Grundgesetzes ausgesprochen hatte, erreichte fast 50% der Stimmen und verfügte zusammen mit den Liberalen über eine klare Mehrheit in der Volkskammer.

Grundentscheidungen: Die wichtigste Entscheidung des weiteren Einigungsprozesses war mit dem eindeutigen Votum der Menschen in der DDR für die deutsche Einheit und für den Weg zur Einheit über den → *Beitritt* nach Artikel 23 GG gefallen. Das bedeutete, daß die Einheit nicht auf dem Weg des Artikels 146 GG über die Einberufung einer verfassunggebenden Nationalversammlung und die Ausarbeitung einer neuen gesamtdeutschen Verfassung hergestellt werden mußte. Bereits im Staatsvertrag über die → *Wirtschafts-, Währungs- und Sozialunion* wurden mit Wirkung vom 1. Juli 1990 wesentliche Elemente der freiheitlichen Rechts- und Wirtschaftsordnung der Bundesrepublik auf die DDR übertragen und so die Wirtschafts- und Sozialsysteme beider deutscher Staaten noch vor der Herstellung der staatlichen Einheit verkoppelt. Dies geschah in Hinblick auf den von beiden Seiten gewünschten Beitritt der DDR zur Bundesrepublik, wie es auch in der Präambel zum Staatsvertrag vertraglich fixiert wurde.

Es war der Wunsch der ersten frei gewählten Regierung der DDR und Ministerpräsident de Maizières, vor dem Beitritt die wesentlichen Bedingungen der Einheit in Verhandlungen zwischen den Regierungen der beiden deutschen Staaten festzulegen. Hierzu diente der Einigungsvertrag. Damit wurde die Form des sog. paktierten Beitritts, einer Kombination und Verzahnung von Beitritt und Einigungsvertrag, gewählt. Durch die vertragliche Festlegung der Einzelheiten der Einheit vorab erhielt der beitretende Teil Deutschlands die Möglichkeit, über die Bedingungen der künftigen Einheit aus einer paritätischen Verhandlungssituation heraus mitzubestimmen. Das Modell des paktierten Beitritts sollte zudem den von beiden Seiten gewünschten „Beitritt in Würde" ermöglichen; zugleich war damit der polemischen Parole der Einigungsgegner vom „Anschluß" der DDR der Boden entzogen.

Grundlinie für die Verhandlungen zum Einigungsvertrag war es, einerseits soweit wie möglich alle, andererseits aber auch nur die durch die deutsche Einigung unabweisbar aufgeworfenen Fragen und Probleme in einem Vertrag zu regeln. Dadurch wurden einerseits für jedermann im In- und Ausland die rechtlichen Bedingungen im vereinten Deutschland von Anfang an offengelegt, was nicht zuletzt in bezug auf die erhofften schnellen Investitionen im Beitrittsgebiet und damit den Beginn des Aufbaus im Osten von Bedeutung war. Diese Grundentscheidung bedingte zugleich, daß angesichts der im Zuge der Wiedervereinigung notwendig werdenden Verfassungsänderungen für die Ratifikation des Vertragswerks $^{2}/_{3}$-Mehrheiten im Bundestag und

Bundesrat und damit die Einigung mit der Opposition nötig war. Durch die strikte Selbstbeschränkung auf das unmittelbar einigungsbedingt Notwendige konnte andererseits eine Belastung der Verhandlungen durch sog. Paketlösungen und ein „Draufsatteln“ mit sonstigen, lediglich anläßlich der Vereinigung vorgebrachten Regelungswünschen vermieden werden.

Das Regelungsmodell des Einigungsvertrages: Der Einigungsvertrag (EV) stellt einen „normativen Vertrag“ dar, mit dem für beide Seiten verbindliches Recht geschaffen wird. Dazu war in der Bundesrepublik entsprechend Artikel 59 Abs. 2 GG die Zustimmung von Bundestag und Bundesrat in der Form eines Bundesgesetzes notwendig, und zwar, weil der Vertrag auch die einigungsbedingten Verfassungsänderungen enthielt, nach Artikel 79 GG in der Form eines verfassungsändernden Gesetzes mit $^2/_3$-Mehrheiten in Bundestag und Bundesrat.

Das Bundesverfassungsgericht hat dieses Verfahren in seiner Entscheidung vom 18. Sept. 1990 gebilligt. Die Befugnis ist danach aus der Vereinigungskompetenz aus Artikel 23 Satz 2 GG (a.F.) und dem Wiedervereinigungsgebot des Grundgesetzes abzuleiten. Es handelte sich nicht um eine Ausübung der auswärtigen Gewalt nach Artikel 59 GG, da die DDR nach der Entscheidung zum → *Grundlagenvertrag* für die Bundesrepublik nicht Ausland war. Dementsprechend war auch auf seiten der Bundesregierung der Bundesinnenminister für die Einigungsvertragsverhandlungen zuständig.

Nach Verabschiedung des Vertragsgesetzes am 23. Sept. 1990 sowie der Ratifikation durch den Bundespräsidenten, der Verkündung im Bundesgesetzblatt und der gegenseitigen Mitteilung der beiden Regierungen über das Vorliegen der Inkrafttretensvoraussetzungen ist der Einigungsvertrag am 29. Sept. 1990 in Kraft getreten. Seine Regelungen gelten überwiegend erst ab dem „Zeitpunkt des Wirksamwerdens des Beitritts“, also seit dem 3. Okt. 1990, 0.00 Uhr.

In der DDR wurde die Transformation in innerstaatliches Recht durch Verfassungsgesetz vom 20. Sept. 1990 vorgenommen. Nach Artikel 9 des von der letzten Volkskammer anstelle einer neuen Verfassung zur Überbrückung des Zeitraums bis zur Vereinigung erlassenen Verfassungsgrundsätzegesetzes vom 17. Juni 1990 war für Staatsverträge der DDR, die Verfassungsgegenstände berühren, ebenfalls eine $^2/_3$-Mehrheit erforderlich. Allerdings ist mit dem Wirksamwerden des Beitritts am 3. Okt. 1990 die DDR als Staat und Völkerrechtssubjekt untergegangen. Artikel 45 Abs. 2 des Einigungsvertrages stellt darum fest, daß der Vertrag nach dem Wirksamwerden des Beitritts als Bundesrecht geltendes Recht bleibt. Das bedeutet zugleich, daß das durch den Einigungsvertrag geschaffene Recht im normalen Gesetzgebungsverfahren geändert werden kann. Nur ausnahmsweise wurden im Vertrag sog. Reservatrechte begründet, die nach Artikel 44 EV nach dem Untergang der DDR von den auf ihrem ehemaligen Gebiet entstandenen Ländern geltend gemacht werden können.

Das Vertragswerk des Einigungsvertrages umfaßt den eigentlichen Einigungsvertrag vom 31. Aug. 1990 mit seinen 45 Artikeln, drei – z.T. sehr umfangreiche – Anlagen zum Vertrag, das anläßlich der Vertragsunterzeichnung vereinbarte Protokoll zum Vertrag, eine Protokollerklärung zum Vertrag, die Vereinbarung zur Durchführung und Auslegung des Vertrags vom 18. Sept. 1990 und das Einigungsvertragsgesetz vom 23. Sept. 1990.

Die staatliche Einheit Deutschlands wurde unmittelbar durch den → *Beitritt* der DDR bewirkt; damit war nicht über das im Beitrittsgebiet geltende Recht entscheiden. Artikel 23 Satz 2 GG (a.F.) legte fest, daß das Grundgesetz „in anderen Teilen Deutschlands [...] nach deren Beitritt in Kraft zu setzen“ sei, und ging damit davon aus, daß es für Rechtsnormen jeweils eines besonderen Überleitungsaktes bedurfte. Die Überleitung des Bundesrechts, die Entscheidung über die Fortgeltung von DDR-Recht und die Herstellung der Rechtseinheit war die Aufgabe des Einigungsvertrages.

Herzstück des Einigungsvertrages sind darum die Artikel 3 und 8, die mit dem Wirksamwerden des Beitritts der DDR zur Bundesrepublik das Grundgesetz und grundsätzlich das gesamte Bundesrecht im Beitrittsgebiet in Kraft setzen. Damit ist das zunächst favorisierte Prinzip, nur ausgewählte Bestimmungen des bundesdeutschen Rechts überzuleiten (sog. Positivliste) und ansonsten vorerst das DDR-Recht im Beitrittsgebiet fortgelten zu lassen, nicht realisiert worden. Als der Beitrittslösung und den Wünschen der Menschen in der DDR angemessener erschien beiden Seiten im Lauf der Verhandlungen das Prinzip, grundsätzlich die Rechtseinheit durch Inkraftsetzung des Bundesrechts sofort herbeizuführen und nötige Ausnahmen ausdrücklich festzulegen (sog. Negativliste).

Ausnahmen vom Grundsatz der Überleitung des Bundesrechts sind in der – überaus umfangreichen und für die tatsächliche Rechtslage im Beitrittsgebiet zentralen – Anlage I zusammengestellt. In 19 Kapiteln, die sich nach der Aufteilung der Geschäftsbereiche der Ressorts der Bundesregierung richten, werden – untergliedert nach Sachgebieten – jeweils diejenigen Bestimmungen aufgeführt, die nicht (jeweils Abschnitt I), mit Änderungen (jeweils Abschnitt II) oder nur mit besonderen Maßgaben für das Beitrittsgebiet (jeweils Abschnitt III) übergeleitet werden. Dafür wurde das gesamte geltende Bundesrecht gesichtet, mit dem entsprechenden DDR-Recht verglichen und gemeinsam mit der DDR-Seite in jedem einzelnen Fall entschieden, ob und inwieweit eine Überleitung sinnvoll oder eine Ausnahme notwendig war. Die danach in Anlage I angeordneten Modifikationen stellen sog. partielles Bundesrecht dar: Es handelt sich um Bundesrecht – und nicht etwa um Landesrecht – , dessen Geltung aber auf einen Teil des Bundesgebiets beschränkt ist.

Das Gegenstück zu der grundsätzlichen Überleitung des Bundesrechts in Artikel 8 EV stellt Artikel 9 EV dar: DDR-Recht bleibt danach grundsätzlich nur dann in Kraft, wenn und soweit es in der Anlage II ausdrücklich angeordnet ist (Abs. 2) oder wenn es nach der Kompetenzordnung des Grundgesetzes Landesrecht wäre (Abs. 1) und nicht dem Grundgesetz, dem einfachen Bundesrecht oder dem geltenden EG-Recht widerspricht.

Durch den Beitritt der DDR bezog sich die Mitgliedschaft der Bundesrepublik in der Europäischen Gemeinschaft nach dem völkerrechtlichen Prinzip der flexiblen Vertragsgrenzen automatisch auch auf das Beitrittsgebiet – als einziger Teil des vormaligen RGW gehören die neuen Länder damit bereits seit dem 3. Okt. 1990 zur Europäischen Gemeinschaft. Artikel 10 EV stellt klar, daß das gesamte EG-Recht mit dem Wirksamwerden des Beitritts am 3. Okt. auch im beigetretenen Teil Deutschlands gilt, soweit nicht von der EG-Kommission Übergangsregelungen vorgesehen werden.

Einzelfragen: 1. Artikel 1 EV bestimmt, daß mit dem Wirksamwerden des Beitritts die Länder Brandenburg, Mecklenburg-Vorpommern, Sachsen, Sachsen-Anhalt und Thüringen Länder der Bundesrepublik Deutschland werden und alle 23 Bezirke von Berlin das Land Berlin bilden. Er regelt damit die territorialen und föderalen Konzequenzen aus dem Beitritt der DDR. Die DDR war als zentralistischer Staat organisiert gewesen; die Länder waren bereits 1952 beseitigt worden (→ *Verwaltungsgliederung*). Die nach der Wende begonnene Länderneubildung in der DDR konnte vor dem Beitritt nicht mehr abgeschlossen werden. Damit zum Zeitpunkt der Wiedervereinigung im Beitrittsgebiet kompatible föderale Strukturen bestanden, wurde mit dem Einigungsvertrag (Anlage II Kapitel II Sachgebiet A Abschnitt II) das Ländereinführungsgesetz der DDR vom 22. Juli 1990 in das Bundesrecht übergeleitet und die Länderneubildung auf den 3. Okt. 1990 vorgezogen. Als Kurzfomel läßt sich damit sagen: Die DDR ist beigetreten; fünf neue Länder (und die Ostbezirke des – alten – Landes Berlin) sind Teil der Bundesrepublik Deutschland geworden.

2. Im Einigungsvertrag sind in Art. 4 auch Grundgesetzänderungen vereinbart worden. Dieses nicht ganz selbstverständliche Verfahren war gerechtfertigt, da es sich ausschließlich um solche Verfassungsänderungen handelte, die unmittelbar durch den Beitritt und die Herstellung der Einheit Deutschlands bedingt waren. Mit der Einheit wurden insbesondere die deutschlandrechtlichen Aussagen des Grundgesetzes obsolet. Das Wiedervereinigungsgebot war erfüllt, Artikel 23 und 146 gegenstandslos; hätten sie weitergegolten, so hätte dies geradezu Anlaß zu Mißverständnissen über die Absichten Deutschlands geben können. Mit den genannten Verfassungsänderungen sollte demgegenüber nach innen und außen unmißverständlich dokumentiert werden, daß mit dem Beitritt der DDR die Einheit und Freiheit Deutschlands in freier Selbstbestimmung vollendet ist und damit das Grundgesetz als Verfassung für das gesamte deutsche Volk gilt.

Unmittelbar durch den Beitritt der DDR sind auch die übrigen in den Einigungsvertrag aufgenommenen Grundgesetzänderungen bedingt: Auf Anregung des Bundesrates wurde eine Neuverteilung der Stimmen in diesem Verfassungsorgan festgelegt, um die Ausgewogenheit der Stimmverhältnisse nicht durch das Hinzutreten von fünf kleineren Ländern zu Lasten der größeren Länder zu verschieben. Der Anwendungsbereich des für die Bewältigung des Staatsbankrotts des Deutschen Reiches geschaffenen Artikels 135 a GG wurde auf die DDR erstreckt. Mit einem neuen Artikel 143 GG wurde in bezug auf das Beitrittsgebiet für einen eng begrenzten Übergangszeitraum die Möglichkeit der Abweichung von Bestimmungen des Grundgesetzes geschaffen, um den notwendigen gesetzgeberischen Spielraum zur schrittweisen Überleitung grundgesetzkonformen Rechts auf das ehemalige Gebiet der DDR zu erhalten, der vor der Streichung aus Artikel 23 Satz 2 GG (a.F.) folgte.

Im übrigen wurden sowohl die in den „Eckpunkten der Länder für den Föderalismus im vereinten Deutschland" vom 5. Juli 1990 als auch die sonstigen in der Diskussion befindlichen Verfassungsänderungsvorschläge aus dem Einigungsvertrag ausgeklammert und in Artikel 5 EV der Befassung durch die gesetzgebenden Körperschaften des vereinten Deutschlands anempfohlen. In der Gemeinsamen Verfassungskommission des Deutschen Bundestages und des Bundesrates in der 12. Legislaturperiode wurden sie beraten und vom verfassungsändernden Gesetzgeber im Gesetz zur Änderung des Grundgesetzes vom 27. Okt. 1994 teilweise in das Grundgesetz aufgenommen.

3. Ein brisantes Problem der Wiedervereinigung war die Regelung der „offenen Vermögensfragen", also die Frage, wie der gemeinsame deutsche Rechtsstaat sich zu den Resultaten der unter nicht-rechts-

staatlichen Verhältnissen erfolgten → *Enteignungen* und der sozialistischen Eigentumsordnung der DDR verhalten sollte (→ *Eigentum*). Der Einigungsvertrag macht in Artikel 41 Abs. 1 die als Anlage III angefügte Gemeinsame Erklärung der Regierungen der Bundesrepublik Deutschland und der DDR zur Regelung offener Vermögensfragen vom 15. Juni 1990 zum Vertragsbestandteil und enthält in Artikel 41 Abs. 3 eine Verpflichtung für die Bundesrepublik Deutschland, keine der Gemeinsamen Erklärung widersprechende Rechtsvorschriften zu erlassen. Diese hatte einerseits für enteigneten Grund und Boden den Grundsatz „Rückgabe vor Entschädigung" festgeschrieben. Zugleich wurde aber mit dem Investitionsgesetz, das im Einigungsvertrag als Recht der DDR normiert und unmittelbar in Bundesrecht übergeleitet wurde, entsprechend Artikel 41 Abs. 2 EV ein Vorrang von Investitionsvorhaben vor Rückgabeansprüchen festgeschrieben. Auf gleichem Wege wurde das Gesetz zur Regelung offener Vermögensfragen mit der DDR zur Geltung als künftiges Bundesrecht vereinbart, das Verfahren und Ansprüche zur Rückübertragung von Vermögenswerten regelt.

In bezug auf die in den Jahren 1945–1949 von der Sowjetunion und deutschen Stellen vorgenommenen Enteignungen „auf besatzungsrechtlicher bzw. besatzungshoheitlicher Grundlage", worunter auch die Enteignungen von Landbesitz über 100 ha im Zuge der → *Bodenreform* fallen, hatten in den Verhandlungen sowohl die Sowjetunion als auch die DDR-Regierung darauf bestanden, daß diese nicht mehr rückgängig zu machen seien. Die Bundesregierung hat diese Bedingung in der Gemeinsamen Erklärung hingenommen. In Artikel 4 Nr. 5 EV wurde darüber hinaus eine Ergänzung des Grundgesetzes um einen neuen Artikel 143 Abs. 3 vereinbart, der diese Regelung verfassungsrechtlich absichert. Das Bundesverfassungsgericht hat diese Regelung in seiner Entscheidung vom 23. April 1991 für verfassungskonform erachtet.

Die Problematik der offenen Vermögensfragen hat in Folge auch den gesamtdeutschen Gesetzgeber während der gesamten 12. Legislaturperiode beschäftigt und erst mit dem Sachenrechtsbereinigungsgesetz vom 27. Sept. 1994 und dem Entschädigungs- und Ausgleichsleistungsgesetz vom 30. Sept. 1994 einen Abschluß gefunden.

4. Unter die Ausnahmeregelung des durch den Einigungsvertrag neu geschaffenen Artikels 143 GG fiel auch die im Beitrittsgebiet zunächst aus dem DDR-Recht fortgeltende Fristenregelung zur Abtreibung. Die Regelung widersprach offensichtlich dem Grundrechtsschutz des Grundgesetzes für das ungeborene Leben und der Rechtsprechung des Bundesverfassungsgerichts hierzu. Dennoch war in den Einigungsvertragsverhandlungen bis zur letzten Minute eine einvernehmliche Lö-

sung nicht möglich, und das Problem mußte in Artikel 31 Abs. 4 EV dem künftigen gesamtdeutschen Gesetzgeber übertragen werden. Die nach langen Verhandlungen und Einigungsversuchen im 12. Deutschen Bundestag zustandegekommene Lösung auf der Grundlage eines fraktionsübergreifenden Kompromißantrages, der gegen die Mehrheit der CDU/CSU-Fraktion zustandekam, wurde vom Bundesverfassungsgericht in seinem Urteil vom 28. Mai 1993 wegen Verstoßes gegen Artikel 1 Abs. 1 und Artikel 2 Abs. 2 GG aufgehoben. Seitdem galt im Beitrittsgebiet eine vom Bundesverfassungsgericht vorgegebene Übergangsregelung, weil auch nach der vom Einigungsvertrag geschaffenen Ausnahmeregelung des Artikels 143 GG Abweichungen von Grundrechten im Beitrittsgebiet höchstens bis zum 31. Dez. 1992 zulässig waren. Erst der 13. Deutsche Bundestag hat im Juli 1995 einen Kompromiß der Fraktionen der CDU/CSU, der FDP und der SPD für ein einheitliches gesamtdeutsches Abtreibungsrecht zustandegebracht.

5. Zu den für die Aufarbeitung der Geschichte des SED-Staates besonders sensiblen Themen gehörte die Frage des Umgangs mit den Unterlagen des Staatssicherheitsdienstes der DDR. Die letzte Volkskammer der DDR hatte diesbezüglich mit dem „Gesetz über die Sicherung und Nutzung der personenbezogenen Daten des ehemaligen Ministeriums für Staatssicherheit/Amtes für Nationale Sicherheit“ vom 24. Aug. 1990 eine Regelung getroffen. Die angesichts der sonstigen Praxis naheliegende Lösung, die Akten nach der Vereinigung unter die Aufsicht des Bundesarchivs zu stellen, traf auf den Widerstand der Volkskammer, wohl weil man dachte, daß damit auch eine physische Verbringung der Akten nach Koblenz verbunden wäre. Mit dem damaligen Beauftragten der Volkskammer für die → *Stasi-Akten*, Joachim Gauck, ist dann im Einigungsvertrag (Anlage I Kapitel II Sachgebiet B Abschnitt II Nr. 2) eine Regelung gefunden worden, wonach ein noch auf Vorschlag des Ministerrats der DDR und mit Zustimmung der Volkskammer von der Bundesregierung berufener Sonderbeauftragter die Akten bis zu einer gesetzlichen Regelung durch den gesamtdeutschen Gesetzgeber in Verwahrung nehmen sollte. Auf Wunsch der Volkskammer wurden noch nach Unterzeichnung des Einigungsvertrages in der Vereinbarung zur Durchführung und Auslegung vom 18. Sept. 1990 Erwartungen der beiden Vertragsparteien an die künftige gesetzliche Regelung formuliert, zu denen u.a. die regionale Archivierung der Akten gehörte. Vom gesamtdeutschen Gesetzgeber wurde der Bereich im Stasi-Unterlagen-Gesetz vom 20. Dez. 1991 geregelt. Die Akten werden seitdem in der Behörde des Bundesbeauftragten für die Unterlagen des

Staatssicherheitsdienstes der ehemaligen DDR und in deren Außenstellen gesichtet, rekonstruiert, ausgewertet und den Betroffenen zugänglich gemacht.

Bedeutung und Bewährung: Der Einigungsvertrag stellt gewissermaßen das „Grundbuch" der deutschen Einheit dar. Er sollte für den beigetretenen Teil des vereinten Deutschlands einen schonenden Übergang in die neue Rechtsordnung ermöglichen, ohne die Rechtseinheit aufzuschieben. Die Grundkonzeption und die wesentlichen Regelungen des Einigungsvertrages haben sich trotz der unvorstellbaren Eile, in der er zustandegebracht werden mußte, als tragfähig erwiesen. Die weitere Ausgestaltung der Rechtseinheit ist zur Aufgabe des gesamtdeutschen Gesetzgebers geworden; die innere Einheit zu erreichen ist Aufgabe aller Deutschen.

Wolfgang Schäuble

Literaturhinweise:

Denkschrift der Bundesregierung zum Einigungsvertrag, Bundestagsdrucksache 11/7760.

Schäuble, Wolfgang: Der Vertrag. Wie ich über die deutsche Einheit verhandelte, Stuttgart 1991.

Schäuble, Wolfgang: Der Einigungsvertrag. Vollendung der Einheit Deutschlands in Freiheit, in: Zeitschrift für Gesetzgebung 5 (1990), S. 289-307.

Schnapauff, Klaus-Dieter: Der Einigungsvertrag. Überleitungsgesetzgebung in Vertragsform, in: Deutsches Verwaltungsblatt 1990, S. 1249-1256.

Stern, Klaus: Der verfassungsändernde Charakter des Einigungsvertrages, in: Deutsch-Deutsche Rechts-Zeitschrift 1 (1990), S. 289-294.

Weis, Hubert: Verfassungsrechtliche Fragen im Zusammenhang mit der Herstellung der staatlichen Einheit Deutschlands, in: Archiv des Öffentlichen Rechts 116 (1991), S. 2-31.

Elektronische Medien

Wie die Presse waren auch Hörfunk (im DDR-Sprachgebrauch: Rundfunk) und Fernsehen in der DDR zentral gelenkt und kontrolliert . Das Informationsmonopol und damit zugleich die Unterdrückung freier Meinungsäußerung oblag der Führung der SED und gehörte zu den maßgeblichen Instrumenten ihrer Machtausübung (→ *Meinungsmonopol*, → *Massenmedien*). Seit 1952 fungierte als Leitungs- und Kontrollinstanz ein Staatliches Rundfunkkomitee beim Ministerrat, das seinerseits von der Abteilung Agitation des ZK der SED angeleitet und kontrolliert wurde.

Über die verschiedenen Programme wurden unterschiedliche Zielgruppen angesprochen: Die beiden Programme von Radio DDR wandten sich an die DDR-Hörer, der Deutschlandsender an die Bevölkerung der Bundesrepublik, der Berliner Rundfunk verstand sich als „Repräsentant der Hauptstadt", und 1955 begann Radio Berlin International mit seinen Auslandssendungen in mehreren Sprachen. Daneben bestanden zeitweise der Deutsche Soldatensender 935, der 1960-1972 mit einem besonderen Agitationsprogramm Angehörige der Bundeswehr zu beeinflussen suchte, und 1956 (nach dem Verbot der KPD in der Bundesrepublik) bis 1971 der Freiheitssender 904 u.a. mit Kode-Durchsagen für Kuriere.

Lange waren die Hörer in der DDR gehalten, aus dem Westen eingestrahlte Programme nicht zu empfangen. Insbesondere richtete sich diese Aufforderung gegen die Programme des Rundfunks im amerikanischen Sektor (RIAS) und des Senders Freies Berlin, die von West-Berlin rundum weit ins Land abstrahlten und gegen die in den 50er Jahren Störsender eingerichtet wurden. Spektakulär war die „Aktion Ochsenkopf" (1961), in deren Verlauf Empfangsantennen auf und unter den Dächern in der DDR und im Ostteil Berlins abgebaut wurden.

Die Politik, den Empfang westlicher Rundfunk- und später auch Fernsehsender zu verbieten oder technisch unmöglich zu machen, erwies sich allerdings auf die Dauer als nicht durchhaltbar und wurde daher in den 70er und 80er Jahren mehr und mehr zurückgenommen. Ca. 90% der DDR-Bevölkerung bezogen ihre täglichen Informationen primär aus den westlichen elektronischen Medien. Gleichwohl blieb – insbesondere bei bestimmten Dienststellungen und Berufsgruppen im Partei- und Staatsapparat – der Empfang von Westsendern weiterhin unerwünscht. Besondere Wichtigkeit behielt der Westhörfunk für solche Regionen, in denen das Westfernsehen mangels genügender Reichweite der Sender nicht empfangen werden konnte wie z.B. im Raum Dresden.

Im Zuge der Politik der Abgrenzung zur Bundesrepublik und der Propagierung einer besonderen sozialistischen Nation (→ *SED und deutsche Frage*) wurden die Begriffe deutsch und Deutschland auch im Bereich der Massenmedien vermieden; aus dem Deutschlandsender wurde Stimme der DDR, aus dem Deutschen Fernsehfunk das Fernsehen der DDR.

Gleichzeitig wurde versucht, durch eine attraktivere Programmgestaltung – stärkere Regionalisierung mit Hilfe von Zulieferstudios in den Bezirksstädten, Verstärkung des Anteils von Unterhaltungssendungen und Magazinen und Einführung eines eigenen „Jugendradios DT 64" – die Konkurrenzfähigkeit gegenüber den westlichen Sendern zu verbessern.

Das Fernsehen stand bis in die Mitte der 60er Jahre, entsprechend seinem technischen Entwicklungsstadium, noch nicht im Zentrum der Aufmerksamkeit von Partei und Regierung (→ *Meinungsmonopol*, → *Massenmedien*). Zwar war schon im Juli 1951 in Berlin-Adlershof der Grundstein für einen Fernseh-Studiokomplex gelegt worden. Seit 1952 gab es im Staatlichen Rundfunk-Komitee beim Ministerrat auch einen eigenen Intendanzbereich Fernsehen, und ab Ende dieses Jahres wurden regelmäßig Versuchssendungen ausgestrahlt. 1956 erfolgte die Ausgliederung der Studiotechnik Fernsehen (wie der Studiotechnik Rundfunk) in die Zuständigkeit des Ministeriums für Post- und Fernmeldewesen. Zugleich wurde der regelmäßige Fernsehbetrieb aufgenommen; die tägliche Sendedauer und die technische Reichweite blieben jedoch für lange Zeit noch äußerst begrenzt. Im Herbst 1968 erfuhr der Deutsche Fernsehfunk (DFF) durch seine Herauslösung aus dem Rundfunkkomitee eine entscheidende Aufwertung – und fortan auch konsequente zentrale Anleitung und Kontrolle. Mit Beschluß vom 4. Sept. 1968 setzte der Ministerrat ein eigenes Staatliches Komitee für Fernsehen ein, das seinerseits in allen Programmfragen von der Abteilung Agitation des ZK der SED geführt wurde.

Der 20. Jahrestag der Gründung der DDR brachte die Einführung eines zweiten Fernsehprogramms und die Ausstrahlung von Sendungen des ersten in Farbe; dies allerdings nach dem französischen Secam-System, das auch in der Sowjetunion genutzt wurde und zugleich den Empfang von Programmen aus der Bundesrepublik erschwerte, weil diese im System PAL gesendet wurden. Auch mit der Umbenennung in „Fernsehen der DDR“ sollten Abgrenzung von der Bundesrepublik und eine eigene DDR-Identität erreicht werden.

Geplant, produziert und abgestrahlt wurden die Fernsehprogramme der DDR zentral in Berlin-Adlershof. Außenstudios in Rostock, Halle, Dresden, Leipzig und Karl-Marx-Stadt (Chemnitz) fungierten als Zuliefer- und Vorproduktionsstätten. 1989 waren einschließlich der studiotechnischen Angestellten der Post in den elektronischen Medien ca. 14 000 Mitarbeiter beschäftigt – Hörfunk und Fernsehen waren nahezu autarke Dienstleistungsbetriebe. Die wöchentliche Sendeleistung des Fernsehens lag bei 177 Stunden. Dabei wurden, um die Bürger bei den eigenen Programmen zu halten, jährlich nicht weniger als 800 Spielfilme für Erwachsene und Kinder eingesetzt, dazu annähernd 1 300 Dokumentar- und Naturfilme, Unterhaltungssendungen und Serien.

Faktisch geführt wurde das „Fernsehen der DDR“ von der Abteilung Agitation im ZK der SED. Einmal wöchentlich, jeweils nach den Sitzungen des SED-Politbüros bzw. des Sekretariates, wurden die Intendanten oder Chefredakteure von Hörfunk und Fernsehen auf die aktuellen Argumentationslinien der Partei eingeschworen (→ *Meinungsmonopol*). Täglich gab es außerdem über Telefon oder Fernschreiber Vorgaben zu Inhalt und Plazierung von Nachrichten, zur Kommentierung und zu Veröffentlichungen von Fotos. Tabuisiert war, was für das politische System ein Risiko beinhalten konnte. Leitmedium war – außer dem Parteiorgan „Neues Deutschland" und der offiziösen Nachrichtenagentur → *ADN* – die tägliche Nachrichtensendung „Aktuelle Kamera". Mit dieser Lenkungsautomatik erübrigten sich jede weitere Institutionalisierung einer Zensur und direkte Eingriffe in Redaktionen weitgehend. Ein Organogramm der Informationswege in der DDR weist aus, daß sich in Bezirken und Kreisen strukturell wiederholte, was in Ost-Berlin zentral vorgedacht wurde. So verfügte noch am 7. Sept. 1989 der Sekretär für Agitation und Programm des ZK der SED gegenüber allen Medien, das Thema „Ausreise" dürfe „nicht die tägliche Diskussion in der DDR bestimmen."

Gerade solche Kulminationspunkte parteilicher Berichterstattung bestätigen freilich im nachhinein: Die partei- und staatsnahen Massenmedien der DDR sind mit ihrem Auftrag, „Agitatoren" der Partei und Regierung zu sein und so zur Vollendung des Sozialismus beizutragen, letztendlich gescheitert. Sie haben im Gegenteil deren Ende und die Wende mit heraufgeführt. Daß das totalitäre System der DDR sich nicht abschotten ließ, die elektronischen Wellen am Eisernen Vorhang nicht wie die Printmedien aufgehalten werden konnten und man den Bürgern jedweden Vergleich mit der Verfassungswirklichkeit und den Lebensverhältnissen der Bundesrepublik nicht verwehren konnte: das war es, was Partei und Regierung je länger, desto mehr um ihre Glaubwürdigkeit in der DDR gebracht hat.

Wie der „Rundfunk der DDR" endete auch das „Fernsehen der DDR" mit der deutschen Einigung. Artikel 36 des Einigungsvertrages schrieb ihre Auflösung bis spätestens 31. Dez. 1991 oder ihre Überführung in Anstalten des öffentlichen Rechts einzelner oder mehrerer Länder vor.

Günther von Lojewski

Enteignungen

Die ökonomische Basis kommunistischer Herrschaft sind sozialistische Produktionsverhältnisse, die durch die Beseitigung des Privateigentums an den Produktionsmitteln und die Herrschaft „sozialistischen Eigentums“ gekennzeichnet sind. Die entschädigungslosen Enteignungen, die das SED-Regime zur Umgestaltung der Gesellschaft betrieb, begannen mit der Liquidierung des größeren land- und forstwirtschaftlichen Grundbesitzes im September 1945. Die dafür gewählte Bezeichnung → *Bodenreform*, die Anklänge an das landwirtschaftliche Siedlungswesen (Adolf Damaschkes „Bund der Bodenreformer“ von 1887, Reichsheimstättengesetz, Erbbaurecht) hervorrufen sollte, war ebenso irreführend wie die Berufung auf das Potsdamer Abkommen (2. Aug. 1945), das keineswegs den Besatzungsmächten die Umgestaltung der Gesellschaft durch entschädigungslose Enteignungen erlaubte. Enteignet wurde der Grund und Boden über 100 ha, mithin nicht nur der Großgrundbesitz, sondern auch der Besitz größerer Bauern, ferner der Besitz solcher Personen, die als Kriegsverbrecher, Militaristen oder aktive Nazis hingestellt wurden, auch wenn sie dies nicht waren. Erfaßt wurden auch das landwirtschaftliche Inventar, Wohngebäude und Vorräte. Zumeist wurde auch die persönliche Habe weggenommen.

Die sowjetische Besatzungsmacht trat hierbei nicht offen in Erscheinung. Vielmehr erließen die von der → *SMAD* errichteten Provinzial- und Landesverwaltungen Verordnungen über die Bodenreform mit übereinstimmendem Inhalt, wobei die Provinz Sachsen-Anhalt von der KPD zur Vorreiterin bestimmt wurde.

Von der enteigneten in einem „Bodenfonds“ zusammengefaßten Fläche von 3 225 364 ha wurden 2 167 602 ha in Parzellen von zumeist 8 ha vor allem an Neubauern und Umsiedler vergeben, während 1,1 Mio. ha Staatsbesitz (Volkseigentum) wurden. Nachdem die SED 1949 die „Zuspitzung des Klassenkampfes auf dem Lande“ und 1952 den „Aufbau des Sozialismus“ proklamiert hatte, wurden die Einzelbauern kollektiviert, nämlich mit Pressionen in → *LPG* gezwungen, die damit zur wichtigen Säule des sozialistisch-kollektiven Agrarsystems wurden.

In der gewerblichen Wirtschaft ging die Besatzungsmacht mit eigenen Befehlen vor. Die Banken und Versicherungsunternehmen wurden durch Befehl Nr. 1 der SMAD vom 23. Juli 1945 geschlossen, ihr Vermögen enteignet. Durch den Befehl Nr. 124 vom 30. Okt. 1945 wurde das Vermögen des Staates und der führenden Nationalsozialisten, der deutschen Militärbehörden, der vom Besatzungsregime verbotenen Vereinigungen, der Regierungen und der Staatsangehörigen der im Kriege auf deutscher Seite beteiligten Länder sowie von sonstigen durch die SMAD bezeichneten Personen beschlagnahmt. In Erfüllung der Sequestrierung wurden alle auch nur möglicherweise davon betroffenen Betriebe in drei Listen aufgenommen. Die Liste A umfaßte die

Betriebe, die in Volkseigentum übergeführt werden sollten, die Liste B solche Betriebe, deren Rückgabe der Sequesterkommission wegen „ungenügender Belastung“ als möglich erschien, die Liste C Betriebe, über die noch keine Entscheidung getroffen wurde.

Durch Befehl Nr. 97 vom 29. März 1946 wurde das sequestrierte und konfiszierte Vermögen den deutschen Länderbehörden zur Verfügung gestellt. Nachdem Sachsen durch Volksentscheid (Gesetz vom 30. Juni 1946) die Überführung der „Betriebe von Nazi- und Kriegsverbrechern“ in das „Eigentum des Volkes“ beschlossen hatte, erließen die anderen Länder entsprechende Bestimmungen zu entschädigungslosen Überführungen von Unternehmen und Betrieben in Volkseigentum. Der SMAD-Befehl Nr. 64 vom 17. April 1948 bestätigte die Enteignungen und setzte Fristen für den Abschluß der laufenden Verfahren fest (1. bzw. 15. April 1948), die jedoch nicht eingehalten wurden. Enteignungen nach Liste C wurden z.B. in Ost-Berlin auch nach der Errichtung der DDR noch vorgenommen. Darauf, ob jemand tatsächlich Kriegsverbrecher oder aktiver Nazi gewesen war, kam es nicht an. Vorwände wurden konstruiert und z.B. Betriebe enteignet, wenn sie auch nur mittelbar – etwa durch die Fertigung von Textilien – mit Aufträgen für die deutsche Wehrmacht beschäftigt gewesen waren.

Soweit Bodenschätze und Bergwerke nicht unter den Befehl Nr. 124 fielen, erließen die Länder und Provinzen 1947 Enteignungsgesetze. Lichtspieltheater wurden 1947/48 durch Landesgesetze, Energieanlagen durch die Energiewirtschaftsverordnung vom 22. Juni 1949 in Volkseigentum übergeführt. Insgesamt wurden von Herbst 1945 bis zum März 1948 9.881 Industrieunternehmen (40%), Handwerksbetriebe (ca. 20%), Ladengeschäfte, Gastwirtschaften und Hotels (ca. 25%), Banken und Versicherungen, Kinos, Apotheken und einzelne Personen entschädigungslos enteignet.

Enteignungen wurden aber nicht nur auf der Grundlage von Vorschriften vorgenommen, die dies anordneten oder zuließen, sondern auch durch Mißbrauch von Gesetzen anderer Zielsetzung. Als Rechtsgrundlagen für Vermögenseinziehungen, die zu Enteignungen wurden, dienten u.a. die Wirtschaftsstrafverordnung 1948/1953, die Gesetze über den innerdeutschen Handel und Zahlungsverkehr sowie die Bestimmungen des Strafrechts über Staatsverrat, Spionage, Republikflucht (gesetzwidriger Grenzübertritt), Diversion, Sabotage und Verbrechen gegen gesellschaftliches Eigentum. Die Festsetzung von Strafen für Steuer- oder Preisvergehen, die den Wert des Betriebes überstiegen, führte zur Betriebsaufgabe oder ermöglichte den Behörden den Erwerb des Betriebes in der Zwangsversteigerung oder aus der Konkursmasse. Zur Enteignung bzw. zur Überführung in Volkseigentum kam es auch im Rahmen der → *Zwangsaussiedlungen* aus dem DDR-Grenzgebiet und in Fällen der sog. Republikflucht, ferner bei Überschuldung des Grundstücks infolge nicht kostendeckender Mieten.

1972 wurden die noch bestehenden Privatbetriebe oder Betriebe mit staatlicher Beteiligung sowie die produzierenden Produktionsgenossenschaften des Handwerks angeblich freiwillig, tatsächlich aber unter sozialem und politischem Druck in Volkseigentum übergeführt (kalte Sozialisierung). Seither spielte der private Sektor in der → *Wirtschaft* der DDR nur noch eine höchst bescheidene Rolle. Der seinerzeit von der SED emphatisch gefeierte „Sieg der sozialistischen Produktionsverhältnisse" führte die DDR indessen trotz mannigfacher Unterstützungsleistungen der Bundesrepublik 1989/90 in ihren Untergang.

Obwohl sie nicht ausdrücklich auf Sozialisierungen bezogen wurden, dienten auch das Aufbaugesetz vom 6. Sept. 1950, das Verteidigungsgesetz vom 13. Okt. 1978, das Atomenergiegesetz vom 28. März 1962, das Baulandgesetz vom 15. Juni 1984 sowie ähnliche Vorschriften zur Etablierung und Festigung des Sozialismus durch Enteignungen. Die auf diesem Wege Enteigneten erhielten eine geringfügige, nach dem Zeitwert des Grundstücks bemessene Entschädigung, die gegen – die meist aus Krediten herrührenden – Grundstücksbelastungen verrechnet wurde, so daß ihnen vielfach nichts verblieb.

Rudolf Wassermann

Literaturhinweise:

Bundesministerium für gesamtdeutsche Fragen (Hrsg.): Die Enteignungen in der SBZ und die Verwaltung des Vermögens von nicht in der Sowjetzone ansässigen Personen, Bonn 1956.

Fricke, Weddig/Märker, Klaus: Enteignetes Vermögen in der Ex-DDR, München 1996.

Graf zu Dohna, Jesco: Die kommunistische Bodenreform in der Sowjetischen Besatzungszone (1945–1949), in: Christoph Rechberg (Hrsg.): Restitutionsverbot, München, Landsberg am Lech 1996, S. 11 ff.

Lochen, Hans-Hermann: Grundlagen der Enteignungen zwischen 1945 und 1948, in: Deutschland Archiv 24 (1991), S. 1025 ff.

Mampel, Siegfried: Die sozialistische Verfassung der Deutschen Demokratischen Republik, Frankfurt/M. (3. Aufl.) 1996.

Weißbuch über die „demokratische Bodenreform" in der Sowjetischen Besatzungszone Deutschlands, hrsg. von Joachim von Kruse, München, Stamsried 1988.

Entnazifizierung

Mit dem Zusammenbruch der nationalsozialistischen und der kommunistischen Diktatur bestand in diesem Jahrhundert in Deutschland zweimal die Notwendigkeit, sich grundlegend mit der Vergangenheit auseinanderzusetzen, um so die neu entstandene Demokratie zu schützen. Dem dienten jeweils die strafrechtliche Verfolgung von Verbrechen, die personalpolitische Säuberung in Politik, Gesellschaft und Wirtschaft, politische Maßnahmen, wissenschaftliche Aufarbeitung sowie die Wiedergutmachung an den Opfern totalitärer Machtausübung. Im Gegensatz zu den Jahren nach 1989 mußten nach der Befreiung vom Nationalsozialismus in erster Linie die Alliierten die Aufgabe der Entnazifizierung und Umerziehung einer deutschen Bevölkerung übernehmen, die das Ende des Dritten Reiches in ihrer Mehrheit als deutsche Niederlage empfand.

Die Entnazifizierung selbst hatte zwei Seiten. Zum einen ging es darum, Personen in verantwortliche Positionen zu bringen, die die politischen und moralischen Eigenschaften besaßen, an einer demokratischen Entwicklung aktiv teilzunehmen. Zum anderen war sie eine Säuberung, das heißt, Menschen wurden aus dem staatlichen, gesellschaftlichen und wirtschaftlichem Leben entfernt, die der nationalsozialistischen Raub- und Kriegspolitik gedient hatten, die sich am Massenmord beteiligt oder der innenpolitischen Repression verschrieben hatten, bzw. das System maßgeblich auf andere Weise stützten

Geschichte: Die Alliierten unterschieden zwischen juristisch zu bestrafenden Kriegs- und Naziverbrechern, zwischen aktiven Funktionsträgern, die aus allen öffentlichen Funktionen oder Ämtern zu entfernen seien, und nominellen NSDAP-Mitgliedern, die umzuerziehen und einzugliedern waren. Juristisch griffen sie dabei auf internationale Rechtsnormen und auf das Rechtsverständnis zivilisierter Völker zurück. Sowohl der Nürnberger Hauptkriegsverbrecherprozeß (1945–1946) als auch die nachfolgenden Nürnberger Kriegsverbrecherprozesse (1946–1949) folgten dem Gedanken der Generalabrechnung und Prävention. Trotzdem waren ihre Urteile wegen Verbrechen gegen die Menschlichkeit und Kriegsverbrechen juristisch gut begründet, ohne sich allerdings vollkommen vom Odium der Siegerjustiz freimachen zu können. Neben den Kriegsverbrecherprozessen sollten Internierungslager der Entnazifizierung der deutschen Gesellschaft dienen.

Aber gerade an der Praxis der Internierung in der SBZ wird deutlich, daß die sowjetische Besatzungsmacht – in enger Zusammenarbeit mit den deutschen Kommunisten – die Entnazifizierung zu einer politischen Säuberung und zur Übertragung des stalinistischen Gesellschaftsmodells instrumentalisierte (→ *Sowjetische Speziallager*). So ging die → *SMAD* in den verschiedenen Phasen ihrer Entnazifizierungsbemühungen zwar mit unterschiedlicher Härte gegen Nationalsozialisten vor, stellte aber den kommunistischen Aufbau störende politische und soziale Gruppen (ein Beispiel ist die Ausschaltung von Widerstand gegen die geplanten Strukturreformen in Landwirtschaft und Industrie) gleichzeitig unter Faschismusverdacht, um sie so in ihren Lagern internieren zu können.

In diese Konzentrationslager der sowjetischen Geheimpolizei wurden Funktionsträger des NS-Staates und der NSDAP, angebliche Werwölfe, Volkssturmmänner und besonders ab 1946 auch politische Gegner von Kommunismus und SED gebracht. Darüber hinaus dienten die Sonderlager dem politischen Kampf gegen das Bürgertum. Insgesamt waren in den elf bisher bekannten Lagern bis zu 180 000 Menschen inhaftiert, von denen ca. ein Drittel an den unmenschlichen Haftbedingungen starb. Im Gegensatz zum Nationalsozialismus gab es in diesen sowjetischen Konzentrationslagern jedoch keinen organisierten Massenmord. Das letzte der Lager wurde 1950 aufgelöst und seine Insassen den DDR-Behörden übergeben. Neben den in der SBZ Internierten waren 20 000 – 30 000 Deutsche in die UdSSR deportiert worden.

Darüber hinaus verurteilten sowjetische Militärtribunale bis 1947 ca. 18 000 Deutsche und verhängten 436 Todesurteile. Dazu kam, daß ca. 30 000 Kriegsgefangene vor sowjetischen Militärtribunalen standen und – in der Regel juristisch nicht haltbar – zu hohen Strafen verurteilt wurden. Im März 1948 erklärte die SMAD den offiziellen Abschluß der Entnazifizierung in der SBZ. Die Übergabe von 10 513 angeblichen NS- und Kriegsverbrechern an das Innenministerium der DDR bzw. an die Volkspolizei folgte 1950. Die SED übernahm die Justizpraxis der SMAD-Tribunale und versuchte gleichzeitig, die strafrechtliche Abrechnung mit der NS-Zeit im gleichen Jahr abzuschließen. So ging es in den juristisch fragwürdigen → *Waldheimer Prozessen* zum einen um 3 442 sowjetisch Internierte, welche die SMAD dem DDR-Innenministerium zur Untersuchung ihrer „verbrecherischen Tätigkeit" und zur Aburteilung übergeben hatte, zum anderen um die Unterstreichung des antifaschistischen Charakters der DDR. 26 Angeklagte wurden zum Tode verurteilt und hingerichtet.

Auch die Entnazifizierung der Verwaltung, Schule und Wirtschaft (→ *Enteignungen*) war mit dem Prozeß der kommunistischen Machtergreifung im Zusammenspiel von SMAD und SED verbunden. Die von der KPD bzw. SPD, dann von der SED dominierten Entnazifizierungskommissionen erfaßten ca. 850 000 ehemalige NSDAP-Mitglieder. Die Zahl der gegen sie angewandten Zwangsmaßnahmen ist umstritten. So mußten nach Schätzungen bis 1948 ca. 520 000 Nationalsozialisten, vier Fünftel der Richter und ca. 20 000 der 39 348 Lehrer ihre bisherigen beruflichen Positionen aufgeben. Sie wurden durch schnell und notdürftig ausgebildete Volkspolizisten, Volksrichter/Volksstaatsanwälte (Justizreform von 1946) oder Neulehrer (→ *Bildungswesen*) ersetzt, die dem kommunistischen System treu ergeben waren und dessen Politik zur Machteroberung und Herrschaftssicherung durchsetzten.

Gleichzeitig verschonten SMAD und SED die Masse der „kleinen Nazis" und bezogen sie ab 1946 in den „Neuaufbau" ein. So faßte die SED schon am 20. Juni 1946 einen Beschluß über die „nominellen PGs". Ein Versuch zu ihrer Umerziehung unterblieb, die Frage nach ihrer Schuld unbeantwortet. Mit dem Befehl Nr. 201 vom August 1947 hatte die SMAD begonnen, einen Schlußstrich unter die Entnazifizierung zu ziehen. Die Entnazifizierungskommissionen sollten sich jetzt nur noch mit sog. aktiven Mitgliedern der NSDAP beschäftigten und nur noch auf der Ebene der zentralen Verwaltung von Länder, Kreisen und kreisfreien Städten tätig werden. Die Kommunisten umwarben zunehmend ihre ehemaligen Feinde und ebneten ihnen den Weg in die SED. Gleichzeitig verdrängten sie immer mehr Sozialdemokraten und Anhänger linker Splittergruppen. Auf die „Waldheimer Prozesse" folgte das Angebot an die Millionenschar der NSDAP-Mitläufer, am Aufbau der DDR teilzunehmen, ohne ständig von Entnazifizierungsverfahren bedroht zu sein. 1953 war schließlich mindestens ein Viertel der Mitglieder der SED ehemals Angehörige der NSDAP oder Mitglieder in einer ihrer Nebenorganisationen gewesen.

In den westlichen Besatzungszonen war der erste Schritt der Entnazifizierung der Versuch, alle Nazis zu verhaften oder zu internieren. Davon waren in der amerikanischen Besatzungszone, in der am rigorosesten vorgegangen wurde, 92 250 Personen, in der britischen 64 500 und in der französischen Zone 18 983 Personen betroffen. Auch in den westlichen Internierungslagern herrschten schlechte Lebensbedingungen, allerdings ohne daß die Lager zur zwangsweisen gesellschaftlichen Transformation gegen den Willen einer Bevölkerungsmehrheit mißbraucht worden wären. Darüber hinaus gab es in den westlichen Zonen 150 000 Entlassungen aus dem öffentlichen Dienst und 73 010 aus Industrie und Handel. 1946 erfolgte die Übertragung der Entnazifizierung an deutsche Spruchkammern, die mit Laienrichtern und Schöffen besetzt waren. Von ihnen mußten die Angeklagten zwar gehört werden, die Beweislast für ihre Unschuld lag jedoch bei den Beschuldigten. Die Säuberung durch diese Spruchkammern blieb unbefriedigend und wurde nicht vollendet. Diese selbst gerieten schnell in den Verdacht, „Mitläuferfabriken“ zu sein.

Die westdeutsche Justiz tat sich lange Zeit schwer mit der Sühnung von Naziverbrechen. Das lag daran, daß sie im hohen Umfang personelle Kontinuität gewahrt hatte und darüber hinaus mit dem Nachweis individueller Schuld an Verbrechen des Nationalsozialismus und der rückwirkenden Anwendung von Recht überfordert war. Dies änderte sich 1958 mit der Gründung der Zentralen Stelle der Landesjustizverwaltungen zur Aufklärung nationalsozialistischer Verbrechen. Jetzt erhöhte sich die Zahl der Verfahren gegen NS-Verbrecher schlagartig und erreichte ihren Höhepunkt im Auschwitz- und Majdanek-Prozeß. Insgesamt waren in den westlichen Besatzungszonen mehr als eine halbe Million Menschen in ihrer beruflichen Existenz von der Entnazifizierung betroffen, weitere 180 000 waren 1945/46 als NS-Aktivisten oder Kriegsverbrecher verhaftet und interniert worden. Trotz der Mängel der Entnazifizierung und der Tatsache, daß diese ohne die Alliierten schnell zum Erliegen gekommen wäre, erlangten die Alt-Nationalsozialisten, da das NS-Regime zu stark diskreditiert war, in der Bundesrepublik nie wieder nennenswerten Einfluß. Dazu trugen auch die Integration der Bundesrepublik in die westliche Gemeinschaft, ihr beispielloser wirtschaftlicher Aufschwung und die öffentliche bzw. wissenschaftliche Auseinandersetzung mit der NS-Vergangenheit bei.

In der DDR wurde die angeblich weitaus konsequentere Entnazifizierung als in der Bundesrepublik zu einer Grundlage der Legitimierung des SED-Staates und ging fast nahtlos in die Parteisäuberungen innerhalb der SED über. Darüber hinaus wurde sie – wie auch der verordnete → *Antifaschismus* – zum politischen Kampf gegen die Bundesrepublik mißbraucht. So bereitete die Hauptabteilung IX/11 des MfS (→ *Staatssicherheit*) als „Untersuchungsorgan“ NS-Prozesse vor, schlachtete die in einem Geheimarchiv der normalen Nutzung entzogenen NS-Unterlagen politisch aus, benutzte sie zur Erpressung Westdeutscher und zur Anwerbung von Spionen. Damit wurde die Entnazifizierung im Osten Deutschlands auch zu einer Grundlage für Gesinnungsjustiz und Stasi-Terror. Der damit eng verbundene Antifaschismus als Staatsreligion und ideologische Untermauerung des Herrschaftsanspruches der SED wirkte bis zum Ende der DDR als „Legitimationsfalle“ für einen nicht unbeträchtlichen Teil der Ostdeutschen.

Rainer Eckert

Literaturhinweise:

Eckert, Rainer/Plato, Alexander von/Schütrümpf, Jörg: Wendezeiten – Zeitenwende: Zur „Entnazifizierung“ und „Entstalinisierung“, Hamburg 1991.
Frei, Norbert: Die Anfänge der Bundesrepublik und die NS-Vergangenheit, München 1996.
Hoffmann, Christa: Stunden Null?: Vergangenheitsbewältigung in Deutschland 1945 und 1989. Schriftenreihe Extremismus & Demokratie 2, Bonn, Berlin 1992.
Kowalczuk, Ilko-Sascha: „Wir werden siegen, weil uns der große Stalin führt!“: Die SED zwischen Zwangsvereinigung u. IV. Parteitag, in: Kowalczuk, Ilko-Sascha/Mitter, Armin/Wolle, Stefan (Hrsg.): Der Tag X. 17. Juni 1953: Die „Innere Staatsgründung“ der DDR als Ergebnis der Krise 1952/54, Forschungen zur DDR-Geschichte 3, Berlin 1995, S. 171-242.
Werkentin, Falco: Politische Strafjustiz in der Ära Ulbricht. Forschungen zur DDR-Geschichte 1, Berlin 1995.

Erwachsenenbildung

Die Erwachsenenbildung in der DDR stellte – institutionell und funktional – einen differenzierten Bereich des Bildungswesens dar, der jedoch ebenfalls der politisch-ideologischen Kontrolle durch die SED und einer gesamtstaatlichen Lenkung unterlag. Die Entwicklung der Erwachsenenbildung spiegelte die für ganz Deutschland geltenden historischen Voraussetzungen, die politischen Ziele sowie die jeweiligen Prioritäten in der praktischen Arbeit wider, wobei die internationalen Tendenzen einer „permanenten Bildung“ und eines „lebenslangen Lernens“ auch in der DDR zur Geltung kamen.

In Anknüpfung an Traditionen aus der Weimarer Republik und an die Bildungsarbeit der sozialistischen Arbeiterbewegung kam es in der SBZ nach 1945 zum Wiederaufbau der Volkshochschulen, die jedoch schon 1946 als Teil der Einheitsschule proklamiert und in das staatliche Bildungswesen eingegliedert wurden. Dadurch verloren sie ihre Unabhängigkeit als Stätten freier Erwachsenenbildung. Seit den 50er Jahren trat die berufliche Erwachsenenqualifizierung in einem auf den Arbeitsplatz bezogenen stufenweisen Qualifikationssystem in den Vordergrund, eingebunden in die staatliche Arbeitskräfteplanung. Die VEB und Kombinate wurden zu den wichtigsten Trägern der beruflichen Weiterbildung. Seit den 70er Jahren übernahmen auch Universitäten und Hochschulen Aufgaben der Weiterbildung für die „wissenschaftlichen Kader“ (→ *Kaderpolitik*).

Grob gesehen lassen sich für die 80er Jahre die folgenden Bereiche der Erwachsenen- bzw. Weiterbildung – die Terminologie war nicht einheitlich – unterscheiden:

1. die früher meist als „kulturelle Massenarbeit“ bezeichneten Aktivitäten, die nicht einer beruflichen Qualifizierung, sondern einer allgemeinen Weiterbildung dienten (kulturelle Erwachsenenbildung);
2. die auf den nachträglichen Erwerb schulischer Abschlüsse und Zeugnisse zielende, auf den Lehrplänen der allgemeinbildenden polytechnischen Oberschule bzw. der Erweiterten Oberschule basierende allgemeinschulische Bildung im Rahmen entsprechender Lehrgänge an den Volkshochschulen;
3. die auf der Qualifikationsebene der Facharbeiter und Meister angesiedelte „Aus- und Weiterbildung der Werktätigen“, die den Kern der beruflichen Weiterbildung darstellte, sowie die fachliche und politische „Weiterbildung der leitenden Kader“;
4. die Schulungs- und Weiterbildungsmaßnahmen der politischen Parteien, insbesondere der SED, und der gesellschaftlichen Organisationen, vor allem der FDJ und des FDGB.

Außerhalb der staatlichen und parteigebundenen Erwachsenenbildung standen die von den Kirchen getragenen oder von ihnen angeregten Initiativen einer freien Erwachsenenbildung, deren Bedeutung gegen Ende der DDR zunahm, ohne daß es jedoch zu einem grundsätzlichen Wandel in Richtung auf ein pluralistisches Verständnis der Erwachsenenbildung gekommen wäre.

Im Hinblick auf die Einrichtungen der Erwachsenenbildung müssen außer den bereits erwähnten Volkshochschulen, die dem Ministerium für Volksbildung und auf lokaler Ebene den Schulräten unterstanden, vor allem die folgenden genannt werden:

1. die Betriebsakademien in den verschiedenen Zweigen der Volkswirtschaft (1987: 715) bzw. die Abteilungen Aus- und Weiterbildung der (integrierten) Betriebsschulen (1987: 544) als die wichtigsten Orte der betriebsbezogenen Weiterbildung, die auch auf der Grundlage staatlicher Lehrpläne arbeiteten;
2. die Kammer der Technik, welche in erster Linie für die Weiterbildung der Ingenieure und Ökonomen zuständig war;
3. die URANIA, die 1954 nach sowjetischem Vorbild als „Gesellschaft zur Verbreitung wissenschaftlicher Kenntnisse“ gegründet wurde und mit der Namensänderung (1966) an die Tradition der 1888 gegründeten URANIA anknüpfte. 1988 wurde der URANIA die folgende Aufgabe zugeschrieben, die auch für andere Bereiche der Erwachsenenbildung in der DDR auf ähnliche Weise formuliert wurde:

„In voller Übereinstimmung mit den Zielen sozialistischer Bildung und Erziehung leistet die URANIA als ein Mittler zwischen Wissenschaft und Volk eine vielfältige, differenzierte und interessante populärwissenschaftliche Arbeit, die alle Gebiete der Gesellschafts-, Natur- und Technikwissenschaften einschließt und deren Grundanliegen die Verbreitung des marxistisch-leninistischen Weltbildes ist.“ (Schneider, S. 125).

Obwohl zweifellos bei den Adressaten der Erwachsenenbildung ein individuelles Bildungs- und Qualifizierungsinteresse ausschlaggebend war, darf der in einem solchen Programm zum Ausdruck kommende Anspruch auf eine möglichst homogene gesellschaftliche Bewußtseinsformung mit seinen Folgen ebenfalls nicht übersehen werden.

Oskar Anweiler

Literaturhinweise:

Knoll, Joachim H.: Erwachsenenbildung, in: Vergleich von Bildung und Erziehung in der Bundesrepublik Deutschland, Köln 1990, S. 490-509.
Schäfer, Hans-Peter: Berufliche Weiterbildung in der DDR, in: Vergleich von Bildung und Erziehung in der Bundesrepublik Deutschland, a.a.O. S. 377-393.
Schneider, Gottfried u.a.: Erwachsenenbildung, Berlin (Ost) 1988.

Erziehung, politisch-ideologische

Gesellschaftspolitische Idee: Die Vorstellung, man müsse die Menschen im Interesse eines „gesellschaftlichen Fortschritts“ und (damit erst) zu ihrem eigenen Glück politisch und ideologisch erziehen, dürfe ihnen dabei jedoch keinesfalls einräumen, den gesellschaftlichen Fortschritt und ihr individuelles Glück selbst zu definieren, ist Bestandteil aller totalitären Ideologien und ergibt sich insbesondere zwingend aus der → *Geschichtsauffassung* und dem Menschenbild des → *Marxismus-Leninismus*. Es handelt sich dabei eher um eine gesellschaftspolitische Idee als um eine genuin pädagogische, da sie sich weniger auf pädagogisch zu gestaltende Generationenverhältnisse als vielmehr auf die Einordnung der Individuen und einzelnen sozialen Gruppen in das bestehende Gesellschaftssystem oder aber in den Kampf gegen den gesellschaftlichen Status quo bezieht. Sie zielt auf die individuelle und kollektive Affirmation des Staates, seiner Politik und der herrschenden Ideologie oder aber auf die individuelle und kollektive Affirmation totalitärer Gegenentwürfe zum bestehenden Staat, seiner politischen Praxis und ideologischen Legitimation. Durch diese Idee sind Visionen zum Erziehungsstaat gekennzeichnet und solche pädagogischen Konzepte, die diesen folgen. Für die DDR-Gesellschaft war diese konstitutiv.

Pädagogische Konzepte: Die DDR-Pädagogik hat keine Gegenentwürfe zur DDR, zur SED-Politik oder zum Marxismus-Leninismus hervorgebracht und sich dem Primat der Politik stets gebeugt. Sie konzeptualisierte die politisch-ideologische Erziehung als ein primär politisch und ideologisch orientiertes Einwirken auf Erziehungsobjekte. Kontroverse Debatten über den bildungstheoretischen Sinn und Unsinn der politisch-ideologischen Erziehung, die in der SBZ im Kontext der Schulgesetzgebung (1946) und der Verabschiedung des Erziehungsprogramms (1947) immerhin noch möglich waren, fanden mit der Konsolidierung der SED-Herrschaft ihr Ende. Fortan folgten die Ziele der politisch-ideologischen Erziehung den jeweiligen Vorgaben der SED-Führung: Das Konzept der „patriotischen Erziehung" aus den 50er Jahren richtete die zu erzeugenden Einstellungen und Verhaltensweisen am Bild einer unter sozialistischen Vorzeichen vereinten deutschen Nation aus. Das Konzept der „staatsbürgerlichen Erziehung" späterer Jahre hingegen orientierte sich am Konstrukt der sozialistischen DDR-Nation. Der konsequente Rückgriff auf den leninistischen Ideologiebegriff, der die Ideologie der Arbeiterklasse als „die einzig wissenschaftliche Ideologie" begreift, führte seit den 60er Jahren zu der eigentümlichen Vorstellung, daß die politisch-ideologische Erziehung dann am erfolgreichsten sein müsse, wenn sie in wissenschaftliche Denkmuster und in die „objektiven" und wissenschaftlich „bewiesenen" Gesetze der Natur und Gesellschaft einführt, weil man diese Gesetze vernünftigerweise akzeptieren und sich ihnen einsichtig unterwerfen wird.

Abgesehen von dieser Hinwendung zu einer spezifisch verstandenen Wissenschaft veränderte sich die politisch-ideologische Erziehung in ihren Methoden nicht. Sie setzte stets auf traditionell autoritäre Formen der Unterweisung und Belehrung, aber auch auf unmittelbar praktische Erfahrung, darauf, daß die zu Erziehenden von der „revolutionären" gesellschaftlichen Praxis bzw. von imaginären Gesamtsubjekten (der Arbeiterklasse, der Partei) gleichwohl selbst erzogen werden. So waren die Ausbildungs- und Berufskarrieren von wiederkehrenden Schulungen begleitet, in denen die Politik der SED und die „wissenschaftliche Ideologie" des Marxismus-Leninismus vermittelt werden sollten, sowie von kontrollierbaren gesellschaftlichen Aktivitäten (→ *Gesellschaft*), die den Individuen und → *Kollektiven* permanent oder im Rahmen von Kampagnen abverlangt wurden. Praktisch wurde die Methode gleichzeitig als Beweis ihres Erfolgs eingesetzt: Wer an Schulungen teilnahm und „gesellschaftlich aktiv" war, galt als erfolgreich erzogen, als politisch und ideologisch zuverlässig. Diese Identifizierung der Methode mit ihrem Ergebnis ist nur im machtpolitischen Kalkül sinnvoll, nämlich dann, wenn die politische Elite – bzw. deren Substitute – die bloße Unterwerfung der Gesellschaftsmitglieder antizipiert. Die mitunter durchaus kritische pädagogische Reflexion dieser Praxis stellte nicht etwa die politische Elite oder die Idee einer politisch-ideologischen Erziehung in Frage, sondern warnte höchstens vor nicht erwünschten, die politischen Machtverhältnisse möglicherweise destabilisierenden Wirkungen einer solchen Praxis.

Organisationsformen: Das → *Bildungswesen* und die SED, die selbst ihre → *Kaderpolitik* als Erziehungsaufgabe verstand und über ein ausgefeiltes → *Schulungswesen* verfügte, waren zweifellos am stärksten von der Theorie und Praxis der politisch-ideologischen Erziehung geprägt. Im Erziehungsstaat DDR verschrieben sich jedoch alle staatlichen Institutionen, alle Parteien, → *Betriebe*, → *Massenorganisationen*, Vereine und Verbände mehr oder weniger vordergründig der SED-konformen politisch-ideologischen Erziehung und schufen sich entsprechende, einander ähnliche Organisationsformen, in denen die Mitarbeiter bzw. Mitglieder unterwiesen wurden oder sich als „gesellschaftlich aktiv" erweisen mußten. Dem sozialistischen → *Wettbewerb*, der nahezu alle Bereiche der Gesellschaft durchzog, sprach man neben der ökonomischen auch eine politisch-ideologische Funktion zu. Der → *FDGB* kannte „Schulen der sozialistischen Arbeit". Die → *FDJ* ahmte mit ihrem „Studienjahr der FDJ" das monatlich stattfindende „Parteilehrjahr der SED" nach. Die → *Pionierorganisation* veranstaltete „Pioniernachmittage", Soldaten wurden zum „Politunterricht" befohlen und für Studenten war ein „marxistisch-leninistisches Grundlagenstudium" ebenso obligatorisch wie „Arbeits- und Ernteeinsätze". Auch → *sozialistische Feiern* wie die → *Jugendweihe* sollten der politisch-ideologischen Erziehung dienen. Wie massiv die SED einerseits auf das Schulsystem zugriff und wie sicher sie sich andererseits der anderen Blockparteien sein konnte, zeigt dieses Detail: Alle parteilosen Lehrer waren per Dienstanweisung genötigt, am „Parteilehrjahr der SED" teilzunehmen.

Für die Schüler der allgemeinbildenden Schulen war der Unterricht die entscheidende Organisationsform der politisch-ideologischen Erziehung, im Vergleich zu ihm dürften die Pionier- und FDJ-Veranstaltungen nur eine marginale Rolle gespielt haben. Die Einrichtung solcher Unterrichtsfächer wie Staatsbürgerkunde und Wehrunterricht – das eine löste 1957 das Fach Gegenwartskunde ab und wurde seit 1963 systematisch an der SED-Programmatik sowie am Marxismus-Leninismus ausgerichtet, das andere wurde 1978 unter starken Protesten der → *Kirchen* als Teil der → *vormilitärischen Ausbildung* eingerichtet – dispensierte die anderen Fächer nicht von der auch ihnen zugewiesenen Aufgabe der Ideologievermittlung. Im Gegenteil: In allen Lehrplänen wies man Wege, die Fächer ideologisch zu verwerten. Im Physikunterricht beispielsweise erschöpften sich solche Bemühungen nicht etwa im Berechnen ballistischer Kurven von Panzergeschossen der NVA; vielmehr sollte durch die Evidenzerfahrung von Naturgesetzlichkeit die Akzeptanz der im Marxismus-Leninismus behaupteten und durch ihn bzw. die jeweilige politische Elite formulierten Gesetzlichkeit der Geschichte vorbereitet werden.

Wirkungen: Es wäre unsinnig anzunehmen, die politisch-ideologische Erziehung hätte keine Wirkungen auf die DDR-Gesellschaft und ihre Mitglieder gehabt. Unentschieden aber sind die Fragen, welche Phänomene zweifelsfrei als Wirkungen einer derartigen Einflußnahme festgestellt werden können und ob die erwünschten oder die unerwünschten Wirkungen überwogen. Es scheint, als würden sich beide Fragen einer empirisch belegbaren Antwort entziehen.

Zwar wurden in der DDR die Leistungen, die Einstellungen und das Verhalten von Schülern und Jugendlichen erforscht und nach Möglichkeiten gesucht, die politisch-ideologische Erziehung zu effektivieren. Alternativen hierzu standen jedoch ebensowenig zur Debatte wie empirische Untersuchungen existierten, welche die Haltung der gesamten Bevölkerung gegenüber dem Staat, der SED-Politik und dem Marxismus-Leninismus mono- oder multikausal als Resultate politisch und ideologisch orientierter Einwirkungsversuche beschreiben und erklären könnten. Dazu hätte man mit Vergleichsgruppen experimentieren müssen, die über relativ lange Zeiträume keinerlei politisch-ideologischen Erziehungsambitionen ausgesetzt gewesen wären – ein für DDR-Verhältnisse völlig undenkbares Forschungsvorgehen.

Eine essayistische Beschreibung der Wirkungen der politisch-ideologischen Erziehung muß auf spezifische langlebige und derzeit noch auffindbare Denk- und Verhaltensmuster verweisen sowie auf abrupte, die Strukturen jedoch bewahrende Ablehnungen solcher Muster: etwa auf ein Geschichtsverständnis, das marxistisch-leninistische Kategorien und einen Fortschrittstelos in Anspruch nimmt, oder aber auf die prinzipielle Verweigerung, marxistische Kategorien und Topoi des Fortschritts überhaupt noch zu reflektieren; auf das Mißtrauen gegenüber individualistischen Glücksansprüchen oder aber auf die unreflektierte Übernahme von Lebenskonzepten, die das Gemeinwesen gänzlich negieren; schließlich auf die reduzierte Wahrnehmung der Politik als bloße Ausübung von Macht und der möglichen individuellen Entscheidung, mit ihr nie wieder etwas zu tun haben zu wollen.

Wird der Zusammenbruch der DDR als Argument für das Scheitern der politisch-ideologischen Erziehung gebraucht, bewegt man sich innerhalb einer Vision, derzufolge die gelingende oder mißlingende Erziehung für den Aufbau oder den Einsturz eines ganzen Staatswesens verantwortlich sei. Die permanente Fluchtbewegung der DDR-Bevölkerung, die nur durch den → *Mauerbau* zeitweise eingeschränkt wurde, kann jedoch nur dann als Indiz für den Mißerfolg der politisch-ideologischen Erziehung gelten, wenn man prinzipiell bereit ist, totalitäre Herrschaft als Möglichkeit der Erziehung zu begreifen. Verweist man hingegen, um den Erfolg der politisch-ideologischen Erziehung zu belegen, auf den überaus hohen Grad, mit der die DDR-Bevölkerung politisch organisiert war und geschult wurde, ist – wie im machtpolitischen Kalkül – die Anpassung an die Methode gleichgesetzt mit ihrem Erfolg. Daß die Mitgliedschaft in Organisationen und die Teilnahme an politisch-ideologischen Schulungen aber individuell vielfältig umbewertet, ironisiert, persifliert oder instrumentalisiert werden konnten, gerät dadurch gar nicht erst in den Blick. Und schließlich gab es zwar erfolgreich erzogene Funktionseliten, es gab aber auch → *Widerstand, Opposition und Verweigerung.*

Es finden sich allein zwei starke Argumente für die These, daß der politisch-ideologischen Erziehung kein Erfolg beschieden war: Die politische Elite der DDR hat sich von der Idee einer politisch-ideologischen Erziehung nie gelöst – offenbar weil sie diese als noch nicht eingelöst oder als gar nicht einlösbar betrachten mußte. Auch im Rahmen der politisch-ideologischen Erziehung war es möglich, das Denken und das Lernen zu lernen, und zwar insofern als sich diese durch die vermeintliche Inanspruchnahme der Wissenschaft notwendigerweise selbst desavourieren mußte. Wer aber das Denken und das Lernen gelernt hat, ist in seinem Denken und Lernen nicht kontrollierbar.

Bernd-Reiner Fischer

Literaturhinweise:

Fischer, Bernd-Reiner: Das Bildungs- und Erziehungssystem der DDR, in: Materialien der Enquete-Kommission, a.a.O., Bd. III, 2, S. 852-875.

Friedrich, Walter/Griese, Hartmut (Hrsg.): Jugend und Jugendforschung in der DDR. Gesellschaftspolitische Situationen, Sozialisation und Mentalitätsentwicklung in den achtziger Jahren, Opladen 1991.

Litt, Theodor: Wissenschaft und Menschenbildung im Lichte des West-Ost-Gegensatzes, Heidelberg (2. Aufl.) 1959.

Margedant, Udo: Das Bildungs- und Erziehungssystem der DDR, in: Materialien der Enquete-Kommission, a.a.O., Bd. III, 3, S. 1489-1529.

Neuner, Gerhart: Allgemeinbildung. Konzeption – Inhalt – Prozeß, Berlin (Ost) 1989.

Schmitt, Karl: Politische Erziehung in der DDR. Ziele, Methoden und Ergebnisse des politischen Unterrichts an den allgemeinbildenden Schulen der DDR, Paderborn 1980.

Fachschulen

Die Fachschulen der DDR hatten verschiedene historische Vorläufer, z.B. die Ingenieurschulen oder Handelsschulen, die vor 1945 in Mitteldeutschland stark entwickelt waren. Nach sowjetischem Vorbild wurde Anfang der 50er Jahre der Fachschulsektor als eigener, zwischen der → *Berufsausbildung* und dem Hochschulwesen befindlicher Bereich aufgebaut, dessen Hauptaufgabe in der Heranbildung mittlerer → *Kader* bestand. Die Fachschulen ressortierten beim Staatssekretariat, später Ministerium für Hoch- und Fachschulwesen, wobei im Laufe der Entwicklung die Rolle der jeweiligen Fachministerien bei der konkreten Leitung der Fachschulen zunahm. Die Fachschulen in der DDR hatten in ihrer Stellung und Funktion im Bildungssystem weder in den benachbarten RGW-Ländern noch in der Bundesrepublik eine direkte Entsprechung, auch wenn die Namensgleichheit dies nahezulegen schien. Sie unterschieden sich sowohl von den Berufsfachschulen als auch von den Fachhochschulen in der Bundesrepublik und ebenso von den dortigen Fachschulen nach Eingangsvoraussetzungen, Ausbildungsdauer und zahlenmäßiger Bedeutung.

Das Fachschulwesen umfaßte zwei unterschiedliche Gruppen: 1. Fachschulen, die bereits eine abgeschlossene Berufsausbildung voraussetzten; 2. solche, die unmittelbar im Anschluß an die zehnklassige allgemeinbildende polytechnische Oberschule (→ *Polytechnische Bildung*) besucht wurden und eine volle Berufsausbildung vermittelten. Zu der ersten Kategorie gehörten 1988 96 Ingenieur- und Agraringenieurschulen, neun ökonomische Fachschulen und sieben weitere. Der erfolgreiche Abschluß vermittelte zugleich die Hochschulreife. Zu den Fachschulen im Anschluß an die 10. Klasse der Pflichtschule zählten 1988 62 medizinische Fachschulen für verschiedene Berufe im Gesundheitswesen, 46 pädagogische für die Ausbildung von Unterstufenlehrern und Kindergärtnerinnen (Institute für Lehrerbildung) sowie sechs für darstellende Kunst. Während die Zahl der Studierenden in der ersten Gruppe zwischen 1970 und 1984 von 138.642 auf 96.252 zurückging, stieg sie in der zweiten Gruppe von 24.736 auf 66.308. Unter den Studienformen betrug der Anteil der Direkt- (Vollzeit-) Studenten in der ersten Gruppe 43%, in der zweiten jedoch 90%. Die Ausbildungsdauer war im Direktstudium in der Regel auf drei Jahre festgelegt, im Fern- und Abendstudium auf viereinhalb Jahre.

1983 wurde eine grundlegende Reform des Fachschulwesens eingeleitet, deren Ziel eine Neuordnung der Ingenieur- und Ökonomenausbildung war, unter Einschluß institutioneller und curricularer Änderungen. Langfristig sollte es für diese Gruppe nur noch eine Ausbildung auf Hochschul- und nicht mehr auf Fachschulniveau geben; das schloß eine Anhebung leistungsfähiger Ingenieurschulen und ökonomischer Fachschulen zu Hochschulen bzw. deren Eingliederung in bestehende Hochschulen ein. An den verbleibenden Fachschulen wurde auf der Basis der 10. Klasse ein neuer Studiengang eingerichtet, dessen Absolventen als „Techniker“ und „Wirtschaftler“ bezeichnet wurden. Nur als Ausnahme sollte künftig ein Fachschulstudium erst nach abgeschlossener Berufsausbildung aufgenommen werden. Diese Pläne blieben umstritten und wurden bis 1989 nur schleppend realisiert. Nach dem Ende der DDR erfolgte die Neuorganisation des Fachschulwesens teils in der begonnenen Reformrichtung (z.B. durch Ausbau zu Fachhochschulen), im wesentlichen aber durch die Übernahme der in den Ländern der Bundesrepublik bestehenden Strukturen, die den alten Typus der Fachschule in der DDR nicht kannten.

Oskar Anweiler

Literaturhinweise:

Schäfer, Hans-Peter: Vollzeitschulische Ausbildungsgänge (Fachschulen) in der DDR, in: Vergleich von Bildung und Erziehung in der Bundesrepublik Deutschland und in der Deutschen Demokratischen Republik, Köln 1990, S. 340-346.

Waterkamp, Dietmar: Handbuch zum Bildungswesen der DDR, Berlin 1987, S. 257-299.

Feiern, sozialistische

Im Bemühen um eine eigene sozialistische Kultur, die sowohl das Defizit an nationaler Identität ausgleichen, wie die Bevölkerung an das politische System binden sollte, schuf die SED eine Fülle von sozialistischen Feiern, die zwischen dem Individuum und der symbolischen Repräsentation des → *Sozialismus* vermittelten. Diese Feiern hatten einen quasireligiösen Charakter. Mit ihrer fassadenhaften Ausstattung und Ritualisierung verschleierten sie die tatsächlichen Probleme des Alltags. Die Teilnahme an sozialistischen Feiern wurde belohnt, während die Verweigerung abträgliche Folgen hatte. Abgesehen vom 1. Mai als Internationalem Kampf- und Feiertag aller Werktätigen gelang es kaum, an ältere proletarische Traditionen anzuknüpfen. Dieser Feiertag wurde neben dem Gründungstag der DDR, dem 7. Oktober, zum wichtigsten Staatsfeiertag. Bei diesen zentralen Feiern wurden Massendemonstrationen in allen Städten und Gemeinden veranstaltet, an denen teilzunehmen obligatorisch war. Die Menschen marschierten, ähnlich wie bei Prozessionen, unter organisiertem Jubel mit Fahnen, Politikerbildnissen und anderen sozialistischen Insignien an den Repräsentanten von Staat und Partei vorbei. Mit der Massendemonstration war häufig eine Militärparade verbunden. Im Anschluß gab es volksfestartige Angebote. Im Umfeld der großen Staatsfeiern kam die Bevölkerung in den Genuß von Sonderzuteilungen ansonsten knapper Waren, wie Südfrüchte oder Toilettenpapier.

Gelegenheit für sozialistische Großfeiern boten auch Jubiläen (z.B. die 750-Jahr-Feier Berlins) oder Gedenktage bedeutender Persönlichkeiten des → *historischen Erbes*, die Pfingsttreffen der FDJ in Berlin oder große zentrale Sportfeste (z.B. Spartakiaden). Umzüge, Demonstrationen, Manifestationen sowie Feiern in Stadien wurden unter Beteiligung der Partei- und Staatsführung als Akklamationen zum Sozialismus inszeniert. Besondere Festjahre, wie das Karl-Marx- und das Luther-Jahr 1983, waren mit zahlreichen öffentlichen Feiern und mit Staatsakten ausgestattet. Die Ritualisierung des → *Antifaschismus* durch zahlreiche Feiern ersetzte die tatsächliche Auseinandersetzung mit der deutschen Vergangenheit.

Eine besondere Bedeutung hatten die militärischen Feiern. Dabei wurden sowohl ältere deutsche Militärrituale sozialistisch umgeformt, wie neue geschaffen: Kampfgruppenaufmärsche, Fahnenweihen, Großer Zapfenstreich, feierliche Vereidigung der Rekruten waren öffentliche Demonstrationen. Absurde Züge nahm der interne Kult der → *Staatssicherheit* an, die als „Schild und Schwert der Partei“ und im Anschluß an das sowjetische Vorbild der leninistischen Tscheka eine heroische Revolutionsromantik entwickelte.

Der Jahreszyklus war mit einer großen Anzahl ständiger Feiertage versehen. So wurden der Tag des Lehrers, der Tag des Kindes, der Tag des Eisenbahners, der Tag des Gesundheitswesens, der Pioniergeburtstag usw. gefeiert. An diesen Ehrentagen wurden betriebliche Prämien ausgezahlt, Ehrungen mit den zahlreichen Orden und Titeln vorgenommen und Betriebs- oder Brigadefeste organisiert. Die Geehrten verpflichteten sich im Gegenzug zu besonderen Arbeitsleistungen und versprachen der DDR die Treue. Besonders wurde der Internationale Frauentag am 8. März begangen. Er sollte die im Sozialismus angeblich gelungene Befreiung der Frauen und ihre Gleichberechtigung vorführen.

Der christliche Festkalender sollte verdrängt werden. Öffentlich wurde kein Bezug auf den Gehalt christlicher Feste genommen, oder sie wurden umgedeutet. Auch lokale christliche Feste, wie Kirchweihfeste, wurden durch sozialistische Feste, etwa sozialistisches Erntefest oder Dorffest, ersetzt. Sozialistische Feiern wurden auch um den Lebenszyklus gruppiert. In Nachahmung und zu deren Verdrängung wurden christliche Riten und Feiern nachgebildet. Besonders erfolgreich war die Einrichtung der → *Jugendweihe*. Als Ersatz für die Taufe gab es die sozialistische Namensgebung, anstelle der kirchlichen Trauung wurde die sozialistische Eheschließung angeboten. Trotz großzügiger Sonderleistungen für die Teilnehmer konnten diese Feiern nicht an die Erfolge der Jugendweihe anknüpfen. Einige Neuschöpfungen, wie die sozialistische Arbeiterweihe anläßlich der Überreichung des Facharbeiterbriefes, konnten sich nicht durchsetzen und gerieten bald nach ihrer Installation wieder ins Abseits. Mit der zunehmenden Entkirchlichung verbreiteten sich auch die weltlichen Bestattungen, die allerdings nur teilweise einen sozialistischen Anstrich bekamen. Nach dem Sturz der SED-Diktatur sind bis auf die Jugendweihe die sozialistischen Feste und Feiern fast vollständig verschwunden. Das Ende der Peinlichkeit sozialistischer Zeremonien mit ihrem aufgesetzten Ernst wurde weithin begrüßt. Da die Feiern aber auch als willkommener Anlaß zur Geselligkeit benutzt wurden, leben sie auch heute noch in einem Teil der Bevölkerung als Anlaß privater Familienfeiern fort (→ *Jugendweihe*).

Ehrhart Neubert

Fernmeldewesen und Postdienst

Fernmeldewesen und Postdienst unterstanden in der DDR einer einheitlichen Leitung. Eingebunden in das System der Planwirtschaft (→ *Wirtschaft*) waren sie deren Wirkungsmechanismen, d. h. deren Verteilungs- und Zuordnungspraktiken, unterworfen und von den jeweiligen aktuellen wirtschaftspolitischen Zielen der SED-Führung abhängig. Die wachstumsfördernden Effekte dieser Branchen für die Wirtschaft blieben unberücksichtigt. Darüber hinaus verfolgte die SED-Führung eine restriktive Informationspolitik und war nicht daran interessiert, ihrer Bevölkerung durch den Aufbau eines funktionierenden Fernmeldesystems die reibungslose Kommunikation untereinander und mit dem westlichen Ausland zu erleichtern. In letzter Konsequenz jedoch dürften die äußerst knappe Zuteilung von Investitionsmitteln, die Leistungs- und Innovationsschwäche der einheimischen Wirtschaft, insbesondere der Nachrichtenindustrie, die umfangreichen Exportverpflichtungen sowie der erhebliche Bedarf des Staatsapparates, des Militärs sowie der Staatssicherheit und geringe Importmittel dazu beigetragen haben, daß sich die Versorgung des öffentlichen Lebens, der Wirtschaft und der Bevölkerung mit Dienstleistungen dieser beiden Branchen auf dem Niveau eines Entwicklungslandes befand. Kennzeichnend dafür war neben beinahe völlig verschlissenen Gebäuden und Einrichtungen die begrenzte Leistungsfähigkeit der fernmeldetechnischen Anlagen, die teilweise noch aus den zwanziger Jahren stammten. Beispielsweise waren am Ende der DDR-Zeit 70% der Ortsvermittlungstechnik 25 bis 60 Jahre und knapp ein Viertel sogar nahezu 70 Jahre alt.

Das entsprechende fernmeldetechnische Niveau charakterisierten folgende Tatbestände: Die Versorgung mit Telefonanschlüssen war unzureichend. Bei insgesamt 1,8 Mio. Anschlüssen mußten sich 100 Haushalte elf Anschlüsse bzw. 100 Einwohner sieben Anschlüsse teilen. Die Wartezeiten auf einen Telefonanschluß betrugen in manchen Regionen bis zu 20 Jahre. Vielfach existierten nur Mehrfachanschlüsse bzw. solche, die nur zu bestimmten Zeiten benutzt werden konnten (Zeitgemeinschaftsanschlüsse). Infolge veralteter Technik war die Übertragungsqualität ungenügend, außerdem fehlten moderne Kommunikationseinrichtungen, wie Bildschirmtext und Mobilfunk.

Die Versorgung von Wirtschaft, Verwaltung und Bevölkerung mit Leistungen des Postdienstes war ähnlich unbefriedigend. Dies galt nicht nur wegen der knappen finanziellen Mittel und der begrenzten Leistungsfähigkeit der ausrüstungstechnischen Industrie sowie eingeschränkter Importe, bestimmend für diesen Zustand war auch hier die tendenziell negative Grundhaltung der SED-Führung gegenüber Dienstleistungen jeglicher Art. Als logische Konsequenz daraus waren die Gebäude und Einrichtungen des Postdienstes verschlissen, veraltet und sowohl im Leistungsniveau als auch in der Kapazität um Jahrzehnte hinter beispielsweise der alten Bundesrepublik zurück. Die Produktpalette des Brief- und Frachtdienstes war eingeschränkt und nicht auf den Bedarf einer modernen arbeitsteiligen Gesellschaft ausgerichtet. Veraltete Betriebsabläufe und unmoderne Technik hatten lange Laufzeiten im Brief- und Frachtdienst zur Folge, eine flächendeckende Briefzustellung fehlte. Beim grenzüberschreitenden Paketverkehr führten die Kontrollen durch die Dienststellen des MfS zu extrem langen Laufzeiten oder Verlusten.

Rosemarie Schneider

Finanzierung des Systems

Die Finanzierung des politischen und des wirtschaftlichen Systems der DDR war direkt mit den Fragen der zentralen Wirtschaftsplanung und -lenkung verknüpft (→ *Planungsmechanismen*). In diesem Kontext muß die Analyse der Finanzierungsmethoden zweierlei berücksichtigen: einmal die Möglichkeiten des Staates zur Beschaffung von Finanzmitteln im Rahmen der sozialistischen Finanzwirtschaft, zum anderen die vielfältigen inoffiziellen Strategien staatlicher Stellen, die sich teilweise völlig außerhalb der zentralverwaltungswirtschaftlichen Systemlogik befanden.

Offizielle Aufgabe des sozialistischen Finanzsystems war es, die Erfüllung der Ziele und Aufgaben des Volkswirtschaftsplans von der finanziellen Seite her zu sichern. Die materielle Planerfüllung stand dabei im Vordergrund der Bemühungen. Zum Zweck der planmäßigen Entwicklung der Staatsfinanzen waren Aufkommen und Verwendung aller Finanzmittel beim Staat konzentriert. Die sog. Finanzbilanz des Staates als zentrales Planungselement umfaßte neben den Einnahmen und Ausgaben des → *Staatshaushalts* die Bildung und Verwendung der Fonds der Volkseigenen Wirtschaft, den Geldumlauf und das Kreditsystem (→ *Geld- und Währungswesen*) sowie die Mittel der Sach- und Personenversicherung. Mit der Finanzbilanz des Staates mußten im Rahmen der offiziellen Ordnung der Planung der Volkswirtschaft das „Finanzaufkommen des Staates und dessen Verwendung sowie die Ausgeglichenheit der Finanzen des Staates in ihrer Gesamtheit und in ihren Teilen“ nachgewiesen werden. Die Umsetzung dieses Grundsatzes erwies sich jedoch seit Bestehen der DDR als schwieriges Unterfangen.

Die Fülle staatlicher Aufgaben und der damit einhergehende große Finanzierungsbedarf ließen sich aus dem Willen der politischen Führung ableiten, sämtliche Lebensbereiche der Bevölkerung zu kontrollieren und zu beeinflussen. Der Bedarf an Finanzmitteln wurde noch vergrößert, nachdem die → *SED* 1971 die Einheit von Wirtschafts- und Sozialpolitik als „Errungenschaft“ des real existierenden Sozialismus propagierte. Allerdings äußerten schon zu Beginn der 70er Jahre führende Mitarbeiter der Staatlichen Plankommission (SPK) Zweifel an der Finanzierbarkeit eines solchen Programmes, welches den Rückstand zum Lebensstandard der westlichen Nachbarländer reduzieren sollte. Eine kritische und offene Auseinandersetzung über die Finanzierungslücken konnte allerdings in der DDR zu keinem Zeitpunkt stattfinden. Dies wäre jedoch um so dringlicher gewesen, als die DDR massive Schwierigkeiten hatte, die entsprechenden Mittel aus eigenen volkswirtschaftlichen Leistungen und Beständen bereitzustellen. Hohe Aufwendungen für das Militär und den Sicherheitsapparat, Ungenauigkeiten in den Volkswirtschaftsplänen (→ *Wirtschaft*), „weiche“ Kredit- und Produktionspläne, mangelnde Innovationsfähigkeit sowie fehlende Flexibilität, sich an neue Knappheitsgrade anzupassen (z.B. im Anschluß an die erste Ölkrise 1973), ergaben eine permanente Lücke auf der Finanzierungsseite, die es durch verschiedenste Aktivitäten zu decken galt. Die Ausgabenseite entsprechend zu kürzen und den Lebensstandard der Bevölkerung – vor allem im Vergleich zur Bundesrepublik – weiter zu senken war politisch nicht opportun.

Die DDR besorgte sich die fehlenden Eigenmittel in zunehmendem Maße auf den westlichen Finanzmärkten. Die schrumpfende Eigenfinanzierungsbasis des Systems läßt sich an der Entwicklung der Verschuldung gegenüber dem Nichtsozialistischen Währungsgebiet im Zeitraum von 1970–1989 ablesen: Diese erhöhte sich von zwei Mrd. Valutamark (VM) auf 49 Mrd. VM. Die Verbindlichkeiten des Staatshaushalts gegenüber dem eigenen Kreditsystem stiegen von 12 Mrd. Mark 1970 über 43 Mrd. Mark 1980 auf 123 Mrd. Mark 1988. Der Kaufkraftüberhang (also der vom Güterfonds nicht gedeckte Bargeldumlauf) wurde von der Staatlichen Plankommission (sog. Schürer-Bericht vom 30. Okt. 1989) allein für die Jahre 1986 bis 1989 mit 6 Mrd. Mark angegeben. Diese Art der Finanzierung durch zusätzliches Geld führte zur Erhöhung der Kassenhaltungsbestände, die sich in wachsenden Spareinlagen der Bevölkerung zeigte. Diese stiegen von 136 Mrd.

Mark im Jahr 1986 auf 175 Mrd. Mark im Jahr 1989. Die DDR hätte allein für die Verzinsung 1989 mehr als 5 Mrd. Mark ausgeben müssen, was zu diesem Zeitpunkt schon nicht mehr aus dem eigenen Aufkommen möglich gewesen wäre.

Es läßt sich feststellen, daß die massive Verschuldung der DDR, die Anfang der 70er Jahre begann, zwei Phasen durchlief. Die erste Phase ist durch einen relativ scharfen Anstieg der Verbindlichkeiten gegenüber dem westlichen Ausland gekennzeichnet, wobei die Mittel vorwiegend zur Erhöhung des Lebensstandards der Bevölkerung eingesetzt wurden. Die zu Beginn der 80er Jahre im Gefolge der erfolgreichen westlichen Antiinflationspolitik entstandene Kreditverteuerung, die im → *RGW* vor allem Ungarn und Polen hart getroffen hatte, brachte auch die DDR in erhebliche Finanzierungsnot. Unter anderem der von Franz-Josef Strauß im Jahre 1984 vermittelte Kredit in Höhe von ca. 1 Mrd. DM verhinderte den vorzeitigen Staatsbankrott und ermöglichte es der DDR, in den 80er Jahren weiterhin kreditwürdig zu bleiben (→ *Außenwirtschaft*). In dieser zweiten Phase der Verschuldung erforderten Tilgung und Verzinsung bestehender Verbindlichkeiten in zunehmendem Maße die externe Neuverschuldung.

Die westlichen Kredite mögen zumindest zeitweise systemstabilisierend gewirkt haben. Mit zunehmender Verschuldung und abnehmender interner Finanzkraft aufgrund stark verminderter internationaler Wettbewerbsfähigkeit strangulierte sich die DDR in finanzieller Hinsicht jedoch selbst. Die Schuldendienstrate (Verhältnis vom Exporterlös zu den im gleichen Jahr fälligen Zinsen und Rückzahlungen) betrug 1989 ca. 150%. Seit Beginn der 80er Jahre bewegte sich die DDR permanent am Rande der Illiquidität. Zuletzt wurde in der Arbeitsgruppe „Zahlungsbilanz" in der Staatlichen Plankommission ein wöchentlicher Liquiditätsstatus ausgewiesen. Von einer soliden Finanzplanung konnte keine Rede mehr sein.

Die DDR konnte aber neben den genannten Westkrediten auf diverse Geldquellen in der Bundesrepublik zurückgreifen. So erbrachte die Transitpauschale (→ *innerdeutsche Wirtschafts- und Finanzbeziehungen*) für den Zeitraum von 1980 bis 1989 ca. 525 Mio. DM pro Jahr; der Mindestumtausch (Zwangsumtausch) für Besucher aus dem westlichen Ausland brachte der DDR einen jährlichen Zufluß von ca. 500 Mio. DM. Zu nennen sind ferner die Einnahmen aus dem Binnenexport (Verkauf von Gütern auf DDR-Gebiet ausschließlich gegen West-Währung), also vor allem aus den Intershops. Diese seit der Verabschiedung des Devisengesetzes von 1974 immer stärker verbreiteten Verkaufseinrichtungen erbrachten der DDR einen jährlichen Reingewinn von ca. 750 Mio. DM. Ebenfalls zu nennen ist der Genex-Geschenkdienst, über den DDR-Bürger aus dem westlichen Ausland beschenkt werden konnten – allerdings nur bei Zahlung in Westwährung. Der Genex-Katalog umfaßte dabei sowohl eine Vielzahl von Mangelprodukten aus DDR-Produktion (z.B. Fertighäuser, Unterhaltungs-Elektronik, Autos, Möbel usw.) als auch aus dem westlichen Ausland (Genußmittel, Autos, Hifi-Anlagen usw.). Jährlich flossen der DDR aus Genex-Geschäften Mittel von ca. 200 Mio. DM zu.

Die verschiedenen Einrichtungen des Binnenexports trugen dem Tatbestand Rechnung, daß in hohem Maße Westgeld-Bestände in der Bevölkerung der DDR – vornehmlich DM – umliefen. Die Absorbierung dieser Bestände führte jedoch dazu, daß die Reputation der Mark der DDR permanent schlechter wurde. Ein DDR-Bürger ohne Westgeld und Westkontakte mußte ca. 10 bis 15 Jahre auf einen PKW „Trabant" oder einen „Wartburg" warten. Über Genex bekam er ihn in nur vier Wochen. Diese offensichtliche Diskriminierung jener DDR-Bürger, die nicht über West-Devisen verfügten, wirkte ideologisch sehr negativ. Zwar waren diese Maßnahmen nicht im eigentlichen Sinne illegal, sie führten jedoch zu einer weiteren Erosion staatlicher Autorität und Glaubwürdigkeit, da sich der Staat selbst mit großer Energie um jene Zahlungsmittel bemühte, die er der Bevölkerung gegenüber als „inflationistisch" und „dekadent" darstellte.

Auch über den innerdeutschen Zahlungsverkehr konnte sich die DDR Devisen beschaffen. Bei der Deutschen Bundesbank bestand ein Konto der DDR, welches in Unterkonten gegliedert war, und zwar die Unterkonten 1 und 2 für Warengeschäfte und 3 für Dienstleistungsgeschäfte. Hierfür wurde ein Überziehungskredit (der sog. Swing) von 850 Mio. DM eingeräumt, der von der DDR nicht selten als Instrument der Dauerfinanzierung mißbraucht wurde. Ferner bestand bei der Bundesbank ein weiteres Unterkonto S, auf dem DM-Bestände gelagert wurden, die der DDR von westlichen (staatlichen) Stellen für verschiedene Leistungen (z.B. im Rahmen des Häftlingsfreikaufs) zuerkannt worden waren. Diese DM-Bestände konnten allerdings von der DDR nicht frei eingesetzt, sondern mußten zum Kauf von Gütern und Leistungen in der Bundesrepublik verwendet werden.

Der Freikauf von inhaftierten DDR-Bürgern durch die Bundesrepublik stellte eine weitere ergiebige Devisenquelle für die DDR dar. Unliebsame Bürger oder Ausreisewillige wurden nicht selten zu längeren Freiheitsstrafen verurteilt, damit man dann in „humanitären Aktionen" deren Ausreise in die Bundesrepublik gestatten konnte. 1964 verbuchte die DDR auf diesem Wege 35,3 Mio. DM Einnahmen; sie stiegen

1970 auf 52,9 Mio. DM, 1980 auf 133,8 Mio. DM und betrugen 1989 sogar 270 Mio. DM. Insgesamt hat die DDR in diesem Zeitraum ca. 3,5 Mrd. DM an der Freilassung von politischen Häftlingen verdient. Es wurden dabei von bundesdeutscher Seite ca. 34 000 Menschen direkt freigekauft. 250 000 Menschen konnten im Rahmen einer (von der DDR weit gefaßten) Familienzusammenführung in den Westen Deutschlands übersiedeln. Die Freikaufaktionen dokumentieren eindrucksvoll, wie ausweglos sich die Finanzierung des DDR-Systems darstellte und zu welchen moralisch verwerflichen Methoden die Verantwortlichen griffen, um den finanziellen Kollaps abzuwenden.

Eine weitere Maßnahme zur Beschaffung von Devisen stellten Geldumtauschaktionen dar, die selbst nach DDR-Recht als illegal einzustufen waren. Die DDR-Behörden bedienten sich dabei des Umstandes, daß sie vergleichsweise einfachen Zugang zu den Wechselstuben in West-Berlin hatten. Bei Engpässen in der Finanzierung dringender Importe wurden größere Mark-Bestände in Koffern nach West-Berlin geschafft und dort in Wechselstuben und Banken zum Marktkurs gegen westliche Devisen getauscht (sog. Koffergeschäfte). Mit den Devisen wurden dann Güter importiert, die Engpässe bei der Planrealisierung beheben sollten. Diese Geschäfte fanden mit ausdrücklicher Billigung der obersten DDR-Behörden statt; so wurden teilweise druckfrische Noten in den offiziellen Banderolen der Staatsbank der DDR zum Umtausch verwendet, obwohl die DDR-Führung immer wieder bei der Bundesregierung und bei der Deutschen Bundesbank gegen die Existenz der Wechselstuben und gegen die „Schieberkurse" protestierte. Diese Art der Devisenbeschaffung trug maßgeblich zum Verfall des äußeren Wertes der Mark der DDR bei; dies läßt sich an der Entwicklung des Wechselkurses der Mark nachweisen.

Die DDR hat die negativen Rückwirkungen solcher Koffergeschäfte stark unterschätzt. Die Behörden gingen davon aus, daß nur geringe Mark-Bestände wieder in die DDR zurückfließen würden, weil die Einfuhr von Mark der DDR ja ebenso wie die Ausfuhr einen Straftatbestand darstellte. Allerdings nutzten vor allem die sozialistischen Bruderländer (z.B. Ungarn) die Möglichkeit, sich zu vergleichsweise günstigen Kursen mit Mark der DDR einzudecken. Dies führte also dazu, daß gleichsam durch die Hintertür des → *RGW* die Mark-Bestände wieder in die DDR zurückflossen, dort bei gegebenen Preisen den Kaufkraftüberhang vergrößerten und damit die Unzufriedenheit der Bevölkerung verstärkten.

Eine zusätzliche sehr ergiebige Finanzierungsquelle wurde über die Abteilung Kommerzielle Koordinierung (KoKo) des „Devisenbeschaffers“ Alexander Schalck-Golodkowski (→ *Außenwirtschaft*) erschlossen. Die außenwirtschaftlichen Aktivitäten dieser Abteilung wurden völlig außerhalb der staatlichen Planung, aber mit der Rückendeckung der Staatsführung abgewickelt; sie brachten der DDR jährlich ca. 2–3 Mrd. DM zusätzliche Deviseneinnahmen. Die Unternehmen, die der KoKo angegliedert waren, handelten mit den verschiedensten Produkten, z.B. Erdölerzeugnissen, Antiquitäten oder Mikroelektronik, zum Teil auch mit Waffen und militärischen Ausrüstungen. Die Einnahmen aus den KoKo-Geschäften erfüllten für die DDR eine wichtige systemstabilisierende Funktion. Allerdings kann an der Intensität der KoKo-Transaktionen schon eindeutig auf den Niedergang der DDR geschlossen werden, denn mit der Systemlogik der Zentralverwaltungswirtschaft waren diese Geschäfte in keiner Weise mehr zu vereinbaren.

Dirk Wentzel

Literaturhinweise:

Buck, Hannsjörg: Finanzsystem, in: DDR-Handbuch, a.a.O., S. 400-411.

Hartwig, Karl-Hans: Monetäre Steuerungsprobleme in sozialistischen Planwirtschaften, Stuttgart, New York 1987.

Wentzel, Dirk: Geldordnung und Systemtransformation: Ein Beitrag zur ökonomischen Theorie der Geldverfassung, Stuttgart, Jena, New York 1995.

Fluchtbewegung

Solange das SED-Regime bestand, wurde es mit dem Exodus seiner Bürger in den Westen, hauptsächlich in die Bundesrepublik und nach West-Berlin, konfrontiert. Diese „Abstimmung mit den Füßen“ war ein Barometer sowohl der inneren Verfassung der DDR als auch der Anziehungskraft Westdeutschlands. Von der Gründung der DDR im Oktober 1949 bis zur Grenzöffnung im November 1989 verließen von den rund 17 Mio. Einwohnern rund. 3,5 Mio. den ostdeutschen Staat, während von den rund 61 Mio. Westdeutschen lediglich rund 470 000 die DDR wählten. Die Ausdünnung der DDR erfolgte auf zwei Wegen: durch Flucht und → *Ausreise*.

In 40 Jahren DDR entflohen dem SED-Regime insgesamt rund 3 Mio. Bürger, darunter 2,7 Mio. bis zum → *Mauerbau*. Die Höhepunkte des Flüchtlingsstromes waren vor dem 13. Aug. 1961 zumeist mit Ereignissen verknüpft, welche die totalitären Züge des SED-Regimes besonders klar hervortreten ließen. So standen hinter dem absoluten Höhepunkt von über 331 000 Geflüchteten im Jahre 1953 vor allem zwei politische Einschnitte: die Beschlüsse der 2. Parteikonferenz der SED im Sommer 1952 zum „planmäßigen Aufbau des Sozialismus" und die Niederschlagung des Volksaufstandes am → *Siebzehnten Juni* 1953. Ein zweiter Höhepunkt folgte im Jahre 1961. Von Januar bis zum Bau der Berliner Mauer flohen rund 155 000, darunter allein im Juli rund 31 000 Menschen. Hier zeigten sich die Folgen der 1960 forcierten Zwangskollektivierung in der Landwirtschaft (→ *LPG*), aber auch wachsende Ängste in der Bevölkerung vor einer endgültigen Grenzschließung durch das SED-Regime.

Nach dem Mauerbau ging die Zahl der Geflüchteten rapide zurück. Entkamen der DDR nach dem 13. Aug. bis Ende 1961 noch über 50 000 Personen, so sanken die Zahlen danach bis auf den Tiefpunkt von rund 1 100 im Jahre 1984. Erst ab 1986 stieg die Zahl der Geflüchteten wieder an und überschritt mit rund 7 300 im Jahre 1988 erstmals seit 1965 wieder die Grenze von 5 000. Der Anstieg in dieser Phase ging hauptsächlich auf sog. Verbleiber zurück, die im Rahmen des zunehmenden Ost-West-Reiseverkehrs ihre Chance zur Flucht nutzten. Zwischen 1961 und Anfang September 1989 flüchteten insgesamt knapp 95 000 Menschen.

1989 kam es dann im Sommer zu einem regelrechten Dammbruch. Immer mehr Bürger der DDR begaben sich in die Obhut der diplomatischen Vertretungen der Bundesrepublik in Budapest und Prag. Im Zusammenhang mit einer am 20. Aug. ausgelösten Massenflucht von 500 Ostdeutschen über die ungarisch-österreichische Grenze und dem Ausfliegen von über 100 ostdeutschen Flüchtlingen über die bundesdeutsche Botschaft in Budapest nach Wien erfolgte ein Ansturm auf die Vertretungen in Budapest und Prag. Am 11. Sept. öffnete Ungarn für die DDR-Flüchtlinge seine Westgrenze. Die Folge war ein Exodus von 25 000 bis zum Monatsende. Auch Versuche des SED-Regimes, durch Behinderung von Reisen nach Ungarn und in die ČSSR den Fluchtstrom zu stoppen, mißlangen. Im Oktober 1989 sah sich die SED nicht nur gezwungen, mehr als 10 000 Botschaftsbesetzer ausreisen zu lassen; sie mußte mit über 26 000 Geflüchteten auch einen neuen Spitzenwert hinnehmen.

Die Anfang Oktober von der SED-Führung als „dauerhafte Lösung" gedachte und am 9. Nov. 1989 realisierte deutsch-deutsche Grenzöffnung brachte ebenfalls keine Entlastung. Allein im November gingen über 130 000 Ostdeutsche in den Westen. Das markierte einen absoluten Höhepunkt in der Geschichte der DDR. Erst die im Zusammenhang mit der freien Volkskammerwahl im März 1990 zur Gewißheit gewordene baldige staatliche Vereinigung führte zu einer Beruhigung.

Diese Entwicklung spiegelt jedoch nur einen Teil der Fluchtbewegung wider. Neben den gelungenen Fluchten gab es die gescheiterten Fluchtversuche, die die Situation nach 1961 charakterisierten. Viele Fluchtwillige gerieten bereits in der Phase der Vorbereitung oder des Versuches in die Hände von Sicherheitskräften der DDR oder anderer Ostblockstaaten. Unterlagen des MfS belegen für die Zeit zwischen 1976 und Ende 1988, daß von insgesamt rund 67 000 Fluchtversuchen etwa 38 000, das heißt über die Hälfte, scheiterten.

Die Fluchtmotive waren äußerst vielseitig. Die Spitzenwerte in der Fluchtentwicklung bis zum → *Mauerbau* weisen darauf hin, daß die totalitären Strukturen des Systems und die rigorose Durchsetzung der darauf beruhenden Politik durch die SED einen bestimmenden Faktor bildeten. Der Mauerbau symbolisierte die Verschärfung dieses Zwangssystems. Er mußte einerseits die Gefühle von Ohnmacht und Entmündigung, andererseits aber auch die Sehnsucht nach Freiheit und selbstbestimmtem Handeln verstärken. Die Dominanz politischer Beweggründe für die Fluchten aus der DDR war selbst noch unmittelbar nach der Grenzöffnung gegeben. Eine Befragung Übergesiedelter im Dezember 1989/Januar 1990 förderte folgende Motivverteilung zutage: politische Bedingungen (93%), persönliche Unfreiheit (86%), niedriger Lebensstandard und Umweltbedingungen (88%), schlechte Arbeitsbedingungen (72%) sowie Freunde und Verwandte (59%).

Die bisher gewonnenen Erkenntnisse gehen von 815 Personen aus, die bei Fluchtversuchen an der innerdeutschen Grenze ums Leben kamen; darunter 369, die durch gezielte Schüsse und 41, die durch Minen getötet wurden. Außerdem erlitten 757 Personen bei Fluchtversuchen zum Teil erhebliche Verletzungen. Gescheiterte Fluchtversuche endeten darüber hinaus in der Regel in den Gefängnissen der DDR. Seit Anfang der 60er bis Ende der 80er Jahre verbüßte im statistischen Durchschnitt etwa jeder zweite politische Häftling eine Strafe wegen „illegalen Grenzübertritts".

Bernd Eisenfeld

Literaturhinweise:

Die Flucht- und Ausreisebewegung in verschiedenen Phasen der DDR-Geschichte. Protokoll der 69. Sitzung, in: Materialien der Enquete-Kommission, Bd. VII, 1, S. 314-449.

Eisenfeld, Bernd: Die Zentrale Koordinierungsgruppe – Bekämpfung von Flucht und Übersiedlung; Anatomie der Staatssicherheit – MfS-Handbuch, hrsg. von Klaus- Dietmar Henke u.a., Teil III/17, Selbstverlag BStU, Berlin 1995.
Wendt, Hartmuth: Die deutsch-deutschen Wanderungen – Bilanz einer 40jährigen Geschichte von Flucht und Ausreise, in: Deutschland Archiv 24 (1991), S. 386 ff.

Frauen- und Familienpolitik

Die Frauen- und Familienpolitik in der DDR wurde von der → *SED* bewußt als Instrument zur Durchsetzung ihrer Interessen (→ *Führungsanspruch*) in enger Verbindung mit der Wirtschafts- (→ *Wirtschaft*) und → *Sozialpolitik* ständig ausgebaut. Vor allem Arbeitsmarkt- und bevölkerungspolitische Determinanten bildeten den Rahmen für einschlägige Beschlüsse.

Eine öffentliche Diskussion über Fragen des Geschlechterverhältnisses, über gleichberechtigte Partnerschaft in allen Lebensbereichen war nicht erwünscht und infolge der rigiden Zensur auch für die → *Massenmedien* kein Thema. Die Ausgestaltung sämtlicher Politikbereiche blieb einem kleinen Kreis von SED-Funktionären vorbehalten. Da weibliche Mitglieder auf den Entscheidungsebenen der Partei nur eine marginale Rolle spielten, war ihr Einfluß äußerst gering. Das, was die SED als verwirklichte Gleichberechtigung ausgab, beruhte weder auf einem gesamtgesellschaftlichen Konsens noch auf dem Leitbild gleicher Rechte und Pflichten beider Geschlechter. Die ideologische Grundlage bildete vielmehr die Emanzipationstheorie des → *Marxismus-Leninismus*, nach der die Überwindung der kapitalistischen Produktionsweise und die damit einhergehende Integration der Frauen in die Arbeitswelt deren soziale, ökonomische und politische Gleichstellung gewährleisten sollten. Allerdings wurde in der DDR – wie in allen kommunistischen Staaten – die Einbeziehung der weiblichen Bevölkerung in den Produktionsprozeß unter weitgehender Beibehaltung der tradierten Arbeitsteilung betrieben. Das heißt, der Bereich der reproduktiven → *Arbeit* in der Familie blieb zum größten Teil den Frauen überlassen, was für sie nicht nur eine Doppel- und Dreifachbelastung bedeutete, sondern auch eine Minderbewertung ihrer beruflichen Leistungen zur Folge hatte. Die Sonderregelungen zur Vereinbarkeit von Beruf und Familie in den 70er und 80er Jahren verstärkten die geschlechtsspezifische Segmentierung des Ausbildungs- und Arbeitsmarktes und verfestigten die herkömmlichen Rollenmuster. Die Medien hatten die jeweiligen frauen- und familienpolitischen Maßnahmen propagandistisch zu unterstützen und Wissenschaftler/innen wurde in ihren Veröffentlichungen höchstens eine behutsame Kritik an deren Details zugestanden.

Nach dem → *Zusammenbruch* der DDR haben manche von ihnen eingeräumt, daß sie sich wider besseres Wissen vor den Karren der SED spannen ließen, indem sie z.B. zu belegen versuchten, daß die Drei-Kinder-Familie als gesellschaftliche Norm durchzusetzen sei oder daß wirkliche Gleichberechtigung erst in der Gesellschaftsformation des Kommunismus erreicht werden könne.

Frauen in die Produktion: Die 50er Jahre waren in der DDR von einer teilweise fanatisch betriebenen Gleichstellungskampagne bestimmt. Die von den Klassikern des Marxismus-Leninismus geforderte Befreiung der Frau durch ihre Eingliederung in die Arbeitswelt kam der SED in doppelter Hinsicht entgegen. Einmal war sie angesichts der angespannten Wirtschaftslage sowie der ungünstigen Bevölkerungsstruktur auf jede Arbeitskraft angewiesen, und zum anderen ließen sich erwerbstätige Frauen leichter in den Prozeß der sozialistischen Bewußtseinsbildung einbeziehen. Zudem bot sich die Möglichkeit, die Kinder arbeitender Mütter in öffentlichen Institutionen von klein auf sozialistisch zu erziehen. Bereits 1950 wurde durch Gesetz bestimmt, daß beide Ehegatten in allen Angelegenheiten des Zusammenlebens gemeinsam zu befinden hätten und der Frau das Recht zustehe, jederzeit einen Beruf auszuüben, selbst wenn dadurch eine örtliche Trennung von der Familie erforderlich würde. In den folgenden Jahren trat eine Fülle von Gesetzen und Verordnungen in Kraft, die die Gleichstellung der Frau zum Inhalt hatten und ihrer Doppelbelastung durch Beruf und Familie Rechnung tragen sollten. Dabei machte man keinen Hehl daraus, daß die „Gleichberechtigung“ mit einer „Gleichverpflichtung“ gekoppelt sei.

Im Kampf gegen „überholte Auffassungen“ wurden der → *FDGB*, der → *Demokratische Frauenbund Deutschlands*, die → *FDJ* und die → *Nationale Front* eingesetzt. In der zentral gelenkten Presse wurden positive Beispiele herausgestellt und „hartnäckige Rückstände im Bewußtsein“ angeprangert. Kompromisse waren grundsätzlich unerwünscht. Das zeigte sich z.B. in der Reaktion auf die Empfehlung eines Mediziners, Frauen sollten in den ersten Lebensjahren eines Kindes zu Hause bleiben. Die SED-Zeitschrift „Einheit“ veröffentlichte 1962 daraufhin einen Grundsatzartikel, in dem dieser Vorschlag rigoros verworfen wurde: „Eine gute Mutter aber ist heute eine arbeitende Mutter, die gleichberechtigt und gleich qualifiziert neben dem Vater steht.“ Die pädagogische Absicht solcher Veröffentlichungen liegt auf der Hand. Indem jedes Plädoyer für ein primär familial orientiertes Leitbild als anachronistisch hingestellt wurde, sollte der Boden für einen neuen Familientypus bereitet werden: die dem Staat und der Gesellschaft verpflichtete sozialistische Familie.

Familiengesetzbuch: Unter diesem Aspekt ist auch die Kampagne zu sehen, die der Verkündung des Familiengesetzbuches (FGB) voranging. Der im April 1965 vorgelegte Entwurf war in den folgenden Monaten Gegenstand einer Fülle von erläuternden Darstellungen in den Medien sowie Anlaß für rund 34 000 öffentliche Informationsveranstaltungen. Die rechtlichen Regelungen und Verhaltensnormen (→ *Rechtsverständnis*) des am 1. April 1966 in Kraft getretenen FGB zeichneten das Leitbild einer Familie, für die individuelle und politisch-gesellschaftliche Interessen zusammenfallen. Die Gleichberechtigung der Partner hatte den Rang eines Grundprinzips: „Sie verpflichtet die Ehegatten, ihre Beziehungen zueinander so zu gestalten, daß beide das Recht auf Entfaltung ihrer Fähigkeiten zum eigenen und gesellschaftlichen Nutzen voll wahrnehmen können." Die Erziehung der Kinder trug das FGB ebenso beiden Ehegatten auf wie die Führung des Haushalts. Von gleichen Anteilen war allerdings nicht die Rede. Vielmehr sollten sie ihre Beziehungen so gestalten, „daß die Frau ihre berufliche und gesellschaftliche Tätigkeit mit der Mutterschaft vereinbaren kann" – eine Formulierung, die bis 1989 in unzähligen Varianten wiederholt wurde.

Die Propaganda für eine sozialistische Familienmoral konzentrierte sich in den folgenden Jahren zunehmend auf bestimmte Schwerpunkte, wobei die gesellschaftsbezogenen Forderungen weitaus kategorischer eingeklagt wurden als die Erfüllung derjenigen FGB-Vorschriften, die primär auf den privaten Raum abzielten. Während Appelle zur häuslichen Arbeitsteilung mehr und mehr zu verbalen Pflichtübungen verkamen, sahen sich die Frauen immer drängender formulierten Ansprüchen ausgesetzt. Das Recht der Frau auf allseitige Entfaltung ihrer Persönlichkeit wurde im Lehrbuch zum Familienrecht (1972) zur Pflicht deklariert: „Worauf es ankommt, ist, daß die Frau den wachsenden Erwartungen und Anforderungen beider Lebensbereiche gemäß ihr Leben gestalten kann, daß sie nicht in dem einen Bereich (z.B. durch Ausweichen auf Teilbeschäftigung oder die Ablehnung verantwortungsvollerer Funktionen, durch den Verzicht auf mehrere Kinder oder auf die Ehe) gravierende Zugeständnisse zugunsten des anderen Bereichs für notwendig oder unabänderlich erachtet." Müttern von Kleinkindern wurde prinzipiell keine Sonderstellung eingeräumt. Offiziell hieß es vielmehr, sie könnten voll in den Produktionsprozeß eingegliedert werden, sobald es genügend Krippenplätze gebe. Eine öffentliche Diskussion über die Problematik der außerhäuslichen Betreuung von Kleinkindern fand praktisch nicht statt.

Sozialpolitische Interventionen: Immerhin geriet das Ausmaß des Konfliktes zwischen beruflichen Anforderungen und Familienpflichten Anfang der 70er Jahre auch in das Blickfeld der SED-Führung. Die hohe Scheidungsrate, der unerwünschte Trend zur Teilzeitarbeit, dem mit Appellen an die Frauen und restriktiven Regelungen in den Betrieben nicht beizukommen war, vor allem aber der rapide Rückgang der Geburtenrate, der durch die im März 1972 eingeführte Fristenregelung beim Schwangerschaftsabbruch noch beschleunigt wurde, führten zu gezielten sozialpolitischen Interventionen. In mehreren Stufen wurde zwischen 1972 und 1986 die Frauen- und Familienförderung systematisch ausgebaut: Arbeitszeitverkürzung und zusätzliche Urlaubstage für vollbeschäftigte Mütter mit mindestens zwei Kindern unter 16 Jahren, bezahlte Freistellung zur Pflege erkrankter Kinder (bis zu maximal 13 Wochen pro Jahr), Kapazitätssteigerung der öffentlichen Kinderbetreuung, erweiterter Mutterschutz (ab 1976 Schwangerschafts- und Wochenurlaub insgesamt 26 Wochen bei Zahlung des vollen Nettodurchschnittsverdienstes), Geburtenbeihilfen, bezahltes Babyjahr bei Fortdauer der Betriebszugehörigkeit, zinslose Familiengründungsdarlehen, die „abgekindert" werden konnten, Erhöhung des Kindergeldes, Ausbildungsbeihilfen für alle Schülerinnen und Schüler in den Erweiterten Oberschulen (→ *Bildungswesen*), Stipendien für alle Studierenden an → *Hochschulen und Universitäten*, Sonderregelungen für Mütter in Ausbildung und Studium sowie für Alleinerziehende (u.a. Kündigungsschutz). Während sich die Quote der teilzeitbeschäftigten Frauen kaum änderte (1989 arbeiteten immer noch 27,1% aller weiblichen Erwerbstätigen verkürzt), war bei der Geburtenrate ein erheblicher Anstieg zu verzeichnen: Mit 245 000 Lebendgeburten wurde 1980 wieder der Stand von 1969 erreicht. Danach waren die Zahlen erneut rückläufig; um einem weiteren Einbruch zuvorzukommen, wurde die Drei-Kinder-Familie verstärkt als gesellschaftliche Norm propagiert und bevorzugt gefördert. Insgesamt hat die Familienförderung in der DDR einen beachtlichen Stand erreicht. (Inwieweit diese immensen Kosten den Staatsbankrott beschleunigten, kann hier nicht erörtert werden.) Allerdings bestätigten und verfestigten die dargestellten Maßnahmen im Gegensatz zum Leitbild des FGB die tradierten Geschlechterrollen, indem sie weit über das biologisch bedingte Maß hinaus einseitig Mütter für das Funktionieren der Familie verantwortlich machten (→ *Sozialpolitik*).

Frauen- und Familienförderung, eine „untrennbare Einheit“: In den offiziellen FGB-Kommentaren des DDR-Justizministeriums zählte neben der beruflichen und gesellschaftlichen Tätigkeit die Familie zu den wichtigsten Bereichen für die Persönlichkeitsentwicklung der Menschen. Überlegungen, wie eine stärkere familiale Orientierung der Männer erreicht werden könnte, fehlten jedoch. Statt dessen wurde immer wieder betont, es sei Sache der Ehegatten, alles zu tun, um diese Aufgaben und Lebensbereiche miteinander vereinbaren zu können. Der Kommentar von 1982 hob dann allerdings die besonderen Probleme hervor, mit denen die Wahrnehmung der gleichen Rechte für die Frau verbunden sei. Unter Hinweis auf das Fortwirken historisch überkommener Arbeitsteilung in der Familie wurde Frauen- und Familienförderung als untrennbare Einheit dargestellt. Die anschließende Feststellung, Frauenförderung sei beim damaligen Entwicklungsstand durch die Mutterschaft motiviert, ließ eine funktionale Aufgabenteilung als unumgänglich erscheinen. Eine Alternative wurde jedenfalls nicht angeboten. Dabei hatte es im Lauf der Jahre durchaus Ansätze für eine entsprechende Diskussion gegeben. So war z.B. 1969 in der „Neuen Justiz“ darauf hingewiesen worden, daß die Durchsetzung der vollen Gleichberechtigung gehemmt werden könnte, wenn man funktionale Unterschiede von Mann und Frau in der Familie in den Vordergrund rücke. Anita Grandke, Frauenrechtlerin an der Humboldt-Universität, empfahl 1975, Voraussetzungen für eine „echte“ Arbeitsteilung zwischen den Ehegatten zu schaffen.

Von den Frauen, die zumindest nach außen den Eindruck erweckten, an der Ausgestaltung der Frauen- und Familienpolitik der SED beteiligt zu sein, gingen offensichtlich keinerlei Impulse zu gesellschaftspolitischen Innovationen aus. Das galt für Inge Lange, Kandidatin des SED-Politbüros und ZK-Sekretärin für Frauenfragen, ebenso wie für Ilse Thiele, langjährige Vorsitzende des → *DFD*, und für Herta Kuhrig, zunächst Leiterin der Forschungsgruppe „Die Frau in der sozialistischen Gesellschaft“, später Vorsitzende des gleichnamigen Wissenschaftlichen Rates bei der Akademie der Wissenschaften der DDR (→ *Akademien*). Im Zusammenhang mit der unbefriedigenden Aufgabenteilung im Haushalt (rund 80% aller Arbeiten erledigten die Frauen allein) wandte sich Inge Lange 1974 z.B. ausschließlich an die Frauen. Sie hätten eine falsche Grundeinstellung zur Hausarbeit, die zu einer unnötigen Ausdehnung führe: In Zukunft müsse „noch zielstrebiger“ darauf hingewirkt werden, die geistigen Ansprüche der Frauen zu erhöhen, damit sie nicht „Sklavin“ ihres Haushalts blieben. Aufschlußreich war, daß Herta Kuhrig 1975 einräumte, die Frage, „welche konkreten Bedingungen für die Vereinbarkeit der beruflichen und gesellschaftlichen Aktivität der Frau mit der Mutterschaft die optimalen sind", sei noch ungelöst. Darüber eine „vollständige Analyse" zu erarbeiten, „wäre eine lohnende Aufgabe für eine wissenschaftliche Arbeit, an der sich Gesellschaftswissenschaftler aller Bruderländer beteiligen könnten. Eine solche Arbeit würde auch unsere theoretischen Erkenntnisse bereichern." Soweit ersichtlich, hat es eine solche Analyse nie gegeben. Es ist aber nachzuweisen, daß sich Herta Kuhrig bis zum Ende der DDR jeder grundsätzlichen Kritik an den Auswirkungen der dargestellten Maßnahmen auf die Gleichstellung der Frauen einerseits und das Geschlechterverhältnis andererseits widersetzte. Unmittelbar nach der Wende übte sie dann Selbstkritik. Sie bedauerte, „daß wir es in den 40jährigen Anstrengungen unserer politisch-ideologischen Arbeit zur Herausbildung sozialistischen Bewußtseins, veränderter Einstellungen und Verhaltensweisen versäumt haben, darauf Einfluß zu nehmen, daß sich ein neues Frauenbewußtsein herausbildet. Ich verstehe darunter ein Bewußtsein, das beim weiblichen Individuum die neue gesellschaftliche Stellung der Frau im Sozialismus widerspiegelt, ein neues Selbstwertgefühl als Frau."

Defizite in der beruflichen und sozialen Gleichstellung von Frauen: 1989 waren in der DDR 91,2% aller Frauen im erwerbsfähigen Alter entweder erwerbstätig oder befanden sich in der Schul- bzw. Berufsausbildung. Der Anteil der weiblichen Beschäftigten ohne abgeschlossene Ausbildung hat sich zwischen 1971 und 1989 von 44,4 auf 12,3% verringert. Einen Hochschulabschluß hatten 1989 6,7% der erwerbstätigen Frauen, einen Fachschulabschluß 18,5%, einen Facharbeiterabschluß 58,5%, eine Teilausbildung in einem Fachberuf 2,9%, und 1,2% hatten eine Meisterprüfung abgelegt. In den Altersgruppen bis zu 40 Jahren gab es in bezug auf die formalen Qualifikationsstrukturen Ende der 80er Jahre praktisch keine geschlechtsspezifischen Unterschiede mehr. Die berufliche Weiterbildung bzw. Qualifizierung hatte erheblich dazu beigetragen, daß sich das Ausbildungsniveau der erwerbstätigen Frauen bereits in den 50er und 60er Jahren kontinuierlich erhöhte. Frauenförderungspläne waren seit 1952 Pflichtbestandteil der jährlichen Betriebskollektivvertäge und wurden 1961 auch arbeitsrechtlich festgeschrieben. Frauenausschüsse in den Betrieben vertraten die Interessen der weiblichen Belegschaften. 1963 wurde das Frauensonderstudium eingeführt, das berufstätigen Müttern den Erwerb einer höheren fachlichen Qualifikation ermöglichen sollte. Die Einrichtung von Frauen-Sonderklassen wurde 1967 für die Fach-, 1969 für die Hochschulen gesetzlich geregelt. Die Konditionen – u.a. Freistellung von der Arbeit, finanzieller Ausgleich – waren zwischen den Betrieben und den ausbildenden Institutionen vertraglich festzulegen. Ab 1972 wurden un- oder angelernt tätigen Frauen Sonderregelungen für die Fortbildung zu Produktionsfacharbeiterinnen angeboten, 1973 folgten entsprechende Vorschriften für die Vorbereitung von Facharbeiterinnen auf die Meisterprüfung. Bereits 1964 war allerdings insofern ein Rückschritt zu verzeichnen, als die Frauenausschüsse als Kommissionen in die Betriebsgewerkschaftsleitungen eingegliedert wurden und sukzessive an Einfluß verloren. Ihre Mitwirkungsmöglichkeiten beschränkten sich in der Folge auf soziale Belange, während sie in bezug auf grundsätzliche Probleme – z.B. Arbeitszeit (Teilzeitbeschäftigung war prinzipiell unerwünscht) oder Aufstiegsbarrieren – kaum noch etwas erreichen konnten.

Zu einem regelrechten Einbruch bezüglich der beruflichen Gleichstellung kam es dann ab Mitte der 70er Jahre. War zuvor das Spektrum der von Frauen ausgeübten Tätigkeiten – vor allem durch die „Umlenkung“ in gewerblich-technische Ausbildungsgänge – allmählich wesentlich verbreitert worden, so gewann nun die Unterscheidung zwischen Frauen- und Männerberufen zunehmend wieder an Bedeutung. Diese Entwicklung war keineswegs nur auf die immer noch verhältnismäßig starke Neigung der Schulabgängerinnen zu sog. frauentypischen Beschäftigungen zurückzuführen. Sie wurde vielmehr durch die staatliche Berufslenkung ausdrücklich gefördert. Aus einer unveröffentlichten Studie des DDR-Instituts für Berufsbildung geht hervor, daß Betriebe die Bevorzugung männlicher Mitarbeiter für bestimmte Bereiche vorrangig damit begründeten, daß die Ausfallquote und die Fluktuationsrate bei Frauen wesentlich höher lägen. Wenngleich der Zusammenhang mit den Sonderregelungen für berufstätige Mütter nur selten ausdrücklich hergestellt wurde, so liegt doch auf der Hand, daß diese Maßnahmen weibliche Mitarbeiter in den Augen von Betriebsleitern als schwer kalkulierbar erscheinen ließen. Auch wenn sie (noch) keine Kinder hatten, wurden mögliche spätere Fehlzeiten prophylaktisch in Erwägung gezogen. An der zunehmenden geschlechtsspezifischen Aufspaltung des Arbeitsmarktes waren Frauen nicht nur passiv, sondern zum Teil auch aktiv beteiligt, indem sie z.B. einen Karriereverzicht wegen mutmaßlicher Kollisionen mit Familienpflichten von vornherein einplanten. Mit anderen Worten: Sie richteten sich in den Grenzen ein, die Männer ihnen vorgezeichnet hatten. Hinzu kam, daß Frauen sehr viel häufiger als Männer unter ihrem Qualifikationsniveau eingesetzt und oft bedeutend weniger gefördert wurden. Darüber hinaus suchten Mütter nach einem Babyjahr Teilzeitbeschäftigungen und arbeiteten dann nicht selten in berufsfremden Branchen.

In Bereichen mit hohem Frauenanteil, z.B. im Handel, wurden besonders niedrige Löhne gezahlt. Außerdem ist nachzuweisen, daß das juristisch verankerte Prinzip „Gleicher Lohn für gleiche Arbeit“ unterlaufen wurde. Eine differenzierte Analyse für einzelne Lohn- und Gehaltsgruppen in Industrie und Bauwesen kam bezogen auf 1988 zu dem Ergebnis, daß weibliche Produktionsarbeiter gegenüber männlichen bei gleichen Anforderungen an Qualifikation und Verantwortung schlechter gestellt waren.

Unter den Vollbeschäftigten, die Ende der 80er Jahre 600 bis 700 Mark verdienten, waren drei Viertel Frauen, während ihr Anteil an der höchsten Gehaltsstufe – 1.700 Mark und darüber – nur 15,7% ausmachte. Eine Konsequenz dieser Tatsache war die offiziell totgeschwiegene weibliche Altersarmut. Nach der letzten Rentenerhöhung im Dezember 1989 erhielten 92 von 100 Frauen eine Altersrente unter 500 Mark; die Bezieher von Mindestrenten – zuletzt 330 Mark – waren fast ausschließlich weiblich (→ *Renten*).

Als Tabuthema galt auch der geringe Anteil weiblicher Führungskräfte. Mit pauschalen Angaben wurde versucht, die tatsächliche Situation zu verschleiern. Die Behauptung, rund ein Drittel aller leitenden Funktionen werde von Frauen ausgeübt, zog sich jahrelang durch die einschlägige Literatur der DDR. Der Verzicht auf eine Aufschlüsselung nach Leitungsebenen öffnete Spekulationen weiten Raum (→ *Kaderpolitik*).

1990, kurz vor dem Beitritt zur Bundesrepublik, wurde zum ersten und einzigen Mal im „Frauenreport ’90“ in aller Deutlichkeit auf die miserablen Aufstiegschancen von Frauen aufmerksam gemacht: „In keinem anderen Bereich der Erwerbsarbeit war die soziale Benachteiligung der Frau so groß wie in der Leitungstätigkeit. Frauen besaßen kaum Chancen, in Spitzenpositionen vorzurücken; einflußreiche Ämter und Bereiche mit Machteinfluß blieben ihnen fast völlig verschlossen.“

Fazit: In der DDR galt die umfassende Integration der weiblichen Bevölkerung in den Arbeitsprozeß als Emanzipationsnachweis. Fast alle Frauen betrachteten kontinuierliche Erwerbstätigkeit als festen Bestandteil ihrer Lebensplanung, was durch die Tatsache, daß ein Einkommen für den Familienunterhalt im allgemeinen nicht ausreichte, allerdings stark befördert wurde. Ein beachtliches Angebot an öffentlicher Kinderbetreuung und großzügige Sonderregelungen für berufstätige Mütter erleichterten einerseits zwar die Doppelbelastung, verfestigten andererseits aber die herkömmliche Arbeitsteilung. Die Frauen- und Familienpolitik der SED war primär an ökonomischen und demographischen Rastern ausgerichtet und mutete den Frauen in diesem auf Impulse für ein selbstbestimmtes Leben verzichtenden Konzept große Belastungen und mangelnde Chancengleichheit in Beruf und Gesellschaft zu.

Schon bald nach dem → *Zusammenbruch* der DDR mußten ostdeutsche Frauen die bittere Erfahrung machen, daß sie in der Konkurrenz um knapp gewordene Ausbildungs- und Arbeitsplätze ins Hintertreffen gerieten und ihre Qualifikationen oft wenig galten. Ende 1992 waren bereits 65% der ostdeutschen Arbeitslosen weiblich. Daran hat sich in den kommenden Jahren kaum etwas geändert. Die Lage verschlimmerte sich im Gegenteil noch insofern, als der Anteil der Frauen an den Langzeitarbeitslosen immer größer wurde. Im Frühjahr 1995 machte er rund 75% aus. Die starke Erwerbsneigung blieb trotz allem erhalten: Für eine über den Erziehungsurlaub hin ausreichende „lange Berufspause" nach der Geburt eines Kindes votieren im Osten lediglich 9% der Frauen (im Westen 43%).

Die hohe Arbeitslosenquote ostdeutscher Frauen ist nur zum Teil damit zu erklären, daß sie im Vergleich zu Männern für ein schmaleres Berufsspektrum ausgebildet wurden und zu einem guten Teil in Wirtschaftsbereichen beschäftigt waren, die dem Konkurrenzdruck in der freien Marktwirtschaft nicht standhalten konnten. Zusätzlich werden sie nun aus zukunftsträchtigen Dienstleistungsbereichen verdrängt, die früher zu ihren Domänen zählten. Generell ist eine deutliche Bevorzugung männlicher Arbeitskräfte zu beobachten. Insbesondere für ältere Frauen und Mütter mit Klein- und Schulkindern sind die Chancen auf dem Arbeitsmarkt denkbar schlecht. Unter dem SED-Regime hatten die Betriebe nicht nur Planauflagen und sonstige Reglementierungen hinzunehmen, sondern auch die vielfältigen nur oder vorrangig für Mütter geltenden Sonderregelungen. Das verstärkte die ohnehin vorhandene Neigung, Frauen als minder qualifiziert, zuverlässig und disponibel einzuschätzen. Solche Einstellungen haben sich offensichtlich so verfestigt, daß sie weiterhin eine erhebliche Rolle spielen.

Gisela Helwig

Literaturhinweise:

Bülow, Birgit/Stecker, Heidi (Hrsg.): EigenArtige Ostfrauen. Frauenemanzipation in der DDR und den neuen Bundesländern, Bielefeld 1994.

Frauenreport '90. Im Auftrag der Beauftragten des Ministerrates für die Gleichstellung von Frauen und Männern, Dr. Marina Beyer, hrsg. von Gunnar Winkler, Berlin 1990.

Grandke, Anita: Familienförderung als gesellschaftliche und staatliche Aufgabe, Berlin (Ost) 1981.

Helwig, Gisela: Frauen im SED-Staat, in: Materialien der Enquete-Kommission, a.a.O., Bd. III, 2, S. 1223-1274.
Helwig, Gisela/Nickel, Hildegard Maria (Hrsg.): Frauen in Deutschland 1945–1992, Bonn, Berlin 1993.
Müller-Rückert, Gabriele: Frauenleben und Geschlechterverhältnis in der ehemaligen DDR, Bielefeld 1993.

Freie Deutsche Jugend (FDJ)

Die FDJ spielte in enger Verbindung mit dem Bildungssystem bei der Umsetzung der jugendpolitischen Zielsetzungen der SED eine zentrale und zugleich koordinierende Rolle (→ *Jugend und Jugendpolitik*). Die FDJ besaß als einzige zugelassene Jugendorganisation in der DDR eine Monopolstellung. Sie sollte erreichen, daß sämtliche Jugendliche in ihren Einflußbereich einbezogen wurden. In die Jugendorganisation wurden die Jugendlichen mit 14 Jahren aufgenommen, was mit dem Zeitpunkt der Jugendweihe, d.h. mit der feierlichen Aufnahme in die Erwachsenen-Gesellschaft, zusammenfiel.

Die FDJ wurde am 7. März 1946 gegründet. Sie ging aus den antifaschistischen Jugendausschüssen hervor, die bereits seit dem 31. Juli 1945 als einzige Jugendorganisation von der → *SMAD* zugelassen waren. Nach ihrem Gründungsbeschluß verstand sich die FDJ als „überparteiliche, demokratische Jugendorganisation“, die für alle weltanschaulichen und politischen Richtungen der Jugendbewegung offenstehen sollte. In ihren weitgefaßten programmatischen Zielen setzte sich die Einheitsorganisation u.a. für Frieden und Einheit Deutschlands, für den → *Antifaschismus*, für Recht auf Arbeit und Erholung sowie Recht auf Bildung ein. In den Führungsgremien der FDJ arbeiteten anfangs Mitglieder aller Parteien und Vertreter der Kirchen mit. Die formale Überparteilichkeit wurde jedoch bereits bei den Wahlen im Herbst 1946 aufgegeben, als sich die FDJ stark an der SED orientierte. Führende Mitbegründer aus der CDU wurden im März 1947 verhaftet (Manfred Klein) oder traten zurück. Ende 1947 und Anfang 1948 führten programmatische Auseinandersetzungen (Gewalt in der Politik und einseitige Bindungen an sowjetische Positionen) zum Austritt der Vertreter von CDU und LDPD aus dem Zentralrat der FDJ. Auf dem 3. Parlament 1949 betonte Erich Honecker, daß in der FDJ kein Platz für „antisowjetische Elemente“ wäre. Die Kirchen wurden aus der Jugendorganisation gedrängt, und junge Christen konnten sich nur noch in innerkirchlichen Organisationen (Junge Gemeinde in der evangelischen Kirche) betätigen (→ *Kirchen*).

Nach dem 3. Parlament gehörten alle Mitglieder des Sekretariats der FDJ zugleich der SED an. Die FDJ wurde zu einer → *Massenorganisation* der SED, erkannte 1952 ausdrücklich deren → *Führungsanspruch* an und bekannte sich zum Organisationsprinzip des → *Demokratischen Zentralismus*. Die FDJ übernahm bereits 1948 die Funktion einer „Kaderreserve" der SED. Jugendfunktionäre rückten in Führungspositionen der SED und anderer Blockparteien auf. Erich Honecker und Egon Krenz waren Erste Sekretäre des Zentralrats der FDJ (1946–1955, bzw. 1974–1983).

Der Einflußbereich der FDJ wurde im 3. Jugendgesetz von 1974 vergrößert. So wurden ihre Zuständigkeiten und Kontrollfunktionen in Schule, Hochschule, Betrieb beträchtlich erweitert. Ihre Aktivitäten sollten sämtliche Lebensbereiche im Kindes- und Jugendalter umfassen, den Marxismus-Leninismus verbreiten und sozialistische Verhaltensweisen einüben. Eine besondere Rolle spielte dabei die Einordnung bzw. das Lernen und Arbeiten im Kollektiv (Schülerkollektiv, Jugendbrigade, Arbeitskollektiv, Jugendobjekte). Auch die Kinderorganisation der Thälmann-Pioniere war der FDJ unterstellt; in diese wurden die Schulanfänger mit Schulbeginn aufgenommen. Für die meisten sechsjährigen Schulanfänger war es selbstverständlich, bei den Jungpionieren aufgenommen zu werden. Die wenigen Eltern, die sich dagegen stellten, riskierten, daß ihre Kinder zu Außenseitern abgestempelt wurden. Die meisten Schulkinder waren zudem gern bei den jungen Pionieren dabei (→ *Pionierorganisation*). Nahezu sämtliche Freizeitangebote für Kinder und erst recht für Jugendliche waren über die FDJ organisiert. Urlaubs- und Freizeitangebote der FDJ (z.B. Reisen in das sozialistische Ausland) standen konkurrenzlos da. Informelle Freizeitaktivitäten und Wünsche der Jugendlichen wurden in den 70er und 80er Jahren verstärkt aufgenommen und als Impulse für das organisierte Freizeitleben genutzt (z.B. Diskotheken, Rock-Festivals, Jeansbekleidung). Dennoch hatten die nichtorganisierten Freizeitaktivitäten eine hohe Faszination für die Jugendlichen.

An der Jugendorganisation FDJ kam kein Jugendlicher vorbei, der sich nicht seine schulischen und beruflichen Chancen verstellen wollte. Mitgliedschaft in der FDJ und nachweisliches Engagement waren wichtige Voraussetzungen für die Auswahl zur Erweiterten Oberschule (EOS) und zum Abitur sowie zum Studium. Die FDJ hatte dabei ein Mitspracherecht. Wer einem Engagement und einer Mitgliedschaft in der FDJ kritisch bzw. ablehnend gegenüberstand, mußte in der Regel unbequeme Umwege in Kauf nehmen bzw. auf höhere schulische und berufliche Qualifikationen verzichten. Beispiele engagierter junger

Christen haben deutlich gemacht, wieviel Rückgrat und Rückhalt in der Familie und in der Binnengruppe, z.B. innerhalb der Kirchengemeinde, nötig waren, um diesen Weg konsequent durchhalten zu können. Häufig endete er mit dem Ausreiseantrag.

Trotz der zentralen Koordinierungsfunktionen der FDJ bleibt offen, wieweit die FDJ die Jugendlichen tatsächlich mehrheitlich erreichen konnte. Von den 6- bis 14jährigen waren immerhin fast 100% Mitglieder in der Pionierorganisation. Der Anteil der in der FDJ organisierten Jugendlichen im Alter von 14 bis ca. 25 Jahren betrug in den 80er Jahren etwa 75%. Das Engagement war in den meisten Fällen auf das Schulalter beschränkt. Die Mädchen zeigten einen größeren Einsatz als die Jungen. Mit Berufseintritt und Familiengründung nahm der Anteil der FDJ-Mitglieder erheblich ab. Junge Erwachsene bis 25 wurden kaum noch erreicht. Unterschiede zeigten sich vor allem nach der schulischen Qualifikation: Schülerinnen und Schüler der Erweiterten Oberschule sowie Studentinnen und Studenten stellten stets die höchsten Mitgliedsquoten (bei Studenten nach Fachbereichen unterschiedlich). Am wenigsten wurde – über Jahrzehnte unverändert – die Arbeiterjugend erreicht, die die eigentlich tragende Schicht im sozialistischen SED-Staat sein sollte.

Barbara Hille

Literaturhinweise:

Freiburg, Arnold/Mahrad, Christa: FDJ. Der sozialistische Jugendverband der DDR, Opladen 1982.
Mählert, Ulrich: Die Freie Deutsche Jugend 1945–1949. Von den „Antifaschistischen Jugendausschüssen“ zur SED-Massenorganisation: Die Erfassung der Jugend in der Sowjetischen Besatzungszone, Paderborn 1995.
Weber, Hermann: Freie Deutsche Jugend (FDJ), in: SBZ-Handbuch, a.a.O., S. 665-690.

Freier Deutscher Gewerkschaftsbund (FDGB)

Geschichte: Mit dem Befehl Nr. 2 der → *SMAD* vom 10. Juni 1945 wurden für die SBZ die Bildung von „antifaschistischen Parteien“ und die „Vereinigung in freien Gewerkschaften und Organisationen zum Zwecke der Wahrung der Interessen und Rechte der Werktätigen“ erlaubt. Unter der Ägide von Walter Ulbricht (KPD) konstituierte sich ein Vorbereitender Gewerkschaftsausschuß für Groß-Berlin. Diesem gehörten aus den politischen Richtungsgewerkschaften der Weimarer Republik drei Kader der kommunistischen Revolutionären Gewerkschafts-Opposition, drei Vertreter sozialdemokratischer Organisationen (von denen einer in der NS-Zeit allerdings Mitglied der illegalen KPD geworden war) sowie je ein Mitglied der früheren christlichen bzw. Hirsch-Dunckerschen (liberal orientierten) Gewerkschaften an. Nach harten Verhandlungen, die an kommunistischen Maximalforderungen zu scheitern drohten, wurde am 15. Juni 1945 ein Gründungsaufruf veröffentlicht. In diesem wurden neben der Mitwirkung der Gewerkschaften bei der → *Entnazifizierung* auch ein Anspruch auf Mitarbeit am Wirtschaftsaufbau proklamiert, sowie Mitbestimmungsrechte für Arbeiter und Angestellte und deren Betriebsräte gefordert. Anstelle der früheren Richtungsgewerkschaften bildete sich nunmehr – wie auch in den Westzonen – eine „Einheitsgewerkschaft".

Doch auch die Unterschiede zur Entwicklung in den von den Westmächten besetzten Zonen wurden schnell deutlich: Programm und Organisationsstrukturen der Berliner Gründungsinitiative wurden unter Druck der SMAD von den Landesverbänden in der SBZ weitgehend übernommen, eine zentralistische Ausrichtung war unübersehbar. Obwohl besonders Sachsen, Thüringen und Berlin in der Weimarer Republik Hochburgen der sozialdemokratisch orientierten Freien Gewerkschaften waren, beanspruchten die Kommunisten das Amt des Vorsitzenden sowie eine zahlenmäßige Parität mit den Sozialdemokraten in allen Führungsgremien.

Strategien zur Überwindung der traditionell bestehenden Minderheitsrolle der Kommunisten in der deutschen Gewerkschaftsbewegung wurden unter der „Anleitung" durch KPdSU bzw. Komintern bereits 1943/44 von einer Arbeitsgruppe der Exil-KPD in Moskau entworfen und später zielstrebig umgesetzt.

Strategisches Ziel war die proletarische Diktatur in Deutschland; die Gewerkschaften sollten letztlich nach sowjetischem Vorbild „total in den Staat eingebaut" werden. Die Forderung nach einer einheitlichen mächtigen Gewerkschaftsbewegung hielt man zu Recht für in der Nachkriegsgesellschaft konsensfähig. „Vorerst" seien die Kommunisten trotz ihres Selbstverständnisses als zukünftige „Staatspartei" genötigt, „die Macht mit anderen in der Gewerkschaft" zu teilen, hieß es 1944 in Moskau.

Doch schon in der unmittelbaren Aufbauphase versuchte die KPD entsprechend Leninscher Vorgaben die Gewerkschaften (elementare Klassenorganisation des Proletariats und niedrigere Form des Klassenzusammenschlusses) als „Transmissionsriemen" für ihre Politik in die

Arbeiterschaft zu nutzen. Mit vielfältigen Manipulationen bis hin zur offenen Wahlfälschung wurden aus sozialdemokratischen Wähler- kommunistische Delegiertenmehrheiten für den 1. offiziellen FDGB-Kongreß im Februar 1946 gemacht. Auf diesem Kongreß gab Otto Grotewohl das Einverständnis des Zentralausschusses der SPD zur Fusion mit der KPD bekannt. Nach der Gründung der SED unterstützte der FDGB denn auch sehr schnell eindeutig deren Wirtschafts- und Sozialpolitik. Daraus erwuchsen Konflikte, da der FDGB den Anspruch auf Interessenvertretung der Arbeitnehmer erhob, sich aber auch als Teil der staatlichen Verwaltung verstand. In den Betrieben stützte sich der FDGB-Apparat immer mehr auf die Betriebsgewerkschaftsleitungen (BGL). Das führte zu Auseinandersetzungen mit den ab April 1946 gewählten Betriebsräten. Diese erschwerten die bald einsetzende Unterstützung des FDGB für Kampagnen zur Erhöhung der Produktionsleistung auch gegen die Interessen der Arbeitnehmer. So arbeitete der FDGB im November 1946 offen gegen das Streikrecht, die Betriebsräte wurden 1948 abgeschafft.

Mit dem 3. FDGB-Kongreß im August/September 1950, der sich offiziell zum Marxismus-Leninismus bekannte und die führende Rolle der SED in der Satzung verankerte, hatte der FDGB auch offiziell jeden überparteilichen Anspruch fallengelassen. Von nun an gehörte der Kampf gegen das „Nur-Gewerkschafter-Tum" – worunter man traditionelle Gewerkschaftsarbeit für Arbeitnehmerinteressen verstand – zu den Hauptaufgaben der FDGB-Führung. Auch während des Volksaufstands im Juni 1953 standen FDGB-Führung und -Apparat keineswegs auf der Seite der eigenen Basis, die mehrheitlich ein Ende der SED-Herrschaft forderte, sondern unterstützten die totalitäre Staatspartei.

Da deutlich geworden war, daß die Arbeiter die FDGB-Funktionäre nicht als legitime Interessenvertreter verstanden, wurde infolge des Ungarn-Aufstands von 1956 von Teilen der FDGB-Führung erwogen, der SED die faktische Wiedereinführung von Betriebsräten unter dem Namen „Arbeiterkomitees" vorzuschlagen – ein Konzept, das nicht mit den Machtinteressen der Partei zu vereinbaren und deshalb chancenlos war.

Auch im Gefolge des Mauerbaus 1961 und des Prager Frühlings 1968, die erregte Diskussionen unter den Arbeitern auslösten, hatte der FDGB eine Doppelfunktion zu erfüllen: Neben der Vermittlung der SED-Politik mußten Stimmungsberichte an Partei und Staatsorgane geliefert werden. Eine besonders schwierige Lage ergab sich für den FDGB, als Anfang der 80er Jahre mit der polnischen Solidarność erstmals eine unabhängige Gewerkschaft im sowjetischen Machtbereich neben sozialen auch politische Forderungen stellte. Doch dieses Menetekel für ihre eigene Existenz wurde von der FDGB-Führung nicht verstanden. Sie unterstützte die polnischen kommunistischen Branchengewerkschaften bei deren Agitation gegen das Zurückweichen der PVAP vor den „konterrevolutionären Kräften". Ende 1989 konnte die FDGB-Führung nur hilflos auf die Massenproteste der eigenen Basis reagieren. Eine Reform des verkrusteten Apparats gelang nicht, statt dessen verselbständigten sich die Branchengewerkschaften, der Dachverband wurde im September 1990 aufgelöst.

Struktur und Funktionen: Der FDGB war nicht nur die größte, sondern auch die wichtigste → *Massenorganisation* der DDR. Alle Vorsitzenden waren Mitglieder des SED-Politbüros. Als die SED-Diktatur im Herbst 1989 implodierte, waren nur etwa 200 000 Arbeitnehmer nicht im 9,6 Mio. Mitglieder zählenden Gewerkschaftsbund erfaßt. Dieser verfügte deshalb auch über den am weitesten ausgebauten politischen Apparat der DDR. Dennoch besaß der FDGB als Massenorganisation der Partei gegenüber der SED keinerlei politische Eigenständigkeit. Für die „Anleitung" des FDGB war die ZK-Abteilung Gewerkschaften und Sozialpolitik zuständig. Daneben bestand eine eigene Kreisleitung der SED für die zentralen Organe des FDGB und seiner marginalisierten Branchenverbände. Der FDGB-Vorsitzende und dessen Stellvertreter waren Kadernomenklatur des Politbüros, deren Einsetzung durch die Delegierten der FDGB-Kongresse nur noch zu bestätigen war. Die Durchführung der Parteibeschlüsse wurde durch eine straffe Kaderpolitik, ein ausuferndes Berichtswesen und den hierarchischen Organisationsaufbau nach dem Prinzip des demokratischen Zentralismus mehrgleisig abgesichert. Alle leitenden Funktionäre wurden vom MfS „sicherheitsüberprüft".

Da ideologische Richtlinien und Handlungsanweisungen stets von oben nach unten durchgestellt wurden, konnte der FDGB seine Funktion der Ideologievermittlung (sowohl in Form der Funktionärsschulung als auch der „massenpolitischen" Breitenarbeit) stets nur ungenügend erfüllen. Die Rückkopplung sich in den Betrieben manifestierender gesellschaftlicher Interessen wurde deshalb weitgehend durch ideologische Kontrolle auf allen Ebenen ersetzt. Berichte über die Stimmung an der Basis gingen an die eigene Führung sowie an SED und MfS.

Eine weitere wichtige Funktion des FDGB bestand in der Mithilfe bei der Ankurbelung der Produktion sowohl durch Kampagnen (→ *Wettbewerb*) als auch durch Maßnahmen zur Verbesserung der Arbeitszufriedenheit. Bei der Mitwirkung bei Personalentscheidungen (insbesondere bei Disziplinarverfahren, Umsetzung von Arbeitskräften usw.) und Arbeitszeitregelungen sowie im Gesundheits- und Brandschutz erfüllten die Betriebsgewerkschaftsleitungen am ehesten klassische Gewerkschaftsfunktionen und wurden demzufolge auf dieser Ebene zumindest partiell als Interessenvertreter anerkannt. Der wichtigste Grund für eine Mitgliedschaft im FDGB bestand neben der Vermeidung politischer „Unannehmlichkeiten" für viele Beschäftigte gleichwohl aber eher in dessen wichtiger Rolle bei der Verteilung sozialpolitischer Leistungen. Der Gewerkschaftsbund fungierte als Verwalter der Sozialversicherung, deren Leistungen häufig direkt im Betrieb ausgezahlt wurden, und vermittelte jährlich ca. 5 Mio. Urlaubsreisen, vorwiegend in gewerkschaftseigene oder betriebliche Ferienheime in der DDR. Mangels individueller Möglichkeiten der Urlaubsgestaltung war dies von großer Bedeutung für viele Werktätige.

Von der neueren Forschung wird auch der Westarbeit des FDGB – der versuchten Einflußnahme vor allem auf den DGB und dessen Mitgliedsgewerkschaften – große Bedeutung zugemessen. Insbesondere bei der angestrebten Aktionseinheit zwischen Sozialdemokraten und Kommunisten im DGB als der „Klassenorganisation der Werktätigen der BRD" waren partielle Erfolge der Anstrengungen der FDGB-Kader zu verzeichnen.

Steffen Alisch

Literaturhinweise:

Eckart, Rainer: Zur Rolle der Massenorganisationen im Alltag der DDR-Bevölkerung, in: Materialien der Enquete-Kommission, a.a.O., Bd. II, 2, S. 1243-1300.

Gill, Ullrich: FDGB. Die DDR-Gewerkschaft von 1945 bis zu ihrer Auflösung 1990, Köln 1991.

Müller, Werner: Freier Deutscher Gewerkschaftsbund (FDGB) in: SBZ-Handbuch, hrsg. von Martin Broszat und Hermann Weber, München 1990, S. 626 ff.

Freikirchen

Im Rahmen der SED-Kirchenpolitik spielten die Freikirchen und kleineren Religionsgemeinschaften, die früher auch als Sekten bezeichnet wurden, immer nur eine Randrolle. Hauptzielpunkt der SED waren stets die evangelischen Landeskirchen als Mehrheitskirchen und – in erheblich geringerem Maße – die → *katholische Kirche*. Die geringe Bedeutung, welche die SED den Freikirchen zumaß, kommt schon darin zum Ausdruck, daß einem der Begriff in den einschlägigen Akten kaum begegnet. Dort wird vielmehr zumeist verfassungsnah von „Religionsgemeinschaften" gesprochen.

Die für die → *Kirchen und Kirchenpolitik* zuständigen staatlichen und SED-Dienststellen beschäftigten sich mit den Freikirchen allenfalls kampagneartig. Die Akten zeigen darüber hinaus, wie wenig die Staatsorgane, die SED und das MfS überhaupt über diese verwinkelte Landschaft und die dort engagierten Menschen wußten.

Diese Unsicherheiten prägten schon das Verhältnis der → *SMAD* zu den Freikirchen. Eine SED-Ausarbeitung aus den frühen 50er Jahren listete insgesamt 33 „Freikirchen und Weltanschauungsgemeinschaften in der DDR" auf, von denen vier als verboten bzw. aufgelöst bezeichnet wurden, nämlich die Deutsche Pfingstbewegung, die Christliche Wissenschaft, die Heilsarmee und vor allem – wie im Dritten Reich – die Zeugen Jehovas (Ernste Bibelforscher).

1955 wies Paul Wandel bei einem Seminar für SED-Sekretäre darauf hin, daß es in den Freikirchen zwar Menschen gäbe, „die verhältnismäßig aufgeschlossen uns gegenüber sind, manchmal viel aufgeschlossener als die Mitglieder der anderen Kirchen". Zugleich warnte der ZK-Sekretär aber auch davor, „daß die meisten und stärksten dieser Sekten und kleinen Religionsgemeinschaften traditionell ihre Zentren in England und Amerika haben", um daraus den Schluß zu ziehen: „Wir müssen überall Stützpunkte, Vertrauensleute in den verschiedenen Religionsgemeinschaften schaffen, mit deren Hilfe wir sie für die Unterstützung unserer Politik gewinnen können."

Wenn es auch aus der Minderheitensituation der Freikirchen und kleineren Religionsgemeinschaften heraus dort immer wieder anpassungsbereite Persönlichkeiten gab, blieben ihre lockeren Organisationsformen, der ausgeprägte Individualismus und die gewisse Zurückhaltung gegenüber jeglicher Öffentlichkeit dennoch ein ständiges Hindernis für eine systematische politische und konspirative Durchdringung der Freikirchen durch SED und MfS.

In dem 1988 SED-intern erarbeiteten „Handbuch" über „Kirchen und Religionsgemeinschaften in der DDR" wurden 31 zugelassene Freikirchen und Religionsgemeinschaften erfaßt und festgestellt: „Seit 1945 erfolgte auf dem Gebiet der DDR keine Neubildung von Kirchen und Religionsgemeinschaften, da dafür unter sozialistischen Verhältnissen wesentliche soziale und politische Ursachen nicht mehr vorhanden waren."

Eine ungewöhnliche Beachtung seitens der SED erfuhren Ende der 80er Jahre lediglich die Mormonen, die in Freiberg/S. einen Tempel errichten durften. Ihre Führungsspitze wurde von Honecker empfangen, der hoffte, damit seine Ambitionen auf einen Staatsbesuch in die USA zu fördern.

Neben einzelnen Führungspersönlichkeiten, die sich um ein bewußt loyales Verhältnis zum SED-Staat bemühten und aus ihrem traditionellen Friedensengagement heraus bereit waren, die „Friedenspolitik" der DDR zu unterstützen, war das Verhalten der Gläubigen zum sozialistischen Staat zumeist durch deutliche Distanz gekennzeichnet. Ansatzweise Versuche der SED, religiöse und theologische Spannungen zwischen diesen Gemeinschaften und den großen Kirchen zu nutzen, kamen kaum zum Tragen, weil es ein stillschweigendes Einverständnis gab, sich nicht in dieser Weise mißbrauchen zu lassen. Auch die Zusammenarbeit im Rahmen der Arbeitsgemeinschaft Christlicher Kirchen in der DDR (AGCK) wirkte hier stabilisierend. Über die geheimdienstliche Durchdringung der Freikirchen liegen bisher wenig konkrete Erkenntnisse vor.

Peter Maser

Literaturhinweise:

Kirchner, Hubert (Hrsg.): Freikirchen und konfessionelle Minderheitenkirchen. Ein Handbuch, Berlin 1987.

Kirchner, Hubert: Freikirchen und Religionsgemeinschaften in der DDR, in: Materialien der Enquete-Kommission, a.a.O., Bd. VI, 2, S. 950-996.

Maser, Peter: Kirchen und Religionsgemeinschaften in der DDR 1949–1989, Konstanz 1992.

Friedensbewegung

Trotz ihrer unablässigen Friedensbekundungen betrieb die SED-Führung seit Ende der 70er Jahre in nahezu allen Bereichen eine → *Militarisierung der Gesellschaft*. Seit der Einführung des Wehrunterrichts im Jahre 1978 wurde die → *vormilitärische Ausbildung* intensiviert. Kriegsspielzeug wurde verkauft, in den Betrieben und Hochschulen wurde für Zivilschutzübungen geworben, in Kindergärten und Schulen sollten Kinder und Jugendliche zum Haß und zum Denken in Feindbildern erzogen werden (→ *sozialistische Persönlichkeit*).

Als Reaktion auf solche Maßnahmen bildeten sich Ende der 70er, Anfang der 80er Jahre in zahlreichen evangelischen Kirchgemeinden Friedenskreise, die wachsenden Zulauf fanden – auch von Menschen, die keiner → *Kirche* angehörten. Obgleich das Verhältnis zwischen Kirche und Gruppen nicht spannungsfrei war. da die Kirche sich stets um gute Beziehungen mit den staatlichen Stellen bemühte, wurden die neuen Gruppen von einer Reihe engagierter Pfarrer, Diakone und kirchlicher Mitarbeiter unterstützt (z.B. Rainer Eppelmann, Markus Meckel, Ruth und Hans Misselwitz, Rudi Pahnke, Edelbert Richter, Walter Schilling, Hans-Jochen Tschiche, Christoph Wonneberger) wie auch von einigen Bischöfen und kirchlichen Amtsträgern (z.B. Bischof Heinrich Rathke, Propst Heino Falcke).

Den Friedenskreisen gehörten vor allem junge Menschen an, unter ihnen auch viele → *Wehrdienstverweigerer* und ehemalige → *Bausoldaten*. Von besonderer Bedeutung war deswegen die offene und sozialdiakonische Jugendarbeit. Im Mai 1981 veröffentlichte die Initiative „Sozialer Friedensdienst“ (SoFD), der sich junge Christen aus mehreren Städten der DDR angeschlossen hatten, ihre Forderung nach Einführung eines zivilen Ersatzdienstes. Die von der SoFD-Initiative organisierte Unterschriftensammlung wurde eine der erfolgreichsten der DDR-Geschichte.

Vor allem das für die Friedensdekade der evangelischen Kirche 1980 verwendete Symbol „Schwerter zu Pflugscharen“ wurde zum Ausdruck einer breiten Protestbewegung gegen Aufrüstung und Militarisierung der Gesellschaft. Junge Menschen, die das Symbol als Aufnäher an ihrer Kleidung trugen, ließen sich durch die Schikanen von Staatssicherheit und Polizei nicht mehr einschüchtern.

Die unabhängigen Friedensgruppen waren im Unterschied zu den konspirativen oppositionellen Zirkeln früherer Jahre immer um öffentliche Auseinandersetzung und einen offenen Dialog bemüht. Sie nutzten verschiedenste Aktionsformen (z.B. Friedensdekaden, -seminare und -werkstätten, Fastenaktionen, „Bluesmessen“), um eine möglichst breite Öffentlichkeit zu erreichen.

Unterstützt wurden sie dabei auch von einigen Dissidentenkreisen, die sich weniger dem christlichen Glauben oder pazifistischen Grundsätzen verpflichtet fühlten als den Hoffnungen des „Prager Frühlings“ oder der polnischen Solidarność. Robert Havemann, der schon Ende 1981 in einem offenen Brief an Breschnew Forderungen der Friedensbewegung aufgriff und zudem das Thema der deutschen Einheit ansprach, formulierte im Januar 1982, wenige Monate vor seinem Tod, gemeinsam mit Rainer Eppelmann den „Berliner Appell“, für den in kurzer Zeit etwa 2 000 Unterschriften gesammelt wurden. Dieser Appell forderte das Ende der alltäglichen Militarisierung in der DDR und den Abbau der Feindbilder, darüber hinaus enthielt er Vorstellungen zur Überwindung der Blockkonfrontation.

Gruppen, die ähnliche Forderungen vertraten, waren z.B. die „Friedensgemeinschaft Jena“ (1982 gegründet, u.a. von Roland Jahn) und die „Frauen für den Frieden“ (ebenfalls 1982 gegründet, u.a. von Bärbel Bohley, Ulrike Poppe, Katja Havemann, Irena Kukutz). Beide Gruppen verstanden sich ausdrücklich als kirchenunabhängig, arbeiteten aber mit den kirchlichen Friedenskreisen zusammen. Sie können als Vorläufer der späteren Bürgerrechtsgruppen angesehen werden.

Die gefährliche Situation, die mit der Stationierung von SS-20-Raketen und dem NATO-Doppelbeschluß entstanden war, führte nicht nur zu weiterem Zulauf für die Friedenskreise, sondern auch zu ersten Kontakten mit der westlichen Friedensbewegung. Die unabhängigen Gruppen verstanden sich als Teil einer blockübergreifenden Bewegung, die die nukleare Aufrüstung in Ost und West gleichermaßen ablehnte. Die trotz aller Reise- und Einreiseverbote aufrechterhaltenen Beziehungen zu westlichen Friedensaktivisten (z.B. Mitglieder von European Nuclear Disarmament oder der Initiative Ost-West-Dialog), die ähnliche Forderungen vertraten, waren für die spätere Entstehung der → *Bürgerrechtsbewegung* von vergleichbarer Bedeutung wie die Kontakte zu den ostmitteleuropäischen Dissidenten.

Im Unterschied zu großen Teilen der westlichen Friedensbewegung behandelten die DDR-Friedensgruppen nicht nur die Fragen des „äußeren“, sondern immer auch die des „inneren“ Friedens. Sie forderten Demokratisierung, die Garantie elementarer Grundrechte und die Überwindung der Teilung Europas.

Die öffentliche Wahrnehmung der neuen Gruppen blieb begrenzt, solange diese sich auf den Raum der Kirche beschränken mußten und weder über die organisatorischen noch technischen Mittel verfügten, um große Teile der DDR-Bevölkerung zu erreichen. Einige bundesdeutsche Journalisten (z.B. Ulrich Schwarz, Karlheinz Baum) und Politiker (z.B. Petra Kelly, Gert Bastian, Gert Weisskirchen) sowie eine Reihe von abgeschobenen oder ausgereisten früheren DDR-Bürgern haben allerdings viel dazu beigetragen, daß die DDR-Friedensbewegung zu einer Keimzelle der → *Bürgerrechtsbewegung* der späten 80er Jahre werden konnte.

Gerd Poppe

Literaturhinweise:

Bericht der Enquete-Kommission, in: Materialien der Enquete-Kommission, a.a.O., Bd. I, S. 178-778.

Bickhardt, Stephan: Die Entwicklung der DDR-Opposition in den achtziger Jahren, in: Materialien der Enquete-Kommission, a.a.O., Bd. VII, 1, S. 450-503.

Ehring, Klaus/Dallwitz, Martin: Schwerter zu Pflugscharen. Friedensbewegung in der DDR, Reinbek 1982.
Initiative Ost-West Dialog/Schweizerischer Friedensrat (Hrsg.): Der Frieden ist unteilbar, Berlin 1985.
Kukutz, Irena: Die Bewegung „Frauen für den Frieden als Teil der unabhängigen Friedensbewegung der DDR", in: Materialien der Enquete-Kommission, a.a.O., Bd. VII, 2, S. 1285-1408.

Friedliche Koexistenz

Von der Mitte der 50er bis Ende der 80er Jahre war die friedliche Koexistenz eines der zentralen Konzepte sozialistischer → *Außenpolitik*. Der Begriff wurde – wie viele andere – auf Lenin zurückgeführt, wiewohl dieser seinerzeit von „friedlichem Zusammenleben" bzw. von „Paralleler Existenz" gesprochen hatte. In der politischen Praxis wurde damit ein wohlklingendes Wort zunächst einmal propagiert und dann allmählich interpretiert.

Anfangs diente es den sowjetischen Führern Malenkow und Chruschtschow dazu, sich von der Politik Stalins und dessen Lehre von der Unvermeidlichkeit kapitalistischer Kriege zu distanzieren. Seit dem XX. Parteitag der KPdSU wurde es zum Oberbegriff für die Westpolitik der sozialistischen Staaten.

Das Prinzip der friedlichen Koexistenz galt für Staaten mit „unterschiedlichen gesellschaftlichen Systemen". Es war nicht anwendbar auf andere sozialistische Staaten oder Parteien und auch nicht auf die jungen unabhängigen Staaten der Dritten Welt und die „nationalen Befreiungsbewegungen". Seit den 70er Jahren gehörten auch die Beziehungen zur Atommacht China in diese Kategorie.

Die friedliche Koexistenz wurde als ein Teil des Kampfes zweier gesellschaftlicher Systeme mit politischen, wirtschaftlichen, technischen und kulturellen Mitteln verstanden, wobei jedoch militärische Mittel ausgeschlossen waren. Eine Koexistenz auf dem Gebiet der Ideologie wurde ausdrücklich ausgeschlossen ebenso wie eine Koexistenz zwischen „Kolonisatoren und ihren Opfern". Deshalb galten nationale Befreiungskriege auch weiterhin als unvermeidbar. Die friedliche Koexistenz schaffe mit ihrem unablässigen Kampf gegen die westliche Gesellschaftsordnung zugleich günstige Bedingungen für die Festigung der sozialistischen Positionen und für den Sieg der sozialistischen Revolution in den westlichen Ländern. Die Konzeption der friedlichen Koexistenz strebte also keinen endgültigen Frieden an, sondern war eine Form des → *Klassenkampfes*, bei dem alle Mittel außer dem des Krieges erlaubt waren. So wurde auch die Errichtung der Berliner → *Mauer* als ein Akt friedlicher Koexistenz interpretiert. Die Rüstung der Staaten des → *Warschauer Pakts*, verdeckter Kampf, Spionage, wirtschaftliche Kooperation und auch die sowjetischen Atomwaffen dienten insofern der friedlichen Koexistenz, als sie das weltweite Kräfteverhältnis zum Vorteil des Sozialismus verändern sollten. Auch eine expansive Politik in der Dritten Welt war keineswegs ausgeschlossen.

Zu einem der wichtigsten Instrumente friedlicher Koexistenz wurde ab Ende der 60er Jahre die Entspannungspolitik. Auch sie galt nur im Verhältnis zu den westlichen Staaten und nur für die zwischenstaatliche Ebene. Sie wirkte sich vor allem auf die Erweiterung der politischen Kommunikation, auf die verstärkte Nutzung internationaler Organisationen und auf den Abschluß einer Vielzahl multilateraler und bilateraler Verträge und Abkommen aus, sowohl im Bereich wirtschaftlicher Zusammenarbeit als auch in der Sicherheits- und Abrüstungspolitik.

Für die DDR-Führung galten die Beziehungen zur Bundesrepublik als der wichtigste Bereich der Koexistenzpolitik. Das machte es möglich, wo es notwendig erschien, die Beziehungen zum westlichen Teil Deutschlands zu vertiefen und zugleich die Existenz von innerdeutschen Sonderbeziehungen zu leugnen.

Die besondere Betonung der friedlichen Koexistenz diente vor allem in den 80er Jahren auch dazu, spezifische sicherheitspolitische Interessen der DDR zu unterstreichen, die sich von denen der UdSSR unterschieden: Im Falle eines europäischen Krieges wäre das Territorium der DDR auch dann verwüstet worden, wenn die Sowjetunion noch weithin unbeschädigt geblieben wäre. Dementsprechend bemühte sich die DDR-Führung angesichts der Verschlechterung des Ost-West-Verhältnisses Anfang der 80er Jahre – vor allem bei der Auseinandersetzung über die Stationierung nuklearer Mittelstreckenraketen – für die westlichen Staaten als Partner der Vernunft und Entspannung aufzutreten. Hier ging es der DDR nicht nur darum, sich gegenüber den mit der sowjetischen internationalistischen Politik verbundenen Gefahren und Kosten soweit wie möglich abzuschotten, sondern auch über den Ausbau der → *innerdeutschen Wirtschafts- und Finanzbeziehungen* die eigene wirtschaftliche Lage zu verbessern. Stärker als die Sowjetführung unterstrich sie daher die Notwendigkeit, daß die Staaten gut miteinander auskommen sollten. Friedliche Koexistenz dürfe nicht nur die Abwesenheit von Krieg, sondern müsse Zusammenarbeit auf den verschiedensten Gebieten bedeuten. Sie müsse solcherart zum Imperativ für die Beziehungen zwischen den Staaten beider Gesellschaftssysteme werden. Die vorhandenen Konflikte im Rahmen des Klassenkampfes dürften nicht auf die zwischenstaatlichen Beziehungen übertragen werden.

Die Gorbatschow-Führung ist dann mit ihrer Interpretation entscheidend über die DDR-Desiderate hinausgegangen: Friedliche Koexistenz bedeute den Verzicht auf Kriege, auf Gewalt oder Drohung mit Gewalt. Jedes Volk habe das Recht, über sein Schicksal selbst zu entscheiden. Verträge müßten eingehalten werden. Friedliche Koexistenz solle zur allgemeinen Norm der internationalen Beziehungen überhaupt werden. Die friedliche Koexistenz dürfe nicht mehr als die Fortsetzung des Klassenkampfes auf der internationalen Ebene verstanden werden. Damit hatte sich die Gorbatschow-Führung vom alten Internationalismus – einschließlich der Breschnew-Doktrin – distanziert.

In der deutschlandpolitischen Praxis hieß das, daß die DDR-Führung des bisherigen sowjetischen Schutzes verlustig ging.

Wolfgang Pfeiler

Literaturhinweis:

Posth, Michael: Das Prinzip der „friedlichen Koexistenz" und das Konzept der europäischen Zusammenarbeit, in: Konrad-Adenauer-Stiftung (Hrsg.): Konvergenz – Koexistenz oder Zusammenarbeit in Europa, Bonn 1973.

Führungsanspruch der SED

Ideologische Begründung: Der Führungsanspruch aller marxistisch-leninistischen Parteien wurde letztlich in recht simpler Weise begründet. Es wurde behauptet, daß die Partei immer recht habe, und aus diesem Erkenntnismonopol ergab sich ihr Führungsanspruch.

Der → *Marxismus-Leninismus* trat mit einem absoluten Wahrheitsanspruch auf und ging davon aus, daß sich die gesellschaftliche Entwicklung nach objektiven Gesetzmäßigkeiten vollziehe und diese Gesetzmäßigkeiten erkennbar seien. So sei die historische Abfolge der gesellschaftlichen Formationen (Urgesellschaft – Sklavenhaltergesellschaft – Feudalismus – Kapitalismus/Imperialismus – Sozialismus/Kommunismus) eine unabwendbare Gesetzmäßigkeit, die es zu erkennen und befördern gelte.

Im Vordergrund des praktischen Interesses stand naturgemäß der Übergang vom Kapitalismus/Imperialismus zum Sozialismus/Kommunismus auf dem Wege der proletarischen → *Revolution*, des Aufbaus des → *Sozialismus* und der kommunistischen Zukunftsvision. Die Revolutionstheoretiker Marx und Engels waren im wesentlichen der Auffassung, daß dieser Übergang vom Proletariat als Ganzem bewerkstelligt werde, da es auf Grund seiner ökonomisch determinierten, objektiven Klassenlage Träger des gesellschaftlichen Fortschritts sei. Nachdem die Erfahrung gezeigt hatte, daß der theoretisch „erwiesene" revolutionäre Automatismus wegen der mangelnden Revolutionsbereitschaft des Proletariats nicht funktionieren würde, stellte sich die Frage – sofern man nicht die Theorie als praktisch widerlegt betrachten wollte –, wer nun eigentlich über die Einsicht in die revolutionäre Notwendigkeit verfügen sollte. Die Antwort gab der Revolutionspraktiker Lenin mit der Parteilehre, indem er aus seinen im rückständigen Rußland gesammelten praktischen Erfahrungen theoretische Konsequenzen zog. Im Widerspruch zur marxistischen Basis-Überbau-Lehre stellte er die Behauptung auf, daß die Arbeiter aus eigener Kraft nur ein „gewerkschaftliches", auf die unmittelbare Verbesserung ihrer ökonomischen Lage gerichtetes, aber kein „sozialistisches" Bewußtsein zu entwickeln fähig seien. Ein richtiges politisches Bewußtsein könne ihnen „nur von außen gebracht werden", und dies sei Aufgabe der „gebildeten Vertreter der besitzenden Klassen", der „revolutionären sozialistischen Intelligenz". Die Intelligenz müsse sich zu einer straff organisierten Elitepartei disziplinierter und konspirativer Berufsrevolutionäre zusammenschließen und das Proletariat als dessen Avantgarde führen.

Nach der Oktoberrevolution trat die Leninsche Argumentation mit der klassenunabhängigen Bildung als Garantie der richtigen Erkenntnis in den Hintergrund. Stalin brachte die Begründung des Erkenntnismonopols mit der Klassenlehre in Übereinstimmung, indem er 1924 die Partei als „höchste Form der Klassenorganisation des Proletariats" bezeichnete, die das „Sammelbecken der Besten der Arbeiterklasse" sei. In der Folgezeit wurde die Klassenbasis der Partei theoretisch erweitert. Als Stalin 1936 erklärte, daß in der Sowjetunion der Sozialismus im wesentlichen verwirklicht sei und die Sowjetgesellschaft nunmehr aus den befreundeten Klassen der Arbeiter und Bauern sowie der Zwischenschicht der Intelligenz bestehe, wurde die kommunistische Partei als „Avantgarde der Werktätigen" definiert (→ *Stalinismus*).

Mit ihrer Umwandlung in eine leninistische „Partei neuen Typus" übernahm die → *SED* die sowjetische Elitekonzeption, die erstmals in dem zweiten Parteistatut vom Juli 1950 offiziell festgeschrieben wurde: „Die Sozialistische Einheitspartei Deutschlands ist die Partei der deutschen Arbeiterklasse, ihr bewußter und organisierter Vortrupp, die höchste Form ihrer Klassenorganisation. Sie vereinigt den fortschrittlichsten Teil der Werktätigen in ihren Reihen." Mit kleineren stilistischen und ideologisch-politisch bedingten Änderungen wurde seither die Präambel eines jeden SED-Statuts mit dieser Verkündung des Selbstverständnisses eröffnet, so auch im letzten Parteistatut vom 22. Mai 1976: „Die Sozialistische Einheitspartei Deutschlands ist der bewußte und organisierte Vortrupp der Arbeiterklasse und des werktätigen Volkes der sozialistischen Deutschen Demokratischen Republik. Als freiwilliger Kampfbund Gleichgesinnter vereinigt sie in ihren Reihen die fortschrittlichsten Angehörigen der Arbeiterklasse, der Klasse der Genossenschaftsbauern, der Intelligenz und der anderen Werktätigen." An dieser Selbsteinschätzung hielt die SED bis zu ihrer schrittweisen Umwandlung in die PDS auf den Parteitagen vom Dezember 1989 und Februar 1990 fest. Mit dem Erkenntnismonopol der Partei sollte natürlich nicht behauptet werden, daß alle über zwei Mio. SED-Mitglieder die gleiche Stufe der Erkenntnis und die absolute Unfehlbarkeit erreicht hätten. Die Elitekonzeption mußte in Verbindung mit dem hierarchischen Parteiaufbau zwangsläufig zur Schlußfolgerung führen, daß sich das am höchsten entwickelte gesellschaftliche Bewußtsein bei der Parteiführung konzentriere. Diese Schlußfolgerung war ebenso unausweichlich wie arrogant. Da aber eine allzu offen zur Schau getragene Arroganz provokativ und damit kontraproduktiv gewesen wäre, wurde die Allwissenheit der SED-Führung in den offiziellen Verlautbarungen meistens nur dezent angedeutet.

Aus dem somit begründeten Erkenntnismonopol ergab sich der Führungsanspruch der Partei als eine Selbstverständlichkeit. Wenn nämlich die Geschichte ein allgemeine Glückseligkeit verheißendes Endziel hat, der Weg zu diesem Ziel erkennbar ist und es jemanden gibt, der diesen Weg kennt, so ist es ein Gebot der Vernunft, diesem weisen Führer zu folgen. Unter dieser Prämisse wäre es töricht, politische Entscheidungen von demokratischen Zufallsmehrheiten abhängig zu machen, die wegen des vergleichsweise rückständigen Bewußtseins der Bürger niemals für eine materielle Richtigkeit bürgen können. Auf diese Weise mündet der Führungsanspruch der Partei zwangsläufig in eine Ablehnung der Demokratie und der Errichtung einer totalitären Einparteidiktatur.

Verfassungsrechtliche Verankerung: Obwohl am Führungsanspruch der SED seit deren Umwandlung in eine „Partei neuen Typus" 1948/49 kein Zweifel bestand, fand er weder in der Gründungsverfassung der DDR vom 7. Okt. 1949 noch im geschriebenen Recht der 50er Jahre einen Niederschlag. Die erste normative Bezugnahme auf ihn erfolgte in den „Ordnungen", die der Staatsrat am 28. Juni 1961 für die einzelnen Typen der örtlichen Volksvertretungen erließ. In ihren Präambeln war übereinstimmend davon die Rede, daß in der DDR die Arbeiterklasse „unter Führung der Sozialistischen Einheitspartei Deutschlands" die politische Macht ausübe und den Sozialismus aufbaue. Spezieller, zugleich aber auch eindeutiger wurden dann im Ministerratsgesetz vom 17. April 1963 das Programm und die Beschlüsse des Zentralkomitees der SED noch vor den Gesetzen und sonstigen Rechtsnormen als Arbeitsgrundlage für den Ministerrat bezeichnet (§ 4 Abs. 1), nachdem rechtsverbindlich festgestellt worden war, daß das vom VI. Parteitag der SED verabschiedete Programm „dem Ministerrat und allen Staats- und Wirtschaftsorganen" die Aufgabe gestellt habe, „den umfassenden Aufbau des Sozialismus bewußt und planmäßig zu leiten" (§ 1). Fortan häuften sich derartige Formulierungen in den Präambeln und operativen Bestimmungen staatlicher Rechtsnormen.

Eine verfassungsrechtliche Absicherung erfuhr der Führungsanspruch der SED in Art. 1 Abs. 1 der „sozialistischen" → *Verfassung* vom 6. April 1968, der in seiner ursprünglichen Fassung folgendermaßen lautete: „Die Deutsche Demokratische Republik ist ein sozialistischer Staat deutscher Nation. Sie ist die politische Organisation der Werktätigen in Stadt und Land, die gemeinsam unter Führung der Arbeiterklasse und ihrer marxistisch-leninistischen Partei den Sozialismus verwirklichen." Anläßlich der Verfassungsrevision vom 7. Okt. 1974, mit der vor allem eine Absage an die Einheit der deutschen Nation erteilt wurde (→ *SED und deutsche Frage*), wurde diese Kardinalbestimmung neugefaßt, ohne daß der Führungsanspruch davon sachlich betroffen gewesen wäre: „Die Deutsche Demokratische Republik ist ein sozialistischer Staat der Arbeiter und Bauern. Sie ist die politische Organisation der Werktätigen in Stadt und Land unter Führung der Arbeiterklasse und ihrer marxistisch-leninistischen Partei." Dieser Text blieb bis zum 1. Dez. 1989 maßgebend, als der letzte Satzteil „unter Führung" durch ein verfassungsänderndes Gesetz gestrichen wurde.

Umsetzung: Der Führungsanspruch der Partei bedeutete nicht, daß in der DDR alle politische Gewalt unmittelbar von der SED ausgeübt worden wäre. Innerhalb des politischen Systems bestand vielmehr eine Funktionsteilung, nach der einzelne Herrschaftsapparate unter der Gesamtleitung der Partei bestimmte Aufgaben zu erfüllen hatten.

Träger der umfassenden Diktaturgewalt war die SED-Führung, die nicht nur die Regierungstätigkeit im Sinne politischer Richtungsbestimmung ausübte, sondern auch alle Einzelentscheidungen traf, denen sie eine entsprechende Bedeutung beimaß. Bei ihr lag also die Kompetenzkompetenz, indem sie nach freiem Ermessen bestimmen konnte, worüber sie entscheiden wollte. In institutioneller Hinsicht bestand die Parteiführung aus dem → *Politbüro* als Beschlußorgan und dem ZK-Sekretariat als Exekutivorgan mit dem → *Generalsekretär* (1953–1976: Erster Sekretär) an der Spitze. In den politischen Entscheidungsprozeß einbezogen waren auch die Spitzen des Staatsapparates (Präsidium des Ministerrats, Nationaler Verteidigungsrat und Staatsrat mit wechselndem Gewicht), des Staatssicherheitsdienstes (Minister für Staatssicherheit) und der Armee (Minister für Nationale Verteidigung). Aus der institutionellen Unterscheidbarkeit mehrerer Machtorgane folgte allerdings keine Pluralität der Herrschaftsträger. Denn die institutionellen Grenzen wurden durch überlappende Mitgliedschaften mittels einer Personalunion weitgehend verwischt oder gar aufgehoben. Unter Berücksichtigung der personellen Verschmelzung der Institutionen konnte als das Herrschaftszentrum der DDR eine aus 30–40 Personen bestehende oligarchische Gruppe identifiziert werden, die sich durch Kooptation selbst ergänzte, die Führungspositionen in den einzelnen Bereichen des politischen Systems unter sich aufteilte und im Politbüro der SED ihren organisatorischen Mittelpunkt fand. Natürlich war das politische Gewicht der einzelnen Oligarchen persönlichkeits- und funktionsbedingt unterschiedlich, wobei dem jeweiligen Parteichef (Ulbricht, Honecker) eine überragende Rolle zukam. Viele wichtige Entscheidungen wurden vom Parteichef allein oder im Einvernehmen mit dem sachlich zuständigen Spitzenoligarchen auf informellem Wege getroffen.

Unter der Gesamtleitung der Parteiführung waren verschiedene Herrschaftsapparate tätig. Dem Staatsapparat oblagen die klassischen Funktionen der Verwaltung und Rechtsprechung nach Maßgabe der zentralen Parteidirektiven und unter der alltäglichen Anleitung und Kontrolle des Parteiapparats. Eine Sonderstellung nahmen die verschiedenen Sicherheitsapparate (insbesondere → *Staatssicherheit* und Nationale Volksarmee, weniger die Deutsche Volkspolizei) ein, die formal als Staatsorgane firmierten, tatsächlich aber aus dem Staatsapparat weitgehend herausgelöst waren und unmittelbar von der Parteiführung angeleitet wurden (→ *Staat*; → *Verfassung*). Die Blockparteien und gesellschaftlichen Organisationen (→ *Massenorganisationen*; → *Blockpolitik*), die den Führungsanspruch der SED in ihren Statuten ausdrücklich anerkannten, sowie die differenziert organisierten Massenmedien waren für die → *Agitation und Propaganda* im weitesten Sinne zuständig. Zur Sicherstellung der Parteiherrschaft über den Staatsapparat, die gesellschaftlichen Organisationen und die Massenmedien bildeten sich in der Praxis verschiedene Führungsinstrumente heraus, deren wichtigste im folgenden benannt werden sollen.

Die Verbindlichkeit der Parteibeschlüsse ergab sich schon aus dem ideologisch begründeten und verfassungsrechtlich abgesicherten Führungsanspruch der SED. Sie war auch im Verfassungsprinzip der → *sozialistischen Gesetzlichkeit* enthalten, die der Sache nach den Vorrang der Parteibeschlüsse gegenüber allen Rechtsnormen und so auch der Verfassung festlegte. In institutioneller Hinsicht wurde der Vorrang der Parteibeschlüsse in allen Organisationsnormen der Verwaltungs- und Justizorgane ausdrücklich fixiert (→ *Parlamentsverständnis*; → *Verfassung*). In personeller Hinsicht ergab er sich aus der „Verordnung über die Pflichten, die Rechte und die Verantwortlichkeit der Mitarbeiter in den Staatsorganen" vom 19. Febr. 1969.

Die SED übte die Personalhoheit über alle Herrschaftsapparate aus, deren tragende Säulen die → *Kaderpolitik* und die → *Kadernomenklatur* waren. Mittels der Kaderpolitik wurden die Grundsätze für die Auswahl, Qualifikation, Beförderung und den Einsatz der Leitungskräfte in Partei, Staat, Wirtschaft und Gesellschaft bestimmt. Mögen die Kriterien im zeitlichen Ablauf gewissen Schwankungen und sachbedingten Differenzierungen unterlegen haben, so stand aufs Ganze gesehen die politische Zuverlässigkeit immer an erster Stelle. Die konkreten personalpolitischen Entscheidungskompetenzen richteten sich nach dem Nomenklatursystem, einem Verzeichnis von Kaderposten, bei deren Besetzung die jeweilige Nomenklaturstelle entscheidungsbefugt war oder Mitwirkungsbefugnisse besaß.

Ein weiteres Instrument bildete die personelle Verschmelzung der Partei mit den übrigen Herrschaftsapparaten. Einerseits wurden alle wichtigen Positionen in Staat, Wirtschaft und Gesellschaft mit SED-Mitgliedern besetzt, die in dieser Eigenschaft der Parteidisziplin unterworfen waren. Andererseits wurden die Inhaber von Leitungsfunktionen in den genannten Bereichen in die jeweiligen Beschlußgremien der SED integriert, damit sie sich mit den Intentionen der Parteibeschlüsse, für deren Durchführung sie in ihrem Verantwortungsbereich sorgen mußten, an der Quelle vertraut machen konnten. Derartige Integrationsgremien waren auf der zentralen Ebene das ZK und auf den nachgeordneten Ebenen die Bezirks- und Kreisleitungen der SED.

Schließlich nahm die SED die Anleitungs- und Kontrollkompetenz hinsichtlich der übrigen Herrschaftsapparate für sich in Anspruch. Die externe Anleitung und Kontrolle wurde durch den hauptamtlichen Parteiapparat wahrgenommen, der auf den einzelnen Leitungsebenen eine der funktionalen Gliederung des Staatsapparates, der gesellschaftlichen Organisationen und der Wirtschaft entsprechende Organisationsstruktur aufwies. Die Anleitung erfolgte auf dem Wege der Koordinierung der Arbeitspläne, der regelmäßigen Konsultation, Information, Rechenschaftslegung, Berichterstattung usw., wobei in den einzelnen Gebietseinheiten dem ständigen Kontakt zwischen dem 1. Sekretär und dem Ratsvorsitzenden als dem örtlichen Partei- bzw. Verwaltungschef eine besondere Bedeutung zukam. Die Parteifunktionäre konnten sich auch in konkreten Einzelfällen einschalten und Empfehlungen aussprechen, die praktisch Weisungen gleichkamen. Die interne Kontrolle wurde durch die Grundorganisationen und die Parteigruppen ausgeübt. Grundorganisationen bestanden in allen Arbeitsstätten, d.h. Betrieben, Staatsorganen, Gerichten, kulturellen Einrichtungen usw., wo mindestens drei Parteimitglieder vorhanden waren. Die Schlüsselposition kam hier dem Parteisekretär zu, der der anleitungsbefugten hauptamtlichen SED-Stelle als vertrauenswürdige Informationsquelle zur Verfügung stand. In Parteigruppen wurden alle SED-Mitglieder in den gewählten Staatsorganen (insbesondere Volksvertretungen aller Ebenen, Volkskammer) und Beschlußgremien gesellschaftlicher Organisationen (z.B. FDGB-Kongreß, FDJ-Parlament) zusammengefaßt, um den Parteieinfluß in der Art einer Fraktion zur Geltung zu bringen und die parteikonforme Beschlußfassung zu sichern. Grundorganisationen und Parteigruppen unterstanden der hauptamtlichen Parteileitung der entsprechenden Ebene.

Die Parallelstrukturen von Partei und sonstigen Herrschaftsapparaten waren personell, finanziell und arbeitsmäßig äußerst aufwendig und zudem die Quelle von organisationsbedingten Reibungsverlusten. Trotz ihrer nachteiligen Auswirkungen auf die Systemeffizienz waren sie für die Legitimierung des Führungsanspruchs der SED unverzichtbar. Indem die alltägliche Arbeit, in der unleugbar Mängel vorkamen, nicht unmittelbar von der Partei verrichtet, sondern parteigesteuerten Institutionen überlassen wurde, hielt sich die Partei aus der Gefahrenzone unmittelbar zurechenbarer Fehlentscheidungen heraus und meinte, ihren Unfehlbarkeitsanspruch glaubhaft behaupten zu können. Die Trennung von Machtausübung und Verantwortung war die Grundvoraussetzung einer Parteiherrschaft, die sich nicht durch demokratische Bestätigung, sondern durch einen angemaßten Erkenntnisvorsprung gegenüber dem Volk legitimierte.

Georg Brunner

Literaturhinweise:

Brunner, Georg: Staatsapparat und Parteiherrschaft in der DDR, in: Materialien der Enquete-Kommission, a.a.O., Bd. II, 2, S. 989-1029.

Glaeßner, Gert-Joachim: Herrschaft durch Kader. Leitung der Gesellschaft und Kaderpolitik in der DDR am Beispiel des Staatsapparates, Opladen 1977.

König, Klaus (Hrsg.): Verwaltungssstrukturen der DDR, Baden-Baden 1991.

Neugebauer, Gero: Partei und Staatsapparat in der DDR. Aspekte der Instrumentalisierung des Staatsapparats durch die SED, Opladen 1978.

Fünfjahrplan

Funktion und Organisation: Die in der Verfassung der DDR festgelegte zentrale staatliche Leitung und Planung der Volkswirtschaft sowie aller anderen gesellschaftlichen Bereiche (Art. 9, Abs. 3) fand ihren Ausdruck in den staatlichen Volkswirtschaftsplänen, und zwar in Langfristplänen von 15 bis 20 Jahren, Fünfjahrplänen und Jahresplänen. Die Fünfjahrpläne galten als Hauptinstrument der SED-Führung zur Steuerung der wirtschaftlichen und gesellschaftlichen Entwicklung der DDR. In ihnen wurden die grundlegenden ökonomischen, sozialen, wissenschaftlich-technischen, bildungspolitischen und kulturellen Ziele festgelegt sowie die zu ihrer Verwirklichung erforderlichen Aufgaben und Maßnahmen.

Wirtschaftspolitische Entscheidungsinstanz war das Politbüro der SED, dessen Beschlüsse vom Ministerrat und von der ihm zugeordneten Staatlichen Plankommission bei der Ausarbeitung der Fünfjahrpläne in konkrete Planziele und -aufgaben umzusetzen waren. Hierbei wurde von den langfristigen Entwicklungszielen, von internationalen Abkommen und dem Erfüllungsgrad des jeweils vorangegangenen Fünfjahrplans ausgegangen. Gemäß den zentral festgelegten Planzielen hatten die Industrieministerien und übrigen Zentralorgane (Ministerium für Wissenschaft und Technik, Außenhandel, Binnenhandel, Finanzen, Amt für Preise, Staatsbank u.a.) Teilpläne auszuarbeiten und miteinander abzustimmen. Anschließend erhielten die den Ministerien untergeordneten Kombinate und örtlichen Organe detaillierte Planaufgaben, die auf die einzelnen Betriebe zur Erarbeitung ihrer Entwürfe für den Fünfjahrplan aufgeschlüsselt wurden. Nach der Kontrolle und Zusammenfassung der Planentwürfe durch die jeweils übergeordneten Instanzen wurden die Teilpläne von der Staatlichen Plankommission zum volkswirtschaftlichen Fünfjahrplan koordiniert, der von der Volkskammer als Gesetz beschlossen wurde und für die Ausarbeitung der Jahresvolkswirtschaftspläne (→ *Planungsmechanismen*) verbindlich war.

Grundlage der Planungsarbeit war eine umfangreiche „Planungsordnung“; die zuletzt gültige für 1986–1990 umfaßte rund 1.300 Seiten und war in 17 Planteile gegliedert. Mit der Einbeziehung aller gesellschaftlichen Bereiche wie Bildung, Gesundheitswesen, Sport, Erholung, Medien und Kultur waren alle Teilgebiete der Gesellschaft – das politische, wirtschaftliche und kulturelle System – von einer einheitlichen zentralisierten Entscheidungsstruktur geprägt.

Zeitliche Abfolge: Dem Zweijahrplan für 1949–1950 folgte der erste Fünfjahrplan für 1951–1955, mit dem die DDR-Wirtschaft zugleich in den 1949 gegründeten → *Rat für gegenseitige Wirtschaftshilfe* der Ostblockstaaten eingegliedert wurde. Dieser Plan sah vor, eine eigene Grundstoff- und Produktionsgüterindustrie mit den Schwerpunkten Metallurgie, Schwermaschinenbau und chemische Industrie aufzubauen, was zwangsläufig auf Kosten der Konsumgütererzeugung ging. Die hochgesteckten Planziele konnten jedoch nicht erreicht werden und mußten von Jahr zu Jahr revidiert werden.

In der zweiten Fünfjahrplanperiode 1956–1960 fehlte praktisch jegliche langfristige Orientierung der Produktion, da der Plan erst im Januar 1958 verabschiedet und bereits im Oktober 1959 durch den (ebenfalls verspätet verabschiedeten) Siebenjahresplan 1959–1965 abgelöst wurde. Die mit diesem Plan proklamierte ökonomische Hauptaufgabe, durch Erhöhung der Arbeitsproduktivität Westdeutschland im Pro-Kopf-Verbrauch bei den meisten industriellen Konsumgütern und Lebensmitteln nicht nur einzuholen, sondern sogar zu überholen – der private Verbrauch je Einwohner lag 1958 in der Bundesrepublik real um 35–40% über dem der DDR –, mußte bereits 1961 als nicht realisierbar aufgegeben werden: Die gesamtwirtschaftlichen Wachstumsraten waren von 11 (1959) auf 4% (1961) zurückgegangen. Diese Entwicklung hoffte man durch den Bau der Berliner → *Mauer* und die damit verbundene „Störfreimachung“ der DDR-Wirtschaft zu stoppen. Ein für 1964–1970 vorgesehener zweiter Siebenjahresplan wurde nach der Einführung des → *Neuen ökonomischen Systems* gar nicht erst in Angriff genommen, und der schließlich für 1966–1970 ausgearbeitete dritte Fünfjahrplan trat erst Mitte 1967 in Kraft. Bis dahin wurde praktisch ausschließlich nach Jahresplänen, d.h. ohne Bezug zu einer verbindlichen, mittelfristigen wirtschaftspolitischen Strategie gearbeitet.

Im Vergleich zum Siebenjahresplan waren die Planziele reduziert und verstärkt auf struktur- und außenhandelspolitisch wichtige Zweige wie Petrochemie, Elektronik, Elektrotechnik, Metallverarbeitung u.a.

konzentriert worden. Ein vom Ministerrat bereits bestätigter Entwurf für die Weiterentwicklung der in den 60er Jahren eingeleiteten „Ökonomisierung" des Systems in den Jahren 1971–1975 wurde vom Politbüro der SED mit dem Hinweis zurückgezogen, daß die Konzentration auf Wachstumsbranchen die „planmäßige proportionale Entwicklung der Volkswirtschaft" verletzt habe, was zugleich die Entmachtung Ulbrichts bedeutete.

Mit dem schließlich verabschiedeten Fünfjahrplan 1971–1975 wurden alle Bereiche der Volkswirtschaft wieder in die straffe zentrale Planung einbezogen. Während einige quantitative Produktionsziele dieses Planes erreicht werden konnten, blieben Arbeitsproduktivität und andere Wertkennziffern hinter den Planzielen zurück. Hinzu kamen – insbesondere nach der Ölkrise von 1973 – erhöhte außenwirtschaftliche Belastungen und eine zunehmende Verschuldung in konvertiblen Währungen (→ *Finanzierung des Systems*).

Dieser Entwicklung versuchte man mit dem folgenden Fünfjahrplan 1976–1980 Rechnung zu tragen, dem erstmals eine „Planungsordnung" mit umfangreichen planmethodischen Regelungen zugrunde lag. Daß dies nicht gelang, wird heute von dem Leiter der Staatlichen Plankommission, Gerhard Schürer, auf das von Honecker forcierte sozialpolitische Programm zurückgeführt, das nicht aus eigenen Leistungen, sondern nur durch eine wachsende Verschuldung im nichtsozialistischen Ausland finanziert werden konnte.

Die zunehmenden außenwirtschaftlichen Schwierigkeiten waren demzufolge maßgebend für die Ziele des Fünfjahrplans 1981–1985, die vor allem eine Steigerung des Exports vorsahen. Dies gelang jedoch nur mit Hilfe einer rigorosen Drosselung der Investitionen, des Güterverkehrs und der Konsumgüterversorgung. Bereits 1982 war erkennbar, daß die Ziele des Fünfjahrplans überhöht waren und aufgegeben werden mußten. Auch der Zusammenschluß aller Industrie- und Baubetriebe zu 147 → *Kombinaten* und eine Flut gesetzlicher Neuregelungen zur Steuerung der betrieblichen Verhaltensweisen brachten nicht die erwarteten Leistungssteigerungen.

Zu Beginn des folgenden Fünfjahrplans 1986–1990 war selbst den Experten der Staatlichen Planungskommission klar, daß die im Plan fixierten Ziele nicht erreichbar waren. Vor allem gelang es nicht, die vorgesehenen Investitionen und Reparaturen im produktiven Bereich durchzuführen, den Materialverbrauch zu senken und die Arbeitsproduktivität zu erhöhen, so daß die industrielle Warenproduktion bis 1989 ein Minus von 88 Mrd. Mark gegenüber dem Plansoll aufwies. Als besonders verhängnisvoll erwiesen sich der Rückgang des Exports und eine überplanmäßige Zunahme des Imports, insbesondere aus dem westlichen Ausland. Damit hatte sich die Verschuldung gegenüber 1985 um 190% erhöht, und die Schuldendienstrate – das Verhältnis vom Export zu den fälligen Kreditrückzahlungen und Zinsen – betrug Ende 1989 150%. Allein ein Stoppen der Verschuldung hätte – wie Schürer im Oktober 1989 in einer „Analyse der ökonomischen Lage der DDR" dem Politbüro eröffnete – im Jahre 1990 eine Senkung des Lebensstandards um 25–30% erfordert und die DDR unregierbar gemacht; ein Anstieg der Verschuldung hätte die Zahlungsunfähigkeit der DDR bedeutet.

Hannelore Hamel

Literaturhinweise:

Hamel, Hannelore (Hrsg.): Soziale Marktwirtschaft – Sozialistische Planwirtschaft. Ein Vergleich Bundesrepublik Deutschland – DDR, München (5. Aufl.) 1989.

Leipold, Helmut: Wirtschafts- und Gesellschaftssysteme im Vergleich, Stuttgart (5. Aufl.) 1988, S. 204-236.

Materialien zum Bericht zur Lage der Nation im geteilten Deutschland 1987, hrsg.vom Bundesministerium für innerdeutsche Beziehungen, Bonn 1987, S. 96-163.

„Schürers Krisen-Analyse", in: Deutschland Archiv 25 (1992), S. 1112-1120.

Geheimnisträger

Nach einer Direktive des DDR-Ministerrates waren Geheimnisträger im Staat der SED solche Personen, „die auf Grund ihrer beruflichen oder gesellschaftlichen Arbeit Kenntnisse von Tatsachen, Gegenständen oder Nachrichten haben, die für den Schutz und die Stärkung der DDR sowie für die Festigung und Entwicklung der sozialistischen Staatengemeinschaft von besonderer Bedeutung sind und deshalb der Geheimhaltung unterliegen." Infolge einer extensiven Auslegung dieser Begriffsbestimmung umfaßte der Kreis der Geheimnisträger alle Mitarbeiter der Staatsorgane, der wirtschaftsleitenden Organe, der Betriebe, Kombinate und Einrichtungen, die für den zeitweiligen oder ständigen Umgang mit Geheimen Kommandosachen, Geheimen Verschlußsachen oder Vertraulichen Verschlußsachen berechtigt waren. Wer dazu zählte, wurde nach besonderen → *Kadernomenklaturen* für Geheimnisträger festgelegt.

Über die Verpflichtung als Geheimnisträger wurde nach bestimmten, genau definierten Kriterien individuell entschieden. Zuvor hatte eine Sicherheitsüberprüfung der für die VS-Berechtigung vorgesehenen Person durch das MfS zu erfolgen. Die Verpflichtung als Geheimnisträger war „durch individuelle Gespräche vorzubereiten und in würdiger Form" vorzunehmen.

Nach Abschluß des zwischen den beiden Staaten in Deutschland geschlossenen → *Grundlagenvertrages* wurde durch Ministerratsbeschluß vom 18. April 1973 verfügt, sämtliche Geheimnisträger in der DDR auf allen Ebenen zu überprüfen und entsprechend der Direktive über Geheimnisträger neu festzulegen, wer als VS-berechtigt galt.

Geheimnisträger unterlagen rigorosen Beschränkungen nicht nur im dienstlichen und privaten Reiseverkehr, die konkret auf das Verbot jeglicher „Westreisen" hinausliefen, sondern auch der Empfang von „Westbesuch", d. h. von Verwandten, Freunden und Bekannten aus West-Berlin, Westdeutschland und dem westlichen Ausland, war grundsätzlich nicht gestattet. Das Unterhalten postalischer Beziehungen zu diesem Personenkreis war genehmigungspflichtig.

Karl Wilhelm Fricke

Geld- und Währungswesen

Geld und Geldwirtschaft in der sozialistischen Planwirtschaft: 1. Die Nutzung von Geld und Geldrechnung diente allgemein ökonomischen und systemspezifischen Zwecken. Die allgemeinökonomischen Zwecke des Geldes erklären sich aus den systemunabhängigen Funktionen, die Geld in arbeitsteilig organisierten Volkswirtschaften generell erfüllt, nämlich die als Tausch-, Wertaufbewahrungs- und als Zahlungsmittel.

Die Gestaltung der für die Geldwirtschaft der DDR relevanten Rahmenbedingungen (d.h. Bankwesen, Prinzipien der Geldversorgung und Geldhaltung, Wechselkursregime; Ziele, Strategien und Instrumente der Geldpolitik; systemspezifische Zwecke von Geld und Geldrechnung) sind letztlich nur aus den Strukturprinzipien der in der DDR verwirklichten sozialistischen Planwirtschaft ableitbar (→ *Wirtschaft*; → *Staatshaushalt*).

2. Geld diente in der sozialistischen Planwirtschaft in systemspezifischer Weise als Mittel der Leistungsstimulierung in allen Bereichen der volkseigenen Wirtschaft einschließlich der Planbürokratie. Die Erfüllung und Übererfüllung von als Hebel der materiellen Interessiertheit und Hebel der wirtschaftlichen Rechnungsführung definierten Leistungskennziffern sollte in Form zusätzlicher Geldprämien entsprechend bestimmter Fonds (Betriebsprämienfonds, Kultur- und Sozialfonds, Leistungsfonds) leistungsstimulierend wirken (→ *Wirtschaft*). Planerfüllung und -übererfüllung waren somit Voraussetzung für die Entlohnung der Beschäftigten in geplanter Höhe bzw. für die Erzielung zusätzlicher Geldeinkommen. Ebenso verbesserte sich die finanzielle Ausstattung auch anderer betrieblicher Fonds, denen bei Übererfüllung der entsprechenden Leistungskennziffern Mittel aus zusätzlich erwirtschafteten Gewinnen zuflossen.

3. Geld sollte in nahezu allen Bereichen der Volkswirtschaft vor allem auch als Mittel der Leistungskontrolle fungieren. Zu diesem Zweck wurden demgemäße institutionelle Vorkehrungen getroffen, die eine Überwachung der materiellen Sphäre der Produktion und der damit verbundenen Leistungs-, Bezugs- und Verteilungsprozesse entsprechend den Plangrößen ermöglichen sollte. Grundsätzlich waren alle in diesem Bereich anfallenden monetären Transaktionen sowie auch die finanzwirtschaftlichen Aktivitäten staatlicher Organe und Organisationen weitgehend bargeldlos über das Gironetz des staatlichen Bankensystems abzuwickeln und nur die hierfür vorgesehenen gesetzlich vorgeschriebenen Verrechnungsverfahren zu nutzen. Entsprechend den Spezifika der Zahlungs- und Kreditvorgänge mußten die Betriebe der volkseigenen Wirtschaft, die sozialistisch-genossenschaftlichen Betriebe und die im Einzelhandel tätigen Kommissionshändler Girokonten spezifischer Art bei den ihnen vorgeschriebenen Banken bzw. Bankfilialen des staatlichen Bankensystems unterhalten. Gleiches galt auch hinsichtlich der Verwaltung verschiedener Finanzfonds der genannten Betriebe und staatlichen Einrichtungen. Anhand des nach Dekaden-, Monats- und Quartalsuntergliederungen dargestellten Planablaufs, der den jeweils zuständigen Bankinstituten durch entsprechende Plandokumente nachzuweisen war, sollte über die mit dem Planvollzug verbundenen Kontobewegungen (Zahlungsein- und -ausgänge, Kontostandsänderungen) eine Kontrolle der zugrundeliegenden güterwirtschaftlichen Prozesse der Planerfüllung im Bereich der volkseigenen und sozialistisch-genossenschaftlichen Wirtschaft sowie der geplanten Finanzpolitik der öffentlichen Hand gewährleistet werden.

Bankensystem und monetäre Planung: 1. Wie im materiellen Bereich der Volkswirtschaft bildete auch im monetären Sektor des Wirtschaftssystems der DDR die Bilanzmethode das Hauptinstrument der geldwirtschaftlichen Planung. Ein System aggregierter finanzieller und monetärer Bilanzen von in Geldeinheiten ausgedrückten Strom- und Bestandsgrößen, abgeleitet aus einzelwirtschaftlichen Planbilanzen und Schätzungen, stellte die Informationsbasis für die Bereitstellung der zu planenden gesamtwirtschaftlichen Geldmenge dar. Zu diesen Bilanzen gehörten der Staatshaushalt, die Geldeinnahmen und -ausgaben der Bevölkerung, die Geldeinnahmen und -ausgaben der sozialistischen Wirtschaft, die Bargeldeinnahmen und -ausgaben der Kassen in Betrieben, Banken und staatlichen Organisationen, die Kreditbilanz und die Finanzbilanz des Staates. In letzterer wurden die zu erwirtschaftenden und die zu verwendenden Geldbeträge gegenübergestellt, die in den Kassen des Staatshaushalts, der Banken und der Versicherungen konzentriert waren.

Da die erwähnten monetären Bilanzen nicht nur als Planbilanzen erarbeitet, sondern weil über deren Erfüllung laufend zu berichten war, sollte hiermit auch auf dieser Ebene eine wirksame Kontrolle der Planmäßigkeit der hiermit verbundenen materiellen volkswirtschaftlichen Produktions- und Verteilungsprozesse ermöglicht werden.

2. Die plangemäße Durchführung und Kontrolle monetärer Operationen war institutionell gesehen Aufgabe des nach dem Einstufigkeitsprinzip organisierten Bankensystems. Hierin fungierte die Staatsbank der DDR als Emissionsbank und kontoführendes Institut der nachgeordneten Spezialbanken als deren Spitzeninstitut. Sie formulierte die Grundsätze für den Zahlungs-, Verrechnungs- und Kreditverkehr der ihnen unterstellten Banken und besaß diesen gegenüber Weisungs- und Kontrollrechte. Auch legte sie im Rahmen der Finanzierungs- und Kreditpläne die Konditionen für Einlagen und die Inanspruchnahme von Refinanzierungskrediten durch die Banken fest. Durch ihre Industriebankfilialen übte die Staatsbank zugleich Geschäftsbankfunktionen aus, indem diese Institute für den Bankverkehr der Sektoren Industrie (ohne Nahrungsmittelindustrie), Bauwesen, Handel und Verkehr sowie auch für den Verkauf von Sorten im Rahmen des Reiseverkehrs zuständig waren.

Die Zuständigkeit der Bank für Landwirtschaft und Nahrungsgüterwirtschaft (BLN) erklärt sich aus deren Bezeichnung. Sie wickelte den banküblichen Zahlungsverkehr der LPG, volkseigenen Güter, Kombinate und sonstiger Betriebe und Genossenschaften in diesem Bereich ab, betreute bankmäßig die ländliche Bevölkerung (Spar- und Girokontoführung) und nahm den bankpflichtigen Wirtschaftsverkehr der bäuerlichen Handelsgenossenschaften wahr.

Die Deutsche Außenhandelsbank AG (DABA) war im Auftrag der Staatsbank das für den Zahlungs- und Verrechnungsverkehr mit dem Ausland zuständige Bankinstitut. Entsprechend der institutionellen Regulierung des Außenwirtschaftsverkehrs war diese auch für die planmäßige Finanzierung der Außenhandelsbetriebe verantwortlich. Die finanzielle Abwicklung von reinen Transitgeschäften oblag dagegen der Deutschen Handelsbank AG (→ *Außenwirtschaft*).

Die Genossenschaftskassen für Handwerk und Gewerbe waren juristisch als sozialistische Genossenschaften im Rahmen der staatlichen Geld- und Kreditplanung tätig. Sie waren die kontoführenden Institute für die Produktionsgenossenschaften verschiedener Kategorien (Handwerk, See- und Küstenfischerei) und der Einkaufs- und Liefergenossenschaften der Handwerker sowie auch der privaten Handwerker. Sie nahmen darüber hinaus Spareinlagen der Bevölkerung entgegen. Als Spitzenorganisation dieser Kassen fungierte der Verband der Genossenschaftskassen für Handwerk und Gewerbe.

Die Sparkassen wurden auf Kreis- und Stadtebene als volkseigene Betriebe geführt. Ihre Aufgabe bestand in der Hereinnahme von Spareinlagen der Bevölkerung, in der Abwicklung des baren und bargeldlosen Zahlungsverkehrs sowie auch der Gewährung von Konsumentenkrediten gemäß strenger Ausreichungsvorschriften. In ihren Aufgabenbereich fiel zudem die finanzielle Betreuung und Abwicklung des Baus von Eigenheimen im Wege der Kreditfinanzierung. Letzteres galt auch für Modernisierung, Instandhaltung und Erhaltung privaten Wohnungsbestandes, soweit dies überhaupt geschah. Die Sparkassen führten darüber hinaus die Konten von privaten Handwerkern und Gewerbetreibenden und gewährten diesen Betriebsmittel- und Investitionskredite im Rahmen der entsprechenden planmäßigen Kreditlimits. Die Geschäftstätigkeit der Sparkassen wurde durch Richtlinien und Weisungen des Präsidenten der Staatsbank geregelt. Eingebunden in das Bankensystem waren auch die Postsparkassen, Postscheckämter, die Reichsbahnkasse und die Reichsbahnsparkasse, deren Aufgabenstellung sich aus deren Benennung erklärt.

3. Mit Ausnahme des Bargeldumlaufs zwischen den Privaten war aufgrund dieser Kontoführungspflicht und wegen der auf Minimalbestände beschränkten Bargeldhaltung der volkseigenen Betriebe, sozialistischen Genossenschaften und staatlichen Organe aller Art bzw. der Verpflichtung zur Einzahlung von erhaltenem Bargeld auf die entsprechenden Konten der zuständigen Bank eine fast vollständige Abwick-

lung des Zahlungsverkehrs innerhalb der Volkswirtschaft über das staatliche Bankensystem gewährleistet. In den die Zahlungsmodalitäten ergänzenden Vorschriften kam insgesamt die Kontrollfunktion des Bankensystems zum Ausdruck.

Die Finanzierungsfunktion der Banken ergab sich aus deren weiterer Aufgabe, auch planmäßig Kredit zu gewähren. Die Kreditvergabe konzentrierte sich im wesentlichen auf den volkseigenen und sozialistisch-genossenschaftlichen Bereich der Volkswirtschaft. Aus dem Vergleich von einer auf den Jahresdurchschnitt bezogenen Bewertung des Bestandes an Roh-, Hilfs- und Betriebsstoffen sowie an Fertigprodukten und den eigenen Finanzmitteln der Betriebe wurde der (normative) Bedarf an entsprechenden Krediten planmäßig bestimmt. Der so entstandene (revolvierende) Kreditmechanismus bewirkte, daß die notwendige Finanzierung allein der Umlaufmittel einen Kreditanteil von ca. 50% aufwies.

Investitionskredite gewährten die Banken auf der Grundlage entsprechender Planteile der volkseigenen und sozialistisch-genossenschaftlichen Betriebe. Investitionspläne waren entweder durch zentrale Investitionsvorgaben bestimmt oder kamen durch eigenverantwortliche Initiative zustande. In beiden Fällen hatten die Banken die Übereinstimmung der Investitionsvorhaben mit zentralen Vorgaben zu prüfen. Weil in der Regel Eigenmittel in Form von erwirtschafteten Gewinnen wegen der bestehenden Abführungsverpflichtungen (Nettogewinnabführung) nur in geringem Maße zur Verfügung standen, war die weitgehende Kreditfinanzierung von Investitionen ein auch aus Kontrollgründen gewollter Effekt. Die dominante Kreditfinanzierung von Investitionen bewirkte eine relativ hohe gewollte Verschuldung der Betriebe.

Darüber hinaus entstand außerplanmäßiger Kreditbedarf in zweierlei Hinsicht. So mußten Kredite zum einen bei Planübererfüllung oder zur Finanzierung außerplanmäßiger Aufgaben gewährt werden. Zum anderen waren außerplanmäßige Kredite zwangsläufig bei Planverstößen zu gewähren, wollte man nicht eine Zahlungsunfähigkeit der betroffenen Betriebe in Kauf nehmen. Außerplanmäßiger Kreditbedarf entstand auch durch die Prolongierung überfälliger Kredite, deren Tilgung wegen Verfehlung der Planziele nicht fristgerecht erfolgen konnte. Ausgehend von einem Grundzinssatz von 5%, konnten, je nach volkswirtschaftlicher Bedeutung, Zu- und Abschläge in einzelnen Kreditverträgen gefordert bzw. vereinbart werden. Die Strafzinsen für außerplanmäßige Kredite bei Planverstößen betrugen bis zu 12%.

Das Bankensystem war also mit umfangreichen Kontroll- und Sanktionsfunktionen ausgestattet. Durch die in zeitlicher und materieller

Hinsicht planmäßig festgelegten Aktivitäten der einzelnen Betriebe und den dazu parallel sich ergebenden Verrechnungsvorgängen auf den Konten derselben, konnten die Banken den ordnungsgemäßen Verlauf sowohl der betrieblichen Planung selbst als auch des Planvollzugs kontrollieren. Zu diesem Zweck stand ihnen ein weitgefächertes Kontrollinstrumentarium zur Verfügung: Überwachung der vorgeschriebenen betrieblichen Berichterstattung; Kontrolle der planmäßigen Bildung und Verwendung der betrieblichen Finanzfonds; Überwachung und Analyse der Auslastung der Betriebskapazitäten; Kontrolle der Lagerbewegungen und der Materialwirtschaft; Kontrolle der Lohn- und Prämienentwicklung (Lohnfonds und Betriebsprämienfonds) in Übereinstimmung mit den vorgegebenen Leistungskennziffern (Arbeitsproduktivität, Erfüllungsgrad der prämienrelevanten Plankennziffern).

4. Mittels der institutionellen Verwirklichung des staatlichen Außenhandels- und Valutamonopols durch die für Import- und Exportbeziehungen allein legitimierten staatlichen Außenhandelsbetriebe sowie anderer staatlicher Organisationen, die mit entsprechenden außenwirtschaftlichen Aktivitäten betraut waren, wurde im Bereich der Geldwirtschaft versucht, die Binnenwährung von außenwirtschaftlichen Einflüssen völlig abzuschotten (→ *Außenwirtschaft*). Die Import-, Export-, Leistungs- und Kreditverflechtung mit dem Ausland waren Gegenstand des Außenhandelsplans bzw. entsprechender Planteile und damit integraler Bestandteil des Volkswirtschaftsplans. Bis auf wenige Ausnahmen konnten exportierende Herstellerbetriebe weder über eigene Devisenerlöse verfügen, noch konnten Betriebe eigenverantwortlich Devisen zu Importzwecken von Gütern erwerben. Die Verrechnung des außenwirtschaftlichen Güter-, Leistungs- und Kreditverkehrs erfolgte auf der Basis eines Systems multilateraler Wechselkurse, differenziert nach Währungsgebieten, kommerziellem und nichtkommerziellem Warenverkehr und Touristenkursen. Die für kommerzielle Transaktionen genutzten Kurse waren in Valutamark definiert, einer zu Zwecken der bilanziellen Darstellung der Entwicklung und des Standes der finanziellen Außenbeziehungen (Zahlungsbilanz) gebrauchten künstlichen Recheneinheit. Letztlich war auch die Nichtkonvertibilität der Mark Ergebnis des staatlichen Valutamonopols und der gewollten Abschottung der Binnenwährung von den Währungen anderer Länder.

Geldpolitik: 1. Die institutionelle Ausgestaltung des Geldwesens sowie die strikte Regulierung der Nutzung von Geld und Kredit könnten vordergründig darauf schließen lassen, daß eine plangerechte Versorgung der Wirtschaft der DDR mit Geld und Kredit problemlos zu bewirken war. Bei plangesteuertem Geld- und Kreditvolumen, staatlich fixierten Preisen und Preisrelationen sowie außenwirtschaftlicher Absicherung der inländischen Geldentstehung, sollte auch eine die plangerechte materielle Produktion und Verteilung und Einkommensentstehung und -verwendung sichernde und damit ebenfalls plangerechte Geldversorgung geradezu perfekt gewährleistet sein. Empirische Befunde zeigen allerdings, daß dies nicht der Fall war, sondern daß der Versuch, monetäre Stabilität herzustellen, auch ein Problem aktiver Geldpolitik der DDR war, was letztlich mit dem realisierten Plansystem zusammenhängt (→ *Wirtschaft*). Hierfür lassen sich mehrere Ursachen finden.

Erstens mußte die auf materieller Bilanzierung beruhende Planung unvollständig bleiben, somit auch die darauf aufbauende Planung monetärer Größen. Zweitens wurden monetäre Äquivalente bewußt zu Zwecken der Leistungsstimulierung eingesetzt. So war im vorhinein der Grad der Planerfüllung bzw. -übererfüllung nicht zu planen und damit auch nicht die damit verknüpften zusätzlichen Geldeinkommen. Die Existenz eines nicht unbedeutenden Privatsektors sowie der Schattenwirtschaft und die Nutzung von Geld entsprechend den individuellen Präferenzen in diesen Bereichen eröffnete drittens den dort wirtschaftlich Tätigen ein mehr oder minder weites Spektrum einzelwirtschaftlicher, d.h. nicht zentral bestimmbarer Handlungsspielräume. Die monetären Leistungsentgelte der privaten Haushalte wurden von diesen nach deren jeweiligen individuellen Präferenzen zu Konsumzwecken verausgabt, gespart oder in sonstigen Vermögensaktiva angelegt. Private Unternehmen disponierten ihr Güterangebot und den Mitteleinsatz prinzipiell nach ihren individuellen Rentabilitätsüberlegungen. Schließlich war die faktische Konkursunfähigkeit volkseigener Betriebe und sozialistischer Genossenschaften dann Ursache einer ungeplanten Ausweitung des Geldangebots, wenn im Falle von (permanenten) Liquiditätsengpässen an betroffene Betriebe (permanent) außerplanmäßige Kredite ausgereicht werden mußten. Nicht zuletzt existierte viertens ein nicht unerhebliches Geldvolumen in Form der Nebenwährung DM, die zu legalen (Intershop), halblegalen oder illegalen Transaktionen genutzt wurde (Warenerwerb besonders knapper Güter gegen DM, Bevorzugung bei Reparatur- und sonstigen Dienstleistungen bei Bezahlung in DM) und die Mark der DDR aus diesem Güter- und Leistungskreislauf partiell verdrängt hatte.

Somit gab es das Problem einer stabilitätsgerechten Geldpolitik im Rahmen der das Wirtschaftssystem determinierenden Ordnungsbedingungen. Geldpolitik meinte in der DDR das plangemäße Entstehen von Geld und dessen Rückfluß. Geld entstand zum einen durch Bargeldemission, zum anderen aber auch im Wege der Kreditgewährung und wurde ökonomisch gesehen bei Kreditrückzahlung bzw. Rückfluß des Bargeldes in den Bankensektor wieder vernichtet.

Wie bereits geschildert, kam den Krediten eine besondere Bedeutung bei der Finanzierung insbesondere der volkseigenen und sozialistisch-genossenschaftlichen Wirtschaft zu. Mit Bezug hierauf verfügte die Staatsbank bzw. das Bankensystem über drei kreditpolitische Instrumentenbündel: Kreditkontingente und -limits, differenzierte Zinssätze für Einlagen und Kredite und Kontroll- und Eingriffsrechte beim Planvollzug der volkseigenen Betriebe.

2. Zur Steuerung der Geldversorgung des privaten Sektors (private Haushalte, private Unternehmen und Institutionen) stand ebenfalls ein Bündel von geldpolitischen Instrumenten zur Verfügung: a) Die Nutzung von Bargeld wurde faktisch auf diesen Sektor beschränkt (Kauf und Verkauf von Konsumgütern und -diensten gegen Bargeld; Ablieferungspflicht der Bareinnahmen des Einzelhandels an das Bankensystem). Auf diese Weise wurde eine strikte Trennung des Bargeldkreislaufs vom Kreditkreislauf versucht. b) Durch Verzinsung entsprechender Depositen (Sichteinlagen, Sparguthaben) sollte darüber hinaus Bargeld des privaten Sektors in das Bankensystem zurückgeführt werden, um das Entstehen größerer unkontrollierbarer Bargeldhorte bei den Privaten zu verhindern. c) Durch restriktive Handhabung der Kreditpolitik gegenüber privaten Haushalten und Unternehmen wurde versucht, die Geldentstehung im Kreditwege einzuschränken (differenzierte Zinssätze, Kreditkontingente). d) Der Kauf von Gütern aus dem Angebot der Intershops wurde nicht mehr direkt gegen DM, sondern gegen nominalwertgleiche Wertschecks (Forumschecks), die gegen die Hergabe von DM bei den Banken zu erwerben waren, ermöglicht. Damit sollte der Gebrauch der Nebenwährung DM eingeschränkt und dem staatlichen Valutamonopol entsprechende Devisen zugeführt werden.

Trotz des nach streng planwirtschaftlichen Prinzipien ausgestalteten Bankensystems und dessen Verflechtung mit der materiellen Planung der volkswirtschaftlichen Prozesse und Proportionen und trotz des Einsatzes der geschilderten geldpolitischen Instrumente kam es zu permanenten monetären Ungleichgewichten. Denn die Entwicklung der materiellen Sphäre der Produktion und Verteilung von Gütern und Leistungen auf der einen Seite und deren monetärem Pendant, die Entwicklung von Geld und Kredit auf der anderen Seite, bewirkte eine Tendenz zu dauerhafter monetärer Überversorgung.

3. Die im Prozeß der Geldversorgung auch angelegte Geldvernichtung (Rückfluß von Geld in den Bankensektor) funktionierte nur un-

vollständig, da das geplante Konsumgüterangebot in quantitativer, qualitativer und zeitlicher Hinsicht in aller Regel nicht den Präferenzen der Konsumenten entsprach (freie Konsumwahl). Dies führte dann notwendigerweise zum Aufbau unerwünschter Bargeldhorte. Ein gleicher Effekt trat auch dadurch ein, daß den über Prämienzahlung entstandenen zusätzlichen Einkommen keine materiellen Gegenwerte in Form zusätzlicher Konsumgüter in gewünschter Menge und Qualität gegenüberstanden.

4. Das sich durch monetäre Überversorgung aufbauende Inflationspotential konnte sich allerdings, wegen der weitgehenden staatlichen Preisfixierung, nicht direkt im Wege von permanenten Preiserhöhungen (offener Preisinflation) und einer damit unmittelbar sichtbar werdenden Verschlechterung des Geldwertes abbauen. Allenfalls wären inflationäre Preisentwicklungen an entsprechenden Preisbewegungen auf halblegalen oder illegalen Märkten beobachtbar gewesen, worüber allerdings gesicherte Statistiken fehlen. Jedoch wies das permanent höhere Wachstum des Bargeldbestandes und der Sichtguthaben (Giro- und Sparguthaben) im Vergleich zu dem des Einzelhandelsumsatzes in der DDR auf das Phänomen einer systemtypischen Form der Inflation, einer zurückgestauten (preisgestoppten) Inflation, hin.

Werner Klein

Literaturhinweise:

Buck, Hannsjörg F.: Geldtheorie und Geldpolitik, in: DDR Handbuch, a.a.O., Bd. 1, S. 487-509.

Gutmann, Gernot (Hrsg.): Basisbereiche der Wirtschaftspolitik in der DDR – Geld-, Finanz- und Preispolitik, Asperg bei Stuttgart 1983.

Haase, Herwig E.: Bankwesen, in: DDR Handbuch, a.a.O., Bd. 1, S. 143-148.

Generalsekretäre der SED

Die SED folgte in ihrem Parteiaufbau und ihrer Führungsstruktur dem Vorbild der KPdSU. Nach Lenins Tod herrschten alle Führer der Sowjetunion als Generalsekretär des ZK (Stalin, Chruschtschow, Breschnew, Andropow, Tschernenko und Gorbatschow). Durch Stalin bekam dieses Parteiamt seine herausragende Bedeutung. Der Georgier begann seinen Weg zum despotischen Herrscher über die Sowjetunion 1922 als Generalsekretär. Seine Wahl erfolgte auf Lenins Veranlassung.

Das Amt war zunächst nur mit rein administrativen Aufgaben ausgestattet, die politischen Entscheidungen wurden im Politbüro getroffen. Stalin gelang es mit Hilfe des zentralen Verwaltungsapparates der Partei, deren regionale Gliederungen immer effizienter zu kontrollieren und mittels einer zielgerichteten → *Kaderpolitik* seine Gefolgsleute an die Schaltstellen der Macht zu bringen. Von nicht geringer Bedeutung war außerdem die Kontrolle über die Vorbereitung von → *Parteitagen und -konferenzen*. Gestützt auf den zunehmend dominanter werdenden Parteiapparat konnte Stalin nach dem Tode Lenins alle seine innerparteilichen Gegner ausschalten, so daß er Ende der 20er Jahre uneingeschränkter Parteiführer war. Durch die Massenrepressalien der 30er Jahre, die sich auch gegen den Parteiapparat richteten, wurde Stalin zum Alleinherrscher über Partei und Gesellschaft und blieb es bis zu seinem Tod 1953. Parallel zu Stalins Aufstieg wurden die kommunistischen Parteien außerhalb der Sowjetunion „bolschewisiert". Ende der 20er Jahre waren sie fest in der Hand von Stalins Gefolgsleuten. Das galt auch für die KPD.

Als die Partei 1945 wieder öffentlich agierte, gab es die Funktion des Generalsekretärs nicht. Wilhelm Pieck war Vorsitzender der Partei und des Sekretariats des Zentralkomitees, das 1945 de facto die Aufgaben von Politbüro und Sekretariat des ZK wahrnahm. Auch das erste Statut der SED von 1946 kannte keinen Generalsekretär. Erst der III. Parteitag im Juli 1950 „wählte" Walter Ulbricht zum Generalsekretär der SED. In seiner Biographie verknüpft sich die Geschichte des deutschen Kommunismus untrennbar mit der sowjetischen Politik in Deutschland.

Der 1893 in Leipzig geborene Walter Ulbricht war 1919 Mitbegründer der KPD in Leipzig und erhielt bereits 1924 seine erste sowjetische Schulung, danach war er u.a. Mitarbeiter der Kommunistischen Internationale (Komintern) in Wien, Prag und Moskau. 1929 wurde er Mitglied des Politbüros der KPD und Politleiter der Bezirksorganisationen von Berlin-Brandenburg. Ulbricht emigrierte 1933 zunächst nach Frankreich, ab 1938 war er Vertreter des ZK der KPD beim Exekutivkomitee der Komintern in Moskau. Seine Karriere verdankte er vor allem seiner unbedingten Loyalität gegenüber der Komintern respektive der KPdSU. Er verkörperte idealtypisch den linientreuen „Apparatschik".

1945 leitete Ulbricht die Berliner → *Initiativgruppe*, im ZK war er verantwortlich für die Beziehungen zur SMAD. Bereits Ende 1946, kurz nach der Gründung der SED, hatte er nach Einschätzung der KPdSU faktisch die gesamte organisatorische und administrative Arbeit der Partei in der Hand. Wie schon Stalin, so stützte sich auch sein Protegé Ulbricht vorwiegend auf den 1948 bereits 20 000 hauptamtliche Mitarbeiter umfassenden Parteiapparat der SED, in dem es schon 1946 im Unterschied zu den gewählten Parteigremien keine Parität zwischen KPD und SPD, sondern eine deutliche Dominanz der kommunistischen Kader gab. Im Januar 1949 wurde Ulbricht Mitglied des neugebildeten Politbüros und Chef des Kleinen Sekretariats (des späteren Sekretariats des ZK) und übernahm damit auch offiziell die Leitung des Parteiapparats. Seine faktische Machtfülle übertraf bereits die der Parteivorsitzenden Pieck und Grotewohl. Der III. Parteitag verlieh ihm somit nur noch den Titel. Doch konnte er sich seiner Macht noch nicht wirklich sicher sein. Nachdem es ihm gelungen war, seinen Hauptkonkurrenten, den Westemigranten Franz Dahlem, aus der Parteispitze zu verdrängen, gefährdete der Tod von Stalin Ulbrichts Position erneut. Gestützt auf die Protektion des sowjetischen Sicherheitschefs Berija betrieben ND-Chefredakteur Rudolf Herrnstadt und MfS-Chef Wilhelm Zaisser im Politbüro seine Ablösung. Doch die von sowjetischen Truppen niedergeschlagene Volkserhebung vom → *Siebzehnten Juni* 1953 stärkte paradoxerweise die Position Ulbrichts, die sowjetische Führung schreckte nun vor einschneidenden Veränderungen in der SED-Spitze zurück. Ulbricht säuberte das Politbüro von seinen Gegnern und Personen, die er dafür hielt. Ab Juli 1953 durfte er sich entsprechend sowjetischer Forderungen nach Abbau des Personenkults und Übergang zur kollektiven Führung nur noch Erster Sekretär des ZK nennen, allerdings war dies nur eine Namens- und keine Funktionsänderung.

Nachdem es ihm 1958 erneut gelungen war, eine von der verkündeten Entstalinisierung des XX. Parteitages der KPdSU ermutigte Opposition in der Parteiführung zu zerschlagen, herrschte er unangefochten. Dies kam auch in seinen neu erworbenen Staatsfunktionen zum Ausdruck: 1960 wurde er Vorsitzender des → *Staatsrates* (das höchste Staatsamt) sowie des → *Nationalen Verteidigungsrates*.

Als er Ende der 60er Jahre versuchte, eine Vergrößerung der eigenen politischen Spielräume gegenüber der Sowjetunion durchzusetzen, und die DDR gleichzeitig in eine wirtschaftliche Krise geriet, zeichnete sich das Ende der Ära Ulbricht ab. Nachdem er schließlich den Abschluß des Vier-Mächte-Abkommens über Berlin zu behindern suchte und damit ernsthaft sowjetische Interessen tangierte, mußte er seinen Rücktritt „aus Gesundheitsgründen“ erklären und Honecker als seinen Nachfolger öffentlich vorschlagen.

Der 1912 geborene Erich Honecker besuchte bereits 1930 einen Schulungskurs in der Sowjetunion, später war er als kommunistischer Jugendfunktionär im NS-Regime zehn Jahre inhaftiert, war von 1946 bis 1955 FDJ-Vorsitzender und gehörte seit 1950 dem Politbüro an.

Nach Absolvierung der Parteihochschule der KPdSU (1956/57) übernahm Honecker 1958 im ZK und Politbüro den Sicherheitsbereich, er organisierte 1961 im Auftrag Ulbrichts den Bau der Mauer. Als er mit Unterstützung von Breschnew Generalsekretär der SED wurde, sorgte er nach der erfolgten internationalen Anerkennung der DDR für eine verstärkte Abgrenzung zur Bundesrepublik. Mit der Konzeption der Einheit von Wirtschafts- und Sozialpolitik weckte er in der Bevölkerung Hoffnungen auf eine stetige Steigerung des Lebensstandardes.

Honecker akzeptierte wieder uneingeschränkt die „führende Rolle" der KPdSU. Bis 1976 gestaltete er das Politbüro personell nach seinen Vorstellungen um. Im gleichen Jahr erhielt er den Titel eines Generalsekretärs und wurde Staatsratsvorsitzender (seit 1971 war er auch Vorsitzender des Nationalen Verteidigungsrates). Honecker verfügte nun über eine ähnliche Machtstellung wie Ulbricht nach 1960. Er bestimmte die Linie der Partei. Über seinen Tisch liefen sämtliche Vorlagen, die ins Politbüro eingebracht werden sollten. Seine an den Rand gekritzelten Anmerkungen wie auch seine die Verabschiedung der Beschlüsse begleitenden Bemerkungen im Politbüro bzw. im ZK-Sekretariat wurden vom Parteiapparat als unmittelbare Weisungen verstanden. Sie waren bedeutsamer als die eigentlichen Politbüro-Beschlüsse. Die von Gorbatschow 1987 eingeleiteten Reformen in der Sowjetunion sah Honecker zu Recht als Bedrohung für sein Regime an und propagierte einen „Sozialismus in den Farben der DDR". Nachdem er sich gegenüber Massenflucht und -demonstrationen im Herbst 1989 völlig starrsinnig und zu Reformen unfähig zeigte, wurde er am 18. Okt. 1989 durch das Zentralkomitee der SED abgewählt.

Neuer Generalsekretär wurde Egon Krenz, der wie Honecker selbst 1974–1983 Vorsitzender der FDJ gewesen war. Krenz absolvierte 1964–1967 die Parteihochschule der KPdSU und war 1983–1989, ebenfalls wie Honecker, Sekretär des Zentralkomitees für Sicherheit. Im Dezember 1989 trat er von seinem Amt als Generalsekretär zurück. Mit der Übernahme eines vorwiegend sozialdemokratischen Parteistatuts durch die SED-Nachfolgepartei PDS verschwand auch das Amt des Generalsekretärs aus dem Parteiaufbau der SED-Nachfolgepartei.

Manfred Wilke/Klaus Schroeder

Literaturhinweise:

Brunner, Georg: Staatsapparat und Parteiherrschaft in der DDR, in: Materialien der Enquete-Kommission, a.a.O., Bd. II, 2, S. 989-1029.

Die Machthierarchie der SED, in: Materialien der Enquete-Kommission, a.a.O., Bd. II, 1, S. 415-534.
Kursbuch 111. In Sachen Erich Honecker, hrsg. von Karl Markus Michel und Tilman Sprengler , Berlin 1993.
Stern, Carola: Ulbricht. Eine politische Biographie, Berlin (2. Aufl.) 1966.

Geraer Forderungen

Der Forderungenkatalog, den Generalsekretär Erich Honecker erstmals in einer Rede zur Eröffnung des Parteilehrjahrs der SED im Oktober 1980 in Gera aufstellte, war ein zentrales Element der Abgrenzungspolitik der DDR (→ *SED und deutsche Frage*). Er gehörte zu den Versuchen der SED-Führung, die vollständige völkerrechtliche Anerkennung der DDR durch die Bundesrepublik zu erreichen.

Die Forderungen betrafen:

1. die Anerkennung einer eigenen Staatsbürgerschaft der DDR, also die Beseitigung der (gesamt-)deutschen → *Staatsangehörigkeit*,
2. die Auflösung der → *Zentralen Erfassungsstelle Salzgitter*,
3. die Umwandlung der Ständigen Vertretungen der DDR und der Bundesrepublik in Botschaften und
4. eine Regelung des Grenzverlaufs der Elbe „entsprechend dem internationalen Recht."

Diese Forderungen zielten nicht auf die Regelung praktischer Einzelfragen, sondern auf eine grundsätzliche Veränderung der innerdeutschen Beziehungen (→ *innerdeutsche Verbindungen*). Die Beseitigung der gesamtdeutschen Staatsangehörigkeit hätte den DDR-Einwohnern aus der Sicht der Bundesrepublik den Status von Ausländern gegeben und ihnen damit das Recht genommen, die Hilfe bundesdeutscher Vertretungen in Ost-Berlin oder in Drittländern in Anspruch oder als Deutsche Wohnsitz in der Bundesrepublik zu nehmen. Der Status der beiderseitigen Vertretungen diente dazu, den Sondercharakter der Beziehungen zwischen den beiden Staaten, die aus bundesdeutscher Sicht füreinander nicht Ausland waren, auch formal deutlich zu machen. Die Problematik des Elbverlaufs ergab sich aus Unklarheiten in den alliierten Dokumenten zur Abgrenzung der Besatzungszonen. Der politische Kern des Anliegens der SED-Führung war, bei der genauen Demarkation des Grenzverlaufs statt einer (deskriptiven) Feststellung dessen, was die Alliierten bei Kriegsende vereinbart hatten, eine (rechtlich konstitutive) Festsetzung durch die beiden deutschen Regierungen treten zu lassen, also an dieser Stelle Vier-Mächte-Recht (→ *Vier Mäch-*

te) durch eine deutsch-deutsch vereinbarte völkerrechtliche Regelung abzulösen.

Die Geraer Forderungen hatten damit das Ziel, den Sondercharakter der innerdeutschen Beziehungen (→ *Deutschlandpolitik*) abzubauen, den → *Grundlagenvertrag* zu revidieren und die Teilung Deutschlands völkerrechtlich festzuschreiben. Diese Forderungen wurden von der SED-Führung in den Folgejahren immer wieder, mit unterschiedlichen Intensität, vorgetragen, jedoch, angesichts der nachdrücklichen Ablehnung durch die Bundesregierungen nicht zur Vorbedingung für weitere Verhandlungen und Vertragsabschlüsse mit der Bundesrepublik gemacht.

In der westdeutschen Öffentlichkeit und unter den Parteien setzte über die Forderungen eine Diskussion ein, wobei die Reaktionen der verschiedenen Kräfte in der Bundesrepublik Deutschland sehr unterschiedlich waren. Die Bundesregierungen, zunächst unter Bundeskanzler Helmut Schmidt, ab 1982 unter Bundeskanzler Helmut Kohl, lehnten die Forderungen Honeckers eindeutig ab. Durchgängig ablehnend blieb auch die Haltung der CDU und der CSU, für die eine rechtliche Ausgrenzung der Deutschen aus dem anderen Teil nicht Betracht kam. Bei der SPD hingegen wuchs die Bereitschaft, einige der von Honecker vorgetragenen Punkte zu akzeptieren und über andere in Verhandlungen einzutreten. So empfahl die SPD-Bundestagsfraktion am 6. Nov. 1984 einstimmig die Auflösung der Zentralen Erfassungsstelle Salzgitter, die wirkungslos und überflüssig sei. Die von der SPD geführten Bundesländer Saarland, Bremen, Hamburg und Nordrhein-Westfalen sowie Schleswig-Holstein und im Mai 1989 auch Berlin, stellten die Zahlungen an die Zentrale Erfassungsstelle in Salzgitter ein. Auch in der Frage des Grenzverlaufs an der Elbe zeigte sich die SPD verhandlungsbereit. Noch weiter ging ein wichtiger Flügel innerhalb der Partei der Grünen, der sich noch im Juni 1989 für eine völkerrechtliche Anerkennung der DDR und die Erfüllung der Geraer Forderungen aussprach.

Die SED-Führung konnte sich mit ihrer Politik der Abgrenzung gegenüber der Bundesrepublik letztendlich nicht durchsetzen. Sie scheiterte mit ihren Geraer Forderungen nicht nur an der ablehnenden Haltung der Bundesregierungen. Im Einigungsprozeß wurde auch deutlich, daß diese Politik gegen den Willen der Mehrheit der Bevölkerung in beiden Teilen Deutschlands konzipiert worden war.

Andreas von Below

Literaturhinweise:

Honecker, Erich: Reden und Aufsätze, Bd. 7, Berlin (Ost) 1982, S. 430 ff.
Winters, Peter Jochen: Zwischen Annäherung und Abgrenzung. Die innerdeutschen Beziehungen aus der Sicht der DDR, in: Schriftenreihe der Gesellschaft für Deutschlandforschung, Bd. 129 (1989), S. 179-194.

Gerichtsverfassung

Die DDR-Gerichtsbarkeit führte kein institutionelles Eigenleben, sie kannte weder echte Unabhängigkeit noch Selbstverwaltung. Lenin hatte es als eine „unbedingte Pflicht der proletarischen Revolution" bezeichnet, die bürgerlichen Gerichtsinstitutionen zu zerschlagen und durch ein neues, sozialistisches Gericht zu ersetzen. Dementsprechend wurden in der DDR die Vorstellungen vom Rechtsstaat ebenso bekämpft wie die Gewaltenteilung in Gesetzgebung, Exekutive und Rechtsprechung als dreier eigenständiger, weitgehend unabhängiger, sich wechselseitig kontrollierender und ausbalancierender Institutionen. Ebenso grundlegend unterschied sich das Verständnis der Unabhängigkeit der Mitglieder der Gerichte bei der Ausübung der Rechtsprechung von dem Begriff der richterlichen Unabhängigkeit in der Bundesrepublik.

Als Bestandteil des einheitlichen sozialistischen Staatsapparats unterlagen die Gerichte dem Führungsanspruch der → *SED*, deren Beschlüsse die Grundlage für ihre Tätigkeit bildeten. Das Prinzip des → *demokratischen Zentralismus* unterstellte sie der → *Volkskammer*, die ein Instrument der SED war. Das Oberste Gericht (OG) und der Generalstaatsanwalt der DDR waren der Volkskammer unmittelbar untergeordnete Organe. Der Präsident, die Berufsrichter und die ehrenamtlichen Schöffen des Obersten Gerichts wurden von der Volkskammer gewählt, waren ihr rechenschaftspflichtig und verantwortlich. Alle anderen Richter und Schöffen wurden von den örtlichen Volksvertretungen oder unmittelbar von den Bürgern gewählt. Sie waren ihren Wählern berichterstattungspflichtig und konnten von ihnen abberufen werden.

Beherrscht wurde die sozialistische Rechtspflege von den Prinzipien der → *sozialistischen Gesetzlichkeit* und → *Parteilichkeit*, die eine dialektische Einheit bildeten. Jede Entscheidung, ob in Straf-, Zivil- oder Familiensachen, war unter dem Gesichtspunkt zu treffen, ob sie – je nach der Etappe der gesellschaftlichen Entwicklung – dem Aufbau, dem Sieg oder der Festigung der sozialistischen Gesellschaft diente.

Die sozialistische Gerichtsverfassung bildete sich stufenweise heraus. Zu Anfang stand die Lösung der Kaderfrage (Hilde Benjamin) im Vordergrund. Nach der Inhaftierung und Entlassung der NS-Richter wurden von 1945 bis 1954 als politisch zuverlässig angesehene Laien in Lehrgängen zu Volksrichtern geschult. Zu diesen traten nach der Umgestaltung des Jurastudiums (1951) auf Hochschulen ausgebildete, von der SED indoktrinierte und ausgewählte → *Kader*, die zu 65% aus der Arbeiterklasse stammen sollten. 1990 betrug die Zahl der Richter 1.493 (in Nordrhein-Westfalen mit vergleichbarer Einwohnerzahl amtierten 1990 rund 4.200 Richter).

Nachdem 1949 das OG als Kassationsgericht und Steuerungsinstrument eingerichtet worden war (Gesetz vom 8. Dez. 1949), wurde 1952 im Ergebnis der 2. Parteikonferenz der SED die Rechtspflege (durch das Gerichtsverfassungsgesetz (GVG) vom 2. Okt. 1952) neu geordnet. Der von der VI. Parteikonferenz beschlossene „umfassende Aufbau des Sozialismus" führte zum GVG vom 17. April 1963, dem zehn Jahre später das GVG vom 27. Sept. 1974 folgte. Die Gliederung des Gerichtssystems beruhte auf dem territorialen Staatsaufbau. Staatliche Gerichte waren das OG, die Bezirksgerichte, die Kreisgerichte und die Militärgerichte. Unterhalb der staatlichen Gerichtsbarkeit fungierten die gesellschaftlichen Gerichte, d.h. die Konfliktkommissionen in den Betrieben und Einrichtungen sowie die Schiedskommissionen in den Wohngebieten, zur Ausübung der Rechtsprechung in einfachen zivilrechtlichen, arbeitsrechtlichen und geringfügigen Strafsachen.

Die Besetzung der Gerichte war durch die starke Beteiligung ehrenamtlicher Richter (Schöffen) gekennzeichnet. Diese wirkten nicht nur in Straf- und Arbeitssachen, sondern auch in allen anderen Verfahren vor den Kreisgerichten (soweit nicht ausnahmsweise ein Einzelrichter zuständig war) und an allen erstinstanzlichen Verfahren vor den Bezirksgerichten mit. Da die Schöffen auch die Aufgabe hatten, „Recht und Gesetz im Alltag der Bürger durchzusetzen" und die „kollektive Erziehung von Straftätern" zu sichern, war ihnen eine bemerkenswerte Rolle im umfassenden Kontrollsystem der DDR zugedacht. Im Interesse der sozialistischen Erziehung und Disziplin konnten auch Vertreter von „Kollektiven der Werktätigen" in den Strafverfahren mitwirken, u.a. als „gesellschaftliche Ankläger" oder „Verteidiger". Den über 22 000 Konfliktkommissionen und rund 5.200 Schiedskommissionen gehörten überhaupt keine Berufsrichter an.

Weiteres hervorstechendes Merkmal der Gerichtsverfassung war die dem Rechtsstaat wesensfremde Leitung der Rechtsprechung, die zentral vom OG, zeitweise auch vom Justizministerium, durch Richtlinien,

Steuerung der Justiz

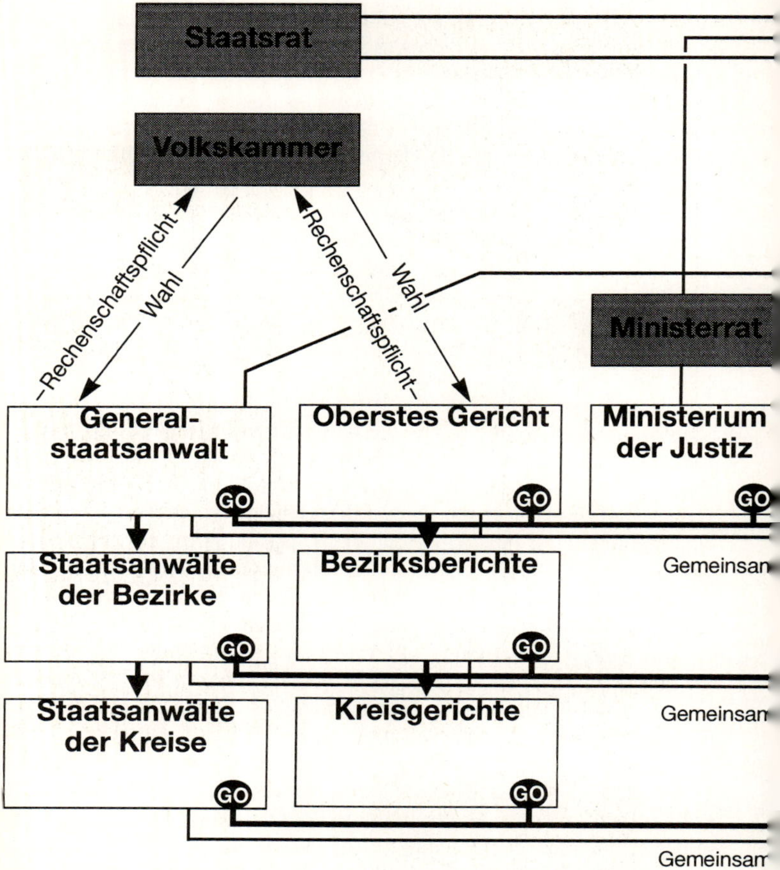

Die SED verstand sich als „Partei der Gesetzlichkeit", stand aber selber außerhalb des Gesetzes. Der Staatsapparat war auch durch Ämterhäufung aufs engste mit der SED verzahnt.

Beispiele auf höchster Ebene sind die beiden langjährigen Partei- und Staatschefs Walter Ulbricht und Erich Honecker, die auf beiden Ebenen fast alle Spitzenpositionen besetzten. Klaus Sorgenicht, Leiter der Abteilung des Zentralkomitees (ZK) der SED für „Staats- und Rechtsfragen", war zugleich Mitglied des Staatsrates und des Rechtsausschusses der Volkskammer. Generalstaatsanwalt Josef Streit war Mitglied des ZK der SED.

Im Normalfall hatte der Parteisekretär oder ein Mitglied der Parteileitung einer Grundorganisation (GO) der SED im Justizbereich zugleich dort eine führende Position. So war der Vizepräsident

durch die SED

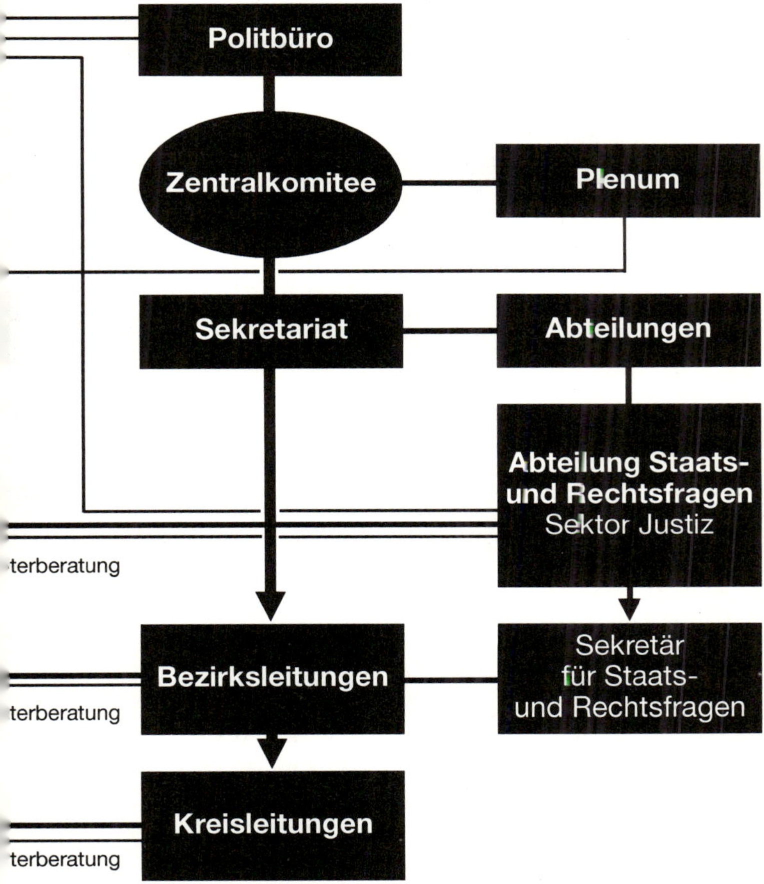

des Obersten Gerichts (OG), Walter Ziegler, ebenfalls in der Leitung der Grundorganisation der SED am OG. Die Statuten der SED verpflichteten die Parteimitglieder, auch in der beruflichen Tätigkeit die Parteilinie durchzusetzen.

Neben der Anleitung durch die obersten Rechtspflegeorgane fand eine Lenkung der Justiz durch die ZK-Abteilung „Staats- und Rechtsfragen" statt, die Einfluß auf die obersten Rechtspflegeorgane und deren Parteiorganisationen ausübte.

Quelle: Im Namen des Volkes? Über die Justiz im Staat der SED, Forum Verlag, Leipzig 1994.

Beschlüsse, Entscheidungen, „Standpunkte" und „operative Einsätze" ausgeübt wurde. Eine starke Stellung hatte der Direktor des Kreis- oder Bezirksgerichts, bei dem sich u.a. die Richter allwöchentlich zum Rapport einzufinden hatten. Für eine informelle Steuerung der Gerichte sorgte die SED, vor allem durch die Abteilung des → *ZK der SED* für Staats- und Rechtsfragen und durch den hohen Organisationsgrad der Richter, die zu mehr als 90% SED-Mitglieder waren und der Parteidisziplin – auch auf örtlicher Ebene – unterlagen. Das Steuerungssystem war so angelegt, daß Durchgriffe zur Erreichung politischer Ziele auch in Einzelfällen stets möglich waren. Der durchdringende Parteieinfluß wurde von den marxistisch-leninistisch indoktrinierten Richtern als selbstverständlich angesehen, so daß er durchweg nicht als Eingriff in ihre Funktion empfunden wurde.

Rudolf Wassermann

Literaturhinweise:

Benjamin, Hilde u.a.: Aus Reden und Aufsätzen, Berlin (Ost) 1982.
Benjamin, Hilde u.a.: Geschichte der Rechtspflege der DDR, Bde. 1-3 Berlin (Ost) 1976, 1980, 1986.
Rottleuthner, Hubert u.a.: Steuerung der Justiz in der DDR, Köln 1994.
Wünsche, Kurt u.a.: Grundlagen der Rechtspflege. Lehrbuch, Berlin (Ost) 1986.

Geschichtsauffassung

Grundlage und politische Bedeutung: Grundlage der SED-gelenkten Geschichtswissenschaft, -propaganda und -pädagogik in der DDR war der historische Materialismus, der nach offizieller Auffassung „die allgemeinen Bewegungs- und Entwicklungsgesetze der Gesellschaft und ihre Triebkräfte" untersucht. Die Grundzüge dieser Lehre wurden von Karl Marx und Friedrich Engels in verschiedenen Schriften entwickelt (zentral: Marx' Vorwort „Zur Kritik der politischen Ökonomie", 1859).

Nach marxistisch-leninistischer Auffassung besteht das konstitutive Element menschlicher Existenz in der Produktion der für das Leben erforderlichen Güter und in der auf diese Produktion gerichteten Arbeitstätigkeit. Basis jeder Gesellschaftsordnung ist daher die Art und Weise, wie diese – notwendigerweise gesellschaftliche – Produktion organisiert ist, insbesondere die Regelung des Eigentums an den Produktionsmitteln. Diese von den Menschen eingegangenen „notwendige(n), von ihrem Willen unabhängige(n) Verhältnisse", die „einer bestimmter Entwicklungsstufe ihrer materiellen Produktivkräfte entsprechen", werden als Produktionsverhältnisse bezeichnet. Sie bilden die Basis, auf der sich ein Überbau von Ideen („gesellschaftlichen Bewußtseinsformen" und ihren verschiedenen kulturellen Artikulationen wie Religion, Philosophie, Ästhetik) und Institutionen (Staat und Recht) erhebt. Dieser Überbau steht mit den zugrundeliegenden Produktionsverhältnissen in einer Wechselwirkung, ist aber letztlich von ihnen abhängig. „Es ist nicht das Bewußtsein der Menschen, das ihr Sein, sondern umgekehrt ihr gesellschaftliches Sein, das ihr Bewußtsein bestimmt."

Alle bisherigen Gesellschaftsordnungen in der Geschichte, seit die Menschheit aus dem Status der Urgesellschaft herausgetreten ist, sind dadurch bestimmt, daß die Produzenten nicht Eigentümer der Produktionsmittel sind. Das Verhältnis zu den Produktionsmitteln konstituiert nach Lenin verschiedene Klassen, also „Gruppen von Menschen, von denen die eine sich die Arbeit einer anderen aneignen kann in Folge der Verschiedenheit ihres Platzes in einem bestimmten System der gesellschaftlichen Wirtschaft" (Lenin: „Die große Initiative", 1919). Die Klassen in einer Ausbeutergesellschaft stehen zueinander in einem objektiven, unaufhebbaren, also antagonistischen Gegensatz, alle bisherige Geschichte ist daher die Geschichte von Klassenkämpfen.

Das vorwärtstreibende Element der Geschichte ist die Entwicklung der Produktivkräfte, die zusammen mit den Produktionsverhältnissen als „Produktionsweise" bezeichnet werden. Die Produktivkräfte (also natürliche Ressourcen und menschliche Fertigkeiten in Arbeitstechnik und Arbeitsorganisation) entwickeln sich im Lauf der Geschichte von sehr einfachen Formen und niedrigem Niveau auf der Ebene der Urgesellschaft bis hin zu hochentwickelten Formen industrieller Arbeitsteilung. Durch ihre fortschreitende Entwicklung treten diese Produktivkräfte zu den relativ stabilen Produktionsverhältnissen, in deren Rahmen sie sich zunächst entwickelt haben, immer wieder in einen wachsenden Widerspruch, in dessen Folge sich die Klassengegensätze verschärfen, bis schließlich notwendigerweise eine Epoche sozialer Revolution eintritt, in der Produktionsverhältnisse und der gesamte Überbau sich umwälzen und eine historisch überholte ökonomische Gesellschaftsformation von einer höher entwickelten abgelöst wird.

Während sich die Geschichtswissenschaft im allgemeinen auf nur chronologisch kennzeichnende Einteilungen wie Ur- und Frühgeschichte, Altertum, Mittelalter, Neuzeit beschränkt, unterscheidet die marxistische Geschichtsschreibung gemäß ihrer historisch-materialistischen Grundlage nach weitgehend ökonomischen Gesichtspunkten fünf Gesellschaftsformationen, die einander in gesetzlich notwendiger Aufeinanderfolge ablösen: 1. die Urgesellschaft (als klassenlose Gesellschaft auf einer sehr niedrigen Stufe der Produktivität), 2. die Sklavenhaltergesellschaft und andere frühe Formen der Klassengesellschaft (wie die „asiatische Produktionsweise“), 3. der Feudalismus, 4. der Kapitalismus und schließlich 5. der Kommunismus mit seiner niedriger entwickelten Anfangsstufe, dem → *Sozialismus*. Der Kommunismus als letzte Stufe der gesellschaftlichen Entwicklung ist eine Formation ohne Klassen und Klassenherrschaft mit den ihnen entsprechenden Überbauphänomenen. Mit der Überwindung des Kapitalismus ist damit die Geschichte der Klassenkämpfe, die „Vorgeschichte der Menschheit“, abgeschlossen.

Von besonderer Wichtigkeit in dieser Geschichtsauffassung ist das in ihr vertretene Verständnis historischer Gesetzmäßigkeit. Zustimmend zitiert Marx einen Rezensenten: „Marx betrachtet die gesellschaftliche Bewegung als naturgeschichtlichen Prozeß, den Gesetze lenken, die nicht nur von dem Willen, dem Bewußtsein und der Absicht der Menschen unabhängig sind, vielmehr umgekehrt deren Wollen, Bewußtsein und Absichten bestimmen.“ (Nachwort zur 2. Aufl. des „Kapitals“, 1873) Diese „Entdeckung“ eines nach einem erkennbaren Gesetz verlaufenden Geschichtsprozesses erlaubt somit nach marxistisch-leninistischer Auffassung wissenschaftliche Urteile über den Geschichtsprozeß in seiner Gänze einschließlich wissenschaftlicher Aussagen über die Zukunft – nicht im Detail, wohl aber in den wesentlichen Linien der Entwicklung. Der historische Materialismus ist damit seinem Anspruch und seiner Wirkung nach nicht nur Erkenntnisinstrument für die bisherige Geschichte, sondern zugleich Richtungsangabe und Handlungsanweisung für die künftige gesellschaftliche Entwicklung.

Diese Gesetzmäßigkeitsauffassung, die auf der einen Seite die Konsistenz des historischen Materialismus begründet, wirft auf der anderen Seite eine Reihe von Problemen auf, die die marxistisch-leninistische Geschichtstheorie seit ihrem Beginn beschäftigt hat. Das erste Problem ist das des historischen Determinismus. Eine streng naturgesetzmäßige Auffassung des Geschichtsprozesses führt, konsequent gedacht, nicht nur zu einer Ausdünnung der Geschichte – alle historischen Entwicklungen und Ereignisse werden zu bloßen Ausdrucksformen eines im wesentlichen von vornherein feststehenden und gewußten Ablaufs –, sie wirft auch die Frage nach der Notwendigkeit und Möglichkeit politischen, einschließlich revolutionären, Handelns auf. Dieses Problem suchten Engels und ein Teil der marxistischen Geschichtstheoretiker, insbesondere im Westen, durch den Hinweis zu lösen, daß zwischen Basis und Überbau kein ökonomischer Determinismus, sondern eine Wechselwirkung anzunehmen sei, in welcher der ökonomischen Basis nur „in letzter Instanz" die bedingende Rolle zukomme (Engels, Brief an J. Bloch, 21. Sept. 1880). Zugleich wurden in der marxistisch-leninistischen Geschichtsschreibung – auch der DDR – Versuche unternommen, für bestimmte Phasen der gesellschaftlichen Entwicklung eine relative Eigenständigkeit von Überbauphänomenen zu begründen (→ *Historisches Erbe und Tradition*). Gleichwohl ist das zugrundeliegende Problem damit nicht gelöst, sondern nur reduziert und verschoben. Der völlige Verzicht auf jeglichen Determinismus würde zugleich den Verzicht auf den Lehrsatz einer erkennbaren Gesetzmäßigkeit im Geschichtsprozeß und damit auf den Anspruch wissenschaftlich gesicherter Prognosefähigkeit bedeuten.

Zum zweiten mußte die Gesetzmäßigkeitsauffassung des marxistisch-leninistischen Geschichtsverständnisses in Übereinstimmung gebracht werden mit einer tatsächlichen historischen Entwicklung, in der sich zunächst die revolutionäre Überwindung des Kapitalismus und dann, nach der Revolution in Rußland, der weitere revolutionäre Prozeß bis hin zum Übergang zum Kommunismus immer wieder verzögerten. Den zweiten Teil dieses Problems bewältigte die marxistisch-leninistische Geschichtsauffassung durch die Einbeziehung retardierender Elemente (Imperialismus, Faschismus, Auffassung vom Sozialismus als einer relativ lange dauernden Übergangsphase) in den prognostizierten Geschichtsverlauf. Den ersten Teil des Problems löste Lenin mit seiner Parteilehre, derzufolge die Arbeiterklasse aus sich selbst heraus das für den revolutionären Umschlag notwendige revolutionäre Bewußtsein nicht entwickeln könne, sondern dazu der revolutionären Vorhut einer Partei von bewußten Berufsrevolutionären bedürfe. Hier leitete Lenin die Forderung der → *Parteilichkeit* ab. Die deskriptiv aufgefaßte Feststellung von Marx und Engels, daß die Bewußtseinsformen – einschließlich geschichts- und gesellschaftswissenschaftlicher Tätigkeit – in Klassengesellschaften notwendigerweise ebenfalls klassengebunden seien, wurde damit von Lenin – systemimmanent konsequent – weiterentwickelt zu der normativen Forderung, die gesellschaftliche Realität aus der Perspektive der unterdrückten – also zugleich der den revolutionären Fortschritt repräsentierenden – Klassen zu betrachten, und von Stalin konkretisiert im Sinne einer Parteilichkeit für die Linie der proletarisch-revolutionären Partei. In diesem Verständnis ist die Parteilichkeitsforderung auch von der Historiographie in den sowjetischen Satellitenstaaten nach dem Zweiten Weltkrieg übernommen worden.

Daß die marxistisch-leninistische Geschichtswissenschaft, bei allen Versuchen der Flexibilisierung des Interpretationsrahmens, an der Gesetzmäßigkeitsauffassung ihres Geschichtsbildes grundsätzlich festgehalten und einen erheblichen Teil ihrer Bemühungen darauf verwendet hat, die erforschte Geschichte in den vorgegebenen Ablauf- und Interpretationsrahmen einzupassen, weist auf die besondere Wichtigkeit dieses Erkenntnismodells für die kommunistische Herrschaft hin. In der Tat stellte dieses Geschichtsmodell die eigentliche Legitimation – nicht im Sinne einer nachträglichen Rechtfertigung, sondern im Sinne der Daseinsbegründung – der kommunistischen Parteidiktatur dar. Aus der Behauptung eines gesetzmäßigen Geschichtsverlaufes hin zur sozialistischen Revolution und eines in diesen Geschichtsverlauf implizierten historischen Auftrags (durch den „Die Geschichte" zum Auftraggeber hypostasiert wird) an die Arbeiterklasse bzw. an ihre führende Partei folgt deren Recht und Pflicht zur Durchführung dieser historischen Gesetzmäßigkeit, auch gegenüber Klassen mit unentwickeltem historischen Bewußtsein und gegen „scheindemokratisch" legitimierte „Zufallsmehrheiten". Geschichtswissenschaft war daher unter den Bedingungen des sozialistischen Weltanschauungsstaates Herrschaftswissen und selbst Instrument im Klassenkampf; sie unterlag wegen dieser politischen Bedeutung der Anleitung und Kontrolle durch die führende Partei. Diese Anleitung war um so enger, je mehr ein Themenbereich zur politischen Aufgabenerfüllung des Faches beitrug; sie konnte um so größere Freiräume zugestehen, je geringer oder vermittelter die Relevanz eines Themenbereiches für die politische Aufgabenerfüllung war.

Tatsächlich handelt es sich bei den Grundannahmen des historischen Materialismus nicht um den – unmöglichen – Nachweis eines die Geschichte insgesamt erklärenden Gesetzes, das von nun an dogmatische, selbst die Zukunft umfassende Gültigkeit beanspruchen dürfte, sondern um den Vorschlag eines generellen historischen Erklärungsmodells, das in jedem einzelnen Anwendungsfall seine Leistungskraft erst durch plausible und quellengesättigte Geschichtsschreibung zu bewähren hat. Den Nachweis einer solchen umfassenden Erklärungskraft hat dieses Modell – unbeschadet seines heuristischen Wertes bei der Erforschung von Ereignissen mit tatsächlichem Klassenkampfcharakter – naturgemäß nicht führen können: Folge seiner Rückführung des Geschichtsprozesses auf eine „in letzter Instanz" schließlich allein wirksame Ursache, seiner ökonomischen Engführung der Geschichte, die der Komplexität historischer Wirklichkeit nicht gerecht wird. Wenn anleitende Wissenschafts- und Pädagogikfunktionäre in der DDR immer wieder dazu aufriefen, das geforderte Geschichtsbild lebendiger, konkreter und anschaulicher zu vermitteln, so ist daran erkennbar, daß das Problem einer unzulänglichen Geschichtsbildkonstruktion bis zu einem gewissen Grade gesehen wurde, daß die Partei ihm aber auswich, indem sie es von der Ebene der Geschichtstheorie auf die Ebene der individuellen Unterrichtspraxis und pädagogischen Geschicklichkeit abschob. Wissenschaftsfremd ist darüber hinaus die Forderung nach „Parteilichkeit", denn wenn ohne sie zutreffende Erkenntnis unmöglich sein sollte, werden die Erkenntnisinhalte der intersubjektiven Überprüfbarkeit entzogen; und die „Gesetzmäßigkeiten" des Histomat werden damit als das erklärt, was sie tatsächlich sind: als Glaubenssache.

Anleitinstitutionen als Lenkungsapparat: Von Anfang an, verstärkt seit 1948 („Sturm auf die Festung Wissenschaft") bemühte sich die SED darum, eine von ihr kontrollierte Geschichtswissenschaft aufzubauen. Während bürgerliche Historiker mehr und mehr in Spezialisten-Nischen abgedrängt wurden, wurden an den Lehrstühlen marxistisch-leninistischer Historiker (Alfred Meusel, Leo Stern) kommunistische Nachwuchshistoriker ausgebildet. Gleichzeitig wurde durch zentrale Studienlenkung seitens der Partei und Regierung (Staatssekretariat für Hochschulwesen mit einem Wissenschaftlichen Beirat für Geschichte, seit 1951), durch parteiliches Lehrmaterial für Fernstudiengänge, durch Pflichtvorlesungen in Historischem Materialismus, Dialektischem Materialismus und Politischer Ökonomie sowie durch Rekrutierung parteiloyalen Nachwuchses mit Hilfe der Arbeiter-und-Bauern-Fakultäten eine parteiliche Durchformung des Wissenschaftsbetriebes, unter Inkaufnahme eines erheblichen Niveauverlustes, vorangetrieben. Gleiches geschah im Schulunterricht (Ausbildung von Neulehrern, Benutzung von übersetzten sowjetischen Schulbüchern, 1950 Einführung des Schulfaches Gegenwartskunde, später Staatsbürgerkunde).

1951/52 wurde das Museum für Deutsche Geschichte errichtet; es übernahm zugleich – mit mäßigem Erfolg, da die Anleitungsstrukturen erst im Aufbau begriffen waren – die Funktion einer Leitstelle der historischen Forschung. Seit 1953 erschien mit der Zeitschrift für Geschichtswissenschaft (ZfG) ein eigenes Fachorgan der DDR-Historiographie, 1959 traten die „Beiträge zur Geschichte der (deutschen) Arbeiterbewegung" (BzG, das Beiwort wurde 1969 aus dem Titel gelöscht) an ihre Seite, 1958 wurde – auch zur international eigenständigen Repräsentanz des Faches – eine eigene Historikergesellschaft der DDR gegründet, und die Delegation der DDR-Historiker verließ den Historikertag in Trier.

Die parteiliche Anleitung des Faches geschah in den frühen Jahren der SED-Herrschaft auch und nicht zuletzt durch geschichtliche Veröffentlichungen führender Parteifunktionäre, an ihrer Spitze der Generalsekretär bzw. Erste Sekretär persönlich. 1958 wurde die historische Diskussion über den Charakter der Novemberrevolution durch Entscheidung Ulbrichts beendet. 1962 wurde eine historisch-politische Grundsatz- und Anleitveröffentlichung, das „Nationale Dokument" mit dem Titel „Die geschichtliche Aufgabe der Deutschen Demokratischen Republik und die Zukunft Deutschlands" von Ulbricht dem Nationalrat der Nationalen Front unterbreitet und von diesem bestätigt. Der „Grundriß der Geschichte der deutschen Arbeiterbewegung" (veröffentlicht 1963) und die achtbändige „Geschichte der deutschen Arbeiterbewegung" (veröffentlicht 1964) waren von Autorenkollektiven verfaßt, die unter Leitung Ulbrichts standen.

Wenn in den 70er und 80er Jahren eine so unmittelbare inhaltliche Anleitung des Faches durch die Parteispitze nicht mehr in dieser offenen Form erfolgte, so ist dies kein Zeichen für eine Entpolitisierung des Faches, sondern vielmehr dafür, daß eine Anleitung und Kontrolle „von außen" oder „von oben" nicht mehr erforderlich war, weil sie inzwischen von innen stattfand: durch eine erfolgreiche personalpolitische Durchdringung der Geschichtswissenschaft mit SED-treuen Kadern und durch ein in den 60er und 70er Jahren erfolgreich ausgebautes und gut organisiertes Anleitinstrumentarium.

Wichtigstes Instrument dabei waren die „Zentralen Forschungspläne der marxistisch-leninistischen Gesellschaftswissenschaften", die seit 1964 etwa im Fünf-Jahres-Rhythmus unter Mitwirkung der wichtigsten Fachvertreter und Institutionen vorbereitet und vom Politbüro beschlossen wurden. Die Koordinierung und Kontrolle bei der Durchführung des Forschungsplanes oblag dem Rat für Geschichtswissenschaft (gegründet 1969, aufgelöst 5. Dez. 1989). In diesem 32köpfigen Gremium waren u.a. vertreten die ZK-Abteilungen für Wissenschaft und Propaganda, die Ministerien für Volksbildung und für Hoch- und Fachschulwesen, leitende Vertreter der drei wichtigsten Institute und der Parteihochschule „Karl Marx", die Direktoren des Instituts für Militärgeschichte in Potsdam sowie der „Sektionen Geschichte" an den Universitäten (seit der dritten Hochschulreform 1964), die Staatliche Archivverwaltung, das Zentrale Parteiarchiv der SED, die Redaktion der ZfG und das Lektorat des Dietz-Verlages. Der Rat war organisatorisch angelehnt an das → *Institut für Marxismus-Leninismus* beim ZK der SED, dessen Stellvertretender Leiter, ZK-Mitglied Ernst Diehl, zugleich Vorsitzender des Rates und Autor der wichtigsten Anleitartikel nach Parteitagen und einschlägigen ZK- und Politbürobeschlüssen war. Durch Politbürobeschluß von 1968 übernahm das IML die Funktion einer Leiteinrichtung auch für die deutsche und allgemeine Geschichte, die zuvor, seit 1956, vom Institut für Geschichte an der Akademie der Wissenschaften (AdW), seit 1964 von der neu gegründeten „Sektion Geschichte“ an der AdW wahrgenommen worden war.

Daneben stand als wichtigste Ausbildungsstätte für Parteikader und Leiteinrichtung für wesentliche Teile der gesellschaftswissenschaftlichen Forschung die Akademie für Gesellschaftswissenschaften beim ZK der SED (AfG, gegründet 1951 als „Institut für Gesellschaftswissenschaften [...]“, seit 1976 unter neuem Namen), die insbesondere die Auseinandersetzung mit der westlichen Geschichtsschreibung und die pädagogisch-propagandistische Umsetzung der Geschichtsforschung zu leisten hatte. (Im April 1990 wurde die AfG in eine der PDS nahestehende Stiftung umgewandelt.)

Dritte Hauptforschungseinrichtung war das Zentralinstitut für Geschichte an der Akademie der Wissenschaften der DDR, 1969 aus dem älteren „Institut für Geschichte“ an dieser Akademie (seit 1956, Leiter Karl Obermann bis 1960, Ernst Engelberg 1960 bis 1968) hervorgegangen. Das ZIG (unter Leitung von Horst Bartel 1969 bis 1983, Heinz Heitzer 1983 bis 1984, Walter Schmidt 1984 bis 1990) war das größte historische Forschungsinstitut in der DDR und gewann in den 80er Jahren zunehmende Bedeutung (→ *Historisches Erbe und Tradition*). Bei diesem Institut waren auch die bilateralen Historikerkommissionen der DDR mit den verbündeten Staaten, u.a. mit der Sowjetunion (bestehend seit 1957) angesiedelt. Das ZIG, seit 1990 „Institut für deutsche Geschichte“, wurde 1991 aufgelöst.

Inhaltliche Schwerpunkte der Geschichtsvermittlung: Die Vermittlung eines „sozialistischen Geschichtsbewußtseins“, das die Erkenntnis vom Sieg des Sozialismus im Weltmaßstab, vom Sozialismus in der DDR als Höhepunkt der bisherigen deutschen Geschichte und von der „historischen Mission der Arbeiterklasse“ einschloß, war erklärtermaßen seit Ende der 60er Jahre, in den wesentlichen Grundzügen seit Beginn der SED-Herrschaft Ziel der führenden Partei. Die eingangs skizzierten Axiome der „materialistischen Geschichtsauffassung“ bildeten dabei das Kernstück der Geschichtspädagogik und die selbstverständliche Grundlage der Forschung, wobei die Vermittlung zwischen behaupteter allgemeiner Gesetzmäßigkeit und konkreter historischer Anschauung ein immer wieder zu lösendes Grundsatzproblem war und blieb.

Die Wichtigkeit von Klassenkampf und Revolutionen als „Lokomotiven der Geschichte“ (Marx, „Die Klassenkämpfe in Frankreich

1848–1850", 1850/1895) begründete entsprechende Schwerpunktsetzungen in Wissenschaft und Unterricht. Sie führte in der Frühzeit der DDR zu einer selektiven Geschichtsbetrachtung, in der die Geschichte der revolutionären Arbeiterbewegung im Mittelpunkt stand, ergänzt durch frühere revolutionäre und klassenkämpferische Ereignisse – wie den Bauernkrieg, die 48er Revolution, vor allem im Hinblick auf ihre proletarischen Elemente –, durch die Geschichte der Befreiungskriege als historisches Vorbild deutsch-russischer bzw. deutsch-sowjetischer Waffenbrüderschaft und durch die Berufung auf „humanistische Traditionen" – etwa die deutsche Klassik –, die im Arbeiter-und-Bauern-Staat der Gegenwart wieder aufgenommen würden. Seitdem sich von den 70er Jahren an die SED-gelenkte Geschichtsschreibung um ein umfassenderes Geschichtsverständnis bemühte, mußte größere Aufmerksamkeit darauf verwendet werden, die Formationstheorie und die grundsätzlich revolutionären Formationsübergänge – die für das marxistisch-leninistische Geschichtsbild konstitutiv waren, in Abgrenzung zu „bürgerlichen" Auffassungen eines i.a. evolutionären Geschichtsverlaufes – in der realen Geschichte zu verifizieren, auch da, wo keine revolutionären Einzelereignissse diese Theorie beglaubigten.

Kernbestand des SED-Geschichtsbildes blieb bis zum Schluß die Geschichte der deutschen Arbeiterbewegung im Sinne eines begradigten, innere Widersprüche ausklammernden oder verharmlosenden Verständnisses der eigenen Parteigeschichte. Die Arbeiterbewegung als konsequent klassenkämpferisch-revolutionäre Kraft, in Gestalt ihrer revolutionären Partei seit der Oktoberrevolution eng verbunden mit der russischen bzw. sowjetischen kommunistischen Partei, als einzige oder doch wichtigste und daher zur Führung berufene Kraft des → *Antifaschismus* in Deutschland, als aus diesem Grunde legitime Führungskraft im Nachkriegsdeutschland und daher als führende Kraft in der DDR, die im Rahmen des sozialistischen Weltsystems – so der „internationalistische" Akzent seit 1971 – gesetzmäßig den Sozialismus aufbaut: Dies war die geltende Interpretationslinie, in der innere Auseinandersetzungen und Spannungen wegretuschiert wurden. Eine ebenfalls begradigte, entproblematisierte und verfälschende Geschichte des eigenen Staates trat seit Beginn der 70er Jahre mehr und mehr in den Mittelpunkt der Geschichtsschreibung. Dabei sollten örtliche Bemühungen um eine entsprechende regionale und lokale sowie Betriebs-Geschichte dazu beitragen, dieses Geschichtsbild breitenwirksam und für die historische Bewußtseinsbildung fruchtbar zu machen.

In der Auffassung der Geschichte des eigenen Staates spiegelt sich das Selbstverständnis der DDR auch im Verhältnis zur Gesamtnation und zur Bundesrepublik (→ *SED und deutsche Frage*). Während bis in die 60er Jahre hinein der Charakter als Kernstaat bzw. als Modell eines künftigen Gesamtdeutschland unterstrichen wurde, trat nach 1971 auch in der Geschichtsschreibung die Betonung der staatlichen und einer behaupteten nationalen Eigenständigkeit, die These von der sich ausbildenden sozialistischen Nation und ihrer gesetzmäßigen Abgrenzung von der kapitalistischen Nation in der Bundesrepublik in den Vordergrund einer „sozialistischen Nationalgeschichte" der DDR. Allerdings wurde dabei die Wiederentwicklung einer gesamtdeutschen Nation nach dem Sieg des Sozialismus in der Bundesrepublik als künftige Option offengehalten (z.B. Kurt Hager in: Einheit 1983, S. 163).

Zwischen dem Ende der 60er und dem Anfang der 80er Jahre fand in den Anleit- und Forschungseinrichtungen eine Diskussion über Grundsatzkategorien der Geschichtsforschung statt, in der das Verhältnis von Basis und Überbau, das Verhältnis zwischen revolutionärer Massenbasis und „Hegemon" in vorsozialistischen Revolutionen und damit auch die fortschrittsfördernde Funktion des Wirkens von Vertretern herrschender Ausbeuterklassen erörtert wurden. Durch eine Ausweitung des vorherigen engen Bewertungsrasters sollte die DDR als Fortsetzer vielfältiger (nicht nur proletarisch-revolutionärer) fortschrittlicher Tendenzen in der deutschen Geschichte ausgewiesen werden. Insbesondere bei der Analyse der bürgerlichen Revolution in Deutschland gelang es (Forschungsgruppe Vergleichende Revolutionsgeschichte der Neuzeit an der Universität Leipzig unter Leitung von Walter Markov, seit 1971 Manfred Kossok), über das simplifizierende Bewertungsschema eines eng verstandenen Parteilichkeitsverständnisses hinwegzukommen. Ergebnisse dieses erweiterten Geschichtsverständnisses zeigten sich u.a. in der auf 12 Bände berechneten „Deutschen Geschichte", von der seit 1982 bis zum Abbruch des Unternehmens 1989 die Bände 1 bis 5 und 9 erschienen.

Das Bild der DDR-Geschichtswissenschaft ist somit uneinheitlich. Die Spannung zwischen politischer Lenkung und Instrumentalisierung einerseits, den Bedürfnissen quellengesättigter Forschung andererseits führte in den verschiedenen Phasen der DDR, in den verschiedenen Teilbereichen des Faches und auch bei den verschiedenen Fachvertretern zu unterschiedlichen Ergebnissen. In ihrem Gesamtbild bleibt die SED-gelenkte Geschichtswissenschaft der DDR allerdings charakterisiert durch die Funktionen, die ihr von der SED, in Übereinstimmung mit den anleitenden Fachvertretern, zugewiesen wurden: eine vorgegebene und als wissenschaftlich gesichert ausgegebene Geschichtsphilosophie zu verifizieren, die führende Partei und ihre Politik zu legitimieren und mit beidem zur Mobilisierung der Bevölkerung beizutragen.

Um sich von dieser politisch-ideologisch in Dienst genommenen Geschichtswissenschaft abzusetzen, hat sich im Frühjahr 1990 ein Unabhängiger Historikerverband gegründet, der sich insbesondere auf die Aufarbeitung der DDR-Geschichte konzentriert.

Ein Nachleben führt die SED-nahe Historiographie in PDS-naher Geschichtsschreibung über die DDR. Sie zielt darauf, wirkliche oder vermeintliche Errungenschaften des SED-Staates als die eigentlichen Systemcharakteristika hervorzuheben, den von den ideologischen und historischen Grundlagen her undemokratischen (→ *Diktatur des Proletariats*) und unrechtsstaatlichen (Recht als Instrument der Parteiherrschaft) Charakter des Systems zu bestreiten und die entsprechenden Systemmerkmale der SED-Diktatur auf individuelles Versagen, auf Fehlentwicklungen und dogmatische Erstarrungen – die immerhin zugegeben werden –, auf außenpolitische Zwänge und auf scheinbar anonyme Mächte (den „Kalten Krieg") zurückzuführen und damit die sozialistische Parteidiktatur als im Ansatz richtiges und der positiven Entwicklung fähiges Modell zu verteidigen. In ihrer apologetischen Tendenz erweist sich diese PDS-nahe Geschichtsschreibung als zwar in Einzelheiten notwendigerweise flexibler, in den wesentlichen Urteilen aber als ebenso ideologisch gebunden und politisch verformt wie vor 1989.

Eberhard Kuhrt

Literaturhinweise:

Fischer, Alexander/Heydemann, Günther (Hrsg.): Geschichtswissenschaft in der DDR I/II, Bd. 25/I u. II, Berlin 1988.

Kuhrt, Eberhard: Das ganze Erbe soll es sein. Die Erweiterung des Erbe- und Traditionsverständnisses im Geschichtsbild der SED, in: Ders. und Henning von Löwis: Griff nach der deutschen Geschichte, Paderborn 1988, S. 15-172.

Schradi, Johannes: Die DDR-Geschichtswissenschaft und das bürgerliche Erbe. Das deutsche Bürgertum und die Revolution von 1848 im sozialistischen Geschichtsverständnis, Frankfurt/M., New York 1984.

Timm, Albrecht: Das Fach Geschichte in Forschung und Lehre in der sowjetischen Besatzungszone Deutschlands seit 1945. Bonner Berichte aus Mittel- und Ostdeutschland, hrsg. vom Bundesministerium für Gesamtdeutsche Fragen, Bonn (4. Aufl.) 1965.

Gesellschaft für Deutsch-Sowjetische Freundschaft (DSF)

Die DSF war nach dem FDGB die zweitgrößte → *Massenorganisation* der DDR. Sie wurde am 30. Juni 1947 unter dem Namen „Gesellschaft zum Studium der Kultur der Sowjetunion" in Berlin gegründet. Den Mitgliedern, zunächst meist Wissenschaftler und Künstler, ging es um ein vertieftes Kennenlernen von russischer Geschichte, Sprache und Kultur und um die Etablierung freundschaftlicher Beziehungen zwischen beiden Völkern (→ *Sowjetunion* und *SBZ/DDR*). Doch von den eigentlichen Initiatoren → *SMAD* und → *SED* war die Gesellschaft von Anfang an als politische Massenorganisation gedacht. Es sollte darum gehen, die in der SBZ besonders verbreitete antisowjetische Stimmung zu beseitigen und das sowjetische Vorbild in Staat, Wirtschaft und Gesellschaft zu propagieren.

Beim 2. Kongreß der Gesellschaft im Juli 1949 wandelte sie ihren Namen in Gesellschaft für Deutsch-Sowjetische Freundschaft. Zugleich begann der Ausbau der Studiengesellschaft zu einer politischen Kampforganisation. Die Mitglieder wurden jetzt vornehmlich in den → *Betrieben* und → *Kombinaten* gesucht, die Zahl der Betriebsgruppen stieg zwischen Juni und Dezember 1949 von 700 auf knapp 6 000, die Mitgliederzahl schnellte im selben Zeitraum von ca. 2 200 auf 655 200. Unter dem Motto „Von der Sowjetunion lernen, heißt siegen lernen" ging es darum, „die Sowjetunion als Pionier des Menschheitsfortschritts und als Zentrum des antiimperialistischen Kampfes" darzustellen, die sowjetischen Neuerermethoden (→ *Aktivistenbewegung*) für die DDR-Wirtschaft nutzbar zu machen und die Sowjetunion beim Aufbau des Kommunismus zu unterstützen.

Für ihre politisch-ideologische Arbeit unterhielt die DSF 25 Häuser nach dem Vorbild des 1947 in Berlin eingerichteten „Haus der Kultur der Sowjetunion", in denen durch Vorträge, Seminare, Tagungen, Freundschaftstreffen, Festveranstaltungen und Kulturprogramme das Wissen über Staat, Gesellschaft, Wirtschaft und Kultur der Sowjetunion erweitert und die freundschaftlichen Beziehungen zu ihr gefestigt werden sollten. In etwa 1 600 Betrieben wurden die Werktätigen in „Kabinetten der Freundschaft" mit den sowjetischen Arbeitsmethoden vertraut gemacht. In 18 Informationszentren sollten insbesondere Jugendliche zur offensiven Auseinandersetzung mit Antikommunismus und Antisowjetismus angeleitet werden. In Schönwalde bei Berlin unterhielt die DSF eine zentrale Schulungsstätte für ihren Funktionärsnachwuchs, daneben gab es weitere Schulen auf Bezirksebene.

Organisatorisches Fundament der DSF waren die aus mindestens zehn Mitgliedern bestehenden Grundeinheiten, die sich zu Kreis- und Bezirksverbänden formierten. Oberstes Organ war der alle fünf Jahre zusammentretende Kongreß, der die weiteren Leitungsgremien (Präsident, Zentralvorstand, Zentrale Revisionskommission) wählte. Führungsprinzip war der → *demokratische Zentralismus*. Seit 1947 gab es den organisationseigenen Verlag „Kultur und Fortschritt", in dem Wochenzeitungen, Monatsschriften und eine Fülle von Informations- und Schulungsschriften erschienen (u.a. die Illustrierte FREIE WELT).

Wie die übrigen Massenorganisationen war auch die DSF in erster Linie Transmissionsriemen für die Politik der SED. Die Mitgliedschaft war oft nur der formale Nachweis gesellschaftlicher Aktivitäten. Dies zeigte sich am rapiden Verfall der Gesellschaft nach dem → *Zusammenbruch der DDR*: Die Mitgliederzahl sank von 6,3 Mio. 1989 auf ca. 26 000 im September 1991. Die im März 1992 in „Brücken nach Osten" umbenannte Gesellschaft spielt heute kaum noch eine Rolle.

Manfred Agethen

Literaturhinweise:

Dralle, Lothar: Von der Sowjetunion lernen. ... Zur Geschichte der Gesellschaft für Deutsch-Sowjetische Freundschaft. Osteuropastudien der Hochschulen des Landes Hessen, Reihe I; Gießener Abhandlungen zur Agrar- und Wirtschaftsforschung des europäischen Ostens, Bd. 198, Berlin 1993.

Hartmann, Anneli/Eggeling, Wolfram: Die Gesellschaft für Deutsch-Sowjetische Freundschaft. Zum Aufbau einer Institution in der SBZ/DDR zwischen deutschen Politzwängen und sowjetischer Steuerung. Aus Deutschlands Mitte, Bd. 25, Berlin 1993.

Gesellschaft für Sport und Technik (GST)

Gegründet auf „Vorschlag" des ZK der SED durch eine Verordnung des DDR-Ministerrats vom 7. Aug. 1952 entstand nach sowjetischem Vorbild – Freiwilligen Unionsgesellschaft zur Förderung der Land-, Luft- und Seestreitkräfte (DOSAAF) – eine → *Massenorganisation*, die vor allem die vormilitärische Ausbildung von Jugendlichen zum Inhalt ihrer Tätigkeit machte. Hervorgegangen aus den Interessengemeinschaften der FDJ entwickelte sich die GST in den 50er Jahren – wegen der oft mangelhaften Technik auch als „Gesellschaft für Sport und geht nicht“ angesprochen – zu einem Großverband mit Hunderttausenden von nominellen Mitgliedern (1988: 680 000). Die GST stand von Anfang an unter Anleitung der SED bzw. leitender Militärs des DDR-Verteidigungsministeriums (bis 1956: Ministerium des Innern). Vorsitzende und höhere Funktionäre des Verbandes waren Generäle/Admirale und Stabsoffiziere der NVA, die über etwa 5 000 hauptamtliche Mitarbeiter (unter ihnen viele Reservisten) verfügten. Die GST unterhielt Ausbildungseinrichtungen, war im Besitz von Schiffen, Booten, Motor- und Segelflugzeugen, Krafträdern, LKW, Waffen und technischem Gerät. Zu den aufwendigsten Einrichtungen gehörten Flugplätze/Fliegerschulen der GST und die Marineschule in Greifswald.

Mitglied konnten Jugendliche beiderlei Geschlechts (ab 14 Jahre) werden. Hauptaufgabe der GST war die vormilitärische Ausbildung der männlichen Jugendlichen im Alter von 16 bis 18 Jahren. Unterschieden wurde – in den 80er Jahren – zwischen einer allgemeinen vormilitärischen Grundausbildung und der vormilitärischen Laufbahnausbildung. Offiziellen Angaben zufolge durchliefen mehr als 90% der Jugendlichen eine vormilitärische GST-Ausbildung vor ihrem Wehrdienst. Nach Abschluß der obligatorischen GST-Grundausbildung bot die Gesellschaft Ende der 80er Jahre sieben vormilitärische Laufbahnrichtungen an: Mot-Schütze / Nachrichtenspezialist (Funker) / Taucher / Matrosenspezialist / Fallschirmjäger / Militärkraftfahrer und Militärflieger. Diese Laufbahnausbildung der GST berücksichtigte die Neigungen und Fähigkeiten der Jugendlichen – eine gewisse Faszination im Umgang mit Waffen und Gerät stellte sich in diesen Jahrgängen fast von selbst ein. Die Verantwortlichen nutzten dieses Interesse und warben während dieser Zeit verstärkt Freiwillige für den Dienst als Berufs- und Zeitsoldat. Die GST vergab Flug- und Segelscheine, außerdem erwarben hier die jungen Leute in großer Zahl „Fahrerlaubnisse“ (Führerscheine). Die Gesellschaft diente auch als Fahrschule der DDR.

Nach Auflagen aus dem Ministerium für Nationale Verteidigung wurde die GST zwischen 1952 und 1990 mehrmals organisatorisch gestrafft und mit neuen Ausbildungsplänen versehen. Ende 1961 trennte sich der Verband von „unmilitärischen“ Disziplinen: Die Tiersportarten (Reiten / Hundesport / Taubensport / Jagd) wurden ausgegliedert. Mitte der 80er Jahre führte man neue „Verbände“ ein. Nach der GST-Satzung von 1987 existierten unter dem Dach der GST die folgenden (technischen) Sportverbände (-arten): Schützenverband / Flug- und Fallschirmsportverband / Militärischer Mehrkampfsportverband / Modellsportverband / Radiosportverband / Seesportverband / Tauchsportverband und Wehrkampfsportverband.

Neben der Vermittlung vormilitärischer Kenntnisse stand die politisch-ideologische Beeinflussung durch die Partei. Die leitenden Funktionäre achteten darauf, den „Sinn des Soldatseins" im realen DDR-Sozialismus zu propagieren. Eigene GST-Publikationen hatten diese Absicht zu vertiefen. Die GST war Instrument der SED und verlängerter Arm des DDR-Verteidigungsministeriums. Sie diente der Militarisierung der DDR. Von vielen Jugendlichen ist jedoch die ideologische Erziehung nur oberflächlich angenommen worden, man nahm diese als unvermeidlich hin. In Praxis und Alltag begriff man die GST auch als Freizeitangebot und Chance, sich bestimmte Fertigkeiten kostenlos anzueignen.

Peter Joachim Lapp

Literaturhinweise:

Gesellschaft für Sport und Technik (GST), in: Rüdiger Henkel: Im Dienste der Staatspartei. Über Parteien und Organisationen der DDR, Baden-Baden 1994, S. 347-364.

GST, in: Herbst, Andreas/Ranke, Winfried/Winkler, Jürgen: So funktionierte die DDR, Bd. 1, Reinbek 1994, S. 344-352.

Gesellschaft und gesellschaftliche Aktivitäten

Die SED vertrat einen Gesellschaftsbegriff, der von den unter ihrer Führung vereinheitlichten Interessen aller gesellschaftlichen Kräfte ausging, da im → *Sozialismus* alle Klassengegensätze aufgehoben seien. Demzufolge wurde die Gesellschaft zentralistisch organisiert. Dies entsprach einer monistischen Ideologie (→ *Marxismus-Leninismus*), die von der Einheitlichkeit der Welt ausging. Jede Form eines geistigen, kulturellen, sozialen oder politischen Pluralismus galt als Ausfluß von Klassengegensätzen (→ *Klassen und Klassenkampf*). Die Führung von Staat und Gesellschaft beanspruchte die SED als Kampforganisation der Arbeiterklasse (→ *Führungsanspruch*). Die SED hatte den Staat okkupiert und nutzte ihn als Instrument zur Durchsetzung von Parteiinteressen. In der Doppelstruktur von Staatsorganen und Parteistellen waren letztere die eigentlichen Träger der → *Macht*. Das galt auch für die gesamte → *Wirtschaft*, für die → *Bewaffneten Kräfte* und das MfS (→ *Staatssicherheit*). Höchste Entscheidungsinstanz waren das → *Politbüro der SED* bzw. der → *Generalsekretär* der SED.

Ursprünglich hatte Lenin im Anschluß an Marx vorausgesagt, daß der Staat als Instrument der herrschenden Klasse im Sozialismus absterben würde. Zur Kontrolle der Gesellschaft und zum Machterhalt wurden aber die parteistaatlichen Instanzen und Bürokratien in der DDR stetig ausgebaut. Die marxistischen Parteitheoretiker versuchten diesen ideologisch-politischen Widerspruch durch die Identifizierung von Partei, Staat und Gesellschaft zu umgehen. Die zentralistische Organisation der Gesellschaft bestand aus einem weitverzweigten System von Großorganisationen, die auf spezifische Interessenlagen zugeschnitten waren und der SED als „Transmissionsriemen" ihres politischen Willens dienten. Im unmittelbar politischen Bereich waren der SED als mitgliederstärkster Partei die sog. Blockparteien zugeordnet, die die Aufgabe hatten, bestimmte soziale Gruppen oder ideologische Orientierungen und Traditionen politisch einzubinden. Auf die SED bezogen und direkt von ihr angeleitet waren auch die → *Massenorganisationen*: Der → *FDGB* hatte die Aufgabe, die Interessen der Werktätigen mit denen der SED in Übereinstimmung zu bringen. Kinder und Jugendliche waren in den einheitlichen Organisationen Junge Pioniere (→ *Pionierorganisation*) und → *FDJ* organisiert, die als Kampfreserve der SED galten. Für die Frauen, die Sportler, die Künstler und Schriftsteller gab es jeweils eigene Verbände. Der → *Kulturbund* vereinigte vielfältige Interessengemeinschaften in sich. Dem eher ideologischen Anliegen der Bindung an die Sowjetunion diente die → *Gesellschaft für deutsch-sowjetische Freundschaft*. Die SED bestimmte die Grenzen eigenständiger Aktivitäten aller Massenorganisationen, Verbände und Vereinigungen. Rechtlich hatte man keine Möglichkeit, unabhängige Organisationen oder Vereine zu gründen. Im Spektrum der Massenorganisationen gab es in der DDR-Geschichte nur geringfügige Verschiebungen. Gegen Ende der DDR wurde etwa die Vereinigung der gegenseitigen Bauernhilfe (VdgB) aufgewertet, um die ländliche Bevölkerung besser in das politische System zu integrieren. Mit der Gründung des Freidenkerverbandes (→ *Atheismus*) 1988/1989 sollte in der Krise der DDR, als die in den Kirchen operierende Opposition (→ *Widerstand*) erstarkt war, eine gegen die Kirchen gerichtete neue Massenorganisation tätig werden.

„Gesellschaftliche Aktivitäten" oder „gesellschaftliches Engagement" waren Synonyme für die Einordnung in die Partei- und Staatsorganisation der DDR. Eine offene Gesellschaft, in der die Bürger ihre unterschiedlichen Interessen nach Regeln und mit Hilfe des Rechts ausgleichen und sich frei und unabhängig selbst organisieren können, war damit offiziell beseitigt. Die politische, → *sozialistische Gesetzlichkeit*, die an die Stelle rechtsstaatlicher Prinzipien trat, war eines der wichtigsten Instrumente zur gesellschaftlichen Gleichschaltung und Disziplinierung. Dem gleichen Zweck diente auch die → *Militarisierung* der Gesellschaft, die nicht nur die Verteidigungskraft stärken sollte, sondern auch eine disziplinierende innenpolitische Bedeutung hatte. Die bewußte Gleichsetzung von Staat und Gesellschaft grenzte alle Aktivitäten aus, die nicht im Interesse und in Übereinstimmung mit der SED unternommen wurden. Diese waren illegal oder konnten nur in rechtsfreien Räumen stattfinden. Die offizielle DDR-Gesellschaft war dadurch eine geschlossene Gesellschaft, die sich nach außen durch eine hermetisch abgeriegelte Grenze und nach innen gegen alle nichtsozialistischen Orientierungen und Aktivitäten abgrenzte.

Die Einheitlichkeit der Gesellschaft und die behauptete Interesseneinheit im Sozialismus blieben allerdings ideologische Fiktion. Dies wurde u.a. – ähnlich wie im Nationalsozialismus – mit einer Ideologie des Volkes kaschiert, was sich in vielen politischen Wortschöpfungen zeigte, wie Volkspolizei, Nationale Volksarmee, Volksrichter, Volksmacht, Volkseigentum usw. Zwar gab es keine nennenswerten, eigenständigen, sozialen Großgruppen in der DDR mehr, seit nach dem Machtantritt Honeckers 1971 auch noch die letzten Reste der bürgerlichen Schichten enteignet worden waren. Trotz der sozialen Homogenisierung standen aber private Interessen denen der SED entgegen, konnten geistige Orientierungen nicht vollständig von der Staatsideologie integriert werden und waren die traditionellen Milieus nicht durch die angestrebte sozialistische Lebensweise restlos überformbar. Schon die Vorstellung, gesellschaftliche Prozesse vollständig lenken und leiten zu können, die angestrebte absolute Kontrolle der Öffentlichkeit oder die willkürliche Definition einer sozialistischen Nationalkultur widersprachen den dynamischen Grundmustern der deutschen bzw. europäischen Zivilisation. Eine bruchlose Anpassung der Individuen an das politisch-ideologische System war zudem nicht möglich, da die Ausformung → *sozialistischer Persönlichkeiten* mit einem auf das Kollektiv bezogenen Bewußtsein aus einem illusionären Menschenbild herrührte. Dies führte zu einer nicht behebbaren Differenz zwischen Individualinteressen und denen der SED. Diese Unterschiede konnten nur durch die Privilegierung der wichtigsten Funktionäre verdeckt werden. Das System des Machterhalts blieb überhaupt nur funktionstüchtig, weil es seinen Kadern Vorteile einräumte und unterderhand immer neue Ungleichheiten installierte.

Eine weitere Folge war die Trennung zwischen offizieller und inoffizieller Gesellschaft. Die Menschen konnten nur in privaten Bereichen und informellen Gruppen den Ansprüchen der SED entgehen. In den sprichwörtlichen „privaten Nischen“ entzogen sich die Bürger der unentwegten Disziplinierung und Erziehung. Hier fand für sie das eigentliche Leben statt. Die Nischen waren ein gesellschaftlicher Fluchtort, der unter dem Motto „Privat geht vor Katastrophe“ zum Ausgangspunkt einer zweiten Öffentlichkeit mit Westmedien, verbotenen Büchern und politischen Witzen wurde und einer Schattenökonomie mit allerlei Fertigkeiten Raum bot, um Leben und Überleben jenseits der Verteilungsökonomie zu sichern. Selbst die vielen Frühehen in der DDR können als Ausdruck einer Flucht in den privaten Bereich interpretiert werden.

Trotz scharfer Verfolgung bildeten sich in der DDR verschiedene jugendliche, künstlerische und intellektuelle Subkulturen aus, deren informeller Charakter dazu führte, daß in ihnen auch kritische Potentiale entstanden. Diese Phänomene sind im eigentlichen Sinne als gesellschaftliche Aktivitäten zu betrachten, da sich in ihnen die soziale und ideelle Interessenvielfalt zeigte. Politische Qualität bekam dieser gesellschaftliche Bereich, wenn er öffentlichen Charakter annahm. Um dies zu verhindern, versuchte die SED, über das MfS auch die inoffiziellen und privaten Lebensräume mit verdeckten Mitteln zu kontrollieren. Dies konnte trotz erheblichen Aufwands nur unvollständig gelingen. So beschränkte sich das MfS in der Regel darauf, öffentlichkeitswirksame Aktionen zu verhindern. Die SED fand sich schließlich mit dem privaten Sonderleben der DDR-Bürger ab und gestattete oder förderte sogar den Empfang von Westmedien, da dies die Bevölkerung ruhigzustellen schien. Aber eigenständige soziale und gesellschaftliche Aktivitäten einzelner, die nicht im Interesse der SED oder auch nur schwer kontrollierbar waren, wurden nach Möglichkeit verhindert.

Zu den Folgen einer solchen Privatisierung der Gesellschaft gehörte eine spezifische Spaltung im Rollenverhalten der DDR-Bürger. Mehrheitlich haben diese sich offiziell politisch und ideologisch angepaßt. Sie zogen aber gleichzeitig als Lebenswelt die privaten den öffentlichen Aktivitäten vor. Diese Haltung ist teilweise auch nach der Wende wirksam, indem ein tief verwurzeltes Mißtrauen gegen das öffentliche und politische Leben noch nicht ausgeräumt und die Tendenz zu passivem politischem Verhalten noch verbreitet ist.

Als unabhängiger gesellschaftlicher Bereich von großer Tragweite für die DDR erwiesen sich vor allem die → *Kirchen*. Sie waren weder ideologisch noch rechtlich und organisatorisch in den Organisationsstaat einzugliedern. Die Kirchenpolitik der SED zielte zwar auf eine gesellschaftliche Ausgrenzung der Kirchen, nahm ihnen fast jede Rechtssicherheit, versuchte sie propagandistisch zu instrumentalisieren und schädigte sie im Mitgliederbestand. Sie konnte aber eine Integration in das politische System nicht vollziehen, da die religiösen und geistigen Traditionen der Kirchen nicht in Übereinstimmung mit der SED-Ideologie zu bringen waren. Abgesehen von der geistlichen Selbstbehauptung der Kirchen haben sie große Traditionsbestände des deutschen Kultur- und Geisteslebens vor der Vernichtung durch die Kommunisten bewahrt und waren damit die Garanten einer kulturellen Kontinuität der deutschen Gesellschaft, die durch den organisierten Kulturabbau gefährdet war. Zudem bildeten die Kirchen den institutionellen Hintergrund für die Erhaltung christlicher bzw. auch protestantischer Orientierungen, wie etwa die Einstellung zur Arbeit oder der Wertschätzung des Individuums, die durch die marxistische Überformung nicht vollständig aufgehoben werden konnten. Auch die in der DDR kleinere → *katholische Kirche* bildete einen relativ stabilen, auf ihr Überleben orientierten sozialen Eigenraum und meldete sich kritisch öffentlich zu Wort, wenn ihre Interessen und die ihrer Mitglieder empfindlich verletzt wurden.

Die evangelischen Mehrheitskirchen waren pluralistisch verfaßt. In ihnen bildeten sich Kräfte, die auf strikte Loyalität gegenüber dem SED-Staat bedacht waren. Gleichzeitig wurden die evangelischen Kirchen seit den 70er Jahren jedoch zu dem gesellschaftlichen Raum, in dem sich offiziell verdrängte Interessen kritisch artikulierten. Die gesellschaftlichen Aktivitäten in den Kirchen bekamen dadurch politische Bedeutung, daß nur in diesen Bereichen Konflikte, die durch die überzogenen Ansprüche des totalitären Staates und die Folgen seiner administrativen Industrialisierung entstanden, angesprochen und bearbeitet werden konnten. In den Kirchen entstand schon in den 60er Jahren unter dem Eindruck der Militarisierung der Gesellschaft eine Friedensbewegung. In den 70er Jahren entwickelte sich eine Menschenrechts- und Umweltbewegung. Diese Themen waren seitens der SED tabuisiert, oder die ihnen zugrunde liegenden Probleme wurden als grundsätzlich gelöst angesehen.

Die sozialethisch motivierten Bewegungen in den Kirchen haben in unterschiedlicher Weise stets die Demokratisierung der DDR gefordert, da ihnen die Bearbeitung und Lösung dieser Konflikte nur durch eine breite politische Partizipation durch die Bevölkerung möglich schien. Diese Bewegungen waren damit in politischer Hinsicht oppositionell. Sie fanden in den Kirchen eine Öffentlichkeit, die außerhalb der Kirchen strikt von den Sicherheitsorganen unterbunden wurde. Mit wechselndem Erfolg konnten die Bewegungen die Grenzen der kirchlichen Öffentlichkeit überschreiten und so auf andere Bereiche der Gesellschaft Einfluß ausüben. Seit Ende der 60er Jahre strebten immer mehr aus der Parteigesellschaft verdrängte soziale Sondergruppen in die evangelischen Kirchen. 1989 bildeten sich aus den verschiedensten sozialethisch motivierten und gesellschaftlich aktiven Gruppen, die fast alle in den Kirchen arbeiteten, die politische Opposition, die entscheidend an der Herbeiführung des Sturzes der SED-Diktatur beteiligt war.

Die Kirchen nahmen mit diesen Aktivitäten innerhalb ihrer Arbeitsbereiche die Funktion einer Ersatzgesellschaft wahr. Sie waren zu dem einzigen freien gesellschaftlichen Bereich geworden, in dem zivilisatorische Reproduktionsprozesse ablaufen konnten. Aus diesen Gründen wurde schon zu DDR-Zeiten vom kirchlichen „Freiraum“ gesprochen. Dieser wurde allerdings nicht durch die Kirchenpolitik gewährt, sondern weitete sich in dem Maße aus, wie Aktivisten der sozialen Bewegungen, Theologen und Laien die kirchlichen Möglichkeiten ausschöpften oder erst herstellten, um gesellschaftlich und öffentlich aktiv zu werden. Dies geschah allerdings um den Preis, daß die aus der Gesellschaft verdrängten Konflikte in den Kirchen ausgetragen werden mußten. Ein kirchlicher Konsens bestand nur bei genuin religiösen Themen, während die Arbeit von sozialethischen, oppositionellen Gruppen und den sozialen Sondergruppen umstritten blieb. Auch das Verhältnis zum SED-Staat blieb Gegenstand von innerkirchlichen Auseinandersetzungen, die besonders wegen der Zusammenarbeit einer Reihe maßgeblicher Kirchenvertreter mit dem MfS auch nach dem Ende der DDR anhielten. Damals verloren die evangelischen Kirchen in Ostdeutschland ihre herausragende gesellschaftliche Bedeutung, weil öffentliche gesellschaftliche Aktivitäten und soziale und politische Selbstorganisation nun auch außerhalb der Kirchen in der pluralistischen Gesellschaft wieder möglich sind.

Ehrhart Neubert

Literaturhinweis:

Meuschel, Sigrid: Legitimation und Parteiherrschaft. Zum Paradox von Stabilität und Revolution in der DDR 1945-1989, Frankfurt/M. 1992.

Gesundheitswesen

Strukturen: Die zentrale Leitung oblag dem Ministerium für Gesundheitswesen, dem zur Beratung und für die Lösung zentraler Aufgaben der Rat für Planung und Koordinierung der medizinischen Wissenschaft, die Problemkommissionen, die medizinisch-wissenschaftlichen Gesellschaften, die Akademie für Ärztliche Fortbildung sowie zentrale Institute und das Hygienemuseum in Dresden zur Verfügung standen. Dem Ministerium waren die Abteilungen Gesundheits- und Sozialwesen der Bezirke und Kreise fachlich unterstellt, disziplinarisch waren diese den Räten der Bezirke bzw. der Kreise zugeordnet. Um die führende Rolle der SED auch im Gesundheitswesen zu gewährleisten, fungierte als Kontrollorgan die Abteilung Gesundheitswesen im ZK der SED. Sie unterstand Kurt Hager, dem zuständigen Sekretär für Wissenschaft im ZK der SED.

Die staatliche Gesundheitsfachverwaltung auf Kreisebene wurde vom Kreisarzt geleitet, er war Mitglied des Rates des Kreises. Ihm unterstanden u.a. Krankenhäuser, Polikliniken, Ambulatorien, staatliche Arztpraxen, das pharmazeutische Zentrum, Pflegeheime und Krippen. Die Durchführung der Aufgaben des Gesundheitswesens, also vor allem die medizinische und soziale Betreuung, erforderte eine umfangreiche Bürokratie. Unter dem allgemeinen Ressortegoismus ist jedoch die Einheit des Gesundheitswesens aufgelöst worden. So hatten das Militärwesen, das Verkehrswesen, die Wismut AG, das Ministerium des Inneren sowie der Sport je einen eigenen Medizinischen Dienst. In jeder Hinsicht bevorzugt versorgt wurden Einrichtungen (z. B. Regierungskrankenhäuser), in denen Angehörige des Staats- und Parteiapparates medizinisch betreut wurden.

Beschäftigte im Gesundheitswesen: Die Zahl der Beschäftigten im Gesundheits- und Sozialwesen verdreifachte sich seit 1949/50 von ca. 180 000 auf insgesamt 593 843 Personen im Jahre 1988. Im Jahr 1989 war anstatt eines geplanten jährlichen Zuwachses von 8 000 bis 10 000 Arbeitskräften ein Rückgang um 9 305 Personen zu verzeichnen, der in der Übersiedlung, vor allem auch medizinischen Personals, in die Bundesrepublik begründet ist.

Der durchschnittliche Lohn im Gesundheitswesen lag 1960 um 7% und 1990 sogar um 16% unter dem Gesamtdurchschnittslohn. Die Betreuung und Pflege der Patienten mußte teilweise unter schwersten körperlichen Bedingungen für die Krankenschwestern und Pfleger erfolgen. Die technische Ausrüstung war oftmals veraltet oder in einem schlechten Zustand. Daß es dadurch vereinzelt zur gleichgültigen Haltung des Pflegepersonals gegenüber Patienten kam, ist zwar nachvollziehbar, für die betroffenen Patienten dennoch betrüblich. Im allgemeinen war der Dienst aber von Pflichtbewußtsein und Einsatzbereitschaft geprägt. Allerdings kam es zu einer starken Abwanderung von Krankenschwestern und anderem Pflegepersonal in andere medizinische, aber auch Industriebereiche.

Ambulante Versorgung: Die Entwicklung des ambulanten Bereiches des Gesundheitswesen war durch die Konzentration von ärztlichen Behandlungsplätzen und das immer weitere Zurückdrängen des Hausarztprinzips gekennzeichnet. Beim Ausbau des Netzes der ambulanten Versorgung können drei Phasen unterschieden werden. Von 1946 bis 1950 wurden Polikliniken ausnahmslos in Villen, Schlössern und Verwaltungsgebäuden sowie in Krankenhäusern untergebracht. Die Arbeit der Mitarbeiter wurde durch diese Provisorien, aber auch durch Personalmangel erheblich erschwert. In der 2. Phase (1951–1971) wurden vorrangig Einrichtungen auf dem Lande, in den Betrieben und an Krankenhäusern errichtet, nunmehr schon häufiger als Neu- oder Anpassungsbauten. In den 50er und 60er Jahren entstand zudem die Mehrzahl der staatlichen Arzt- und Zahnarztpraxen, zum Teil durch Übernahme der Praxen ehemals niedergelassener Ärzte und Zahnärzte – u.a. solcher, die in die Bundesrepublik geflohen waren. Mit dem „Aufbau des Sozialismus“ wurden bis auf wenige Ausnahmen Niederlassungen von Ärzten nicht mehr zugelassen. Die Poliklinik wurde zum konkurrenzlosen Gesundheitszentrum. Durch verstärkte Ärzte- und Schwesterneinstellung konnte der Personalmangel abgebaut werden.

Mit dem Beginn des ehrgeizigen Wohnungsbauprogramms (→ *Bauwirtschaft und Wohnungswesen*) setzte auch die dritte Phase (1972–1989) der Ausgestaltung des ambulanten Gesundheitswesens ein. Dem immer unter Investitionsmittelknappheit leidenden Gesundheitsministerium erwuchs eine große Hilfe aus dem umfangreichen Fonds des Wohnungsbaus. Insgesamt wurden mit dessen Mitteln zielgerichtet rund 70 Polikliniken und 160 Ambulatorien nach Typenprojekten gebaut. Die an Krankenhäusern angeschlossenen Polikliniken hatten einen eigenen Haushalt- und Stellenplan; die Funktionsdiagnostik sowie die wirtschaftlich-technischen Einrichtungen wurden gemeinsam genutzt.

Stationäre Versorgung: Im Jahre 1945 verfügte die SBZ über 60 000 Krankenhausbetten gegenüber 137 000 vor dem Zweiten Weltkrieg. Ihre Zahl stieg bis 1965 auf rund 206 000 und sank bis 1985 auf rund 169 000. Zwischen 1950 und 1989 ist die Gesamtzahl aller Krankenhäuser von 1 060 auf 539 vermindert worden. Die Bettenzahl in den konfessionellen Krankenhäusern war bereits seit 1955 leicht gesunken und erreichte mit 11 076 in 75 Krankenhäusern im Jahre 1989 ihren niedrigsten Stand. Jedoch hatten die konfessionellen Einrichtungen wegen der guten Betreuung und der vorhandenen Medizintechnik einen guten Ruf.

Der geschilderte Konzentrationsprozeß ist vor allem auf folgende Entwicklungen zurückzuführen: Rückgang der Tuberkulose in den 60er Jahren; Senkung der Verweildauer durch den Einsatz moderner Diagnostik und Therapie; Zusammenfassung von kleineren Einrichtungen zu größeren, angeblich leistungsfähigeren Einheiten.

Seit 1970 sind 20 Krankenhäuser in staatlicher Trägerschaft mit 15 000 Betten neu errichtet bzw. rekonstruiert worden. Trotzdem betrug das durchschnittliche Bausubstanzalter 1989 rund 60 Jahre gegenüber 50 Jahren 1970. Der Verschleißgrad der Krankenhäuser lag im Jahr 1989 bei etwa 45%, wobei es große territoriale Unterschiede gab (Bezirk Frankfurt/Oder 24%, Bezirk Leipzig 77%).

Die durchschnittliche Bettenauslastung sank zwischen 1966 und 1988 von 81,3 auf ca. 75%. Diese Kennziffer konnte nur sehr begrenzt von der Krankenhausleitung beeinflußt werden, da Grundlage dieser Kennziffer die Planbetten waren, in denen die „gesperrten Betten" mit enthalten waren. Bettensperrungen waren u.a. Folge von Baumaßnahmen, von Personaldefizit und Hygienemängeln und konnten über Jahre wirksam sein, die Ausfallzeit durch Bettensperrung nahm zum Ende der DDR immer mehr zu. Diese „gesperrten Betten" konnten nur durch administrative Entscheide aus der Zahl der Planbetten gestrichen werden.

Rentabilitätsüberlegungen spielten in den Krankenhäusern eine untergeordnete Rolle. Ein Aufwand-Nutzen-Bewußtsein entwickelte sich auf Grund der Finanzierung nicht, da es weder eine Kostenrechnung im Krankenhaus gab, noch Beschäftigte bzw. Patienten über Preise von medizinischen Leistungen informiert waren. Nur die konfessionellen Krankenhäuser waren auf Grund ihrer Finanzierung bestrebt, effektiv zu wirtschaften. Sie verfügten über eine Bettenauslastung um 85% (teilweise bis 92%).

In der Medizintechnik konnte die DDR bis Mitte der 60er Jahre noch Schritt halten auch mit dem Stand in der Bundesrepublik. Im Jahre 1989 mußte gegenüber entwickelten Industrieländern der Rückstand der Medizintechnik als schwerwiegend bezeichnet werden: Der Automatisierungsgrad der Analysetechnik lag bei 18% (hochindustrialisierte Länder 90%). In der DDR kam ein Röntgencomputertomograph auf 600 000 Einwohner (EG-Bereich auf 100 000 Einwohner), ein Ultraschall-B-Gerät auf 32 000 Einwohner (EG-Bereich auf 2 500 Einwohner). Die DDR verfügte 1989 über drei Stoßwellen-Lithotriptoren (Bundesrepublik 60 Geräte). Gravierend waren die Mängel in der Ausstattung mit Dialysegeräten: Es standen pro 1 Mio. Einwohner 200 Behandlungsplätze in der DDR gegenüber 510 in der Bundesrepublik zur Verfügung, d.h. nur 40% der behandlungsbedürftigen Patienten wurden versorgt. In der DDR wurden 1989 245 Nierentransplantationen gegenüber 1 960 in der Bundesrepublik durchgeführt.

Wie in der Sozialpolitik lag auch in der Gesundheitspolitik das Schwergewicht der staatlichen Fürsorge bei denjenigen Sektoren, die insbesondere der Erhaltung bzw. Wiedergewinnung der Arbeitskraft dienten. In anderen Bereichen, wie in der Psychiatrie oder der Behindertenmedizin, traten teilweise erhebliche Probleme auf.

Psychiatrie: Die Unterbringungsbedingungen in den großen Bezirkskrankenhäusern waren unzureichend, und psychisch Kranke und vergleichbare Randgruppen wurden in psychiatrische Krankenhäuser abgeschoben. In den Langzeitbereichen dieser Krankenhäuser mußten die Betroffenen nicht selten in Sälen mit 40-60 Betten leben. Darüber hinaus existierten in diesen Bereichen zumeist keinerlei krankheits- oder behinderungsspezifische Rehabilitationsprogramme für die einzelnen Patientengruppen. Psychisch Kranke und geistig Behinderte wurden unterschiedslos in diesen Bereichen untergebracht. Statt einer gezielten Therapie wurden häufig ruhigstellende Maßnahmen veranlaßt. Es gab jedoch moderne Wege bei der Betreuung psychiatrisch Kranker, wie den Aufbau gemeindepsychiatrischer oder tagesklinischer Versorgung. Nach bisherigen Erkenntnissen gab es keinen systematischen Mißbrauch der Psychiatrie.

Geriatrie: Es fehlte ein Konzept, das auf die Bedürfnisse alter und pflegebedürftiger Menschen eingeht. Die Administration versuchte das Problem durch die Einweisung dieser Menschen in Pflegeheime bzw. Krankenhäuser zu lösen. Im Rahmen des Wohnungsbauprogrammes entstanden in den 70er Jahren Pflegeheime, die am Leitbild des Krankenhauses orientiert waren. Selbst in den Altenheimen (Feierabendheim) waren Zweibettzimmer mit Fremdmöblierung die Regel. Diese Heime befanden sich vielfach in einem schlechten baulichen Zustand. Der Bedarf an Heimplätzen konnte bei weitem nicht befriedigt werden.

Auch in den Pflegeheimen war die Situation in mehrfacher Hinsicht unbefriedigend: Die Mehrbettzimmer (4–10 Personen) ließen keine Individualsphäre zu. Der Pflegenotstand war chronisch; die Besetzungsrichtwerte entsprachen nicht dem internationalem Standard (1:5 bis 1:7). Selbst die Einhaltung dieses Schlüssels war aus Personalmangel (1987 fehlten ca. 36 000 Beschäftigte) nicht möglich. Viele Einrichtungen waren noch 1989 ohne Fahrstühle und mit unzureichenden Sanitäreinrichtungen ausgestattet. Aus Mangel an Fachpersonal war weder eine allgemeinmedizinische Betreuung noch eine Rehabilitation möglich. Angesichts einer fehlenden wirksamen Hauswirtschaftspflege waren Pflegebedürftige nur in dem Maße vor Unterversorgung und der Einweisung in ein Heim geschützt, in dem Familienangehörige bereit und in der Lage waren, die Pflege zu übernehmen.

Medikamentenversorgung: Wie in anderen Bereichen wurden in den 50er und 60er Jahren auch Apotheken unter erheblichem Druck der staatlichen Behörden verstaatlicht. Dieser Prozeß war Anfang der 70er Jahre im wesentlichen abgeschlossen. Privat geführte Apotheken waren die Ausnahme geworden.

Die Zulassung von Arzneimitteln war wie in der Bundesrepublik vom Prüfungsergebnis auf Wirksamkeit und Unbedenklichkeit, in der DDR Sicherheit genannt, abhängig. Zusätzlich wurde ein Medikament nur zugelassen, wenn es die „Bedürfnisprüfung" bestand, d.h., es mußte der Nachweis erbracht werden, daß das Medikament gegenüber dem bereits zugelassenen Sortiment für einen Therapiefortschritt erforderlich war. Dies führte zwar zu einer überschaubaren Arzneimittelvielfalt (ca. 2 000 Medikamente) und war für den praktizierenden Arzt übersichtlich, verursachte aber manche Versorgungschwierigkeit, da bei den für die DDR-Wirtschaft in zunehmendem Maße typischen „Versorgungsengpässen" meist kein Austauschpräparat vorhanden war. Eine Versorgung der Bevölkerung mit den notwendigen Arzneimitteln war deshalb nur mit erheblichem organisatorischem Aufwand, insbesondere aber durch großen persönlichen Einsatz der im Apothekenwesen Beschäftigten und durch eine immer enger werdende „Notgemeinschaft" von Arzt und Apotheker zu verwirklichen. Standen moderne lebensnotwendige Arzneimittel aus DDR-Produktion nicht zur Verfügung, so mußte der behandelnde Arzt bei der zuständigen Bezirksbehörde nach der „Nomenklaturliste C" die erforderlichen Medikamente beantragen. Je nach wirtschaftlicher Lage wurden diese auf dem bürokratischen Wege (Mangelverwaltung) beschafft. Eine Erfolgsgarantie bestand dabei nicht.

Gesundheitszustand: Die Bevölkerung in der DDR hatte in der zweiten Hälfte der 50er Jahre zunächst bessere Lebenserwartungswerte als die Menschen in der Bundesrepublik. Ab Mitte der 70er Jahre blieben jedoch die Werte zunehmend hinter denen in der Bundesrepublik zurück. (1987 lagen sie in den verschiedenen Altersgruppen zwischen 1,3 und 3,0 Jahre darunter.) Vom 5. bis zum 65. Lebensjahr sind bei der männlichen DDR-Bevölkerung keine Zunahmen der Überlebenswahrscheinlichkeiten zu verzeichnen. Jenseits des 65. Lebensjahres läßt sich eindeutig feststellen, daß die Überlebenswahrscheinlichkeiten Anfang der 80er Jahre deutlich niedriger waren als noch in den 60er Jahren. Dies steht im Gegensatz zu der Entwicklung in westeuropäischen Ländern, wie den USA, Kanada und Japan.

Da genetische Erklärungsansätze für Bevölkerungen gleicher ethnischer Identität untauglich sind oder nennenswerte geophysikalische Unterschiede nicht bestehen, sollte die Ursache für die unterschiedliche Entwicklung der Lebenserwartungen in der DDR und der Bundesrepublik in Formen der Ernährung, der Bildung, des Wohnens, der Lebenszufriedenheit, des sozialökonomischen Status, der sozialen Anerkennung und Wertschätzung, der aktiven Daseinsbewältigung und -bestimmung, aber auch der medizinischen Versorgung zu suchen sein.

Ein oft vermuteter direkter Zusammenhang zwischen hoher Umweltbelastung und Lebenserwartung kann nicht belegt werden. Das vergleichsweise gering belastete Mecklenburg-Vorpommern hat ein durchschnittliches Sterbealter von 72,12 Jahren und Sachsen – im industrialisierten Süden mit höherer Belastung – von 73,23. Dabei ist dieses Süd-Nord-Gefälle für Männer deutlicher ausgeprägt als für Frauen; dies deutet eher auf Auswirkungen eines höheren Mißbrauchs von Alkohol hin. Ebenso haben Untersuchungen zwischen Gebieten mit ähnlicher Bevölkerungsstruktur (Bildung, gleiche Raumordnungsregion), aber unterschiedlichen Umweltbelastungen keine signifikant andere Lebenserwartung ergeben.

Im Gegensatz zur Mortalität gibt es Hinweise zu Auswirkungen der Umweltbelastung auf die Morbidität einzelner Bevölkerungsgruppen, die allerdings teilweise widersprüchlich und insgesamt weniger massiv als erwartet ausfallen. Untersuchungen bei Schulanfängern in Sachsen, Sachsen-Anhalt und Nordrhein-Westfalen und andere ähnliche Studien haben ergeben, daß ein ursächlicher Zusammenhang zwischen der Belastung durch Staub und Schwefeldioxid, ein DDR-typischer Luftschadstoff – hervorgerufen durch die Verbrennung schwefelhaltiger Braunkohle –, und Reizungen und Infekten der oberen Atemwege sehr wahrscheinlich ist. Im Gegensatz dazu werden in westdeutschen Großstädten bei den untersuchten Schulanfängern häufiger als in ostdeutschen Orten Angaben zu Allergien gemacht. Ein Zusammenhang zwischen dem Ausmaß der Belastung mit Schwefeldioxid und Staubniederschlag und auftretenden Allergien scheint nicht zu bestehen, eher kann ein Zusammenhang von Immissionen aus dem Straßenverkehr (Stickoxid) und Allergien vermutet werden.

Die Betrachtung der Auswahl „vermeidbarer" Todesursachen vom 5. bis zum 64. Lebensjahr, in die nur Diagnosen wie Tuberkulose, Zervixkarzinom (Gebärmutterhals- bzw. Gebärmuttermundkrebs), chronische rheumatische Herzkrankheit, Hochdruckkrankheit, akute Atemwegsinfektionen, Appendizitis und Müttersterblichkeit aufgenommen werden, bei denen eindeutige therapeutische Interventionsmöglichkeiten zur Vermeidung eines letalen Ausgangs zur Verfügung stehen, zeigt, daß in der DDR die Sterblichkeit höher als in der Bundesrepublik und in westeuropäischen Staaten war: Bezogen auf je 100 000 der Bevölkerung starben an diesen Todesursachen 1970 45,5 Personen gegenüber 22,2 in der Bundesrepublik. Die Zahl sank vor allem in den 70er Jahren und lag 1987 bei 26,1 (Bundesrepublik: 5,7, andere westeuropäische Staaten: 3,1–7,2). In der DDR sank die Sterberate bei den „vermeidbaren" Todesursachen von 1970 bis 1987 um ca. 42%, in der Bundesrepublik um ca. 74%. Das Problem der „vermeidbaren" Sterblichkeit berührt besonders die Strukturqualität medizinischer Betreuung, wie die finanziellen, materiellen und personellen Ressourcen. Dies hängt in sehr bescheidenem Maße vom behandelnden Arzt ab, sondern in wesentlich stärkerem Maße vom Entscheidungsträger auf dem Gebiet der Gesundheitspolitik.

Zur Strukturqualität gehört z.B. die technische und personelle Ausstattung einer Klinik oder Praxis, die Qualifikation der Ärzte und anderer Mitarbeiter, die Inanspruchnahme bestimmter medizinischer Betreuungsleistungen, wie Sonografie und Computertomographie, gehören auch bestimmte Medikamente und die Voraussetzungen zur Durchführung definierter Operationsverfahren.

Besonders auffällig im Vergleich zur Bundesrepublik waren die relativ hohen Suizidraten: Die DDR hatte im Vergleich auch mit anderen europäischen Ländern immer eine Spitzenposition im Suizidgeschehen inne mit besonders hohen Werten in den Jahren 1950, 1966 und 1976. Im Jahr 1976 entschloß sich daher die Führung der DDR, die Daten über Suizid unter Verschluß zu nehmen. Bis 1989 waren die entsprechenden Daten geheim. Besonders in den höheren Lebensjahren jenseits des 75. Lebensjahres hatte das Suizidgeschehen eine dramatisch anmutende Höhe erreicht. Insgesamt begingen 1987 in der DDR 3 295 männliche und 1 740 weibliche Bewohner Selbstmord (Bundesrepublik: 7 836 bzw. 3 763). Bezogen auf je 100 000 der Bevölkerung waren es demnach 41,6 bzw. 19,9 Personen gegenüber 26,7 bzw. 11,8 in der Bundesrepublik.

Die Säuglingssterblichkeit lag unmittelbar nach dem Zweiten Weltkrieg auf dem Niveau der 20er Jahre (263 je 1 000 Lebendgeborene). Sie konnte bis 1950 auf 72,2 und bis 1989 auf 7,6 auf je 1 000 Lebendgeborene gesenkt werden. Eine ähnliche Entwicklung war bei der Müttersterblichkeit zu beobachten. Verstarben im Jahre 1952 noch 16,5 Frauen je 10 000 Geburten während einer Schwangerschaft, so waren es 1970 4,3 und 1989 1,2 Frauen je 10 000 Geburten. Wesentlichen Einfluß auf den Rückgang der Sterbefälle hatten die Kreis- und Bezirksfachkommissionen zur Senkung der Todesfälle bei Schwangeren, Kreißenden und Wöchnerinnen und zur Senkung der Säuglings- und Kindersterblichkeit, die seit 1958 bzw. seit 1960 jeden Todesfall analysierten. Im Jahre 1962 wurde ein besonderer Totenschein für Totgeborene und verstorbene Säuglinge eingeführt. Bei fast allen verstorbenen Säuglingen und Totgeborenen wurde seit 1961 eine Obduktion durchgeführt. Die Säuglingssterblichkeit lag in den 70er Jahren in der DDR etwas niedriger und in den 80er Jahren etwas höher als in der Bundesrepublik. Auf dem Gebiet der Müttersterblichkeit kann eine gleichlaufende Entwicklung in der DDR und der Bundesrepublik festgestellt werden.

Nach den Wirren des Zweiten Weltkrieges hatten die Infektionskrankheiten als Todesursache an Bedeutung wieder wesentlich zugenommen, beispielhaft kann hierfür die Tbc herangezogen werden. Bei dieser Krankheit kam es nach 1945 zu einer explosionsartigen Entwicklung. Die Sterblichkeit und Ansteckungsquote bei Tbc hatte einen Stand wie um die Jahrhundertwende erreicht. In den Jahren 1947 starben 32 000 und 1950 14 000 Menschen an dieser Krankheit, 1989 waren es noch 2 836.

Diese Entwicklung zeigt, daß das Gesundheitswesen der DDR am Anfang die gestellten Anforderungen durch systemeigene Mittel, wie Dispensairebetreuung (Verfahren der vorbeugenden ärztlichen Beobachtung und Betreuung bestimmter Bevölkerungsgruppen – in den Staaten des RGW üblich) beantwortete und damit Erfolge erzielte.

In den 70er Jahren konnte auf neue Herausforderungen, wie Älterwerden der Bevölkerung, Großgerätemedizin, Behindertenbetreuung, mit den Mitteln des sozialistischen Gesundheitswesen nicht mehr adäquat reagiert werden. Zurückzuführen ist dies u.a. auf die Bürokratisierung des Verwaltungsapparates, fragwürdige Personalentscheidungen (→ *Kaderpolitik*), Erhöhung des Anspruchsverhaltens großer Teile der Bevölkerung durch sozialpolitische Maßnahmen und Verschwendung von Mitteln durch Prestigebauten.

Neben Erfolgen und Mißerfolgen gab es auch Pannen im Gesundheitswesen der DDR. 1978/79 kam es zum größten vermeidbaren Fehlverhalten im DDR-Gesundheitswesen. Ca. 7 000 Frauen wurden durch ein gelbsuchtverseuchtes Serum mit Hepatitis C infiziert. Zwei Verantwortliche wurden zwar strafrechtlich verurteilt, die Öffentlichkeit aber darüber nicht informiert. Das Inaktivierungsverfahren stand aus wirtschaftlichen Gründen bis zur friedlichen Revolution nicht zur Verfügung.

Gesundheitsverhalten: Ab Mitte der 50er Jahre wurden Beratungsstellen des Kinder- und Jugendgesundheitsschutzes eingerichtet, die zunächst – zusammengefaßt mit Schwangeren- und Mütterberatung – den Räten der Städte bzw. Kreisen unterstellt waren. Gegen Ende der 70er Jahre erfolgte eine personelle und häufig räumliche Trennung der Mütterberatung (0 bis 3jährige Kinder) und der Beratungsstellen des Kinder- und Jugendgesundheitsschutzes (4 bis 18jährige Kinder bzw. Jugendliche). Diese Trennung wurde vielerorts als Mangel empfunden, da die angestrebte Kontinuität im Informationsfluß mehr oder minder beeinträchtigt wurde. Die Schwangerenbetreuung, die in Form von zehn bis zwölf Konsultationen bestand, wurde von den werdenden Müttern angenommen, ihre Verknüpfung mit Sozialleistungen wirkte als Anreiz.

Die Tätigkeit des Kinder- und Jugendgesundheitsschutzes erfolgte nach einem verbindlichen Untersuchungsprogramm sowie einer DDR-einheitlichen Dokumentation nach der Vollendung des 3. Lebensjahres jährlich im Vorschulalter. Es schloß sich die Untersuchung zur Beurteilung der Schulfähigkeit an. Reihenuntersuchungen in den Schuljahren 2 oder 3, 6, 9 und im 11. Schuljahr folgten. Weiterhin gehörte zum Verantwortungsbereich dieses Dienstes die Durchführung der Schutzimpfungen der DDR laut Impfkalender.

Über viele Jahre wurden Selbsthilfegruppen eher unterdrückt und mißtrauisch kontrolliert, als frei und demokratisch gefördert. Selbsthilfegruppen hätten als „Problemanzeiger" das Bild einer Gesellschaft gestört, in der die Sicherheit und das Wohlbefinden jedes einzelnen propagandistisch in den Mittelpunkt gestellt wurde. Eigeninitiative und Selbstverantwortlichkeit für Gesundheit als Ausdruck der „Mündigkeit" des Bürgers waren nicht erwünscht. Die sog. gesamtgesellschaftliche Verantwortung suggerierte ein Gefühl der Sicherheit und des Wohlbefindens des einzelnen. Ansatzpunkte für Selbsthilfegruppen gingen von der evangelischen und katholischen Kirche auf den Gebieten der Suchtprävention und der psychischen Störungen aus. Weiterhin leistete die Volkssolidarität für ältere und behinderte Mitbürger eine verdienstvolle Arbeit auf dem Gebiet der Sozialfürsorge.

Im Alkohol-pro-Kopf-Verbrauch von Bier und Spirituosen nahm die DDR im Weltmaßstab seit 1982 einen der drei vordersten Plätze ein. Von 1955 bis 1988 vergrößerte sich der Bier-pro-Kopf-Verbrauch von 68,5 auf 143,0 Liter, eine ähnliche Steigerung gab es beim Spirituosen-pro-Kopf-Verbrauch von 4,4 Liter (1955) auf 16,1 Liter (1988). Jede zweite Einweisung eines männlichen und jede dritte eines weiblichen Patienten in eine stationäre psychiatrische Klinik erfolgte im Zusammenhang mit Alkoholismus und dessen somatopsycho-sozialen Folgen. Eine staatliche Politik gegenüber diesem Problem gab es aber nicht, da es von der Partei- und Staatsführung als nicht existent behandelt und tabuisiert wurde. Es hat vielmehr den Anschein, daß die DDR-Führung den steigenden Alkoholkonsum hinnahm, wahrscheinlich sogar indirekt förderte. Nur so ist es zu erklären, daß trotz aller wirtschaftlichen Probleme das breiteste, optisch ansprechendste und immer zugängliche Warenangebot das vielgestaltige Alkoholsortiment war. Anfang der 80er Jahre wurde auf Grund der fehlenden ambulanten und stationären Behandlungskapazität für Alkoholkranke und des immer drückenderen Problems des Alkoholismus damit begonnen, in ausgewählten Bezirksstädten der DDR ein Netz ambulanter Betreuungsstellen für Alkohol- und Medikamentenabhängige zu schaffen. Diese Kapazitäten reichten jedoch aufgrund des fehlenden Fachpersonals für Neurologie und Psychiatrie nicht aus.

Leistungen und Kosten: Jeder Werktätige hatte Anspruch auf folgende Leistungen: Im Krankheitsfall wurde sechs Wochen lang 90% des Nettolohns gezahlt, danach (differenziert) erheblich weniger. Bei Arbeitsunfall und Berufskrankheit erhielt er den vollen Nettolohn. Darüber hinaus wurden aus der Sozialversicherung (→ *Sozialpolitik*) Mutter und Kind unterstützt (Schwangerschafts- und Wochenurlaub; Babyjahr; Unterstützung der Mutter in Höhe von durchschnittlich 540 Mark im Jahr 1989; bezahlte Freistellung bei Krankheit des Kindes).

Die Ausgaben für das Gesundheitswesen stiegen von 6,0 Mrd. im Jahr 1950 über 20,9 Mrd. im Jahr 1970 auf 54,1 Mrd. Mark im Jahr 1989; sie machten damit am Ende der DDR rund 20% des → *Staatshaushaltes* aus. Auf lange Sicht überstiegen die Ausgaben für die kostenlose Gesundheitsversorgung der Bevölkerung die Leistungskraft der Wirtschaft. Dagegen nahmen sich die Investitionen für das Gesundheits- und Sozialwesen bescheiden aus. Sie beliefen sich in den 70er Jahren auf 1,6 Mrd. Mark (0,6–0,8% der Gesamtinvestitionen) und in den 80er Jahren auf 2 Mrd. Mark (0,6%).

Hans Geisler

Literaturhinweise:

Bardehle, Doris (Hrsg.): Das Gesundheitswesen. Jahresgesundheitsbericht 1989 für das Gebiet der ehemaligen DDR, Berlin 1990.

Freitag, Klaus u.a.: Regionale Bevölkerungsentwicklung in den neuen Bundesländern am Beispiel der KSPW-Modellregionen: Analysen, Prognosen und Szenarien. Studie im Auftrag der Kommission zur Erforschung des sozialen und politischen Wandels in den neuen Bundesländern (KSPW) – Projekte R-92-1, R-92-2, R-92-11, Berlin 1993.

Hoffmeister, Hans (Hrsg.): Die Gesundheit der Deutschen – Ein Ost-West-Vergleich. Institut für Sozialmedizin und Epidemiologie des Bundesgesundheitsamtes, SozEp-Hefte 4/1994, Berlin 1994.

Hölder, Egon (Hrsg.): Im Trabi durch die Zeit – 40 Jahre Leben in der DDR, Stuttgart 1992.

Thiele, Wilhelm (Hrsg.): Das Gesundheitswesen der DDR: Aufbruch oder Einbruch? Forum Sozial- und Gesundheitspolitik, Sankt Augustin 1990.

Grenzregime

Die etwa 1 383 km lange Grenze zur Bundesrepublik Deutschland und die Sektorengrenze zu West-Berlin waren immer ein zentrales Problem der DDR. Von der Gründung der DDR bis Mitte 1961 flohen etwa 2,5 Mio. Bürger (→ *Fluchtbewegung*) überwiegend in einem für die Volkswirtschaft besonders belastenden Alter. Auch weite Teile der Elite wechselten in den Westen.

Nach Gesprächen Walter Ulbrichts mit der Sowjetunion kam es am 13. Aug. 1961 zur Sperrung und Sicherung der Grenze (→ *Mauerbau*). Die DDR bezeichnete als Grenzregime die „Gesamtheit der spezifischen Rechtsnormen an der Staatsgrenze sowie des Verkehrs und der Kommunikation über sie und das darauf begründete Tätigwerden der zur Sicherung der eingesetzten/handelnden Staatsorgane und gesellschaftlichen Kräfte“.

Die „Grenzsicherungskräfte“ setzten sich zusammen aus den Angehörigen der Grenztruppen, der Volksmarine, des Ministeriums des Inneren, des MfS, des Zolls und freiwilligen Grenztruppenhelfern. Die aus Wehrpflichtigen bestehenden Postenpaare wechselten ständig. Die Grenzsicherung stützte sich auf den konsequeten Schußwaffengebrauch (→ *Schießbefehl*) und auf umfangreiche ständig verbesserte technische Sicherungsanlagen. Sie bestanden je nach Örtlichkeit aus teilweise mehrfachen Stacheldrahthindernissen, Gräben, Stolperdrähten, optischen und elektrischen Warnanlagen, Erdminen und von 1970 bis 1984 auch aus Selbstschußanlagen der Splittermine „SM 70“.

Nach einem Erprobungsbericht habe sich der mit SM 70 ausgebaute Sperrzaun als wirksame Grenzsicherungsanlage erwiesen. Die Splitterwirkung der durch Wild ausgelösten Minen bestätige die Aussage, daß Personen, die versuchen würden die Sperre zu durchbrechen, tödliche bzw. so schwere Schädigungen erhielten, daß sie „nicht mehr in der Lage sind, die Staatsgrenze zu verletzen“.

Das an die Grenze anschließende Grenzgebiet unterlag stark einschränkenden Vorschriften und Genehmigungsverfahren auch für Besucher mit erweiterten Zugriffs- und Kontrollrechten für die Grenztruppen. Das Grenzregime fand seine Entsprechung in der Handhabung von Ausreiseanträgen. Anträge waren entweder nicht entgegenzunehmen, oder es wurde auf die Antragsteller eingewirkt, sie zurückzunehmen. Ausreise-Antragsteller wurden als feindlich-negative Personen eingestuft und unterlagen dann der Überwachung, Repression und den Zersetzungsmaßnahmen des MfS. Hierzu gehörte „die konsequente und differenzierte Anwendung“ arbeitsrechtlicher Maßnahmen (Herabstufung, Aufhebungsverträge, Kündigung, Exmatrikulation).

Verhinderung von Flucht und Eindämmung des Ausreisebegehrens waren zentrale Aufgaben des MfS. Trotz immer weitergehender Spezialisierung und Personalaufstockung konnte zum Ende der 80er Jahre das Problem nicht mehr bewältigt werden. Mit Öffnung der Grenzsperren am 9. Nov. 1989 beschleunigte sich der Niedergang der DDR (→ *Zusammenbruch*).

Manfred Kittlaus

Grundlagenvertrag

Der Vertrag über die Grundlagen der Beziehungen zwischen der Bundesrepublik Deutschland und der DDR vom 21. Dez. 1972 war Kernstück der Ostvertragspolitik der sozialliberalen Koalition, die im Herbst 1969 in der Bundesrepublik die Regierungsverantwortung übernahm und neue Akzente in der bis zu diesem Zeitpunkt statische, von allen demokratischen Parteien im Bundestag getragenen → *Deutschlandpolitik* zu setzen versuchte.

1) Die Architektur der Ostvertragspolitik läßt sich sehr deutlich dem sog. Bahr-Papier entnehmen. Dieses im Frühjahr 1970 in Moskau im Zusammenhang mit den Verhandlungen zum Moskauer Vertrag ausgehandelte Dokument ließ in den Ziffern 1–4 die Konturen des deutsch-sowjetischen Vertrages deutlich werden. Ziff. 5 enthielt den bedeutsamen Satz, daß die abzuschließenden Ostverträge „ein einheitliches Ganzes bilden“ sollten – eine Junktim-Klausel, ähnlich wie sie 1925 durch das Schlußprotokoll zum Locarno-Pakt zu einer Verbindung der Verträge von Locarno mit dem Beitritt des Deutschen Reichs zum Völkerbund geführt hat. Neben der in Ziff. 3 schon geregelten → *Oder-Neiße-Grenze* und der deutsch-deutschen Grenze griff die Ziff. 6 die

Grundzüge der Beziehungen zwischen den beiden deutschen Staaten auf, Ziff. 7 sprach den Beitritt der beiden deutschen Staaten zur UNO an, Ziff. 8 die Ungültigkeit des Münchner Abkommens, Ziff. 9 die künftigen Vertragsbeziehungen der UdSSR, und schließlich stellte Ziff. 10 „den Plan einer Konferenz über Fragen der Festigung der Sicherheit und Zusammenarbeit in Europa" (also das künftige KSZE-Projekt) heraus. Damit war bereits 1970 der gesamte Aktionsradius der Ostvertragspolitik zwischen Bonn und Moskau abgesteckt worden und das Aushandeln der einzelnen abzuschließenden Verträge nur mehr ein Detailproblem.

2) Am Vier-Mächte-Abkommen (über Berlin) vom 3. Sept. 1971 war die Bundesrepublik nicht unmittelbar beteiligt. Eine „befriedigende" Berlinregelung war jedoch nach den Richtlinien der Bundesregierung für die deutsch-sowjetischen Verhandlungen Grundvoraussetzung der Ostvertragspolitik. Das Vier-Mächte-Abkommen hatte keine offizielle Bezeichnung, da sich die Vier Mächte nicht über den Vertragsgegenstand (also über die Frage, ob es sich auf Groß-Berlin oder nur auf West-Berlin erstrecken soll) einigen konnten. Die für die rechtlichen Beziehungen zwischen West-Berlin und der Bundesrepublik wichtigste Bestimmung war in Teil II Buchstabe B des Abkommens enthalten; die drei Westmächte erklärten, „daß die Bindungen zwischen den Westsektoren Berlins und der Bundesrepublik Deutschland aufrechterhalten und entwickelt werden, wobei sie berücksichtigen, daß diese Sektoren so wie bisher kein Bestandteil (konstitutiver Teil) der Bundesrepublik sind und auch weiterhin nicht von ihr regiert werden" (→ *Berlin*).

3) Im Mittelpunkt der deutschen Ostpolitik, die ihrer Intention nach auch Deutschlandpolitik sein sollte, standen auch die vertraglichen Abmachungen mit der DDR:

1. Mit dem Verkehrsvertrag vom 26. Mai 1972 unterzeichneten die beiden deutschen Staaten erstmals einen sie gegenseitig völkerrechtlich bindenden Staatsvertrag; das den Durchgangsverkehr zwischen der Bundesrepublik und West-Berlin regelnde Transitabkommen vom 17. Dez. 1971 war demgegenüber nur ein Regierungsabkommen, das in Durchführung des Vier-Mächte-Abkommens über Berlin vom 3. Sept. 1971 erging. Der Grundvertrag und seine Folgeverträge schlossen sich an.

2. Der Grundvertrag vom 21. Dez. 1972 war der umstrittenste aller Ostverträge, weil seine Regelungen am weitesten in das herkömmliche deutschlandrechtliche Selbstverständnis hineinragten (→ *Deutschlandpolitik*; → *SED und deutsche Frage*):

a) Der Vertrag stand nach dem Wortlaut der Präambel nicht auf der Grundlage der nationalen Einheit von Bundesrepublik und DDR, sondern akzentuierte auch die „unterschiedlichen Auffassungen" der beiden deutschen Staaten „zu grundsätzlichen Fragen, darunter zur nationalen Frage".

b) In Art. 3 Abs. 2 Grundvertrag bekräftigten die beiden deutschen Staaten – ganz im Sinne des Moskauer Vertrages – „die Unverletzlichkeit der zwischen ihnen bestehenden Grenze jetzt und in der Zukunft"; sie verpflichteten sich weiter „zur uneingeschränkten Achtung ihrer territorialen Integrität".

c) Art. 4 (wonach „keiner der beiden Staaten den anderen international vertreten oder in seinem Namen handeln kann") und Art. 6 Grundvertrag (Beschränkung der Hoheitsgewalt jedes der beiden Staaten auf sein Staatsgebiet) richteten sich in erster Linie gegen das in der Bundesrepublik noch vertretene Identitätsverständnis.

3. Zwei Folgeverträge, die im Grundvertrag angesprochene Themen wieder aufgriffen und näher regelten, verdienen wegen ihrer grundsätzlichen Bedeutung hervorgehoben zu werden:

a) Gem. Art. 8 Grundvertrag tauschten die beiden deutschen Staaten „ständige Vertretungen" aus; die Bundesrepublik sprach hier nicht von „diplomatischen Missionen", um eine konkludente völkerrechtliche Anerkennung der DDR zu vermeiden, Einzelheiten regelte das Protokoll über die Errichtung der ständigen Vertretungen vom 14. März 1974.

b) Nach einem Zusatzprotokoll zu Art. 3 Grundvertrag verpflichteten sich die beiden deutschen Staaten, ihre gemeinsame Grenze zu markieren und zu dokumentieren. Diese umfangreichen Arbeiten waren 1978 (mit Ausnahme gewisser Grenzabschnitte an der Elbe und der Warmen Bode) abgeschlossen. Das Arbeitsergebnis wurde im Grenzprotokoll vom 29. Nov. 1978 mit zahlreichen Anlagen rechtlich fixiert.

4. Wichtigstes Ziel der DDR im Rahmen des Entspannungs- und Normalisierungsprozesses war ihr UNO-Beitritt. Durch die Aufnahme der beiden deutschen Staaten in die Weltorganisation konnte die deutsche Spaltung vor der gesamten Weltöffentlichkeit dokumentiert werden. Schon in Ziff. 7 des Bahr-Papiers bekundeten die Bundesrepublik und die UdSSR ihre Bereitschaft, Schritte zu unternehmen, „um den Beitritt der Bundesrepublik Deutschland und der DDR zur Organisation der Vereinten Nationen und zu deren Sonderorganisationen zu fördern." Am 18. Sept. 1973 – ein Vierteljahr nach dem Inkrafttreten des Grundvertrags – traten die Bundesrepublik und die DDR gemeinsam als 134. und 135. Mitglied der Charta der Vereinten Nationen bei.

4) Der Prager Vertrag vom 11. Dez. 1973 war der Ostvertrag, der am wenigsten deutschlandrechtliche und deutschlandpolitische Fragen berührt; die Nichtigkeit des Münchner Abkommens vom 29. Sept. 1938 „im Hinblick auf ihre gegenseitigen Beziehungen nach Maßgabe dieses Vertrages“ war zumindest dann für die Bundesrepublik keine „territoriale Frage“, wenn wir von „Deutschland in den Grenzen vom 31. Dezember 1937“ ausgehen.

5) Die KSZE-Schlußakte vom 1. Aug. 1975 war gleichsam der multilaterale Schlußstein der im Bahr-Papier dokumentierten deutschen Ost- bzw. sowjetischen Westpolitik. Der im sog. Korb I (Fragen der Sicherheit in Europa) enthaltene Prinzipienkatalog griff im wesentlichen wieder Elemente der Ostverträge auf:

- Das Prinzip II (Enthaltung von der Androhung oder Anwendung von Gewalt) enthielt das allgemeine Gewaltverbot und hob als Schutzobjekt die territoriale Integrität und die politische Unabhängigkeit der Staaten besonders hervor.
- Das Prinzip III (Unverletzlichkeit der Grenzen) enthielt die wichtigste Bestimmung der sowjetischen Status-quo-Politik in Europa und wiederholte – mit geringfügigen Abweichungen in der Formulierung – die entsprechenden Regelungen in den Ostverträgen.
- Das Prinzip IV (Territoriale Integrität der Staaten) griff ein Element des Prinzips II durch die Formulierung konkreter Tatbestände wieder auf: Die Staaten enthielten sich jeder Handlung – insbesondere der Androhung und Anwendung von Gewalt – gegen die territoriale Integrität, politische Unabhängigkeit und die Einheit der Staaten, verzichteten auf militärische Besetzung und erkannten gewaltsamen Gebietserwerb nicht an.
- Im Prinzip I wurde neben der „souveränen Gleichheit“ und der „Achtung der der Souveränität innewohnenden Rechte“ auch der sog. Friedliche Wandel (peaceful change) verankert, wonach die Grenzen Europas „in Übereinstimmung mit dem Völkerrecht durch friedliche Mittel und durch Vereinbarung verändert“ werden konnten.
- Wichtigster Anwendungsfall des „peaceful change“ war die Verwirklichung des im Prinzip VIII garantierten Selbstbestimmungsrechts der Völker.

Trotz dieser weitreichenden Regelungen und trotz des oftmals gezogenen Vergleichs mit dem Wiener Kongreß 1815 war die KSZE-Schlußakte kein „Europäischer Friedensvertrag“ mit auch bindender Wirkung für Deutschland. Die Schlußklauseln des Gesamtdokuments regelten die Ausfertigung der Konferenzdokumente und bestimmten, daß die Akte zwar ein „offizielles Dokument der Vereinten Nationen ist“, nicht aber als „Vertrag oder internationales Abkommen“ registriert werden kann. Dieser sog. „legal disclaimer“ verhinderte das „rechtliche“ Gebundensein der 35 Unterzeichnerstaaten an die getroffenen Regelungen. Auch die KSZE-Schlußakte war deshalb noch nicht der Schlußstrich unter die deutsche Frage, die deutsche Frage blieb weiterhin „offen“.

6) Alle Ostverträge waren Gegenstand von Verfassungsklagen. Das Bundesverfassungsgericht legte die Verträge mit ihren unbestimmten Rechtsbegriffen und Dissensen restriktiv im Sinne des Grundgesetzes aus. Besonders das Grundvertragsurteil enthält deutliche Aussagen zum Fortbestand des gesamtdeutschen Staates (BVerfGE 36,1):

- Die „deutsche Nation“ als Klammer für Gesamtdeutschland wurde auch als ein Synonym für das „deutsche Staatsvolk“ verstanden; die Viermächteverantwortung für Gesamtdeutschland erschien deshalb nicht als letzte rechtliche Klammer für die Fortexistenz Gesamtdeutschlands, sondern als eine völkerrechtliche neben der staatsrechtlichen Klammer.
- Die in Art. 3 Abs. 2 Grundvertrag erwähnte Grenze wurde als „staatsrechtliche Grenze“ innerhalb eines Gesamtstaates definiert.
- Eine völkerrechtliche Anerkennung der DDR durch die Bundesrepublik war nach dem Urteil nicht nur nicht ausgesprochen worden, sondern kam für die Bundesregierung auch künftig nicht in Betracht; die DDR gehörte zu Deutschland und durfte in ihren Beziehungen zur Bundesrepublik nicht Ausland sein.
- Andererseits war die DDR „im Sinne des Völkerrechts ein Staat“ und als solcher Völkerrechtssubjekt; für den Grundvertrag galten deshalb die Regeln des Völkerrechts, und er hatte Geltungskraft wie jeder andere völkerrechtliche Vertrag. Es galt aber auch hier die Besonderheit, daß Bundesrepublik und DDR „Teile eines noch immer existierenden, wenn auch handlungsunfähigen, umfassenden Staates Gesamtdeutschland“ waren und deshalb „vor allem inter-se-Beziehungen“ geregelt wurden.

Gleichzeitig untersagte das Gericht der Bundesregierung, auf einen Rechtstitel aus dem Grundgesetz zu verzichten, „mittels dessen sie in Richtung auf Verwirklichung der Wiedervereinigung und der Selbstbestimmung wirken kann“, und unterstrich die Bedeutung der von vielen für obsolet erklärten Wiedervereinigungsklausel (Art. 23 GG a.F.).

Die SED-Machthaber verbannten das den Grundvertrag im Sinne gesamtstaatlicher Kontinuität interpretierende Urteil „auf den Müllhaufen der Geschichte“, konnten aber nicht verhindern, daß die staatliche Reorganisation Deutschlands 1990 im wesentlichen den Leitlinien dieser Rechtsprechung (→ *Staatsangehörigkeit*) folgte. Alle Ostverträge sind heute gegenstandslos. Sie sind – wie der Grundvertrag und die ihn begleitenden Abkommen – mit der DDR untergegangen, wie das Berlinabkommen mit der Erlangung der vollen Souveränität entfallen oder durch Folgeverträge des wiedervereinigten Deutschlands mit seinen östlichen Nachbarn abgelöst worden ist (→ *Oder-Neiße-Grenze*).

Dieter Blumenwitz

Literaturhinweise:

Blumenwitz, Dieter: Was ist Deutschland, Bonn (3. Aufl.) 1989.

Blumenwitz, Dieter: Die Rolle des Grundvertragsurteils für die deutsche Wiedervereinigung, in: Festschrift für Hellmut Diwald, Tübingen 1994.

Institut für Internationales Recht an der Universität Kiel (Hrsg.): Ostverträge – Berlin-Status – Münchner Abkommen – Beziehungen zwischen der BRD und der DDR, Hamburg 1971.

Ress, Georg: Die Rechtslage Deutschlands nach dem Grundlagenvertrag vom 21. Dezember 1972, Berlin, Heidelberg 1978.

Grund- und Menschenrechte

Aufgrund seiner leiblich-seelisch-geistigen Verfassung besitzt der Mensch unter allen Lebewesen die Fähigkeit, sein Leben kraft Vernunftbegabung und eigener Einsicht selbstgestaltend zu verwirklichen. Diese ontologische Grundgegebenheit wird vom Recht respektiert, indem allein der Mensch als Person, als Rechtssubjekt, angesehen wird, das Träger von Rechten und Pflichten ist. Die Personenhaftigkeit verleiht dem Menschen Eigenwertigkeit und dignitas humana (Menschenwürde) als Kern seiner Persönlichkeit. Die Personenhaftigkeit und Würde des Menschen war Ausgangspunkt dafür, daß christliches und weltliches Naturrecht seit dem 16. Jh. dem Menschen natürliche Rechte zubilligten, die als Menschenrechte bezeichnet wurden. Im 17./18. Jh. haben die Erklärungen der Menschenrechte, die auf englischem, amerikanischem und französischem Boden entstanden sind, zu ausführlichen Rechtekatalogen geführt, die als Grundlage des Staates und seines Verhältnisses zu den Menschen und Bürgern betrachtet wurden. Die Menschenrechte wurden in diesen Rechtsdokumenten positiviert und erhielten in Deutschland seit den Diskussionen um die Reichsverfassung in der Frankfurter Nationalversammlung 1848/49 die Bezeichnung „Grundrechte".

Grundrechtsverständnis in der Bundesrepublik: Seit Beginn des 19. Jahrhunderts gehörte die Ausstattung mit Grundrechten in den Verfassungen der deutschen Länder zum Kernbestand der konstitutionellen Idee. Das Grundgesetz für die Bundesrepublik vom 23. Mai 1949 hat die Bedeutung dieser Grundrechte in Art.1 durch das Bekenntnis zur Menschenwürde und durch Herleitung der Grundrechte aus unveräußerlichen und unverletzlichen Menschenrechten gestärkt und alle Staatsgewalt (Gesetzgebung, vollziehende Gewalt und Rechtsprechung) an diese Grundrechte gebunden. Das Grundgesetz folgt damit der von der Generalversammlung der Vereinten Nationen verabschiedeten Allgemeinen Erklärung der Menschenrechte vom 10. Dez. 1948, die mit dem Anspruch auftritt, universell, d. h. für die ganze Völkergemeinschaft, zu gelten. Jedenfalls für die europäisch-atlantische Welt sind danach die Freiheits- und politischen Rechte der Menschenrechtserklärung zu Fundamentalaussagen des neuzeitlichen westlichen Staatsverständnisses geworden. In diesem Sinne ist Wirklichkeit geworden, was Art. 16 der Französischen Erklärung der Menschen- und Bürgerrechte von 1789 so umschrieb: Ein Staat ohne die Garantie der Menschen- und Bürgerrechte und der Gewaltenteilung hat keine Verfassung.

Für diese in langem Kampf durchgesetzten Grundrechte kann man als deren systemtragende Elemente herausstellen: Würde und Persönlichkeit des Menschen, daraus hervorgehend seine individuelle Freiheit und Selbstbestimmungsfähigkeit, Gleichheit vor dem Gesetz, politische Mitwirkung, insbesondere Wahlrecht und Teilhabe am Staat, und justizielle Garantien, wie Gerichtsschutz, rechtliches Gehör, keine Strafe ohne Gesetz und Unschuldsvermutung. Diese Rechtspositionen müssen in normativen Verfassungen festgelegt sein, die höchstrangige Normen im Staat sind.

Im einzelnen gilt für dieses freiheitlich-demokratische und rechtsstaatliche Grundrechtsverständnis:

- Grundrechte sind unmittelbar geltendes Recht und binden alle Staatsgewalt einschließlich der Gesetzgebung;
- Grundrechte sind subjektiv-öffentliche (Abwehr-)Rechte des Individuums, die im Falle einer Beeinträchtigung auch gerichtlich durchgesetzt werden können;
- Grundrechte können auch auf Leistung und Teilhabe gerichtet sein, z.B. Wahlrecht, Zugang zu öffentlichen Ämtern, gerichtlicher Schutz;
- Grundrechte können auch Einrichtungen gewährleisten, z. B. Ehe und Familie, Eigentum und Erbrecht, Wissenschaft, Kunst, Presse und Rundfunk, Asyl;

- Grundrechte verkörpern objektiv-rechtliche Gehalte im Sinne von Ausstrahlungswirkung auf die gesamte Rechtsordnung;
- Grundrechte sind Schutzpflichten für bestimmte Rechtsgüter, z. B. Leben und Gesundheit.

Sozialistisches Grundrechtsverständnis: Diesem weitgehend homogenen Grundrechtsverständnis steht ein kommunistisch-sozialistisches Dogma gegenüber, das in gewisser Hinsicht als geistiges und politisches Kontrastprogramm angesehen werden kann. In diesem Sinne lehrte das führende DDR-Staatsrechtslehrbuch (2. Aufl. 1984): „Sozialistische Grundrechte sind keine Fortentwicklung oder bessere Verwirklichung vorgefundener bzw. überkommener Rechte des Menschen, die der bürgerliche Staat aus demagogischen Gründen und als Kompromiß im Klassenkampf zugestehen mußte, sondern sie sind in den gesellschaftlichen Verhältnissen des Sozialismus begründete qualitativ neue Erscheinungen."

1. Zwar haben auch die Verfassungen der kommunistisch-sozialistischen Staaten Ostmitteleuropas und Osteuropas Grundrechte enthalten, aber sie waren durchweg vom Staat gewährte Rechte, nicht Rechte, die dem Menschen kraft seines Menschseins zukommen. Man beanspruchte sogar eine eigene „sozialistische Menschenrechtskonzeption", die diametral vom bürgerlichen Grundrechtsverständnis abgesetzt werden müsse.

Grundlage dieser Konzeption war der → *Marxismus-Leninismus*. Nach dessen Ideologie kann es keine Menschen- und Grundrechte im Sinne von angeborenen, unveräußerlichen, in der menschlichen Würde wurzelnden und dem Staat vorgegebenen Rechten geben. Sie galten als mit dem Materialismus, dem Basis-Überbau-Theorem, dem staatlichen Rechtsetzungsmonopol und dem Instrumentalcharakter des Rechts unvereinbar. Außerdem war nicht daran gedacht, diese Rechte als Begrenzung der Staatsmacht zu verstehen, sondern als genaues Gegenteil. Grundrechte sollten in Kompetenzen des Staates einmünden und daher weithin mit Pflichten identisch sein. Individuelle Menschenrechte seien Fassade eines Systems, das dem Untergang geweiht ist. Für die „neue Gesellschaft" des kommunistischen Systems seien sie irrelevant geworden.

Die marxistische Konzeption der → *sozialistischen Persönlichkeit* orientiert sich nicht an der Werthaftigkeit der Person, wie sie sich aus einer jahrhundertelangen humanistisch-christlich-individualistischen Entwicklung ergibt, sondern betont die Gliedhaftigkeit der Person in einer mit ihren Interessen angeblich übereinstimmenden Gesellschaft.

Grundrechte werden von diesem Standpunkt aus nicht als Rechtspositionen des einzelnen, als Gewährleistung eines auch vom Staat zu respektierenden Freiheitsraumes verstanden, weil Abwehrrechte gegen den Staat wegen der Übereinstimmung der „Ziele des Staates und der Persönlichkeit in allen Lebensbereichen" als unnötig und sinnlos angesehen werden.
2. In Wahrheit läuft die „sozialistische Menschenrechtskonzeption" also auf die Nichtexistenz von echten Menschen- oder Grundrechten hinaus, nicht etwa auf eine andere, von der westlichen Konzeption abweichende. Für Karl Marx ist nicht das Individuum, seine Würde, Persönlichkeit und Freiheit entscheidender Bezugspunkt für die Rechts- und Verfassungsordnung. Das „menschliche Wesen" ist vielmehr für ihn „Ensemble der gesellschaftlichen Verhältnisse" und damit in eine „Objektstellung" gedrängt (→ *marxistische Philosophie*; → *marxistisches Menschenbild*). Im kommunistisch-sozialistischen System sind allenfalls vom Staat gewährte und jeder Zeit entziehbare Bürgerrechte denkbar. Von Anfang an hat die SED in diesen Denkkategorien gedacht, wie schon eines ihrer ersten staatspolitischen Dokumente „Grundrechte des deutschen Volkes" und die SED-Parteitage, die sich zu Grundrechten äußern, zeigen.
3. Diese Konzeption der parteiamtlichen marxistischen Ideologie hat für das Grundrechtsverständnis des SED-Staates weit größere Bedeutung als der eigentliche Text der → *Verfassungen*, der ohnehin mit unterschiedlich interpretierbaren und damit manipulierbaren politischen, gesellschaftlichen und ideologischen Vorbehalten durchsetzt ist. Das Verfassungsrecht galt stets nur insoweit, als es mit der Politik der Staatspartei in Einklang stand.

a) Die Gründungsverfassung der DDR vom 7. Okt. 1949 enthielt zwar in den Art. 6 bis 49 eine Vielzahl von Grundrechten, deren Formulierung in mancher Hinsicht an der Weimarer Reichsverfassung orientiert war. Aber praktisch spielten diese Grundrechte keine Rolle, vor allem fehlte eine Verfassungsgerichtsbarkeit zu ihrer Durchsetzung gegenüber der Staatsgewalt. Sehr bald wurden auch die Verwaltungsgerichte, die Rechtsschutz gegen Behörden gewähren sollten, abgeschafft.

b) In der zweiten Verfassung der DDR vom 6. April 1968 (Änderung vom 7. Okt. 1974) wurde die Bedeutung der Grundrechte weiter zurückgeschraubt. Nunmehr setzte sich in vollem Umfang das sozialistische Grundrechtsverständnis durch. „Die geltende Verfassung der DDR ist von der sozialistischen Grundrechtskonzeption geprägt und entspricht der Festlegung im Programm der SED."

Rechte und Pflichten wurden nach dem Vorbild der sowjetischen Grundrechtsauffassung zu einer Einheit nach dem Motto verwoben: „Die Verwirklichung der Rechte und Freiheiten durch den Bürger ist nicht zu trennen von der Erfüllung seiner Pflichten." (Art. 59 Abs. 1 Verf. der UdSSR von 1977) In diesem Lichte wurden den Grundrechtsvorschriften zahlreiche sehr weitgehende Schranken und Gesetzesvorbehalte beigegeben, durch die sie in das System der sozialistischen Gesellschaftsbedingungen und deren Gesetzlichkeit eingepaßt wurden. Eine individuelle Selbstbestimmung schied danach aus. Zulässig war nur eine systemkonforme Entfaltung. Deshalb sieht die Verfassung einen ausführlichen Grundpflichtenkatalog vor, der den Bürger auf die sozialistische Gemeinschaft hin orientiert.

Auch wenn in den Grundrechtsvorschriften gelegentlich von Menschen die Rede ist, so ist doch stets nur der Bürger der DDR gemeint. So wird es auch aus der Eingangsformulierung des Art. 19 in Abschnitt II „Bürger und Gemeinschaften der sozialistischen Gesellschaft" deutlich, der die Grundrechte enthält: Die DDR „garantiert allen Bürgern die Ausübung ihrer Rechte". Aus dieser Formulierung ließe sich ableiten, daß diese Rechte auch subjektive Rechte gegen den Staat im Sinne des westlichen Grundrechtsverständnisses sein könnten. Diese Qualität war indessen in der DDR im Gegensatz zu den übrigen osteuropäischen Ländern durchaus streitig. Die Frage war indessen theoretischer Natur, da die Grundrechtsgeltung in die → *sozialistische Gesetzlichkeit* eingebunden war, so daß eine Inanspruchnahme nur innerhalb der Gesetze zulässig war.

Ein gerichtlicher Schutz im Falle von Grundrechtsverletzungen war praktisch ausgeschlossen. Politische oder ideologische Garantien gewährten lediglich eine systemkonforme Verwirklichung.

c) Obwohl die DDR 1974 die Internationalen Pakte über bürgerliche und politische Rechte sowie soziale, wirtschaftliche und kulturelle Rechte vom 16. Dez. 1966 ratifiziert und durch Unterzeichnung der KSZE-Schlußakte vom 1. Aug. 1975 die Grundprinzipien der Menschenrechte und Grundfreiheiten anerkannt hatte, hat sie ihr damit unvereinbares Grundrechtsverständnis bis 1989/90 nicht aufgegeben.

4. Insgesamt war der Grundrechtsstatus des SED-Staates weitgehend nur ein „einfacher" Bürgerrechtsstatus, der weit hinter dem freiheitlich-rechtsstaatlichen Grundrechtsverständnis westlicher Verfassungsstaaten zurückgeblieben ist. Nicht die Freiheit des Individuums, sondern die Räson eines von einer Einheitspartei beherrschten Staates und seiner politischen und gesellschaftlichen Kräfte dominierte. Ein individualfreiheitlicher und politisch teilhabeberechtigter Grundrechtskonstitutionalismus hat der Parteidoktrin widersprochen. Die Aufnahme von

Grundrechten in die Verfassung ist mehr oder weniger semantisch gewesen, um dem In- und Ausland zu zeigen, daß auch in der DDR die Menschen als Rechtspersönlichkeiten betrachtet würden. Der gesamte Grundrechtskomplex der DDR-Verfassung glich indessen weitgehend einem gestaffelten Verteidigungssystem zum Schutz des Sozialismus vor dem freiheitlich-westlichen Grundrechtsdenken. Zutreffend hat Václav Havel von den sozialistischen Grundrechten als einem „Instrument der rituellen Kommunikation innerhalb der Machtstruktur" gesprochen („Versuch, in der Wahrheit zu leben", 1993).

Soziale Grundrechte: 1. Immer wieder wurde betont, daß die sozialen Grundrechte in den sozialistischen Verfassungen besser ausgebildet seien als in denen der westlichen Demokratien. In der Tat weist die sozialistische Rechtslehre ein reichhaltiges Arsenal sozialer, ökologischer und kultureller Rechtspositionen in den Verfassungstexten aus. Soziale Grundrechte, hieß es, seien der eigentliche Kern des Grundrechtssystems. Man findet in dieser Hinsicht Rechte auf Arbeit, Erholung, Schutz der Gesundheit, materielle Sicherheit im Krankheitsfall, Rechte auf Wohnraum, auf Bildung, auf Nutzung der Errungenschaften der Kultur (vgl. Art. 24 und 25 DDR-Verfassung). Diese Rechte stünden in untrennbarer Einheit mit den politischen und persönlichen Rechten.
2. Allerdings läßt eine genaue Lektüre der Verfassungstexte jedoch auch für diese Rechte wesentliche Vorbehalte durch gesellschaftliche Erfordernisse, das sozialistische Wirtschaftssystem und die sozialistische Gesetzlichkeit deutlich werden. Außerdem sind diese Rechte in einem Netzwerk von Grundpflichten eingefangen. Es dürfte daher vieles dafür sprechen, daß es sich auch hier im Grunde nur um Rechtsreflexe handelte. Ihr tatsächlicher Gehalt konnte nur aufgrund einer genauen Betrachtung der einschlägigen Gesetze und ökonomischen, sozialen und kulturellen Lebensbedingungen erschlossen werden. Auch in dieser Hinsicht jedoch hat der freiheitlich-demokratische Sozialstaat mit seiner Vielzahl die soziale Sicherheit garantierenden Gesetze als Grundtypus europäisch-amerikanischer Verfassungsstaatlichkeit letztlich besser abgeschnitten. Planwirtschaft und Mangelverwaltung haben der Umsetzung der sozialen Rechte in vielen Fällen enge Grenzen gesetzt.

Klaus Stern

Literaturhinweise:

Brunner, Georg: Einführung in das Recht der DDR, München (2. Aufl.) 1979.
Bürger und Staat. Materialien zur Lage der Nation, hrsg. vom Bundesministerium für innerdeutsche Beziehungen, Bonn 1990.

Stern, Klaus: Das Staatsrecht der Bundesrepublik Deutschland, Bde. III/1 und III/2, München 1988, 1994.

Gruppe Sowjetischer Streitkräfte in Deutschland (GSSD)

Nach dem Ende des Zweiten Weltkrieges ließ die UdSSR – im Gegensatz zu den rasch demobilisierenden Westmächten – große Teile ihrer Truppen in der Sowjetischen Besatzungszone zurück. Umformiert am 10. Juni 1945 wurden sie seit 1949 „Gruppe Sowjetischer Streitkräfte in Deutschland“ (GSSD) genannt. In der Bezeichnung kommen die sowjetischen Besatzungsrechte im Rahmen der → *Vier Mächte*-Verantwortung zum Ausdruck. Erst im Sommer 1989 wurde mit der Umbenennung in „Westgruppe der Truppen“ dem Drängen der SED-Führung stattgegeben.

Die GSSD umfaßte bis zu zwanzig Divisionen, darunter zehn Panzerdivisionen, starke Artillerieverbände, sowie entsprechende Luftstreitkräfte – insgesamt etwa 450 000 Mann auf dem Höhepunkt. In der Spätphase der Breschnew-Ära sowie im Anschluß an eine Initiative Präsident Gorbatschows vor den Vereinten Nationen im Dezember 1988 hatte Moskau propagandistisch wirksam einseitige Reduzierungen angekündigt und durchgeführt. Zum Zeitpunkt der Wiedervereinigung (Stichtag: 1. Jan. 1991) befanden sich noch rund 340 000 Soldaten sowie über 200 000 zivile Angestellte und Familienangehörige auf deutschem Boden. In den 1 580 Liegenschaften mit rund 240 000 ha Fläche waren über 4 000 Panzer, mehr als 8 000 Panzerfahrzeuge, 600 Flugzeuge, 600 Hubschrauber und rund 680 000 t Munition stationiert. Am 31. Aug. 1994 wurde der letzte Soldat der GSSD auf deutschem Boden verabschiedet.

Der völkerrechtliche Status der GSSD wurde mehrfach geändert. So erklärte die Regierung der UdSSR am 25. März 1954 die DDR für „souverän“ und sprach erstmals von einem „zeitweiligen Aufenthalt sowjetischer Truppen auf dem Gebiet der DDR“. Dem Abschluß des Warschauer Vertrages am 14. Mai 1955 folgte am 20. Sept. 1955 ein Truppenstationierungs-Vertrag, der dem Oberkommando der sowjetischen Truppen im Falle ihrer Bedrohung und nach Konsultation der Regierung der DDR das uneingeschränkte Recht gab, Maßnahmen zur Beseitigung der Gefahr zu treffen. Grundlage für den Aufenthalt der sowjetischen Truppen blieb auch weiterhin das ursprüngliche Besatzungsrecht.

Auch nach der Umbenennung in „Westgruppe der sowjetischen Streitkräfte“ nahm die sowjetische Seite Bezug auf die bestehenden internationalen Abkommen und betonte damit auch jene Verträge, die „Deutschland als Ganzes betreffen“. Der Zwei-plus-Vier-Vertrag vom 12. Sept. 1990 über die abschließende Regelung in bezug auf Deutschland legte fest, daß alle sowjetischen Truppen innerhalb von vier Jahren deutsches Territorium zu verlassen hatten. In folgenden bilateralen Verträgen und Abkommen zwischen der Bundesrepublik Deutschland und der UdSSR vom 9. und 12. Okt. 1990 über finanzielle Regelungen sowie über den Abzug der Streitkräfte und deren Rechte bis zum Abzug verpflichtete sich die UdSSR zur Beachtung der Souveränität der Bundesrepublik und des deutschen Rechts. Die Bundesregierung stellte zur Durchführung rund 14 Mrd. DM in Form von finanzieller Unterstützung (Bau von Unterkünften), Krediten bzw. Rückstellung von Forderungen und technischer Hilfe zur Verfügung. Eine Verrechnung von Erlösen aus der Verwendung sowjetischer/russischer Gebäude mit – vor allem ökologischen – Schäden (geschätzte Höhe: 25 Mrd. DM) wurde fallengelassen. Der Abzug der „Westgruppe der sowjetischen Streitkräfte“ verlief planmäßig und konnte drei Monate eher als ursprünglich vereinbart abgeschlossen werden.

Die Gruppe Sowjetischer Streitkräfte in Deutschland hatte drei Aufgaben: Zunächst hatten die sowjetischen Truppen in Deutschland dazu gedient, in der östlichen Besatzungszone eine Militärregierung (→ *SMAD*) einzurichten, die oberste staatliche Gewalt ausübte und als Besatzungsmacht in einem Teil Deutschlands die Politik der → *Vier Mächte* im „Alliierten Kontrollrat“ für ganz Deutschland mitbestimmte. Die sowjetische Militärregierung organisierte 1945 sogar einen eigenen Sicherheitsdienst und die Internierungslager des NKWD, in denen zwischen 1945 und 1950 etwa 200 000 Deutsche festgehalten wurden und viele umkamen.

Gleichzeitig waren diese Truppen ein Instrument der UdSSR, mit dem das im Krieg eroberte osteuropäische Vorfeld des Sowjetimperiums gesichert werden konnte. Die abschreckende Wirkung der bloßen Präsenz reichte dazu im allgemeinen. Die Ereignisse im Juni 1953 zeigten jedoch, daß Moskau nicht zögerte, dieses Instrument auch einzusetzen. Bis zum Herbst 1989 hing das Schicksal des SED-Regimes wesentlich von der Erwartung ab, daß die sowjetischen Truppen in der DDR wie am → *Siebzehnten Juni* 1953 bereitstünden, einen Volksaufstand sofort niederzuschlagen. Das SED-Regime brach in dem Moment zusammen, als die politische Führung in Moskau nicht mehr bereit war, ihr militärisches Instrumentarium zu diesem Zwecke zu nutzen.

Drittens hatten die sowjetischen Streitkräfte in Deutschland die Aufgabe, als Teil der 1. Strategischen Staffel der Truppen des → *Warschauer Paktes* einen Angriffskrieg gegen Westeuropa zu führen. Wenngleich diese Aufgabe konsequent als ein „Defensivauftrag" dargestellt wurde, belegen heute unzählige Dokumente zur Operationsplanung und das Übungsverhalten eindeutig die offensive Ausrichtung dieser Streitkräfte.

Die GSSD wurde ständig in hoher Einsatzbereitschaft gehalten und mit den jeweils modernsten Waffensystemen ausgestattet. Der hohe Bereitschaftsgrad konnte jedoch nicht über den schlechten inneren Zustand der sowjetischen Truppen in der DDR hinwegtäuschen. Die Soldaten lebten strikt abgeschirmt auf großen Übungsplätzen und innerhalb der Kasernenbereiche. Private Kontakte mit der deutschen Bevölkerung waren verboten. Schlechte Unterbringung, Verpflegung und Behandlung der Soldaten trugen überdies dazu bei, Raub, Erpressung, Selbstmorde und Desertionen immer häufiger werden zu lassen. Nach dem Fall der → *Mauer* und dem → *Zusammenbruch der DDR* wurde es noch schwieriger, die Disziplin in den sowjetischen Streitkräften aufrechtzuerhalten.

Walter Schilling

Literaturhinweise:

Frank, Hans: Die Westgruppe der Truppen; in: NVA. Anspruch und Wirklichkeit, hrsg. von Klaus Naumann, Berlin, Bonn, Herford 1993, S. 331-349.

Nawrocki, Joachim: Bewaffnete Organe in der DDR, Berlin 1979.

Häftlinge, politische

Offiziell gab es in der DDR keine politischen Häftlinge. Bereits 1951 wurde vom DDR-Justizminister verboten, den Begriff politische Häftlinge zu gebrauchen. Ab 1956 sprach man von „kriminellen und anderen Vergehen", 1972 von „politischen und kriminellen Straftätern", vermied aber, wo immer möglich, den Hinweis auf politische Vergehen oder Strafen. Dabei war ein wesentlicher Teil des Staatsapparates speziell auf die Ermittlung, Verurteilung und Verwahrung politischer Täter ausgerichtet:

1. Das Ministerium für → *Staatssicherheit* unterhielt nicht nur einen riesigen Spitzel- und Zersetzungsapparat zur Ermittlung partei- und

staatsfeindlicher Vorgänge, sondern war neben der Kriminalpolizei und dem Zoll ein eigenes Ermittlungsorgan (also eine politische Polizei), das in allen Bezirken der DDR eigene Untersuchungshaftanstalten unterhielt. In Ost-Berlin befand sich eine Zentrale MfS-Untersuchungshaftanstalt und in Bautzen eine eigene Vollzugsanstalt (Bautzen II), die nur verwaltungsmäßig der für den gesamten Strafvollzug zuständigen Volkspolizei unterstand; es gab in der DDR keine Justizhaftanstalten. In der Bautzener Anstalt wurden „Ausländer", die weitaus meisten Westdeutsche/West-Berliner, und langjährig verurteilte „wichtige" politische Häftlinge oft in jahrelanger Einzelhaft festgehalten.

2. Für politische Strafsachen gab es bei den Bezirksgerichten eigene Strafsenate. Auch die Militärgerichtsbarkeit verurteilte nicht nur Militärpersonen, sondern auch Zivilisten. Das Oberste Gericht der DDR konnte Urteile kassieren und in wichtigen Fällen in erster und letzter Instanz entscheiden. Damit wurde eine einheitliche politische „Rechtsprechung" gesichert. Analog gab es bei den Staatsanwaltschaften Ia-Abteilungen, deren Staatsanwälte für die „politischen" Kapitel 1, 2 und 8 des StGB und die enge Zusammenarbeit mit dem MfS zuständig waren. Politische Prozesse fanden generell unter Ausschluß der Öffentlichkeit statt (→ *Schau- und Geheimprozesse*).

3. Während des Strafvollzugs wurden politisch Verurteilte grundsätzlich benachteiligt: Sie wurden in die schlechtesten Haftkategorien eingeordnet, das Wachpersonal bevorzugte beim Arbeitseinsatz und für Funktionshäftlingsposten stets Kriminelle und faßte – entsprechend politisch geschult – politische Häftlinge besonders hart an. Mit Bekanntwerden des Freikaufs von politischen Häftlingen durch die Bundesregierung gab es jedoch bei einigen Angehörigen des Wachpersonals einen zurückhaltenderen Umgang mit den Häftlingen, weil sie die Weitergabe von Informationen an die → *Zentrale Erfassungsstelle Salzgitter* fürchteten. Zu Arbeitseinsätzen außerhalb der Anstalten wurden keine politischen Häftlinge zugelassen. Hinzu kam ein psychologisches Element: Die politischen Häftlinge empfanden sich zu Unrecht oder zumindest viel zu hart verurteilt und litten besonders unter den Haftbedingungen zusammen mit Kriminellen, die ihnen in Zusammenhalt und Durchsetzungsvermögen bei den Schwierigkeiten des Alltags im Vollzug stets überlegen waren.

Wenn der Verurteilung nicht eindeutige Paragraphen des politischen Strafrechts zugrunde lagen, war allerdings der politische Hintergrund nur individuell festzustellen. Zur Durchsetzung der SED-Politik und Unterbindung jeglicher Opposition konnte die Staatsanwaltschaft z.B. auch das Wirtschafts- und das Steuerstrafrecht einsetzen, das Arbeitsrecht mißbrauchen oder Personen, die aus politischen Gründen keine Arbeit bekamen, zu Asozialen erklären. Einsprüche oder Klagen gegen politische Übergriffe oder Verwaltungsmaßnahmen mußten nicht bearbeitet werden; es gab keine Verwaltungsgerichte. Hartnäckig ihre Rechte begehrende Bürger konnten sogar wegen „Beeinträchtigung staatlicher Tätigkeit" oder Verächtlichmachung der Behörden bestraft werden.

Der Anteil der politischen Häftlinge an der Gesamtzahl der Inhaftierten schwankte, war aber immer sehr hoch. Die ständige Überfüllung der Haftanstalten erforderte regelmäßig → *Amnestien*, von denen auch politische Häftlinge profitieren konnten. So wurden 1972 umgerechnet auf die Bevölkerungszahl fast dreimal soviel Häftlinge amnestiert, wie zu der Zeit in der Bundesrepublik überhaupt einsaßen. Im Gegensatz zur Bundesrepublik war hierfür kein Gesetz notwendig: Der Präsident, später der Staatsrat der DDR, verkündete zu besonderen Anlässen Amnestien, die Entlassungen und/oder Strafherabsetzungen brachten, womit sich die DDR nebenbei ein Instrument zur Korrektur politischer Urteile schaffte, die aus späterer Sicht bei einem „neuen Kurs" falsch schienen.

Sofern der politische Häftling in die DDR entlassen wurde – oft wurde dabei eine geringe Reststrafe für eine längere Zeit mit strengen Bewährungsauflagen verbunden –, stand er unter besonderer Beobachtung. Vor allem der Vermerk über seine Haft in der ihn sein ganzes Leben begleitenden Kaderakte (→ *Kader*) brandmarkte ihn für seinen weiteren Lebensweg und schloß ihn „unauffällig" von ganzen Berufszweigen und Funktionen aus.

Insgesamt gab es in der DDR, ohne die 1950 von der sowjetischen Besatzungsmacht übernommenen Häftlinge, schätzungsweise 180 000 politisch Verurteilte, von denen die Bundesregierung zwischen 1964 und 1989 fast 32 000 freikaufte.

Gerhard Finn

Literaturhinweise:

Finn, Gerhard: Die politischen Häftlinge der Sowjetzone 1945-1959, Köln (Neudruck) 1989.

Fricke, Karl Wilhelm: Politik und Justiz in der DDR, Köln 1979.

Schuller, Wolfgang: Geschichte und Struktur des politischen Strafrechts in der DDR bis 1968, Ebelsbach 1980.

Handwerk und Gewerbe

Unübersehbar ließen die ab 1945 von der sowjetischen Besatzungsmacht erlassenen Befehle die Grundzüge des in der SBZ/DDR zu entwickelnden Wirtschaftskonzeptes erkennen: Neben der Wiederingangsetzung der Wirtschaft als vordringlichster Aufgabe machte die SED frühzeitig deutlich, daß unter ihrer Führung eine Wirtschaftsordnung nach sowjetischem Vorbild geschaffen werden sollte. Die sich daraus ergebenden Fakten blieben im weiteren Zeitverlauf nicht ohne Einfluß auf die Stellung von Handwerk und Gewerbe im Zeichen einer sozialistischen Planwirtschaft (→ *Wirtschaft*). Eine entscheidende Grundlage für die Eingliederung von Handwerk und Kleingewerbe in das zu entwickelnde DDR-Planwirtschaftssystem bildete der SMAD-Befehl Nr. 161, mit dem die noch bestehenden Innungen beseitigt und die Handwerkskammern umgestaltet wurden

Während der ersten Verstaatlichungsphase zwischen 1945 und 1948 (→ *antifaschistisch-demokratische Umwälzung*) wurden Handwerksbetriebe und industrielles Gewerbe nach der damals geltenden Diktion nur dann erfaßt, wenn es sich um Betriebe von „Naziaktivisten, Kriegsverbrechern und Rüstungsfabrikanten" handelte. Die Entscheidung, welcher Betrieb im einzelnen verstaatlicht werden sollte, blieb den Behörden überlassen (→ *Eigentum*).

Die zweite, von 1949 bis 1960 andauernden Phase kann als Periode der Adaption des sowjetischen Systems bezeichnet werden. Mit Hilfe des „Gesetzes zur Förderung des Handwerks" von 1950 erfolgte über eine neue Abgrenzung und Reduzierung des Handwerkssektors eine veränderte Begriffsbestimmung: Danach galten als „Handwerk" nunmehr ebenso kleine Industriebetriebe, die (wie im Falle des Handwerks) bis zu zehn Beschäftigte haben durften.

Die 2. Parteikonferenz der SED 1952 bildete wiederum den Auftakt für eine „Sozialisierung" aller Privatbetriebe. Hier wurde von Ulbricht nicht nur die Bildung sozialistischer Produktionsgenossenschaften des Handwerks (PGH) verkündet, sondern ebenso die Gründung von Einkaufs- und Liefergenossenschaften (ELG), in denen sich nahezu sämtliche Privatbetriebe zu organisieren hatten, bestimmt.

Insbesondere die Privatwirtschaft wurde im weiteren Zeitverlauf zunächst mit einer besonders durch Wirtschaftssanktionen (z.B. Bewirtschaftungsrecht) und stark progressive Besteuerung (kalte Sozialisierung) gekennzeichneten Wirtschaftspolitik (→ *Wirtschaft*) in ihrer Entfaltung gehindert. Auf diese Weise gelang es der Partei- und Wirtschaftsführung, den Anteil der Privatwirtschaft an der Industrieproduktion bis Ende 1955 auf rund 12% zu drücken. Als ein weiterer Schritt in Richtung einer völligen Gleichschaltung muß zunächst die auf dem V. Parteitag der SED 1958 verkündete Vollkollektivierung des Handwerks angesehen werden. Dieser folgte mit dem Ziel der Begrenzung der Privatwirtschaft 1959 schließlich die Bildung von Betrieben mit staatlicher Beteiligung (BSB, sog. halbstaatliche Betriebe), um nach den Vorstellungen der SED die alten, hemmenden kapitalistischen Produktionsverhältnisse schrittweise zu überwinden und die „Ausbeutung" einzuschränken. Diese Aktion war mit der Anerkennung einer 50prozentigen staatlichen Beteiligung verbunden (der einstige Privateigentümer haftete als Komplementär, der Staat war Kommanditist). Betroffen waren hiervon insbesondere Industrie, Bau und Handel. Mit der Beendigung der Zwangskollektivierung in der → *Landwirtschaft* konnte die Sowjetisierungsphase weitgehend als abgeschlossen angesehen werden. Zunehmende Versorgungsschwierigkeiten zwangen die SED jedoch im Frühsommer 1960 zu einem Abbruch der Kollektivierungsbemühungen.

Die dritte Phase war durch die rigorose Verstaatlichungsaktion des Jahres 1972 unter Honecker gekennzeichnet. Die Grundlage bildete hierfür ein Beschluß des SED-Politbüros vom 8. Febr. 1972. Betroffen waren hiervon 6 700 BSB sowie rund 2 900 private Betriebe mit insgesamt etwa 470 000 Beschäftigten und einer anteiligen Gesamtproduktion von 11,3%. Zustimmungs- und Ergebenheitserklärungen von → *LDPD* und → *CDU* lagen vor. Sie sollten den Eindruck wegbereitender Aktionen mit Initiativcharakter der bürgerlichen Parteien erwecken. Eine speziell gebildete Arbeitsgruppe der SED hatte den Beschluß umzusetzen. Wie es offiziell hieß, hielten die betroffenen Klein- und Mittelbetriebe nicht mehr mit den an sie gestellten Anforderungen Schritt: Produktionsgenossenschaften des Handwerks (PGH) produzierten z.B. zum überwiegenden Teil danach Erzeugnisse zu Lasten der bedarfsgerechten Versorgung mit Gewinnen, die den Eigentümern zu ungerechtfertigt hohen Einkommen verhalfen. Solche Tendenzen der „Rekapitalisierung" standen nicht mit der sozialistischen Gesellschaftsordnung und den planwirtschaftlichen Prinzipien im Einklang und konnten daher nicht geduldet werden. Damit war ein triftiger Grund zur weiteren Durchsetzung sozialistischer Produktionsverhältnisse gegeben. Die nach offizieller Bekundung „freiwillige" Umwandlung begann Mitte Februar 1972 im Kreis Apolda. Sie wurde Anfang Juli 1972 auf der 6. SED-ZK-Tagung als abgeschlossen erklärt. In einer der letzten an Günter Mittag gerichteten Vollzugsmeldungen zum Stand per 21. Dez. 1972 hieß es u.a., daß alle für die Aktion vorgesehen 6 652 BSB und von den 1 753 für die Umwandlung vorgesehenen industriell produzierenden PGH insgesamt 1 740 in VEB (→ *Volkseigene Betriebe*) umgewandelt werden konnten. Damit wurden Privatinitiative, freies Unternehmertum sowie ein Wettbewerb zwischen Unternehmen zum Erliegen gebracht.

Die Zurückdrängung des privaten Handwerks hatte bis 1975 einerseits als Folge der repressiven SED-Handwerkspolitik und andererseits durch die zunehmende Überalterung der Firmeninhaber zu einem besorgniserregenden Tiefstand geführt. Dies äußerte sich besonders in einem drastischen Rückgang bei den Dienstleistungen für die Bevölkerung. Diese Tatsache zwang die SED-Führung zu einer Kurskorrektur. Die Grundlage bildete hierfür ein nicht veröffentlichter Politbüro- und Ministerratsbeschluß vom Februar 1976. Sichtbares Zeichen der Kehrtwenden und einer „gezielten Förderpolitik" waren: 1. Die Erteilung von Gewerbegenehmigungen, komplettiert durch die Zuführung von Beschäftigten einschließlich Nachwuchsförderung sowie die Gewährung von Krediten und Lohnzuschlägen, 2. die Unterstützung von Umstrukturierungsprozessen mit dem Ziel, die Versorgungsleistungen (Reparatur- und Dienstleistungen) zu Lasten des produzierenden Bereiches zu verbessern, 3. die Einbeziehung des Handwerks (auch des noch existierenden privaten Handwerks) in die zentrale staatliche Leitung und Planung. Die daraus resultierenden Strukturveränderungen des genossenschaftlichen und privaten Handwerks bestanden nicht nur in einer Zurückdrängung der Produktion zu Gunsten von Reparatur- und Dienstleistungen, sie vollzogen sich auch teilweise zum Vorteil für das → *Bauwirtschaft und Wohnungswesen* (Begünstigung von Altbausanierungen).

Wesentlich ist zudem, daß der im Zeitablauf gezielt vorangetriebene Ausbau von Reparatur- und Dienstleistungen vor dem Hintergrund der schon 1972 auf dem VIII. SED-Parteitag proklamierten Hauptaufgabe einer verbesserten Versorgung der Bevölkerung gesehen werden muß.

Trotz aller Bemühungen um eine Steigerung der Handwerksleistungen konnten die zunehmenden Leistungsdefizite in der Wirtschaft nicht ausgeglichen werden: Versorgungsengpässe und -mängel kennzeichneten bis zur politischen Wende das Niveau von Handwerk und Gewerbe in der DDR. Unabhängig davon gab es mit Blick auf die handwerklichen Dienstleistungen erhebliche Niveauunterschiede zwischen den einzelnen Bezirken. Als überdurchschnittlich versorgt galten Dresden, Leipzig, Potsdam und Erfurt. Schlußlichter in der Leistungsrangordnung waren hingegen Neubrandenburg, Cottbus, Frankfurt/Oder und Rostock. Die bereits bestehenden regionalen Niveauunterschiede wurden nicht zuletzt durch die 750-Jahr-Feier im Ostteil Berlins verschärft: In der ohnehin als Schaufenster zum Westen privilegierten Hauptstadt hatten die staatlichen Planer weitere Dienstleistungen auf Kosten der Bezirke konzentriert.

Entgegen den Behauptungen der SED bildeten die mit der drastischen Liquidierung privater Klein- und Mittelbetriebe verbundenen vielseitigen Initiativen eine wesentliche Ursache für den ständig zunehmenden Produktivitätsrückstand der DDR-Industrie gegenüber der Bundesrepublik. Auch ein Anteil der Industrieinvestitionen von 50% und mehr an den Gesamtinvestitionen über die Zeit hinweg – mehr als doppelt so hoch wie in der Bundesrepublik – vermochte daran nichts zu ändern.

Klaus Krakat

Literaturhinweise:

Haendcke-Hoppe, Maria: Stichwort „Handwerk“, in: DDR Handwerk, Bd. 1, hrsg. vom Bundesministerium für innerdeutsche Beziehungen, Köln (3., überarb. u. erw. Aufl.) 1985, S. 591-594.

Kaiser, Monika (Hrsg.): Neunzehnhundertzweiundsiebzig – Knockout für den Mittelstand. Dokumente, Berlin (Ost) 1990.

Thalheim, Karl C./Haendke-Hoppe, Maria: Das Handwerk in der DDR und Ost-Berlin. Beilagen zu den Jahresberichten der Handwerkskammer Berlin (West) 1963-1991.

Historisches Erbe und Tradition

Der Begriff „Erbe“ stammt aus der SED-Kulturpolitik und bezeichnete zunächst die Gesamtheit derjenigen kulturellen Hervorbringungen der Vergangenheit, die von der sozialistischen Gesellschaft als rezeptionswürdig verstanden, gepflegt und weiterentwickelt werden sollten. In der Anwendung auf die Geschichte wurde der Begriff, zusammen mit dem korrespondierenden Begriff der „Tradition“, im Zuge einer vom Ende der 70er bis in die erste Hälfte der 80er Jahre geführten Diskussion über das von der SED für die DDR beanspruchte historische Selbstverständnis aufgenommen.

Der SED-Staat hatte sich in seinem von der führenden Partei bestimmten Selbstverständnis zunächst vorwiegend auf die Tradition der Arbeiterbewegung, insbesondere auf die der KPD – mit einem Schwerpunkt auf deren „antifaschistischem Kampf“ – berufen und demgegenüber für die deutsche Geschichte insgesamt aus Alexander Abuschs Veröffentlichung „Der Irrweg einer Nation“ das Verdikt der „Misere-Theorie“ übernommen. Die deutsche Geschichte der Neuzeit wurde demnach als geradliniger Irrweg von der Reformation bis zur Katastrophe im 20. Jh. angesehen, auf dem die demokratischen und revolutionären Kräfte immer wieder tragisch gescheitert, die Vertreter der Reaktion immer wieder erfolgreich gewesen seien. Diese rein negative Betrachtung wurde durch Beschluß des ZK der SED vom Oktober 1951 widerrufen; ein „allgemein fatalistisches Lamento über ‚die deutsche Misere‘“ sei abzulehnen, da man hieraus keine Kraft, keinen Mut und keine Zuversicht schöpfen könne. Im Sinne einer verstärkt nationalen oder patriotischen Geschichtsbetrachtung und -pädagogik wurde im folgenden Jahrzehnt ein Wertungsschema ausgearbeitet, das unter dem Namen „Zwei-Linien-Theorie“ bekannt geworden ist und seinen wichtigsten Ausdruck in dem „Nationalen Dokument“ von 1962 fand. Diese Auffassung besagt, daß in der deutschen Geschichte des 19. und 20. Jhs. tatsächlich, „objektiv“ zwei gegenläufige Entwicklungen stattgefunden hätten: die eine konstituiert durch die Politik reaktionärer Klassen und Schichten unter Einschluß des Bürgertums, die andere repräsentiert durch die Arbeiterklasse und ihre führende Partei. Die Vertreter der reaktionären Klassenlinie hätten vor den objektiven Aufgaben, die der Geschichtsprozeß stellte (u.a. 1848, 1918 und in der Weimarer Zeit), regelmäßig versagt, die progressiven Kräfte dagegen sich als wahre Sachwalter der deutschen Nation erwiesen. „Die Deutsche Demokratische Republik ist also nicht nur völkerrechtlich unter dem Gesichtspunkt der Durchführung des Potsdamer Abkommens und somit als einziger deutscher Friedensstaat der rechtmäßige deutsche Staat. Sie ist auch der einzige rechtmäßige deutsche Staat auf Grund der geschichtlichen Gesetzmäßigkeit und der Tatsache, daß in ihm jene Kräfte an der Macht sind, die von der Geschichte zur Führung des deutschen Volkes berufen wurden und deren Politik mit den Interessen der deutschen Nation übereinstimmt. [...] Der Sieg des Sozialismus in der Deutschen Demokratischen Republik liegt also im nationalen Interesse des ganzen deutschen Volkes und ist entscheidende Voraussetzung für die Lösung unserer nationalen Frage.“ (Nationales Dokument) Der Geschichtswissenschaft wurde die Aufgabe gestellt, dieses Zwei-Linien-Schema der modernen deutschen Geschichte im einzelnen zu bestätigen.

Der damit vorgegebene Bewertungs- und Interpretationsrahmen erwies sich allerdings als zu eng nicht nur für die Forschung, sondern auch für eine überzeugende Geschichtspropaganda; er geriet im Zuge einer Erörterung über Inhalte und Vermittlungsmethoden eines „sozialistischen Geschichtsbewußtseins“ seit Ende der 60er Jahre in die Diskussion. Sie wurde nach der Machtübernahme Honeckers intensiviert; die Partei forderte nunmehr auch in der Geschichtsschreibung eine stärkere Rückbindung der DDR in das „Sozialistische Staatensystem“ und den „revolutionären Weltprozeß“ sowie eine inhaltlich konkretere und damit für die Geschichtspropaganda und -pädagogik effizientere Geschichtsschreibung. Dabei sollte – so der Akzent besonders seit Ende der 70er Jahre – die bisherige Beschränkung auf historische Teilergebnisse aufgegeben und das ganze Kontinuum auch der deutschen Geschichte erschlossen werden.

Die Diskussion hatte bemerkenswerte Ergebnisse für die Forschung und für die Geschichtspolitik. Modifiziert wurde das Basis-Überbau-Verhältnis: Überbauphänomene könnten zeitweilig, insbesondere in Phasen revolutionärer Übergänge, eine relative Eigenständigkeit gewinnen – hieraus ergab sich die historische Relevanz und Erforschungswürdigkeit bestimmter politischer Prozesse auch ohne ihre unmittelbar Rückbindung an diagnostizierte Klasseninteressen. Vor allem erfuhr das Bewertungsschema „progressiv-reaktionär“ eine Flexibilisierung: In bestimmten historischen Phasen könne auch das Wirken von Vertretern herrschender Ausbeuterklassen im objektiven Ergebnis, unter Umständen sogar partiell in der subjektiven Absicht fortschrittsfördernd sein – eine im Sinne der historisch-materialistischen Auffassung von der Gesetzmäßigkeit des Geschichtsprozesses (→ *Geschichtsauffassung*) durchaus konsequente Bewertung, die gleichwohl, im Sinne der → *Parteilichkeit*, bis dahin vermieden worden war. Und daraus ergab sich die politische Folgerung, daß der den historischen Fortschritt unter heutigen Bedingungen verkörpernde sozialistische Staat nicht nur das Ergebnis einer bestimmten, eng definierten Klassenlinie in der Geschichte sei, sondern sich auf alle im Sinne des historischen Fortschritts positiv zu bewertenden Teile der Vergangenheit berufen dürfe.

Das Verhältnis zur gesamten deutschen Geschichte und ihre Einbindung in den weltgeschichtlichen Prozeß – so 1981 das Resümee einer zweijährigen Diskussion – stelle das „Erbe“ dar; es umfasse „die Komplexität, die Formen und die Vielfalt der Klassenauseinandersetzungen, Leistungen und Fehlleistungen aller Klassen und Schichten im chronologischen Ablauf der deutschen Geschichte“ und „die gesetzmäßige Abfolge der Gesellschaftsformationen auf dem Territorium und im ethnischen Rahmen des deutschen Volkes“ (W. Bartel). Demgegenüber gehörten „zum Traditionsbild der DDR nur diejenigen historischen Entwicklungslinien, Erscheinungen und Tatsachen, auf denen die Deutsche Demokratische Republik beruht, deren Verkörperung sie darstellt, die sie bewahrt und fortführt". Dies waren in erster Linie das proletarisch-revolutionäre Erbe – es bildete auch weiterhin den zentralen Bezugspunkt für ein historisch legitimiertes Selbstverständnis –, zweitens aber auch alle revolutionären, demokratischen, progressiven und humanistischen Erscheinungen, Entwicklungen, Persönlichkeiten und Tatsachen, wobei hier zwischen dem revolutionären und dem humanistischen Erbe differenziert wurde. Schließlich wurden drittens in das Traditionsbild auch die positiven Resultate des Wirkens herrschender Ausbeuterklassen eingereiht, auch wenn es sich dabei um „widerspruchsvolle" historische Erscheinungen handele.

„Erbe" und „Tradition" waren damit die Leitbegriffe eines Geschichtsverständnisses, das darauf zielte, die DDR als „Ergebnis" der gesamten deutschen Geschichte darzustellen, der eigenen Bevölkerung legitimierende Selbstverständnisangebote über die proletarisch-sozialistische Arbeiterbewegungsgeschichte hinaus zu machen, der DDR einen Legitimitätsvorsprung gegenüber dem konkurrierenden deutschen Staat zu verschaffen und, nicht zuletzt, der DDR die Möglichkeit zu erschließen, sich vor einem nationalen und internationalen Publikum, insbesondere bei Gelegenheit von Jubiläumsfeiern – beispielsweise im Luther-Jahr 1983 mit einem staatlichen Festkomitee unter Leitung des Staatschefs, der Wiedereröffnung der Wartburg nach vierjähriger Renovierung und der Verkündung parteioffizieller „Thesen über Martin Luther" (in: Einheit, 1981) – als würdiger Sachwalter bedeutender historischer und kultureller Überlieferungen zu präsentieren.

Dieses erweiterte Erbe- und Traditionsverständnis wurde in den 80er Jahren im einzelnen weiter ausgeführt, u.a. bei Luther – seine Leistung liege in seiner objektiven Wirkung als theologischer Begründer der „frühbürgerlichen Revolution" (historisch-materialistische Bezeichnung für Reformation und Bauernkrieg), ungeachtet der Begrenztheit seines subjektiven Wollens, die in seinem bürgerlichen Klassenstandpunkt wurzelte –, mit einer gewissen Zurückhaltung beim preußischen Absolutismus, insbesondere bei Friedrich dem Großen, und bei der Geschichte der bürgerlichen Revolution, der deutschen Einigung 1866/71 und Bismarcks. Aus Anlaß des 40. Jahrestages des Attentates auf Hitler wurde auch der bürgerliche und konservative antinationalsozialistische Widerstand einer Neueinschätzung unterzogen, durch die neben dem schon vorher anerkannten Stauffenberg auch andere konservative Widerständler wie Beck und Goerdeler positiver gesehen wurden und die Aktion vom 20. Juli aus einem mißlungenen Putschversuch führender Kreise der deutschen Monopolbourgeoisie und der reaktionären Militärs in eine „antifaschistische Tat" umgewertet wurde. Die entscheidende Aussage in diesem neuen Verständnis des 20. Juli bestand in der Annahme, daß der Widerstand hätte erfolgreich sein können, wenn seine Vertreter den Weg aus ihrer Klassengebundenheit heraus zum Bündnis mit der konsequentesten antifaschistischen Kraft, den Kommunisten (→ *Antifaschismus*), gefunden hätten, und in der daraus abgeleiteten aktuellen Nutzanwendung, daß sich heute alle gesellschaftlichen Kräfte, die den Frieden aufrichtig wollten, mit der DDR und ihrer führenden Partei zu einer Koalition der Vernunft und des Realismus gegen die „aggressivsten imperialistischen Kreise“ zusammenschließen müßten. Mit diesem behaupteten „Vermächtnis“ des 20. Juli wurde die politische Zielrichtung deutlich: die historische Legitimation für die aktuelle West- und Bündnispolitik der SED.

Die in den Begriffen von Erbe und Tradition in den 80er Jahren vollzogene Ausweitung des SED-gelenkten Geschichtsverständnisses beruhte, zusammenfassend gesagt, hauptsächlich auf einer Flexibilisierung der „parteilichen“ Bewertung; sie ermöglichte in Teilbereichen eine quellennähere Geschichtsforschung; gleichwohl blieb sie gebunden an politische Zielsetzungen und bedeutete keinen Verzicht auf die parteiliche Lenkung und Indienstnahme des Faches. Zu ihren Ergebnissen gehörten eine Reihe bemerkenswerter Veröffentlichungen, insbesondere vielbeachtete Biographien. Ihre entscheidenden Erkenntnisfortschritte blieben allerdings weitgehend an den Rahmen der historisch-materialistischen Geschichtsauffassung gebunden: Sie lösten Bewertungs- und Einordnungsprobleme, die erst durch diesen Rahmen begründet und außerhalb des Histomat von geringerem Interesse waren.

Kritisch ist anzumerken, daß die wissenschaftliche Beschäftigung mit der ganzen Geschichte – und auch mit der ganzen deutschen Geschichte – an und für sich ein selbstverständliches Erfordernis ist – erst recht, wenn es um die Bewährung eines umfassend verstandenen Erklärungsmodells geht (→ *Geschichtsauffassung*). Auch daß die DDR Teil der ganzen Geschichte – auch Teil der ganzen deutschen Geschichte – ist, ist eine triviale Feststellung, die keiner argumentativen Stützung bedarf. Anders ist es, wenn die DDR als „Ergebnis“ der gesamten deutschen Geschichte bezeichnet wird; diese Feststellung setzt die Annahme eines zielgerichteten, ergebnisorientierten Geschichtsprozesses (im Sinne des historischen Materialismus mit der DDR als einstweiligem Höhepunkt) voraus, die jedenfalls nicht wissenschaftlich begründbar ist. Jeder kann sich als Höhepunkt der Geschichte ansehen, aber niemand kann behaupten, die Richtigkeit dieses Selbstverständnisses wissenschaftlich bewiesen zu haben.

Auch die Inanspruchnahme bestimmter Traditionen ist an und für sich nicht kritisierbar. Bestimmte Überlieferungen der Vergangenheit als besonders wertvoll und damit als für das eigene Selbstverständnis und Verhalten als besonders verpflichtend anzusehen, ist im Grunde selbstverständliches und notwendiges Element politischer Identität. Jedes Traditionsverständnis schließt damit auch wertende Auswahl ein. Problematisch werden Traditionsaussagen dann – dies wurde auch in der Diskussion in der DDR eingewandt –, wenn Traditionen vorwiegend als Ergebnis politischer Setzungen erscheinen; tatsächlich vorhandene Traditionen erweisen sich als wirkungsmächtig nicht dadurch, daß sie gestiftet oder behauptet, sondern dadurch, daß sie angenommen und in der Praxis bewährt werden. Darüber hinaus sind Traditionen nicht beliebig verfügbar. Sie liegen da nur scheinbar vor, wo Überlieferungen zunächst erst im Sinne eines ihnen fremden Deutungsmusters uminterpretiert werden. Und sie schließen ihrerseits Wertungsmaßstäbe ein, denen die Praxis, die sich auf sie bezieht oder zu deren Legitimation sie herangezogen werden, sich stellen muß. So ist die traditionsbehauptende Inanspruchnahme Luthers für einen atheistischen, christliche Bürger benachteiligenden Staat oder der Gebrüder Humboldt für einen Staat mit parteilich gelenktem Geistesleben – um zwei besonders augenfällige Beispiele herauszugreifen – durch die eigene Praxis dieses Staates widerlegt.

Eberhard Kuhrt

Literaturhinweise:

Bartel, Horst: Erbe und Tradition in Geschichtsbild und Geschichtsforschung der DDR, in: ZfG 29 (1981), S. 385-394.
Groehler, Olaf/Drobisch, Klaus: Der 20. Juli 1944, in: Einheit 39 (1984), S. 633-639.
[Nationales Dokument] Die geschichtliche Aufgabe der Deutschen Demokratischen Republik und die Zukunft Deutschlands, in: ZfG 10 (1962), S. 758-786.
Weitere Literaturhinweise siehe Geschichtsauffassung.

Hochschulen und Universitäten

Die tertiären Bildungseinrichtungen der DDR umfaßten Universitäten und Technische, Künstlerische, Pädagogische, Land- und Forstwirtschaftliche, Ökonomische und Juristische Hochschulen sowie Ingenieurschulen (→ *Fachschulen*).

Innerhalb des Bildungswesens nahmen die Universitäten und Hochschulen eine besondere Stellung ein, weil sie die → *Intelligenz* heranbilden mußten, die nach der Vorstellung der SED den → *Führungsanspruch* der marxistisch-leninistischen Partei wahrzunehmen hatte. Einige Hochschulen waren von besonderer politischer Relevanz. So wurden an der → *Juristischen Hochschule Potsdam* des MfS Staatssicherheitsoffiziere ausgebildet.

Zur Heranbildung von Parteikadern in einem dreijährigen Diplomstudium der Gesellschaftswissenschaft diente die Parteihochschule Karl Marx beim ZK der SED. Spitzenfunktionäre wurden zusätzlich an den Hochschulen der KPdSU ausgebildet. Es gab auch Parteihochschulen der anderen Blockparteien CDU, LDPD, NDPD und DBD. Sie besaßen jedoch kein Promotions- und Habilitationsrecht. Politisch wichtig war auch die → *Deutsche Hochschule für Körperkultur*, diente sie doch der Ausbildung von Spitzensportlern, die als „Diplomaten im Trainingsanzug" die Überlegenheit des sozialistischen Systems weltweit erweisen sollten (→ *Sport*).

Neben den Hochschulen und Universitäten bestanden → *Akademien*, die vorwiegend der Forschung gewidmet waren, jedoch auch Ausbildungsfunktionen wahrnahmen (→ *Wissenschaft und Forschung*). Namentlich das → *Institut für Marxismus -Leninismus* beim ZK der SED und das → *Institut für Internationale Politik und Wirtschaft* nahmen Leitfunktionen für die ideologische Lenkung der Hochschulen und Universitäten wahr.

Entsprechend dem marxistischen Gesellschafts- und Wissenschaftsverständnis der SED (→ *Wissenschaft und Forschung*) wurden die Universitäten und Hochschulen im Laufe der Jahre immer stärker durch die SED gelenkt und vom → *Marxismus-Leninismus* als „Oberwissenschaft" durchdrungen.

In der ersten Phase, 1945–1948, folgte der Aufbau der Universitäten weitgehend nach den Vorgaben der Weimarer Zeit und im Sinne Wilhelm von Humboldts. Jedoch wurden, gemäß der Doktrin von der führenden Rolle der Arbeiterklasse, die Hochschulen für jüngere Berufstätige ohne Abitur geöffnet. Für sie wurden spezielle Vorbereitungskurse eingerichtet, die später zu Vorstudienanstalten und Arbeiter- und Bauernfakultäten ausgebaut wurden. Das Auswahlprinzip bei der Zulassung zum Studium verlagerte sich von fachlichen auf politische und klassenmäßige Gesichtspunkte. Bei Arbeiter- und Bauernkindern wurde der Klasseninstinkt vorausgesetzt, der durch das Studium zum echten Klassenbewußtsein entwickelt werden sollte, um sie dadurch für die führende Rolle der Arbeiterschaft bei der Durchsetzung der Weltrevolution zu qualifizieren.

Um im Sinne der SED geeignete, auf dem Boden des Marxismus-Leninismus stehende, Fachkräfte für die Parteiarbeit der SED, die staatliche Verwaltung und die Schulen zu gewinnen, mußten die Hochschulen die entsprechende ideologische Fach- und Weiterbildung übernehmen. Vier Pädagogische und drei Gesellschaftswissenschaftliche Hochschulen wurden neu gegründet, um das sozialistische → *Bildungswesen* im schulischen Bereich zu verwirklichen und um den Bedarf an parteitreuen Funktionären zu decken.

Die in den Anfangsjahren in den geisteswissenschaftlichen Fächern der Universitäten unternommenen Versuche, „bürgerliche" Professoren zur Ausbildung in Marxismus-Leninismus zu gewinnen, schlugen meistens fehl. Viele entzogen sich dem Druck der SED und verließen die DDR. Dies nötigte dazu, linientreue Philosophieprofessoren in Kurzlehrgängen auszubilden, wozu sich vor allem Naturwissenschaftler bereitfanden. 1948 wurde als erster Professor für Dialektischen und Historischen Materialismus Gerhard Harig berufen.

Namentlich das Studium in den geisteswissenschaftlichen Fächern wurde reglementiert durch Lehrpläne, obligatorische Lehrveranstaltungen, die 20–40 Wochenstunden ausmachten und damit die Zeit für ein selbständig gestaltetes Studium beschnitten. Zwischenprüfungen nach jedem zweiten Semester, Lehrveranstaltungen und Prüfungen zum Marxismus-Leninismus wurden für alle Fächer obligatorisch.

Die „bürgerlichen" Studentengruppen innerhalb der studentischen Selbstverwaltung zeigten anfangs zunehmend widerständiges Verhalten. Zu ihrer Unterwanderung und zur Agitation wurden deshalb kommunistische Hochschulgruppen eingerichtet. Bei den ersten Wahlen (im Wintersemester 1946/47) zum Studentenparlament ergaben sich dennoch starke nicht-kommunistische Mehrheiten. Dies führte zu Verhaftungen und Zuchthausstrafen für Studentenführer und zur Drangsalierung „bürgerlicher" Professoren. Hochschulgruppen des → *FDGB* und der → *FDJ* gewannen allmählich starken Einfluß an den Universitäten. Durch die Einführung des demokratischen Blocks (→ *Blockpolitik*) auch an den Hochschulen wurden den Kommunisten Mehrheiten gesichert. Dennoch blieben auch die Studentenwahlen bis etwa 1948 hinter den erwarteten Ergebnissen zurück, was zu verstärkten Eingriffen durch die SED führte.

Mit der zweiten Hochschulreform von 1951 begann die Zentralisierung des Hochschulwesens. Ein Staatssekretariat für das Hochschulwesen wurde gegründet, das u.a. die Aufgabe hatte, den Lehr- und Forschungsbetrieb an den Hochschulen, die jetzt staatliche Lehranstalten waren, in das System des Fünfjahrplans einzupassen, um zuverlässige

→ *Kader* für alle Bereiche des öffentlichen Lebens heranzubilden. Prorektoren an den Universitäten übernahmen Teile der Aufgaben der Lehrstuhlinhaber und Fakultäten. Statt der Semester wurden zehnmonatige Studienjahre eingeführt, die die Zeit für selbständiges Studieren und Forschen für Lehrende und Lernende weiter beschnitten. Die Zahl der Pflichtstunden wurde auf 36 Wochenstunden festgesetzt. Durch Stundentafeln sollten Springstunden vermieden und die Einbindungen perfektioniert werden. In feste Studentengruppen eingeteilt, sollten die Studierenden durch „kollektive Lerngemeinschaften" zu integrierten Kollektivmenschen (→ *Marxistisches Menschenbild*; → *Marxistische Philosophie*) geformt und der politischen Überwachung besser zugänglich gemacht werden. Das Ein-Fach-Studium statt der Kombination mehrerer Fächer wurde eingeführt, um Spezialisten im Sinne der Plan- und Gruppendisziplin heranzubilden. Marxismus-Leninismus wurde in allen Studienplänen festgeschrieben und als dreijähriger Kurs gelehrt. Durch die Einführung von Russisch als obligatorischer Fremdsprache wurde verstärkte Anbindung an das sowjetische Bildungswesen gesucht.

Zu Beginn der 50er Jahre erfolgte die Auseinandersetzung mit dem sog. bürgerlichen Objektivismus, die so heftig wurde, daß Ulbricht persönlich eingreifen und linientreue und fachlich besonders qualifizierte Wissenschaftler vor Angriffen in Schutz nehmen mußte.

Der schlimmste Eingriff in die Binnenstruktur der Universitäten erfolgte im Zuge der dritten Hochschulreform von 1968. Die traditionelle Organisation der Universitäten in Fakultäten, Institute und Lehrstühle wurde aufgegeben zugunsten von Sektionen als Grundeinheiten. Die selbstverwalteten Etats für Sachmittel und Personal wurden ebenso beseitigt wie mancherorts die Institutsbibliotheken. Mehrere, oft disparate Fächer wurden zu Sektionen zusammengelegt. An deren Spitze stand ein Direktor. Er war ebenso weisungsgebunden wie die Professoren und unterstand dem Rektor und ersten Prorektor der Universität. Wichtiger als der Rektor war der höchste SED-Funktionär der Universität. Besondere Aufmerksamkeit widmete die SED den historischen Fächern und Fachgebieten. Entsprechend dem marxistischen Geschichtsverständnis wurden ganze Teilgebiete einfach gestrichen oder ideologisch umgedeutet. Wissenschaftliches Arbeiten war unter diesen Bedingungen kaum mehr möglich. Ebenso wurde das Literaturstudium zugunsten der weniger ideologiegefährdenden Sprachvermittlung und Sprachwissenschaft zurückgedrängt.

Im Zuge der dritten Hochschulreform wurde 1971 die Habilitation abgeschafft und durch die Promotion B ersetzt. An die Stelle von Berufungen nach wissenschaftlichen Kriterien traten Hausberufungen nach Kaderentwicklungsprogrammen (→ *Wissenschaft und Forschung*).

Auch das mit dem Namen Wilhelm von Humboldts verbundene Ideal der Einheit von Forschung und Lehre wurde im Verlauf der dritten Hochschulreform verlassen. Der Ausbau der Akademie der Wissenschaften der DDR und anderer Einrichtungen diente der Auslagerung der Forschung aus den Universitäten (→ *Akademien*). An die Stelle selbständiger Universitätsforschung trat – wo dies möglich war – die Anbindung an die Industrie, getreu der marxistischen Vorstellung vom gesamtgesellschaftlichen Produktionsprozeß. Dabei nahmen die Universitäten und Hochschulen Forschungsaufgaben im Rahmen zentral gesteuerter Forschungsprogramme oder Forschungsaufträge sog. gesellschaftlicher Auftraggeber, vor allem der → *Kombinate*, wahr. Dadurch ergab sich eine enge Bindung an die gesellschaftliche Praxis, während Grundlagenforschung eher vernachlässigt wurde. Charakteristisch waren komplexe Vereinbarungen von Hochschulen und Kombinaten über die langfristige Zusammenarbeit, die neben den gemeinsamen Forschungsvorhaben auch der Rekrutierung von Studienbewerbern und wissenschaftlichen Nachwuchskadern dienten. Hierzu wurden auch Jugendforscherkollektive gebildet, denen sowohl Mitarbeiter der Hochschulen wie der Industriebetriebe angehörten.

Es bleibt festzuhalten, daß die Personalpolitik (Kaderauswahl), die zentralistische Strukturierung der Hochschulen und die ideologischen Vorgaben zum fachlichen Niedergang der Hochschulen führten.

Gemäß dem → *Einigungsvertrag* wurde das Hochschulwesen der DDR ab 1990 in die Wissenschaftslandschaft der Bundesrepublik eingepaßt. Dazu wurden in den neuen Bundesländern Landeshochschulgesetze erlassen. Die Autonomie der Hochschulen, die Gliederung in Fakultäten, Institute und Professuren mit Ausstattung (Lehrstühle) und die Einheit von Forschung und Lehre wurden wieder eingeführt. Das wissenschaftliche und künstlerische Personal der Hochschulen überführte man in die Personalkategorien des Hochschulrahmengesetzes (HRG), jedoch wurden Sonderregelungen hinsichtlich Verbeamtung und Altersversorgung für das übernommene wissenschaftliche Personal getroffen. Gegenwärtig setzt sich die Professorenschaft aus etwa 30% ehemaligen DDR-Professoren, etwa 40% Neuberufungen (aus den alten Bundesländern oder dem Ausland) und ca. 30% sonstigen Wissenschaftlern aus der DDR zusammen. Problematisch ist besonders die Weiterbeschäftigung vieler Angehöriger des Mittelbaus, wodurch eine Erneuerung des wissenschaftlichen Nachwuchses nur schwer möglich ist. Eine Regelung für die wissenschaftliche und finanzielle Rehabilitierung der in der DDR zurückgesetzten Wissenschaftler steht noch aus.

Teilweise sind die Nachwirkungen des von der SED gelenkten Universitätsbetriebes noch heute deutlich erkennbar. Klagen über alte Seilschaften, die sich weiterhin in Leitungsfunktionen befinden, sind häufig. Auch soll angeblich noch den in DDR-Zeiten angelegten Kaderentwicklungsprogrammen bei Berufungen weiterhin gefolgt werden. Inhaltlich wird der Wiederaufbau der Lehre ohne marxistisch-leninistische Vorzeichen zwar angestrebt, kann aber von dem in der ehemaligen DDR ausgebildeten Personal angesichts der jahrelangen und intensiven Indoktrinierung nicht überall garantiert werden.

Roswitha Wisniewski

Literaturhinweise:

Kapferer, Norbert: Das Feindbild der marxistisch-leninistischen Philosophie in der DDR 1945-1988, Darmstadt 1990.

Luckner, Manfred: Die Martin-Luther-Universität im Staatssozialismus der DDR, in: Berg, Gunnar/Hartwich, Hans-Hermann: Martin-Luther-Universität. Von der Gründung bis zur Neugestaltung nach zwei Diktaturen. Opladen 1994, S. 117-140.

Mehlig, Johannes: Die sogenannte III. Hochschulreform in der DDR, in: Deutscher Hochschulverband (Hrsg.): Almanach, Bd. 8. Bonn 1995.

Meyer, Hans-Joachim: Hochschulpolitik in der DDR, in: Materialien der Enquete-Kommission, a.a.O., Bd. III, 1, S. 374-381.

Müller, Marianne/Müller, Egon Erwin: „... stürmt die Festung Wissenschaft". Die Sowjetisierung der mitteldeutschen Universitäten seit 1945, Berlin 1953.

Strobel, Karl (Hrsg.): Die deutsche Universität im 20. Jahrhundert, Greifswald 1994.

Strobel, Karl/Schmirber, Gisela (Hrsg,): Drei Jahrzente Umbruch der deutschen Universitäten, Köln 1996.

Voigt, Dieter/Mertens, Lothar: DDR-Wissenschaft im Zwiespalt zwischen Forschung und Staatssicherheit, Berlin 1995.

Walther, Joachim: Sicherungsbereich Literatur. Schriftsteller und Staatssicherheit in der Deutschen Demokratischen Republik, Berlin 1996.

Wisniewski, Roswitha: Im Dienste der SED: Die Instrumentalisierung der Hochschulen in der DDR, in: Forschung und Lehre, Heft 2/1996, S. 82-86.

Imperialismus

Der für KPdSU wie KPD/SED gültige Begriff des Imperialismus beruht auf der grundlegenden Vorstellung, daß die Welt des 20. Jhs. in zwei gegensätzliche Geschichtsformationen zerfällt. Demnach steht dem eigenen Lager des Sozialismus das feindliche Lager des Imperialismus gegenüber. Diese Kategorisierung läuft in der Praxis auf eine Gleichsetzung des Imperialismus mit dem Marxschen Kapitalismus hinaus (→ *Marxismus-Leninismus*). Wenn man freilich die marxistisch-leninistische Ideologie in ihren theoretischen Feinheiten zugrunde legt, ist dies nicht korrekt. Nach dieser Ideologie ist der Imperialismus eine spezifische Variante des Kapitalismus, d.h. nach Lenin dessen höchste, durch ein besonders hohes Maß an Aggressivität bestimmte Stufe. In der Alltagssprache von KPdSU und KPD/SED kam diese Unterscheidung jedoch nicht zum Tragen. Die Bevorzugung des Ausdrucks Imperialismus zur Bezeichnung einer Sache, die man auch kapitalistisch hätte nennen können, war durch propagandistische Überlegungen bestimmt. Nur wenn man den westlichen Feind als imperialistisch charakterisierte, ließ sich damit verbal der Eindruck eines aggressiven, expansiven und damit gemeingefährlichen Widersachers erwecken, dem man im Interesse des Friedens unbedingt Einhalt gebieten müsse.

Man kann den in der Sowjetunion und in der SBZ/DDR verwendeten Imperialismusbegriff nur angemessen verstehen, wenn man sich vor Augen hält, daß ihm als konstituierendes Merkmal keine außengerichtete Orientierung, sondern innerstaatliche Herrschafts- und Gesellschaftsverhältnisse zugrunde gelegt wurden. Es geht also nicht um die Kennzeichnung eines bestimmten Außenverhaltens (→ *Außenpolitik*). Statt dessen bezieht sich der Begriff auf alle politisch-gesellschaftlichen Systeme, die als Teile der westlichen Welt für gegnerisch erachtet wurden. Die Vorstellung des expansionistischen bzw. gewaltsamen Vorgehens gegen andere Länder, die sich üblicherweise mit dem Imperialismusbegriff verbindet, spielte dabei grundsätzlich keine Rolle. Diese Konnotation wurde allerdings von den kommunistischen Machthabern bewußt erzeugt in der Absicht, den westlichen Staaten aufgrund des ihnen zugeschriebenen imperialistischen Systemcharakters zugleich eine notwendigerweise, weil wesensmäßig vorhandene, aggressive Politik nach außen, insbesondere gegenüber der UdSSR und ihrem Lager, zuzuschreiben.

Das so konstruierte Ideengebäude hatte weitreichende begriffliche Konsequenzen. Zum einen ließen sich die westlichen Länder auf diese Weise als imperialistisch darstellen, ohne daß Indizien für aggressive Verhaltensneigungen vorzuliegen brauchten. Daraus wiederum leitete sich automatisch der Vorwurf der Aggressivität ab. Zum anderen wurden Demokratie und Faschismus (als dessen reine Verwirklichung der deutsche Nationalsozialismus galt) in eine Reihe gestellt (→ *Antifaschismus*). Der Faschismus war angeblich eine spezielle Weiterentwicklung des durch die westlichen Demokratien repräsentierten generellen Imperialismustypus. Nur auf den Grundlagen, die mit der westlichen Ordnung gelegt worden seien, habe der Faschismus entstehen können. Solange diese Grundlagen nicht strukturell durch Beseitigung der imperialistischen Eigentums- und Wirtschaftsordnung entfernt werden würden, werde die Hitler-Barbarei notwendigerweise immer wieder einen sozialen Nährboden finden. Aus dieser These wurde seit dem offenen Ausbruch des → *Kalten Krieges* Mitte 1947 der Schluß gezogen, daß der Faschismus in Westdeutschland wieder sein Haupt erhebe.

Diese Darstellung führte dazu, daß in der SBZ/DDR die politischen Begriffe von Grund auf verwirrt wurden. Die politische Funktion des offiziellen Imperialismusbegriffes war, zum einen nationalsozialistische Diktatur und westliche Demokratie in einen untrennbar engen Zusammenhang zu rücken und zum anderen das Sowjetsystem einschließlich seiner mitteleuropäischen Varianten als die einzige wirkliche Alternative zur Hitler-Vergangenheit hinzustellen. Diese Konstruktion war nicht allein dazu bestimmt, Parteigänger für die dem Land aufgezwungene → *antifaschistisch-demokratische Umwälzung* zu werben. Sie ermöglichte es auch, politisch-gesellschaftliche Sowjetisierungsmaßnahmen – wie etwa Betriebsenteignungen von Personen, die nichts mit dem Nationalsozialismus zu tun gehabt hatten und in einzelnen Fällen sogar Mitglieder von Widerstandsgruppen gewesen waren – als auf „Beseitigung der [sozialen] Wurzeln des Faschismus" gerichtete Schritte zu rechtfertigen. Insgesamt ging es darum, die Durchsetzung bzw. Aufrechterhaltung der kommunistischen Ordnung als politisch und moralisch geboten erscheinen zu lassen und die im Westen, insbesondere in Westdeutschland, praktizierte Demokratie als ein faschismusträchtiges, wenn nicht gar direkt faschistisches System zu diffamieren.

Gerhard Wettig

Industriepolitik

Seit Gründung der DDR standen Aufbau und Ausbau industrieller Potentiale im Mittelpunkt umfangreicher wirtschaftsgestaltender Maßnahmen der SED. Zunächst waren umfangreiche Kriegszerstörungen der Industriebasis, hohe Verluste als Folge von Demontagen der sowjetischen Besatzungsmacht (→ *Kriegsschäden*) sowie die durch die wirtschaftliche Isolierung der SBZ/DDR entstandenen Defizite in der Industriestruktur zu beseitigen und auszugleichen. Industriepolitische Aktionen standen somit stets im Zentrum jeglicher Wirtschaftspolitik (→ *Wirtschaft*). Sie basierten auf einem Bündel von Eigenheiten, die für Zentralverwaltungswirtschaften typisch sind, sowie Grundprinzipien und Existenzvoraussetzungen. Zu diesen zählten:

1. Die Anerkennung der führenden Rolle der SED gegenüber Staat und Gesellschaft bei der Durchsetzung politischer und wirtschaftlicher Ziele (→ *Führungsanspruch*).
2. Das sozialistische Eigentum an den Produktionsmitteln, das den Charakter von Staatseigentum besaß (→ *Eigentum*).
3. Die zentrale Planung mit ihren vollzugsverbindlichen Anweisungen für die Volkseigenen → *Betriebe*.
4. Die Anwendung des Prinzips der wirtschaftlichen Rechnungsführung. Es verpflichtete die → *Kombinate* und Betriebe auf der Grundlage zur Verfügung gestellter finanzieller und materieller Ressourcen, unter Beachtung der Forderung nach Gewinnmaximierung (Verbesserung des Verhältnisses zwischen Aufwand und Ergebnis) und unter Berücksichtigung finanzwirtschaftlicher Kennziffern zur Ausarbeitung, Erfüllung und Übererfüllung vorgegebener staatlicher Planauflagen und zu Mitwirkung bei der Realisierung des angestrebten Wirtschaftswachstums.
5. Die Anerkennung und Praktizierung des Prinzips des → *demokratischen Zentralismus* in allen Bereichen von Wirtschaft und Gesellschaft.

Davon ausgehend bestimmten zunächst primär Entscheidungen über Wirtschaftsbereiche, deren Wachstum besonders gefördert werden sollte, den Aufbau industrieller Strukturen in fast vier Jahrzehnten sozialistischer Planwirtschaft. Zwar hatten dabei die Prioritäten von Zielstellungen gewechselt, der Ausbau des Industriepotentials als Basis für Wirtschaftswachstum blieb jedoch stets unangetastet. In enger Verbindung hierzu war die Industriepolitik der SED durch eine totale Sozialisierung der Betriebsstrukturen geprägt (Hauptbeispiel: die Verstaatlichungsaktion 1972) und zwar in Richtung einer betrieblichen Konzentration von besonderem Ausmaß. Dies war möglich, weil der Staat als faktischer Eigentümer der Produktionsmittel (Volkseigentum) uneingeschränkt Betriebe auflösen oder sie zusammenfassen konnte. Neue Betriebe und Kombinate entstanden zudem in der Regel als Großstrukturen. Maßgeblich war hierfür nicht zuletzt die Anerkennung der Tatsache einer Überlegenheit des Großbetriebes in einer effektiv funktionierenden Wirtschaft im Sinne des klassischen Marxismus durch die SED.

Die Kombinatsreform der Jahre 1978 bis 1980 kann als ein Beispiel einer auf diese Weise ausgerichteten Industriepolitik angesehen werden.

Spätestens ab Anfang der 80er Jahre mußten sich die industriepolitischen Entscheidungen in zunehmendem Maße einschneidenden Rahmenbedingungen anpassen:

1. Der akute Rohstoffmangel und die daraus resultierende Abhängigkeit von russischen Rohstofflieferungen (vor allem Erdöl- und Erdgas). Die Kürzung der vertraglich vereinbarten Erdöl- und Erdgasexporte Anfang der 80er Jahre hatte die DDR-Wirtschaft besonders empfindlich getroffen. Drastische Liefereinschränkungen zwangen zu Sparmaßnahmen und einer Neuorientierung auf einheimische Rohstoffe (besonders Braunkohle) und deren Veredelung. Erhebliche kostenaufwendige Neuinvestitionen waren die Folge.
2. Der Verlust der Kreditwürdigkeit kam als eine weitere Barriere hinzu, da die DDR 1981 in den Sog einer Vertrauenskrise internationaler Banken geraten war (→ *Geld- und Währungswesen*). Für den Leiter der Staatlichen Plankommission, Gerhard Schürer, hatte die Westverschuldung der DDR zu dieser Zeit bereits das Ausmaß einer Katastrophe angenommen.
3. Als Ausgleich für empfangene Rohstofflieferungen der RGW-Partner, vor allem der Sowjetunion, hatte die DDR Investitionsgüter zu liefern. Die weitgehende Orientierung am technologischen Anspruch des → *RGW* zeichnete ebenfalls dafür verantwortlich, daß der Abstand zum westlichen Technologieniveau immer größer wurde.
4. Als Mitglied des RGW war die DDR gezwungen, ihre Planungen mit denen der anderen RGW-Partner, insbesondere der Sowjetunion, zu koordinieren (Planabstimmungen). Spezielle Verpflichtungen ergaben sich z.B. aus dem im Dezember 1985 verabschiedeten Komplexprogramm zur Förderung des wissenschaftlichen und technischen Fortschritts bis zum Jahr 2000. Hierbei waren der DDR nicht wenige Entwicklungsaufgaben zugewiesen worden. Diese fanden u.a. auch in der „Direktive des X. Parteitages“ der SED 1986 Berücksichtigung. Unzuverlässigkeiten der RGW-Partner z.B. hinsichtlich der Einhaltung zugesicherter Lieferzeiten oder -mengen sowie Erzeugnisqualitäten schufen jedoch zusätzliche Probleme auf der Ebene der Industriekombinate.
5. Das von den NATO-Ländern unter Federführung der USA äußerst restriktiv gehandhabte COCOM-Embargo (→ *Außenwirtschaft*) verhinderte einen Zugriff der DDR auf neue Technologien und deren Nutzung. Auch diese Tatsache mußte weitreichende Folgen auf deren internationale Wettbewerbsfähigkeit haben.

6. Jede Wirtschaftsstrategie und Industriepolitik hatte schließlich unmittelbare Auswirkungen auf den Arbeitskräftebedarf (→ *Arbeit*). Eine Arbeitskräftefreisetzung durch neue Technologien wurde zwar geplant, war jedoch nur dann möglich, wenn es gelang, die Arbeitsproduktivität entscheidend zu erhöhen. Da aber für eine flächendeckende Modernisierung der Produktionsanlagen die erforderlichen produktivitätssteigernden Investitionen fehlten, begrenzte sogar ein Mangel an Arbeitskräften das von der SED angestrebte Wirtschaftswachstum.

Im Rahmen industriepolitischer Planungen und Entscheidungen nahm besonders die praktizierte Technologie- und Forschungspolitik eine zentrale Rolle ein. Mit der Ausrichtung auf intensives Wirtschaftswachstum waren zweifellos Entwicklung und breiter Einsatz neuer Technologien verbunden. Der ungehinderte Zugriff auf innovative Technologien westlicher Länder wurde durch das COCOM-Embargo verhindert. Daher präferierte die SED einen umfangreichen West-Ost-Technologie-Transfer. Dieser vollzog sich auf Basis eines gut ausgerüsteten „Beschaffungsapparates" (→ *Außenwirtschaft*), an dessen Spitze Mielkes MfS (→ *Staatssicherheit*) und Schalck-Golodkowskis Kommerzielle Koordinierung (KoKo) standen, unterstützt von westlichen Firmen und Einzelpersonen. Für einen ungehinderten Know-how-Transfer standen stets die notwendigen finanziellen Mittel bereit. Er war jedoch in der Regel mit der Inkaufnahme eines erheblichen Technologie-Time-lags verbunden, weil z.B. die eingeschleusten Vorbilder ohne Beachtung von Copyrights zunächst rezipiert und dann z.T. als Serien in ausgewählten Kombinaten zeit- und kostenaufwendig produziert werden mußten. Industrieforschung war mithin eine imitierende und weniger eine innovierende Forschung.

Mit der Konzentration auf die Förderung von Schlüsseltechnologien und der daraus resultierenden schwerpunktmäßigen Betonung der Mikroelektronik konnten die zunehmend knapper werdenden finanziellen Ressourcen nur noch zur Realisierung weniger Programme eingesetzt werden. Dies hatte nicht zuletzt unübersehbare Folgen z.B. für den Kapitalstock von Industriebetrieben: In nicht wenigen VEB waren verschlissene und überalterte Anlagen und Ausrüstungen installiert, die eine störungsfreie Produktion behinderten.

Zur Durchsetzung industriepolitischer Maßnahmen diente ein Bündel gesetzlicher Verfahrensvorschriften mit einem für VEB und Kombinate unübersehbaren Gestrüpp streng verbindlicher Kennziffern und Normative. Dieses industriepolitische Instrumentarium wurde durch ein breites Netz von Kontrollorganen ergänzt, um eine möglichst plangetreue Realisierung industrie- und technologiepolitischer Vorgaben zu gewährleisten. Dabei handelte es sich um die → *Arbeiter- und Bauerninspektion*, die Staatliche Finanzrevision, die SED-Organisatoren in Kombinaten und VEB sowie die Bezirksleitungen der SED.

Autarkiebestrebungen der Kombinate, der Hang der VEB und Kombinate zu Planmanipulationen z. B. in Form „weicher Pläne", ausbleibende Zulieferungen und Minderqualitäten, kostenintensive Produktionen usw. sowie die sich drastisch verschlechternden gesamtwirtschaftlichen Rahmenbedingungen mußten zwangsläufig zu Versorgungsengpässen, zunehmenden wirtschaftlichen Disproportionen, einer niedrigen Arbeitsproduktivität und damit schließlich zu einem Scheitern der durch Subjektivismus geprägten Industriepolitik führen. Das Krisenmanagement der Partei- und Wirtschaftsführung während der letzten Jahre vermochte daran nichts zu ändern.

Klaus Krakat

Literaturhinweise:

Krakat, Klaus: Probleme der DDR-Industrie im letzten Fünfjahrplanzeitraum (1986-1989/1990), in: Kuhrt, Eberhard (Hrsg.): Am Ende des realen Sozialismus, Bd. 2: Die wirtschaftliche und ökologische Situation der DDR in den achtziger Jahren, Opladen 1996, S. 137-176.

Plötz, Peter: Industrie, in: DDR Handbuch, a.a.O., Bd. 1, S. 605 ff.

Produktion und Produktivität, in: Materialien zum Bericht zur Lage der Nation im geteilten Deutschland 1987, hrsg. vom Bundesministerium für innerdeutsche Beziehungen, Bonn 1987, S. 345 ff.

Initiativgruppen der KPD

Drei Gruppen von jeweils zehn Beauftragten des ZK der Exil-KPD wurden von Moskau aus 1945 noch vor der deutschen Kapitulation in das von der Roten Armee besetzte Reichsgebiet eingeflogen, um hier im Zusammenwirken mit den Polit-Verwaltungen der 1. und 2. Bjelorussischen Front bzw. der 1. Ukrainischen Front erste Maßnahmen zur Wiederherstellung der kommunalen Verwaltungen und zur Normalisierung des öffentlichen Lebens einzuleiten und unter politischer Kontrolle zu halten. Die an sich zutreffende Bezeichnung als Initiativgruppen ist erst später von der Geschichtsschreibung der SED geprägt worden. Die erste Gruppe unter Leitung von Walter Ulbricht traf am 30. April auf einem Feldflughafen bei Frankfurt/Oder ein. Von ihrem Quartier in Bruchmühle in der Nähe von Strausberg aus nahm sie bereits zwei Tage später die politische Arbeit im teilweise noch umkämpften Berlin sowie in der Mark Brandenburg auf. Ab 8. Mai etablierte sie sich in Berlin-Friedrichsfelde.

Eine zweite, von Anton Ackermann geleitete Gruppe landete am 1. Mai in der Nähe von Sagan/Niederschlesien. Nach etwa zehn Tagen wechselte sie nach Dresden, um sich von hier aus ihren Aufgaben mit Schwerpunkt Sachsen zuzuwenden.

Die dritte, von Gustav Sobottka geleitete Gruppe wurde am 6. Mai nach Stargard/Pommern geflogen. Nach einem provisorischen Quartier in Warsow nahm sie kurz darauf ihren Sitz in Stettin-Krekow, bis sie ihren Auftrag in Mecklenburg-Vorpommern erfüllt hatte.

Die Initiativgruppen deutscher kommunistischer Emigranten entfalteten ihre Aktivitäten auf der Grundlage politischer Planungen, an denen die Führung der Exil-KPD seit 1943 in Moskau gearbeitet hatte, und zwar unter dem maßgebenden Einfluß von Ulbricht, Wilhelm Pieck und Wilhelm Florin. Hervorzuheben sind in diesem Zusammenhang ein im Oktober 1944 entworfenes „Aktionsprogramm des Blocks der kämpferischen Demokratie“, in dem übrigens schon die „Aufrichtung eines demokratischen Volksregimes“ gefordert worden war, sowie die am 5. April 1945 vom Politbüro der Exil-KPD verabschiedeten „Richtlinien für die Arbeit der deutschen Antifaschisten in dem von der Roten Armee besetzten deutschen Gebiet“.

Die parteiinternen, vorerst nicht veröffentlichten Grundsatzpapiere glichen Szenarien, in denen die zur Zerschlagung der nationalsozialistischen Diktatur und zur Behebung der Nachkriegsnot unmittelbar zu veranlassenden Sofortmaßnahmen mit einer Strategie zur Erringung und Sicherung der Macht verbunden waren.

Fraglos lag damals alle Macht bei der sowjetischen Besatzung, ausgeübt durch die Frontstäbe und Militärkommandanturen der Roten Armee, die im Zuge ihres Vorrückens eingerichtet wurden. Aber die deutschen Kommunisten, namentlich die in den Initiativgruppen erfaßten Kader, verstanden sich von Anfang an als Erfüllungsgehilfen ihrer sowjetischen Genossen und konnten sich umgekehrt auf deren politische Unterstützung verlassen.

Die erwähnten Richtlinien enthielten u.a. Empfehlungen zur Schaffung neuer, antifaschistischer Verwaltungen in Städten und Dörfern des besetzten Gebiets. „Nach Ernennung eines Bürgermeisters durch den Ortskommandanten der Roten Armee wird eine Gemeindeverwaltung aus fünf bis sieben Antifaschisten geschaffen“, hieß es darin. „Für die Auswahl und Registrierung der Funktionäre ist das, Personalamt‘ verantwortlich. Die Leitung dieses Amtes soll in der Regel ein Genosse in den Händen haben, der in den letzten Jahren außerhalb Deutschlands als antifaschistischer Funktionär gearbeitet hat."

Diese Anweisungen führten dazu, daß zuverlässige kommunistische Kader frühzeitig die Ressorts für Personalpolitik, Polizei und Erziehungswesen einnahmen, während Sozialdemokraten und bürgerliche Antifaschisten in weniger einflußreiche, häufig eher repräsentative Positionen gehoben wurden – ganz im Sinne der Ulbrichtschen Weisung: „Es muß demokratisch aussehen, aber wir müssen alles in der Hand haben."

Die Initiativgruppen existierten als solche kaum zwei Monate. Nach Wiedergründung der KPD am 11. Juni 1945 in Berlin übernahmen die Beauftragten aus dem Moskauer Exil zumeist führende Funktionen in den neu gebildeten Magistraten und Verwaltungen oder in der Politbürokratie der KPD/SED. Die meisten von ihnen haben auch später in der DDR politische Schlüsselfunktionen innegehabt: Ulbricht als → *Generalsekretär der SED* und Vorsitzender des Staatsrates, Ackermann als Staatssekretär im Außenministerium (bis 1953), Sobottka als Leiter der Hauptverwaltung Kohle im Ministerium für Schwerindustrie.

Weitere prominente Mitglieder der Initiativgruppen waren Rudolf Herrnstadt, Chefredakteur des Neuen Deutschland (bis 1953), Karl Maron, langjähriger Innenminister und Chef der Polizei, Hermann Matern, Vorsitzender der Zentralen Partei-Kontrollkommission der SED, Fred Oelßner, Chef-Ideologe der SED, und Otto Winzer, Staatssekretär in der Präsidialkanzlei von Pieck, später Außenminister der DDR.

Das mit 23 Jahren seinerzeit jüngste Mitglied der Gruppe Ulbricht, Wolfgang Leonhard, brach 1949 mit der SED und flüchtete über Jugoslawien in den Westen. Sein politisches Enthüllungsbuch „Die Revolution entläßt ihre Kinder" erregte internationales Aufsehen.

Für sich genommen läßt sich am Beispiel der drei Initiativgruppen der KPD demonstrieren, wie frühzeitig die deutschen Kommunisten im Verein mit Stalin und der Sowjetführung in Moskau die Eroberung der Macht im östlichen Teil Deutschlands geplant hatten.

Karl Wilhelm Fricke

Innerdeutsche Verbindungen

Trotz der Einteilung Deutschlands in Besatzungszonen 1945 und der gleichzeitig beginnenden Umgestaltung der SBZ gemäß kommunistischen Vorstellungen (→ *antifaschistisch-demokratische Umwälzung*) machte sich bis in die 50er Jahre das Beharrungsvermögen gewachsener Strukturen eines einheitlichen Staatswesens bemerkbar. Die menschlichen Verbindungen blieben, trotz aller Abschnürungsversuche des SED-Regimes, auch in den folgenden Jahrzehnten stets vital. Die → *Deutschlandpolitik* der Bundesregierungen richtete sich u.a. wesentlich auf das Ziel, diese Verbindungen zu erhalten und nach Möglichkeit auszubauen. Die Vereinigung Deutschlands nach mehr als vier Jahrzehnten der Trennung war auch das Ergebnis des Zusammenhalts des deutschen Volkes.

Der Postverkehr zwischen der SBZ/DDR und den westlichen Zonen/Bundesrepublik funktionierte bis 1970 ohne rechtliche Abmachungen der beiden Postverwaltungen. Allerdings unterlag er im Laufe der Jahre unterschiedlichen Einschränkungen (Paketinhalt; Briefzensur) auf der östlichen Seite. Auf westlicher Seite wurden warenscheinpflichtige Handelswaren überwacht. Der Fernmeldeverkehr wurde im Zuge der östlichen Sperrmaßnahmen im Mai 1952 rigoros eingeschränkt. Die 4 000 innerstädtischen Telefonkabel Berlins wurden total unterbrochen. Seit der Kontaktaufnahme zwischen den beiden Postministerien 1969 erhöhte sich die Zahl der innerdeutschen Telefonleitungen zwar schrittweise wieder, jedoch vermochte dies den Bedarf nie zu decken.

Auch der Paketverkehr war ein Seismograph der menschlichen Beziehungen. In der zweiten Hälfte der 50er Jahre gingen jährlich rund 40 Mio. Pakete und Päckchen in die DDR. Nach dem Mauerbau erhöhte sich diese Zahl auf rund 50 Mio. In der Gegenrichtung gelangten über 21 Mio. Sendungen zu Verwandten im Westen. Seit 1954 haben sich alle Wohlfahrtsverbände an Hunderten örtlicher Paket-Packkreisen beteiligt, in denen sich hauptsächlich Frauen aus Vertriebenen- und Flüchtlingsorganisationen mit Einheimischen zusammengefunden hatten, um mit finanzieller Unterstützung des gesamt-/innerdeutschen Bundesministeriums (bis 100 Mio. DM jährlich) Zehntausende Familien in der DDR mit notwendigen Waren zu versorgen.

Der Personenverkehr, die Begegnung von Mensch zu Mensch, blieb trotz aller rigorosen Einschränkungen die Lebensader des innerdeutschen Zusammenhalts. 1945 verbanden vier Autobahnen, 172 Reichs- und Landstraßen und Tausende öffentliche und Gemeindewege die besatzungsrechtlich getrennten Gebiete. 1969 waren davon zwei Autobahnen und drei Straßen übriggeblieben. Von ursprünglich 40 Eisenbahnlinien wurden noch acht befahren.

Die Zurückhaltung der DDR gegenüber Reisen junger Menschen konnte erst ab 1982 allmählich überwunden werden (→ *Reiseregelungen*). 1983 erhielten 1 250 Jugendliche in Reisegruppen eine Reiseerlaubnis in den Westen, 1987 kamen 3 700, und 1989 durften 5 600

Reisen aus der DDR und Ostberlin in die Bundesrepublik (in 1 000)

Jahr	Rentner-reisen	Reisen in dringenden Familienangelegenheiten	insgesamt
1953[1]	1 516	–	–
1954	2 500	–	–
1957	2 720	–	–
1958[2]	690	–	–
1962[3]	27	–	–
1964[4]	664	–	–
1965	1 219	–	–
1973[5]	1 257	41	1 298
1980	1 554	40	1 594
1986[6]	1 516	244	1 760
1987	3 800	1 200	5 000
1988	6 700	1 100	7 800
1989	Zahlenangaben für 1989 erübrigen sich: Allein für November/Dezember 1989 wurden mehr als 10 Millionen Besucher aus derDDR im Westen ihres Vaterlandes geschätzt.		

1) Für die Jahre 1953–1956 wird – nach Aufhebung des Interzonenpaßzwanges durch die sowjetische Besatzungsmacht auch in der SBZ – eine Gesamtzahlt von 8,7 Millionen Einreisenden angegeben.

2) Ab 1957 schränkte die DDR den Reiseverkehr zunehmend drastisch ein.

3) Nach dem Mauerbau kam der Reiseverkehr fast völlig zum Erliegen.

4) Seit Nov. 1964 durften die Rentner einmal im Jahr für 4 Wochen ihre Verwandten im Westen besuchen. Der jährlich gleichbleibende Umfang spiegelt die gleichwohl verordnete Limitierung auch dieser humanitären Maßnahme wider.

5) Mit dem Verkehrsvertrag erließ die DDR-Regierung am 17.10.72 eine Anordnung, wonach Reisen in dringenden Familienangelegenheiten für einen vergrößerten Kreis von Verwandten (auch unter dem Rentenalter) ermöglicht wurden. Großeltern, Eltern, Kinder und Geschwister konnten Verwandte im Westen aus Anlaß von Geburten, Eheschließungen, lebensgefährlichen Erkrankungen und Sterbefällen einmal oder mehrmals im Jahr besuchen. Mit dem Inkrafttreten des Grundlagenvertrages zählten auch Ehejubiläen zu solchen Familienangelegenheiten.

6) Im Vorfeld des Honeckerbesuchs stieg die Zahl der Rentnerreisen, vor allem aber die Zahl der Reisenden unter 60 Jahren exorbitant an. Diese Reisen waren überwiegend nicht mehr an den Nachweis dringender Familienangelegenheiten gebunden. Der Umfang des Reiseverkehrs im Jahre 1987 übertraf alle Nachkriegsumfänge und bewies, daß auch die jahrzehntelange Spaltung und Entfremdung den Wunsch nach Zusammenhalt eher gestärkt als geschwächt hatte.

Jugendliche in den Westen reisen. Im „Gegenverkehr" reisten 1983 22 000 Jugendliche in Reisegruppen (überwiegend Schulklassen) in die DDR. 1987 belief sich diese Zahl schon auf 77 000. 1989 förderten Bund und Länder schließlich 94 000 solcher Reisen. Die Bedeutung dieser Jugendreisen für das öffentliche Bewußtsein über die Zusammengehörigkeit der Deutschen ist nicht hoch genug einzuschätzen.

Wie im Bereich von → *Fernmeldewesen und Postdienst* setzten die kommunalen, regionalen und dann auch überregionalen Verwaltungsorgane ihre Tätigkeit über die Zonengrenzen hinweg, wenn auch eingeschränkt, nach 1945 fort. Der Rechts- und Amtshilfeverkehr zwischen Verwaltungen wurde zunächst beibehalten. Beispiele für die Vielfalt dieser Kontakte waren Strafregisterauskünfte, Mitteilung über ansteckende Krankheiten, Entziehung ärztlicher Bestallung, Fahndungsersuchen, Ersuchen um Strafvollstreckung, Zwangsvollstreckung, Zeugenvernehmungen und Aktenübersendung. In den gewässerkundlichen Ausschüssen im Bundesgebiet wirkten neben den Fachkräften des Bundes und der Länder auch Fachleute aus Dienststellen der DDR mit. Die Wasserwirtschaftsverwaltung der DDR gehörte dem Kuratorium für Kulturbauwesen in Bonn an. Bedeutende wissenschaftliche Gesellschaften hatten Mitglieder aus beiden Teilen Deutschlands.

Während die Bundesregierung solche Kontakte zu fördern suchte, ließ die SED seit 1957 hier zunehmend Zurückhaltung erkennen (→ *SED und deutsche Frage*). Die von der DDR geforderten Kontakte auf oberster Ebene, die der von Ost-Berlin verlangten Anerkennung der DDR Vorschub geleistet hätten, lehnte die Bundesregierung ab. Dies änderte sich, als die Bundesregierung 1967 das Verbot innerdeutscher Kontakte auf oberster Bundes- und Landesebene aufhob. Nach einem Briefwechsel Bundeskanzler Kiesingers mit dem Vorsitzenden des Ministerrates, Willi Stoph, kam es zu brieflichen und persönlichen Kontakten zwischen obersten Dienststellen beider Staaten. Die Bundesregierung unter Bundeskanzler Brandt schloß 1971/72 mit der DDR einen Verkehrsvertrag und den → *Grundlagenvertrag*, in dessen Folge sich vor allem auf technischen Gebieten eine Vielzahl von Verhandlungsmöglichkeiten eröffnete. Abkommen über Gesundheitsfragen, den Grenzverlauf, journalistische Arbeitsmöglichkeiten, Verbesserungen im Post- und Personenverkehr, Verhandlungen über grenzüberschreitenden Umweltschutz u.a. kamen zustande. Insgesamt stellten diese Abmachungen vielfach die Zustände der 50er Jahre wieder her oder bestätigten stillschweigend geübte Praktiken.

Reisen aus der Bundesrepublik und Westberlin in die DDR und Ostberlin (in 1 000)

Jahr	A Reisen von Westdeutschen in die DDR und zu mehrtägigen Aufenthalten nach Ostberlin	B Reisen von West-Berlinern nach Ostberlin und in die DDR (mehrtägig)	C Besuche im grenznahen Raum der DDR (ab 1973)	A–C insgesamt
1953	1 300	–	–	–
1954	2 500	–	–	–
1957	2 600	–	–	–
1958[1]	670	–	–	–
1962	300	–	–	–
1963	1 400	–	–	–
1964[2]	1 800	–	–	–
1965	1 800	–	–	–
1972[3] [4] [5]	1 500	3 300	–	4 800
1973	2 200	3 800	193	6 193
1981	2 100	1 800	280	4 180
1986	3 800	1 800	325	5 925
1987	5 500			

1) Ab 1957 schränkte die DDR nicht nur die Ausreise nach Westdeutschland ein, sondern sie reduzierte auch den Umfang der Einreise Westdeutscher drastisch – ein Umstand, der die allein politische Zielsetzung der Abschottung und Unterbindung des Zusammenhalts beweist.

2) Im November 1964 verordnete die DDR einen „Mindestumtausch" (Zwangsumtausch) von 5,– DM pro Tag des Aufenthaltes in der DDR. Er wurde 1968 auf 10,– DM und 1973 auf 20,– DM verdoppelt, 1974 auf 13,– DM reduziert und 1980 auf 25,– DM pro Tag festgesetzt.

3) Für die Zahl mehrtägiger Reisen von West-Berlinern in den Ostsektor und in die DDR bis zum Jahre 1961, als mit dem Bau der Mauer diese Möglichkeiten unterbunden wurden, liegen keine Angaben vor.
Infolge verschiedener „Passierscheinabkommen" zwischen dem Senat von West-Berlin und DDR-Stellen konnten in der Zeit von Dezember 1963 bis Juni 1966 insgesamt 5,6 Millionen Tagesbesuche von West-Berlinern im Ostteil der Stadt stattfinden.
Im Zuge der Verhandlungen zum Verkehrsvertrag genehmigte die DDR seit 1972 in größerem Umfang Reisen von West-Berlinern in den Ostsektor Berlins und in die DDR.
Das Absinken dieser Zahlen – wie aller übrigen im West-Ost-Verkehr ab 1980 – ist auf die von der DDR-Regierung erlassene Erhöhung des Zwangsumtauschs zurückzuführen.

4) Beim Abschluß des Verkehrsvertrages zwischen der Bundesrepublik Deutschland und der DDR wurde eine Vereinbarung über den „grenznahen Verkehr" getroffen, der den Besuch von Personen aus dem westdeutschen Zonenrandgebiet in den grenznahen Kreisen der DDR ermöglichte.

5) Hierbei sind die Tagesaufenthalte Westdeutscher im Sowjetsektor von Berlin nicht mitgezählt. Für ihre Zahl gab es bis 1961 wegen der unkontrollierten innerstädtischen Fluktuation keine verläßlichen Angaben. Ab 1967 wurde ihre Zahl auf jährlich 1,4 Millionen, ab 1981 auf jährlich 1,1 Millionen geschätzt. Überwiegend handelte es sich dabei um touristische Besucher. Die Zahl derjenigen, die den Ostsektor aufsuchten, um sich mit Verwandten und Freunden aus Ostberlin oder der DDR zu treffen, dürfte jedoch vor 1972 nicht gering gewesen sein.

Die Entwicklung der Beziehungen und Verbindungen im Bereich von Wissenschaft und Kultur war in besonderer Weise von den politischen Rahmenbedingungen abhängig. Aber auch diese Verbindungen haben die Zeit rigoroser Strangulierung überdauert. Bis zum Ende der 50er Jahre profitierte das innerdeutsche Kontaktbedürfnis zudem von der SED-Politik „Deutsche an einen Tisch", mit der die Europa- und Bündnispolitik der Regierung Adenauer gebremst werden sollte. Eindrucksvolle Beispiele für die Nutzung dieser Begegnungsmöglichkeiten: An 38 wissenschaftlichen Kongressen des Jahres 1956 nahmen 1 467 Wissenschaftler aus der DDR teil; für die Jahre 1956–1959 wurden auf gemeinsamen wissenschaftlichen Veranstaltungen im Bundesgebiet rund 18 000 Wissenschaftler aus der DDR verzeichnet; allein an Ärztekongressen nahmen 12 000 Ärzte teil. 1955 hielten 255 westdeutsche Wissenschaftler Gastvorlesungen an Universitäten in der DDR ab. Das Stuttgarter Sängerfest 1956 sah 1 200 Teilnehmer aus der DDR; am Evangelischen Kirchentag 1956 in Frankfurt nahmen 22 000 Gläubige aus der DDR teil, am Katholikentag jenes Jahres 28 000. Zur Grünen Woche in West-Berlin reisten 1960 noch 156 000 Besucher aus der DDR an. Die Vielzahl von Fachkontakten in den verschiedenen Bereichen war praktisch unübersehbar. An organisierten Treffen und privaten Veranstaltungen nahmen von 1956 bis 1959 etwa 1 Mio. Besucher aus der DDR teil. Gesamtdeutsche Treffen hielten auch Friseure, Glaser oder Gärtner ab.

Auf dem Gebiet der Musik und Volkskunst wurden die Begegnungsmöglichkeiten dagegen schon früh unterdrückt: „Die Sozialistische Volkskunstbewegung soll das Volk lehren, stärker zu hassen und besser zu kämpfen", so lautete eine offizielle Losung aus dem Juni 1957. Offensichtlich hatte die SED zutreffend erkannt, daß neben den privaten menschlichen Begegnungen gemeinsame kulturelle Veranstaltungen besonders geeignet waren, an die nationale Einheit zu erinnern und damit ihr Machtmonopol zu destabilisieren. Die DDR fand sich trotz ihrer Verpflichtung aus dem Grundlagenvertrag im Jahre 1972 erst 1986 zum Abschluß eines Kulturabkommens bereit. Über die in einer vereinbarten staatlichen Projektliste aufgeführten Veranstaltungen (Ausstellungen, Autorenlesungen, Konzert- und Theaterveranstaltungen usw.) hinaus, vervielfachten sich sogleich die sonstigen Aktivitäten auf den verschiedensten Feldern von Kultur und Wissenschaft.

Umfang und Entwicklung im innerdeutschen Sportverkehr waren ebenfalls ein zuverlässiger Gradmesser der von den politischen Zielen der SED bestimmten Beziehungen zwischen den getrennten Teilen Deutschlands.

In den 50er Jahren hatte der → *Sport* ausdrücklich die Aufgabenstellung erhalten, im Rahmen des gesamtdeutschen Sportverkehrs „politische Westarbeit“ zu leisten. Es gab kein Thema von deutschlandpolitischer Bedeutung, das (weniger von den Sportlern, als vielmehr von den begleitenden Funktionären) nicht Gegenstand agitatorischer Aktivitäten gewesen wäre. Allein 1957 wurden in der Bundesrepublik 1 530 gesamtdeutsche Sportveranstaltungen mit 34 480 Teilnehmern aus der DDR durchgeführt; in der DDR selbst war die Zahl solcher Veranstaltungen sogar fast doppelt so hoch. 1961 nahmen bis zum Bau der Mauer noch 14 838 Sportler an 738 Begegnungen im Bundesgebiet teil. Es waren, wie damals üblich, überwiegend Aktivitäten von kleinen Vereinen in kleinen Städten und Orten. Als die Mauer 1961 alle gesamtdeutschen Hoffnungen fast zum Erlöschen brachte, drückte der Regierende Bürgermeister von Berlin, Willy Brandt, die Einstellung der deutschen Sportler aus, als er erklärte, zur Solidarität mit den Menschen in der DDR und Ost-Berlin gehöre, daß keiner aus der Bundesrepublik und West-Berlin an kulturellen, sportlichen oder anderen Veranstaltungen des Zonenregimes teilnehme. Die DDR selbst brach ihrerseits alle Sportverbindungen ab. Erst einige Jahre später, nachdem 1972 im Grundlagenvertrag sportliche Verbindungen wieder vereinbart worden waren, ließ sich die Sportführung der DDR, der Deutsche Turn- und Sportbund (DTSB), 1975 auf Gespräche mit dem Deutschen Sportbund (DSB) ein. Die jährlichen Festlegungen in einem sog. Sportkalender erreichten jedoch bis 1987 zu keiner Zeit 100 Begegnungen, wobei es sich überwiegend um internationale Sportveranstaltungen handelte, an denen Sportler aus beiden Teilen Deutschlands teilnahmen. Die Einstellung an der Sportbasis ist deutlich daran ablesbar, daß der Sportkalender für 1989 130 Veranstaltungen vorgesehen hatte (für Veranstaltungen mit sowjetischen Sportlern waren hingegen 168 und mit polnischen Athleten 129 vorgesehen). Tatsächlich aber fanden noch in den Herbst- und Wintermonaten 1 580 Veranstaltungen statt. (1990 waren es bereits 10 500.) Die sportinteressierten Deutschen hatten sich nicht gegeneinander aufbringen lassen und fühlten gesamtdeutsch.

Ein aufschlußreicher Indikator für das Interesse der westdeutschen Bürger am Zusammenhalt mit den Landsleuten zwischen Ostsee und Thüringer Wald bot sich in den 80er Jahren durch die Aufnahme von Städtepartnerschaften. Zahlreiche Städte des Bundesgebietes hatten sich schon in den 60er und 70er Jahren vergeblich um partnerschaftliche Beziehungen zu Kommunen in der DDR bemüht. Die DDR lehnte alle Ersuchen ab. Schon bevor Mitte 1986 die erste innerdeutsche Städtepartnerschaft dann doch genehmigt wurde, hatten etwa 300 westdeutsche Städte und Gemeinden bei der Bundesregierung ihr Interesse bekundet. Nach Saarlouis – Eisenhüttenstadt, Wuppertal – Schwerin und Neunkirchen – Lübben im Jahre 1986 wurden 1987 schon 17, im Jahre 1988 dann 27 solcher Partnerschaften eröffnet, ehe die Woge der Wiedervereinigung alle Sonderbemühungen überholte.

Die Einheit des deutschen Volkes hatte sich in einer Vielzahl verschiedenster Beziehungen und Verbindungen lebendig erhalten und sich allen Spaltungsbemühungen und trennenden Tendenzen gegenüber behauptet.

Kurt Plück

Literaturhinweis:

Plück, Kurt: Innerdeutsche Beziehungen auf kommunaler und Verwaltungsebene in Wissenschaft, Kultur und Sport und ihre Rückwirkungen auf die Menschen im geteilten Deutschland, in: Materialien der Enquete-Kommission, a.a.O., Bd. V, 3, S. 2015-2064.

Innerdeutsche Wirtschafts- und Finanzbeziehungen

Grundlagen: Innerdeutsche Wirtschaftsbeziehungen beinhalteten in allererster Linie den Handel mit Waren und Dienstleistungen; darüber hinausgehende Wirtschaftsbeziehungen, wie etwa Kooperation in der Produktion, waren äußerst schwach entwickelt. Vor allem mit Abschluß des Viermächteabkommens über → *Berlin* von 1971, dem Transitabkommen, dem → *Grundlagenvertrag* und den Folgeverträgen entwickelten sich außerdem umfangreiche Finanzbeziehungen in Form von nichtkommerziellen öffentlichen und privaten Transferleistungen aus der Bundesrepublik, die für die DDR von erheblicher Bedeutung waren.

Rechtliche Grundlage des innerdeutschen Handels (IDH) war das alliierte Besatzungsrecht, als vertragliche Grundlage galt bis zum 2. Okt. 1990 das Berliner Abkommen von 1951 in der Fassung von 1960. Wegen der Rechtsgrundlagen und seines Ursprungs war der innerdeutsche Handel ein Unikum ohne Parallele. Das kam zum einen in der Kombination von binnen- und außenwirtschaftlichen Elementen sowie den spezifischen zahlungstechnischen, steuerlichen und administrativen Regelungen zum Ausdruck. Zum anderen war der Sonderstatus im Potsdamer Abkommen durch das Grundprinzip, Deutschland bis zum

Ende der Besatzungszeit als wirtschaftliche Einheit zu behandeln, charakterisiert. Nach dieser Vorgabe der Siegermächte konnte der innerdeutsche Handel kein Außenhandel sein. Er galt aber in der DDR als solcher. Der innerdeutsche Handel war über Jahrzehnte der wichtigste und stabilste Bestandteil und lange Zeit der einzige vertraglich geregelte Bereich des innerdeutschen Beziehungsgeflechtes.

Berliner Abkommen: Vorläufer des innerdeutschen Handels war der Interzonenhandel, der zunächst als streng überwachter Tauschhandel auf Abkommen zwischen den westlichen Zonen und der SBZ basierte. Dabei belief sich das Volumen des Interzonenhandels 1946 nur noch auf 176 Mio. RM gegenüber 8,6 Mrd. RM im Jahre 1936. Daneben blühte der Schwarzhandel. Im Januar 1947 wurde in Minden erstmals von deutschen Stellen ein umfassendes Interzonenhandelsabkommen abgeschlossen. Mit dem Ausbruch der Blockade von West-Berlin im Juni 1948 kam der legalisierte Interzonenhandel fast völlig zum Erliegen. Die Verhandlungen zur Beendigung der Blockade hatten im April 1949 im – nach den Verhandlungsführern benannten – Jessup-Malik-Abkommen ein Junktim zwischen freiem Zugang nach West-Berlin und unbehindertem Interzonenhandel geschaffen.

Das Berliner Abkommen vom 20. Sept. 1951, basierend auf dem Frankfurter Abkommen von 1949, enthielt als wichtigstes deutschlandpolitisches Grundprinzip den Geltungsbereich; dieser erstreckte sich nicht auf politische Einheiten, sondern auf die Währungsgebiete der DM-West und der DM-Ost (damalige Bezeichnung). Damit waren West-Berlin und Ost-Berlin automatisch einbezogen und alle Querelen um Statusfragen, die spätere innerdeutsche Abkommen kennzeichneten, umgangen. Weitere Grundprinzipien waren:

- Die strikte Bilateralität des Handels, d.h. Zahlungen wurden ausschließlich über drei Konten auf dem Verrechnungswege abgewickelt. Die Grundlage bildete die Verrechnungseinheit (VE), die einer DM entsprach. Für Notkäufe der DDR wurde 1958 ein Sonderkonto S in Hartdevisen eingerichtet (→ *Finanzierung des Systems*).
- Der Swing (zinsloser Überziehungskredit) als technisches Instrument zum permanenten Saldenausgleich in Höhe von 200 Mio. VE. Die fast ausschließliche Ausnutzung durch die DDR machte ihn zum Politikum.
- Die Genehmigung der Bezüge und Lieferungen durch die Erteilung von Zahlungs- und Bezugsgenehmigung oder Warenbegleitschein nach den jeweilig geltenden Bestimmungen.
- Der Bezug oder die Lieferung von Waren, die grundsätzlich deutschen Ursprungs waren. Ausnahmen, wie die westdeutschen Mineralöllieferungen, erforderten gesonderte Vereinbarungen.

Die volle Einbeziehung von West-Berlin manifestierte sich darin, daß ein angemessener Teil – das waren in der Praxis ein Drittel bis ein Viertel der DDR-Lieferungen – auf West-Berlin entfallen sollten. Außerdem wurden die Interessen von West-Berlin durch die Treuhandstelle für den Interzonenhandel (TSI) – ab 1982 für Industrie und Handel – wahrgenommen. Diese unterstand ab 1953 dem Bundeswirtschaftsminister und hatte ihren Sitz in West-Berlin; ihr Leiter hatte doppelte Verhandlungsvollmacht von der Bundesregierung und dem Berliner Senat. Die TSI war lange Zeit – nicht nur für Handelsfragen – einziges offizielles Verhandlungsorgan der Bundesregierungen. Auch nach Errichtung der Ständigen Vertretung der Bundesrepublik bei der DDR im Jahre 1974 änderte sich die Funktion der TSI kaum, da die Ständige Vertretung keinerlei handelspolitische Kompetenz besaß.

Der Sonderstatus des innerdeutschen Handels, den auch Honecker 1972 anerkannte, wurde im Zusatzprotokoll zu den Römischen Verträgen bei der Gründung der EWG 1957 international abgesichert. Dadurch hatte die DDR aber nicht, wie häufig behauptet, den Status eines Quasi-EG-Mitgliedes, denn mit Ausnahme der Bundesrepublik bestanden die Zollschranken zu den übrigen EG-Ländern weiter. Auch durch die staatliche Anerkennung der DDR im Grundlagenvertrag von 1972 wurde der Sonderstatus des innerdeutschen Handels nicht angetastet. Der EG-Ministerrat bestätigte 1973 daher – nach allerdings kontroverser Diskussion – die unveränderte Geltung des Zusatzprotokolls von 1957.

Unbeschadet der Tatsache, daß der innerdeutsche Handel kein Außenhandel war, wurden die Embargorichtlinien des Außenwirtschaftsgesetzes, z.B. COCOM, in das Recht des innerdeutschen Handels übernommen. Dieses ursprünglich für Waffen gedachte Embargo erstreckte sich dann vor allem auch auf rüstungssensible Erzeugnisse der Hochtechnologie, was die DDR empfindlich traf.

Politische und ökonomische Bedeutung: Für die Bundesregierungen dominierten die politischen Dimensionen des innerdeutschen Handels, zunächst vor allem der freie Zugang nach West-Berlin und bis zum Schluß die Klammerfunktion für das geteilte Land. Untauglich erwies er sich allerdings als politisches Druckmittel im → *Kalten Krieg*, etwa durch die Kündigung des Berliner Abkommens durch die Bundesregierung im Jahre 1960 und die erneute Überlegung der Kündigung als Reaktion auf den Mauerbau im August 1961. Die DDR-Führung reagierte jeweils mit offenen Drohungen, die Zugangswege nach West-Berlin zu behindern. Damit nutzte sie trotz formalen Leugnens das Junktim – reibungsloser innerdeutscher Handel, freier Zugang nach

Berlin – durchaus für ihre Zwecke, zuletzt im Jahre 1980 im Zusammenhang mit der Erhöhung des Mindestumtausches.

Von Beginn an war der innerdeutsche Handel für die DDR von existentieller ökonomischer Bedeutung. Die Bundesrepublik war nach der UdSSR der zweitgrößte Handelspartner. Der Anteil, gemessen am Außenhandelsumsatz, schwankte um 15% und mehr, wurde aber in der DDR-Statistik, um die Abhängigkeit zu verschleiern, immer nur mit 7–8% ausgewiesen. In der Bundesrepublik, in der der innerdeutsche Handel nicht als Außenhandel galt, wäre sein Anteil am Außenhandelsumsatz geringer als 2% gewesen. Unbeschadet dieser geringen globalen war die einzelwirtschaftliche Bedeutung in der Bundesrepublik beachtlich. Viele Klein- und Mittelbetriebe, aber auch Großunternehmen, wie etwa der Hamburger Hafen, waren von diesem Handel abhängig.

Die Sonderstellung des innerdeutschen Handels manifestierte sich auch darin, daß mit ihm knapp die Hälfte des Westhandels der DDR nicht auf der Basis von konvertibler Währung abgewickelt wurde. Das heißt, die DDR erlöste zwar keine Devisen, aber sie mußte auch keine aufwenden, sondern konnte z.T. mit solchen Waren bezahlen, die im übrigen Westhandel nicht absetzbar waren. Daraus sowie aus der Zoll- und Abschöpfungsfreiheit und den Mehrwertsteuervergünstigungen erwuchsen der DDR Vorteile, die kein anderes RGW-Land hatte. Dazu gehörte auch der Swing, der ab 1986 wie schon in den 70er Jahren 850 Mio. VE betrug. Seine Inanspruchnahme bedeutete Zinsersparnis für die DDR, aber gerade in den 80er Jahren sank die Inanspruchnahme auf durchschnittlich nur 40% ab, obwohl die Kreditaufnahmen der DDR bei westlichen Banken und damit die Zinsbelastungen rapide anstiegen.

Entwicklung und Struktur: Bis Mitte der 60er Jahre wuchs der innerdeutsche Handel zwar kontinuierlich, aber bescheiden. Nach der Kündigung des Abkommens von 1960 und dem Mauerbau 1961 gab es einen kurzen Einbruch aufgrund der in der DDR propagierten Aktion „Störfreimachung" zur Beseitigung der Abhängigkeit von westdeutschen Lieferungen. Kräftige Impulse erhielt der Handel 1966 im Zuge der beginnenden Entspannungspolitik durch Förderungsmaßnahmen der Bonner Großen Koalition. Dazu gehörten die Dynamisierung des Swings, Finanzierungsmöglichkeiten für Großanlagengeschäfte, Entlastung der DDR-Lieferungen von der Mehrwertsteuer und weitere Liberalisierung.

Die strikte Bilateralität des Handels machte sein Wachstum bei fast unbegrenzter Lieferfähigkeit der Bundesrepublik abhängig von der Lieferfähigkeit der DDR. Der hohe Verflechtungsgrad der DDR im → *RGW* mit einem großen Fertigwarenanteil bei den Exporten und die vor allem auf den Bedarf der UdSSR ausgerichtete Produktion beschränkten die Liefermöglichkeiten im innerdeutschen Handel erheblich. Nach der diplomatischen Anerkennung durch die westlichen Industrieländer bemühte sich die DDR-Führung durch Umlenkung (Diversifizierung) der Handelsströme erneut, die Abhängigkeit vom innerdeutschen Handel zu vermindern. Dieser wuchs deshalb in den 70er Jahren trotz Förderungsmaßnahmen durch die Bundesregierungen langsamer als der übrige Westhandel. Dadurch war aber auch die Verschuldung im innerdeutschen Handel erheblich niedriger. Der Handel konnte daher bei der 1982/83 drohenden Zahlungsunfähigkeit der DDR massiv als Stabilisierungsfaktor der Wirtschaft eingesetzt werden. Ende 1985 erreichte er seinen absoluten Höchststand mit einem Umsatz von 15,5 Mrd. VE, dann schrumpfte er aufgrund rapide wachsender Lieferschwierigkeiten der DDR.

Die Warenstruktur des innerdeutschen Handels entsprach nicht dem industriellen Entwicklungsstand der beiden Teilstaaten. Im Gegensatz zum Vorkriegsaustausch wurde er nicht mehr von Fertigerzeugnissen, sondern von Grundstoffen und Vorprodukten dominiert. Diese machten die Hälfte des gesamten Umsatzes aus. Aufgrund der hohen Verflechtung im RGW, aber auch der ähnlicheren Produktionsstruktur als früher, war dagegen der Anteil der Investitionsgüterlieferungen der DDR mit durchschnittlich 11%, darunter nur 4% Maschinenbauerzeugnisse, extrem niedrig. Auch bei den Bezügen aus der Bundesrepublik lag dieser Anteil lediglich bei 25%. Erst in den letzten vier Jahren erhöhte sich auf beiden Seiten der Anteil der Investitionsgüter.

Neben dem Warenverkehr galt der Dienstleistungsverkehr als Bestandteil des innerdeutschen Handels. Auf der Ausgabenseite der DDR waren das Frachten und Nebenkosten sowie in den 80er Jahren Zinszahlungen. Auf der Einnahmenseite standen Frachten und Provisionen im Vordergrund. Im Vergleich zum Warenverkehr entwickelten sich die Dienstleistungen überproportional. Ab 1975 entstand im Gegensatz zum Warenverkehr ein beachtlicher Passivsaldo für die DDR. Ende 1989 betrug der sog. kumulierte Passivsaldo rund 3,8 Mrd. VE/DM. Das waren nur reichlich 10% der Gesamtverschuldung der DDR im Westen.

Die kommerziellen Finanzbeziehungen beschränkten sich zunächst auf Lieferantenkredite in VE. Damit sollte sichergestellt werden, daß diese seitens der DDR auch wieder in der Bundesrepublik ausgegeben wurden. Seit 1975 gab es zweckgebundene Finanzkredite in DM. Ungebundene Finanzkredite wurden nur in zwei Ausnahmefällen gewährt. Das waren die beiden von Franz Josef Strauß initiierten und von der

Bundesregierung verbürgten Finanzkredite in den Jahren 1983 und 1984 in Höhe von je 1 Mrd. DM, die für die DDR zur Wiederöffnung der internationalen Kreditmärkte führten. Als Sicherheit für die Milliarden-Kredite hatte die DDR die Transitpauschale in Höhe von jährlich 525 Mio. DM verpfändet.

Neben dem reinen Warenverkehr spielten andere Wirtschaftsbeziehungen, etwa Kooperationsbeziehungen im westlichen Verständnis, eine marginale Rolle. Aus DDR-Sicht gehörte die Gestattungsproduktion, eine Art Lizenzhandel, überwiegend im Nahrungs- und Genußmittelbereich auf der Basis westdeutscher Rezepturen, Marktrechte, z.T. Maschinen und Rohprodukte dazu. Bekanntestes Beispiel waren Salamanderschuhe.

Ein unerfreuliches Kapitel in den Wirtschaftsbeziehungen – weil auch durch Vernachlässigung der Kontrollen durch westdeutsche Stellen ermöglicht – waren besonders in den 80er Jahren die Verstöße gegen die Rechtsgrundlagen des innerdeutschen Handels. Dazu gehörte vor allem die illegale Beschaffung von Hochtechnologie-Embargogütern durch den Bereich Kommerzielle Koordinierung (KoKo) des Alexander Schalck-Golodkowski (→ *Außenwirtschaft*).

Transfers: Von besonderer Bedeutung waren die politisch und nicht ökonomisch induzierten Leistungen. Es handelte sich dabei einmal um einseitige Transfers von privater Seite an Private, wie Päckchen und Geschenke, Leistungen von Kirchen, zum anderen um Zahlungen aus öffentlichen und privaten Haushalten an den DDR-Staat. Dazu gehörten auch die Postpauschale zum Ausgleich für höheres Postaufkommen in die DDR, die aber auf VE-Basis und daher über die Dienstleistungen im Rahmen des IDH abgewickelt wurde. Seit 1983 betrug sie 200 Mio. VE jährlich.

Vor allem im Zuge des Grundlagenvertrages von 1972 und den Folgeverträgen flossen der DDR direkte Transferzahlungen aus den öffentlichen und privaten Haushalten in DM zu. Während die Solidarleistungen an Private über die Jahrzehnte nur geschätzt werden können, summierten sich die Transferzahlungen an den Staat bis 1989 auf 21 Mrd. DM. Ein Drittel entfiel dabei auf die Transitpauschale in Höhe von 7,8 Mrd. DM. Die langjährigste Transferzahlungresultierte aus den humanitären Leistungen für den sog. Häftlingsfreikauf; seit 1964 wurden dafür rund 3,4 Mrd. DM aus dem Bundeshaushalt aufgewendet. Von privater Seite flossen im Zuge des Mindestumtausches 4,5 Mrd. DM an den DDR-Staat. Die DDR hatte damit im Gegensatz zu den anderen RGW-Ländern einen beachtlichen zusätzlichen Devisenzufluß, dessen Bedeutung angesichts der massiven Zahlungsbilanzprobleme seit Ende der 70er

Jahre gar nicht hoch genug eingeschätzt werden kann. Wahrscheinlich hatte er sogar eine aufschiebende Wirkung bei dem ständigen Balanceakt am Abgrund der Zahlungsunfähigkeit (→ *Außenwirtschaft*).

Maria Haendcke-Hoppe-Arndt

Literaturhinweise:

Die Wirtschaftsbeziehungen zwischen beiden deutschen Staaten, in: Materialien zum Bericht zur Lage der Nation im geteilten Deutschland 1987, Bundestagsdrucksache 11/11 vom 18.02.1987, S. 627-635.

Ehlermann, Claus-Dieter u.a.: Handelspartner DDR – Innerdeutsche Wirtschaftsbeziehungen, Baden Baden 1975.

Haendcke-Hoppe-Arndt, Maria: Interzonenhandel/Innerdeutscher Handel, in: Materialien der Enquete-Kommission, a.a.O., Bd. V, 2, S. 1543-1571.

Rösch, Franz/Hohmann, Fritz: Thirty Years of the Berlin Agreement. Thirty Years of Inner-German Trade: Economic and Political Dimensions, in: Zeitschrift für die gesamte Staatswissenschaft, Bd. 137 (1981) S. 525-555.

Volze, Armin: Innerdeutsche Transfers bis 1989, in: Materialien der Enquete-Kommission, a.a.O., Bd. V, 3, S. 2761-2797.

Inoffizielle Mitarbeiter (IM)

In den 80er Jahren war der durchschnittliche IM meist männlich und zwischen 25 und 40 Jahren alt. Der Anteil der Frauen lag bei zehn, der der Minderjährigen bei etwa einem Prozent. In der Regel hatte sich der IM schriftlich zur „Zusammenarbeit" mit dem Ministerium für Staatssicherheit (MfS, → *Staatssicherheit*) verpflichtet, zumeist aus politischer Überzeugung und nur selten aus materiellen Interessen, da höhere Geldbeträge normalerweise nicht in Aussicht gestellt und auch nicht gezahlt wurden. Erpressung durch das MfS war nur in Ausnahmefällen der Grund für Kooperationsbereitschaft. Etwa ein Drittel der IM war Mitglied der SED. Fast immer erfolgte die Auswahl der IM durch den Führungsoffizier; Personen, die sich selbst für Spitzeltätigkeiten anboten, wurden grundsätzlich nicht akzeptiert. Die „Zusammenarbeit" dauerte nicht selten vier bis sechs Jahre. Der Abbruch durch den Führungsoffizier geschah in der Mehrzahl der Fälle mangels „Perspektive" oder Eignung. Etwa jeder Dritte hat den Werbungsversuch des Staatssicherheitsdienstes zurückgewiesen. Das war für den Betroffenen normalerweise folgenlos, genauso wie ein Abbruch der inoffiziellen Arbeit durch den IM. Dies war am leichtesten durch Dekonspiration möglich: Der IM offenbarte sich gegenüber Dritten und berichtete davon dem Führungsoffizier.

Die Funktion der IM war maßgeblich durch die Rolle des MfS in der DDR bestimmt. Dieses hatte seinem Selbstverständnis nach die Aufgabe, auf der Basis der Beschlüsse der SED die DDR vor „Angriffen“ zu schützen, ihre territoriale Integrität und staatliche Ordnung zu garantieren und Beeinträchtigungen der Sicherheit vorbeugend zu begegnen. Für das MfS war es daher eine Schlüsselfrage, an Kenntnisse über Aktivitäten zu gelangen, von denen es annahm, daß sie der DDR auf politischem, ökonomischem, gesellschaftlichem oder militärischem Gebiet schaden könnten. Die Gewinnung solcher Informationen wurde durch den Einsatz moderner Technik zwar erleichtert, doch konnten solche Hilfsmittel nicht den Menschen mit seiner Fähigkeit ersetzen, Gedanken anderer Personen, in denen das MfS den „Feind“ vermutete, zu erforschen oder auf diese einzuwirken.

Der Staatssicherheitsdienst mußte daher innerhalb und außerhalb der DDR mit IM arbeiten. In seiner Arbeitsfähigkeit war er von den Informationen abhängig, die durch IM zusammengetragen wurden. Die IM fungierten somit als zentrale Schnittstelle zwischen MfS und Gesellschaft. Für Minister Wollweber waren IM gleichsam die lebensnotwendige Lunge für den Körper Staatssicherheit: „Unser [IM-]Bestand, das sind unsere Atmungsorgane und ohne diese Atmungsorgane können wir nicht leben und nicht arbeiten.“ Diese Bedeutung kam den IM auch bei Mielke zu, der allerdings die militärische Diktion bevorzugte. Nicht nur, daß er ihre Anzahl gelegentlich in Divisionen zählte, sondern sie waren für ihn grundsätzlich die „Hauptwaffe zur Aufspürung und Aufklärung des Feindes, zur Gewinnung wertvoller operativer Informationen.“ Sie hatten weiter die Funktion, unmittelbar auf Entwicklungen oder Personen Einfluß zu nehmen, und stellten damit auch den Charakter eines gesellschaftspolitischen Steuerungspotentials dar, das politischen Vorgaben und Zielen zum Durchbruch verhelfen sollte. Zuletzt gab es 174 200 aktive IM.

IM wurden auf sog. Schwerpunkte orientiert, von denen tatsächliche oder vermeintliche Gefahren für die SED-Herrschaft ausgingen oder ausgehen konnten. Diese Schwerpunktobjekte, -territorien, -bereiche oder -personen waren so zahlreich, daß die geheimpolizeiliche Durchdringung tendenziell den Charakter einer „flächendeckenden Überwachung“ annahm. Einer Äußerung Wollwebers von 1954 ist zu entnehmen, daß dies seit den 50er Jahren erklärtes Ziel war: „Wenn wir gute [IM] haben, müssen wir das Gras wachsen hören. Wir müssen überhaupt alles wissen.“ In diesem Sinne stellte der Mitarbeiter des Sekretariats des Ministerrates, Manfred Sauer, gestützt auf eine Zuarbeit des MfS, am 15. Jan. 1990 vor dem Zentralen Runden Tisch (→ *Runder*

Tisch) fest, daß es eine „flächendeckende Überwachung größerer Personenkreise und damit im Zusammenhang die Schaffung eines überdimensionierten Sicherheitsapparates" gegeben habe.

Die IM können nach drei grundlegenden Funktionstypen systematisiert werden: 1. IM zur Sicherung bestimmter Bereiche, 2. IM zur „Feindbekämpfung" und 3. IM für logistische Aufgaben. IM zur Sicherung bestimmter Bereiche wurden primär dort geworben, wo sie in den Augen des MfS von besonderem Interesse für den „Feind" waren. Ihre berufliche oder gesellschaftliche Stellung sollte diesen IM – auch mit Hilfe ihrer Verbindungen – nach Möglichkeit einen breiten Überblick und gute Einflußmöglichkeiten verschaffen. Ihre konspirative Arbeit sollte zur inneren Sicherheit beitragen, vorbeugend und schadensverhütend wirken. Ziel war letztlich eine sichere und umfassende Bewertung und Beherrschung des entsprechenden Bereiches. Dieser Funktionstypus sammelte nicht nur Informationen über Personen oder Ereignisse, sondern arbeitete auch aktiv an Einsätzen des Staatssicherheitsdienstes zur Aufklärung von Gesetzesübertretungen und bei bestimmten Maßnahmen mit. Er brachte darüber hinaus fachliche Kenntnisse für gutachterliche Stellungnahmen ein, beobachtete und ermittelte oder setzte MfS-Aufträge im Rahmen seiner beruflichen Stellung durch. Die Kategorienbezeichnungen für diesen Typus lauteten von 1950 bis 1967: Geheimer Informator (GI), von 1953 bis 1967: Geheimer Hauptinformator (GHI), von 1958 bis 1967: Geheimer Mitarbeiter im besonderen Einsatz (GME), von 1968 an: IM zur politisch-operativen Durchdringung und Sicherung des Verantwortungsbereiches (IMS), Gesellschaftlicher Mitarbeiter für Sicherheit (GMS), IM im besonderen Einsatz (IME) und Führungs-IM (FIM).

Die IM zur aktiven „Feindbekämpfung" waren die hochkarätigen Agenten des MfS. Sie sollten bei der direkten „Bearbeitung" von verdächtigen Personen eingesetzt werden. Diese IM hatten „Feinde" zu überprüfen, zu beobachten und gegen sie zu ermitteln, um dadurch Kenntnisse über deren Pläne, Maßnahmen und Methoden zu erlangen. Daneben war es ihre Aufgabe, Beweise für „Feindtätigkeit" zu gewinnen, und zu deren „Zersetzung", Zerschlagung oder Zurückdrängung beizutragen. Sie konnten auch – natürlich im Auftrag des MfS – Verbindungen zu gegnerischen Nachrichtendiensten unterhalten. Diesen Typus bezeichnete das MfS von 1950 bis 1967 als: Geheimen Mitarbeiter (GM), von 1968 bis 1979: „IM, der unmittelbar an der Bearbeitung und Entlarvung im Verdacht der Feindtätigkeit stehender Personen mitarbeitete" (IMV) oder: „IM der inneren Abwehr mit Feindverbindung zum Operationsgebiet" (IMF). Von 1980 an galt die Bezeichnung

IMB, das heißt „IM der Abwehr mit Feindverbindung bzw. zur unmittelbaren Bearbeitung im Verdacht der Feindtätigkeit stehender Personen."

IM für logistische Aufgaben hatten einen sehr viel beschränkteren Wirkungskreis als die anderen Funktionstypen. Sie stellten ein Zimmer, ihre Wohnung oder ihr Haus für konspirative Treffen zwischen IM und Führungsoffizier zur Verfügung oder sicherten solche ab. Für die Kommunikation zwischen IM im sog. Operationsgebiet – also vornehmlich in der Bundesrepublik oder West-Berlin – und dem MfS konnte ihre Adresse oder ihr Telefon genutzt werden. Die Richtlinien bezeichnen diesen Typus von 1950 bis 1967 als „Inhaber von konspirativen Wohnungen" (KW), von 1968 an als „IM zur Sicherung der Konspiration des Verbindungswesens" (IMK) – mit den Zusätzen konspirative Wohnung (KW) bzw. konspiratives Objekt (KO), Deckadresse (DA) und Decktelefon (DT) oder Sicherheit (S).

Für die Arbeit mit IM gab es verbindliche und exakt zu erfüllende Richtlinien, die in der 40jährigen Geschichte des MfS mehrfach neu gefaßt wurden, wobei sie immer umfänglicher und differenzierter ausfielen. Angesichts praktischer Erfahrungen veränderte das MfS die Anforderungen: Die Richtlinien waren somit zugleich Steuerungsmittel und Reflex der Praxis. Zudem mußten sie dem gesellschaftlichen Wandel und veränderten ideologischen Vorgaben angepaßt werden sowie den bürokratischen Ansprüchen eines quantitativ und qualitativ wachsenden Staatssicherheitsdienstes genügen.

Alle IM-Richtlinien enthielten Bestimmungen und Handlungsanweisungen zur schwerpunktorientierten Auswahl, Prüfung, Kontaktierung und Rekrutierung von IM sowie zu ihrer Einführung in die operative Arbeit. Grundsätzlich sollte die Rekrutierung darauf abzielen, einen IM für eine bestimmte, schon vorab relativ genau definierte Aufgabe zu gewinnen. Bei der Auswahl hatte der Führungsoffizier von den Anforderungen an den künftigen Kandidaten auszugehen. Bei der Überprüfung des Kandidaten, von der dieser nichts bemerken durfte, waren Eignung, Zuverlässigkeit und Ehrlichkeit sowie die möglichen Motive zur inoffiziellen Arbeit festzustellen. Die Analyse sollte Lebensweg, Leistungen, Verhaltensweisen, Einstellungen und Beziehungen erhellen sowie über Interessen, Bedürfnisse und Anknüpfungspunkte Aufschluß geben.

Die Richtlinien zur Arbeit mit IM enthielten ebenfalls Normen zu Erziehung, Befähigung, Auftragsvergabe, Berichterstattung, Überprüfung, Treffen, Verbindung und Abbruch der Zusammenarbeit. Die Erziehung der IM zielte auf die Vermittlung eines Feindbildes und auf die

Stärkung der Bereitschaft zur Auftragserfüllung; konspiratives Arbeiten und spezifische Fähigkeiten waren zu entwickeln. Personen- oder sachbezogene Aufträge sollten erteilt und mit detaillierten Instruktionen versehen werden. Die IM hatten erst mündlich und anschließend schriftlich zu berichten. In den Treffberichten des Führungsoffiziers waren das Verhalten des IM darzustellen, die Ergebnisse seiner Spitzeltätigkeit zu analysieren und Hinweise auf sichtbar gewordene Probleme zu geben. Ehrlichkeit und Zuverlässigkeit von IM mußten regelmäßig überprüft werden. Die Treffen mit ihnen waren sorgfältig vorzubereiten, in konspirativen Wohnungen durchzuführen und auszuwerten. Der Führungsoffizier war gehalten, zu seinen IM eine stabile Verbindung aufzubauen und zu unterhalten, die jedoch aus konspirativen oder persönlichen Gründen beendet werden konnte: bei Unehrlichkeit, Dekonspiration, Perspektivlosigkeit oder auch bei verweigerter „Zusammenarbeit“.

Helmut Müller-Enbergs

Literaturhinweis:

Müller-Enbergs, Helmut (Hrsg.): Inoffizielle Mitarbeiter des Ministeriums für Staatssicherheit. Richtlinien und Durchführungsbestimmungen, Berlin (2., durchges. Aufl.) 1996.

Institut für Internationale Politik und Wirtschaft (IPW)

Den Beschluß zur Gründung des IPW faßte das SED-Politbüro am 6. Juli 1971. Er stand im Kontext der veränderten Westpolitik der Partei zu Beginn der Ära Honecker (→ *Westarbeit der SED*). In diesem Zusammenhang wurde die gesamte mit westlichen Ländern befaßte „Imperialismusforschung“ umstrukturiert. Unmittelbarer Anlaß war die Auflösung des nicht mehr in die politische Landschaft passenden Staatssekretariats für westdeutsche Fragen. Dessen Personal wurde ebenso in das neue Institut überführt wie das Personal des Deutschen Instituts für Zeitgeschichte und des Deutschen Wirtschaftsinstituts, die ihre selbständige Tätigkeit beendeten. Das IPW solle – so die Vorstellung des ZK-Funktionärs Karl Wildberger – „durch die Konzentration der Kräfte besser in der Lage [sein], wissenschaftliche Grundlagen für die Auseinandersetzung mit dem Imperialismus zu liefern und selbst direkt an dieser Auseinandersetzung teilzunehmen.“

Das IPW galt offiziell nicht als Parteiinstitut, sondern als Einrichtung des DDR-Ministerrats. Tatsächlich war es aber direkt der Westarbeit des ZK (ab 1984 in Abteilung für Internationale Politik und Wirtschaft umbenannt) bzw. dem für Westarbeit zuständigen ZK-Sekretär Albert Norden unterstellt. Letzterer befaßte sich wie auch seine Nachfolger selbst mit Detailfragen der Institutsarbeit.

Das Politbüro berief Herbert Häber zum ersten Direktor. Häber verfügte über keine entsprechende wissenschaftliche Qualifikation und erhielt deshalb auf Beschluß des Politbüros den Professorentitel. Seine Leitungsbefähigung bestand in langjährigen Erfahrungen im Westapparat der SED. Im Oktober 1973 avancierte Häber zum Leiter der Westabteilung des ZK und blieb damit weiterhin auch für das IPW zuständig. Seine Nachfolge als IPW-Direktor trat Max Schmidt an, nachdem er die Parteihochschule des ZK der KPdSU absolviert hatte.

Die wichtigste Aufgabe des Instituts bestand in der Bereitstellung ausführlicher Informationen und Expertisen für die Partei- und Staatsführung, insbesondere zur politischen und wirtschaftlichen Situation der Bundesrepublik. Neben allgemein zugänglichen und auch im Westen bekannten Periodika (Monatszeitschrift IPW-Berichte, vierteljährlich erscheinende IPW-Forschungshefte) wurden deshalb interne Informationsdienste verfaßt. Kam es zu Widersprüchen zwischen wissenschaftlichen Ergebnissen und der Linie der Partei, mußten „wissenschaftliche" Interessen gegenüber „politischen Notwendigkeiten" zurückstehen. Auf die „ideologische Sauberkeit" der 1979 ca. 160 wissenschaftlichen Mitarbeiter legte die Partei deshalb besonderen Wert.

Neben dieser Informations- bzw. Legitimationsfunktion hatte das IPW (in Arbeitsteilung vor allem mit der Akademie für Gesellschaftswissenschaften beim ZK der SED) auch umfangreiche propagandistische Aufgaben im In- und Ausland zu erfüllen. Generell ging es um eine möglichst geschickte Beeinflussung insbesondere der westdeutschen Öffentlichkeit. Dazu gehörte die massive Unterstützung, aber auch ideologische Gängelung westlicher „Bruderparteien" (z.B. DKP) bzw. Bruderorganisationen (auf der „Forschungsebene" u.a. das Institut für marxistische Studien in Frankfurt/Main). Für diese wurden Informationen beschafft oder Auftragsarbeiten erstellt.

Den eigentlichen IPW-Forschungsgegenstand „Imperialismus" faßten die zuständigen Parteigremien sehr weit. Obschon vorwiegend die Bundesrepublik behandelt wurde, mußte sich das Institut auch gelegentlich an antichinesischen Kampagnen beteiligen oder mit den Aktivitäten tschechoslowakischer Dissidenten beschäftigen. Zu solchen Aufgaben gehörte auch die Herausgabe des „Chile-Schwarzbuches".

Die geringen wissenschaftlichen Freiräume wurden zudem durch die starre Handhabe des ideologischen Korsetts des Marxismus-Leninismus seitens der SED weiter eingeengt.

Bei den akribisch vorbereiteten Kontakten mit westlichen Vertretern aus Politik, Wirtschaft und Wissenschaft handelten die IPW-Angehörigen nicht zuerst als Wissenschaftler, sondern als mit strikten Reisedirektiven ausgestattete „Botschafter des Sozialismus", die ihren Kontaktpartnern ein „vorurteilsfreies" Bild des „ersten deutschen sozialistischen Staates der Arbeiter und Bauern" vermitteln sollten. In der Bundesrepublik wurde dies allerdings im Laufe der Jahre immer weniger wahrgenommen. Den Höhepunkt seines internationalen Ansehens erreichte das Institut in den letzten Jahren vor dem Ende der SED-Diktatur. Insbesondere die Kontakte, die das IPW zu westlichen Friedensforschungseinrichtungen pflegte, hielten weit über das Ende des Honecker-Regimes hinaus, da es den IPW-Kadern gelang, ihr Institut als gleichartige östliche Einrichtung darzustellen.

Auch für das MfS (→ *Staatssicherheit*), insbesondere die Hauptabteilung Aufklärung (HVA), stellte das IPW eine wichtige Informations- und Desinformationseinrichtung dar. Eine etwa zehn Mitarbeiter umfassende Arbeitsgruppe in der Hauptabteilung Ideologie des IPW hatte direkte Kontakte zur HVA, nahm im Rahmen ihrer Reisekadertätigkeit (Gruppe Bertsch) Beobachtungs- und Infiltrationsaufgaben wahr und beeinflußte damit die westdeutsche DDR- und Ostforschung nicht unerheblich. Die HVA nutzte ihrerseits das IPW u.a. als „legales Dach" zur „Legendierung" eigener Mitarbeiter. Inwieweit Institutsmitarbeiter darüber hinaus auch gezielt Spionageaufträge zu erfüllen hatten, ist bisher nicht bekannt.

IPW-Mitarbeiter wurden auch in UNO-Gremien eingesetzt. Dabei standen sie unter Anleitung der Abteilung Internationale Verbindungen des ZK. Gleiches gilt für die Zusammenarbeit mit den „Partnerinstituten" der sozialistischen Länder in den verschiedenen multilateralen Einrichtungen zur Koordinierung der Westforschung. Eine deutlich dominante Rolle in diesen Gremien spielte das Institut für Weltwirtschaft und internationale Beziehungen in Moskau (IMEMO). Die sowjetische Einflußnahme auf das IPW, die vorwiegend mittels „Abstimmung" der Forschungspläne und -ergebnisse mit dem IMEMO stattfand, war beträchtlich.

Ab Ende November 1989 bemühten sich Mitarbeiter und Leitung des IPW intensiv um eine Neuprofilierung des Instituts als vorgeblich parteiunabhängige politikberatende Einrichtung. Die Regierung de Maizière beschloß jedoch am 15. August 1990, das IPW bis zum Jahresende abzuwickeln. Die von einigen IPW-Angestellten betriebene Neugründung als Institut für Europäische Studien kam nicht zustande.

Steffen Alisch/Bernhard Marquardt

Literaturhinweis:

Alisch, Steffen: Das Institut für Internationale Politik und Wirtschaft. „Imperialismusforschung“ und SED-Westpolitik. Arbeitspapiere des Forschungsverbundes SED-Staat Nr. 19/1996, Berlin 1996.

Institut für Marxismus-Leninismus beim ZK der SED (IML)

Im Dezember 1947 beschloß das → *ZK der SED,* ein Institut für den „wissenschaftlichen Sozialismus“ mit Sitz in Ost-Berlin zu gründen. Es nahm 1949 seine Arbeit auf, wurde später aufgrund eines Politbüro-Beschlusses in das Marx-Engels-Lenin-Institut beim Parteivorstand der SED umgewandelt und wenige Wochen nach dem Tode Stalins im April 1954 in Marx-Engels-Lenin-Stalin-Institut umbenannt. Nach den Enthüllungen Chruschtschows über die Verbrechen Stalins auf dem XX. Parteitag der KPdSU 1956 erhielt diese Institution schließlich den Namen Institut für Marxismus-Leninismus beim ZK der SED und unterstand direkt dem für Wissenschaft und Kultur zuständigen ZK-Sekretär (seit 1957 Kurt Hager). Direktor des IML war seit 1969 Günter Heyden (Mitglied der Zentralen Revisionskommission der SED). Seine Stellvertreter waren Ernst Diehl (Mitglied des ZK der SED; Vorsitzender des Wissenschaftlichen Rates für Geschichtswissenschaft) und Heinrich Gemkow.

Von besonderer Bedeutung für die Entwicklung des IML war der Beschluß des ZK der SED vom 20. Okt. 1951 über „die wichtigsten ideologischen Aufgaben der Partei“, durch den die Aufgabenstellung des Instituts erheblich erweitert wurde. Es wurde ein wirksames Propagandainstrument der SED-Führung und trug entscheidend dazu bei, den → *Marxismus-Leninismus* Schritt für Schritt als herrschende Ideologie in der DDR durchzusetzen. Das IML war Träger des Wissenschaftlichen Rates für Marx-Engels-Forschung und des Rates für Geschichtswissenschaft (beide gegründet 1969). Seit 1972 war es Leitinstitut für die Marx-Engels-Forschung und für Geschichtswissenschaft. Damit unterstanden ihm die historischen Forschungseinrichtungen der Akademie der Wissenschaften, Universitäten und Hochschulen. Als wissenschaftliche Einrichtung der SED war das IML hauptverantwortlich für die Marx-Engels-Forschung, die Edition der „Klassiker des Marxismus-Leninismus", die Verwaltung der Nachlässe führender KPD- und SED-Funktionäre, die Herausgabe von Biographien und Memoiren von Funktionären der Arbeiterbewegung sowie die Erforschung und Darstellung der Geschichte der deutschen und internationalen Arbeiterbewegung. Zu den Aufgaben gehörte auch die Anleitung und Koordination der Marx-Engels-Forschung insgesamt entsprechend den Festlegungen im Zentralen Plan für die gesellschaftswissenschaftliche Forschung.

Vom Institut wurden die Werke der Klassiker des Marxismus-Leninismus herausgegeben. Die 1953 begonnene, auf 40 Bände angelegte Marx-Engels-Werkausgabe (MEA) wurde 1968 abgeschlossen. Die Werke Lenins (nach der 4. russ. Ausgabe) liegen in 40 Bänden vor. Auf der Grundlage eines gemeinsamen Beschlusses des ZK der SED und des ZK der KPdSU begann das IML Anfang der 70er Jahre gemeinsam mit dem IML beim ZK der KPdSU mit der Arbeit an einer kritisch-historischen Marx-Engels-Gesamtausgabe (MEGA), deren Umfang mit ca. 100 Bänden geplant war, die aber bis heute noch nicht abgeschlossen wurde. 1966 wurde vom IML die achtbändige „Geschichte der deutschen Arbeiterbewegung" (Autorenkollektiv unter dem Vorsitz Walter Ulbrichts) herausgegeben. Diese sollte die Hauptfrage beantworten, „wie es der deutschen Arbeiterklasse gelang, in Deutschland die politische Macht zu erobern und den Sozialismus aufzubauen". Die Geschichtsschreibung sollte wissenschaftlich nachweisen, daß die SED „das gesetzmäßige, historisch-notwendige Ergebnis der geschichtlichen Entwicklung der letzten 120 Jahre ist" (→ *Geschichtsauffassung*; → *historisches Erbe*).

Entsprechend der jeweiligen politischen Zielsetzung der SED-Führung bei der Bearbeitung der Geschichte der deutschen und internationalen Arbeiterbewegung und auf der Grundlage der im IML verwalteten Nachlässe hat das IML eine größere Zahl von Biographien und Lebenserinnerungen herausgebracht, u.a. Biographien von Marx, Engels, Lenin, Thälmann, Pieck sowie Erinnerungen von Franz Dahlem, Walter Ulbricht und Erich Honecker. In den gleichen Zusammenhang gehören die Werkausgaben u.a. von August Bebel, Karl Liebknecht, Rosa Luxemburg, Franz Mehring. Am IML bestanden u.a. folgende Abteilungen: Marx-Engels-Abt., Lenin-Abt., Abt. Geschichte der Arbeiterbewegung, das als selbständige Abt. geführte Zentrale Parteiarchiv der SED (ZPA) sowie eine Bibliothek mit über 350 000 Bänden. Im Januar 1990 beschloß der Parteivorstand der PDS die Umwandlung des IML zum Institut für Geschichte der Arbeiterbewegung (IfGA), dem auch das ZPA zugeordnet wurde, unter der Leitung des neuen Direktors Günter Benser. Das IfGA wurde am 31. März 1992 durch die Treuhandanstalt aufgelöst. Nach längeren Bemühungen wurde das ZPA mit Zustimmung der PDS der in Berlin eingerichteten Stiftung Archive der Parteien und Massenorganisationen der DDR im Bundesarchiv (→ *SAPMO*) zugeführt und steht heute weitgehend der Geschichtsforschung offen.

Bernhard Marquardt

Intelligenz

Intelligenz bezeichnet nach marxistischem Verständnis als soziologischer Begriff die soziale Schicht, die „berufsmäßig hochqualifizierte, vorrangig komplizierte, geistig-schöpferische Arbeit ausübt“.

Dieses Verständnis von Intelligenz im Marxismus-Leninismus knüpft an die Tradition der russischen Intelligenz des 19. Jahrhunderts an. Als soziale Schicht repräsentierte jene im damals rückständigen Rußland technischen Fortschritt, kulturelle Autorität und revolutionäre Demokraten. Die Intelligenz ersetzte im zaristischen Rußland in gewisser Weise das westeuropäische Bürgertum.

Die Leninsche Parteikonzeption der revolutionären Avantgarde wurzelt in diesem Verständnis der Intelligenz als einer sozialen Schicht oder Zwischenschicht. Als Klasse wurde sie deshalb nicht verstanden, weil sie weder eine einheitliche Stellung zu den Produktionsmitteln habe, noch eine selbständige Rolle im jeweiligen Produktionssystem spiele. Vielmehr rekrutiere sie sich aus Angehörigen verschiedener → *Klassen*.

Nach 1918 versuchten die Kommunisten, die Reste der wissenschaftlichen Intelligenz, welche nach der Oktoberrevolution im Lande geblieben waren, für sich zu gewinnen, bis eine neue aus Arbeitern und Bauern geschaffen war. Die neue sowjetische Intelligenz sollte den Aufbau einer sozialistischen Gesellschaft durchführen. Das sowjetische Vorbild bestimmte nach 1945 in den kommunistisch regierten Ländern Europas die Politik gegenüber der Intelligenz.

Diese Schicht hatte dementsprechend ihren Beitrag zum Erhalt des Machtmonopols der → *Kadernomenklatur* zu leisten. Vor allem an diesem Beitrag maß und verteilte die SED die Möglichkeiten, akademische Grade und Titel zu erwerben, berufliche Positionen, Art und Höhe des Lohnes und die anderen Privilegien.

Die Intelligenz wurde nach Tätigkeitsbereichen unterschieden in wissenschaftliche, medizinische, pädagogische, technische und künstlerische. Neben den Absolventen der Hochschulen und Fachschulen wurden zur Intelligenz auch diejenigen gezählt, denen aufgrund besonderer Leistungen ohne Studium ein akademischer Grad oder Titel bzw. ein Qualifikationsgrad verliehen worden war (z.B. Ingenieur oder Techniker). Unklar blieb u.a. die Zuordnung der höheren Parteifunktionäre, der Führungskader des MfS und der anderen Sicherheitskräfte sowie der Hilfsorganisationen der SED (z.B. → *FDJ*, → *GST*, → *FDGB*). Die Zahl solcher Funktionsträger war groß. Die Partei verschleierte, inwieweit sie zu „Arbeitern und Angestellten" oder zur Intelligenz gerechnet wurden. Diese Führungskader (→ *Kader*) besaßen zwar meist akademische Abschlüsse, aber die Zertifikate beruhten nur selten auf wissenschaftlicher Leistung. Auch die Tätigkeitsmerkmale dieser Führungskader erlaubten es nur in Ausnahmefällen, sie unter Intelligenz zu subsumieren; handelte es sich doch in der Regel um Sicherungs-, Überwachungs-, Unterdrückungs-, Manipulations- und Bespitzelungsdienste (→ *Reisekader;* → *Staatssicherheit*), um Verbreitung kommunistischer Ideologie, Indoktrination und Gewaltausübung gegen Andersdenkende. Forschungsergebnisse von wissenschaftlichem Wert über die Intelligenz liegen in der DDR nicht vor.

Auf der Grundlage der Absolventenzahlen, aus denen die Intelligenz sich rekrutierte, ergibt sich aus dem Statistischen Jahrbuch 1989 der DDR folgendes Bild:

Die Zahl der Absolventen der Fachschulen hat sich von 24 544 im Jahr 1960 auf 43 030 im Jahr 1975 ständig erhöht und betrug 1988 40 685. Ähnlich verlief die Entwicklung der Hochschulabsolventen: Anstieg von 15 005 im Jahr 1960 auf 36 521 im Jahr 1975 und in den 80er Jahren Einpendeln auf etwa 25 000. Der Frauenanteil stieg insgesamt auf über 50%, nahm aber mit höherer akademischer Qualifikation ab (→ *Frauenpolitik*).

1960 zählte die DDR 1 395 Professoren und 1 879 wissenschaftliche Mitarbeiter; 1985 waren es 7 180 Professoren und 23 151 Mitarbeiter. 1971 bis 1985 wurden 29 527 Promotions- (28,2% weibl.) und 4 984 Habilitationsverfahren (11,7% weibl.) abgeschlossen. Der Anteil der Gesellschaftswissenschaften lag dabei knapp unter 60% (→ *Wissenschaft*; → *Hochschulen*). Die Schicht der Intelligenz wurde quantitativ beträchtlich ausgeweitet; dieses galt besonders für die Gesellschaftswissenschaften. Dabei mißachtete man auch das Leistungsprinzip, und elementare Wissenschaftsstandards wurden außer Kraft gesetzt. Beträchtliche Teile der Facheliten entzogen sich durch Flucht oder geistige Emigration der Inanspruchnahme der Intelligenz durch die SED. Infolgedessen sanken in vielen Bereichen von Wissenschaft und Forschung, gemessen am internationalen Standard, die Leistungen der DDR-Intelligenz. Selbst ihre Bedeutung für die technologische Entwicklung der DDR-Industrie muß, nach dem heutigen Wissensstand, als unbeträchtlich veranschlagt werden.

Teile der Intelligenz waren von der SED-Führung korrumpiert durch Privilegien, Zuweisung von Machtpositionen oder durch die Vergabe akademischer Grade und Titel als Belohnung für Dienste, die zum Erhalt des Machtmonopols der SED beitrugen. Viele Intellektuelle – vor allem in den Geistes- und Gesellschaftswissenschaften – unterwarfen ihre „wissenschaftliche" Tätigkeit der marxistisch-leninistischen Ideologie oder versuchten, ihre wissenschaftliche Arbeit durch ideologische Floskeln zu verbrämen.

Dieter Voigt/Sabine Meck

Literaturhinweise:

Ritter, Joachim/Gründer, Karlfried (Hrsg.): Historisches Wörterbuch der Philosophie, Bd. 4, Stichwort „Intelligenz, Intelligentsia, Intellektueller", Basel 1976, S. 445–461.

Voigt, Dieter (Hrsg.): Elite in Wissenschaft und Politik, Berlin 1987.

Voigt, Dieter/Mertens, Lothar (Hrsg.): DDR-Wissenschaft im Zwiespalt zwischen Forschung und Staatssicherheit, Berlin 1995.

Internationalismus, proletarischer und sozialistischer

a) *Proletarischer Internationalismus:* Seine Prinzipien bestimmten die Beziehungen zwischen den kommunistischen Parteien, regierenden wie nichtregierenden (→ *Kommunistische Bewegung*).

Die Idee eines Zusammenschlusses aller Proletarier, um die „von der Nationalität unabhängigen Interessen des gesamten Proletariats" zur Geltung zu bringen, reicht zurück bis zum Kommunistischen Manifest. Mit der Machtübernahme der Bolschewiki in Rußland und der Bildung der III. (Kommunistischen) Internationale wurde aus der Idee eine straff zentralisierte Organisation, die eine einheitliche kommunistische Partei der ganzen Welt darstellen sollte. Die Mitgliederparteien der einzelnen Länder arbeiten als Sektionen und sind politisch der Zentrale unterworfen.

Das grundlegende Strukturproblem der Komintern bestand bereits bei ihrer Konstituierung: Die Kommunistische Partei Rußlands betrieb den Aufbau der Internationale als regierende Staatspartei; die anderen Sektionen der Weltpartei sollten die Staatsmacht in ihrem Gebiet erst durch die → *Revolution* erobern. Von den Komintern-Sektionen wurde „rückhaltlose Solidarität" mit der Sowjetunion verlangt; sie wurden zu Instrumenten sowjetischer Außenpolitik. Dieser auf die Sowjetunion bezogene Internationalismus gehörte über Jahrzehnte zum Selbstverständnis aller kommunistischen Parteien und bildete eines der wichtigsten Unterscheidungsmerkmale gegenüber Sozialisten bzw. Sozialdemokraten.

Seit 1921 wurden in der Sowjetunion Parteikader anderer Komintern-Sektionen geschult. Vor allem durch diesen immer stärker ausgeweiteten Schulungsapparat bildete die Komintern einen Korpsgeist unter den Funktionären der „Weltpartei" aus, der diese Kader auf die Treue zur sowjetischen Partei orientierte und die zuverlässige Führung der nationalen Sektionen in allen denkbaren Situationen sichern sollte. Auch die führenden SED-Funktionäre wurden durch ihre Komintern-Sozialisation und die damit verbundene Ausrichtung auf die Sowjetunion als „Vaterland aller Werktätigen" geprägt.

Nach der Ausweitung des kommunistischen Machtbereichs im Gefolge des Zweiten Weltkriegs sprach die marxistisch-leninistische Ideologie von einem sozialistischen Völkerrecht zur Regelung der Beziehungen zwischen den Staaten des sozialistischen Weltsystems. Das Grundprinzip des neuen Völkerrechts sei in „Weiterentwicklung" des proletarischen Internationalismus nunmehr der sozialistische Internationalismus (→ *Sozialistische Bruderhilfe*).

b) Sozialistischer Internationalismus: Die staatlichen Beziehungen zwischen den kommunistisch regierten Ländern des sozialistischen Weltsystems wurden auf der Grundlage des Sozialistischen Internationalismus geregelt. Kernbestand des sozialistischen Weltsystems waren die sieben Teilnehmerstaaten des → *Warschauer Pakts,* ferner die Mongolische Volksrepublik, die Republik Kuba und die Sozialistische Republik Vietnam. Die Prinzipien des Sozialistischen Internationalismus waren formal: Gleichberechtigung, Souveränität, Integrität, Nichteinmischung in innere Angelegenheiten, Verteidigung und Schutz der sozialistischen Errungenschaften. „Hauptkraft" des sozialistischen Weltsystems war die Sowjetunion. Die ideologische Konstruktion von der Verteidigung und dem Schutz der sozialistischen Errungenschaften verschaffte der KPdSU politisch das Recht, mit militärischen Mitteln das Machtmonopol der Kommunistischen Partei und damit die tragende

Säule des sozialistischen Lagers auch innerhalb der „Bruderstaaten" mit militärischen Mitteln zu sichern. Das tat sie 1953 in der DDR, 1956 bei der Niederschlagung der ungarischen Revolution, 1968 in der Tschechoslowakei. Auch 1980/81 war der militärische Einsatz in Polen eine Option. Als Breschnew-Doktrin ging dieser ideologisch begründete Anspruch der Sowjetunion zur Intervention in die Sprache der Politik ein. Entgegen dem Prinzip Gleichberechtigung begrenzte diese Doktrin die Souveränität der sozialistischen Staaten. Die DDR gab 1974 sowohl dem Bündnis mit der Sowjetunion als auch den „Prinzipien des Sozialistischen Internationalismus" Verfassungsrang. Erst Michail Gorbatschow revidierte die Breschnew-Doktrin im Sommer 1989. Das Gipfeltreffen der Staaten des Warschauer Pakts im Juli 1989 bekräftigte ausdrücklich das Recht jedes Mitglieds, seinen Weg zum Sozialismus selbst zu bestimmen. Dabei wurde die Achtung „des Rechts jeden Volkes auf Selbstbestimmung, auf freie Wahl seines sozialpolitischen Entwicklungsweges, die Nichteinmischung in die inneren Angelegenheiten, die vorbehaltlose Enthaltung von jeglicher Anwendung oder Androhung von Gewalt" besonders betont. Diese Erklärung sicherte blockintern die ungarische und polnische Reformentwicklung und war wichtige Voraussetzung für die Herbstrevolutionen 1989 in der ČSSR und der DDR. Das Recht zur Wahl eines eigenständigen sozialpolitischen Entwicklungsweges bedeutete zugleich den Abschied von der Interpretation der internationalen Beziehungen auf der Grundlage des → *Klassenkampfes* und die Aufgabe der programmatischen Vorstellung einer Übergangsperiode vom Kapitalismus zum Sozialismus, die mit der bolschewistischen Revolution 1917 begonnen habe (→ *Friedliche Koexistenz*) und der sozialistischen Außenpolitik ihr ideologisches Endziel wies.

Manfred Wilke/Steffen Alisch

Juden und Jüdische Gemeinden

Unmittelbar nach dem Kriegsende lebten in der SBZ noch etwa 3 500 Juden. Dazu kamen allmählich zahlreiche namhafte prokommunistische Reemigranten jüdischer Herkunft (z.B. Ernst Bloch, Arnold Zweig, Anna Seghers, Stefan Heym, Alfred Kantorowicz, Helene Weigel, Albert Norden und Gerhart Eisler). Die Berliner Jüdische Gemeinde, offiziell bereits am 15. Juli 1945 neu gegründet, konnte aber wegen interner Schwierigkeiten ihre Tätigkeit erst im Februar 1946 wieder aufnehmen.

1947 wurde der erste Berliner Gemeindevorsitzende, Erich Nelhans, vom NKWD wegen „Begünstigung sowjetischer Deserteure“ verhaftet, zu 15 Jahren Haft verurteilt und ist seitdem spurlos verschollen. Die Jüdischen Gemeinden, die in der ersten Nachkriegszeit zahlenmäßig noch kräftig gewachsen waren (Volkszählung Oktober 1946: 4 500, davon 2 442 in Berlin), erfuhren von der → *SMAD* und den SED-gesteuerten Behörden zwar manche individuelle Hilfe, gerieten aber ab 1951 immer stärker in die Strudel des spätstalinistischen Antisemitismus (Slansky-Prozeß). Juden, darunter auch hohe SED-Funktionäre wie Leo Zuckermann, Paul Merker, Leo Bauer, Alexander Abusch, Lex Ende und Rudolf Herrnstadt, wurden unter dem Vorwurf des Kosmopolitismus, Objektivismus oder Sozialdemokratismus verfolgt. Trotzkisten, Zionisten, Freimaurer galten gleichermaßen als parteifeindliche Volksschädlinge, so daß Rabbiner Nathan Peter Levinsohn zur Jahreswende 1952/53 die Juden zum Verlassen der DDR aufforderte. Bis zum März 1953 flohen daraufhin rund 550 jüdische Menschen aus der DDR.

Nach dem Tode Stalins 1953 ebbten die brutalen Verfolgungsmaßnahmen der SED-Machthaber allmählich ab. Trotzdem wurden Verfolgung und Entwürdigung der jüdischen DDR-Bürger planmäßig fortgesetzt, solange sich diese offen als Juden bekannten. Die Rückgabe des von den Nationalsozialisten geraubten jüdischen Besitzes war von der SED bereits 1947 endgültig verhindert worden. Im Februar 1953 wurden Juden als Opfer des Faschismus (OdF) deklariert, die zwar Sonderrenten und andere individuelle Vergünstigungen erhielten, aber nicht im Komitee der Antifaschistischen Widerstandskämpfer vertreten waren. Bezeichnenderweise konnte auch die Untersuchung des Dresdener Historikers Helmut Eschwege über den jüdischen Widerstand bis zum Sturz der SED-Diktatur nicht in der DDR veröffentlicht werden.

Nach anfänglicher Zustimmung zur Gründung des Staates Israel wurde ab etwa 1950 der Antizionismus zur herrschenden Staatsdoktrin in der DDR. Dem Verband der Jüdischen Gemeinden in der DDR blieb deshalb jede Form öffentlichen Wirkens untersagt. Das „Nachrichtenblatt“ des Verbandes und seine Veranstaltungen durften nicht allgemein zugänglich gemacht werden. Auch ein Rabbiner wurde bis zum September 1987 in der DDR nicht zugelassen. Jüdische religiöse Literatur ist in der DDR niemals veröffentlicht worden. Historische Stätten jüdischen Lebens blieben bis auf wenige Ausnahmen unkenntlich.

Diese Repressionsmaßnahmen standen in einem bemerkenswerten, von außen her oft nicht begriffenen Gegensatz zu der hohen Bedeutung, die die SED-Propaganda im Geiste des instrumentalisierten → *Antifaschismus* dem Gedenken an den Massenmord am jüdischen Volk einräumte. Allerdings wurde dieses Gedenken von der SED-Führung weitgehend in den künstlerisch-poetischen Raum abgedrängt. Wissenschaftliche Untersuchungen zur Geschichte des deutschen Judentums, zum Antisemitismus und zur Shoah konnten unter Beachtung scharfer ideologischer Auflagen erst ab Beginn der 70er Jahre veröffentlicht werden. Die Versuche kirchlicher Gruppierungen, den christlich-jüdischen Dialog im eigenen Land zu beginnen, wie sie beispielsweise von der Arbeitsgruppe „Kirche und Judentum“ in Leipzig unternommen wurden, lösten Mißtrauen und geheimdienstliche Überwachung aus.

Erst 1988, anläßlich des 50-Jahr-Gedenkens der Reichskristallnacht, inszenierte die SED-Führung auf Anweisung Honeckers, der damit seinen erhofften Staatsbesuch in die USA fördern wollte, eine wahre „Gedenkepidemie“. Diese zeigte jedoch nur, in welchem Ausmaß die SED-Machthaber bereit waren, das jüdische Schicksal im eigenen Interesse zu instrumentalisieren. Am 12. April 1990 erklärte deshalb die erste freigewählte Volkskammer der DDR: „Wir bitten das Volk Israel um Verzeihung für Heuchelei und Feindseligkeit der offiziellen DDR-Politik gegenüber dem Staat Israel und für die Verfolgung und Entwürdigung jüdischer Mitbürger auch nach 1945 in unserem Land.“

Peter Maser

Literaturhinweise:

Maser, Peter: Juden und Jüdische Gemeinden in den verschiedenen Phasen der SED-Diktatur, in: Materialien der Enquete-Kommission, a.a.O., Bd. III, 3, S. 1550-1597.

Maser, Peter: Kirchen und Religionsgemeinschaften in der DDR 1949–1989. Ein Rückblick auf vierzig Jahre in Daten, Fakten und Meinungen, Konstanz 1992.

Wolffsohn, Michael: Die Deutschland-Akte. Juden und Deutsche in Ost und West, München 1995.

Jugendklubs

Die DDR verfügte 1989/90 über ca. 15 000 Jugendklubs für ca. 750 000 Besucher mit 250 zentralen Klubhäusern, die mit Musikräumen, Spielzimmern und Bastelstätten sowie Film- und Fotoausrüstungen vielfältige Möglichkeiten der Freizeitbeschäftigung boten. Hinzu kamen noch ca. 2 300 Schulklubs (s. Neunter Jugendbericht 1994, S. 166).

Nach der politischen Wende wurde in den neuen Bundesländern vielfach der Wegfall der Freizeitangebote für die junge Generation beklagt. Dies entsprach insofern den Tatsachen, da in den Bereichen Freizeit, Tourismus und Sport die → *FDJ* eine absolute Monopolstellung besaß und mit Auflösung dieser Massenorganisation zunächst kaum Alternativen zur Verfügung standen. Diese mußten erst allmählich entwickelt werden.

Bis zur politischen Wende wurde die Freizeit der Jugendlichen in der DDR einseitig durch die FDJ gestaltet und reglementiert. Die Freizeitgestaltung von Jugendlichen gehörte in der DDR zum Aufgabenbereich der sozialistischen → *Jugendpolitik* mit dem Ziel, die Jugendlichen zur „verantwortungsbewußten" und sinnvollen Freizeitgestaltung zu erziehen. Freizeiterziehung galt als integrierter Bestandteil der Erziehung, deren Auftrag darin bestand, → *sozialistische Persönlichkeiten* heranzubilden. Vor allem über die FDJ erfolgte die Einflußnahme des Staates auf die Jugendlichen. Mit einer Vielzahl von teilweise recht attraktiven Freizeitangeboten versuchte die FDJ, die jungen Menschen für eine gemeinschaftlich verbrachte Freizeit zu interessieren. Das gelang jedoch nur begrenzt.

Ein besonderes Problem stellte die Kontrolle des Freizeitverhaltens Jugendlicher am Abend und an den Wochenenden dar. In erster Linie war für solche Aufgaben die FDJ-Organisation in den Wohngebieten zuständig. Mit Einrichtung von FDJ-Grundorganisationen in den Wohngebieten ging die Bildung von Jugendklubs einher, in denen Tanz- und kulturelle Veranstaltungen durchgeführt wurden. Weil hiefür häufig die Mittel fehlten, wurde dies zunächst der jugendlichen Eigeninitiative überlassen. Das führte dazu, daß die Jugendklubs der Kontrolle durch die FDJ entglitten. Es fehlten außerdem häufig geeignete und politisch aktive Mitglieder der FDJ für die Leitung der Klubs.

Im Freizeitbereich entwickelten sich immer wieder auf seiten der Jugendlichen Interessen und Aktivitäten, die nicht in das offizielle Jugendkulturprogramm der FDJ paßten. Sie betrafen die Vorliebe für (westliche) Jeans-Bekleidung, für westlichen Beat und Rock und die generelle Orientierung am westlichen Freizeitkonsum. Besonders ausgeprägt war der Wunsch nach Reisen in das nichtsozialistische westliche Ausland.

Die FDJ vollzog mehrfach einen Balanceakt zwischen den offiziellen politischen erzieherischen Zielsetzungen und den konträren Interessen der Jugendlichen. Teils versuchte sie, durch straffe Organisation, Kontrollen und Sanktionen dagegen zu wirken. Teils duldete sie auch befristet jugendliche Eigeninitiative zumindest in der Anfangsphase der Einrichtung von Jugendklubs und Diskotheken. Das zeigen vor allem die Erfahrungen aus den 60er und 70er Jahren. Die Diskrepanzen wurden jedoch im Laufe der 80er Jahre immer größer.

Bereits seit Ende der 60er Jahre wurden die Klubs zunehmend von den FDJ-Leitungen kontrolliert. Zumindest in den zentralen Klubs arbeitete ein sogenannter Klubrat, bestehend aus 8 bis 15 Mitgliedern, der in wöchentlichen Sitzungen darüber beriet, welche Veranstaltungen durchzuführen waren:

„Die Leiter und Vorstände haben die Aufgabe, in Zusammenarbeit mit den Leitungen der Freien Deutschen Jugend und in Abstimmung mit den Räten der Städte, Stadtbezirke und Gemeinden die Initiativen der Freien Deutschen Jugend zur Schaffung von Jugendklubs zu fördern, sie einzurichten und bei ihrer Tätigkeit zu unterstützen." (3. Jugendgesetz von 1974, § 29,3).

Ähnlich verlief die Einrichtung der Diskotheken. Gegenüber dieser Form herrschten bei Partei und Jugendorganisation große Vorbehalte. Sie galten als westliche Modeerscheinung und dem Sozialismus wesensfremd. Allerdings mußten auch hier die zuständigen Behörden teilweise den Wünschen der Jugendlichen entgegenkommen. Diskjockeys, die „Schallplattenunterhalter" genannt werden sollten, absolvierten eine spezielle kontrollierte Qualifizierung und Zulassungsprüfung, um zu verhindern, daß unerwünschte Personen Einfluß auf die Jugendlichen nehmen konnten: „Wir müssen erreichen, daß alle Schallplattenunterhalter sich nicht nur als ‚Künstler', sondern auch als Politiker verstehen. Denn die Diskothek ist politisch, und wie wirksam sie damit ist, hängt stark von der Programmgestaltung ab. Das Argument, ‚die Leute wollen sowas nicht', zieht nicht." (Junge Welt 13.05.1975, S. 4). Ein Diskjockey sollte somit in erster Linie Kulturfunktionär sein. Die Realität sah jedoch anders aus.

Obwohl Jugendklubs, Studentenklubs, Diskotheken von der FDJ geleitet und kontrolliert wurden, kam es immer wieder vor, daß diese zunächst von Jugendlichen ohne Führung der FDJ gegründet wurden. Außerdem gelang es nicht, die Programme in den Diskotheken politisch-ideologisch auszurichten. Politische Agitation wurde von den Diskjockeys meist nur geboten, wenn Kontrolleure der FDJ in die Diskothek kamen.

Vor allem in den 60er Jahren wurde versucht, den westlichen Freizeiteinflüssen sozialistische Alternativen entgegenzusetzen. Die „Bewegung junger Talente" und die „FDJ-Singeklubs" waren hierfür Beispiele. Die FDJ-Singebewegung wurde in den 60er Jahren ins Leben gerufen und hatte in erster Linie die Aufgabe, die DDR-Jugendlichen mit

„Kampfliedern der deutschen und internationalen Arbeiterklasse", mit „sowjetischen Massenliedern" und moderner Folklore, aus der die Solidarität mit anderen Völkern sichtbar wurde, vertraut zu machen. Die Zahl der Singeklubs war starken Schwankungen unterworfen. Sie bildeten sich oftmals nur zu aktuellen Anlässen, wie z.B. zu den Weltfestspielen und anderen Jugendfestivalen, und hatten über diese Veranstaltungen hinaus keinen Bestand. Diese Formen haben sich über die Jahrzehnte überlebt.

Auch die Attraktivität der Jugendklubs war äußerst unterschiedlich. In ländlichen Regionen hatten sie teilweise einen ausgesprochen negativen Ruf: Langeweile, Alkohol und Schlägereien vor allem in der Phase vor Auflösung des DDR-Systems hielten Jugendliche von dem Besuch der Klubs ab. Die Akzeptanz der Jugendklubs hing wesentlich von dem Engagement und der Fähigkeit der jeweiligen Leiter ab und von deren Bereitschaft, auf die tatsächlichen Freizeitinteressen und Wünsche der Jugendlichen einzugehen.

Die von den offiziellen Erziehungszielen vielfach abweichenden Freizeitinteressen der Jugendlichen wurden in zahlreichen empirischen Daten bereits zu DDR-Zeiten deutlich. Je weniger die vorhandenen Freizeitinteressen der Jugendlichen berücksichtigt wurden, umso stärker vollzog sich ihr Rückzug in den privaten Raum, in die informelle Freundesclique. Eine alternative Freizeitgestaltung konnte sich im Grunde nur dort entfalten; allenfalls noch im Rahmen der → *Kirchen*, allerdings stets unter dem Druck und der Befürchtung staatlicher Sanktionen.

Barbara Hille

Literaturhinweise:

Freiburg, Arnold/Mahrad, Christa: FDJ. Der sozialistische Jugendverband der DDR, Opladen 1982.
Hille, Barbara: Nicht nur Blauhemden. Die Situation der Jugendlichen in der ehemaligen DDR, Deutschland-Report 13, Melle 1991.
Neunter Jugendbericht. Bericht über die Situation der Kinder und Jugendlichen und die Entwicklung der Jugendhilfe in den neuen Bundesländern, hrsg. vom Bundesministerium für Familie, Senioren, Frauen und Jugend, Bonn 1994.

Jugendstrafrecht

Das Jugendstrafrecht der DDR und das der Bundesrepublik hatten ursprünglich die gleiche Basis, nämlich die erste deutsche jugendstrafrechtliche Gesetzgebung in der Weimarer Republik durch das Jugendgerichtsgesetz (JGG) von 1923 mit einigen nationalsozialistischen Änderungen von 1943. Das JGG hatte die von der Jugendbewegung und der damals modernen strafrechtlichen Präventionsorientierung geforderte Sonderstellung der Jugendlichen aufgenommen und ihre Behandlung nach den allgemeinen Regeln des klassischen Vergeltungsstrafrecht gem. § 55 bis § 57 RStGB beendet. Die Altersgrenze wurde gleichzeitig von 12 auf 14 Jahre angehoben und den Strafen als letztes Mittel ein System jugendrichterlicher Erziehungsmaßnahmen vorgelagert. Das Jugendstrafrecht gilt als Schrittmacher für allgemeine Strafrechtsreformen in der Bundesrepublik, zuletzt durch das 1. JGGÄndG von 1990.

Anders verlief die Entwicklung in der DDR. In deren Rechtssystem blieb die kriminalpolitische Kardinalfrage nach einem besonderen Jugendstrafrecht stets ohne Bedeutung. Die Gründe dafür liegen zum einen in der offiziell vertretenen sozialistischen Theorie zur Jugendkriminalität. Danach war die Jugendkriminalität ein bloßes Rudiment der bürgerlichen Klassengesellschaft, beruhend auf Individualismus, Egoismus, Gleichgültigkeit und Rücksichtslosigkeit, das in der entwickelten sozialistischen Gesellschaft quasi von selbst verschwindet. Zum anderen wurde jugendpolitisch auf außerrechtliche Formen sozialer Kontrolle gesetzt, z.B. Heimerziehung in unterschiedlichsten Formen, Alltagskollektive, Kindergärten, Schulen, Betriebe und gesellschaftliche Organisationen wie Junge Pioniere und FDJ. Dadurch sollte eine effiziente Kontrolle im Sinne sozialistischer Erziehungsideologie durch Partei- und Staatsorgane abgesichert werden, denn sämtliche Erziehungsträger waren fest in das sozialistische Herrschaftssystem eingebunden. Dabei sollten soziale Fehlentwicklungen und insbesondere Anzeichen von kriminellen Entwicklungen frühzeitig erkannt und unnachgiebig bekämpft werden. Die Nachrangigkeit des Jugendstrafrechts gegenüber staatlich dominierter primärer sozialer Kontrolle im Nahraum wurde durch das 1. (1950), 2. (1964) und 3. (1974) Jugendgesetz entsprechend festgeschrieben. Strikt eingesetzt wurde das Strafrecht als „Feindinstrument“ gegen politisch aufbegehrende Jugendliche, worunter auch westlich orientierte jugendkulturelle Bestrebungen fielen.

Der von den politischen Vorgaben bestimmte Bedeutungsverlust des eigenständigen Jugendstrafrechts vollzog sich schrittweise. Zunächst wurde 1952 noch das neue, vom nationalsozialistischen Inhalt weitgehend befreite JGG in Anlehnung an das JGG 23 verabschiedet. Es enthielt vor allem wieder die sanktionsrechtliche Zweiteilung in vorrangige Erziehungsmaßnahmen und die Jugendstrafe. Für den letzteren Fall wurde die bedingte Verurteilung eingeführt. Wie im JGG 43 blieb aber die Anwendung des allgemeinen Strafrechts bis zur lebenslangen Freiheitsstrafe bei schweren Straftaten nach § 24 möglich (z.B. auch bei Staatsverbrechen).

Im Rahmen der allgemeinen Strafrechtsreform von 1968 wurde das JGG 52 als Überbleibsel spätbürgerlicher Strafrechtsanschauungen beseitigt und wie vor 1923 in das allgemeine Erwachsenenstrafrecht mit einigen Sonderregeln (§§ 65–79 StGB DDR ergänzt durch §§ 69–77 StPO) eingegliedert (→ *Strafrecht*). Vor allem zwei Gründe wurden für diesen jugendrechtlich gravierenden Einschnitt genannt: Die Neuregelung des StGB habe das Charakteristikum des Jugendstrafrechts – die Erziehung als tragenden Grundgedanken – schon ins sozialistische allgemeine Strafrecht überführt und damit einer Sonderregelung den Boden entzogen. In der Tat enthalten die sog. Maßnahmen der strafrechtlichen Verantwortlichkeit in den Erziehungsmaßnahmen der Gesellschaftsgerichte (§ 28 StGB) sowie in Bürgschaft und Zusatzstrafen starke Elemente kontrollierender, auf gesellschaftliche Unterordnung zielender Erziehung. Individuelle Persönlichkeitsförderung der Jugendlichen fand dabei kaum Beachtung. Das zweite Argument, dem Jugendlichen sollten gleiche Rechte gewährt werden wie den Erwachsenen, überzeugt schon im Blick auf die scharfe ideologisch orientierte Kontrolle im sonstigen Jugendrecht nicht.

Diese im Prinzip bis 1989/90 geltende Sonderregelung im StGB umfaßte nur die 14–18jährigen, nicht auch die 18–21jährigen wie in der Bundesrepublik. Die Schuldfähigkeit mußte nach § 66 StGB ausdrücklich – eventuell durch Einholung eines forensisch-psychologischen Gutachtens (§ 74 StPO) – festgestellt werden. Im Regelfall ging man allerdings vom Vorliegen dieser persönlichen Strafbarkeitsvoraussetzung aus.

Das Sanktionssystem enthielt gegenüber dem allgemeinen Strafrecht weitere Differenzierungsmöglichkeiten: Im Blick auf die außerstrafrechtliche Kontrolle konnte nach §§ 67, 68 StGB von der Verfolgung nicht erheblich gesellschaftswidrigen Verhaltens abgesehen werden, wenn ausreichende sonstige Erziehungsmaßnahmen insbesondere der Jugendhilfe eingeleitet worden waren. Die Überweisung an ein Gesellschaftsgericht (Konflikt- oder Schiedskommission) erfolgte in etwa ein Viertel aller Verfahren. In der Beratung dieser Gerichte sollten die Ursachen der Jugendkriminalität erhoben und nach konstruktiven Konfliktlösungen wie z.B. Selbstverpflichtungen zur Wiedergutmachung und Arbeitsleistung gesucht werden. Es konnten aber auch Rügen erteilt oder Geldbußen bis 500 Mark ausgesprochen werden. Ein Großteil der kleineren Kriminalität mit Ausnahme der ausschließlich strafrechtlich verfolgten Straftaten gegen die staatliche Ordnung, wie z.B. Rowdytum (§ 215 StGB), konnte hier erledigt werden. Freilich waren auch diese im Ansatz friedenstiftenden Instanzen durch Auswahl und Kontrolle der Laienrichter stark in das sozialistische Herrschaftssystem eingebunden. Bei Vergehen konnte das Gericht ambulante Maßnahmen wie Wiedergutmachung, gemeinnützige Arbeit, Arbeitsplatzbindung und die Aufnahme oder Fortsetzung eines Ausbildungsverhältnisses aussprechen. Als Strafe ohne Freiheitsentzug waren möglich: Anordnung einer Kollektiv- oder Einzelbürgschaft (§ 31 StGB) mit entsprechender Bewährung am Arbeitsplatz (§ 34 StGB), öffentlicher Tadel (§ 37), Geldstrafe bis 500 Mark, Verurteilung auf Bewährung mit angedrohter Freiheitsstrafe mit Auflagen (§ 33 IV StGB). Es folgen stationäre Reaktionen: die Jugendhaft zur nachdrücklichen Disziplinierung von einer Woche bis zu drei Monaten und schließlich die zeitige Freiheitsstrafe bis zu 15 Jahren. Der recht hohe Anteil stationärer Sanktionen von rund 30% stand in gewissem Widerspruch zu den vorgelagerten ausdifferenzierten Alternativen und führte auch zu recht hohen Gefangenenzahlen. Nimmt man die große Zahl von Heimunterbringungen im Bereich der Jugendhilfe hinzu (1984: ca. 31 000 Kinder und Jugendliche), so zeigt sich die erhebliche Bedeutung des stationären Bereichs.

Die Mitwirkung der Jugendhilfe im Verfahren war nicht obligatorisch; sie erfolgte nur auf Anforderung von Staatsanwaltschaft oder Gericht (§ 74 StPO). Der Freiheitsstrafenvollzug erfolgte in besonderen Jugendhäusern (§ 77 StGB), die aber allein schon wegen ihrer Größe (Halle z.B. mit weit über 1 000 Insassen) trotz der erzieherischen Absichtserklärungen schlechte Resozialisierungsbedingungen boten. Die Wiedereingliederung nach Strafvollzug (s. Gesetz von 1977) galt als gesellschaftliches Anliegen, das örtliche Räte und Betriebe zu organisieren hatten.

Die abschließende Gesamtbeurteilung bietet ein zwiespältiges Bild: Zum einen der kompromißlose Einsatz des Jugendstrafrechts als Disziplinierungsinstrument im Sinne der sozialistischen Herrschaft und zum anderen konkret-konstruktive Ansätze zur kommunalen Kriminalprävention durch An- und Einbindung der Jugendlichen in ihr soziales Umfeld und die Gemeinschaft, z.B. durch Arbeits- und Ausbildungsbewährung oder Bürgschaften und gegenseitige Verantwortlichkeit durch Wiedergutmachung in jeder Form. Die Bedeutung der Präventionsaufgabe in den neuen Bundesländern erfordert intensives Nachdenken, wie die eine oder andere Reaktion in ein starkes demokratisches Gemeinwesen überführt werden kann, wo der autonome Weg zur Wiederherstellung des Rechtsfriedens nach einer Straftat nicht durch das Tor der Selbsterniedrigung gegenüber Kollektiv, Partei und Staat gehen muß.

Dieter Rössner

Literaturhinweise:

Buchholz, Erich: Strafrecht, in: Heuer, Uwe-Jens (Hrsg.): Die Rechtsordnung der DDR, Baden-Baden 1995, S. 273-339.
Helwig, Gisela (Hrsg.): Jugendkriminalität in beiden deutschen Staaten, Bielefeld 1985.
Humboldt Universität zu Berlin (Hrsg.): Vorbeugung und Bekämpfung der Jugendkriminalität in der DDR Teil I und II; Bericht, Heft 7 und 8, Berlin (Ost) 1988.

Jugend und Jugendpolitik

Die SED-Jugendpolitik, also die Politik gegenüber den 14- bis 25jährigen, war von Anfang an gekennzeichnet durch umfassende erzieherische Ansprüche und Maßnahmen, deren einheitliches Erziehungsleitbild die → *sozialistische Persönlichkeit* sein sollte. Sie hatte das Ziel, die junge Generation, beginnend in der frühen Kindheit, im Sinne des ideologisch geprägten DDR-Systems zu beeinflussen und zu formen. Das wurde besonders deutlich ausformuliert im Familiengesetzbuch (1965), im Bildungsgesetz (1966), im Gesetzbuch der Arbeit (1966) und im Jugendgesetz (1974). Die Erziehung zur Arbeit, d.h. zu einer sozialistischen Arbeitsmoral, hatte dabei eine Schlüsselfunktion. Im Jugendgesetz von 1974 (bzw. seinen Vorläufern) wurde ein Katalog von Eigenschaften und Aufgaben vorgegeben, die man von jungen sozialistischen Persönlichkeiten erwartete. Es handelte sich hierbei um ein Rahmengesetz, in dem für sämtliche Lebensbereiche spezielle Zielsetzungen festgelegt wurden. Diese sozialistischen Persönlichkeiten sollten vor allem der Arbeit einen hohen Stellenwert in ihrem Leben einräumen und eine schulische und berufliche Qualifikation erwerben, die dem gesellschaftlichen und wirtschaftlichen Bedarf entsprach. Die frühzeitige Gründung einer eigenen Familie mit möglichst mehr als zwei Kindern zählte ebenso zu den offiziellen Erwartungen wie eine im Sinne des Systems „kulturvolle“ Freizeitgestaltung, ferner die Mitwirkung an gesellschaftlichen und politischen Aufgaben in gelenkten Bahnen. Dies war der Versuch einer totalen Vereinnahmung der Jugend auf allen Ebenen im Sinne des SED-Systems. Die → *FDJ* nahm bei der Umsetzung der politischen Zielsetzungen die zentrale und zugleich koordinierende und ausführende Rolle ein.

Trotz der vielfältigen politisch-pädagogischen Bemühungen erwies sich, daß die Integration der jungen Generation in das DDR-System komplizierter und langwieriger war, als offiziell erwartet wurde. Trotz der vielfältigen Vernetzung der erzieherischen Einflüsse auf die junge Generation blieb die politische Erziehung inhaltlich weitgehend in Formeln und Ritualen stecken. Die Phrasenhaftigkeit der vermittelten politischen Inhalte, wie sie auch in den Lehrplänen und im Schulunterricht in entsprechenden Fächern (insbesondere Staatsbürgerkunde-Unterricht) vielfältig präsentiert wurde, stand in deutlichem Kontrast zu der von den Schülern täglich erlebten Realität. Diese Diskrepanz führte bei vielen Betroffenen zu einer nahezu perfekten Doppelzüngigkeit. Die offiziell abgeforderten politischen Thesen bzw. Phrasen wurden dort selbstverständlich vorgetragen, wo sie erwartet wurden (z.B. im Schulunterricht, im Studium, in der FDJ). Davon unterschieden sich die im privaten Bereich geführten Gespräche und deren Inhalte. Langfristige, unterschwellige Wirkungen der politisch-ideologischen → *Erziehung* im SED-System werden sich erst in größeren Zeitdistanzen feststellen lassen. Sie waren so vielschichtig, daß sie von den Betroffenen nur schwer unmittelbar durchschaut und reflektiert werden konnten.

Der jungen Generation wurde in der DDR eine zentrale Rolle als Träger, Mitgestalter und Garant einer Zukunft auf der Grundlage des Marxismus-Leninismus zugesprochen. Eine Vielzahl jugendpolitischer Maßnahmen richtete sich auf das Ziel, daß die Jugendlichen ihre eigenen Interessen „bewußt" den gesellschaftlichen Interessen unterordneten und daß Fleiß, Ordnung und Disziplin zu ihren vorbildlichen Eigenschaften zählen sollten. Die Weichen in dieser Richtung wurden bereits in den 50er und 60er Jahren gestellt. In den 70er Jahren erfolgte die Intensivierung und Akzentuierung zugunsten der zentralen Stellenwerte der Arbeit, der politisch-ideologischen Erziehung und Abgrenzung gegenüber dem Westen und der vormilitärischen Erziehung bereits in Schule und Lehre. In diesem Sinne sollte das 3. Jugendgesetz von 1974 die junge Generation frühzeitig und konsequent in die Verantwortlichkeiten des Erwachsenen-Status einführen – ohne Berücksichtigung einer besonderen Jugendphase, die nur im Titel des Gesetzes vorkam.

Seit Beginn der Honecker-Ära im Jahre 1971 wurde die politisch-ideologische Erziehung deutlich intensiviert, die bereits in der Kinderkrippe einsetzte und in Kindergarten, Schule und insbesondere in der Kinder- und Jugendorganisation systematisch ausgebaut wurde. Dabei spielte im Sinne der neuen politischen Akzente seit dem VIII. Parteitag die stärkere Hinwendung zur UdSSR eine besondere Rolle. Ein weiterer Bestandteil der forcierten politischen Erziehung war die Verstärkung der vormilitärischen bzw. paramilitärischen Erziehung und Ausbildung (Schießübungen für beide Geschlechter und Einführung des Wehrkundeunterrichts in den Schulen im Jahre 1978). Zugleich wurde durch eine verschärfte kritische Auseinandersetzung mit Positionen des „Klassengegners" im Westen der Versuch einer ideologischen Abschottung gegen westliche Einflüsse, Westkontakte und Reiseeindrücke unternommen. Der Erfolg blieb begrenzt, zumal die Jugendlichen vor dem Hintergrund der Informationen aus den Westmedien die politischen Zielsetzungen kritisch an ihrer täglich erfahrbaren DDR-Realität messen konnten. Auch die Familie und der Freundeskreis spielten dabei eine wichtige Rolle.

Im Gegensatz zu denjenigen Jugendlichen, deren Entwicklung im Sinne der staatlichen Jugendpolitik normal verlief, wurden gegen Problemgruppen, also gegen Jugendliche, die von den Normen in unterschiedlicher Weise abwichen (Arbeitsbummelanten, Rowdys, Asoziale), z.T. strenge strafrechtliche Sanktionen eingesetzt. Jugendliche, die die offiziellen Zielvorstellungen und Leistungsanforderungen nicht erfüllten, wurden mit vielfältigen Mitteln der sozialen Kontrolle (z.B. durch das Arbeitskollektiv) sowie im Rahmen der Kriminalitätsbekämpfung diszipliniert bzw. bestraft. Trotzdem zeigte die Jugendkriminalität auch unter den Bedingungen des SED-Systems eine steigende Tendenz – und eine analoge Deliktstruktur wie in der Bundesrepublik.

Das 3. Jugendgesetz von 1974 blieb bis zum Ende der DDR in Kraft. Die DDR-typische Koppelung von Rechten und Pflichten mit dem Akzent auf den Pflichten wird in dem Jugendgesetz besonders deutlich. So war das Recht auf Arbeit mit der Pflicht zur Arbeit entsprechend den gesellschaftlichen Erfordernissen verbunden. So zählten zu den Pflichten auch die Wehrpflicht und die vormilitärische Ausbildung: „Die Verteidigung des sozialistischen Vaterlandes und der sozialistischen Staatengemeinschaft ist das Recht und die Ehrenpflicht aller Jugendlichen."

Auch die Freizeit unterlag speziellen Ansprüchen und Lenkungen, wobei auch Versuche unternommen wurden, Impulse aus dem nicht organisierten Jugendleben einzubinden: „Die zuständigen staatlichen Organe sorgen für das Entstehen und die Verbreitung von Tanzmusik und

Unterhaltungsprogrammen mit hoher künstlerischer Qualität [...] Sie unterstützen gemeinsam mit den Leitungen der FDJ die Qualifizierung der Amateur-Tanzkapellen sowie der Leiter und Sprecher der Diskotheken." Daß sich solche Vorschriften kaum verwirklichen ließen, zeigte die Entwicklung in den 80er Jahren, die auf seiten der Jugendlichen zunehmend durch die westliche Freizeitkultur geprägt wurde.

Systemkritik und -distanz fanden bei allerdings kleinen Teilgruppen der Jugend in den 80er Jahren zunehmend ihren Ausdruck in der Teilnahme an den neuen sozialen Bewegungen in der DDR. Auf Defizite z.B. im Umweltschutz oder Wohnungsbau und in der Atomindustrie oder gegenüber Reisebeschränkungen reagierten kleine Gruppen durch die Bildung von Aussprache- und Aktionskreisen, die Weitergabe von Dokumentationen und Appellen zu den Themen: Frieden, Frauen, Umweltschutz, Dritte Welt, Minderheiten. Es bildeten sich spezielle Jugendforen, Werkstatt-Treffen und Zentren der „offenen Arbeit". Weitgehend im Raum bzw. Schutz der evangelischen → *Kirchen* angesiedelt, kamen ständig weitere Gruppierungen hinzu. Somit bildete sich lange vor dem Umbruch eine zwar quantitativ und repräsentativ eng begrenzte, aber qualitativ bedeutsame Subkultur unter Jugendlichen, die wesentlich zu → *Widerstand und Opposition* in den 80er Jahren beitrug.

Barbara Hille

Literaturhinweise:

Freiberg, Arnold: Jugend, in: DDR-Handbuch, a.a.O., Bd. 1, S. 683 ff.

Hille, Barbara/Jaide, Walter (Hrsg.): DDR-Jugend. Politisches Bewußtsein und Lebensalltag, Opladen 1990.

Hille, Barbara: Jugend und Jugendpolitik in der DDR von 1961 bis 1989, in: Materialien der Enquete-Kommission, a.a.O., Bd. III, 2, S. 1275-1313.

Jaide, Walter/Hille, Barbara: Jugend im doppelten Deutschland, Opladen 1977.

Mählert, Ulrich: Jugendpolitik und Jugendleben 1945–1961, in: Materialien der Enquete-Kommission, a.a.O., Bd. III, 2, S. 1442-1488.

Veen, Hans-Joachim (Hrsg.): Eine Jugend in Deutschland?, Opladen 1994.

Jugendweihe

Auf Beschluß des Politbüros der SED wurde seit 1954 die Jugendweihe unter Anknüpfung an ältere antiklerikale Traditionen der freireligiösen Bewegung und der Arbeiterparteien im 19. Jh. eingeführt. Mit der

Jugendweihe sollte die bis dahin noch von fast allen Kindern wahrgenommene kirchliche Konfirmation ausgeschaltet werden. In den ersten Jahren blieben die Teilnehmerzahlen trotz einsetzenden Drucks noch bescheiden. 1958 wurde das Jugendweihejahr mit einer Rede von Walter Ulbricht auf dem Schloßberg in Sonneberg/Thüringen eingeleitet. Gleichzeitig wurde eine Kampagne entfacht, um Eltern und Kinder mit repressiven Mitteln zur Teilnahme zu nötigen. Im Zuge dieser Zwangsmaßnahmen kam es zu zahlreichen Menschenrechtsverletzungen. Die beruflichen Chancen von Nichtteilnehmern verschlechterten sich. Die Jugendweihe wurde zu einer quasi staatlichen Institution, deren Gliederungen, die sog. Jugendweiheausschüsse, auf allen Verwaltungsebenen und in den Schulen arbeiteten. Diese Ausschüsse leiteten die Veranstalter direkt an. Die enge Verflechtung der Jugendweihe mit den Schulen ermöglichte es der SED, über die Lehrerschaft auf Kinder und Eltern besonderen Druck auszuüben. Betriebe und Massenorganisationen waren verpflichtet, die Jugendweihe materiell und ideell zu unterstützen. Der SED gelang es in den Folgejahren, die → Teilnahme bis auf 97% zu steigern.

Die → *Kirchen* setzten sich zwar in den ersten Jahren energisch zur Wehr, waren aber angesichts der eingesetzten Mittel machtlos. Auch der Widerstand der Eltern erlahmte. Die evangelischen Kirchen gaben ihre anfängliche Haltung auf, nach der Jugendgeweihte nicht konfirmiert werden konnten. In den evangelischen Landeskirchen wurden verschiedene Wege gegangen, um den Konflikt zu minimieren und einen Ausgleich zu suchen. So wurde in einigen Landeskirchen die Konfirmation erst ein Jahr nach der Jugendweihe angesetzt. Es konnte nicht verhindert werden, daß die Jugendweihe das entscheidende Instrument zur Zerstörung der volkskirchlichen Struktur wurde und weniger als 10% der Kinder konfirmiert bzw. gefirmt wurden. Trotz aller Schikanen und Benachteiligungen haben einzelne Kinder und Eltern aller Konfessionen bis zum Ende der DDR sich der Jugendweihe verweigert.

Die Jugendweihe war der Form und dem Inhalt nach ein der Konfirmation nachgebildeter Passageritus zum Übergang von der Kindheit zum Erwachsensein, in dessen Mittelpunkt ein Treuegelöbnis der Jugendweihlinge zum → *Sozialismus* stand. Musikdarbietungen, Rezitationen und die Vorstellung der Jugendweiheteilnehmer gehörten zum Ablauf der Handlung. Die Weihehandlung und die Reden von Persönlichkeiten des öffentlichen Lebens propagierten die marxistische Weltanschauung und hatten einen atheistischen Charakter. Aber schon der Weihecharakter stellte die Jugendweihe bewußt kirchlichen Handlungen entgegen. Jedem Teilnehmer wurde ein Geschenkbuch überreicht. Das erste Jugendweihebuch „Weltall, Erde, Mensch“ enthielt üble Ausfälle gegen den christlichen Glauben und bot eine simplifizierte, antireligiöse Weltanschauung. Es war als eine Art Kinderbibel gedacht, die die marxistische Wahrheit über die Entstehung der Welt, die Gesetze der Natur und Geschichte und die im Sozialismus befreite Menschheit als Lebenssinn kommunistischer Persönlichkeiten darstellte. An diesem Buch hatte hauptverantwortlich der spätere Regimekritiker Robert Havemann mitgearbeitet. Seine Beiträge wurden in späteren Ausgaben eliminiert.

In den 70er Jahren unter Honecker wurde die ideologische Konfrontation etwas abgemildert. Die SED versuchte im Zuge ihrer Abgrenzungspolitik eine sozialistische Nationalkultur zu etablieren, die ihre eigenen Traditionen entwickeln sollte. Auch die Jugendweihe bekam zunehmend den Charakter eines auf die Treue zum DDR-Staat bezogenen Ritus. Im Zuge der → *Militarisierung der Gesellschaft* sollte die Jugendweihe die Verpflichtung zur Verteidigung der DDR beinhalten. Das Wahrheitsmonopol der marxistischen Weltanschauung wurde jedoch auch bei der inhaltlichen Neugestaltung nicht in Frage gestellt. Die Jugendweihebücher dieser Jahre spiegelten diese Entwicklung wider. 1982 wurde ein Jugendweihebuch zurückgezogen, weil es ein Bild des sowjetischen Denkmals „Schwerter zu Pflugscharen“ enthielt, das die oppositionelle Friedensbewegung in der DDR als ihr Symbol gewählt hatte.

Obwohl die Jugendweihe zwangsweise eingeführt wurde, haben große Teile der Bevölkerung sie im Laufe der Jahre dennoch akzeptiert. Wie ehemals die Konfirmation wurde die Jugendweihe zu einer wichtigen familiären Feier, die die Traditionen der privaten Konfirmationsfeier übernahm (→ *Feiern*). Die politischen und ideologischen Inhalte wurden privat weitgehend ignoriert. Angesichts der fortschreitenden Entchristianisierung der ostdeutschen Gesellschaft betrachtete die Bevölkerung die Feier als unentbehrlich. Nach der Wende 1990 kam es zunächst zu einem starken Rückgang in der Beteiligung an der Jugendweihe. Seit 1992 stiegen die Zahlen wieder stark an. Die postkommunistische Jugendweihe, die von verschiedenen Trägern angeboten wird, ist teilweise kommerzialisiert und beansprucht, eine wissenschaftliche, humanistische und atheistische Weltanschauung zu vertreten. Insofern setzt sie das geistige Erbe der SED-Diktatur fort.

Ehrhart Neubert

Literaturhinweis:

Gandow, Thomas: Jugendweihe – humanistische Jugendfeier. Münchner Reihe, Ev. Presseverband Bayern, 1994.

Neubert, Ehrhart: Die postkommunistische Jugendweihe, in: Begegnungen 4/5. Zur Konfessionslosigkeit in (Ost-)Deutschland, hrsg. von der Studien- und Begegnungsstätte Berlin der EKD, Berlin 1994.
Urban, Detlef/Weinzen, Hans Willi: Jugend ohne Bekenntnis? 30 Jahre Konfirmation und Jugendweihe, Berlin 1984.

Juristische Hochschule Potsdam (JHS)

Oberstes Ziel der SED-Führungskaste war der Erhalt ihres Machtmonopols. Daraus folgte der Anspruch, ein „sozialistisches Bewußtsein“ in der Bevölkerung zu entwickeln (→ *sozialistische Persönlichkeit*), treue SED-Diener zu erziehen und diese in allen leitenden oder sonst einflußreichen Positionen der DDR einzusetzen. Das Ministerium für → *Staatssicherheit* war dabei die wichtigste Institution für den Auf- und Abstieg eines → *Kaders*.

Die JHS war die zentrale Forschungs- und Bildungsstätte des MfS. Sie wurde im Jahre 1965 gegründet. Der Rektor dieser Hochschule sowie seine Stellvertreter wurden durch Befehl des Ministers für Staatssicherheit eingesetzt. Die Studien-, Forschungs- und Arbeitspläne sowie die Lehrprogramme mußten ebenfalls vom Minister für Staatssicherheit bestätigt werden. Die Hochschule war formal der Abteilung Kader und Schulung des MfS unterstellt. 1989 waren an dieser Einrichtung 758 Mitarbeiter tätig, etwa die Hälfte im Lehr- und Wissenschaftsbereich, der zu dieser Zeit nach Eingliederung der Schule der Hauptverwaltung Aufklärung aus vier Sektionen mit 32 Lehrstühlen sowie mehreren selbständigen wissenschaftlichen Abteilungen und Instituten bestand.

Das Ziel des Hochschulstudiums war die Heranbildung von wissenschaftlichen Kadern für den Geheimdienst. Die Zulassungsbedingungen zum Direktstudium waren entsprechend streng: Delegierung durch die Diensteinheit, Abitur oder Berufsausbildung mit Abitur, Mitgliedschaft in der SED, erfolgreiche Absolvierung eines studienvorbereitenden Prozesses oder eine mindestens einjährige politisch-operative Tätigkeit im MfS sowie ein Eignungsgespräch, das vor allem der Überprüfung der ideologischen Zuverlässigkeit des Kandidaten diente. Das Höchstalter für die Studienanfänger lag bei 25 Jahren. Der Studienbetrieb war strengen Vorschriften unterworfen und nach militärischen Gesichtspunkten gestaltet. Die Studenten wurden als Offiziersschüler bezeichnet, der Unterricht galt als Dienst, war militärisch reglementiert; das Tragen von Uniform war Pflicht. Während des Studiums fanden Berufspraktika statt, die die Studenten vor allem in die Arbeit mit → *Inoffiziellen Mitarbeitern* einführten (Treffen mit IM, Vor- und Nachbereitung solcher Treffen, Anfertigung von Berichten).

Das vierjährige Hochschulstudium schloß ab mit der Anfertigung und Verteidigung der Diplomarbeit und der Verleihung des akademischen Grades „Diplom-Jurist". Die Anzahl der Absolventen betrug ca. 3 000 und war damit im Vergleich zur Anzahl der Mitarbeiter des MfS (mehr als 90 000) recht gering. Da im Hochschulstudium der Schwerpunkt bei den „operativen" Lehrgebieten mit einem Anteil von 70% lag und die rechtsbezogenen Fächer nur etwa 20% ausmachten, wurde im Einigungsvertrag von 1990 festgelegt, daß ein an der JHS erworbener juristischer Abschluß nicht zur Aufnahme eines gesetzlich geregelten juristischen Berufes berechtigt. Die Hochschule hatte das Recht zur Verleihung der akademischen Grade Dr. jur. (Promotion A) und Dr.sc.jur. (Doktor der juristischen Wissenschaften; Promotion B) (→ *Hochschulen*).

An der JHS sind 174 Promotionsarbeiten im Sinne MfS-relevanter Forschung geschrieben worden. Die Wissenschaftlichkeit muß bei den meisten dieser Arbeiten in Frage gestellt werden. Sie hatten in der Regel die Theorie und Praxis der „operativen" Arbeit zum Thema. Manche Dissertationen gleichen Handbüchern für die Tätigkeit inoffizieller Mitarbeiter. Die Themen reichten von der psychologischen Betreuung der inoffiziellen Mitarbeiter, über Anleitungen zur illegalen Beschaffung von Computer-Software oder zum Eindringen in bundesdeutsche Parteizentralen und oberste Bundesbehörden bis hin zur Liquidierung (so die Originalbezeichnung) „krimineller Menschenhändler".

An der JHS wurden jedoch wegen der üblichen Kollektivdissertationen von bis zu zehn Doktoranden insgesamt 476 Doktorgrade – in der Regel an höhere Offiziere im Rang eines Majors oder Oberstleutnants – verliehen (98 Grade betrafen die Promotion B); 60% der Promovierten kamen von Universitäten und Hochschulen der DDR und besaßen zum Teil einen fachfremden Studienabschluß (Medizin, Psychologie, Lehramt). Von den Führungskadern des MfS 1989 (vor allem Hauptabteilungs- und Abteilungsleiter) haben 25% an der JHS promoviert.

Zweimal wurde der Ehrendoktortitel verliehen. Den einen erhielt 1985 – nach Austausch und Überstellung in die DDR – der 1975 vom Oberlandesgericht Düsseldorf zu 13 Jahren Gefängnis verurteilte Referent im Bundeskanzleramt Günter Guillaume. Den anderen Ehrendoktortitel erhielt 1969 der in den USA wegen Spionage für die Sowjetunion verurteilte Rudolf I. Abel, der gegen den über der Sowjetunion abgeschossenen amerikanischen Piloten Gary Powers ausgetauscht worden war. Verliehen wurde der Ehrendoktortitel in „Anerkennung besonderer Verdienste um die Sicherung des Friedens".

Obwohl im Fachschuldirekt- und im Fernstudium mit dem Abschluß Fachschuljurist oder Staatswissenschaftler über 10 000 Studierende, die vor allem auf der Ebene eines Sachbearbeiters tätig waren, ausgebildet und von der Weiterbildung mehr als 13 000 Teilnehmer erfaßt wurden, war in der Öffentlichkeit über die Aufgaben der Juristischen Hochschule nichts bekannt, nicht einmal die Existenz dieser Einrichtung wurde erwähnt. So war sie auch nicht im Verzeichnis der Hochschulen der DDR enthalten.

Zusammen mit dem MfS wurde auch die Juristische Hochschule Potsdam aufgelöst. Die Dissertationen, Diplomarbeiten und andere Schriften gingen – soweit noch auffindbar – dann auf den Bundesbeauftragten für die Unterlagen des Staatssicherheitsdienstes der ehemaligen DDR (→ *Stasi-Akten*) über. Sie sind für die wissenschaftliche Forschung zugänglich.

Sabine Gries/Günter Förster

Literaturhinweise:

Förster, Günter: Die Dissertationen an der „Juristischen Hochschule" des MfS. Eine annotierte Bibliographie, hrsg. vom Bundesbeauftragten für die Unterlagen des Staatssicherheitsdienstes der ehemaligen DDR, Reihe A, Dokumente 2/94.

Förster, Günter: Tschekistik als „Wissenschaft". Die Juristische Hochschule des MfS, in: Mertens, Lothar/Voigt, Dieter (Hrsg.): Humanistischer Sozialismus?, Münster 1995, S. 7-49.

Justiz

→ Gerichtswesen → Rechtsverständnis → sozialistische Gesetzlichkeit

Kadernomenklaturen

Die Diktatur der SED war realistischerweise als „Herrschaft durch Kader" zu charakterisieren (→ *Kader und Kaderpolitik*). Die Anlage sog. Kadernomenklaturen ergab sich daraus als logische Konsequenz. Der Begriff der Kadernomenklatur stammt wie das System aus der Sowjetunion Stalins. Generell war darunter ein Verzeichnis von Führungs- und Leitungsfunktionen in Partei, Staat, Wirtschaft und Gesellschaft aller Ebenen zu verstehen, deren personelle Besetzung entweder der Politbürokratie der SED unmittelbar vorbehalten war oder nach ihren Bestimmungen zu erfolgen hatte und ihrer Kontrolle unterlag. „In die Kadernomenklatur sind die entscheidenden Funktionen der Partei, des Staates, der Wirtschaft und anderer Bereiche des gesellschaftlichen Lebens aufzunehmen", hieß es in einem Beschluß des Sekretariats des ZK der SED über die Arbeit mit den Kadern vom 7. Juni 1977, der Gültigkeit bis zum Zusammenbruch des Regimes behielt. „Die Besetzung der Nomenklaturfunktionen und die Arbeit mit den Kadernomenklaturen erfolgen auf der Grundlage dieses Beschlusses." Allein die Leitungsstrukuren der Kirchen in der DDR waren von der Reglementierung durch Kadernomenklaturen ausgenommen.

Kadernomenklaturen stellten daher das wichtigste personalpolitische Herrschaftsinstrument der SED zur realen Machtausübung dar. In den Jahren bis 1949 bezogen sich die Kadernomenklaturen nur auf den mit hauptamtlichen Mitarbeitern besetzten bürokratischen Apparat der Partei. Nach Gründung der DDR und nachdem die Diktatur der SED in den 50er und frühen 60er Jahren ihre relative Stabilisierung erfahren hatte, erstreckten sich die Kadernomenklaturen in immer breiterem Umfang auf sämtliche Leitungsstrukturen. Sie erfaßten sowohl den Staatsapparat und die Wirtschaftsbürokratie wie die →*Bewaffneten Kräfte* (Volkspolizei, Staatssicherheit, Armee), Wissenschaft und Erziehung, Massenmedien und Kultur, ferner die Schlüsselpositionen der Blockparteien und Massenorganisationen. Letztlich wurde mit Hilfe der Kadernomenklaturen die gesamte Personalpolitik der DDR auf Führungs- und Leitungsebene horizontal und vertikal vernetzt, um sie zentral zu steuern oder zu kontrollieren. Seit Ende der 70er Jahre wurde zur Umsetzung der Kaderpolitik und Kaderarbeit neben der Aufstellung von Kaderplänen die Ausarbeitung spezieller → *Kaderprogramme* in Partei, Staat, Wirtschaft und Gesellschaft der DDR allgemeinverbindliche Vorschrift.

Über eine mit einem Kadernomenklatur zu besetzende Position durfte nicht ohne Bestätigung durch die übergeordnete nomenklaturführende Instanz (z. B. Politbüro, Parteisekretär, Minister, Kaderleiter) entschieden werden. Die Auswahlkriterien (Parteizugehörigkeit, soziale Herkunft, Hoch- oder Fachschulausbildung usw.) wurden durch die Politbürokratie verbindlich definiert. „Nur mittels der Nomenklatur ist es möglich, die gesamte Kaderarbeit auf der Grundlage des demokratischen Zentralismus – trotz ihrer großen Differenziertheit – von einem

Zentrum aus, dem Zentralkomitee, zu leiten." So eine Richtlinie des ZK der SED für die Arbeit mit der Kadernomenklatur.

Das System bedingte folglich die Ausarbeitung von Kadernomenklaturen einerseits der Partei und andererseits (und in Abhängigkeit dazu) des Staates. Zum Beispiel entsprach, auf die hierarchische Ebene bezogen, der Kadernomenklatur des Zentralkomitees der SED diejenige des Ministerrates der DDR. Beide Nomenklaturen waren ihrerseits für die Nomenklaturen der nachfolgenden hierarchischen Strukturen bestimmend – die Kadernomenklatur des ZK mithin für diejenigen der Bezirks- und Kreisleitungen der SED, die Nomenklatur des Ministerrates für diejenigen der Ministerien, der Räte der Bezirke und Kreise, Städte und Gemeinden, wobei für die einzelnen Entscheidungsebenen zusätzlich ein vertikaler Kontrollmechanismus eingebaut war. Ein Kreisratsvorsitzender z. B., der eine Kadernomenklaturposition in seinem Kreis besetzen wollte, hatte sich zu diesem Zweck nicht nur der Zustimmung seines übergeordneten Bezirksratsvorsitzenden zu versichern, sondern auch mit dem 1. Sekretär der territorial zuständigen Kreisleitung der SED abzustimmen, was in der alltäglichen Praxis allerdings leicht möglich war, da der Vorsitzende eines Rates des Kreises zugleich Mitglied des Sekretariats der entsprechenden Kreisleitung war.

Sonderregelungen waren für die „bewaffneten Organe" vorgesehen. Für das Ministerium für (→ *Staatssicherheit* z. B. war ebenso wie für das Ministerium des Innern und das Ministerium für Nationale Verteidigung (MfNV) die Nomenklatur der Abteilung für Sicherheitsfragen im ZK der SED verbindlich, aber sie waren zugleich in die Nomenklatur des Nationalen Verteidigungsrates eingebunden. Zum anderen besaß das MfS ebenso wie das MdI und das MfNV seine eigene Kadernomenklatur, in der interne Führungs- und Leitungspositionen benannt waren, für deren Besetzung mit politisch und fachlich geeigneten Kadern der Minister bzw. ihm unterstellte Führungskader zuständig waren.

Daraus ist ersichtlich, daß in die Nomenklatur des Zentralkomitees alle Positionen auf der Ebene des Zentralkomitees, der Bezirksleitungen und der Kreisleitungen der SED aufgelistet waren, deren personelle Besetzung der Zustimmung durch die übergeordnete Parteiinstanz bedurfte. Entsprechend bauten die Kadernomenklaturen der Staats- und Wirtschaftsorgane auf zentraler Ebene wie auf Bezirks- und Kreisebene auf den kaderpolitischen Vorgaben der SED auf. Notwendigerweise hatte die SED auf personelle und politische Veränderungen in Staat und Gesellschaft zu reagieren, die Nomenklaturen waren nichts Statisches, sie waren von Zeit zu Zeit zu aktualisieren, d. h., den eingetretenen Veränderungen anzugleichen. Seit dem VI. Parteitag der SED (15.-21. Jan. 1963) wurden die Kadernomenklaturen für jeweils fünf Jahre beschlossen. Selbstverständlich wurden die Kadernomenklaturen geheimgehalten, d. h., als Vertrauliche Verschlußsachen behandelt.

Die letzte, d. h. bis zur Endzeit des DDR-Sozialimus, gültige Kadernomenklatur des ZK der SED stammt vom 3. Dezember 1986. Durch sie wurden nicht weniger als 5 068 Kadernomenklaturfunktionen und -positionen bestimmt. Konkret waren in ihr 270 Entscheidungsträger verzeichnet, die unmittelbar vom Parteitag der SED zu wählen waren, ferner 38 , die das ZK der SED zu wählen hatte, 16 waren durch das ZK zu berufen. Durch Beschluß des Politbüros waren 398, durch Beschluß des Sekretariats des ZK der SED 3 107 und durch die Kaderkommission des Sekretariats des ZK 1 563 Positionen zu bestätigen. Die Zahlen vermitteln eine Vorstellung von dem Umfang der allein in der Hauptnomenklatur niedergelegten Bestimmungen. Die Kontrollnomenklatur des ZK, mit der z. B. die Kadernomenklaturfunktionen im Staats- und Wirtschaftsapparat auf ihre „richtige" Besetzung hin kontrolliert wurden – nicht selten unter Einbeziehung des MfS –, umfaßten weitere 4 042 Positionen. Entsprechende Zuordnungen wiesen die Kadernomenklaturen der Bezirks- und Kreisleitungen der SED auf.

Die Kadernomenklatur des Ministerrates, deren letzte, bis zum Zusammenbruch des DDR-Sozialismus gültige vom 23. April 1987 stammt, beruhte wie gesagt auf der Kadernomenklatur des ZK der SED. In ihr waren diejenigen Positionen erfaßt, insgesamt 1 530, deren Besetzung mit geeigneten Funktionären durch den Ministerrat oder dessen Präsidium vorgeschlagen, bestätigt oder abberufen werden sollte.

Nach dem Ende der Diktatur der SED wurde durch Beschluß der Regierung Hans Modrow vom 8. Februar 1990 über die Grundsätze zur Besetzung ausgewählter Leitungsfunktionen in den Staatsorganen durch den Ministerrat der DDR die Kadernomenklatur des ZK außer Kraft gesetzt. Das Kadernomenklatursystem der SED war liquidiert.

Karl Wilhelm Fricke

Literaturhinweise:

Voslensky, Michael: Nomenklatura. Die herrschende Klasse der Sowjetunion, Wien, München, Zürich, Innsbruck 1980.

Wagner, Matthias: Gerüst der Macht. Das Kadernomenklatursystem – Ausdruck der führenden Rolle der SED, in: Bauerkämper, Arnd u.a.: Gesellschaft ohne Eliten? Die Führungsgruppen der DDR als Gegenstand der zeithistorischen Forschung, Berlin 1997.

Kaderprogramm

Laut Beschluß des Sekretariats des ZK der SED über die Arbeit mit den Kadern vom 7. Juni 1977 verstand sich das Kaderprogramm als „ein wichtiges Führungsinstrument für die planmäßige Auswahl, Ausbildung, Erziehung und Verteilung der Kader in allen Bereichen des gesellschaftlichen Lebens." Kaderprogramme waren fortan durch die Kaderabteilungen im Partei- und Staatsapparat auf allen Ebenen auszuarbeiten und entsprechend dem Kadernomenklatursystem *(→ Kadernomenklatur)* durch die Parteileitungen der jeweiligen Ebene zu bestätigen. Konkret sollten im Kaderprogramm für den Zeitraum von jeweils fünf Jahren, „von Parteitag zu Parteitag", alle für erforderlich gehaltenen Entscheidungen zur Verwirklichung der Kaderpolitik und Kaderarbeit der SED festgelegt werden, deren aktuelle Erfordernisse die Politik der Partei vorgab.

Im einzelnen hatte das Kaderprogramm die politisch-ideologische und fachliche Aus- und Weiterbildung von Kadern zum Inhalt, ferner Maßnahmen für die Auswahl von Reserve- und Nachwuchskadern sowie die Vorbereitung von Kadern auf einen Einsatz im Ausland – wozu auch (→ *Reisekader* zählten. Weitere im Kaderprogramm festzulegende Punkte betrafen den Einsatz von Frauen in leitenden Funktionen sowie die Delegierung von Kadern zum Hoch- oder Fachschulstudium.

Im Kaderprogramm waren folglich mittelfristig, zum Teil auch langfristig mit Prognosen von zehn und mehr Jahren, die personellen und funktionellen Ziel- und Aufgabenstellungen konkretisiert, die sich aus den grundsätzlichen Beschlüssen der Partei für die Kaderpolitik und Kaderarbeit für die jeweilige Entscheidungsebene im Partei- und Staatsapparat ergaben *(→ Kader und Kaderpolitik)*. „Die Leiter in den Staats- und Wirtschaftsorganen", so war in dem oben zitierten Beschluß unmißverständlich dekretiert worden, „haben ihre Verantwortung für die Aus- und Weiterbildung ihrer Kader entsprechend den Beschlüssen der Partei wahrzunehmen." Besonderes Augenmerk war im Kaderprogramm auf die Schaffung einer einsetzbaren Kaderreserve für Nomenklaturfunktionen zu richten. Zur Kontrolle seiner Einhaltung war das Kaderprogramm in Jahrespläne mit „abrechenbaren Festlegungen" aufzuschlüsseln. In letzter Konsequenz stellten die Kaderprogramme den gescheiterten Versuch einer „Planwirtschaft mit Menschen" dar.

Karl Wilhelm Fricke

Kader und Kaderpolitik

Seit der Gründung der DDR haben ZK und SED ihre Machtausübung nach sowjetischem Vorbild auf Kader gestützt. Stalins Maxime „Die Kader entscheiden alles“ gehört zur Grundüberzeugung aller kommunistischen Parteien. Im Blick auf die Partei dekretierte er: „Die Parteikader sind der Kommandobestand der Partei, und da unsere Partei sich an der Macht befindet, stellen sie zugleich auch den Kommandobestand der leitenden Staatsorgane dar.“ Unter Kadern wurden Persönlichkeiten (→ *sozialistische Persönlichkeit*) verstanden, die als Leiter, Funktionäre und Spezialisten in allen gesellschaftlichen Bereichen aufgrund ihrer politischen, fachlichen und anderen Fähigkeiten und Eigenschaften tätig sind. Die Kader waren Leitungskräfte und wissenschaftlich ausgebildete Spezialisten ohne Leitungsbefugnisse. Die SED setzte in allen parteilichen, staatlichen und gesellschaftlichen Schlüsselfunktionen zuverlässige Funktionsträger als Kader ein. Die Kader verkörperten in der DDR das entscheidende Potential, das die Ziele der SED, vor allem die Sicherung ihres Machtmonopols, durchsetzte.

Die Kaderpolitik war deshalb im Selbstverständnis der SED eine „erstrangig politische Aufgabe“ mit dem Ziel, die „marxistisch-leninistische und fachliche Bildung“ der Kader zu erhöhen und entsprechend künftige Inhaber von Leitungsfunktionen auszubilden. Kaderpolitik bedeutete die Umsetzung von Partei- und Regierungsbeschlüssen in Grundkonzepte für die Auswahl und den Einsatz von Kadern. Von der grundsätzlichen Kaderpolitik unterschieden wird die Kaderarbeit, die sich mit der Realisierung der konkreten, aus den Grundkonzepten abgeleiteten Vorgaben befaßt. Sie umfaßte die personenbezogene Auswahl, den Einsatz und die Weiterbildung der Kader.

Das Zentrum der Kaderarbeit bildeten die Kaderabteilungen. Ausgenommen den privaten Sektor, wurden alle Berufstätigen von diesen Abteilungen erfaßt, kontrolliert und eingesetzt. Kaderleiter arbeiteten aufgrund ihrer Vertrauens- und Schlüsselstellung dienstlich eng mit dem MfS (→ *Staatssicherheit*) zusammen. Sämtliche Kaderabteilungen arbeiteten nach dem 1949 von der Sowjetunion übernommenen System der → *Kadernomenklatur*, dessen Richtlinien die Zuständigkeit und Unterstellungsverhältnisse nach dem Prinzip des demokratischen Zentralismus für jeden leitenden Funktionäre genau festlegte. Diesem System verdankte die SED ihre mehrstufigen Kaderhierarchien. Die Entscheidungsbefugnis über den Einsatz der Kader lag bei der jeweils übergeordneten Kaderabteilung.

Wichtige Instrumente zur Durchsetzung der Kaderpolitik waren die Kaderbedarfsplanung und die individuellen Kaderentwicklungspläne. Bei der Kaderbedarfsplanung unterschied die SED zwischen dem Kaderreservoir (alle Hoch- und Fachschulabsolventen und Leitungsmitglieder der unteren Ebene des Parteiapparates und der Massenorganisationen), aus dem die künftigen Leitungskader hervorgingen, dem Kadernachwuchs, in den geeignete Personen aus dem Kaderreservoir aufgenommen wurden, und der Kaderreserve, in die qualifizierte Mitglieder des Kadernachwuchses nach zwei bis fünf Jahren eintraten. Hierbei spielte die Kaderakte eine besondere Rolle. Diese begleitete den Betroffenen durch sein ganzes Arbeitsleben und entzog sich weitgehend seiner Einsicht. In diesem Dossier wurde alles über die Person gesammelt und interpretiert (→ *Kaderprogramme).*

Das Spektrum der Kader reichte je nach Eignung, Bewährung und Ausbildung von unteren bis zu höchsten Führungsstellen, vom ausschließlich politischen Funktionär über den Wirtschafts-, Kultur- und Verwaltungskader bis zur wissenschaftlichen → *Intelligenz* und zu den → *Reisekadern.* Zu den wichtigsten Eigenschaften wurden absolute Parteiergebenheit und -disziplin und ein klarer Klassenstandpunkt sowie Zuverlässigkeit, Fleiß, Ordnung, Durchsetzungsvermögen und fachliche Kompetenz gezählt. Die Karrieren von Kadern setzten darüber hinaus die Bewährung in der gesellschaftlichen Arbeit und die Qualifizierung durch politische Schulung (→ *Schulungswesen*) voraus.

Dieter Voigt/Lothar Mertens

Literaturhinweise:

Fricke, Karl Wilhelm: Kaderpolitik und Staatssicherheit in der DDR, in: Voigt, Dieter (Hrsg.): Die Gesellschaft der DDR, Berlin 1984, S. 47-64.
Voigt, Dieter/Voß, Werner/Meck, Sabine: Sozialstruktur der DDR, Darmstadt 1987.

Kalter Krieg

Der Begriff Kalter Krieg bezeichnet die ideologisch und machtpolitisch begründete Auseinandersetzung zwischen den freiheitlich-liberalen westlichen Demokratien unter Führung der Vereinigten Staaten und den kommunistischen totalitären Staaten des Ostblocks unter der Herrschaft der Sowjetunion nach dem Auseinanderbrechen der Anti-Hitler-Koalition. Er charakterisiert eine Ausprägung des Ost-West-Konfliktes nach 1945, der das dominierende Strukturmerkmal der internationalen Ordnung in der zweiten Hälfte des 20. Jhs. darstellte. Der Begriff Kalter Krieg (The Cold War) wurde 1947 von dem amerikanischen Publizisten Walther Lippmann in einer ersten Kritik an der amerikanischen Eindämmungspolitik geprägt. Wissenschaftlich umstritten ist er in den USA bis heute zur Kennzeichnung des globalen Konfliktes zwischen den Vereinigten Staaten und der Sowjetunion geläufig. Als Schlagwort der politischen Auseinandersetzung ist er in Europa insbesondere in Deutschland seit den 60er Jahren eher negativ belegt („Kalter Krieger"). Wem die Schuld am Ausbruch des Kalten Krieges zuzuweisen ist (Revisionismus-Debatte), wie auch die Frage nach dem Zeitpunkt seines Endes war und ist Gegenstand intensiver wissenschaftlicher Diskussionen.

Der Konflikt nahm seinen Ausgang in Europa, erreichte aber rasch eine globale Dimension. Schon bald nach Kriegsende mußten die Westmächte erkennen, daß Stalin sich nicht an die in Teheran, Jalta und Potsdam getroffenen Vereinbarungen hielt (→ *Alliierte Konferenzen*). In den von der Sowjetarmee besetzten Gebieten Osteuropas machte er freie Wahlen unmöglich. Statt dessen etablierte er zunächst in Polen, dann in Ungarn und der Tschechoslowakei kommunistische Systeme nach sowjetischem Modell. Auch die vereinbarte gemeinsame Verwaltung der vier deutschen Besatzungszonen wurde durch unrealistische Reparationsforderungen und die Durchsetzung kommunistischer Herrschaftsstrukturen in der SBZ durchkreuzt. Mit der Blockade → *Berlins* wurde der Bruch faktisch vollzogen. Die Sowjetunion versuchte ihren Herrschaftsbereich auch nach Süden (Balkan, Türkei und Griechenland sowie Iran) auszudehnen. Die Vereinigten Staaten, die bereits 1946 einen Wandel in ihrer Deutschlandpolitik angekündigt hatten, reagierten auf diese Entwicklungen mit einer Politik der Eindämmung (containment) sowjetischen Expansionsstrebens, die in der Truman-Doktrin (Zusage amerikanischer Hilfe für alle Völker, die ihre Freiheit verteidigen wollen) und dem Marshall-Plan (Angebot wirtschaftlicher Hilfe an alle europäischen Staaten einschließlich des Ostens) ihren Ausdruck fand und z.B. in der Berliner Luftbrücke entschlossen unter Beweis gestellt wurde (→ *Vier Mächte*).

Mit der Gründung der Bundesrepublik Deutschland und der Etablierung der DDR, dem Bruch Jugoslawiens mit der Sowjetunion sowie dem Ende des Bürgerkrieges in Griechenland waren die Grenzen des Ost-West-Konfliktes zunächst in Europa territorial fixiert. Der Ausbruch des Koreakrieges 1950 bestätigte nicht nur die globale Dimension des Konfliktes. Er beschleunigte vor allem die Schaffung des amerikanischen Bündnissystems mit seinen Kernen NATO und Allianz mit Japan, die den Kalten Krieg überdauert haben. Andere Sicherheitsbündnisse wie CENTO oder SEATO fielen bereits in den 60er Jahren auseinander. Das von Moskau errichtete und kontrollierte Bündnissystem des → *Warschauer Pakts* (1955) wurde 1991 auf Initiative der osteuropäischen Mitgliedstaaten aufgelöst. Nach dem Ende des Koreakrieges und der Aufnahme der Bundesrepublik Deutschland sowie Italiens in die NATO (1955) bzw. der DDR in den Warschauer Pakt waren die Bündnissysteme komplettiert.

Auch wenn territoriale Veränderungen in Europa nun nicht mehr im Vordergrund der sowjetischen Politik standen, blieben deren expansive Ziele aktuell. Chruschtschow verkündete nicht nur vollmundig, daß die Sowjetunion die USA bis 1980 ökonomisch längst überholt haben werde. Die Sicherung der Vorherrschaft Moskaus in den osteuropäischen Staaten wurde mit harter Hand durchgesetzt. Die Bundesrepublik sollte, insbesondere über Druck auf West-Berlin (Berlinkrise 1958–1961), isoliert, aus der Westintegration gelöst und stärker in den sowjetischen Einflußbereich einbezogen werden. Die Stellung der Vereinigten Staaten als westliche Führungsmacht sollte durch ihre Verdrängung aus Europa, die Herstellung nuklearstrategischer Parität und Etablierung sowjetischen Einflusses zunächst im Nahen und Mittleren Osten, später in der sog. Dritten Welt unterminiert werden. Spätestens bei der Niederschlagung des Ungarnaufstandes 1956 war deutlich geworden, daß die amerikanische Doktrin des „roll back“ (Zurückdrängen des Kommunismus aus Osteuropa) doch am Eisernen Vorhang endete – d.h., die Teilung Europas nicht in Frage stellte. Gleichwohl gab es von seiten der Vereinigten Staaten weiterhin aktive Unterstützung antikommunistischer Kräfte weltweit. Geleitet von der Domino-Theorie bekämpfte Washington mit Mitteln der Militär- und Sicherheitshilfe, aber auch direkter militärischer Präsenz die sowjetische Expansion auf dem Wege kommunistischer Machtübernahme in den jungen Staaten der Dritten Welt (Stellvertreter-Kriege). Eine Politik, die die Vereinigten Staaten in das Vietnam-Desaster führte.

Mit der Kubakrise 1962 (Stationierung sowjetischer Nuklear-Raketen vor der amerikanischen Küste, die die Welt an den Rand eines Nuklearkrieges brachte) erlebte der Kalte Krieg seine letzte heiße Phase. Die auf weltweiten Sieg des Sozialismus sowjetischer Prägung ausgerichtete Politik des Ostblocks wurde aber nicht grundsätzlich geändert. Wohl wurden unter dem Schatten des nuklearen Patts und Ausfransens der Blöcke (Blockfreien-Bewegung; Sowjetisch-Chinesischer Konflikt) Instrumente und Methoden des Kalten Krieges modifiziert. Die eingeführten Elemente zu einer dauerhaften Entspannung der Auseinandersetzung zwischen Ost und West waren aber nicht nur geographisch, sondern auch funktional begrenzt. Versuche, die Rüstungsdynamik zu durchbrechen, blieben in Ansätzen (Nukleares Teststoppabkommen; Nichtweiterverbreitungsvertrag) stecken. Bilaterale nuklear- strategische Rüstungskontrollverhandlungen zwischen Moskau und Washington führten allenfalls zu faktisch nicht erreichten Obergrenzen für die strategischen Arsenale (SALT I + II) sowie einer indirekten Kodifizierung der nuklearen Abschreckungsdoktrinen (ABM-Vertrag). Erst in der Schlußphase unter grundsätzlich geänderten politischen Rahmenbedingungen gelangen sowohl im nuklearstrategischen (START I + II) wie im konventionellen Bereich (KSE-Vertrag) Vereinbarungen über effektive Abrüstung von Waffensystemen und Personal.

Die europäische Entspannungspolitik Ende der 60er und Anfang der 70er Jahre erreichte eine Änderung des Modus vivendi zwischen Ost und West auf der Basis des Status quo (deutsche Ostverträge, Vier-Mächte-Abkommen über Berlin, Grundlagenvertrag und KSZE) und entschärfte etwas die Konfliktpotentiale. Eine Liberalisierung der totalitären Systeme in Osteuropa und ihre Öffnung ließen aber auf sich warten. Die östlichen Staaten verstärkten zum Teil die Abschottung gegenüber westlichen Kontakten auf gesellschaftlicher Ebene und intensivierten ihrerseits die Beeinflussung der westlichen Öffentlichkeit durch gezielte Propagandapolitik und Westarbeit. Moskau baute sogar sein spezifisch auf Europa bezogenes nukleares Drohpotential aus (SS-20 Mittelstreckenraketen), was zu einer existenzkritischen Nachrüstungsdebatte innerhalb der westlichen Allianz führte.

Außerhalb Europas betrieb die Sowjetunion die Systemauseinandersetzung gerade in den 70er und 80er Jahren mit besonderer Intensität (Versuch der Ausnutzung des Yom Kippur-Krieges zur Festigung der Position im Nahen Osten; Etablierung kommunistischer Systeme im südlichen Afrika, Invasion in Afghanistan, teilweise erfolgreiches Fußfassen in Lateinamerika, zunächst Chile, später Nicaragua). Bei der Eroberung und Festigung dieser Positionen spielte auch die DDR-Außenpolitik eine wichtige Rolle. Während die Europäer in dieser Phase zu großen Teilen glaubten, den für sie erreichten Entspannungszustand von den globalen Entwicklungen, die sie als Machtkonflikt zwischen USA und Sowjetunion charakterisierten, abkoppeln zu können oder zu müssen, führten diese sowjetischen Abenteuer zu einer Reorientierung der amerikanischen Politik. Sie fand nicht nur in einer

Neuorientierung der nuklearstrategischen Theorie und Instrumente (SDI) Ausdruck, sondern vor allem auch in der Rückbesinnung auf die politisch-philosophischen Wurzeln des Konfliktes, die insbesondere die Menschenrechte, das Selbstbestimmungsrecht der Völker und den Wert freiheitlicher Ordnung thematisierte. Am Ende scheiterte die sowjetische Herausforderung an den inhärenten Schwächen des Sozialismus.

Für den Ausgang des Kalten Krieges zeigte sich, daß militärische Festigkeit der westlichen Staatenwelt und Ausnutzung strategischen Kalküls notwendige, aber nicht hinreichende Bedingungen waren. Der Kalte Krieg war ein Wettkampf der Systeme. Das Bewußtsein dieser Wertedimension – ein Konflikt zwischen freiheitlicher Demokratie und totalitärem Herrschaftssystem – war für die Entschlossenheit, in dieser Auseinandersetzung zu agieren, von ausschlaggebender Bedeutung. Der Grad der Attraktivität des sowjetischen Modells in Europa wie auch in der Dritten Welt hing eng zusammen mit Selbstzweifeln und gesellschaftlichen Krisen der westlichen Demokratie (Vietnam-Syndrom; 68er-Bewegung). Andererseits schlugen die Unzufriedenheit über fehlende Freiheit und Legitimation sowie die ökonomischen Mängel des Sozialismus erst dann in politische Opposition gegen das totalitäre Herrschaftssystem um, als der Westen Macht und moralische Autorität wieder in einer Politik zusammenführte.

Peter R. Weilemann

Literaturhinweise:

Laqueur, Walter: Europa auf dem Weg zur Weltmacht 1945–1992, München 1992.
Link, Werner: Der Ost-West-Konflikt. Die Organisation der internationalen Beziehungen im 20. Jahrhundert, Stuttgart 1980.
Nolte, Ernst: Deutschland und der Kalte Krieg, München 1974.

Katholische Kirche

Strukturen: Das Gebiet der (späteren) DDR war mit Ausnahme von katholischen Enklaven wie dem Eichsfeld und Teilen der Lausitz seit der

Reformation evangelisch. Erst im Zuge der Migrationen des Deutschen Kaiserreichs wanderten in größerer Anzahl Katholiken ein, vornehmlich aus Schlesien und den böhmischen Ländern. 1939 stellten die Katholiken insgesamt 6,1% der Bevölkerung. Infolge von Flucht und Vertreibung verdoppelte sich ihr Anteil bis 1946 auf 12,2%, durch Abwanderung in den Westen sank er bis 1964 auf 8,1%. 1990 lebten wieder 6,1% katholische Christen in den neuen Bundesländern.

Bei Kriegsende bestanden in der SBZ nur die Bistümer Berlin und Meißen (seit 1980 Dresden-Meißen). Die Jurisdiktionsbezirke Erfurt, Magdeburg, Schwerin und Görlitz waren von ihren im Westen liegenden bzw. an Polen gefallenen Mutterbistümern getrennt. Sie wurden 1973 zu Bischöflichen Ämtern bzw. zur Apostolischen Administratur Görlitz (1972), 1994 im Zuge der Neuordnung der Bistumsgrenzen in Nord- und Ostdeutschland zu Bistümern erhoben. Schwerin ist seitdem Teil des neu errichteten Erzbistums Hamburg. Berlin wurde gleichfalls Sitz eines Erzbischofs.

Kirchenpolitische Entwicklung bis 1961: Die kirchenpolitische Entwicklung war nach 1945 durch den zunächst noch taktisch verschleierten, mit Gründung der DDR immer offener erhobenen politisch-weltanschaulichen Totalitätsanspruch des SED-Regimes bestimmt, dem der als entschiedener Hitler-Gegner hoch angesehene, 1946 zum Kardinal erhobene Berliner Bischof Konrad Graf von Preysing einen angesichts der tatsächlichen Machtverhältnisse freilich nur bedingt erfolgreichen Kurs der Konfrontation und der strikten Abgrenzung entgegensetzte. Sein später wiederholt bekräftigter Erlaß vom 20. Dez. 1947, der dem Klerus jede (instrumentalisierbare) politische Stellungnahme untersagte, blieb bis zum Ende der DDR in Kraft.

Nach Preysings Tod (1950) verfolgte Bischof Wilhelm Weskamm eine stärker pastoral bestimmte Linie, ohne die mit dem „beschleunigten Aufbau des Sozialismus" (1952) verbundenen scharfen antikirchlichen Maßnahmen verhindern zu können. Beim Volksaufstand des → *Siebzehnten Juni* 1953 hielt die Kirche sich zurück, im Unterschied zur aktiven Beteiligung zahlreicher katholischer Jugendlicher. Die von der sowjetischen Führung aus taktischen Gründen verfügten kirchenpolitischen Lockerungen bedeuteten keine langfristige Trendwende. Insbesondere verschärfte die seit 1955 praktizierte → *Jugendweihe* den ideologischen Kampf.

Die exponierte Stellung Berlins brachte es mit sich, daß auch Weskamms Nachfolger Julius Döpfner 1957 den Vorsitz der Berliner Ordinarienkonferenz übernahm. Seine verstärkt in die Öffentlichkeit getragenen Proteste verschärften die Konfrontation mit dem SED-Staat, der daraufhin Döpfners Bewegungsfreiheit im kommunistischen Machtbereich auf Ost-Berlin beschränkte. Dies führte nach seiner Ernennung zum Erzbischof von München und Freising dazu, daß mit Alfred Bengsch (1961–1979) ein ostdeutscher Kandidat zum neuen Bischof von Berlin gewählt wurde.

Vom Mauerbau bis zur Wiedervereinigung: Bengschs kirchenpolitische Linie war durch den Mauerbau vorgezeichnet. Seine wichtigsten Ziele bestanden in der Aufrechterhaltung der kirchlichen Wirkungsmöglichkeiten sowie in der Wahrung der Einheit des Bistums Berlin und mit ihr der kirchlichen Einheit beider Teile Deutschlands. Der Preis hierfür war hoch: Er bestand im weitgehenden Verzicht auf öffentliche Stellungnahmen gegen die Politik des SED-Regimes und in der Einschränkung eines (auch politisch unerwünschten) innerkirchlichen Pluralismus, wie sich namentlich im Zusammenhang mit der Dresdner Pastoralsynode (1973/75) zeigte. Die als autoritär empfundene Haltung führte auch zu Spannungen mit seinen bischöflichen Amtsbrüdern. Bengschs Einheitsbestrebungen wurden jedoch durch das Zusammenwirken von vatikanischer Ostpolitik unter Papst Paul VI., Anerkennungsbestrebungen der DDR und der Entspannungsbemühungen der sozialliberalen Bundesregierung in Frage gestellt. Die Errichtung einer selbständigen → *Berliner Bischofskonferenz* im Jahre 1976 war der erste Schritt zu der von Paul VI. geplanten definitiven rechtlichen Abtrennung der Jurisdiktionsbezirke der DDR, die lediglich durch den Tod des Papstes (1978) und die illusionslose Einschätzung kommunistischer Kirchenpolitik durch seinen Nachfolger Johannes Paul II. verhindert wurde.

Die 80er Jahre waren kirchenpolitisch vergleichsweise ruhig, doch unterlag der ostdeutsche Katholizismus einem schleichenden Überalterungs- und Schrumpfungsprozeß. Das Dresdner Katholikentreffen 1987 zeigte jedoch eine nach wie vor hohe Mobilisierungsfähigkeit der katholischen Kirche in der DDR. Unter Kardinal Joachim Meisner (1980–1989) scheint die Berliner Führungsrolle als weniger drückend empfunden worden zu sein. Gleichzeitig nahmen Infiltrationsbemühungen des MfS (→ *Staatssicherheit)* auch im Bereich der katholischen Kirche zu. Verstrickungen etlicher kirchlicher Mitarbeiter sind bekannt. Allerdings deutet noch nichts darauf hin, daß Unterwanderungsbestrebungen kirchliche Entscheidungen in gravierender Weise hätten beeinflussen können.

1989–1990: In der sich zuspitzenden gesellschaftlichen und politischen Krise bot die katholische Kirche, anders als die evangelischen Landeskirchen, den regimekritischen Gruppen wenig organisatorische

Unterstützung. Eine „Politisierung" gottesdienstlicher Feiern widersprach ihrem Selbstverständnis. Die katholischen Bischöfe brachten ihre Kritik stärker in schriftlichen Eingaben als in öffentlichen Protesten vor. Beim → *Zusammenbruch der DDR* trat die katholische Kirche als Institution kaum in Erscheinung, verweigerte sich aber der Mitwirkung an den Runden Tischen nicht. An der demokratischen Neugestaltung der politischen Verhältnisse waren und sind katholische Christen beteiligt.

Ulrich von Hehl

Literaturhinweise:

von Hehl, Ulrich/Tischner, Wolfgang: Die katholische Kirche in der SBZ/DDR 1945–1990, in: Materialien der Enquete-Kommission, a.a.O., Bd. VI, 2, S. 875-949.

Höllen, Martin: Loyale Distanz? Katholizismus und Kirchenpolitik in SBZ und DDR. Ein historischer Überblick in Dokumenten. Bd. I: 1945–1955, Berlin 1994.

Lange, Gerhard, u. a. (Hrsg.): Katholische Kirche – Sozialistischer Staat DDR. Dokumente und öffentliche Äußerungen 1945–1990, Leipzig (2. Aufl.) 1993.

Pilvousek, Josef (Hrsg.): Kirchliches Leben im totalitären Staat. Seelsorge in der SBZ/DDR 1945–1976. Quellentexte aus den Ordinariaten und Bischöflichen Ämtern, Leipzig 1994.

Raabe, Thomas: SED-Staat und katholische Kirche. Politische Beziehungen 1949-1961. Veröffentlichungen der Kommision für Zeitgeschichte, Reihe B: Forschungen, Bd. 70, Paderborn 1995.

Kirchen und Kirchenpolitik

Die Bedeutung der Kirchen und Religionsgemeinschaften als einzige nicht restlos in das System der SED-Diktatur integrierte gesellschaftliche Großorganisationen kann kaum überschätzt werden. Sie sind auch deshalb nicht mit den → *Massenorganisationen* in der DDR vergleichbar. Genaue statistische Angaben liegen bisher kaum vor (→ *Statistik*). Nach einer offiziösen Darstellung vom September 1989 zählten die evangelischen Landeskirchen ungefähr 4,4 Mio. Mitglieder in 6 200 Gemeinden, die von rund 4 000 Geistlichen betreut wurden. Die zirka 1,1 Mio. Katholiken (→ *Katholische Kirche*) wurden von etwa 1 100 Geistlichen und 135 Ordenspriestern versorgt. Rund 245 000 DDR-

Bürger bekannten sich zu anderen Kirchen (→ *Freikirchen*) und Religionsgemeinschaften. Insgesamt wurde damit gerechnet, daß sich etwa 30% der Bevölkerung zu „einer der religiösen Glaubensrichtungen“ zugehörig fühlten. Vor dem Hintergrund der von den SED-Machthabern planmäßig vorangetriebenen Entchristianisierung der sozialistischen Gesellschaft wird man solche Zahlenangaben aber sehr kritisch bewerten müssen, gab es doch kaum noch Möglichkeiten, die Zugehörigkeit zu einer Religionsgemeinschaft exakt festzustellen.

Schon die Volkszählung von 1964 hatte ergeben, daß die Kirchen und Religionsgemeinschaften von 1950 an rund 31% ihres Mitgliederbestandes verloren hatten. Damals betrachteten sich etwa 31,9% der Bevölkerung als „nicht konfessionsgebunden“, während 59,3% als evangelisch, 8,1% als katholisch und 0,7% als Angehörige sonstiger Religionsgemeinschaften registriert wurden. Verläßlicher, und auch die indirekten Einwirkungsmöglichkeiten der DDR-Kirchen illustrierend, sind die folgenden Daten: Insgesamt unterhielten die Kirchen 76 Krankenhäuser mit 11 234 Betten, 380 Alters- und Pflegeheime, 150 Heime für geistig und körperlich Behinderte sowie eine große Zahl von Sozialeinrichtungen (Kindergärten, Schwesternstationen, Erholungsheime), in denen rund 23 000 Mitarbeiterinnen und Mitarbeiter tätig waren (→ *Gesundheitswesen;* → *Sozialpolitik*). Die Gesamtzahl der Kirchengebäude wurde auf etwa 10 000 geschätzt. Ab 1973 konnten 107 evangelische und 54 katholische Kirchen neu errichtet werden, weiter wurden ab 1978 mehr als 40 kirchliche Gemeindezentren gebaut. Die evangelischen Kirchen verfügten zudem, weil kirchlicher Landbesitz nicht der → *Bodenreform* unterworfen worden war, über 170 000 ha landwirtschaftliche Nutzfläche und 33 000 ha Wald, während die katholische Kirche etwa 30 000 ha Ackerfläche und 5 000 ha Wald besaß.

Die Kirchenpolitik der SED und damit weite Bereiche der Geschichte und Wirkungsmöglichkeiten der Kirchen waren grundlegend durch das Religionsverständnis des → *Marxismus-Leninismus* bestimmt, dem sich die SED-Machthaber trotz taktischer Kompromisse stets verpflichtet fühlten. Mit dem „Vormarsch des Sozialismus“ sei, so waren sich die SED-Ideologen sicher, die Religion in eine tiefe Krise geraten, welche die Kirchen und Glaubensgemeinschaften zwingen würde, sich an die tatsächlichen gesellschaftlichen Machtverhältnisse anzupassen. Das führe zu einer Differenzierung auch innerhalb der Kirchen selbst, in denen sich immer mehr Menschen partiell für die „Ziele des Sozialismus“ und den „Kampf um Frieden, Demokratie, Gerechtigkeit und sozialen Fortschritt“ gewinnen ließen.

In ihrer Kirchenpolitik orientierte sich die SED auf die Einbeziehung aller Werktätigen, also auch der Gläubigen, in den revolutionären → *Klassenkampf* und die Gestaltung der sozialistischen Gesellschaft. Bereits Lenin hatte weltanschauliche Fragen den aktuellen politischen Interessen eindeutig nachgeordnet. So stand im Mittelpunkt der SED-Kirchenpolitik auch nicht die Religionskritik, sondern das Bemühen, die Kirchen und ihre Anhänger in die sozialistische Gesellschaft zu integrieren (→ *Sozialismus*).

Die aggressive atheistische Propaganda (→ *Atheismus*) der frühen 50er Jahre wurde sehr rasch durch eine umfassendere Strategie ersetzt, die insbesondere im Bereich des → *Bildungswesens* auf eine tiefreichende Entchristianisierung der Gesellschaft abzielte. Die Gründung eines Lehrstuhls für Wissenschaftlichen Atheismus 1963 in Jena blieb deshalb ebenso Episode wie die Gründung des Verbandes der Freidenker in der DDR im Januar 1989, der unter maßgeblicher Mitwirkung des MfS den „vertrauensvollen Dialog von Christen und Marxisten" fördern sollte. Dabei ging es jedoch nur noch darum, „verschiedene Formen der Lebenshilfe zu entwickeln" und Ersatzformen für die in der entchristianisierten Gesellschaft inhaltslos gewordenen christlichen Passageriten zu finden. Diesem Zweck diente auch die noch im Februar 1990 (!) gegründete Gesellschaft der Nekrologen (Bestattungsredner) im Freidenkerverband der DDR.

Die SED-Kirchenpolitiker haben die Kirchen und Religionsgemeinschaften immer als bedeutende Faktoren ihrer Innen- und → *Außenpolitik* verstanden. Zu harten Konflikten kam es in allen jenen Bereichen, wo die SED-Führung im Raum der Kirchen und Religionsgemeinschaften Ansätze zu Opposition oder gar politischem → *Widerstand* zu erkennen glaubte. Konfrontationen gab es aber auch immer wieder im Zusammenhang mit allen jenen Tätigkeitsbereichen, in denen die Kirchen und Religionsgemeinschaften über die Grenzen der DDR hinaus geistlich und organisatorisch in internationale Strukturen eingebunden waren. Die konspirative Durchdringung dieser Verbindungslinien diente hier keineswegs nur der Überwachung, als genau so wichtig wurde die Instrumentalisierung dieser religiösen Kontakte im Sinne der SED-Diktatur betrachtet. Dabei konnte die SED partiell durchaus auch auf eine gewisse Nähe zum Sozialismus bei den westlichen Partnern der DDR-Kirchen und Religionsgemeinschaften setzen. Die direkte politische Inanspruchnahme der Kirchen und Religionsgemeinschaften für die Ziele der SED wurde jedoch immer wieder durch das geistliche Selbstverständnis der Kirchen und Religionsgemeinschaften, deren demokratischen und hierarchischen Strukturen sowie deren Einbindung in die weltweiten ökumenischen Organisationen begrenzt.

In der unmittelbaren Nachkriegszeit erlebten die Kirchen und Religionsgemeinschaften in der SBZ zunächst eine Phase der Integration, welche die → *SMAD* im Interesse der → *antifaschistisch-demokratischen Umwälzung* zu weitgehenden Zugeständnissen veranlaßte. Die Kirchen durften ihren gesamten Besitz behalten, ihre Angelegenheiten bis hin zur → *Entnazifizierung* weitgehend selbständig regeln und sich auch über die Zonengrenzen hinweg organisieren. Diese Zugeständnisse der SMAD schufen Grundvoraussetzungen für das zukünftige Wirken der Kirchen, die im Prinzip auch von der SED-Führung nicht verändert werden konnten und sich wesentlich von den Rahmenbedingungen unterschieden, unter denen sich das religiöse Leben in den anderen Ostblockstaaten gestaltete. In der Grundsatzfrage der Trennung von Staat und Kirche, insbesondere im Bereich der Volksbildung, hatte allerdings schon die SMAD für prinzipielle Klarheit gesorgt.

Trotzdem behielten die evangelischen Kirchen ungeachtet aller Einschränkungen und rechtlichen Unsicherheiten immer auch eigentümliche staatskirchliche Elemente bei, wie sie sich am sichtbarsten in den finanziellen Leistungen des Staates an die Kirchen oder dem Fortbestand der Theologischen Fakultäten an den staatlichen Universitäten manifestierten. In der theologischen Perspektive entsprach dieser Konstruktion die aus der Erfahrung des Versagens in der nationalsozialistischen Zeit geprägte und durch die Theologie Karl Barths und Dietrich Bonhoeffers vertiefte Einsicht, daß die Kirche ein „prophetisches Wächteramt" wahrzunehmen habe und als „Kirche für andere" gesamtgesellschaftliche Verantwortung übernehmen müsse. Das Stuttgarter Schuldbekenntnis vom Oktober 1945 und besonders das Darmstädter Wort vom August 1947 konnten auch deshalb von „progressiven Kräften" am Rande der Kirchen im Sinne einer theologischen Anpassung an die neuen totalitären Machtverhältnisse instrumentalisiert werden, weil sich hier erstmals eine gewisse Nähe von Christentum und → *Sozialismus* marxistischer Prägung vor dem Hintergrund einer spezifisch protestantischen „Buße ohne Augenmaß" (Richard Schröder) abzeichnete.

Bald nach der Gründung der DDR versuchte die SED, die Kirchen als gesellschaftlich wirksame Faktoren zu liquidieren und auf den Status reiner „Kultkirchen" herabzudrücken. Das ideologische Ziel dieser Kampagne verband sich unmittelbar mit der politischen Absicht, die gesamtdeutsch organisierten Kirchen als „Agenturen des Imperialismus" auszuschalten. Die Hauptstoßrichtung des mit brutaler Härte geführten

Kirchenkampfes 1952/53 richtete sich gegen die Jugendarbeit der Kirchen (evangelische Junge Gemeinde und katholische Pfarrjugend), die Studentengemeinden und karitativen Einrichtungen. Erst eine direkte Intervention der sowjetischen Genossen, die sich durch die SED-Kampagne in ihren deutschlandpolitischen Ambitionen beeinträchtigt sahen, führte zu einem „Burgfrieden“, der im Kommunique vom 11. Juni 1953, also unmittelbar vor dem → *Siebzehnten Juni*, formell bestätigt wurde. Auch wenn die SED die Hauptziele ihres Kirchenkampfes nicht hatte erreichen können, vertiefte sich innerkirchlich die Einsicht, wie wehrlos man letztlich dem Liquidationskurs der SED ausgeliefert war.

In der Folgezeit vermied die SED-Führung die direkte politische Konfrontation mit den Kirchen, setzte dafür aber um so entschlossener auf die ideologische Auseinandersetzung. Auch diese konzentrierte sich wieder vorwiegend auf die → *Jugend*. Mit der Einführung der → *Jugendweihe* 1954 fand die SED ein durchschlagendes Mittel, um die nachwachsende Generation in einen tiefreichenden Loyalitätskonflikt mit den Kirchen zu führen. Die administrative Durchsetzung der Jugendweihe gegen den entschlossenen Widerstand der Kirchen konnte auch durch innerkirchliche Ersatzkonzeptionen, wie dem „konfirmierenden Handeln“, nicht mehr aufgehalten werden. Damit wurden die Kirchen auf den Weg von Minderheitenkirchen gewiesen, die bei schwindendem öffentlichen Einfluß ihren Apparat aber fast unbegrenzt aufrechterhalten konnten, weil die westlichen Schwesterkirchen ihre finanziellen Zuschüsse niemals verweigerten.

Um diese Verbindungen zu zerschlagen, nahmen die SED-Machthaber den Militärseelsorgevertrag vom 7. März 1957 zum Anlaß, endlich die volle politische Loyalität der Kirchen in der DDR unter Einsatz aller politischen, administrativen und auch konspirativen Mittel zu erzwingen. Dem schon in den frühen 50er Jahren formulierten Ziel der Spaltung der gesamtdeutschen EKD kam die SED durch den → *Mauerbau* im August 1961 ein entscheidendes Stück näher, konnten doch dadurch die organisatorischen Verbindungen der EKD weitgehend zerschlagen und Konzepte einer Regionalisierung der kirchlichen Leitungstätigkeit gefördert werden. Letztere wurden auch innerkirchlich durch erste Schritte einer theologisch begründeten Anpassung an das SED-Regime gestützt, wie sie mit den „Zehn Artikeln über Freiheit und Dienst der Kirche“ und den verschärfenden „Sieben Sätzen von der Freiheit der Kirchen zum Dienen“ des systemkonformen Weißenseer Arbeitskreises 1963 auf den Weg gebracht worden waren.

Die SED-Führung erkannte die strategischen Möglichkeiten, die sich aus dieser innerkirchlich-theologischen Entwicklung ergeben konnten, zunächst jedoch nicht, sondern setzte vorläufig noch auf die Differenzierung (Fraktionsbildung) innerhalb der Kirchen. Dem dienten vor allem die propagandistisch hervorgehobenen „programmatischen Gespräche“, die Walter Ulbricht 1961 mit dem Leipziger Theologieprofessor Emil Fuchs und 1964 mit dem thüringischen Landesbischof Moritz Mitzenheim (Wartburggespräch) führte.

Ab 1966 wurde erkennbar, daß die SED die Spaltung der EKD als politisches Nahziel definiert hatte. Den entscheidenden Durchbruch erreichte die SED-Führung dabei mit der neuen → *Verfassung* von 1968. Im Zusammenhang mit der sog. Verfassungsdiskussion erklärte der thüringische Landesbischof Mitzenheim ohne erkennbare Notwendigkeit und Absicherung im Kirchenrecht in Anwesenheit Ulbrichts öffentlich: „Die Staatsgrenzen der DDR bilden auch die Grenze für die kirchlichen Organisationsmöglichkeiten.“

Die – von außen betrachtet – sich einigermaßen konfliktlos vollziehende Bildung des → *BEK* bedeutete zunächst eine Teilniederlage für die SED-Kirchenpolitiker. Angestrebt war nicht eine neue kirchliche Dachorganisation für den Bereich der DDR, sondern die Aufspaltung in einzelne Landeskirchen, denen gegenüber die Instrumente der Differenzierung sehr viel wirksamer einzusetzen gewesen wären. Trotz intensiver Geheimgespräche zwischen führenden → *Kirchenjuristen* und Vertretern der Kirchenabteilungen der SED und der Ost-CDU gelang es auch nicht, die personellen Vorstellungen der SED im Hinblick auf die Besetzung der Leitungsgremien des BEK befriedigend zu regeln. Insbesondere aber mußte die SED den Art. 4.4 der Grundordnung des BEK als Niederlage registrieren, in dem die „besondere Gemeinschaft der ganzen evangelischen Christenheit in Deutschland“ konstatiert wurde. Das Selbstverständnis der evangelischen DDR-Kirchen faßte die Eisenacher BEK-Synode 1971 in der Formel zusammen: „Eine Zeugnis- und Dienstgemeinschaft von Kirchen in der DDR wird ihren Ort genau zu bedenken haben: *In* dieser so geprägten Gesellschaft, nicht *neben* ihr, nicht *gegen* sie.“ Die daraus abgeleitete Kurzformulierung „Kirche im Sozialismus“ konnte seitens der SED als Konzeption einer theologischen Anpassung in Anspruch genommen werden, wenn sie auch innerhalb der Kirchen weitgehend lediglich als Ortsbestimmung verstanden werden sollte und auf der Ebene der Gemeinden kaum rezipiert wurde. Als „allgemein anerkannte Koexistenzformel“ sicherte das Konzept den evangelischen Kirchen in der DDR aber einen öffentlichen Einfluß, wie er sonst nirgends den Kirchen im Ostblock zugestanden wurde.

Die mit der Konzeption der Kirche im Sozialismus eingeleitete Integration der evangelischen Kirchen in das System der SED-Diktatur erlebte durch die Selbstverbrennung des evangelischen Pfarrers Oskar Brüsewitz am 18. Aug. 1976 einen tiefen Einbruch. Kirchenleitungen und SED-Führung fanden sich nach anfänglichen Irritationen zum gemeinsamen Krisenmanagement zusammen, konnten aber nicht mehr verdecken, wie groß inzwischen die Kluft zwischen dem geworden war, was auf den oberen Leitungsebenen von Kirche und SED-Staat abgestimmt wurde und was den Alltag in der DDR auch für Christen bestimmte. Zugleich signalisierte der Tod des Dorfpastors Brüsewitz in einer Phase internationaler Entspannung, welche Konflikte sich innerhalb der sozialistischen DDR-Gesellschaft aufgehäuft hatten.

Wenige Wochen nach dem „Fanal von Zeitz“ trat nach elfjährigem Berufsverbot erstmals Wolf Biermann in der Prenzlauer Nikolaikirche wieder öffentlich auf. Mit diesem Konzert wurde eine Vernetzung der oppositionellen Potentiale in der DDR erkennbar, die wenig später, nach der Ausbürgerung des Liedersängers am 16. Nov. 1976, eine neue Stufe der Realisierung erreichte.

Die Konflikte zwischen SED-Staat und Kirchen, aber auch innerhalb der Kirchen und der sich dort formierenden Opposition (→ *Widerstand*), sollte nach langen Vorverhandlungen ein Spitzengespräch begrenzen, zu dem Erich Honecker den Vorstand des BEK unter der Leitung von Bischof Albrecht Schönherr am 6. März 1978 empfing. Dabei wurde übereinstimmend festgestellt, „daß die Beziehungen der Kirchen zum Staat in den letzten Jahren zunehmend von Sachlichkeit, Vertrauen und Freimütigkeit geprägt werden“. Respektierung der Identität und Eigenständigkeit beider Seiten sowie Tolerierung staatlicher Entscheidungen bei Nichtübereinstimmung wurden als Grundprinzipien des zukünftigen Umganges miteinander festgelegt. Die SED-Kirchenpolitiker verliehen diesem Gespräch einen verfassungsgleichen Rang, war in ihm doch die Position der DDR-Kirchen auf höchster Ebene verbindlich beschrieben worden. Das bot aber auch den Kirchen die Möglichkeit, sich ihrerseits immer wieder in aktuellen Konfliktsituationen auf dieses Gespräch zu berufen und die Wahrung der eigenen Handlungsspielräume einzufordern.

Mit dem Spitzengespräch vom 6. März 1978 verließen die SED-Kirchenpolitiker ihre bewährte Taktik, den Kirchen keinerlei Rechtsansprüche einzuräumen und alles von den Ergebnissen einer in ihren Zielen niemals erkennbar festgelegten Gesprächsdiplomatie abhängig zu machen. Wenn die Kirchen wirklich dauerhaft in das SED-System integriert werden sollten, mußte dafür eine stabile Handlungsgrundlage geschaffen werden. Vor dem Hintergrund wachsender ökonomischer Probleme, angesichts zunehmender ideologischer und innenpolitischer Schwierigkeiten und auch im Zusammenhang mit der sich verfestigenden Einbindung der DDR in die internationalen Entspannungsmaßnahmen benötigte die SED-Führung alle Unterstützung, derer sie habhaft werden konnte. Die Kirchen „managten" bereits seit den frühen 60er Jahren wirksam und diskret den Häftlingsfreikauf (→ *Häftlinge, politische*) und wesentliche Teile des finanziellen Transfers → (*Finanzierung des Systems*). In engem Zusammenhang damit nahm auch ihre deutschlandpolitische Kompetenz ständig zu. Schließlich erhoffte sich die SED-Führung von den Kirchen auch maßgebliche Beiträge zur Konsolidierung der Gesellschaft.

Die Feier des Lutherjahres 1983 ließ erkennen, auf welchen Gebieten die SED-Machthaber eine spezielle kirchliche Unterstützung erhofften. Es ging ihr um eine vertiefte Rezeption des → *Historischen Erbes* mit dem Ziel, die deutsche Geschichte in die „Nationalgeschichte der DDR" einzugliedern, und die moralisch-theologische Untermauerung eines „Arbeitsethos", für die man sich besonders von der lutherischen Tradition her wichtige Anregungen erhoffte. Die marxistischen Theoretiker zeigten sich zudem von der Frage nach der „älter werdenden Revolution" fasziniert, die am Exempel des „alten Luther" diskutiert werden konnte.

Die entscheidenden neuen Entwicklungen vollzogen sich jedoch damals schon längst nicht mehr auf der Ebene von Spitzengesprächen zwischen Staat und Kirche oder in den konspirativen Kontakten leitender Funktionäre beider Seiten untereinander. Historische Bedeutung erlangten jetzt vielmehr alle jene Gruppen und Basisinitiativen, die sich im Raum der Kirchen gebildet hatten. Ihre Anfänge reichen zurück bis in die frühen 60er Jahre, als die Kirchen die Forderung nach Glaubens- und Gewissensfreiheit auch für Soldaten der NVA (→ *Bewaffnete Kräfte*), ihre Bedenken gegenüber dem Fahneneid und ihren Wunsch nach Alternativen zum Waffendienst formulierten. Der kirchlichen → *Friedensbewegung* glaubte die SED-Führung am wirkungsvollsten 1964 durch die Einführung von Baueinheiten in der NVA (→ *Bausoldaten*) begegnen zu können. Das verminderte zwar die unmittelbare Konfrontation, zugleich aber wurden mit den Baueinheiten regelrechte „Schulen der Opposition" errichtet.

Die Pioniere der kirchlichen → *Friedensbewegung*, die seit 1968 Regionalkreise „Friedensdienste" und seit Beginn der 70er Jahre „Friedensseminare" zu organisieren begannen, machten die Erfahrung, daß zumindest in Teilbereichen der „geschlossenen Gesellschaft" der DDR → *Widerstand, Opposition und Verweigerung* möglich war.

Mit dem „Berliner Appell – Frieden schaffen ohne Waffen" des Berliner Jugendpfarrers Rainer Eppelmann und des SED-Dissidenten

Robert Havemann, veröffentlicht im Januar 1982, wurde die kirchliche Opposition auf entscheidende Weise politisiert, mit außerkirchlichen Oppositionsgruppen vernetzt und in das Blickfeld der internationalen Öffentlichkeit gerückt. Damit waren die Möglichkeiten des innerkirchlichen Krisenmanagements an ihr Ende gekommen. Die Kirchenleitungen mußten sich zunehmend darauf beschränken, in einzelnen Konfliktfällen auch mit Hilfe unorthodoxer Lösungsmöglichkeiten zu „moderieren", wie z.B. durch Vermittlung zeitweiliger „Studienaufenthalte" führender Dissidenten im westlichen Ausland.

Seit der Mitte der 80er Jahre wurde erkennbar, daß die SED-Führung die DDR-Opposition endgültig nicht mehr disziplinieren konnte und darauf angewiesen war, die Kirchen für die Stabilisierung ihrer Herrschaft einzusetzen. Das konnte aber schon deshalb nicht mehr gelingen, weil auch innerhalb der Kirchen selbst sich der Differenzierungsprozeß immer stärker beschleunigte. Neben Versuchen, der sozialistischen Perspektive eine theologisch begründete Restauration zu ermöglichen und die oppositionellen Gruppen in diese Konzeptionen einzubinden, machten sich nun auch die „Ausreiser" bemerkbar, die dem Sozialismus keine Chance mehr einräumten (→ *Ausreise*).

Der Politisierung und Radikalisierung der in den Kirchen beheimateten Opposition im ab Februar 1987 laufenden Konziliaren Prozeß und bei den → *Ökumenischen Versammlungen* für Gerechtigkeit, Frieden und Bewahrung der Schöpfung hatte die SED-Führung politisch nichts mehr entgegenzusetzen. Die vertrauten Instrumente der konspirativen Durchdringung verfingen auch deshalb nicht mehr, weil der Konziliare Prozeß prinzipiell auf Öffentlichkeit hin angelegt war. Auch die konspirativ organisierte Einflußnahme über einzelne kirchenleitende Persönlichkeiten wurde in dem Maß wirkungslos, in dem die DDR-Opposition nicht mehr der kirchlichen Legitimation bedurfte und die Öffentlichkeit erreichte.

Im Herbst 1989 wuchs den Kirchen in der DDR für kurze Zeit eine Rolle von historischer Bedeutung zu. Die Friedensgebete, die besonders in den evangelischen Kirchen an immer mehr Orten regelmäßig stattfanden, wurden zu Keimzellen des Massenprotestes. Honecker hat rückblickend notiert, damals seien aus Gotteshäusern „Parteihäuser" geworden. Die Versuche einzelner Kirchenführer und der auseinanderfallenden SED-Führung, im Krisenmanagement zusammenzuarbeiten und Konzeptionen eines Dritten Weges zu durchdenken, wurden von der raschen Entwicklung hin zur deutschen Wiedervereinigung überrollt.

Die kirchliche Moderation der → *Runden Tische* bedarf noch eingehender Aufklärung. Zu fragen ist vor allem, ob die Fixierung der Kirchenvertreter auf prinzipielle Gewaltlosigkeit und sozialen Frieden nicht auch die Verwischung von Verantwortlichkeiten und die Verhinderung eigentlich notwendiger Auseinandersetzungen zur Folge hatte. Die SED konnte hier zum letztenmal die altbewährten Kooperationsbeziehungen zu den Kirchen in ihrem Sinne aktivieren und Schadensbegrenzung betreiben. Das führte dazu, daß die Frage nach der aktuellen oder geschichtlichen Verantwortung der SED und den Folgewirkungen der SED-Diktatur an den Runden Tischen unterdrückt und damit der SED/PDS ein Neubeginn ermöglicht wurde.

Peter Maser

Literaturhinweise:

Besier, Gerhard: Der SED-Staat und die Kirche. Der Weg in die Anpassung, 3 Bde., München, Berlin 1993/95.

Goerner, Martin Georg: Die Kirche als Problem der SED. Strukturen kommunistischer Herrschaftsausübung gegenüber der evangelischen Kirche 1945 bis 1958. Studien des Forschungsverbundes SED-Staat an der Freien Universität Berlin, Berlin 1997.

Friebel, Thomas: Kirche und politische Verantwortung in der sowjetischen Zone und der DDR 1945–1969, Gütersloh 1992.

Lange, Gerhard u.a. (Hrsg.): Katholische Kirche – sozialistischer Staat DDR. Dokumente und öffentliche Äußerungen 1945-1990, Leipzig (2. Aufl.) 1993.

Maser, Peter: Kirchen und Religionsgemeinschaften in der DDR 1949–1989, Konstanz 1992.

Materialien der Enquete-Kommission, a.a.O., Bd. VI, 1 und 2.

Mau, Rudolf: Eingebunden in den Realsozialismus? Die Evangelische Kirche als Problem der SED, Göttingen 1994.

Kirchenjuristen

Darunter versteht man im weiteren Sinne die bei den evangelischen Landeskirchen in der DDR beschäftigten Juristen, bei denen sich zunehmend ein eigenes Standesbewußtsein herausgebildet hatte; im engeren Sinne die bei den evangelischen Landeskirchen in der DDR ausgebildeten Juristen.

Als das Kirchenregiment in der Reformationszeit auf die evangelischen Landesfürsten übergegangen war, wurden zum Zwecke der Kirchenverwaltung Konsistorien eingerichtet, die meist paritätisch aus Theologen und Juristen bestanden und von einem Juristen geleitet wurden. In einer weithin geschlossenen christlichen Gesellschaft war der Wechsel zwischen kirchlichen und weltlichen Juristenämtern problemlos und selbstverständlich. Das mußte sich ändern, nachdem die in der SBZ und späteren DDR zur Macht gekommenen Kommunisten ihre

Ideologie mit einem kämpferischen → *Atheismus* verbunden hatten. Die Auswahlkriterien für ein Studium an einer Juristischen Fakultät der DDR, die dort betriebene Indoktrination und die im Studium vermittelten Lerninhalte machten es nur noch in Ausnahmefällen möglich, die dort ausgebildeten Juristen in den Kirchendienst zu übernehmen. Mit dem Bau der Mauer 1961 war zudem die Möglichkeit weggefallen, Juristen aus dem Westen Deutschlands zu gewinnen oder dort auszubilden. So nötigte der anstehende Generationswechsel in den Kirchenverwaltungen zu einem neuen Weg.

Sieben der acht östlichen evangelischen Landeskirchen entschieden sich dafür, einen von den Kirchen selbst getragenen juristischen Ausbildungsgang mit akademischem Niveau, vergleichbar der westdeutschen Juristenausbildung, einzurichten. Die westlichen Gliedkirchen der EKD trugen diese Entscheidung mit. Lediglich die Evangelisch-Lutherische Kirche in Thüringen beschritt einen Sonderweg, indem sie ihre künftigen Juristen auf die Universität Jena entsandte. Grundlage der Ausbildung wurde die „Ausbildungs- und Prüfungsordnung für den höheren Verwaltungsdienst in den evangelischen Kirchen in der DDR vom 6. Juli 1962“. Zwei Ausbildungsgänge, von 1963 bis 1967 und von 1967 bis 1970, jeweils von ca. 15 Teilnehmern besucht, fanden in Naumburg am Katechetischen Oberseminar statt. Das Studium umfaßte alle Bereiche eines traditionellen Jurastudiums, verstärkt um evangelisches und katholisches Kirchenrecht, Kirchengeschichte und theologische Grundlagenfächer. Es schloß mit einer Ersten Prüfung ab. Die Absolventen gingen anschließend in einen dreijährigen Vorbereitungsdienst bei ihrer Landeskirche. Eine Tätigkeit bei der staatlichen Justiz war auf Grund der politischen Verhältnisse nicht möglich. Der Vorbereitungsdienst schloß mit der Zweiten Prüfung ab.

Nach Auflösung der Naumburger Juristenausbildung zeigte sich bald, daß erneut Bedarf an juristischem Nachwuchs entstehen würde. So legte der Rechtsausschuß des inzwischen begründeten → *BEK* (Untergruppe „Ausbildung für Kirchenjuristen“) Mitte der 70er Jahre einen weiteren Ausbildungsplan für die Kirchenjuristen vor. In die Praxis umgesetzt wurde dieser Plan nie, da es an geeignetem Ausbildungspersonal fehlte. Die Evangelisch-Lutherische Landeskirche Sachsens erließ 1978 eine Ausbildungs- und Prüfungsordnung für einen eigenen berufsbegleitenden Ausbildungsgang, den vier Teilnehmer absolvierten.

Die Entscheidung der evangelischen Landeskirchen, das staatliche Juristenausbildungsmonopol zu durchbrechen, ist einmalig in der abendländischen Rechtstradition. Sie hat zwar nie eine formelle, jedoch eine faktische Anerkennung seitens des Staates erlangt. Sie war ein wichtiges Element bei der Wahrung der Eigenständigkeit der Kirche in einem totalitären Umfeld. In den kritischen Phasen der friedliche Revolution 1989/90 und bei der Auflösung der Staatssicherheit hat es sich als wertvoll erwiesen, daß auf diesen Personenkreis zurückgegriffen werden konnte.

Freilich kann nicht übersehen werden, daß der Berufsstand der Kirchenjuristen auch ein Einfallstor für die → *Staatssicherheit* in die Leitungsebenen der Kirchen war. Nach der Öffnung der → *Stasi-Akten* wurde offenbar, daß ein erheblicher Teil der Kirchenjuristen mit staatlicher Ausbildung konspirativ und damit unter Verletzung ihrer Dienstpflichten mit der Staatssicherheit zusammengearbeitet hatte, während die von der Kirche selbst ausgebildeten Kirchenjuristen ihre Integrität weitgehend gewahrt haben. Ein besonderer Schwerpunkt der Unterwanderung durch den als inoffiziellen Mitarbeiter der Staatssicherheit verpflichteten Kirchenjuristen lag in der Evangelisch-Lutherischen Kirche in Thüringen. In der Evangelischen Kirche der Kirchenprovinz Sachsen gelang es der Staatssicherheit sogar, einen „Offizier im besonderen Einsatz" als Konsistorialpräsidenten zu plazieren. Prominentestes Beispiel eines intensiv und konspirativ mit der Staatssicherheit verbundenen Kirchenjuristen ist der ehemalige Konsistorialpräsident und spätere Ministerpräsident von Brandenburg Manfred Stolpe. Die unzureichende Aufklärung seiner Rolle zwischen Staat und Kirche hat neben politischen Gründen ihre Ursache vor allem darin, daß die Staatssicherheit die ihn direkt betreffenden Akten vor ihrer Auflösung vernichten konnte.

Die teilweise enge Verbindung einer Reihe von Kirchenjuristen mit dem Staat muß auch als Ausfluß der besonderen Struktur der evangelischen → *Kirchen* in Deutschland seit der Reformation gedeutet werden. Sie waren sehr viel stärker als die → *katholische Kirche*, an das jeweilige Territorium und sein politisches System gebunden und dadurch in ihrem Selbstbewußtsein bestimmt. Auch die theologisch-politische Formel von der „Kirche im Sozialismus" war Ausdruck dieses Selbstverständnisses.

Steffen Heitmann

Klassen und Klassenkampf

Die Begriffe „Klasse" und „Klassenkampf" waren im Selbstverständnis der damaligen SED zentral insbesondere für die Auseinandersetzung mit dem „Klassenfeind“. Dabei beriefen sich die Theoretiker des Regimes durchweg auf Karl Marx und Friedrich Engels.

Klassenbegriff: Im 19. Jh. war es in England und später auch in Deutschland nicht selten, die Bezeichnung Klasse für solche Personengruppen zu verwenden, die es als Großgruppen in der ständischen Gesellschaft nicht gab: in erster Linie die Arbeiterschaft und das städtische Bürgertum.

Karl Marx greift diesen Wortgebrauch auf und analysiert damit in seiner Schrift „Der 18. Brumaire des Louis Bonaparte“ die zeitgenössische französische Gesellschaft. Nach Verhalten und Selbstverständnis unterscheidet Marx hier zwischen Bourgeoisie, Kleinbürgertum, Proletariat, Lumpenproletariat, Bauern und Handwerkern. Die beiden letzteren Gruppen sind für Marx „Übergangsklassen“ als Überbleibsel aus der sich auflösenden ständischen Gesellschaft. Proletariat und Bourgeoisie gelten als grundlegende Klassen, weil sie strukturbestimmend sein sollen. Weiter identifiziert Marx „Zwischenklassen“ (z. B. Intelligenzberufe) und „gemischte Klassen“ (Nebenerwerbslandwirte).

Der Klassenbegriff im Hauptwerk von Marx ist demgegenüber der Nationalökonomie seiner Zeit entlehnt. Damals wurden drei Einkommensarten unterschieden: Kapitalprofit, Grundrente und Arbeitslohn. Entsprechend dieser Dreiteilung spricht Marx von drei Klassen, teilt aber sofort mit, daß man selbstverständlich solche Unterschiede berücksichtigen müßte wie die zwischen einem Großgrundbesitzer und einem Weinbauern als Familienbetrieb. Der Gedanke wird aber im Kapital nicht weitergeführt; das betreffende Kapitel bricht an dieser Stelle ab.

In der allgemeinen Rezeption wird der Klassenbegriff bei Marx gleichgesetzt mit dem Gegensatz zwischen Kapitalisten und Proletariern. Mit diesem analytischen Konstrukt, das er vor allem im Kommunistischen Manifest und in „Lohnarbeit und Kapital“ verwendet, sucht Marx den strukturbestimmenden Gegensatz seiner Gesellschaft zu erfassen.

In der Lehre des Wissenschaftlichen Kommunismus, wie sie in der DDR aus der Sowjetunion übernommen wurde, berief man sich häufig auf die Klassendefinition Lenins, die sich in seinem Aufsatz „Die große Initiative“ (1919) findet. Sie hebt ab auf den Rang einzelner sozialer Gruppen innerhalb einer sozialen Situation bzw. eines Gesellschaftssystems. Griffiger ist die Definition, die Lenin ein Jahr später in seiner Schrift über die Aufgaben der Jugendarbeit verwendet. Zentral ist hier die Möglichkeit, daß eine Gruppe von Menschen sich die Arbeit einer anderen aneignen kann – also die Fähigkeit zur Ausbeutung. Worauf diese Möglichkeit sich gründet, wird von Lenin offengelassen.

In seiner Schrift über die Aufgaben der Jugendarbeit (1920) heißt es: „Falls ein Teil einer Gesellschaft alles Land besitzt, haben wir eine Landbesitzerklasse und eine Bauernklasse. Falls ein Teil der Gesellschaft die Fabriken und Produktionsmittel besitzt sowie Kapital und Aktien, der andere Teil aber in diesen Fabriken arbeitet, haben wir eine kapitalistische Klasse und eine proletarische Klasse."

Im Wissenschaftlichen Kommunismus wird die Ausbildung von Klassen hergeleitet aus der Differenzierung der Arbeit, der Arbeitsteilung und der „Ausbeutung des Menschen durch den Menschen" (→ *Arbeit*; → *Marxismus-Leninismus*; → *marxistische Philosophie*). Sie erzwingt den Klassenkampf und die Aufeinanderfolge sozialer Revolutionen in Ausbeutergesellschaften (→ *Geschichtsauffassung*). Auf die Produktionsweise, die auf der Sklaverei beruht, folgt der Feudalismus und schließlich der Kapitalismus. Nach den Ergebnissen der Ethnologie und der Sozialgeschichte ist all dies völlig unhaltbar, und es versperrt den Weg zu einem Verständnis der Entwicklung.

In der Lehre des Wissenschaftlichen Kommunismus erreicht der monopolistische Kapitalismus einen Höhepunkt der Ausbeutung im → *Imperialismus*. Krisen und Massenelend führen zur revolutionären Situation, in der das Proletariat, geführt von der kommunistischen Partei und im Bündnis mit anderen verelendenden Gruppen, die kapitalistische Ordnung stürzt. Hierauf folgt eine Epoche des Übergangs, in der die Diktatur des Proletariats dafür sorgt, daß im „reifen" → *Sozialismus* – das sollte für die DDR gelten – der Übergang zum Kommunismus erfolgen kann. Mit ihm ist die klassenlose Gesellschaft auf höchstem Niveau der Produktionsweise erreicht.

Ausbeutung: Im leninistischen Verständnis ist das zentrale Kriterium für eine soziale Klasse die Fähigkeit, andere auszubeuten oder das Schicksal, ausgebeutet zu werden. Die Frage, woraus sich die Fähigkeit zur Ausbeutung begründet, wird bei Marx und Lenin beantwortet mit dem → *Eigentum* an Produktionsmitteln. Dies war für die frühkapitalistischen Gesellschaften im Europa des frühen 19. Jahrhunderts plausibel: Kapital war knapp, das Angebot an Arbeit durch Abwanderung vom Lande unbegrenzt – wenigstens für einfache Arbeiten in Fabriken und Kohlebergwerken. Damit waren Kapitalbesitzer in einer Erpressersituation, die es erlaubte, sich voll den Mehrwert, also den Wert der Arbeit, der über die zur Reproduktion des Lebens erforderlichen Erträge hinausging, anzueignen. Diese auf die damalige Situation bezogene Gesellschaftsanalyse, die zudem die wirtschafts- und sozialpolitische

Passivität des Staates zur Voraussetzung hatte, wurde im offiziell verkündeten Marxismus-Leninismus als generelle Situationsbeschreibung für die westlichen Marktwirtschaften unterstellt.

Die Gleichsetzung von Eigentum an Produktionsmitteln und Verfügung über dieselben ist aber offensichtlich in modernen Gesellschaften nicht zutreffend. Der Unterschied zwischen Eigentum an und Verfügungsgewalt über Produktionsmittel durfte in der DDR aus ideologischen Gründen nicht problematisiert werden. Denn damit wäre die Frage aufgeworfen worden, ob die Enteignung von Kapitalbesitzern zur klassenlosen Gesellschaft oder lediglich zu einer herrschenden Staatsbürokratie führt.

Dies ist das Leitmotiv der Untersuchungen von Karl August Wittfogel. Er übernimmt von Karl Marx den Begriff der „orientalischen Despotie" zur Kennzeichnung der „hydraulischen Gesellschaften" – der polit-ökonomischen Ordnungen, die um die großen Flüsse entstanden waren. Zentral ist für diese Ordnungen die Regulierung der Bewässerung. Die Kontrolle über den entscheidenden Produktionsfaktor Wasser liegt aber nicht etwa bei privaten Kapitalisten, sondern einer zentralisierten Bürokratie. Obwohl Wittfogel sich zunächst als Sozialist verstand, wurde er wegen dieser Thesen von den kommunistischen Parteien mit Acht und Bann bedacht. Die Konzeption, daß nicht das Eigentum, sondern die Verfügungsgewalt über Produktionsmittel zentral für eine polit-ökonomische Ordnung sei, stellt den Kommunismus in Frage als „Klassenherrschaft" einer Bürokratie.

Klassen im Sozialismus: In der DDR wurde nach wie vor theoretisch unterschieden zwischen Arbeiterklasse, Genossenschaftsbauern, Selbständigen und der Intelligenz. Dabei wurden aus ideologischen Gründen Arbeiter und Angestellte in der → *Statistik* als Arbeiter ausgewiesen, obwohl die Sozialwissenschaftler große Unterschiede in der Mentalität betonten. Gleichfalls aus ideologischen Gründen wurden die Bauern auf Staatsgütern in der Statistik als Arbeiter ausgewiesen, weil sie ja – anders als die in Produktionsgenossenschaften – kein Eigentum an Produktionsmitteln besaßen. Ein großer Streit herrschte bis zuletzt um die Einordnung der → *Intelligenz.* Stalin hatte entschieden: „Die Intelligenz war niemals eine Klasse und kann es nicht sein. Sie war und bleibt eine Zwischenschicht, die sich aus allen Klassen der Gesellschaft rekrutiert." Dennoch haben immer wieder Theoretiker von der Klassenmacht der Intelligenz geschrieben.

Im Laufe der 70er Jahre gaben Sozialwissenschaftler in der DDR zu, daß es dort auch noch soziale Schichten ähnlich wie im Kapitalismus gebe. Sogar die Rangordnung für Berufsprestige in den sozialistischen

Ländern stimme mit der aus westlichen Ländern weitestgehend überein. Das aber sei unerheblich, weil Unterschiede nach sozialer Schicht keine Unterschiede der Macht seien. Für letzteres seien die Möglichkeiten der Ausbeutung entscheidend, und die seien in der DDR mit der Vergesellschaftung der Produktionsmittel aufgehoben.

In der marxistisch-leninistischen Sozialwissenschaft unterschied man zwischen antagonistischen und nichtantagonistischen Klassen. Der Gegensatz Kapitalisten – Proletariat sei antagonistischer Art. Klassengegensätze ohne Ausbeutungsbeziehungen seien dagegen nicht antagonistisch und könnten auch im entwickelten Sozialismus weiter bestehen. Unklar blieben die Theoretiker, wie sich diese Unterschiede nach einem schließlichen Übergang aus dem Sozialismus hin zum Endstadium des Kommunismus entwickeln würden. Offiziell aufgegeben wurde jedenfalls der Anspruch nicht, daß es schließlich im Kommunismus zur klassenlosen Gesellschaft kommen würde. Für Gesellschaften des entwickelten Sozialismus – wie die der UdSSR oder der DDR – gelte das noch nicht.

Klassenkampf: Nach marxistisch-leninistischer Auffassung ist der Klassenkampf „die entscheidende unmittelbare Triebkraft der gesellschaftlichen Entwicklung in allen antagonistischen Klassengesellschaften“. Mit diesem Begriff sollten die Mitglieder einer sozialistischen Gesellschaft verpflichtet sein, alle sozialen Erscheinungen aus der Perspektive der Ausbeutung als Folge von Klassensituationen zu deuten und auf deren Abschaffung hinzuarbeiten.

Klassenkampf bezeichnet insbesondere den Übergang vom Nichtsozialismus zum Sozialismus, wobei die Arbeiterklasse sich mit anderen zum Umsturz der bestehenden Ordnung verbündet. Da auch mit erfolgreichem Klassenkampf antagonistische gesellschaftliche Beziehungen zunächst weiterbestehen, ist für eine Übergangsperiode die → *Diktatur des Proletariats* notwendig. Theoretisch wird die Möglichkeit eines friedlichen Übergangs und einer Herrschaft ohne Terror nicht ausgeschlossen, aber als Normalfall in den theoretischen Schriften der Klassenkampf als bewaffnete Niederwerfung des Klassenfeindes verstanden.

Karl Marx unterscheidet in späteren Schriften zwischen zwei Arten von Klassensituationen. „Klasse an sich“ heißt eine soziale Klasse, welche der Analytiker definiert. Dieser Betrachter erkennt beispielsweise Ausbeutungsverhältnisse, die den Ausgebeuteten selbst gar nicht bewußt sein müssen. „Klasse an sich“ ist eine unabhängig vom Denken der gemeinten Personen definierte analytische Kategorie. „Klasse für sich“ meint dagegen eine Gruppe in der Bevölkerung, die sich selbst als

Klasse versteht. In den kapitalistischen Gesellschaften müssen – in der leninistischen Fortführung dieses Gedankens – Kommunisten damit rechnen, daß es den Menschen einer „Klasse an sich" am richtigen Klassenbewußtsein mangelt, das aus der analytisch festgestellten Situation folgen sollte. Es ist die Aufgabe der Kommunisten, den Menschen einer „Klasse an sich" zum richtigen Bewußtsein zu verhelfen, so daß diese Menschen dann zu einer „Klasse an und für sich" werden: Klassenlage und Klassenbewußtsein stimmen überein (→ *Marxismus-Leninismus*).

Mit der Aufgabe, das Klassenbewußtsein herzustellen, schreiben sich die Kommunisten die Führungsrolle im Prozeß der revolutionären Umwälzung der Verhältnisse zu. Dies führte zur Vorstellung der Stellvertreterrolle der Kommunistischen Partei für das Proletariat. Theoretisch ist diese Konstruktion ungenügend abgesichert. Bereits Trotzki hatte diese Vorstellung verspottet: Die Arbeiterklasse werde vertreten durch die Kommunistische Partei, die Kommunistische Partei durch das ZK und das ZK durch den Generalsekretär Stalin. Nach marxistisch-leninistischer Lehre bestimmt das Sein das Bewußtsein. Also müßte auch ohne Nachhilfe durch die kommunistische Partei aus der proletarischen Klasse „an sich" das klassenbewußte Proletariat „an und für sich" werden. Die SED hielt bis zum Ende an ihrer Auffassung vom anhaltenden Klassenkampf – nicht zuletzt gegenüber der „imperialistischen" Bundesrepublik – fest und begründete hieraus ihren → *Führungsanspruch* und ihre → *Westarbeit*.

Auch die → *friedliche Koexistenz* bedeutete keine Aufgabe des Klassenkampfes als zentrale Verpflichtung für die kommunistischen Führungen; sie wurde vielmehr häufig „als die höchste Form des Klassenkampfes zwischen zwei antagonistischen Systemen" bezeichnet. Friedliche Koexistenz schloß lediglich für die vorauszusehenden Zeiträume die Anwendung militärischer Gewalt im Sinne offener Kriegsführung aus; keinesfalls aber bedeutete dies den Verzicht auf Agitation, Sabotage und auch Terror. So war die DDR für die RAF ein Rückzugs- und Erholungsgebiet vor neuen Terrorakten in der Bundesrepublik.

Vor allem hoffte die Führung des SED-Staates bis zuletzt auf eine vernichtende wirtschaftliche Krise im Kapitalismus. Diese war selbst für die Führung der Kommunisten allein aus dem Charakter des Wirtschaftssystems nicht sehr wahrscheinlich. Auch um sie herbeizuführen, wurde der Klassenkampf global begriffen als eine Allianz der sozialistischen Staaten mit allen von den hochentwickelten kapitalistischen Staaten abhängigen anderen Ländern (→ *antiimperialistische Solidarität*).

Für westliche Beobachter war es verblüffend, daß die Führung der DDR nicht erkannte, wie es zu einem immer größeren wirtschaftlichen Rückstand der DDR gegenüber der Bundesrepublik kommen konnte. Ein solcher Sachverhalt war aber für eine Führung, die tatsächlich in den Kategorien des Klassenbewußtseins und des Klassenkampfes dachte, nicht hinnehmbar.

Das Problem der „neuen Klasse“: Sowohl im Nationalsozialismus wie im Kommunismus gilt der Satz, daß die Partei dem Staat befiehlt. Mit „Partei“ ist eine Organisation gemeint, die eine Parteimitgliedschaft als Privileg versteht. Parteimitgliedschaft und Aufstieg in der Partei wurden in der DDR als Auszeichnung verstanden und durch → *Privilegien* motiviert. Durch Kaderpolitik wurde erreicht, daß die Partei die Bürokratie und die „Transmissionsriemen“ in der Gesellschaft (→ *Massenorganisationen*; → *Massenmedien*) kontrolliert. Das für die Durchdringung der Gesellschaft notwendige System der → *Nomenklatur* wurde aus der Sowjetunion übernommen.

Auf die Machtposition der Parteikader wendete der jugoslawische Marxist Djilas noch den Begriff der „neuen Klasse“ an. Bereits früher ist vom Klassencharakter der herrschenden Bürokratie in den real existierenden sozialistischen Gesellschaften geschrieben worden. Indem die Partei dem Staat befehlen kann und zugleich diese Partei ein Monopol über jegliche politische Aktivität durchsetzt, ist die Herrschaft der Kader viel ausschließlicher als je in einer kapitalistischen Gesellschaft mit ihren vielfältigen Widersprüchen. Im Hinblick darauf, daß die Nomenklatur nach außen abgeschlossen und die Aufnahme in sie eine Ermessensentscheidung höherer → *Kader* war, dürfte es zutreffend sein, sie nicht als Klasse sondern als Kaste zu bezeichnen.

Erwin K. Scheuch

Kollektiv

Der Begriff Kollektiv bezeichnet eine Gruppe von Menschen, die durch eine gemeinsame Überzeugung, eine inhärente Ordnung und durch gemeinsame Arbeit zusammengeschlossen ist. Alle kollektivistischen Vorstellungen gehen davon aus, daß die Gesellschaft seinsmäßig und wertmäßig vor dem Individuum Vorrang besitzt, so daß der einzelne Mensch als Teil eines Kollektivs nur ein abgeleitetes Sein besitzt und keine eigenständige Freiheit gegenüber dem gesellschaftlichen Ganzen beanspruchen kann. Damit verbunden ist das Recht und die Pflicht des

Kollektivs zur Einbindung der Individuen, und sei es durch Überwachung seines Verhaltens.

Im Selbstverständnis des DDR-Sozialismus: In der SBZ/DDR bildeten solche kollektivistischen Vorstellungen gemäß der → *marxistischen Philosophie* und dem → *marxistischen Menschenbild* die Grundlage für die besondere Wertung des Kollektivs als Grundform des menschlichen Lebens und der Organisation der menschlichen Beziehungen unter sozialistischen Produktionsverhältnissen. Jeder einzelne war in vielfältige Kollektive eingebunden. Jedes Kollektiv war organischer Teil des Gesamtkollektivs der sozialistischen Gesellschaft. Es war als grundlegendes gesellschaftliches Prinzip und Bindeglied zwischen Gesellschaft und Individuum ein bedeutender Faktor der gesamtgesellschaftlichen Entwicklung und hatte in der für den Sozialismus typischen Struktur der sozialen Beziehungen von Gesellschaft, Kollektiv und sozialistischer Persönlichkeit eine zentrale Stellung. Das Kollektiv wird als höhere Qualität im Entwicklungsprozeß einer sozialen Gruppe dargestellt, die in Leistungen, sozialen Beziehungen, Aktivitäten und Bewußtseinsinhalten deutlich werden sollte. Dazu gehörte auch die bewußte Teilnahme an der Lenkung und Leitung des Staates und der Produktion. Um dieses Ziel zu erreichen, wurde von der politisch-ideologischen Führung des Kollektivs, einer zielgerichteten Leitung im Sinne der herrschenden Politik, als Voraussetzung dafür gesprochen. Nicht nur in der Sprache des marxistischen Kollektivismus oder auf Makarenkos Jugend- und Kinderkollektive zurückgehend, sondern im gesamten Grundverständnis des SED-Sozialismus ist der Begriff positivwertbesetzt, was z. B. bei Namen von staatlichen → *Auszeichnungen* deutlich wird: „Kollektiv der sozialistischen Arbeit", „Hervorragendes Jugendkollektiv", „Vorbildliches Lehrlingskollektiv im sozialistischen Berufswettbewerb".

Sozialistische Arbeitskollektive und Brigaden: Aufgrund der ökonomischen Theorie des Marxismus und der hohen Bewertung des Arbeitsprozesses als Hauptsphäre menschlicher Tätigkeit (→ *Arbeit*) hatte das Arbeitskollektiv eine besondere Funktion und Stellung. Als soziale Vereinigung im Produktionsprozeß galt es als Grundzelle der sozialistischen Gesellschaft. Hier sollte sich bei der Realisierung der gesellschaftlichen Aufgaben der Prozeß der Interessenübereinstimmung zwischen Gesellschaft, Betrieb und Individuum vollziehen. Darin wurde ein wesentlicher Unterschied zum Team im Kapitalismus gesehen, das lediglich als Mittel zur Steigerung des Profits bezeichnet wird. Im Sozialismus sollte dagegen gerade bei der „sozialistischen Gemeinschaftsarbeit" der Mensch und die allseitige Förderung der Persönlichkeit im Mittelpunkt stehen. Arbeitskollektive galten als „eine wichtige Wirkungsstätte der politischen Organisiertheit der Arbeiterklasse“.

Brigaden, auch Arbeitsbrigaden, waren besondere Arbeitskollektive von mehreren Werktätigen im Produktionsprozeß. Aufgaben, Größe und Zusammensetzung dieser kleinsten Struktureinheit im Betrieb wurden vom Arbeitsprozeß bestimmt. Die Brigade ist die wichtigste organisierte Einheit im → *sozialistischen Wettbewerb*, an dem sie über die Bewegung „Sozialistisch arbeiten, lernen und leben“ teilnimmt. Ausgehend von einem Beschluß des V. Parteitages der SED 1958 forderte eine Jugendbrigade im Elektrochemischen Kombinat Bitterfeld, im Rahmen des sozialistischen Wettbewerbs um den Titel „Brigade der sozialistischen Arbeit“ zu kämpfen. Dies geschah in Anlehnung an das „Arbeiterheldentum“ und die Brigaden der kommunistischen Arbeit in der Sowjetunion. In der Verpflichtung von 1958 wurde auf die vom Parteitag beschlossenen Zehn Gebote der sozialistischen Moral (→ *Moral und Ethik*) als Richtschnur des Handelns verwiesen. Entsprechend dem → *marxistischen Menschenbild* war damit ein weit über den betrieblichen Rahmen hinausgehender Anspruch verbunden: „Wir Mitglieder der Jugendbrigade wollen ständig aus den Erfahrungen klassenbewußter Arbeiter lernen. Wir wollen uns bemühen, daß unsere Frauen am Leben der Brigade teilnehmen. Wir wollen uns bei der Arbeit, beim Lernen und im Leben gegenseitig helfen.“ (Herbert Warnke)

Ab 1966 wurde die allgemeinere Bezeichnung „Kollektiv der sozialistischen Arbeit“ eingeführt. Hier laufen die verschiedenen Aktivitäten von der Neuererbewegung bis zur Übernahme der „fortschrittlichen“ Erfahrungen aus der Sowjetunion zusammen, was mit der Arbeit nach mit russischen Namen bezeichneten Initiativen oder Methoden oder mit dem Ehrennamen Brigade „Deutsch-Sowjetische Freundschaft“ dokumentiert wurde. Brigaden standen unter Leitung eines weisungsberechtigten Brigadiers. In der → *Landwirtschaft* wurden ständige Produktionsbrigaden gebildet, die wie der Brigadeleiter von der Mitgliederversammlung der Genossenschaften bestätigt werden sollten. Der Übergang von der privaten Landwirtschaft zur LPG wurde im Systemverständnis völlig konsistent als „Kollektivierung“ bezeichnet.

Sowohl Arbeitskollektive als auch Brigaden waren mit der jeweiligen Gewerkschaftsgruppe identisch.

Kampf um den Ehrentitel „Kollektiv der sozialistischen Arbeit“: Die Grundlage für den Kampf um diesen Ehrentitel, der später sogar in einer „Ordnung über die Verleihung und Bestätigung der erfolgreichen Verteidigung des Ehrentitels“ geregelt wurde, bildeten eine jährliche Wettbewerbsverpflichtung und der Kultur- und Bildungsplan des Arbeitskollektivs, die allerdings ohne besondere Aufmerksamkeit abgearbeitet wurden. Die Ausarbeitung zusätzlicher Programme war ausdrücklich verboten. Um diese Auszeichnung sollte nicht nur in den Betrieben, sondern in allen staatlichen Einrichtungen, beispielsweise auch in den Universitäten, „gekämpft" werden. Insbesondere der FDGB-Verlag Tribüne stellte dafür das entsprechende Schulungsmaterial bereit. Eine anfangs damit intendierte „gesellschaftliche Wertschätzung" war auch aufgrund der inflationären Vergabe dieses Titels gegen Ende der DDR und der damit verbundenen geringen materiellen Anerkennung nicht gegeben. Zahlenmäßige Angaben zu den „Kollektiven der sozialistischen Arbeit" hatten propagandistischen Charakter und waren schon wegen sich verändernder Kollektivgröße wenig aussagekräftig. Wichtig war dabei die ständig steigende Anzahl der am sozialistischen → *Wettbewerb* beteiligten Kollektive und der ständig steigende Anteil der erfolgreichen „Titelverteidigungen". 1976 sollen 243 560 Brigaden mit 4,2 Mio. Werktätigen am sozialistischen Wettbewerb beteiligt gewesen sein, 1987 gab es mehr als 200 000 Kollektive der sozialistischen Arbeit.

Kollektiverziehung: Die Erziehung, „im und durch das Kollektiv", zielt auf die sozialistische Gestaltung der zwischenmenschlichen Beziehungen als der entscheidenden Erziehungsmethode überhaupt. Oberstes Ziel der Kollektiventwicklung ist die Formung der allseitig entwickelten → *sozialistischen Persönlichkeit*, die sich einem staatlichen Totalanspruch unterzuordnen hatte. Die Schlagworte lauteten: Vom Ich zum Wir, Arbeiter und Intelligenz, der Elan der Jugend und die Erfahrung der Älteren, Einfluß der Arbeiterklasse auf Kunst und Literatur, Verbesserung der Arbeitskultur und Arbeitsorganisation, Patenschaften insbesondere mit Schulklassen, die gemeinsame Gestaltung der Freizeit, der Besuch von Kulturveranstaltungen, Arbeiten und Leben als eine Einheit bei der Aneignung marxistisch-leninistischer Kenntnisse und eines festen Klassenstandpunktes. Das inhaltliche Bindeglied sollte dabei der gemeinsame (ideologische) Ideengehalt bilden. Im schulischen Erziehungsprozeß wurde das Schülerkollektiv zur Verstärkung der pädagogischen Einflußnahme genutzt. Insgesamt galt das Kollektiv als Bewährungsfeld des einzelnen und sollte neben Kollektivität durchaus auch Individualität entwickeln, selbstverständlich ohne den Bereich des gesellschaftlich Gebotenen zu verlassen. Menschen, die aus verschiedenen Gründen wieder in die sozialistische Gesellschaft eingegliedert werden sollten (z. B. Straftäter), wurden der Obhut eines konkreten Kollektivs anvertraut. Auch Instrumente „sozialistischer Rechtsstaatlichkeit" wie Konflikt- und Schiedskommissionen argumentierten mit Begriffen der Kollektiverziehung und können selbst als ein Teil davon verstanden werden.

Funktion im Unterdrückungssystem: Die „gesellschaftliche" Wertschätzung des Kollektivs im Machtverständnis der SED bezog sich gerade nicht auf die Erreichung hoher Arbeitsergebnisse, sondern auf die Entwicklung, Kontrolle und Steuerung von Verhaltensweisen. In den Kollektiven und durch sie erfolgte eine direkte gegenseitige erzieherische Einflußnahme. Hier sollten Wertvorstellungen, Verhaltensnormen, sozialistischer Gemeinschaftsgeist, ja sogar die Gefühlswelt der Kollektivmitglieder geformt und gefestigt werden. Da das anfängliche Ziel der Interessenübereinstimmung von Individuum und Gesellschaft immer weniger erreicht werden konnte, wurden die Kollektive für die SED mehr und mehr zum Frühwarnsystem für die Herausbildung abweichender Meinungen und zum Identifizierungsraum für die Eingruppierung von Menschen (→ *Unterdrückungsmechanismen*). Zur Beeinflussung des einzelnen mußte im Kollektiv nicht auf die ideologische, wenig relevante Parteimeinung Bezug genommen werden. Viel wirksamer war es, aufgrund gemeinsamer, positiver Gruppenerfahrungen und guter zwischenmenschlicher Bindungen an das Gemeinschaftsgewissen, den Kollektivgeist zu appellieren: Durch die (politisch) abweichende Meinung des einen seien die gemeinschaftlichen Werte und Erfolge aller gefährdet. Diese Strategie der Harmonisierung und Konfliktvermeidung im Vorfeld öffentlicher Relevanz im Einzelfall zu erkennen und ihr politisch, also gerade die persönliche Beziehung außer acht lassend, entgegenzutreten, wagten verständlicherweise nur wenige. Insofern wurde dem Kollektiv nicht nur eine politisch-moralische Autorität unterstellt, sondern im Gegensatz zu vielen anderen postulierten Autoritäten (→ *Macht und Autorität*) kam sie ihm aufgrund vielfältiger zwischenmenschlicher Bindungen und der über das Kollektiv eingegangenen gesellschaftlichen Bezügen wirklich zu.

Allgemeiner Sprachgebrauch und heutige Bedeutung: Im allgemeinen Sprachgebrauch bekam der Begriff auch außerhalb des Betriebes und der Arbeitskollektive eine grundsätzlich positive Bedeutung. Zwar nicht bewußt und ohne die ideologische Systemfunktion zu durchschauen, wurde das „Kollektiv" von der Bevölkerung „angenommen" und wird als umgangssprachlicher Begriff auch heute noch verwendet. (Für den Begriff der Brigade trifft das nicht zu.) Zu den wichtigsten Werten in Ostdeutschland gehören auch fünf Jahre nach der Wiedervereinigung Geborgenheit und Beständigkeit. Bei aller Kritik am marxistisch-leninistischen Kollektivbegriff ist zu beachten, daß er durch die freiwillige Akzeptanz im größten Teil der Bevölkerung und durch die damit verbundene Verknüpfung positiver Erlebnisse und Gemeinschaftserfahrungen in diesen Kollektiven nicht wie andere ideologische Bausteine der SED-Diktatur mit dem Zusammenbruch der DDR verschwunden ist. Gerade diese Kollektiverfahrung, die viel mit Selbstorganisation und Abweichung von den ideologischen Vorgaben zu tun hatte, läßt viele Ostdeutsche die „kapitalistische", freiheitlich-demokratische Bundesrepublik als kalt, unverbindlich und überindividualisiert wahrnehmen. Während sich in der DDR das Gemeinschaftsleben oft auf Arbeitskollektive beschränkte, ist inzwischen auch in Ostdeutschland ein auf freiwilligem Zusammenschluß beruhendes, vielfältiges Vereinsleben entstanden, das die individuellen Interessen und Neigungen widerspiegelt. Arbeitsgemeinschaften und Teambildungen haben die kollektivistischen Zwangsgemeinschaften in den Betrieben abgelöst.

Günter Nooke

Literaturhinweise:

Miller, Reinhold u.a.: Moralische Triebkräfte bei der Entwicklung des sozialistischen Arbeitskollektivs, Berlin (Ost) 1970, S. 119-159.

Theuer, Gudrun: Kollektiv der sozialistischen Arbeit. Fragen und Antworten, Berlin (Ost) 1984.

Warnke, Herbert: Die Bewegung der Gemeinschaften und Brigaden der sozialistischen Arbeit, in: Bibliothek der Gemeinschaften und Brigaden der sozialistischen Arbeit, hrsg. vom Bundesvorstand des FDGB, Heft 1, Berlin (Ost) 1959.

Kombinate

Erste Kombinate wurden zum Ende der 60er Jahre im Zuge einer propagierten „sozialistischen Großproduktion" mit dem Ziel gebildet, wenige, weil zentral besser überschaubare und steuerbare Struktureinheiten in Wachstumsindustrien zu schaffen. Sie entwickelten sich seither zu einer zunehmend dominierenden Leitungsform (neben den existierenden übrigen Formen von Betriebsvereinigungen) innerhalb der Zentralplanwirtschaft der DDR.

Ab Ende der 70er Jahre wurden sämtliche überbetriebliche Zusammenschlüsse in Kombinate umgewandelt. Diese Zentralisierungsaktion, die vor allem eine gezielte Konzentration der Produktionsbasis mit gleichzeitiger Sicherung von Zulieferungen sowie Qualifizierung der industriellen Forschung umfaßte, sollte insgesamt zu einer Vervollkommnung des Systems der sozialistischen Planwirtschaft (→ *Wirt-*

schaft) führen. Kombinate galten seit dieser Zeit als die Grundform der gesellschaftlichen Organisation der sozialistischen Großproduktion bzw. grundlegender Wirtschaftseinheiten der materiellen Erzeugung. Allgemein handelte es sich um Zusammenschlüsse mehrerer Einzelunternehmen (→ *VEB*) unter dem Dach einer Kombinatsleitung.

Kombinate waren zwar juristisch selbständige Wirtschaftseinheiten, sie besaßen jedoch ebenso wie die VEB nur eine begrenzte Selbständigkeit im Rahmen der Realisierung des ökonomischen Zielprogramms der SED. Sie wurden von einem Direktorium, an dessen Spitze ein Generaldirektor stand (Ein-Mann-Führung), geleitet. Auch hier galt das Prinzip der Einzelleitung und persönlichen Verantwortung. Der Generaldirektor war dem zuständigen Fachminister persönlich unterstellt. Nur er konnte diesen berufen und abwählen. Da der Generaldirektor neben seiner Leitungsfunktion primär die Interessen der SED zu berücksichtigen hatte, war er praktisch in einer Doppelfunktion (als Parteifunktionär) tätig. Er war daneben in der Regel gleichzeitig auch Direktor des sog. Stammbetriebes des Kombinats. Bei diesem handelte es sich um einen VEB, in welchem die „profilbestimmende" Produktion einer bestimmten Erzeugnisgruppe von Zwischen- oder Enderzeugnissen sowie die Hauptpotentiale der Forschung und Entwicklung angesiedelt waren.

Die Vereinigung von VEB in einem Kombinat erfolgte entweder nach horizontalen oder vertikalen Gesichtspunkten. Im Falle einer vertikalen Konzentration wurden alle VEB eines bestimmten Herstellungsprozesses von der Rohstoffgewinnung bis zum Enderzeugnis zusammengefaßt. Bei horizontalen Zusammenschlüssen handelte es sich demgegenüber um Betriebe einer Erzeugnisgruppe (Branche) auf gleicher Produktionsstufe.

Darüber hinaus wurden im Rahmen der geschaffenen wirtschaftlichen Leitungsstruktur Kombinate und VEB in zwei Gruppen unterteilt: Den Industrieministerien unterstanden sog. zentralgeleitete, direkt den Fachministern zugeordnete Kombinate. Weitere solcher Kombinate existierten im Bereich des Bau- und Verkehrswesens. In dieser Gruppe waren vor allem solche kapitalintensiv produzierenden Kombinate vereinigt, die für die Erreichung der vorgegebenen Hauptzielstellungen von Bedeutung waren. Dem Ministerium für Bezirksgeleitete Industrie und Lebensmittelindustrie unterstanden wiederum die sog. bezirksgeleiteten Kombinate und VEB. Sie zählten zu dem Bereich der auf Basis des Territorialprinzips regional nach den Bezirken, Stadt- und Landkreisen gegliederten und örtlich geleiteten Wirtschaft.

Aus der Sicht der Planbürokratie bestand der Hauptvorteil der Kombinate vor allem darin, daß man einerseits im Falle des Planaufstellungsprozesses nicht mehr z.B. mit rund 1 000 Vereinigungen Volkseigener Betriebe (VVB), Kombinaten und VEB, sondern nur noch 147 Kombinatsleitungen (126 Industriekombinate und 21 Baukombinate) auf der Basis eines nunmehr nur zweistufigen Leitungssystems verkehren mußte und damit die gesamte Wirtschaftsentwicklung von den zentralen staatlichen Organen effektiver gelenkt werden konnte. Im Verlauf der permanenten Zentralisierung zählte die DDR-Wirtschaft 1989 schließlich 126 zentralgeleitete und 95 bezirksgeleitete Kombinate.

Eine Verkürzung der Informations- und Anweisungswege erfolgte jedoch nur in den Fällen, bei denen die zwischen Kombinaten und zentralen Wirtschaftsorganen bestehende Ebene der VVB als Folge der Kombinatsreform liquidiert worden war. Eine Verbesserung des Informationssystems und der Planung wurde insgesamt als Folge von Informationsverlusten innerhalb der Leitungshierarchie und Informationsmanipulationen der Kombinate und VEB nicht erreicht. Mit der durch die Kombinatsbildung angestrebten Konzentration waren zudem große und unflexibel reagierende Wirtschaftseinheiten mit bürokratischen Leitungsstrukturen und Autarkiebestrebungen sowie zu hohe Fertigungstiefen auf der Produktionsebene entstanden. Vom Leistungsprogramm der Volkswirtschaft her betrachtet, waren die Kombinate Angebotsmonopole mit hochgradig spezialisiertem Produktionsprogramm. Innerhalb der DDR besaßen sie keine Konkurrenten. Der hierdurch fehlende Wettbewerb hatte verheerende Folgen für die Effizienz der Betriebe und das Tempo des technischen Fortschritts.

Klaus Krakat

Literaturhinweise:

Buck, Hannsjörg F.: DDR-Wirtschaft im Umbruch, in: Fischbach, Günter (Hrsg.): DDR-Almanach '90. Daten. Informationen. Zahlen, Stuttgart, München, Landsberg 1990, S. 131-156.

Erdmann, Kurt: Entwicklungslinien im DDR-Kombinat – Rückblick und Ausblick in der Mitte der 80er Jahre, in: Die Wirtschaft der DDR am Ende der Fünfjahrplanperiode, Teil I, 11. Symposium der Forschungsstelle, FS-Analysen Nr. 4/1985, S. 71-125.

Piorkowsky, Michael-Burkhard: Handlungsbedingungen für Kombinate und volkseigene Betriebe in der DDR, in: Materialien zum Bericht zur Lage der Nation im geteilten Deutschland 1987, a.a.O., S. 176 ff.

Stinglwagner, Wolfgang: Die zentralgeleiteten Kombinate der Industrie der DDR. Überblick und detailliertes Branchenprofil des Industriezweigs Elektrotechnik/Elektronik, hrsg. vom Gesamtdeutschen Institut – Bundesanstalt für gesamtdeutsche Aufgaben, Bonn 1989.

Kommunistische Bewegung

Die Geburtsstunde der kommunistischen Bewegung war der Brüsseler Parteitag der russischen Sozialdemokraten 1903. Lenin vollzog damals den Bruch mit der vorherrschenden Richtung, die sich an der Sozialdemokratie orientierte, und stellte ihr die Bolschewiki als Gruppe mit dem angeblich allein richtigen Politik- und Weltverständnis (→ *Marxismus-Leninismus*) entgegen. Das Kernstück seiner Vorstellungen war ein Konzept der Machtergreifung. Die angestrebte politisch-gesellschaftliche Veränderung sollte nicht mittels demokratischer Wahlen, sondern durch das Bemühen von konspirativ organisierten Berufsrevolutionären herbeigeführt werden (→ *Revolution*). Voraussetzung dafür war die Schaffung einer strikt disziplinierten Kader- und Kampfpartei (→ *Führungsanspruch*; → *demokratischer Zentralismus*).

Das Schisma der russischen Sozialdemokraten beeinflußte auch die Parteien in anderen Ländern. Fortan bot die von Lenin abgespaltete Gruppe der Bolschewiki für alle Abweichler in den Parteien der Zweiten (sozialdemokratischen) Internationale eine alternative Orientierung an. Dies wurde wichtig vor allem während des Ersten Weltkriegs, als die kriegsbejahende Haltung der sozialdemokratischen Parteien in den verschiedenen Ländern bei vielen Mitgliedern Opposition weckte. Insbesondere in Deutschland verbreitete sich unter den Sozialdemokraten vielfach ein Widerstreben gegen den „imperialistischen Krieg“. Eine der sich abspaltenden Gruppen, der Spartakusbund, wurde zur Keimzelle der KPD als der fortan größten kommunistischen Partei in West- und Mitteleuropa.

Die Machtergreifung der Bolschewiki in Rußland im November 1917 schuf eine veränderte Lage. Lenins Regime erschien Initiatoren wie Sympathisanten als Auftakt zur beginnenden Weltrevolution, welche die bestehenden Verhältnisse total umstürzen und erneuern werde. In dieser Sicht wurde der – inzwischen in einem Bürgerkrieg um das Überleben kämpfende – Sowjetstaat zur Hoffnung der gesamten Menschheit. Seine Sicherung gegen alle „Anschläge der Konterrevolution“ von innen und außen erhielt daher den Charakter einer weltweit entscheidenden Aufgabe. Die auf Umsturz ausgehenden Parteien und Gruppen in Europa begannen sich immer stärker mit der Sache der Bolschewiki zu identifizieren. Das ließ es dem sowjetischen Führer als richtig erscheinen, die Zweite Internationale förmlich durch einen neuen länderübergreifenden Bund der „wahrhaft revolutionären Kräfte“ zu ersetzen und damit zugleich eine organisatorische Basis für die auswärtige Unterstützung der UdSSR zu schaffen. Gemäß den Prinzipien, die Lenin in seiner eigenen Partei angewandt hatte, machte er für den neuen Zusammenschluß straffe Disziplin und Unterordnung der nationalen Parteien unter die Zentrale verbindlich. Auf dieser Grundlage kam am 4. März 1919 die Dritte, die Kommunistische Internationale (Komintern), zustande. Die neue, auf weltweite Beteiligung angelegte Organisation setzte jenen Prozeß sowjetischer Umstrukturierung und Fremdbestimmung in Gang, der von da an über lange Jahrzehnte hinweg die kommunistischen Parteien prägen sollte. Das Statut von 1920 konstituierte eine weltweit agierende Partei: „Die Kommunistische Internationale muß wirklich und in der Tat eine einheitliche kommunistische Partei der ganzen Welt darstellen. Die Parteien, die in jedem Lande arbeiten, erscheinen nur als ihre einzelnen Sektionen. Der Organisationsapparat der kommunistischen Internationale muß den Arbeitern eines jeden Landes die Möglichkeit gewährleisten, in jedem gegebenen Moment die größtmögliche Hilfe von den organisierten Proletariern der übrigen Länder zu erhalten."

In den operativen Aufgaben, die der Komintern zugewiesen wurden, schlugen sich die revolutionären Vorstellungen der UdSSR nieder. Als das sowjetische Regime 1917 an die Macht gekommen war, hatten seine Repräsentanten den gesamten Bereich der zwischenstaatlichen Politik als Relikt der – revolutionär zu beseitigenden – „bourgeoisen" Welt angesehen. Sie wollten keinen Verkehr mit den Regierungen des vermeintlich todgeweihten alten Staatensystems pflegen. Statt dessen galt es nach ihrer Ansicht, das internationale Proletariat zum Umsturz zu ermutigen. An die Stelle diplomatischer Bemühungen traten daher revolutionäre Appelle. Wenn diese, so lautete die zugrunde liegende Vorstellung, befolgt werden würden, werde die Diplomatie auf Dauer überflüssig sein. Nach den angestrebten und erwarteten Umwälzungen werde sich eine globale Solidarität der Arbeiterklasse und ihrer Mitstreiter einstellen, welche die bisherige Trennung der Menschheit in einzelne Staaten überwinden werde.

Der Versuch der sowjetischen Führer vom Frühjahr 1918, auf der Basis dieser Erwartung den für sie mißlichen Friedensverhandlungen von Brest-Litowsk mit dem Deutschen Reich auszuweichen, um statt dessen nach der Formel „Weder Krieg noch Frieden!" einen Ausbruch der Revolution auf der deutschen Seite propagandistisch anzuregen, endete mit einem völligen Fehlschlag. Die deutschen Militärs drohten ein Vordringen in die Tiefe des schutzlosen Rußlands an, während der erwartete Aufstand der deutschen Arbeiterschaft gegen das kaiserliche Regime ausblieb. Daher sah Lenin sich schließlich genötigt, auf traditionelle Verhandlungen und imperiale Friedensbedingungen einzugehen. Aus diesem Debakel zog die sowjetische Führung die Lehre, daß sie das diplomatische Instrumentarium zumindest so lange nicht entbehren könne, wie es anderwärts nicht zur Revolution komme.

Die Hoffnung auf revolutionären Wandel im Ausland, vor allem in Deutschland, blieb jedoch in Moskau bis weit in die 20er Jahre hinein bestehen. Die praktische Folge war eine zweigleisige sowjetische Außenpolitik. Neben die Pflege zwischenstaatlicher Beziehungen, soweit diese jeweils praktisch realisierbar waren, traten als zweite Ebene des auswärtigen Vorgehens Bemühungen um revolutionären Umsturz in anderen Ländern. Die letzteren Anstrengungen liefen vielfach darauf hinaus, auch solche Regierungen innenpolitisch zu unterminieren, auf die man zugleich als zwischenstaatliche Partner Wert legte. So wurde etwa im Jahr 1923 die Position des Deutschen Reiches, das die sowjetische Führung als entscheidenden politischen Faktor der internationalen Konstellation ansah, durch sowjetisch veranlaßte kommunistische Aufstandsversuche in Frage gestellt.

Als sich dann die politischen Verhältnisse im Westen konsolidierten, verlor diese Doppelpolitik ihre Basis. Fortan war in der UdSSR von einer „revolutionären Ebbe" im Sinne einer Pause die Rede. Demnach galt es abzuwarten, bis es wieder zum Ansteigen einer „revolutionären Flut" komme. Dementsprechend trat der Gedanke an eine zweite Außenpolitik in den Hintergrund. Er wurde jedoch nicht völlig fallengelassen. Die ausländischen kommunistischen Parteien fungierten nach wie vor als sowjetische Instrumente. Die moralische Rechtfertigung dafür lieferte die These, daß die UdSSR jene revolutionäre Bastion sei, von deren Fortbestand und Verstärkung die künftige Befreiung aller anderen Länder abhänge.

Der VI. Kongreß der Komintern faßte 1928 zusammen mit dem neuen Programm die Statuten neu. Das in Moskau residierende Exekutivkomitee (EKKI) als weisungsbefugte Zentrale verteilte die Direktion und übte die uneingeschränkte Kontrolle über die Tätigkeit der einzelnen Parteien aus. Die KPdSU sicherte sich endgültig den ideologischen und personalpoltischen Zugriff auf den hauptamtlichen Apparat der Sektionen. Das Statut von 1928 richtete eine Institution ein, die das Recht zum Ausschluß von Gruppen und Ausschluß von Gruppen und Personen auch apparativ wahrnahm, die internationale Kontrollkommission. Die Personalpolitik der Mitgliedsparteien auf der obersten Ebene wurde aus Moskau bestimmt: „Jeder leitende Posten in einer kommunistischen Partei kommt nicht dem Inhaber des betreffenden Mandats, sondern der ganzen Kommunistischen Internationale zu. Gewählte Mitglieder der leitenden Zentralorgane der Sektionen können nur mit Zustimmung des EKKI ihr Mandat vor der Durchführung ohne Neuwahlen niederlegen.“ In dieser Zeit gelangten unter Ernst Thälmann die Funktionäre an die Spitze der KPD, welche die Geschichte der DDR prägen sollten: Wilhelm Pieck und Walter Ulbricht.

Die kommunistische Bewegung trat in eine neue Phase, als Stalin während des Zweiten Weltkriegs die Komintern auflöste, um bei seinen westlichen Verbündeten Zweifel an der sowjetischen Politik zu zerstreuen. Als der Beschluß am 22. Mai 1943 bekanntgegeben wurde, war jedoch zuvor insgeheim eine Ersatzstruktur geschaffen worden. Der bisherige Apparat und seine Funktionäre einschließlich des Leiters Georgij Dimitroff setzten ihre Tätigkeit im Rahmen des Auswärtigen Büros der KPdSU fort. Sie erhielten damit formell die Rolle, die sie praktisch früher schon gehabt hatten: die eines Exekutivorgans der sowjetischen Parteiführung. Die damit etablierten Strukturen blieben auch dann weiter bestehen, als Stalin im September 1947 nach offen ausgebrochenem Ost-West-Konflikt das Kommunistische Informationsbüro (Kominform) gründen ließ, das für die regierenden Parteien des sowjetischen Staatenlagers und für die nicht-regierenden Massenparteien Italiens und Frankreichs zur Leitstelle des antiwestlichen politischen Kampfes wurde. Bezeichnenderweise nahm Moskau die SED nicht in diesen Kreis auf. Als Repräsentation eines unter Besatzungsregime stehenden Landes hatte sie für die östliche Führungsmacht noch nicht die Qualität eines politischen Subjekts. Das Kominform stellte seine Tätigkeit ein, nachdem sich der Führer der italienischen Kommunisten, Togliatti, 1950 geweigert hatte, nach Moskau zu kommen, um dort die Leitung der Organisation zu übernehmen. In den Jahrzehnten nach Stalin boten kommunistische Weltkonferenzen in Moskau nochmals Heerschauen der sowjetisch geführten Bewegung, deren Stärke freilich durch Schismen, vor allem im Verhältnis zur chinesischen Partei (ab 1959), zunehmend untergraben wurde.

Die 1943 festgelegte KPdSU-interne Organisation der kommunistischen Bewegung dagegen blieb bis zum Ende des sowjetischen Imperiums bestehen. Innerhalb des Auslandsapparats der KPdSU bildete sich ein Nebeneinander zweier verschiedener Abteilungen heraus, deren eine für die regierenden „Bruderparteien“ zuständig war, während die andere mit den nicht-regierenden Kommunisten im Westen und in der Dritten Welt zu tun hatte. Die letztgenannte Abteilung wurde in dem Maße, wie nach Stalins Tod im Ausland Nichtkommunisten für Moskau als potentielle Partner interessant wurden, ebenfalls mit deren Angelegenheiten befaßt. Daneben gab es zeitweilig auch eine besondere Abteilung für auswärtige Propaganda.

Als das Auswärtige Büro der KPdSU 1943 die Komintern ablöste, erlangten die von dieser bislang wahrgenommenen Aufgaben zentrale Wichtigkeit. Die zunehmende Gewißheit, daß die UdSSR siegreich aus dem Zweiten Weltkrieg hervorgehen werde und dann zahlreiche europäische Länder ihrem Machtbereich einverleiben könne, war eine große Herausforderung. Die sowjetische Führung veranlaßte ausgesuchte Kader der kommunistischen Emigration in Moskau zu planenden Vorarbeiten für die Machtergreifung in den Staaten, welche die Rote Armee erobern würde. Ein entsprechender Auftrag erging auch an führende KPD-Funktionäre in der sowjetischen Hauptstadt. Diese arbeiteten unter der Anleitung Dimitrows und teilweise auch Stalins selbst im Jahre 1944 ein Aktionsprogramm für die politisch-gesellschaftliche Transformation ihres Herkunftslandes aus. Als entscheidende Schwierigkeit wurde dabei berücksichtigt, daß Deutschland im Unterschied zu anderen Staaten von der UdSSR nur teilweise militärisch besetzt und politisch beherrscht werden würde. Dementsprechend wurde ein Vorgehen ins Auge gefaßt, das eine Einbeziehung auch der von den Westmächten zu okkupierenden Landesteile ermöglichen sollte.

Die damit verbundene Hoffnung, man könne die für die SBZ vorgesehenen Maßnahmen auch gesamtdeutsch durchsetzen, erfüllte sich nach 1945 nicht. Initiativen wie die Durchführung einer → *Bodenreform* oder die Herstellung der „Einheit der Arbeiterklasse" (in Form der SED) blieben auf das Gebiet beschränkt, in dem sie von den sowjetischen Besatzungsbehörden gegen alle inneren und äußeren Widerstände erzwungen werden konnten. Damit stand Stalin vor der Frage, wie er auf andere Weise als mittels des Transformationskonzepts von 1944 seinen Einfluß auf die Westzonen ausweiten wollte. Das Problem erhielt seine volle Schärfe nach dem offenen Bruch zwischen der UdSSR und den Westmächten Mitte 1947, der die Hoffnung auf Schrittmacherwirkungen des Vorgehens in der SBZ vollends illusorisch machte. Stalin reagierte auf die neue Situation, indem er weithin früher genommene Rücksichten auf das „Lager des → *Imperialismus*" fallenließ und einen verschärften Sowjetisierungskurs in dem von ihm beherrschten Teil Deutschlands veranlaßte.

Damit entschied er sich unzweideutig dafür, seine Ziele in Deutschland mittels eines antiwestlichen politischen Kampfes durchzusetzen. Nachdem eine von der SED 1947/48 in sowjetischem Auftrag aufgezogene → *„Volkskongreßbewegung* für Einheit und gerechten Frieden" keine größere Wirkung auf Westdeutschland gehabt hatte, kam als Instrument einer Einflußnahme wesentlich die westdeutsche KPD in Betracht. Diese aber war, ihrer niemals in Zweifel stehenden Subordination unter die KPdSU ungeachtet, in Moskauer Sicht für den Auftrag wenig geeignet. Ihr fehlte nach sowjetischer Einschätzung das erforderliche Maß an „ideologischer Klarheit", strikter Disziplin und organisatorischer Effizienz. Um dem abzuhelfen, zitierte die → *SMAD* die Führer der westdeutschen Kommunisten im Mai und Juni 1949 nach Ost-Berlin, unterzog ihre Tätigkeit einer scharfen Kritik und verpflichtete sie anschließend in allen Einzelheiten auf Politikänderung und Parteigehorsam. Von da an übernahmen die sowjetischen Besatzungsbehörden und der von diesen kontrollierte Westapparat der SED die operative Anleitung. Zugleich wurde die KPD reich mit finanziellen und sonstigen Ressourcen ausgestattet.

Aufgrund der so geschaffenen Voraussetzungen wurde die westdeutsche Partei zusammen mit den von ihr ins Leben gerufenen Frontorganisationen zur Kerntruppe des politischen Kampfes um die „Massen" in dem nicht sowjetisch beherrschten Teil Deutschlands. Größter Anstrengungen ungeachtet, waren die Erfolge jedoch bescheiden. Das 1956 vom Bundesverfassungsgericht verfügte KPD-Verbot beschnitt die operativen Möglichkeiten der prosowjetischen Kader in der Bundesrepublik erheblich. Es erwies sich als schwierig, konspirativ eingefädelte manipulative Aktionen zu entfalten, wenn man nicht zugleich ungehindert an die Öffentlichkeit treten konnte.

Daher kam der Wiederzulassung einer kommunistischen Partei in der Bundesrepublik – in Form der 1968 neu gegründeten DKP – erhebliche Bedeutung zu. Vorausgegangen waren geheime Verhandlungen zwischen SPD und SED, in deren Verlauf den westdeutschen Sozialdemokraten ein entsprechendes Zugeständnis als Voraussetzung für die Einbeziehung Deutschlands in die Ost-West-Entspannung abverlangt worden war. Nur auf dieser Basis war die östliche Seite zu künftigen Gesprächen über „menschliche Erleichterungen im geteilten Deutschland" bereit gewesen. Die Relegalisierung der KPD wurde von der SED vorbereitet und organisiert. Die SED bestimmte, welcher Teil des DKP-Apparates versteckt in SED-Firmen im Westen arbeitete und welcher offen tätig wurde und damit den Auflagen des Parteiengesetzes unterlag. Die Personalakten der DKP-Funktionäre lagen im → *ZK der SED,* und der DKP blieb es versagt, eigenständige theoretische Arbeiten vorzunehmen. Als später im Sommer 1971 der SPD-Vorsitzende Brandt, inzwischen Bundeskanzler geworden, mit KPdSU-Generalsekretär Breschnew auf der Krim zusammentraf, unterstrich der sowjetische Führer nochmals das besondere Interesse an den Wirkungsmöglichkeiten der DKP. Die auf diese Weise in die Legalität zurückgekehrten westdeutschen Kommunisten wurden von der Westabteilung der SED gesteuert und finanziert. Ihr Auftrag war, in der westdeutschen Gesellschaft Unterstützung für die Politik Ost-Berlins und Moskaus gegenüber Bonn zu mobilisieren. Zu diesem Zweck wurden unter anderem zahlreiche Frontorganisationen auf- und ausgebaut.

Der Tätigkeit der DKP lag die alte Vorstellung einer zweiten Außenpolitik zugrunde, deren Modalitäten sich allerdings stark gewandelt hatten. Inzwischen ging es darum, daß die kommunistischen Parteien außerhalb des sowjetischen Herrschaftsbereichs, soweit sie noch die Führung durch Moskau akzeptierten, ihre Kader und die von diesen beherrschten Organisationen für die Durchsetzung außenpolitischer Ziele der UdSSR gegenüber dem eigenen Land nutzten. Mittels der Mobilisierung von „Massen“ zur Erzeugung eines innenpolitischen Drucks sollte die jeweilige Regierung – im Falle der DKP also die Regierung der Bundesrepublik – zum Nachgeben gegenüber sowjetischen Forderungen genötigt werden. Diese „gesellschaftliche Ebene“ der internationalen Beziehungen blieb bezeichnenderweise von der östlichen Forderung nach → *friedlicher Koexistenz* ausgenommen: Der Verzicht auf Konfrontation und Kampf wurde allein auf die „zwischenstaatliche Ebene“ bezogen.

Der Zuwachs der sowjetischen Einwirkungsmöglichkeiten auf den westdeutschen Staat durch das Wirken der DKP wurde wichtig, als 1979–1983 ein scharfer Ost-West-Konflikt über die Stationierung von NATO-Mittelstreckenraketen in Westeuropa ausbrach. In Moskau hielt man es für entscheidend, die atlantische Nachrüstungsmaßnahme in der Bundesrepublik zu verhindern. Dann, so war die Überlegung, würde der westliche Plan insgesamt scheitern und das westliche Bündnis in eine tiefe Krise gestürzt werden. Das Ausmaß des Protests in der westdeutschen Gesellschaft übertraf anscheinend die in Moskau anfänglich gehegten Erwartungen. Dies schien die Außenpolitiker an der Spitze der KPdSU zu der Hoffnung zu berechtigen, daß sich das gesetzte Ziel mittels Einwirkung auf die westdeutsche Innenpolitik durchsetzen lasse. Im Vertrauen auf den Sieg gab sich die sowjetische Führung 1982/83 dem Glauben hin, daß die Auseinandersetzung bereits zu ihren Gunsten entschieden sei. Daher war sie total verwirrt, als die NATO, der großen Widerstände in der Bundesrepublik ungeachtet, Ende 1983 ihr Vorhaben verwirklichte. Es dauerte über vier Monate, bis es ihr gelang, auf die unerwartete Situation konsistent zu reagieren.

Mit der politischen Niederlage von Ende 1983 endete der letzte sowjetische Versuch, durch eine großangelegte politische Offensive den inneren Niedergang des eigenen Imperiums aufzuhalten. Damit war der

Weg offen für den Zusammenbruch der „sozialistischen Staatengemeinschaft“ und anschließend auch der UdSSR selbst.

Gerhard Wettig

Literaturhinweise:

Braunthal, Julius: Geschichte der Internationale, Berlin (Ost) 1971.
Kalt, Hans: Stalins langer Schatten. Das Scheitern des sowjetischen Modells, Köln 1994.
Mensing, Wilhelm: Wir wollen unsere Kommunisten wieder haben ..., Zürich 1987.
Mensing, Wilhelm: Nehmen oder Annehmen. Die verbotene KPD auf der Suche nach politischer Teilhabe, Zürich 1989.
Nollau, Günther: Die Internationale, Köln 1959.
Procacci, Giuliano (Hrsg.): The Cominform. Minutes of the Three Conferences 1947/1948/1949 (russisch und in engl. Übersetzung), Mailand 1994.
Weber, Hermann: Kommunistische Bewegung und realsozialistischer Staat, Köln 1988.

Kriegsschäden, Demontagen und Reparationen

Kriegszerstörungen: Die verschiedenen Regionen und Städte Deutschlands waren in sehr unterschiedlichem Maße von direkten Kriegseinwirkungen betroffen. Als schwerste Hypothek erwies sich die Zerstörung von Wohnraum in den Großstädten. Insgesamt wiesen die späteren Westzonen, infolge des hier eher einsetzenden alliierten Luftkrieges, einen etwas höheren Zerstörungsgrad auf als die SBZ (ca. 24% gegenüber 10% total zerstörter Wohnungen).

Schwerwiegend beeinträchtigt wurden in ganz Deutschland auch die gesamte Infrastruktur und das Verkehrswesen. So ging fast die Hälfte des rollenden Materials der Reichsbahn in der Kriegs- bzw. unmittelbaren Nachkriegszeit verloren. Der Mangel an Transportmitteln aller Art wurde durch umfangreiche Beuteentnahmen von Schienenmaterial, Lokomotiven und Waggons durch Amerikaner, Briten und Sowjets noch empfindlich verschärft. Bezogen auf 1936 belief sich der Lokomotiv- und Güterwagenbestand in der Bundesrepublik 1950 auf 85% bzw. 72%; in der DDR waren demgegenüber nur noch 38% der Lokomotiven und 55% der Güterwagen vorhanden.

Die agrarisch dominierten Regionen, insbesondere Mecklenburg-Vorpommern und die Provinz Brandenburg litten ebenso wie die späteren westpolnischen Gebiete (südliches Ostpreußen, Schlesien und Pommern) besonders schwer unter Kriegsschäden, Plünderungen und dem darauf folgenden Rückgang der Erträge. In diesen Regionen war der Viehbestand 1945 gegenüber der Vorkriegszeit z.T. um mehr als die Hälfte zurückgegangen.

Trotz der Zerstörung von Baulichkeiten und Anlagen hatte die Industrie, auch durch Auslagerungen und Dezentralisierung, den Krieg besser als zunächst vermutet überstanden. Als Obergrenze für die Kapazitätsverluste der deutschen Industrie durch direkte Kriegsschäden, bezogen auf die 1944 vorhandenen Kapazitäten, können 15% gelten. Lediglich in einzelnen Branchen, wie dem Fahrzeugbau, der Elektroindustrie, dem Werkzeugmaschinenbau und der Holzindustrie, lagen die direkten Kriegsverluste etwas höher.

Reparationen: Als solche werden volkswirtschaftliche Zwangsleistungen verstanden, die nach einem Krieg vom Besiegten zugunsten des Siegers erbracht werden. Nicht zu den Reparationen gehören Gebietsabtrennungen, Verluste durch die Abwanderung von Einwohnern, Restitutionen, also die Rückgabe von Gegenständen, die vom Besiegten widerrechtlich aus besetzten Gebieten weggeführt wurden, sowie die Kriegsbeute, d.h. unmittelbar durch Kampfhandlungen gewonnener Besitz. Die Definition des Begriffs Kriegsbeute blieb nach dem Zweiten Weltkrieg unter den Siegermächten umstritten.

Auf der Konferenz von Jalta im Februar 1945 einigten sich die USA, Großbritannien und die UdSSR auf drei Reparationsformen: Demontagen und Beschlagnahmung von Auslandsguthaben, Lieferungen aus der laufenden Produktion und die Verwendung deutscher Arbeitskräfte. Die Höhe der deutschen Reparationsleistungen blieb offen.

Auch auf der Potsdamer Konferenz im Juli/August 1945 konnten sich die Alliierten nicht auf eine feste Reparationssumme einigen. Die UdSSR hatte einen Reparationsplan vorgelegt, der auf dem Protokoll von Jalta aufbaute und wiederum von 20 Mrd. Dollar Reparationen, davon 10 Mrd. Dollar für die UdSSR und Polen, ausging (→ *Alliierte Konferenzen*).

Vereinbart wurden folgende Regelungen: Jede Besatzungsmacht sollte ihre Reparationsansprüche aus ihrer eigenen Zone befriedigen. Zusätzlich sollte die Sowjetunion 25% der Demontagen aus den Westzonen erhalten, 40% davon ohne Gegenleistung. Außerdem wurde die deutsche Handelsflotte aufgeteilt. Die UdSSR erhielt den deutschen Auslandsbesitz in Finnland, Rumänien, Ungarn, Bulgarien und Ostösterreich, während die Westmächte über den deutschen Auslandsbesitz in allen anderen Staaten der Welt verfügen konnten.

Die Verwendung deutscher Arbeitskräfte, die Goldreserve des deutschen Reiches und auch Lieferungen aus der laufenden Produktion fanden im Potsdamer Protokoll keine Erwähnung. Mit der Konferenz von Potsdam wurde Deutschland reparationspolitisch geteilt.

Beuteaktionen: Bis zum Beginn der Potsdamer Konferenz hatte die Rote Armee in großem Stil Beuteaktionen durchgeführt. Dafür waren ein „Komitee für Beutegut" und für die Demontage von Industrieanlagen ein „Sonderkomitee" beim Staatlichen Komitee für Verteidigung der UdSSR (GKO) gebildet worden. In großem Umfang wurden Lebensmittel, Sach- und Kunstgüter beschlagnahmt. Bisher existieren darüber nur sehr unvollständige Angaben. Allein 1945 beluden die Beutegut-Einheiten der Roten Armee über 400 000 Waggons, größtenteils mit Lebensmitteln. Zur Kriegsbeute gezählt wurden u.a. mehr als 450 000 Radios, über 60 000 Klaviere und ca. 941 000 Möbelstücke.

Als Trophäen wurden auch diverse Kunstschätze angesehen, darunter die Bestände der Dresdner Gemäldegalerie. Ein großer Teil der Dresdner Exponate wurde 1955 und 1958 zurückgegeben. Zur Beute gehörten auch kostbare archäologische Sammlungen, wie der Schatz des Priamos, zahlreiche museale Sammlungen und Bibliotheksbestände.

Auch ein Großteil der bis Juli 1945 in Polen, der Tschechoslowakei, Ungarn, Österreich und Deutschland demontierten Betriebe und entnommenen Vorräte wurde unter dem Begriff Kriegsbeute verbucht und fand keine Anrechnung auf das Reparationskonto.

Demontagen: Beute- und Demontageaktionen gingen in der letzten Phase des Krieges ineinander über. Der weitaus größte Teil der Anlagen in der SBZ wurde 1945/46 entnommen. In den Westzonen begannen die Demontagen erst 1948/49 systematische Formen anzunehmen und wurden bis 1951 abgeschlossen. Hier wurden insgesamt 668 Werke abgebaut, was zu Kapazitätsverlusten von ca. 5% führte. In der SBZ wurden demgegenüber, nach deutschen Quellen, weit über 2 000, nach russischen Quellen sogar mehr als 3 000 Betriebe aller Art demontiert. Die Demontagen haben mindestens 30% der 1944 in der späteren SBZ vorhandenen industriellen Kapazitäten zerstört. Sie wirkten damit viel einschneidender als die unmittelbaren Kriegszerstörungen.

Die sowjetischen Demontagen waren vornehmlich sicherheitspolitisch motiviert. Dies widerspiegelte sich im nahezu vollständigen Abbau aller Werke der Waffen- und Munitionsindustrie, der Flugzeugindustrie, der Metallurgie, des Fahrzeugbaus und des Werkzeugmaschinenbaus. Darüber hinaus wurden jedoch auch reine Zivilindustrien und selbst hunderte Kleinbetriebe wie Ziegeleien, Bäckereien und Möbelfabriken demontiert.

Zu den total bzw. teildemontierten Unternehmen gehörten die modernsten mitteldeutschen Werke, wie Carl Zeiss Jena, Zeiss-Ikon Dresden, die BMW-Werke in Thüringen, die Junkers-Werke in Dessau, die Elektro-Apparate-Werke in Berlin-Treptow und die Leuna-Werke bei Merseburg. Notgedrungen erfolgte während des Wiederaufbaus ein Rückgriff auf überalterte Anlagen. Dadurch wuchs der Reparaturbedarf, und der Anteil der Handarbeit stieg. Das dennoch beachtliche Produktionswachstum in der Nachkriegszeit beruhte deshalb in hohem Maße auf einem überproportionalen Beschäftigtenwachstum.

Entnahmen aus der laufenden Produktion: Diese nur von der sowjetischen Besatzungsmacht verfügten Entnahmen begannen sofort nach dem Wiederanlaufen der Wirtschaftstätigkeit im Sommer 1945 und endeten offiziell am 31. Dez. 1953. Insgesamt wurden von der SBZ/DDR Güter im Wert von 11,5 Mrd. Mark (zu laufenden Preisen) als direkte Reparationsleistungen an die Sowjetunion und Polen geliefert. Diesen nachgewiesenen Lieferungen sind noch verschiedene Formen „verdeckter Reparationslieferungen" hinzuzurechnen, deren genauer Umfang kaum noch exakt zu ermitteln ist.

Sowjetische Aktiengesellschaften (SAG): Wichtigste Lieferanten von Reparationsgütern waren die Mitte 1946 gebildeten SAG. In diesen nach Branchen organisierten Konzernen wurden zunächst über 200 der wichtigsten Großbetriebe der SBZ zusammengeschlossen. Die Überführung der SAG-Betriebe in Staatseigentum erfolgte schrittweise 1947, 1950, 1952 und 1953. Für den „Rückkauf" dieser Werke mußte die SBZ/DDR ca. 1,725 Mrd. Mark aufwenden.

Die SAG-Betriebe nahmen im Wirtschaftsgefüge der SBZ/DDR eine Sonderstellung ein. Mit ihrem Ausbau waren für die Wirtschaft kurzfristig positive Aspekte verbunden, wie die Sicherung von Arbeitsplätzen, die Rohstoffzufuhr und Absatzgarantien. Letztlich hat das SAG-System die Einbindung der DDR-Wirtschaft in den osteuropäischen Wirtschaftsraum nicht verursacht, wohl aber beschleunigt.

Im Zuge der sowjetischen Reparationsforderungen entstanden industrielle Strukturen, die es vor dem Krieg in Mitteldeutschland nicht oder nur peripher gab. So wurde an der Ostseeküste eine Werftindustrie aufgebaut, die bis 1953 und darüber hinaus ausschließlich für die UdSSR arbeitete. Das Profil des Maschinen- und Fahrzeugbaus wurde ebenfalls weitgehend dem sowjetischen Bedarf angepaßt.

Uranbergbau: Zur mit Abstand teuersten Reparationsindustrie entwickelte sich der Ende 1945 im Erzgebirge begonnene → *Uranbergbau.* Bis Ende 1953 wurde der Uranbergbau vollständig zu Lasten der SBZ/DDR betrieben. Trotz der im Vergleich zu anderen Reparationsformen enorm hohen Kosten des Wismut-Bergbaus führten die Uranerzlieferungen nur zu geringen Gutschriften auf dem Reparationskonto in Höhe von 300 Mio. bis 350 Mio. Dollar. Nach der Umwandlung in eine gemischte sowjetisch-deutsche Aktiengesellschaft (SDAG) am 1. Jan. 1954 beteiligte sich die UdSSR anteilig an den Kosten. Dennoch mußte der Uranbergbau bis 1990 aus dem Staatshaushalt der DDR insgesamt mit ca. 20 Mrd. Mark zu laufenden Preisen bezuschußt werden. Die Erlöse aus dem Verkauf des Uranerzes und die anteiligen sowjetischen Einzahlungen sind aus dieser Summe bereits herausgerechnet worden.

Besatzungskosten: Dazu gerechnet wurden die Kosten für die Unterhaltung der sowjetischen Truppen und Einrichtungen sowie die Vergütung von Lieferungen und Leistungen an die Besatzungstruppen. Eine eindeutige Klärung, wie Besatzungsfolgekosten (darunter Personen- und Übungsschäden, Soldatenfriedhöfe, u.a.) zu verrechnen waren, gab es nicht. Anfang 1948 wurde die Phase der nicht eindeutig definierten Besatzungskosten beendet.

Ab 1949 bewegte sich die Höhe der Besatzungskosten für die → *Gruppe Sowjetischer Streitkräfte in Deutschland* in einer Größenordnung, die der von den Westalliierten von der Bundesrepublik dafür geforderten Summe, bezogen auf die Einwohnerzahlen, in etwa vergleichbar war. Für Besatzungskosten mußte die SBZ/ DDR bis Ende 1953 ca. 16,8 Mrd. Mark aufwenden. Im selben Zeitraum hat die Bundesrepublik dafür 48,9 Mrd. Mark ausgegeben.

Anders als in der Bundesrepublik gingen von den in der DDR stationierten sowjetischen Truppen jedoch nur geringe wirtschaftliche Impulse aus.

Sonstige Belastungen: Bis 1949 wurde der Außenhandel in allen Besatzungszonen von den Siegermächten kontrolliert und abgewickelt. Dies bot Raum für die Unterbewertung der deutschen Exporte. Nach vorsichtigen Schätzungen entstand dadurch den Westzonen ein Verlust in Höhe von 0,5 Mrd. Mark, der SBZ von 1 Mrd. Mark, da die SMAD in größerem Umfang Preismanipulationen veranlaßte.

Eine weitere Reparationsquelle stellten erbeutete Reichsbanknoten und das Besatzungsgeld dar. Vor der Währungsreform entfielen 17% der in der SBZ umlaufenden Geldmenge auf das Besatzungsgeld, das waren ca. 7,1 Mrd. RM. Hinzu kamen noch ca. 1,8 Mrd. Mark Beutegeld. Den Geldüberhang konnte die Besatzungsmacht jedoch nur zum Teil realisieren, so daß es unzulässig ist, Beute- und Besatzungsgeld in voller Höhe anderen Reparationsleistungen gleichzusetzen.

Bilanz der laufenden Leistungen: Alle laufenden Leistungen, einschließlich der Besatzungskosten, zusammengefaßt und zurückgerechnet auf die Preisbasis von 1944, ergibt folgende Belastungsquoten:

Anteilige Belastungen durch laufende Leistungen, gemessen am Bruttosozialprodukt

Jahr	SBZ/DDR	Westzonen/Bundesrepublik
1946	48,8 %	14,6 %
1947	38,4 %	12,8 %
1948	31,1 %	9,0 %
1949	19,9 %	6,0 %
1950	18,4 %	5,8 %
1951	16,4 %	7,1 %
1952	14,6 %	6,0 %
1953	12,9 %	3,8 %

Zu beachten ist dabei, daß die Westzonen/Bundesrepublik einen Großteil der Belastungen durch die Auslandshilfen im Rahmen alliierter Hilfsprogramme und des Marshallplans kompensieren konnten.

„Intellektuelle Reparationen“: Neben den bisher behandelten Leistungen ist außerdem auf den umfangreichen Transfer von Know how, Patenten, Warenzeichen und die Mitnahme von Spezialisten durch die Westalliierten im April/Juni 1945 sowie später durch die sowjetische Besatzungsmacht zu nennen. In die UdSSR wurden ca. 2 500 Spezialisten verbracht, die größtenteils an militärisch wichtigen Forschungsprojekten arbeiteten.

Eine Bewertung der „intellektuellen Reparationen“ ist kaum möglich. Die Schätzungen schwanken zwischen „einigen hundert Millionen“ bis zu 10 Mrd. Dollar Verlust für die gesamte deutsche Industrie. Diese Leistungen lassen sich nicht in Besatzungsgebiete unterteilen.

Die von der SBZ/DDR geleisteten Reparationen lagen mit ca. 14 Mrd. Dollar deutlich über der Forderung von 10 Mrd. Dollar, die von der UdSSR ursprünglich gegenüber ganz Deutschland erhoben wurde. Die SBZ/DDR hat damit die größten im 20. Jh. bekannt gewordenen Reparationsleistungen erbracht.

Demgegenüber sind angesichts der großen volkswirtschaftlichen Bedeutung der Auslandshilfen für Westdeutschland die dem Land auferlegten unentgeltlichen Transfers als marginal einzuschätzen. Jedoch muß beachtet werden, daß sich nur die Bundesrepublik der Wiedergutmachungsfrage in umfassender Weise stellte.

Die Rekonstruktion der Wirtschaft konnte im Osten Deutschlands erst Mitte der 50er Jahre abgeschlossen werden, und auch der individuelle Konsum erreichte erst wesentlich später als in der Bundesrepublik das Vorkriegsniveau. Für einen wirtschaftlichen Wettlauf mit der Bundesrepublik fehlten der DDR somit von vornherein die Voraussetzungen.

Der in späteren Jahren sich abzeichnende Leistungsverfall der DDR-Wirtschaft läßt sich aber nicht primär den Startbedingungen anlasten. Dafür waren vielmehr die teils gewollte, teils erzwungene Abschottung vom Weltmarkt, die Einbindung in den → *RGW* und die chronische Innovationsschwäche des planwirtschaftlichen Systems verantwortlich.

Rainer Karlsch

Literaturhinweise:

Baar, Lothar/Karlsch, Rainer/Matschke, Werner: Kriegsschäden, Demontagen und Reparationen, in: Materialien der Enquete-Kommission, a.a.O., Bd. II, 2, S. 868-988.

Buchheim, Christoph (Hrsg.): Wirtschaftliche Folgebelastung des Krieges in der SBZ/DDR, Baden-Baden 1995.

Buchheim, Christoph: Kriegsschäden, Demontagen und Reparationen, in: Materialien der Enquete-Kommission, a.a.O., Bd. II, 2, S.1030-1069.

Karlsch, Rainer: Allein bezahlt? Die Reparationsleistungen der SBZ/DDR 1945–53, Berlin 1993.

Karlsch, Rainer/Schröter, Harm (Hrsg.): „Strahlende Vergangenheit" – Studien zur Geschichte des Kranbergbaus der Wismut, St. Katharinen 1996.

Kriminalität

Die Ursachen der Kriminalität sah man in der SBZ/DDR zunächst im Anschluß an Marx, Engels und Stalin allein im Klassenkampf. Nach Chruschtschows Geheimrede gegen Stalin auf dem XX. Parteitag der KPdSU im Februar 1956 regte der Mitarbeiter des ZK der SED Josef Streit an, bei den Straftätern zwischen „Freunden" und „Feinden" der DDR zu unterscheiden. Diese „Freund-Feind-Theorie" wurde nach dem Ungarn-Aufstand im Herbst 1956 als bedenkliche Liberalisierung zurückgewiesen. Nach dem Verzicht auf eine Abschreckung gegenüber erziehungsfähigen Tätern in der Sowjetunion setzte sich aber seit 1961 auch in der DDR die Auffassung durch, daß die Mehrheit der Straftaten nicht auf einer feindlichen Einstellung zur sozialistischen Gesell-

schaftsordnung beruhe. Nunmehr führte man die Kriminalität auf „Rudimente“ oder „Relikte der alten Gesellschaft“ zurück. Nach wie vor jedoch wurde die Kriminalität als „dem Sozialismus zutiefst wesensfremd“ angesehen.
Diese Auffassung hat die Kriminologie der DDR schwer behindert und war die Hauptursache für die Härte des Strafvollzugs. Erst in den 80er Jahren wurden auch Widersprüche in der sozialistischen Gesellschaft selbst als Kriminalitätsursache anerkannt.

Die Begründung der Kriminalität mit dem Klassenkampf bzw. mit den „Rudimenten der alten Gesellschaft“ führte zu der Auffassung, daß sie im Sozialismus „absterben“ und jedenfalls ständig zurückgehen müsse. Dies hatte zur Folge, daß die Kriminalstatistik der DDR mit allen Mitteln niedrig zu halten versucht wurde, insbesondere durch Einstellung des Verfahrens wegen Geringfügigkeit oder Übergabe an eine Konfliktkommission, aber auch durch Nichtregistrierung. Zeitweise wurde die Kriminalstatistik der DDR sogar geheimgehalten. Der Ausweis einer wesentlich niedrigeren Kriminalität als in der Bundesrepublik ist daher nicht schlüssig. Immerhin dürfte angesichts der intensiven allgemeinen Überwachung, der Kontrollmaßnahmen gegen Strafentlassene und gegen „kriminell gefährdete Bürger“, der Kriminalitätsvorbeugungsrogramme der örtlichen Volksvertretungen und der Betriebe und schließlich auch durch die erheblich geringere Motorisierung die Kriminalität in der DDR deutlich niedriger gewesen sein als in der Bundesrepublik.

Auch eine Beurteilung der Kriminalitätsstruktur der DDR ist schwierig, da 24% aller registrierten Delikte nicht besonders ausgewiesen wurden. Den Hauptanteil der Kriminalität bildeten bemerkenswerterweise auch in der „sozialistischen“ DDR Vermögensdelikte mit 47%. Der Anteil der vorsätzlichen Körperverletzungen und der Vergewaltigungen an der Gesamtkriminalität lag bemerkenswerterweise höher als in der Bundesrepublik.

Friedrich-Christian Schroeder

Literaturhinweise:

Freiburg, Arnold: Kriminalität in der DDR, Opladen 1981.
Schroeder, Friedrich-Christian: Das Strafrecht des realen Sozialismus, Opladen 1983.

Kritik und Selbstkritik

Neben der Forderung nach „Einheit und Reinheit“ der Partei, dem → *demokratischen Zentralismus* und dem „Fraktionsverbot“ stellte „Kritik und Selbstkritik“ eines der wichtigsten kaderpolitischen Prinzipien der Führung aller Kommunistischen Parteien dar (→ *Kaderpolitik;* → *Moral und Ethik*).

Bereits in den 20er Jahren kam es in der KPdSU zu regelmäßigen Parteisäuberungen, die offiziell als Selbstreinigung der Partei von „unwürdigen Elementen“ bezeichnet wurden, tatsächlich aber einer strengen Hierarchisierung der KP und zur Ausschaltung vermuteter oppositioneller Strömungen oder persönlicher Konkurrenten dienten. Jeder Parteikader hatte regelmäßig schriftlich und mündlich Selbstkritik zu üben. Dabei ging es nicht nur um politische „Fehler“, „Abweichungen“ von der Parteilinie oder den Bruch der Parteidisziplin, sondern auch um das Privatleben, in dem sich jeder Genosse ebenfalls seiner Parteimitgliedschaft würdig erweisen mußte. Die mündliche Selbstkritik in Parteiversammlungen ging einher mit „kameradschaftlicher“ Kritik durch Parteileitung und Mitgenossen. Auf die Kritik durfte keineswegs mit Rechtfertigungen geantwortet werden, vielmehr mußte die eigene Schuld eingesehen, die Selbstkritik „vertieft“ und der Glaube an die „Unfehlbarkeit“ der Partei bekräftigt werden.

Disziplinierung durch Entindividualisierung und Einbeziehung in einen „revolutionären Orden“ (Bucharin) waren die Leitlinien dieser Prozedur. In den 30er Jahren, als der Stalinsche Massenterror sich auch verstärkt gegen Kader und Mitglieder der KPdSU richtete, konnten Kritik und Selbstkritik die Vorstufe für Verhaftung und Tod sein.

Säuberungssitzungen, an denen sich nun auch die in die Sowjetunion emigrierten Mitarbeiter der Komintern sowie andere Politemigranten kommunistischer Parteien beteiligen mußten, gerieten zu erbarmungslosen Inquisitionsverfahren, in denen nur derjenige Beschuldigte eine zudem ungesicherte Überlebenschance hatte, dem es gelang, noch größere „Verbrechen“ gegen die Partei, die Revolution oder den Genossen Stalin aufzudecken, als ihm selbst zur Last gelegt wurden. In den Moskauer Schauprozessen gipfelten die Selbstanklagen nicht selten in der Forderung nach der eigenen „Liquidierung“ als „Schädling“. Die hier zum Ausdruck kommende fanatische Gläubigkeit war Teil des „Drehbuchs“, das dem Prozeß zugrunde lag. Die Forderung nach dem eigenen Tod symbolisierte die unwiderrufliche Unterwerfung unter den Willen der Partei.

Die SED, deren führende Kader im Moskauer Exil die mit Kritik und Selbstkritik verbundenen Praktiken aus eigener Anschauung kannten und überlebt hatten, übernahm bald dieses bewährte bolschewistische Disziplinierungs-Prinzip in abgeschwächter Form in das innerparteiliche Regime der SED. So mußte z.B. der zur engeren Parteiführung gehörende Anton Ackermann im September 1948 seine zwei Jahre zuvor verfaßte, unter Bezug auf Stalin und von der KPD gebilligte These von der Notwendigkeit eines „besonderen deutschen Wegs zum Sozialismus" zurückziehen und Selbstkritik üben, da diese These eine Konzession an antisowjetische Stimmungen gewesen sei und zu einer Abgrenzung von der Sowjetunion führen könnte. Der wegen Verschwörung angeklagte und zu neun Jahren Haft verurteilte Philosoph Wolfgang Harich dankte 1957 den „Untersuchungsorganen" für seine rechtzeitige Verhaftung, bevor er noch größere Verbrechen hätte begehen können.

Noch in den 80er Jahren wurden Kritik und Selbstkritik im offiziellen Schrifttum der SED als „auf der materialistischen Dialektik beruhende Methode, Widersprüche zwischen objektiven Erfordernissen der gesellschaftlichen Entwicklung in den verschiedenen Lebensbereichen und überholten subjektiven Auffassungen, Einstellungen sowie Arbeitsweisen aufzudecken und schöpferisch zu lösen", bezeichnet und ihre „kollektiv-persönlichkeitsbildende Wirkung" betont. Sie sei auch „die Voraussetzung für die Entfaltung des innnerparteilichen Lebens auf der Grundlage der Leninschen Normen und verhindert das Entstehen der Partei widersprechender Erscheinungen im Denken und Handeln, wie Subjektivismus und Selbstzufriedenheit".

In der Praxis hatte indes das Ritual einer regelmäßigen ausführlichen Selbstkritik in Partei und Gesellschaft an Bedeutung verloren. Meist gab sich die Partei mit einem allgemeinen Schuldbekenntnis zufrieden, das nur dann abverlangt wurde, wenn konkrete Vorwürfe vorgebracht worden waren. Allerdings wurde im Falle der Feststellung eines individuellen Fehlverhaltens von den anderen Mitgliedern des sozialistischen Kollektivs in der Regel noch immer deren Stellungnahme zu dem betreffenden Fall respektive die Verurteilung des Delinquenten verlangt. So kam es etwa vor, daß Abiturienten dazu aufgefordert wurden, vor dem versammelten Klassenverband gegen Mitschüler aufzutreten, die sich entschlossen hatten, den aktiven Wehrdienst zu verweigern und → *Bausoldaten* zu werden.

Klaus Schroeder/Manfred Wilke

Literaturhinweis:

Berthold Unfried: Rituale von Konfession und Selbstkritik: Bilder vom stalinistischen Kader, in: Jahrbuch für historische Kommunismusforschung 1993, S. 148-164.

Kulturbund

Der Kulturbund zur demokratischen Erneuerung Deutschlands (KB) wurde als kulturpolitischer Verein in Berlin im Sommer 1945 gegründet. Die Lizenz dafür wurde von der → *SMAD* am 25. Juni erteilt. Nach einer Konferenz im Großen Sendesaal des Berliner Rundfunks in der Masurenallee am 4. Juli erfolgte am 8. Aug. die Wahl des Präsidenten, des Dichters Johannes R. Becher, und der Vizepräsidenten, des Malers Carl Hofer, des Altphilologen Johannes Stroux und des Schriftstellers Bernd Kellermann, sowie des aus 26 Mitgliedern bestehenden Präsidialrates. Als interzonale „Sammlungsbewegung" von Intellektuellen aller humanistischen Denkrichtungen sollte der Kulturbund nach Auffassung Bechers parteipolitisch unabhängig arbeiten, der Meinungsfreiheit im öffentlichen Streitgespräch verpflichtet sein und den Dialog im Sinne eines „geistigen Forums" der deutschen Nation organisieren.

Die Selbstzeugnisse der führenden Repräsentanten des Kulturbunds aus der Gründungszeit verweisen darauf, daß dieser nach den langen Jahren des nationalsozialistischen Regimes und der Herrschaft des Ungeistes durchaus als ein Ort einer geistigen Begegnung und eines streitbaren Diskurses zwischen Intellektuellen geplant war. Der Kulturbund sollte bildungsbürgerlichen Kreisen Gelegenheit bieten, mit Intellektuellen aus der Emigration und dem Widerstand gegen Hitler sowie den Vertretern der kommunistischen Ideologie vorbehaltlos über Schuld und Versagen sowie geistige Wandlung und Umorientierung zu diskutieren. Inhalt und Form der Demokratie, Marxismus und Existentialismus und die Gestaltung eines neuen Menschenbildes standen im Mittelpunkt der ersten Diskussionsrunden des Kulturbunds. Deshalb vermag die Interpretation der frühen Kulturbundarbeit als eines „Geschäftes auf Gegenseitigkeit", bei dem die Kommunisten sich des Prestiges des Bildungsbürgertums für ihre Volksfrontpolitik versicherten, während diese dafür im Gegenzug moralische Entlastung erhielten, die Situation jener Zeit, in denen der Gedanke des → *Antifaschismus* noch nicht eindeutig politisch instrumentalisiert worden war, nicht restlos zu überzeugen.

Jüngste Untersuchungen zeigen, daß der Kulturbund seinen demokratischen Anspruch zunächst dadurch zu legitimieren vermochte, daß er die Debatten zwischen bürgerlicher und marxistischer Intelligenz als überparteilichen und weltanschaulich pluralistischen Dialog führte, der auch Andersdenkende zu Wort kommen ließ. Diesem Zweck dienten die Rundfunkarbeit des Kulturbunds und vor allem die Monatsschrift „Aufbau" sowie die Wochenzeitung „Sonntag". Bereits ab 1946 arbeiteten in vielen Städten auch „Klubs der Intelligenz" als lose Zusammenschlüsse, die auch in den westlichen Zonen Verbreitung fanden. Hier liegen die Ursachen für die verklärende Sicht heute auf den politischen Sinn des KB als Institution in jenen Nachkriegsjahren. Es war die politische Schwäche der kommunistischen Bewegung im Nachkriegsdeutschland, dem der KB die demokratische Gunst seiner frühen Jahre verdankt. In realistischer Einschätzung des politischen Kräfteverhältnisses im Osten Detuschlands nach dem Ende des Naziregimes griff die KPD nicht sofort nach der Macht.

Für den propagierten geistigen Neubeginn mußten sich die deutschen Kommunisten der Unterstützung aller bildungsbürgerlichen Kreise guten Willens versichern, da noch keine „eigene", parteiergebene Intelligenz herangebildet war. Das beschwichtigte nicht das alte, tiefsitzende Mißtrauen der Kommunisten gegenüber der bürgerlichen Intelligenz, drängte vielmehr nach institutioneller Einbindung ihrer Mitarbeit.

Hier setzen die originären Interessen der KPD mit der Gründung des KB's an. Für sie stand mit seiner Person der Kommunist Becher als langjähriger Präsident programmatisch und linientreu ein, die der Dichter Becher hingegen eigenwillig aus dem Wissen um die Eigenart geistiger Produktion für die frühen Jahre der Kulturbundarbeit zu interpretieren trachtet. Die „westliche" Geschichte endete erst 1956 mit dem KPD-Verbot, in dessen Gefolge auch der Kulturbund als verfassungsfeindlich verboten wurde.

Am ideologisch-politischen → *Führungsanspruch der SED* mußte auch die angestrebte Überparteilichkeit des Kulturbunds bald scheitern. Die → *Blockpolitik* der SED hatte ihm von Anfang an die Aufgabe zugewiesen, die „Kulturschaffenden" zu sammeln und in die politische Generallinie einzubinden. Schon 1947 hatten deshalb die westlichen Militärregierungen den Kulturbund für die Westsektoren Berlins verboten. Spätestens ab 1948 wurde die Unversöhnlichkeit der inneren und ideologischen Widersprüche auch innerhalb des Kulturbunds selbst unübersehbar. Die Zeit der taktierenden Rücksichtnahme auf die alte Intelligenz, der ideologischen Freiräume und des Verzichtes auf politische Disziplinierung endete Mitte 1948 mit der Ausschaltung der „bürgerlichen Fraktion“ und der Durchsetzung der Vormachtstellung der Kommunisten im Präsidialrat. Das Bekenntnis zur DDR, das auf dem 2. Bundeskongreß 1949 abgelegt wurde, und die Bereitschaft, staatspolitische Aufgaben zu übernehmen, leiteten die Phase der Gleichschaltung und der politischen Disziplinierung ein. Bei den Wahlen zur → *Volkskammer* und den Landtagen 1950 errang der Kulturbund insgesamt 405 Mandate. In der Volkskammer gab es bis 1990 eine Fraktion mit 21 Abgeordneten.

Eine entscheidende Schwächung des Kulturbunds bedeutete die 1952 erfolgte Verselbständigung der Künstlerverbände. Auf dem V. Bundeskongreß 1958 erfolgte die Umbenennung in „Deutscher Kulturbund“. Seit dem VII. Bundeskongreß 1972 galt der „Kulturbund der DDR“ als sozialistische → *Massenorganisation*, in der die Prinzipien des demokratischen → *Sozialismus* und der → *Kadernomenklatur* angewendet wurden. Der Kulturbund war in Ortsgruppen, Klubs der Intelligenz, Hoch- und Fachschulgruppen sowie zahlreiche Arbeitsgemeinschaften und Fachgruppen gegliedert, in denen in den 80er Jahren rund 270 000 Mitglieder organisiert waren. Diese haben den Kulturbund oft als „Nische“ genutzt, im vorgegebenen Rahmen ihr individuelles Engagement für Geschichte, Natur und Umwelt artikuliert und nach Problemlösungen gesucht. Das MfS hat solche Entwicklungen sorgfältig kontrolliert und dafür gesorgt, daß mißliebige Mitglieder den Kulturbund verlassen mußten.

Als Bestandteil des politisch-ideologischen Indoktrinationsapparates der SED erwies sich das Präsidium des Kulturbunds noch am 9. Okt. 1989, als es Reformen des gesellschaftlichen Systems in der DDR entschieden zurückwies. Am 22. Nov. trat deshalb die Leitung des Kulturbunds geschlossen zurück, nachdem es deutliche Kritik an der politischen Bevormundung und den undemokratischen Strukturen gegeben hatte. Auf einem außerordentlichen Bundeskongreß im März 1990 wurde die Fortführung der Organisation als „Kulturbund e.V.“ beschlossen. Im Mai 1990 entstanden darauf hin fünf ostdeutsche Landesverbände, denen die „Pirckheimer-Gesellschaft“, der „Bund für Natur und Umwelt“ und die „Gesellschaft für Fotografie“ angeschlossen wurden. Seit September 1990 unterstützt das Bundesministerium des Innern den gemeinnützigen Kulturbund, der rund 100 000 Mitglieder zählt, finanziell. Das Archiv des Kulturbunds befindet sich heute in der Stiftung Archive der Parteien und Massenorganisationen der DDR im Bundesarchiv (→ *SAPMO*).

Udo Bartsch

Literaturhinweise:

Becher, Johannes R.: Briefe 1–2. Berlin, Weimar 1993.
Schievelbusch, Wolfgang: Vor dem Vorhang. Das geistige Berlin 1945–1948, München, Wien 1995.

Kulturpolitik

Die Kulturpolitik in der SBZ/DDR diente von Beginn an der Förderung des politisch Erwünschten und der Unterdrückung des politisch Schädlichen. Die freie, spontane, ungehinderte Entwicklung aller künstlerischen, wissenschaftlichen und weltanschaulichen Richtungen konnte nicht Ziel des stalinistischen Systems sein, das sich auf den Klassenkampf orientierte und nur die eine marxistisch-leninistische Weltsicht als theoretisch richtig, parteilich notwendig und objektiv mit der Realität übereinstimmend zuließ.

Toleranzerklärungen aus den Anfangsjahren der antifaschistisch-demokratischen Übergangszeit widersprechen dieser Bewertung nicht. Die Gewinnung derjenigen Teile der bürgerlichen Intelligenz, die nicht nationalsozialistisch belastet waren, verlangte behutsames taktisches Vorgehen. Insbesondere die sowjetischen Kulturoffiziere rieten zur Mäßigung, manche von ihnen waren so sehr von der bewunderten bürgerlichen deutschen Kultur beeinflußt, daß sie abberufen wurden und in der Heimat Repressalien erlitten. Der entscheidende Grund für das langsame Tempo bei der Gleichschaltung von Kunst und Kultur lag in den realen Kräfteverhältnissen. Trotz der Unterstützung durch die Besatzungsmacht stand nur eine Minderheit von Kommunisten zur Verfügung. Sie mußten vorrangig im Bereich der Basis, in der Wirtschaft und in der allgemeinen Verwaltung eingesetzt werden, der Überbau würde sich zeitverzögert nach den vermeintlichen Gesetzmäßigkeiten der gesellschaftlichen Entwicklung richten.

Alle wesentlichen Ziele der späteren DDR-Kulturpolitik wurden schon vor 1949 zumindest perspektivisch formuliert:

1. Orientierung auf das nationale Kulturerbe, insbesondere auf die Klassik im engeren Sinne. Bindung der Sozialismus-Utopie an die (einseitig ausgelegte) Gedankenwelt Goethes und Schillers, nach der These, was diese nur ersehnen und erahnen konnten, verwirkliche die Arbeiterklasse unter Führung der SED.

2. Abhängigkeit von internationalen Entwicklungen, von Feindbildern und Bündnismöglichkeiten.

3. Gewährung von → *Privilegien* für Kulturschaffende im Vergleich zur Masse der Werktätigen, aber auch als Mittel der Differenzierung und Disziplinierung innerhalb der Intelligenzschicht.

4. Konspirative, auf Geheimhaltung beruhende Taktik. Parteigruppen innerhalb der Institutionen und Verbände erhielten spezielles Herrschaftswissen.

5. Bekämpfung und Ausschaltung feindlicher Kräfte. Kampf gegen bürgerliche „Ismen“, Formalismus, Kosmopolitismus, Dekadenz, imperialistische „Unkultur“, später abgeschwächt gegen Modernismus und Abstraktionismus, schließlich nur noch gegen „gewisse antirealistische Tendenzen“, die aber kaum noch nach ästhetischen Kriterien beschreibbar waren und sich daher auf jeweils falsche politische Standpunkte reduzierten.

6. Orientierung auf eine parteiliche Kunst und Literatur im Dienste von Volk und Fortschritt, über lange Jahre reduziert auf die Muster des → *sozialistischen Realismus*.

7. → *Antifaschismus* als Rechtfertigungsideologie der eigenen Diktatur. Kommunistische Erziehung und Indoktrinierung als Ziel der Bildungspolitik im engeren und der Kulturpolitik in weiteren Sinn.

Die DDR hat nach ihrer Gründung mit all ihren Machtmitteln verwirklicht, was zuvor etwa auf der „Ersten Zentralen Kulturtagung der KPD“ im Februar 1946 nur als Zukunftsziel deklariert worden war. Der Schriftstellerkongreß von 1950 hatte im Unterschied zu dem von 1947 keinerlei gesamtdeutsche Ambitionen mehr. „Das neue Leben verlangt nach Gestaltung“ hieß das Motto, und gerügt wurde, daß die Arbeit in den volkseigenen Betrieben oder auf dem Lande nach der → *Bodenreform* nicht ausreichend behandelt werde. Falsches Lob und falscher Tadel, politische Forderung und guter Wille, Abwehr und verschärfte Kontrolle – dieses Hin und Her bestimmte jahrzehntelang die Auseinandersetzungen, die Abfolge von Eiszeit- und Tauwetterphasen. Es blieb immer, bis zum Untergang der DDR, das Grundbedürfnis des Herrschaftsapparates, daß Kunst und → *Literatur* sich den politischen Notwendigkeiten unterzuordnen hätten. Dafür bedurfte es, trotz der gern verwendeten Formel, innerer und äußerer Auftrag seien dem wahrhaft sozialistischen Künstler dasselbe, der immerwährenden administrativen Überwachung.

Zu Beginn der 50er Jahre wurden zu diesem Zweck eine Staatliche Kommission für Kunstangelegenheiten und ein Amt für Literatur und Verlagswesen eingerichtet. Nachdem die SED 1952 den Aufbau der Grundlagen des Sozialismus beschlossen hatte, etablierte sie den kulturpolitischen Monopolanspruch des sozialistischen Realismus in seiner damaligen stalinistischen Ausprägung. Damit verbanden sich Forderungen nach Parteilichkeit, Volksverbundenheit, sozialistischem Ideengehalt, Optimismus und Zukunftsperspektive. Stalins Tod, die Unruhen von 1953 und die intellektuelle revisionistische Rebellion um 1956 verschärften die latent dauernd vorhandene Spannung zwischen den Kunstschaffenden und dem bürokratischen Apparat.

Schon 1954 ersetzte das Ministerium für Kultur die mißliebige Kunstkommission und die alte Literaturbehörde. Die Kontrollmechanismen wurden dadurch eher erweitert und verfeinert. 1959 inszenierte der Parteiapparat eine kulturrevolutionäre Kampagne von oben, die als Politik des „Bitterfelder Weges" einige Jahre wirksam wurde. In enger Verbindung mit einem unter der Losung „Chemie bringt Brot, Wohlstand und Schönheit" popularisierten Siebenjahrplan für die chemische Industrie sollten die Berufsschriftsteller in die Betriebe gehen und anschließend in ihren Werken das „Heldentum der Arbeit" feiern. Die Kluft zwischen Kunst und Leben glaubten die Kulturplaner auf diese Weise schließen zu können. Die professionellen Schreiber sollten zugleich durch die Konkurrenz geförderter Amateure angespornt werden. Eine Massenbewegung künstlerisch tätiger Laien wurde im Sinne der Losung „Greif zur Feder, Kumpel, die sozialistische deutsche Nationalliteratur braucht dich!" mobilisiert. Ein Teil der Berufsautoren verweigerte sich, andere schrieben sehr viel kritischer über den Alltag in den Betrieben, als der Partei recht war. Auch viele der authentischen Zeugnisse von Werktätigen erwiesen sich für propagandistische Zwecke als wenig brauchbar.

Mitte der 60er Jahre hatte sich wieder ein Konfliktpotential angehäuft, das die SED-Führung auf dem berüchtigten 11. Plenum zu einem Rundumschlag gegen „feindliche Tendenzen" im Kulturbereich veranlaßte. Zum Teil handelte es sich dabei auch um ein Ablenkungsmanöver. Hinter den wilden ideologischen Attacken sollten ökonomische Krisenerscheinungen verborgen werden, auch dazu mußte Kulturpolitik gelegentlich herhalten. Fast die gesamte Jahresproduktion von DEFA-Filmen wurde damals verboten, die Einschüchterung wirkte lange nach.

Nach dem Führungswechsel von Ulbricht zu Honecker, nach dem VIII. Parteitag von 1971, versuchte die SED-Führung ihr Ansehen bei den Kulturschaffenden durch vertrauensbildende Maßnahmen zu erhöhen. Die plakative Zulassung unterschiedlicher künstlerischer Handschriften änderte wenig am Grundproblem, denn am staatlichen Zulassungsmonopol durfte auch jetzt nicht gerüttelt werden. Die Bereitschaft der Autoren und Künstler, sich stofflich und ästhetisch an die üblichen

Regeln zu halten, nahm kontinuierlich ab. Die in den straff gelenkten Medien unterdrückte Auseinandersetzung über die Zustände im Land wurde ersatzweise mit Hilfe von Romanen, Gedichten oder Liedern zu führen versucht. Die verschwiegenen, verdrängten oder unterdrückten Probleme wanderten mehr oder weniger offen in die Kunstwerke ein, was die Zensurbehörde im Kulturministerium und die Kulturabteilung des SED-ZK zugleich reizte und überforderte.

Die zwangsweise Ausbürgerung des verbotenen Liedermachers Wolf Biermann brachte die SED-Führung im Herbst 1976 in die Konfrontation mit vielen Künstlern und Literaten. Eine Vielzahl von ihnen verließ in den Folgejahren die DDR. Die SED-Führung glaubte, sich dadurch dauerhaft eines lästigen Störpotentials entledigen zu können. Jedoch ließen sich auch die meisten namhaften Autoren, die im Lande blieben, nicht mehr mit den üblichen Mitteln disziplinieren. Strafandrohungen wegen ungenehmigter Publikation im Westen erwiesen sich als wirkungslos. In kirchlichen Räumen und in Privatwohnungen entstand eine zweite informelle Öffentlichkeit mit illegal hergestellten Zeitschriften.

In den 80er Jahren gingen von der SED-Kulturpolitik keinerlei Impulse mehr aus. Sie lieferte nicht einmal mehr Material für begründete Ablehnung oder Widerlegung. Der kulturpolitische Immobilismus sollte Stabilität suggerieren, in Wahrheit war er der Indikator des langen Siechtums, das den Untergang der DDR ankündigte. Im letzten Jahrzehnt der DDR ging die Kulturpolitik zu einem gewichtigen Teil auf die Hauptabteilung XX des MfS über, da viele Autoren als feindlich-negative Kräfte überwacht und auch von Kollegen bespitzelt wurden. Die Öffnung der Archive offenbarte, daß viele administrative Maßnahmen mit der Staatssicherheit abgestimmt waren. Freundliche Konzessionen, harte Erpressungen, Versuche, die Persönlichkeitsstruktur zu zersetzen usw. beruhten auf individuellen Psychogrammen von Autoren und Künstlern. Jeder Fall wurde anders behandelt: Die konspirativ gewordene Kulturpolitik ersetzte die ideologisch begründete Werkkritik durch heimliche Personenkontrolle. Das in den Archiven angehäufte Wissen konnte freilich oftmals gar nicht angewandt werden, weil Informanten nicht dekonspiriert werden sollten oder weil die Parteiführung vor unangenehmen Entscheidungen zurückscheute. Es bildeten sich undurchsichtige Grauzonen, und da letztlich gar keine Kriterien für das Zulässige mehr formuliert werden konnten, mußten, wie es hieß, „aus autorenpolitischen Gründen“ Werke für den Druck genehmigt werden, die man lieber verboten hätte und nur erlaubte, weil der Eklat als noch schlimmer bewertet wurde. In diesem Chaos wurden gelegentlich auch schon gedruckte Bücher aufgrund von Einsprüchen anonymer, aber mächtiger Instanzen oder sogar einzelner Funktionäre nachträglich wieder verboten. Nach langer Rangelei konnten solche Titel manchmal auch wieder erscheinen, ohne daß der Verfasser ein Wort geändert hätte. Zwischen verschiedenen Ämtern gab es Kompetenzrangeleien und Positionskämpfe. In diesem Chaos, in dem auch die Künstlerverbände und die Akademie der Künste durch Interventionen mitmischten, bekam schließlich jeder, der in irgendeiner Form seinen Platz im DDR-Kulturleben gefunden hatte und trotz aller Schwierigkeiten behaupten konnte, seine „individuelle", für ihn maßgeschneiderte Kulturpolitik gewährt oder „verpaßt".

Bis zuletzt hielten die verantwortlichen Politiker an der Vorstellung fest, die Schriftsteller und Künstler, die in Wahrheit doch nur einen verbesserten Sozialismus herstellen wollten, würden bei all ihren Vorhaben von sog. antisozialistischen Kräften im Westen gesteuert. Die halblegalen Zeitschriften der jungen Künstler und Literaten vom Prenzlauer Berg blieben eher Spielwiesen freier Selbstbetätigung und hielten sich bewußt aus unmittelbar politischen Diskursen heraus. Dennoch wurden in speziellen Studien diese in sehr kleiner Auflage hergestellten Blätter als „Feindlich-Ideologische Stützpunkte", abgekürzt FIS, bezeichnet. Es handle sich um bösartige nihilistische und pessimistische Machwerke. Deren Herausgeber betrieben folglich „Politisch-Ideologische Diversion", abgekürzt PID. An der → *Juristischen Hochschule* des MfS in Potsdam legte Major Hans-Werner Hagen am 6. Dez. 1985 eine Diplomarbeit mit diesem Titel vor: „Zur Rolle, Stellung und Arbeitsweise feindlicher ideologischer Stützpunkte aus Kreisen freiberuflich tätiger Kunst- und Kulturschaffender bei der Intensivierung der PID gegen die DDR".

Angesichts dieses Feindbilds ist es verständlich, daß die DDR an dem Abschluß eines Kulturabkommens mit der Bundesrepublik kaum Interesse zeigte. Es war für sie viel bequemer, unerwünschte Initiativen und Einladungen aus dem Westen mit der formalen Begründung abzulehnen, leider fehlten alle vertraglichen Regelungen. Was die offizielle DDR in Westdeutschland zeigen wollte, konnte sie mit Hilfe von Galerien, die mit dem Staatlichen Kunsthandel kooperierten, oder auch mit Hilfe der von der SED finanziell abhängigen DKP, die Theater und Einzelpersonen zu Gastspielen oder Lesungen einlud, ohne weiteres vorstellen. Die „Live-Präsentation" in umgekehrter Richtung von West nach Ost, ließ sich dagegen weitgehend als „nicht im Interesse der DDR liegend" abblocken. Erst als die ökonomische Abhängigkeit der DDR von Bonn immer mehr zunahm, mußte die Ostberliner Regierung ein Zeichen des guten Willens geben. Am 6. Mai 1986 trat das deutsch-deutsche Kulturabkommen mit der Unterzeichnung in Kraft. Der Vertrag wurde vielfach höchst skeptisch kommentiert. Die Befürchtungen liefen darauf hinaus, nur eine keimfreie Schmuck- und Genußkultur, die wegen eines unbestreitbaren Wertes allen gefalle, sei austauschfähig, hingegen werde die aufstörende, subversive Kunst beider Seiten womöglich ausgeklammert. So schlimm wurde es nicht, wenngleich bestätigt wurde, was jedem Einsichtigen klar sein mußte: Das Abkommen konnte nicht verhindern, daß die DDR-Führung innerhalb ihres Machtbereiches die Kultur weiterhin reglementierte. Es führte auch nicht generell Freizügigkeit für Kulturschaffende ein, aber das Abkommen setzte die Ämter doch unter einen gewissen Druck. Die Vereinbarungen wurden für DDR-Bürger zu einer Berufungsgrundlage und im Fall der Ablehnung von Reisen, Lesungen oder Kongreßbesuchen wuchs das Unzufriedenheitspotential. Die Ausarbeitung der konkreten Arbeitspläne wurde zu einem mühsamen diplomatischen Handel. Der so nahe, unheimliche Klassenfeind, der auch noch die gleiche Sprache benutzte und mit seinen Fernsehprogrammen in beinahe jede Wohnung drang, erschien bis zuletzt auch kulturpolitisch als eine unberechenbare Bedrohung.

Die SED-Führung ahnte noch nicht, daß die eigentliche Gefahr aus dem Osten kommen würde, aus dem Kreml, von der Schutz- und Führungsmacht Sowjetunion. Für den Umgang mit gravierenden und unvorhersehbaren Veränderungen in der Moskauer Zentrale besaßen die altgedienten Ostberliner Funktionäre keinerlei Erfahrung. Zu ihren letzten kulturpolitischen Maßnahmen gehörte das hysterische Verbot von Zeitschriften, Filmen, Büchern und Theaterstücken aus dem führenden Bruderland.

Manfred Jäger

Literaturhinweise:

Jäger, Manfred: Kultur und Politik in der DDR, Köln 1994.
Kultur und Kunst in der DDR. Protokoll der 35. und 36. Sitzung, in: Materialien der Enquete-Kommission, a.a.O., Bd. II, 1, S. 415-638.

Landwirtschaft

Durch Verordnungen der Länderregierungen wurde ab September 1945 in der SBZ eine → *Bodenreform* mit dem Ziel durchgeführt, Bauernhöfe unter 5 ha zu vergrößern, neue, selbständige Bauernwirtschaften sowie Land für Umsiedler und Flüchtlinge zu schaffen. Hierzu wurde ein Bodenfonds aus enteignetem Grundbesitz gebildet, der etwa ein Drittel der landwirtschaftlichen Nutzfläche der SBZ/DDR ausmachte (ca. 3,2 Mio. ha). Diese Maßnahmen gestalteten das Flur- und Siedlungsbild tiefgreifend um.

Ökonomisch wirkte die Bodenreform nur kurzfristig positiv, indem viele Menschen die Möglichkeit bekamen, sich in der Nachkriegszeit selbst zu versorgen, und viele heimatvertriebene Bauern eingegliedert werden konnten. Mittel- und langfristig erwies sich die Reform jedoch als negativ. Die neu geschaffenen Betriebe waren viel zu klein und auf die Dauer nicht lebensfähig. 1946 wurde die Vereinigung der gegenseitigen Bauernhilfe (VdgB) gegründet, in der die Bauern bestimmte Aufgaben der Feldbestellung, der Viehhaltung usw. gemeinsam bewältigen konnten. Die Vereinigung leitete auch bereits 1947 mit der Gründung von Maschinenausleihstationen eine Mechanisierung ein. Die Maschinen, die an die Bauern stundenweise (mit oder ohne Bedienungspersonal) ausgeliehen wurden, waren Eigentum des Staates. 1951/52 wurde die Regierung direkt in der Landwirtschaft durch die Umwandlung dieser Stationen in Maschinentraktorenstationen (MTS) tätig. Diese erhielten die Rechtsform eines → *Volkseigenen Betriebs* und arbeiteten unter zentraler Leitung durch das Landwirtschaftsministerium. Damit konnte der Staat die Bedingungen für das Ausleihen von Maschinen und Traktoren an die Bauern selbst bestimmen. Der Einsatz der Maschinen jedoch war höchst unrentabel wegen der fortschreitenden Zersplitterung des Bodens in kleine und kleinste Parzellen. 1951 wurden 70,7% der landwirtschaftlichen Nutzfläche von Betrieben bearbeitet, die über 0,5 bis 20 ha Land verfügten.

Der im Juli 1952 von der SED beschlossene Aufbau des Sozialismus bedeutete für die Landwirtschaft den Beginn der Kollektivierung. Schrittweise sollten → *Landwirtschaftliche Produktionsgenossenschaften* gebildet werden. So entstanden Mittel- und Großbetriebe, die je nach dem Grad der Vergesellschaftung der Produktionsmittel den LPG-Typen I-III zugerechnet wurden.

Um der LPG beizutreten, wurden zeitweise massive Druckmittel gegen die Bauern verwendet, was viele dazu veranlaßte, in den Westen zu flüchten oder ihre Landwirtschaft aufzugeben. Dieser Druck verwandelte sich 1960/61 in eine regelrechte Kampagne. Mit der nun beginnenden durchgängigen Kollektivierung setzte bis zum → *Mauerbau* eine erneute Massenflucht der Bauern in den Westen ein. Bis auf wenige kleine Anwesen im Bezirk Neubrandenburg und im Thüringer Wald, die nicht zusammengelegt werden konnten, war die Kollektivierung 1961 beendet. Es gab in der DDR seit dieser Zeit keine nennenswerte private Landwirtschaft mehr. Der ständige Rückgang der Privatwirtschaft wirkte sich stark auf die Arbeitsmoral aus, die nicht zuletzt für die rückläufigen Erträge verantwortlich war. Besonders deutlich waren die Rückschläge in der ersten Kollektivierungkampagne 1953 und in der zweiten Kampagne 1960/61.

Auch nach 1961 ging der Wandel im Agrarsektor weiter. Die Zahl der LPG-Typen I und II verringerte sich 1960 bis 1965 von 12 976 auf 8 793; die Durchschnittsgröße nahm in diesen Jahren von 156 ha auf 192 ha zu. Ähnliche Tendenzen lassen sich auch für die Entwicklung der LPG-Typen III und die VEG ablesen.

Nach 1961 stiegen die Erträge in der Landwirtschaft wieder. Es gelang der SED, die materielle Interessiertheit der Bauern hervorzurufen (z.B. durch die Auszahlung von Prämien). Das schlug sich in wachsenden Ergebnissen ihrer Erzeugung nieder. Die Schaffung immer größerer Betriebseinheiten und die durch „ökonomische Hebel" (→ *Neues Ökonomisches System*) bewirkte Produktionssteigerung leiteten zur dritten Agrarreform über, die offiziell 1964 auf dem VIII. Bauernkongreß eingeleitet wurde.

Nach den Plänen der SED sollten die Landwirtschaft und die Nahrungsgüterwirtschaft zu einem hochproduktiven Sektor der Gesamtwirtschaft entwickelt werden, um die Bevölkerung und die Industrie optimal mit Nahrungsmitteln sowie mit landwirtschaftlichen Rohstoffen zu versorgen. Man versuchte, in diesem wirtschaftlichen Teilbereich das Niveau der Industrieproduktion durch die Entwicklung vor allem der Produktivkräfte (Arbeitsteilung, Spezialisierung, Kooperation, Nutzung des wissenschaftlichen und technischen Fortschritts und Konzentration der Produktionsmittel) zu erzielen. Der Grad der Spezialisierung war zunächst in der Landwirtschaft noch gering ausgebildet. Ökonomische und technologische Abhängigkeiten sowie organisatorische Probleme des Arbeitsausgleichs setzten jedoch der betrieblichen Spezialisierung Grenzen. Deshalb konnte ein einzelner Betrieb, selbst wenn er verhältnismäßig groß war, keine vollständige Spezialisierung erzielen. Man glaubte, Produktionsreserven dadurch ausschöpfen zu können, daß man kooperativ über mehrere Betriebe hinweg zusammenarbeitete. So spezialisierten sich einzelne Betriebe z.B. auf gemeinsame Tier- oder Pflanzenproduktion. Bis 1974 entstanden allein im Bereich der Pflanzenproduktion 1 200 solcher kooperativer Einheiten (KAP). Der traditionelle, in sich abgerundete Betrieb mit breiter Produktionspalette wurde mehr und mehr aufgelöst. Durch die neuartige, erzeugnisspezifische Produktion, die sich überbetrieblich auf ein Produkt oder wenige Produkte spezialisierte, wurde ein hoher Konzentrationsgrad erreicht. Ende der 60er Jahre entstand eine ganze Reihe neuer Großanlagen, insbesondere in der Viehwirtschaft: 25 für Eierproduktion, 7 für Hähnchenproduktion, 61 Milchviehanlagen mit je über 600 Plätzen, 64 zur Jungrinderaufzucht mit je über 800 Plätzen, 30 zur Rindermast mit je über 1 000 Plätzen, 65 zur Schweinemast mit je über 3 000 Plätzen und 55 Sauenanlagen mit je über 400 Plätzen.

Durch diese Umstrukturierung des bäuerlichen Betriebes wurden die LPG und VEG in horizontaler und vertikaler Richtung von anderen Betrieben abhängig. Alle Produktionsstufen der Landwirtschaft und Nahrungsgüterwirtschaft wurden miteinander verbunden. Man unterschied bei den Betriebsverflechtungen zwischen Kooperationsgemeinschaften (zwischenbetriebliche, horizontale Kooperationen von mehreren LPG, GPG oder VEG auf gleicher Produktionsstufe), Kooperationsverbänden (vertikale Kooperationen von Erzeugern auf verschiedenen Produktionsstufen, wie landwirtschaftliche Produktion, Betriebsmittellieferant und Verarbeitungsindustrie) und Handel. Das gesamte Kooperationswesen wurde seit dem 1. Nov. 1972 durch Musterstatuten geregelt. Die erzeugnisspezifisch orientierten Kooperationsgemeinschaften und Kooperationsverbände wurden dann zu Wirtschaftsverbänden zusammengeschlossen. Jeder Erzeugniszweig der Landwirtschaft und Nahrungsgüterwirtschaft bildete somit einen Wirtschaftsverband. So gab es jeweils einen Verband für Milchwirtschaft, für Fleischwirtschaft, für Getreidewirtschaft, für Zuckerwirtschaft usw.

Die bis etwa 1970 andauernde Phase der Bildung von Kooperationen galt als eine notwendige Entwicklungs- und Übergangsphase auf dem Weg zu angestrebten industriemäßig produzierenden Einrichtungen. Deren Notwendigkeit wurde seitens des ZK der SED damit begründet, daß die Handarbeit durch Maschinensysteme ersetzt werden sollte. Um letztere optimal nutzen zu können, seien große spezialisierte Produktionseinheiten zu schaffen, die ständig große Partien landwirtschaftlicher Produkte bei gleichbleibender Qualität in einem bestimmten Zeitraum erzeugen müßten. Damit sollte den zunehmenden Ansprüchen der industriellen Verarbeitungs- und Vermarktungsbetriebe Rechnung getragen werden. Die neuesten Erkenntnisse aus allen für die Landwirtschaft bedeutsamen Wissenschaften sollten den verantwortlichen Leitern der Produktionsbetriebe möglichst schnell zur Verfügung stehen. Die Spezialisierung (z.B. im Pflanzenschutz und in der Düngung) sollte sogar soweit gehen, daß sich bestimmte Arbeiten in eigene Betriebe verlagerten, z.B. in Agrochemische Zentren (ACZ). Neben den erwarteten ökonomischen Vorteilen sollte mit diesen Maßnahmen auch ein Abbau des Gefälles in den Arbeits- und Lebensbedingungen zwischen Land und Stadt einhergehen.

Diese Umstrukturierung brachte ab 1972 eine strikte Trennung der Bereiche der Pflanzen- und der Tierproduktion mit sich.

Es entstanden Kooperative Abteilungen Pflanzenproduktion (KAP), die über einen eigenen Fonds, einen eigenen Plan und eine eigene Leitung verfügten. Wenn eine KAP gebildet wurde, faßten die beteiligten LPG und VEG den bis dahin selbstbewirtschafteten Boden, die Traktoren, Maschinen, Baulichkeiten und andere Produktionsmittel zusammen, stellten auch die notwendigen finanziellen Mittel bereit und delegierten die benötigten Arbeitskräfte in die KAP. Um regionale Besonderheiten berücksichtigen zu können, wurden bei den KAP keine Mindestgrößen festgelegt. Trotzdem entstand im Laufe der Zeit eine Art Richtgröße von etwa 5 000 ha. Im allgemeinen bildeten fünf bis sechs LPG eine KAP. Zahl und durchschnittliche Flächengröße änderten sich jedoch von Jahr zu Jahr. 1975 bewirtschafteten 1 210 KAP 84,5% der gesamten landwirtschaftlichen Nutzfläche.

Aus den KAP entwickelten sich die LPG Pflanzenproduktionen bzw. beim Überwiegen des staatlichen Eigentums die VEG Pflanzenproduktionen. Das waren juristisch selbständige, industriemäßig arbeitende Betriebe. Diese Entwicklung zur LPG Pflanzenproduktion oder zur VEG Pflanzenproduktion vollzog sich immer über mehrere Stufen. Sie begann mit der Verringerung der Fruchtarten und endete bei der Einführung der Schichtarbeit.

Neben der Bildung von Großbetrieben zählte zu den Voraussetzungen für die Veränderungen bei der Ackernutzung seit 1970 die Melioration, was sich in der Jahr für Jahr neu geschaffenen bewässerten und entwässerten Fläche ausdrückte. Bei allen Maßnahmen ging man davon aus, daß im Zeichen technischer Fortschritte und wirtschaftlichen Wachstums Energie immer in genügender Menge verfügbar und der Transport landwirtschaftlicher Massengüter kein Problem sei.

Diese Veränderungen warfen jedoch zunehmend Probleme auf:

– Durch die Verwendung von Großmaschinen konnte ein Teil der Anbauparzellen, besonders die Wendeflächen, nicht erfaßt werden. Es entstanden daher zahlreiche ungenutzte Splitterflächen. Durch den Einsatz schwerer Maschinen gab es außerdem auf Grund starker Bodenverdichtung hohe Ernteverluste (bei der Zuckerrübenernte 1982 über 5%; die Kartoffelnachlese erbrachte auf gerodeten Flächen bis zu 20 dt/ha).
– Das Beseitigen von Wegen und Hecken im Rahmen von Meliorationen vergrößerte die Gefahr der Wind- und Wassererosion. 36% aller

Schläge lagen z.T. weit über der empfohlenen Größe von 72 ha; hieraus resultierte auch der zunehmende Bodenabtrag: Etwa 10% der Ackerfläche waren durch Wassererosion bedroht, 35% durch Winderosion gefährdet.

– Durch die starken Anbaukonzentrationen ergaben sich mehr und mehr Fruchtfolgeprobleme. Die Böden erhielten nicht mehr genügend organische Substanzen. In unterschiedlichem Maße wurde mineralischer Dünger (vor allem Stickstoffdünger) eingesetzt, Phosphordünger mußte importiert werden (seit 1978 fast ausschließlich aus West-Berlin). Ein höherer Einsatz dieses Düngemittels verbot sich wegen zu hoher Weltmarktpreise. Der Einsatz von Kali und Kalk hatte sich stark verringert, obwohl in diesem Bereich die eigene Produktion sehr hoch war. Kalidüngemittel spielten eine große Rolle für den Export, der u.a. erst den Kauf der dringend erforderlichen Futtermittel möglich machte. Insgesamt aber war der Düngemitteleinsatz beträchtlich und stand in keinem Verhältnis zu den erwirtschafteten Erträgen.

– Der Kraftstoffverbrauch für den innerbetrieblichen Personen- und Massenguttransport stieg ebenso wie die staatlichen Subventionen für Maschinen und Geräte stark an (→ *Staatshaushalt*; → *Wirtschaft*).

Auch in der Viehwirtschaft gab es tiefgreifende strukturelle Veränderungen und regionale Konzentrationen. In den neuen VEG- bzw. LPG-Tierproduktionen wurden Milchviehanlagen mit fast 2 000 Plätzen und Schweinemastanlagen mit 24 000 Plätzen errichtet. Bereits 1979 waren 30,5% aller Mastschweine in Beständen von mehr als 3 000 Tieren und 38,7% aller Jungrinder in Anlagen mit mehr als 1 000 Plätzen aufgestallt. Alle diese Anlagen waren industriemäßig produzierende Einheiten, in denen die Handarbeit ständig verringert wurde.

Daneben bestanden 1983 noch 211 Gärtnerische Produktionsgenossenschaften (GPG), 247 Zwischenbetriebliche Einrichtungen Tierproduktion (ZBE) und Volkseigene Kombinate für industrielle Mast (KIM). In allen 14 Bezirken existierte außerdem eine Agrar-Industrie-Vereinigung (AIV) aus Zusammenschlüssen mehrerer LPG und VEG Tierproduktionen mit Agrochemischen Zentren und Kreisbetrieben für Landtechnik, Meliorationsbetrieben sowie Betrieben der Be- und Verarbeitung landwirtschaftlicher Produkte.

Die Strukturveränderungen in der Viehwirtschaft verliefen nicht ohne Probleme: 1. Der enorme Investitionsaufwand ging zu Lasten des dringend notwendigen Wohnungsbaus (→ *Bauwirtschaft und Wohnungswesen*). 2. Die Tierverluste durch Krankheiten der Atmungswege und des Magen-Darm-Bereichs nahmen stark zu. 3. Es fielen gewaltige Mengen an Gülle an – der Abwasseranfall bei einer 1930er Milchviehanlage entsprach dem einer Stadt mit 25 000 Einwohnern, bei einer Schweinemastanlage mit 10 000 Plätzen jedoch dem einer Großstadt mit 100 000 Einwohnern. 4. Die Einschränkung der Weidehaltung der Rinder machte die Errichtung von Trocknungsanlagen notwendig. 5. Dieselkraftstoffverbrauch und Energie für Trocknungsanlagen stiegen ins Unermeßliche. 1977 beanspruchte die Landwirtschaft insgesamt ca. 10% der Gebrauchsenergie der DDR; 1981 waren es bereits 18% (davon 40% für Pflanzenproduktion). Die DDR-Führung war der Ansicht, daß es nie problematisch werden könnte, den gewünschten Energiebedarf zu decken. Bis in die zweite Hälfte der 70er Jahre paßte die Sowjetunion, von deren Erdöllieferungen die DDR zu fast 90% abhängig war, ihre Exporte in die DDR den dortigen Bedürfnissen und Wünschen an. Doch ab 1981/1982 verringerte sie ihre Exporte beträchtlich, forderte dafür aber wesentlich höhere Preise als bisher, was den Staatshaushalt in hohem Maße belastete.

Mit dem Ziel, große spezialisierte Produktionseinheiten zu schaffen, wurde eine Steigerung von Produktion und Produktivität angestrebt, was jedoch nur partiell und in einzelnen Perioden gelang. Man kann feststellen, daß im gesamten Zeitraum im Durchschnitt keine Zunahme, teilweise sogar eine Abnahme (so bei Kartoffeln, Hackfrüchten und Zuckerrüben) der Hektarerträge zu erkennen war.

Stets war die DDR-Führung stolz auf den 7-Stunden-Tag für die Arbeiter auch in der Landwirtschaft. Da außerdem weitgehend im Schichtbetrieb gearbeitet wurde, konnte man für viele Arbeiten nicht unbedingt die agrotechnisch günstigsten Termine wahrnehmen. Auch die Nichteinhaltung der agrarbiologischen Termine bei Aussaat, Feldpflege und Ernte der Ackerfrüchte wurde immer problematischer. Das hatte eine überlange Dauer der Erntearbeiten zur Folge, so daß Zwischenfrüchte nicht früh genug in den Boden kamen und die Bodenfruchtbarkeit somit nicht optimal war. Auch der z.T. schlechte Zustand der landwirtschaftlichen Maschinen verhinderte oft die Berücksichtigung des günstigsten agrarbiologischen Termins.

Da in den Arbeitsbrigaden Mengennormen, in der westlichen Literatur als „Tonnenideologie“ bezeichnet, zu erfüllen waren, fehlte oft die Koordination in der Erntezeit. Wenn ganz unterschiedliche Betriebe (KfL, ACZ und LPG) zusammenarbeiten mußten, kam es oft zu Transportproblemen, so daß die Ernte nicht rechtzeitig geborgen werden konnte.

Die Produktion von Schlachtvieh wurde bis 1981 ebenso ständig erhöht wie diejenige von Kuhmilch (Rückgang seit 1980), Hühnereiern und Schafwolle. Da die eigene Futtergrundlage zur Erzielung der angestrebten Erträge nicht ausreichte, wurden Importe immer notwendiger (z.B. Extraktionsschrot und Preßkuchen aus der Bundesrepublik und Syrien, später aus Indien und Brasilien).

Die Getreideimporte erfolgten Anfang der 70er Jahre fast ausschließlich aus der Sowjetunion. Wegen eigener Versorgungsschwierigkeiten verringerte diese jedoch ihre Lieferungen. Statt dessen mußte nun Getreide aus den USA bezogen werden (1980 3,12 Mio. t). Kartoffeln wurden aus Bulgarien und Rumänien importiert; Sojaextraktionsschrot aus den Niederlanden, Fischmehl aus Norwegen und Futtergetreide aus der Bundesrepublik (1982: 270 000 t) bzw. Kanada (1983: 1 Mio. t). Durch diese Futterzukäufe auf dem Weltmarkt wurde der Staatshaushalt in zunehmendem Maße belastet. Immerhin konnte aber damit die tierische Produktion einigermaßen hoch gehalten werden. Außerdem wurden alle nur erdenklichen Reserven ausgeschöpft (z.B. die Waldmast, Sammeln von Abfällen aus Großküchen und Krankenhäusern, Anbau von Mais zur Grünfütterung auf den Kleinstflächen und Wendeflächen der Großparzellen).

Die Entwicklung der industriemäßigen Landwirtschaft in den 70er Jahren erbrachte insgesamt nicht die erwarteten Ertragssteigerungen in der pflanzlichen Produktion. Das Mißverhältnis von Aufwand und Ertrag wurde immer größer. Der Verbrauch an Produktionsmitteln und Subventionen nahm gewaltig zu.

Mit dem Beschluß zur Weiterentwicklung der ökonomischen Maßnahmen in der sozialistischen Landwirtschaft und Nahrungsgüterwirtschaft im Mai 1980 wurde eine Kursänderung eingeleitet.

Man versuchte mit Hilfe der Kooperationsräte Pflanzen- und Tierproduktion stärker zu verbinden. In den Fachzeitschriften der DDR wurden häufiger als gewohnt landwirtschaftliche Betriebe vorgestellt, die eine mangelhafte Leitung und Organisation aufwiesen. In LPG mit sehr schlechten Ernteergebnissen setzte man in einigen Fällen den Vorsitzenden ab.

Für die Misere in der Landwirtschaft wurde insgesamt eine fehlerhafte Betriebsorganisation verantwortlich gemacht. Es entstanden kleinere Produktionsabteilungen. Dabei ging man verstärkt auf die Standortbedingungen ein, indem man die Bodenverhältnisse und Infrastruktur berücksichtigte. Auch wurden die Schlaggrößen reduziert.

Um die Vegetationszeit durch stärkeren Anbau von Zwischenfrüchten besser zu nutzen, um die Anbaupausen besser einzuhalten und die Vorfruchtwirkung bei Winterweizen, Kartoffeln und Zuckerrüben besser ausnutzen zu können, sollten die Fruchtfolgen den Verhältnissen der

LPG besser angepaßt werden. Langjährige Getreidefolgen sollten auf das Notwendigste reduziert und pflegeintensive Kulturen besser als bisher im gesamten Gebiet der DDR verteilt werden. Besonders eindringlich wurde auf den verstärkten Anbau von Humusmehrern (Klee, Kleegras, Luzerne, Gras) hingewiesen, um die Bodenfruchtbarkeit zu erhöhen. Zur Verringerung der Wasser- und Winderosion wurden Schutzstreifen angelegt (z.B. im Havelland 410 km mit einer Breite von drei bis vier Metern aus Ahorn, Linde, Eiche, Pappel und verschiedenen Sträuchern).

Eine weitere Änderung betraf die Arbeitsorganisation. An die Stelle von Arbeitsbrigaden für bestimmte, meist eng umgrenzte Funktionen, die aber im gesamten Wirtschaftsraum auszuführen waren, traten nun solche, die für vielfältige Aufgaben innerhalb eines engen Raumes, möglichst in der Nähe ihrer Wohnungen, verantwortlich waren (Territorialprinzip). Hierdurch sollte sich nicht nur der Transportaufwand und damit der Verbrauch an Dieselkraftstoff verringern, sondern es sollte auch der Wirtschaftsraum besser ausgenutzt werden. Insbesondere wollte man wieder auf die lokalen Kenntnisse der Genossenschaftsbauern bezüglich der Produktionsbedingungen Rücksicht nehmen.

Um Produktions- und Produktivitätssteigerungen zu erzielen, wurden in zunehmendem Maße auch Arbeitskräfte mobilisiert. Obwohl in der Landwirtschaft die Zahl der Arbeitskräfte im Vergleich zu anderen Ländern relativ hoch war, herrschte stets Arbeitskräftemangel, der nicht nur in Erntezeiten sichtbar wurde, wenn um den Einsatz freiwilliger Arbeitskräfte geworben wurde. Es gab zahlreiche Initiativen der FDJ, so z.B. die FDJ-Initiative Tierproduktion, die Anfang 1983 ins Leben gerufen wurde. Bis Mitte 1984 hatten 2 500 FDJler in 442 Jugendbrigaden ihre Tätigkeit in wenig leistungsstarken LPG aufgenommen.

In dem Maße, in dem sich die sozialistische Landwirtschaft zunehmend Versorgungsproblemen gegenübersah, erfuhr die Privatproduktion wieder eine Aufwertung. Gemeint waren mit Privatwirtschaft in erster Linie die privaten Hoflandwirtschaften der LPG-Mitglieder, die zwar seit Anfang der 60er Jahre bestanden, doch bis zum Ende der 70er Jahre nur stillschweigend vom Staat geduldet wurden. Sie gewannen für die Versorgung der Bevölkerung seit Ende der 70er Jahre zunehmend an Bedeutung. Im LPG-Gesetz vom 2. Juli 1982 erfolgte deshalb keine zahlenmäßige Beschränkung der privaten Tierhaltung mehr. Außerdem erhielten nun auch die in den Genossenschaften beschäftigten Arbeiter und Angestellten neben den Genossenschaftsmitgliedern ein Anrecht auf Flächenzuteilung.

In der zweiten Hälfte der 80er Jahre wurden die Kleingärtner nicht mehr als störendes Element in der sozialistischen Wirtschaft betrachtet.

Sie waren im Gegenteil ein dringend benötigter Ergänzungsfaktor. Man konnte das sowohl an dem steigenden Anteil an der Versorgung der Bevölkerung mit Obst und Gemüse feststellen als auch an der Zunahme der tierischen Produktion (→ *Verband der Kleingärtner, Siedler und Kleintierzüchter*).

Im Mai und Juni 1980 – und in den folgenden Jahren – wurde von der → *Arbeiter- und Bauerninspektion* in allen Bezirken die ordnungsgemäße Nutzung des Bodens kontrolliert, um jeden Quadratmeter der mehr als 6 280 000 ha umfassenden landwirtschaftlichen Nutzfläche zu bewirtschaften (z.B. die Wendeflächen zum Grünmaisanbau oder die ungenutzten kleinen Grasflächen zur Schafzucht).

Eine Agrarpreisreform Anfang 1984 war eine der tiefgreifendsten politischen und ökonomischen Maßnahmen in der Geschichte der Landwirtschaft der DDR. Die Bezugspreise für Produktionsmittel und die Verkaufspreise für landwirtschaftliche Produkte (Erzeugerpreise) wurden erhöht. Die Erhöhung der Bezugspreise sollte zu verstärkter Sparsamkeit und Kostensenkung anspornen. Damit wurde die Landwirtschaft nicht mehr, wie in der Vergangenheit, gegenüber Anhebungen der Preise für industrielle Rohstoffe, Halbwaren und Fertigerzeugnisse abgeschirmt. Sie mußte jetzt für Bezugspreise und Leistungen (z.B. Landmaschinen und Düngemittel) die gleichen Preise bezahlen, wie sie bereits seit 1978/79 den Betrieben der Industrie, der Bauwirtschaft u.a. berechnet wurden. Damit diese höheren Bezugspreise bezahlt werden konnten, erfolgte gleichzeitig eine Erhöhung der Erzeugerpreise. Aber auch die Futtermittelpreise wurden angehoben. Während sich alle Erzeugerpreise für pflanzliche und tierische Produkte bis maximal auf das Doppelte erhöhten, waren die Preise für alle Futtermittel fast verdreifacht worden! Hierin kam deutlich der Zwang zum Einsparen importierten Futters zum Ausdruck.

Zusammenfassung: Den Versuch, industriemäßige Produktionsmethoden auf die Landwirtschaft zu übertragen, war Ende der 70er Jahre gescheitert. Verantwortlich dafür waren nicht nur die veränderten internationalen wirtschaftlichen Rahmenbedingungen, sondern auch die Mißachtung betriebswirtschaftlicher Grundsätze.

1979/80 begann eine neue Phase in der Agrarpolitik. Aber es fehlte für die weitere Entwicklung ein Konzept. Dennoch ist versucht worden, mit den Richtlinien des X. Parteikongresses der SED 1981 und den Beschlüssen des XII. Bauernkongresses 1982 sowie der Agrarpreisreform am 1. Jan. 1984 das Schlimmste abzuwenden. Vor allem das Mißverhältnis von Aufwand und Ertrag mußte unbedingt beseitigt werden. Die

Landwirtschaft in der DDR hatte sich Ende der 80er Jahre mit ihren radikalen Maßnahmen in eine Sackgasse manövriert.

Karl Eckart

Literaturhinweise:

Eckart, Karl: Landwirtschaftliche Kooperationen in der DDR. Eine geographische Untersuchung der Struktur und Entwicklung sozialistischer Landwirtschaftsbetriebe, Wiesbaden 1977.

Eckart, Karl/Wollkopf, Hans-Diedrich: Landwirtschaft in Deutschland. Veränderungen der regionalen Agrarstruktur in Deutschland zwischen 1960 und 1992. Beiträge zur regionalen Geographie, Bd. 36, Leipzig 1994.

Friedrich-Ebert-Stiftung (Hrsg.): Bauern in beiden deutschen Staaten, Bonn 1973.

Groschoff, Kurt u.a.: Industriemäßige Produktionsmethoden in der Landwirtschaft der DDR – Entwicklung der gesellschaftlichen Organisation der Produktion und Arbeitsteilung, Berlin (Ost) 1976.

Immler, Hans: Agrarpolitik in der DDR, Köln 1971.

Kramer, Mathias: Die Landwirtschaft in der Sowjetischen Besatzungszone, Berlin 1957.

Weber, Adolf: Umgestaltung der Eigentumsverhältnisse und der Produktionsstrukturen in der Landwirtschaft der DDR, in: Materialien der Enquete-Kommission, a.a.O., Bd. II, 4, S. 2809-2888.

Landwirtschaftliche Produktionsgenossenschaften (LPG)

Die LPG war das Kernstück der Landwirtschaftspolitik in der DDR. Mit der Zerschlagung des Großgrundbesitzes durch die → *Bodenreform* hatten arme und landlose Bauern sowie Flüchtlinge schuldenfrei Land erhalten. Es war eine soziale Schicht geschaffen worden, die dem Kollektivierungsgedanken leichter zugänglich gemacht werden konnte, als es mit der Masse der mit ihrem Boden verwurzelten Bauern möglich gewesen wäre. Im Eigentum an Grund und Boden sowie totem und lebendem Inventar sah die kommunistische Doktrin eine Wurzel des Kapitalismus. Gleichzeitig war man sich bewußt, daß eine generelle Verstaatlichung wie in Rußland nicht mehr möglich war. Die Bauern verteidigten ihren Besitz. Mit dem Beschluß der zweiten Parteikonferenz der SED von 1952 über den Aufbau des Sozialismus wurde der Zusammenschluß individuell wirtschaftender Bauern zu landwirtschaftlichen Produktionsgenossenschaften betrieben. Die ersten LPG entstanden, wo Landwirte nicht aus dem Krieg zurückgekehrt waren, Bauern die Höfe wegen politischer Verfolgung verlassen mußten, Neubauern unrentabel wirtschafteten und die Anhänger der SED ihren Auftrag zur Bildung der LPG erfüllen mußten. Trotz massiver staatlicher Unterstützung waren die Anfangserfolge nur gering. Ende 1952 bewirtschafteten 1 906 LPG nur 3,3% der landwirtschaftlichen Nutzfläche. Zu wenige leistungsstarke Mittelbauern waren bereit, freiwillig ihren Betrieb in die Genossenschaft einzubringen.

Für die große Mehrzahl der Bauern bot die Kollektivwirtschaft keine Alternative zur traditionellen Produktions- und Lebensweise. Persönliche Diskriminierungen und wirtschaftliche Belastungen durch ungerechte Differenzierung mittels progressiver Erhöhungen des Ablieferungssolls ruinierten das private Bauerntum wirtschaftlich. Ablieferungstermine, die dem normalen Produktionsablauf entgegenstanden, Restriktionen bei der Bereitstellung von Kunstdünger und Saatgut, Mangel an Maschinen und Geräten, Nichtanerkennung unverschuldeter Verluste in der Ernte und im Tierbestand dienten dem einen Ziel, den Bauern für die Kollektivierung reif zu machen. Dazu kam die Vervielfachung der Preise bei der Inanspruchnahme der Maschinen-Traktoren-Stationen (MTS) und die progressive Besteuerung der Bauern über 10 ha. Infolge der wirtschaftlichen Notlagen und der allgemeinen Unsicherheit verbunden mit der Gefahr politischer Diffamierung und Verfolgung traten dann die Bauern angeblich freiwillig der LPG bei oder verließen ihren Hof in Richtung Westen.

Mit dem Gesetz über die LPG vom 3. Juni 1959 wurden die Musterstatuten präzisiert, und es verschärfte sich der staatliche Druck. Als sich am 12. Dez. 1959 Eilenburg zum ersten vollgenossenschaftlichen Kreis der DDR erklärte, zogen Agitationstrupps im Auftrag der SED durch die Dörfer, um die Bauern zum Eintritt zu bewegen. Im Frühjahr 1960 entschloß sich die SED, den Widerstand der Bauern gegen den Aufbau des Sozialismus endgültig zu brechen. Das in der Verfassung garantierte Recht der Bauern auf ihr Eigentum wurde mißachtet. Im Ergebnis wurden 85% der Landwirtschaftlichen Nutzfläche (LN) von LPG, 6% von Volkseigenen Gütern (VEG), den Stützpunkten der Arbeiterklasse auf dem Lande, bewirtschaftet. Bei Austritt aus der LPG konnte der Staat den Verkauf des Bodens erzwingen oder die Bauern als Staatsfeinde enteignen.

Nach dem Prinzip des stufenweisen Übergangs zur sozialistischen Produktion unterscheidet man drei Typen: Die gemeinsame Bewirtschaftung von Acker- und teilweise auch von Grünland im Typ I wurde erweitert um die gemeinsame Nutzung der Zugkräfte, Maschinen und Geräte und den Aufbau einer gemeinsamen Viehwirtschaft im Typ II. Im Typ III wurde der gesamte bäuerliche Betrieb zur gemeinsamen Nutzung aller landwirtschaftlichen Flächen, Maschinen und des Viehbestandes eingebracht. In dieser Stufe umfaßte die individuelle Wirtschaft nur noch die persönliche Hauswirtschaft, die Bauern waren kollektiviert. Bei Eintritt hatten die Mitglieder einen Inventarbeitrag zu leisten. Reichten das eingebrachte Inventar und die Gebäude zur Abdeckung des festgelegten Beitrages nicht aus, so mußte der Bauer Geldleistungen erbringen. Das gesamte Inventar wurde genossenschaftliches Eigentum. Viele Bauern haben diese Leistungen nie zurückerhalten. Die Einkünfte der Genossenschaftsbauern wurden in Arbeitseinheiten gemessen. Monatlich erhielten sie einen Abschlag. Mit der Jahresendabrechnung erfolgte entsprechend der Ertragslage und der Beschränkung der Konsumtion durch den Rat des Kreises die endgültige Auszahlung.

Obwohl die Kommunisten die Kollektivierung als sozialistischen Frühling auf dem Lande feierten, sank die Produktion und verschlechterte sich die Versorgung der Bevölkerung. Während am 4. März 1960 die Funktionäre aus Rostock den ersten vollgenossenschaftlichen Bezirk meldeten, konnte der Musterkreis Eilenburg seinen Produktionsplan schon nicht mehr erfüllen. Ab 1968 setzte eine Periode der Konzentration und Spezialisierung ein, die das Ziel einer industriemäßig spezialisierten Produktion verfolgte (→ *Landwirtschaft*). Über die Errichtung von Kooperativen Abteilungen der Pflanzenproduktion (KAP) wurden auf der Grundlage neuer Musterstatuten spezialisierte LPG für Pflanzen- und Tierproduktion gebildet. Langfristig sollten die Unterschiede zwischen Arbeitern und Bauern verwischt und das Bauerntum sollte ausgerottet werden.

Die Leitung der LPG erfolgte durch den Vorsitzenden, den Vorstand und die Mitgliederversammlung. Die Kontrolle von Produktion und Arbeitsleistung oblag dem Buchhalter. Planvorgaben erhielt die LPG vom Rat des Kreises. Dieser nahm auch über die Parteigrundorganisation der SED direkten Einfluß auf die grundsätzlichen Entscheidungen des Vorstandes. Die Produktion selbst war in Brigaden organisiert. Zur Fachausbildung und politischen Schulung der Mitglieder und Führungskräfte wurde am 1. Sept. 1953 die Hochschule der LPG in Meißen gegründet.

Konrad Kühne

Literaturhinweise:

Ministerium für Land-, Forst- und Nahrungsgüterwirtschaft: Das Recht der landwirtschaftlichen Produktionsgenossenschaften, Berlin 1974.
Weber, Hermann: Von der SBZ zur DDR, Bd. 2, 1956–1967, Hannover 1967.

Lebensstandard

Eine anerkannte Definition des Begriffs existiert nicht, vielmehr gibt es in der wissenschaftlichen Literatur zahlreiche Interpretationsversuche, die sich in der Weite der Begriffsfassung z.T. erheblich unterscheiden. Im engeren Sinne bezieht sich Lebensstandard auf die Versorgung der privaten Haushalte mit Gütern und Leistungen. Erweiterungen reichen bis zur Gesamtheit der Lebensbedingungen, also Wohnen und Freizeit, Arbeit und Bildung, Umwelt und Kultur sowie individuelle Freiheit und öffentliche Sicherheit. Die nachfolgenden Darlegungen beschränken sich auf den privaten Verbrauch im engeren Wortsinn, weil er überwiegend direkter als andere Indikatoren vermittelt, wie sich in Permanenz die allgemeinen wirtschaftlichen Verhältnisse auf das persönliche Wohlergehen des einzelnen auswirken, in ihm gewissermaßen die sozialen Resultate des Wirtschaftens kulminieren. Die politischen Verantwortungsträger der DDR wußten um die zentrale Bedeutung dieses privaten Verbrauchs für ihre Wirtschafts- und Gesellschaftspolitik. Schließlich zeugte sein täglich erlebtes Niveau von der erreichten wirtschaftlichen Leistungsfähigkeit im realen Sozialismus.

Zur Politik des privaten Verbrauchs: In der Wirtschaftspolitik der SED-Führung der 50er und 60er Jahre hatten zunächst verschiedene Industrialisierungsaufgaben (→ *Industriepolitik*) absoluten Vorrang, insbesondere jene, die darauf abzielten, sich von der historisch gewachsenen innerdeutschen Arbeitsteilung freizumachen und eine enge wirtschaftliche Verflechtung mit der sowjetischen Volkswirtschaft einzugehen. Dazu war der Auf- bzw. Ausbau einer eigenen Grundstoffindustrie und Energiewirtschaft sowie die Erweiterung der Produktion von Investitionsgütern (einschließlich Landmaschinen-, Fahrzeug- und Schiffbau) notwendig. Dieses Vorhaben ging zwangsläufig zu Lasten der Konsumgüterindustrie und des privaten Verbrauchs und war mit Sicherheit eine Ursache für die Fluchtbewegung aus der DDR bis zum Mauerbau.

Anfang der 70er Jahre hielt die SED-Führung die Zeit für gekommen, den Konsumwünschen der Bevölkerung größere Aufmerksamkeit zu schenken. Ein besseres Konsumgüterangebot, qualitativ stärker differenziert und in ausreichender Menge, sollte bereitgestellt werden. Dazu flossen erhebliche investive Mittel des Staates – zum Teil aus Westkrediten gespeist – in die Konsumgüterindustrie (zwischen 800 Mio. Mark 1972 bis 8 Mrd. Mark 1975), um deren technische und kapazitive Maschinenausstattung zu verbessern. Andererseits wurden Beschlüsse gefaßt und teilweise auch durchgesetzt, um die Einkommen vor allem der Rentner und Bezieher unterer und mittlerer Löhne und Gehälter zu erhöhen.

Doch diese Politik der Hauptaufgabe, die der VIII. SED-Parteitag 1971 einleitete, stieß schon wenige Jahre später an die Grenzen der Leistungskraft des Wirtschaftssystems. So kam es, auch wegen der weltweit auftretenden Wirtschaftsprobleme in der zweiten Hälfte der 70er Jahre (Energiekrise, Erdölpreise, verschärfter Wettbewerb) (→ *Außenwirtschaft*; → *Innerdeutsche Wirtschafts- und Finanzbeziehungen*), zu Abstrichen bei der inländischen Verwendung des Sozialprodukts, insbesondere beim privaten Konsum. Diese Tendenz hielt bis zum Zusammenbruch der DDR an. Insofern widerspiegelt die Geschichte des privaten Verbrauchs auch den totalitären gesellschaftspolitischen Anspruch der SED-Führung. Sie entschied, wie sich das Angebot für die Bevölkerung in den Geschäften darbot und beschnitt damit die Entscheidungsfreiheit der Konsumenten ein zweites Mal, nachdem sie über die Einführung der Binnenwährung (→ *Geld- und Währungswesen*) die kaufkräftige Nachfrage ohnehin schon auf den Inlandsmarkt begrenzt hatte.

Die Entwicklung des privaten Verbrauchs: Jeder Versuch, die Entwicklung des privaten Verbrauchs an Hand von Statistiken und anderen öffentlich zugänglichen Publikationen nachzuvollziehen, stößt auf Schwierigkeiten. Gerade in diesem Punkt, der ja den vorgeblichen Endzweck des Wirtschaftens im Realsozialismus belegbar machen konnte, blieb die Berichterstattung bis 1989 aus politischen Gründen höchst unvollkommen und nebulös. Deshalb muß die Darstellung des privaten Verbrauchs weitgehend auf die Untersuchung der Barkäufe der Bevölkerung im Einzelhandel und in den Gaststätten (Einzelhandelsumsatz) und auf wenige, darauf aufbauende Ausstattungs- bzw. Verbrauchsangaben beschränkt bleiben. Teile der DDR-Wirklichkeit zu diesem Punkt werden damit allerdings nicht erfaßt, weil sie in den offiziellen Nachweisen unberücksichtigt bleiben. Das gilt vorzugsweise für alle Formen von angebotsseitig ausgelöster Schattenwirtschaft bzw. Selbstversorgung, wie z.B. bei den 1,6 Mio. Mitgliedern des → *Verbandes der Kleintierzüchter, Kleingärtner und Siedler*. Andere Bestandteile des privaten Verbrauchs in der DDR standen in keiner Beziehung zum Leistungsvermögen der eigenen → *Wirtschaft*. Sie waren nicht das Resultat planwirtschaftlicher Bemühungen, sondern das Ergebnis stiller Teilhabe an der Sozialen Marktwirtschaft der alten Bundesrepublik Deutschland. Das trifft insbesondere auf die umfangreichen privaten Sachgeschenke (z.B. jährlicher Nettotransfer von 15 Mio. Paketsendungen) und Geldtransfers (jährlich zwischen 1 bis 2 Mrd. DM) von West nach Ost zu.

Der Einzelhandelsumsatz (→ *Binnenhandel*), an dem die Gaststätten einen nahezu konstanten Anteil von 10% aufwiesen, entwickelte sich nominal von 17,2 Mrd. Mark (1950) auf 130,9 Mrd. Mark (1989), wobei Lebensmittel (Nahrungs- und Genußmittel) am Gesamtumsatz nur langsam abnahmen: von 61,1% im Jahre 1950, über etwa 55% in den 60er Jahren auf 50,3% 1985 und 47,3% 1989. Damit blieb unerreicht, was die SED-Führung mit Blick auf westliche Industriestaaten für die DDR bereits bis Mitte der 60er Jahre zum Ziel gesetzt hatte, nämlich den Anteil des Lebensmittelumsatzes am Einzelhandelsumsatz signifikant unter 50% zu senken. Die ganze Problematik dieser Umsatzstruktur zeigt sich jedoch erst im Spiegel des Preissetzungsmonopols der SED (→ *Löhne und Preise*). Alle Subventionen für Konsumgüterpreise (→ *Staatshaushalt*) eingerechnet, würde der Umsatzanteil für Lebensmittel im Jahre 1989 sogar bei 54% gelegen haben. Dies vor dem Hintergrund einer Ernährungssituation, die nach Aussagen von DDR-Ernährungswissenschaftlern schon 1980 Anlaß zur Besorgnis gab, weil 33% Energie (einschließlich Alkohol), 54% Fett sowie 10% Eiweiß und Kohlenhydrate zu viel verzehrt wurden und mindestens jeder vierte Erwachsene übergewichtig war.

Daß es nicht gelang, den Anteil der Lebensmittel zugunsten der Verkäufe von Gebrauchsgütern stärker zu senken, lag eindeutig am mangelhaften Angebot für technische Konsumgüter. Auf der einen Seite war die Versorgung damit unzureichend bzw. diskontinuierlich, wie beispielsweise bei PKW. Konnte die DDR-Bevölkerung 1974 und 1975 jeweils mehr als 150 000 PKW kaufen, blieben die vergleichbaren Angebotsmengen von 1979 bis 1988 immer darunter, obwohl die Produktionszahlen des DDR-Automobilbaus weit darüber lagen (1988: 218 045 PKW). Auf der anderen Seite fehlten viele technische Erzeugnisse völlig im Angebot, wie Geschirrspülautomaten, Mikrowellen oder Wäschetrockner, obwohl gerade diese Produkte im Blick auf die außerordentlich hohe Berufstätigkeit von Männern und Frauen für die erleichterte Haushaltführung sehr wünschenswert gewesen wären (→ *Wirtschaft*).

Infolge dieser chronischen Unterversorgung des Inlandsmarktes mit Gütern und Leistungen stiegen die privaten Sparguthaben bei den Geldinstituten außerordentlich schnell, obwohl die SED-Führung in den 80er Jahren nichts unversucht ließ, um den Zuwachs der privaten Einkommen zu verlangsamen. Erreichte die Höhe der Spargelder im Jahre 1980 mit 99,7 Mrd. Mark etwa das Volumen des vergleichbaren Einzelhandelsumsatzes (1980: 100 Mrd. Mark), übertrafen sie im Jahre 1989 (159,7 Mrd. Mark) den Einzelhandelsumsatz um fast 29%. Allein die Zinseinkünfte aus den privaten Spareinlagen von 1989, ca. 5,2 Mrd. Mark, übertrafen den gesamten Zuwachs des Einzelhandelsumsatzes, der im gleichen Jahr nur 4,3 Mrd. Mark betrug.

Das mangelhafte, durch das staatliche Monopol definierte Angebot an Gütern und Leistungen für den privaten Verbrauch fand seine Entsprechung im erreichten Konsumtionsstandard, wie ein Blick auf den Verbrauch an Nahrungsmitteln verdeutlicht. Auf dem Lebensmittelmarkt in der DDR überwog einheimische Ware. Das bewirkte Monotonie und überholte Ernährungsgewohnheiten. Während beispielsweise die Bevölkerung in Westdeutschland schon seit langer Zeit jährlich mehr Frischobst als Kartoffeln zu sich nahm (60 bis 80 kg), verzehrten die DDR-Deutschen im Jahre 1989 rund 150 kg Kartoffeln, aber nur knapp 32 kg Frischobst, weniger als im Jahre 1970 (34,4 kg). Unzureichend war auch das Südfruchtangebot. Seit 1977 sank der Verbrauch in der DDR von 20,7 kg pro Kopf auf den Tiefpunkt von 10,8 kg (1984), um dann wieder auf 18,2 kg (1989) anzusteigen, während der bundesdeutsche Vergleichswert 1989 bei rund 35 kg lag. Tatsächlich war der Abstand noch viel größer, denn die DDR-Statistik subsumierte unter Südfrüchten auch Südfruchtsäfte, Nüsse und Nußkerne. Auffällige innerdeutsche Verbrauchsunterschiede gab es auch beim Käse- und Fischverzehr. Während die Bundesbürger 1989 ca. 13,5 kg Fisch und 18,1 kg Käse verzehrten, standen dem DDR-Verbraucher 1989 nur ganze 7,6 kg Fisch zur Verfügung, nachdem es 1975 schon einmal 8,5 kg gewesen waren. Demgegenüber stieg der Pro-Kopf-Käseverbrauch kontinuierlich, allerdings nur auf den Höchstwert von 10,2 kg (1989). Der vergleichbare Verzehr von Fleisch- und Wurstwaren erreichte mit gut 100 kg (1989) internationale Spitzenwerte zu Preisen, die bei Edelfleisch stark subventioniert waren. Wegen der veralteten Schlachtbetriebe und mangelhafter Kühltechnik gab die Qualität des Fleischangebots jedoch häufig Anlaß zur Sorge um die Gesundheit der Bevölkerung. Allein im Jahre 1985 mußten das Amt für Standardisierung, Meßwesen und Warenprüfung (ASMW), die Staatliche Bauaufsicht und das Staatliche Amt für Technische Überwachung für 29% des Schlachtaufkommens der DDR Ausnahmegenehmigungen erteilen, weil die geschlachteten Tiere nicht gemäß Technischer Normen, Gütevorschriften und Lieferbedingungen (TGL) auf eine Kerntemperatur von 8 Grad Celsius gekühlt und ausgeliefert werden konnten.

Schon diese wenigen Beispiele offenbaren die empfindlichen Lücken im Lebensmittelangebot nach Umfang, Struktur, Vielfalt und Qualität. Die Menschen in der DDR aßen zu viel, zu süß, zu fett und (oder) zu salzig. Zu 46% deckten Fette, überwiegend tierische, den täglichen

Energiebedarf. Es hätten aber nur 30% sein sollen. Besonders vernachlässigt wurden dabei die Ernährungswünsche der Diabetiker.

Die Haushaltsausstattung mit Konsumgütern: Über die Ausstattung der DDR-Haushalte mit technischen Konsumgütern gibt es ebenfalls nur wenige authentische Informationen, die etwas aussagen zur Sozialstruktur der Verbraucher bzw. zum technischen Standard der genutzten Gebrauchsgegenstände. Die äußerst unbefriedigenden Daten der staatlichen Behörden weisen im letzten Statistischen Jahrbuch der DDR 1990 folgende Ausstattung der privaten Haushalte mit technischen Gütern aus:

Auf 100 Haushalte entfielen:	1989	(1980)
Personenkraftwagen	54,3	(36,8)
Motorräder, -roller	18,4	(18,4)
Haushaltkälteschränke	99,0	(99,0)
Gefrierschränke	47,5	(12,5)
Haushaltwaschmaschinen	99,0	(80,4)
Rundfunkempfänger	99,0	(99,0)
Fernsehempfänger	88,1	(96,2)
Farbfernsehempfänger	57,2	(16,8)

Für viele Erzeugnisse, die sich in entwickelten westlichen Industrieländern zu jener Zeit schon im Gebrauch privater Haushalte befanden, wie moderne Küchenherde mit Keramikfeld, Videokameras, Videorecorder, PCs, Telespiele oder CD-Player, um nur noch einige zu erwähnen, gab es keine Angaben, weil man sie im DDR-Einzelhandel gar nicht käuflich erwerben konnte. Auf der anderen Seite waren jene Konsumgüter, die zum Verkauf standen und in die privaten Haushalte Einzug hielten, westlichen Qualitätsmaßstäben weit unterlegen. Dazu ein Beispiel über die Qualität der Haushaltsausstattung mit PKW. Von den 3,5 Mio. Fahrzeugen (1988) in Privatbesitz entfielen 54% auf die DDR-Marke Trabant und weitere 17% auf die DDR-Marke Wartburg. Nur ganze 0,12% (41 500 PKW) kamen aus westlichen Ländern und Jugoslawien, die übrigen aus dem Ostblock. Aus dem Bestand (1988/89) und den jährlichen PKW-Verkäufen läßt sich folgende Altersstruktur der genutzten PKW errechnen: bis fünf Jahre 21%, fünf bis zehn Jahre 18%, 11 bis 15 Jahre 22%, 16 bis 20 Jahre 16%, 21 bis 25 Jahre 11% und über 25 Jahre 12%.

Für 41% des Bestandes (1,5 Mio. PKW), darunter 0,6 Mio. Ostblock-Importe, hatten die Herstellerfirmen die Ersatzteilversorgung bereits eingestellt, da seit Produktionsende mehr als zehn Jahre vergangen waren. Auf der anderen Seite mußte man auf Neuwagen 13 bis 18 Jahre warten, weil das Angebot seit Jahrzehnten hinter der Nachfrage zurückblieb.

Die Sozialstruktur der mit einem PKW ausgestatteten Haushalte (rund 54%) ergab 1989 folgendes Bild: Knapp 3% von ihnen fuhr einen Zweitwagen. Haushalte von Mitgliedern der LPG besaßen zu 73% ein Privatfahrzeug, Rentnerhaushalte ohne zusätzliches Arbeitseinkommen dagegen nur zu 13%. Innerhalb der durchschnittlich ausgestatteten Arbeiter- und Angestelltenhaushalte waren jene knapp 42% aller Haushalte schlechter mit PKW versorgt, deren Haushaltsnettoeinkommen maximal 1 800 Mark betrug und damit um 150 Mark oder mehr unter dem Einkommensdurchschnitt der Arbeitnehmerhaushalte lag.

Gernot Schneider

Literaturhinweise:

Schneider, Gernot: Die ökonomische Strategie der SED im Spiegel des privaten Verbrauchs – Analyse und Tendenzen, in: FS-Analysen, hrsg. von der Forschungsstelle für gesamtdeutsche wirtschaftliche und soziale Fragen, Nr. 6, Berlin 1984.

Schneider, Gernot: Hat die Ermittlung innerdeutscher Verbrauchergeldparitäten einen Sinn?, in: Deutschland Archiv 9 (1984).

Schneider, Gernot: Wirtschaftswunder DDR – Anspruch und Realität, Köln (2. erw. Auflage) 1990.

Liberal-Demokratische Partei Deutschlands (LDPD)

Die LDPD – bis Oktober 1951 lautete die offizielle Abkürzung LDP – gehört zusammen mit der KPD, → *SPD* und der → *CDU* zur ersten Generation der sog. Blockparteien, die sich im Juni 1945 weitgehend eigenständig konstituierten. Der Gründung der LDPD lag eine Initiative zugrunde, die von einem Kreis ehemaliger Mitglieder der linksliberalen Deutschen Demokratischen Partei (DDP) um die beiden früheren Reichsminister Wilhelm Külz und Eugen Schiffer in Berlin ausging. Als Verhandlungen über ein Zusammengehen mit dem CDU-Gründerkreis gescheitert waren, ging die LDPD am 5. Juli 1945 mit ihrem Gründungsaufruf an die Öffentlichkeit; kurz darauf wurde sie von der sowjetischen Besatzungsmacht lizensiert. Der Gründerkreis wollte einerseits an die Traditionen des Linksliberalismus in der Weimarer Republik anknüpfen, andererseits zugleich Mitglieder und Wähler anderer bürgerlicher Parteien Weimars für sich gewinnen. Ihrem Selbstverständnis nach sah sich die LDPD anfangs als „nichtsozialistische" liberale Volkspartei mit gesamtdeutschem Anspruch und kooperierte teilweise eng mit den liberalen Parteien in den westlichen Zonen. Die im März 1947 von Liberalen aus allen vier Besatzungszonen gegründete „Demokratische Partei Deutschlands" stellt, obwohl sie bereits Anfang 1948 wieder zerbrach, den einzigen zonenübergreifenden Zusammenschluß deutscher Parteien vor 1990 dar. Die LDPD erhielt in der SBZ zunächst großen Zulauf, der 1948 mit knapp 200 000 Mitgliedern seinen Höhepunkt erreichte. Auch bei den Wahlen von 1946 schnitt sie trotz erheblicher Behinderungen durch die → *SMAD* sehr erfolgreich ab und wurde bei den Landtagswahlen mit knapp 25% zweitstärkste Partei.

Mit der Einbindung in die von der KPD bzw. SED gelenkte → *Blockpolitik* begannen bereits im Juli 1945 die Versuche von kommunistischer und sowjetischer Seite, die Eigenständigkeit der LDPD einzuschränken. Repressalien gegen einzelne LDPD-Politiker sowie die von der SED geförderte Unterwanderung der Parteiführungen auf Landes- und Zonenebene durch sog. „fortschrittliche" Liberaldemokraten führten dazu, daß die LDPD-Führung trotz erheblicher Bedenken und des Widerstandes vieler Mitglieder alle Maßnahmen der SED zur gesellschaftlichen Umwälzung mittrug und schließlich auch sowohl der Gründung der DDR im Oktober 1949 als auch der Einrichtung von Einheitslisten zustimmte, wobei die Parteiführung zunächst noch hoffte, dieses im Zuge der alsbald erwarteten Vereinigung revidieren zu können. Mit der offiziellen Zustimmung der LDPD zum „Aufbau des Sozialismus" im Sommer 1952 sowie der Verhaftung des Parteivorsitzenden Karl Hamann und der Übernahme des alleinigen Vorsitzes durch Hans Loch Ende 1952 war die – äußerliche – Gleichschaltung der Partei abgeschlossen, die auch in der Umwandlung der Parteistruktur – Auflösung der Hochschul- und Betriebsgruppen und Einführung des → *demokratischen Zentralismus* – organisatorisch zum Ausdruck kam. Seitdem erkannte die LDPD offiziell den → *Führungsanspruch* der SED an und verstand sich selbst als ihr „treuer Bündnispartner", der sich vornehmlich der Arbeit mit den übriggebliebenen mittelständischen Schichten, insbesondere Handwerkern und Gewerbetreibenden, widmen und diese quasi in der Funktion eines „Transmissionsriemens" an das sozialistische System der DDR heranführen sollte.

Dieser fundamentale Wandel im Charakter der LDPD ging einher sowohl mit einem permanenten Verlust an Mitgliedern, der erst Mitte der 60er Jahre gestoppt werden konnte, als auch einem Bedeutungsverlust im öffentlichen Leben der DDR, wo die LDPD insbesondere zugunsten der → *NDPD* eine Reihe von Ämtern und Funktionen abgeben mußte. Auch wegen der Rivalität um die gleichen gesellschaftlichen Zielgruppen war das Verhältnis zu den Nationaldemokraten bis zum Ende der DDR von starken unterschwelligen Spannungen geprägt.

Trotz der äußerlichen Gleichschaltung hielten sich aber bei vielen LDPD-Mitgliedern über lange Zeit durchaus Reste der ursprünglichen liberalen und gesamtdeutschen Überzeugungen. Diese speisten sich u. a. auch daraus, daß die LDPD als einzige der Blockparteien während der gesamten Zeit mehr oder minder offizielle Beziehungen zur F.D.P. und damit zu einer Partei der Bundesrepublik unterhielt, wobei es mehrfach zu aufsehenerregenden Spitzengesprächen kam. Für die Mehrheit ihrer Mitglieder war die LDPD offensichtlich in erster Linie eine Nische, in der man einerseits seine Loyalität und den Willen zum parteipolitischen Engagement zum Ausdruck bringen konnte, ohne in die SED einzutreten, andererseits aber auch unter Gleichgesinnten im kleinen Kreis durchaus offen sprechen konnte. Allgemein galt das Klima in der LDPD als das „liberalste" unter den Blockparteien, was die Partei vor allem dann wieder attraktiv machte, als der seit 1967 amtierende Parteivorsitzenden Manfred Gerlach seit Ende der 70er Jahre Versuche unternahm, für seine Partei mehr Spielraum zu suchen. Wie schon Mitte der 40er Jahre bekam die LDPD auch in den 80er Jahren großen Zulauf jüngerer Menschen und überholte dann Ende der Jahrzehnts mitgliedermäßig die NDPD. Die große Zustimmung, die die LDPD und Gerlach im Vorfeld des Endes der DDR erfuhren, ging jedoch im Herbst 1989 durch ihr unschlüssiges Festhalten am Sozialismus wieder verloren. Erst im Februar 1990 wurden auf einem Parteitag in Dresden die Abkehr vom Sozialismus offiziell vollzogen, eine neue Parteiführung gewählt und die Parteistruktur demokratisiert. Für die Volkskammerwahl im März 1990 ging die jetzt wieder LDP abgekürzte Partei ein Bündnis mit neu gegründeten liberalen Gruppierungen ein, fusionierte unmittelbar darauf aber mit den Resten der NDPD zum Bund Freier Demokraten. Im August 1990 schloß sich dieser gemeinsam mit anderen kleineren Parteien sowie der westdeutschen F.D.P. unter der Bezeichnung Freie Demokratische Partei zu einer gesamtdeutschen liberalen Partei zusammen.

Jürgen Frölich

Literaturhinweise:

Hübsch, Reinhard/Frölich, Jürgen (Hrsg.): Deutsch-deutscher Liberalismus im Kalten Krieg. Zur Deutschlandpolitik der Liberalen 1945-1970, Baden-Baden 1997.

Lapp, Peter Jochim: Die „befreundeten Parteien" der SED. DDR-Blockparteien heute, Köln 1988.

Papke, Gerhard: Rolle, Bedeutung und Wirkungsmöglichkeiten der Blockparteien – Die LDPD, in: Materialien der Enquete-Kommission, a.a.O., Bd. II, 4, S. 2399-2463.

Sommer, Ulf: Die Liberal-Demokratische Partei Deutschlands. Eine Blockpartei unter der Führung der SED, Münster 1996.

Literatur

Unter DDR-Literatur wird nachfolgend die Belletristik verstanden: Prosa, Lyrik, Drama. Sie ist weder unter ästhetischen noch unter politischen Gesichtspunkten als ein einheitliches Ganzes zu betrachten. Sie ist vielgestaltig, wenngleich Diktatur und Zensur ihr einen kräftigen Stempel aufdrückten. Deshalb wäre es treffender, von „Literatur aus der DDR" als von „DDR-Literatur" zu sprechen. Letzteres suggeriert eine Homogenität, die nie vorhanden war, außer in idealtypischen Betrachtungen.

Die → *SMAD* und die deutschen Kommunisten, die unter Walter Ulbrichts Leitung im Mai 1945 mit dem Wiederaufbau in der SBZ begannen, sahen in der Literatur von Anfang an ein Instrument politischer Macht. Der instrumentelle Charakter, den die SED der Belletristik zuwies, blieb jedoch zunächst verborgen, weil es ihr in den ersten Jahren nach der nationalsozialistischen Diktatur darum ging, möglichst viele Literaten nach Berlin und in die SBZ zu locken. Die Partei wollte den Anschein erwecken, ein vielfältiges, offenes, von politischer Toleranz bestimmtes geistiges Leben zu schaffen. Aus dem Exil kehrten prominente Autoren zurück: Bertolt Brecht, Anna Seghers, Johannes R. Becher, Stefan Heym, Arnold Zweig suchten ihre neue Heimat bewußt im kommunistisch besetzten Teil Deutschlands. Viele von ihnen gehörten der KPD in der Weimarer Republik an oder fühlten sich ihr geistig verbunden.

Der Literatur wurde die Aufgabe zugedacht, einen maßgeblichen Beitrag zur Umerziehung des deutschen Volkes zu leisten. Die politische Didaktik entwickelte sich zu einem Schlüsselwort des literarischen Selbstverständnisses der meisten Autoren. In ihrem Namen wurde häufig auf den Anspruch künstlerischer Freiheit verzichtet und in der Frühphase der DDR der Primat der Politik nahezu bedingungslos anerkannt. Der → *Stalinismus* fand für eine Übergangszeit als drakonische Umerziehungsmaßnahme weitgehende Billigung. Dies zeigte sich am deutlichsten am 17. Juni 1953, als kein bekannter Schriftsteller der DDR öffentlich für die Aufständischen Partei ergriff.

Diese in den ersten Jahre eingeübte und praktizierte Loyalität und Solidarität der Schriftsteller gegenüber der SED-Staatspartei bewährte sich trotz wachsender Differenzen auch noch in späteren Krisen: beim Ungarn-Aufstand 1956, beim Bau der Berliner Mauer 1961, beim Prager Frühling und bei dem Einmarsch der Truppen des Warschauer Pakts in die ČSSR 1968, der Besetzung Afghanistans durch die Sowjetunion 1979 oder bei der Verhängung des Kriegsrechts in Polen 1981.

Trotz dieser von der SED gepriesenen Symbiose von Geist und Macht versuchten einzelne Schriftsteller immer wieder, die „Grenzen des Sagbaren" zu erweitern und sich aus den Fesseln der SED-Propaganda zu befreien. Auch wenn sie dabei nicht sozialistische Grundpositionen aufgaben, wie Christa Wolf, Volker Braun, Franz Fühmann, Heiner Müller oder Stefan Heym, mußten einige ihrer Werke doch als massive Kritik am real existierenden Sozialismus begriffen werden. Seit Beginn der 60er Jahre wird augenfällig, daß immer mehr Schriftsteller in den Vordergrund treten, die sich von dem ursprünglich didaktisch-mechanistischen Selbstverständnis der Literatur lösen, wie es die SED einforderte. An seine Stelle tritt fortan in wachsendem Maße der Dialog des Autors mit dem Bürger. Zum zentralen Thema wird die Befindlichkeit des Menschen im Alltag des real existierenden Sozialismus.

Mit der Ausbürgerung Wolf Biermanns 1976 zerbrach die Symbiose zwischen Geist und Macht endgültig. Danach verließen binnen kurzem mehr als 30 Schriftsteller die DDR, unter ihnen Reiner Kunze, Hans Joachim Schädlich, Jurek Becker, Erich Loest, Sarah Kirsch, Günter Kunert. Vor ihnen waren u.a. bereits Uwe Johnson und Peter Huchel gegangen, weil ihnen die Möglichkeit zu publizieren genommen worden war.

Nur wenige, die den → *Sozialismus* in der Realität als gescheitert ansahen, blieben im Land und konnten veröffentlichen. Zu ihnen gehörten Günter de Bruyn, Hanns Cibulka, Heinz Czechowski, Helga Schubert, Lutz Rathenow, Kurt Drawert, Uwe Kolbe. Zwar fehlte es in dem unter der Präsidentschaft von Anna Seghers (bis 1978) und Hermann Kant stehenden → *Schriftstellerverband* mit nahezu 1 000 Mitgliedern nicht an einer großen Zahl von Autoren, deren politische Zuverlässigkeit zweifelsfrei war; sie konnten jedoch weder literarisch die entstandene Lücke schließen, noch zur Glaubwürdigkeit der Literatur beitragen.

Es ist schwer zu beurteilen, ob der systemkritische Teil der „Literatur aus der DDR“ Anteil an dem in den 70er und 80er Jahren wachsenden aufrechten Gang der Bürger im SED-Staat hatte und auf diese Weise zur friedlichen Revolution beitrug. Festzuhalten bleibt in jedem Fall, daß das Erscheinen oder Nichterscheinen eines Romans oder die Aufführung bzw. Absetzung eines Theaterstücks schnell zu einer Staatsaffäre werden konnte und das Politbüro beschäftigte. Die Kulturgewaltigen in der SED von den Verlagsleitern über die „Hauptverwaltung Verlage und Buchhandel“ bis zur Staatsspitze fürchteten offensichtlich eine Destabilisierung der politischen Verhältnisse durch Literatur. Dafür gibt es zahlreiche Beispiele. Sie reichen von Bertolt Brecht in den 50er Jahren, wo von ihm bearbeitete Theaterstücke des Berliner Ensembles abgesetzt wurden, über Christa Wolfs Roman „Nachdenken über Christa T.“ in den 60er, Erich Loests „Es geht seinen Gang oder Mühen in unserer Ebene“ bis zu Günter de Bruyns Roman „Neue Herrlichkeit“ in den 80er Jahren.

Auch wer die Befürchtungen der SED Kulturpolitiker für maßlos übertrieben hält und den Einfluß der Literatur auf die Bewußtseinsbildung der Menschen eher gering veranschlagt, kommt nicht darumhin, festzustellen, daß die systemkritische Literatur in der DDR bei aller gebotenen Zurückhaltung doch:

- der SED-Propaganda die real existierende Wirklichkeit, wenn auch nur auschnittsweise, entgegenstellte,
- die „Ich“-Stärke des einzelnen gegenüber dem kollektiven „Wir“ förderte,
- die Konfliktfähigkeit und das Selbstbewußtsein des einzelnen stärkte,
- Reflexionsprozesse einleitete, die einer eigenständigen Meinungsbildung günstig waren,
- die „Grenzen des Sagbaren“ erweiterte, indem sie auch Tabuthemen aufgriff und
- die Autorität der Staatspartei mehr und mehr in Zweifel zog.

Nicht zu bestreiten ist demgegenüber, daß der kritischen Literatur gerade auch in der Wahrnehmung dieser Aufgaben eine Ventil-Funktion zufiel, die der Abstützung der Macht dienlich sein konnte.

Die Literatur aus der DDR sah sich vier Jahrzehnte lang dem Versuch der politischen Instrumentalisierung, der → *Zensur* – bis zur Inhaftierung und Ausbürgerung unliebsamer Autoren – ausgesetzt. Als das Volk 1989 die Chance der friedlichen Revolution ergriff und der SED die Macht entriß, fanden sich nur noch wenige Schriftsteller im

Land, die auf der Seite der aufbegehrenden Menschen standen. Selbst Christa Wolf, Stefan Heym, Volker Braun u.a. wollten mit dem Aufruf „Für unser Land“ dem Sozialismus eine neue Chance in der DDR eröffnen und die Wiedervereinigung Deutschlands verhindern. Sie handelten abermals in didaktischer Absicht, indem sie den demonstrierenden Bürgern den Weg vorzugeben versuchten. So stehen am Anfang und am Ende der DDR namhafte Autoren, die glaubten, in ihrer Rolle als Schriftsteller einen politischen Erziehungsauftrag wahrnehmen zu müssen. Dieser didaktische Schatten liegt zu Unrecht auch über jenen Werken, die zu den bedeutsamen der Nachkriegsliteratur zählen; ihre Zahl ist größer als gemeinhin angenommen wird. Viele von ihnen sind wieder zu entdecken, wie etwa das in Vergessenheit geratene Werk von Johannes Bobrowski. Besonders seine Lyrik, aber auch seine Prosa sollten neben andern Autoren einen angemessenen Platz in der Literaturgeschichte und im Literaturunterricht finden.

Günther Rüther

Literaturhinweise:

Groth, Joachim-Rüdiger: Widersprüche. Literatur und Politik in der DDR 1949–1989, Frankfurt/M. 1994.

Kultur und Kunst in der DDR, in: Materialien der Enquete-Kommission, a.a.O., Bd. III, S. 415-636.

Rüther, Günther: „Greif zur Feder, Kumpel“. Schriftsteller, Literatur und Politik in der DDR 1949–1990, Düsseldorf 1992.

Löhne und Preise

Löhne (hier einschließlich Gehälter) sind Arbeitseinkommen. Ihre Höhe – nach Abzug von Steuern und Versicherungen – entscheidet maßgeblich darüber, welche Konsumwünsche sich ein Arbeitnehmer erfüllen kann. Periodisch wiederkehrende Tarifverhandlungen darüber zwischen Tarifpartnern, die ihren Lohnvorstellungen auch mit Kampfmitteln (Streik, Aussperrung) Nachduck verleihen konnten, gab es in der DDR systembedingt nicht; schließlich trat der Staat im weitesten Sinn als monopolistischer Arbeitgeber auf.

Entscheidungen über die Entwicklung und Ausgestaltung des Lohn- und Tarifsystems hatten von Anbeginn hohe politische Brisanz. Sie blieben der SED-Führung vorbehalten. Denn auf der einen Seite kam es darauf an, die volkswirtschaftlichen Verteilungsspielräume im Auge zu behalten. Sie waren immanent sehr eng, u. a. wegen der geringen Effizienz, Produktivität und Innovationskraft der Wirtschaft, aber auch infolge der ideologisch begründeten Politik der Vollbeschäftigung aller potentiell Arbeitsfähigen. Auf der anderen Seite gefährdete eine zu restriktive Lohnpolitik die politische Stabilität des Systems, provozierte Unzufriedenheit und Unruhe unter den Lohn- bzw. Gehaltsempfängern, die ihre private wirtschaftliche Situation immer mit den Verhältnissen in der alten Bundesrepublik Deutschland verglichen.

Wie auch immer die konkreten Entscheidungen der SED-Führung zu Lohn- und Gehaltsgruppen, Tariflöhnen, Lohnzuschlägen und Prämien, zum Verhältnis von Zeit- und Leistungslohn, zu Mindesteinkommen und deren schrittweiser Anhebung ausfielen, die dann formal demokratisch zwischen der Regierung der DDR (Staatssekretariat für Arbeit und Löhne) und dem Bundesvorstand der Einheitsgewerkschaft (→ *FDGB*) nachträglich sanktioniert wurden, ihnen lag stets ein Konvolut inkonsistenter Bedingungen zugrunde. Die Lohnpolitik der SED-Führung glich einer politischen Gratwanderung. Einerseits sollte sie den Arbeitnehmern Sicherheit und wirtschaftlichen Fortschritt signalisieren und sie zu positiver Arbeitshaltung motivieren (→ *Wirtschaft*). Aus diesem Grunde stiegen die durchschnittlichen Bruttoarbeitseinkommen der vollbeschäftigten Arbeitnehmer in den Hauptzweigen der Wirtschaft von 290 Mark (1949) über 755 Mark (1970) bis auf 1 300 Mark (1989), wenn auch mit erkennbar abnehmender Dynamik. Wuchsen diese Einkommen zwischen 1950–1955 bzw. 1955–1960 um 39 bzw. 28%, lag der vergleichbare Zuwachs zwischen 1980–1985 nur noch bei 10%, und er blieb damit signifikant hinter dem Zuwachs zurück (+14%), den sich die DDR in der wirtschaftlich schwierigen Phase zwischen 1960–1965 leistete. Dabei darf bei diesen Durchschnittslohnangaben beispielsweise des Jahres 1989 (1 300 Mark) nicht übersehen werden, daß ca. 2,1 Mio. aller rund 10,1 Mio. Beschäftigten zur gleichen Zeit monatlich weniger als 600 Mark verdienten (vgl. Statistisches Jahrbuch der DDR von 1990).

Andererseits fehlte der ohnehin in den letzten beiden Jahrzehnten sehr bescheidenen Lohnentwicklung die solide Warendeckung (→ *Binnenhandel*; → *Lebensstandard*). Um den Nachfragedruck etwas abzufedern, bot sich als Ausweg nur – alle anderen Entscheidungsgrößen (z.B. Steuern, Mieten, Sozialversicherung) konstant gehalten – die Preispolitik für den privaten Verbrauch zu ändern. Verdeckte oder gar offene Preiserhöhungen gefährdeten aber die politische Stabilität des Systems, wie die Erfahrungen in anderen realsozialistischen Staaten zeigten.

Preise: Die Entwicklung der Preise (hier Endverbraucher- oder Einzelhandelsverkaufspreise) beeinflußt die Kaufkraft einer Währung maßgeblich. In Verbindung mit der Höhe der privaten Einkommen entscheidet sie mit über das Konsumtionsniveau bzw. den Lebensstandard der Bevölkerung.

Systemimmanent beanspruchte die SED-Führung von Anfang an – unter Zuhilfenahme entsprechender amtlicher Stellen (Amt für Preise bei der Regierung der DDR, diverse Preisräte usw.) sowie durch die Oberaufsicht über die entsprechenden Gesetze und Verordnungen (Preisbildungsvorschriften, Kalkulationsrichtlinien, Preisanordnungen) – das Monopol zur Preisfestsetzung. Sie entschied letztinstanzlich, nicht selten operativ und auf Sitzungen des SED-Politbüros, über Höhe und Struktur der Preise für Güter und Dienste des privaten Verbrauchs.

Die Grundlinie der offiziellen Preispolitik für Endverbraucherpreise wurde in der ersten deutschsprachigen Ausgabe des russischen Lehrbuchs für Politische Ökonomie des Sozialismus (Ost-Berlin 1959) wie folgt fixiert: allmähliche Senkung der Preise in Übereinstimmung mit dem Produktivitätsfortschritt als wesentlicher Faktor zur Hebung des Volkswohlstandes. Diese Grundlinie geriet in der DDR bereits 1960 ins Wanken, denn umfassende Preissenkungen fanden seitdem nicht mehr statt. Sogar der Grundsatz stabiler Verbraucherpreise ließ sich bei den volkswirtschaftlichen Rahmenbedingungen nicht mehr aufrechterhalten. Zu nennen sind hier die fehlende Wettbewerbsfähigkeit und Ineffizienz der Wirtschaftsordnung selbst, der wachsende Druck der Produktionskosten, die zunehmende Belastung des → *Staatshaushalts* mit Preissubventionen, eine die Leistungskraft der Wirtschaft überfordernde Sozial- und Finanzpolitik (→ *Sozialpolitik*) sowie eine Lohnpolitik, die individuelle Arbeitsleistungen weitgehend nivellierte und damit kontraproduktiv wirkte.

Die politisch Verantwortlichen wollten offiziell nicht eingestehen, daß ihre Preispolitik gescheitert war. Da sie sich weder eine offene Preisrevision zutrauten noch die volkswirtschaftlichen Realitäten ignorieren konnten, leiteten sie seit Mitte der 60er Jahre und mit zunehmender Intensität folgende Preisstrategie für Güter und Dienste des privaten Verbrauchs ein: erstens drastische Reduzierung des Angebots an subventionierten Gütern und Leistungen. Zweitens wurde versucht, auf dem Wege nachgewiesener oder behaupteter gestalterischer und (oder) funktionaler Weiterentwicklungen für vergleichbare Erzeugnisse erheblich höhere Preise (bis hin zu Luxussteuern auf Exquisit- und Delikatprodukte aus DDR-Produktion, die in speziellen Läden angeboten wurden) zu erzielen. Drittens setzte die SED-Führung auf „Neuheiten", für die es auf dem DDR-Markt noch keine Vergleichspreise gab, so daß der Preisspielraum nach oben maximal genutzt werden konnte. Immerhin gelang es bis 1985, den erheblich gestiegenen Subventionsaufwand durch entsprechende Preissteigerungen bei anderen Gütern des privaten Verbrauchs zu kompensieren. Eine Lösung auf Dauer brachte es nicht, weil die systembedingten Widersprüche so nicht zu überwinden waren.

Gernot Schneider

Literaturhinweise:

Frenzel, Paul: Die rote Mark – Perestroika für die DDR, Herford 1989.
Schneider, Gernot: Arbeitsbedingungen und Einkommen 1981–85 in der DDR, in: Deutschland Archiv 4 (1987).
Schneider, Gernot: Bemerkungen zur Entwicklung der Endverbraucherpreise in der DDR, in: Deutschland Archiv 11 (1987).

Macht und Autorität

Macht bezeichnet die Chance, den eigenen Willen auch gegen Widerstreben durchzusetzen, unabhängig davon, worauf diese Macht beruht (Max Weber). Macht ist darüber hinaus die im Prinzip unbegrenzte Anhäufung von Mitteln für offene Zwecke (Carl Friedrich von Weizsäcker). Die Unbegrenztheit und der unausweichliche Einfluß auch gegenüber Widerständen unterscheidet Macht von dem Begriff der Autorität, der die Legitimation von Macht betrifft. Autorität bezeichnet ein Vermögen, das Objekten, Symbolen, Personen, Personengruppen oder Institutionen zugeschrieben, unterstellt oder zugestanden wird bzw. zukommt, und Ziel, Inhalt und Form unseres Denkens und Verhaltens bestimmt. Im Sozialismus war der Autoritätsbegriff im wesentlichen auf Personen, soziale Gruppen und Institutionen begrenzt und Ausdruck eines gesellschaftlichen Verhältnisses der Über- bzw. Unterordnung.

Macht und Autorität im Selbstverständnis des SED-Systems: Im → *Marxismus-Leninismus* ist die Definition von Macht unauflösbar mit der Klassenfrage verknüpft, also stets Herrschaft einer Klasse über eine andere. Die Arbeiterklasse unter Führung ihrer marxistisch-leninistischen Partei errichtet mit der → *Diktatur des Proletariats* die Herrschaft der Mehrheit über eine Minderheit und damit die erste wirkliche

Staatsmacht der Geschichte. Die entscheidende Grundlage dieser Macht bildete das → *Eigentum* an den Produktionsmitteln. Zum Selbstverständnis des real existierenden Sozialismus gehört die Anerkennung von Autorität als notwendige gesellschaftliche Beziehung. Im Gegensatz zu den antagonistischen Klassengesellschaften, wo sich die Autorität der Ausbeuterklasse in erster Linie auf die Machtmittel des von ihnen beherrschten Staates gegründet habe, sollten „die marxistisch-leninistischen Parteien und ihre Führer im Verlauf des Kampfes der Arbeiterklasse um ihre Befreiung von Ausbeutung und Unterdrückung" eine völlig andere Autorität erwerben. Diese sollte sich nach offiziöser Definition darauf gründen, „daß einerseits die Parteien die Interessen der Arbeiterklasse und aller Werktätigen erkennen, in ihren programmatischen Zielsetzungen formulieren und einen selbstlosen Kampf um ihre Durchsetzung führen und andererseits die Werktätigen die Politik der Partei verstehen, ihre gesellschaftlichen Pflichten begreifen und sich in den gerechten Kampf der Arbeiterklasse einreihen. Im Sozialismus gewinnt die Autorität als gesellschaftliches Verhältnis eine neue Qualität, die darin besteht, daß die führende Rolle der Arbeiterklasse und der marxistisch-leninistischen Partei sowie die Autorität des Staates von allen Mitgliedern der Gesellschaft anerkannt werden, weil diese die Interessen des ganzen Volkes vertreten." Der gesellschaftliche Inhalt und Charakter von Autoritätsbeziehungen sollte durch die Produktions- und Eigentumsverhältnisse bestimmt werden.

Machtstrukturen im Vergleich mit der Realität: Während die realen Machtstrukturen mit denen der Theorie deckungsgleich waren, zeigt sich gerade am Begriff der Autorität das Auseinanderklaffen von ideologischem Anspruch und Realität. Der Erste Sekretär des ZK der SED, später Generalsekretär, war Vorsitzender der führenden marxistisch-leninistischen Partei und damit der mächtigste Mann. Machtzentrum war das Politbüro. Parteipositionen bedeuteten immer mehr Macht als Ämter im Staatsapparat, d. h. die Abteilungsleiter des ZK waren mächtiger als die jeweiligen Minister, wenn es um entscheidende Weichenstellungen ging, die Ersten Sekretäre der Bezirks- und Kreisleitungen mächtiger als die Vorsitzenden der Räte der Bezirke bzw. Kreise usw. Daneben gab es begrenzte Macht in Teilbereichen des „gesellschaftlichen Lebens". Je wichtiger die „gesellschaftliche Funktion" war, um so mehr Zugriffsrechte darauf sicherte sich die SED. Es gab damit, wie in jeder Gesellschaft, funktionale „Autoritäten", die aufgrund ihres Amtes ernst genommen werden mußten. Anerkannte Amtsautorität war allerdings selten. Solchen Amtspersonen wurde eher personale Autorität zugestanden. Mit jedem Amt war Macht, also Handlungsspielräume und Entscheidungsfreiheiten, verbunden, die unterschiedlich genutzt werden konnten.

Autoritätsstrukturen im Vergleich mit der Realität: Die realen Autoritätsstrukturen stimmten nicht mit den theoretischen überein. Sie definierten sich für die gegenüber dem SED-Staat eher kritisch eingestellten Bürger sogar im Gegensatz zur Macht. Der SED und ihrer Führung wurde gerade keine Autorität zugestanden. Der Marxismus/Leninismus konnte deshalb Autorität nicht als wechselseitige Einflußbeziehung definieren, denn dies hätte Rückwirkungen auf die Machtfrage haben können, die wiederum ein für allemal als entschieden galt. Die SED versuchte mit wirklichen oder vermeintlichen Autoritäten den Eindruck zu erwecken, die Autorität von Partei- und Staatsführung sei ungebrochen. Dafür wurden besonders erfolgreich Persönlichkeiten aus aller Welt und internationale Ereignisse einschließlich des Besuchs von Erich Honecker bei Bundeskanzler Kohl 1987 eingesetzt. Besonders effizient waren dabei auch linksintellektuelle Kritiker des Westens. Autoritätszugewinn versprach sich die SED-Führung auch aus ihrer Berufung auf die antifaschistische Tradition, denn sowohl Personen als auch Stätten des antifaschistischen Widerstandes (→ *Antifaschismus*) hatten in der DDR eine gewisse Autorität. Grundsätzlich galt wie bei jeder Diktatur und jedem Versuch, Macht zu stabilisieren, daß versucht wurde, öffentliche Ereignisse für eine Art Legitimitätszuspruch und damit Autoritätsgewinn zu instrumentalisieren. Eine besondere gesellschaftliche Funktion übernahm das sozialistische → *Kollektiv*, dem innerhalb des Systems eine politisch-moralische Autorität zugeschrieben, aber auch von vielen freiwillig zugestanden wurde.

Die unbewußte Autorität und der Verzicht auf das Stellen der Machtfrage: Die realen Autoritätsstrukturen sind bisher nur unzureichend untersucht worden. Aufgrund eigener Analysen scheint die These gerechtfertigt, daß dem Verzicht auf das Infragestellen der führenden Rolle der SED die höchste Autorität im SED-Staat zukam. Bewußt oder unbewußt, aus Überzeugung oder aus Angst, freiwillig oder gezwungen hatte der Verzicht auf das Stellen der Machtfrage höchste Autorität. Das galt nicht nur im öffentlichen oder offiziellen Bereich, sondern auch für die Nischen und die Privatsphäre, für die internen Diskussionen in der Partei und im Staat und für die vielen engagierten Gruppen, die sich um Reformen, besseren Umweltschutz, um mehr Offenheit in den Medien usw. bemühten. Diese Denk- und Sprechblockade ist nicht allein aus den bestehenden Machtverhältnissen zu erklären, sondern hatte tiefere Ursachen. Für die Älteren gehörte dazu vor allem die Erfahrung des → *Stalinismus* und des → *Siebzehnten Juni* 1953, die zeigten, was möglich war, wenn die Parteiführung zu der Auffassung gelangte, die Machtfrage würde gestellt.

Für viele hatte die Idee des Sozialismus anfangs eine identitätsstiftende Wirkung: Im Grunde sei der Sozialismus doch das überlegene System, weil er sozial gerechter ist. Deshalb war es nicht entscheidend, über die führende Rolle der Partei zu diskutieren, wenn sie es nur besser machen würde. Wer allerdings die Machtfrage stellte, gab sich bewußt als Staatsfeind zu erkennen. Das war auch in Oppositionskreisen nicht selbstverständlich und spielte bis zum Herbst 1989 kaum eine Rolle (→ *Widerstand, Opposition und Verweigerung*). Auch von der Bundesrepublik und vom Ausland sowie von anerkannten Autoritäten der westdeutschen Politik wurde die führende Rolle der SED weit seltener in Frage gestellt, als es aus einer systemkritischen DDR-Innensicht notwendig erschien. In Westdeutschland selbst mußte mit dem Revanchismusvorwurf gerechnet werden. Der Verzicht des Stellens der Machtfrage hatte auch hier Autorität, weil das den hochgerüsteten Osten zu unberechenbaren Reaktionen hätte treiben können. Das gemeinsame Papier von SPD und SED „Der Streit der Ideologien und die gemeinsame Sicherheit" vom 27. Aug. 1987 in enger Verbindung zum Honecker-Besuch in Westdeutschland war allerdings keine Verbeugung vor realen Machtverhältnissen, sondern vor einer Partei und Ideologie, die damit ihre gewachsene Autorität unterstrich.

Politisch unabhängige Autoritäten: Als von der Macht der SED unabhängige Autorität galten insbesondere die → *Kirchen*, die verfassungsrechtliche Eigenständigkeit besaßen. Der größte Einfluß auf der Ebene der Institutionen kam zumindest für den größeren, kritisch eingestellten Teil der DDR-Bevölkerung jedoch den Westmedien zu. In Intellektuellenkreisen zählten dazu auch Printmedien sowie Bücher und ihre Autoren, insbesondere wenn sie als politisch unabhängig galten. Die größte Breitenwirkung allerdings erreichten außerhalb und innerhalb des eigenen Landes die erfolgreichen DDR-Spitzensportler. Hinzu kamen Fernsehstars, Publikumslieblinge aus der Unterhaltungsbranche, Schlagersänger, Rockgruppen, Sportreporter, jeweils aus Ost- und Westdeutschland. Besondere Autorität besaßen Schriftsteller, international anerkannte Künstler und Wissenschaftler. In den Städten und Gemeinden zählten auch die Menschen dazu, die personale und Fachautorität besaßen. Ihre Autorität war besonders groß, wenn zusätzlich nichtkorrumpierte Amtsautorität, wie bei Klinikchefs und Institutsdirektoren, hinzu kam.

Zusammenbruch der DDR: Die realen Machtstrukturen wurden im Herbst 1989 beim → *Zusammenbruch* der DDR überwunden und vollständig abgeschafft. Diesem extrem schnellen Machtverfall ging der langsamere Zerfall von staatlicher Autorität voraus, die am Beginn der DDR noch stärker, später fast gar nicht mehr vorhanden war. Es wurde immer offensichtlicher, daß es keine staatstragende Autorität gab, sondern diese nur hinter den Machtverhältnissen theoretisch postuliert war. Das Ende der DDR zeigt in beispielhafter Weise die Wechselwirkung von Macht und Autorität. Gewalt bedarf der Legitimation, um wirkliche Macht zu sein (Hannah Arendt). Der Zerfall der postulierten höchsten Autorität dauerte nur wenige Wochen. Als die ersten öffentlich die Machtfrage stellten, wurde vielen schlagartig klar, daß sie keine führende Partei der Arbeiterklasse für ihr Leben brauchten. Als das fast alle sagten, war die reale Macht der SED zu Ende. Als historische Daten dafür können die Montagsdemonstration am 9. Okt. 1989 in Leipzig, die Demonstration am 4. Nov. 1989 auf dem Alexanderplatz in Berlin, als das Volk die Herrschenden auslachte – das schlimmste, was Autoritäten passieren kann –, und die Maueröffnung am 9. Nov., der international offenkundige Autoritätsverlust, genannt werden.

Dagegen haben die nicht mit den Machtverhältnissen sichtbar verbundenen Autoritätsstrukturen in der DDR den Zusammenbruch der Macht überlebt. Deren Inhaber konnten sich darauf berufen, nicht durch das System korrumpiert worden zu sein, zumindest aber darauf, nur die lebensnotwendigen Kompromisse gemacht zu haben. Dieses reichte oft aus, um in Führungspositionen der neuen politischen Vereinigungen und Parteien gewählt zu werden. Wenn sie darüber hinaus Autorität im Sinne von Amtsautorität, Sachkompetenz und persönliche Ausstrahlung besaßen, war ihre Anerkennung um so größer.

Zerfall der unabhängigen Autoritätsstrukturen: Ein Zerfall der unabhängigen Autoritätsstrukturen fand erst im vereinigten Deutschland statt und bedeutete für viele Menschen in Ostdeutschland eine zweite, eigentliche Entfremdung. Als sich herausstellte, daß auch die vermeintlich wirklichen Autoritäten im Bereich von Kirchen, Kunst und Kultur, Medien und Sport viel enger mit dem SED-Staat und oft auch mit der Staatssicherheit zusammengearbeitet hatten, entstand bei vielen ehemaligen DDR-Bürgern eine Abwehrhaltung, sich diese Autoritäten nehmen zu lassen. Dieser Verlust ging an die Substanz der Identität vieler Ostdeutscher. Man hatte sich zwar nicht mit der Macht, wohl aber mit den unabhängig von ihr vermuteten Autoritäten identifiziert. Hinzu kamen negative Erfahrungen mit manchen Westdeutschen, die Machtpositionen besetzten, ohne Autorität auszustrahlen. So gesehen ist der Prozeß der letzten Jahre auch als eine Art (notwendige) Relativierung von Autoritäten im vereinten Deutschland zu interpretieren.

Günter Nooke

Marxismus-Leninismus

Begriffsklärung: Unter Marxismus-Leninismus werden die in der Ära J.W. Stalins (Generalsekretär der KPdSU 1924–1953) in einem Dogmen-System kodifizierten Lehren von Karl Marx, Friedrich Engels, W.I. Lenin und Stalin selbst verstanden. Es handelt sich um die „Ideologie des sowjetischen Staates" (L. Kolakowski) zur Legitimation der stalinistischen Herrschaft, darüber hinaus um die verbindliche Ideologie der kommunistischen Parteien außerhalb der Sowjetunion, die sich dem Führungsanspruch der KPdSU unterwarfen. In den von ihnen beherrschten Einparteistaaten war der Marxismus-Leninismus die offizielle Staatsideologie mit dem Anspruch auf Interpretation und Handlungsanweisung für alle Lebensbereiche und Wissenschaftsgebiete. Die Bezeichnung wurde am 14. Nov. 1938 vom Zentralkomitee der KPdSU offiziell beschlossen, als Stalin sich im innerparteilichen Machtkampf endgültig durchgesetzt hatte. Im gleichen Jahr erschien in der Sowjetunion der erste grundlegende Schulungs-Katechismus des Marxismus-Leninismus, der „Kurze Lehrgang" der „Geschichte der Kommunistischen Partei der Sowjetunion (Bolschewiki)", der eine millionenfache Auflage erreichte und für die folgenden 15 Jahre zum verbindlichen Lehrbuch für alle kommunistischen Parteien wurde.

Marxismus-Leninismus in der DDR: In dieser Form und in diesem Stadium, auf dem machtpolitischen Höhepunkt der Sowjetunion als Siegermacht im Zweiten Weltkrieg, wurde der Marxismus-Leninismus auch in der damaligen SBZ und nachmaligen DDR eingeführt, beginnend mit der Proklamation der SED zur „Partei neuen Typs" nach dem Vorbild der KPdSU am 3. Juli 1948. 1952 erschien der „Kurze Lehrgang" auch in der DDR. 1951 begann bereits die „Bücherei des Marxismus-Leninismus" (Dietz Verlag, Ost-Berlin) zu erscheinen, um grundlegende Schriften von Marx, Engels und Lenin zu verbreiten. 1959 erschien in der DDR die Übersetzung des sowjetischen Lehrbuchs „Grundlagen des Marxismus-Leninismus" im Umfang von 800 Seiten, das 1960 dort bereits mit 500 000 Exemplaren verbreitet war als Schulungsmaterial für Parteilehrgänge und Lehrjahre sowie in Schulen und

Hochschulen. Mit der zweiten Hochschulreform 1951 wurde der Marxismus-Leninismus als verbindliches Lehrfach für alle Studierenden an den Hochschulen der DDR eingerichtet (→ *Hochschulen*).

Die Wurzeln bei Marx und Engels: Marx und Engels hatten in der Traditionslinie der radikalen Aufklärung und ihres politischen Messianismus in der Mitte des 19. Jahrhunderts auf der Grundlage einer radikalen Religionskritik ein Revolutionsprogramm entworfen und den Klassenkampf als Grundtatsache aller Geschichte dargestellt, der schließlich in einer vollentwickelten Industriegesellschaft zur Revolution und Diktatur des Proletariats führen werde. Es war besonders für Marx eigentümlich, daß in ihm der „Empiriker und Analytiker" eine Personalunion einging mit dem „Geschichtstheologen und revolutionären Propheten", wobei dieser „der Stärkere ist und oft genug souffliert, was der Wissenschaftler zu rezitieren hat" (Ernst Topitsch).

In ihrem Kern enthalten die Lehren von Marx und Engels eine innerweltliche Erlösungslehre, die aus einer Totaldeutung des Ganges und des Zieles der Geschichte die Heraufführung einer klassen-, eigentums- und herrschaftslosen kommunistischen Zukunftsgesellschaft ableitet, die sie mit der vollendeten „wahren Demokratie" identifizieren. Schon im Kommunistischen Manifest ist unverhüllt von „despotischen Eingriffen" der proletarischen Diktatur in das Eigentumsrecht und die bürgerlichen Produktionsverhältnisse die Rede und werden die despotischen Mittel durch das angeblich demokratische und humanistische Endziel, die Aufhebung von Ausbeutung und Unterdrückung, gerechtfertigt. Ebenso wird schon hier der Führungsanspruch der Kommunisten mit der Begründung erhoben, sie seien „der entschiedenste, immer weitertreibende Teil der Arbeiterparteien aller Länder", da sie „theoretisch vor der übrigen Masse des Proletariats die Einsicht in die Bedingungen, den Gang und die allgemeinen Resultate der proletarischen Bewegung voraus" hätten. Von Marx und Engels wird schließlich auch schon die kommunistische Zukunftsgesellschaft als Überwindung der „Produktionsanarchie" in der kapitalistischen Klassen- und Warengesellschaft durch eine „gesellschaftlich-planmäßige Regelung der Produktion" skizziert, die „problemlos einfach" sowohl der Befriedigung der „Bedürfnisse der Gesamtheit wie jedes einzelnen" diene. Sowohl die Ziel-Mittel-Problematik wie die Fragen der politischen Herrschaft und Bürokratie in einer komplexen und kommunistisch organisierten Industriegesellschaft bleiben schon bei Marx und Engels ausgeklammert.

Fortführende Interpretation von Lenin: Lenin konnte an den revolutionären Kern der Ideen von Marx und Engels anknüpfen in seiner Absicht, sie für die eigenen revolutionären Ziele unter den Bedingungen des zaristischen Rußland an der Wende vom 19. zum 20. Jh. nutzbar zu machen. Dabei fügte er ihnen drei neue Theorie- und Lehrinhalte hinzu:

a) Lenin entwickelte die Lehre von der kommunistischen „Partei neuen Typs“ als einer revolutionären Untergrundpartei und Organisation von Berufsrevoltionären mit dem Ziel der Eroberung und anschließenden rücksichtslosen Verteidigung der ungeteilten Monopolmacht in Staat, Gesellschaft und Wirtschaft, einer Organisation mit ideologischer Geschlossenheit, unbedingter Disziplin und einem Führungssystem des „demokratischen Zentralismus“, das den letzteren an die erste Stelle rückte („Was tun? Brennende Fragen unserer Bewegung“, 1902).
b) Für diese Partei entwarf Lenin eine den russischen Bedingungen entsprechende revolutionäre Strategie und Taktik, durch die das zahlenmäßig schwache Proletariat ein Klassen- und Kampfbündnis mit der großen Mehrheit der Bauern schließen sollte, auch um den Preis zeitweiliger Kompromisse, jedoch ohne Preisgabe des Endzieles der ungeteilten Macht des Proletariats und „seiner Partei“, was die spätere Ausschaltung der Bündnispartner einschloß („Zwei Taktiken der Sozialdemokratie in der demokratischen Revolution“, 1905).
c) Schließlich konzipierte Lenin eine Strategie des globalen Klassenkampfes des russischen und internationalen Proletariats im Bündnis mit den kolonial abhängigen und ausgebeuteten Völkern gegen den Imperialismus des internationalen Monopol- und Finanzkapitalismus, der die ungerechten imperialistischen Kriege in den „einzig gerechten“ globalen Bürgerkrieg überführen sollte. Hierzu schien der Erste Weltkrieg und die durch ihn mögliche Auslösung der bolschewistischen Revolution in Rußland die Voraussetzungen zu schaffen („Der Imperialismus als höchstes Stadium des Kapitalismus“, 1917).

Stalinistische Interpretation und Kodifizierung: Auf diesen Grundlagen hat sich der Marxismus-Leninismus im Verlauf der 30er Jahre unter entschiedener Einflußnahme Stalins herausgebildet, der an der Legitimierung seiner Position als „Fortsetzer der Sache Lenins“ besonders interessiert sein mußte. Er fügte dem sowjetkommunistischen Dogmenbestand weitere Inhalte hinzu, besonders über die verstärkte „führende Rolle“ der Partei, über ihren Kampf gegen „Abweichungen und Versöhnlertum“, über den „Aufbau des Sozialismus in einem Lande“ und im Zusammenhang damit über die „Verschärfung des Klassenkampfes im Sozialismus“ (→ *Stalinismus*). In diesen Thesen spiegelt sich der gleichzeitige Kampf Stalins mit seinen innerparteilichen

Gegnern um die Alleinherrschaft. Der Marxismus-Leninismus wurde zum Synonym der stalinistischen Interpretation Lenins und der deutschen „Kirchenväter“ Marx und Engels. 1938 unterband das ZK der von Stalin beherrschten KPdSU die Veröffentlichung weiterer Arbeiten über Lenin. Nach dem Zweiten Weltkrieg wurde im Zeichen einer neuen ideologischen Offensive auch die Bezeichnung „Marxismus-Leninismus-Stalinismus“ häufiger. Durch den XX. Parteitag der KPdSU im Februar 1956 sollte dem → *Personenkult* ein Ende gemacht werden durch die „Wiederherstellung der Prinzipien des Marxismus-Leninismus“. Aber erst der XXII. Parteitag 1961 erklärte ausdrücklich, daß die „doktrinären Irrtümer“ Stalins im Gegensatz zum Marxismus-Leninismus stünden, eine Auffassung, der sich auch die meisten westlichen Kommunistischen Parteien (mit Ausnahme Albaniens) anschlossen. Eine vertiefte ideologische Auseinandersetzung fand jedoch in den Kommunistischen Parteien nicht statt. Die meisten Dogmen des Marxismus-Leninismus wurden fortgeschleppt, wenn nun auch unter sorgfältiger Verbannung des Namens Stalins.

DDR-Interpretation 1985: Dies zeigt auch die relativ späte Darstellung des Marxismus-Leninismus in der DDR im „Wörterbuch der Marxistisch-Leninistischen Philosophie“ von Alfred Kosing. Der Marxismus-Leninismus wird auch hier dogmatisch-scholastisch als „das einheitliche System der wissenschaftlichen Anschauungen und Theorien von Marx, Engels und Lenin“ skizziert, die die „theoretische Grundlage für die praktische Tätigkeit der kommunistischen und Arbeiterparteien“ bilden, die „Strategie und Taktik des proletarischen Klassenkampfes und des sozialistischen und kommunistischen Aufbaus“ darstellen und somit „als Mittel zur revolutionären Veränderung der Welt“ dienen. Sodann werden die drei Bestandteile des Marxismus-Leninismus repetiert: der dialektische und historische Materialismus als die „wissenschaftliche Philosophie“ von Marx und Engels (ohne die damit verbundene didaktische Verkürzung der Ideen von Marx zu thematisieren); die marxistische politische Ökonomie, die den Nachweis der „objektiv-gesetzmäßig“ anstehenden Ablösung des Kapitalismus durch die sozialistische Gesellschaftsformation erbringe; schließlich der „Wissenschaftliche Kommunismus“ als theoretische und praktische Anleitung des Kampfes der Arbeiterklasse „um ihre Befreiung von kapitalistischer Ausbeutung und Unterdrückung“ sowie „die Gestaltung des Aufbaues des Sozialismus und Kommunismus“. Konventionell geraten auch die Formeln, Lenin habe die Lehre von Marx und Engels „auf der Grundlage neuer Erfahrungen des Kampfes der internationalen Arbeiterbewegung und der nationalen Befreiungsbewegung der

Völker schöpferisch weiterentwickelt" zum „Marxismus der Epoche des Imperialismus und der proletarischen Revolutionen, des Zerfalls des Kolonialismus und des Sieges der nationalen Befreiungsbewegungen, des Übergangs der Menschheit vom Kapitalismus zum Sozialismus und des Aufbaus der kommunistischen Gesellschaft".

Da diese Formulierungen die Thesen des ZK der KPdSU von 1970 anläßlich des 100. Geburtstags Lenins zitieren, läßt sich hier die erstaunliche Erstarrung des kanonischen Dogmengerüsts des Marxismus-Leninismus wenige Jahre vor dem Zusammenbruch des Sowjetkommunismus erkennen. Daran können auch marginale Zutaten des DDR-Autors nichts ändern wie der Hinweis auf Lenins „Auseinandersetzung mit allen revisionistischen Verfälschungen" (offensichtlich ein Thema von wachsendem Gewicht zu dieser Zeit) oder die Betonung der „Weiterentwicklung" des Marxismus-Leninismus „in der theoretischen Arbeit aller marxistisch-leninistischen Parteien, besonders der KPdSU", an der auch die SED sich „aktiv und schöpferisch" beteilige, was mit ideologischen Dokumenten und Materialien ihrer Parteitage begründet wird. Die eigentümliche Neigung zu Formeln, die die eigenen Kampfziele mit einer angeblich „objektiv-gesetzmäßigen" Lageanalyse zu einem wirklichkeitsfremdem Amalgam vermischten, blieb bis zuletzt erhalten. Erst als der letzte Generalsekretär der KPdSU, Michail Gorbatschow, zunehmend in – aus der Sicht des Marxismus-Leninismus – „revisionistische" Bahnen trat, während das Ostberliner Politbüro um so starrer an den alten Linien und Formeln festhielt, auch gegenüber einer sich allmählich formierenden „Gorbatschow-Fraktion" in der SED, wurde ein Auseinanderdriften der ideologischen Linien in Moskau und Ost-Berlin erkennbar.

Revisionismus und Kritik: Inhalt und Anspruch des dogmatischen und herrschaftsapologetischen Marxismus-Leninismus sind nicht unwidersprochen geblieben. Schon früh (1904) hatte Leo Trotzki Lenins Parteitheorie kritisiert mit dem Vorwurf, daraus müsse notwendig die Diktatur der Partei über das Proletariat und dann die des ZK über die Partei und eines allmächtigen Diktators über beide hervorgehen. Die gleiche Entwicklung befürchtete Rosa Luxemburg von dem „rücksichtslosen Zentralismus" und „blinden Gehorsam" der Lenin-Partei. Frühe Mitarbeiter Lenins wie Paul Axelrod wandten sich unter dem Eindruck der bolschewistischen Machtergreifung 1917 gegen Lenins Verrat an den elementarsten Grundlagen des Marxismus und seine Errichtung einer „Diktatur über das Proletariat und das Bauerntum". 1921 wurde der KPD-Vorsitzende Paul Levi aus der Partei ausgeschlossen, weil er sich mit der Losung „leninistische Parteidiktatur oder Sowjetdemokratie der sozialistischen Werktätigen" des Arbeiter- und Matrosenaufstands von Kronstadt gegen die Partei solidarisiert hatte. Seit dem großen Schisma von 1919 zwischen der Sozialdemokratie West- und Mitteleuropas und der Lenin-Partei und ihrer Kommunistischen Internationale (Komintern) trennten sich die Wege der Verteidigung des politischen Pluralismus und der persönlichen Freiheit dort und der Errichtung einer „staatskapitalistischen Diktatur" durch Gewalt und Terror hier (Otto Bauer), eine Trennung, die den Sozialdemokraten in der kommunistischen Agitation das Brandmal des „Sozialfaschismus" eintrug.

Auch nach dem Zweiten Weltkrieg, der Stalins Sowjetunion eine erhebliche Macht- und Prestigesteigerung brachte, kreiste die Kritik immer wieder um den zentralen Punkt der Deformation des Sowjetsystems zu bürokratischem Despotismus. Trotzkis Kritik an der „verratenen Revolution", von den Marxisten-Leninisten als Revisionismus bekämpft, flammte in zahlreichen Variationen immer wieder auf. Nach dem Bruch Tito-Jugoslawiens mit Moskau und der Kominform beschuldigten die jugoslawischen Kommunisten den Stalinismus, Instrument der Rechtfertigung der herrschenden Bürokratie zu sein, und entwickelten das Gegenmodell einer „sozialistischen Demokratie" mit einer dezentralisierten Arbeiterselbstverwaltung neben der Partei. In Polen wurde schon in den 50er Jahren die Lösung der Parteimacht vom Volk kritisiert und gegen den „exegetischen Talmudismus" der Monopolpartei ein humanistischer und dezentralisierter demokratischer Sozialismus beschworen, der dem Individuum Raum lassen sollte. In der Tschechoslowakei entwickelte sich 1967/68 das Modell eines „Sozialismus mit menschlichem Antlitz" als Abkehr vom Monopolismus der Partei und ihres rigiden Lenkungs- und Planungsapparats und von einer offiziellen Staatsdoktrin, die die geistig-kulturelle Freiheit und die Rechtssicherheit zerstörte. In den Ländern des Warschauer Pakts wurde die Forderung eines sozialistischen Pluralismus erhoben, wenn nicht überhaupt eines Mehrparteiensystems, wie in Ungarn 1956.

Der „Virus" des Revisionismus entwickelte sich auch in den westeuropäischen Kommunistischen Parteien. In der französischen KP machte deren zeitweiliger Chefideologe und Politbüro-Mitglied Roger Garaudy die „substitutionalistische Fiktion" der Parteien marxistisch-leninistischen Typs zum Gegenstand seiner Kritik, wonach Partei und Parteiführung stets die wahren Interessen des Proletariats und der Mehrheit verträten und durch ihr ideologisches Rüstzeug darüber auch besser Bescheid wüßten als die betroffenen Menschen selbst, ein Axiom, das jedoch schon bei Marx zu finden ist, vor dessen Sakrosanktheit die meisten revisionistischen Kritiker jedoch noch Halt machten. Das galt auch für innerparteiliche Kritiker in der DDR wie etwa Wolfgang Harich.

In der Sowjetunion selbst meinten Stalins Nachfolger, die angestauten Probleme durch die Abschiebung der Verantwortung für Fehlentwicklungen auf Stalin und seinen engeren Kreis (dem sie zumeist selbst zugehört hatten), die Kritik an seinem → *Personenkult* lösen zu können. Durch Rückgriff auf den von Stalins „Irrtümern" gereinigten Marxismus-Leninismus und seine Prinzipien der „kollektiven Führung" und → *sozialistischen Gesetzlichkeit* sollten die Deformationen beseitigt und dem System neue Impulse verliehen werden. Rasch stellte sich indes heraus, daß das von Lenin konzipierte Gesamtsystem zu einer Funktionsfähigkeit auf die Machtkonzentration an der Spitze angewiesen war, wie besonders vom langjährigen Generalsekretär der KPdSU, Leonid Breschnew (1964–1983), demonstriert wurde, der die Personalunion der Spitzen von Partei und Staat wiederherstellte und repressive Herrschaftsmethoden nach innen und Großmachtimperialismus nach außen erneuerte und sich dabei durchaus innerhalb des Rahmens des Marxismus-Leninismus bewegte.

Der Marxismus-Leninismus hatte sich in der dritten Generation inzwischen in einer „konservativen" und privilegierten Nomenklatur-Klasse inkarniert, die zu Reformen nicht fähig und bereit war, um so mehr, als der letzte Generalsekretär, Michail Gorbatschow (1985–1991), mit seinen Reformansätzen Schritt für Schritt über eine revisionistische „sozialistische Demokratie" hinausging und systemfremde Elemente einbezog wie das Zurückdrängen der führenden Rolle der Partei (Perestroika), die Stärkung der unabhängigen Intelligenz und ihrer Kritik (Glasnost) und die Überordnung allgemein menschlicher Werte über die Dogmen des Klassenkampfes (Neues Denken).

Hatten schon Lenins Doktrin und Praxis die Grundlagen eines totalitären Herrschaftssystems geschaffen, das den Menschen zum Instrument der Partei und ihres Staates machte und auch Sittlichkeit und Moral den Interessen des proletarischen Klassenkampfes, d.h. der Partei und ihrer Führung, unterordnete, so machte Stalin den Marxismus-Leninismus vollends zu einem „umfassenden Schema der bolschewistischen Mythologie", zu einem „der wichtigsten Instrumente, mit deren Hilfe die Partei die Herrschaft über die Köpfe ausüben und sowohl das kritische Denken als auch die Erinnerung der Gesellschaft an ihre eigene Vergangenheit zerstören sollte" (L. Kolakowski). Diese Ideologie war nicht nur wegen ihres herrschaftspolitisch instrumentalisierten Inhalts bedeutsam, sondern auch durch die Tatsache, daß es eine höchste

Autorität gab, die über ideologische Fragen unwiderruflich entschied, also eine nahezu vollständige Institutionalisierung der Ideologie und damit des geistigen Lebens in der charakteristisch totalitären Einheit von politischer, polizeilicher und ideologisch-theoretischer Autorität, die als solche weder Reform noch schöpferische Neugestaltung zuließ, so daß das System schließlich an seiner ideologischen Erstarrung und ökonomischen Ineffizienz zugrunde ging.

Klaus Hornung

Literatur:

Fetscher, Iring: Der Marxismus. Seine Geschichte in Dokumenten, München (3. Aufl.) 1989.

Hornung, Klaus: Das totalitäre Zeitalter. Bilanz des 20. Jahrhunderts, Frankfurt/M., Berlin 1993.

Kolakowski, Leszek: Die Hauptströmungen des Marxismus. Entstehung – Entwicklung – Zerfall, 3 Bde., München, Zürich (Neuausg.) 1989.

Leonhard, Wolfgang: Die Dreispaltung des Marxismus, Düsseldorf, Wien 1970.

Szczesny, Gerhard (Hrsg.): Marxismus – ernst genommen. Ein Universalsystem auf dem Prüfstand der Wissenschaften, Reinbek 1975.

Marxistische Philosophie

Die weltanschauliche und politische Bewegung des → *Marxismus-Leninismus* basiert auf bestimmten Annahmen, die von Karl Marx zu einer Lehre zusammengefügt wurden. Von ihren Anhängern wird sie als wissenschaftliche Philosophie bezeichnet. Deren Grundlagen sind der marxistische Materialismus und die marxistische Dialektik. Danach ist die Materie die einzige existierende Substanz, von der alles Geistige, Seelische, Ideelle abgeleitet ist (marxistische Ontologie). Die marxistische Dialektik ist die Theorie vom Zusammenhang, der Entwicklung und Bewegung in der Welt. Materialismus und Dialektik bedingen sich wechselseitig und bilden zusammen das Kategoriensystem des dialektischen Materialismus (Georg Klaus und Manfred Buhr). Um dialektische Gegensätze, aus denen fortschrittliche Synthesen entstehen sollen, zu erhalten, haftet den marxistischen Erklärungen der Phänomene oft eine konstruierte, der Wirklichkeit nicht entsprechende Einseitigkeit an (→ *Klassen und Klassenkampf*).

Karl Marx entwickelte seine Vorstellung, daß die Materie gegenüber dem Bewußtsein das Bestimmende und letztliche Primäre sei, in scharfem Gegensatz zu Aussagen der Religion und des philosophischen Idealismus seiner Zeit, nach denen der Geist das Ursprüngliche gegenüber der Materie ist.

Zur Materie gehören nach Karl Marx auch die gesellschaftlichen Verhältnisse, die als ökonomische Grundlagen allein das Leben der Menschen bestimmen. Danach existieren ökonomische Gesellschaftsformationen in Systemen materieller Produktionsverhältnisse, zu denen auch Familie und Nation gehören, soweit sie Strukturen der materiellen Produktionstätigkeit sind, sowie die ideologischen gesellschaftlichen Verhältnisse, die von den materiellen als „Überbau“ abgeleitet sind.

Nach marxistischem Verständnis besteht die Gesellschaft nicht aus der Summe der Individuen, sondern stellt eine Systemgesamtheit des wechselnden Verhaltens der ökonomisch bestimmten Individuen zueinander dar (marxistische Soziologie).

Der marxistische historische Materialismus meint die Triebkräfte des Geschichtsprozesses aufdecken zu können, indem er sie einseitig aus der dialektischen Wechselbeziehung zwischen Produktivkräften und Produktionsverhältnissen, Klassenkampf und sozialer Revolution erklärt. Die Volksmassen, nicht einzelne Persönlichkeiten, sind Schöpfer des Fortschritts in der Geschichte. Erst die → *sozialistische Umwälzung* der Gesellschaft unter der Führung der Arbeiterklasse führt zu einer Assoziation der Werktätigen. Die marxistische → *Geschichtsauffassung* ist dementsprechend auf ökonomische Prozesse reduziert und erklärt Geschichte als eine angeblich objektive, dialektische, materialistisch-ökonomische Bewegung, als Produktionsgeschichte.

Der marxistische Materialismus ist selbstverständlich atheistisch (→ *Atheismus*). Damit entfällt die metaphysische Verankerung des Individuums und seine individuelle Verantwortung vor der absoluten Instanz Gottes (→ *Grund- und Menschenrechte*; → *Rechtsverständnis*). Als neuer absoluter Bezugspunkt erscheinen die überindividuelle menschliche Gattung, das gesellschaftliche → *Kollektiv*, die den gesellschaftlichen Fortschritt bewirkende sozialistische Arbeiterklasse und ihre Partei. Mit diesem sozialistischen Menschenbild (marxistische Anthropologie) werden die → *Diktatur des Proletariats* und der repressive Charakter des → *Sozialismus* begründet.

Das materialistische Menschenbild (→ *marxistisches Menschenbild*) der marxistischen Philosophie reduziert das Wesen des Menschen auf die → *Arbeit*, die Produktion und die hervorgebrachten Produkte. Denn als lebendige Naturwesen unterscheiden sich die Menschen von den Tieren nicht durch das Bewußtsein, die Religion und andere „Hirngespinste“, sondern dadurch, daß sie ihre Lebensmittel produzieren im Gegensatz zu den Tieren, die ihre Nahrung vorfinden und verzehren.

Was die Individuen sind, hängt von den materiellen Bedingungen ihrer Produktion ab. Durch diesen anthropologischen Ansatz gewinnt die Arbeit in der Produktionsgemeinschaft einen zentralen Stellenwert. Sie ist das Mittel der menschlichen Entwicklung und Erfüllung schlechthin sowohl in historischer Sicht wie in der Bewertung des einzelnen Menschen. Deshalb ist „Arbeitsscheu" strafbar (→ *Betriebe*) und Tätigkeit außerhalb des gesamtgesellschaftlichen Produktionsprozesses wertlos. Man kann daher von marxistischer Arbeitsanthropologie sprechen (Hornung). Auch das Idealbild der → *sozialistischen Persönlichkeit* ist durch die aktive Lebensgestaltung im Kollektiv und im gesamtgesellschaftlichen Produktionsprozeß bestimmt.

In der marxistischen Anthropologie wurzelt die Eigentumsfeindschaft. Da das → *Eigentum* dem Individuum eine gewisse Unabhängigkeit und (nach Karl Marx) Ausbeutungsmöglichkeit verleiht, wird die Eigentumslosigkeit bzw. die Teilhabe am Gemeinschaftseigentum propagiert und darin die Bedingung für die Befreiung aller Menschen und für die Herstellung einer klassenlosen Gesellschaft gesehen. An dieser Irrlehre hielten die sozialistischen Machthaber noch fest, als sich zeigte, daß auch im Sozialismus nach den verschiedenen Enteignungen Klassenunterschiede bestehen blieben bzw. sich neu bildeten (→ *Klassen und Klassenkampf*).

Roswitha Wisniewski

Literaturhinweise:

Hornung, Klaus: Der faszinierende Irrtum. Karl Marx und die Folgen, Freiburg 1978.

Kolakowski, Leszek: Die Hauptströmungen des Marxismus, 3 Bde., München, Zürich (Neuausg.) 1989.

Künzli, Arnold: Mein und Dein. Zur Ideengeschichte der Eigentumsfeindschaft, Köln 1986.

Lübbe, Hermann: Philosophie nach der Aufklärung, Düsseldorf 1980.

Pannenberg, Wolfhart: Anthropologie in theologischer Perspektive, Göttingen 1983.

Wetter, Gustav. A.: Der dialektische Materialismus, Wien 1952.

Zimmermann, Albert: Der Mensch in der modernen Philosophie, Essen 1975.

Marxistisches Menschenbild

Die SED betrachtete sich als Vollstreckerin der Marxschen Auffassung, daß der Mensch das höchste Wesen für den Menschen sei und daß es gelte, alle Verhältnisse umzuwerfen, in denen er ein erniedrigtes und geknechtetes Wesen sei.

Im marxistischen Menschenbild bündeln sich mehrere Deutungskomponenten. Die materialistische Metaphysik läßt den Menschen als Resultat der gesetzmäßigen Entwicklung der ewigen Materie, als das höchstentwickelte Produkt der Evolution erscheinen (→ *marxistische Philosophie*). Alle alternativen naturwissenschaftlichen, philosophischen und religiösen Interpretationsmodelle, die diese Sicht beeinträchtigen können, werden dezidiert abgewiesen. Die gesellschaftstheoretische Perspektive des historischen Materialismus stellt die Wechselbeziehung zwischen Individuum und Gesellschaft in den Vordergrund und bestimmt den Menschen als das Produkt der ihn umgebenden Gesellschaft, als „das Ensemble der gesellschaftlichen Verhältnisse". Damit ist die Gleichung „neue Gesellschaft gleich neuer Mensch" vorgegeben. Subjektivität und konkrete Individualität des Menschen wurden betont nicht als solche thematisiert, sondern stets als Derivate des gesellschaftlichen Milieus betrachtet. Angesichts der sozialen Determiniertheit seines Verhaltens war der Mensch essentiell über Art und Charakter seiner sozialen und gesellschaftlichen Interaktion zu definieren. Im Spektrum dieser Interaktion kommt der → *Arbeit* eine konstitutive Bedeutung zu: Als animal sociale unterscheidet sich der Mensch von allen anderen Lebewesen durch das Vermögen zur Arbeit – sie hat auch seine naturgeschichtliche Hominisierung ausgelöst (Friedrich Engels) –; folglich muß er in den gesellschaftlichen Produktions- und Reproduktionsprozessen Sinn und Erfüllung finden. Dabei wird das Schöpfer- bzw. Selbstschöpfertum des Menschen plakativ hervorgehoben.

Diese Prämissen werden wiederum auf die Grundlagen der Doktrin des → *Klassenkampfes* gestellt. Der Antagonismus zwischen bürgerlicher und sozialistischer Gesellschaft wird immer auch als ideologischer Gegensatz zwischen zwei heterogenen Menschenbildern betrachtet. Eine maßlose Schwarz-Weiß-Zeichnung sieht den Menschen unter der „Herrschaft des Kapitals" in Entfremdung, Vereinzelung und Verdorbenheit. Demgegenüber bringe erst die sozialistische Gesellschaft seine (ursprünglich guten) Anlagen zu freier, produktiver Entfaltung. Die negativen Eigenschaften des Menschen werden monokausal auf die Unterdrückungssituation zurückgeführt, die – abgesehen von der quasikommunistischen Urgesellschaft – in allen vorsozialistischen Gesellschaftsformationen geherrscht und den Menschen unter dem „Wolfsgesetz des Kapitalismus" zum verzweifelten, egoistischen Einzelgänger disponiert habe. Der kommunistische Mensch könne sich demgegenüber weder selbstsüchtig noch böse verhalten. Das unbestreitbare moralische Versagen der Menschen im DDR-Alltag wurde offiziell als Überbleibsel einer absterbenden Epoche bewertet, dem durch gesellschaftlichen Fortschritt und durch Aufklärungs- und Erziehungsarbeit zu begegnen sei.

Da die Frage nach dem Wesen des Menschen als Klassenfrage traktiert wurde, gewann das dekretierte Menschenbild die Position eines Kampfbegriffs in der Auseinandersetzung mit den politischen Systemen des Westens und den im eigenen Machtbereich vermuteten Gegnern. Eine eigenständige anthropologische Forschung, welche nach allgemeinen, systemunabhängigen Determinanten des Menschseins gefragt hätte, wurde bezeichnenderweise verworfen. Die politisch unvoreingenommene Aufhellung der Spezifika der Conditio humana galt als Irrtum bürgerlicher Philosophie und wurde als Rückfall hinter die Marxsche Lehre attackiert. Das hatte schwerwiegende anthropologische Defizite zur Folge. Sie wurden mit der Auskunft verdeckt, daß nur der → *Marxismus-Leninismus* alle anthropologischen Fragen wissenschaftlich beantworte und der historische Materialismus auch als die hinreichende philosophische Theorie vom Menschen begriffen werden müsse. Demzufolge galt nur eine parteiliche Deutung des Menschseins als angemessen, fungierte → *Parteilichkeit* im Klassenkampf als hervorstechendes Merkmal des neuen Menschen bzw. der → *sozialistischen Persönlichkeit.*

Die ideologische und politische Umsetzung des marxistischen Menschenbildes erfolgte vorrangig auf dem Feld der → *Moral und Ethik* und dem der Bildungspolitik (→ *Bildungswesen*). Das Menschenbild und die ihm zugrundeliegenden Theorieelemente des Marxismus-Leninismus wurden als Kategorienschema für die Gewinnung der neuen moralischen Normen gehandhabt, die für die Lebensweise im Sozialismus bzw. auf dem Weg zum Kommunismus Geltung erlangen sollten. Die politischen und weltanschaulichen Werte des Sozialismus waren in alltagsbezogene Verhaltensnormative umzusetzen. Zeitweise wurde unverhüllt der Anspruch erhoben, das moralische Verhalten der Werktätigen zu planen und zu steuern, wobei die SED natürlich auch hier ihre Führungsrolle proklamierte. Die sozialistische Gesellschaft – so hieß es – habe die dafür erforderlichen politischen, ökonomischen und ideologischen Voraussetzungen geschaffen und den Weg zum Kommunismus eröffnet, auf den die Menschheitsentwicklung gesetzmäßig hinlaufe. Man hielt es für erwiesen, daß die von Ausbeutung und Klassenkämpfen freie Zukunftsgesellschaft einen neuen Menschentypus hervorbringe, der sich durch kommunistisches Bewußtsein, höchste Bildung, Schöpferkraft, Harmonie mit der Gesellschaft und den Mitmenschen, moralische Vollkommenheit, materiellen Wohlstand und ein stabiles Glückserleben auszeichnen werde. Dieser Zustand werde bereits im real existierenden Sozialismus angebahnt; der „neue Mensch" beginne sich hier ebenso auszuprägen, wie er erzieherisch zu formen sei. Der Rückgriff auf die vormarxistischen Traditionen des Humanismus diente sowohl der Legitimation des marxistisch-leninistischen Sendungsbewußtseins als auch seinem Überbietungsanspruch. Stereotyp wurde die Auffassung verfochten, daß erst der Sozialismus als politisches System die komplexe Verwirklichung aller progressiven Menschheitsideale gestatte und die historischen Bedingungen dafür hergestellt habe, daß das humanistische Persönlichkeitsideal erstmals als Massenerscheinung realisiert werde.

Im Kontext dieser Hypothesenbildungen gewann die Frage nach dem sozialistischen Menschenbild eine programmatische Bedeutung. In den 50er und 60er Jahren dominierte das neue Menschenbild unmittelbar als ideologischer und propagandistischer Leitbegriff. In der Honecker-Ära wurde es zunehmend durch den Zielgedanken der allseitig entwickelten sozialistischen Persönlichkeit und ihrer Bewußtseinsbildung ergänzt und abgelöst. Es kam zu einer gewissen Verfeinerung der systemimmanenten weltanschaulichen und politischen Konzeption vom Menschen, keineswegs aber zu deren Revision. Die Tendenz zur Verklärung des sozialistischen Menschen und zu seiner heroischen Stilisierung, wofür sogar Prometheus und Faust ins Feld geführt wurden, behauptete sich durchgängig. Im Unterschied zu den ideologischen Postulaten in der DDR-Philosophie und -Pädagogik und zu den parteiinternen Sprachregelungen lassen sich jedoch bemerkenswerte Differenzierungen, partiell sogar deutliche Problematisierungen, für die Bereiche der → *Bildenden Kunst* und der → *Literatur* nachweisen.

Walter Ulbricht verkündete 1958 die Zehn Gebote der sozialistischen Moral und die ihnen zuzuordnenden Kataloge sozialistischer Verhaltensnormen und Handlungswerte (→ *Moral und Ethik*). Charakteristisch waren die einseitige Ausrichtung auf Pflichtwerte (sozialistisches Pflichtgefühl) und die Marginalisierung der Selbstentfaltungswerte: Die sozialistische Moral zeichne sich durch die Bereitschaft der Menschen aus, ihre eigenen Interessen hinter die Erfordernisse der Gesamtgesellschaft zurückzustellen. Das Ganze wirkte wie ein Gemisch von postrevolutionärem Pathos und kleinbürgerlichen Ehrenkodizes, das in die alles umgreifenden Parameter der sozialistischen Gesinnung und Überzeugungstreue eingetragen wurde.

Schwerwiegende Konsequenzen zeitigten die Normative des sozialistischen Menschenbildes im gesamten Bildungsbereich, wo faktisch jeder DDR-Bürger – mittelbar in der Elternrolle, unmittelbar als Schüler, Lehrling oder Student – dem erzieherischen Leitkonzept der allseitig entwickelten → *sozialistischen Persönlichkeit* ausgesetzt wurde, die fest auf dem Boden der sozialistischen Gemeinschaft zu stehen hatte und untrennbar mit ihr verbunden sein sollte. Die Entwicklung von Kenntnissen, Fähigkeiten, Bewußtseinsinhalten, Überzeugungen und Charaktereigenschaften stand stets unter dem Druck einer allgewaltigen Konformisierung im Namen des vermeintlichen historischen Fortschritts, faktisch: des Herrschaftsanspruchs der SED. In den 70er Jahren wurde die DDR-Pädagogik direkt auf das Ziel der kommunistischen Erziehung verpflichtet.

Das von der SED propagierte Menschenbild ist als hochgradig reduktionistisch einzuschätzen. Es basierte auf einer Vielzahl verkehrter Annahmen, die den faktischen Phänomenen gelebten Menschseins nicht Rechnung trugen. Der weltanschauliche Materialismus und die geschichtsphilosophischen Konstruktionen verhinderten systematisch jedes Bewußtsein für die Unverfügbarkeit der Person und ihrer Würde. Daß das politische Handeln zuerst die Freiheit und Integrität der Person zu respektieren habe, wurde als bürgerliches Täuschungsmanöver abgetan. Die geduldige anthropologische Analytik systemunabhängiger Prägungen der Conditio humana wurde als Abstraktion kritisiert, so daß die Frage gar nicht erst aufkommen konnte, ob der grenzenlose Optimismus gegenüber der ideologiekonformen Vervollkommnung des Menschen nicht auf seine massive Überforderung hinauslaufe. Die Ideologie besaß kein Gespür für die Fragilität der menschlichen Existenz und der naturgemäßen Grenzen der menschlichen Handlungsfähigkeit.

Durch die Verabsolutierung der sozialen Seite der menschlichen Tätigkeit geriet die konkrete Individualität in den Sog ihrer Vergesellschaftung. Die individuelle Selbstbeziehung der Person stand im Schatten der gesellschaftlich verwalteten Sozialbeziehungen. Folglich wurde der Sozialisation im → *Kollektiv* und in der Arbeitswelt eine höhere Bedeutung beigemessen als der Sozialisation in Elternhaus und Familie. Die für das psychosoziale und rechtliche Gleichgewicht der modernen Gesellschaft grundlegende Unterscheidung von Privatheit und Öffentlichkeit wurde entdifferenziert: Für Erziehungsfragen war letztlich immer die SED zuständig. Da die Menschen sich faktisch anders verhielten, als es die Ideologie vorsah, mußten sie ständig belehrt und angeleitet werden. Hinter der Losung „Arbeit mit dem Menschen“ verbarg sich ein umfassender Erziehungsanspruch, so daß es nicht übertrieben war, die DDR-Welt als Erziehungsgesellschaft zu kennzeichnen und der SED die Tendenz zur politisch instrumentalisierten Ethikokratie nachzusagen.

Existentielle Lebensfragen, ausgelöst durch die Krisen des Lebens, das Leiden, die Trauer, den Tod, die Verwundbarkeit und Angstbestimmtheit der menschlichen Existenz, wurden zumeist mit Scheinlösungen versehen, die die tatsächliche Last solcher Daseinserfahrungen ignorierten. Die diesbezügliche Erbauungsliteratur suggerierte die Souveränität des neuen Menschen und die Überlegenheit seiner wissenschaftlichen Weltanschauung gegenüber den religiösen Antwortversuchen, die aus der Sicht des systemspezifischen → *Atheismus* als antiquiert eingestuft wurden. Gerne wurde die „Geborgenheit" herausgestellt, die die sozialistische Gesellschaft jedem Bürger vermittle. Die Parole von der „politisch-moralischen Einheit des Volkes" beschwor eine vom Pluralismus unberührte homogene Welt, die dem Individuum Heimat gibt, wenn es sich nur erwartungsgemäß verhält. Mit derartigen Klischees wurden die faktischen Herrschaftsverhältnisse und der der Bevölkerung auferlegte Zwang zur Anpassung gezielt verschleiert.

Zu keiner Zeit ist der hohe Anspruch eingelöst worden, die der „Ausbeutergesellschaft" zugewiesene Erniedrigung und Verknechtung des Menschen zu überwinden. Der Geburtsfehler des marxistischen Menschenbildes, seine klassenkampftheoretische Positionierung, verhinderte systematisch die Kultivierung des Humanismus, den die SED beerben und qualitativ überbieten wollte. Manipulation und Instrumentalisierung der menschlichen Person waren denkerisch angelegt und politisch gewollt, auch wenn das als Erfüllung humanistischer Ideale deklariert wurde. In einem seiner Gedichte hat Reiner Kunze das Dilemma des marxistischen Menschenbilds treffsicher pointiert: „Im mittelpunkt steht der mensch / Nicht der einzelne".

Die Folgen des ideologisch präparierten Menschenbildes und der ihm gewidmeten Politik bekam im DDR-Alltag jeder zu spüren, sei es, daß er sich den Tugendwerten der sozialistischen Persönlichkeit willig (oder unwillig) beugte, sei es, daß er sich dagegen abzuschirmen oder gar aufzulehnen versuchte. Aus dem Menschenbild ergaben sich die Bewertungskriterien für schulische und berufliche Entwicklungs- und Aufstiegsmöglichkeiten. Es fand seinen Niederschlag in jeder Schülerbeurteilung und in jedem Kadervermerk. Parteilichkeit, linientreues Bewußtsein und die „Ergebenheit" gegenüber den politischen Optionen der SED wurden mit Karrierechancen honoriert. Wer es hingegen am erforderlichen Klassenstandpunkt und der erwarteten Überzeugungstreue fehlen ließ, wurde behindert und bei Renitenz gemaßregelt. Oft führten schon Kirchenzugehörigkeit oder von der → *Militarisierung der Gesellschaft* abweichende Gewissensentscheidungen zu gravierenden Benachteiligungen. Das Menschenbild des Marxismus-Leninismus förderte die Ausgrenzung aller, die seinen Normativen nicht entsprachen oder gegen sie verstießen. Die sozialistische Praxis entlarvte das Menschenbild der SED als das, was es war: das anmaßende Konstrukt eines politisch operationalisierten, humanistisch verbrämten Antihumanismus.

Michael Beintker

Literaturhinweise:

Eichhorn, Wolfgang u. a. (Hrsg.): Das Menschenbild der marxistisch-leninistischen Philosophie, Berlin (Ost) 1969.
Hanke, Irma: Vom neuen Menschen zur sozialistischen Persönlichkeit. Zum Menschenbild der SED, in: Deutschland Archiv 9 (1976), S. 492-515.
Miller, Reinhold: Vom Werden des sozialistischen Menschen, Berlin (Ost) 1960.
Schlosser, Herta: Wandel in der marxistisch-leninistischen Auffassung von Menschen. Zur Entwicklung der Persönlichkeitstheorie, 2 Bde., Königstein/Ts. 1981.

Massenmedien

Lenin verlangte 1901 mit dem Blick auf das vorrevolutionäre Rußland, die Zeitung müsse ein kollektiver Agitator, Propagandist (→ *Agitation und Propaganda*) und Organisator sein. Seine Nachfolger erhoben diese Zweckbestimmung zum Dogma und erweiterten sie später auf die damals noch unbekannten elektronischen Medien, den Hörfunk und das Fernsehen. Die Gründung und Entwicklung der Massenmedien in der SBZ/DDR vollzog sich nach den Vorgaben der sowjetischen Besatzungsmacht und orientierte sich – mit Pluralismus vortäuschenden Scheinkonzessionen – an der stalinistisch geprägten kommunistischen Medienpolitik.

Presse: Ostentativ stellte die Sowjetunion im Frühjahr 1945 ihre antideutsche Propaganda auf Sympathiewerbung um, indem sie beispielsweise als erste Siegermacht des Zweiten Weltkrieges die Neugründung von Parteien veranlaßte, denen sie zugleich Lizenzen zur Herausgabe von Parteizeitungen erteilte. Später gestattete sie dies auch den neugegründeten kommunistischen → *Massenorganisationen*, → *FDGB* und → *FDJ* sowie zeitweilig sogar privaten Lizenzträgern, die teilweise aber nur als Strohmänner sowjetischer Kontrolloffiziere fungierten. Einen Tag nach der Zwangsvereinigung von → *SPD* und KPD zur → *SED* erschien am 23. April 1946 erstmals deren Zentralorgan Neues Deutschland, das es bereits im ersten Erscheinungsjahr auf eine Auflage von 537 000 Exemplaren brachte. 1947 gab es in der SBZ 80 Tageszeitungen mit einer Gesamtauflage von 8,5 Mio. Exemplaren. Dazu kamen 89 Wochenzeitungen und 20 Zeitschriften. Nur ca. 20% der Tageszeitungsauflage entfielen damals auf die Zeitungen der nichtkommunistischen Parteien. 1988 belief sich deren Anteil lediglich auf 8,6% der Gesamtauflage aller Tageszeitungen, die bei 9,7 Mio. Exemplaren lag. Seit Anfang der 50er Jahre veränderte sich die Presselandschaft nur noch unwesentlich. Nahezu konstant erschienen seither 30 Wochenzeitungen und 39 Tageszeitungen. Von den letzteren waren 17 im direkten Besitz der SED, vier gaben Massenorganisationen heraus und 18 waren Zentralorgane beziehungsweise Gebietszeitungen der Blockparteien (→ *Blockpolitik*), denen insgesamt ein Papierkontingent zugeteilt wurde, das nur für eine Gesamtauflage von 834 000 Exemplaren reichte. Die direkt dem SED-ZK unterstellte Zentrale Druckerei-, Einkaufs- und Revisionsgesellschaft mbH verfügte zudem über 90% der Druckkapazitäten in der DDR. Die quantitativen Benachteiligungen der Blockparteipresse waren allerdings insofern unerheblich, als sie ohnehin keinerlei Spielraum in ihrer politischen Berichterstattung hatte. Schließlich erfaßten die eingespielten und ständig perfektionierten Lenkungsmechanismen des SED-ZK alle DDR-Medien gleichermaßen (→ *Meinungsmonopol*).

Hörfunk: Bereits am 13. Mai 1945 nahm der in den leitenden Funktionen mit Kommunisten besetzte Berliner Rundfunk auf Weisung des sowjetischen Stadtkommandanten den Sendebetrieb auf. Um die Jahreswende 1945/46 gingen in der SBZ Landessender in Leipzig, Dresden, Schwerin, Weimar, Potsdam und Halle auf Sendung. Sie unterlagen sowohl der sowjetischen Zensur als auch der Kontrolle der Deutschen Verwaltung für Volksbildung. Aus deren Rundfunkreferat entstand im August 1946 die „Generalintendanz des deutschen demokratischen Rundfunks“. Mit der 1952 vollzogenen Auflösung der fünf Länder wurden zugleich die bis 1989 in ihren Grundzügen nicht mehr veränderten zentralistischen Strukturen des Hörfunks gebildet. Die Sender wurden dem neugegründeten Staatlichen Rundfunkkomitee unterstellt, das seinerseits hinsichtlich der Programminhalte und -gestaltung von der Abteilung Agitation im SED-ZK angeleitet und kontrolliert wurde. 1988 unterstanden dem Staatlichen Rundfunkkomitee fünf Sender mit einem Sendeangebot von täglich 260 Stunden. Das waren: Radio DDR mit zwei, auch von Regionalstudios gespeisten Programmen, der Berliner Rundfunk als „repräsentativer Hauptstadtsender“, die vorrangig für deutschsprachige Hörer außerhalb der DDR gestaltete Stimme der DDR, das in elf Sprachen sendende Radio Berlin International sowie das seit 1987 mit eigener Intendanz ausgestattete Jugendradio DT 64.

Fernsehen: Die Vorbereitungen zur Einrichtung eines Fernsehfunks begannen auf der Grundlage eines diesbezüglichen Ministerratsbeschlusses vom März 1950. Am 21. Dez. 1952, zu Stalins 73. Geburtstag, eröffnete das DDR-Fernsehen um 20.00 Uhr sein Programm mit der Ausstrahlung der Nachrichtensendung Aktuelle Kamera. Zuvor war bereits innerhalb des Staatlichen Rundfunkkomitees ein Intendanzbereich Deutscher Fernsehfunk gebildet worden. Nicht zuletzt aufgrund der rasanten Entwicklung des Fernsehens zum einflußreichsten Massenmedium in Ost und West wurde dieser Intendanzbereich 1968 aus dem Rundfunkkomitee ausgegliedert und zum Staatlichen Fernsehkomitee aufgewertet. Die Medienverantwortlichen im SED-ZK nahmen dies zum Anlaß, sich in der Folgezeit den Programminhalten des Fernsehens mit der gleichen kritischen Intensität wie bei ihrem Zentralorgan Neues Deutschland oder beim → *ADN* zu widmen. 1969 begann der Deutsche Fernsehfunk, der sich 1972 im Zuge der Abgrenzungspolitik gegenüber der Bundesrepublik in Fernsehen der DDR umbenannte, mit der regelmäßigen Ausstrahlung eines zweiten Programms. Im Konkurrenzkampf mit dem bundesdeutschen Fernsehangebot erbrachte dies jedoch keine höhere Zuschauerakzeptanz. Daran änderte sich auch in den 80er Jahren nichts, obwohl das DDR-Fernsehen sich verstärkt um ein westlich orientiertes Unterhaltungsangebot bemühte und auch hohe Investitionen zur Verbesserung des Jugendprogramms tätigte. Doch die Aktuelle Kamera oder Karl-Eduard von Schnitzlers gegen die Bundesrepublik gerichtete, haßerfüllte Propagandasendung „Der Schwarze Kanal“ hatten mit ihren in der Regel weit unter 10% liegenden Einschaltquoten eine derart abschreckende Wirkung, daß die überwiegende Mehrheit der DDR-Bewohner das Westfernsehen, auch im Hinblick auf Vorgänge im eigenen Umfeld, als zuverlässigere Informationsquelle bevorzugte.

Gunter Holzweißig

Literaturhinweise:

Diller, Ansgar: Der Rundfunk als Herrschaftsinstrument der SED, in: Materialien der Enquete-Kommission, a.a.O., Bd. II, 1, S. 1214-1242.

Geserick, Rolf: 40 Jahre Presse, Rundfunk und Kommunikationspolitik in der DDR, München 1989.
Holzweißig, Gunter: Massenmedien in der DDR, Berlin (2. Aufl.) 1989.
Holzweißig, Gunter: Die Presse als Herrschaftsinstrument der SED, in: Materialien der Enquete-Kommission, a.a.O., Bd. II, 3, S. 1689-1722.
Ludes, Peter: Das Fernsehen als Herrschaftsinstrument der SED, in: Materialien der Enquete-Kommission, a.a.O., Bd. II, 3, S. 2194-2217.
Müller, Silvia: Der Rundfunk als Herrschaftsinstrument der SED, in: Materialien der Enquete-Kommission, a.a.O., Bd. II, 4, S. 2287-2326.

Massenorganisationen

Mit dem von der SED geführten System der Massenorganisationen (auch als gesellschaftliche Organisationen bezeichnet) versuchte die Partei die umfassende Erfassung der Bevölkerung der SBZ/DDR durchzusetzen. Diese sich überschneidenden, arbeitsteilig funktionierenden und fremdbestimmten Organisationen sollten jede soziale Gruppierung, Altersgruppe, Berufsgruppe oder Interessengemeinschaft erfassen. Sie hatten für ihren Bereich jeweils das Organisationsmonopol (Einheitsverbände), das nur partiell kirchliche Einrichtungen durchbrachen. Den in der → *Nationalen Front* zusammengefaßten Verbänden war von der SED die Aufgabe gestellt, die spezifischen Interessen, täglichen Bedürfnisse und Unzufriedenheiten einzelner Bevölkerungsgruppen aufzunehmen, zu artikulieren, zu kanalisieren und im zur Systemstabilisierung notwendigen Maß auch zu vertreten. Gleichzeitig sollte Kritik bereits an der „Basis" unterdrückt bzw. in für die SED genehme Bahnen gelenkt werden. Die Massenorganisationen waren Träger einer umfassenden Schulung, ständiger Propaganda und Bevölkerungskontrolle, sie beteiligten sich an der Herausbildung SED-treuer → *Kader,* sorgten für den Nachwuchs der Staatspartei und übernahmen immer wieder auch Aufgaben bei der Überbrückung volkswirtschaftlicher Schwierigkeiten. Gleichzeitig ermöglichten die Massenorganisationen Teilen der Bevölkerung eine als sinnvoll betrachtete Freizeitgestaltung, und die Berufsverbände vertraten darüber hinaus im begrenzten Maße berufsspezifische Interessen.

Grundsätzlich beharrte die SED gegenüber den Massenorganisationen auf ihrem Organisationsmonopol, gewährte diesen gleichzeitig aber eine begrenzte Selbständigkeit. So waren die Verbände teilweise durch eigene Abgeordnete in der → *Volkskammer* vertreten, sicherten dort aber letztlich nur das numerische Übergewicht der SED. Die Programme und Satzungen der Massenorganisationen erkannten – entsprechend dem Prinzip des → *demokratischen Zentralismus* – den → *Führungsanspruch der SED* an. Die hauptamtlichen Funktionäre, namentlich auf der zentralen Ebene, waren Kadernomenklatur (→ *Nomenklatur*) der SED. Die Massenorganisationen waren teilweise von der SED finanziell abhängig, und letztlich war ihre Existenz weitgehend an die der Staatspartei gebunden. SED-Einrichtungen und Staatssicherheit kontrollierten auch die Zuverlässigkeit der Massenorganisationen. Widersprüche zwischen dem Herrschaftsanspruch der SED und Einzelinteressen der Verbände löste die herrschende kommunistische Partei immer in ihrem Interesse.

Die Massenorganisationen waren ein integraler Bestand des Alltags in der DDR, ohne allerdings das Leben der Bevölkerungsmehrheit tiefgehend prägen zu können. Sie beteiligten sich an dem der Huldigung der SED-Führung dienenden pseudoreligiösen Kult und an der alltäglichen Nötigung der Bevölkerung, sich durch Lippenbekenntnisse zum politischen System zu bekennen. Gleichzeitig dienten die Massenorganisationen auch dem Ziel der SED, die Menschen in der DDR in ihr diktatorisches System einzuordnen, sie mundtot zu machen und auf einem möglichst niedrigen und gleichen Niveau zu halten, aus dem nur ein kleiner mit Privilegien ausgestatteter Funktionärskader und Reisekaderstamm (→ *Kader*; → *Reisekader*) aufragte. Mit geringen Leistungen konnte man sich hier in einem gut gelittenem Mittelfeld halten, Individualität außerhalb der der SED genehmen Bahn galt als verdächtig und wurde geahndet.

Wenn auf der einen Seite die Mitgliedschaft in Massenorganisationen für ihre Funktionäre die Nutzung eines abgestuften Privilegiensystems möglich machte, so galt sie auf der anderen Seite bei einer Mehrheit der Bevölkerung – die die Herrschaft der SED aus politischen oder weltanschaulichen Gründen ablehnte oder eine Mitarbeit in ihr auch nur als zu beschwerlich empfand – auch als eine Möglichkeit, sich vor dem Eintritt in diese Partei zu schützen. Das führte ebenfalls dazu, daß in der DDR die Häufung von Mitgliedschaften in verschiedenen Massenorganisationen sehr oft anzutreffen war und offiziell gefördert bzw. erzwungen wurde. Typisch war etwa die Kombination: Mitgliedschaft im → *FDGB*, in der → *FDJ*, in der → *Gesellschaft für Deutsch-Sowjetische Freundschaft* und im → *DTSB*. Bei der Frage eines eventuellen Eintritts in eine Massenorganisation gab es verbreitet auch informellen Druck durch die jeweiligen Arbeitskollegen, Kommilitonen oder Mitschüler, da z.B. von der hundertprozentigen Mitgliedschaft eines Kollektivs im FDGB oder in der DSF eine Prämie bzw. ein mit einer Geldzuwendung verbundener Titel abhängen konnte. Eine Rolle spielte dabei auch das organisationseigene Gruppenleben, das bei gemeinsamen Feiern oder Fahrten durchaus als angenehm empfunden werden konnte.

Für das äußere Erscheinungsbild der Massenorganisationen hatte die Teilnahme an sozialistischen → *Feiern* und an Demonstrationen eine wichtige Bedeutung. Besonders beim Vorbeimarsch vor den „Repräsentanten von Partei und Staat" gab es gelegentlich Zustimmung, ganz selten jedoch Begeisterung, die regelmäßig nach dem Ende der Veranstaltung erloschen. Daran änderte auch die Verbindung der Großdemonstrationen mit Volksfesten nichts. Auch die von Massenorganisationen mitverteilten → *Auszeichnungen* und Prämien dienten der Bindung an die SED-Herrschaft.

Systemstabilisierend wirkten auch die mit Funktionen in Massenorganisationen verbundenen gesellschaftlichen Aufstiegsmöglichkeiten, die oft von einer Funktion zur nächsten und von der ehrenamtlichen zur hauptamtlichen Tätigkeit führten. Es gab aber auch Fälle, wo Funktionen übernommen wurden, um sich politisch zu rehabilitieren, Schlimmeres zu verhüten, Veränderungen zu betreiben oder sich mit einer niedrigen oder unwichtigen Funktion vor einem angeblichen oder angenommenen Zwang zur Übernahme einer wichtigeren und mehr Engagement verlangenden Tätigkeit zu schützen.

Viele Funktionen in Massenorganisationen betrachtete die Bevölkerungsmehrheit nur mit Ironie und Spott. Wer Legitimation oder Wertsteigerung für seine Person daraus ziehen wollte, war hierbei auf die Minderheit der dem System aus Überzeugung dienenden Bewohner der DDR angewiesen.

Geschichte: Die Errichtung von Massenorganisationen war in der SBZ durch den Befehl Nr. 2 der → *SMAD* ermöglicht worden, der die Zulassung von Parteien und das „Recht zur Vereinigung in freien Gewerkschaften und Organisationen" deklarierte. Personell wurden sie in der Sowjetischen Besatzungszone wie auch in der DDR vor allem von der Generation getragen, die nach der Verdrängung eines nicht unbedeutenden Teils des Bürgertums in den Westen nach 1945 ihren Platz auf der Aufstiegsleiter eingeräumt bekam. Eine Ausnahme machte hier die → *Pionierorganisation*, die unter ihrem leitenden Personal auch jüngere Mitglieder besaß. Die Massenorganisationen in der SBZ waren formal überparteilich, wurden jedoch schon unmittelbar nach ihrer Gründung bzw. in den ersten Jahren ihres Bestehens mit Unterstützung der sowjetischen Besatzungsmacht von der SED dominiert. Diesen Zustand legitimierten alle Massenorganisationen offiziell in den 50er Jahren, als sie die führende Rolle der SED anerkannten und diese Unterordnung bis zum Ende der DDR nicht aufgaben. In den 60er Jahren wurden die Massenorganisationen für die SED bei deren Machterhaltung wichtiger als die Blockparteien, weil sie weitaus mehr Menschen intensiv erreichten. Das führte dazu, daß seit Anfang der 70er Jahre die SED besonders der FDJ und dem FDGB verstärkt Aufgaben bei der Lösung sozialer Probleme, der Jugendpolitik, bei der Ferien- und Urlaubsgestaltung und der Organisierung der Freizeit übertrug. Im Herbst 1989 konnten die Massenorganisationen weder etwas zur Herrschaftsstabilisierung der SED beitragen, noch die gegen das totalitäre System auftretenden Gruppierungen unterstützen. Mit dem Zusammenbruch von SED und DDR war in der Regel auch ihr Ende gekommen. Sie lösten sich zum Teil auf, gingen in bundesdeutsche Organisationen auf oder existieren mit Ausnahme der Volkssolidarität als sektiererische Kleingruppen weiter.

Einzelne Massenorganisationen: Die Massenorganisationen der DDR lassen sich grundsätzlich in solche einteilen, die durch ihre Einbeziehung in „Volksvertretungen" hervorgehoben waren: → *FDGB*; → *FDJ*; → *DFD*; → *Kulturbund*; Vereinigung der gegenseitigen Bauernhilfe (VdgB); Konsumgenossenschaften der DDR (Konsum). Daneben gar es Verbände bzw. Organisationen ohne Fraktionen in der Volkskammer: Volkssolidarität; → *GST*; → *DTSB*; Deutsches Rotes Kreuz; Domowina (→ *Sorben*); → *VKSK*; Vereinigung der Verfolgten des Naziregimes (VVN)/Komitee der Antifaschistischen Widerstandskämpfer der DDR; Solidaritätskomitee der DDR; URANIA; Blinden- und Sehschwachen-Verband der DDR (BSV); Gehörlosen- und Schwerhörigen-Verband der DDR; Jagdgesellschaften, u.a. Dazu kamen die verschiedenen Berufsverbände: → *Schriftstellerverband*; Verband der Theaterschaffenden; Verband der Film- und Fernsehschaffenden; Verband Bildender Künstler der DDR; Bund der Architekten; Verband der Journalisten; Vereinigung der Juristen der DDR; Verband der Komponisten und Musikwissenschaftler der DDR; Historikergesellschaft der DDR.

Eine andere Möglichkeit ist die Einteilung in Massenorganisationen, die schon in der SBZ (wie FDGB, FDJ, DFD, Kulturbund) und solche, die in der Regel in den 50er und 60er Jahren gegründet wurden.

Rainer Eckert

Literaturhinweise:

Eckert, Rainer: Zur Rolle der Massenorganisationen im Alltag der DDR-Bevölkerung, in: Materialien der Enquete-Kommission, a.a.O., Bd. II, 2, S. 1243-1300.

Erfassung und Einführung des Menschen im SED-Staat: Zur Rolle der Blockparteien und Massenorganisationen, in: Materialien der Enquete-Kommission, a.a.O., Bd. II, 1, S. 277-414.

Henkel, Rüdiger: Im Dienste der Staatspartei: Über Parteien und Organisationen der DDR, Baden-Baden 1994.
Hübner, Peter: Zur Rolle der „Massenorganisationen“ im Alltag des DDR-Bürgers, in: Materialien der Enquete-Kommission, a.a.O., Bd. II, 3, S. 1723-1769.
Sattler, Friederike: Die Funktion der Massenorganisationen, in: Materialien der Enquete-Kommission, a.a.O., Bd. II, 4, S. 2639-2691.
SBZ Handbuch, hrsg. von Martin Broszat/Hermann Weber, München 1990.

Mauerbau

„Um 0.00 Uhr wurde Alarm gegeben und die Aktion ausgelöst. Damit begann eine Operation, die an dem nun anbrechenden Tag, einem Sonntag, die Welt aufhorchen ließ.“ Was Erich Honecker hier in seinen Memoiren als „Aktion“ oder „Operation“ umschrieb, war der Beginn des Mauerbaus – die brutale Abriegelung Ost-Berlins am 13. Aug. 1961 vom freien Teil der Vier-Sektoren-Stadt. Für Honecker war der Mauerbau die erste große Bewährungsprobe seiner Karriere, denn Walter Ulbricht hatte ihn zuvor zum „Stabschef“ des von der SED als Erfolg gefeierten Handstreichs bestimmt. Honecker unterstanden an der Sektorengrenze in vorderster Linie Einheiten der Betriebskampfgruppen, der Volks- und Grenzpolizei, Pioniere der Nationalen Volksarmee sowie zwangsverpflichtete Bauarbeiter, die zunächst provisorische Sperranlagen errichten mußten. Im Hinterland waren Truppenteile und Verbände der NVA und Angehörige des Ministeriums für Staatssicherheit in Alarmbereitschaft versetzt (→ *Bewaffnete Kräfte*). Für den Fall eines offenen Widerstandes der Bevölkerung oder eines, allerdings nicht erwarteten, militärischen Eingreifens der Westmächte sollten in der DDR stationierte, unter dem Oberbefehl von Marschall Iwan Konew stehende sowjetische Streitkräfte in Aktion treten.

Der Mauerbau hatte zwar in der Öffentlichkeit – vor allem in der unmittelbar von der Absperrung betroffenen Berliner Bevölkerung – einen großen Schock ausgelöst, aber man hatte insgeheim bereits erwartet, daß die SED Vorkehrungen zur Eindämmung des Flüchtlingsstroms durch das letzte Schlupfloch über die noch offene Berliner Sektorengrenze treffen werde. Dadurch erklärt sich auch die im Juli 1961 auf 30 415 Personen sprunghaft angestiegene Zahl der Flüchtlinge. Insgesamt verließen im Jahre 1961 bis zum 13. Aug. 125 053 DDR-Bewohner ihre Heimat – von der Gründung der DDR im Jahre 1949 bis zum Mauerbau waren es fast 2,7 Mio. (→ *Fluchtbewegung*). Zur Unterbindung dieser „Abstimmung mit den Füßen“ versuchte die DDR-Führung schon seit dem Frühjahr 1961 mit Nachdruck – allerdings zunächst vergeblich –, ihre Verbündeten von der Notwendigkeit zu überzeugen, Gegenmaßnahmen einzuleiten. Ulbricht bestritt zwar noch mit Entschiedenheit auf einer Pressekonferenz im Juni 1961, eine Mauer bauen zu wollen, doch diesen längst vorhandenen Schubladenplan sanktionierten die in Moskau vom 3. bis 5. Aug. versammelten kommunistischen Parteiführer aus den Staaten des Warschauer Paktes auf Drängen Ulbrichts und mit Billigung des sowjetischen Parteichefs Chruschtschow. Die DDR-Führung hatte sich nicht zuletzt deshalb in Moskau durchgesetzt, weil man sich inzwischen sicher war, daß es nicht zu einem militärischen Konflikt mit den Westmächten kommen werde. Schließlich hatte der amerikanische Präsident Kennedy kurz zuvor – am 25. Juli – drei unverrückbare Grundsätze seiner Berlin-Politik öffentlich verkündet: das Recht der Alliierten auf ihre Anwesenheit in West-Berlin, ihr ungehindertes Zugangsrecht dorthin und das Recht der West-Berliner, über ihre Zukunft selbst bestimmen und ihre Lebensweise frei wählen zu können. Bei Beachtung dieser Grundsätze stand einem Mauerbau nichts im Wege.

Von diesem Kalkül ließ sich die SED-Führung leiten. Honecker bestätigt dies sogar 1980 in seinen Memoiren und führt damit die parteioffizielle Rechtfertigung des Mauerbaus ad absurdum, indem er feststellt, man sei 1961 kein Kriegsrisiko eingegangen, weil es zuverlässige Informationen darüber gegeben habe, daß ein militärisches Vorgehen der NATO nicht möglich gewesen wäre, da die USA ihre Interessen in Berlin nicht gefährdet gesehen hätten. Die jahrelang mit Inbrunst gepflegte Propagandamär vom geplanten Einzug der Bundeswehr „mit klingendem Spiel“ durch das Brandenburger Tor fällt somit in sich zusammen. Ebenso wie diese Legende diente auch die Behauptung, westliche „Menschenhändler“ hätten systematisch DDR-Bewohner in den Westen gelockt, um die DDR wirtschaftlich auszubluten, lediglich dem Zweck, von den Verletzungen der Grund- und Menschenrechte und den hausgemachten Versorgungsproblemen im eigenen Machtbereich abzulenken.

Die Hauptverlierer waren nach dem Mauerbau die Bewohner der DDR und Ost-Berlins. Der ostdeutsche Zeithistoriker Hartmut Mehls, bis 1989 ein besonders eifriger Mauer-Propagandist, legte nach der Wende eine Dokumentation aus den Akten der Berliner SED-Bezirksleitung vor, die auch ungeschönte Situations- und Informationsberichte über spontane Reaktionen von Parteimitgliedern und aus der Bevölkerung enthält. In den Betrieben kam es demnach zu gewalttätigen Übergriffen gegen protestierende Arbeiter. Aber auch Kampfgruppenkommandeure und Volkspolizeioffiziere entledigten sich demonstrativ ihrer Parteibücher. FDJ-Funktionäre weigerten sich, die „freiwillige" Verpflichtung für den Dienst in der NVA zu unterschreiben. Sportler verlangten die Aufrechterhaltung des Sportverkehrs mit ihren Kameraden in West-Berlin. Die Partei- und MfS-Informanten registrierten immer häufiger Rufe nach freien Wahlen und nach einem Generalstreik. Jugendliche und Angehörige der „Intelligenz" – hauptsächlich Krankenhausärzte und Wissenschaftler in den volkseigenen Betrieben – wurden für gefährliche Unruhestifter gehalten. Als ein Unsicherheitsfaktor galten die ca. 60 000 „Grenzgänger". Dabei handelte es sich um Arbeitnehmer aus Ostberlin und dessen Umland, die in West-Berlin beschäftigt waren. Viele von ihnen ließen ihrem Unmut über den erzwungen Verlust ihrer Arbeitsplätze freien Lauf. Vor dem 13. Aug. 1961 wurden sie als angebliche Nutznießer des Währungsgefälles und der → *sozialistischen Errungenschaften* der DDR öffentlich an den Pranger gestellt. Nunmehr sollten sie möglichst reibungslos in DDR-Betriebe integriert werden.

Die erhalten gebliebenen Dokumente der SED-Bezirksleitung Berlin verdeutlichen, daß lediglich die nach dem Mauerbau einsetzende Resignation und die Enttäuschung der Bevölkerung darüber, daß der Westen sich mit der gewaltsamen Teilung Berlins abgefunden hatte, einen Generalstreik oder eine Neuauflage des Volksaufstandes vom → *Siebzehnten Juni 1953* verhindert haben.

Zu keiner Zeit erfüllte der „antifaschistische Schutzwall" – seit dem ersten Jahrestag seiner Errichtung in der Agitprop-Sprache (→ *Agitation und Propaganda*; → *Sprache und Politik*) der SED die verbindliche Bezeichnung für die Mauer – die Erwartungen seiner Bauherren. So erhielten die Chefredakteure der SED-Bezirkszeitungen im März 1963 den Hinweis aus der Agitationskommission beim SED-Politbüro, viele Menschen würden nicht die Bedeutung „unserer Maßnahmen vom 13. Aug. zur Sicherung der Staatsgrenzen" verstehen. Die damit verbundene, ständig wiederholte Aufforderung zur Forcierung der Erfolgspropaganda, die allerdings bei einigen westlichen Politikern und Intellektuellen durchaus eine gewisse Wirkung zeitigte, vermochte die Glaubwürdigkeit des SED-Regimes innerhalb der DDR-Bevölkerung nicht zu erhöhen. Der versprochene wirtschaftliche Aufschwung trieb nur Scheinblüten. Die von großen Teilen der künstlerischen → *Intelligenz* erwartete Liberalisierung des kulturellen und geistigen Lebens fand nicht statt. Es wurde vielmehr durch verstärkte Repression lahmgelegt.

Der „Schutzwall" und der → *Schießbefehl* dienten ausschließlich dem Selbstschutz der SED-Führung vor einem Massenexodus, der im

Sommer 1989 auf anderen, von ihr nicht mehr kontrollierbaren Wegen stattfand. Die bis zu ihrem Fall am 9. Nov. 1989 mit unverantwortlich hohem materiellen und personellen Aufwand technisch ständig perfektionierte Mauer war ein Bestandteil des unmenschlichen → *Grenzregimes*, dem allein in Berlin nach den bisherigen gesicherten Feststellungen der „Zentralen Ermittlungsstelle Regierungs- und Vereinigungskriminalität“ 175 Menschenleben strafrechtlich relevanten Handlungen zum Opfer fielen.

Gunter Holzweißig

Literaturhinweise:

Honecker, Erich: Aus meinem Leben, Berlin (Ost) 1980.
Lemke, Michael: Die Berlinkrise 1958 bis 1963. Interessen und Handlungsspielräume der SED im Ost-West-Konflikt, Berlin 1995.
Mahncke, Dieter: Das Berlin-Problem – die Berlin-Krise 1958–1961/62, in: Materialien der Enquete-Kommission, a.a.O., Bd. V, 2, S. 1766 ff.
Mehls, Hartmut (Hrsg.): Im Schatten der Mauer. Dokumente. 12. August bis 29. September 1961, Berlin 1990.
Rühle, Jürgen/Holzweißig, Gunter: 13. August 1961. Die Mauer von Berlin, Köln (3. erw. Auflage) 1988.

Meinungsmonopol

Nach Art. 27 der DDR-Verfassung von 1974 besaß jeder Bürger das Recht, „den Grundsätzen dieser Verfassung gemäß seine Meinung frei und öffentlich zu äußern“. Damit war jedoch bereits der scheinbar gewährten Meinungsfreiheit der Boden entzogen, denn zu den Verfassungsgrundsätzen zählte ebenfalls die Anerkennung der „führenden Rolle“ der SED (Art. 1) und des → *demokratischen Zentralismus* (Art. 47). Letzterer funktionierte nach dem Prinzip der uneingeschränkten Verbindlichkeit der von der Parteiführung gefaßten Beschlüsse. Sie galten als Weisungen und Direktiven, an denen selbst konstruktive Kritik weder an der Parteibasis oder gar in der Öffentlichkeit geübt werden durfte. Obsolet wurde somit auch die ebenfalls im Art. 27 verankerte Gewährleistung der Freiheit der Presse, des Rundfunks und des Fernsehens. Statt dessen zählten die Medien zu den wichtigsten Herrschaftsinstrumenten der SED. Entfallen war 1968 im übrigen der noch in der ersten Verfassung von 1949 enthaltene Zusatz: „Eine Zensur findet nicht statt.“ Tatsächlich bedurfte es für die Medien – anders als in der → *Kulturpolitik* – angesichts der in gleicher Weise wie im Dritten Reich funktionierenden Lenkungsmechanismen keiner institutionalisierten Zensurbehörde, wie es sie beispielsweise im kommunistischen Polen oder in der Sowjetunion gab. Für die Journalisten – im parteiamtlichen Verständnis Funktionäre der Arbeiterklasse – wäre es unter den gegebenen Umständen allerdings eine Arbeitserleichterung gewesen, wenn ein Zensor ihnen die Verantwortung für ihre Berichterstattung abgenommen hätte. Einer direkten Zensur des Presseamtes unterlagen vor der Drucklegung lediglich die Kirchenzeitungen. Zur Einführung der → *Zensur* im Kriegs- und Spannungsfall hatte die ZK-Abteilung Agitation detaillierte Schubladenpläne ausgearbeitet.

Das Meinungsmonopol der SED-Führung beruhte in erster Linie auf der Unterdrückung der Pressefreiheit durch ein ausgeklügeltes Geflecht von häufig als „Empfehlungen" verbrämten, jedoch strikt zu befolgenden Weisungen in Verbindung mit unberechenbaren Eingriffen in die redaktionelle Arbeit der Zeitungen, Zeitschriften und der elektronischen Medien. Die „Schere im Kopf" beziehungsweise der vorauseilende Gehorsam der um ihre berufliche Existenz bangenden Journalisten – nicht zuletzt aber auch ihre vor der Zulassung zur Ausbildung gründlich überprüfte ideologische Zuverlässigkeit – machten eine Vorzensur vollends überflüssig. Überdies sorgte bereits die drohende Anwendung der die Meinungsfreiheit unterbindenden verfassungs- und strafrechtlichen Normen für die Disziplinierung der Journalisten. Vermeintliche publizistische Freiräume entpuppten sich – ungeachtet gegenteiliger Wahrnehmungen der Betroffenen – im nachhinein entweder als politisch gewollt oder, in einigen Fällen, auch als Pannen in den Lenkungsmechanismen der Medienbürokratie im zentralen Parteiapparat.

Die Medienbürokratie im ZK der SED: Am 23. April 1946, einen Tag nach der Zwangsvereinigung der → *SPD* mit der KPD zur SED, steckte der neugewählte Parteivorstand seine Arbeitsbereiche und Zuständigkeiten ab. Den beiden Vorsitzenden, Wilhelm Pieck und Otto Grotewohl, fiel unter anderem die Anleitung des Parteiorgans Neues Deutschland und der für die Funktionäre bestimmten theoretischen Zeitschrift Einheit zu. Ebenso wie auf allen anderen Politikfeldern nahm aber auch hier Walter Ulbricht, damals nur stellvertretender SED-Vorsitzender, die entscheidenden Weichenstellungen vor. Dies galt auch für die Tätigkeit der Abteilung Presse und Information beim Parteivorstand, der die Kontrolle und die Anleitung der SED-Presse in der SBZ oblag. Nach der Abschaffung der sowjetischen Vorzensur erstreckte sich die inhaltliche und personelle Weisungsbefugnis dieser Abteilung auf die SED-Parteiorganisationen im → *ADN*, in den 1952 aufgelösten, für die Blockparteipresse zuständigen Ämtern für Information in Ost-Berlin und in den Ländern der SBZ, im Hörfunk sowie in den Zeitungen der Massenorganisationen (→ *Massenmedien*). Die Abteilung Presse und Information erfuhr bis 1961 mehrfach Umbenennungen und Umstrukturierungen, wobei sie zeitweilig auch mit der Abteilung Propaganda zusammengelegt wurde (→ *Agitation und Propaganda*). Seither firmierte sie bis 1989 als Abteilung Agitation, in der die Sektoren Presse und Rundfunk/Fernsehen die Berichterstattung sämtlicher Medien steuerten und der Nachkontrolle unterzogen.

Die Abteilung Agitation unterstand dem ZK-Sekretär für Agitation und Propaganda, der auch die Agitationskommission beim Politbüro leitete. Sie wurde 1953 eingesetzt, damals noch unter der Bezeichnung Kommission für Presse und Rundfunk beim Zentralkomitee. Ihr gehörten sowohl hauptamtliche ZK-Funktionäre als auch ehrenamtliche Mitglieder wie die Chefredakteure von Neues Deutschland, der Berliner Zeitung, des FDJ-Organs Junge Welt, der Gewerkschaftszeitung Tribüne, der Leiter des Presseamtes oder die Intendanten des Hörfunks und des Fernsehens an. Anfangs entwarf die Agitationskommission für die Medien unter erheblichem Arbeitsaufwand „parteiliche" Argumentationslinien im Hinblick auf mittelfristig zu erwartende innen-, außen-, wirtschafts- und kulturpolitische Entwicklungen. Im letzten Jahrzehnt des SED-Regimes degenerierten die Sitzungen der Agitationskommission zu einer Befehlsausgabe, bei der dienstags oder mittwochs unmittelbar nach den Politbüro- bzw. Sekretariatsitzungen der Agitationssekretär Joachim Herrmann zunächst die Ansichten Honeckers langatmig referierte, um sie dann, keinen Widerspruch duldend, für verbindlich zu erklären. Im Gegensatz zu Ulbricht vermied Honecker weitgehend den direkten Kontakt zu DDR-Journalisten. Beide Parteichefs betätigten sich zwar in unterschiedlicher Weise, aber mit ähnlicher Intensität als „General-Chefredakteure". Sie richteten ihr besonderes Augenmerk auf die Berichterstattung der sog. Leitmedien. Das waren vor allem die beiden ersten Seiten im Neuen Deutschland, die Fernsehnachrichten der Aktuellen Kamera und die Nachrichtenagentur → *ADN*, für die Honecker sich sogar Zeit nahm, um eigenhändig Meldungen und Kommentare zu entwerfen oder zu redigieren.

Die „Donnerstags-Argus": Die Gleichschaltung der Medien erfolgte nicht nur durch die tägliche telefonische oder fernschriftliche Übermittlung der aktualisierten inhaltlichen und formalen Vorgaben. Die letzteren enthielten beispielsweise auch die von der ZK-Abteilung Agitation bestimmte Plazierung von ADN-Meldungen, Kommentaren und Fotos. Donnerstags mußten darüber hinaus die Chefredakteure beziehungsweise deren Vertreter von den in Ost-Berlin ansässigen Redaktionen der SED-Presse und der elektronischen Medien zur wöchentlich einberufenen „Argumentation“ im Hause des ZK erscheinen. Außerdem war die Leitung des staatlichen Presseamts vertreten, um unmittelbar danach die Chefredakteure der Blockparteizeitungen zu instruieren. Die sog. Donnerstags-Argus, die in ähnlicher Zusammensetzung schon seit Anfang der 50er Jahre stattfanden, leitete in der Regel der Leiter der ZK-Abteilung Agitation. Die Rabulistik des von 1973 bis 1989 amtierenden Abteilungsleiters Heinz Geggel war bei den versammelten Chefredakteuren stets gefürchtet. Er stand Joachim Herrmann in dieser Beziehung in keiner Weise nach. Auf seiner letzten Argu, am 19. Okt. 1989, versuchte der in Panik geratenen Geggel in letzter Minute das Ruder herumzureißen, indem er versprach, die restriktive Pressepolitik einzustellen und mehr Bürgernähe zu suchen. Er sei aber nicht bereit, „eine große Vergangenheitsbewältigung zu machen“, denn die Chefredakteure seien die Verantwortlichen gewesen. Damit stellte Geggel die Realität auf den Kopf. Die Chefredakteure sollten ihre Redaktionen zwar nach dem „Einzelleitungsprinzip“ führen, hatten jedoch ausschließlich als Vollstrecker und Weiterleiter der Parteibeschlüsse zu handeln.

Meinungslenkung als Herrschaftsprinzip: Im Gegensatz zu den noch nahezu komplett vorhandenen Presseanweisungen des Dritten Reiches existieren zur Medienlenkung in der SBZ/DDR nur vereinzelt erhalten gebliebene schriftliche Überlieferungen. Mündlich ausgesprochene „Empfehlungen“ sollten wie zu NS-Zeiten nach Möglichkeit von ihren unmittelbaren Empfängern den zuständigen Redakteuren – ebenfalls nur mündlich – zur Kenntnis gegeben werden. In ihren Grundzügen gleichen sich die Diktion, aber auch die scheinbare Banalität und Beliebigkeit der Ge- und Verbote in beiden totalitären Systemen auf frappierende Weise. Zu den Tabu-Themen zählte beispielsweise alles, was unerwünschte Rückschlüsse auf Mängel in der Versorgungslage zuließ. Die gesamte Berichterstattung über innen- und außenpolitische Aktivitäten stand jeweils unter Kontrolle der Partei- und Staatsführung, die darauf bedacht war, möglichst nur für sie positive Vorgänge publik zu machen. Oppositionelles und widerständiges Verhalten wurde je nach Bedarf entweder an den Pranger gestellt oder totgeschwiegen. Bezeichnend war unter anderem auch, daß in beiden deutschen Diktaturen des 20. Jahrhunderts über die Genehmigung zur Berichterstattung bei größeren Unglücksfällen aus Sorge, Systemschwächen zu offenbaren, nur fallweise entschieden wurde. Generell durften Probleme nur dann benannt werden, wenn es auch Lösungswege für sie gab. Deshalb stand beispielsweise die Behandlung der Umweltproblematik auf dem Index.

Der letzte stellvertretende Leiter der ZK-Abteilung Agitation, Dieter Langguth, zu DDR-Zeiten unter Journalisten verhaßt als arrogant und zynisch auftretender Karrierist, gefiel sich nach der Wende in der Rolle des Satirikers in eigener Sache. Aus seinen Tagebüchern veröffentlichte er, humoristisch verbrämte, in Wirklichkeit aber schlimme, den vormundschaftlichen SED-Staat entlarvende Beispiele aus der immer länger gewordenen Tabu-Liste:

– Nicht das Wort Staatszirkus verwenden (das könnte den Staat lächerlich machen. Aus Trotz schrieb eine Zeitung dann: DDR-Zirkus. Prompt wurde das Verbot dieses Begriffs nachgereicht).
– Nichts über Formaldehyd (die Bürger könnten Angst vor Krebs bekommen).
– Nicht das Wort Volksschwimmhalle verwenden (für wen sind unsere Schwimmhallen denn sonst da?).
– Nichts über Putten, Bowlingbahnen, Schlößchen und Boulevards (das weckt Bedürfnisse, die wir nicht befriedigen können).
– Nichts gegen Pakistan (wir müssen uns die Start- und Landerechte in Karatschi erhalten).
– Nichts über das Kombinat Schiffbau (das hat Schulden gemacht, der Direktor wird abgestraft).
– Keine Fotos aus der Vogelperspektive (oder wollt ihr die Schuld haben, wenn ein Fotograf von der Leiter fällt?).
– Kein Protokollobst auf den Tischen fotografieren (sonst wird die Bevölkerung neidisch).
– Nichts über Bratwurststände (die Leute essen schon genug Fleisch).
– Nichts über Atomkraftwerke (sonst wird ein sensibles Thema hochgepuscht).
– Nichts über selbstgebaute Fluggeräte (sonst hauen uns die Leute ab).
– Nichts über Formel-1-Rennen (die können wir uns nicht leisten).

In den schriftlich an die Redaktionen übermittelten „Empfehlungen" bemühte sich die ZK-Abteilung Agitation um einen verbindlicheren Ton. Ein typisches Beispiel dafür: „Am morgigen Donnerstag findet die Übergabe der zweimillionsten Wohnung in Anwesenheit des Generalsekretärs statt: Wir bitten, darüber auf Seite 1 vom Freitag sehr groß aufgemacht zu berichten." Solche freundlichen „Bitten" der Agitationsbürokratie waren Anordnungen, denen sich die Chefredakteure angesichts der dann drohenden Nachzensur nicht zu entziehen wagten. Häufig kannten sie selbst nicht einmal die Hintergründe von unvermittelt ausgesprochenen und nicht nachvollziehbaren Verboten. Dennoch waren sie gezwungen, diese als ihre eigene Meinung in den Redaktionen zu vertreten. Wenn es beispielsweise lediglich hieß: „Kein Wort über Erdöl", weil mit der Sowjetunion gerade komplizierte und geheime Verhandlungen über ausstehende Erdöllieferungen geführt wurden, ließen die Redaktionen vorsichtshalber auch Korrespondentenberichte aus dem Nahen Osten unter den Tisch fallen, weil darin häufig die Erwähnung von Erdöl nicht zu vermeiden war.

Die für die Medien bestimmten Sprachregelungen dienten jedoch nicht nur der Verschleierung von unangenehmen Fakten und geheimzuhaltenden Vorgängen. Sie enthielten auch für den allgemeinen Sprachgebrauch bestimmte ideologische Metaphern, an die sich zumindest diejenigen hielten, die nicht durch eine falsche „staatsbürgerliche Haltung" auffallen wollten (→ *Sprache und Politik*).

Westliche Medien als Störfaktor: Im Unterschied zur Propagandamaschinerie des NS-Regimes hatte es die SED in vielerlei Hinsicht unverkennbar schwerer, das von ihr beanspruchte Meinungsmonopol vollständig durchzusetzen. Abgesehen von der vergleichsweise erheblich geringeren Akzeptanz der DDR-Führung in der Bevölkerung, speiste sich der allgemeine Informationsstand in der DDR über innen- und außenpolitische Ereignisse überwiegend aus grenzüberschreitenden elektronischen Medien. Die nicht selten irrationale und kapriolenreiche Medienpolitik, aber auch häufig nicht nachvollziehbare, aus der Defensive heraus entstandene Reaktionen in der Deutschland-, Außen-, Innen- und Kulturpolitik der SED erklären sich deshalb weitgehend aus ihrer permanenten Verunsicherung durch die ständige Präsenz der bundesdeutschen Hörfunk- und Fernsehsender. Diese stützten sich wiederum in ihrer DDR-Berichterstattung auch auf schlagzeilenträchtige Vorgänge und Hintergrundberichte, die westdeutsche Journalisten für ihre Zeitungen und Zeitschriften in der DDR recherchiert hatten. Deshalb nahm die SED-Führung die Auseinandersetzung mit den bundesdeutschen Printmedien nicht weniger ernst, obwohl sie dem Normalbürger nicht zugänglich waren. Die hilflose Agitationsbürokratie wußte sich in ihrer Gegeninformation häufig nicht anders zu helfen, als stillschweigend die Kenntnis westlicher Quellen vorauszusetzen. DDR-Journalisten fürchteten andererseits nichts mehr, als dafür zur Rechenschaft gezogen zu werden, wenn sie dem „Gegner" in ihren Veröffentlichungen unerwünschte Einblicke in interne, für den Außenstehenden meist harmlos erscheinende Vorgänge gewährt hatten.

Medienwissenschaftler der ehemaligen DDR beklagten nach der Wende zwar einhellig das eklatante Versagen der Medienpolitik der SED, doch einige bezeichneten die friedliche Revolution auch als eine

„Medienrevolution". Damit wollten sie die westdeutschen elektronischen Medien für den Sturz des SED-Regimes mitverantwortlich machen. Westdeutsche Journalisten konnten indessen nur darüber berichten, was die SED-Führung selbst verursacht hatte. Dazu gehörte nicht zuletzt der untaugliche Versuch, ihr Macht- und Meinungsmonopol pseudowissenschaftlich mit den Lehren des → *Marxismus-Leninismus* abzusichern. Dies führte zur Verkümmerung des geistigen und kulturellen Lebens in der SBZ/DDR.

Gunter Holzweißig

Literaturhinweise:

Bürger, Ulrich (Pseudonym): Das sagen wir natürlich so nicht! Donnerstags-Argus bei Herrn Geggel, Berlin 1990.
Holzweißig, Gunter: Massenmedien unter Parteiaufsicht – Lenkungsmechanismen vor der Wende in der DDR, in: Rundfunk und Fernsehen, Nr. 3/1990, S. 365-376.
Holzweißig, Gunter: Informationsaustausch, in: Handwörterbuch zur deutschen Einheit, hrsg. von Werner Weidenfeld/Karl-Rudolf Korte, Frankfurt/M. 1992, S. 392-400.
Holzweißig, Gunter: Zensur ohne Zensor. Die SED-Informationsdiktatur, Bonn 1997.
Strunk, Peter: Zensur und Zensoren. Medienkontrolle und Propagandapolitik unter sowjetischer Besatzungsherrschaft in Deutschland, Berlin 1996.

MfS → **Staatssicherheit, Ministerium für**

Militarisierung der Gesellschaft

Hierunter wird im folgenden die Organisation und Gestaltung eines Gesellschaftssystems verstanden, das den militärischen Aufgaben und Prinzipien sowie deren Trägern im zunehmenden Maße eine übergeordnete Funktion, Bedeutung und Wertschätzung einräumt. SED-Generalsekretär Erich Honecker brachte das 1978 mit den Worten zum Ausdruck: „Keinen Bereich unseres gesellschaftlichen Lebens gibt es, der nicht von den Belangen der Landesverteidigung durchdrungen ist!" Diese gingen nach dem offiziellen Selbstverständnis weit über die der NVA hinaus und hatten dem Prinzip der „Einheit von Politik, Ökonomie und Landesverteidigung" zu folgen. Darin eingeschlossen war die vorrangige ökonomische und kaderpolitische Sicherstellung der → *Bewaffneten Kräfte* und der Zivilverteidigung sowie die Durchsetzung einer allumfassenden sozialistischen Wehrerziehung.

Insbesondere die Wehrerziehung machte die Militarisierung der Gesellschaft sichtbar. Sie hatte das „militärpolitische Denken aller Bürger" sowie die Wehrfähigkeit großer Teile der Bevölkerung zu wecken und zu stabilisieren und erfaßte nahezu alle gesellschaftlichen Bereiche und Altersgruppen. Die Militarisierung begann bereits in den staatlichen Kindergärten. Im einheitlichen Erziehungs-, Bildungs- und Ausbildungssystem (das auch wesentliche Teile der Freizeitgestaltung einschloß) war sie als → *vormilitärische Ausbildung* bzw. als Vorbereitung der jungen Frauen auf die Aufgaben der Zivilverteidigung integriert.

Es folgte der Wehrdienst als Kern der sozialistischen Wehrerziehung. Wehrpflicht bestand für alle männlichen Bürger vom 18. bis vollendeten 26. Lebensjahr sowie im Rahmen des Reservistendienstes bis zum vollendeten 50., bei Fähnrichen und Offizieren bis zum 60. Lebensjahr. Der Reservistendienst wurde 1982 von 24 auf maximal 36 Monate (für Wehrpflichtige, die unter einem Jahr oder keinen Wehrdienst geleistet hatten) ausgedehnt. An männliche Studenten wurde im allgemeinen der Anspruch gestellt, sich in Reservistenlehrgängen zum Offizier der Reserve zu qualifizieren. Studentinnen waren zur Ausbildung in der Zivilverteidigung verpflichtet. Im Falle einer Mobilmachung und im Verteidigungszustand konnten auch Frauen einberufen werden.

Die Sicherung der Wehrfähigkeit über das wehrpflichtige Alter hinaus sollte hauptsächlich durch die Einschaltung der mitgliederstärksten Massenorganisation der DDR, dem → *FDGB*, gewährleistet werden. In Vereinbarungen zwischen dem FDGB-Bundesvorstand und dem Ministerium für Nationale Verteidigung wurde die „gemeinsame Verantwortung" festgeschrieben, „bei allen Arbeitern und den anderen Werktätigen die Bereitschaft und Fähigkeit für den zuverlässigen Schutz des sozialistischen Vaterlandes zu fördern". Neben der Unterstützung der Arbeit der → *GST* sollten dazu auch die Kampfgruppen, Reservistenkollektive und die Zivilverteidigung sowie Festlegungen in den Betriebskollektivverträgen und Brigadeverpflichtungen genutzt werden. Vereinbarungen zwischen dem Ministerium für Nationale Verteidigung und dem Ministerium für Kultur verlangten die Zusammenarbeit der Kulturschaffenden im Sinne der Stärkung der allgemeinen Wehrmoral.

Mit der Zivilverteidigung, die Bestandteil der sozialistischen Landesverteidigung war, versuchte man vor allem auch Frauen in die militärischen Belange einzubinden. Grundlage dafür war das Verteidigungsgesetz aus dem Jahre 1978, das die Zivilverteidigung dem Ministerium für Nationale Verteidigung unterstellte und den Schutz „vor den Folgen militärischer Aggressionshandlungen, insbesondere vor den Wirkungen von Massenvernichtungsmitteln, sowie von Katastrophen" festlegte. Hiernach hatten alle Bürger und gesellschaftlichen Organisationen und Vereinigungen „das Recht und die Pflicht, an der Vorbereitung und Durchführung der Maßnahmen der Zivilverteidigung [...] mitzuwirken". Darauf beruhten eine Reihe von Anweisungen, die die Sanitätsausbildung im Rahmen des obligatorischen Wehrunterrichtes und die Ausbildung der Lehrlinge sowie die Aus- und Weiterbildung der Facharbeiter und Meister in der Zivilverteidigung regelten. Eine Anordnung vom Jahre 1981 legte die generelle „Aus- und Weiterbildung der Bürger im Grundwissen der Zivilverteidigung" fest.

Alle diese Maßnahmen im Rahmen der „sozialistischen Wehrerziehung" wurden begleitet von einer systematischen Aufwertung militärischer Einrichtungen, soldatischer Eigenschaften und der Berufsgruppe der Waffenträger. Bereits Anfang der 70er Jahre erhielten die Polit- und Offiziersschulen der NVA sowie das Militärgeschichtliche Institut den Status wissenschaftlicher Einrichtungen. Vertreter der → *Bewaffneten Kräfte* tauchten immer häufiger in Lehrmaterialien, in den Medien und in der Alltagsliteratur als Vorbilder sowie als Helden und „Kundschafter des Friedens" auf. Schließlich fanden Elemente der militärischen Grundausbildung sowie die Prinzipien der Disziplin und Ordnung verstärkten Eingang in die allgemeine Gestaltung des Schulunterrichtes, besonders im → *Sport*.

Kennzeichnend für den gesellschaftlichen Stellenwert eines Bürgers war die Feststellung des X. Parlamentes der FDJ im Jahre 1976, daß die „Bereitschaft und Fähigkeit der FDJ-ler zur Verteidigung des Sozialismus" als „höchste politische und moralische Konsequenz des sozialistischen Patriotismus und proletarischen Internationalismus" zu bewerten sei. Dem entsprachen Förderungsregelungen für aus dem aktiven Wehrdienst entlassene Angehörige der Bewaffneten Kräfte. Sie sicherten das Prinzip, nach dem der Einsatz für die „sozialistische Landesverteidigung" den Grad der schulischen und beruflichen Begünstigung bestimmen sollte. So war die Chance, einen gewünschten Studienplatz zu erhalten, um so größer, je länger man in den Bewaffneten Kräften gedient hatte. Als zusätzliche Belohnung wurden ein erhöhtes Grundstipendium bzw. Sonderstipendien bis 1 000 Mark gezahlt. Schließlich schufen besondere Förderungsregelungen die Basis für den weiteren beruflichen Aufstieg und für eine bessere Versorgung vor allem mit Wohnraum. Wer sich hingegen mit der 18monatigen Wehrpflicht begnügte, dem Eintritt in die Kampfgruppen und Reservistenkollektive widerstand bzw. die Mitarbeit in der Zivilverteidigung aufkündigte oder gar die Militarisierung der Gesellschaft offen kritisierte, der konnte bestenfalls weniger gefragte Studienplätze einnehmen. Auch die berufliche Entwicklung blieb in diesen Fällen zumeist eng begrenzt (→ *Bausoldaten*, → *Wehrdienstverweigerung*, → *Friedensbewegung*). Schon wer sich der → *vormilitärischen Ausbildung* verweigerte, hatte in der Regel große Schwierigkeiten, einen Platz an den Erweiterten Oberschulen und/oder einen attraktiven Ausbildungsberuf zu erlangen.

Unter diesen Bedingungen mußten im Laufe der Jahre in Betrieben, staatlichen Einrichtungen und Institutionen immer mehr Führungsfunktionen in die Hände von Personen fallen, die ihre „patriotischen“ Pflichten erfüllten und die Gewähr boten, daß Geist, Auftrag und Prinzipien der „sozialistischen Landesverteidigung“ in ihrem Führungsstil und Tätigkeitsfeld Eingang fanden. Auf diesem Wege erfuhr die Militarisierung der Gesellschaft in den 80er Jahren, die hauptsächlich auf die breite Aktivierung der Wehrfähigkeit der Bürger ausgerichtet war, eine mehr auf subtilen Mitteln beruhende Ausprägung.

Damit sollte ein Prozeß abgeschlossen werden, der in den 50er Jahren mit dem Aufbau Bewaffneter Kräfte, der Gründung der GST und, als Antwort auf den Volksaufstand vom → *Siebzehnten Juni* 1953, mit der Bildung von „Kampfgruppen der Arbeiterklasse“ begann. Unmittelbar nach dem Mauerbau erhielt er mit dem Verteidigungsgesetz vom September 1961, der in § 2 „auf allen Gebieten des staatlichen, wirtschaftlichen und gesellschaftlichen Lebens besondere Maßnahmen zur Stärkung der Verteidigungsfähigkeit“ verlangte und dem Wehrpflichtgesetz vom Januar 1962 sowie mit der Etablierung von „Kommissionen für sozialistische Wehrerziehung“ bei den Vorsitzenden der Räte der Bezirke und Kreisen sein rechtliches und institutionelles Fundament. Von den 70ern bis zum Beginn der 80er Jahre wurde dieser Prozeß durch weitere Zwangsmaßnahmen forciert. Er schlug sich vor allem in der allseitigen Durchsetzung der sozialistischen Wehrerziehung nieder. Kennzeichnend dafür waren die Einführung des obligatorischen Wehrunterrichtes im Jahre 1978, die Regelungen zur Zivilverteidigung im Rahmen des Verteidigungsgesetzes vom Oktober 1978 und das im Frühjahr 1982 verabschiedete neue Wehrpflichtgesetz. Letzteres verpflichtete „alle staatlichen Organe sowie die Kombinate, wirtschaftsleitenden Organe, Betriebe, Einrichtungen, Genossenschaften, gesellschaftlichen Organisationen und Vereinigungen“, die Bürger auf den Wehrdienst vorzubereiten.

Der seit dem Mauerbau verstärkte Rückgriff des Staates auf direkte und indirekte (Begünstigungen bzw. Diskriminierungen) Zwangsmaßnahmen legt freilich den Schluß nahe, daß die „Belange der sozialistischen Landesverteidigung" offensichtlich nicht mit dem Freiwilligkeitsprinzip durchsetzbar waren. Über 5 000 Protestschreiben gegen die Einführung des obligatorischen Wehrunterrichtes im Jahre 1978 sowie die zu Beginn der 80er Jahre unter dem Symbol „Schwerter zu Pflugscharen" in massiver öffentlichkeitswirksamer Form in Erscheinung getretene unabhängige → *Friedensbewegung* sowie die Zunahme der Zahl von → *Bausoldaten* und → *Wehrdienstverweigerern* seit Mitte der 80er Jahre verweisen vielmehr darauf, daß es vor allem unter Jugendlichen erhebliche Widerstände gegen die Militarisierung der Gesellschaft gab. Dies dürfte auch das Ergebnis einer Entwicklung gewesen sein, die den Geist der Militarisierung – der im besonderen auf einer unversöhnlichen ideologischen Abgrenzung gegenüber der Bundesrepublik beruhte – in einen immer deutlicheren Kontrast zum Geist der europäischen Entspannungspolitik brachte.

Mit der Militarisierung der Gesellschaft bot sich der SED ein Instrument, die Bürger intensiver – auch im Sinne der Abgrenzungspolitik – ideologisch zu beeinflussen und auf der Grundlage von Ordnungs- und Befehlsprinzipien zu disziplinieren. Mit diesem Instrument glaubte man den Gefahren, die von den humanitären und systemöffnenden Zielvorgaben der europäischen Entspannungspolitik für das SED-Regime ausgingen, entgegensteuern zu können. In welchem Maße die Militarisierung der Gesellschaft letztlich tatsächlich von der Bevölkerung angenommen wurde, das zeigte spätestens die Entwicklung im Jahre 1989 und 1990, als Hunderttausende unter Inkaufnahme des Verlustes ihrer Heimat ins Lager des „Feindes" überliefen und sich schließlich die übergroße Mehrheit der Bürger der DDR für ein System entschied, das sie nach jahrzehntelanger Beeinflussung eigentlich als „friedensgefährdend" und „inhuman" hätte ablehnen müssen.

Bernd Eisenfeld

Literaturhinweise:

Bericht der Enquete-Kommission in Aufarbeitung von Geschichte und Folgen der SED-Diktatur in Deutschland, in: Materialien der Enquete-Kommission, a.a.O., Bd. I, S. 178-778.

Kuhrt, Eberhard: Wider die Militarisierung der Gesellschaft. Friedensbewegung und Kirche in der DDR, hrsg. im Auftrag der Konrad-Adenauer-Stiftung, Melle 1984.

Schirrmeister, Karl-Günter: Erziehung zum Haß. Geistige Militarisierung in der DDR, Stuttgart 1987.

Ministerrat

Der Ministerrat der DDR folgte der Provisorischen Regierung, die am 7. Okt. 1949 von der Provisorischen Volkskammer der DDR ernannt worden war. Der Ausdruck „provisorisch" ergab sich aus der Tatsache, daß sowohl die Volkskammer als auch die erste Regierung nicht aus freien, geheimen Wahlen hervorgegangen waren, sondern aus dem Volkskongreß der SBZ (→ *Volkskongreßbewegung*) , der unter absoluter Mehrheit der SED die Parteien und → *Massenorganisationen* zu einem Scheinparlament entwickelt hatte. Die Bezeichnung „Regierung" galt nur bis November 1950. Seit der ersten Bestellung der → *Volkskammer* vom Oktober 1950, die sich bereits nach dem System der offenen Stimmenabgabe für Einheitslisten der Kandidaten der → *Nationalen Front* vollzogen hatte, galt der Begriff Ministerrat.

Er war laut → *Verfassung* das Exekutivorgan der Volkskammer. Seine politischen Vorgaben erhielt der Ministerrat aber vom → *Politbüro* bzw. dem → *ZK der SED*. Vorsitzender war der Ministerpräsident: Otto Grotewohl (1949–1964), Willi Stoph (1964–1973), Horst Sindermann (1973–1976), Willi Stoph (1976 – Oktober 1989) und Hans Modrow von November 1989 bis zur ersten und einzigen freien Volkskammerwahl der DDR im März 1990, letzter und einzig frei gewählter Ministerpräsident war Lothar de Maizière (April – 3. Okt. 1990). Der Ministerpräsident und seine zwei „Ersten Stellvertreter" gehörten der SED an. Von den weiteren neun einfachen Stellvertretern wurde jeweils einer von den Blockparteien CDU, LDPD, NDPD und DBD gestellt, während die übrigen fünf ebenfalls der SED angehörten.

Der Ministerpräsident, seine Stellvertreter (die zugleich Ministerien oder anderen staatlichen Zentralbehörden vorstanden) sowie die Ressortchefs für Planung, Finanzen, Preise, Materialwirtschaft und Zusammenarbeit mit dem RGW bildeten (seit 1952) das Präsidium des Ministerrates. Das Gesamtkollegium des Ministerrates umfaßte 45 Mitglieder, in dem die SED eine Mehrheit von 41 Ressorts hielt. In Ministerien oder zentralen Staatsorganen, in denen Politiker der Blockparteien an der Spitze standen, stellte die SED grundsätzlich den Staatssekretär oder Ersten Stellvertreter. Im Rahmen des → *demokratischen Zentralismus* oblag dem Ministerrat vor allem die „Anleitung und Kontrolle der Räte der Bezirke und der örtlichen Organe der Staatsgewalt" sowie die „Planung und Leitung der Volkswirtschaft in Abstimmung mit dem Rat für Gegenseitige Wirtschaftshilfe". Angelegenheiten der auswärtigen Politik und solche der äußeren und inneren Sicherheit wurden im Ministerrat weder beraten noch entschieden.

Hierüber wurde er sporadisch durch den Ministerpräsidenten informiert, der in seiner Eigenschaft als Stellvertreter des Vorsitzenden des Staatsrats sowie des Verteidigungsrats dabei lediglich vorwegnahm, was aus diesen beiden höchsten Staatsgremien danach in den Medien der DDR offiziell verlautbart wurde.

Fritz Schenk

Moral und Ethik

Bruch mit der Tradition: Nach dem Zweiten Weltkrieg setzte auch im Osten Deutschlands die Suche nach neuer ethischer Orientierung ein. Die Katastrophe, in die der Nationalsozialismus Deutschland gestürzt hatte, machte offenbar, in welchem Maße die Mehrheit des Volkes durch diese totalitären Ideen verführt worden war. Mit dem Zusammenbruch des Dritten Reichs mußte nicht nur materiell, sondern auch ideell ein neuer Anfang gemacht werden. Für eine kurze Zeit sah es so aus, als ob man sich an Schulen und Universitäten auf die humanistischen Traditionen besinnen könnte, die sich freilich ihrerseits als wenig widerstandsfähig gegenüber dem nationalsozialistischen Gedankengut erwiesen hatten. Die Sehnsucht nach einer Gesellschaft, in der Gerechtigkeit und Wahrheit herrschen, erfüllte die Menschen. Die sowjetische Besatzungsmacht verhinderte aber im Zuge ihrer → *Entnazifizierung* auch, daß persönlich integere und zugleich fachlich ausgewiesene Persönlichkeiten, die aus der christlichen oder humanistischen Tradition kamen, in den Bereichen von Kultur (→ *Kulturpolitik*) und Bildung (→ *Bildungswesen*) tätig bleiben bzw. tätig werden konnten. Wo solche Persönlichkeiten unmittelbar nach Kriegsende eingesetzt worden waren, wurden sie sehr bald durch Kommunisten oder durch solche ersetzt, die sich dem neuen System gegenüber als besonders entgegenkommend und zuverlässig empfohlen hatten.

Einzig die → *Kirchen* bildeten eine Ausnahme. Für die übrigen gesellschaftlichen Bereiche kam es zu der tragischen Entwicklung, daß totalitäre Strukturen durch andere ersetzt wurden (→ *Massenorganisationen*).

In der SBZ wurde sehr genau und gezielt mit der christlichen und philosophischen Tradition in Deutschland gebrochen (→ *marxistische Philosophie*) und diese als idealistisch und reaktionär abqualifiziert. Man sah in ihr offiziell die bürgerliche Ethik des kapitalistischen Systems, die den Menschen moralisch nur verführt und zum Egoisten macht. Von dem programmatischen Bruch mit der ethischen Tradition wurde freilich das allgemeine ethische Bewußtsein in der Bevölkerung noch nicht erfaßt. Eine Mehrheit blieb weiterhin von christlichem Gedankengut geprägt.

Zeitalter des → Stalinismus: In dem Maß wie überkommene ethische Normen als reaktionär verdächtigt wurden, machte die SED-Führung die → *marxistische Philosophie* zum Fundament für neue Verhaltensweisen des fortschrittlichen Menschen in einer sich entwickelnden sozialistischen Gesellschaft. Abweichungen wurden öffentlich angeklagt und mit Mitteln staatlicher Repression bekämpft. Das sowjetische Vorbild und die Anwendung des → *Marxismus-Leninismus* wurden zur bestimmenden und alleinigen Voraussetzung für die Entwicklung auch in Ostdeutschland erklärt. Aus dem philosophischen Ansatz bei Marx, der die Welt verändern wollte, war eine Ideologie geworden, welche die inzwischen herausgebildeten Machtverhältnisse lediglich zu bestätigen hatte. Das führte dazu, daß in Verkennung der nationalen Besonderheiten im gesamten Ostblock sowjetische Vorbilder zu Leitbildern des Handelns erklärt wurden. Stalin wurde als Vollender der Revolution Lenins mit nahezu göttlichen Zügen ausgestattet. Der Kult um seine Person ersetzte den christlichen Heiligenkult. Helden aus der sowjetischen Literatur und Wirklichkeit wurden der Jugend als Vorbild für ihr Handeln dargestellt (→ *Personenkult*). Die lichtvollen Gestalten aus dem Osten kontrastierten mit den bösen Feinden im Westen. Das Freund-Feind-Denken teilte die Welt in das Reich des Guten im Osten und in das Reich des Bösen im Westen (→ *Klassen*). Wer diesem Denken nicht folgen wollte, mußte Selbstkritik üben, sonst drohte Benachteiligung oder gar Verfolgung. Klassenfeinde wurden auch innerhalb des Landes ausgemacht. Wer sich der totalitären Ideologie nicht beugte, mußte entweder in den Westen gehen oder im Inneren des Systems mit Nachteilen rechnen. Eine spürbare Veränderung nach dem Tode Stalins hat es anders als in Polen und in der Tschechoslowakei in der DDR nicht gegeben, aber ebensowenig eine Kulturrevolution chinesischer Prägung. Die ungeheuren Verbrechen im stalinistischen System und damit die moralische Diskreditierung des realen Sozialismus wurden offiziell nicht diskutiert.

Bevormundung durch die SED: Die Partei hatte immer Recht. Das galt auch für den Bereich der Moral und Ethik. Ihr Ziel war die Ausprägung von → *sozialistischen Persönlichkeiten,* die sich dem System anpaßten und in ihm funktionierten. Für die Erziehung der Jugend wurden die zehn Gebote der sozialistischen Ethik und Moral zur geltenden

Norm erklärt. Diese von Walter Ulbricht 1958 verkündeten Gebote und die ihnen zuzuordnenden Kataloge sozialistischer Verhaltensnormen und Handlungswerte verbanden marxistisch erwünschte Tugenden wie Solidarität im internationalen Befreiungskampf, proletarischen Internationalismus, unverbrüchliche Verbundenheit mit dem Sozialismus und hohe Verteidigungsbereitschaft mit subjektbezogenen Alltagstugenden wie der Bereitschaft zu hohen Arbeitsleistungen, Kameradschaftlichkeit, Hilfsbereitschaft, hoher Disziplin und nicht zuletzt intakter Sexual- und Familienmoral.

Auf diese Norm wurden in der → *Jugendweihe* junge Menschen öffentlich und feierlich verpflichtet. Dem Jugendweihegelöbnis folgte für Soldaten der Fahneneid und für SED-Mitglieder ein Programm (→ *Schulungswesen*), das gleichfalls wie ein Katechismus eingeprägt wurde. Auch den Schulungen in den Ausbildungseinrichtungen und Betrieben konnte sich keiner entziehen. Damit war das System ideologischer Bevormundung perfekt. Moral und Ethik im Sozialismus wurden von der Partei definiert und durch ihre Mitglieder auf allen Ebenen durchgesetzt. Wieder war in einem Teil Deutschlands eine Ideologie mit dem Anspruch beherrschend, allein die Wahrheit zu vertreten, und von dem Wahn bestimmt, die ganze Gesellschaft formen und alle Menschen für sich gewinnen zu können. Weil dieser ideologische Anspruch mit vielfältigen → *Unterdrückungsmechanismen* durchgesetzt wurde, herrschten unterhalb der offiziell verordneten Zustimmung Angst, Heuchelei und Lüge. Schon Kinder und Jugendliche wußten genau, was man als Pflichtübung nach draußen offiziell zu vertreten hatte, damit man für seine persönliche und berufliche Entwicklung keine Schwierigkeiten bekam. Eigene persönliche Wertvorstellungen waren nicht gefragt, wie ja auch die materialistische und atheistische Weltanschauung keine überzeugenden Angebote für die individuellen Fragen wie Liebe, Freundschaft und persönliches Glück bereithielt. Die Maximen der kommunistischen Ideologen waren Werte, die vor allem der Stabilisierung ihres gesellschaftlichen Systems dienen sollten: Solidarität, Kollektivismus, Leistungsbereitschaft, Disziplin, sozialistischer Patriotismus für das Vaterland DDR und proletarischer Internationalismus.

Differenzierungen im System: Die Wirkung der massiven ideologischen Beeinflussung auf immer größere Teile der Bevölkerung konnte nicht ausbleiben. Sie gestaltete sich aber anders als die marxistischen Ideologen planten. Bereits Marx unterlag dem fundamentalen Irrtum, daß der Aufbau einer neuen Gesellschaft auch den neuen Menschen hervorbringt (→ *Marxistisches Menschenbild; Marxistische Philosophie*). Die SED-Ideologen mußten irritiert sein, wenn es auch nach dem

Aufbau einer sozialistischen Gesellschaft neues Fehlverhalten gab, das nicht auf den Klassenfeind zurückzuführen war.

Marxistische Soziologen und Psychologen suchten nach Erklärungen und Methoden, wie die Menschen zu gewinnen sind, die der sozialistischen Gesellschaft durch Abwanderung nach draußen oder durch Verweigerung im Inneren den Rücken wandten. Selbst Psychotherapeuten wurden in den Dienst der Konsolidierung gestellt. Man fing deshalb auch an, den Dialog mit Menschen anderer weltanschaulicher Überzeugung zu suchen.

Vor allem durch die Schriftsteller wurden Themen in das kritische Bewußtsein gerückt, die für die ethische Urteilsbildung wichtig sind und durch die Ideologen und die Propaganda gar nicht wahrgenommen wurden: Leiden und Schmerz in der sozialistischen Gesellschaft, Sterben und Tod, ethische Probleme der modernen Medizin, Lebensgestaltung im Alter. Aber das marxistische System in der DDR selbst blieb eng und ängstlich bedacht auf seine eigene Identität als Verwirklichung der fortschrittlichsten Ideen der deutschen Geschichte. Von den orthodoxen Kräften wurde weiterhin ideologische Abgrenzung – auch gegenüber marxistischen Ansätzen in den osteuropäischen Ländern und im Westen – praktiziert. Die Alltagserfahrung der Bürger in der DDR aber sah ganz anders aus. Ihre ethischen Urteile und moralischen Prinzipien wurden zunehmend durch den Einfluß der westlichen Medien und eine selbständige Auseinandersetzung mit Fragen der Moral und Ethik bestimmt.

Gegenwartssituation: Die Menschen in Ostdeutschland haben die Enttäuschungen hinter sich, die zwei totalitäre Systeme mit ihren Heilsversprechungen erzeugt haben. Ihre persönlichen moralischen Anstrengungen für Systeme, die sich zuletzt als unmoralisch erwiesen haben, müssen sie als vergeblich empfinden. Sie haben auch erlebt, daß sie persönlich verführbar waren und aus Angst nicht zu eigenen Überzeugungen gestanden haben.

Das Erbe nach fast 60 Jahren diktatorischer Setzung, was angeblich das Gute und was das Böse sei, muß nüchtern gesehen werden. Ein großer Teil der Bürger im Osten ist säkularisiert und materiell eingestellt. Sie stehen dem Nihilismus näher als neuen Heilsbringern, die freilich Erfolg bei kleinen Gruppen haben. In der komplexen und komplizierten Gesellschaft des wiedervereinigten Deutschland wünschen sich einige sogar die alten Verhältnisse zurück, andere suchen einfache Antworten auf ihre Fragen.

Für neue moralische Haltungen müssen einsichtige ethische Begründungen gegeben werden. Noch überzeugender wirken Persönlichkeiten, die bereit sind, für das Gemeinwohl Opfer zu bringen und sich freiwillig den hilfsbedürftigen Menschen zuwenden.

Reinhard Turre

Musik

In der Mitte unseres Jahrhunderts, in den Jahren um 1950, verschärften sich die Widersprüche der internationalen musikalischen Entwicklung zu einem gleichsam dramatischen Konflikt: Einerseits radikalisierte sich in den westlichen Ländern eine junge Avantgarde und rationalisierte das kompositorische Denken so tiefgreifend, daß die neue Klangsprache in dieser Zeit ihre sozialen Verbindlichkeiten und Wirkungsmöglichkeiten fast völlig preiszugeben schien. Andererseits wurden die Komponisten im Ostblock mit zunehmend massivem Nachdruck auf ein ästhetisches Programm verpflichtet, das gerade die gesellschaftliche Nützlichkeit und hindernislose Effizienz von Musik aller Art (aber *eines* Stils) zu ihrer angeblich wahrhaft neuen und wichtigsten Norm erklärte. Zwischen beiden Lagern – der avancierten Musik „westlicher" Prägung und den traditionalistischen Orientierungen im Zeichen des → *Sozialistischen Realismus* – entstand ein fundamentaler, damals kaum überbrückbarer Gegensatz. Die Dogmatisierung von durchaus diskussionswürdigen Prinzipien unter politisch prekären Umständen erreichte im Jahrfünft zwischen den Shadanowschen Musik-Beschlüssen vom Februar 1948 bis zu Stalins Tod 1953 extreme Ausmaße. Während das sowjetische Musikschaffen härtester ästhetischer Zensur unterlag, in der DDR aber bald als höchstmögliches Vorbild propagiert wurde, erklärte man das Programm des „Sozialistischen Realismus" in seiner militant-schematisierten Form als strikt verbindlich und verband es – insbesondere in einer großen kulturpolitischen Offensive der SED im Jahre 1951 (dem Gründungsjahr des allmächtigen, vom ZK der Partei gesteuerten Komponistenverbandes) – mit dem unversöhnlichen Kampf gegen einen doppelgesichtigen Hauptfeind: den sog. Formalismus in der Kunst – das hieß, die nahezu gesamte moderne, zeitgenössische Musik des Westens seit der Jahrhundertwende, und zwar gleichermaßen in ihren elitären (vor allem „atonalen") wie populären (etwa jazz-inspirierten) Spielarten.

In den 60er Jahren, nachdem sich die DDR mit dem Bau der Berliner Mauer und der perfekten Kontrolle aller Grenzen vom Rest der westlichen Welt sozusagen „störfrei" zu machen versuchte, setzte die politische Führung – als Ersatz für den Verlust internationaler Kontakte – erste Zeichen einer geistigen Liberalisierung nach innen. In einem merkwürdigen Zickzackkurs zwischen Phasen von Tauwetter und Eiszeit, zwischen „Bitterfelder Weg" und dem berüchtigten 11. Plenum des Zentralkomitees der SED (Dezember 1965) als Fallgrube für querköpfige Künstler, wurde den Künsten eine etwas freizügigere Auslegung der „Realismus"-Dogmen gestattet. Dies bedeutet auf musikalischem Gebiet, daß nun einige bereits arrivierte Komponisten – man denke an Günter Kochan, Reiner Kunad, Fritz Geißler, vor allem jedoch Paul Dessau – etliche Brücken über den Abgrund zu schlagen wagten, der zwischen dem heimischen Konservatismus und der avancierten Musik des Westens klaffte. Ihre Klangsprache häutete sich vorsichtig, indem sie zunächst das Traditionsfeld der sog. klassischen Moderne aus der ersten Jahrhunderthälfte auswerteten: vor allem Béla Bartoks konstruktiven Folklorismus, den Neoklassizismus um Igor Strawinsky oder das expressive Potential der Zwölftontechnik der Wiener Schule. Während aber in anderen Ländern des Ostens, vor allem in Polen, Ungarn, Rumänien, aber auch in der Sowjetunion selbst, diese neuen Möglichkeiten oft sehr rasch adaptiert wurden, gelang der Anschluß an internationale Entwicklungen in der DDR nur stark verzögert – eigentlich erst im Verlauf des nächsten Jahrzehnts.

Die kompositorischen Resultate fielen dürftig aus, und so war ab Mitte der 60er Jahre – nach dem großen Musikkongreß von 1964 – vor allem das Augenmerk der theoretischen Auguren darauf gerichtet, eine gattungs- und funktionsspezifischere Differenzierung der Realismus-Diskussion einzuleiten, um einerseits in beschränktem Umfang die Verwendung moderner Kompositionstechniken zu erlauben (besonders wenn sie für Gegenstands- oder Gefühlsbereiche „jenseits" des sozialistischen Optimismus einstehen sollten) und um andererseits der Gefahr eines „Realismus ohne Ufer" (nämlich der Adaption jeglicher Gestaltungsmittel zugunsten kritischer Reflexion der realsozialistischen Wirklichkeit) vorzubeugen. Besonders entflammte der Streit um die ideologische Präformiertheit des musikalischen Materials nach dem Tode Hanns Eislers 1962, dessen Erbe man schwerlich länger auseinanderdividieren konnte in einen Schüler Arnold Schönbergs und einen „Boten der Arbeiterklasse". Auch deswegen mehrten sich in der zweiten Hälfte der 60er Jahre auf zahlreichen theoretischen Symposien, Verbandskonferenzen und internationalen Seminaren die Stimmen derer, die es ablehnten, weiterhin eine abstrakte Mittel-Diskussion zu führen, und dafür plädierten, die Wahl der Methoden den Komponisten zu überlassen und erst an den klingenden Resultaten zu prüfen, inwieweit sie für den Sozialismus brauchbar seien. Immerhin war man am Ende zu der Einsicht bereit, daß es eine kapitalistische oder sozialistische Terz nicht gebe.

Eine Reihe jüngerer Komponisten – meist Schüler der Brecht-Gefährten Eisler, Dessau und Rudolf Wagner-Régeny – hatten seit Mitte der 60er Jahre mit eigenwillig modernen Handschriften bei den offiziellen Kunst-Wächtern für unwilliges Aufsehen gesorgt. Während der 70er Jahre konnte diese Gruppe im öffentlichen Bewußtsein gerade dadurch auf zunehmendes Interesse stoßen, daß sie als Gegenstand kritischer Auseinandersetzung nicht mehr offen unterdrückt, sondern ernstgenommen wurde und Hoffnungen suggerierte, daß in der Kulturpolitik der DDR seit dem Amtsantritt Erich Honeckers als Generalsekretär der Partei eine größere Liberalität gegenüber individualisierten Ausdrucksbedürfnissen auch der Komponisten angezeigt sei. Reiner Bredemeyer (geb. 1929), dem Leiter der Schauspielmusik am Deutschen Theater, gelangen aphoristische Stücke in scharfkantiger, atonaler Diktion. Paul-Heinz Dittrich (geb. 1930) – der am frühesten im Westen mit „dissidentischem" Geruch bekannt wurde – kultivierte eine feinnervige, mikropolyphone Klangwelt in subtilen Färbungen und Schattierungen. Als unverwechselbarer Kopf auf sinfonischem und kammermusikalischem Gebiet, auch als professioneller Dirigent Neuer Musik, hat sich Friedrich Goldmann (geb. 1941) profiliert Alle seine Partituren sind nach eigenwilligen „seriellen" Prinzipien streng gearbeitet, dramaturgisch klar durchgebildet, ebenso kraftvoll wie elegant instrumentiert. In verschiedener Richtung und mit experimentellem Interesse trat Georg Katzer (geb. 1935) hervor, der insbesondere als Pionier des elektroakustischen Komponierens in der DDR gilt. Hermann Keller (geb. 1947) bezog aus der Jazz-Improvisation wichtige Impulse. Zu den erfolgreichen Opernkomponisten zählte weiterhin Siegfried Matthus (geb. 1934), der ähnlich wie der Dresdner Udo Zimmermann (geb. 1943) an etablierte, effektvolle Konventionen des Genres anknüpfte. Vor allem mit expressiver Kammer- und Orchestermusik traten dagegen Christfried Schmidt (geb. 1932), Ruth Zechlin (geb. 1926) und der Dresdner Jörg Herchet (geb. 1943) hervor. Kaum zu übertreffen an kreativer Unruhe und klanglichen Herausforderungen war schließlich das reichverzweigte Schaffen des Leipzigers Friedrich Schenker (geb. 1942), der sich im übrigen als Mitbegründer und aktiver Posaunist der „Gruppe Neue Musik Hanns Eisler" durch die internationale Verbreitung neuartiger Ensemble-Kammermusik Verdienste erworben hat. Nicht nur die beiden zuletzt genannten Komponisten gehörten zu jenem engen Kreis der Schüler und

Freunde Paul Dessaus, der ihnen unermüdlich und uneigennützig half, ihre Musik gegen Angriffe zu verteidigen oder ihre Aufführung durchzusetzen, und der sie in seinem Zeuthener Haus bei Berlin in seine vielfältigen internationalen Kontakte einband.

Was sich dergestalt in einem widersprüchlichen, konfliktreichen Prozeß als musikalische „Moderne" der DDR etablierte, überzeugte durch ansatzweise übereinstimmende Gesinnungen trotz individueller Stilistik – nämlich durch einen Willen zu klangsprachlicher Erneuerung – aus der Tiefe der individuellen Subjektivität, des wahrhaftigen persönlichen Weltempfindens und gestalterischen Vermögens. Trotz massiver musikpolitischer Versuche, insbesondere nach Paul Dessaus Tod (1979), wieder traditionalistische Positionen absolut zur Geltung zu bringen (hierbei exponierten sich besonders die Komponisten Fritz Geißler und Siegfried Köhler), setzte sich ein flexibleres „Realismus"-Konzept durch, das den individuellen Interessen und einem weiten Ausdrucksspektrum den erwünschten Spielraum gewährte.

Denkt man darüber nach, wie in den 70er Jahren in der DDR über Neue Musik gesprochen und geschrieben wurde, dann bemerkt man selbst in den veröffentlichten Dokumenten einen aufkeimenden, rasch wachsenden Dissens zwischen der administrativen und produktiven, der theoretischen und praktischen Sphäre. Auch in diesem Jahrzehnt dominiert eine unbremsbare Dauerflut von verbalen Bemühungen jener Kulturvögte und ihrer willfährigen Adepten, die im Hinblick auf musikalische Veränderungen keine Anstrengung und List, keine Dummheit oder Niedertracht scheuten, um die vermeintliche historische Überlegenheit, den klingenden Fortschritt, den Sieg des ästhetischen „Realismus" zu propagieren und das dazu im Gegensatz zunehmend Unangepaßte, Widersetzliche zu attackieren und zu diffamieren. Es mag sein, daß der alten revolutionären Vision von einer harmonischen Einheit zwischen Kunst und Volk weiterhin ein ungebrochen treuherziger, kommunistischer Glaube zugrunde lag, aber allein das Ausmaß der kreativen Vernichtungen, zu denen das Verwirklichen dieser Idee in der faschistischen oder stalinistischen Praxis unseres Jahrhunderts führte, hätte in der realsozialistischen DDR zu einer kritischen Bilanz ex officio führen müssen, wenn aus historischen Erfahrungen denn irgend etwas gelernt werden kann. Statt dessen wurde auch nach dem Machtwechsel von Walter Ulbricht zu Honecker – trotz zeitweiser kulturpolitischer Lockerung – weiterhin theoretisiert und administriert mit der Attitüde eines vermeintlich „höheren", unfehlbaren Vorwissens, das sich noch jederzeit zu unterscheiden ermächtigt fühlte, was namentlich im Bereich der Neuen Musik dem Sozialismus nütze oder schade. Aber nicht zuletzt den musikalischen Kräften der antidogmatischen Erosion ist es zu verdanken, daß vom „Sozialistischen Realismus“ in den 70er und 80er Jahren zunehmend weniger in einem unmittelbar fordernden Sinne gesprochen wurde. Dafür fragten immer mehr Komponisten – öffentlich mißvergnügt – nach dem musikalischen Sinn und Gehalt dieser welkenden Doktrin und verlangten nach konkret analysierbaren Kriterien, vor denen die selbsternannten marxistischen Kunstrichter mit immer diffuseren Argumenten und abstrakteren Verweisen auf die politischen Grundverhältnisse in der Welt auswichen. Schließlich verkam das Ganze zur Leerformel kunstpolitischer Sonntagsreden oder zum historisierten Gegenstand akademischer Studien. Am Ende der DDR war kaum noch ein ernstzunehmender Komponist zu finden, der den Worthülsen hätte bewußt folgen wollen oder auch nur zu sagen gewußt hätte, wie das klingend möglich gewesen wäre.

Frank Schneider

Literaturhinweise:

Dibelius, Ulrich/Schneider, Frank (Hrsg.): Neue Musik im geteilten Deutschland. Dokumente und Kommentare. Bd. I: 1950-1960, Bd. II: 1960-1970, Bd. III: 1970-1980, Bd. IV: 1980-1990, Berlin 1993ff.

Klaus Mehner: Deutschland (Deutsche Demokratische Republik), in: Die Musik in Geschichte und Gegenwart. Allgemeine Enzyklopädie der Musik, Kassel u.a. (2) 1995, Sachteil Bd. 2, Spalte 1188ff.

Uni-Taschenbücher 1983

UTB
FÜR WISSEN
SCHAFT

Eine Arbeitsgemeinschaft der Verlage

Wilhelm Fink Verlag München
Gustav Fischer Verlag Jena und Stuttgart
A. Francke Verlag Tübingen und Basel
Paul Haupt Verlag Bern · Stuttgart · Wien
Hüthig Fachverlage Heidelberg
Leske Verlag + Budrich GmbH Opladen
Lucius & Lucius Verlagsgesellschaft Stuttgart
Mohr Siebeck Tübingen
Quelle & Meyer Verlag · Wiesbaden
Ernst Reinhardt Verlag München und Basel
Schäffer-Poeschel Verlag · Stuttgart
Ferdinand Schöningh Verlag Paderborn · München · Wien · Zürich
Eugen Ulmer Verlag Stuttgart
Vandenhoeck & Ruprecht in Göttingen und Zürich

Rainer Eppelmann/Horst Möller/
Günter Nooke/Dorothee Wilms (Hrsg.)

Lexikon des DDR-Sozialismus

Das Staats- und Gesellschaftssystem der Deutschen Demokratischen Republik

Band 2: N-Z

2., aktualisierte und erweiterte Auflage

Wissenschaftliche Koordination:

Günter Buchstab – Karl Wilhelm Fricke – Gernot Gutmann – Gunter Holzweißig – Eberhard Kuhrt – Günther Rüther – Friedrich-Christian Schroeder – Peter R. Weilemann – Manfred Wilke – Roswitha Wisniewski

Leitung:

Hans-Joachim Veen – Udo Margedant – Peter Maser

Ferdinand Schöningh

Paderborn · München · Wien · Zürich

Die Herausgeber:
Rainer Eppelmann, MdB, Pfarrer und führender Bürgerrechtler der ehemaligen DDR; Vorsitzender der ersten und zweiten Enquete-Kommission zur „Aufarbeitung von Geschichte und Folgen der SED-Diktatur in Deutschland"
Professor Dr. Horst Möller, Direktor des Instituts für Zeitgeschichte in München
Günter Nooke, Physiker, führendes Mitglied verschiedener Oppositionsgruppen in der ehemaligen DDR
Dr. Dorothee Wilms, Bundesminister für innerdeutsche Beziehungen 1987-1991, Mitglied der ersten Enquete-Kommission zur „Aufarbeitung von Geschichte und Folgen der SED-Diktatur in Deutschland"

Die Deutsche Bibliothek – CIP-Einheitsaufnahme

Lexikon des DDR-Sozialismus: das Staats- und Gesellschaftssystem der Deutschen Demokratischen Republik / Rainer Eppelmmann … (Hrsg.). – Paderborn; München; Wien; Zürich: Schöningh
(UTB für Wissenschaft: Uni-Taschenbücher; 1983)
ISBN 3-8252-1983-6 (UTB)
ISBN 3-506-99485-9 (Schöningh)

BD. 2. N-Z. – 2., aktualisierte Aufl. – 1997

Gedruckt auf umweltfreundlichem, chlorfrei gebleichtem Papier (mit 50 % Altpapieranteil)

(Verlag Ferdinand Schöningh GmbH, Jühenplatz 1, D-33098 Paderborn)
ISBN 3-506-99485-9

Printed in Germany
Herstellung: Ferdinand Schöningh, Paderborn
Einbandgestaltung: Alfred Krugmann, Freiberg am Neckar

UTB-Bestellnummer: ISBN 3-8252-1983-6

Inhaltsverzeichnis

Nation

Nationen sind historische Phänomene, die auf Identifikationsmustern von sozialen Großgruppen beruhen, in denen sich objektive Faktoren (Sprache, Territorium, Abstammung/Ethnizität, Geschichte, Kultur, Religion) und subjektives Bewußtsein verbinden.

Wissenschaftliche Deutungen dieses Phänomens variieren stark voneinander. Dabei ergeben sich die wichtigsten Unterschiede zwischen den historisch-genetischen Darstellungen einer eher deskriptiven Geschichtswissenschaft mit ideengeschichtlichen Bezügen, den soziologischen Analysen aufgrund quantitativer Sozialindikatoren und individualpsychologischen Diagnosen zum Identitätsproblem im Zusammenhang mit Untersuchungen zu gesellschaftlichen Modernisierungsprozessen. Bisherige Forschungen haben erbracht, daß insbesondere „objektive" Kriterien einer wissenschaftlichen Überprüfung nicht immer standhalten. So beruhen Vorstellungen über Abstammung, Rasse, Ethnizität häufig auf Mythen; das Geschichtsbild weist spezifische Konstruktionen auf; die Kultur ist nicht homogen; usw. Gleichwohl ist die Existenz bestimmter Merkmale nicht zu leugnen, sie bedarf allerdings einer genauen Untersuchung von Fall zu Fall. Dabei verdienen kommunikationstheoretische Ansätze besondere Beachtung. Der Nationalstaat bietet für politische Probleme Lösungen, die er auf der Basis einer nationalen Hochkultur in „effektive Kommunikation" (Karl W. Deutsch) umsetzen kann. In der Geschichte der letzten zweihundert Jahre hat er sich vor allem in Europa als dauerhaftes politisches Phänomen erwiesen.

Nation und Nationalbewußtsein in Deutschland. Deutliche Spuren eines deutschen Nationalbewußtseins lassen sich zu Beginn der Neuzeit vor allem in den Schriften der Humanisten nachweisen. Die Entwicklung der Hochsprache und der Buchdruck schufen seit dem 16. Jh. einen nationalen Kommunikationsraum. Dessen politisch föderale Gliederung gehört zu den Charakteristika der deutschen Nation. Regionalismus und regional geprägtes Heimatbewußtsein verbanden sich mit einem national orientierten „Reichsbewußtsein". In der Aufklärung gewann der Nationalgedanke an Popularität, um dann in den „Befreiungskriegen" gegen Napoleon als Medium sozialer Mobilisierung zu wirken. Die deutsche Nationalbewegung des 19. Jhs. war hiervon im doppelten Sinne gekennzeichnet: Ihr Freiheitsstreben richtete sich gegen das „Fremde" (die französische Fremdherrschaft), und sie nahm zugleich den modernen politischen Impuls, der vom revolutionären Frankreich ausgegangen war, auf in der Forderung nach politischer

Selbstbestimmung (nationale Souveränität). Die Gründung des Deutschen Reiches 1871 geschah durch politische Entscheidungen „von oben" und konnte sich auf breite Zustimmung „von unten" stützen. Der Nationalstaat entsprach dem Willen der Nation.

Gegen Ende des 19. Jhs. verbanden sich Nationalismus und Rassismus und gewannen insbesondere nach der militärischen Niederlage 1918 im völkischen Denken eine ideologische Basis, die im nationalsozialistischen Staat zur Grundlage der Vernichtungspolitik wurde. Vor diesem Hintergrund ist es nicht erstaunlich, daß deutsche Intellektuelle nach 1945 im Nationalismus die Wurzel allen Übels sahen.

Gleichwohl existierte die deutsche Nation auch nach der Gründung zweier deutscher Staaten 1949 fort: im Bewußtsein der Deutschen selbst, die im Krieg und bei Kriegsende durch Flucht und Vertreibung zur „Schicksalsgemeinschaft" geworden waren und die nach 1945 vor allem im Bewußtsein der europäischen Nachbarvölker und der Juden als „Holocaustnation" eine „Verantwortungsgemeinschaft" bildeten; im Selbstverständnis von Bundesrepublik und DDR, die sich anfangs beide als deutsche Kernstaaten definierten, deren Aufgabe es sei, der ganzen deutschen Nation einen politischen Weg in die Zukunft zu weisen, eine politische Idee, an der in der Bundesrepublik durch die Bestimmungen des Grundgesetzes bis zur Wiederherstellung der staatlichen Einheit festgehalten wurde; durch fortbestehende „objektive" Merkmale wie gemeinsame Hochsprache, eine in beiden Teilstaaten mannigfaltig aufeinander bezogene Kultur, die sich mit dem gemeinsamen kulturellen Erbe auseinandersetzte; durch gemeinsame Interessen, zu denen vor allem die Friedenssicherung gehörte; schließlich durch die von der Potsdamer Konferenz 1945 bis zum Zwei-plus-Vier-Vertrag 1990 gültigen Vorbehaltsrechte der vier Siegermächte hinsichtlich „Deutschlands als Ganzem", d.h. hinsichtlich des deutschen Nationalstaates und seiner Grenzen. Die → *Deutschlandpolitik* der Bundesrepublik und die Haltung der SED zur deutschen Frage (→ *SED und deutsche Frage*) zeigen die politische Auseinandersetzung mit dem Phänomen der Nation.

Marxistisches Verständnis: Karl Marx und Friedrich Engels haben keine eigene Theorie der Nation entwickelt, sondern die „nationale Frage" dem Konzept des internationalen Klassenkampfes untergeordnet. Im Kommunistischen Manifest behaupten sie: „Die Arbeiter haben kein Vaterland", und an anderer Stelle wird festgestellt: „Die Proletarier sind der großen Masse nach schon von Natur ohne Nationalvorurteile, und ihre ganze Bildung und Bewegung ist wesentlich humanistisch, antinational." Vor allem Marx äußerte eine Reihe von nationalistischen Vorurteilen insbesondere gegenüber slawischen Völkern, die er als „Völkerruinen", „Völkerabfälle" und „ohnmächtige, ihrer Nationalkraft beraubte Stämme" charakterisierte. Engels beschränkte das nationale Selbstbestimmungsrecht auf „historische" Nationen.

Im Gegensatz dazu versuchte Lenin, die russischen Realitäten mit der marxistischen Geschichtskonzeption zu verbinden, indem er 1903 das Selbstbestimmungsrecht der Völker in das Programm der Allrussischen Sozialdemokratischen Arbeiterpartei aufnehmen ließ und eine Lösung der nationalen Frage in der von „antagonistischen Widersprüchen" freien sozialistischen Gesellschaft prophezeite.

Auf diese Aussage bezogen sich später DDR-Theoretiker wie Alfred Kosing, Walter Schmidt, Erhard Hexelschneider und Erhard John sowie die SED-Politbüro-Mitglieder Erich Honecker, Hermann Axen und Albert Norden.

Dagegen fand Stalins Definition aus dem Jahre 1913, die ab 1924 Instrument für die Propaganda zugunsten eines „Sowjetpatriotismus" wurde, nur in den Anfangsjahren der DDR besondere Beachtung. Nach Stalin ist die Nation „eine historisch entstandene stabile Gemeinschaft von Menschen [...] auf der Grundlage der Gemeinschaft der Sprache, des Territoriums, des Wirtschaftslebens und der sich in der Gemeinschaft der Kultur offenbarenden psychischen Wesensart". Der führende Nationstheoretiker der DDR, Alfred Kosing, stellte hierzu 1976 fest: „Die von Stalin entwickelte Definition der Nation hat unverkennbar einen stark schematischen Charakter." Ihr hafte etwas „Statisches und Klassenindifferentes" an.

DDR-Gesellschaftswissenschaftler definierten aufgrund des Positionswechsels der SED in der nationalen Frage (VIII. Parteitag 1971) den Nationsbegriff neu. Dabei muß auch die Signalwirkung der sowjetischen Diskussion über Nation und nationale Frage berücksichtigt werden, die Ende der 60er Jahre einsetzte und die politisch von Leonid Breschnew und wissenschaftlich von Grigorij Gleserman geprägt wurde. Kosing forderte in seiner neuen historisch-materialistischen Theorie der Nation in Übereinstimmung mit den sowjetischen Thesen, daß „theoretische Vorstellungen [...] an der gesellschaftlichen Praxis, am realen Geschichtsprozeß weiter konkretisiert, präzisiert und [...] korrigiert werden." Diese Feststellung zielte auf die Entwicklung der DDR und sollte deren Existenz ideologisch legitimieren. Kosing gelangte zu einer Neubewertung der „Nationalpsyche": „Eine in antagonistische Klassen gespaltene kapitalistische Nation hat keine einheitliche Nationalpsyche." Das „gesellschaftliche Bewußtsein" spiegele sich nicht nur „in der Form von Anschauungen, Ideen, Überzeugungen, Werten, Normen" wider, sondern auch in „Emotionen, Stimmungen, sozialen Instinkten, Charakterzügen, Gewohnheiten, Verhaltensweisen, Willensäußerungen usw." Das gesellschaftliche Bewußtsein konstituiert danach die Nation. Ethnischen, sprachlichen, territorialen, geschichtlichen u.a. Gemeinsamkeiten käme im Vergleich hiermit nur eine geringere Bedeutung zu. Sie konstituierten die Nationalität, nicht jedoch die Nation. Infolge der gesellschaftlichen Entwicklung habe sich in der DDR eine „sozialistische Nation" konstituiert. Kosing unterschied die deutsche Nationalität mit den Primärmerkmalen Sprache und Geschichte von der sozialistisch geprägten „Nation DDR", deren Primärmerkmale die sozioökonomisch bedingte neue Lebensweise und das neue Bewußtsein seien. Hierin liegt die Kernthese der neuen historisch-materialistischen Theorie der Nation.

Hinsichtlich des Problems der Kulturnation führten Hexelschneider und John 1984 analog zu Kosing aus, daß zwischen „bürgerlicher" und „proletarischer Kultur" unterschieden werden müsse und Kultur „letztendlich durch die sozialökonomische Struktur der jeweiligen Gesellschaft bestimmt" werde. In der DDR hätten sich sozialistische „Vorstellungen vom Guten, Schönen und Gerechten in Kunstwerken, in moralischen Normen, in philosophischen Darlegungen, in staatsrechtlichen Abhandlungen sowie in Bildungsprogrammen und Erziehungszielen" entwickelt und dadurch zur Konstituierung einer eigenen Nation beigetragen. Es könne keine Einheit „zwischen Nationen unterschiedlicher Gesellschaftsordnung" geben. Für die nationale Geschichte stellte Walter Schmidt fest, daß die seit 1949 unterschiedlich verlaufende Entwicklung in beiden deutschen Staaten auch zu einer Spaltung des Geschichtsbewußtseins geführt habe. Die DDR sei „Erbin alles Progressiven in der deutschen Geschichte", während sich in der „BRD die reaktionäre Klassenlinie" fortsetze. Gleichwohl wies der Rückgriff auf die deutsche Geschichte (Luther, Friedrich der Große, August der Starke usw.), der in der DDR in den 80er Jahren erfolgte, eine ambivalente Seite auf. Die Verbindung historischer Persönlichkeiten mit sozialistischen Inhalten wirkte meist künstlich und verblaßte hinter der identitätsstiftenden Wirkung eines nationalen Geschichtsbewußtseins (→ *Historisches Erbe*).

Nation im Verständnis der SED-Politik: Wissenschaftliche Aussagen zur Nation standen in der DDR (wie in der UdSSR) immer im Zusammenhang mit dem politischen Kurs der herrschenden Partei. Bis zum Beginn der 70er Jahre erhob die SED (→ *SED und deutsche Frage*) für die DDR den Anspruch, politisch als nationaler Kernstaat für „den Bestand und die Entwicklung des deutsches Volkes in seiner Gesamtheit" (DDR-Verfassung von 1949, Artikel 1) zu wirken. Der hiermit ursprünglich verbundene völkerrechtliche Alleinvertretungsanspruch der DDR wurde in den 60er Jahren im Sinne der Zwei-Staaten-These modifiziert (→ *Verfassung*) und ging so 1968 in die neue DDR-Verfassung ein. Artikel 1 stellte fest: „Die Deutsche Demokratische Republik ist ein sozialistischer Staat deutscher Nation." Artikel VIII forderte „die Überwindung der vom Imperialismus der deutschen Nation aufgezwungenen Spaltung Deutschlands". Walter Ulbricht hielt bis zu seinem Sturz 1971 an der These fest, daß „trotz vorübergehender Spaltung die Einheit der Nation historisch unvermeidlich" sei.

Auf dem VIII. Parteitag der SED 1971 erläuterte sein Nachfolge Erich Honecker die geänderte Generallinie, die der sowjetischen Konzeption der Entspannungspolitik folgte und diese mit einer strikten Abgrenzung gegenüber der Bundesrepublik kombinieren wollte. Die Abgrenzungspolitik erschien angesichts der Erklärung von Bundeskanzler Willy Brandt zur Einheit der Nation („Im Begriff der Nation sind geschichtliche Wirklichkeit und politischer Wille vereint.") besonders wichtig. Nach Honecker entwickelte sich in der DDR „mit der Errichtung der Arbeiter- und Bauernmacht und dem Aufbau der sozialistischen Gesellschaft [...] ein neuer Typ der Nation, die sozialistische Nation". SED-Politbüromitglied Albert Norden führte 1972 zum Problem der Nation aus: „Es gibt nicht zwei Staaten einer Nation, sondern zwei Nationen in Staaten verschiedener Gesellschaftsordnung." Es existiere keine gemeinsame deutsche Wirtschaft, keine gemeinsame Kultur, es würden unterschiedliche geschichtliche Traditionen gepflegt und die „psychischen und moralischen Eigenschaften" der Menschen unterschieden sich deutlich (→ *Staat*).

1974 erfolgte eine Änderung der DDR-Verfassung durch Gesetz, in der entsprechend der neuen Generallinie alle Hinweise auf die Einheit der Nation gestrichen wurden. Auf ihrem IX. Parteitag 1976 verabschiedete die SED schließlich ihr neues Parteiprogramm mit einem eigenen Abschnitt über die „Entwicklung der sozialistischen Nation", in dem die bekannten Thesen zusammengefaßt wurden. An dieser Position hielt die SED bis 1989 fest. Allerdings verschwand die Zwei-Nationen-These in den 80er Jahren weitgehend aus der öffentlichen Diskussion. Gelegentlich benutze Honecker Formulierungen, die in eine andere Richtung zu deuten schienen (1981 auf einer SED-Versammlung in Gera, 1987 bei seinem Besuch in der Bundesrepublik). Vor allem die Formel in der gemeinsamen Erklärung des SED-Generalsekretärs mit Bundeskanzler Kohl (Moskau 1985), „von deutschem Boden darf nie wieder Krieg, von deutschem Boden muß Frieden ausgehen", wurde als eine Neubestimmung der Haltung der SED zur nationalen Frage interpretiert. Gegen eine derartige Interpretation sprechen jedoch SED-Programm, DDR-Verfassung sowie die offizielle Ideologie- und Geschichtskonzeption.

Fortbestand der deutschen Nation: Ungeachtet der staatlichen Teilung Deutschlands und der ideologischen Ausrichtung der DDR blieben gemeinsame Sprache, eine aufeinander bezogene Hochkultur, das gemeinsame historische Erbe sowie eine insbesondere durch Funk und Fernsehen fortexistierende Kommunikationsgemeinschaft konstitutiv für den Fortbestand der Nation. Wachsende Reisemöglichkeiten und der Zusammenhalt von Familien auch über die Grenzen der beiden Staaten in Deutschland hielten das Nationalbewußtsein lebendig. Dieses bestätigten auch Meinungsumfragen. Der Fortbestand der deutschen Nation erwies sich 1989/90, als das politische, ökonomische und soziale Scheitern des „real existierenden Sozialismus" in der DDR parallel zur Entwicklung in der Sowjetunion und in anderen sozialistischen Staaten zum Zusammenbruch des Systems führte. Dadurch wurde die nationale Frage aktuell und in den Großdemonstrationen im Winter 1989/90 durch den Ruf „Wir sind *ein* Volk!" beantwortet. Der politische Wille der deutschen Nation zur Einheit kam in den freien Wahlen des Jahres 1990 deutlich zum Ausdruck. Zum ersten Mal in der deutschen Geschichte schuf sich die Nation 1990 einen durch Wahlen legitimierten und international im Zwei-plus-Vier-Vertrag anerkannten freiheitlich-demokratischen Nationalstaat mit festen Grenzen.

Wolfgang-Uwe Friedrich

Literaturhinweise:

Dann, Otto: Nation und Nationalismus in Deutschland 1770–1990, München 1993.
Kosing, Alfred: Nation in Geschichte und Gegenwart. Studie zur historisch-materialistischen Theorie der Nation, Berlin (Ost) 1976.
Mayer, Tilman: Prinzip Nation. Dimensionen der nationalen Frage am Beispiel Deutschlands, Opladen 1987.
Schweitzer, Carl C.: Die deutsche Nation. Aussagen von Bismarck bis Honecker. Dokumentation, Köln (2. Aufl.) 1979.

Nationaldemokratische Partei Deutschlands (NDPD)

Wie die → *DBD* entstand die NDPD während der zweiten Gründungswelle der Blockparteien im Frühjahr/Sommer 1948. Anders als bei den ersten Blockparteien fußten diese Neugründungen nicht auf eigenständigen Initiativen, sondern gingen auf gezielte Aktionen der SED zurück, deren → *Blockpolitik* zu dieser Zeit in eine schwere Krise geraten war. Anlaß für die Gründung der NDPD war die formale Beendigung der → *Entnazifizierung* in der SBZ mit dem SMAD-Befehl Nr. 35, der „unbelasteten" früheren NSDAP-Mitgliedern politische Betätigung erlaubte. Den Ausgangspunkt bildete die seit März 1948 erscheinende National-Zeitung, deren Leser sich angeblich spontan im Mai und Juni 1948 zu einer Partei zusammenschlossen, welche bereits Mitte Juni unter dem Namen NDPD von der Besatzungsmacht lizensiert wurde. Organisatorisch führte eine wichtige Verbindungslinie zum 1943 von deutschen Kriegsgefangenen in der Sowjetunion gegründeten Nationalkomitee Freies Deutschland, aus dessen Reihen sich zunächst die Führungsschicht der NDPD rekrutierte. So war der erste Parteivorsitzende Lothar Bolz, der 1928 der KPD beitrat und zu Beginn des NS-Herrschaft in die Sowjetunion emigriert war, ein Mitbegründer des Komitees. Außer an ehemalige Nationalsozialisten wandte sich die neue Partei vorgeblich vor allem an ehemalige Soldaten, denen der Glauben „an sich und an die nationale Zukunft des Volkes" wiedergegeben werden sollte.

Die SED verband aber mit der NDPD, deren Gründung sie publizistisch, organisatorisch und finanziell massiv unterstützte, neben der politischen Integration der sog. Ehemaligen noch weitere Ziele: Erstens sollte die Werbung von → *LDPD* und → *CDU* im Mittelstand Konkurrenz erhalten, zweitens sollte der zentralistische Aufbau der NDPD Vorbild sein für die anderen Blockparteien, und schließlich suchte sie nach einem scheinbar unverfänglichen nationalen Aushängeschild für die Propaganda-Arbeit im Westen. Infolge dieser Funktionszuweisung erfreute sich die NDPD zunächst besonderer Wertschätzung von kommunistischer Seite: Bereits im September 1948 wurde sie in den Demokratischen Block aufgenommen, bald darauf erhielt sie ohne jegliche demokratische Legitimation Sitz und Stimme in den Volksvertretungen und Verwaltungen; Zug um Zug wurde sie ebenso wie die DBD den älteren Blockparteien gleichgestellt. Lothar Bolz – seit 1949 bereits Aufbauminister – wurde 1953, als Nachfolger des verhafteten Georg Dertinger, sogar mit dem Außenministerium betraut, welches er bis 1965 nominell leitete.

Trotz dieser Unterstützung lief die Mitgliederentwicklung zunächst schleppend, immerhin besaßen aber 1952 107 000 DDR-Bürger das NDPD-Parteibuch. Danach setzte ein allmählicher Rückgang ein, der zwar erst Ende der 60er Jahre zum Stillstand kam (1969: 81 000), aber insgesamt weniger dramatisch war als bei LDPD und CDU. Seit den 70er

Jahren war wieder ein Mitglieder-Anstieg (bis 1989: 102 000) zu verzeichnen, der aber nicht verhinderte, daß die NDPD schließlich von der als Hauptkonkurrentin angesehenen LDPD wieder überholt wurde.

Die latent stets vorhandene Rivalität zwischen diesen beiden Blockparteien ging zurück auf die Anfangsjahre der NDPD, als diese eine dezidiert „antiliberale" Haltung einnahm und den Kurs der SED, etwa im Demokratischen Block, als „fortschrittliche Kraft" bedingungslos unterstützte. Später wurde diese Rivalität dadurch vertieft, daß beide sich auf die gleichen mittelständischen Zielgruppen stützten. Die Mitgliederdaten zeigen auch, daß die NDPD, abgesehen von der Führungsschicht, zu keiner Zeit wirklich eine Partei der „Ehemaligen", sondern – ähnlich wie die spätere LDPD – ein Partei der Gewerbetreibenden, Handwerker und vor allem der Angestellten gewesen ist. Die Arbeit mit dem Mittelstand stellte auch seit den 60er Jahren die wichtigste Aufgabe die NDPD dar. Hier sollte sie nach dem Willen der SED wie die übrigen „verbündeten Parteien" die Funktion eines „Transmissionsriemens" übernehmen. Ende der 50er Jahre stellte die NDPD ihre politische Propaganda-Arbeit im Westen ein, wo sie vor allem, allerdings erfolglos, an das Zusammengehörigkeitsgefühl der „Frontgeneration des Zweiten Weltkriegs" appelliert hatte (→ *Nationale Front*).

Mit der Abkehr von der Gesamtnation änderte sich für die SED der Stellenwert der NDPD, die, nachdem sie beim Aufbau der NVA noch eine wichtige propagandistische Funktion ausgeübt hatte, seit den 60er Jahren keine herausragende Rolle in der DDR mehr spielte. Dies ging einher mit einem Wandel im offiziellen Selbstverständnis der Nationaldemokraten: An die Stelle der Orientierung auf die deutsche Nation trat die auf die „Nation DDR"; im Grunde reduzierten sich die programmatischen Ziele der NDPD mehr und mehr auf die beiden sog. Kernsätze, nämlich „Bündnis mit der Arbeiterklasse" und „Freundschaft zur Sowjetunion", für die sie ihre Zielgruppen gewinnen wollte.

Allem Anschein nach ist dieser programmatische Wandel aber längst nicht von allen NDPD-Mitgliedern nachvollzogen worden, vielmehr lebte offensichtlich bei vielen von ihnen die ursprüngliche national-gesamtdeutsche Ausrichtung fort. Ähnlich wie die anderen Blockparteien wurde auch die NDPD von vielen ihrer Mitglieder vor allem als politische Nische und zumindest ansatzweise als Instrument zur Vertretung spezifischer Interessen angesehen. Insgesamt gesehen blieb aber die Bindekraft zwischen Mitgliedern und Partei hinter der bei CDU und LDPD zurück, wie sich 1989/90 zeigte. Nach dem Ende der SED-Herrschaft fiel die NDPD rasch in Auflösung, eine Erneuerung und Demokratisierung aus eigener Kraft kam nicht zustande. Nachdem sie bei der

Volkskammerwahl vom März 1990 weniger Stimmen erhalten hatte, als sie nominell Parteimitglieder zählte, schlossen sich die Reste der NDPD Ende März mit der einst befehdeten LDPD zum Bund Freier Demokraten zusammen. Mit diesem ging sie schließlich im August 1990 in der F.D.P. auf.

Jürgen Frölich

Literaturhinweise:

Frölich, Jürgen: Transmissionsriemen, Interessenvertretung des Handwerks oder Nischenpartei? Zur Rolle, Bedeutung und Wirkungsmöglichkeiten der NPD, in: Materialien der Enquete-Kommission, a.a.O., Bd. II. 2, S. 1542-1578.

Gottberg, Bernd: Die Gründung und die ersten Jahre der NDPD 1948-1954, in: Frölich, Jürgen (Hrsg.): „Bürgerliche Parteien" in der SBZ/DDR, Köln 1994, S. 73-88.

Haas, Josef: Die National-Demokratische Partei Deutschlands (NDPD). Geschichte, Struktur und Funktion einer DDR-Blockpartei, (Diss.) Erlangen 1987.

Nationale Front

Geschichte: Die Nationale Front des demokratischen Deutschland, ab 1973 Nationale Front der DDR, wurde zeitgleich mit der DDR gegründet. Der Deutsche Volksrat verabschiedete am 7. Okt. 1949, bevor er sich als Provisorische Volkskammer konstituierte, das gleichnamige Manifest, in dem alle „patriotischen Kräfte des deutschen Volkes" aufgefordert wurden, für die „Errichtung eines einheitlichen, unabhängigen demokratischen Deutschland" nach dem Vorbild der DDR einzutreten. Die Propagierung eines solchen Bündnisses entsprach den Interessen sowjetischer Deutschlandpolitik (→ *Sowjetunion und SBZ/DDR*). Bereits Mitte 1948 hatte Stalin angeregt, eine gesamtdeutsche Nationale Front zu organisieren, in die sich auch frühere NSDAP-Mitglieder und Wehrmachtsoffiziere einreihen sollten, um gemeinsam die Konstituierung eines westorientierten deutschen Teilstaates zu verhindern.

Die SED-Spitze, die primär daran interessiert war, die eigene Besatzungszone rasch und dauerhaft in das „Lager der Volksdemokratien" zu integrieren, reagierte damals zurückhaltend. Wilhelm Pieck fühlte sich an „Nazi-Parolen" erinnert, wie er intern verlauten ließ, und hielt die Losung deshalb für „bedenklich". Gleichwohl nahm die SED den Begriff schließlich in ihren deutschlandpolitischen Forderungskatalog auf. Auch im Oktober 1949 blieben die SED-internen Reaktionen auf die Bildung der Nationalen Front gedämpft, denn das Unternehmen hatte keine Aussicht auf Erfolg, entsprach aber dem sowjetischen Interesse, auch nach der DDR-Gründung sorgfältig auszuloten, welche Chancen sich boten, den Status quo in Deutschland zu eigenen Gunsten zu verändern.

Entgegen der ursprünglichen Ankündigung Otto Grotewohls wurde die → *Volkskongreßbewegung* nicht weitergeführt. Sie ging schon im Januar 1950 in der Nationalen Front auf, die nun Organisationscharakter annahm. Oberstes Leitungsorgan war der „Nationalkongreß". Er wurde bis 1969 viermal, danach aber nicht mehr einberufen. Eigentliches Führungsgremium war der gegen Ende der DDR auf 285 Mitglieder angewachsene „Nationalrat", an dessen Spitze ein „Präsident" stand. Erster Inhaber dieses Amtes war seit August 1950 der parteilose Jenenser Chemiker Professor Dr. Dr. Erich Correns. Nach dessen Tod 1981 wurde Professor Dr. Lothar Kolditz, ebenfalls Chemiker und parteilos, zum Nachfolger bestimmt.

Wichtigste Organe des Nationalrates waren das Präsidium, dem Vertreter aller Parteien und der größeren gesellschaftlichen Organisationen angehörten, sowie das Sekretariat, in dem unter der Leitung eines Vorsitzenden hauptamtlich Beschäftigte die tägliche Verwaltungsarbeit erledigten. Abgesehen vom Präsidium, das nur an der Spitze eingerichtet wurde, waren die Gremien unterer Ebene analog strukturiert. Es gab Landesausschüsse und ab 1952 Bezirks-, Kreis-, Stadt-, Orts- und Wohngebietsausschüsse; 1989 insgesamt 19 400 an der Zahl. Sekretariate wurden nur bis zu den Bezirksausschüssen der Großstädte gebildet. Obwohl auch Mitglieder der Blockparteien und zum Teil sogar Parteilose zu Ausschußvorsitzenden gewählt worden waren, dominierten insgesamt die SED-Mitglieder, denen auch die wichtigen Positionen der 1. Sekretäre in den Bezirken und Kreisen vorbehalten blieben.

Die deutschlandpolitische Funktion: Wie dem Manifest zu entnehmen, war der Nationalen Front ursprünglich eine primär deutschlandpolitische Funktion zugedacht: Sie sollte die Westintegration der Bundesrepublik verhindern und letztlich die Ziele der sowjetischen Deutschlandpolitik propagieren helfen. Hauptadressaten waren eigentlich die Westdeutschen. Dennoch hatten die Gründungsinitiatoren nur DDR-Vertreter in den im Februar 1950 gebildeten, zunächst 65köpfigen Nationalrat delegiert. Hier zeigte sich, daß die SED nach wie vor in erster Linie DDR-zentriert plante und handelte. Erst sowjetische Intervention veranlaßte die Partei, ab Mitte 1950 wieder stärker ihr angeblich vorrangiges Interesse an der Wiederherstellung der Einheit zu betonen und u.a. westdeutsche Vertreter in den Nationalrat zu kooptieren. Diese Praxis wurde auf dem II. Nationalkongreß 1954 fortgesetzt, danach aber wieder aufgegeben, vermutlich als Reaktion auf den NATO-Beitritt der Bundesrepublik, der nach dem Urteil der SED den Weg zu einem „einheitlichen demokratischen deutschen Staat“ vorerst versperrt hatte. Die westlichen Ratsmitglieder und Kongreßteilnehmer stammten aus den Reihen der KPD bzw. aus deren Umfeld und verfügten über kein wirkliches Mandat, für die Deutschen in der Bundesrepublik zu sprechen. Einzelne Versuche, auch dort Ausschüsse der Nationalen Front zu bilden, waren von den westdeutschen Behörden vereitelt worden. Sie betrachteten die Nationale Front als kommunistische Tarnorganisation.

Deren Funktion als propagandistisches Instrument der SED-Deutschlandpolitik verlor in dem Maße an Bedeutung, in dem die Teilung fortschritt. Von Belang war sie vor allem in den 50er Jahren. Immer wieder meldete sich der Nationalrat mit schon zum Ritual gewordenem Protest gegen die Westintegration der Bundesrepublik zu Wort. Als letzte deutschlandpolitische Initiative der SED verabschiedete er 1962 das „Nationale Dokument“, das von einer noch langen Dauer der Zweistaatlichkeit ausging und die Vollendung des Sozialismus in der DDR zur Vorbedingung einer späteren Lösung der nationalen Frage machte. Anfang der 70er Jahre verlor die Nationale Front vollends ihre deutschlandpolitische Bedeutung. Im Zuge der nun von der SED propagierten Zwei-Nationen-Theorie wurde sie 1973 in „Nationale Front der DDR“ umbenannt.

Die innenpolitische Funktion: Weitaus bedeutsamer war von Anfang an ihre innenpolitische Funktion. Die SED hatte sie zu einer Art Dachverband aller Parteien und gesellschaftlichen Organisationen ausgebaut. Sie verkörperte faktisch das Organisationsmonopol der Staatspartei, die die Nationale Front wie eine → *Massenorganisation* kontrollierte und instrumentalisierte. In der Verfassung von 1968 wurde sie erstmals und ausschließlich in dieser Funktion erwähnt: „Das Bündnis aller Kräfte des Volkes findet in der Nationalen Front des demokratischen Deutschland seinen organisierten Ausdruck.“ (Art. 3)

Die christlichen Religionsgemeinschaften waren die einzigen Organisationen, deren Existenz staatlich geduldet wurde, obwohl sie sich nicht der Nationalen Front angeschlossen hatten. Deren organisatorischen Kern bildeten die zuletzt zehn Parteien und Massenorganisationen, die dem zentralen Blockausschuß (→ *Blockpolitik*) und der → *Volkskammer* angehörten. Darüber hinaus waren (im Jahre 1989) weitere 29 Vereinigungen und Verbände im Nationalrat vertreten, u.a. auch der Verband der Jüdischen Gemeinden und der Zentrale Ausschuß für → *Jugendweihe*.

Die SED versuchte, die Nationale Front innenpolitisch zur wenigstens formalen Legitimationsbeschaffung zu nutzen. Sie setzte durch, daß sich der I. Nationalkongreß als selbsternannter Sprecher aller politisch verantwortungsbewußt handelnden Deutschen im August 1950 für Einheitslisten bei den ersten Volkskammerwahlen im Oktober aussprach. Gerade dieses gegen die Verfassung verstoßende Verfahren traf auf heftige Kritik, speziell in den Reihen von CDU und LDP. Die Nationale Front wurde von nun an mit dem Einheitslisten-Prinzip identifiziert. Auch in den folgenden Jahren war es ihre Aufgabe, die Listen zu den Parlamentswahlen aufzustellen. Nach § 47 des Wahlgesetzes kam ihr zudem eine federführende Rolle bei der Abberufung von Abgeordneten zu – ein eher theoretisches Recht. Für die eigentliche Durchführung der Wahlen war jeweils der vom → *Staatsrat* eingesetzte zentrale Wahlausschuß verantwortlich.

Anders als in den Massenorganisationen konnten Einzelpersonen nicht Mitglied der Nationalen Front werden, wohl aber in ihren Ausschüssen mitarbeiten. Insgesamt hatten 1989 nach offiziellen Angaben 405 000 Bürger von diesem Angebot Gebrauch gemacht; 132 500 von ihnen seien parteilos gewesen. Das beachtliche Engagement in den Ausschüssen wurde von der SED-Propaganda gern als Beispiel „sozialistischer Demokratie“ erwähnt. Es konnte freilich nicht pauschal als Bekenntnis zum Staat gewertet werden. Gerade in den Kommunen waren die Probleme den Verwaltungen in den 80er Jahren über den Kopf gewachsen und zwangen zur Selbsthilfe. Hauptbetätigungsfelder für „sozialistische Bürgerinitiative“ im Rahmen der Nationalen Front waren der Erhalt des knappen Wohnraums, die Pflege der Grünflächen und die Anlage von Spielplätzen und Naherholungsgebieten. Zudem schätzten viele die Möglichkeit mitzuarbeiten und mitzudiskutieren, ohne sich organisieren zu müssen. Gerade in den Arbeitsgruppen „Christliche Kreise“ gab es offenbar zahlreiche, die, etwa als Pfarrer, den Beitritt zur CDU ablehnten, den staatlich angebotenen Diskussionsraum aber nutzen wollten. Ähnliches galt für die Arbeitsgruppen der Handwerker und Gewerbetreibenden. Für die SED war es in diesem Zusammenhang eher von Nachteil, den Schwerpunkt der Parteiorganisation in die Betriebe verlagert zu haben. Tendenziell begünstigt waren dadurch die Blockparteien, deren Ortsverbände zuweilen entscheidenden Einfluß auf die Arbeit der Nationalen Front im jeweiligen Wohngebiet hatten.

An zentraler Stelle war die Bedeutung der Nationalen Front in der Ära Honecker zurückgegangen. Sitzungen des Nationalrats-Präsidiums fanden in den 80er Jahren nicht mehr statt. Der Nationalkongreß war 1969 zum letztenmal zusammengetreten; der Nationalrat hatte sich bei Bedarf durch Kooptation personell selbst ergänzt. Anfang Dezember 1989 kündigten die Blockparteien auf Initiative der CDU ihre Mitgliedschaft in der Nationalen Front auf; Präsident Kolditz trat zurück. Mit der SED-Herrschaft war auch das System ihrer Bündnispolitik zusammengebrochen. Versuche des von Hans Modrow geleiteten Ministerrates, Anfang 1990 die Ausschüsse zu einer „Nationalen Bürgerbewegung" umzuwandeln, fanden keine ausreichende Resonanz. Durch ihr früheres Eintreten für die Alleinherrschaft der SED, speziell die Einheitslistenwahlen, hatte sich die Nationale Front nachhaltig diskreditiert.

Siegfried Suckut

Literaturhinweise:

Lapp, Peter Joachim: Wahlen in der DDR: Wählt die Kandidaten der Nationalen Front! Berlin (West) 1982.

Müller, Werner: Entstehung und Transformation des Parteiensystems der SBZ/DDR 1945–1950, in: Materialien der Enquete-Kommission, a.a.O., Bd. II, 4, S. 2327-2374.

Richter, Michael: Entstehung und Transformation des Parteiensystems der SBZ/DDR 1945–1950, in: Materialien der Enquete-Kommission, a.a.O., Bd. II, 4, S. 2509-2586.

Nationale Mahn- und Gedenkstätten

Die Gedenkstätten der „Arbeiterbewegung, des antifaschistischen Widerstandskampfes und des sozialistischen Aufbaus in der DDR" dienten vor allem der Legitimation des „Ersten Arbeiter-und-Bauern-Staates auf deutschem Boden" und dem Anspruch, Sieger der Geschichte zu sein. Von der einfachen Gedenkplatte an einem Haus zur Gründung des Arbeiter-Turner-Bundes Deutschlands 1895 über Denkmäler an Schreckensorten nationalsozialistischen Terrors bis hin zu Schulnamensgebungen für Grenzpolizisten, die an der Berliner Mauer bei Schießereien selbst zu Tode kamen, wurde der Kult des ununterbrochenen Kampfes der Arbeiterklasse gepflegt. An Gedenktagen („Tag der Volkspolizei"), bei politischen Veranstaltungen (SED-Parteitage) und zu gesellschaftlichen Ereignissen (Jugendweihe) wurde mit Fahnen, Aufmärschen und militärischen Wachen oder Ehrenformationen der Kampfcharakter solcher Gedenken unterstrichen. Stets wurde dabei der in Westdeutschland angeblich wiedererstandene Faschismus und Militarismus angeklagt, der die DDR beseitigen und die Errungenschaften der Arbeiter in der DDR abschaffen wolle.

Dem kämpferischen Pathos diente auch die Verfälschung der Geschichte in den Konzentrationslagern: Alle kommunistischen Opfer des Nazi-Terrors wurden zu Widerstandskämpfern stilisiert, womit diese zahlenmäßig sehr kleine Gruppe unter den Nazi-Häftlingen stark herausgehoben werden konnte, während die anderen Gruppen – Juden, Sinti/Roma, Zeugen Jehovas, Homosexuelle, Kriminelle und später Sowjetbürger, Polen, Tschechen, Franzosen, Dänen, Niederländer u.a. – nur Opfer gewesen seien. Hinzu kam, daß sehr früh die Organisationen „Opfer des Faschismus" (OdF) und „Vereinigung der Verfolgten des Naziregimes"(VVN) aufgelöst und Anfang 1953 durch das „Komitee der antifaschistischen Widerstandskämpfer" ersetzt wurden, dem auch Kommunisten angehörten, die nicht in Haft gewesen waren und nun die entsprechenden Vergünstigungen genossen.

Am 28. Juli 1961 erhielten die Gedenkstätten in den früheren Konzentrationslagern Buchenwald, Sachsenhausen und Ravensbrück den Status von „Nationalen Mahn- und Gedenkstätten" (NMG). Allein die Auswahl dieser drei Stätten (das „Juden-KZ" Jamlitz z.B. wurde keine NMG) und ihre Aufgabenstellung zeigten den politisch-ideologischen Auftrag, das Gedenken an den unmenschlichen Terror der SS und das Leiden der Häftlinge für die Legitimation der DDR zu nutzen. In den in den Statuten festgelegten Aufgaben wurde nicht ein einziger Satz für das Gedenken an die Opfer verwandt. Vielmehr sollten u.a. „der Kampf [...] gegen die drohende faschistische Gefahr, die Rolle der KPD, der antifaschistische Widerstand, der wiederentstandene Faschismus und Militarismus in Westdeutschland und die historische Rolle der DDR" dargestellt und erläutert werden. Der → *Antifaschismus* wurde instrumentalisiert und zum Kampf- und Unterdrückungsbegriff.

Eine besondere Rolle spielte hierbei die neben dem eigentlichen KZ-Gelände pompös eingerichtete NMG Buchenwald. Während das Lagergelände verkam und fast alle Bauten geschleift wurden, nutzte man die Gedenkstätte wie eine sakrale Weihestätte. Insbesondere die angebliche Selbstbefreiung durch kommunistische Häftlinge im April 1945 wurde zum Mythos erhoben, um den immerwährenden Kampf der Kommunisten bis hin zum Zusammenbruch des Faschismus zu belegen, was folgerichtig wenigstens in einem Teil Deutschlands zur Errichtung eines Arbeiter-und-Bauern-Staates geführt habe. Dieses Erbe mußte als einzige Selbstlegitimation der DDR ausgebaut und idealisiert werden. Da die DDR durch den in der kapitalistischen Bundesrepublik wiedererstandenen Neo-Faschismus, in der die Nazi-Henker und Schuldigen nicht nur nicht verfolgt würden, sondern wieder an allen Schalthebeln der Macht säßen („Die Blutspur führt nach Bonn."), ständig gefährdet sei, müßten alle Kräfte an der Verteidigung und Festigung der DDR mitarbeiten. Auch wer aus demokratischer Überzeugung Maßnahmen der SED oder Vorgänge in der DDR kritisierte, konnte demnach nur ein Faschist sein.

Um die so verstandene vorbehaltlose Verteidigung der DDR verinnerlichen zu lassen, machte die SED die NMG zu Kultstätten, an denen – oft mit martialischer Umrahmung durch Armee und Betriebskampfgruppen – Gedenkfeiern abgehalten wurden. Jeder Staatsbesuch und jede ausländische Delegation wurden in die Gedenkstätten Sachsenhausen oder Buchenwald geführt. Jede Schulklasse der DDR besuchte einmal eine NMG. Viele Jugendweihe-Veranstaltungen, in denen der Jugendliche sein Gelöbnis ablegte, wurden in die NMG verlegt (→ *Jugendweihe*). Höhepunkte waren jeweils im April eines jeden Jahres propagandistisch groß herausgestellte Befreiungsfeiern, zu denen mit finanzieller Unterstützung durch die DDR kommunistische oder kommunistisch geleitete Lagerkomitees ehemaliger KZ-Häftlinge aus ganz Europa zu den Gedenkstätten kamen und das Erbe ihrer toten Kameraden tagespolitisch interpretierten.

Entsprechend dieser Aufgabenstellung ist es nicht verwunderlich, daß die NMG trotz großer personeller Ausstattung (die NMG Buchenwald beschäftigte z.B. ca. 150 Personen) keine dokumentarischen Veröffentlichungen vorlegten über andere als kommunistische Häftlingsgruppen. Kriminelle wurden nur insofern genannt, als die kommunistischen Häftlinge gegen diese Gruppe einen erbarmungslosen Kampf um Häftlingsposten (Kapo) führte. Auch die Geschichte der vielen Ausländer aus etwa 46 Staaten, von sowjetischen Kriegsgefangenen bis zu Polizisten aus Kopenhagen, wurde nicht geschrieben. Sie waren Randfiguren der sich fast nur auf Erlebnisberichte ehemaliger kommunistischer Häftlinge stützenden Geschichtsdarstellung der drei Lager der NMG. Deshalb liegen auch bis heute keine geschlossenen wissenschaftlichen Arbeiten über die Geschichte der Konzentrationslager Sachsenhausen, Buchenwald und Ravensbrück vor.

Gerhard Finn

Literaturhinweise:

Institut für Denkmalpflege in der DDR (Hrsg.): Gedenkstätten Arbeiterbewegung/Antifaschistischer Widerstand/Aufbau des Sozialismus, Leipzig 1974.
NMG Buchenwald: Hinweise zur Vorbereitung und Durchführung von Exkursionen und Jugendstunden in der Nationalen Mahn- und Gedenkstätte, o.J.
Overesch, Manfred: Buchenwald und die DDR oder die Suche nach der Selbstlegitimation, Göttingen 1995.

Nationaler Verteidigungsrat (NVR)

Der Nationale Verteidigungsrat wurde 1960 geschaffen. Er ist aus der Sicherheitskommission des ZK der SED hervorgegangen, die von 1954 bis 1960 insgesamt 29 Sitzungen abhielt. Ihre Beschlüsse waren für die → *Bewaffneten Kräfte* verbindlich. Der NVR war formal ein Staatsorgan, das Rechtsvorschriften erlassen konnte. Sein Vorsitzender wurde von der Volkskammer gewählt, seine Mitglieder wurden auf Beschluß des Politbüros vom → *Staatsrat* berufen.

Der → *Generalsekretär* des ZK war laut Statut (4. Fassung vom 2. Okt. 1981) Vorsitzender des NVR. Ihm gehörten zu keiner Zeit (wie dem Staatsrat oder dem → *Ministerrat*) Mitglieder von Blockparteien an (→ *Blockpolitik*). 1986 hatte er folgende Zusammensetzung: Vorsitzender Erich Honecker und elf weitere Politbüromitglieder (darunter Verteidigungsminister Heinz Keßler, Staatssicherheitsminister Erich Mielke, Ministerratsvorsitzender Willi Stoph und die ZK-Sekretäre Egon Krenz, Günter Mittag, Kurt Hager und Werner Felfe) sowie fünf ZK-Mitglieder (darunter Innenminister Friedrich Dickel sowie die Chefs des Hauptstabes und der Politischen Hauptverwaltung der NVA, die Generale Fritz Streletz und Horst Brünner). Sekretär war unter Ulbricht (1960–1971) Honecker, unter Honecker (1971–1989) Streletz.

Das Verteidigungsgesetz vom 13. Okt. 1978 nannte als Zuständigkeiten des NVR die „zentrale Leitung der Verteidigungs- und Sicherheitsmaßnahmen" sowie Beschlüsse über die „allgemeine oder teilweise Mobilmachung". Das Statut enthielt darüber hinaus „die Festlegung der grundsätzlichen politischen Konzeptionen und Maßnahmen, die sich aus einer Besetzung des Territoriums des Kriegsgegners" ergaben, „die Festlegung der Gesamtstärke der bewaffneten Kräfte der DDR", die Bestätigung von Entwürfen von Rechtsvorschriften zu Fragen der Landesverteidigung, für deren Erlaß die Volkskammer, der Staatsrat oder der Ministerrat zuständig waren, sowie Entscheidungen über den Einsatz und die Abberufung von Kadernomenklaturen des NVR. Zu diesen gehörten 119 Stellen im Ministerium für Nationale Verteidigung (Verwendung ab Divisionskommandeur, aber auch sämtliche Militärattachés), 36 im Ministerium für Staatssicherheit (MfS) und 31 im Ministerium des Innern; ferner die Ernennung, Beförderung oder Entlassung von Generalen und Admiralen, die allerdings vom Politbüro bestätigt werden mußte. Offiziell vom NVR gewählt wurden die Militärrichter der Militärgerichte. Alle Kaderentscheidungen bedurften der Zustimmung der Abteilung für Sicherheitsfragen des ZK.

Bei seiner Arbeit stützte sich der NVR auf den Hauptstab der NVA, sein unmittelbarer Stab war die aus mehreren Offizieren bestehende Kontrollgruppe. Die mit mehreren Partei- und Staatsorganen „abgestimmten“ Vorlagen waren Geheime Kommandosache und geben einen vorzüglichen Einblick in das Ausmaß der Vorbereitung auf das 1. Kriegsjahr, das in der Tarnsprache der SED Berechnungs(B)-Jahr hieß. Mitglieder des Ministerrates mußten dem NVR berichten, wie sie ihren Bereich auf den „Verteidigungszustand“ (der in den anderen Staaten des Warschauer Paktes als Kriegszustand bezeichnet wurde) vorbereitet hatten. Darin legten sie u.a. dar, wie im Krieg Warenproduktion und Dienstleistungen für den zivilen Sektor zugunsten des militärischen Bedarfs heruntergefahren werden sollten. So sollte nach einer Planung aus dem Jahre 1980 die Bevölkerung im B-Jahr von ihren Einnahmen in Höhe von jährlich 108 Mrd. Mark nur 27% für Waren und Dienstleistungen ausgeben können. In den abschließenden Bemerkungen Honeckers wurde immer wieder von allen Beteiligten, bis zu den Lehrern in den Schulen, „kriegsbezogenes Denken und Handeln“ angemahnt.

Auch die Bezirke mußten dem NVR über ihre Kriegsvorbereitungen berichten. Dort sah das Statut der Einsatzleitungen (letzte Fassung vom 2. Okt. 1981) Gremien vor, die dem NVR entsprachen. Die Bezirkseinsatzleitungen (BEL) bestanden aus dem Bezirksparteichef der SED als Vorsitzendem, dem Chef des NVA-Wehrbezirkskommandos als Stellvertreter, den Bezirkschefs des MfS und der Deutschen Volkspolizei, dem Bezirksratsvorsitzenden und dem Abteilungsleiter für Sicherheitsfragen der SED-Bezirksleitung als Sekretär. Die Kreiseinsatzleitungen waren analog zusammengesetzt. Zu den wichtigsten Aufgaben der Einsatzleitungen gehörten die Unterstützung der Handlungen der Vereinten Streitkräfte des Warschauer Paktes (auf ihrem Marsch an die innerdeutsche Grenze), die Umstellung aller Bereiche auf den Kriegszustand und Maßnahmen zur Gewährleistung von Sicherheit und Ordnung. In den Schulungsmaßnahmen „Meisterschaft“ wurden die Bezirkseinsatzleitungen auf den Kriegseinsatz vorbereitet, in den Schulungsmaßnahmen „Meilenstein“ die leitenden Kader der zentralen Organe. Zu diesen gehörten die sieben Bevollmächtigten des Generalsekretärs des ZK der SED und Vorsitzenden des NVR (sechs von ihnen gehörten dem Politbüro an), denen im Krieg fast alle Mitglieder des Ministerrates (mit Ausnahme der Minister der bewaffneten Organe) unterstellt werden sollten.

Vorlagen über Aufgaben, Struktur, Ausrüstung und Kampfkraft der bewaffneten Kräfte (NVA, Grenztruppen, Volkspolizei-Bereitschaften u.a.) hat der NVR zustimmend zur Kenntnis genommen, jedoch hat er niemals den Stellenplan und den Etat dieser Streitkräfte verabschiedet. Angelegenheiten des MfS wurden unter Honecker in den Sitzungen des NVR niemals zur Sprache gebracht.

Daß die NVA auf den Angriff vorbereitet wurde, erfuhren schon die Mitglieder der Sicherheitskommission. Deutlich entnehmen konnten das die NVR-Mitglieder den Berichten über die Übungen des Warschauer Paktes, wobei gelegentlich mitgeteilt wurde (z.B. bei „Herbststurm-71“: Eroberung von Schleswig-Holstein und Dänemark), daß sie „annähernd der operativen Planung“ entsprachen. Der Bundeswehr wurde immer wieder eine Aggressionskriegsführung unterstellt, jedoch mußte in den Berichten über die NATO-Übungen zugegeben werden, daß diese nach Zurückschlagung der auf bundesdeutsches Gebiet eingedrungenen Truppen des Warschauer Paktes mit der Erreichung der innerdeutschen Grenze endeten. Mit den Maßnahmen zur Verhinderung von „Grenzdurchbrüchen“ beschäftigte sich der NVR in den 71 Sitzungen, die zwischen dem 28. Aug. 1961 und dem 16. Juni 1989 stattfanden, insgesamt 24mal.

Am 29. Nov. 1989 löste Krenz, der nach dem Sturz Honeckers von der Volkskammer zum NVR-Vorsitzenden gewählt worden war, die Einsatzleitungen auf. Am 6. Dez. 1989 trat er zurück. Die NVR-Mitglieder wurden vom Staatsrat aus dieser Funktion abberufen.

Der in DDR-Zeiten geheimnisumwitterte NVR hatte wegen der nur wenigen Sitzungen im Jahr (unter Honecker eine bis drei) und der nicht selten dem Prinzip Zufall unterworfenen Auswahl seiner Beratungsgegenstände offenbar die Funktion eines Akklamationsorgans, dessen Beschlüsse für wichtige militär- und sicherheitspolitische Entscheidungen nicht unerläßlich waren. Bei einigen wichtigen Ereignissen (Mauerbau 1961, Polen 1980/81) handelte allein das Politbüro oder der Parteichef als NVR-Vorsitzender. Wegen seiner hochrangigen Zusammensetzung hatte der NVR trotzdem im Gefüge der Partei- und Staatsführung einen bedeutenden Rang.

Otto Wenzel

Literaturhinweis:

Wenzel, Otto: Kriegsbereit. Der Nationale Verteidigungsrat der DDR 1960 bis 1989, Köln 1995.

Neues Ökonomisches System

Zu Beginn der 60er Jahre geriet die → *Wirtschaft* der DDR in eine ernste Krise, wodurch die Gefahr heraufbeschworen wurde, daß sie zunehmend nicht mehr hinreichend in der Lage war, ihre eigentliche Grundfunktion zu erfüllen, nämlich die politisch-gesellschaftliche Macht der herrschenden politischen Führung zu stabilisieren. Diese Krise zeigte sich darin, daß die Wachstumsraten des produzierten Nationaleinkommens drastisch zurückgingen. Mit dem Rückgang der Wachstumsraten wurden erhebliche Disproportionen im Gefüge der Produktions- und Austauschprozesse hervorgerufen, die es mit sich brachten, daß der Siebenjahrplan (1959–1965) nach drei Jahren seiner Laufzeit als nicht mehr erfüllbar angesehen und daher aufgegeben werden mußte (→ *Fünfjahrplan*).

Man zog aus diesem Desaster den Schluß, daß die bisherige Phase des extensiven Wachstums der Wirtschaft deswegen zu Ende ging, weil die Faktoren inzwischen weitgehend ausgelastet waren, so daß es notwendig wurde, intensives Wachstum zu bewirken. Dies kommt dann zustande, wenn es gelingt, technischen Fortschritt einzuführen und die Herstellungsprozesse zu rationalisieren, also den Faktoraufwand pro Erzeugniseinheit laufend zu vermindern. Die bis zu diesem Zeitpunkt praktizierte Methode der starren zentralistisch-administrativen Methode der Wirtschaftsplanung und -lenkung wurde jedoch vielfach als ungeeignet dafür erkannt, die Betriebe zu einem ökonomischen Verhalten anzureizen, aus dem in ausreichendem Umfang wachstumsfördernde Prozesse der Rationalisierung und der technischen Erneuerung hervorgehen.

Man entschloß sich daher im Jahre 1963 zu einer großangelegten Wirtschaftsreform, die in ihrer ersten Phase (1963–1967) als Neues Ökonomisches System der Planung und Leitung der Volkswirtschaft (NÖS) und in ihrer zweiten Etappe (1968 bis 1970) als Ökonomisches System des Sozialismus (ÖSS) bezeichnet wurde. Diese Reform brachte einen gewissen Abbau der Zentralisierung in der Wirtschaftsplanung, ohne jedoch von dieser prinzipiell abzugehen. Man entschloß sich dazu, nur noch eine ausgewählte Anzahl quantitativer und qualitativer Planauflagen an die produzierenden Einheiten (→ *VEB*) verbindlich vorzugeben. Sie erstreckten sich vor allem auf die Produktion und die Investitionen in den Wachstumsbranchen (Petrochemie, Elektronik, Elektroindustrie, Datenverarbeitungsanlagen usw.) und auf die Entwicklung „strukturentscheidender" Technologien. Die Planung von Produktion, Investitionen, Absatz und Beschaffung in den übrigen

Wirtschaftsbereichen wurde weitgehend den Vereinigungen volkseigener Betriebe und den volkseigenen Betrieben selbst überlassen. Man versuchte, deren Tätigkeit vermittels „indirekt" wirkender Instrumente in eine von der politischen Führung gewünschte Richtung zu lenken, nämlich der sog. ökonomischen Hebel. Hierzu gehörten die Hebel der wirtschaftlichen Rechnungsführung – das waren staatlich festgesetzte Preise, Steuersätze, Abschreibungssätze und Normative für die Gewinnverwendung – und die der persönlichen materiellen Interessiertheit in Form von Leistungsprämien, Leistungslöhnen und Lohnzuschlägen, durch welche die individuelle Leistungsbereitschaft stimuliert werden sollte.

Allerdings ist es der politischen Führung nicht gelungen, diese Hebel so auszugestalten, daß sie hätten bewirken können, die Betriebe eindeutig darüber zu informieren, welche konkrete Struktur der Produktion seitens der zentralen Instanzen erstrebt wurde, und die in den Betrieben wirtschaftenden Menschen nachhaltig zu rationalem ökonomischen Verhalten zu bewegen. Eine während 1964 und 1967 durchgeführte einmalige Umplanung der Preise für die Güter, die in der Industrie und im Bauwesen (Industriepreisreform) hergestellt wurden (→ *Löhne und Preise*), war nicht dazu geeignet, die Betriebe über die laufend sich verändernden Knappheitsgrade von Gütern und Produktionsfaktoren zuverlässig zu informieren und sie zu veranlassen, in ihren Produktionsplänen volkswirtschaftlich „richtige" Anpassungsentscheidungen zu treffen.

Die erhoffte Erhöhung der Effizienz der Wirtschaft blieb aus, die Disproportionen in der Produktionsstruktur konnten nicht beseitigt und der verschwenderische Umgang mit Produktionsfaktoren nicht unterbunden werden. Deshalb wurde das Reformexperiment aufgrund eines nicht veröffentlichten Politbürobeschlusses vom 8. Sept. 1970 abrupt abgebrochen, und man kehrte zur straffen zentral-administrativen Planung und Lenkung der Wirtschaft zurück.

Gernot Gutmann

Literaturhinweise:

Jeffries, Ian/Melzer, Manfred: The new Economic System of Planning and Management 1963–1970 and Recentralisation, in: Dieselben (Hrsg.): The East German Economy, London, New York, Sydney 1987, S. 26-40.

Thalheim, Karl C.: Die Wirtschaft der Sowjetzone in Krise und Umbau, Berlin 1964.

Oder-Neiße-Grenze

Entstehung: Die Festlegung der polnischen Westgrenze wurde von den Alliierten nicht so sehr als Frage des Schicksals Deutschlands als vielmehr Polens angesehen. Die UdSSR verlangte kategorisch von Polen die Rückgabe der im Frieden von Riga am 18. März 1921 abgetretenen Gebiete. Dieser Gebietsverlust sollte im Westen durch deutsche Gebiete kompensiert werden. Die neue Heimstätte der polnischen Nation sollte zwischen der Curzon-Linie im Osten und der Oder-Linie im Westen liegen sowie Oppeln einschließen. Bis zuletzt bestand die polnische Exilregierung auf Beibehaltung der Ostgrenze aus dem Friedensvertrag von Riga und vergleichsweise maßvollen Zugewinnen an deutschen Gebieten. Im einzelnen verstand sie darunter Ostpreußen, Danzig, Oberschlesien und kleine Teile Pommerns. Weitergehende Forderungen lehnte sie unter Hinweis auf die dann für notwendig, aber undurchführbar gehaltene Umsiedlung von 8-10 Mio. Deutschen ab. Trotz des Widerspruchs der westlichen Alliierten setzte die Rote Armee das Stalinsche Konzept der Westverschiebung Polens um.

Eine Revision der von Stalin geschaffenen vollendeten Tatsachen war von den Westalliierten nach Kriegsende nicht zu erreichen. Auf der Potsdamer Konferenz fanden sich die Westalliierten mit der Herauslösung der deutschen Gebiete östlich der Oder und Lausitzer Neiße aus der sowjetischen Besatzungszone ab; alle Drei Mächte betonten allerdings ausdrücklich, daß eine endgültige Regelung der Grenzfrage einem Friedensvertrag vorbehalten sein müsse. Sie stimmten darin überein, „daß bis zur endgültigen Festlegung der Westgrenze Polens die früher deutschen Gebiete östlich der Linie, die von der Ostsee unmittelbar westlich von Swinemünde und von dort die Oder entlang bis zur tschechoslowakischen Grenze verläuft, [...] unter die Verwaltung des polnischen Staates kommen und in dieser Hinsicht nicht als ein Teil der sowjetischen Besatzungszone in Deutschland betrachtet werden sollen" (→ *Alliierte Konferenzen*).

Die Oder-Neiße-Linie in den deutsch-polnischen Nachkriegsbeziehungen: 1) Die sich aus dem Vorbehalt der Friedensregelung ergebende Vorläufigkeit der Gebietszuweisung wurde nach dem Abschluß der Potsdamer Konferenz von der Sowjetunion und Polen zunächst akzeptiert. Der sowjetisch-polnische Vertrag vom 16. Aug. 1945, der den Verlauf der sowjetisch-polnischen Grenzlinie in Ostpreußen beschreibt, wiederholt in seinem Art. 3 ausdrücklich den Friedensvertragsvorbehalt unter Bezugnahme auf die Potsdamer Konferenz. Dennoch ging Polen bald dazu über, die in Potsdam ausgesprochene vorläufige Gebietszuweisung als endgültige Übertragung territorialer Souveränität anzusehen. Die von den Polen als „wiedergewonnene Gebiete“ bezeichneten deutschen Ostgebiete wurden zunächst unter die Verwaltung eines eigens zu diesem Zweck eingerichteten Ministeriums gestellt. Zu seinen Aufgaben gehörten die Durchführung einer planmäßigen Aussiedlungsaktion und die Verwaltung des von den ausgesiedelten Deutschen „zurückgelassenen“ Vermögens. Das Sonderministerium wurde durch Gesetz vom 11. Jan. 1949 wieder aufgelöst und seine Kompetenzen auf die allgemeine Verwaltung der Republik Polen übertragen. Aus der Sicht der polnischen Rechtsordnung waren damit die deutschen Ostgebiete endgültig eingegliedert. An dieser Rechtsauffassung hat auch das demokratische Polen festgehalten.

2) Polen fand förmliche Unterstützung seines Rechtsstandpunktes in einer Reihe von völkerrechtlichen Verträgen, die es mit der DDR über die Oder-Neiße-Linie abschloß:

– Am 6. Juli 1950 vereinbarten die Provisorische Regierung der DDR und die Regierung der Republik Polen in Warschau, „die festgelegte, zwischen den beiden Staaten bestehende unantastbare Friedens- und Freundschaftsgrenze an Oder und Lausitzer Neiße zu markieren“.
– Am 6. Juni 1950 unterzeichneten der Präsident der DDR und der Präsident der Republik Polen in Görlitz das Abkommen über die Markierung der Oder-Neiße-Grenze. Beide Seiten stellten übereinstimmend fest, „daß die festgelegte und bestehende Grenze, die von der Ostsee entlang der Linie westlich von der Ortschaft Swinoujscie und von dort entlang dem Fluß Oder bis zur Einmündung der Lausitzer Neiße und die Lausitzer Neiße entlang bis zur tschechoslowakischen Grenze verläuft, die Staatsgrenze zwischen Deutschland und Polen bildet“ (Art. 1). Zwecks „Markierung der Staatsgrenze im Terrain“ wurde eine gemischte deutsch-polnische Kommission gebildet (Art. 3).
– Am 27. Jan 1951 unterzeichneten die Staatsoberhäupter der DDR und Polens in Frankfurt/Oder den Akt über die Ausführung der Markierung der Oder-Neiße-Grenze. Die „Staatsgrenze zwischen Deutschland und Polen“ wurde gemäß übereinstimmender Feststellung markiert (Art. 1) und der genaue Grenzlinienverlauf in drei Anlagebänden sowie in 34 numerierten Karten dokumentiert (Art. 2 in Verbindung mit Anlage Nr. 1).
– Der Vertrag vom 22. Mai 1989 zwischen der DDR und der Volksrepublik Polen über die Abgrenzung der Seengebiete in der Oderbucht ergänzte seewärtig die Grenzverträge der Jahre 1950/51.

Die zwischen der DDR und Polen geschlossenen Verträge haben – was die Übertragung deutscher Gebiete anbelangt – nur deklaratorische, nicht aber konstitutive Bedeutung. Die DDR wie Polen gingen übereinstimmend vom Untergang des Deutschen Reichs und von der Befugnis der in Potsdam versammelten hauptverantwortlichen Siegermächte aus, über „ehemals deutsches Gebiet“ zu verfügen („adiudicatio“).

3) Demgegenüber vertrat die Bundesrepublik Deutschland – mit Zustimmung der westlichen Siegermächte – den Standpunkt, daß der als „Deutsches Reich“ bezeichnete deutsche Staat weder im Jahre 1945 durch die Kapitulation der deutschen Wehrmacht noch im Jahre 1949 durch die Konstituierung von Bundesrepublik und DDR rechtlich untergegangen ist, daß die Bundesrepublik Deutschland mit dem fortbestehenden deutschen Staat „subjektidentisch“ ist und daß die in Potsdam getroffenen Regelungen Deutschland rechtlich nicht binden können. Die Bundesrepublik Deutschland protestierte demgemäß gegen die von der DDR und Polen über die Oder-Neiße-Grenze geschlossenen Verträge. In Art. 7 des am 5. Mai 1955 in Kraft getretenen Deutschlandvertrags verständigten sich die Bundesrepublik und ihre drei westlichen Verbündeten, daß die „endgültige Festlegung der Grenzen Deutschlands“, also auch die Bestimmung der Ostgrenze Deutschlands, einer „frei vereinbarten friedensvertraglichen Regelung für ganz Deutschland“ vorbehalten bleiben muß. Damit gaben die drei westlichen Siegermächte keine Garantie für die Grenzen Deutschlands nach dem Stande vom 31. Dez. 1937 ab; es sollte aber ihrer Ansicht nach weder eine „adiudicatio“, d.h. eine Zuteilung deutschen Staatsgebiets ohne die Mitwirkung Deutschlands, noch ein Grenzdiktat geben.

Diese Grundprämissen westlicher Deutschlandpolitik blieben auch von der 1969 einsetzenden neuen deutschen Ostpolitik unberührt. Der Vertrag zwischen der Bundesrepublik Deutschland und der Volksrepublik Polen über die Grundlagen der Normalisierung ihrer gegenseitigen Beziehungen (Warschauer Vertrag) vom 7. Dez. 1970 griff erneut die Oder-Neiße-Problematik auf. Die Bundesrepublik und Polen stellten übereinstimmend fest, „daß die bestehende Grenzlinie, deren Verlauf in Kapitel IX der Beschlüsse der Potsdamer Konferenz vom 02.08.1945 von der Ostsee unmittelbar westlich von Swinemünde und von dort die Oder entlang bis zur Einmündung der Lausitzer Neiße und die Lausitzer Neiße entlang bis zur Grenze mit der Tschechoslowakei festgelegt worden ist, die westliche Staatsgrenze der Volksrepublik Polen bildet“ (Art. I Abs. 1). Andererseits berührte der Vertrag nicht „die von den Parteien früher geschlossenen oder sie betreffenden zweiseitigen oder mehrseitigen internationalen Vereinbarungen" (Art. IV). Der Friedensvertragsvorbehalt behielt seine Gültigkeit. Im Warschauer Vertrag wurde nicht über deutsches Staatsgebiet verfügt. Dies hatten die drei Westmächte schon anläßlich der Paraphierung des Vertrags in einem Notenwechsel vom 19. Nov. 1970, der auch der polnischen Seite zur Kenntnis gebracht wurde, ausdrücklich klargestellt. Sie erklärten, „daß der Vertrag die Rechte und Verantwortlichkeiten der Vier Mächte, wie sie in den bekannten Verträgen und Vereinbarungen ihren Niederschlag gefunden haben, nicht berührt und nicht berühren kann" und bezogen sich insoweit auch auf ihre in Art. 2 Deutschlandvertrag angeführten Vorbehaltsrechte in bezug auf „Deutschland als Ganzes [...] einschließlich einer friedensvertraglichen Regelung".

Demgemäß entschied das Bundesverfassungsgericht am 7. Juli 1975, daß die Gebiete östlich von Oder und Neiße mit dem Inkrafttreten der Verträge von Moskau und Warschau „nicht aus der rechtlichen Zugehörigkeit zu Deutschland entlassen" wurden (BVerfGE 40, 141). In den folgenden Jahren vermieden es die Verfassungsorgane der Bundesrepublik, diese Rechtslage für ihre Außen- und Deutschlandpolitik zu aktivieren.

Die Bestätigung des endgültigen Charakters der Oder-Neiße-Grenze als wesentlicher Bestandteil der Friedensordnung in Europa: Die auf eine neue Friedensordnung in Europa ausgerichteten evolutionären und revolutionären Wandlungen in Mittel- und Osteuropa, die die staatliche Einheit Deutschlands bewirken sollten, verdeutlichten erneut die Dringlichkeit der Regelung noch offener Grenzfragen und der Sicherheit der Nachbarn Deutschlands:

1) Am 13. Febr. 1990 verständigten sich die beiden deutschen Staaten und die vier Siegermächte des Zweiten Weltkriegs am Rande der Konferenz der Außenminister der NATO und des Warschauer Pakts auf eine Reihe von Gesprächen, in deren Verlauf die „äußeren Aspekte der Herstellung der deutschen Einheit" abgeklärt werden sollten (Zwei-plus-Vier-Gespräche). Durch den gewählten modus procedendi wurde deutlich, daß es 45 Jahre nach der bedingungslosen Kapitulation Deutschlands nicht mehr um den Abschluß eines klassischen Friedensvertrags aller Kriegsführenden mit Deutschland gehen konnte, sondern um die Gestaltung der künftigen Friedensordnung in Europa. Hierbei spielte die Oder-Neiße-Grenze eine bedeutsame Rolle. Polen hatte deshalb auch gefordert, als Hauptbetroffener gleichberechtigt an den Gesprächen über die äußeren Aspekte der Herstellung der deutschen Einheit beteiligt zu werden. Man einigte sich kompromißweise auf die Beteiligung des polnischen Außenministers an den Zwei-plus-Vier-Ge-

sprächen, die am 17. Juli 1990 in Paris über die Grenzen Deutschlands geführt wurden.

Am 12. Sept. 1990 unterzeichneten die Außenminister der vier Siegermächte und der beiden deutschen Staaten in Moskau den Vertrag über die abschließende Regelung in bezug auf Deutschland (Zwei-plus-Vier-Vertrag). Art. 1 Abs. 1 des Vertrags hält die Bestätigung der bestehenden Außengrenzen von Bundesrepublik und DDR für einen „wesentlichen Bestandteil der Friedensordnung in Europa". Der Vertrag läßt hierbei offen, durch welche konstitutiven Akte die territoriale Souveränität auf die neuen Gebietsherrn übergeht oder bereits übergegangen ist. Der Vertrag erklärt die nach 1945 faktisch durchgeführte Neuverteilung des territorialen Besitzstandes in Mitteleuropa für endgültig. Der „endgültige Charakter der Grenzen des vereinten Deutschlands" wird bewirkt durch eine Reihe von Verpflichtungen und Erklärungen, die deutscherseits abgegeben und von den Vier Mächten förmlich angenommen werden (vgl. Art. 1 Abs. 5). Durch diese Verfahrensweise wird gleichzeitig sichergestellt, daß – neben der vereinbarten völkervertraglichen Bestätigung der deutsch-polnischen Grenze (Abs. 2) und ihrer außenpolitischen (Abs. 3) wie innerstaatlichen Absicherung (Abs. 4) – für die „Verwirklichung" des endgültigen Charakters der Grenzen keine weiteren Elemente oder förmliche Garantien eingefordert werden können. Art. 1 Abs. 2 des Vertrags stellt lapidar fest, daß das vereinte Deutschland und die Republik Polen die „zwischen ihnen bestehende Grenze in einem völkerrechtlich verbindlichen Vertrag" bestätigen werden.

2) Unmittelbar nach Herstellung der staatlichen Einheit Deutschlands am 3. Okt. 1990 wurde der „Vertrag zwischen der Bundesrepublik Deutschland und der Republik Polen über die Bestätigung der zwischen ihnen bestehenden Grenze" (Grenzvertrag) abschließend beraten und am 14. Nov. 1990 in Warschau unterzeichnet. In Art. 1 des Grenzvertrags „bestätigen" die Bundesrepublik Deutschland und die Republik Polen „die zwischen ihnen bestehende Grenze". Der genaue Verlauf der Grenze soll sich nach den folgenden Abkommen bestimmen:

- den vier zwischen der DDR und Polen über die Oder-Neiße-Grenze abgeschlossenen Verträgen (vgl. oben) und
- dem zwischen der Bundesrepublik Deutschland und der Volksrepublik Polen abgeschlossenen Warschauer Vertrag vom 7. Dez. 1970.

Die Potsdamer Konferenzbeschlüsse, die durch die Souveränitätsbestimmung des Art. 7 des Zwei-plus-Vier-Vertrages überholt werden, werden nicht mehr erwähnt.

Die grenzbezogene Regelung entspricht in all ihren Elementen dem Wortlaut der Entschließungen, die Bundestag und Volkskammer bereits am 21. Juni 1990 anläßlich der Billigung des deutsch-deutschen Staatsvertrags zur → *Währungs-, Wirtschafts- und Sozialunion* abgegeben hatten und die auch von der polnischen Seite förmlich notifiziert worden waren.

In Art. 2 Grenzvertrag verpflichten sich die Vertragsstaaten „gegenseitig zur uneingeschränkten Achtung ihrer Souveränität“. Diese Bestimmung richtet sich auch gegen frühere Praktiken, Grenzvereinbarungen durch den Hinweis auf Souveränitätsmängel zu relativieren. In Art. 3 erklären die Vertragsparteien, daß sie gegeneinander „keinerlei Gebietsansprüche“ haben und solche auch in Zukunft nicht erheben werden. Diese Vorschrift steht in Zusammenhang mit Art. 1 Abs. 3 und 4 des Zwei-plus-Vier-Vertrags. Die Regierungen der Bundesrepublik und der DDR stellten hier sicher, daß die Verfassung des vereinten Deutschlands keinerlei Bestimmungen enthalten wird, die mit dem Verzicht auf Gebietsansprüche unvereinbar wären; der Vertragstext bezieht sich auf das in der Präambel und in den Art. 23 Satz 2 und 146 des Grundgesetzes alter Fassung verankerte Wiedervereinigungs- bzw. Einheitsvollendungsgebot. Dieser völkervertraglichen Verpflichtung sind die beiden deutschen Staaten bereits mit dem Einigungsvertrag vom 31. Aug. 1990 nachgekommen. Art. 4 Einigungsvertrag, der verfassungsändernden Charakter hat, bewirkte diese wiedervereinigungsbedingten Grundgesetzänderungen.

Ebenso wie dem Zwei-plus-Vier-Vertrag läßt sich auch dem Grenzvertrag nichts zu der Frage entnehmen, durch welchen rechtsgestaltenden Akt und zu welchem Zeitpunkt die territoriale Souveränität über die Oder-Neiße-Gebiete von Deutschland auf Polen übergegangen ist. Es muß davon ausgegangen werden, daß die Vertragsstaaten diesen Problemkreis nicht schlicht übersehen haben, sondern bewußt nichts zur Rechtsgrundlage (z.B. adiudicatio, Annexion, Zession oder Ersitzung) ausführen wollten, da diesbezüglich eine Einigung nicht möglich war. Insoweit besteht weiterhin ein tiefgreifender Dissens zwischen der Bundesrepublik Deutschland und der Republik Polen: Polen kann den Rechtsstandpunkt vertreten, daß „ehemals deutsches Gebiet“ ihm bereits in Potsdam durch adiudicatio zugefallen ist. Auch der Bundesrepublik Deutschland wird es nicht verwehrt, ihren Rechtsstandpunkt, wonach erst das staatlich reorganisierte Deutschland – der „gesamtdeutsche Souverän“ – über deutsche Gebiete rechtsverbindlich verfügen konnte, geltend zu machen; die territoriale Souveränität (im Gegensatz zur Gebietshoheit) über die Oder-Neiße-Gebiete ist erst mit dem Inkrafttreten des Grenzvertrags endgültig auf Polen übergegangen. Durch die Vertragskonzeption wird jedoch auf alle Fälle sichergestellt, daß der Dissens über die Rechtsgrundlage nicht das zweifelsfreie Ergebnis der mehrstufigen Vertragsverhandlungen, die Endgültigkeit der Oder-Neiße-Grenze in einer europäischen Friedensordnung, berühren kann – es also auch kein „juristisches Loch" in der Kette von Rechtsgeschäften, die zur territorialen Souveränität Polens geführt haben, geben kann.

Dieter Blumenwitz

Literaturhinweise:

Blumenwitz, Dieter: Was ist Deutschland? Bonn (3. Aufl.) 1989.
Blumenwitz, Dieter: Der Vertrag vom 12.9.1990 über die abschließende Regelung in bezug auf Deutschland, in: NJW 1990, S. 3041 ff.
Gornig, Gilbert: Der Zwei-plus-Vier-Vertrag unter besonderer Berücksichtigung grenzbezogener Regelungen, in: ROW 1991, S. 97 ff.
Kempen, Bernhard: Die deutsche Ostgrenze nach der Friedensregelung des Zwei-plus-Vier-Vertrages, Kölner Schriften zu Recht und Staat Bd. 1, Köln 1997.
Kimminich, Otto: Die abschließende Regelung mit Polen, in ZfP 4/1991, S. 361 ff.
Krülle, Siegrid: Die völkerrechtlichen Aspekte des Oder-Neiße-Problems, Berlin 1970.
Rhode, Gotthold/Wagner, Wolfgang: Quellen zur Entstehung der Oder-Neiße-Linie, Stuttgart 1956.

Ökumenische Versammlung

Die Politisierung des kirchlich eingebundenen Engagements für Gerechtigkeit, Frieden und Bewahrung der Schöpfung in der DDR erreichte 1986 eine neue Qualitätsstufe, als sich maßgebliche Gruppen der Opposition (→ *Widerstand*) und der → *Kirchen* mit dem Aufruf des Stadtökumene Kreises Dresden vom 13. Febr. 1986 in den internationalen Konziliaren Prozeß einschalteten. Die Trägerschaft der Arbeitsgemeinschaft Christlicher Kirchen in der DDR (AGCK) ab Februar 1987 zeigte, daß die Anliegen der Opposition, die bis dahin vornehmlich im evangelischen Raum formuliert worden waren, nun auch in den anderen christlichen Kirchen und Gemeinschaften Boden gewannen.

In der Vorbereitungsphase der Ökumenischen Versammlung wurden in den Kirchengemeinden rund 10 000 Einzelbeiträge schriftlich erarbeitet, die ein ungeschminktes Bild von der Wirklichkeit und dem Alltag in der DDR entwarfen und damit die Dekonspiration (Aufdeckung) der geschlossenen DDR-Gesellschaft vorantrieben sowie Reformprojekte für den → *Sozialismus* „in den Farben der DDR" zur Diskussion stellten. Innerhalb des Konziliaren Prozesses und bei den Ökumenischen Versammlungen (Februar 1988 Dresden, Oktober 1988 Magdeburg und April 1989 Dresden) wurde eine umfassende Vernetzung der verschiedenen oppositionellen Ansätze und Aktivitäten auch über den kirchlichen Raum hinaus in der DDR erreicht. Die internationale und ökumenische Einbindung des Konziliaren Prozesses bot der Opposition zudem die Chance, ihren DDR-spezifischen Provinzialismus zu überwinden und insbesondere die Verbindung zu den osteuropäischen Dissidentengruppen zu festigen.

Als im Frühjahr 1989 die Ökumenische Versammlung in Dresden zusammentrat, zeigten sich bereits die ersten Auflösungserscheinungen der SED-Diktatur. In einem mit Zweidrittelmehrheit verabschiedeten Text deckten die Delegierten in wenigen Sätzen auf, worin der Krebsschaden des Sozialismus in der DDR zu sehen ist: „Der grundsätzliche Anspruch der Staats- und Parteiführung, in Politik und Gesellschaft zu wissen, was für den einzelnen und die Gesellschaft als Ganzes notwendig und gut ist, führt dazu, daß der Bürger sich als Objekt von Maßnahmen, als ‚umsorgt' erfährt, aber viel zu wenig eigenständige und schöpferische Mitarbeit entfalten kann. Dadurch wird die Lösung anstehender sozialer, ökologischer und ökonomischer Probleme in unserem Land behindert, zugleich aber auch der Blick auf die weltweiten Probleme verstellt, in die auch wir unauflösbar verflochten sind. Die dadurch gegebene Spannung zwischen Regierenden und Regierten verhindert den inneren Frieden, beeinträchtigt aber auch den Hausfrieden im europäischen Haus."

Die Ökumenischen Versammlungen stellten den Höhepunkt der Oppositionsbewegung unter dem Schutzdach der DDR-Kirchen dar. Zugleich aber bezeichnen sie den Punkt, an dem sich die Wege der Kirchen und der Opposition trennten. Die Opposition benötigte die kirchliche Legitimierung nicht mehr. Ihre ideologische und politische Kritik erreichte jetzt Dimensionen, die weit über das Kritikpotential etwa der Kirche in der Sozialismus-Konzeption hinausreichten: Der Sturz der SED-Diktatur führte auch den Konziliaren Prozeß und die Ökumenischen Versammlungen in eine tiefe Krise, hatten dort doch noch Konzeptionen eines „verbesserlichen Sozialismus" oder Dritten Weges die Diskussion maßgeblich bestimmt.

Peter Maser

Literaturhinweis:

Ziemer, Christof: Der konziliare Prozeß in den Farben der DDR, in: Materialien der Enquete-Kommission, a.a.O., Bd. VI, 2, S. 1430-1635.

Opfer der SED-Diktatur

Eine 40 Jahre dauernde Diktatur läßt ganze Opferreihen hinter sich. Durchgehend wurden Gegner und Feinde der DDR mit allen Mitteln bekämpft, während es daneben Abschnitte gab, in denen bestimmte Handlungen oder nur bestimmte Gruppen verfolgt und unterschiedlich hart bestraft, in einigen wenigen Fällen sogar später stillschweigend rehabilitiert wurden.

Das Schwergewicht der Verfolgungskampagnen legte je nach außenpolitischer, innenpolitischer oder ideologischer Einschätzung das Politbüro der SED fest. So gab es mit diffusen Vorwürfen, die als Spionage oder Boykotthetze und sogar als Verstöße gegen die Kontrollratsdirektive 38 ausgegeben wurden, ganze Prozeßserien:

- gegen die Sozialdemokraten („Sozialdemokratismus") und deren Jugendorganisation Die Falken (um den FDJ-Aufbau „abzusichern"),
- gegen die Zeugen Jehovas (als Spionage-Organisation eingestuft und verboten),
- gegen die Junge Gemeinde, Pfarrjugend sowie Jugend- und Studentenpfarrer (Einfluß der „NATO-Bischöfe", Agententätigkeit),
- gegen Funktionäre der CDU und der LDPD (wegen antisowjetischer Propaganda und Widerstand gegen die SED-Blockpolitik),
- gegen alle möglichen „Schädlinge" (1953 mit deutlich antizionistischen Zügen),
- gegen „Abwerber" (die Menschen aus der DDR in den kapitalistischen Westen lockten),
- gegen Saboteure und Agenten (im Volksmund Sabogenten genannt), Spione und Diversanten (Organisation Gehlen, Ostbüros der westdeutschen Parteien und des DGB, „Kampfgruppe gegen Unmenschlichkeit", „Untersuchungsausschuß freiheitlicher Juristen"),
- gegen RIAS-Hörer und Hörer anderer westlicher Sender,
- immer wieder auch gegen Oberschüler (die in kleinen Zirkeln frei diskutiert hatten) und zuletzt
- gegen Menschen, die sich „anders" verhielten (z.B. das Abzeichen „Schwerter zu Pflugscharen" trugen oder mit Kerzen oder weißen Schleifen an Autoantennen ihren Ausreisewunsch bekundeten).

Diesen Verfolgungskampagnen entzogen sich massenhaft präsumtive Opfer durch die Flucht in den Westen. Mit ihnen flüchteten Menschen, die in realer Einschätzung ihrer Lage in der DDR keine lebenswerte Zukunft sahen. Bis zum Bau der Berliner → *Mauer* im August 1961 setzten sich 2,6 Mio. Menschen aus der DDR ab (→ *Fluchtbewegung;* → *Ausreise*). Sie entzogen sich vor allem den gewaltsamen gesellschaftlichen Umbaumaßnahmen der DDR zur Kollektivierung der Landwirtschaft (→ *LPG*), des Handwerks und der Verwaltung sowie der Verstaatlichung der Industrie. Nach dem Bau der Mauer waren Fluchtversuche nur noch unter ungleich höherem Risiko möglich. Die Flucht war mit Lebensgefahr durch Mauerschützen und Minen verbunden, das Scheitern mit langjährigen Haftstrafen.

Das größte Opfer mußten jene Menschen bringen, die aus politischen Gründen hingerichtet wurden oder bei der Flucht durch Gewaltanwendung der Grenzwächter, durch Minen und Selbstschußapparate (→ *Grenzregime*) sowie durch Unglücksfälle (geschätzt über 330) oder in der Haft ums Leben kamen.

Insbesondere in der ersten Zeit der Machtsicherung und des proklamierten Aufbaus des Sozialismus wurden viele Todesurteile gefällt. Neben den noch bis 1955 tätigen Militärtribunalen der sowjetischen Besatzungsmacht, die offiziell 765 Todesurteile vollstreckten, verhängten DDR-Gerichte mindestens 170mal die Todesstrafe, die bis 1956 in der zuvor vom NS-Regime genutzten Hinrichtungsstätte Dresden und dann in der Strafvollzugsanstalt Leipzig vollstreckt wurden. Ebenso wie die Nationalsozialisten ließ das SED-Regime die Hingerichteten sofort verbrennen.

Nach der Wiedervereinigung Deutschlands konnte dokumentarisch nachgewiesen werden, daß sich die jeweilige SED-Spitze vor wichtigen politischen Prozessen mit den vorgesehenen Urteilen befaßte und daß Walter Ulbricht vorgeschlagene Lebenslang-Urteile in Todesurteile umwandelte (→ *Todesstrafe*).

Der politisch Verurteilte, der zu lebenslanger oder zu einer zeitlich begrenzten Haftstrafe verurteilt wurde, unterlag einem → *Strafvollzug*, in dem die Persönlichkeit des Inhaftierten gebrochen werden sollte. Besonders „gefährliche" Häftlinge wurden jahrelang in Einzelhaft gehalten. In einigen Fällen wußte auch der einzige Wächter, der dem Isolierten das Essen brachte und ihn auf den Freihof begleitete, nicht einmal den Namen des Inhaftierten. Die Entpersönlichung begann für den politisch Inhaftierten schon in der Untersuchungshaft des Staatssicherheitsdienstes, wo der Festgenommene laut Hausordnung nur mit der „Verwahrraum- und Belegungsnummer" angeredet wurde und sich „in strammer Haltung" zu melden hatte. Bis Anfang der 60er Jahre lagen politische Häftlinge in der Zentralen Untersuchungshaftanstalt des MfS in Berlin-Hohenschönhausen sogar in unterirdischen Zellen ohne Fenster oder Tageslicht. Mit körperlichen und psychischen Mißhandlungen, mit psychologischen Tricks (der „konspirativ" Verhaftete wußte z.B. wochenlang nicht, wo er sich überhaupt befand) und auch mit Drogen wurden dem politischen Häftling in allen MfS-Untersuchungshaftanstalten sein Ausgeliefertsein und seine völlige Hilflosigkeit und Abhängigkeit vom Staatssicherheitsdienst deutlich gemacht.

Neben dem Verlust der Freiheit gab es für den politischen Häftling in den Haftanstalten der DDR die Gefahr der Verletzung von Körper und Gesundheit. Die Arbeitspflicht in den Anstalten wurde – unabhängig vom Arbeitsnormdruck – sehr oft unter Verletzung der Bestimmungen des Arbeitsschutzes und ohne genügende Berücksichtigung gesundheitlicher Behinderungen des Häftlings durchgesetzt. Dabei war die medizinische Betreuung unzureichend. Viele Entlassene berichteten, daß die erste Frage des untersuchenden Arztes nicht den Beschwerden, sondern dem Haftdelikt galt. Der Begriff Haftunfähigkeit war für den medizinischen Dienst der Volkspolizei ein Fremdwort.

Die Zahl der aus politischen Gründen in der DDR Verurteilten kann nur ungenau angegeben werden (→ *Häftlinge, politische*), weil die DDR keine Verurteilungsstatistiken (→ *Statistik*) veröffentlichte. Um politische Täter zu kriminalisieren, wurden in den Urteilen – abgesehen von übertriebenen und durch ideologische Auslegungen aufgebauschte Tatbeschreibungen – auch Teiltatbestände herausgehoben.

Daneben gab es auch „Mischtatbestände", vor allem im wirtschaftlichen Bereich. Jugendliche wurden in Jugendwerkhöfe eingewiesen, die Erziehungsanstalten schlimmster Art waren.

Je nach Relevanz und Größe des Falles unterschieden sich die angewandten Mittel und der Maßnahmeplan, der in allen Fällen vom MfS erstellt und durchgezogen wurde (→ *Schau- und Geheimprozesse*). Von der Bedeutung des Falles hing es auch ab, ob der politisch Verurteilte dem „normalen" Strafvollzug zugeführt oder in Sonderhaft gehalten wurde. Er blieb aber immer, während und nach der Haft, unter der sich mehr oder minder bemerkbar machenden Aufsicht des MfS.

Als Opfer dürfen die Angehörigen der politischen Häftlinge nicht vergessen werden, die der Sippenhaftung unterlagen. Wenn die Ehegatten nicht selbst wegen „Nichtanzeige eines Verbrechens" oder Mitwisserschaft ebenfalls inhaftiert wurden, verloren sie umgehend ihre Arbeitsplätze in der Verwaltung oder in der Partei. In der Industrie wurden sie von „wichtigen" Posten entfernt und auf minderbezahlte Stellen abgeschoben. Da es in der DDR keine Arbeitslosenunterstützung gab, mußten entlassene Familienmitglieder ihren Lebensunterhalt zunächst mit Ersparnissen oder mit Hilfe von Angehörigen bestreiten, bis geringe Sozialhilfeleistungen bei Nichterwerbsfähigkeit einsetzten. Auch die Kinder erfuhren in der Schule oder in der Ausbildung was es heißt, Abkömmlinge eines Staatsfeindes zu sein. An ein späteres Studium war natürlich nicht mehr zu denken.

Die Opfer des SED-Regimes lassen sich jedoch nicht auf die stärkste Form der politischen Verfolgung, die Haft, beschränken. Das Regime verfügte über eine Reihe von Disziplinierungs- und Verfolgungsmaßnahmen, die Gegnern oder auch nur Andersdenkenden den richtigen Weg in die sozialistische Gemeinschaft zeigen sollten und sie gegebenenfalls so an den Rand der Gesellschaft drückten, daß sie keine Gefährdung darstellten. Die widerwärtigste Form war dabei die → *Zersetzung*, für die es je nach Stellung der Person und den Örtlichkeiten unterschiedliche Möglichkeiten gab, die vom Staatssicherheitsdienst planmäßig zusammengestellt und ausgeführt wurden.

Für politisch motivierte Enteignungen gab es ganz primitive Vorwände: Um die Bauern zum Eintritt in die LPG zu zwingen, wurden Ablieferungssolls so hoch angesetzt, daß der Einzelbauer aufgeben mußte. Bei der Enteignungswelle 1953 von Hotels und Pensionen entlang der Ostseeküste zugunsten des → *FDGB* (Aktion Rose) wurde sogar ein Sack gehamsterter Kartoffeln zur Schieberware und zum Vorwand genommen, das ganze Haus zu enteignen. 400 Personen wurden bei dieser Aktion unter solchen Vorwänden verurteilt.

Um kleinere und größere Industriebetriebe in das Volkseigentum zu überführen, wurden die Eigentümer zu Kriegsverbrechern oder Mitläufern des Nazi-Regimes erklärt oder mit angeblichen Steuerhinterziehungen oder Nichterfüllung der Normen konfrontiert und enteignet. Die Steuergesetzgebung wurde gern herangezogen, um Enteignungen zu kaschieren. Als die DDR zur Aufbesserung ihrer Devisenlage Kunstgegenstände ins kapitalistische Ausland verkaufte, gab es z.B. in den 80er Jahren etliche Steuerstrafverfahren gegen private Kunstsammler, die im Rahmen ihrer Sammlertätigkeit einzelne Stücke verkauft oder getauscht hatten. Ihnen wurde, obwohl sie davon gar nicht ihren Unterhalt bestritten, vorgeworfen, ein Gewerbe betrieben und keine Steuern bezahlt zu haben. Die Steuernachforderungen waren dann in der Regel so hoch, daß sie den festgelegten Wert der jeweiligen Sammlung erreichten, die eingezogen wurde. Teile der Sammlungen wurden kurze Zeit später westdeutschen und Westberliner Kunsthändlern angeboten.

Zu den individuellen Opfern gehörten vor allem in den 70er und 80er Jahren die sog. Ausreiser, Einzelpersonen und Familien, die im Rahmen der zwischen der Bundesrepublik und der DDR abgesprochenen Familienzusammenführung die DDR verlassen wollten. Allein dieses Ansinnen machte sie zu Außenseitern, die geächtet wurden, unabhängig davon, ob ihr Antrag letztlich genehmigt wurde oder nicht. Grundsätzlich verloren alle Antragsteller sofort ihren Arbeitsplatz. Wegen „Beeinträchtigung staatlicher oder gesellschaftlicher Tätigkeit" oder wegen „Staatsverleumdung" wurden viele Ausreisewillige verurteilt und eingesperrt. Allerdings strebte auch eine Reihe dieser Menschen ihre Verurteilung an, um – auf dem Wege über die Haft von der Bundesregierung freigekauft – doch noch in den Westen zu gelangen. Auch dies muß als Zeichen gewertet werden, wie stark die Bedrückung dieses Personenkreises war, daß die keinesfalls leichte (und nicht unbedingt erfolgreiche) Methode, über ein etwa einjähriges Zuchthausleben in den Westen zu gelangen, in Kauf genommen wurde.

Mit der Ausreisethematik verbunden waren häufig politische Eingriffe in das Familienrecht. Die Behinderung der Eheschließung mit Ausländern, Zwangsadoptionen von Kindern politisch Inhaftierter oder die Verhinderung von Adoptionen und die Verweigerung des elterlichen Erziehungsrechts wegen politischer Unzuverlässigkeit waren weitere Disziplinierungsmittel der SED-Diktatur.

Zu den Opfern des SED-Regimes ohne individuelle Begründung der Verfolgung gehörten die Menschen, die den Zwangsmaßnahmen der DDR an der innerdeutschen Grenze und an der Sektorengrenze in und um Berlin unterworfen wurden (→ *Grenzregime; Zwangsaussiedlungen*). Sie galten als unzuverlässige Elemente, die eventuell Grenzgängern helfen und das Grenzregime nicht unterstützen würden. Dagegen wurden alle Bewohner aus den Häusern entlang der Berliner Mauer 1961 in andere Wohnungen eingewiesen, um – nach dem Abriß der Häuser – freies Schußfeld für die Grenzsoldaten („Mauerschützen") zu haben.

Opfer wurden auch jene Gruppen („Klassen"), die man aus politischen und ideologischen Gründen enteignete, ohne daß ein individueller Vorgang oder Anlaß vorlag. Hierzu gehörten die „Junker" (Großgrundbesitzer), sog. Großbauern, die mehr als 100 ha Land besaßen (→ *Bodenreform*), sowie die Inhaber von Handels- und Industriebetrieben. Sie wurden als „Kapitalisten" ebenso entschädigungslos enteignet wie größere Handwerksbetriebe, deren Eigentümer sich nicht den Produktionsgenossenschaften des Handwerks anschließen wollten. Ähnlich ging es den Hausbesitzern, die entschädigungslos enteignet oder – weil wegen der geringen (festgeschriebenen) Mieten und des ständigen Materialmangels keine Reparaturen ausgeführt werden konnten – mit Hilfe von Zwangshypotheken zur Aufgabe, d.h. zur Schenkung an die Gemeinden, gezwungen wurden.

Weitere Opfer mußten schließlich jene bringen, die aus politischen Gründen in unterschiedlichen Bereichen der Partei und der Verwaltung ihre politische Mitarbeit oder Unterstützung verweigerten und z.B. nicht die verlangte Mitgliedschaft in der SED annahmen oder den Eintritt in die Betriebskampfgruppen der SED ablehnten. Hier sind auch jene Menschen zu nennen, die keinen Dienst mit der Waffe leisten wollten und „nur" → *Bausoldaten* werden mußten. Sie, wie auch die → *Wehrdienstverweigerer,* konnten keine herausgehobenen beruflichen Positionen einnehmen (→ *Berufsverbot*). Ein Studium war nicht möglich, angefangene Studien mußten abgebrochen werden. Sogar der Besuch der Erweiterten Oberschule (EOS) wurde in krassen Fällen verhindert. Diese Menschen brachten ein weitgehend unbeachtetes Opfer, weil sie ihre persönliche und berufliche Entwicklung einschränken und individuelle Wünsche dem SED-Regime unterordnen mußten. Aus diesen Kreisen entwickelte sich weitgehend dann jene Opposition, die schließlich zum Fall der DDR beitrug.

Schließlich sei noch die kleine Gruppe von Opfern genannt, die aus SED-parteiinternen Gründen in die Strafanstalten kamen, z.B. „Formalisten", „Revisionisten" und Opfer von Parteisäuberungen. Es waren dies Partei- und Staatsfunktionäre, die in Machtkämpfen und bei ideologischen Auseinandersetzungen unterlegen waren.

Gerhard Finn

Literaturhinweise:

Die SED-Diktatur – politische, geistige und psychosoziale Unterdrückungsmechanismen, in: Materialien der Enquete-Kommission, a.a.O., Bd. II, 1, S. 111-276.

Finn, Gerhard: Mauern – Gitter – Stacheldraht. Beispiele politischer Verfolgung in der Sowjetischen Besatzungszone und in der DDR, Berlin, Bonn 1996.

Fricke, Karl Wilhelm: Das Zusammenspiel von Politbürokratie, Staatssicherheit, Generalstaatsanwaltschaft und Oberstem Gericht. Eine Fallstudie für die Anhörung der Enquete-Kommission des Deutschen Bundestages zur Aufarbeitung von Geschichte und Folgen der SED-Diktatur in Deutschland, in: Deutschland Archiv 26, (1993), S. 1004 ff.

Lochen, Hans-Hermann/Meyer-Seitz, Christian (Hrsg.): Die geheimen Anweisungen zur Diskriminierung Ausreisewilliger, Köln 1992.

Rehlinger, Ludwig A.: Freikauf. Die Geschäfte der DDR mit politisch Verfolgten 1963–1989, Berlin 1991.

Parlamentsverständnis

Parlamentarismus in der marxistischen Doktrin: Marx, Engels und Lenin sehen im Parlamentarismus schlechthin die spezifische Herrschaftsform der Bourgeoisie. Solange Staat und Herrschaft überhaupt bestehen, gelten Parlamente als Repräsentationselemente der herrschenden Klasse. Wenn sich trotz dieser grundlegenden Ablehnung daneben auch Parlamentarisierungsforderungen finden, so ist das auf den ambivalenten Charakter zurückzuführen, den der „wissenschaftliche Sozialismus" dem Parlamentarismus zubilligt. Er gilt als Übergangsform zwischen bürgerlicher Herrschaft und proletarischer → *Revolution*. Insofern ist der Parlamentarismus zunächst einmal herzustellen, um dann auf dem Boden dieser letzten bürgerlichen Staatsform den Klassenkampf definitiv auszufechten. Dabei sollen Parlamente als Agitationsbühnen zur Aufklärung und Selbstdarstellung genutzt und die ihnen eigenen Techniken als Kampfinstrumente zu ihrer Abschaffung eingesetzt werden. In der proletarischen Demokratie übernehmen die Rolle der Vertretungskörperschaft die Räte. Sie sind im wesentlichen gekennzeichnet durch jederzeitige Abberufbarkeit der Abgeordneten, imperatives Mandat und die Aufhebung der funktionalen Unterscheidung von vollziehender und gesetzgebender Gewalt. Vertreten wird hier jedoch nicht eine plurale Gesellschaft, sondern ein homogener, „wahrer Volkswillen". Solange das Proletariat den Staat noch benötigt, „gebraucht es ihn nicht im Interesse der Freiheit, sondern der Niederhaltung seiner Gegner" (Engels). Daher bringt Lenin den Unterschied exakt auf den Punkt, wenn er verlangt, proletarische Demokratie zwar ohne Parlamentarismus, aber keineswegs ohne Vertretungskörperschaften zu denken. Gemeint ist damit die Verleugnung gesellschaftlich-politischer Pluralität, freier Wahlen und eigenständiger parlamentarischer Macht im Sozialismus.

Sozialistische Systeme waren in ihrer Dogmatik und in ihrer Praxis Unterdrückungssysteme in den Händen politischer Eliten, die das Interpretationsmonopol des wahren Volkswillens verwalteten. Demgemäß beanspruchten sie für sich auch das Politikmonopol und das Monopol für die öffentliche Kommunikation (→ *Marxismus-Leninismus*; → *marxistische Philosophie*).

Verfassungstheoretische Prämissen: Nach der Verfassung war das werktätige Volk der Souverän. Diese Einschränkung offenbart den Klassencharakter des Staates (→ *Staat*). Sie ermöglichte seit je willkürliche Ausgrenzungen und Entzug von Rechten. Die spätere Formel vom „Staat des gesamten Volkes" beruhte nicht auf Liberalisierung, sondern auf der Schlußfolgerung, nach der Unterwerfung und Ausschaltung der ehemaligen „Ausbeuterklassen" nur noch über werktätige Bevölkerung zu verfügen. Wäre diese Homogenität tatsächlich im Inneren hergestellt gewesen, hätte es der Perfektionierung des Staatssicherheitssystems und des Gebrauchs staatlicher Zwangsgewalt nicht bedurft.

Die Volkssouveränität war nicht nur sozial, sondern auch politisch eingegrenzt, da der → *Führungsanspruch* der Doktrin Verfassungsrang besaß. Als Vorhut der Arbeiterklasse reklamierte die Partei diesen Anspruch für sich. Deswegen hatte es a priori keine Konkurrenz zwischen Volks- und Parteiwillen geben.

Die Souveränität des werktätigen Volkes reduziert sich auf die Souveränität der kommunistischen Partei. Die → *Verfassung* der DDR illustrierte diesen Zusammenhang. Einerseits hieß es: „Die Souveränität des werktätigen Volkes, verwirklicht auf der Grundlage des demokratischen Zentralismus, ist das tragende Prinzip des Staatsaufbaus“ (Art. 47,2); andererseits definierte die Leitnorm des Systems die DDR als „die politische Organisation der Werktätigen [...], die gemeinsam unter Führung der Arbeiterklasse und ihrer marxistisch-leninistischen Partei den Sozialismus verwirklichen“ (Art. 1). Der → *demokratische Zentralismus* gewährleistete als maßgebliches Gestaltungsprinzip den Durchsetzungsanspruch der SED. Insofern sagte die Verfassung in aller Knappheit aus, daß sich Volkssouveränität durch den ungebremsten Führungsanspruch der kommunistischen Partei als Avantgarde der Arbeiterklasse verwirkliche. Damit ist auch das Verhältnis von Vertretungskörperschaft und Partei bestimmt. Da der Volksvertretung schwerlich mehr politischer Spielraum zugestanden werden kann als dem als souverän bezeichneten Volk, partizipierte sie faktisch ebensowenig wie das Volk selbst an der realen Macht im Staate. Dies ließ sich aus den einschlägigen Verfassungsbestimmungen zumindest durch ihre Interpretation im Kontext der marxistischen Staatstheorie und Verfassungslehre erkennen.

So bedeutete es wenig, wenn die sozialistischen Verfassungen die Vertretungskörperschaften als oberste staatliche Machtorgane mit Entscheidungsbefugnissen über die Grundfragen der Staatspolitik bezeichneten. Allein schon in der Festlegung eines „obersten“ Organs liegen beträchtliche verfassungstheoretische Probleme und fundamentale Unterschiede zu liberalen Demokratien. Sie zeigt, daß sozialistische Systeme den Grundgedanken von Kontrolle und Hemmung der Macht durch die Etablierung unterschiedlicher, im Kern eigenständiger Machtzentren verwerfen. Ein oberstes Organ läßt für Gewaltenteilung keinen Raum. Die DDR-Verfassung beschwor sogar – gemäß der Rätedoktrin – „den Grundsatz der Einheit von Beschlußfassung und Durchführung“ (Art. 48,2).

Diese Auflösung der Gewaltenteilung öffnete die Einfallstore in ursprünglich parlamentarische Kompetenzbereiche. Sie rechtfertigte die in allen sozialistischen Ländern umfangreiche rechtsetzende Aktivität speziell des Regierungsapparats, solange die Fiktion der Unterwerfung unter den „souveränen Willen des Volkes" galt. Da der Führungsanspruch der Arbeiterpartei den gesamten Staatsapparat instrumentalisierte, waren staatliche Machtorgane alles andere als mächtig. Die führende Rolle der Partei ließ Machtansprüche nicht zu. Soweit angesichts der Struktur dieses Systems überhaupt ein Widerspruch aufzutreten vermochte, wurde er durch die subtile Unterscheidung zwischen „staatlicher" und „politischer" Macht gelöst: Träger der staatlichen Macht waren die Volksvertretungen, Träger der politischen Macht die Partei. Der politischen Macht fällt jedoch die übergeordnete, führende Rolle zu. Die Verfassungs- und Staatstheorie des Marxismus löst die Machtfrage abschließend und läßt keinen Spielraum für Interpretationen. Für das Verhältnis von Partei und Volksvertretung bleibt Lenins Aussage bestimmend, daß keine einzige „wichtige politische oder organisatorische Frage [...] von irgendeiner staatlichen Institution ohne Direktiven des Zentralkomitees unserer Partei entschieden" werden könne.

Die sozialistischen Verfassungen deckten die faktische politische Diktatur der Partei auch rechtlich. In ihnen besitzt die Staatsgewalt lediglich technisch-organisatorischen Charakter. Der politische Inhalt der staatlichen Tätigkeit der Vertretungsorgane wird von der Partei verbindlich bestimmt. Damit hängt die Rolle des angeblich obersten Verfassungsorgans von dem Spielraum ab, den die Partei ihm zuweist. In dieser systemimmanenten Entpolitisierung der sozialistischen Vertretungskörperschaft liegt ihr grundsätzlicher Unterschied zum demokratischen Parlament. Übrig bleibt der Auftrag Lenins, Transmissionsriemen der Partei zu sein. Sie hat an der Durchsetzung des demokratischen Zentralismus mitzuwirken und ist verantwortlich für strikte Einheitlichkeit und Hierarchisierung. Sie soll nicht Transparenz verbessern oder kontroverse Mitbestimmung vermehren. Sie soll vielmehr dazu beitragen, daß die Bürger die von den Staatsorganen getroffenen Entscheidungen verstehen.

Derartige „Volksvertretung" ist auferlegte Auftragsarbeit im Sinne der Leninschen Transformation. Abgeordnete stehen im Dienste der historischen Entwicklung, die sie voranzutreiben und dem Volk zu vermitteln haben. Sie sind Agenten dieser Entwicklung, nicht Vertreter des Volkes. Politische Autonomie können sie nicht entfalten. Legitimität folgt nicht aus Zustimmung, sondern aus geschichtlichen Notwendigkeiten. Im DDR-Staatsrecht galt die Maxime: „Wir führen die Massen, wohin sie gehen müssen" (Karl Polak).

Die Praxis: Die Volkskammer der DDR war bis zur Wende in diesem Sinn sozialistische Vertretungskörperschaft. Ihre Tätigkeit war

„Ausdruck der geschichtlichen Aufgabe der Diktatur des Proletariats" (Walter Ulbricht). Daß sie „durch Gesetze und Beschlüsse endgültig und für jedermann verbindlich die Ziele der Entwicklung der Deutschen Demokratischen Republik" (Art. 49) bestimmen sollte, erweist sich als verfassungsrechtliche Reduzierung ihrer Funktionen auf staatlich-notarielle Beglaubigungsakte für anderswo getroffene politische Entscheidungen ohne die Möglichkeit, materiell auf sie einwirken zu können. Sie ist ein durch staatsrechtliche Notwendigkeiten begründetes formelles Akklamationsorgan zur Herrschaft der Partei, die ihr gegenüber insofern absolut ist, als sie außerhalb der Reichweite des von der Volksvertretung gesetzten Rechts bleibt.

Sozialistische Vertretungskörperschaften spielten selbst im ureigenen parlamentarischen Funktionsbereich demokratischer Kommunikation keine nennenswerte Rolle. Ihnen blieb eine periodische und periphere Funktion in jenem unkritisch mobilisierenden Identifikationsprozeß von Volk und Führung, auf den es symbolisch ankam. Wenn Homogenität und Identität herrschen, gibt es kommunikativ nichts mehr zu vermitteln. Die sozialistischen Theoretiker haben die Debatte immer verachtet. Ihr Ideal war die „arbeitende" Institution. Angesichts der äußerst ärmlichen Sitzungsfrequenz (z.B. hatte die Volkskammer seit 1980 pro Jahr 2,6 Sitzungen) entfallen sowohl die Voraussetzungen für demokratische Kommunikation als auch für ein „arbeitendes Parlament"; denn wer nicht tagt, kann auch nicht arbeiten. Apologetisch hieß es zu dieser politischen Stillegung in der sozialistischen Publizistik, Diskussionsfreude, Tagungsfrequenz und Gesetzesarbeit seien keine Maßstäbe, sondern nur „erfolgreiches Wirken für die Sicherung des Friedens und zum Wohle unseres Volkes" (Herbert Kelle/Gerhard Schulze).

Bescheiden blieb auch die gesetzgeberische Leistung. Durch die Beschränkung auf Grundfragen der Gesetzgebung kamen der Vertretungskörperschaft inhaltlich derart allgemeine Normierungen zu, daß den durchführenden Organen die Konkretisierung im Grunde völlig überlassen blieb und ihnen die Kompetenz zu einer Fülle von Nachfolgeentscheidungen zugeschoben wurde. So war z.B. die Volkskammer der DDR das einzige „gesetzgebende Organ", aber nicht das einzige Organ, das Rechtsnormen setzen durfte. Zwischen 1961 und 1970 setzte sie ganze 3,3% des allgemeinverbindlichen Rechts. Zwischen 1980 und 1986 brachte sie es gerade noch auf 22 echte Gesetze. Die Gesetzesinitiative ruhte, gemäß der Logik des Systems, bei der Partei. Wer das politische Führungsmonopol beansprucht, kann im Bereich politischer Grundfragen, die gesetzlicher Regelung bedürfen, die das Terrain absteckende und die Entwicklung bestimmende Initiative nicht teilen.

Verfahren und Ergebnis der Gesetzgebung waren ebenso Funktion wie permanent aktualisierte Bestätigung dreier Grundannahmen:

1. die Objektivität und Homogenität der Interessenlage;
2. die führende Rolle der Arbeiterpartei bei der Erkenntnis dieser objektiven Interessen und Gesetze sowie bei ihrer Formulierung;
3. die Notwendigkeit, Volk und Staat mit diesen Erkenntnissen zu identifizieren.

Demokratischer Zentralismus widerstreitet jeder kommunikativen Führungsstruktur. Zusätzlich destruiert er Kontrolle. Angesichts des Grundsatzes der Gewalteneinheit und angesichts des totalen politischen Formierungsanspruchs stellt sich die Grundsatzfrage, wer oder was faktisch überhaupt kontrolliert werden soll. Das politische Führungszentrum entzog sich jedem Zugriff.

Nach systemimmanenter Interpretation ist die sozialistische Volksvertretung „kein Forum für eine Kontrolle über die Tätigkeit der Partei, welche die den Staat leitende politische Kraft darstellt" (W. Zakrzewski).

Demnach stellt Kontrolle der politischen Führung kein prekäres (wie in den westlichen Demokratien), sondern ein logisch nicht existierendes Problem da.

Von der Leitnorm der Verfassung und von ihrer Funktion als einheitliches System aus interpretiert, offenbart sich das Elend des sozialistischen „Parlamentarismus", dessen politisch entmächtigte Institutionen zum Akklamationsorgan für den Willen der Partei und zum bloßen Transformationsorgan dieses Willens in staatliche Entscheidungen degeneriert waren. Die Volksvertretungen waren kein eigenständiges Machtzentrum, sondern ein politisch relativ bedeutungsloses Organ.

Heinrich Oberreuter

Literaturhinweise:

Lammich, Siegfried: Grundzüge des sozialistischen Parlamentarismus, Baden-Baden 1977.

Mampel, Siegfried: Die sozialistische Verfassung der Deutschen Demokratischen Republik, Frankfurt/M. (3. Aufl.) 1996.

Neugebauer, Gero: Partei und Staatsapparat in der DDR, Opladen 1968.

Oberreuter, Heinrich: Sozialistischer Parlamentarismus? Idee, Norm und Realität sozialistischer Vertretungskörperschaften in vergleichender Sicht, in: Weber, Jürgen (Hrsg.): DDR – Bundesrepublik Deutschland, München 1980, S. 213 ff.

Roggemann, Herwig: Volksvertretungen im Sozialismus, in Zeitschrift für Parlamentsfragen 1974, S. 339 ff.

Sorgenicht, Klaus u.a.: Die Verfassung der Deutschen Demokratischen Republik, Berlin (Ost) 1969.

Partei des Demokratischen Sozialismus (PDS)

Das „Wendejahr“ 1989 besiegelte zugleich das Ende der → *SED* als totalitärer Staatspartei. Als Organisation bestand sie aber mit weniger bekannten Spitzenfunktionären, angepaßten Ansprüchen und anderem Namen fort: Partei des Demokratischen Sozialismus (PDS). Der von da ab beginnende Prozeß der Anpassung an neue politische Gegebenheiten verdient das Etikett „Erneuerung“ nur vordergründig. Denn die Gegebenheiten, das politische und wirtschaftliche System der Bundesrepublik, waren und sind für die PDS zum größten Teil „feindliches“ Umfeld. Die äußere Anpassung an neue Überlebensbedingungen bedeute also keinesfalls, daß die Partei ihre kommunistisch-sozialistischen Grundüberzeugungen und Prinzipien aufgegeben hat.

Die SED/PDS, die sich Anfang Februar 1990 in PDS umbenannte, entstand mit der doppelten Zielsetzung, den Sozialismus zu reformieren und den SED-Staat zu retten. Ihre „Geburtsstunde“ war der letzte, außerordentliche Parteitag der SED im Dezember 1989. Auf diesem Kongreß gab sich die Partei neue, scheinbar demokratische Strukturen und entschuldigte sich bei den Bürgern der DDR für die Fehler der „stalinistischen“ SED. Die verbreitete Forderung, die Partei formal aufzulösen und neu zu gründen, konnte die neue Führung geschickt in das emotionale Bedürfnis der Mitglieder ummünzen, sich die SED/PDS als Heimat zu bewahren, denn das Vermögen und der Apparat der SED verhießen immer noch Macht. Damit war der Grundstein gelegt für die bis heute andauernde Weigerung der Partei, radikal mit ihrer totalitären Vergangenheit zu brechen. Der Parteitag wählte den bei den Mitgliedern noch weitgehend unbekannten Berliner Rechtsanwalt Gregor Gysi zum Vorsitzenden. Die neue Namensgebung, die Kriminalisierung der alten Führung und die öffentliche Schuldanerkennung der SED/PDS bedeuteten also keine Erneuerung der Partei.

Nach der Bildung einer „Regierung der Nationalen Verantwortung“, geführt von Hans Modrow, sowie dem Aufkommen einer gewissen kollektiven Besorgnis in der DDR gegenüber den Gefahren und den Kosten einer zukünftigen Vereinigung durfte die PDS wieder auf Sympathien hoffen. Im Februar 1990 konnte die Partei, mit Hans Modrow als Spitzenkandidat, auch verlorenen Boden wiedergewinnen, ihre Organisation stabilisieren und schließlich ein gutes Ergebnis von 16,3% bei den Volkskammerwahlen vom 18. März 1990 erzielen.

Nach dieser Wahl wurde die PDS zur Oppositionspartei. Unter der Führung von Gregor Gysi und Hans Modrow polte sie ihre Widerstandspolitik gegen die „Einverleibung“ der DDR auf die Erhaltung von möglichst vielen DDR-Institutionen im vereinten Deutschland um. Ab Frühjahr 1990 ließ sie sich auf eine Art permanenten Wahlkampf ein, der vor den Augen ihrer Anhänger zeitweise die ideologischen Verluste und den organisatorischen Niedergang der Partei verbergen konnte.

Im Juli und im September 1990 begann die PDS auf zwei Konferenzen („Demokratischer Sozialismus" und „Erneuerung"), sich ideologisch, programmatisch und organisatorisch neu zu orientieren. Mit der sich abzeichnenden Vereinigung beider deutscher Staaten rückte für die PDS immer mehr das Problem der „Westausdehnung" auf die Tagesordnung: Im Juli traf sich der Parteivorstand mit den PDS-Initiativen und -Freundeskreisen (hauptsächlich ehemalige „Erneuerer" der DKP) aus den alten Bundesländern. Im August konstituierten sich die Wahlpartei „Linke Liste/PDS" und ein „Beirat" als erste gemeinsame Struktur von PDS und ihren Bündnispartnern im Westen. Ein Wahlkongreß der Linken Liste beschloß im September 1990 ein Programm für die Bundestagswahl. Nach einer Wahlordnungsentscheidung des Bundesverfassungsgericht, die Ost-West-Listenverbindungen untersagte, beschloß der Parteitag im Oktober 1990, im Westen Landesverbände der PDS zu gründen.

Den Volkskammer-Beschluß, eine „Unabhängige Kommission" zur Überprüfung der Parteivermögen einzusetzen, legten die SED-Nachfolger als „Lex PDS" aus. In der Folge tat die PDS alles, um ihre Finanzen möglichst im dunklen zu lassen. Das auch nach DDR-Recht unrechtmäßig erworbene Geld der SED sollte dem Zugriff der öffentlichen Hand entzogen werden. Über diese heimlichen Machenschaften geriet die Partei in eine schwere Krise, als bekannt wurde, daß hohe Funktionäre 107 Mio. Mark SED-Vermögen auf ein Moskauer Konto „gerettet" hatten. Im Oktober durchsuchte die Polizei deshalb mehrmals die Berliner Parteizentrale der PDS.

Bei der ersten gesamtdeutschen Bundestagswahl am 2. Dez. 1990 erzielte die PDS 2,4% der Stimmen (11,1% im Osten). Sie zog dennoch mit 17 Abgeordneten ins Parlament ein, weil sie wegen der getrennten Wertung der Wahlgebiete Ost und West die Fünf-Prozent-Sperrklausel überwinden konnte. Gregor Gysi holte in seinem Berliner Wahlkreis das Direktmandat und wurde Vorsitzender der Gruppe der PDS im Bundestag.

Der 2. Parteitag der PDS am 26./27. Jan. 1991 diskutierte vor allem die Entwicklung der Partei. Gregor Gysi wurde im Amt bestätigt; seine Stellvertreter waren André Brie und Marlies Deneke. Ex-DKP-„Erneuerer" Wolfgang Gehrcke wurde Bundesgeschäftsführer. Am 1. Juni bildete die PDS einen Parteirat. Diesem Schritt lag die Überlegung zugrunde, dem künftig von 99 auf 18 Köpfe verkleinerten Vorstand ein Initiativ- und Kontroll-Organ entgegenzustellen und allen Gliederungen (Landesverbände, AG/IG und Plattformen) ein Vertretergremium zu bieten. Im selben Monat sprach der Berliner Landesparteitag dem wegen verschiedener MfS-Mitarbeit belasteten Vorsitzenden Wolfram Adolphi das Vertrauen aus. Gleichzeitig faßten die Delegierten den „MfS-Beschluß", der Funktionsträger und Abgeordnete zur Offenlegung ihrer Biographie verpflichtete. Insbesondere die AG Junge GenossInnen und die „Strömung" übten scharfe Kritik am gängigen Verhalten der Parteifunktionäre, sich einer konsequenten Aufarbeitung der Geschichte zu verweigern. Der „MfS-Beschluß" erhielt auf der 2. Tagung des 2. Parteitages Ende Juni 1991 Gültigkeit für die gesamte PDS.

Auf dem Parteitag Mitte Dezember 1991 schien die durch „Stasi-" und „Finanzskandale" verschärfte tiefe Zerrüttung der Partei überwunden zu sein. Der Kongreß wählte einen neuen Vorstand, die Führungsriege blieb aber im wesentlichen die alte. Bei den Kommunalwahlen im Mai 1992 erzielte die PDS mit 11,3% einen Achtungserfolg, der die Partei zusätzlich stabilisierte. Der „Burgfrieden" hielt jedoch noch nur bis zum Oktober, als die MfS-Tätigkeit von André Brie bekannt wurde. Dieser hatte gegen den MfS-Beschluß verstoßen und wurde deshalb von seinen Funktionen entbunden. Das stürzte die PDS in eine weitere Belastungsprobe. Der Fall Brie war auch Auslöser für den Rücktritt Gregor Gysis als Parteichef. Er hatte von Bries → *IM*-Arbeit gewußt, aber darüber geschwiegen.

Im Sommerloch 1992 initiierten PDS-Politiker die „Komitees für Gerechtigkeit", die den Startschuß zu einer Bürgerbewegung der Ostdeutschen geben sollten. Die PDS begleitete dieses gescheiterte Projekt mit Forderungen nach Einrichtung einer dritten Parlamentskammer zur Vertretung „ostdeutscher" Interessen.

Ende 1992 verabschiedete die Grundsatzkommission nach mehrmonatiger parteiinterner Diskussion den Entwurf für ein neues Parteiprogramm. Die „Kommunistische Plattform" zog ihre Gegenvorlage zurück. Etwa zeitgleich startete die PDS ihren Wahlkampf für die Bundestagswahlen 1994. Zu dessen Finanzierung konnten Anteilscheine erworben werden. Der 3. Parteitag Ende Januar 1993 nahm das Programm an und wählte den Medienwissenschaftler Lothar Bisky zum Nachfolger Gregor Gysis. Außerdem wurden eine Erklärung zum „MfS-Beschluß" und ein Papier verabschiedet, das die politische Orientierung der nächsten Jahre vorgeben sollte: „Für eine Wiederaneignung der Politik durch die Partei". Die zweite Tagung im Juni 1993 komplettierte dann die Führungsmannschaft: Kerstin Kaiser, Sylvia-Yvonne Kaufmann und Wolfgang Gehrcke wurden Stellvertreter Biskys, Martin Harnack Bundesgeschäftsführer.

Im Laufe des Jahres 1993 entschied sich die PDS-Spitze, zu den Bundestagswahlen 1994 mit „offenen Listen“ anzutreten, auf denen auch prominente Intellektuelle und zahlreiche Linksextremisten kandidierten. Bei den Kommunalwahlen in Brandenburg war die PDS recht erfolgreich: Sie erzielte mit 21,2% der Stimmen ein unerwartet hohes Ergebnis. Im Januar 1994 bezeichnet Lothar Bisky den Wiedereinzug seiner Partei in den Bundestag als „realistisch“. Anfang des Jahres spitzte sich anläßlich der Veröffentlichung des „Ingolstädter Manifestes“ von Gregor Gysi die interne Diskussion um Profil und Selbstverständnis der Partei zu. Die AG Junge GenossInnen und die Kommunistische Plattform warnten vor einer „Sozialdemokratisierung“ der PDS. Im Gegenzug sprach Gysi nach Veröffentlichungen der Verfassungsschutz-Ämter von „problematischen Tendenzen“ in der Partei.

Auf dem Wahlparteitag im März wurden Programme zur Europa- und zur Bundestagswahl verabschiedet. In der Folgezeit wählten die Landesverbände ihre „offenen Listen“, auf denen bekannte Nichtmitglieder vordere Plätze einnahmen. Am 12. Juni verfehlte die PDS mit 4,7% knapp den Einzug ins Europäische Parlament. Gleichzeitig bestätigten die Kommunalwahlen in Mecklenburg-Vorpommern, Sachsen-Anhalt, Sachsen und Thüringen die Erfolgsserie der PDS (24,3–15,7%). Bei den folgenden Landtagswahlen in den neuen Bundesländern hielt dieser Trend an. Die Bundestagswahlen am 16. Okt. 1994 bescherten der PDS mit gesamtdeutsch 4,4% jedoch ein nur mäßiges Ergebnis. Gleichwohl ist die Partei seitdem mit 30 Abgeordneten vertreten (fast doppelt soviele wie zuvor), da sie in vier Ost-Berliner Wahlkreisen Direktmandate errang.

Die Struktur der PDS-Wähler ist seit der Volkskammerwahl vom März 1990 relativ stabil. Die PDS-Anhängerschaft 1995 weist folgende sozialstrukturellen Merkmale auf: Je jünger die Wähler, desto besser sind die Wahlergebnisse. Besonders starken Rückhalt findet die PDS im Osten bei den jungen Frauen. Die alte „Intelligenz“, aber auch jüngere Hochgebildete, die kurz vor dem Ende der DDR noch die Perspektive hatten, zu den künftigen Eliten zu zählen, bekennen sich nach wie vor in hohem Maße zur SED-Fortsetzungspartei. Die PDS ist eindeutig die „Partei der Konfessionslosen“. Jürgen Falter bemerkt zu Recht: „Wer formal hochgebildet ist, der alten DDR eher positiv als negativ gegenübersteht, sich sozial von der Gesellschaft der Bundesrepublik in irgendeiner Weise benachteiligt fühlt, negative Wahrnehmung von Staat, Wirtschaft und Gesellschaft besitzt und zumindest einige

Kernaussagen des Sozialismus bejaht, erscheint [...] geradezu prädestiniert zur Wahl der PDS. Insofern sind die Motive der PDS-Wähler der Bundestagswahl 1994 in der Tat durch eine Mischung aus Ideologie, Nostalgie und Protest gekennzeichnet.“

Die PDS ist eine überdurchschnittlich auf Personen und Kandidaten ausgerichtete Partei. Sie präsentiert sich de facto als eine „Fernseh- bzw. Medienpartei“, als symbolische Mobilisierungsagentur, die latente Protesthaltungen, Ressentiments und tiefsitzende Verärgerungen gezielt in Gestalt einer mediengerechten Führungspersönlichkeit zu bündeln weiß. Der Erfolg der PDS ist untrennbar mit der politischen Kommunikationsleistung, der populistischen Selbstinszenierung und rhetorischen Argumentationsstärke ihres Spitzenakteurs – Gregor Gysi – verbunden. Dazu haben die Schwierigkeiten des Aufbau-Ost sowie das Schüren der kollektiven und legitimen Ängste der Bevölkerung in den neuen Bundesländern der PDS ermöglicht, ihre Wählerschaft regional zu stabilisieren oder zu vergrößern. Dies beweisen ihre Ergebnisse bei den Berliner Wahlen im Oktober 1995, als die Partei 14,6% (ein Zuwachs von 5,4%) erreichte. Ihr politisches Scheitern im Westen (wie die Wahlen in Bremen 1995 gezeigt haben) reduziert allerdings ihre Chance, bei den Bundestagswahlen 1998 die Fünf-Prozent-Hürde überspringen zu können. Die Partei hofft jedoch, ihre Defizite in den alten Bundesländern durch den wiederholten Gewinn mindestens dreier Direktmandate im Osten ausgleichen zu können.

Nach den Wahlen brachen Anfang 1995 die parteiinternen Flügelkämpfe offen aus, die der Wahlkampf vorübergehend verdeckt hatte. Unterschiedliche Lager übten breite Kritik am politischen Kurs der Führung, der man Anpassung an das System und Verrat „sozialistischer“ Positionen vorwarf. Der PDS-Spitze gelang es nicht, ein Strategie-Papier durchzusetzen, das vor allem auf Sicherung und Ausbau der Wahlerfolge zielte. Aufgrund des massiven Verdachts gegen Gregor Gysi, als DDR-Anwalt seine Mandanten an die Stasi verraten zu haben, solidarisierte sich die Basis aber ein Stück weit mit dem Vorstand, gegen den sie Anfang 1995 erstmals offen aufbegehrt hatte.

Folgende Grunddaten geben einen ersten Eindruck über die Entwicklung der Mitgliederzahlen der Partei in der DDR bzw. den neuen Bundesländern: Oktober 1989: 2 300 000; Dezember 1989: 1 463 762; Februar 1990: 650 000/700 000; Mai 1990: 400 000; Juni 1990: 350 491; Dezember 1990: 284 001; Dezember 1994: 123 751.

Die PDS verliert also weiter an Mitgliedern, auch wenn sich diese Tendenz seit 1991 stark vermindert hat. Insgesamt ist der Rückgang der Mitgliederzahlen vornehmlich biologisch begründet. Die PDS hat, trotz der Qualität ihrer Propaganda und ihrer politischen Allgegenwärtigkeit in den neuen Bundesländern, kaum noch Neuaufnahmen im Osten (1994: 600) zu verzeichnen. Ein hoher Prozentsatz dieser neuen Mitglieder sind ehemalige SED oder PDS-Mitglieder, die aus diesen Parteien ausgetreten sind und sich nun wieder der PDS anschließen. Die Westausdehnung der PDS ist bis jetzt auf der Ebene der Anhängerschaft gescheitert: Die Mitgliederzahlen in den alten Bundesländern insgesamt stiegen von 822 Ende 1991 lediglich auf 2 326 Ende 1994.

In jedem der 16 Bundesländer führte 1995 ein Landesverband mit einem Landesvorstand die Parteigeschäfte. Die PDS hat insgesamt über 122 Kreis-, Stadt- bzw. Bezirksvorstände und 6 506 Basisorganisationen in den neuen Bundesländern und 124 Kreisverbände/ Basisorganisationen/Gruppen in den alten Bundesländern. 95% der PDS-Anhänger sind ehemalige SED-Mitglieder und nur 5% parteilos bzw. ehemalige Mitglieder einer sog. Blockpartei der DDR. Die PDS hat heute 6 000 Mandatsträger (1990 waren es 10 000). In 3 500 Gemeinden im Osten (nach der Gemeindereform gibt es 6 000 Gemeinden) hat die PDS keine Basisgruppe. Die PDS verfügte Mitte 1995 über 161 Bürgermeister (46 in Brandenburg, 16 in Sachsen, 15 in Thüringen, 44 in Sachsen-Anhalt, 40 in Mecklenburg-Vorpommern; davon vier in größeren Städten: Hoyerswerda, Neuruppin, Saßnitz und Bad Muskau).

Die soziale Struktur der PDS im Jahre 1994 entsprach ihrer Lage im Jahre 1991 mit einem noch mehr verstärkten Verlust an jungen Mitgliedern, die weniger als 5% ausmachten sowie einer Überpräsenz von Akademikern (deren Anteil stieg von 17% 1991 auf 31% 1994) und nicht Erwerbstätigen (Vorruheständler 12; Arbeitslose 10 und Rentner 55%). Hauptsächlich waren die PDS-Mitglieder über 60 Jahre alt. Der Anteil der Frauen betrug 43%.

Die PDS verfügt über mehrere bundesweite Presseorgane: Der „Pressedienst“ unter Leitung des Pressesprechers Hanno Harnisch sowie die Monatszeitschrift „Disput“ und das inoffizielle Theorie-Organ „Utopie kreativ“. Die verkaufte Auflage des Neuen Deutschlands betrug im 3. Quartal 1994 79 592 Exemplare (230 000 Leser und 73 000 Abonnenten). In den neuen Bundesländern gibt die PDS zahlreiche regionale Publikationen heraus (z. B. die Zwei-Wochenschrift des Landesverbandes Berlin „Berliner Linke, Wochenzeitung, parteilich, demokratisch, sozial“ und das in Thüringen erscheinende Blatt „Unsere Neue Zeitung“). Auf lokaler Ebene veröffentlicht die PDS regelmäßig etwa 100 Bulletins.

Programmatik und Parteikonzeption der PDS-Initiatoren (Hans Modrow und Gregor Gysi, denen sich der gegenwärtige Parteivorsitzende der PDS Lothar Bisky und der Ideologiechef André Brie anschließen) belegen, daß diese sehr früh begriffen hatten, daß der Wiederaufbau einer klassischen leninistischen Kaderpartei in der DDR und um so mehr in einem vereinigten Deutschland keine Zukunft mehr hatte. Daher bot es sich an, die Partei zu modernisieren und sich als „sozialistische Basispartei" zu tarnen. Der Preis, den die PDS zahlen mußte, um ihr politisches Überleben zu sichern, war ein verstärkter ideologischer Pragmatismus, eine Reihe von Strukturveränderungen, der Abbau des Parteiapparats, die Kaltstellung aller von der DDR-Vergangenheit zu stark kompromittierten Kadern sowie der Ausschluß von ideologischen Positionen und Persönlichkeiten, die zu stark an die Zeit des SED-Regimes erinnerten.

Ab dem 1. Ordentlichen Parteitag am 24./25. Febr. 1990 führte die PDS eine drastische Beschneidung ihres Parteiapparates durch. Im Februar 1990 hatte sie, im Vergleich zu den 44 000 Angestellten der SED, die Zahl ihrer hauptamtlichen Mitarbeiter auf rund 14 000 verringert. Die Zahl der ehrenamtlichen Mitarbeiter war von 700 000 zu Zeiten der SED auf rund 40 000 gefallen. Am 1. Juli 1990 waren noch insgesamt 4 104 politische und technische Mitarbeiter hauptamtlich tätig. Im Juni 1991 beschloß das Präsidium der PDS, das sich einer sehr ernsten Finanzkrise ausgesetzt sah, eine erneute deutliche Reduzierung der hauptamtlichen Mitarbeiter (von 294 bis 30. Sept. 1991 auf 184), insbesondere beim Parteivorstand. Offiziell beschäftigt die PDS 1995 nur 156 hauptamtliche Mitarbeiter, davon sind 43 im zentralen Parteiapparat tätig. In den neuen Bundesländern kann die PDS aber auf mehr als zehntausend freiwillige Helfer zurückgreifen.

Der demokratische Zentralismus leninistischer Prägung à la SED wurde durch die wendige „Diktatur" eines allmächtigen Präsidiums, heute eines verkleinerten Parteivorstands, abgelöst. Die Akzeptanz dieses Machtzentrums ist durch die Popularität von Hans Modrow (eine Brücke zu den Alt-Kadern) und Gregor Gysi, den einzigen Integrationspersönlichkeiten der Partei, abgesichert. Um die Führungsgruppe formierte sich eine neue PDS-Elite, die die Kontrolle über die neuen Führungsstrukturen der Partei übernahm: die Arbeitsgemeinschaften und Interessengemeinschaften (AG und IG) beim Parteivorstand. Durch diese wurden die Bereiche hervorgehoben, in denen es eine Anhäufung von Konfliktpotentialen und mehr oder weniger entwickelten parlamentarischen und außerparlamentarischen „Widerstand" gab.

Die Partei hat es dank ihrer organisationspolitischen Stärken und ihrer finanziellen Ressourcen gut verstanden, hauptsächlich im Osten mit unterschiedlichen Akteuren zusammenzuarbeiten, diese mehr oder weniger unbemerkt zu beeinflussen und teilweise sogar unter ihre Kontrolle zu bringen. Bei ihren Kampagnen gegen den Einigungsprozeß (PDS-Jargon: „Vereinigungsunrecht“) setzt die PDS auf Komitees und andere Vorfeld- und befreundete Organisationen, die von PDS-Sympathisanten oder PDS-Kadern wesentlich bestimmt sind. Alle Organisationen, die in dem Ostdeutschen Kuratorium zusammengefaßt sind (es wurden inzwischen mehr als 95 gezählt), bilden in ihrer Gesamtheit ein dichtes, arbeitsfähiges Netz, das die neuen Länder flächendeckend überzieht. Diese Organisationen übernehmen konsequent alle Positionen der PDS und vertreten sie in der Öffentlichkeit. Sie haben sich als nützliche Werkzeuge der subversiven Taktik der PDS entpuppt.

Erklärtes Ziel des PDS-Parteivorstandes war es, mit der Arbeit in diesen AG/IG (1995 24 AG/IG auf zentraler Ebene) und den zahlreichen Vorfeld- und befreundeten Organisationen folgende strategische Fragen anzugehen: Verankerung der PDS im Westen der Bundesrepublik, Sicherung und Ausbau der Basis in den östlichen Bundesländern, Unterwanderung der Gewerkschaften, Manipulierung der Friedensbewegung, Zersetzung der Grünen, Antifaschismus-Kampf, Dialog und Zusammenarbeit der Linkskräfte (insbesondere die linksorientierten Sozialdemokraten), Bündnis mit revolutionären marxistisch-leninistischen Gruppen, antikapitalistischer Kampf sowie internationale Zusammenarbeit mit allen KP-Parteien und revolutionären Befreiungsbewegungen.

Die Mutation der Organisationsprinzipien und Aneignung von neuen semantischen Feldern, die von den Grünen oder den westdeutschen Linken (DKP, „K“-Gruppen, westliche Frauen-, Dritte-Welt- und Friedensbewegung u.a.) ausgeliehen wurden, beinhalten und bewirken jedoch keinesfalls die Entwicklung der PDS zu einer sozialdemokratischen oder ökologischen Partei, sondern lediglich zu einer modernen kommunistischen Partei, die in ihre Strategie den Zusammenbruch des „real existierenden Sozialismus“ (Zerfall der Sowjetunion und ihrer Peripherie) miteingebaut hat. Die PDS ist eine typische Partei des postkommunistischen Zeitalters, die alle ihre Kräfte auf die Notwendigkeit einer destruktiven Opposition gegen den demokratischen Verfassungsstaat und die Soziale Marktwirtschaft bündelt.

Patrick Moreau

Literaturhinweise:

Bortfeldt, Heinrich: Von der SED zur PDS. Wandlung zur Demokratie?, Bonn, Berlin 1992.
Brie, Michael/Herzig, Martin/Koch, Thomas: Die PDS, Köln 1995.

Falkner, Thomas/Huber, Dietmar: Aufschwung PDS, München 1994.
Falter, Jürgen W./Klein, Markus: Die Wähler der PDS bei der Bundestagswahl 1994, in: Aus Politik und Zeitgeschichte B 51-52/1994.
Gerner, Manfred: Partei ohne Zukunft? Von der SED zur PDS?, München 1994.
Moreau, Patrick: PDS. Anatomie einer postkommunistischen Partei, Bonn 1992.
Moreau, Patrick/Lang, Jürgen: Linksextremismus. Eine unterschätzte Gefahr, Bonn 1996.

Parteilichkeit

a) Allgemein: Der Begriff spielt eine entscheidende Rolle für das kommunistische Weltverständnis und die Ausformung einer dementsprechenden Ideologie. Danach ist die Wahrnehmung von Wirklichkeit auf allen Ebenen, in alltäglich-lebensweltlicher Form und in künstlerischem Ausdruck an die soziale Rolle, vor allem an die soziale Klassenzugehörigkeit der Erkenntnissubjekte gebunden.

Anders als in Ideologie- und kulturtheoretisch seriösen Ansätzen oder in Untersuchungen der Wissenssoziologie wird die Subjektbindung von Erkenntnis in der kommunistischen Theorie zur Fundierung einer kruden Geschichtsmetaphysik und einer voluntaristischen Revolutionstheorie eingesetzt.

Folgende Ebenen wirken dabei zusammen:

- Die grundlegende Einbindung des kommunistischen Machtanspruches in eine geschichtsmetaphysische Heils- und Erlösungslehre mit quasiwissenschaftlichem Anspruch führt zu einer Formationstheorie der Geschichte und zur Konstruktion „objektiv wirkender Geschichtsgesetze".
- Diese Geschichtsgesetze postulieren in der Abfolge von Klassengesellschaften eine Dynamik, einen „geschichtlichen Fortschritt", der in der klassenlosen Gesellschaft kommunistischen Typs mündet.
- Positiver sozialer Träger dieses Fortschritts ist die Arbeiterklasse, das unter kapitalistischen Bedingungen ausgebeutete Proletariat. Sein Klassenstandpunkt, das heißt das soziale Interesse der Arbeiter, wird als identisch mit der Fortschrittsrichtung der Geschichte gesetzt.
- Bereits bei Marx und Engels angelegt, aber in zugespitzter Form erst bei Lenin ausgeführt, werden eine voluntaristische Revolutionstheorie und die Technik der Machtübernahme durch die kommunistische Partei als Ausdruck des Wirkens objektiver Gesetze und die authentische Verwirklichung des proletarischen Klasseninteresses ausgegeben.

Im Begriff der Parteilichkeit wird die objektive und die subjektive Seite dieser „materialistischen Gesellschaftstheorie“ verbunden.

Durch die Überhöhung und Verabsolutierung eines notwendig partikularen und eingeschränkten sozialen Interesses als gesellschaftliches Gesamtinteresse und durch das Postulat von der Verkörperung dieses Gesamtinteresses in der Politik der kommunistischen Partei als der Vorhut der Arbeiterklasse, wird den kommunistischen Parteiintellektuellen eine klare Funktion zugewiesen. Sie sollen als Wissenschaftler, Schriftsteller oder bildende Künstler die politischen und ideologischen Vorgaben der kommunistischen Partei durchsetzen helfen. In dieser Parteilichkeit sollen sie aber das Bewußtsein besitzen, objektive Wahrheiten zu verkünden und das Sprachrohr der Geschichte selbst zu sein.

Alle Kampagnen der kommunistischen Partei, die sich gegen unbotmäßige und mißliebige Künstler und Intellektuelle richteten, wurden unter dem Vorzeichen der Verteidigung des Prinzips der Parteilichkeit geführt. Auch die Einengung künstlerischer Gestaltungsfreiheiten auf Prinzipien wie den „Sozialistischen Realismus“ sind mit dem Anspruch der notwendigen Parteilichkeit verbunden.

Wolfgang Templin

b) Parteilichkeit und „Objektivismus“: Die klassische Definition von Parteilichkeit als „theoretisch-methodisches Prinzip“ durch Lenin („Der Marxismus schließt sozusagen die Parteilichkeit in sich ein, da er uns bei jeder Wertung eines Ereignisses zwingt, uns direkt und offen auf den Standpunkt einer bestimmten sozialen Gruppe zu stellen.“) wird erkenntnistheoretisch und geschichtsphilosophisch (allerdings als Zirkelschluß) damit begründet, daß nach der Marxschen Theorie die subjektiven Interessen des Proletariats (Sieg des → *Sozialismus*) mit dem „objektiven“, weil „wissenschaftlich“ entschlüsselten Gang der Geschichte (dialektischer und historischer Materialismus) zusammenfallen: „In der marxistischen Theorie stimmen Parteilichkeit und wissenschaftliche Objektivität völlig überein.“ Diese Objektivität, die zugleich zum Ausdruck bringen solle, daß für Aussagen, Theorien usw. nicht subjektive Wünsche, Neigungen, Meinungen Vorurteile usw. maßgebend seien, sondern allein „Sachverhalte, auf die sich die Aussagen, Theorien, usw. beziehen“, sei aber nicht zu verwechseln mit der „bürgerlichen“ Fiktion von „Objektivismus“, nach der es sozial und weltanschaulich abgelöste „interessenfreie“ Philosophie und Wissenschaft geben könne: Der bürgerliche, metaphysische, idealistische Standpunkt sei an der Aufrechterhaltung der bestehenden Ordnung ebenso interessiert wie an der Verhüllung von Ausbeutung. Er ist nach marxistischer Ideologie also nur „verkappter Ausdruck der Zugehörigkeit zur Partei der Satten, zur Partei der Herrschenden, zur Partei der Ausbeuter“ (Lenin). Da die kommunistische Partei über ihre Leitungsgremien im Sinne der Leninschen Konzeption als „bewußter“ und „organisierter“ „Vortrupp“ der Arbeiterklasse agiert, damit „das Interesse der gesamten Klasse“ vertritt (→ *Führungsanspruch*), sind jeweils konkrete Inhalte, Aktionen usw. ihrem Interpretationsmonopol (Parteilinie) und den damit verbundenen Transmissionsriemen (Propaganda; Erziehung; Medien) vorbehalten. Mit diesem Anspruch wurde unter Stalin das ganze geistige Leben kontrolliert bis hin zu Dogmatisierung und Scholastik in den Naturwissenschaften. Dieses Kontrollsystem wurde auch auf die DDR übertragen. Nach Stalins Tod 1953 blieben Philosophie, Geistes- und Gesellschaftswissenschaften weiterhin „Klassenwissenschaften“, daher Instrumente im Klassenkampf. Das läßt sich auch in der Kritik an jenen Philosophen (Adorno, Horkheimer, Marcuse) ablesen, welche die westdeutsche 68er Bewegung prägten.

Jörg-Dieter Gauger

Literaturhinweise:

Joravsky, David/Koblernicz, Casimir N.: Parteilichkeit, in: Sowjetsystem und Demokratische Gesellschaft, Bd. 4, Freiburg, Basel, Wien 1971, S. 1119 ff.

Kapferer, Norbert: Ein trauriges Kapitel deutscher Philosophiegeschichte, in: Deutschland Archiv 23 (1990), S. 1580 f.

Klaus, Georg/Buhr, Manfred: Objektivismus, in: Philosophisches Wörterbuch, a.a.O., Berlin (13. Aufl.) 1985.

Methodik der politischen Bildung, Berlin (Ost) 1974, S. 67.

Wetter, Gustav A.: Sowjetideologie heute, Bd. I, Frankfurt/M. 1962, S. 18 ff.

Wilharm, Heiner: Denken für eine geschlossene Welt, Hamburg 1990, bes. S. 43 ff.

Parteitage und -konferenzen der SED

Der Parteitag, offiziell höchstes Organ der → *Sozialistischen Einheitspartei Deutschlands*, sollte die Richtlinien der Politik erfüllen. Tatsächlich erfüllte nur der XII. Parteitag im Dezember 1989 diese Funktion, als nach dem Rücktritt des → *Politbüros* und der Handlungsunfähigkeit des Parteiapparats (→ *Zentralkomitee*) die eigentlichen Machtzentren faktisch nicht mehr existent waren. Diesem außerordentlichen Parteitag, der das Ende der SED-Diktatur nicht mehr aufhalten konnte, gelang es aber, durch eine formale „Sozialdemokratisierung" der marxistisch-leninistischen Parteikonzeption die SED vor dem Zerfall zu retten. Der letzte Parteitag der SED wurde somit zum Gründungsparteitag der → *Partei des Demokratischen Sozialismus* (PDS).

Nach dem auf dem Gründungs-Parteitag der SED im April 1946 verabschiedeten Statut sollten Parteitage in der Regel jährlich einberufen werden. Doch schon nach dem II. Parteitag 1947 fand der folgende erst 1950 statt. Die inzwischen in Gang gesetzte Umwandlung der SED in eine marxistisch-leninistische „Partei neuen Typus" war – statutenwidrig – nicht durch einen Beschluß des formal höchsten Parteiorgans gedeckt worden. Ab 1950 fanden Parteitage alle vier Jahre, von 1971 bis 1986 alle fünf Jahre statt. Abgesehen vom Gründungsparteitag 1946 wurden die Parteitagsdelegierten vom ZK-Apparat nach kaderpolitischen und Repräsentationsgesichtspunkten (→ *Kaderpolitik*) „vorgeschlagen". Dabei mußten → *Massenorganisationen*, staatliche Organe, Kombinate, landwirtschaftliche Betriebe usw. jeweils angemessen berücksichtigt werden, auch für eine gewisse Anzahl „Vorzeigearbeiter", Frauen bzw. Jugendliche wurde gesorgt. Anschließend wurden die Kandidaten von Bezirksdelegiertenkonferenzen „gewählt". Die Auswahl der Teilnehmer dieser Delegiertenkonferenzen erfolgte gemäß den Prinzipien des → *demokratischen Zentralismus*: Offiziell wurden sie von unten nach oben auf einer Linie von der Mitgliederversammlung über die Betriebsdelegiertenkonferenz, die Kreisdelegiertenkonferenz und die Bezirksdelegiertenkonferenz gewählt. Tatsächlich wurden die Teilnehmer dieser Veranstaltungen jedoch vom jeweils zuständigen lokalen Parteiapparat nach von der Zentrale vorgegebenen Richtlinien bestimmt.

Die Delegiertenkonferenzen waren außerdem ein wichtiger Baustein in der Propagandakampagne im Vorfeld der Parteitage. Die Presse war in solchen Zeiten noch mehr als ohnehin üblich gefüllt mit Verpflichtungserklärungen einzelner oder „sozialistischer Kollektive" zu hoher Arbeitsproduktivität, freundlichem Umgang mit Kunden oder längerer Dienstzeit in der Nationalen Volksarmee.

Die Parteitage waren allein durch die Zahl der Teilnehmer kaum arbeitsfähig. So nahmen z.B. am X. Parteitag 1981 2 573 Delegierte mit beschließender und 180 mit beratender Stimme teil. Dem nur Repräsentationszwecken dienenden Präsidium gehörten allein 200 Funktionäre an, darunter alle Mitglieder und Kandidaten des Politbüros. Die eigentliche Leitung lag in den Händen eines 12köpfigen Parteitagssekretariats.

Die Hauptfunktion der stets in Berlin stattfindenden Parteitage bestand in der akklamatorischen Zustimmung zur jeweils aktuellen „Linie“ der Parteiführung, nach außen verkündet durch den Bericht des → *Generalsekretärs*. Trotz der bis ins Detail gehenden Vorbereitung und Inszenierung war das Mißtrauen der Führer groß: Sämtliche auf Parteitagen oder selbst auf Bezirksdelegiertenkonferenzen gehaltenen „Diskussionsbeiträge“ mußten vorab den zuständigen Gremien im Parteiapparat vorgelegt werden.

Eine wichtige Aufgabe des Parteitags bestand in der „Wahl“ des neuen von der Parteiführung ausgewählten ZK, das offiziell als höchstes Gremium zwischen den Parteitagen galt, sowie der Zentralen Revisionskommission. Die konstituierende Sitzung des neuen ZK fand noch während des Parteitags statt. In ihrem Rahmen wurden Generalsekretär, Politbüro, Sekretariat des ZK sowie die Zentrale Parteikontrollkommission „gewählt“, so daß diese Entscheidungen dem Parteitagsplenum noch mitgeteilt werden konnten. An den SED-Parteitagen nahmen stets ranghohe Delegationen der sozialistischen Bruderparteien aus aller Welt teil.

Parteikonferenzen, die laut Statut der SED zwischen den Parteitagen einberufen werden konnten, unterschieden sich von diesen vor allem durch ihre geringeren formalen Rechte (so konnten nur einzelne ZK-Mitglieder ersetzt werden). Die 1. Parteikonferenz im Januar 1949 veränderte – statutenwidrig – die Führungsstrukturen der Partei: Erstmals wurde ein → *Politbüro* gebildet, dessen Arbeit durch ein „Kleines Sekretariat des Politbüros“ – das spätere „Sekretariat des → *Zentralkomitees*“ – unterstützt wurde.

Auf der 2. Parteikonferenz im Juli 1952 verkündete die SED den „planmäßigen Aufbau des Sozialismus“ mittels „verschäften Klassenkampfs“. Die 3. und letzte Parteikonferenz fand 1956 nach dem XX. Parteitag der KPdSU statt.

Klaus Schroeder/Manfred Wilke

Personenkult

a) Überblick: Für das Zustandekommen dieses Begriffes hat die russisch-bolschewistische Tradition und ihr ursprünglich prägender Einfluß für die kommunistische Weltbewegung eine entscheidende Bedeutung.

Nach der Machtergreifung der Bolschewiki 1917 wurden ihre wichtigsten Führergestalten sehr schnell in den Rang gottähnlicher Geschichtslegenden erhoben. Als sich Josef Wissarionowitsch Stalin in den Machtkämpfen nach Lenins Tod durchsetzte und die diktatorische Alleinherrschaft über die kommunistische Partei und den sowjetischen Staat ausübte, konzentrierte sich der Kult einer quasireligiösen Führerverehrung allein auf ihn. In den 30er und 40er Jahren des 20. Jahrhunderts wurde seine Gestalt zur Verkörperung für das kommunistische System, seine Errungenschaften und seine Verbrechen schlechthin.

Nach der Gleichschaltung der Kommunistischen Partei Deutschlands in der zweiten Hälfte der 20er Jahre und der Formierung des sog. Thälmannschen Zentralkomitees setzte sich dieses Führerprinzip und die damit verbundene Heldenverehrung auch für die deutschen Kommunisten uneingeschränkt durch. In Symbolik, Theatralik und äußeren Gestaltungsformen glich die kommunistische Führerverehrung ihrem totalitären Gegenpol, dem nazistischen Führerkult bis in die Einzelheiten.

In der DDR setzte die erste Auseinandersetzung mit diesem Phänomen nach dem XX. Parteitag der KPdSU in der sog. Tauwetterperiode ein. Da weder Chruschtschow als neuer Parteichef der sowjetischen Kommunisten noch andere Kräfte innerhalb der kommunistischen Bewegung an die Wurzel des diktatorischen Systems und den ausschließlichen Machtanspruch der kommunistischen Partei rührten, wurde die um den Begriff Personenkult geführte Abrechnung mit Stalin jedoch zur Farce. Seine Denkmäler wurden entfernt, sein Nimbus demontiert, ihm wurde die alleinige Verantwortung für alle Verbrechen des Systems zugeschoben. Mit einer solchen Deformationstheorie und den erklärten Prinzipien einer kollektiven Führung der Partei wurde für einige Jahre der Anschein einer Liberalisierung erweckt, die sich in Wirklichkeit allerdings niemals durchsetzte.

Walter Ulbricht, der spätestens seit seiner Emigrationszeit in Moskau in den 30er Jahren einer der rücksichtslosesten und geschicktesten Durchpeitscher diktatorischer Prinzipien innerhalb der deutschen kommunistischen Bewegung war und sich zur entscheidenden Führergestalt für die ersten beiden Jahrzehnte der DDR profilierte, sorgte dafür, daß aus der Auseinandersetzung mit dem Personenkult keine wirkliche Entstalinisierung wurde.

In den 60er Jahren wurden auch die äußeren Formen und Rituale einer kultischen Führerverehrung, die sich in der DDR um die Person Ulbrichts rankte, wieder sichtbar. Straßen und Gebäude, Sportstadien und Betriebe wurden nach ihm benannt, in den Schulen gab es eigene Gedenkecken.

Nach dem Tode Ulbrichts im Sommer 1973 wurde in einer erneuten Welle der Personenkult um ihn herum kritisiert und erneut jede Beziehung von diktatorischem System und zwangsläufiger Führerfixierung negiert. Ulbrichts Nachfolger Honecker geriet in seinen letzten Lebensjahren jedoch in die gleiche Rolle und zeigte damit die untrennbare Verbindung des Personenkults mit der Grundverfassung des kommunistischen totalitären Systems.

Wolfgang Templin

b) Konkrete Formen: Der marxistische Personbegriff, der den Menschen als „Ensemble der gesellschaftlichen Verhältnisse" begreift, bestimmt auch die Rolle der Persönlichkeit im historischen Prozeß. Ihr „gesetzmäßiger Verlauf" werde zwar letztlich durch die revolutionären Volksmassen bestimmt, die aber mit historischer Gesetzmäßigkeit „hervorragende Persönlichkeiten" (Marx, Engels, Lenin, temporär Stalin, Fidel Castro) hervorbringe, die Vorbilder für die Herausbildung der → *sozialistischen Persönlichkeit* seien.

Der Personenkult hingegen – erstmals von Karl Marx und Friedrich Engels polemisch gegen Ferdinand Lassalle („Lassallekultus") gerichtet – widerspricht marxistischer Geschichtsauffassung. Er ist aber im Sowjetkommunismus als Ersatzreligion (vgl. den Ikonenkult in der griechisch-orthodoxen Kirche), Integrations- und Gleichschaltungsideologie, sicher auch als Reaktion auf die Spannung zwischen Vision und trister Wirklichkeit, seit Lenin politische Realität und kennzeichnet seit den 20er Jahren mit unterschiedlichen Inhalten, aber strukturell vergleichbar alle kommunistischen Systeme (Mao-Kult, Ho Chi Min-Kult, Kim Il Sung-Kult). Die totalitäre Form des Personenkults ist grundsätzlich gekennzeichnet durch kritiklos akzeptiertes und öffentlich immer wieder bestätigtes revolutionäres, politisches und militärisches Führertum mit Maßstabfunktion in Kultur (insbes. Baukunst) und Wissenschaft bis – unter Stalin – die Naturwissenschaften hinein. Es wird permanent legitimiert durch Akklamationen (Umzüge, Paraden, Totenehrungen), Titel und Orden und medial einheitlich (Erziehung; Literatur; Denkmal; Gemälde; Massenmedien; Briefmarken und Münzen) in Omnipräsenz übersetzt; dazu gehört auch die Benennung von Straßen und Städten (z.B. Stalinallee 1953–1961; Stalinstadt bis 1956). Zu seinen Elementen gehören Familien-, Herkunfts-, Jugend- und Revolutionsmythen, der Bescheidenheitsgestus (Herkunft aus niederen Verhältnissen: Arbeiter- oder Bauernfamilie); Lehrer und Schülerverhältnisse als Nachfolge (Lenin – Stalin; Lenin – Honecker); idealisierende Visualisierung (Jugendlichkeit, Gesundheit, Entscheidungsfreude usw.); je nach gewünschtem Effekt prächtige, Abgehobenheit signalisierende oder einfache, Gleichrangigkeit mit den unteren Schichten vermittelnde „volkstümliche“ Selbststilisierung („Kumpelmotiv“), besonders beliebt in diesem Zusammenhang Abbildung mit Kindern; der „unermüdliche Arbeiter“ für das Wohl des Volkes, der Unterdrückten, für die Revolution; der „entschlossene Kämpfer“ gegen beliebig bezeichnete Feinde (Klassenfeinde; Kulaken; westliche Agenten, Saboteure, „Fraktionen“ usw.); Epochenbezeichnung in aufsteigender Linie nach dem Namen: Marxismus, Leninismus, Stalinismus und Erhebung in den Rang dogmatisch zu zitierender „Klassiker“; periodisches Umschreiben von Geschichte zur Ikonographie (z.B. Bildmontagen; Stalin „Kurze Lebensbeschreibung“, 1947).

Der sowjetische Personenkult zunächst um Trotzki, dann um Lenin („Führer von Gottes Gnaden“ oder „Genie der Weltrevolution) ist geboren aus dem mit romantisierenden Attributen versehenen Nimbus der russischen Oktoberrevolution 1917 als Vorstufe der „Weltrevolution“, verbunden mit expressionistischem Zeitgefühl, was auch im Westen fasziniert (Johannes R. Becher, Käthe Kollwitz, Joseph Roth u.a.): „Überall findet man ihn, jedes Haus hat sein Lenin-Zimmer, seine Lenin-Ecke. Selbst mein kleines Hotel prunkt mit einer rotausgeschlagenen Nische, darin, wie auf einem Altar, die Büste Lenins steht ... Bolschewiki sagen mir, das Volk brauche diesen Kult, er sei Ersatz für vieles, was man ihm genommen.“ (Ernst Toller, 1926). Unter Stalin steigert sich dieser Kult seit 1929 ins Vorbildlos-Byzantinische, nicht nur in der UdSSR; namhafte Beobachter aus dem Westen tragen dazu bei (George Bernard Shaw, Theodore Dreiser, André Gide, Romain Rolland u.a.). Stalin ist alles: „Hoffnung der Welt – der Schöpfer“, stilistisches Vorbild, bester Sprecher der russischen Sprache, Nachfolger Goethes, Fortenwickler des Aristoteles und Kants: „Sokrates und Stalin sind der Gipfel der Weisheit.“ „Stalin-Gesänge [...] wurden zu einer alltäglichen Erscheinung wie für Gläubige das obligatorische Morgengebet.“

Dieser Stalin-Kult setzte als Instrument der Gleichschaltung nach 1945 wie in allen anderen kommunistischen Staaten auch in der DDR ein und überlagerte nationale Heroen wie Karl Marx und Ernst Thälmann („Thälmann und Thälmann vor allen/Deutschlands unsterblicher Sohn./Thälmann ist niemals gefallen, Stimme und Faust der Nation“): Schon 1931 verfaßte ihr erster Kulturminister Johannes R. Becher seine früheste Stalin-Hymne („Eines Menschen Name – Name von Millionen“), Arbeiterdichter Erich Weinert lobte 1940: „Ich schau zum Kreml. Ruhig schläft das Land. Sein Herz blieb wach. Im Kreml ist noch Licht.“ Anläßlich des 70. Geburtstag Stalins im Dezember 1949 lernen DDR-Schüler auf die Frage „Warum lieben die Menschen Stalin?“ die Antworten: „1. Stalin will den Frieden. 2. Stalin ist Deutschlands bester Freund“, verfaßt Stephan Hermlin seine siebenseitige Stalin-Ode („Namenlos sich die Zeit endlich selbst nennt: Stalin“), lobt Arnold Zweig („Wir sagen einfach: Genosse J.W. Stalin“) sein „Genie des Aufbauens und des unermütlichen Einsatzes von Wachsamkeit, Mut und Menschenhilfe“. 1950 verlas anläßlich der 3. Weltjugendfestspiele der junge FDJ-Funktionär Erich Honecker die „Grußbotschaft des jungen Deutschland an Generalissimus Stalin“ („weiser Lehrmeister und Führer, unser bester Freund, der große Stalin“), 1952 pries Arnold Zweig, seit 1950 Präsident der Deutschen Akademie der Künste, erneut den „Vormann der Völker, Perikles gleich, dem Lenker Athens, an Wort und Gewaffen“.

Der Tod Stalins am 5. März 1953 ist noch einmal große Inszenierung, auch in der DDR, die Trauerbekundungen überbieten sich, die Deutsche Akademie der Künste verpflichtet sich, z.B. „die Lehren Stalins zu verwirklichen und ihm, dem Genius des Friedens, die Treue zu halten“. Erneut tut sich Johannes R. Becher hervor mit beispielloser Hymnik: „Dort wirst du, Stalin stehn, in voller Blüte/Der Apfelbäume an dem Bodensee/Und durch den Schwarzwald wandert seine Güte/Und winkt zu sich heran ein scheues Reh.“

Die Demontage Stalins rasch nach seinem Tod und die Revitalisierung Lenins gipfelten in der Geheimrede Nikita Chruschtschows anläßlich des XX. Parteitages der KPdSU im Februar 1956 (aufgenommen von Walter Ulbricht am 17. März 1956): Personenkult und Verstoß gegen die „Kollektive Führung“ wird zur Begründung jetzt personalisierter stalinscher Verbrechen. Trotz offizieller Absage: auch um Chruschtschow, den dauerdekorierten „Titanen der Menschheit“ und „Bannerträger des Weltfriedens“ L. Breschnew und – sehr abgemildert freilich – Michail Gorbatschow („Gorbymanie“) entfalten sich Elemente des Personenkults.

Die ersten Männer der DRR, Walter Ulbricht („Und wir alle, die die Heimat lieben, und wir alle, die wir den Frieden lieben, lieben dich, Walter Ulbricht, den deutschen Arbeitersohn“) und Erich Honecker („Getragen vom Vertrauen des werktätigen Volkes und geachtet von den fortschrittlichen Menschen in aller Welt, verkörpert er die von sozialistischem Patriotismus und proletarischem Internationalismus durchdrungene Politik der SED und der DDR“, 1978) – beide äußerlich von kleinbürgerlichem Zuschnitt und immer im Schatten der jeweiligen sowjetischen Kultfiguren –, waren zwar nicht Gegenstand exaltierter lyrischer Bemühungen (nur „Unser Wilhelm“ Pieck macht da eine Ausnahme: „Ein Stern ist aufgegangen/die Heimat strahlt im Licht/hat seinen Glanz empfangen/und schmückt ihr Angesicht"); aber auch auf sie („Der Generalsekretär ist die Verkörperung des gesellschaftlichen Gesamtsubjektes") konzentrieren sich Elemente des Personenkults und deren Demontage nach Machtverlust: Protokollarische Ritualität und höfische Inszenierung, Ordensfülle und Namensverleihung (Walter-Ulbricht-Stadion). Ihr Bild ist omnipräsent, und ihre Titel sind liturgisch eingeschärft (Der Generalsekretär des ZK der SED, usw.). Ihre Biographie wird idealisiert: „Wenn es seine [Honeckers] Zeit erlaubt, streift er durch den Wald und beobachtet das Wild." Die Berichterstattung wird personalisiert, z.B. im Neuen Deutschland vom 13. Okt. 1988: „ [...] erklingen immer wieder Hochrufe auf Erich Honecker und die Partei der Arbeiterklasse. Viele nutzen die Gelegenheit, Erich Honecker persönlich Dank für das schöne Leben in Geborgenheit zu sagen." Die Geschichte wird umgeschrieben. Vor allem mit Lenin als Vorbild („Der Leninsche Arbeitsstil Erich Honeckers") sind sie Autorität in der reinen Lehre (die Rede Walter Ulbrichts zum VI. Parteitag wurde z.B. in die Lehrbücher für „Staatsbürgerkunde" aufgenommen; Honecker ersetzt Ulbricht „im Lichte des VIII. Parteitages" im „Philosophischen Wörterbuch" und im „Politischen Grundwissen" nach 1972) und schöpferischer Impulsgeber („So manche seiner Worte wurden von der ganzen Bevölkerung als Losung aufgegriffen, sie aktivierten und lösten neue Initiativen aus.") Strafrechtliche Sanktionen gegen „öffentliche Herabwürdigung" liefert der dehnbare Paragraph 220 StGB der DDR.

Jörg-Dieter Gauger

Literaturhinweise:

Abusch, Alexander/Brodel, Willi (Hrsg.): Walter Ulbricht: Schriftsteller, Künstler, Wissenschaftler und Pädagogen zu seinem siebzigsten Geburtstag, Berlin (Ost) 1963.

Becher, Johannes R.: Walter Ulbricht. Ein deutscher Arbeitersohn, Berlin (Ost) 1958.

Chowanetz, Rudolf (Hrsg.): Erich Honecker. Ein Leben für das Volk, Berlin (Ost) 1987.

Fromm, Eberhard: Der Kult der großen Männer, Berlin 1991.

Hahn, Erich/Kosing, Alfred: Marxistisch-leninistische Philosophie, Berlin (Ost) 1982, S. 260 ff.

Institut für ML beim ZK der SED (Hrsg.) Unser Wilhelm, Berlin (Ost) o. J.

Institut für ML beim ZK der SED (Hrsg.): Erich Honecker. Skizze seines politischen Lebens, Berlin (Ost) 1978.

Klotz, Katharina: Führerfiguren und Vorbilder. Personenkult in der Ära Ulbricht, in: Dieter Vorsteher (Hrsg.): Parteiauftrag: Ein neues Deutschland, München, Berlin 1997, S. 322ff.

Koenen, Gerd: Die großen Gesänge, Frankfurt/M. 1991.
Löhmann, Reinhard: Der Stalinmythos. Studien zur Sozialgeschichte des Personenkultes in der Sowjetunion (1929-1935), Münster 1990.
Nationalrat der Nationalen Front des demokratischen Deutschland (Hrsg.): Walter Ulbricht – ein Leben für Deutschland, Leipzig 1963.
Steinberg, Hans-Josef: Personenkult, in: Sowjetsystem und Demokratische Gesellschaft, Bd. 5, Freiburg, Basel, Wien 1972, S. 1 ff.
Thoms, Liselotte u.a.: Walter Ulbricht. Arbeiter, Revolutionär, Staatsmann, Berlin (Ost) 1968.

Pionierorganisation

Die Pionierorganisation „Ernst Thälmann" stand unter der Leitung der → *FDJ* und erfaßte die Schulkinder im Alter von 6 bis 13 Jahren. Erste Kindergruppen wurden bereits 1945 gebildet, die den Namen „Kinderland" erhielten (1946). Anläßlich des II. Parlaments der FDJ wurde 1947 in Meißen die Kindervereinigung der FDJ „gegründet". Beim ersten Pioniertreffen in Dresden (1952) erhielt die Pionierorganisation vom ZK der SED das Recht, den Namen „Ernst Thälmann" zu tragen.

Die Pioniere besaßen eine bis ins Detail gegliederte Organisation: Grundeinheit war die „Pionierfreundschaft", die an jeder Schule gebildet wurde. Sie faßte sämtliche in den Klassen 1 bis 7 bestehenden Pioniergruppen zusammen. In den Klassen 1 bis 3 wurden die Pioniergruppen als „Jungpioniere", in den Klassen 4 bis 7 als „Thälmann-Pioniere" bezeichnet. Spezielle Funktionen kamen einem Gruppenrat, bestehend aus Gruppenratsvorsitzenden und Stellvertreter, Agitator, Kassierer und Schriftführer, zu. Wimpelträger, Freundschaftsratvorsitzende, Wandzeitungsredakteure, Mitarbeiter der Zeitschrift „Die Trommel" und weitere Funktionen wurden vergeben. Für die eigentliche Leitung der Arbeit der Pionierorganisation war allerdings ein von der Kreisleitung der FDJ eingesetzter hauptamtlicher Pionierleiter tätig. Dieser war ausgebildeter Pädagoge, gleichberechtigtes Mitglied des Lehrerkollegiums und zum Hospitieren im Unterricht verpflichtet. Die Pionierleiter wurden durch ebenfalls berufene, ehrenamtliche Gruppen unterstützt (FDJ-Mitglieder höherer Klassen, jüngere Lehrer, Pädagogikstudenten, Mitglieder der FDJ-Grundorganisation des Patenbetriebes). Die vielfältig verzweigte Organisation dürfte hiermit deutlich werden.

Inhaltlich spielten Formen der aktiven Teilnahme am Organisationsleben eine wichtige Rolle. Die „Zehn Gebote der Jungpioniere" hatten verpflichtenden Charakter. Sie enthielten ein Bekenntnis zur DDR und zur Freundschaft mit der UdSSR, verpflichteten zu Fleiß, Disziplin,

Ordnung, Sauberkeit, gegenseitiger Hilfe, Liebe zu den Eltern und zur aktiven Beteiligung am Sport. Für die älteren Kinder wurden sie zu Gesetzen der Thälmann-Pioniere erweitert durch eine ausdrückliche Parteinahme für den Sozialismus, ein Bekenntnis zum Haß gegen die Kriegstreiber, eine Verpflichtung zur Arbeit für die Allgemeinheit und zum Schutz des Volkseigentums. Die Uniform, das Emblem, der Wimpel und die Fahne sowie der Pioniergruß wurden zu Symbolen hochstilisiert. Mit Eintritt in die Pionierorganisation hatten die Jungpioniere das Versprechen abzulegen, nach den „Geboten" zu handeln. Durch Übertragung von Verantwortung und Aufgaben im überschaubaren Raum der Schule, durch Auszeichnung und Rangabzeichen sollte frühzeitig die Bereitschaft zum gesellschaftlichen Engagement und das Gefühl für die Notwendigkeit von Ein- und Unterordnung geweckt werden. So reinigten Pioniere auch Klassenräume, gestalteten Korridore und Schulhöfe und nahmen Parks, Anlagen und Kinderspielplätze in Pflege.

Ferien in zentralen Pionierlagern, eine vom Verlag der FDJ „Junge Welt" herausgegebene Kinder- und Jugendliteratur (z.B. „Die ABC-Zeitung", „Die Trommel", „Bummi", „Frösi", „Atze"), sportliche Wettkämpfe bzw. Spartakiaden, der Erwerb von speziellen Abzeichen (z.B. „Bereit zur Arbeit und zur Verteidigung der Heimat"; Sportabzeichen) runden das Bild der umfassenden und vielfältigen Angebote, aber auch der Erziehungsmöglichkeiten und der politischen Einflußnahme ab. Die meisten Schulkinder waren gern Pioniermitglieder; der Organisationsgrad lag bei 99%. Distanz entwickelte sich erst im Jugendalter.

Barbara Hille

Planungsmechanismen in der Wirtschaft

Der in der DDR ablaufende Wirtschaftsprozeß (→ *Wirtschaft*) wurde zentral-administrativ geplant. Dem Jahresvolkswirtschaftsplan kam insofern zentrale Bedeutung zu, als in ihm – anders als in den Fünfjahrplänen (→ *Fünfjahrplan*) – der Ablauf des Geschehens für den jeweils begrenzten Zeitraum eines Kalenderjahres relativ konkret disponiert wurde. Dabei bediente man sich der sog. Bilanzierungsmethode und der sog. MAK-Bilanzen (Material-, Ausrüstungs- und Konsumgüterbilanzen), in denen das Aufkommen und die Verwendung von Gütern einander gegenübergestellt wurden. Volkswirtschaftlich besonders wichtige Güter wurden unmittelbar staatlich bilanziert und zwar in drei

Hierarchieebenen der Wirtschaftsverwaltung. Die Güter, denen man den höchsten Stellenwert zumaß (etwa 400) wurden durch die Staatliche Plankommission selbst bilanziert, weitere etwa 850 durch Ministerien in Abstimmung mit der Staatlichen Plankommission. Die → *Kombinate* waren beauftragt, unter staatlicher Aufsicht weitere 1 100 Güterbilanzen zu erarbeiten. Die meisten dieser Güter hatten den Rang von Staatsplanpositionen, galten also als solche, die für das Wachstum und die Stabilität der Wirtschaft von besonderer Wichtigkeit waren. Die Kombinate mit ihren Betrieben waren ferner beauftragt, etwa 2 500 sog. Sortimentsbilanzen aufzustellen.

Die Erarbeitung und Verabschiedung der Jahresvolkswirtschaftspläne durchlief innerhalb der hierarchischen Wirtschaftsorganisation mehrere charakteristische Phasen.

In einem ersten Schritt begann man mit der Herausgabe von staatlichen Aufgaben (Planprojekte) oder Orientierungsziffern als den verbindlichen Mindestzielstellungen für die Kombinate, Betriebe und Produktionsgenossenschaften. Nach Prüfung ihrer Leistungsmöglichkeiten reichten dann diese in einem zweiten Schritt (Planrücklauf) ihre Planangebote der Wirtschaftsverwaltung ein und teilten mit, welche Leistungen von ihnen bei den gegebenen Produktionsbedingungen erbracht werden könnten. Hierbei hoffte die politische Führung darauf, daß es mit Hilfe der in der Zwischenzeit durch die von der SED und dem → *FDGB* organisierten Plandiskussionen in den Betrieben gelungen war, alle bis dahin verborgenen Leistungsreserven zu mobilisieren und in die Planangebote einzubringen. Jeder Betriebs- und Kombinatsdirektor mußte sein Planangebot vor der jeweils übergeordneten Planungsinstanz verteidigen. Am Schluß jeder Planverteidigung entschieden dann die Leiter der übergeordneten Planungsinstanzen darüber, ob die vorgelegten Angebote angenommen werden konnten. Nach Erhalt und Abstimmung aller eingereichten Planangebote wurden die einzelnen Offerten sukzessiv auf den verschiedenen Hierarchieebenen der Wirtschaftsverwaltung zu Planangeboten der einzelnen Lenkungsbereiche zusammengefaßt und diese mit den ursprünglichen Planprojekten verglichen.

In einem dritten Schritt erfolgte dann durch die Plankommission die endgültige Festlegung der Leistungsanforderungen für alle Wirtschaftsbereiche und Planträger. Deren Zusammenstellung ergab das endgültige Plandokument über den Volkswirtschaftsplan für das nächste Planjahr. Hatte anschließend auch der Ministerrat eine Überprüfung vorgenommen, so erhielt die Volkskammer die Weisung, den Jahresplan als Gesetz zu beschließen. Danach schlüsselte die Wirtschaftsverwaltung wiederum alle aggregierten Plangrößen auf und übersetzte diese in zweig- und unternehmensspezifische Plananforderungen (staatliche Planauflagen). War auch diese Phase abgeschlossen, so erhielten die Kombinate in einem vierten Schritt ihre individuellen Betriebspläne. Ausgehend hiervon begannen dann die Kombinatsleitungen mit der Ausarbeitung des betriebsinternen Durchführungsprogramms für den gerade angebrochenen Zeitraum der zwölf Monate des neuen Planjahres.

War der Planungsprozeß bis dahin im wesentlichen in vertikaler Richtung verlaufen, so begann nunmehr auf der Unternehmensebene eine Abstimmungsprozedur in horizontaler Richtung. Ausgehend von den Staatszielen mußten in einem fünften Schritt sämtliche Kombinate und Kombinatsbetriebe ihre Bezugs- und Lieferbeziehungen zu ihren Vorlieferanten und zu den Abnehmern ihrer Erzeugnisse endgültig abstimmen. Die Ergebnisse dieser Abstimmungsprozeduren mußten dann auf Weisung des Gesetzgebers in Bezugs- und Lieferverträgen zwischen den Wirtschaftspartnern konkretisiert und rechtlich verankert werden.

Gernot Gutmann

Literaturhinweise:

Buck, Hannsjörg F./Gutmann, Gernot: Das Scheitern der Zentralverwaltungswirtschaft – eine ökonomische Schlußbilanz der DDR im Überblick, in: Kuhrt, Eberhard/Buck, Hannsjörg F./Holzweißig, Gunter (Hrsg.): Am Ende des realen Sozialismus, Bd. 2, Leverkusen 1996.

Gutmann, Gernot/Klein, Werner: Herausbildungs- und Entwicklungsphasen der Planungs-, Lenkungs- und Kontrollmechanismen im Wirtschaftssystem, in: Materialien der Enquete-Kommission, a.a.O., Bd. II, 3, S. 1579–1647.

Politbüro des ZK der SED

Das politische Büro des Zentralkomitees der SED besaß nach dem Statut der Partei nur den Rang eines Arbeitsausschusses des ZK, dem nominell höchsten Führungsgremium zwischen den Parteitagen. Tatsächlich war das Politbüro die Macht- und Entscheidungszentrale der DDR. Es realisierte seine Herrschaft in der Partei und über Staat und Gesellschaft mit Hilfe seines Parteiapparates. Eine demokratische Kontrolle des Gremiums existierte zu keiner Zeit. Formal wurde es zwar vom → *Zentralkomitee* (ZK) gewählt, tatsächlich traf letztlich der → *General-*

sekretär die Personalentscheidungen. Die Diktatur des SED-Politbüros vermittelte sich über die „Herrschaft durch Kader". Zum Kern der Funktionärsschicht gehörten die meisten der über 100 000 Parteisekretäre, der überwiegende Teil der Mitglieder von SED-Bezirks- und Kreisleitungen und die etwa 44 000 hauptamtlichen Parteifunktionäre (1989). Alle für wichtig gehaltenen Positionen im Partei- und Staatsapparat, in der Wirtschaft sowie der Führung der Massenorganisationen waren von Kadernomenklaturen der SED (→ *Kadernomenklatur*) besetzt. Funktion und Personen wurden in Nomenklaturlisten festgehalten. Das Politbüro stand an der Spitze dieser hierarchisch strukturierten Pyramide, die durch strenge „Parteidisziplin" abgesichert wurde. Es behielt sich die Besetzung von Schlüsselpositionen auf zentraler Ebene vor. Dabei berief man sich auf die im Statut der SED und der DDR-Verfassung festgeschriebene führende Rolle der Partei (→ *Führungsanspruch*).

Die Parteiorgane Politbüro und ZK waren 1925 von der KPD nach dem Musterstatut der Kommunistischen Internationale für den Parteiaufbau übernommen worden. Ihre Einführung war Ausdruck der „Bolschewisierung" der Partei. 1945/46 nannte die KPD ihre engere Parteiführung nicht Politbüro, sondern Zentralsekretariat. Diese Institution wurde auch vom SED-Statut von 1946 übernommen. Dem ersten und einzigen SED-Zentralsekretariat gehörten 14 Mitglieder an. Von geringerer Bedeutung war der 80köpfige Parteivorstand (eine Bezeichnung, die an sozialdemokratische Traditionen anknüpfte). Im Zuge der Umgestaltung der SED zur marxistisch-leninistischen „Partei neuen Typus" wurde dann im Januar 1949 erstmals ein Politbüro vom Parteivorstand der SED gewählt.

Dem seit 1950 als Generalsekretär amtierenden Walter Ulbricht gelang es bis Ende der 50er Jahre in Abstimmung mit der sowjetischen Führung, alle vermeintlichen oder tatsächlichen Gegner aus dem Politbüro zu entfernen. Auch dieses Gremium wurde mehr und mehr zum Akklamationsorgan für Entscheidungen, die der Generalsekretär traf. Ulbricht konnte allerdings nicht verhindern, daß Honecker im Politbüro eine Fronde gegen ihn bildete, die in Abstimmung mit dem Generalsekretär der KPdSU, Breschnew, 1971 seinen Sturz durchsetzte. Honecker besetzte wie sein Vorgänger zielstrebig das Politbüro mit seinen Gefolgsleuten. 1989 hatte das Politbüro 21 Mitglieder und fünf Kandidaten (eine in der politischen Praxis nur für das persönliche Prestige bedeutsame Unterscheidung). Der Altersdurchschnitt lag bei 67 Jahren. Dem Politbüro gehörten die zwölf ZK-Sekretäre (inkl. Generalsekretär) an, die als „Geschäftsführer" bestimmte Bereiche des

ZK-Apparates kontrollierten. Mitglieder waren immer auch der Vorsitzende des → *Ministerrates* sowie die Vorsitzenden wichtiger → *Massenorganisationen* und der Minister für „Nationale Verteidigung"; unter Honecker kam noch der Minister für „Staatssicherheit" hinzu. Zu den eher einflußlosen Angehörigen des Politbüros gehörten eine bis zwei „Alibi-Frauen", die sich z.T. jahrzehntelang im Kandidatenstatus befanden und denen die Altmännerriege nie bedeutsame Funktionen überließ.

Das Politbüro tagte einmal wöchentlich. Da auch nach Aussagen ehemaliger Politbüro-Mitglieder in diesem Gremium höchst selten ernsthaft diskutiert wurde und es kaum Einwände gegen einmal eingebrachte Vorlagen gab, kam es entscheidend auf die Vorbereitung der Sitzungen an. Diese Aufgabe wurde vom ZK-Apparat übernommen und von dessen Sekretariat koordiniert und „angeleitet". Die zwölf ZK-Sekretäre hatten somit eine größere Gestaltungsmöglichkeit als die anderen Politbüro-Mitglieder. Jede Vorlage für das Politbüro kam vor der Sitzung auf den Tisch des Generalsekretärs, und dieser bestimmte, ob sie auf die Tagesordnung kam. Unter Honecker gehörten die ZK-Sekretäre für Sicherheit (Egon Krenz), Wirtschaft (Günter Mittag), Kultur und Wissenschaft (Kurt Hager) und als einziger nicht ZK-Sekretär Stasi-Chef Erich Mielke zum engeren Kreis der Macht.

Die Zentralisierung der Entscheidungen führte dazu, daß neben Beschlüssen zur politischen Generallinie auch allzuoft Banalitäten auf der Tagesordnung des Politbüro standen. So beschäftigte sich das oberste Parteigremium z.B. mit der mangelnden sommerlichen Fleischversorgung im Kreis Bischofswerda, deren Ursache selbstverständlich nicht in der Planwirtschaft, sondern in der ungenügenden Arbeit der örtlichen Funktionäre gesehen wurde.

Die jahrzehntelange Fixierung des Politbüros auf Honecker führte zu seiner völligen politischen Lähmung, wie sich nach Honeckers Sturz im Oktober 1989 zeigte. Die Führung war nicht in der Lage, dem Zerfall und der Entmachtung der SED ein Konzept zur Rettung von Partei und Staat entgegenzusetzen. Auch Rücktritt und Verkleinerung des Politbüros im November (nun u.a. mit Ministerpräsident Modrow) konnten nichts mehr bewirken. Am 3. Dez. 1989 mußte auch die neue Parteiführung auf Druck der 1. Bezirkssekretäre zurücktreten. Der wenige Tage später stattfindende Sonderparteitag der nun als SED-PDS firmierenden Partei wählte kein Politbüro mehr, sondern wieder einen Parteivorstand, der ein Präsidium bildete.

Klaus Schroeder/Manfred Wilke

Polizei

Die Quellenlage, mit deren Hilfe die Rolle der Deutschen Volkspolizei (DVP) bei der Instrumentalisierung von Recht und Justiz (→ *Unterdrückungsmechanismen*) aufgezeigt werden kann, ist nach dem derzeitigen Stand der Forschung als wenig ergiebig anzusehen. Die Archive der Volkspolizei wurden 1989/1990 weitgehend von belastendem Material gesäubert, was u.a. darauf zurückzuführen ist, daß die Deutsche Volkspolizei, anders als Einrichtungen des MfS, in dieser Zeitspanne nicht im Zentrum des Aufklärungsinteresses stand. Dies ist um so bedauerlicher, als die Bürger im Verantwortungsbereich der Deutschen Volkspolizei vielfach Terror, Willkür und Rechtlosigkeit ausgesetzt waren. Verwaltungsrechtliche Schutzbestimmungen bzw. eine Verwaltungsgerichtsbarkeit fehlten. Damit gab es kein Instrumentarium, das den Verantwortlichen der Polizei die Grenzen erlaubten Handelns aufgezeigt hätte. Der Bürger war vielmehr der polizeilichen Willkür schutzlos ausgeliefert. Dieses Gefühl der Allmacht ermunterte viele Angehörige der Deutschen Volkspolizei dazu, ihre Überlegenheit mit teilweise ungezügelter Brutalität auszuüben.

Auf Anordnung der → *SMAD* wurden seit Mai 1945 lokale Polizeikräfte aufgestellt. Dies war die Geburtsstunde der Deutschen Volkspolizei als entscheidendes Machtorgan in der SBZ/DDR. Mit dem 30. Juni 1946 wurde von der SMAD unter strengster Geheimhaltung die Deutsche Verwaltung des Innern (DVdI) gegründet. Während die DVdI zunächst eine überwiegend koordinierende Rolle spielte, erhielt sie seit Mitte Februar 1948 immer mehr eine klare Leitungsfunktion für die Landespolizeibehörden.

In allen Landes- und Provinzialverwaltungen, ab 1946 dann Landesregierungen der SBZ, übernahmen kommunistische Kader die Innenministerien, rekrutierten sich die Polizeipräsidenten und ihr exekutiver Apparat vorrangig aus KPD/SED-Gefolgsleuten, die, wie es in der offiziellen DDR-Polizeigeschichte heißt, von der KPD respektive ihren Landesleitungen „in die Polizei delegiert" wurden.

Bereits 1946/47 wurden in der SBZ unter Kontrolle der SMAD paramilitärische Verbände wie die „Kasernierten Bereitschaften" (später „Kasernierte Volkspolizei", KVP) und die „Deutsche Grenzpolizei" aufgestellt. Sie bildeten die Basis für eine verdeckte Aufrüstung, die in der Folge zur Aufstellung und Ausrüstung von militärischen Kaderverbänden führte und ab 1956 den Grundstock für die NVA schuf.

Rechtsgrundlage des polizeilichen Handelns bildeten bis 1955 vor allem Weisungen, Direktiven und Instruktionen der SMAD, aber auch

Bestimmungen aus der Zeit vor 1933. Damit knüpfte das Polizeirecht der DDR an den durch Konstitutionalismus und Liberalismus längst überwundenen weiten Polizeibegriff des Absolutismus an und ließ einen unklaren, weitgehend gesetzeslosen Rechtszustand entstehen, in dem die Generalklauseln der nie ausdrücklich aufgehobenen Polizeigesetze der Länder, die in der SBZ zusammengefaßt waren, eine bewußt undefiniert gelassene Rolle spielten, da angeblich „revolutionäre Veränderungen" des Gesellschaftsystems noch nicht abgeschlossen waren. Dieser Zustand wurde mit dem Gesetz über die Aufgaben und Befugnisse der DVP vom 11. Juni 1968 (VPG) geändert, in dem eine eigene Rechtsgrundlage geschaffen wurde.

Die Polizei gliederte sich in die Dienstzweige Schutzpolizei, Kriminalpolizei, Verkehrspolizei, Paß- und Meldewesen, Transportpolizei und Bereitschaftspolizei. Ferner war ihr auch die Rolle eines Instruments und Hilfsorgans des MfS (→ *Staatssicherheit*) zugewiesen. Als Beispiel für letztere Funktion sind die im Dienst der Volkspolizei stehenden Abschnittsbevollmächtigten (ABV) zu nennen. Es handelte sich hierbei um Angehörige der Schutzpolizei, die den Leitern der Polizeireviere unterstanden. Ihre Aufgabe war es, eine enge Verbindung zwischen Polizei und Bevölkerung in einem festgelegten Wohnbereich (Abschnitt) herzustellen. Dies umfaßte auch die konspirative Beobachtung „feindlicher und krimineller Elemente". Die Informationen, die dem ABV zugingen, nutzte das MfS zur Überwachung und Verfolgung vermeintlicher und tatsächlicher politischer Gegner.

Dem gleichen Zweck diente die Einrichtung spezieller politischer Abteilungen bzw. Kommissariate (K 5) der Kriminalpolizei, später umbenannt in K I und dann AG I. Diese Kommissariate (auf Bezirksebene Dezernate I) wurden schon in früheren Jahren als verdeckt arbeitendes kriminalpolizeiliches Organ aufgebaut. Spätestens ab Mitte der 70er Jahre wurden sie zu einem direkten Hilfsorgan des MfS. Sie stellten eine beträchtliche personelle Erweiterung des sowieso schon aufgeblähten Personalbestandes des MfS dar. Zwischen diesen Organen und dem MfS herrschte auf Führungsebene Personalunion. Dem Zugriff der Staatsanwaltschaft als Strafverfolgungsbehörde waren diese Gliederungen der Kriminalpolizei zu jeder Zeit entzogen.

Der → *Strafvollzug* lag in den Händen der Hauptabteilung (HA) Strafvollzug bzw. später der „Verwaltung Strafvollzug" des MdI, die unter dem langjährigen Kommando von Generalleutnant Wilfried Lustik stand und eng mit der Hauptverwaltung VII im MfS zusammenarbeitete. Als das Polizeiregime der DDR zusammenbrach, sandte Lustik am 11. Nov. 1989 einen Blitzbefehl an die Leitung des Bautzener Strafvollzugs, der anordnete, daß alle belastenden Akten zu vernichten seien.

Eine enge Zusammenarbeit zwischen DVP und MfS bestand auch auf der Ebene der sog. Bezirks- und Kreiseinsatzleitungen der SED. Zu den Aufgaben der Bezirkseinsatzleitungen zählten u.a. die Planung und Sicherstellung von Isolierungslagern. Während das MfS die Listen der im „Ernstfall“ zu Internierenden erstellte, sollten den Bezirksdirektionen der DVP die „Führung der Internierungsmaßnahmen“, die Leitung und Sicherung der Isolierungslager obliegen. Fast 86 000 DDR-Bürger waren für den „Krisenfall“ vom MfS zur Isolierung, Festnahme und Einweisung in Lager vorgesehen. Die Einrichtung der Isolierungslager für DDR-Bürger und das brutale Vorgehen der Polizei gegen die Massendemonstrationen in Dresden, Leipzig, Ost-Berlin und vielen anderen Städten der DDR 1989 belegten erneut Menschenrechtsverletzungen durch die Deutsche Volkspolizei, die integraler Bestandteil des totalitären Herrschaftssystems der SED waren.

Bernhard Marquardt

Literaturhinweise:

Autorenkollektiv: Geschichte der Deutschen Volkspolizei, Bd. I (1945–1961), Bd. II (1961–1985), Berlin (Ost) (2. Aufl.) 1987.

Marquardt, Bernhard: Menschenrechtsverletzungen durch die Deutsche Volkspolizei, in: Materialien der Enquete-Kommission, a.a.O., Bd. IV, S. 655-760.

Schneider, Dieter Marc: Innere Verwaltung/Deutsche Verwaltung des Innern (DVdI), in: SBZ-Handbuch, a.a.O., S. 207-217.

Polytechnische Bildung

Seit 1959 nannte sich die allgemeinbildende Schule in der DDR „zehnklassige allgemeinbildende polytechnische Oberschule“ (→ *Bildungswesen*). Durch diese Bezeichnung sollte ihr Charakter als sozialistische Schule besonders hervorgehoben werden. Bis 1989 galten die polytechnische Bildung und der polytechnische Unterricht als ein wichtiges und unterscheidendes Merkmal der Bildungskonzeption und des Schulsystems der DDR, das auch international beachtet wurde.

Die geschichtlichen Wurzeln einer polytechnischen Bildung reichen rund 200 Jahre zurück. Die während der Französischen Revolution 1794 gegründete Ecole polytechnique in Paris und die in Mitteleuropa danach entstandenen Polytechnischen Schulen (häufig Vorläufer der Technischen Hochschulen) bilden den geschichtlichen Hintergrund. Für die sozialistisch-kommunistische Programmatik spielte die von Karl Marx formulierte Idee einer „polytechnischen Erziehung" (1866) zusammen mit seinen Vorstellungen von einer notwendigen „Verbindung des Unterrichts mit der Produktion" eine entscheidende Rolle (→ *marxistische Philosophie*). Darauf beruhten die seit 1918 in Sowjetrußland unternommenen Versuche der praktischen Umsetzung einer polytechnischen Bildung. Mitte der 30er Jahre wurden sie aufgegeben und erst Anfang der 50er Jahre wieder aufgenommen.

Dies war der Hintergrund der um diese Zeit auch in der DDR begonnenen Diskussionen über Ziele, Inhalte und Formen einer polytechnischen Bildung und Erziehung, wobei es anfangs auch Anknüpfungen an die ältere Arbeitsschulidee und an den schulischen Werkunterricht gab, bald allerdings nur noch eine einseitig marxistische Begründung. Zwischen 1953 und 1966 war die konzeptionelle und praktische Entwicklung des polytechnischen Unterrichts in der DDR maßgeblich von derjenigen in der Sowjetunion beeinflußt. Danach gewann die Theorie der polytechnischen Bildung in der DDR aber ein eigenes Profil, und auch die organisatorische und inhaltliche Gestalt des polytechnischen Unterrichts unterschied sich erheblich von den anderen sozialistischen Schulsystemen.

Es lassen sich drei Begründungen für die polytechnische Bildung und Erziehung ausmachen, deren Gewicht zu bestimmten Zeiten unterschiedlich war und auch zu verschiedenen didaktischen Lösungen geführt hat: eine ideologische, eine ökonomische und eine pädagogische. Im Rahmen der Zukunftsvorstellungen über eine kommunistische Gesellschaft spielte der Gedanke einer durchgängigen Verbindung von Lernen und Arbeit, Unterricht und Produktion bereits vom 12. oder 13. Lebensjahr an eine wichtige Rolle. Die Idee der sozialistischen Arbeitserziehung in der vergesellschafteten Produktion gehörte daher auch in das polytechnische Programm. Mit Hilfe des polytechnischen Unterrichts sollte eine planmäßige Lenkung des beruflichen Nachwuchses in die von der Arbeitskräfteplanung ermittelten und zu besetzenden Arbeitsplätze in Industrie und Landwirtschaft erleichtert werden. Dem polytechnischen Unterricht kam somit auch eine wichtige Aufgabe bei der Erfüllung des → *Fünfjahrplans* zu. Die pädagogischen Ziele erstreckten sich auf eine größere Praxisnähe des schulischen Unterrichts und die Einbeziehung moderner technischer Inhalte in die Lehrpläne.

Flächendeckend wurde der polytechnische Unterricht in den Schulen der DDR am 1. Sept. 1958 in Gestalt eines wöchentlichen „Unterrichtstages in der Produktion“ (ab Klasse 7) eingeführt. Er gliederte sich in eine Reihe polytechnischer Grundlehrgänge mit zwei Varianten für Schulen in vorwiegend industriellen oder landwirtschaftlichen Gebieten; hinzu traten das theoretische Fach Einführung in die sozialistische Produktion und Technisches Zeichnen. Auch in den anderen Unterrichtsfächern sollte ein vage formuliertes polytechnisches Prinzip eine Rolle spielen. Dieses angestrebte „System der polytechnischen Bildung“ wurde jedoch schon 1960 durch die später kritisch als Professionalisierung bezeichnete Ausrichtung auf eine frühzeitige Berufsvorbereitung durchkreuzt: 1960 wurde für alle Schüler der Klassen 9 bis 12 der Erweiterten Oberschule eine „berufliche Grundausbildung“ angeordnet, 1962 begann man auch ab Klasse 9 der zehnklassigen allgemeinbildenden polytechnischen Oberschule eine solche Berufsausbildung einzuführen, wobei sogar eine Vorverlegung in die Klasse 7 geplant war, und schließlich wurde ab 1962/63 an den Erweiterten Oberschulen eine volle Berufsausbildung (Abitur mit Facharbeiterbrief) zur Regel gemacht. Auf dem Höhepunkt dieser Entwicklung (1963/64) erhoffte man sich durch eine frühere Eingliederung der Schüler in den Produktionsprozeß einen Nutzen in Millionenhöhe.

1966 wurde dieser Weg einer nunmehr als zu spezialistisch und utilitaristisch kritisierten polytechnischen Ausbildung verlassen, wobei zugleich eine neue bildungstheoretische und didaktische Konzeption die allgemeinbildende Rolle des polytechnischen Unterrichts herausstellte und auf eine deutlichere Abgrenzung gegenüber der anschließenden beruflichen Ausbildung Wert legte. Auf dieser Basis entstand die neue Struktur des polytechnischen Unterrichts, dessen Grundzüge bis Ende der 80er Jahre erhalten geblieben sind. An den zehnklassigen Oberschulen und an den Erweiterten Oberschulen, also in den Klassen 1 bis 12, gliederte sich der polytechnische Bildungszyklus in drei Stufen: Klassen 1 bis 6 Werkunterricht und Schulgartenunterricht als Vorstufe; Klassen 7 bis 10 polytechnischer Unterricht mit drei Elementen: Einführung in die sozialistische Produktion – Technisches Zeichnen – produktive Arbeit der Schüler; Klassen 11 und 12 wissenschaftlich-praktische Arbeit. Mit 10,6% des Unterrichtsvolumens nahm der polytechnische Unterricht an der Stundentafel der zehnklassigen Oberschule einen beachtlichen Platz ein. Auf allen Stufen handelte es sich um einen für alle Schüler, Jungen wie Mädchen, obligatorischen Lernbereich aufgrund verbindlicher staatlicher Lehrpläne, die aber gewisse Differenzierungen zuließen. Mitte der 80er Jahre wurde in diesem Rahmen auch schrittweise eine informationstechnische Grundbildung eingeführt, zeitlich parallel zu den Maßnahmen in den Ländern der Bundesrepublik.

Bei der Realisierung der polytechnischen Bildung in der DDR traten über Jahrzehnte hinweg bestimmte Probleme regelmäßig auf, die auf politische und ökonomische Systemgründe und auf immanente pädagogische und didaktische Spannungen in der Konzeption der polytechnischen Bildung verweisen. Durch den polytechnischen Unterricht sollten die Jugendlichen zu einer „bewußten Berufswahl" erzogen werden, die letztlich die Akzeptierung des Vorrangs „gesellschaftlicher Interessen" gegenüber den individuellen Neigungen und Berufswünschen forderte (→ *Berufsausbildung*). Diese Funktion hat der polytechnische Unterricht, bedingt durch manche negative Erfahrungen bei der „produktiven Arbeit" in den Betrieben, jedoch nur unvollkommen erfüllt. Bei der Gestaltung des Produktionsunterrichts gab es, wie oft beklagt wurde, viel Leerlauf und nur selten einen modernen technischen Vorlauf. Die erworbenen praktischen Handfertigkeiten und technischen Kenntnisse wurden aber im allgemeinen positiv eingeschätzt. Im Gesamtgefüge der allgemeinbildenden Schule stand der polytechnische Unterricht gegenüber den anderen Schulfächern, besonders im Verhältnis zu den naturwissenschaftlichen Fächern und zur Mathematik, unter einem starken Legitimationszwang, da seine Bedeutung für die allgemeinbildenden Aufgaben der Schule trotz aller schulpolitischen Bekundungen nicht allgemein akzeptiert wurde. Das sozialistische Erziehungsziel schließlich verflüchtigte sich bei dem Widerspruch zwischen dem in der Schule vermittelten Idealbild der sozialistischen Gesellschaft und der erfahrenen Realität der sozialistischen Produktion immer mehr.

Oskar Anweiler

Literaturhinweise:

Anweiler, Oskar (Hrsg.): Polytechnische Bildung und technische Elementarerziehung. Bad Heilbrunn/Obb. 1969.

Anweiler, Oskar: Schulpolitik und Schulsystem in der DDR, Opladen 1988.

Hörner, Wolfgang: Technische Bildung und Schule. Eine Problemanalyse im internationalen Vergleich. Studien und Dokumentationen zur vergleichenden Bildungsforschung, Bd. 52, Köln, Weimar, Wien 1992.

Prämiensystem

Das System zentraler Planung und Leitung der Wirtschaftsprozesse wurde in der DDR durch vielfältige Formen der „ökonomischen Stimulierung“ ergänzt, um die Leistungen und Interessen der Wirtschaftseinheiten auf die staatlichen Zielvorgaben zu orientieren. Dies geschah primär mit Hilfe des Prämiensystems, das eng verknüpft war mit dem jeweiligen Grad der Planerfüllung.

Die Bildung und Verwendung der betrieblichen Prämienfonds unterlagen detaillierten staatlichen Vorschriften. Neben einem festen Grundbetrag je Beschäftigten konnten die Betriebe aus ihrem erzielten Nettogewinn weitere Mittel dem Betriebsprämienfonds zuführen, sofern bestimmte, zentral vorgegebene Plankennziffern im Planungsprozeß überboten oder in der Realisierungsphase übererfüllt wurden. Als Hauptkennziffern der Leistungsbewertung galten in der Regel die Warenproduktion (der für den Absatz vorgesehene Teil der industriellen Produktion) und der Nettogewinn; zwei weitere wurden vom Kombinatsdirektor für die jeweiligen Kombinatsbetriebe festgelegt, bei deren Nichterfüllung die Zuführungen zum Prämienfonds um je 25% gekürzt wurden. Über die Prämiierung der Kombinatsleiter entschied der zuständige Fachminister, wobei neben der Erfüllung der Betriebspläne auch parteipolitische Beurteilungskriterien maßgebend waren.

Die Mittel der Betriebsprämienfonds waren für besondere Leistungen von Einzelpersonen oder Kollektiven im Rahmen des sozialistischen → *Wettbewerbs* zu verwenden, und zwar in Form von sog. Initiativprämien, Zielprämien und auftragsgebundenen Prämien. Als zusätzliche Form des kollektiven Leistungsanreizes konnten je nach der Gesamtleistung eines Betriebes Jahresendprämien von höchstens 800 Mark je Vollbeschäftigten und Jahr ausgezahlt werden.

Ein weiteres Instrument zur Leistungssteigerung war der betriebliche Leistungsfonds, aus dem neben Verbesserungen der Arbeitsbedingungen vor allem planmäßige Rationalisierungen und Großreparaturen zu finanzieren waren. Auch hierfür war jedoch die Überbietung bzw. Übererfüllung der Kennziffer Nettogewinn einschließlich Exportergebnisse Voraussetzung.

Die dem Prämiensystem zugrundeliegende Leistungsbewertung in Abhängigkeit von der Überbietung bzw. Übererfüllung zentraler Plankennziffern hatte zur Folge, daß die Betriebe an möglichst leicht erfüllbaren Planvorgaben interessiert waren. Da die zentralen Planungsinstanzen bei der Festlegung der Planvorgaben auf Informationen über die konkreten Leistungsmöglichkeiten der Betriebe angewiesen waren, hatten diese die Möglichkeit, die Planvorgaben in ihrem Prämieninteresse zu beeinflussen (→ *Wirtschaft*). Um leicht erfüllbare Planvorgaben zu erhalten, tendierten die Betriebe dazu, den Bedarf an Arbeitskräften, Material-, Energie-, Investitions- und Finanzzuteilungen zu übertreiben und ihre Produktions- und Leistungsmöglichkeiten zu untertreiben. Dieses Streben nach „weichen“ Planvorgaben konnte auch nicht durch mehrfache Änderungen der für die Prämienfondszuführungen maßgebenden Leistungskennziffern behoben werden. Es war dem ordnungspolitischen System der Zentralplanwirtschaft immanent und eine der Hauptursachen für die vielfältigen Unwirtschaftlichkeiten, die schließlich den Zusammenbruch dieses Systems herbeiführten.

Hannelore Hamel

Literaturhinweise:

Hamel, Hannelore/Leipold, Helmut: Wirtschaftsreformen in der DDR – Ursachen und Wirkungen. Arbeitsberichte zum Systemvergleich, hrsg. von der Forschungsstelle zum Vergleich wirtschaftlicher Lenkungssysteme, Nr. 10, Marburg 1987.

Knauff, Rudolf: Die Funktionsmechanismen der Wirtschaftssysteme, in: Hamel, Hannelore (Hrsg.): Soziale Marktwirtschaft – Sozialistische Planwirtschaft: Ein Vergleich Bundesrepublik Deutschland – DDR, München (5. Aufl.) 1989, S. 61-110.

Privilegien

Unter Privileg (lat. privilegium) im engeren Sinne verstand man Sonderrechte, die aufgrund von kirchlichen oder königlichen Urkunden verliehen wurden. Hiervon ausgehend beinhaltet der Begriff auch Sonderrechte und Vorrechte im allgemeinen. Privilegien werden an Personen oder Gruppen verliehen, um diese an sich zu binden. In diesem allgemeinen Sinne waren Privilegien auch ein wesentliches Element kommunistisch regierter Staaten. Dieses galt vor allem für die Sowjetunion. Aber auch in der DDR waren Privilegien in dreifacher Hinsicht Steuerungsinstrumente bzw. Charakteristika des real existierenden Sozialismus: als Herrschaftsinstrumente, als System materieller Anreize in der Wirtschaft und als ungeplante Folge einer Struktureigenschaft: der → *Betrieb* als Lebensmittelpunkt.

Von den verschiedensten Steuerungsmitteln politischer Herrschaft sind Privilegien wichtiger als andere Formen der Belohnung. Wer über Vermögen oder hohes Einkommen verfügt, ist in seinem Beruf von den Vorgesetzten relativ unabhängig. Wer dagegen bei relativ geringem Gehalt zum Ausgleich Sachwerte und Bevorzugungen erhält, ist sehr stark abhängig. Verlor also ein führender SED-Politiker das Vertrauen des

ZK, so war auch für ihn die Möglichkeit dahin, seinem Kind an sonst besser ausgewiesenen Mitbewerbern vorbei einen Studienplatz zu sichern. Wurde ein hohes Mitglied der SED politisch mißliebig, dann verlor es seinen Wohnsitz in Wandlitz oder die Möglichkeit, als → *Reisekader* das Ausland zu besuchen.

Aus ideologischen Gründen und als Übernahme von Praktiken in der damaligen UdSSR gab es in der ehemaligen DDR nur geringe Differenzierungen in den monetären Belohnungen (→ *Arbeit*; → *Löhne*). Selbst Mitglieder der → *Kadernomenklatur* hatten nur Einkommen, die in etwa dem von Angehörigen der Mittelklasse in den USA entsprachen. Dafür gab es aber dann in reichem Ausmaße Prämien (→ *Prämiensystem*).

Mit dem Grundverdienst konnte man angesichts der niedrigen Preise für die Güter der elementaren Versorgung seinen Lebensunterhalt bestreiten. Dagegen war auch nur die geringste Güternachfrage jenseits dieser Grenze lediglich durch hohe Prämien zu finanzieren. Das ergab sich aus dem System der Preisdifferenzierung und der gleichzeitigen hohen Bedeutung der Prämien. Durch letztere entstand ein großer Kaufkraftüberhang, der durch extrem hohe Preise für Luxusgüter dann wieder abkassiert wurde. Der → *Lebensstandard* war also in erster Linie abhängig vom Prämiensystem.

Die zentrale Bedeutung von Privilegien war auch eine Folge des gewollten Umbaus im Sozialsystem, durch den der → *Betrieb* zum Lebensmittelpunkt wurde. Betriebe unterhielten Erholungsheime, Kindertagesstätten und Sportanlagen. Darüber hinaus bestritten Betriebe aus den „materiellen Fonds“ Aufgaben des Wohlfahrtsstaates wie Hilfe für Arme und Kinderreiche oder Unterstützungen für Wohnungsrenovierungen. Damit waren die Arbeitnehmer auch abhängig von dem Kampf der Betriebe um günstige Ziele in den verschiedenen Wirtschaftsplänen. Gelang es einem Betrieb, leicht zu erfüllende Planzahlen zu erhalten, so hatten alle dem Betrieb Angehörenden einen Nutzen. War ein Betrieb für die Versorgung der DDR mit Devisen wichtig, dann wirkte auch das wie ein Privileg gegenüber Arbeitnehmern, die in nicht so begünstigten Branchen arbeiteten.

Die Regierung der DDR verstärkte diesen Prozeß der Differenzierung einer Bevölkerung nach Privilegien auch noch durch das Nebeneinander verschiedener Versorgungssysteme. In besonders gut ausgestatteten Läden konnte man nur mit der Währung des „Klassenfeindes“ kaufen. Der Besitz dessen Geldes war eine Mischung aus Zufall (Verwandtschaft im Westen) und politischer Bevorzugung.

Extrem war die Steuerung über Privilegien für die → *Kadernomenklatur*. Prinzipiell konnte niemand auf die Liste von Nomenklatur-Positionen kommen, der nicht von der Parteiführung akzeptiert wurde. In der DDR war eine solche Position verbunden mit solchen Privilegien wie bessere Versorgung mit Wohnungen, Teilnahme am Individualtransport, Zugang der Kinder zu höchsten Bildungseinrichtungen, Versorgung mit Karten zu begehrten kulturellen Ereignissen, Plätze in besonderen Ferienheimen und Erlaubnis von Auslandsreisen. Hinzu kam die Möglichkeit, in besonderen Läden mit besserer Ausstattung kaufen oder bestellen zu können.

Insgesamt erscheint heute die Gesellschaft der DDR als ein System gewollter und zufälliger Ungleichheiten, die speziell in den Mittellagen zu größeren sozialen Unterschieden führten als das System der Schichtungen in Westdeutschland. Hinzu kommt die Wirkung von Privilegien als Vergrößerung der Kontrolle des Herrschaftsapparates über die Bevölkerung – aber zugleich und besonders über den Herrschaftsapparat selber.

Erwin K. Scheuch

Rat für Gegenseitige Wirtschaftshilfe (RGW)

Der RGW – im Westen auch COMECON oder CMEA (Council for Mutual Economic Assistance) genannt – war der Zusammenschluß sozialistischer Staaten mit dem Ziel einer „sozialistischen ökonomischen Integration". Seine Gründung im Januar 1949 war allerdings vorwiegend politisch motiviert: Unter dem Druck Stalins sollte verhindert werden, daß die kleineren osteuropäischen Länder ihre gewachsenen Handelsbeziehungen mit dem Westen wieder aufnahmen und sich an dem von amerikanischer Seite initiierten Wiederaufbauprogramm (Marshall-Plan) beteiligten. Statt dessen mußten sich Bulgarien, Polen, Rumänien, die Tschechoslowakei und Ungarn als Gründungsmitglieder verpflichten, ihren Außenhandel mit der Sowjetunion durch eine entsprechende Industrialisierungspolitik auszubauen. Gleiches galt für die kurze Zeit danach aufgenommenen Vollmitglieder Albanien (1949; stellte Mitarbeit 1962 ein) und DDR (1950). Mit dem späteren Beitritt der Mongolei (1962), Kubas (1972) und Nordvietnams (1978) wollte die Sowjetunion ihren politischen Einfluß auch außerhalb Europas festigen. Neben den Vollmitgliedern erhielten verschiedene sozialistische Länder einen Beobachterstatus (u.a. Nordkorea, China bis 1966, Nicaragua, Moçambique, Angola, Äthiopien und Jugoslawien).

Das 1959 verabschiedete RGW-Statut machte die „konsequente Verwirklichung der internationalen sozialistischen Arbeitsteilung im Interesse des Aufbaus des Sozialismus und Kommunismus“ zum verbindlichen Ziel der RGW-Zusammenarbeit. 1962 scheiterte der Versuch Chruschtschows, eine supranationale Wirtschaftsplanung einzuführen; statt dessen einigte man sich auf die Koordinierung der staatlichen → *Fünfjahrpläne* als Hauptmethode der Zusammenarbeit. Sie war erneut Gegenstand des 1971 verabschiedeten „Komplexprogramms“; damit sollten vor allem mittel- und langfristige Maßnahmen der Strukturpolitik, der Entwicklung von Wissenschaft und Technik sowie der „Spezialisierung und Kooperation“ im Bereich der Industrieproduktion abgestimmt werden. Beabsichtigt war, durch eine länderspezifische Aufteilung der Produktionsgebiete und entsprechende Austauschvereinbarungen „ökonomisch unbegründete“ Parallelproduktionen im RGW zugunsten eines komplementären Güteraustauschs abzubauen. Man kam jedoch hier wie auch bei dem Vorhaben, „langfristige Zielprogramme“ für 10 bis 20 Jahre miteinander abzustimmen, kaum über programmatische Erklärungen hinaus.

Oberstes Entscheidungsorgan war die einmal jährlich stattfindende Ratstagung, auf der die Ministerpräsidenten der Mitgliedsländer die Grundsätze der Zusammenarbeit beschlossen. Vollzugsorgan war das Exekutivkomitee, das sich aus Stellvertretern der Ministerpräsidenten zusammensetzte. Daneben bestanden sechs Komitees und 22 Ständige Kommissionen, die für den Warenaustausch einzelner Branchen oder für allgemeine Fragen wie Valuta- oder Finanzbeziehungen zuständig waren. Für die Beschlüsse aller Organe galt das Einstimmigkeitsprinzip, allerdings beschränkt auf die jeweils „interessierten“ Mitglieder. Da den Mitgliedstaaten laut Statut volle Souveränität garantiert war, verfügten die RGW-Organe gegenüber den nationalen Planungsbehörden ausschließlich über ein Empfehlungsrecht, so daß die Beschlüsse oft nur zögernd ausgeführt wurden.

Aufgrund der Planungshoheit der Mitgliedsländer und der Inkonvertibilität der Währungen wurden nahezu ausschließlich bilaterale und mengenbezogene Handelsverträge abgeschlossen. Auch die Vertragspreise, die im Intra-RGW-Handel an gleitende Fünfjahresdurchschnitte der Weltmarktpreise gekoppelt waren, wurden in bilateralen Verhandlungen auf Regierungsebene festgelegt. Daran hatte auch das 1964 eingeführte multilaterale Verrechnungssystem über die Internationale Bank für wirtschaftliche Zusammenarbeit (IBWZ) mit Hilfe des Transferrubels als künstlicher Verechnungseinheit nichts geändert. Der Grund hierfür lag in der stark eingeschränkten Verwendungsmöglichkeit von Transfer-Rubel-Guthaben, die in der Regel von den Partnerländern nicht mit „volkswirtschaftlich wichtigen Gütern“, sondern mit „weichen“ Waren abgegolten wurden.

Nachdem die RGW-Länder auf einem Gipfeltreffen 1984 beschlossen hatten, sich stärker an der weltweiten Arbeitsteilung zu beteiligen, wurden „harte“ Güter vorwiegend für den Export in westliche Industrieländer verwendet – nicht zuletzt, um sich den inzwischen angewachsenen Schuldendienst leisten zu können.

Gleichwohl war der Handel der europäischen RGW-Länder nach wie vor in starkem Maße auf die UdSSR als Rohstofflieferant und Absatzmarkt für industrielle Produkte konzentriert. Der nach 1989 einsetzende Übergang der meisten RGW-Staaten zur Marktwirtschaft bedeutete daher eine völlige Neuorientierung der Außenwirtschaftsbeziehungen. Als die Mitglieder schließlich beschlossen, zum 1. Jan. 1991 ihre Verrechnungen vom Transferrubel auf konvertible (West-)Währung zu Weltmarktpreisen umzustellen, war das Schicksal des RGW besiegelt. Seine formelle Auflösung erfolgte auf der 46. Ratstagung in Budapest am 28. Juni 1991.

Hannelore Hamel

Literaturhinweise:

Machowski, Heinrich: Rat für gegenseitige Wirtschaftshilfe, in: DDR-Handbuch, a.a.O., Bd. 2, S. 1073-1089.

Materialien zum Bericht zur Lage der Nation im geteilten Deutschland 1987, hrsg. vom Bundesministerium für innerdeutsche Beziehungen, Bonn 1987, S. 205-223.

Schüller, Alfred/Hamel, Hannelore: Die Integration der DDR-Wirtschaft in den RGW, in: Materialien der Enquete-Kommision, a.a.O., Bd. II, 4, S. 2692-2808.

Rechtsanwälte

Die SED und ihre Regierung hoben die Freiheit und Unabhängigkeit der Rechtsanwälte auf, schlossen den freien Zugang zur Anwaltschaft aus und führten die Rechtsanwaltschaft vom selbständigen und unabhängigen Organ der Rechtspflege zur kollektiven Einrichtung der sozialistischen Rechtspflege.

Noch 1953, zu Beginn der Kollektivierung der Rechtsanwälte, waren die Rechtsanwälte dazu berufen, „als Organe der Rechtspflege das Recht auf Verteidigung von Angeklagten zu verwirklichen, in zivilen Streitfällen die Parteien sachgemäß zu vertreten und der Erforschung der

Wahrheit und der Rechtsfindung zu dienen" (Präambel der Verordnung über die Bildung von Kollegien der Rechtsanwälte vom 15. Mai 1953). In der weiteren Entwicklung der sozialistischen Rechtspflege hatten die Rechtsanwälte „zur weiteren Stärkung der sozialistischen Gesetzlichkeit, zur Verwirklichung der Rechtsprechung und zur Festigung und Weiterentwicklung des sozialistischen Rechtsbewußtseins" beizutragen (vgl. §2 Abs. 1 des Gesetzes über die Kollegien der Rechtsanwälte der Deutschen Demokratischen Republik vom 17. Dez. 1980). Sie konnten als Verteidiger in Strafverfahren Angeklagte und Beschuldigte unterstützen und durften Bürger in gerichtlichen und außergerichtlichen Verfahren vertreten. Der Rechtsanwalt mußte jedoch „mit dem Volk und seinem sozialistischen Staat eng verbunden" sein. Nach seinem juristischen Studium konnte er als Mitglied in einem Kollegium der Rechtsanwälte aufgenommen und damit zugleich als Rechtsanwalt zugelassen werden.

Die SED mit ihrem Zentralkomitee und das DDR-Ministerium der Justiz planten und bestimmten die Gesamtzahl der in der DDR tätigen Rechtsanwälte (ca. 600 in den Kollegien und ca. 20 Einzelanwälte, von denen einzelne politischen Sonderstatus besaßen).

Grundsätzlich bestand kein Rechtsanspruch auf eine Zulassung als Rechtsanwalt. Seit den 70er Jahren „lenkte" das Ministerium der Justiz Absolventen der Rechtspflege-Ausbildung (Diplomjuristen) in die Kollegien der Rechtsanwälte. Sollte ein Mitglied als Rechtsanwalt in ein Kollegium der Rechtsanwälte aufgenommen werden, mußten vorab beim Ministerium der Justiz die Zustimmungserklärungen der zuständigen SED-Bezirksleitung, der Bezirksverwaltung des MfS, des Bezirksgerichts und der Bezirksstaatsanwaltschaft vorliegen. Im Jahr 2000 sollten nach der Kaderplanung 1 000 Rechtsanwälte tätig sein, an die hohe politische Entscheidungsmaßstäbe bei der Aufnahme als Kollegiumsmitglied gelegt wurden.

Als Rechtsanwälte waren ältere Volljuristen (Erwerb der Befähigung zum Richteramt vor 1945), Diplomjuristen und solche mit einer sog. Volksrichterausbildung (Ausnahme) tätig. Die meisten von ihnen gehörten der SED an. Vor Aufnahme als Mitglied wurde der Bewerber bis zu einem Jahr als Assistent im Kollegium der Rechtsanwälte nach einem verbindlichen Plan ausgebildet. Nach Abschluß der Ausbildungszeit wurde der Bewerber als Mitglied und Rechtsanwalt in das Kollegium aufgenommen. In jedem DDR-Bezirk war ein Kollegium der Rechtsanwälte tätig. Es hatte seinen Sitz in der jeweiligen Bezirkshauptstadt. Das Kollegium war juristische Person und regelte mit einem Statut und einer Geschäftsordnung Rechtsstellung, Rechtsform, Funktion, Befugnisse, Rechte und Pflichten seiner Mitglieder.

Das Kollegium war eine gesellschaftliche Institution der sozialistischen Rechtspflege und wurde im Rechtsverkehr durch den Vorsitzenden des Kollegiumsvorstandes vertreten. Die Mitgliederversammlung des Kollegiums war dessen höchstes Organ. Sie wählte auf der Grundlage eines von der SED-Parteigruppe, SED-Kreisleitung und dem Ministerium der Justiz abgestimmten Vorschlags den Vorstand und die Revisionskommission des Kollegiums der Rechtsanwälte. Die Revisionskommission war das sog. Kontrollorgan des Kollegiums. Es revidierte aber auch die Arbeit des einzelnen Mitgliedes, bewertete diese und informierte das Ministerium der Justiz über das Revisionsergebnis.

Die Rechtsanwälte waren in den Zweigstellen des Kollegiums (je Kreisgericht mindestens eine Zweigstelle) tätig. Ihre Gebühreneinnahmen mußten sie monatlich an das Kollegium abführen. Sie erhielten nach Abzug der Unkosten ein umsatzabhängiges Gehalt und am Jahresende eine anteilige Gewinnausschüttung.

Zur „Mitgestaltung einer einheitlichen Entwicklung der Kollegien der Rechtsanwälte" wurde ein Rat der Vorsitzenden der einzelnen Kollegien gebildet. Über diesen konnte das Ministerium der Justiz seine Aufsichts- und Kontrollfunktion im Zusammenwirken mit dem ZK der SED noch besser wahrnehmen. Zur Erhöhung der Autorität der Vorsitzenden der Kollegien hatte das Ministerium der Justiz die Aufnahme dieser Funktion in die „Kadernomenklatur der Abteilung für Staats- und Rechtsfragen des ZK der SED" veranlaßt und damit die völlige Beeinflussung und Reglementierung der Rechtsanwaltschaft zusätzlich abgesichert.

Darüber hinaus konnte das Ministerium Beschlüsse der Mitgliederversammlungen oder des Vorstandes der Kollegien aufheben und einem Mitglied eines Kollegiums der Rechtsanwälte die Zulassung entziehen, wenn es eine schwere Verletzung der Pflichten eines Rechtsanwalts begangen hatte. Dies war z.B. dann der Fall, wenn ein Rechtsanwalt politisch unbequem wurde. Durch die starke Einbindung der Rechtsanwälte in die Kollegien, die SED-Parteiarbeit, die rigorose Kontrolle durch das Ministerium der Justiz, die starke Unterwanderung der Rechtsanwälte durch das MfS und ihr eng begrenztes Arbeitsfeld wurden sie gleichgeschaltet.

Dieter Gräf

Literaturhinweise:

Brand, Peter-Andreas: Der Rechtsanwalt und der Anwaltsnotar in der DDR, Köln, Berlin, Bonn, München 1985.
Bruhn, Hans-Henning: Die Rechtsanwaltschaft in der DDR, Köln 1972.

Gräf, Dieter: Im Namen der Republik. Rechtsalltag in der DDR, München 1988.
Gräf, Dieter: Rekrutierung und Ausbildung der Juristen in der SBZ/DDR, in: Materialien der Enquete-Kommission, a.a.O., Bd. IV, S. 399-450.
Lange, Roland J.: Einbindung und Behinderung der Rechtsanwälte, in: Materialien der Enquete-Kommission, a.a.O., Bd. IV, S. 605-654.

Rechtsverständnis

In der DDR bestand nicht nur eine andere Rechtsordnung als in der Bundesrepublik, sondern auch ihre Auffassung vom Recht im allgemeinen wich radikal von der der Bundesrepublik ab. Grundlage dieser Rechtsauffassung waren die Lehren von Karl Marx und Friedrich Engels in ihrer Weiterentwicklung in der Sowjetunion, vor allem durch Josef Stalin und A. J. Wyschinski. Marx und Engels hatten das geltende Recht als den bloßen „zum Gesetz erhobenen Willen (der Bourgeoisie), dessen Inhalt gegeben ist in den materiellen Lebensbedingungen eurer Klasse", verhöhnt und für die nach der Revolution entstehende kommunistische Gesellschaft eine Verteilung des Sozialprodukts nach den Bedürfnissen und damit zugleich die Überwindung des auf dem Gegenleistungsprinzip beruhenden Rechts prognostiziert. Nach Engels sollten der Staat „absterben" und die Justiz „wegfallen". Nach der russischen Revolution wurden die Prognosen von Marx und Engels über das Absterben des Rechts in Sowjetrußland zuerst sehr wörtlich genommen, wobei eine traditionelle Rechtsfeindschaft im alten Rußland hinzukam. Die Gesetze wurden in einem gigantischen und in der Rechtsgeschichte einmaligen Akt restlos aufgehoben und an ihrer Stelle das „sozialistische Rechtsbewußtsein" zur Richtlinie für die Entscheidungen der Gerichte und damit zur Rechtsquelle gemacht. Das Recht wurde als ideologische Widerspiegelung der Warenaustauschverhältnisse verhöhnt. Soweit noch Regelungen ergingen, waren sie überaus knapp und beschränkten sich auf sog. allgemeine Anweisungen. Hand in Hand mit der Abschaffung des Rechts ging die Entprofessionalisierung der Rechtspflegeorgane: „Volksgerichte" und „Revolutionstribunale" waren mit Laien besetzt; als Ankläger und Verteidiger konnten alle Bürger auftreten. Die juristischen Fakultäten wurden geschlossen. Diese später als Rechtsnihilismus bezeichnete Periode wurde nur zur Abwendung des wirtschaftlichen Zusammenbruchs durch ein kurzfristiges Plädoyer Lenins für eine „Gesetzlichkeit" (→ *sozialistische Gesetzlichkeit*) unterbrochen.

Nach der die Sowjetunion aufs schwerste erschütternden Kollektivierung der Landwirtschaft, der sog. Zweiten Revolution, erklärten Stalin und sein juristischer Chefideologe A. J. Wyschinski überraschend das Recht mit dem Sozialismus für vereinbar und das „sozialistische Recht" sogar zu dessen höchster Stufe. Die Marxsche Verhöhnung des seinerzeit geltenden Rechts als „Wille der Klasse der Bourgeoisie" wurde nun ins Positive gewendet und das „sozialistische Recht" als Wille der Arbeiter- und Bauernklasse bezeichnet. Diesen Willen zu erkennen, beanspruchte die Kommunistische Partei als „Avantgarde" der Gesellschaft. Die Auffassung, daß das Recht als Teil des ideellen „Überbaus" nur eine unselbständige Widerspiegelung der ökonomisch-sozialen „Basis" sei, blendete aus dem Recht alle Werte aus, verhinderte aber nicht den Einsatz des Rechts als Machtmittel zur Umgestaltung der Gesellschaft. Stalin prägte daher die Formel von der (auf die „Basis") „rückwirkenden Kraft des Überbaus". Er sah das Recht hauptsächlich als „Waffe" zur rücksichtslosen Verfolgung von „Schädlingen" an.

Dies war der Stand der sowjetsozialistischen Rechtsauffassung, den die DDR bei ihrer Entstehung übernehmen mußte. Hilde Benjamin, die Vizepräsidentin des Obersten Gerichts und spätere Justizministerin der DDR, verlangte 1951 eine „Umwertung aller Rechtsbegriffe". Auf der Babelsberger Konferenz 1958 verurteilte Walter Ulbricht scharf den „abstrakten Normativismus", „Formalismus" und „Positivismus" in der Rechtswissenschaft und forderte statt dessen die Dialektik einer ständigen Entwicklung des Rechts im Sinne der historischen Gesetzmäßigkeit und einer aktiven Weiterentwicklung der gesellschaftlichen Entwicklung.

Infolge der auf dem XXII. Parteitag der KPdSU 1961 eingeleiteten Liberalisierung wurde auch in dem auf dem VI. Parteitag der SED 1963 beschlossenen Parteiprogramm verkündet: „Mit der wachsenden Rolle des Rechts beim umfassenden Aufbau des Sozialismus werden die Garantien für seine richtige Anwendung, den Schutz der Rechte der Bürger und die Wahrung der sozialistischen Gesetzlichkeit verstärkt." Nach dem Prager Frühling 1968 und der Solidarność-Bewegung in Polen traten diese Ansätze aber wieder in den Hintergrund.

In dem vom Minister für Hoch- und Fachschulwesen der DDR anerkannten Lehrbuch „Marxistisch-leninistische Staats- und Rechtstheorie" von 1980 wurde das Recht definiert als „das System allgemeinverbindlicher Normen, die den letztlich von den sozialistischen Produktionsverhältnissen bestimmten staatlichen Willen der Arbeiterklasse und der von ihr geführten Werktätigen ausdrücken, vom Staat festgelegt oder sanktioniert und garantiert werden – wenn nötig auch mit staatlichem Zwang – und die als Instrument (Regulator) die Entwicklung der gesellschaftlichen Verhältnisse mit dem Ziel der Errichtung des Sozialismus und Kommunismus fördern und schützen". Damit wurde die Rechtsdefinition Wyschinskis von 1938 im Prinzip übernommen, aber im Rahmen des historischen Materialismus modifiziert. Die hinter dem typischen „Parteichinesisch" verborgenen Modifizierungen bedeuten folgendes: 1. Daß der Wille der Arbeiterklasse „letztlich von den sozialistischen Produktionsverhältnissen bestimmt" ist, sollte zum Ausdruck bringen, daß die Rechtsnormen nicht völlig willkürlich festgesetzt werden können, wie es Stalin getan hatte. 2. Die Einbeziehung der vom Staat nur sanktionierten und garantierten Normen enthielt die Anerkennung, daß es auch Rechtsnormen gibt, die nicht vom Staat erlassen worden sind. 3. Die Einbeziehung der Entwicklung der gesellschaftlichen Verhältnisse mit dem Ziel der Errichtung des Sozialismus und Kommunismus in die Definition des Rechts sollte zum Ausdruck bringen, daß das Recht nicht nur – wie zuletzt unter Stalin – den Status quo schützt.

Das „subjektive Recht" (Recht des einzelnen auf etwas) wurde ebenfalls instrumentalisiert und nur noch als ein Hebel zur Lenkung der persönlichen Interessen auf gesellschaftliche Aufgaben angesehen: „Das subjektive Recht ist das rechtliche Sollen in der Form des Dürfens." (G. Haney) Insbesondere die → *Grundrechte* wurden zu bloßen Mitwirkungsrechten am Aufbau der sozialistischen Gesellschaft umfunktioniert.

Friedrich-Christian Schroeder

Literaturhinweise:

Eckart, Jörn: Die Babelsberger Konferenz vom 2./3. April 1958, Baden-Baden 1993.
Gräf, Dieter: Die Mißachtung der Menschenrechte und der rechtsstaatlichen Grundsätze durch die Justiz, in: Materialien der Enquete-Kommission, a.a.O., Bd. IV, S. 451-486.
Haney, Gerhard: Sozialistisches Recht und Persönlichkeit, Berlin (Ost) 1967.
Mampel, Siegfried: Dialektik und Recht. Zur Situation der Rechtstheorie in der SBZ, in: Jahrbuch für Ostrecht, Bd. I/1, 1960, S. 91-110.
Marxistisch-Leninistische Staats- und Rechtstheorie. Lehrbuch, Berlin (Ost) (3. Aufl.) 1980.
Materialien der Enquete-Kommission, a.a.O., Bd. IV, S. 293-336.

Regierungskriminalität

Hierunter fallen im eigentlichen Sinne alle Handlungen ehemaliger Inhaber staatlicher bzw. politischer Gewalt der früheren DDR, bei denen durch zureichende Anhaltspunkte der Verdacht begründet ist, daß sie verfolgbare Straftaten darstellen. Diese nach dem Legalitätsprinzip der Strafprozeßordnung bestehende Strafverfolgungspflicht erstreckt sich nicht nur auf Regierungsmitglieder, sondern erfaßt die Funktionäre in allen Hierarchie-Ebenen des Staates und der SED. In der öffentlichen Diskussion spielt der Begriff „Funktionärskriminalität“ eine unangemessen untergeordnete Rolle. Die rechtsstaatliche Verfolgungspflicht mit allen Garantien für die Verdächtigen ist Konsequenz der friedlichen Revolution von 1989/90 in der DDR. Sie wurde mit großer Mehrheit im Einigungsvertrag von der frei gewählten Volkskammer und dem Deutschen Bundestag festgelegt. Amnestieüberlegungen fanden keine Zustimmung.

Zu den wesentlichen rechtsstaatlichen Garantien auch in diesem Bereich gehört vor allem das Rückwirkungsverbot des Art. 103 II GG, das hier in vollem Umfang anzuwenden ist. Danach kann eine Tat nach dem Grundsatz „nullum crimen nulla poena sine lege“ nur dann mit Strafe geahndet werden, wenn ihre Strafbarkeit vor der Begehung gesetzlich bestimmt war. Es muß also für Taten in der DDR eine Strafbestimmung im DDR-Recht bestanden haben. Diese muß bis zum Ende der DDR fortgegolten haben, und die Tat muß auch nach heutigem Recht mit Strafe bedroht sein.

Das DDR-Strafrecht enthielt für Tötungsdelikte (Mord und Totschlag), für Freiheitsberaubung, Nötigung, Erpressung, Körperverletzung, Verschleppung und Entführung, Rechtsbeugung und Wahlfälschung entsprechende Vorschriften. Viele Teilbereiche staatlicher Machtausübung in der DDR, die sich als Systemunrecht darstellen, können nach diesem Grundsatz nicht strafrechtlich verfolgt werden.

Zu den wesentlichen Deliktsfeldern zählen vor allem die Tötungsdelikte an der innerdeutschen Grenze aufgrund des → *Grenzregimes* in Verbindung mit der rigorosen Handhabung der Ausreisebeschränkung (→ *Fluchtbewegung;* → *Ausreise*). Bisher ist der gewaltsame Tod von über 500 fluchtwilligen DDR-Bürgern bekannt. Die endgültige Zahl der durch Minen, Selbstschußanlagen und vor allem Schußwaffengebrauch getöteten Personen steht noch nicht fest. In mehreren hundert Fällen überlebten die Flüchtenden aus unterschiedlichen Gründen trotz gezielten Beschusses oder Minenexplosion. Auch hier wird die endgültige Zahl erst nach Auswertung aller Unterlagen festgestellt werden können.

Die DDR-Strafjustiz war ein bestimmendes Element der systematischen Unterdrückung vor allem der Meinungsfreiheit und des Begehrens auf Ausreise. Tausende von Urteilen sind auf die strafrechtliche

Verantwortlichkeit der Ermittler, Staatsanwälte und Richter unter dem Verdacht der Rechtsbeugung in Tateinheit mit Freiheitsberaubung oder Totschlag (bei Todesurteilen) zu prüfen.

Das MfS griff im Ausland vor allem Überläufer oder ihm sonst gefährlich erscheinende Personen (z.B. Fluchthelfer) durch Entführungen oder gezielte Aktionen mit Tötungsvorsatz an.

Zur Erprobung leistungsfördernder Mittel im → *Sport* (Doping) wurden auch Kindern und Jugendlichen chemische Substanzen beigebracht, teilweise ohne ihr eigenes oder das Wissen der Eltern (Verdacht der Körperverletzung).

Wahlergebnisse sind in der DDR fast regelmäßig manipuliert worden. Die Wahlfälschung im Mai 1989, durch die Bürgerrechtsbewegung weitgehend aufgedeckt, war mitbestimmend für das Erstarken der revolutionären Kräfte.

Im Zuge großer Aktionen der → *Zwangsaussiedlung* sind Tausende von Bürgern gewaltsam aus dem Grenzgebiet „entfernt" worden. Die vierzigjährige Herrschaft des SED-Regimes in der DDR führte jedoch als totalitäre Diktatur im Interesse der Machterhaltung und der angestrebten Umgestaltung aller Lebensverhältnisse in eine sozialistisch/kommunistische Gesellschaft, darüber hinaus zu einer nicht meßbaren Zahl von Eingriffen in Menschenrechte, die weitgehend nicht strafrechtlich erfaßbar sind.

Kennzeichnend für die DDR war ein System totaler Überwachung und Erfassung fast aller Lebensäußerungen, überdeckt durch ein systematisches Geflecht von direkten und indirekten Sanktionen. Dazu wurde ein allumfassendes Spitzelsystem (→ *Inoffizielle Mitarbeiter*) bis in Familien und Ehen hinein entwickelt und bis zum Ende der DDR auf hohem Organisationsniveau unterhalten.

Die → *Zersetzung* war als planmäßig und alltäglich anzusetzende operative Methode des MfS zur Zersplitterung, Lähmung, Desorganisierung und Isolierung „feindlich negativer Kräfte" Grundlage vor allem der Einschränkung der Meinungsfreiheit.

Als Formen, Mittel und Methoden legt die Richtlinie 1/76 des MfS fest, daß die „systematische Diskreditierung des öffentlichen Rufes, des Ansehens und des Prestiges auf der Grundlage miteinander verbundener, wahrer überprüfbarer und diskreditierender sowie unwahrer, glaubhafter, nicht widerlegbarer und damit ebenfalls diskreditierender Angaben" geeignet sind.

Die „systematische Organisation beruflicher und gesellschaftlicher Mißerfolge zur Untergrabung des Selbstvertrauens einzelner Personen, die zielstrebige Untergrabung von Überzeugungen im Zusammenhang mit bestimmten Idealen, die Erzeugung von Zweifeln an der persönlichen Perspektive, das „Erzeugen von Mißtrauen und gegenseitigen Verdächtigungen innerhalb von Gruppen, Gruppierungen und Organisationen" sowie auch das „Erzeugen bzw. Ausnutzen und Verstärken von Rivalitäten innerhalb von Gruppen" wurden staatlich geplant und in bisher nicht übersehbarer Zahl von Fällen angewendet.

Auf die Verfolgung des Justizunrechts in der DDR wirkt sich das Rückwirkungsverbot in besonderem Maße aus.

Die Rechtsprechung des BGH verlangt zur Rechtsbeugung neben dem Gesetzeswortlaut auch die Berücksichtigung der „Rechtspraxis" aus der Zeit der DDR.

Die „Verwirklichung des Sozialismus" war verfassungsmäßig auch Auftrag der Justiz. Rechtsbeugung ist deshalb nicht schon bei politischem Einfluß anzunehmen, sondern es muß sich die Entscheidung als durch von Willkür bestimmte offensichtlich schwere Menschenrechtsverletzung darstellen, als eine Überdehnung des Gesetzestextes, als offensichtliches Unrecht. Auch wenn ein unerträgliches Mißverhältnis zwischen Strafe und Tat festzustellen ist (auch nach DDR-Strafrecht grobes Unrecht und schwerer Verstoß gegen Menschenrechte) oder wenn nur die Ausschaltung des politischen Gegners und nicht die Herstellung der Gerechtigkeit angestrebt war, kann auf Rechtsbeugung entschieden werden. Diese Rechtsprechung ermöglicht jetzt auch die strafrechtliche Verfolgung von Ermittlern, Staatsanwälten und Richtern

Die organisatorischen, strukturellen und personellen Probleme der Ermittlungsbehörden eines föderalistischen Strafverfolgungssystems gegen eine Kriminalität eines straff zentralistisch geführten Staates, die Vielzahl der Straftaten aus vierzig Jahren DDR, die zeitlich und personell sehr aufwendige Auswertung großer Archivbestände, die z.T. nicht erschlossen sind, die allgemeinen Schwierigkeiten der Beweissicherung und die mit weiterem Zeitablauf zunehmenden Probleme aus Gründen des Alters der Beteiligten erlauben die allgemein gewünschten schnellen Ergebnisse der Strafverfolgung nicht oder nur schwer.

Hinzu kommen auch eine Überlastung der Gerichte und die zwangsläufig längeren Zeitabläufe bis zur Klärung grundlegender Rechtsfragen durch die Obergerichte, die wiederum Auswirkungen auf die Ermittlungsgestaltung in ganzen Straftaten-Komplexen haben.

Andererseits schläft die vielfach unscharfe Diskussion um Amnestie, Straffreiheitsgesetz oder gar ein diffuses Schlußgesetz, das einen Schlußstrich ziehen soll, nicht endgültig ein.

Der Gedanke der Generalprävention als Ziel der Strafverfolgung gilt uneingeschränkt gerade bei der Verfolgung von Unrecht staatlicher Hoheitsträger. Staatliche Gewalt und politische Willkür sind in vielen Teilen der Welt brennende Tagesaktualität.

Die strafrechtliche Aufarbeitung der SED/DDR-Kriminalität dient der Verwirklichung rechtsstaatlicher Verhältnisse und damit direkt der Inneren Sicherheit. Mangelndes Bürgervertrauen führt zu mangelnder Mitwirkung bei der Strafverfolgung allgemein und damit zur akuten Gefährdung der inneren Sicherheit. Bisher nicht faßbare Überwachungs-, Unterdrückungs- und Zersetzungsmaßnahmen müssen national und international strafrechtlich sanktioniert werden.

Seit Wiederherstellung der deutschen Einheit wurden rund 20 000 Ermittlungsverfahren wegen des Verdachts auf Regierungskriminalität eingeleitet, von denen jedoch die meisten eingestellt worden sind. Insgesamt kam es zu etwa 250 Anklagen. Damit führten nur etwa 5% der Verfahren wegen Tötungsdelikten an der innerdeutschen Grenze und weniger als ein Prozent der Verfahren wegen Rechtsbeugung zur Eröffnung des Hauptverfahrens. Bis Ende Dezember 1996 wurden rund 40 sog. Mauerschützen rechtskräftig verurteilt. Ihre Strafen sind allerdings überwiegend zur Bewährung ausgesetzt worden.

In dieser Bilanz spiegelt sich das im Grunde betroffen machende Unvermögen des Rechtsstaates wider, mit Hilfe der für die allgemeine Kriminalität geschaffenen Strafrechtsnormen die Regierungskriminalität einer totalitären Diktatur zu ahnden, ohne wesentliche Grundsätze des Rechtsstaates in Frage zu stellen. Der Widerspruch zwischen der Idee der Gerechtigkeit und der Begrenztheit rechtsstaatlicher Strafgesetze und ihrer Anwendung vor Gericht ist augenscheinlich.

Das Bundesverfassungsgericht (BVerfG) entschied am 15. Mai 1995 in der Frage der Strafbarkeit früherer hauptamtlicher Mitarbeiter und Agenten des MfS und der militärischen Aufklärung der DDR wegen ihrer gegen die Bundesrepublik Deutschland und andere NATO-Staaten gerichteten Spionagetätigkeit. Danach gelten die §§ 94 (Landesverrat) und 99 (Geheimdienstliche Agententätigkeit) auch für Spionagetaten, die im Dienst der DDR begangen worden sind. Dem steht nicht entgegen, daß die Handlungen zur Tatzeit nur nach dem Recht der Bundesrepublik Deutschland strafbar, nach dem Recht des Handlungsortes (DDR) dagegen nicht mit Strafe bedroht waren. Das BVerfG hat die Anwendbarkeit dieser Gesetze bestätigt. Der Grundsatz der Verhältnismäßigkeit stelle jedoch ein Verfolgungshindernis dar, den Strafanspruch wegen Spionage gegenüber denjenigen Bürgern der ehemaligen DDR durchzusetzen, die zum Zeitpunkt des Wirksamwerdens der Einheit Deutschlands am 3. Okt. 1990 ihren Lebensmittelpunkt in der DDR hatten und allein vom Boden der DDR oder solcher Staaten aus gehandelt haben, in denen sie wegen dieser Tat sowohl vor Auslieferung als auch vor Bestrafung sicher waren. Insoweit muß das Interesse der Bundesrepublik Deutschland an der Verfolgung der gegen sie gerichteten Spionagetätigkeit zurücktreten.

Nicht eingeschränkt ist dagegen die Strafbarkeit jener DDR-Spionagedelikte, die frühere Bundesbürger im alten Bundesgebiet begangen haben. Sie sind durch die Entscheidung des BVerfG nicht außer Verfolgung gesetzt. Das erklärt, warum, „sozialistische Kundschafter“ von einst zur Rechenschaft gezogen werden können, während ihre früheren Führungsoffiziere und die verantwortlichen Generäle im MfS insoweit straffrei ausgehen.

Der Zweite Senat des BVerfG hat am 26. Okt. 1996 einstimmig entschieden, daß die Verfassungsbeschwerden der drei ehemaligen Mitglieder des Nationalen Verteidigungsrats der DDR, Hans Albrecht, Heinz Keßler und Fritz Streletz, und die eines sog. Mauerschützen gegen ihre strafrechtlichen Verurteilungen im Zusammenhang mit der Tötung von DDR-Flüchtlingen an der innerdeutschen Grenze zurückgewiesen werden. Einer Strafverfolgung der einst Herrschenden im Staat der SED ständen grundsätzlich weder verfassungs- noch völkerrechtliche Hindernisse entgegen. Sie verstoße auch nicht speziell gegen das in Art. 103 Abs. 2 des Grundgesetzes niedergelegte Verbot rückwirkender Strafgesetze. Darauf läuft im Kern die Entscheidung des Zweiten Senats hinaus.

Wenn ein Staat „die in der Völkergemeinschaft allgemein anerkannten Menschenrechte in schwerwiegender Weise, so das BVerfG, mißachtet, kann das Rückwirkungsverbot nicht unumstößlich sein. Mit seiner Argumentation hat sich das oberste Gericht unter Rückgriff auf die sog. Radbruchsche Formel (nach der Gerichte Gesetze nicht anwenden dürften, wenn diese „in unerträglichem Maße der Gerechtigkeit widersprechen“) zu der Auffassung durchgerungen, daß der Grundsatz der Rechtssicherheit bei einem unerträglichen Widerspruch des positiven Rechts zur Gerechtigkeit geringer zu werten ist als das Prinzip der materiellen Gerechtigkeit. Die gegen Keßler und Mitangeklagte sowie gegen den Mauerschützen ergangenen Urteile sind, nachdem ihre Verfassungsbeschwerde zurückgewiesen wurde, nach deutschem Recht rechtskräftig.

Manfred Kittlaus/Bernhard Marquardt

Literaturhinweise:

Lampe, Ernst-Joachim (Hrsg.): Die Verfolgung von Regierungskriminalität der DDR nach der Wiedervereinigung, in: Deutsche Wiedervereinigung. Die Rechtseinheit, Bd. II, Köln, Berlin, Bonn, München 1993.

Schaefgen, Christoph: Die Strafverfolgung von Regierungskriminalität der DDR, in: Eine Diktatur vor Gericht, hrsg. von Jürgen Weber/Michael Piazolo, München 1995, S. 49-66.

Staatssicherheit, Altkader, Regierungs- und Vereinigungskriminalität, in: Materialien der Enquete-Kommission, a.a.O., Bd. VIII.

Reisekader und Auslandskader

Diese → *Kader*, erhielten das Privileg, Dienstreisen außerhalb der DDR unternehmen zu können. 1986 gab es 65 636 Reise- und 9 497 Auslandskader. Die SED und die staatlichen Leitungs- und Aufsichtsorgane der DDR unterwarfen alle West- und Auslandsreisen ihrer Bürger einer strengen staatlichen Kontrolle.

Reisen innerhalb des Ostblocks dienten nach dem Verständnis der SED der Förderung und Verbesserung von Kontakten auf allen Ebenen des politischen, gesellschaftlichen und kulturellen Lebens. In westlichen kapitalistischen Staaten sollte der DDR-Bürger die DDR und die Ziele der SED entschieden vertreten. Dies galt insbesondere für alle Reisen in die Bundesrepublik Deutschland; denn alle Reisenden hatten den Prozeß der inneren Konsolidierung des Herrschaftssystems nach dem → *Mauerbau* und nach dem VI. Parteitag der SED (1963) durch ihr Auftreten und ihre Haltung zu fördern.

Der Minister für → *Staatssicherheit*, Erich Mielke, verstand jede „Auslandsreise" als „Tätigkeit sozialistischer Kundschafter an der unsichtbaren Front". In den 70er Jahren gab es innerhalb des → *Ministerrates* eine eigene Abteilung Auslandsdienstreisen. Sie hat 1972 und 1974 Richtlinien für die „einheitliche Gestaltung und straffe Regelung des Auslandsdienstreiseverkehrs" entwickelt. Um Einheitlichkeit zu gewährleisten, wurden Prinzipien für „Auswahl, Vorbereitung, Erprobung" und für „den Einsatz und die Betreuung von Bürgern der DDR, die im Ausland eingesetzt sind", festgelegt. Dienstanweisungen Erich Mielkes an seine Untergebenen waren Vertrauliche Verschlußsache. Das MfS schrieb verbindlich vor, wie mit den Reisekadern umgegangen werden mußte. Dabei ging es u.a. um Ermittlungen im Wohn- und Freizeitbereich, bei den Ehepartnern und den Verwandten, zum realen „Persönlichkeitsbild" und zu Verwandten im westlichen Ausland. Das MfS legte weiterhin fest, daß „nur solche Kader zum Einsatz gebracht werden, deren politische Zuverlässigkeit erwiesen ist und die die DDR im Ausland würdig vertreten". Reisen, die zum „ungesetzlichen Verlassen" der DDR ausgenutzt werden konnten, waren zu verbieten. Das

MfS war die Entscheidungsinstanz, ob Anträge der staatlichen Leiter zu Reise- und Auslandskadern abgelehnt oder bestätigt wurden. Reisekader unterlagen der Pflicht zur Berichterstattung. Die Reiseerfahrungen lieferten der Staatssicherheit ein breites Feld von Informationen und dienten auch als Grundlage für künftige Aktivitäten. Die Verpflichtung, über Reiseerfahrungen zu berichten, wurde nach dem Bau der Mauer verschärft.

In der erwähnten Richtlinie wurde genau festgelegt, nach welchen Gesichtspunkten die Reiseberichte aufgebaut sein mußten.

Für die Reiseberichterstattung waren zwei unterschiedliche und selbständige Textsorten vorgesehen: erstens ein fachlicher Bericht, zweitens ein Sofortbericht. An Stelle der Sofortberichte, die nach den allgemeinen Anweisungen frei formuliert waren, konnten bisweilen auch Berichtsformulare treten, die ausgefüllt werden mußten. Durch Formularfragen wurden der richtlinien- und plangemäße Ablauf der Reise kontrolliert und besondere Vorkommnisse oder wichtige Daten der Reise und spezielle Erfahrungen sogleich erfaßt. Im einzelnen war nach den Vorgaben dieser Formulare zu berichten über: Mittel und Methoden des Klassengegners zur Schädigung der DDR und der sozialistischen Staatengemeinschaft, die Wirkungsweise der ideologischen Diversion, die Maßnahmen zur Korruption und zur An- und Abwerbung von Bürgern der DDR, Abfertigung an der Grenze, Unterbringung im Hotel, die Betreuung, bis zu den Verhandlungen beim Kontrahenten, der Annahme von Einladungen und Geschenken.

Der politische Nutzen, den die Reise für den Staat DDR haben mußte, wurde in vielen Reisekaderberichten angegeben. Bei den Sofortberichten über Reisen „zu Institutionen, Konzernen, Firmen, Einzelpersonen und zu Planveranstaltungen wie wissenschaftlich-technischen Tagungen, Kongressen, Messen, Ausstellungen“ ging es nach den Erklärungen der Richtlinie um eine möglichst genaue Erkundung der ideologischen und fachlichen Gegebenheiten, die immer als Spiel feindlicher Kräfte verstanden wurden. Dem Reisenden wurden eine Reihe von Fragen vorgelegt, die mit Deutlichkeit erkennen lassen, daß die Berichte Aufklärungs- und Spionageziele verfolgten.

Die Hauptberichte, für deren Abfassung drei bis fünf Wochen zur Verfügung standen, folgten dem allgemeinen Schema einer Reiseverlaufsskizze und enthalten ausführliche Darlegungen der Aktivitäten und Beobachtungen des Reisenden während der Erfüllung seiner Reiseplanaufgaben. Bei Teilnahme an Kongressen oder bei Besuchen von Institutionen der Wissenschaft, Technik, Arbeitswelt, Schule oder Kultur enthält der Bericht Sachinformationen über Orte, Personen, Objekte, Vorträge, Gespräche und Demonstrationen, aber immer auch Angaben über die eigene Leistung oder die Leistung der Reisegruppe aus der DDR. Erfolge werden stets in den staatlichen Zusammenhang eingebracht und als Steigerung des Ansehens der DDR gewertet. Sachinformationen aller Art erhalten vom Reisenden ein Wertungsurteil, das stets die Wichtigkeit für die DDR mitbemißt. Es gibt in den Berichten kaum eine unpolitische Fachinformation. Sie sind alle als Dienstsache eingestuft: Nur für den Dienstgebrauch.

Auch die außerfachlichen Erlebnisse und Erfahrungen wurden in fast allen Berichten sorgsam notiert. Sie enthalten Angaben über den Grenzübertritt, über den/die Aufenthaltsort/orte, über die Art der Unterkunft, über alle Begegnungen und Gespräche mit Personen, über die Würdigung des Reisenden als DDR-Bürger, über die Flagge der DDR, über die Position des DDR-Bürgers im Ausland, über auffälliges Verhalten, über Mitgehörtes, das die DDR betraf, über politische Haltungen der Gesprächspartner bzw. Kongreßteilnehmer oder Institutsleiter. Grundsätzlich wurde angemerkt, ob man die DDR-Teilnehmer als gleichberechtigt akzeptierte, gelobt oder provoziert hatte. Auch das Verhalten der Mitglieder der eigenen oder einer anderen DDR-Delegation wurde positiv oder kritisch notiert; die Reisekader bespitzelten sich gegenseitig, ohne daß der eine von den Berichten des anderen wußte.

Die Reiseberichte wurden konsequent nachrichtendienstlich ausgewertet. Das Abfassen von Reiseberichten stellte oftmals eine erste Stufe der konspirativen Inanspruchnahme durch das MfS, darüber hinaus häufig auch einen Akt der persönlichen Demütigung dar.

Sabine Gries/Sabine Meck

Literaturhinweise:

Gries, Sabine: Die Pflichtberichte der wissenschaftlichen Reisekader der DDR, in: DDR-Wissenschaft im Zwiespalt zwischen Forschung und Staatssicherheit, hrsg. von Dieter Voigt/Lothar Mertens, Berlin 1995, S. 141-168.

Klussmann, Paul Gerhard: Berichte der Reisekader aus der DDR, in: DDR-Wissenschaft im Zwiespalt zwischen Forschung und Staatssicherheit, a.a.O., S. 131-140.

Reiseregelungen

Reiseregelungen der DDR betrafen a) die Freizügigkeit innerhalb des eigenen Staatsgebiets, b) Besuche im sozialistischen und nichtsozialistischen Ausland und in der Bundesrepublik einschließlich West-Berlin sowie das Recht zur Rückkehr (grenzüberschreitende Reisen), c) Einreisen in und Transitfahrten durch die DDR.

a) *Reisen innerhalb der DDR:* Nach Artikel 32 der DDR-Verfassung von 1968/74 hatten DDR-Bürger das Recht, sich „im Rahmen der Gesetze" innerhalb ihres Staats frei zu bewegen (ähnlich auch Art. 8 der Verfassung von 1949). Soweit es sich bei den einschränkenden Gesetzen um allgemeine Vorschriften des Familienrechts (Bestimmung des Aufenthalts Minderjähriger durch die Eltern), der Seuchenprophylaxe (Quarantänemaßnahmen der Hygiene-Inspektionen), der Landesverteidigung (Ausweisung militärischer Sperrgebiete) usw. handelte, war dies in der Regel aus rechtsstaatlicher Sicht nicht zu beanstanden.

Anders verhielt es sich jedoch mit Ausnahmen von der Freizügigkeit im Grenzgebiet oder mit polizeilichen Aufenthaltsbeschränkungen, z. B. im Vorfeld von Großveranstaltungen mit internationaler Beteiligung: Hier gab es zahlreiche rechtsstaatswidrige Maßnahmen: etwa über 10 000 → *Zwangsaussiedlungen* aus dem Grenzgebiet ins Landesinnere oder die Verhängung politisch motivierter „Berlin-Verbote". Sie wurden in sog. PM-12-Ausweise eingetragen, welche die Betreffenden als Ersatz für ihre von der Volkspolizei eingezogenen Personalausweise erhielten.

Der Freizügigkeit innerhalb der DDR waren außer rechtlichen auch tatsächliche Schranken gesetzt, die sich aus fehlenden Beherbergungs- und Verpflegungskapazitäten der Hotellerie und Gastronomie, aus einer im Vergleich zur Bundesrepublik sehr viel geringeren privaten Motorisierung und weiteren systembedingten Reiseerschwernissen (z.B. seit 1961 die zeitraubende Umfahrung West-Berlins) ergaben. Bei Urlaubsreisen dominierte der organisierte Inlandstourismus.

b) *Grenzüberschreitende Reisen:* Die erste Verfassung verhieß in Artikel 10 Abs. 3 noch ein Recht auf Auswanderung, das jedoch durch ein Genehmigungserfordernis im Paßgesetz ausgehöhlt wurde und in der Verfassung von 1968/74 nicht mehr enthalten war. Durch das Inkrafttreten des Internationalen Pakts über bürgerliche und politische Rechte im Jahre 1976, dem auch die DDR beigetreten war, erwuchs ihr die völkerrechtliche Verpflichtung zur Gewährung des Ausreiserechts, der sie jedoch nicht nachkam. Immerhin durften zwischen 1963 und 1989 ca. 250 000 Personen aufgrund humanitärer Bemühungen der Bundesregierung (gegen entsprechende Warenlieferungen) zum Zwecke der Familienzusammenführung in den Westen übersiedeln (→ *Ausreise*).

Besuchsreisen ins Ausland – dazu zählte nach DDR-offizieller Terminologie seit 1957 auch die Bundesrepublik einschließlich des Landes Berlin (→ *SED und deutsche Frage*) – setzten nach dem Recht der DDR stets eine Erlaubnis der Volkspolizei voraus, die nach politisch bestimmtem Ermessen entschied. Auch Reisen in sozialistische Staaten waren grundsätzlich genehmigungspflichtig; soweit im Verhältnis zur Tschechoslowakei (ab 1972) und zu Polen (1972–1980) ein visumsfreier Verkehr bestand, resultierte daraus kein Recht zur Ausreise.

Nachdem zwischen 1954 und 1957 jährlich etwa 2,5 Mio. Ostdeutsche die Bundesrepublik hatten besuchen können (→ *Innerdeutsche Verbindungen*), wurde dieser Reiseverkehr durch die DDR Ende der 50er Jahre stark gedrosselt und kam mit der Schließung der Grenzen im August 1961 (→ *Mauerbau*) zum Erliegen. Ab November 1964 durften Alters-, Invaliden- und Unfallvollrentner einmal jährlich Verwandte (später insgesamt 60 Tage im Jahr, ab 1984 auch Bekannte) im Westen besuchen. Für Dienst- und Geschäftsreisende galten Besonderheiten (→ *Reisekader*). Die ab 1982 möglichen Westreisen Jugendlicher (in Gruppen) erreichten 1989 ihren Höchststand mit 5 600 Beteiligten. „Normalbürger", die nicht Rentner waren, sahen sich zunächst von jeglichen Westreisen ausgeschlossen.

Soweit sie nicht zu den über 3 Mio. → *Geheimnisträgern* gehörten, durften jedoch seit 1972 jährlich einige tausend Bürger in „dringenden Familienangelegenheiten" (Geburten, Taufen, Erstkommunionen, Konfirmationen, Eheschließungen und Hochzeitsjubiläen, hohe Geburtstage, lebensgefährliche Erkrankungen und Sterbefälle naher Angehöriger) in die Bundesrepublik fahren. Die letzte Entscheidung hatten aber auch in diesen Fällen die sog. Sicherheitsorgane.

Die Ablehnung eines Reiseantrags durch die Volkspolizei bedurfte keiner Begründung und konnte bis Mitte 1989 nicht gerichtlich angefochten werden. Der abgewiesene Antragsteller sah sich damit rechtlos gestellt – das auf internen Erwägungen der Staatssicherheit beruhende Reiseverbot degradierte ihn zum Objekt staatlicher Willkür. Auch durchaus loyale und regimetreue Bürger fühlten sich durch das Mißtrauen, das ihnen mit der bürokratischen Zurückweisung ihres Reisewunschs entgegenschlug, zu Recht in ihrer Würde verletzt.

Seit 1957 war die „Republikflucht" bzw. der „ungesetzliche Grenzübertritt" mit Freiheits- oder Geldstrafe bedroht. Insgesamt wurden über 100 000 Personen wegen des versuchten Delikts von Strafgerichten verurteilt, davon drei Viertel zu Freiheitsstrafen (→ *Fluchtbewegung*).

Während die Zahl der Rentnerbesuche im Westen zwischen 1965 und 1985 bei einem Jahresdurchschnitt von etwa 1,3 Mio. stagnierte und die Reisen in dringenden Familienangelegenheiten trotz intensiver politischer Bemühungen der Bundesregierung um Reiseerleichterungen nur sehr allmählich auf 66 000 Besuche (1985) stiegen, gelang 1986 ein Durchbruch zu einer großzügigeren Genehmigungspraxis der DDR: 1987 wurden im Westen 3,8 Mio. Rentnerreisen und 1,2 Mio. Besuche in dringenden Familienangelegenheiten gezählt. Der Ausreisedruck in der DDR minderte sich jedoch dadurch nicht.

Auch genehmigte Westreisen unterlagen erheblichen zoll- und devisenrechtlichen Beschränkungen; beispielsweise durften Privatreisende von ihrem eigenen Geld nur 15 Mark jährlich 1:1 in Valutamark umtauschen und auf die Reise mitnehmen (diese Regelung galt zunächst nur für Rentner und wurde 1987 auf Reisende in dringenden Familienangelegenheiten ausgedehnt, die bis dahin bis zu 70 Mark im Verhältnis 1:1 hatten umtauschen dürfen), so daß sie auf die finanzielle Hilfe ihrer Gastgeber und auf Sozialleistungen im Bundesgebiet (Begrüßungsgeld, Fahr- und Freikarten, kostenfreie medizinische und zahnärztliche Versorgung usw.) angewiesen waren.

Zum Recht auf Auslandsreisen gehört auch die Freiheit zur Rückkehr. In dem spektakulären Fall Wolf Biermann unterlief die DDR das Rückkehrrecht, indem sie den Liedermacher im November 1976 während eines genehmigten Aufenthalts in der Bundesrepublik ausbürgerte und ihm eine Heimkehr öffentlich verweigerte. Auch wer im Wege der Familienzusammenführung in die Bundesrepublik ausreisen durfte, wurde in der Regel aus der Staatsbürgerschaft entlassen und mit einem – häufig sehr schmerzlichen – jahrelangen Einreiseverbot belegt. Flüchtlinge wurden durch ein Gesetz von 1972 bzw. eine Verordnung von 1982 „kollektiv" ausgebürgert (→ *Ausbürgerung;* → *Staatsangehörigkeit*).

Nach Öffnung der Grenzen im November 1989 verloren die Reiseregelungen an Bedeutung. Ein neues Reisegesetz vom Januar 1990, das ein Recht auf Auslandsreisen und Rückkehr gewährte, wurde von der schnellen Entwicklung zur Vereinigung überholt.

c) *Einreisen und Durchreisen:* Den Reiseverkehr von West nach Ost behinderte das SED-Regime über Jahre mit wechselnden Praktiken, die von schleppender Grenzabfertigung mit stundenlangen Wartezeiten über schikanöse Zollkontrollen und ein Geflecht komplizierter Bestimmungen bis zu drastischen Anhebungen der seit 1964 erhobenen Mindestumtauschsätze reichten. Insbesondere der Pflichtumtausch erlaubte der SED, den Besucherverkehr nach politischen Opportunitätsgesichtspunkten zu steuern. 1980 wurde der Mindestumtausch für Besucher aus der Bundesrepublik einschließlich West-Berlin auf 25 DM pro Person und Tag erhöht. Im Zuge innerdeutscher Verhandlungen gelang es, die DDR-Führung u.a. zu einer Reduzierung der Umtauschrate für Kinder bis zu 15 Jahren und für Altersrentner zu veranlassen (zur wirtschaftlichen Bedeutung des Mindestumtauschs → *Innerdeutsche Wirtschafts- und Finanzbeziehungen*).

Seit 1972 waren Einreisen möglich zum Besuch von Verwandten und Bekannten, im Rahmen organisierter Touristik, in grenznahe Gebiete, zu Tagesaufenthalten in Ost-Berlin und bei besonderen Anlässen (z.B. Leipziger Messe). Ab 1983 kamen Jugendreisen in Gruppen (Klassenfahrten) hinzu. Je nach den erwähnten administrativen Begleiterscheinungen des innerdeutschen Reiseverkehrs schwankten die Einreisezahlen zwischen knapp 8 Mio. (1976) und gut 5 Mio. (1981). Ausdruck östlicher Vorbehalte gegen die Bindungen Berlins zur Bundesrepublik war eine Reihe abweichender Regelungen für „Einwohner von Berlin (West)“ in bezug auf (Grenz)Übergänge, Aufenthaltsdauer, Visumserteilung in Besucherbüros u.a.

Transitreisen durch die DDR in Drittländer waren auf der jeweils kürzesten Route, die der Reisende nicht verlassen durfte, zugelassen. Besondere Regelungen bestanden für die Durchreise von und nach West-Berlin, für die seit 1951 Straßenbenutzungsgebühren und seit 1968 ein Paß- und Visumszwang galten. Mit dem Vier-Mächte-Abkommen vom September 1971 und dem drei Monate später geschlossenen Transitabkommen der beiden deutschen Staaten traten spürbare Erleichterungen des Berlin-Verkehrs (→ *Berlin*) ein. Die zuvor häufig beklagten Zurückweisungen, Durchsuchungen, Festnahmen und sonstigen Übergriffe bildeten nun nur noch seltene Ausnahmen bei zuletzt weit über 20 Mio. Transitreisenden pro Jahr.

Hans-Hermann Lochen

Renten

Das Rentensystem im allgemeinen – im Sinne von Alterssicherungssystem – und die gesetzliche Rentenversicherung im besonderen wiesen zumindest in den Anfangsjahren der DDR viele Gemeinsamkeiten mit den entsprechenden Systemen im Gebiet der Bundesrepublik auf. Dies ist nicht weiter verwunderlich, galt es doch, möglichst rasch wieder für die älteren Menschen ein funktionierendes Alterssicherungssystem aufzubauen. Was lag also näher, als auf den seit Ende des vorigen Jahrhunderts entstandenen Strukturen und Prinzipien aufzubauen.

Schrittweise, einhergehend mit entsprechenden Veränderungen in anderen Bereichen des gesellschaftlichen Lebens, setzte die Umgestaltung des Alterssicherungssystems ein. Die gesetzliche Rentenversicherung wurde zur nahezu ausschließlichen Form der Alterssicherung ausgebaut. Für diesen Zweck wurden zum einen in die Rentenversicherung Personen einbezogen, die traditionell anderweitig abgesichert waren (z.B. Angehörige der freien Berufe), zum anderen wurden Alterssicherungssysteme, die traditionell neben der gesetzlichen Rentenversicherung bestanden und auch heute in der Bundesrepublik die gesetzliche Rentenversicherung ersetzen bzw. ergänzen, gänzlich beseitigt. So wurden z.B. einhergehend mit der Abschaffung des Berufsbeamtemtums die Beamtenversorgung beseitigt und Formen der betrieblichen und privaten Altersversorgung in ihrer Bedeutung stark eingeschränkt.

Gleichzeitig wurde die Rentenversicherung von einer auf dem Prinzip der Lohn- und Beitragsäquivalenz basierenden Versicherung, in der die Rente Lohn für Lebensarbeitsleistung ist, zu einer – ganz im Sinne der → *Sozialpolitik* – auf Sicherung der Grundbedürfnisse orientierten Grundversorgung umgestaltet.

Prägnanter Ausdruck dieser Politik ist die Einführung und schrittweise Erhöhung von Mindestrenten und Mindestbeträgen aus der Sozialpflichtversicherung. Die Mindestrente betrug zuletzt (Dezember 1989) 330 Mark monatlich, die Mindestbeträge je nach Anzahl der Arbeitsjahre zwischen 340 und 470 Mark. Daneben wurde die Beitragsbemessungsgrenze für Beiträge zur Sozialpflichtversicherung, also die Grenze, bis zu der Einkommen durch Beiträge versichert und damit auch Renten wirksam werden konnten, auf 600 Mark monatlich eingefroren. Dies führte zu dem Ergebnis, daß der Abstand zwischen der höchstmöglichen Rente aus der Sozialpflichtversicherung und dem jeweiligen Mindestbetrag immer geringer wurde, Leistung sich (rentenrechtlich) immer weniger lohnte. So betrug die errechnete Rente bei 40 Arbeitsjahren höchstens 480 Mark. Der entsprechende Mindestbetrag, der unabhängig von der Höhe des versicherten Verdienstes, sondern nur nach der Anzahl der Arbeitsjahre gestaffelt war, belief sich dagegen auf 470 Mark. Mit anderen Worten: 40 Jahre mit einer geringfügigen Teilbeschäftigung ergaben annähernd die gleiche Rente wie 40 Jahre Vollbeschäftigung.

Anfang der 50er Jahre wurden die ersten Zusatzversorgungssysteme für Angehörige der → *Intelligenz* (Techniker, Ärzte, Lehrer, Künstler) eingeführt. Diese Zusatzversorgungssysteme ergänzten die Rente aus der Sozialpflichtversicherung und garantierten im Alter regelmäßig eine Gesamtversorgung in Höhe von 90% des letzten Nettoverdienstes. Für Angehörige der → *Bewaffneten Kräfte* (z.B. Armee, Polizei) wurden anstelle der Sozialpflichtversicherung Sonderversorgungssysteme eingeführt, die im Alter eine Versorgung von 75% des letzten beitragspflichtigen Durchschnittsverdienstes in Aussicht stellten. Auf diese Weise wurden für ausgewählte Personengruppen auch Einkommen über 600 Mark monatlich rentenwirksam. In Anbetracht der offenen Grenze und mangels finanzieller Mittel für Gehaltserhöhungen sollten über die Rentenversorgung Anreize zum Verbleiben in der DDR geschaffen werden.

Als Anfang der 70er Jahre der Durchschnittsverdienst aller Beschäftigten in der DDR die Beitragsbemessungsgrenze für die Sozialpflichtversicherung von 600 Mark überschritt, entstand akuter Handlungsbedarf. Immer mehr Beschäftigte erzielten Verdienste von mehr als 600 Mark monatlich, für die sie nicht Beiträge zur Sozialversicherung zahlen und für die folglich auch später keine Renten erbracht werden konnten. Nach langen internen Diskussionen entschloß man sich – wohl auch unter dem Eindruck der Ereignisse des Jahres 1953 – gegen eine Anhebung der Beitragsbemessungsgrenze in der Sozialpflichtversicherung, was zu einer Minderung des Nettolohnes aufgrund staatlicher Entscheidung geführt hätte. Statt dessen wurde 1971 die freiwillige Zusatzrentenversicherung (FZR) eingeführt und damit die Möglichkeit einer freiwilligen Beitragszahlung zur Rentenversicherung für das Einkommen über 600 Mark monatlich eröffnet. Für jedes Jahr der Beitragszahlung wurde eine monatliche Zusatzaltersrente von 2,5% des durch Beiträge versicherten Einkommens in Aussicht gestellt. Mit diesem Berechnungsmodus war die FZR langfristig angelegt. Beitragszahlungen zur FZR waren um so attraktiver, je länger aufgrund des Lebensalters noch Beiträge zur FZR gezahlt werden konnten. Für viele Versicherte, die in den 70er und 80er Jahren Rentner wurden, ergaben sich nur geringe Leistungen aus der FZR. Die durchschnittliche Versichertenrente aus der FZR betrug im Juni 1990 ca. 80 Mark monatlich. Zeitgleich mit der Einführung der FZR wurden weitere Zusatzversorgungssysteme – z.B. für Mitarbeiter der Parteien und des Staatsapparates – geschaffen. Zuletzt bestanden in der DDR 63 Zusatz- und vier Sonderversorgungssysteme.

Im Staatsvertrag zwischen der Bundesrepublik und der DDR vom 18. Mai 1990 wurde die Angleichung der Rentenversicherung der DDR an die der Bundesrepublik vereinbart. Zu diesem Zweck wurden sowohl die FZR als auch die Zusatz- und Sonderversorgungssysteme geschlossen. Vom 1. Juli 1990 an war das gesamte Einkommen bis zu einer Grenze, die der im Bundesgebiet geltenden Beitragsbemessungsgrenze entsprach, beitragspflichtig. Die Renten wurden um durchschnittlich 30% erhöht und so an das Rentenniveau im bisherigen Bundesgebiet angeglichen. Entsprechend den Festlegungen des Staatsvertrages wurden die Renten im Jahre 1991 zweimal um 15% erhöht, bevor schließlich am 1. Jan. 1992 auch im Gebiet der ehemaligen DDR das bundesdeutsche Rentenrecht im Kraft trat. Von diesem Zeitpunkt an werden auch die Renten in den neuen Bundesländern nach den Grundsätzen des bundesdeutschen Rentenrechts, also insbesondere nach dem Grundsatz der Lohn- und Beitragsbezogenheit berechnet. Dabei wird den historischen Besonderheiten in der ehemaligen DDR mit einer Reihe von Übergangsregelungen Rechnung getragen. Gleichzeitig ist sichergestellt, daß an Personen mit Rentenbeginn bis Ende 1996 mindestens die Rente geleistet wird, die nach dem ehemaligen DDR-Rentenrecht zu zahlen gewesen wäre.

Udo Diel

Literaturhinweise:

Ammermüller, Martin G./Diel, Udo: DDR-Sozialversicherung wird angeglichen, in: Kompaß 7/1990, S. 333 ff.

Backhaus, Rolf/Grintsch, Ulrich/Neidert, Alfred/Polster, Andreas: Das Versicherungs- und Rentenrecht im beigetretenen Teil Deutschlands, in: Deutsche Rentenversicherung 1/1991, S. 16 ff.

Horn, Günter: Die Rentenversicherung im Osten Deutschlands vom 1. Februar 1947 bis 30. Juni 1990, hrsg. von der LVA Sachsen-Anhalt, Halle 1994.

Püschel, Herbert/Hoppe, Rudolf: Die Rentenversorgung der Arbeiter und Angestellten in der DDR, Berlin (Ost) 1984

Weiße, Heinz: Leistungen der Sozialversicherung – wann und wie?, Berlin (Ost) 1982.

Revolution

Der Revolutionsbegriff kennzeichnet allgemein grundlegende Veränderungen politischer, sozialer, ökonomischer, kultureller und wissenschaftlicher Strukturen. Im engeren politischen Sprachgebrauch hat der Begriff seine geschichtlichen Wurzeln in der florentinischen Staatslehre des 14. und 15. Jahrhunderts (z.B. bei Machiavelli). Seine allgemeine politische Verbreitung findet er im Gefolge der Revolutionen des 18. Jahrhunderts. Revolution charakterisiert demnach Erscheinungen, die eine gewaltsame Veränderung der Herrschaft bewirken, von einer Gruppen- und Massenbewegung getragen sind und ein ideologisches Programm vortragen (Karl Griewank). Revolutionen streben eine andere gesellschaftliche und/oder politische Ordnung und neue Rechtsformen an, welche die bestehenden Verhältnisse grundlegend verändern. Eine solche Umwälzung (von lat. revolvere = umwälzen) ist nicht zwangsläufig mit Gewalt verbunden. Ein rein personeller Machtwechsel durch Putsch, Staatsstreich oder Palastrevolte, sozialen Protest und Aufruhr (soziale Rebellion) oder allmähliche Veränderungen bestehender Verhältnisse durch Reformen oder Evolution werden dagegen im historischen und politischen Sprachgebrauch nicht als Revolution bezeichnet.

Zu den Zielsetzungen bisheriger Revolutionen gehören Freiheit, Menschenrechte, Demokratie, Sozialismus und nationale Selbstbestimmung (Unabhängigkeit). Nach Trägergruppen werden üblicherweise Bauernrevolution, bürgerliche und proletarische Revolution unterschieden, wenngleich in der Regel verschiedene Gruppen, zu denen meist auch Intellektuelle zu zählen sind, zusammenwirken. Revolutionen können geographisch begrenzt (nationale Revolutionen) oder länderübergreifend sein. Moderne Revolutionen erheben auch universale Ansprüche.

Zu den bekanntesten Revolutionen zählen die englische Glorious Revolution von 1688, die Amerikanische Revolution von 1776, die Französische Revolution von 1789 sowie die Russische Revolution von 1917. Die europäischen Revolutionen von 1848 scheiterten hingegen und wurden von einer Phase der Konterrevolution bzw. Restauration abgelöst. Die Umwälzungen in Mittel-, Ost- und Südosteuropa 1989/90 können in diesem Sinn als Revolutionen typisiert werden, zu deren besonderen Merkmalen der in der Regel friedliche Verlauf gehört.

Der Marxsche Revolutionsbegriff geht von einem „gesetzmäßigen" Widerspruch zwischen den materiellen Produktivkräften der Gesellschaft und den vorhandenen Produktionsverhältnissen aus. Eine Revolution ist damit die ökonomisch „notwendige Folge von Umständen [...], welche von dem Willen und der Leitung einzelner Parteien oder ganzer Klassen unabhängig ist." Im marxistischen Verständnis sind Revolutionen untrennbar mit der gesetzmäßigen Folge von Gesellschaftsformationen verbunden (→ *Marxismus-Leninismus*). Die herrschende reaktionäre Klasse verliert in einem sich verschärfenden Klassenkampf die Macht an eine progressive Klasse (→ *Geschichtsauffassung*). Marx erblickte in den Krisen und im internationalen System des Kapitalismus die Voraussetzung für die proletarische (Welt-)Revolution. Im Gegensatz hierzu hielt Lenin die soziale Revolution auch in einem unterentwickelten Land wie Rußland für möglich, vorausgesetzt Arbeiterklasse und Bauernmassen gelänge unter der Führung von Berufsrevolutionären die Eroberung der Macht. Anders als Lenin sah Rosa Luxemburg in der Massenbewegung die entscheidende Voraussetzung für die soziale Revolution. Weitere Modifikationen stammen von Stalin (Revolution in einem Land) und Trotzki (permanente Revolution).

In der DDR galt im wesentlichen der Leninsche Revolutionsbegriff. Berücksichtigt wurden allerdings nationale und historische Besonderheiten. Danach hatte sich die sozialistische Revolution im Anschluß an die → *antifaschistisch-demokratische Umwälzung* im Verlauf des welthistorischen Prozesses des Übergangs vom Kapitalismus zum Sozialismus „gesetzmäßig" vollzogen. Als Revolution „grundsätzlich neuen Typs" sollte dadurch die Ausbeutung überwunden und die Entwicklung zur klassenlosen Gesellschaft eingeleitet werden. Die → *sozialistische Umwälzung* galt als „die gründlichste, alle Lebensbereiche umfassende", deren Führung beim Proletariat lag, das wiederum von der marxistisch-leninistischen Partei geleitet wurde. Als Gesetzmäßigkeiten der sozialistischen Revolution und des sozialistischen Aufbaus wurden definiert: die Errichtung der → *Diktatur des Proletariats*, die Führung der Massen durch die Arbeiterklasse und die marxistisch-leninistische Partei (→ *Führungsanspruch*), die Bündnispolitik zwischen Arbeiterklasse, Bauernschaft und anderen werktätigen Schichten, die Beseitigung des kapitalistischen Eigentums und die Schaffung sozialistischen bzw. gesellschaftlichen → *Eigentums*, schließlich sozialistische ökonomische Kooperation und proletarischer Internationalismus.

In ihrem Statut definierte sich die SED als führende Kraft im „einheitlichen revolutionären Prozeß", der „die antifaschistisch-demokratische Umwälzung durchgeführt und die sozialistische Revolution in der Deutschen Demokatischen Republik zum Siege geführt" hat. In ihrem Parteiprogramm von 1976 bezeichnete es die SED als wichtige Aufgabe, „die Arbeiterklasse und alle Werktätigen mit den revolutionären Ideen des Marxismus-Leninismus auszurüsten". Das System der DDR wurde als Ergebnis der „siegreichen sozialistischen Revolution" und insbesondere der „revolutionären Umgestaltung der Eigentumsverhältnisse" sowie als Form der „Diktatur des Proletariats" dargestellt. Systemgegner galten als „Klassenfeinde" und „Konterrevolutionäre".

Als sich im Herbst 1989 die Oppositionsbewegung in der DDR – die sich zunächst aus Intellektuellen und Jugendlichen rekrutierte, die einen Umbau des Staates, Menschenrechte und Pluralismus forderten – zum Massenprotest ausweitete, kam es zu einer revolutionären Krisensituation. Die Offenlegung der wirtschaftlichen Mängel des Systems forcierten diese Entwicklung. Das alte Regime versuchte zunächst durch einen Personenaustausch an der Macht zu bleiben. Egon Krenz versprach als neuer SED-Generalsekretär am 18. Okt. 1989 eine „Wende", um „vor allem die politische und ideologische Offensive wieder [zu] erlangen." Er strebte einen gewandelten, „den lebendigen, schöpferischen Sozialismus – wie ihn Lenin nannte – als Werk der Volksmassen" an. Für diese Politik prägte Krenz den Begriff der „Wende". Die Führer der → *Bürgerrechtsbewegung* forderten dagegen den grundlegenden „Umbau des Staates" sowie der Gesellschaft und damit faktisch die Beseitigung des SED-Regimes. Im Verlauf weniger Wochen gelang ihnen eine Massenmobilisierung unter dem Ruf „Wir sind das Volk!" Die friedliche Revolution in der DDR fand bald eine neue Zielsetzung unter dem Motto „Wir sind *ein* Volk!" Die revolutionäre Bewegung richtete sich damit auf die Verwirklichung freiheitlich-demokratischer und wirtschaftlicher Forderungen durch die Beseitigung der DDR und die Schaffung der nationalstaatlichen Einheit. In freien → *Wahlen* wurde dieser Weg zur Wiedervereinigung Deutschlands entschieden. Das totalitäre politische, ökonomische, soziale und kulturelle System der DDR ging unter durch eine friedliche Revolution.

Wolfgang-Uwe Friedrich

Literaturhinweise:

Griewank, Karl: Der neuzeitliche Revolutionsbegriff. Entstehung und Geschichte, Frankfurt/M. (3. Aufl.) 1973.

Koselleck, Reinhart: Revolution; in: Geschichtliche Grundbegriffe, hrsg. von Otto Brunner/ Werner Conze/Reinhart Koselleck, Bd. 5, Stuttgart 1984, S. 653-788.

Lenk, Kurt: Theorien der Revolution, München (2. Aufl.) 1982.

Reinalter, Helmut. (Hrsg.): Revolution und Gesellschaft. Zur Entwicklung des neuzeitlichen Revolutionsbegriffs, Innsbruck 1980.

Runder Tisch

Der Inhalt des Begriffes Runder Tisch ist vage. Dementsprechend ungesichert ist die Geschichte Runder Tische. Der Terminus beschreibt nicht einmal zwingend eine Kreisform. Der Zentrale Runde Tisch der DDR war ein Rechteck.

Begriff und Geschichte: Von dem heute jeweils für Runde Tische zugrunde gelegten Verständnis ausgehend wird in der Vergangenheit nach analogen Vorläufern gesucht. Dabei entdecken die einen den Ursprung an König Artus' Tafelrunde; andere erinnern an frühchristliche Brotgemeinschaften. In der deutschen Geschichte erreichten Runde Tische ihren prominentesten Stellenwert während des Umbruchs der DDR von einem totalitären zu einem freiheitlichen System. Nach Auffassung vieler Zeitgeschichtler lag ihr Beitrag weniger in der Herbeiführung der Transformation selbst als darin, die Friedfertigkeit dieser revolutionär verändernden Epoche gewährleistet zu haben. Spätere Historiker werden jedoch noch klären müssen, ob es nicht gerade die Methode des gewaltfreien Hinüberwechselns in einen diametral entgegengesetzten Status war, welche die Revolution zum Erfolg führte: Mit allem hatten die SED-Funktionäre und ihr Staatssicherheitsdienst gerechnet, nur nicht mit einer Revolution der Kerzen, der Gebete und der Runden Tische.

Runde Tische gab es zur Zeit des Umbruchs überall in der DDR: auf der Ebene des Zentralstaates, der Bezirke, der Kreise, der Städte und der Gemeinden – einige inhaltlich flächendeckend, andere territorial flächendeckend für nur ein einziges Thema (z.B. Frauen, Sport, Umwelt) zuständig. Sie waren nach Methode, Ziel und Zusammensetzung höchst unterschiedlich. Schon heute ist indessen durchgängig definierbar: In einer Phase zusammenbrechender staatlicher Garantien für ökonomische Leistungen sowie für soziale und polizeiliche Sicherheit waren die Runden Tische Garanten gewaltloser Selbstorganisation. Sie erwarben sich ein in deutscher Geschichte wohl einmaliges Verdienst: Während etwa eines halben Jahres bewiesen Bürger an Runden Tischen ihre Fähigkeiten zu friedfertiger unmittelbarer Politik in überaus krisenhafter Lage. Dafür zahlten allerdings nicht nur die Alten Kräfte der die SED-Diktatur tragenden → *Kadernomenklatur*, sondern auch die Neuen Kräfte der Freiheit fordernden Opposition ihren Preis. Er wurde – den Zeitzeugen zunächst weniger erkennbar, gleichwohl aber besonders nachhaltig – an den Runden Tischen entrichtet.

Aus der allen Kräften gemeinsamen Perspektive der Bedrohung durch Anarchie und Gewalt hatten die Runden Tische defensive Aufgaben: Sie mußten Schlimmeres verhindern. Aus der Perspektive der Unterdrückten hatten sie offensive Aufgaben: Es galt, das Diktat der SED zu brechen und eine Basis für freiheitlich-demokratische Politik zu schaffen. Darüber hinausgehende alltäglich konstruktive Politik aber sahen die Neuen Kräfte nicht als ihre Aufgabe. Sie wollten nicht – wie zuvor die SED – ohne demokratisches Mandat verbindlich für andere entscheiden. Es war ihr erklärtes Ziel, sich selbst institutionell überflüssig zu machen und an eigener Stelle ein funktionierendes parlamentarisches und föderatives System mit garantierter Autonomie der Gemeinden zu errichten. In der Zwischenzeit des Überganges waren

Entscheidungen gleichwohl nicht zu vermeiden: Vielfach gegen ihre ursprünglich erklärte Absicht wurden die Runden Tische allenthalben und alltäglich aktiv.

Der Zentrale Runde Tisch der DDR: Die meisten Runden Tische arbeiteten unter großen Anspannungen, aber betont unspektakulär. In öffentliches Rampenlicht gelangte dagegen vom 7. Dez. 1989 bis zum 12. März 1990 der Zentrale Runde Tisch. Mit ihm und an ihm wurde die Transformation des politischen Systems in der DDR vollzogen. Er war seit Oktober von einer „Kontaktgruppe" der oppositionellen Gruppierungen der → *Bürgerrechtsbewegung* initiiert und vorbereitet worden. Zwar lag die SED bereits danieder. Es bestand aber die Befürchtung, daß sie ihren Vorsprung aus dem bis dahin behaupteten Herrschaftsmonopol nun im Chaos der Krise und im Falle etwaiger Gewaltausbrüche zur Rückkehr in ihre alte Machtfülle nutzen könnte – schlimmstenfalls (wie bereits 1953) mit Hilfe sowjetischer Waffen.

Am Zentralen Runden Tisch saßen die Neuen Kräfte der demokratischen Opposition den Alten Kräften der → *Blockpolitik* gegenüber. Beide Seiten waren – um jeden Preis – bemüht, Blutvergießen zu verhindern. Hieraus ergab sich für die SED die Einwilligung in einen Dialog sowie dann in wirklich demokratische → *Wahlen* und in eine rechtsstaatliche Verfassung. Damit war das Ende ihrer Monopolherrschaft besiegelt. Für die Neuen Kräfte folgte aus dem Imperativ der Gewaltlosigkeit zugleich jener des vielfältigen Mitmachens – erst mit, dann sogar in den beiden Regierungen Hans Modrows, des letzten kommunistischen Regierungschefs der DDR.

Das Mitmachen der Opposition ermöglichte der SED und dem MfS (→ *Staatssicherheit*) ein weitgehendes Ausweichen aus ihrer politischen Verantwortung für die Unterdrückung der Bevölkerung und für das unter ihrer Herrschaft – sogar nach eigener Analyse – schließlich völlig daniederliegende Land. Modrow erwies sich nicht nur als ein „Meister des geordneten Rückzugs". Er schuf damit zugleich die Basis für Wiederkehr und Aufstieg der teils unveränderten, teils gewandelten Kommunisten (→ *PDS*).

Am Zentralen Runden Tisch wurden keine herrschaftsfreien Dialoge, sondern hochdifferenzierte Machtkämpfe ausgetragen. Entscheidende Weichenstellungen geschahen unter Ausschluß der Öffentlichkeit. Im Laufe seiner fünfmonatigen Existenz hat der Zentrale Runde Tisch – bezeichnenderweise bis auf die ausschlaggebende Wahlfunktion – alle klassischen Parlamentsfunktionen wahrgenommen. Gegen seinen eingangs erklärten Willen der Selbstbeschränkung wurde er am Ende zu einer vom Regierungschef der DDR dominierten Steuerungsinstanz.

Runde Tische – keine Alternative zur parlamentarischen Demokratie: Erst im nachhinein wurden Runde Tische verklärt, sogar zu Parlamenten überlegenen Institutionen stilisiert. Dem „Mythos der symmetrischen Kommunikation“ (Rigotti) zuwider wurde an den Runden Tischen indessen – wie in den Parlamenten – Herrschaft ausgeübt, nur eben ohne demokratisches Mandat. Der Mythos wurde gefördert durch die von allen Beteiligten – zur Vermeidung von Gewaltausbrüchen – betriebene bewußte Vorspiegelung „konsensualer Gedankenzirkulation“. Unter dem Imperativ der Gewaltvermeidung entwickelten die Runden Tische der DDR auch Tendenzen der Ausgrenzung, der Geheimbündelei und der Verschwörung anstelle öffentlicher Konfliktaustragung. Unter den Bedingungen eines dahinsiechenden totalitären Systems erfüllten sie ihre defensiven und offensiven Aufgaben. Zur konstruktiven Alltagspolitik aber waren sie weder berufen noch in der Lage.

Runde Tische sind nicht nur transformationstypische Institutionen und als solche gewissermaßen (Vor-)Schulen der Demokratie. Es gibt sie in vielfältiger Form faktisch auch in bewährten Demokratien: als Beiräte, „Kanzlerrunden“ und „konzertierte Aktionen“, als Schiedsinstanzen, Vorklärungsgremien und dergleichen. Runde Tische stehen insoweit nicht im Widerspruch zu den Parlamenten freiheitlicher Demokratien; sie können vielmehr hilfreiche Ergänzungen pluraler Systeme sein. Sie sind aber keine speziell überlegene Alternative zu den legitimierten Parlamenten offener Bürgergesellschaften.

Uwe Thaysen

Literaturhinweise:

Thaysen, Uwe: Der Runde Tisch. Oder: Wo blieb das Volk?, Opladen 1990.

Thaysen, Uwe in Zusammenarbeit mit Michael Kloth: Der Runde Tisch und die Entmachtung der SED. Widerstände auf dem Weg zur freien Wahl, in: Materialien der Enquete-Kommission, a.a.O , Bd. VII, 2, S. 1706-1852.

SAPMO (Stiftung Archiv der Parteien und Massenorganisationen der DDR im Bundesarchiv)

Die Stiftung verwahrt die Archivalien der entsprechenden Organisationen der ehemaligen DDR gemäß Errichtungserlaß des Bundesministers des Innern vom 6. April 1992. Für diese Bestände, deren Umfang ca.

16 000 lfm beträgt, gilt das Bundesarchivgesetz in seiner Fassung vom 13. März 1992, d.h. die 30-Jahres-Sperrfrist ist für sie aufgehoben. In die Stiftung sind auch umfangreiche Bibliotheksbestände verschiedener Parteien und Massenorganisationen überführt worden. Diese Bestände umfassen über 1,3 Mio. Bände aus dem Zeitraum von ca. 1830 bis heute. Hervorzuheben sind insbesondere die Sammlungen gedruckter Dokumente wie Satzungen, Programme, Protokolle und Tagungsberichte. Sammlungsschwerpunkte sind die Geschichte der internationalen und der deutschen Arbeiterbewegung sowie der ehemaligen sozialistischen Länder.

Der am intensivsten genutzte Archivbestand stammt aus dem ehemaligen Zentralen Parteiarchiv und dem – vor 1989 auch DDR-Wissenschaftlern kaum zugänglichen – Internen Parteiarchiv der SED. Er umfaßt neben den Akten ehemaliger Bildungseinrichtungen und Institute des ZK der SED (wie z.B. Parteihochschule „Karl Marx", Institut für Marxismus-Leninismus, Akademie für Gesellschaftswissenschaften) das erhaltene Archivgut des Sekretariats des ZK, des Politbüros, der Tagungen des Parteivorstandes, des ZK und der Parteitage. Teile von Aktenbeständen, die Ende 1989 nicht im Zentralen Parteiarchiv verwahrt waren, sind im Verlauf der Wende vernichtet worden, z.B. die meisten Vertraulichen Verschlußsachen oder das Schriftgut der Abteilung Verkehr. Das Schriftgut des Instituts für Meinungsforschung ist bereits 1979 zum großen Teil kassiert worden.

Von besonderer Bedeutung ist das Schriftgut der einzelnen Abteilungen des ZK und der für sie zuständigen Sekretäre, also der eigentlichen Kommandozentrale der SED. Mit Hilfe dieser Materialien lassen sich Entstehung und Weg der Beschlußvorlagen rekonstruieren, die in den wöchentlichen Politbürositzungen behandelt und verabschiedet wurden. Handschriftliche Notizen (in größerem Umfang im Büro Egon Krenz vorhanden) stellen eine wichtige Ergänzung der Ergebnisprotokolle des Politbüros dar. Niederschriften der mit auswärtigen Gästen geführten Gespräche finden sich in den Akten der einzelnen Büros (vor allem das Büro Erich Honecker) ebenso wie die Ausarbeitungen und Einschätzungen zur innen- und außenpolitischen Lage der DDR. Einen umfassenden Einblick in die Beziehungen zur Bundesrepublik auch unterhalb der Regierungsebene gewähren die Aktenvermerke und Hausmitteilungen aus dem Büro Hermann Axen und der 1984 in „Abteilung für Internationale Politik und Wirtschaft" umbenannten Westabteilung des ZK.

Neben dem Archivgut der SED verwahrt die SAPMO den Bestand der → *NDPD* und – ab 1998 – die Materialien der ebenfalls 1948 gegründeten → *Demokratischen Bauernpartei Deutschlands*, die vom Archiv für Christlich-Demokratische Politik (ACDP) der Konrad-Adenauer-Stiftung gesichert wurden und von ihm bis zum Zeitpunkt der Abgabe geordnet und verzeichnet werden sollen. Im ACDP liegen auch die Unterlagen der → *Christlich-Demokratischen Union Deutschlands* der SBZ/DDR seit 1945, d.h. der Berliner Parteizentrale, der Landes-, Bezirks- und Kreisverbände. Das Schriftgut der → *Liberal-Demokratischen Partei* lagert im Archiv des Deutschen Liberalismus der Friedrich-Naumann-Stiftung in Gummersbach.

In der Verwaltung der SAPMO befindet sich außerdem die Überlieferung des FDGB und der Zentralvorstände von ca. 20 Einzelgewerkschaften. Am wichtigsten sind neben den Akten der Bundesverbände die der Organisationsabteilungen.

Von besonderer Bedeutung ist das Archivgut des Zentralrats der → *FDJ* mit seinen Untergliederungen bzw. Abteilungen. Daneben ist Material der → *Gesellschaft für deutsch-sowjetische Freundschaft*, des → *Kulturbundes*, des → *Demokratischen Frauenbundes Deutschlands* und des Komitees der Antifaschistischen Widerstandskämpfer der DDR archiviert.

Zu den Beständen der SAPMO zählen weiterhin die Unterlagen des Nationalrats der → *Nationalen Front*, des Demokratischen Blocks, der Vereinigung der gegenseitigen Bauernhilfe, des Verbandes der Journalisten, der URANIA, des → *Deutschen Turn- und Sportbundes*, des → *Verbandes der Kleingärtner, Siedler und Kleintierzüchter* sowie des Zentralausschusses für → *Jugendweihe*.

Umfangreiche Sammlungen bestehen zur Geschichte der Arbeiterbewegung von kommunistischen, sozialistischen und sozialdemokratischen Parteien und Organisationen aus der Zeit vor 1945 sowie mehr als 400 Nachlässe und Nachlaßsplitter mit 2 500 Lebenserinnerungen, etwa 9 000 Plakaten und über 660 000 Fotos. Zu den erwähnenswerten Nachlässen zählen die von Anton Ackermann, August Bebel, Otto Grotewohl, Wilhelm Pieck und Walter Ulbricht.

Die Arbeit der SAPMO wird von zwei Gremien begleitet und unterstützt, einem Kuratorium, das aus Vertretern des Deutschen Bundestages, der Bundesregierung, der neuen Bundesländer, aus Einbringern und dem Präsidenten des Bundesarchivs zusammengesetzt ist, sowie einem Wissenschaftlichen Beirat, in dem achtzehn Sachverständige aus den Bereichen Archiv- und Bibliothekswissenschaft, Geschichtswissenschaft und Sozialwissenschaften vertreten sind.

Günter Buchstab

Literaturhinweise:

Agethen, Manfred: Die Akten der Ost-CDU und der Demokratischen Bauernpartei Deutschlands (DBD) im Archiv für Christlich-Demokratische Politik. Eine Bestandsaufnahme, in: HPM 2 (1995), S. 309-311.

Die Bestände der Stiftung Archiv der Parteien und Massenorganisationen der DDR im Bundesarchiv. Kurzübersicht, hrsg. von der Stiftung Archiv der Parteien und Massenorganisationen der DDR im Bundesarchiv. Berlin 1996.

Oldenhage, Klaus: Die Gesetzgebung zur Sicherung des Archivguts der Parteien und Massenorganisationen der DDR, in: HPM 2 (1995), S. 299-307.

Schau- und Geheimprozesse

Die Bestrafung einer mißliebigen Person aus politischen Gründen hat in einer Diktatur nicht nur den Isolations- oder Eliminierungseffekt, sondern gilt auch der Abschreckung. Die Härte des Urteils und die jeweilige politische Beurteilung und Lage stehen in einem engen Zusammenhang: Wie weit soll die Verurteilung innerhalb des Betriebes, des Ortes, einer Parteigruppierung, kreis-, bezirks- oder republikweit zur Abschreckung wirken? Oder soll sie nicht „ausgewertet" werden, um dem Feind keine propagandistischen Hinweise zu geben?

In der DDR wurden politische Prozesse in aller Regel unter Ausschluß der Öffentlichkeit geführt. Angehörige durften nur zur Verkündung des Urteils anwesend sein und wurden dann von der Verlesung der Urteilsbegründung ausgeschlossen. Die manische Angst des MfS, feindliche Agenturen könnten durch einen Prozeß Hinweise auf seine operative Arbeit oder auf Spitzel (→ *Inoffizielle Mitarbeiter*) gewinnen, ließen diese Maßnahme ebenso als unbedingt notwendig erscheinen wie die als Verschlußsache behandelten Anklage- und Urteilsschriften: Der betroffene Häftling durfte sie nur durchlesen, aber nicht behalten.

Um die politisch-erzieherische Arbeit in der Bevölkerung zu stärken, um abzuschrecken, Mängel in der Versorgung zu erklären oder politische Kampagnen zu unterstützen, wurden zu diesen oder jenen Zeiten ausgewählte Prozesse öffentlich geführt und ausgewertet. Hierfür stand dem MfS ein ganzer Katalog von Prozeßformen zur Verfügung, für die jeweils „Prozeßpläne" erarbeitet wurden, die ein für alle Beteiligten verbindliches Drehbuch waren – bis hin zur Höhe des Urteilsspruchs.

Die unterste Stufe eines öffentlichen Prozesses war die Zulassung bestimmter Personen, die alle vorhandenen Zuschauersitzplätze belegten, so daß kein Unerwünschter Zeuge des Prozesses sein konnte. Bei diesen geladenen Zuschauern konnte es sich um Arbeitskollegen, Mitglieder der Parteiorganisation und/oder lernende MfS-Angehörige handeln. Je nach Gefügigkeit des oder der Angeklagten und der aus dem Prozeß zu ziehenden Lehren konnte unter strenger Kontrolle dieser Kreis erweitert werden. Die politische Auswertung, d.h. die Berichterstattung über den Prozeß oblag der genau angeleiteten Presse, wobei auch hier vorher entschieden wurde, ob die Lokal-, Bezirks- oder gar die überregionale Presse berichten durfte.

Die höchste, in den 50er und 60er Jahren viel öfter als später angewandte Form der Prozeßauswertung war der Schauprozeß, zu dem auch Pressevertreter des sozialistischen und ggf. auch des nichtsozialistischen Auslands zugelassen wurden. Ein Schauprozeß bedingte besonders gute Vorbereitung, damit die Angeklagten nicht die Gelegenheit bekamen, sich über Vorgänge in der Haft, z.B. Mißhandlungen, Sonderbehandlung, Versprechungen und Drohungen zu äußern, aber bereit waren, auch die unsinnigsten Belastungen zuzugeben und ein Geständnis abzulegen. Die Regie führte stets das MfS (→ *Staatssicherheit*), das nicht nur mit den Angeklagten, sondern auch mit Richtern und Staatsanwälten ein genaues Szenario entwarf, mit den höchsten SED-Funktionären die Höhe der auszusprechenden Strafen abstimmte und oft sogar entsprechende Anträge der Staatsanwaltschaft und die Urteilsbegründungen vorformulierte. Die angepaßte Rolle der Angeklagten wurde durch Druckmittel und Drogeneinflößung erreicht. Ihre Aussagen mußten sie rollenmäßig auswendig lernen.

In der DDR gab es eine ganze Reihe von Geheimprozessen, über die auch in der Presse oder in den Kollektiven nicht berichtet wurde. Bei den Verurteilten handelte es sich um Feinde/Agenten aus den eigenen Reihen, die zur Abschreckung zu hohen Strafen verurteilt wurden, oder auch um Feinde, die nicht im Machtbereich des MfS wohnten und entführt worden waren. Während die Entführungsopfer in völliger Isolationshaft gehalten wurden, stritt die DDR ab, irgend etwas von dem Verschwundenen zu wissen. So wurde z.B. 1958 ein West-Berliner bei einer Segeltour entführt, fünf Monate später in einem Geheimprozeß zu lebenslanger Haft verurteilt und in völliger Isolierung zur Außenwelt in Haft gehalten, bis er Mitte 1967 starb.

Gerhard Finn

Literaturhinweise:

Fricke, Karl Wilhelm: Jeden Verräter ereilt sein Schicksal. Die gnadenlose Verfolgung abtrünniger MfS-Mitarbeiter, in: Deutschland Archiv 25 (1994), S. 258 ff.

Fricke, Karl Wilhelm: Akten-Einsicht. Rekonstruktion einer politischen Verfolgung, Berlin 1995.
Rottleuthner, Hubert (Hrsg.): Steuerung der Justiz in der DDR, Köln 1994.

Schießbefehl

An der innerdeutschen Grenze wurde auf seiten der DDR von Anbeginn an die Schußwaffe oft exzessiv eingesetzt → (*Grenzregime*). Es gab dazu eine durchgehende Befehlslage.

Nach einem Protokoll des Zentralen Stabs ordnete am 20. Aug. 1961 Erich Honecker an: „Gegen Verräter und Grenzverletzer ist die Schußwaffe anzuwenden." Am 6. Oktober erging dann der Befehl des Verteidigungsministers, der in Erweiterung der OV-10/4 der NVA die Grenztruppen verpflichtete, die Schußwaffe anzuwenden u.a.:

„ – zur Festnahme, Gefangennahme oder zur Vernichtung bewaffneter Personen oder bewaffneter Banditengruppen, die in das Gebiet der DDR eingedrungen sind, bzw. die Grenze nach der Westzone zu durchbrechen versuchen, wenn sie die Aufforderung zum Ablegen der Waffen nicht befolgen oder sich ihrer Festnahme oder Gefangennahme durch Bedrohung mit der Waffe oder Anwendung der Waffen zu entziehen versuchen;

– zur Festnahme von Personen, die sich den Anordnungen der Grenzposten nicht fügen, indem sie auf Anruf „Halt-stehenbleiben-Grenzposten" oder nach Abgabe eines Warnschusses nicht stehenbleiben, sondern offensichtlich versuchen, die Staatsgrenze der Deutschen Demokratischen Republik zu verletzen und keine andere Möglichkeit zur Festnahme besteht."

Die Schußwaffe durfte nicht gegen Angehörige ausländischer Armeen oder Diplomaten und gegen Kinder angewendet werden.

Diese Weisungen wurden beständig wiederholt, so z.B. der Befehl des Ministers für Nationale Verteidigung vom 3. Okt. 1969 an den Chef der Grenztruppen: „Grenzdurchbrüche sind nicht zuzulassen. Gegnerische Kräfte, die in das Grenzgebiet der Deutschen Demokratischen Republik eindringen, sind durch die Grenztruppen zu vernichten oder gefangenzunehmen." In einer Niederschrift zur Sitzung des NVR wird u.a. ausgeführt: „In der Aussprache zu diesem Tagesordnungspunkt legte Genosse Erich Honecker folgende Gesichtspunkte dar:

– die Unverletzlichkeit der Grenzen der DDR bleibt nach wie vor eine wichtige politische Frage;

– es müssen nach Möglichkeit alle Provokationen an der Staatsgrenze verhindert werden;
– es muß angestrebt werden, daß Grenzdurchbrüche überhaupt nicht zugelassen werden;
– jeder Grenzdurchbruch bringt politischen Schaden für die DDR;
– die Grenzsicherungsanlagen müssen so angelegt werden, daß sie dem Ansehen der DDR nicht schaden; dies trifft insbesondere für einige Abschnitte der Mauer in Berlin zu;
– der pioniermäßige Ausbau der Staatsgrenze muß weiter fortgesetzt werden;
– in Berlin sollte man die alte Mauer stehen lassen und dort wo notwendig, dahinter eine neue bauen; erst wenn der Neubau fertig ist, sollte man die alte Mauer abreißen;
– überall muß ein einwandfreies Schußfeld gewährleistet werden;
– die Unantastbarkeit der Grenze ist durch ein gemeinsames Zusammenwirken der Sicherheitsorgane zu gewährleisten;
– man muß alle Mittel und Methoden nutzen, um keinen Grenzdurchbruch zuzulassen und die Provokationen von West-Berlin aus zu verhindern;
– nach wie vor muß bei Grenzdurchbruchsversuchen von der Schußwaffe rücksichtslos Gebrauch gemacht werden, und es sind die Genossen, die die Schußwaffe erfolgreich angewandt haben, zu belobigen;
– an den jetzigen Bestimmungen wird sich diesbezüglich weder heute noch in Zukunft etwas ändern.“

Manfred Kittlaus

Schriftstellerverband

Am 4. Juni 1950 kam es zur Bildung des „Deutschen Schriftstellerverbandes im Kulturbund zur demokratischen Erneuerung Deutschlands“ (→ *Kulturbund*). Daraus gründete sich der Deutsche Schriftstellerverband (DSV) am 22. Mai 1952 auf dem III. (Ost-)Deutschen Schriftstellerkongreß in Ost-Berlin. Am 16. Nov. 1973 wurde der Verband in Schriftstellerverband der DDR umbenannt.

Der Verband funktionierte nach den Prinzipien des → *demokratischen Zentralismus*. Entsprechend der → *Verwaltungsgliederung* gab es in jeder Bezirks-hauptstadt einen Bezirksverband. Ausnahmen bildeten die sorbischen Schriftsteller mit eigenem, einem Bezirksverband gleichgestelltem Arbeitskreis (→ *Sorben*) und die Bezirksverbände Erfurt und Gera, die zusammengefaßt waren. Am 1. März 1990 zählten das Berliner Sekretariat des Verbandes 50, die Bezirksverbände zusätzlich noch 23, die Zeitschrift Neue Deutsche Literatur (ndl) und das Künstlerhaus Petzow bei Potsdam je weitere acht hauptamtliche Mitarbeiter.

Laut Statut von 1973 war der Verband „die gesellschaftliche Organisation der Schriftsteller der DDR, die in ihrer schöpferischen Arbeit aktive Mitgestalter der entwickelten sozialistischen Gesellschaft sind." Ihre „Kunst hilft, das Denken, Fühlen und Handeln der Menschen zu formen, die den Sozialismus aufbauen und vollenden". Das sei ihre „epochale Aufgabe". Außerdem sollten die Mitglieder „die führende Rolle der Arbeiterklasse und ihrer Partei in der Kulturpolitik" anerkennen, sich zum „sozialistischen Realismus" bekennen und „entschieden gegen alle Formen der ideologischen Koexistenz und das Eindringen reaktionärer und revisionistischer Auffassungen in die Bereiche der Literatur" auftreten. Unter den „humanistisch-literarischen Traditionen" sollten besonders diejenigen der „proletarisch-revolutionären" Literatur „gepflegt und weitergeführt" werden. Auf dieser Grundlage, so das Statut, vertrete der Verband die „künstlerischen, rechtlichen und sozialen Interessen seiner Mitglieder".

Schriftsteller im Sinne des Statuts waren Verfasser, Übersetzer und Herausgeber schöngeistiger Werke sowie Literaturkritiker und Essayisten. Mitglieder konnten auch Literaturwissenschaftler und Lektoren belletristischer Verlage werden. Der Vorstand konnte Personen aufnehmen, „die sich um die Entwicklung und Förderung der sozialistischen Nationalkultur verdient gemacht haben."

Kandidat des Verbandes konnte man auf eigenen Antrag werden, wenn man mindestens ein Buch, ein Theaterstück oder Vergleichbares veröffentlicht hatte und unter den Verbandsmitgliedern zwei Bürgen fand, die regelmäßige literarische Arbeit bestätigen konnten. Nach einer Kandidatenzeit von mindestens einem Jahr wurde man Mitglied. Der Verstoß gegen das Statut konnte zum Ausschluß führen. Dies geschah 1979 einer Gruppe Berliner Schriftsteller, die gegen die Kriminalisierung der literarischen Arbeit Stefan Heyms protestiert und ihren Protest Westmedien übergeben hatte.

Trotz der ideologischen Vorgaben war die Mitgliedschaft im Verband erstrebenswert, weil nur durch sie eine Steuernummer für freiberufliche, steuerbegünstigte Arbeit, verbunden mit der Übernahme der Hälfte der Kranken-, Renten- und Zusatzrentenversicherungsbeiträge durch den Kulturfonds, zu erlangen war. Da in der DDR die Pflicht zur → *Arbeit* bestand, galt man ohne offiziellen Arbeitsplatz als asozial und konnte deshalb polizeilich belangt werden. So war faktisch nur durch die Mitgliedschaft im Verband die freiberufliche Arbeit als Schriftsteller erlaubt. Außerdem hatten Kandidaten und Mitglieder des Schriftstellerverbandes als einzige Berufsgruppe in der DDR das ungeschriebene Recht, über die Auslandsabteilung des Verbandes einen Reisepaß mit den begehrten Dienstvisa für ein- oder mehrmalige Ausreise für einige Tage, Monate, in besonders privilegierten Fällen auch über mehrere Jahre zu bekommen. Die Erteilung der Visa war weder an die SED-Mitgliedschaft noch an die Mitarbeit für den Staatssicherheitsdienst gebunden. Insofern kann man hier, wie auch in anderen Bereichen der Literatur, von einer Sonderbehandlung der Schriftsteller und auch von ihrer Alibifunktion sprechen (→ *Privilegien*).

Dem Verband fiel eine Disziplinierungs- und eine Fürsorgerolle zu. So gab es eine Sozial-, eine Entwicklungs-, eine Auslandsabteilung und einen Justitiar. Die nichtöffentlichen Veranstaltungen im geschlossenen Kreis der Mitgliederversammlungen und Arbeitsgruppen boten trotz Überwachung Möglichkeiten zur Weiterbildung, zum Meinungsaustausch, die ansonsten in der publizistischen Öffentlichkeit undenkbar waren, bei freiberuflich Arbeitenden aber ohne merkbare Sanktionen blieben. Der Verband konnte Stipendien vergeben, Kuren oder eine höhere Altersrente vermitteln. Er konnte für unbotmäßiges Verhalten in der Öffentlichkeit (vor allem in westlichen Massenmedien) in enger Zusammenarbeit mit der SED-Führung und dem MfS aber auch Verwarnungen und Drohungen aussprechen und durch die Ausschlußverfahren aus der SED, dem Vorstand oder überhaupt aus dem Verband berufliche Entwicklungen und Veröffentlichungsmöglichkeiten unterbinden, also Autoren isolieren und entmutigen.

Wie in der gesamten DDR üblich und im totalitären Machtanspruch der SED begründet, waren auch die SED-Mitglieder unter den Verbandsmitgliedern nicht in ihrem Wohngebiet in Parteigruppen organisiert, sondern im Verband. Parallel zu den Verbandsstrukturen gab es also noch einmal die Parteistruktur: Den hauptamtlichen Mitarbeitern waren hauptamtliche Parteisekretäre zugeordnet (mit Arbeitszimmer im Verband), die die nebenberuflichen SED-Parteifunktionäre unter den Schriftstellern in den verschiedenen Parteileitungsebenen anleiteten, die jeweils kurz vor den Mitgliederversammlungen des Verbandes tagten, aber auch während der Kongresse, um die Parteilinie zu unterstützen. Da z.B. im Berliner Verband mehr als die Hälfte der Verbandsmitglieder der SED angehörte, konnten diese jeden Beschluß durchsetzen, jeden Kandidaten verhindern und jede Wahl schon vorher bestimmen und natürlich auch die Tagesordnung festlegen.

Der Schriftstellerverband unterstand nicht dem Kulturministerium, sondern direkt der Abteilung Kultur des → *ZK der SED* mit dem für Kultur zuständigen SED-Politbüromitglied Kurt Hager. Beide Verbandspräsidenten – Anna Seghers 1952 bis 1978 und Hermann Kant 1978 bis zum Rücktritt 1990 – waren SED-Mitglieder, Kant sogar Mitglied des ZK der SED. Obwohl der Vorstand des Verbandes am 7. Dez. 1989 einen außerordentlichen Kongreß zum 1. bis 3. März 1990 nach Berlin einberief, um den Platz des Verbandes als unabhängige Organisation im demokratischen Erneuerungsprozeß der DDR-Gesellschaft zu bestimmen, ein neues Statut zu beschließen und einen neuen Vorstand zu wählen, sprach er doch in geheimer Abstimmung Hermann Kant mit 60 Stimmen bei zwei Gegenstimmen das Vertrauen aus. Er beugte sich erst kurz danach den öffentlichen Rücktrittsforderungen einer Gruppe Berliner Schriftsteller, die sich durch den Vorstand nicht vertreten fühlten.

Der außerordentliche Kongreß wählte als letzten Präsidenten Rainer Kirsch. Der Verband löste sich zum 31. Dez. 1990, knapp drei Monate nach dem Ende der DDR, selbst auf. Vorher hatten die Mitglieder die vom Vorstand erbetene schriftliche Zustimmungserklärung dazu erteilt.

Helga Schubert

Literaturhinweise:

Köhler-Hausmann, Reinhild: Literaturbetrieb in der DDR. Schriftsteller und Literaturinstanzen, Stuttgart 1984.

Kultur und Kunst in der DDR, Protokoll der 35. Sitzung, in: Materialien der Enquete-Kommission, a.a.O., Bd. III, 1, S. 415-556.

Schulungswesen der SED

Das Schulungswesen der SED war das umfassende totalitäre Weiterbildungs- und Manipulierungssystem für Mitglieder dieser Partei, darüber hinaus aber auch für ausgewählte parteilose Angehörige von → *Massenorganisationen* wie dem → *FDGB* oder der → *FDJ*. Die Teilnahme an diesen Schulungen war unabdingbare Voraussetzung für das Erreichen leitender Positionen in SED, Staat und Massenorganisationen sowie Pflichtveranstaltung für alle Mitglieder und Kandidaten der SED.

Das Erreichen das Status eines Kadernomenklatures war ebenfalls an die Absolvierung bestimmter Kurse gebunden (→ *Kadernomenklatur*). Die Schulungen waren sowohl Mittel zur ideologischen Beeinflussung, zur politischen Weiterbildung, zur Unterdrückung abweichender Meinungen, zur Entlarvung ideologischer Gegner als auch zur Dokumentation von Parteitreue. Gleichzeitig hatten sie Kontrollfunktion gegenüber den Teilnehmern der jeweiligen Kurse und ergänzten dabei die Tätigkeit der Zentralen und der dezentralen Parteikontrollkommissionen sowie des MfS (→ *Staatssicherheit*).

Das Schulungssystem der SED verband den wissenschaftlichen Anspruch eines dogmatisierten → *Marxismus-Leninismus*, in seinen Hauptbestandteilen dialektischer Materialismus, historischer Materialismus, marxistische politische Ökonomie und wissenschaftlicher Kommunismus, mit banaler Parteipropaganda sowie Hetze gegen die Bundesrepublik bzw. andere Staaten der westlichen Gemeinschaft und gegen Parteien, vor allem Sozialdemokraten. Die jeweiligen Themenschwerpunkte legte die SED in jährlichen Plänen verbindlich fest. Sie konnten sich auf die Geschichte der KPdSU, die der SED oder der revolutionären Arbeiterbewegung, auf „Grundprobleme des revolutionären Weltprozesses", Grundlagen des Marxismus-Leninismus oder aktuelle politische Fragen konzentrieren.

Die SED hatte ihr parteiinternes Schulungssystem hierarchisch gegliedert. Die einzelnen Schulungsformen unterschieden sich nach der Dauer von wöchentlichen Kursen bis zu mehrjährigen Studien sowie in nebenberufliche Ausbildungsformen und Internatskurse. In Schulungseinrichtungen der SED konnten besonders ausgewählte und überprüfte → *Kader* akademische Abschlüsse bis zur Habilitation (Dissertation B) und sogar Professuren erwerben. Als besondere Auszeichnung galt ein Studium an einer Parteischule einer kommunistischen Bruderpartei (besonders der KPdSU). Außerdem gab es an DDR-Hochschulen besondere Studiengruppen. Darüber hinaus war das SED-Schulungssytem eng mit dem der Massenorganisationen und Blockparteien sowie dem in Schulen, Berufs- und Hochschulen obligatorischen Marxismus-Leninismus-Unterricht verknüpft. Neben der Weiterbildung diente es auch zur Überwachung der Mitglieder der SED und als Stimmungsbarometer.

Ab Sommer 1945 richtete die KPD in der SBZ Schulungsabende auf der Basis von Vortragsdispositionen des ZK der KPD (Abteilung Agitation und Propaganda bzw. Werbung und Schulung) und Internatsschulen auf Landesebene ein. Nach der Zwangsvereinigung mit der SPD folgte die Einrichtung von Kreisparteischulen und der Parteihochschule Karl Marx, ab Mai 1946 dienten „Sozialistische Bildungshefte" der Schulung. Eine grundlegende organisatorische Änderung bedeutete 1950 die Einführung des hierarchischen Schulungssystems mit dem für alle SED-Mitglieder obligatorischen Parteilehrjahr. 1952 beauftragte die SED-Führung das Institut (später Akademie) für Gesellschaftswissenschaften beim ZK der SED mit der Ausbildung des wissenschaftlichen Leitungspersonals der Partei und ab 1953 ergänzten „Zentralschulen" das System parteiinterner Schulungen. Dieses Schulungssystem unterlag bis zum Ende der DDR/SED verschiedenen Umorganisationen, blieb aber in der Substanz unverändert. Seit Beginn der Gorbatschowschen Perestroika gab es in verschiedenen Schulungskursen im begrenzten Umfang Diskussionen von systemimmanenten Reformideen. Für die → *PDS* als Nachfolgeorganisation der SED war das Schulungs- und Wissenschaftssystem der SED aus finanziellen Gründen und wegen des rapiden Mitgliederschwundes nicht mehr aufrechtzuerhalten. Allerdings knüpfte die PDS mit ihren zahlreichen Bildungseinrichtungen auf Bundes- und Landesebene, ihren historischen Kommissionen, den Kommissionen für politische Bildung und zahlreichen Arbeitsgruppen sowie einer großen Zahl von Vorfeldorganisationen an das Schulungssystem der SED an.

Rainer Eckert

Literaturhinweise:

DDR-Handbuch (Wissenschaftl. Ltg. Hartmut Zimmermann), Bd. 2 M – Z, Köln (3., überarb. u. erw. Aufl.) 1985, S. 968-970.

Herbst, Andreas/Ranke, Winfried/Winkler, Jürgen: So funktionierte die DDR. 2. Lexikon der Organisationen und Institutionen, Reinbek 1994, S. 904.

Leonhard, Wolfgang: Die Etablierung des Marxismus-Leninismus in der SBZ/DDR (1945–1955), in: Aus Politik und Zeitgeschichte, B 40, Bonn 1994, S. 3-11.

Schneider, Eberhard: Karriereangebote, Karrieremuster und Elitenrekrutierung, in: Materialien der Enquete-Kommission, a.a.O., Bd. III, 3, S. 1703-1772.

Voigt, Dieter/Gries, Sabine: Karriereangebote, Karrieremuster und Elitenrekrutierung, in: Materialien der Enquete-Kommission, a.a.O., Bd. III, 3, S. 1901-2033.

SED und deutsche Frage

In der Epoche der europäischen Teilung (1945–1990) bestimmten die → *Vier Mächte* Form und Inhalt der staatlichen Neuorganisation sowie die außen- und sicherheitspolitische Einordnung ihres jeweiligen Besatzungsgebietes und ab 1949 der beiden deutschen Teilstaaten in das westliche bzw. östliche Bündnissystem. Infolgedessen wurde der Systemgegensatz zwischen West und Ost zu einem wesentlichen Bestandteil der deutschen Frage, des Problems der deutschen Einheit (→ *Deutschlandpolitik*).

Die SED folgte auch in ihrer Deutschlandpolitik gleichzeitig eigenem Herrschaftsstreben und sowjetischer Machtpolitik. Ihre Position zur deutschen Frage war bestimmt von dem grundsätzlichen und kontinuierlich verfolgten Ziel, die sozialistische Ordnung auf deutschem Boden zu etablieren, zu festigen und nach Möglichkeit auszuweiten. Dementsprechend lassen sich in der Haltung der SED zur deutschen Frage drei Phasen unterscheiden: 1. Zwischen 1945 und 1953/55 vertrat sie die Position von einer deutschen Nation in einem deutschen Staat. 2. Zwischen 1953/55 und 1969/71 herrschte die These von den zwei Staaten einer deutschen Nation. 3. Ab 1969/71 bis 1989 vertrat die SED im wesentlichen das Konzept der zwei deutschen Nationen in zwei getrennten Staaten im Rahmen ihrer Abgrenzungspolitik gegenüber der Bundesrepublik. Ab 1986/87 verfolgte sie darüber hinaus eine doppelte Abgrenzungspolitik gegenüber der Bundesrepublik und gegenüber der Sowjetunion und speziell Gorbatschows „neuem Denken".

Parteiprogramme, Verfassungsurkunden und Gesetzestexte folgten diesen ideologischen Leitlinien, die vom jeweiligen Ersten Sekretär bzw. → *Generalsekretär der SED* ausgegeben wurden und allgemein verbindlich waren, mit zeitlicher Verzögerung.

1945–1953: Unter der Führung Walter Ulbrichts begannen kommunistische Emigranten (→ *Inititiativgruppen*) vom 30. April 1945 an mit der → *antifaschistisch-demokratischen Umwälzung*. Die KPD/SED trat angesichts des Fehlens einer gesamtdeutschen Regierung als „Hüterin der nationalen Einheit Deutschlands" auf. Vorrangiges Ziel war gleichwohl die Durchsetzung des Sozialismus. Der „Kampf um den Sozialismus" erschien aus der Sicht der SED als einziger Weg zur „Lösung der nationalen und sozialen Lebensfragen unseres Volkes". Ungeachtet der nationalen Terminologie wurde allerdings in der Praxis die enge Anbindung an die Sowjetunion und die innere Ausgestaltung der SBZ nach dem Modell der stalinistischen Sowjetunion betrieben; die propagandistisch verwendete These von einem „besonderen deutschen Weg zum Sozialismus" wurde schon nach kurzer Zeit wieder fallengelassen.

Nach dem Scheitern der alliierten Außenministerkonferenzen 1947 traten die sozialistischen Zielsetzungen stärker öffentlich hervor. Auf ihrem II. Parteitag 1947 kritisierte die SED „die nationale Bedrängnis unseres Volkes [...] durch die Zerreißung in Zonen" und verlangte eine baldige „Verständigung über das deutsche Problem". Den „Kampf um die Einheit Deutschlands" bezeichnete sie als „die dringendste Aufgabe des deutschen Volkes!" Gleichzeitig führte sie die wirtschaftliche und gesellschaftliche Sonderentwicklung in der SBZ fort, durch die die Teilung Deutschlands vollzogen wurde (→ *Wirtschaft*; → *Planungsmechanismen*). Im Mai 1948 stellte der SMAD-Vertreter Sergei Tjulpanow gegenüber Wilhelm Pieck fest: „Faktisch ist eine Aufteilung Deutschlands in zwei Teile, welche sich nach verschiedenen Gesetzen entwickeln, zustandegekommen" (→ *Deutschlandpolitik*; → *Kalter Krieg*). Die politische Führung der DDR gab allein der Bundesrepublik Schuld an der Teilung. Wilhelm Pieck erklärte am 10. Nov. 1949 vor der Volkskammer, daß die Spaltung Deutschlands von der DDR „niemals" anerkannt werde. Ministerpräsident Otto Grotewohl verurteilte in seiner Regierungserklärung am 12. Nov. 1949 die Vollendung der Spaltung Deutschlands durch die im Mai erfolgte Gründung des „Bonner Separatstaates" und verlangte die „Wiedervereinigung aller Teile Deutschlands".

In der ersten → *Verfassung* der DDR (→ *Volkskongreßbewegung*) wurden die totalitären Machtverhältnisse verschleiert und ein nationaler Alleinvertretungsanspruch erhoben: „Deutschland ist eine unteilbare demokratische Republik. [...] Es gibt nur eine deutsche Staatsangehörigkeit." (Art. 1) „Deutschland bildet ein einheitliches Zoll- und Handelsgebiet, umgeben von einer Gemeinschaftlichen Zollgrenze." (Art. 118). Auch die Teilung Deutschlands in zwei unterschiedliche Wirtschaftssysteme fand verfassungsrechtlichen Ausdruck. Die Hymne des jungen Staates beschwor „Deutschland einig Vaterland". Stalin selbst schrieb in seiner Grußbotschaft zur Republikgründung: „Es lebe und gedeihe das einheitliche, unabhängige, demokratische, friedliebende Deutschland!" In ihrem neuen Statut beschrieb die SED sich 1950 als „einheitliche Kampforganisation", die sich zur engen Freundschaft mit der Sowjetunion verpflichtete und die neben das Ziel eines „einheitlichen, demokratischen Deutschland" den Sozialismus stellte. Vor diesem Hintergrund war der Vorschlag der DDR-Regierung an die Bundesregierung im Herbst 1950, einen „Gesamtdeutschen Konstituierenden Rat unter paritätischer Zusammensetzung aus Vertretern Ost- und Westdeutschlands" zu bilden, um so die Wiedervereinigung vorzubereiten, offenkundig unglaubhaft. Er diente vor allem der Propagierung des Zieles, die demokratisch nicht legitimierte DDR-Regierung als gleichrangigen Verhandlungspartner der durch freie Wahlen legitimierten Bundesregierung gegenüberzustellen (→ *Deutschlandpolitik*).

Auch die von der Volkskammer ausgehende „Deutsche an einen Tisch"-Aktion 1950/51 war in diesem Sinne propagandistisch motiviert. Die Einheitsrhetorik stand in krassem Gegensatz zu dem politischen und sozioökonomischen Systemwandel in der DDR.

Der Doppelcharakter der Haltung der SED zur deutschen Frage wird bereits in dieser Frühphase erkennbar. Die deutsche Frage war eine Systemfrage, bei der es um Kapitalismus oder Sozialismus ging, eine nationale Frage, bei der es um die Einheit ging, aber auch eine Frage der geopolitischen Interessen der Sowjetunion (→ *Sowjetunion und SBZ/DDR*). Hinter dem Kampf um die Existenz des sozialistischen Systems trat in der SED-Politik entgegen anderslautenden Propagandaparolen die nationale Einheit zurück.

1953–1969: Der Volksaufstand am → *Siebzehnten Juni* 1953 stellte den Sozialismus in der DDR grundsätzlich in Frage und damit auch die Existenz des Staates selbst. Ulbricht gab die bis dahin behauptete Identität der DDR mit dem gesamtdeutschen Staat und damit die DDR-Variante des Alleinvertretungsanspruchs auf. Am 25. Nov. 1953 verlangte er die Anerkennung der Existenz zweier deutscher Staaten. Neben der Bundesrepublik „gibt (es) einen friedliebenden, demokratischen Staat, die Deutsche Demokratische Republik".

Der neue Erste Sekretär der KPdSU, Chruschtschow, erklärte in Ost-Berlin am 26. Juli 1955, eine „mechanische" Vereinigung beider Teile Deutschlands sei unrealistisch. Die deutsche Frage dürfe nicht auf Kosten der DDR gelöst werden. Am 20. Sept. 1955 schlossen DDR und UdSSR einen Freundschaftsvertrag, in dem der DDR „Souveränität" bescheinigt wurde. Art. 5 des Vertrages bezeichnete als „Hauptziel [...] eine friedensvertragliche Regelung für ganz Deutschland" einschließlich der „Wiederherstellung der Einheit Deutschlands". Allerdings verstand sich die DDR weiterhin als deutscher Kernstaat. Wilhelm Pieck, der die DDR bereits 1949 zum deutschen Kerngebiet erklärt hatte, beschrieb auf dem IV. Parteitag der SED 1954 die DDR als „die Basis für die Herstellung eines demokratischen und unabhängigen Deutschlands, das frei ist von Imperialisten und Militaristen". 1955 forderte Grotewohl die „friedliebenden Kräfte des deutschen Volkes" dazu auf, die „realen Voraussetzungen für die Vereinigung Deutschlands" zu schaffen, indem sie die „Herrschaft der Monopolkapitalisten und Großgrundbesitzer" in der Bundesrepublik stürzten. Die Lösung der deutschen Frage war aus Sicht der SED nur noch auf dem Wege eines allgemeinen Systemwandels zum Sozialismus möglich. Am 30. Dez. 1956 schlug Ulbricht eine „Annäherung" beider deutscher Staaten „in Form der Konföderation" vor.

Ulbrichts Konföderationsplan blieb auch nach dem Berlin-Ultimatum (→ *Berlin*) und dem Mauerbau Bestandteil zahlreicher DDR-Initiativen, zu denen der Vorschlag zur Bildung eines Gesamtdeutschen Ausschusses (1959), der sog. Deutschlandplan des Volkes (1960), das Gesprächsangebot an die SPD (1966) und Ulbrichts Zehn-Punkte-Programm (1967) gehörten. Im sog. Nationalen Dokument der → *Nationalen Front* 1962 wurde der Sieg des → *Sozialismus* in der DDR als „entscheidende Voraussetzung für die Lösung unserer nationalen Frage" definiert. Der VI. Parteitag verabschiedete 1963 ein neues SED-Programm, das die Ablösung des Kapitalismus durch den Sozialismus im Weltmaßstab auf die Tagesordnung setzte: „Dem Sozialismus gehört die Zukunft. In ganz Deutschland, nicht nur in der Deutschen Demokratischen Republik." Gleichzeitig verwies die SED auf zwei grundverschiedene Entwicklungslinien in Deutschland, die durch die Spaltung einer Nation in zwei Staaten unterschiedlicher Gesellschaftsordnungen bedingt seien. Durch die → *friedliche Koexistenz* sollten die Konföderation ermöglicht, „in Westdeutschland Imperialismus und Militarismus überwunden" und dadurch die nationale Einheit auf höherer Stufe erreicht werden. Bis dahin gelte es, die DDR zu stabilisieren.

Am 20. Febr. 1967 verabschiedete die Volkskammer das Gesetz über die → *Staatsangehörigkeit* der DDR. Bereits 1964 hatte der DDR-Völkerrechtler Rudolf Arzinger die „ökonomische klassenmäßige Struktur" als Element des Volksbegriffes definiert und daraus die Existenz eines eigenen „Volkes der DDR" abgeleitet. Am 6. April 1968 trat eine neue Verfassung in Kraft, deren Art. 1 lautete: „Die DDR ist ein sozialistischer Staat deutscher Nation." In Art. 8 wurde, ähnlich wie in der Präambel, „die Überwindung der vom Imperialismus der deutschen Nation aufgezwungenen Spaltung Deutschlands, die schrittweise Annäherung der beiden deutschen Staaten bis zu ihrer Vereinigung auf der Grundlage der Demokratie und des Sozialismus" als Ziel genannt. Während am Bekenntnis zur deutschen Nation noch festgehalten wurde, verschwand der Konföderationsgedanke aus den offiziellen Verlautbarungen. Unterschieden wurde nunmehr zwischen einem Volk der DDR, das sozialistisch geprägt sei und sein Selbstbestimmungsrecht in Form des Arbeiter-und-Bauern-Staates ausübe, und einer deutschen Nation, unter deren Dach zwei Völkerrechtssubjekte, eben die beiden deutschen Staaten, existierten (→ *Staat*).

1969–1987: Der Wandel der internationalen Politik veränderte auch die Deutschlandpolitik. Entspannung und Abgrenzung bildeten für die Haltung der SED zur deutschen Frage zunehmend eine „dialektisch zu verstehende Einheit". 1969 verlangte Ulbricht völkerrechtliche Beziehungen zwischen der DDR und der Bundesrepublik. 1970 sprach er vom „Volk der Bundesrepublik“ und kritisierte Vorstellungen von der Einheit der Nation. Das Neue Deutschland behauptete am 24. Jan. 1970, die Spaltung der Nation sei durch die Bundesrepublik ständig „vertieft und zementiert“ worden. „Erst dann, wenn in der westdeutschen Bundesrepublik, um mit Karl Marx und Friedrich Engels zu sprechen, die Arbeiterklasse ‚sich selbst als Nation konstituiert‘ hat, erst dann kann es ein einheitliches, ein sozialistisches Deutschland, eine einheitliche sozialistische Nation geben. Doch bis dahin ist ein langer Weg.“

Bei den Treffen zwischen Bundeskanzler Willy Brandt und DDR-Ministerpräsident Willi Stoph 1970 in Erfurt und Kassel zeigte sich, daß die Bevölkerung in beiden Staaten sich nach wie vor als eine Nation fühlte. Immer stärker ging deshalb die DDR-Führung zu einer Politik der Abgrenzung über, zu deren wichtigstem Fürsprecher der neue SED-Chef Erich Honecker wurde. Dieser beendete den VIII. SED-Parteitag am 19. Juni 1971 mit der Aussage: „Zwischen der sozialistischen Deutschen Demokratischen Republik, in der sich die sozialistische Nation entwickelt, und der monopolkapitalistischen BRD, in der die alte bürgerliche Nation existiert, kann und wird es niemals sogenannte besondere ‚innerdeutsche Beziehungen‘ geben.“ Über die nationale Frage habe bereits die Geschichte entschieden. Ein Jahr später ergänzte er: „Die BRD ist [...] Ausland und noch mehr: sie ist imperialistisches Ausland.“

Unter Honeckers Führung vollzog sich die völkerrechtliche Anerkennung der DDR durch die internationale Staatengemeinschaft. Die DDR wurde gleichzeitig mit der Bundesrepublik Mitglied in den Vereinten Nationen. Sie scheiterte aber bei dem Bemühen, auch von der Bundesrepublik völkerrechtlich anerkannt zu werden und den völkerrechtlichen Status (Gesamt-)Deutschlands und West-Berlins grundlegend zu ändern. Die → *Vier Mächte* bekräftigten ihre Vorbehaltsrechte auch anläßlich des bevorstehenden UNO-Beitritts der beiden deutschen Staaten in einer gemeinsamen Erklärung vom 9. Nov. 1972. Der → *Grundlagenvertrag* trägt diesem Sachverhalt durch einen vereinbarten Dissens Rechnung („ausgehend von den historischen Gegebenheiten und unbeschadet der unterschiedlichen Auffassungen [...] zu grundsätzlichen Fragen, darunter zur nationalen Frage“).

Die SED verfolgte im Innern konsequent ihren Versuch, die Existenz bzw. Entstehung einer besonderen sozialistischen Nation zu propagieren. Die Begriffe deutsch und Deutschland wurden seit Beginn der 70er Jahre zunehmend vermieden: Aus dem Deutschlandsender wurde Stimme der DDR, die Nationale Front des demokratischen Deutschland nannte sich Nationale Front der DDR, auf den Text der Hymne der DDR wurde wegen des Passus „Deutschland einig Vaterland" verzichtet usw. Am 27. Sept. 1974 änderte die Volkskammer die → *Verfassung*. Alle Bezüge auf die deutsche Nation wurden gestrichen. Die untrennbare Verbindung mit der Sowjetunion bekam Verfassungsrang. Aus der Sicht der SED erfolgte durch die KSZE-Schlußakte 1975 eine definitive Friedensregelung in Europa, verbunden mit einer dauerhaften Anerkennung aller bestehenden Grenzen. Im neuen Parteiprogramm der SED von 1976 fehlt jeder Hinweis auf die Wiedervereinigung. Statt dessen enthält es Aussagen über die Entwicklung einer sozialistischen Nationalkultur, über die sog. sozialistische Lebensweise und über die Entwicklung einer sozialistischen Nation: „Es wächst ein sozialistisches Nationalbewußtsein, in dem sich sozialistischer Patriotismus und proletarischer Internationalismus organisch verbinden." Bis 1989 kam in dieser Zwei-Staaten-Zwei-Nationen-These die Haltung der SED zur deutschen Frage zum Ausdruck. Allerdings schloß auch sie eine gesamtdeutsche sozialistische Langzeitperspektive nicht aus. Dies zeigte eine Aussage Honeckers in einer Rede von 1981, wonach sich die Frage der Vereinigung der beiden Staaten neu stellen werde, wenn der Sozialismus an die Tür der Bundesrepublik klopfe.

Tatsächlich ging die Abgrenzungspolitik an den Realitäten vorbei. Von der Biermann-Ausbürgerung 1976 bis zum Massenexodus 1989 blieb der andere deutsche Staat für viele DDR-Bürger Vergleichsobjekt und nationaler Bezugspunkt. Die DDR wäre zudem ohne die → *innerdeutschen Wirtschafts- und Finanzbeziehungen* in eine äußerst schwierige wirtschaftliche Lage geraten.

Honeckers Deutschlandpolitik trug dem Rechnung. Die von ihm weiterhin, ohne durchschlagenden Erfolg (→ *Innerdeutsche Verbindungen*) betriebene Abgrenzungspolitik gegenüber der Bundesrepublik (→ *Geraer Forderungen*) fand ihre Grenze in dem Bedarf der DDR an westdeutschen Gütern, Transferleistungen und Krediten. Nicht zuletzt deswegen hielt Honecker an der Entspannungspolitik fest und fand dafür Unterstützung durch Ungarn, auch als die Sowjetunion 1984 zunehmend kritisch reagierte. Honecker wollte sich als Friedenspolitiker profilieren, während er in Wirklichkeit eine (im Ergebnis erfolglose) Status-quo-Politik betrieb. Die engen Grenzen der deutsch-deutschen Kontakte zeigten sich bei Gesprächen des Generalsekretärs mit den Bundeskanzlern Schmidt (am Werbellinsee 1981) und Kohl (in Moskau 1985), in denen verabredet wurde, bestehende Konfliktpotentiale in den Ost-West-Beziehungen nicht noch deutscherseits zu vergrößern. Honecker wertete auch seinen Bonn-Besuch 1987 als Erfolg, obwohl Bundeskanzler Kohl öffentlich in seinem Beisein die Teilung Deutschlands, den Waffengebrauch an der Grenze und die Spaltung Europas verurteilte und das Wiedervereinigungsgebot in der Präambel des Grundgesetzes unterstrich (→ *Deutschlandpolitik*). Dabei wurde immer wieder deutlich, daß es Honecker primär um die Festigung des Status quo ging. So erklärte er 1986 in einem Interview mit der Wochenzeitung Die Zeit: „Heute ist die Existenz von zwei deutschen Staaten ein wesentliches Element der Stabilität in Europa und des internationalen Kräftegleichgewichts. Wer daran rüttelt, gefährdet den Frieden." Dieser Argumentationslinie folgte die SED-Führung auch in der Krisensituation 1989/90.

Neben diesem Grunddissens in der deutschen Frage entwickelten sich insbesondere die innerdeutschen Wirtschaftsbeziehungen positiv weiter. Honeckers Versuche hingegen, auch einen sicherheitspolitischen Dialog mit Bonn zu führen, wurden von Kohl abgelehnt. Dieser wollte die innerdeutschen Beziehungen von den periodischen Spannungen der internationalen Politik frei- und vor allem an der Bündnisloyalität zur NATO festhalten. Die Angebote der SED führten hingegen auf Parteiebene zu einem intensiven Dialog mit der SPD und zu gemeinsamen Resolutionen über eine chemiewaffenfreie Zone und einen atomwaffenfreien Korridor sowie schließlich 1987 zur Verabschiedung eines gemeinsamen Papiers „Über den Streit der Ideologien und die gemeinsame Sicherheit". An der auf Abgrenzung bedachten Haltung der SED zur deutschen Frage änderte sich dadurch nichts.

1987–1989/90: Je intensiver Gorbatschow für sein „neues Denken" in der internationalen Politik warb und den Bau des europäischen Hauses in den Vordergrund rückte, desto gereizter reagierte die SED-Führung. Honecker bemerkte 1992 rückblickend: „1987 erhielten wir Informationen aus Washington, die besagten, daß die DDR der ‚Preis' für das Haus Europa sein würde." In Moskau begannen Deutschlandexperten über Probleme der Wiedervereinigung zu diskutieren. Hierauf angesprochen, versicherte Gorbatschow Honecker im November 1987, daß die Sowjetunion ihre Deutschlandpolitik nicht ändern werde und die Beziehungen zur DDR absolute Priorität hätten. 1988 bezeichnete dagegen der Deutschlandexperte Wjatscheslaw Daschitschew auf einer Pressekonferenz in der Botschaft der UdSSR in Bonn die Berliner Mauer als ein Relikt des Kalten Krieges und als eine Belastung. Sogar das KPdSU-Politbüromitglied Alexander N. Jakowlew distanzierte sich von der Mauer: „[...] das ist ja nicht unsere Mauer. Das ist Sache der DDR."

Das SED-Politbüro fürchtete eine Destabilisierung und damit eine Diskussion über die deutsche Frage und fand bei Rumäniens Staatschef

Ceauşescu und bei Gorbatschows innerparteilichem Gegner Ligatschow Zustimmung. Während Gorbatschow selbst und vor allem die Deutschlandpolitiker im Partei- und Staatsapparat der UdSSR, darunter Valentin M. Falin und Julij Kwizinski, eine Diskussion der deutschen Frage zu vermeiden suchten, entwickelte sich diese in der Öffentlichkeit. Aufgrund des wachsenden gesellschaftlichen Drucks durch die DDR-Opposition und die Probleme der wirtschaftlichen Entwicklung steuerte die DDR auf eine mit ihren eigenen Mitteln nicht lösbare Krise zu.

Nur ein Erfolg im Systemwettbewerb hätte dem Versuch, eine sozialistische Nation in der DDR zu etablieren, eine Chance eröffnen können. Gerade daran mangelte es. Honecker erkannte, daß durch die Perestroika und das „neue Denken" früher oder später die marxistisch-leninistische Ideologie und der „real existierende Sozialismus" selbst in Frage gestellt wurden. 1988 propagierte er einen „Sozialismus in den Farben der DDR". Immer stärker verschloß er sich Reformforderungen und begegnete diesen auch in internen Gesprächen mit einer realitätsfremden Hervorhebung vermeintlicher Erfolge z.B. beim technologischen Fortschritt. Erst recht stieß die in der Sowjetunion beginnende kritische Geschichtsdiskussion auf Ablehnung. In seiner Ansprache zum 40. Jahrestag der DDR-Gründung warnte Honecker am 6. Okt. 1989 alle, „welche die Zeit für gekommen erachten, den Status quo in Europa zu revidieren". Gründung und Existenz der DDR seien eine geschichtliche Notwendigkeit. An die Adresse des Auslandes gerichtet, betonte er, „daß sich die DDR an der Westgrenze der sozialistischen Länder in Europa als Wellenbrecher gegen Neonazismus und Chauvinismus bewährt." Honecker forderte die strikte „Achtung der Souveränität", ohne zu erwähnen, daß Tausende von DDR-Bürgern bereits durch die Flucht in die Bundesrepublik die Zwei-Nationen-These tatsächlich widerlegten. Vor allem an die sowjetische und polnische Adresse richtete er seine Warnung: „Die Nachkriegsordnung wird in Frage gestellt, die These von der angeblich offenen deutschen Frage lauter vorgebracht als früher." In seiner Antwort gab Gorbatschow keine Garantieerklärung für den Bestand der DDR ab, sondern forderte zum gemeinsamen „Bau des gesamteuropäischen Hauses" auf, lobte insbesondere die Beziehungen zur Bundesrepublik und erklärte seine Bereitschaft, an der „Lösung europäischer Probleme" mitzuwirken. An die westlichen „Partner" wandte er sich mit der Klarstellung, „daß die Fragen, die die DDR betreffen, nicht in Moskau, sondern in Berlin entschieden werden".

Für die SED war von Anfang an die Sicherung des sozialistischen Systems der Kern der deutschen Frage. Treffend stellte das SED-ZK-

Mitglied Otto Reinhold im August 1989 fest, die DDR „ist nur als ein antifaschistischer, als ein sozialistischer Staat denkbar, als sozialistische Alternative zur BRD. Denn welche Berechtigung würde eine kapitalistische DDR neben einer kapitalistischen Bundesrepublik haben? Keine natürlich." Honeckers starre Haltung verursachte seinen Sturz. Mit ihm scheiterte die Deutschlandpolitik der SED, die zuletzt einen doppelten Abgrenzungskurs gegenüber der Bundesrepublik und der Sowjetunion verfolgt hatte.

Auch Honeckers Nachfolger als SED-Generalsekretär, Egon Krenz, hielt ungeachtet der Folgen der Maueröffnung am Sozialismus in der DDR fest. Öffentlich schloß er sich am 26. Nov. 1989 dem Aufruf von DDR-Intellektuellen „Für unser Land", für die Eigenständigkeit der DDR und damit für eine sozialistische Alternative zur Bundesrepublik an. Auf den Zehn-Punkte-Plan von Bundeskanzler Kohl reagierte die DDR-Regierung Modrow mit der Stellungnahme, die Wiedervereinigung stehe nicht auf der Tagesordnung, und niemand in Ost und West wolle ernsthaft eine Veränderung des europäischen Gleichgewichts. Zwei Monate später erkannte Modrow: „Die Vereinigung der beiden deutschen Staaten rückt auf die Tagesordnung. Eine endgültige Lösung der deutschen Frage kann nur in freier Selbstbestimmung der Deutschen in beiden Staaten erreicht werden". Sein nach einem Gespräch mit Gorbatschow am 1. Febr. 1990 vorgelegter Deutschlandplan kam zu spät und enthielt zu viele geschichtlich überholte Elemente (Konföderation beider deutscher Staaten, Neutralität). Bei den ersten freien Volkskammerwahlen der DDR, die vom Thema der Wiedervereinigung dominiert wurden, erlitt die PDS als Folgepartei der SED eine harte Niederlage. Als Oppositionspartei lehnte sie sowohl den Vertrag über die → *Währungs-, Wirtschafts- und Sozialunion* zwischen beiden deutschen Staaten als auch den → *Einigungsvertrag* und den → *Beitritt* der DDR zur Bundesrepublik ab.

Wolfgang-Uwe Friedrich

Literaturhinweise:

Dokumente zur Geschichte der SED, Redaktion Günter Benser u. a., Bde. 2 und 3, Berlin (Ost) (3. Aufl.) 1986.

Oldenburg, Fred: Die Wechselwirkung der gegenseitigen Beziehungen zwischen der Bundesrepublik Deutschland, der DDR und der Sowjetunion im Zeitraum 1970–1989, in: Materialien der Enquete-Kommission, a.a.O., Bd. V, 1, S. 398-433.

Texte zur Deutschlandpolitik, hrsg. vom Bundesministerium für innerdeutsche Beziehungen (Bundesministerium für gesamtdeutsche Fragen), Bonn, Berlin 1968–1991.

Zieger, Gottfried: Die Haltung von SED und DDR zur Einheit Deutschlands 1949–1987, Köln 1988.

Selbstzensur

Das gesamte Leben in der DDR war ein Leben in staatlich verordneten bis tolerierten Regelsystemen. Ein Bündel von zentralistisch gesteuerten kulturpolitischen Überwachungs- und Disziplinierungsmaßnahmen sorgte für eine direkte Kontrolle der politischen und künstlerischen Äußerungen (Zensur). Die direkte → *Zensur* konnte allerdings Mißmut, Unzufriedenheit, ja, letzten Endes sogar indirekten oder direkten Widerstand auslösen. Deshalb lag es durchaus in der Absicht geschickterer Diktaturen, die eigentliche Zensur immer mehr durch eine Selbstzensur zu ersetzen, die letztlich viel raffinierter und subtiler wirklich staatsfeindliche Regungen bekämpft.

Der einzelne Bürger muß bestimmte Absichten des Staates politisch und mental so verinnerlicht haben, daß er auch in einer für ihn neuen Situation instinktiv spürt, „was geht und was nicht". Selbstzensur lebt von Einflüssen und zeitigt Auswirkungen, über die sich der einzelne keine Gedanken macht. Wenn jemand beginnt, sich der eigenen Vorbehalte im Kopf bewußt zu werden, verblaßt die Wirksamkeit der Selbstzensur. Sie lebt also von ihrer Unauffälligkeit und soll den Eigensinn des Künstlers einschränken. Nicht nur die SED und die anderen Blockparteien sowie die → *Staatssicherheit*, sondern auch Jugendverbände (→ *Pionierorganisation*, → *FDJ*), Gewerkschaften und andere gesellschaftliche Institutionen (→ *Massenorganisationen*) versuchten, im Verlauf der DDR-Geschichte auf Künstler vom Anfang ihrer Entwicklung so einzuwirken, daß bestimmte Probleme für den SED-Staat gar nicht erst auftauchen. Neben Drohungen spielten in den 70er und 80er Jahren auch positive Verlockungen zunehmend eine Rolle. So hatte auch der Westreisepaß, zunehmend auch kritischeren DDR-Schriftstellern ausgestellt, die Funktion, Autoren von den sich entwickelnden oppositionellen Kreisen im Lande DDR fernzuhalten. Der Erfolg von Selbstzensur zeigt sich in der mangelnden Neugier auf brisante gesellschaftliche Realitäten.

Lutz Rathenow

Siebzehnter Juni 1953

Die Ereignisse im Juni 1953 in der DDR sind sogleich massiven Deutungsbemühungen des SED-Staates ausgesetzt gewesen. Ganz generell versuchte man, ihre Art festzulegen und ihr Ausmaß herunterzuspielen; andererseits machte man den Zusammenhang des → *Kalten Krieges* mit vom Westen her inaugurierten Destabilisierungsbestrebungen allein verantwortlich. Während der letztgenannte Ansatz im wesentlichen nur für die ostdeutsche Geschichtsschreibung z.T. noch über den Zusammenbruch der DDR selbst hinaus gültig blieb, hat die Kennzeichnung der Vorgänge als im Kern auf Ost-Berlin beschränkte, zeitlich auf den 17. Juni eingegrenzte, durch materielle Forderungen bestimmte Arbeiterunruhen auch in der westlichen Historiographie Anklang gefunden. In zeitlichem und inhaltlichem Zusammenhang mit der Entspannungspolitik der 70er und 80er Jahre wurde das zunächst unter dem Eindruck von Augenzeugenberichten im Westen vorherrschende Verständnis als Volksaufstand, der im offiziellen „Tag der deutschen Einheit" eine Würdigung finden sollte, zurückgedrängt. Ist auch gegenwärtig die Deutung der Ereignisse im Zuge parteipolitischer Vergangenheitsaufarbeitung nicht ganz voreingenommenen Interpretationsbestrebungen entzogen, so setzen sich doch zunehmend historische Darstellungen durch, die aufgrund der in der Fülle der Akten des → *ZK der SED* und ihrer lokalen Gliederungen, der → *Staatssicherheit*, der Volkspolizei, der Blockparteien und der Massenorganisationen auf zentraler und regionaler Ebene greifbaren Informationen den Eindruck vieler Augenzeugen bestätigen. Zudem wird aus den nunmehr zugänglichen Unterlagen von amerikanischer, britischer, französischer und teilweise auch sowjetischer Seite der Stellenwert der Vorgänge im internationalen Zusammenhang des „Kalten Krieges" deutlich.

Die Ursachen für die in den Junitagen kulminierenden Massenunruhen sind in der inneren Entwicklung der DDR und der dortigen Politik der Sowjetunion zu suchen. Der von der SED nach der 2. Parteikonferenz 1952 forciert mit verschärftem Klassenkampf in Angriff genommene Aufbau des → *Sozialismus* mit Beschleunigung der Kollektivierung der Landwirtschaft, Zurückdrängung von Unternehmern und Handwerkern, staatlicher Neuorganisation der DDR, aber auch Isolierung der Kirchen führte durch einschneidende Maßnahmen und tiefe Eingriffe, verstärkt noch durch Aufrüstung und Aufstellung nationaler Streitkräfte, in schwere wirtschaftliche Engpässe der Gesamtwirtschaft und ernste persönliche Bedrängnisse der Betroffenen. Sie waren u.a. Anlaß für eine anwachsende Massenflucht und ernste Versorgungskrisen. Diese Entwicklung wurde durch das Eingreifen der nach dem Tode Stalins in der Deutschlandpolitik unsicheren, um Konsolidierung der sowjetischen Position bemühten kollektiven Kremlführung abrupt gestoppt (→ *Sowjetunion und SBZ/DDR*). Einer Dreierdelegation des Politbüros der SED wurden am 2., 3. und 4. Juni 1953 in Moskau besonders mit Hinblick auf die Massenflucht (120 000 Personen in den ersten vier Monaten das Jahres) „Maßnahmen zur Gesundung der politischen Lage in der Deutschen Demokratischen Republik" abgefordert, die mit einem radikalen Kurswechsel das Eingeständnis eines völligen Bankrotts der bisherigen Politik der SED-Führung verlangten.

Die einschneidende, unvermittelte und ohne Verzögerung erzwungene Korrektur, die in ungewöhnlicher Form als Beschluß des Politbüros am 9. Juni und mit einer Reihe weiterer Einzelmaßnahmen durch Verordnungen der Regierung am 11. Juni bekanntgemacht wurde, hatte eine schockartige, tief verunsichernde Wirkung auf Funktionäre und Träger des Systems, bestärkte aber die bisher bedrängten bürgerlichen und bäuerlichen Schichten in der Erwartung, daß das Zwangssystem der SED nicht von Dauer sein könne. Gärung und Unruhe, wie sie sich nicht nur in lebhaften, in allen Bereichen geführten kritischen Diskussionen der plötzlichen Änderung (weniger des „Neuen Kurses") Luft machten, sondern auch in zunehmendem Maße in wachsenden Verweigerungen wie Nichteinhaltung der landwirtschaftlichen Ablieferungspflicht, Versäumung von Arbeitsaufnahme und spontanen Streiks äußerten, wurden – wie die Berichte für das ZK eindringlich zeigen – im ganzen Land spürbar.

Das Signal für eine breite, offene Aufstandsbewegung lösten Bauarbeiter in Berlin aus. Sie erhielten auf die unter Anleitung der zuständigen Betriebsgewerkschaftleitungen an den Chef des Ministerrates Grotewohl gestellten ultimativen Forderung nach Aufhebung der erst kürzlich auferlegten Erhöhungen der Arbeitsnormen keine in ihrem Sinne adäquate Antwort. Die Regierung – wie wohl auch die sowjetische Führung, die die Arbeitsnormenerhöhung nicht in den Katalog der zu verändernden Fehlentscheidungen aufgenommen hatte – hielt die Aufrechterhaltung der Normerhöhung zur Produktionssteigerung für notwendig, war aber gegen die sich in allen Schichten steigernde Volkswut nicht mehr in der Lage, die als Träger des SED-Staates angesehene und begünstigte Arbeiterschaft für sich zu gewinnen, wie sich nach dem Einlenken auf deren materielle Forderungen mit der Aufhebung der Normerhöhung am 16. Juni herausstellte. Schon am 16. Juni war im Demonstrationszug der Bauarbeiter der Ruf „Nieder mit der Arbeiterregierung" laut geworden. „Freie Wahlen, Sturz der Regierung, Wiedervereinigung“ stand, die weitreichende, allgemeine politische Zielsetzung kennzeichnend, an der Spitze der Forderungskataloge der Betriebe und Massenansammlungen in der ganzen DDR, sofern es nicht Funktionären der Gewerkschaften oder der SED gelang, Einfluß zu nehmen und die Formulierungen der Protestbewegung auf wirtschaftliche Mißstände abzulenken. Waren die zur Verbesserung der wirtschaftlichen Verhältnisse geforderten Veränderungen je nach Zusammensetzung der Protestierenden verschieden, so war doch die allgemeine Ansicht, daß die Erfüllung der grundlegenden politischen Forderungen auch eine tiefgreifende wirtschaftliche Veränderung herbeiführen würde.

Am 17. Juni und in den folgenden Tagen bis zum 21. Juni kam es in einer Unruhewelle zu Demonstrationszügen, Erstürmung von SED- und Regierungsgebäuden, Befreiung von Gefangenen, Entwaffnung und Gefangensetzung von Volkspolizisten und – wo größere Aktionen ausblieben – zu anderen Formen massiven Protestes wie Abreißen von Plakaten, Angriffen auf Funktionäre, die auch noch in den folgenden Wochen in einzelnen Streikaktionen und massiven Auseinandersetzungen den Funktionsträgern des Systems deutlich machten, wie ungefestigt ihre Position war. Schwerpunkte waren neben Berlin Sachsen-Anhalt, Sachsen und Thüringen; jüngste Erhebungen nennen neben 14 Großstädten von über 100 000 Einwohnern über 540 Dörfer, Klein- und Mittelstädte. Die spontanen Bewegungen gewannen nur an einzelnen Orten organisatorische Formen wie in dem durch die Massierung schlesischer Flüchtlinge bestimmten Görlitz oder im Industriegebiet Halle-Merseburg. Verkehrstechnische und wirtschaftliche Nervenstränge wurden nur vereinzelt gezielt lahmgelegt.

Die anfänglichen Vorkehrungen der SED – wie die Entsendung von Vertrauten des Politbüros in alle Bezirke, die Bereitstellung von Diskussionsteams in Berlin – blieben wirkungslos. Auch die Volkspolizei und das MfS und die zögernd eingesetzte KVP konnten bei unsicherer Befehlslage für den Waffengebrauch nur wenig ausrichten.

Die sowjetische Besatzungsmacht, selbst von den Demonstranten kaum oder nicht direkt angegriffen, zeigte mit der Verhängung des Ausnahmezustandes in Berlin und vielen Bezirken der DDR schon in den Mittagsstunden des 17. Juni Entschlossenheit und ließ mit dem Aufmarsch von Panzern und Truppeneinheiten keinen Zweifel aufkommen, daß sie bereit war, die Ordnung in der DDR mit Gewalt aufrechtzuerhalten. Bemerkenswert ist dabei, daß bei aller Brutalität des Vorgehens im einzelnen – vor allem von seiten der Volkspolizei und des MfS in den folgenden Tagen, die immerhin für den Tod von 125 Männern und

Frauen verantwortlich waren – deutlich die Tendenz erkennbar war, die Gewaltanwendung – ein allzu willkommenes Propagandaargument für den Westen – nicht eskalieren zu lassen. War auch abschreckende Unverhältnismäßigkeit bei der Verhaftung und Verurteilung von oft willkürlich als Rädelsführer Aufgegriffenen an der Tagesordnung, so war man doch angesichts der schon zuvor gegebenen katastrophalen Überbelegung der DDR-Gefängnisse bemüht, ein Ausufern der Inhaftiertenzahlen einzugrenzen (u.a. Anwerbung von Verhafteten als informelle Mitarbeiter des MfS). Die Sowjetunion hielt auch an Ulbricht, als Generalsekretär der SED Hauptverantwortlicher für die gescheiterte SED-Politik, gegen die Opposition im Politbüro fest. Sie war massiv um Eingrenzung der Unruhen und auch deren Folgen bemüht.

Im Juni 1953 brachte ein Volksaufstand das SED-Regime an den Rand des Zusammenbruchs (→ *Widerstand*). Das Eingreifen der Sowjetmacht verhinderte seine Ablösung und stützte den Auf- und Ausbau einer effektiveren Staatsmacht in der DDR („innere Staatsgründung"), war aber zugleich bemüht, verschärfende Auswirkungen im Ost-West-Konflikt zu mildern. Die Westmächte waren weder durch subversive Organisationen und Aktionen beim Ausbruch der Unruhen in der DDR maßgeblich beteiligt, noch waren sie jetzt und in der Folgezeit an einem Zusammenbruch staatlicher Ordnung in der DDR interessiert. Die infolge der Regierungskrise in Frankreich und eines Schlaganfalls des um eine Viermächtekonferenz bemühten britischen Premiers Churchill in den ersten Unruhetagen nur allein voll handlungsfähige Führungsmacht USA konzentrierte sich auf die Abwendung möglicher Rückwirkungen auf Westdeutschland; insbesondere sollten mögliche Folgen für die Adenauer-Regierung bei den bevorstehenden Bundestagswahlen im September verhindert und der Fortgang der westdeutschen Wiederbewaffnung sowie der anstehenden französischen und deutschen Ratifizierung des Vertrages über die Europäische Verteidigungsgemeinschaft nicht gestört werden. Sie versuchten zwar durch propagandistische Beeinflussung der Bevölkerung der DDR, den dortigen Stabilisierungsvorgang zu stören; neben die RIAS-Meldungen trat eine Lebensmittelaktion für die Bewohner der DDR. Jedoch dämpften die USA – wie die Bundesregierung und die westdeutschen Parteien – trotz der Roll-Back-Rhetorik der Eisenhower-Ära die Hoffnungen der mitteldeutschen Bevölkerung auf einen Tag X (Befreiung des sowjetisch besetzten Teiles Deutschlands), um eine Zuspitzung der Krise, die einen Krieg hätte heraufbeschwören können, zu vermeiden. Den USA gelang es – im Unterschied zum Mauerbau 1961 –, die Erwartungen auf eine erfolgreiche Wiedervereinigungspolitik von ihrer Seite in West- und Ostdeutschland wachzuhalten und die aus der weltpolitischen Lage zwangsläufig resultierenden Grenzen ihres Engagements in Deutschland nicht deutlich werden zu lassen.

Leo Haupts

Literaturhinweise:

Beier, Gerhard: Wir wollen freie Menschen sein. Der 17. Juni 1953. Bauleute gingen voran, Köln 1993.

Diedrich, Torsten: Zwischen Arbeitererhebung und gescheiterter Revolution in der DDR, in: Jahrbuch für Historische Kommunismusforschung, Berlin 1994, S. 288 ff.

Foitzik, Jan: Berichte des Hohen Kommissars der UdSSR in Deutschland aus den Jahren 1953/54, in: Materialien der Enquete-Kommission, a.a.o., Bd. II, 2, S.1350-1541.

Hagen, Manfred: DDR Juni 1953. Die erste Volkserhebung im Stalinismus, Stuttgart 1992.

Haupts, Leo: Die Blockparteien in der DDR und der 17. Juni 1953, in: VfZ 40/2 (1992), S. 383-412.

Kowalczuk, Ilko-Sascha/Mitter, Arnim/Wolle, Stefan (Hrsg.) Der Tag X. 17. Juni 1953. Die Innere Staatsgründung der DDR als Ergebnis der Krise 1952/54, Berlin (2. Aufl.) 1996.

Ostermann, F. Christian: The United States, The East German Uprising of 1953, and the Limits of Rollbach, in: Woodrow Wilson International Center for Scholars, Cold War International History Project, December 1994.

Spittmann, Ilse/Fricke, Karl Wilhelm (Hrsg.): 17. Juni 1953. Arbeiteraufstand in der DDR, Köln 1982.

Sorben

Als einzige nationale Minderheit gab es in der DDR das kleine westslawische Volk der Lausitzer Sorben in Teilen der Ober- und Niederlausitz, mit den kulturellen Zentren Bautzen und Cottbus. Dennoch wurden in den Statistischen Jahrbüchern der DDR keine Angaben über die Zahl der Angehörigen der sorbischen Volksgruppe gemacht. 1955/56 war statistisch ermittelt worden, daß in der Ober- und Niederlausitz 81 000 Einwohner sorbische Sprachkenntnisse besaßen, während in Publikationen der DDR die Zahl der Sorben überhöht mit 100 000 angegeben wurde. Nachdem 1937 die Nationalsozialisten den Bund Lausitzer Sorben Domowina (Heimat) verboten hatten, war am 10. Mai 1945 als erste demokratische Organisation in Deutschland nach dem Zweiten Weltkrieg die Domowina neu gegründet worden, in der die Kommunisten zunächst keine Rolle spielten. Während der Sorbische Nationalausschuß in Prag die Loslösung der Lausitz von Deutschland und den Anschluß an die Tschechoslowakei betrieb, setzte sich die Domowina für eine umfassende Autonomie der Sorben in der Lausitz ein. Beides entsprach nicht den Vorstellungen der SED, die eine Unterordnung der Sorben in ihrem Herrschaftsgefüge verlangte und dafür finanzielle Unterstützung für die sorbische Kulturarbeit versprach.

1948 hatte der Sächsische Landtag ein „Gesetz zur Wahrung der Rechte der sorbischen Bevölkerung" beschlossen, während 1950 ein Regierungserlaß des Ministerrates des Landes Brandenburg zur Förderung der kulturellen Arbeit der Sorben in der Niederlausitz folgte. Noch vor Gründung der DDR hatte Ende 1948 die FDJ den Sorbischen Jugendverband gezwungen, sich aufzulösen. Waren bis 1950 in der Domowina die Kommunisten in der Minderheit, begann nun die Gleichschaltungspolitik der SED, nachdem der Altkommunist Kurt Krjenz den Vorsitz übernommen hatte. Wurde die Domowina 1952 noch als „antifaschistisch-demokratische" → *Massenorganisation* bezeichnet, galt sie ab 1969 als „sozialistische nationale Organisation in der DDR".

Der Sorbischunterricht war von der SED zunächst gefördert worden. Neben Schulen mit sorbischer Unterrichtssprache und sorbischem Sprachunterricht wurden sorbische Oberschulen in Bautzen und Cottbus gegründet. Jedoch wurde 1964 in einem Volksbildungsgesetz die Teilnahme am Sorbischunterricht in sorbischen Schulen als unverbindlich erklärt, wodurch das Sorbische in den Schulen entscheidend geschwächt worden ist. Erst ab 1975 bis 1989 nahm der Sorbischunterricht wieder zu, weil sich Vertreter der Kirche, Eltern, Lehrer und einige Domowina-Ortsgruppen dafür einsetzten.

1956 protestierten sorbische Intellektuelle und Bauern gegen die zunehmende Industrialisierung der Lausitz, weil durch den Braunkohlenabbau viele sorbische Dörfer zerstört wurden. Das hat der sorbische Schriftsteller Jurij Koch ab 1985 als Raubbau an der Lausitzer Kulturlandschaft angeprangert. Hinzu kam noch, daß ab 1960 die Zwangskollektivierung der Landwirtschaft durch die SED innerhalb der bäuerlichen sorbischen Bevölkerung große Schäden anrichtete, da dadurch viele intakte sorbische Lebensbereiche zerstört worden sind. Wie der sorbische Dichter Benedikt Dyrlich schrieb, wurden „in der DDR sorbische Intellektuelle, Künstler und Kirchenleute von der Staatssicherheit als ‚Staatsfeinde' geführt, weil sie sich für die eigene Sprache engagierten oder Beziehungen zu den Nachbarvölkern der DDR unterhielten".

Von der SED sind die Sorben stets als „Vorzeige-Minderheit" mißbraucht worden. So flossen Subventionen für ihre Kulturarbeit reichlich. Die DDR ließ sorbische Kulturgruppen sogar in asiatische und afrikanische Länder reisen, um dem Ausland eine mustergültige Minderheitenpolitik vorzutäuschen. So gab sie Geld für ein Sorbisches Institut für Lehrerbildung, ein Institut für sorbische Volksforschung, das Institut für Sorabistik, für sorbische Rundfunksendungen und einen sorbischen Verlag, ein deutsch-sorbisches Theater, eine sorbische Tageszeitung und mehrere Zeitschriften, womit die SED ihre Großzügigkeit gegenüber der sorbischen Minderheit unterstreichen wollte. Jedoch mißtraute sie den Sorben wegen ihrer guten Beziehungen zu Tschechen und Polen. So hat zu keiner Zeit ein sorbischer Kommunist dem → *ZK der SED* angehören dürfen. Erst auf dem letzten SED-Parteitag nach dem Fall der Mauer war es möglich, daß auch ein sorbischer Kommunist das Wort ergriff.

Als einziges Staatsoberhaupt der DDR hatte lediglich Wilhelm Pieck als gebürtiger Lausitzer die Sorben besucht, während seine Nachfolger ihnen keinen einzigen Besuch abstatteten. Im → *Staatsrat* der DDR hat es nur von 1967 bis 1971 ein sorbisches Mitglied gegeben, während der Volkskammer 26 Jahre lang nur ein sorbischer Abgeordneter angehörte und in wenigen Wahlperioden drei, vier und sechs Abgeordnete in der obersten Volksvertretung der DDR Sorben waren.

Hans Lindemann

Sowjetische Militäradministration in Deutschland (SMAD)

Vier Wochen nach dem Kriegsende in Europa wurde am 9. Juni 1945 mit dem Befehl Nr. 1 die SMAD in Berlin-Karlshorst gegründet. Damit endete eine provisorische Phase sowjetischer Besatzungsherrschaft in der SBZ, die durch Plünderungen, Übergriffe gegen die deutsche Zivilbevölkerung, unentwegtes Improvisieren sowie kurzfristiges, oftmals unkoordiniertes Planen und Handeln der sowjetischen Militärorgane gekennzeichnet war. Denn bis zu diesem Zeitpunkt lagen die zivilen Verwaltungsfunktionen bei den nur unzureichend auf solche Aufgaben vorbereiteten Fronttruppen der Roten Armee. Auch wenn es sich noch nahezu ein Jahr hinzog, bis die SMAD voll arbeitsfähig war, hatte Moskau nunmehr eine Militärverwaltung etabliert, die zwischen 1945 und 1949 für die Übertragung des stalinistischen Systems auf die SBZ verantwortlich war (→ *Stalinismus*; → *antifaschistisch-demokratische Umwälzung*).

An der Spitze der SMAD stand der Oberste Chef. Als ranghöchster sowjetischer Offizier in Deutschland hatte er formal die Befehlsgewalt über die gesamte sowjetische Besatzungszone. Gleichzeitig war er seit dem 10. Juni 1945 Oberbefehlshaber der Gruppe der Sowjetischen Besatzungstruppen in Deutschland (→ *Gruppe Sowjetischer Streitkräfte in Deutschland*) sowie oberster Repräsentant seiner Regierung im Alliierten Kontrollrat. Daneben kristallisierten sich bereits früh Personen und Institutionen innerhalb der Sowjetischen Militärverwaltung heraus, die maßgeblich für die Lenkung und Kontrolle der politischen, wirtschaftlichen und gesellschaftlichen Umgestaltungsprozesse in der SBZ zuständig sein sollten.

Zu den einflußreichsten Führungspersönlichkeiten zählte der Politische Berater. Dessen Funktionen und Aufgaben waren mit der Bezeichnung „Berater" nur sehr unzureichend charakterisiert. Selbst die Tatsache, daß er als Angehöriger des sowjetischen Außenministeriums diplomatische Funktionen im besetzten Deutschland ausübte, indem er etwa den Kontakt zu den drei westlichen Bündnispartnern, zu den Militärmissionen und Auslandsvertretungen beim Alliierten Kontrollrat hielt, sagt nur wenig über seine tatsächliche Stellung in der SMAD-Hierarchie aus. Entscheidender war, daß er zu jenen Kräften innerhalb des sowjetischen Besatzungsapparates gehörte, die als wichtiges Bindeglied zwischen der sowjetischen Staats- und Parteiführung und der SMAD-Spitze in Berlin fungierten. In dieser Position war er sogar gegenüber dem Obersten Chef weisungsbefugt. Mit Ausnahme von Reparations- und Wirtschaftsangelegenheiten gingen in den wichtigsten politischen Bereichen die wesentlichen Impulse vom Politischen Berater und dessen Arbeitsstab aus.

Die Bereiche Parteiensystem, Propaganda und Medienkontrolle fielen überdies von Anfang an in die Zuständigkeit der Informationsverwaltung der SMAD. Sie setzte sich aus zehn Abteilungen zusammen und umfaßte zeitweise bis zu 761 Mitarbeiter. Sowjetische Zeitzeugen charakterisierten den Einfluß dieser Verwaltung dahingehend, daß sie praktisch für alle Fragen zuständig gewesen sei, die in irgendeiner Form die – freilich im sowjetischen Sinne zu verstehende – „Demokratisierung" Deutschlands, die Anleitung der Parteien, Massenorganisationen, Gewerkschaften oder die sonstige politische Arbeit unter der deutschen Bevölkerung betrafen.

Was die Aufrechterhaltung der öffentlichen Ordnung und die Absicherung der von der Besatzungsmacht betriebenen Politik der „antifaschistisch-demokratischen Umgestaltung" betraf, so zeichnete hierfür der sog. Stellvertreter für Fragen der Zivilverwaltung verantwortlich.

Als „verwaltungsmäßige Schaltzentrale“ innerhalb der SMAD besaß er die Befehlsgewalt über die Stäbe der Militärverwaltungen auf der Länder-, Provinzial-, Bezirks-, Kreis- und Ortsebene der SBZ. Gleichzeitig nahm er wichtige Kontrollfunktionen gegenüber der deutschen Zivilverwaltung wahr. Mit Hilfe der ihm unterstellten SMAD-Verwaltung für innere Angelegenheiten steuerte er maßgeblich die sowjetischen Staatssicherheitsorgane. Die Innenverwaltung der SMAD war es schließlich auch, die gemeinsam mit den sowjetischen Sicherheitsdiensten in der SBZ die Schlüsselposition bei der Entnazifizierung, bei der Verfolgung von Oppositionellen, Regimegegnern und sog. Klassenfeinden einnahm (→ *Entnazifizierung*; → *Sowjetische Speziallager*). Außerdem zählte der Aufbau eines zuverlässigen, schlagkräftigen und SED-dominierten deutschen Polizeiapparates zu den bedeutendsten Aufgaben dieses SMAD-Ressorts. Aus den gleichfalls von der Innenverwaltung der SMAD personell wie organisatorisch vorbereiteten K5-Organen ging im Jahre 1950 das Ministerium für → *Staatssicherheit* hervor, aus den von ihnen geschulten und ausgerüsteten bewaffneten Volkspolizei-Bereitschaften die spätere Nationale Volksarmee (→ *Bewaffnete Kräfte*). Parallel dazu kontrollierte und leitete die Innenverwaltung der SMAD die deutsche Justizverwaltung, die deutschen Gerichte, Staatsanwaltschaften und Gefängnisse an. Sie leistete somit einen gewichtigen Beitrag bei der inneren Neuordnung des Rechtswesens in der SBZ.

Der mit Abstand größte Apparat innerhalb der SMAD-Zentrale in Berlin-Karlshorst befaßte sich mit ökonomischen Fragen. Er unterstand unmittelbar dem sog. Stellvertreter für Wirtschaftsfragen. Dessen Kompetenzen erstreckten sich einerseits auf den Aufbau und die Leitung der stark spezialisierten verschiedenen Wirtschaftsverwaltungen der SMAD. Andererseits trug er die Verantwortung für die „Liquidierung“ der deutschen Rüstungsindustrie, für die Lenkung der zivilen deutschen Industriekomplexe, der Landwirtschaft sowie der Demontage- und Reparationspolitik (→ *Industriepolitik*). Die Errichtung planwirtschaftlicher Verwaltungsstrukturen in der SBZ oblag der Planökonomischen Abteilung, die gleichfalls dem Stellvertreter für Wirtschaftsfragen unterstellt war.

Nach amtlichen Moskauer Angaben setzte sich die SMAD zeitweise aus bis zu 50 000 Mitarbeitern zusammen. Innerhalb kurzer Zeit überzog sie die gesamte SBZ mit einem nach zentralistischen Kriterien organisierten, engmaschigen Kontroll- und Überwachungsnetz, das den deutschen Stellen kaum Handlungsspielräume ließ. Allein dafür standen ihr fünf Verwaltungen auf der Länder- und Provinzialebene sowie

18 Militärbezirks-, 14 bezirksunterstellte Stadt-, zahlreiche Kreis- und zeitweise über 200 Ortskommandanturen zur Verfügung. Existierten 1946 insgesamt 507 Kommandanturen der SMAD, so reduzierte sich deren Zahl jedoch mit zunehmender Stabilisierung des Besatzungsregimes auf 157 im Jahre 1948.

Wie direkt und nachhaltig die Sowjetische Militärverwaltung das politische Leben in der SBZ beeinflußte, kann besonders am Beispiel der Parteien verdeutlicht werden. Die im Zusammenhang mit dem SMAD-Befehl Nr. 2 (10. Juni 1945) gegründeten Parteiorganisationen mußten nicht nur ihre führenden Parteimitglieder bei den örtlichen Militärkommandanten registrieren lassen, sondern sich darüber hinaus verpflichten, künftig unter der Kontrolle und entsprechend den Weisungen der SMAD zu arbeiten. Damit gab die SMAD als alleinige Inhaberin der Macht von vornherein unmißverständlich zu verstehen, daß sie jederzeit den von ihr verordneten Pluralismus wieder annullieren konnte. Gleichzeitig ließ die sowjetische Besatzungsmacht keinen Zweifel daran, daß in dem neu zu schaffenden politischen System allein der KPD/SED die unbestreitbare Führungsrolle zugedacht war (→ *Führungsanspruch der SED*; → *Blockpolitik*). Angesichts der einseitigen und weitreichenden materiellen wie politischen Unterstützung der Kommunisten durch die sowjetische Besatzungsmacht mußten die „bürgerlichen" Politiker schnell die ungleichen Ausgangsbedingungen im Parteiensystem der SBZ erkennen. Und das um so mehr, als im Verlauf der Zeit zwischen dem Zentralapparat der SED und der SMAD ein festes Verbindungsnetz entstand, was die Absprache und Umsetzung sowjetischer Besatzungspolitik in Deutschland erheblich erleichterte.

Dies zeigte sich insbesondere bei den ersten Nachkriegswahlen (→ *Wahlen*), die im Herbst 1946 erneut die wahren politischen Machtverhältnisse in der sowjetischen Besatzungszone deutlich werden ließen. So nutzte die SMAD jede Gelegenheit, um den Wahlkampf von CDU und LDPD zugunsten der SED zu beeinträchtigen, indem sie etwa Einfluß auf deren Wahlprogramme nahm, die Zulassung von Ortsgruppen systematisch verzögerte, deren Wahlversammlungen behinderte, gelegentlich sogar auflöste, wenn sie im Sinne der Besatzungsmacht nicht opportun waren, oder unliebsame Oppositionspolitiker einfach verhaftete. Freilich erbrachten die Wahlen allein noch nicht die erhoffte Vorherrschaft der SED. Deshalb setzte die SMAD in der Folgezeit nicht nur alles daran, der Einheitspartei in den gewählten Parlamenten und Regierungen die politischen Schlüsselpositionen zu verschaffen (z.B. die Ressorts Inneres, Wirtschaft und Volksbildung); sie übte auch gezielt Einfluß auf die praktische Arbeit von Parlaments- und Regierungsmitgliedern aus. Dies war insbesondere immer dann der Fall, wenn etwa – wie in Brandenburg – der Landtag von einer „bürgerlichen" Mehrheit beherrscht wurde.

Auch auf ökonomischem Gebiet nahm die sowjetische Besatzungsmacht bereits unmittelbar nach Kriegende erste wichtige Weichenstellungen vor. Eklatantes Beispiel dafür stellt die → *Bodenreform* dar. Sie war nach einer Instruktionsrunde bei Stalin in Moskau von der SMAD bereits ab Juni 1945 vorbereitet worden. Schnell zeigte sich, daß die ab Herbst 1945 durchgeführte Kampagne weniger dem „antifaschistischen Kampf" gegen ehemalige Anhänger des NS-Regimes diente. Vielmehr sah die Besatzungsmacht darin in erster Linie eine politisch-ideologisch geeignete Maßnahme, um schrittweise die privaten landwirtschaftlichen Eigentums- und Besitzverhältnisse in der SBZ zu beseitigen. Dieser Prozeß setzte sich in den Bereichen Handel und Banken fort. Als nach dem gleichfalls von der SMAD entschlossen vorangetriebenen und gelenkten Volksentscheid in Sachsen ab Juni 1946 der Weg freigegeben war, die Betriebe von sog. Kriegs- und Naziverbrechern in das Eigentum des Volkes zu überführen, war dies gleichsam der Auftakt für die Verstaatlichung der Industrie (→ *Enteignungen*). Nach radikalen Enteignungen wurden auf diesem Sektor ab 1948 mit sowjetischer Hilfe die Weichen in Richtung zentraler, am Moskauer Vorbild orientierter Verwaltungswirtschaft gestellt.

Als wenige Wochen nach Gründung der DDR die SMAD aufgelöst wurde, bedeutete dies keinesfalls das Ende der bis dahin durch die Besatzungsmacht ausgeübten Vorherrschaft. Gewiß hatte Marschall Tschuikow als Oberster Chef der SMAD am 10. Okt. 1949 in einem feierlichen Akt in Berlin-Karlshorst die sowjetischen Verwaltungsfunktionen formal an die Provisorische Regierung der DDR abgetreten. Doch nach Errichtung einer Sowjetischen Kontrollkommission, die die Kernressorts der früheren SMAD – freilich in stark eingeschränkter Form – in sich vereinigte, verfügte die Sowjetunion auch weiterhin über ein geeignetes Instrumentarium, um auf die politische, wirtschaftliche und gesellschaftliche Entwicklung der jungen DDR Einfluß zu nehmen.

Vor diesem Hintergrund besteht kein Zweifel, daß die Bedeutung der SMAD an der Neugestaltung des östlichen Nachkriegsdeutschland gar nicht hoch genug veranschlagt werden kann. Wie gerade neuere, bis vor kurzem noch unzugängliche sowjetische Quellen zeigen, wurden die Leitlinien für das politische System der SBZ im wesentlichen von der sowjetischen Besatzungsmacht entwickelt und durchgesetzt. Die politischen Handlungsspielräume der deutschen Akteure waren daher von Anfang an keine deutschen „Errungenschaften", sondern allein von der

SMAD gebilligte Freiräume, die jeweils dem sowjetischen Kalkül entsprachen. Nicht zuletzt deshalb bleibt abschließend zu bemerken, daß sich die Geschichte der SBZ nur angemessen beschreiben läßt, wenn sie im wesentlichen als Handlungsgeschichte der sowjetischen Besatzungsmacht in Deutschland verstanden wird.

Stefan Creuzberger

Literaturhinweise:

Arlt, Kurt: Das Wirken der Sowjetischen Militäradministration in Deutschland (SMAD) im Spannungsfeld zwischen den Beschlüssen von Potsdam und den sicherheitspolitischen Interessen Moskaus 1945–1949, in: Thoß, Bruno (Hrsg.): „Volksarmee schaffen – ohne Geschrei!" Studien zu den Anfängen einer „verdeckten Aufrüstung" in der SBZ/DDR 1947–1952, München 1994, S. 91-139.

Creuzberger, Stefan: Die sowjetische Besatzungsmacht und das politische System der SBZ. Schriften des Hannah-Arendt-Instituts für Totalitarismusforschung, Bd. 3, Köln, Weimar 1996.

Creuzberger, Stefan: „Klassenkampf in Sachsen". Die Sowjetische Militäradministration in Deutschland (SMAD) und der Volksentscheid am 30. Juni 1946, in: Historisch-politische Mitteilungen, 1995, S. 119–130.

Foitzik, Jan: Sowjetische Militäradministration in Deutschland (SMAD), in: Broszat, Martin/Weber, Hermann (Hrsg.): SBZ-Handbuch, a.a.O., S. 9-69.

Foitzik, Jan: Inventar der Befehle des Obersten Chefs der Sowjetischen Militäradministration in Deutschland (SMAD) 1945–1949. Offene Serie, München 1995.

Haritonow, Alexandr: Sowjetische Hochschulpolitik in Sachsen 1945-1949, Köln, Weimar 1995.

Naimark, Norman N.: The Russians in Germany. A History of the Soviet Zone of Occupation, 1945-1949, Cambridge (Mass.), London 1995.

Strunk, Peter: Zensur und Zensoren. Medienkontrolle und Propagandapolitik unter sowjetischer Besatzungsherrschafft in Deutschland, Berlin 1996.

Sowjetische Speziallager

Das sowjetische Innenministerium (NKVD, ab 1946 umbenannt zu MVD) errichtete als Teil des GULag-Systems mit dem siegreichen Vormarsch der Roten Armee auch in Ost- und Mitteldeutschland Speziallager, um bestimmte zu verhaftende Personengruppen völlig von der Außenwelt zu isolieren. Dabei orientierte es sich nur formal an gesamtalliierten (Kontrollrats-)Vorgaben, z. B. zur → *Entnazifizierung*, während es sich inhaltlich und praktisch von westlicher Internierung vollkommen unterschied.

Im Zusammenhang mit der Unterstellung ostdeutscher Gebiete unter polnische Verwaltung wurden im Sommer 1945 die dort bereits errichteten Lager (wie Posen, Landsberg/Warthe) und Gefängnisse (wie Graudenz, Tost) aufgelöst, deren meist deutsche Insassen nach Westen auf das Gebiet der SBZ verlegt.

Die NKVD-Befehle 00315 (18. April 1945), 00461 (10. Mai 1945), 00780 (4. Juli 1945) bestimmten politisch auslegbare Kategorien für zu verhaftende, in Lager einzuweisende und dort zu registrierende Personengruppen. Sie schufen zugleich die aus der Lagerverwaltung der 1. Weißrussischen Front (Heeresgruppe) hervorgehende „Abteilung Speziallager des NKVD der UdSSR auf dem Gebiet Deutschlands“ mit Sitz in Fürstenwalde bei Berlin (später Berlin-Hohenschönhausen). Die Abteilung unterstand Generaloberst I. A. Serov bzw. ab dem 9. Aug. 1948 als Teil des GULag direkt dem NKVD, wenngleich sie formal zeitweise der → *SMAD* eingegliedert war. Sie beaufsichtigte schließlich von 1945 bis 1947/48 bzw. 1950 zehn größere Lager, die z.T. in ehemaligen Konzentrationslagern, Kriegsgefangenenlagern oder Strafanstalten eingerichtet wurden: Mühlberg, Buchenwald, Berlin-Hohenschönhausen, Bautzen, Ketschendorf/Fürstenwalde, Jamlitz/Lieberose, Sachsenhausen, Torgau/Seydlitz-Kaserne, Fünfeichen/Neubrandenburg, Torgau/Fort Zinna. Auch Gefängnisse wie Strelitz, Lichtenberg, Frankfurt/Oder unterstanden ihr. Im November 1948 blieben nach Schließung und Zusammenlegung drei Lager übrig (Sachsenhausen, Buchenwald, Bautzen), deren Insassen im Februar 1950 der deutschen Volkspolizei übergeben wurden.

Das NKVD verhaftete und verschleppte mit Unterstützung deutscher Kommunisten und Spitzel Einzelpersonen bzw. Gruppen weit über das offizielle Ende der → *Entnazifizierung* hinaus. Es erpreßte durch Folter Geständnisse und füllte die unter allein sowjetischer Bewachung stehenden Lager mit Männern und Frauen, vom Kindes- (angeblicher Werwolfverdacht) bis hin zum Greisenalter, mit ehemaligen Nationalsozialisten und nun ideologisch-wirtschaftlichen (→ *Bodenreform*) und politischen (Christ- und Sozialdemokraten) Gegnern kommunistischer Diktatur, mit Kriegsgefangenen und sogar Staatsbürgern der UdSSR. Sowjetische Militärgerichte urteilten einige von ihnen, entsprechend der damals üblichen stalinistischen Willkürjustiz, im Schnellverfahren ab. Die meisten jedoch vegetierten im Lager ohne Gerichtsverfahren bei kärglicher Verpflegung, die sich der korrupten deutschen Lagerselbstverwaltung wegen noch qualitativ verschlechterte, unter mangelhaften sanitären Verhältnissen, bei erzwungenem Nichtstun, bedroht von Karzerstrafen, abgeschnitten von jeglichem Kontakt zur Außenwelt und damit unter mehr psychischer als allein physischer Belastung als Spezialkontingent dahin.

Deportationen zum Arbeitseinsatz in die Sowjetunion, zumal von handwerklich-technischen Spezialisten, verliefen, verstärkt nach der ärztlichen Arbeitstauglichkeitsuntersuchung Anfang 1947, über Frankfurt/Oder und Brest-Litowsk.

Besonders die kalten Hungerwinter 1945/46 und 1946/47 forderten in den kaum oder gar nicht beheizten Lagerbaracken zahlreiche Opfer. Tuberkulose breitete sich aus und hinterließ mit Dystrophie und weiteren Krankheiten bei den Überlebenden bleibende physische und psychische Schäden. Aus unvollkommen zugänglichen sowjetischen Akten und zahlreichen Zeitzeugenerinnerungen gewonnene Belegungs- (150 000–180 000) und Totenzahlen (43 000–65 000) sind bis heute umstritten.

Angehörige bemühten sich seit 1945 über Kirchen, Parteien, amtliche Stellen der SBZ/DDR vergeblich um Auskunft zum Verbleib und Ergehen der Verhafteten, um Todesbescheinigungen oder Freigabe der sterblichen Überreste. Intensiver Einsatz, zumal der evangelischen Kirche, konnte manche (seelische) Not der Angehörigen lindern und führte zu einigen wenigen durch Geistliche von außen gehaltenen Lagergottesdiensten, ohne jedoch eine geregelte Einzelseelsorge in den Lagern durchsetzen zu können.

Erste größere willkürliche Entlassungen erfolgten im Sommer 1948 im Zusammenhang mit angekündigten Kommunalwahlen. Deutsche Richter urteilten die auch 1950 z. T. nicht entlassenen, sondern an die Volkspolizei überstellten, oft seit 1945 ohne juristisches Verfahren Internierten nach sowjetischen Vorgaben in politischen Schau- und Scheinprozessen (→ *Waldheimer Prozesse*) ab. Moskauer Partei- und Regierungsstellen behielten über die nun in DDR-Strafvollzugsanstalten Einsitzenden (z. B. Bautzen, Brandenburg-Goerden, Hoheneck, Luckau, Torgau, Untermaßfeld, Waldheim) das Begnadigungs- und Verfügungsrecht.

Die „antifaschistischen" → *Nationalen Mahn- und Gedenkstätten* der DDR (Buchenwald, Sachsenhausen) verschwiegen die sowjetische Lagerzeit nach 1945. Das Ringen um gleichzeitiges Gedenken an die antikommunistischen Opfer der SED-Diktatur dauert an. DDR-Behörden ließen überlebende politische → *Häftlinge* und Angehörige mit gesundheitlichen Schäden bei Trauer und der Suche nach Vermißten allein!

Jan Lipinsky

Literaturhinweis:

Finn, Gerhard: Die Speziallager der sowjetischen Besatzungsmacht 1945 bis 1950, in: Materialien der Enquete-Kommission, a.a.O., Bd. IV, S. 337-397.

Lipinsky, Jan: Sowjetische Speziallager in Deutschland 1945-1950 – ein Beispiel für alliierte Internierungspraxis oder für sowjetisches GuLag-System, in: Kraft, Brigitte (Hrsg.): Gefährliche politische Gegner. Widerstand und Verfolgung in der sowjetischen Zone/DDR, Düsseldorf 1995, S. 27-43.

Sowjetunion und SBZ/DDR

Das Verhältnis zwischen beiden Seiten war – wenngleich in abnehmendem Umfang – bestimmt von der Ausgangslage des 1945 etablierten Besatzungsregimes und von der Tatsache, daß die am 7. Okt. 1949 proklamierte DDR eine koloniale Gründung der UdSSR war. Die innen- und außenpolitischen Selbstbestimmungsrechte, die dem ostdeutschen Staat bei seiner Konstituierung, in der Souveränitätszuerkennung vom 25. März 1954 und schließlich in dem Vertrag mit der UdSSR vom 20. Sept. 1955 zugestanden wurden, unterlagen weitreichenden Einschränkungen nicht allein aufgrund der rechtlich fortbestehenden sowjetischen Deutschland- und Berlin-Kompetenzen (→ *Außenpolitik*). Noch tiefer reichen die Selbständigkeitsmängel, die sich aus der Entstehungsgeschichte der DDR ergaben. Regime, System und Separatstaatlichkeit wurden von kommunistischen Funktionären geschaffen, die zwar Deutsche waren, aber nicht allein von sowjetischer Sozialisation geprägt wurden, sondern auch bis in Einzelheiten hinein dem Willen Moskaus folgten. Ihre Tätigkeit entfaltete sich gegen den Willen der überwiegenden Bevölkerungsmehrheit aufgrund der Macht, die ihnen die Besatzungsbehörden liehen. Auch nachdem der „Aufbau des Sozialismus" abgeschlossen war, erhielten die Machthaber nie – sei es nun durch demokratische Wahlen oder auf andere Weise – das Einverständnis und den Rückhalt der Bevölkerung. Sie benötigten daher auch bezüglich des Aspekts ihrer innerstaatlichen Herrschaftssicherung neben den eigenen Machtapparaten wie insbesondere Polizei, Armee und → *Staatssicherheit* die im Lande stationierten sowjetischen Streitkräfte. Da nicht die DDR als der kleinere und weniger attraktive Teil Deutschlands im Bewußtsein der Bevölkerungsmehrheit die Nation repräsentierte, erschienen nicht allein Regime und System, sondern auch der Staat selbst als Resultat sowjetischen Oktrois.

Das machte sich nicht nur – und nicht einmal primär – auf zwischenstaatlicher Ebene bemerkbar. Noch wichtiger als die Auflagen, welche die DDR als Staat gegenüber der UdSSR zu erfüllen hatte, waren ihre Bindungen an den sowjetischen Hegemon auf der Grundlage des „sozialistischen Internationalismus". An dieser Lehre, welche die

Grundsätze für die Beziehungen zwischen den regierenden kommunistischen Parteien formulierte, war vor allem zweierlei wichtig. Zum einen wurden alle Bruderparteien gegenüber der UdSSR zu voller Unterstützung verpflichtet. Zum anderen sollte das Prinzip der gemeinsamen Verantwortung der „sozialistischen Staatengemeinschaft" gelten. Danach waren alle wichtigen außen- wie innenpolitischen Entscheidungen in wechselseitigem Einvernehmen zu treffen, wobei der sowjetischen Seite aufgrund ihres Machtgewichts naturgemäß das entscheidende Wort zufiel.

Der zweite Aspekt, der im Zusammenhang mit der sowjetischen Militärintervention in der Tschechoslowakei 1968 im einzelnen ausformuliert und im Westen als Breschnew-Doktrin bezeichnet wurde, gab nicht allein dem sowjetischen Anspruch auf letzte Entscheidungsgewalt Ausdruck. Er belastete auch die UdSSR mit der Verantwortung für das Funktionieren und die Stabilität der anderen kommunistisch regierten Staaten, denn die sowjetische Führung konnte bei einem Eingreifen zugunsten bestimmter Zustände in den anderen kommunistisch regierten Staaten nur so weit auf Erfolg hoffen, wie sie gleichzeitig für die notwendigen materiellen Voraussetzungen sorgte. Im Falle der DDR spielte dieser Gesichtspunkt nach dem Ende der sowjetischen Ausbeutungspolitik während der Stalin-Ära wiederholt eine zentrale Rolle – erstmalig nach dem → *Siebzehnten Juni* 1953, als die militärische Restauration der kommunistischen Herrschaft durch materielle Wiederaufbauhilfen ergänzt werden mußte.

Ein weiteres Element der sowjetischen Sonderbeziehung zur SBZ/DDR war die Durchdringung der ostdeutschen Herrschaftsapparate mit sowjetischem Personal. Das Phänomen läßt sich auch in anderen sozialistischen Staaten feststellen, in denen Regime und System als Folge der Besetzung des Landes durch die Rote Armee etabliert wurden. Nirgends jedoch war die Durchdringung so weitreichend und so dauerhaft wie in Ostdeutschland. Das lag vor allem darin begründet, daß dieses Gebiet 1945 einer langdauernden, völkerrechtlich verankerten Besatzungsherrschaft unterworfen worden war, die den ostdeutschen Schützlingen Moskaus keinen Anspruch auf Selbständigkeit einräumte. Daher erschien es natürlich, daß an allen Schaltstellen ostdeutscher Macht sowjetische „Berater" tätig waren. In den Streitkräften blieben die sowjetischen „Freunde" bis zuletzt vertreten – eine Praxis, die zum einen wegen des unmittelbaren sowjetischen Zugriffs auf die DDR-Truppen im Kriegsfall und zum andern wegen der gemeinsamen Vorgehensplanung beider Seiten für den Fall innerer Unruhen zweckmäßig erscheinen mochte.

Besonders eng waren bis zum Schluß die Verbindungen zwischen → *Staatssicherheit* und KGB. Insbesondere galt es als selbstverständlich, daß die sowjetische Seite die ihr wichtig erscheinenden Informationen über die ostdeutsche Entwicklung erhielt. Sie bediente sich auch nach Wunsch der Ergebnisse der – vielfach in ihrem Auftrag erfolgenden – Aktivitäten der ostdeutschen Auslandsaufklärung. Als Moskau ab Ende der 70er Jahre bezüglich der Verhandlungen zwischen DDR und Bundesrepublik den Eindruck einer nicht mehr lücken- und rückhaltlosen Unterrichtung gewann, wertete es diesen Vorgang als unerhörten Skandal. Ein wichtiges Moment der sowjetischen Durchdringung war weiterhin die übliche Praxis der Agentenanwerbung im ostdeutschen Partei- und Staatsapparat bis hinauf in die obersten Ränge.

Die Abhängigkeit der SBZ/DDR von der UdSSR war während der Stalin-Zeit am deutlichsten ausgeprägt. Nach den bisher verfügbaren Quellen waren die ostdeutschen Spitzenfunktionäre auch noch nach Ausrufung der DDR, als ihnen die Besatzungsmacht in aller Form die bislang ausgeübten Verwaltungsfunktionen übertrugen, weiterhin bezüglich wichtiger Sach- und Personalentscheidungen auf sowjetische Weisung bzw. Zustimmung angewiesen, auch wenn es sich um rein innere Angelegenheiten handelte. Diese Abhängigkeit war im allgemeinen für das ostdeutsche Regime darum akzeptabel, weil dieses sich dem Kreml durch eine grundlegende Übereinstimmung der Vorstellungen und Interessen verbunden wußte. Nicht nur die Systemziele waren dieselben. Auch wenn es darum ging, die Kontrolle im Lande durchzusetzen und möglichst auf den westlichen Teil Deutschlands auszudehnen, erschien ein Schulterschluß mit der UdSSR unerläßlich. Umgekehrt konnte auch die sowjetische Seite je länger, desto weniger etwas ohne ihre deutschen Gefolgsleute ausrichten. Der ideologische Ausdruck dieser symbiotischen Beziehung war die These, daß die Interessen der UdSSR mit denen der Arbeiterklasse – d.h. der kommunistischen Funktionäre – in allen anderen Ländern, also auch in Deutschland, identisch sei.

Gleichwohl gab es gelegentlich Differenzen. Auf ostdeutscher Seite neigte beispielsweise die Gruppe um Ulbricht dazu, in der Schaffung möglichst unzweideutiger kommunistischer Strukturen stets die bestmögliche Garantie für den künftigen Erfolg auch im gesamtdeutschen Rahmen zu sehen. Die Besatzungsmacht dagegen neigte bis 1947 stellenweise zu der Ansicht, daß man in beschränktem Umfang Rücksichten auf „bürgerliche" Empfindlichkeiten nehmen müsse. Die Konsolidierung kommunistischer Bastionen dürfe nicht zur endgültigen Entfremdung der bürgerlichen Gesellschaftskräfte führen, auf die man wegen ihrer Machtpositionen in den Westzonen angewiesen sei. Derartige Meinungsunterschiede zogen aber während der Stalin-Zeit keine dauerhaften Spannungen nach sich. Zum einen handelte es sich nur um gelegentliche Konflikte, und zum anderen waren die Auffassungen auf beiden Seiten geteilt, so daß ein sowjetisch-ostdeutsches Gegeneinander von vornherein ausgeschlossen war.

Nach dem Tod Stalins änderte sich das Verhältnis zwischen DDR und UdSSR. In Moskau erkannten die Nachfolger des Diktators im Frühjahr 1953, daß der ostdeutsche Staat angesichts fortgesetzter Überbeanspruchungen und wegen der weitverbreiteten negativen Einstellung in der Bevölkerung einer Krise entgegentrieb. Zugleich hielten sie das bisherige Bemühen um eine baldige Ausdehnung des politischen Einflusses auf die Bundesrepublik für illusorisch. Daraus zog die Mehrheit der sowjetischen Hierarchen den Schluß, man müsse die DDR im Innern konsolidieren und deshalb einige besonders unpopuläre Sowjetisierungsmaßnahmen zurücknehmen. Nach einigen – freilich keineswegs sicheren und schlüssigen – Indizien könnte Lawrentij Berija darüber hinaus an die Möglichkeit gedacht haben, die DDR als eine ohnehin nur mit äußerster Anstrengung zu haltende Position aufzugeben, wenn die UdSSR als Gegenleistung einen Verzicht der Bundesrepublik auf die Westintegration und dringend benötigte finanzielle Ressourcen erhielten.

Die innenpolitischen Zugeständnisse an „bürgerliche" Interessen und Bedürfnisse, die Moskau den DDR-Machthabern Anfang Juni 1953 unter der Bezeichnung „Neuer Kurs" aufnötigte, entsprachen dem Konzept der Mehrheit in der sowjetischen Führung. Da dies jedoch in Ost-Berlin nicht klargestellt wurde, waren in der SED bei den einen Existenzangst und bei anderen Reformhoffnung die Folge. So wurden die Kader verunsichert und desorientiert. In der Bevölkerung entstand weithin der Eindruck, die Kraft von Regime und System sei gebrochen. Das begünstigte das Entstehen der Unruhen vom Siebzehnten Juni 1953 entscheidend. Für den Kreml war diese Entwicklung ein Desaster. Gerade dieser Eindruck jedoch ließ der Führungsmehrheit ein Festhalten an den Zugeständnissen in der DDR notwendig erscheinen, als sie sich zehn Tage später Berijas als eines bedrohlichen Rivalen im Kampf um die Macht entledigte. Die Autorität des ostdeutschen Staates sollte sowohl durch materielle Hilfe als auch durch Betonung von dessen Selbständigkeit gestärkt werden. Zugleich wurde die sowjetische Kontrolle über die ostdeutschen Machtapparate, etwa über die bewaffneten Kräfte, durch vermehrte Personalpräsenz verstärkt.

Die sowjetische Seite hatte freilich schon im Frühjahr 1953 von der früheren Praxis der totalen Fremdbestimmung Abstand genommen. Dadurch war es der maßgeblich von Ulbricht bestimmten SED-Führung beispielsweise möglich geworden, ihren Kritiker Dahlem auszubooten, obwohl dieser über besonders gute Verbindungen nach Moskau verfügte. Ungeachtet des vergrößerten Freiraums hielt es Ulbricht im Juli 1953 für zweckmäßig, die Entfernung seiner innerparteilichen Rivalen Zaisser und Herrnstadt mit deren vorgeblicher Verbindung zu Berija zu begründen. Zwecks Stärkung des ostdeutschen Regimes betonte die sowjetische Seite seit 1953/54 mit wachsendem Nachdruck die Zweistaatlichkeit Deutschlands und die Unabhängigkeit der DDR. Diese Entwicklung kam mit der zweitmaligen Zuerkennung souveräner Rechte an den ostdeutschen Staat 1954 und 1955, mit dessen Aufnahme in den neu gegründeten → *Warschauer Pakt* und der Einbeziehung der NVA in dieses Bündnis im folgenden Jahr zum Abschluß.

Von 1958 bis 1962 wurde → *Berlin* zur Kernfrage des Verhältnisses zwischen UdSSR und DDR. In ostdeutscher Sicht war der Westteil der Stadt eine Anomalie, weil er in der Mitte der DDR lag, „eigentlich" zu deren Hauptstadt gehörte und zudem ein Schlupfloch für fluchtwillige Landsleute war. Die sonst praktizierte Abschirmung der ostdeutschen Gesellschaft gegenüber dem Westen scheiterte an diesem „Pfahl im Fleische". Das erschien immer weniger hinnehmbar, als die östliche Seite seit 1953 die früheren Hoffnungen auf Erweiterung des gesamtdeutsche Einflusses aufgab und zu einer defensiven Deutschlandpolitik überging. Doch erst Chruschtschow faßte in einer Note vom 30. Nov. 1958 eine Beseitigung der westlichen Schutzherrschaft in West-Berlin ins Auge.

Aufgrund der bisher verfügbaren sowjetischen Quellen ist nicht klar, was ihn zu dem Ultimatum an die Westmächte veranlaßte: das Drängen der ostdeutschen Führung und/oder die zuversichtliche Erwartung, den eigenen Machtbereich ohne allzu große Schwierigkeiten abrunden zu können. Mit Gewißheit feststellen läßt sich zweierlei: das Interesse des SED-Regimes an der politischen Offensive gegen West-Berlin und ein zunehmendes sowjetisches Zögern, als die damit verbundenen Konfliktrisiken zutage traten. In der entscheidenden Phase vom Sommer 1961 entschloß sich Chruschtschow schließlich, das Maximalziel einer Erstreckung der ostdeutschen Verfügungsgewalt auf die Transitwege von und nach West-Berlin und damit zugleich auf diesen Teil der Stadt selbst fallenzulassen, dafür aber wenigstens die Sektorengrenze zu schließen, um einen weiteren massenweisen Exodus ihrer Bevölkerung zu unterbinden. Auf diese Weise sollte sich die DDR endlich stabilisieren können. Die Errichtung der Berliner Mauer am 13. Aug. 1961 (→ *Mauerbau*) wurde von den Westmächten hingenommen. Weitergehende Maßnahmen, die Chruschtschow zunächst noch nicht ausgeschlossen zu haben schien und zu denen ihn die ostdeutsche Führung drängte, stießen aber auf so harten westlichen Widerstand, daß Moskau schließlich davon Abstand nahm.

Die Durchsetzung des bloßen Minimalziels wurde zur tragfähigen Grundlage der ostdeutsch-sowjetischen Übereinstimmung in der folgenden Zeit. Nachdem die DDR-Bevölkerung ihren Herren nicht mehr weglaufen konnte, sondern sich mit ihnen arrangieren mußte, suchte die SED Führung unter Ulbricht Regime, System und Staat durch eine Mischung von Kontrolle und Reform zu festigen und weiterzuentwickeln. Der SED-Generalsekretär leitete analog zu ähnlichen Bemühungen Chruschtschows Veränderungen der sozialistischen Ordnung in technokratisch-autoritärem Sinne ein. Das Kernstück war ein → *Neues Ökonomisches System* der Planung und Lenkung, mittels dessen die immer deutlicher hervorgetretenen Mängel der starren Planwirtschaft hergebrachter Art überwunden werden sollten. Bis zum Sturz des sowjetischen Führers im Oktober 1964 diente dieses Konzept zugleich der Herstellung eines innenpolitischen Gleichklangs mit der UdSSR.

Als dann jedoch der Kreml ab Spätsommer 1964 eine ideologische, politische und wirtschaftliche Rückwärtswendung vollzog, kam es zu immer deutlicheren Spannungen im wechselseitigen Verhältnis. Ulbrichts offen ausgesprochene Überzeugung, das zukunftsweisende Modell des Sozialismus zu besitzen, und seine als oberlehrerhaft empfundene Art, die sowjetische Seite zu belehren, verschärften den Konflikt ebenso sehr wie das rücksichtslose Vorgehen, mit dem die sowjetische Führung Ende 1965 den Ost-Berliner Partnern ihre Bedingungen des wirtschaftlichen Zusammenwirkens aufzwang. Die sowjetische Bereitschaft in den Jahren 1965 bis 1968, mehrere gegen West-Berlin gerichtete Aktionen in begrenztem Umfang zu unterstützen, konnte die voranschreitende Entfremdung nicht aufhalten.

Der Gegensatz erreichte seinen Höhepunkt, als Honecker seit 1970 das Mißtrauen Breschnews gegen Ulbricht schürte, um sich in Moskau als Nachfolger zu empfehlen. Der KPdSU-Generalsekretär wurde schließlich davon überzeugt, daß Ulbricht ein Zusammengehen mit den westdeutschen Sozialdemokraten anstrebe und Sympathien für Dubčeks reformkommunistische Häresien hege. Tatsächlich hatte Ulbricht versucht, sich den Breschnewschen Kompromissen im Zuge der deutschen Ostpolitik und der Vier-Mächte-Verhandlungen zu widersetzen, indem er an seinen deutschlandpolitischen Maximalpositionen festhielt (→ *Außenpolitik*). Honecker gelang es im Mai 1971, seinen Vorgänger mit Moskauer Hilfe abzulösen.

Damit verringerten sich die Widerstände der DDR gegen die Moskauer Politik. Das Vier-Mächte-Abkommen über Berlin wurde am 3. Sept. 1971 geschlossen. Auch die DDR-Regierung engagierte sich nun, indem sie mit dem West-Berliner Senat bzw. mit Beauftragten der westdeutschen Seite zuerst Folgevereinbarungen und dann einen Vertrag über die Grundlagen der Beziehungen zwischen beiden deutschen Staaten aushandelte. Die politische Übereinstimmung zwischen Moskau und Ost-Berlin schien wiederhergestellt, zumal Honecker auch innenpolitisch dem Vorbild des Breschnew-Regimes nacheiferte.

Wie in der UdSSR, so sollte auch in der DDR die Akzeptanz von Regime und System bei der Bevölkerung durch eine verstärkte Berücksichtigung von Verbraucherwünschen erhöht werden. Auf dem VIII. SED-Parteitag verkündete Honecker daher die „Einheit von Wirtschafts- und Sozialpolitik“. Eine wichtige – und im Laufe der Zeit völlig unentbehrlich werdende – Quelle für die erforderlichen Mittel bot die 1971/72 festgelegte innerdeutsche Vertragspolitik (→ *innerdeutsche Wirtschafts- und Finanzbeziehungen*; → *innerdeutsche Verbindungen*). In Moskau entstand ab Mitte der 70er Jahre ein zunehmendes Mißtrauen. Ließ sich die DDR nicht allzu weit ein mit den Westdeutschen, die zum anderen Lager gehörten? Mußte man nicht geheime Abmachungen befürchten, die weiter gingen als die öffentlich geschlossenen Verträge? Wurde der ostdeutsche Staat nicht allzu abhängig von den Leistungen, die er aus Bonn erhielt? Irritation rief in der sowjetischen Hauptstadt auch die Anfang der 80er Jahre hervortretende dringende Absicht Honeckers hervor, zu einem Besuch in die Bundesrepublik zu reisen.

Vor dem Hintergrund ihrer gegensätzlichen Interessen im Verhältnis zu Bonn tendierten UdSSR und DDR seit Ende der 70er Jahre in verschiedene Richtungen. Die SED-Führung beteiligte sich zwar an der sowjetischen Kampagne gegen NATO, Washington und Bonn, als der Westen 1979–1983 die Stationierung von Mittelstreckenraketen in Westeuropa und vor allem in der Bundesrepublik plante. Aber sie wollte es darum weder auf ein Verprellen der westdeutschen Seite noch auf kostspielige zusätzliche Rüstung ankommen lassen. Das zeigte sich vor allem, als die Kampagne gescheitert war und Moskau von seinen Verbündeten, vor allem von der DDR, militärische und politische Konsequenzen forderte. Honecker machte seinen Widerwillen deutlich und war nur mit einem Minimum der geforderten Gegenmaßnahmen einverstanden. Vor allem aber verfolgte er das Vorhaben des Besuchs in der Bundesrepublik beharrlich weiter, obwohl dieses in scharfem Gegensatz zu der nunmehr antiwestlich ausgerichteten Politik der UdSSR stand. Die sowjetische Führung sah sich schließlich im August 1984 dazu veranlaßt, das Vorhaben durch ein scharfes Veto zu stoppen. Gorbatschow, der an dieser Entscheidung mitbeteiligt war, hielt nach seinem Amtsantritt im März 1985 an dem Verbot fest.

Bald jedoch sah sich der neue KPdSU-Generalsekretär durch die fortschreitende Verschlechterung der innersowjetischen Lage dazu bewogen, den bisherigen Anspruch auf Kontrolle über die Politik der verbündeten Länder zurückzunehmen. In dem Maße, wie er erkannte, daß die UdSSR nicht mehr länger für andere Staaten materielle Lasten übernehmen konnte (etwa in Form umfangreicher Öllieferungen zu Preisen weit unter Weltmarktniveau), schwächte sich auch sein Wille zu politischen Vorschriften ab. Denn diese waren sinnlos, wenn sich mit ihnen nicht die Bereitschaft verband, die oktroyierte Politik durch den Einsatz der erforderlichen Mittel Wirklichkeit werden zu lassen. Daher setzte sich 1986/87 in Moskau der Standpunkt durch, die anderen sozialistischen Staaten müßten, da sie künftig ohne sowjetische Hilfe mit ihren eigenen Ressourcen auszukommen hätten, auch die Befugnis zur eigenen Entscheidung über ihre Angelegenheiten erhalten. Demnach ging es nicht länger an, Honecker die Reise nach Westdeutschland zu verwehren. Sie fand im September 1987 statt. In den beiden folgenden Monaten widerrief Gorbatschow im Kreise der Verbündeten den Anspruch, die Politik der anderen sozialistischen Länder gemäß den Prinzipien des „sozialistischen Internationalismus", d.h. der Breschnew-Doktrin, zu kontrollieren.

Wie es scheint, hat die SED-Führung erst im Frühjahr und Sommer 1989 die Bedeutung dieses Vorgangs voll erfaßt. Nunmehr wandte sich Honecker dagegen, daß die UdSSR künftig die sozialistischen Bruderstaaten nicht länger mit ihren Streitkräften vor „konterrevolutionären Anschlägen" schützen wollte, wie es in der Breschnew-Doktrin vorgesehen gewesen war. Dabei zog nicht allein das „neue Denken" der Moskauer Außenpolitik den Zorn des SED-Generalsekretärs auf sich. Ebenso gewichtig waren die Sorgen, die die SED-Führung vor innersowjetischen Reformvorstellungen wie Perestroika und Glasnost und ihrem Überschwappen in die DDR hatte. In den letzten Jahren und Monaten seiner Herrschaft war Honecker daher darum bemüht, die DDR gegen destabilisierende Tendenzen aus der UdSSR abzuschirmen. Zugleich richtete er seine Hoffnung darauf, daß Gorbatschow innenpolitisch zu Fall komme und dann wieder „gesunde" Kräfte das Ruder des Sowjetstaates übernähmen.

Das Verhältnis zwischen UdSSR und DDR war daher längst erschüttert, als die entscheidenden Ereignisse vom Herbst 1989 in Gang kamen. Gorbatschow vergalt Honecker nicht Gleiches mit Gleichem. Zahlreicher Aufforderungen aus führenden SED-Kreisen ungeachtet, die sowjetische Seite solle und müsse eine Ablösung des SED-Generalsekretärs einleiten, um Schaden von der DDR abzuwenden, hielt er sich an die von ihm aufgestellte Regel der strikten Nichteinmischung in die inneren Angelegenheiten anderer sozialistischen Länder. Er meinte überdies, die innerparteiliche Opposition in der SED werde von sich aus noch rechtzeitig handeln. Das jedoch erwies sich als Illusion. Erst nachdem die ostdeutschen Verhältnisse fundamental erschüttert waren, wurde Honecker von einer Fronde im SED-Politbüro abgelöst, die aber, wie sich sehr bald zeigte, ihrerseits kein Konzept besaß und daher den Geschehnissen hilflos gegenüberstand.

Die entscheidende Voraussetzung für den inneren → *Zusammenbruch* waren die der SBZ/DDR anhaftenden Selbständigkeitsmängel, die Regime, System und Staat von vornherein auf die sowjetische Schutzherrschaft gegründet hatten. Der Machterhalt nach innen hing daher ganz wesentlich von dem Bereitstehen bewaffneter sowjetischer Kräfte ab. Als dieser Schutz entfiel und zudem die sowjetische Politik der Westöffnung die ostdeutschen Abschirmungsstrukturen in Frage stellte, war die SED-Diktatur dem Untergang geweiht. Die sowjetische Weigerung, Truppen bei der Leipziger Demonstration vom 9. Okt. 1989 und dann zur Schließung der Berliner Mauer nach deren Öffnung in der Nacht vom 9. zum 10. Nov. 1989 einzusetzen, machten den Zusammenbruch unvermeidlich.

Gerhard Wettig

Literaturhinweise:

Brzezinski, Zbigniew: Der Sowjetblock. Einheit und Konflikt, Köln 1962.

Creuzberger, Stefan: Die sowjetische Besatzungsmacht und das politische System der DDR, Weimar, Köln, Wien 1996.

Fischer, Alexander/Richter, Michael: Die beiden deutschen Staaten in den internationalen Beziehungen, in: Fischer, Alexander/Heydemann, Günter (Hrsg.): Die politische „Wende“ 1989/90 in Sachsen, Weimar, Köln, Wien 1995, S. 25-43.

Gori, Francesca/Pons, Silvio (Hrsg.): The Soviet Union and Europe in the Cold War, 1943-53, London, New York 1996.

Hertle, Hans-Hermann: Der Fall der Mauer. Die unbeabsichtigte Selbstauflösung des SED-Staates, Opladen 1996.

Hyde-Price, Adrian G.V.: The End of the outer empire, London 1994.

Kowalczuk, Ilko-Sascha/Mitter, Armin/Wolle, Stefan (Hrsg.): Der Tag X – 17. Juni 1953, Berlin 1995.

Küchenmeister, Daniel (Hrsg.): Honecker – Gorbatschow. Vieraugengespräche, Berlin 1993.

Kuhrt, Eberhard (Hrsg.): Die SED-Herrschaft und ihr Zusammenbruch, Opladen 1996.
Laqueur, Walter: Europa auf dem Weg zur Weltmacht 1945–1992, München 1992.
Lentz, Manfred: Die Wirtschaftsbeziehungen DDR – Sowjetunion 1945–1961. Eine politologische Analyse, Opladen 1979.
Mitter, Armin/Wolle, Stefan; Untergang auf Raten. Unbekannte Kapitel der DDR-Geschichte, Gütersloh 1993.
Nolte, Ernst: Deutschland und der Kalte Krieg, Stuttgart (2. Aufl.) 1985.
Pfeiler, Wolfgang: Deutschlandpolitische Optionen der Sowjetunion, Deutschland-Report 63, Melle 1987.
Rühl, Lothar: Zeitenwende in Europa, Stuttgart 1990.
Stephan, Gerd-Rüdiger (Hrsg.): „Vorwärts immer, rückwärts nimmer!". Interne Dokumente zum Zerfall von SED und DDR, Berlin 1994.

Sozialdemokratische Partei Deutschlands (SPD)

Gründung und Entwicklung: In der SBZ fanden sich nach Kriegsende schnell wieder frühere sozialdemokratische Parteifunktionäre und Gewerkschafter zusammen. Bei vielen grundsätzlichen Gemeinsamkeiten, vor allem dem Bekenntnis zur parlamentarischen Demokratie und der Bereitschaft zur Zusammenarbeit mit anderen, sich ebenfalls als Gegner des Nationalsozialismus verstehenden politischen Richtungen, zeichneten sich bald drei unterschiedliche Konzeptionen für die politische Zukunft der Sozialdemokratie ab: In den früheren „Hochburgen" der Partei in Magdeburg, Dessau und Leipzig wurde fast nahtlos an die Weimarer Tradition der Partei angeknüpft. Man ging davon aus, daß sich die SPD als demokratische Organisation bewährt habe und ganz in alter Parteitradition wiederaufgebaut werden könne. In Thüringen dagegen setzte sich vor allem Hermann Brill dafür ein, die früheren politischen „Lager" zugunsten einer breiten sozialistischen Bewegung zu überwinden. In Görlitz, Dresden und Berlin kam ein dritter konzeptioneller Ansatz zum Tragen, der nach dem öffentlichen Bekenntnis der KPD zu Demokratie und Parlamentarismus die Bildung einer marxistisch-sozialistischen Einheitspartei befürwortetete.

Die KPD trat am 11. Juni 1945 überraschend schnell mit einem Gründungsaufruf an die Öffentlichkeit und erteilte damit der Bildung einer vereinten Arbeiterpartei zugleich eine Absage. Die Mitglieder des sozialdemokratischen Zentralausschusses, der sich in Berlin konstituiert hatte, sahen sich so gezwungen, in großer Eile ebenfalls einen programmatischen Aufruf zu formulieren. Er konnte am 15. Juni 1945 schließlich veröffentlicht werden und stellte inhaltlich im wesentlichen eine Reaktion auf den kommunistischen Aufruf dar. → *Entnazifizierung*, Sicherung der Lebensbedürfnisse der Bevölkerung und eine Reihe von Neuordnungsmaßnahmen im wirtschaftlichen Bereich, u.a. die Enteignung des Großgrundbesitzes, die Verstaatlichung der Banken, Bergwerke und der Energiewirtschaft sowie eine starke kommunale Selbstverwaltung und starke Gewerkschaften, waren die wichtigsten tagespolitischen Forderungen des Aufrufes. Grundsätzlich forderte der Zentralausschuß eine Rückbesinnung auf den revolutionären Marxismus und sprach sich – als wichtigste aus der nationalsozialistischen Diktatur zu ziehende Lehre – für die politische Einheit mit den Kommunisten aus.

Weil die Forderung nach der sofortigen „Einheit der Arbeiterklasse" bei der KPD keine Resonanz fand, stimmte der Zentralausschuß am 19. Juni 1945 der von der KPD vorgeschlagenen Vereinbarung über die „Aktionseinheit" beider Parteien zu. Darüber hinaus setzte er sich auch für die Bildung des „Blocks der antifaschistisch-demokratischen Parteien" ein, der am 14. Juli 1945 konstituiert wurde. Die KPD konnte so einen ersten wichtigen Erfolg ihrer → *Blockpolitik* verzeichnen: Die SPD wurde von einer Hinwendung zu den bürgerlichen Kräften abgehalten und half der KPD gleichzeitig, ihre Dominanz im Parteienblock durchzusetzen. In der politischen Praxis der → *antifaschistisch-demokratischen Umwälzung* mußten die Sozialdemokraten jedoch bald die Erfahrung machen, daß es der KPD keinesfalls um eine gleichberechtigte Zusammenarbeit ging, sondern daß sie ihren eigenen → *Führungsanspruch* als marxistisch-leninistische Partei durchsetzen wollte.

Der Parteiaufbau der SPD vollzog sich in den folgenden Monaten ohne zentrale Lenkung oder Koordinierung von den Bezirken aus: Auf dem Fundament der bereits entstandenen Ortsvereine wurden von den provisorisch legitimierten Bezirksvorständen bis Ende August 1945 hauptsächlich ehrenamtlich getragene Unterbezirks- und Ortsvorstände aufgebaut. Der Zentralausschuß, der sich zunächst nur als provisorisches Führungsgremium für Berlin betrachtet hatte, erhob im Sommer 1945, unterstützt von SMAD und KPD, einen überregionalen Führungsanspruch, den er innerhalb der SBZ auch durchsetzen konnte. Im Gegensatz zu Kurt Schumacher, der von den Bezirks- und Landesorganisationen der SPD in den westlichen Besatzungszonen das Mandat zur politischen und organisatorischen Führung der Partei erhalten hatte und sich dezidiert für die außenpolitische Orientierung nach Westen und gegen eine Zusammenarbeit mit den Kommunisten aussprach, trat der Zentralausschuß für eine „Ostorientierung" ein: Durch die Forderung nach wirtschaftspolitischer Bindung Deutschlands an die Sowjetunion bei gleichzeitiger Verankerung im gesellschaftlichen und politischen Wertesystem des Westens wollte die SPD eine „Brückenfunktion" zwischen Ost und West einnehmen.

Obwohl der SPD-Parteiaufbau vor Ort nicht selten von den sowjetischen Kommandanten behindert wurde und viele Sozialdemokraten außerdem zur KPD wechselten, stiegen die Mitgliederzahlen der SPD bis Ende Oktober 1945 auf etwa 302 400 Mitglieder (KPD zur gleichen Zeit etwa 248 900) an. Dieses Anwachsen der Mitgliedschaft und die praktischen Erfahrungen mit der KPD, deren Politik allzuoft in krassem Widerspruch zu ihrem offiziellen Bekenntnis zur Demokratie stand, ließen die SPD-Parteiführung im Herbst 1945 von ihrem ursprünglichen Kurs auf eine Einheitspartei Abstand nehmen. Kurt Schumacher erhob im August für die SPD einen Führungsanspruch beim demokratischen Wiederaufbau Deutschlands, am 14. Sept. 1945 tat das auch Otto Grotewohl. Er kündigte gleichzeitig einen Kurs der Unabhängigkeit und Selbständigkeit seiner Partei an. Für die → *SMAD* war diese Rede Grotewohls Anlaß, die KPD nunmehr Kurs auf die „Vertiefung der Aktionseinheit" und eine möglichst schnelle Fusion beider Arbeiterparteien nehmen zu lassen. In Anbetracht der für die sowjetische Besatzungsmacht und die kommunistische Partei zunehmend schlechteren Stimmungslage der Bevölkerung und der 1946 bevorstehenden Wahlen mußte die SMAD davon ausgehen, daß die kommunistische Macht in der SBZ langfristig nur zu halten war, wenn eine unabhängige, konkurrierende SPD beseitigt werden konnte.

Vereinigung mit der KPD: Am 28. Sept. 1945 beschloß das Sekretariat des ZK der KPD daher eine neue Offensive der Partei für die Einheit von KPD und SPD. Dieser Kurswechsel der kommunistischen Politik brachte die SPD in der SBZ in eine zunehmend schwierige Lage, denn Grotewohls Strategie, die SPD unter seiner Führung zu einem gesamtdeutschen Integrationsfaktor und Ansprechpartner aller vier Besatzungsmächte zu machen, war politisch unrealistisch. Auf der Konferenz von Wennigsen am 5. und 6. Okt. 1945, der ersten Zusammenkunft von SPD-Vertretern aus den drei Westzonen, zu der auch drei Mitglieder des Zentralausschusses angereist waren, kam es zu keiner Einigung über politische Grundfragen. Schumacher wies den vom Zentralausschuß erhobenen Führungsanspruch und das Konzept der Ostorientierung zurück. Die auf der Konferenz getroffene Kompetenzabgrenzung zwischen den beiden Parteiführungen in Berlin und Hannover beförderte de facto die Spaltung der SPD in eine westliche und eine östliche Organisation, so daß die SPD in der SBZ der Vereinigungskampagne der KPD schließlich allein gegenüberstand.

Für den Zentralausschuß kam erschwerend hinzu, daß es innerhalb der eigenen Partei sehr unterschiedliche Haltungen zur Frage der Einheit mit den Kommunisten gab. Während sich zum Beispiel Carl Moltmann und Otto Buchwitz, die SPD-Landesvorsitzenden von Mecklenburg bzw. Sachsen, in ihren Landesverbänden für die Vereinigung einsetzten, warnte der von Hermann Brill geleitete Landesverband Thüringen seine Funktionäre und Mitglieder dringlich vor der auf die Zerstörung der SPD gerichteten „Einheitsfronttaktik" der KPD. Diese gegensätzlichen Positionen innerhalb der SPD konnten von der KPD für eine gezielte Spaltungspolitik unter den sozialdemokratischen Funktionären genutzt werden. Darüber hinaus gelang es der KPD, auf regionaler und örtlicher Ebene immer stärkeren Einfluß auf die sozialdemokratischen Parteigliederungen, insbesondere die neu entstehenden Betriebsgruppen, zu gewinnen.

Auf Drängen der Einheitsbefürworter in KPD und SPD kamen am 20. und 21. Dez. 1945 je 30 Vertreter beider Parteien in Berlin zur „Sechziger-Konferenz" zusammen. Nach einer heftigen, von gegenseitigen Vorwürfen bestimmten Aussprache wurde dort die „Verschmelzung" der beiden Parteien beschlossen. Zwar hatten die Vertreter der SPD ihre Forderung durchsetzen können, daß nur ein gesamtdeutscher Parteitag über die Frage der Vereinigung entscheiden könne; dieser Versuch, Termin und Bedingungen der Fusion selbst zu bestimmen, erwies sich jedoch wegen der schlechten Beziehungen zur SPD in den Westzonen als wenig aussichtsreich. Im Januar 1946 begannen die sowjetischen Kommandanturen, auf örtlicher und regionaler Ebene die Vereinigung durch direkte Eingriffe voranzutreiben. Mit Androhungen, Vorladungen und Verhaftungen wurde der Widerstand von SPD-Funktionären gegen die erzwungene, nicht selbst zu bestimmende Form der Vereinigung gebrochen; Sozialdemokraten wie Hermann Brill aus Thüringen oder Gustav Dahrendorf aus Berlin, die ursprünglich dezidierte Befürworter der Vereinigung gewesen waren, flohen in den Westen. Mit Vergünstigungen und Versprechungen, vor allem mit Aussichten auf Ämter und Positionen in der neuen Einheitspartei, konnten andererseits Befürworter der Vereinigung gewonnen werden.

Während in der Mitgliedschaft der SPD die Forderung nach einer Urabstimmung laut wurde, der Zentralausschuß an der Forderung nach einem Reichsparteitag festhielt, um Zeit zu gewinnen, schritt der Vereinigungsprozeß seit Anfang 1946 auf Landesebene weiter voran. In allen Ländern wurden Ende Januar paritätisch besetzte „Einheitsbüros" eingesetzt. Die Landesvorsitzenden von Sachsen, Mecklenburg und Thüringen waren inzwischen entschlossen, die Vereinigung notfalls auch auf Landesebene zu vollziehen. Diese Absicht taten sie auf der Sitzung des Zentralausschusses am 10./11. Febr. 1946 kund und führten damit dessen Entscheidung zur Vereinigung auf zonaler Ebene herbei. Nachdem diese grundsätzliche Entscheidung gefallen war, ging es in den Ländern der SBZ letztlich nur noch um technische Fragen der Vereinigung. Auf einer zweiten „Sechziger-Konferenz" am 26. Febr. 1946 wurden Entwürfe für eine Prinzipien-Erklärung und das Statut der künftigen → *Sozialistischen Einheitspartei Deutschlands* (SED) besprochen. Die Tatsache, daß sich die Vertreter der KPD in programmatischen und statuarischen Fragen sehr kompromißbereit zeigten, nährte bei vielen Sozialdemokraten die trügerische Hoffnung, in der neuen, paritätisch besetzten Partei vielleicht doch die eigenen Traditionen fortsetzen zu können.

Lediglich in Berlin kam es zum offenen Ausbruch des Konfliktes. Die Berliner Sozialdemokraten waren nicht bereit, sich einer Vereinung nach kommunistischen Vorstellungen zu unterwerfen, sondern wollten eine Urabstimmung durchführen. Wegen des Verbots der sowjetischen Kommandantur konnte diese am 31. März 1946 nur in den Westzonen stattfinden und erbrachte ein überwältigendes Votum für das Fortbestehen einer selbständigen SPD, aber auch für die Zusammenarbeit mit denjenigen Kommunisten, die den „Bruderkampf" ausschließen wollten. In Berlin blieb deshalb die SPD in allen Sektoren der Stadt bestehen. Erst nach dem → *Mauerbau* 1961 löste sich der Ostberliner Parteiverband auf.

Durch den Selbstbehauptungswillen der Berliner Sozialdemokraten wurde zwar der Terminplan für die Vereinigung nach kommunistischen Vorgaben noch etwas durcheinandergebracht, weil der Landesverband Groß-Berlin der SED sich später als vorgesehen bildete, doch war der Untergang einer unabhängigen SPD in der SBZ durch zahlreiche Parteizusammenschlüsse auf örtlicher und regionaler Ebene längst besiegelt, als sich Wilhelm Pieck und Otto Grotewohl am 21. April 1946 auf dem feierlich inszenierten Vereinigungsparteitag schließlich die Hände reichten.

Neugründung 1989: Erst Ende der 80er Jahre kam es im Umfeld der → *Bürgerrechtsbewegung* zu neuen Bestrebungen, eine unabhängige sozialdemokratische Partei wiederzubegründen. Nachdem ein erster Vorstoß Rainer Eppelmanns in diese Richtung vom Herbst 1988 im Sande verlaufen war, nicht zuletzt weil offensichtlich auf seiten der westdeutschen SPD-Parteispitze kaum Interesse daran bestand, durch eine solche Parteigründung das Gesprächsklima mit der SED zu belasten, ergriffen Vertreter der Bürgerbewegung, unter ihnen Markus

Meckel, Martin Gutzeit, Ibrahim Böhme und Arndt Noack, im Sommer 1989 erneut die Initiative und riefen am 26. Aug. 1989 zur Gründung auf. Diese erfolgte am 7. Okt. auf einem konspirativen Treffen von etwa fünfzig Personen in Schwante bei Oranienburg. Die Sozialdemokratische Partei in der DDR (SDP) bekannte sich in ihrem Statut – in bewußter Abgrenzung zum Herrschaftsprinzip des → *demokratischen Zentralismus* – zu innerparteilicher Demokratie und den Traditionen eines europäischen, demokratischen Sozialismus. Als Grundposition für ein Parteiprogramm wurde die „derzeitige Zweistaatlichkeit Deutschlands als Folge der schuldhaften Vergangenheit" bewußt anerkannt; die Überwindung der deutschen Teilung im Rahmen einer europäischen Friedensordnung wurde dabei jedoch nicht ausgeschlossen.

In der Bevölkerung der DDR stieß die SDP schnell auf breite Zustimmung. Ihre Mitgliederzahlen stiegen zwischen Dezember 1989 und Februar 1990 von etwa 10 000 auf etwa 100 000 an. Der organisatorische Aufbau der Partei entwickelte sich jedoch nur langsam. An dem im Dezember 1989 gebildeten zentralen → *Runden Tisch* war die SDP mit zwei Mitgliedern vertreten, für die am 5. Febr. 1990 gebildete Regierung unter Hans Modrow stellte sie einen Minister. Die am 13./14. Jan. 1990 in Berlin tagenden Landesdelegierten der SDP benannten die Partei in Sozialdemokratische Partei Deutschlands (SPD) um und formulierten ein Programm, das sich zu einer schrittweisen Vereinigung Deutschlands und zu einer engen Zusammenarbeit mit der westdeutschen Sozialdemokratie bekannte. Der Aufbau einer parlamentarischen Demokratie und einer ökologisch und sozial orientierten Marktwirtschaft sowie eine möglichst schnelle Wirtschafts- und Sozialunion mit der Bundesrepublik galten nun als politische Hauptziele. Auf dem 1. Parteitag in Leipzig (22.–25. Febr. 1990) wurde dieses Programm bestätigt und Ibrahim Böhme zum Vorsitzenden gewählt. Nur wenige Wochen danach – mitten im Wahlkampf für die ersten freien Volkskammerwahlen der DDR am 18. März 1990 – geriet Böhme unter Verdacht, Mitarbeiter des MfS (→ *Staatssicherheit*) gewesen zu sein; am 4. April 1990 mußte er schließlich zurücktreten. Obwohl die ostdeutsche SPD im Wahlkampf von seiten ihrer westdeutschen Schwesterpartei intensiv unterstützt wurde, erfüllten sich ihre Hoffnungen auf einen klaren Wahlsieg nicht: Sie erhielt nur 21,88% der Stimmen und konnte nicht, wie erwartet, die Regierungsbildung übernehmen. An der von Lothar de Maizière (CDU) geführten Koalitionsregierung war die SPD zunächst mit sieben eigenen Ministern beteiligt, zog diese jedoch im August 1990 aus Protest gegen die Entlassung von zwei SPD-Ministern durch den Regierungschef sämtlich aus der Regierung zurück.

Auf dem Sonderparteitag in Halle wurde am 9. Juni 1990 die Vereinigung mit der westdeutschen SPD beschlossen und Wolfgang Thierse zum neuen Vorsitzenden gewählt. Nachdem zunächst noch zögernde Haltungen in der westdeutschen SPD überwunden waren, konnte die Wiederbegründung einer gesamtdeutschen sozialdemokratischen Partei auf dem Vereinigungsparteitag am 26./27. Sept. 1990 schließlich vollzogen werden.

Friederike Sattler

Literaturhinweise:

Ammer, Thomas: Die Parteien in der DDR und in den neuen Bundesländern, in: Mintzel, Alf/Oberreuter, Heinrich (Hrsg.): Parteien in der Bundesrepublik Deutschland, Bonn 1992, S. 421-481.

Malycha, Andreas: Auf dem Weg zur SED. Die Sozialdemokratie und die Bildung einer Einheitspartei in den Ländern der SBZ, Bonn 1995.

Moraw, Frank: Die Parole der „Einheit“ und die Sozialdemokratie, Bonn (2. Aufl.) 1990.

Müller, Werner: Sozialdemokratische Partei Deutschlands (SPD), in: SBZ-Handbuch, a.a.O., S. 460-480.

Wolle, Stefan: Die SPD in Ostberlin (1946–1961), in: Materialien der Enquete-Kommission, a.a.O., Bd. II, 3, S. 2941-2993.

Sozialismus

Ideengeschichtlicher Abriß: „Sozialismus“ leitet sich vom lateinischen Wort „socialis“ her, dem Adjektiv zu „socius“ (Gefährte, Bruder, Begleiter). Im modernen Wortsinn wurden „Sozialismus“ und „sozialistisch“ seit Beginn des 19. Jhs. verwendet (so 1827 für die Anhänger des englischen Sozialreformers Robert Owen). Der Begriff schälte sich als Bezeichnung für eine Lehre und eine Bewegung heraus, die im weitesten Sinne auf die Neuordnung menschlichen Zusammenlebens auf der Grundlage von Solidarität, Gerechtigkeit, sozialer Gleichheit, gesellschaftlicher Harmonie und Gemeineigentum abzielte.
Seit der Renaissance entstanden insbesondere in Frankreich und England eine Reihe theoretischer Entwürfe für ein harmonisches gesellschaftliches Zusammenleben, die durch Merkmale wie Gemeineigentum, allgemeine Arbeitspflicht und die Mitwirkung aller Bürger am politischen und gesellschaftlichen Leben kennzeichnet waren. Beispiele sind Thomas Morus‘ „Utopia“ (1516), die „Civitas solis poetica“ (1623) von Tommaso Campanella und die „Nova Atlantis“ (1627) von

Francis Bacon. Anknüpfungspunkte waren frühchristliche Vorstellungen des Gemeinschaftslebens, wie sie im Neuen Testament (u.a. in der Bergpredigt) konzipert worden waren. Historische Vorbilder für die Utopien waren die mittelalterlichen Klöster oder die Lebensformen verschiedener häretischer Bewegungen wie Katharer, Waldenser und Hussiten.

Die frühen sozialistischen Utopien vermischten sich im Zuge der Aufklärung mit dem zum Teil naiven Vertrauen in die Fähigkeit des Menschen, die Gesellschaft rational und wissenschaftlich zu organisieren. Zugleich verstärkte sich die Kritik an der ungleichen Verteilung des Eigentums (z.B. bei Jean-Jacques Rousseau). Während der Französischen Revolution hatte sich François-Noel Babeuf in der 1796 niedergeschlagenen „Verschwörung der Gleichen" zum Ziel gesetzt, eine egalitäre und wirtschaftlich autarke Gesellschaft zu schaffen. Auf ihn beriefen sich im 19. Jh. in Frankreich revolutionäre Geheimgesellschaften wie die von Louis-Auguste Blanqui (1805–81), der durch einen bewaffneten Aufstand die Gesellschaft radikal umgestalten wollte.

Vor dem Hintergrund der radikalen gesellschaftlichen Umwälzungen durch die Industrialisierung und Urbanisierung und der damit einhergehenden Verelendung breiter Bevölkerungsschichten entwickelten sich im frühen 19. Jh. in England und Frankreich mehrere sog. frühsozialistische Strömungen, die erstmals in der Pariser Februarrevolution von 1848 eine begrenzte politische Wirksamkeit entfalteten. In England formierte sich zu dieser Zeit die Arbeiterbewegung, die durch die Gründung von Gewerkschaften und den Kampf für das allgemeine Wahlrecht (Chartismus) in Erscheinung trat. Den Frühsozialisten war die Vorstellung gemeinsam, durch rationale Organisierung des gesellschaftlichen Zusammenlebens und die gleichmäßige Verteilung aller verfügbaren Güter den sich ausbreitenden Kapitalismus überwinden zu können. Wichtige Vertreter dieser Richtung waren Graf Claude-Henri de Saint-Simon (1760–1825) und dessen Schüler, Charles Fourier (1772–1837) und Robert Owen (1771–1858), sowie Pierre-Joseph Proudhon (1809–1965), von dem der Ausspruch stammt: „Eigentum ist Diebstahl". Während Fourier ein harmonisches menschliches Miteinander durch ein streng durchorganisiertes Gemeinschaftsleben erreichen wollte, gehen auf den englischen Industriellen Owen eine Reihe praktischer Versuche zurück, autarke Lebensgemeinschaften zu gründen (Musterbetrieb mit Sozial- und Bildungseinrichtungen, Gemeinschaftssiedlung, Genossenschaftswesen). Mit Louis Blanc (1811–82) wurde erstmals ein Sozialist Minister. Er organisierte während der Pariser Februarrevolution ein großangelegtes Projekt zur Arbeitsbeschaffung, das jedoch fehlschlug.

Marxismus und demokratischer Sozialismus: Die zentralen Forderungen der Frühsozialisten wurden von Karl Marx und Friedrich Engels aufgegriffen, jedoch scharf kritisiert und als utopisch abgewertet. Statt dessen erarbeiteten sie einen optimistischen Zukunftsentwurf für das menschliche Zusammenleben und die zu erwartende gesellschaftliche Entwicklung, der viele Züge der zeitgenössischen Wissenschaftsgläubigkeit und des Positivismus trägt. Grundlage hierfür war eine eine wissenschaftliche Analyse der politischen Ökonomie ihrer Zeit, die durch eine weitgefaßte Geschichtsinterpretation erweitert und auf alle anderen historischen Zeitabschnitte zurückprojiziert wurde. Marx und Engels stellten eine Theorie zur revolutionären Überwindung des Kapitalismus auf, nach der die sozialistischen Forderungen nur dann eine Chance auf Verwirklichung hätten, wenn die sozialen Verhältnisse durch eine entsprechende ökonomische Entwicklung dafür „reif" geworden seien und die Arbeiterklasse auf dem Weg des → *Klassenkampfes* die Herrschaft errungen und eine → *Diktatur des Proletariats* errichtet hätte. Deren Ziel solle es sein, den Sozialismus als Vorstufe einer zukünftigen klassenlosen kommunistischen Gesellschaft aufzubauen (→ *Geschichtsauffassung;* → *Marxismus-Leninismus*).

Hauptstreitpunkte dieser mit umfassendem wissenschaftlichen Erklärungsanspruch auftretenden Lehre blieben dabei die Staatsordnung der künftigen sozialistischen Gesellschaft (→ *Staat*) und der Weg dorthin:

Sollte die Gesellschaft der Zukunft demokratischen Charakter haben und auf demokratische Weise erreicht werden, und was sollte unter „Demokratie" verstanden werden? Ist zu ihrer Verwirklichung ein revolutionärer Prozeß notwendig, oder läßt sie sich auch evolutionär, schrittweise, erreichen, zumal ihr nach marxistischem Geschichtsverständnis ohnehin die Zukunft gehören sollte? In welchem Maße sollte schließlich in der neuen Gesellschaft privates Eigentum bestehenbleiben? An diesen Grundfragen spaltete sich die sozialistische Bewegung bald in mehrere miteinander verfeindete Richtungen auf.

Die „orthodoxen" Marxisten vertraten gemäß dem „Manifest der Kommunistischen Partei" die Auffassung, daß der Sozialismus durch eine revolutionäre → *Diktatur des Proletariats* unter weitgehender Abschaffung des Privateigentums an Produktionsmitteln aufgebaut werden müsse (→ *Eigentum*). Wie Marx und Engels blieben sie jedoch im Hinblick auf demokratische Elemente sehr vage. Lenin und der russische Bolschewismus entschieden diese Frage in der revolutionären Praxis. Danach sollte der Sieg über die Bourgeoisie von einer politischen Elite stellvertretend für das Proletariat errungen werden. Mit Lenins Lehre der „Partei neuen Typus“ (→ *Führungsanspruch*) war der Weg frei für den bevormundenden Herrschaftsanspruch der kommunistischen Parteien und für die Errichtung einer Erziehungsdiktatur.

Diesem radikalen Entwurf widersprach die Richtung des westeuropäischen sozialdemokratischen Reformismus, der bereits in Louis Blanc einen frühen Vertreter hatte und von Eduard Bernstein (1850–1932) am Ende des 19. Jhs. theoretisch formuliert worden war. Bernsteins „Revisionismus“ lehnte die Diktatur des Proletariats als Modell für den Übergang zum Sozialismus ab und plädierte für einen schrittweisen evolutionären Umbau der Gesellschaft. Im Gegensatz zu den Marxisten legte diese Richtung ausdrücklich Wert auf einen „demokratischen Sozialismus“, auf den demokratisch-parlamentarischen Charakter der zukünftigen Ordnung. Sie war – anders als die „internationalistischen“ Marxisten – meist nationalstaatlich orientiert. Die Gegensätze zwischen marxistischem und demokratischem Sozialismus prägten die sozialistischen Parteien und Organisationen, die seit Mitte des 19. Jhs. entstanden, und bewirkten die Abspaltung bzw. Neugründung kommunistischer Parteien (→ *kommunistische Bewegung*).

1919 forderte Lenin alle mittlerweile entstandenen kommunistischen Gruppen auf, sich in der III. Kommunistischen Internationale zusammenzuschließen. Die Komintern wurde in Moskau als zentralistische Weltpartei gegründet, deren Mitgliedsparteien sich als Sektionen bedingungslos den Weisungen der Zentrale unterzuordnen hatten. Auch die KPD war der Komintern beigetreten, die als „Generalstab der Weltrevolution“ namentlich in Deutschland die sozialistische Revolution zum Sieg führen wollte. Aufstände zwischen 1919 und 1923 scheiterten jedoch. Es gelang der KPD auch nicht, die Vormacht der Sozialdemokratie in der deutschen Arbeiterbewegung zu brechen. Die Partei verfolgte aus taktischen Gründen einen ideologischen Zickzackkurs, der zwischen dogmatischer Selbstisolation und militanter Ablehnung der als „Sozialfaschisten“ beschimpften Sozialdemokraten einerseits und zeitweiliger Öffnung gegenüber der Sozialdemokratie, den Gewerkschaften, den Kirchen und anderen gesellschaftlichen Gruppen andererseits schwankte. Ziel dieser Bündnispolitik war es, die eigene Schwäche zu überwinden und den Bündnispartner möglichst zu dominieren oder zu vernichten. Auch die Volksfront-Taktik Mitte der 30er Jahre in Frankreich und Spanien folgte dieser Linie.

Sozialismus als Herrschaftspraxis der KPD/SED: An diese Erfahrungen knüpften die deutschen Kommunisten nach dem Zweiten Weltkrieg an, als sie ihr zuvor in Moskau entwickeltes Programm zur Umgestaltung Deutschlands im Auftrag von und in Abstimmung mit der sowjetischen Besatzungsmacht umzusetzen begannen (→ *Initiativgruppen*). Um möglichst viele soziale Gruppierungen in ihre Bündnispolitik einbeziehen zu können und leichter die Macht zu erringen, vermied die KPD sogar in ihrem Gründungsaufruf vom 11. Juni 1945 den Begriff Sozialismus und sprach von einer „parlamentarisch-demokratischen Republik". Zugleich wurde von ihr jedoch die Umgestaltung der SBZ nach sowjetischem Muster vorangetrieben (→ *antifaschistisch-demokratische Umwälzung*). Durch die Vereinigung der KPD mit der → *SPD* zur → *SED* im April 1946 wurden einem demokratischen Sozialismusverständnis die politischen Einflußmöglichkeiten genommen.

Damit war der marxistisch-leninistische Sozialismus stalinistischer Prägung zum Dogma für den Aufbau des neuen Staates erhoben. Die von Anton Ackermann 1946 im Auftrag der KPD-Führung formulierte These vom „besonderen deutschen Weg zum Sozialismus" wurde Ende 1948 zugunsten der allgemeinen „Verschärfung des Klassenkampfes" verworfen; die SED wurde in eine Partei „neuen Typs" transformiert. Noch vor Gründung der DDR setzten systematische Verfolgungen von „revisionistischen", „reformistischen" und sozialdemokratischen „Abweichlern" ein. Offiziell wurde jedoch erst auf der 2. Parteikonferenz der SED im Juli 1952 von Generalsekretär Walter Ulbricht der „planmäßige Aufbau des Sozialismus" verkündet. Von nun an blieb die Verwirklichung des Sozialismus im von Moskau vorgegebenen marxistisch-leninistischen Sinne das offizielle Ziel der Partei. Weder der „Neue Kurs" nach Stalins Tod 1953 noch das „Tauwetter" und die vorsichtige Entstalinisierung im Jahre 1956 änderten etwas an dieser Losung, sondern milderten nur den auf Stalin und Ulbricht konzentrierten → *Personenkult*. Begrenzte Reformbemühungen nach dem Mauerbau bezogen sich ausschließlich auf den Wirtschaftsbereich.

Seit dem VII. Parteitag der SED 1967 versuchte Ulbricht, mit seiner Formel von der „sozialistischen Menschengemeinschaft", die mittlerweile in der DDR entstanden sei und in der es keine Klassengegensätze mehr gebe, einen ideologischen Vorsprung gegenüber der Sowjetunion zu gewinnen und die DDR zum „Musterland" des Sozialismus zu stilisieren. Der Sozialismus, so behauptete er, sei nicht nur ein kurzes Durchgangsstadium auf dem Weg zum Kommunismus, sondern eine „relativ selbständige sozialökonomische Formation in der historischen Epoche des Übergangs vom Kapitalismus zum Kommunismus" und daher eine „qualitativ neue Gesellschaftsformation". Auf Druck von Moskau wandte sich aber Honecker von Ulbrichts ideologischen Alleingängen wieder ab. Der VIII. Parteitag der SED 1971 markierte den Wendepunkt. Nunmehr wurde von der „entwickelten sozialistischen Gesellschaft“ gesprochen.

Versuche in der ČSSR, im Zuge des Prager Frühlings von 1967/68 die Tradition des demokratischen Sozialismus aufzugreifen und nach einem „Dritten Weg“ zwischen Kapitalismus und dogmatischem Marxismus zu suchen, wurden von der Sowjetunion auch mit Unterstützung der NVA unterdrückt (→ *sozialistische Bruderhilfe*) und verschärften eher den ideologischen Kurs der SED. Damit war deutlich geworden, daß eine Erneuerung des Kommunismus innerhalb der bestehenden Machtstrukturen nicht möglich sein würde. Die polnische Demokratiebewegung Solidarność versuchte daher nicht mehr eine Reform des Sozialismus sowjetischer Prägung, sondern orientierte sich bereits an anderen Gesellschaftsmodellen wie der „civil society“. In der Sowjetunion unter Michael Gorbatschow wurden ab 1985 mit den Schlagworten Glasnost und Perestroika in sehr vorsichtiger Form Elemente eines demokratischen Sozialismus wiederbelebt. Der rasante Liberalisierungsprozeß, der dadurch ausgelöst wurde, entwickelte jedoch eine Eigendynamik, die mit dem Marxismus-Leninismus das gesamte sozialistische System zum Einsturz brachte.

Sozialismus als offizielle Ideologie der SED: In der Ideologie der KPdSU und der SED wurde der Sozialismus immer mehr als selbständige und länger andauernde Entwicklungsphase interpretiert. Die SED-Ideologen bezeichneten mit dem Begriff nicht nur einen Gesellschaftszustand, sondern subsumierten darunter die „wissenschaftliche Theorie von den Gesetzmäßigkeiten der Verwirklichung der historischen Mission des Proletariats“ und erklärten ihn zum „Inbegriff der revolutionären, marxistisch-leninistischen Arbeiterbewegung“. Das vom ZK der SED herausgegebene Parteiorgan „Einheit“ erhob demzufolge auch den Anspruch, eine Zeitschrift für „Theorie und Praxis des wissenschaftlichen Sozialismus“ zu sein.

Damit wurde Sozialismus zugleich ein Synonym für das gesamte ideologische Dogmengebäude des Marxismus-Leninismus, das je nach Bedarf als praktische Handlungsanweisung oder als Doktrin zur Legitimation der SED-Politik herangezogen wurde. Jede politische Kursänderung verlangte eine neue Festlegung, was unter Sozialismus zu verstehen war, zumal der utopische Gehalt der sozialistischen Ideengeschichte immer wieder zur Quelle von „revisionistischen Abweichungen“ innerhalb der Partei wurde, die der „Gegner“ zur „Schwächung“ dessen, was die SED als Sozialismus bezeichnete, ausnutzen konnte. Die Geschichte der DDR kennt viele Beispiele für SED-

Mitglieder, die unter Berufung auf den ideellen Kern des Begriffs Sozialismus ihre Opposition gegen die Parteiführung begründeten. Auch in Kunst und Literatur sowie teilweise in den → *Kirchen* wurde Kritik an den Zuständen in der DDR im Namen eines „verbesserlichen Sozialismus" (Propst Heino Falcke) vorgetragen.

In seiner Hauptbedeutung umschrieb der Begriff aber in der Propaganda den in der DDR und den Staaten des sowjetischen Machtbereichs herrschenden Gesellschaftszustand. SED-Chefideologe Kurt Hager sprach in diesem Sinne vom „real existierenden Sozialismus" (9. ZK-Tagung 1973). Nach dem „Philosophischen Wörterbuch" stellte der Sozialismus die dem Kapitalismus unmittelbar folgende „historisch erste Phase" auf dem Wege zum Kommunismus dar, deren Aufgabe es sei, „die materiellen und ideologischen Voraussetzungen des Kommunismus zu schaffen". Der Aufbau der sozialistischen Gesellschaft sei „nur mittels der politischen Macht der Arbeiterklasse in Gestalt der Diktatur des Proletariats unter Führung der marxistisch-leninistischen Partei" zu erreichen. Dazu müsse die „Brechung und Niederhaltung des Widerstandes der gestürzten Ausbeuterklassen" sowie die sozialistische Umgestaltung der Wirtschaft und des gesamten gesellschaftlichen Lebens erfolgen. Dabei sei der sozialistische Staat das entscheidende Machtinstrument.

Für diese Entwicklung werden sodann verbindliche Etappen festgelegt: 1. die „Schaffung der Grundlagen des Sozialismus", 2. der „umfassende sozialistische Aufbau", die „Schaffung der entwickelten sozialistischen Gesellschaft" sowie 3. die „Etappe der voll funktionierenden entwickelten sozialistischen Gesellschaft" und „des allmählichen Übergangs des Sozialismus in den Kommunismus". Nach offizieller Geschichtsbetrachtung hatte die DDR in den 50er Jahren mit der ersten Etappe begonnen, die Anfang der 60er Jahre abgeschlossen gewesen sei und sich in den 70er Jahren bereits auf dem Weg zur dritten Stufe befunden habe (vgl. Programm der SED von 1976).

Wiederholt wird der Begriff Sozialismus, der mit einer breiten eigenen Charakteristik ausgeschmückt wird, von den Ideologen in die Nähe des verheißungsvollen kommunistischen Endzustandes gerückt. Im Sozialismus, der seine historische Überlegenheit über den Kapitalismus durch die Existenz des sozialistischen Weltsystems schon praktisch bewiesen habe, seien nach Sicht der SED-Ideologen demnach schon wesentliche Merkmale des Kommunismus vorhanden. In beiden Formationen bestehe bereits „das gesellschaftliche Eigentum an Produktionsmitteln, ist die Ausbeutung des Menschen durch den Menschen beseitigt und der Klassenantagonismus aufgehoben." In beiden Phasen diene die Produktion „der immer besseren Befriedigung der materiellen und kulturellen Bedürfnisse der Werktätigen, der allseitigen Entfaltung ihrer Talente und Fähigkeiten, der Durchsetzung ihrer Persönlichkeit". Daher präge sich bereits im Sozialismus das neue Menschenbild des Kommunismus heraus. Beide Geschichtsepochen seien weiterhin durch die planmäßige Leitung der gesellschaftlichen Prozesse charakterisiert, und auch der Frieden sei bei beiden ein grundlegender Wesenszug.

Allerdings beständen im Sozialismus im Gegensatz zum Kommunismus – wenngleich abgemildert – noch „Mißstände" der alten Gesellschaftsordnung wie die „Unterschiede zwischen Stadt und Land, zwischen körperlicher und geistiger Arbeit, die mit Unterschieden im Arbeitseinkommen, in den Bedürfnissen und in der Möglichkeit ihrer Befriedigung sowie im Bildungs- und Kulturniveau verbunden sind". Außerdem gebe es noch die Klassen der Arbeiter und Bauern und die Schicht der → *Intelligenz*. Ursache dafür sei, daß noch kein einheitliches gesellschaftliches Eigentum an den Produktionsmitteln bestehe. Daher gelte im Sozialismus der Satz: „Jeder nach seinen Fähigkeiten, jedem nach seinen Leistungen", während erst im Kommunismus die Gesellschaft „jedem nach seinen Bedürfnissen" werde geben können. Durch die Behauptung, daß der Sozialismus die zwangsläufig noch mangelhafte Vorstufe zum Kommunismus darstelle, hatte die SED eine Handhabe, um den krassen Widerspruch zwischen dem Erwartungsdruck, den sie mit ihrer zukunftsbezogenen Ideologie erzeugte, und dem kläglichen DDR-Alltag zu rechtfertigen. In Zweifelsfällen wurden Unzufriedene auf die ungünstige Lage der DDR an der Frontlinie der Systeme und auf die ständige Bedrohung durch den Imperialismus verwiesen.

Der Entwicklung zum Sozialismus und zum Kommunismus, die sich nach den allmächtigen Gesetzen der Geschichte vollziehe, kann sich nach marxistischer Überzeugung niemand auf Dauer entgegenstellen. Diese Vorstellung offenbart ein mechanistisches Modell der historischen Entwicklung, das einen mehr oder weniger linearen Fortschritt in Richtung auf ein klar benennbares feststehendes Ziel beinhaltet (→ *Geschichtsauffassung*). In einer schon bei Marx angelegten geschichtsteleologischen Überhöhung wird nicht nur behauptet, „daß nur der Sozialismus imstande ist, die grundlegenden Probleme der Menschheit zu lösen, sondern auch geschlußfolgert: „Mit dem Sozialismus endet die Vorgeschichte der Menschheit und beginnt ihre eigentliche Geschichte." (Hauptdokument der Internationalen Beratung der kommunistischen und Arbeiterparteien 1969 in Moskau).

Sozialismus als Ersatzreligion: In inflationärer Verwendung verlor das Adjektiv „sozialistisch" in der ideologisch überhöhten Sprache der

SED immer mehr seine ursprüngliche gesellschaftsreformerische oder visionäre Bedeutung und wurde zunehmend allen Erscheinungen und Vorgängen angeheftet, die im Einklang mit den jeweiligen politischen Zielen der SED standen (→ *Agitation und Propaganda*; → *Sprache und Politik*). So entstand in der DDR mit ihren → *sozialistischen Errungenschaften* angeblich eine → *sozialistische Persönlichkeit*, die den „neuen Menschen“ in der sozialistischen Gesellschaft verkörperte (→ *Marxistisches Menschenbild*). Die sozialistische Produktionsweise sollte durch einen sozialistischen → *Wettbewerb* an Schwungkraft gewinnen, und Parteigenossen zeichneten ihre Briefe „mit sozialistischem Gruß“. Zu welch inhaltsleerer und absurder Formel die Worte Sozialismus und sozialistisch degenerierten, illustriert die populäre Redewendung „Das geht seinen sozialistischen Gang“. Dahinter verbargen sich im volkstümlichen Jargon, im krassen Gegensatz zur offiziellen Propagandasprache, der allgegenwärtige Schlendrian und die Vetternwirtschaft unter Parteigenossen. Die SED war bestrebt, die gesamte Alltagskultur mit einem weihevollen sozialistischen Anstrich zu versehen. Dies schlug sich insbesondere in den sozialistischen → *Feiern* nieder (sozialistische Namensgebung, Eheschließung, Bestattung usw.), von denen sich aber nur die → *Jugendweihe* in nennenswerter Weise durchsetzen konnte.

Der als Lehre vom Sozialismus bezeichnete → *Marxismus-Leninismus* nahm im säkularisierten SED-Staat in vielerlei Hinsicht die Funktion einer offiziellen „Ersatzreligion“ ein (→ *Atheismus*). Die neuere Religionssoziologie, die das Wesen der Religiosität mit funktionalen und phänomenologischen Strukturkriterien zu erfassen sucht, spricht vom Marxismus-Leninismus sogar als vollwertiger Religion, während ihn Hans Maier im Rückgriff auf Eric Voegelin zusammen mit anderen totalitären Ideologien als politische Religion klassifiziert (→ *Totalitarismus*). Demgemäß lassen sich bei kommunistischen Parteien typische Merkmale von Religionsgemeinschaften nachweisen.

Die materialistisch-atheistische Ideologie vom Sozialismus war dabei im Gegensatz zum Christentum, das auf eine jahrhundertealte theologische und aufgeklärte Tradition zurückgreifen konnte, im Hinblick auf den „religiösen“ Aspekt ihres Wesens vollständig unreflektiert. Die ideologische Praxis der SED – und vieler anderer kommunistischer Parteien, besonders in der stalinistischen Ära – wies typische Merkmale einer voraufklärerischen Religion auf: ein starres, weltfremdes und fundamentalistisches Dogmengebäude mit verbindlicher Auslegung der „Lehre“ und zahlreichen Denkverboten, eine intolerante und gewaltsame „Missionierung“, welche die Überzeugungen des Gegenübers nicht gelten ließ, als Gegenstück dazu eine „Inquisition“, die alle Anders- bzw. Ungläubigen unerbittlich verfolgte, sowie schließlich die Ausnutzung von bewußt geschürten Erwartungen besserer Zustände in einer zukünftigen sozialistischen bzw. kommunistischen Gesellschaft, um immer wieder über die konkrete Misere hinwegzutäuschen. Damit zwang sie die ihrer Herrschaft unterworfenen Individuen in jene verantwortungsfreie selbstverschuldete Unmündigkeit, aus der zu erlösen sie gerade vorgab.

Die religiöse Komponente der Sozialismus-Ideologie ist bereits in ihren philosophischen Wurzeln angelegt. Schon der Anspruch des dogmatischen Marxismus-Leninismus auf umfassende Erklärung und Sinngebung der Realität verweist auf eine religiöse Dimension. Im Gegensatz zu seiner behaupteten Wissenschaftlichkeit gründet er sich auf eine Reihe unbewiesener Annahmen und Prämissen, die geglaubt werden müssen. Seine Ausstrahlungskraft beruht in nicht geringem Ausmaß auf einem Appell an religiöse und utopische Sehnsüchte im Menschen nach einer besseren Welt. Er gibt nicht nur vor, eine bessere Gesellschaft zu schaffen, sondern auch den dazu notwendigen „neuen Menschen“ (→ *sozialistische Persönlichkeit*; → *Bildungswesen*), den er aus dem Jammertal der „Entfremdung“ herauszuführen verspricht.

Wer sich ihm anheimgibt, erhält eine gewisse Lebenshilfe, während kritisches Denken schnell auf Widersprüche trifft. Zugleich gewährt er Orientierungshilfe im Politischen wie im Alltäglichen. Die Welt wird mit Hilfe eines verbindlichen Begriffsrasters gedeutet und damit die unüberschaubar bedrohliche Komplexität des Seins auf wenige handhabbare Faustregeln reduziert. In einem unerschütterlichen Überlegenheitskomplex werden alle anderen Betrachtungsweisen von ihm lediglich als Vorstufen zum eigenen Denksystem wahrgenommen, die auf einer mangelnden Erkenntnis beruhen.

Bei der marxistischen Vision einer utopisch-„paradiesischen“ kommunistischen Gesellschaft mit „Gottesstaat“-ähnlichen Zügen, deren Zeitpunkt unvorhersehbar, deren Kommen aber infolge der „gesetzmäßigen“ Entwicklung der Geschichte unausweichlich sein sollte, handelt es sich um ein typisches chiliastisches Element – eine religiöse Heilserwartung. In dieser innerweltlichen Eschatologie ist die räumliche Transzendenz eines Jenseits durch die zeitliche Transzendenz des Dereinst ersetzt. Zu seiner Verwandtschaft im Hinblick auf die transzendente Dimension tritt die Affinität des Marxismus-Leninismus zum Christentum in den proklamierten innerweltlichen Zielen wie Solidarität, Gleichheit und Gerechtigkeit. Die faktische Inhaltsleere des pseudoreligiösen Schlagwortes vom Sozialismus hatte für die SED den Vorteil, daß dieser Begriff nicht einklagbar war, sondern je nach Situation und Bedarf von der Parteiführung mit jeweils konkreten Inhalten gefüllt werden konnten.

Martin Georg Goerner/Manfred Wilke

Literaturhinweise:

Bochenski, Joseph M./Niemeyer, Gerhart (Hrsg.): Handbuch des Weltkommunismus, Freiburg, München 1958.
Fetscher, Iring: Von Marx zur Sowjetideologie. Darstellung, Kritik und Dokumentation des sowjetischen, jugoslawischen und chinesischen Marxismus, Frankfurt/M. u.a. 1956.
Goerner, Martin Georg: Die Kirche als Problem der SED. Strukturen kommunistischer Herrschaftsausübung gegenüber der evangelischen Kirche 1945 bis 1958, Berlin, 1997.
Jacoby, Edmund: Lexikon linker Leitfiguren, Frankfurt/M., Wien 1989.
Klaus, Georg/Buhr, Manfred (Hrsg.): Sozialismus und Kommunismus, in: Philosophisches Wörterbuch, Bd. 2, Leipzig (12. Auflage) 1985, S. 1114-1127.
Kolakowski, Leszek: Die Hauptströmungen des Marxismus. Entstehung, Entwicklung, Zerfall. 3 Bde., München, Zürich 1989.
Maier, Hans: „Totalitarismus" und „Politische Religionen". Konzept des Diktaturvergleichs, München 1996.
Müller, Hans: Ursprung und Geschichte des Wortes Sozialismus und seiner Verwandten, Hannover 1967.

Sozialistische Bruderhilfe und die SED

Mit der Propagandaformel „Brüderliche Hilfe" rechtfertigte die Sowjetunion die Besetzung der Tschechoslowakischen Sozialistischen Republik im August 1968 durch Truppen der Sowjetunion und ihrer Verbündeten. Die neue Formel wurde in der Folgezeit verschiedentlich variiert und erlangte insbesondere während der polnischen Krise 1980/81 nochmals Bedeutung.

Die SED-Führung stand im Fall des Prager Frühlings und von Solidarność fest an der Seite der Sowjetunion, mischte sich politisch selbst in die Innenpolitik beider Staaten ein und verteidigte das bedrohte Machtmonopol der kommunistischen Parteien in den Nachbarländern. Die strategische Kernfrage in der Wahrnehmung und Beurteilung beider Krisen ist für die SED die ideologische, organisatorische und politische Behauptung des Machtmonopols der kommunistischen Parteien. In beiden Systemkrisen war die SED bereit, militärische Gewalt einzusetzen, um das bedrohte Machtmonopol der kommunistischen Partei in beiden Nachbarländern zu festigen bzw. zu restaurieren – wenn die Sowjetunion es befohlen hätte. Im eigenen Lande reagierte die SED-Führung mit Verhaftungen auf Proteste und Sympathiebekundungen für den Prager Frühling. Die Kontakte zwischen einzelnen Oppositionellen aus der DDR mit Regimekritikern in Polen und der Tschechoslowakei versuchte die SED durch das MfS und eine rigide gehandhabte Reiseverbotspraxis – Abschaffung des visafreien Reiseverkehrs – zu unterbinden.

Die nationalen Besonderheiten der DDR mit ihrem → *Sozialismus* in einem halben Land werden besonders in diesen Krisen sichtbar. Sie sind in beiden Krisen für die SED ein auslösender Faktor für ihre Interventionspolitik und prägen ihr Verständnis von sozialistischer Bruderhilfe.

Tschechoslowakei 1968: Die Beurteilung der Beteiligung der DDR am Truppeneinmarsch von fünf Warschauer-Pakt-Staaten am 21. Aug. und der nachfolgenden Besetzung der ČSSR muß berücksichtigen: Die NVA erhielt als eine „reine Koalitionsarmee" ihre Einsatzbefehle vom Oberkommandierenden der vereinten Streitkräfte des → *Warschauer Pakts*, d.h. vom sowjetischen Generalstab. Die beiden mobilisierten NVA-Divisionen lagen an der tschechischen Grenze in Bereitschaft, aber sie marschierten nicht in die ČSSR ein. Die nicht-militärischen Aspekte der Bruderhilfe der SED sind nicht weniger bedeutsam. Mit ihrer Frontstellung gegen die Reformen in der ČSSR wollte sie damals auch die neue Ostpolitik der Bundesrepublik durchkreuzen. Für sie handelte es sich um den Prozeß der „Sozialdemokratisierung" der „Bruderpartei". Sie beschwor die Gefahr der Allianz einer reformierten ČSSR mit der Bundesrepublik zum Schaden der DDR. Sie stellt somit einen direkten Zusammenhang zwischen der „neuen Ostpolitik" der Bundesregierung und dem tschechoslowakischen Reformprozeß her.

Die SED reagierte auf zwei Reformen in der ČSSR außerordentlich aggressiv: 1. die öffentliche Rehabilitierung der Opfer der Repressionen in den 50er Jahren und 2. die Aufhebung der Zensur.

Das Thema Rehabilitierungen, namentlich der kommunistischen Opfer der stalinistischen Repressionspolitik, berührte Ulbricht existentiell. Die überlebenden deutschen Kommunisten des Moskauer Exils nach 1956, die aus den sowjetischen Lagern in die DDR zurückkehrten, wurden versorgt, aber zugleich zum Schweigen verdammt. Die tschechoslowakische Parteiführung aber hatte die Rehabilitierungen ja nicht allein auf die Kommunisten beschränkt, sie bezog die anderen Opfer der Repressalien ausdrücklich ein.

Die Wiederherstellung der parteilichen Kontrolle über die Medien war eine der Hauptforderungen der SED an die KPČ. Seit dem 19. Juli strahlte der Rundfunksender Dresden täglich propagandistische Sendungen in tschechischer und slowakischer Sprache aus.

Ein weiterer Beitrag der SED zum Gelingen der sowjetischen Okkupationspolitik bestand in einer systematischen Ausforschung des politischen Standortes der tschechoslowakischen Kader in Schlüsselpositionen des gesellschaftlichen Lebens und der Partei- und Staatsverwaltung. SED-Parteifunktionäre, Mitarbeiter des Staatsapparates, Massenorganisationen und Journalisten, einschließlich des staatlichen Reisebüros beteiligten sich neben dem MfS an dieser „Kundschaftertätigkeit". Auf diese Weise entstanden viele Berichte und Dossiers über tschechoslowakische Kollegen und Freunde. Mancher Funktionär der KPČ wandte sich an die SED oder die Diplomaten der DDR, versorgte sie mit Informationen und bat um „Hilfe von außen".

Nach der Besetzung des Landes leisteten die SED, die von ihr angeleiteten Organe und Dienststellen der DDR direkte und indirekte „brüderliche Hilfe" bei der Säuberung der KPČ von Reformanhängern und der Wiederherstellung ihrer ideologischen, politischen und organisatorischen Handlungsfähigkeit auf der Grundlage des Marxismus-Leninismus.

Polen 1980/81: Auch die Lage in Polen im Sommer 1980 wurde in Beziehung gesetzt zu der tschechoslowakischen Entwicklung von 1968. Die Zulassung freier Gewerkschaften, die Abschaffung der Zensur und besonders das Recht auf Streik waren für das SED-Politbüro in einer sozialistischen Gesellschaft inakzeptabel: „Streiks zum Ausdruck ‚authentischer Arbeiterinteressen' zu erklären ist unseres Erachtens unannehmbar. Die Klasseninteressen der Arbeiter kann niemand anders zum Ausdruck bringen als die Partei, die mit dem wissenschaftlichen Sozialismus ausgerüstet ist."

Nach Zulassung der Gewerkschaft Solidarność durch das Oberste Gericht im November 1980 wandte sich Honecker an Breschnew mit der dringenden Bitte, „kollektive Hilfemaßnahmen für die polnischen Freunde bei der Überwindung der Krise auszuarbeiten". Die sowjetische Führung, die ein Jahr zuvor ihre Truppen nach Afghanistan geschickt hatte, entschied sich zu diesem Zeitpunkt allerdings gegen die Intervention in Polen. Die militärischen Erwägungen der SED-Führung in jenen dramatischen Monaten spiegeln sich in den Parteiakten selbst kaum wider. Die in der Aktenüberlieferung des Ministeriums für Nationale Verteidigung gefundenen Dokumente belegen aber, daß unmittelbar vor dem entscheidenden Treffen der Führer der Warschauer Vertragsstaaten im Dezember 1980 militärische Vorbereitungen für eine „Hilfe von außen" gegenüber Polen getroffen wurden. Ausgehend von der Lage in Polen wurde eine gemeinsame Ausbildungsmaßnahme der Armeen der UdSSR, der DDR, Polens und der Tschechoslowakei vorbereitet. Die „gemeinsame Ausbildungsmaßnahme" umschrieb offenbar die militärischen Interventionsplanungen unter Beteiligung von Kampfeinheiten der DDR-Volksarmee. Honecker selbst sanktionierte die vorbereiteten Operationspläne mit seiner Unterschrift unter einen entsprechenden Befehl. Erst im April 1982 wurde von sowjetischer Seite die Aufhebung dieser „Übungspläne" verfügt.

Vor dem Parteitag der PVAP im Januar 1981 trafen sich im Moskauer Kreml auf Initiative von Honecker die Generalsekretäre der KPdSU, der KPČ und der SED zu einer geheimen Beratung über die Lage in Polen. Honecker warnte, „daß die PVAP in eine sozialdemokratische Partei verwandelt" werde, die „eng mit der Führung der Kirche und der Führung der Solidarność zusammenarbeite" und die „Konterrevolution zum Siege" führe. Der SED-Generalsekretär sah zudem die Gefahr einer kapitalistischen Einkreisung der DDR und der ČSSR durch Polen und die Bundesrepublik. Basierend auf diesem Treffen legte das SED-Politbüro vornehmlich gegenüber den ersten Sekretären der SED-Bezirksleitungen fest, wie sie in Polen gegenüber Funktionären der PVAP zu agieren hätten: Das bevorstehende 11. ZK-Plenum der PVAP sollte genutzt werden, um Stanislaw Kania und Jaruzelski zu stürzen. Obwohl der Versuch scheiterte, hielt es an diesem Ziel fest und stellte den polnischen Marxisten-Leninisten in Aussicht, „jede notwendige materielle und politische Hilfe für die Weiterführung ihres Kampfes zu gewährleisten, einschließlich eventueller notwendiger Versorgung für ihre Familien."

Auf dem Gebiet Polens begann im Frühsommer eine gemeinsame Stabsübung der Armeen der UdSSR, der ČSSR, Polens und der DDR. Die Möglichkeit einer Intervention von außen wurde Anfang Dezember auf einer Routinesitzung des Komitees der Verteidigungsminister der Warschauer Vertragsstaaten diskutiert. Die Frage, ob die Intervention im Dezember 1981 für den Fall, daß die „innerpolnische Lösung" nicht gegriffen hätte, tatsächlich von der sowjetischen Führung ins Kalkül gezogen wurde oder ob die Drohung ausschließlich als „unterstützende" Maßnahme für Jaruzelskis Vorbereitung auf die Verhängung des Kriegszustandes gedacht war, kann auf Basis der SED-Akten nicht beantwortet werden.

Die Information über die unmittelbar bevorstehende Verhängung des Kriegszustandes in Polen erhielt Honecker am 10. Dez. aus Warschau. In der Nacht vom 12. zum 13. Dez. wurden die Teilstreitkräfte und die Grenztruppen der DDR in erhöhte Führungsbereitschaft versetzt. Auf seiner Sitzung am 15. Dez. begrüßte das SED-Politbüro die „Entwicklung der Lage“ und ließ Vorschläge für ökonomische Hilfsmaßnahmen prüfen. Bereits einige Tage zuvor hatte die DDR erste „Hilfslieferungen“ an Polen geschickt, darunter „Nah- und Straßenkampfmittel“.

Manfred Wilke

Literaturhinweise:

Kubina, Michael/Wilke, Manfred: Hart und kompromißlos durchgreifen. Die SED kontra Polen 1980/81, Berlin 1995.

Prieß, Lutz/Kuval, Vačlav/Wilke, Manfred: Die SED und der Prager Frühling, Berlin 1996.

Sozialistische Einheitspartei Deutschlands (SED)

Die SED wurde am 26. April 1946 durch den Zusammenschluß von KPD und → *SPD* als „Einheitspartei der Arbeiterklasse“ gegründet.

I. Geschichte der SED: Die SED hat ihre Wurzeln in der 1919 gegründeten KPD. Ihre Geschichte ist weitgehend identisch mit der Geschichte des DDR-Staates und daher immer wieder unmittelbar verknüpft mit den einzelnen Phasen des DDR-Sozialismus (siehe einleitenden Beitrag „Phasen des DDR-Sozialismus“ von Gerhard Wettig).

Von den Moskauer Planungen 1944 bis zum Aufbau des Sozialismus 1952: Am Ende des Vereinigungsparteitages von KPD und SPD verkündete Walter Ulbricht, der künftige → *Generalsekretär* der Partei: „Mit dem heutigen Tag gibt es keine Sozialdemokraten und keine Kommunisten mehr; mit dem heutigen Tag gibt es nur noch Sozialisten!“ Der Sozialdemokrat Erich W. Gniffke machte sich bereits im Februar 1946 keine Illusionen über den realen Charakter der Vereinigung, der er aber zustimmte: „Wie in den Gewerkschaften besetzt auch in der zukünftigen Einheitspartei die KPD alle Schlüsselstellungen, und nichts anderes kommt bei der Vereinigung heraus, als daß die KPD ihren Namen abgelegt und einen neuen Apparat hat, die SPD aber aufgehört hat zu existieren.“ Die SED wurde dem Anspruch nach als gesamtdeutsche Partei (→ *SED und deutsche Frage*) gegründet. Alle Versuche, sie auch in den westlichen Besatzungszonen durchzusetzen, scheiterten aber nicht zuletzt am Widerstand der von Kurt Schumacher geführten deutschen Sozialdemokraten und an den westlichen Besatzungsmächten.

Die Vorgeschichte der SED begann Ende 1943 in Moskau. Die im Moskauer Exil befindliche KPD-Führung wurde von der KPdSU beauftragt, politische Planungen für die innere Umgestaltung Deutschlands unter den Bedingungen alliierter Besetzung nach dem Sieg über das nationalsozialistische Deutsche Reich auszuarbeiten. Die KPD verstand sich als kommende Regierungspartei, die mit einem „Block der kämpferischen Demokratie“ eine volksdemokratische Republik schaffen wollte. Voraussetzung war für die KPD-Funktionäre eine klare außenpolitische Orientierung Deutschlands auf die Sowjetunion nach dem Krieg. Schon im Frühjahr 1945 gingen die Moskauer KPD-Funktionäre von unterschiedlichen Bedingungen für die Arbeit der KPD im Vier-Zonen-Deutschland aus. In der SBZ würde die Anwesenheit sowjetischer Truppen die Eroberung der Macht durch die KPD garantieren, während in den anderen Besatzungszonen die Westmächte die Sozialdemokratie in der Arbeiterschaft auf Kosten der KPD stärken würden. Aus dieser Perspektive war die Durchsetzung der kommunistischen Hegemonie in der deutschen Arbeiterbewegung die entscheidende Voraussetzung für die künftige Rolle der KPD bzw. einer marxistisch-leninistischen „Einheitspartei“ als Staatspartei.

Praktische Bedeutung erhielten diese Moskauer Pläne und Überlegungen, als die Siegermacht Sowjetunion die KPD beauftragte, in der SBZ den neuen deutschen Staat zu organisieren (→ *Initiativgruppen der KPD*). Noch vor der Potsdamer Gipfelkonferenz (→ *Alliierte Konferenzen*), die im Sommer 1945 über die Zukunft Deutschlands entscheiden sollte, ließ die Sowjetunion in ihrer Besatzungszone „antifaschistisch-demokratische“ Parteien und Gewerkschaften zu (→ *antifaschistisch-demokratische Umwälzung*). Parallel zur Übernahme der obersten Regierungsgewalt durch die Alliierten in Deutschland am 5. Juni 1945 wurde in Moskau die Wiedergründung der KPD vorbereitet. Zweimal empfing Josef Stalin Wilhelm Pieck und Walter Ulbricht, um die Programmatik der Partei und die personelle Zusammensetzung ihrer Führung festzulegen. Von den 16 Mitgliedern des provisorischen Zentralkomitees kamen 13 aus dem Moskauer Exil, die in der Parteiführung der KPD die Schlüsselpositionen besetzten. Der programmatische Aufruf der KPD vom 11. Juni 1945 verzichtete auf den Begriff des Sozialismus und propagierte einen besonderen, von der Sowjetunion unterschiedenen Weg zum Sozialismus. Die KPD forderte eine erneuerte parlamentarische Republik und schlug den anderen Parteien die Bildung eines Blocks (→ *Blockpolitik*) vor. Vorrangig war für die KPD freilich die Bildung einer Aktionseinheit mit der → *SPD*. Sozialdemokratische Forderungen nach Gründung einer Einheitspartei lehnte sie jedoch vorerst ab mit dem Hinweis auf das rückständige Massenbewußtsein nach zwölf Jahren nationalsozialistischer Diktatur. An erster Stelle standen für die KPD-Führung die Reorganisation eines funktionsfähigen zentralen Parteiapparates, der Aufbau einer Massenpartei und einer Einheitsgewerkschaft (→ *FDGB*).

Als im Sommer 1945 die beiden Führungszentren Hannover und Berlin ihren Führungsanspruch erhoben und die SPD selbst in der SBZ mehr Mitglieder hatte als die KPD, forderten die Kommunisten die Einheitspartei. Der zentrale Parteiapparat der KPD war Ende 1945 hinreichend organisiert, um die Vereinigungskampagne in der SBZ erfolgreich durchführen zu können. Unterstützt von der SMAD, die auf einheitsunwillige Sozialdemokraten Druck ausübte, taktierte die KPD äußerst geschickt, um der SPD in der SBZ die Zustimmung zur Fusion zu ermöglichen. Anton Ackermann veröffentlichte einen programmatischen Artikel über den besonderen deutschen Weg zum Sozialismus, das Parteistatut versprach die demokratische Willensbildung der Mitglieder, und die Parteileitungen wurden paritätisch von KPD und SPD besetzt. Die von Stalin gewollte Fusion verschaffte den von ihm eingesetzten deutschen Kadern eine scheinbar demokratische Legitimation. Der zentrale Parteiapparat der KPD bildete den institutionellen Kern der neuen Partei, Walter Ulbricht und Wilhelm Pieck blieben die Vertrauensleute der Sowjets in der SED-Führung. Ackermann betonte im Manifest der SED für die „marxistische Bewegung" die Bedeutung von Marx, Engels, Lenin und Stalin als Theoretiker der Partei. Die Personalpolitik der SED orientierte sich weiterhin an Stalins Weisungen zur → *Kaderpolitik*.

Da die SED als gesamtdeutsche Partei gegründet wurde, wählten die Delegierten auch zwölf Spitzenfunktionäre der Westzonen-KPD in den Parteivorstand. Allerdings erhielt die SED als Partei keine Zulassung in den westlichen Besatzungszonen. Am Vorabend der Gründung der Einheitspartei erhob Franz Dahlem erstmals einen Führungsanspruch der SED gegenüber der westdeutschen KPD.

Die Wahlen des Jahres 1946 zeigten, daß die SED keine absolute Mehrheit erzielen konnte. Bei den Kreis- und Landtagswahlen in der SBZ im Herbst 1946 lag die SED als mitgliederstärkste Partei in Sachsen, Thüringen und Mecklenburg nur knapp vor → *CDU* und → *LDPD*; in Sachsen-Anhalt und Brandenburg erhielten diese Parteien zusammen trotz Behinderungen durch die SMAD mehr Stimmen als die SED. In → *Berlin* errang die SPD fast die Hälfte der Stimmen, gefolgt von der CDU. Die SED rangierte mit 19,8% erst auf dem dritten Platz.

Mit dem Ausbruch des → *Kalten Krieges* zwischen den Alliierten befestigte die Sowjetunion die Macht der SED in der SBZ. 1947 begann der Aufbau zentralisierter staatlicher Strukturen mit Gründung der Deutschen Wirtschaftskommission und dem Übergang zur Planwirtschaft. Die personelle Verschmelzung der obersten Parteiorgane mit den zentralen Institutionen der Staatsmacht (→ *Staats- und Verwaltungsapparat*) prägte von Beginn an das politische System der SBZ/DDR.

Die SED wurde parallel zu dieser Entwicklung nun offen nach dem Vorbild der KPdSU zur marxistisch-leninistischen „Partei neuen Typus“ geformt. Anton Ackermanns These vom besonderen deutschen Weg zum Sozialismus habe sich, so die Selbstkritik des Autors 1948, „als unbedingt falsch und gefährlich erwiesen“. Das Bekenntnis zur KPdSU und zu den Lehren von Marx, Engels, Lenin und Stalin und zur „führenden Rolle“ der Sowjetunion war für alle SED-Mitglieder verpflichtend.

Die Geschichte der SED wurde fortan geprägt von der Differenzierung und Disziplinierung der Mitglieder durch den zentralen Parteiapparat. Im Juli 1948 begann auf Weisung des Parteivorstandes die Säuberung der Partei von „feindlichen und entarteten Elementen“, und die Parität zwischen Sozialdemokraten und Kommunisten in den Parteivorständen wurde aufgehoben. Prominente sozialdemokratische Befürworter der Fusion wie Erich W. Gniffke und Ernst Thape flohen in den Westen. Thape schrieb in seiner Austrittserklärung, es habe in der SED zu keiner Zeit innerparteiliche Demokratie gegeben, und jetzt genüge schon der Verdacht, als Sozialdemokrat in der Partei geblieben zu sein, „um von der Militärpolizei verhaftet zu werden“. Gleichermaßen protestierte er gegen die Sowjetisierung der SBZ, indem er schrieb, „ich trete aus, weil ich Deutscher bin“, und die SED verlange jetzt von ihren Mitgliedern, „daß sie die sowjetische Besatzungsmacht lieben“. Im September 1948 erklärte die Parteiführung als Folge der Abgrenzung von der jugoslawischen „nationalistischen Abweichung“ jegliche Kritik an der KPdSU und dem sowjetischen Sozialismusmodell zur „sowjetfeindlichen Einstellung“, die direkt zum Parteiausschluß führte. In diesem Zusammenhang beschloß der Parteivorstand die Einrichtung einer Partei-Kontrollkommission (→ *Zentralkomitee*). Der Kampf gegen „die Tätigkeit feindlicher Agenten“ in der Partei wurde zur erklärten Aufgabe der Kommission; sie bekam weitreichende Befugnisse über die Verhängung von Parteistrafen hinaus bis zur „Entfernung von der Funktion im Partei- und Staatsapparat“. Die Beschlüsse der zentralen Partei-Kontrollkommission mußten dem Zentralsekretariat vorgelegt werden. Hermann Matern, Moskau-Emigrant, und Otto Buchwitz, früher SPD-Mitglied, wurden erste Vorsitzende dieser Kommission.

Sozialstrukturell verwandelte sich die SED relativ schnell von einer Partei der Arbeiter zu einer der Funktionäre und Verwaltungsangestellten. Der Ausbau eines gestuften → *Schulungsapparats* und die zentralisierte → *Kaderpolitik* differenzierten die SED in eine Partei der Kadernomenklatur und der zahlreichen Mitglieder. Ihre Funktion als „Massenpartei“ behielt sie allein schon aufgrund der Mitgliederstärke und vielfältigen gesellschaftlichen Positionen in der SBZ/DDR bei, auf die die Partei ihren Zugriff ausdehnte.

Mit der → *Volkskongreßbewegung* initiierte die SED 1948/49 eine außerparlamentarische Massenbewegung, um die Gründung eines Weststaates zu verhindern und die Gründung einer deutschen Volksdemokratie vorzubereiten. In einem Treffen mit Stalin im Dezember 1948 wurde die Proklamation der SED zur Partei neuen Typs und die Ausrufung eines eigenen provisorischen Staates nach Konstituierung des Weststaates vorentschieden.

Seit 1947 waren SED und die westdeutsche KPD in der Sozialistischen Arbeitsgemeinschaft verbunden. 1948 wählten die Landesverbände der KPD eine gemeinsame Leitung, die als Exekutivausschuß der SED im Westen fungierte. Nach Gründung der Bundesrepublik wurde die Arbeitsgemeinschaft aufgelöst, die KPD blieb allerdings weiterhin ein Interventionsapparat der SED im Westen.

Eine im Parteistatut der SED von 1946 nicht vorgesehene Parteikonferenz (→ *Parteitage und -konferenzen*) bestätigte die Beschlüsse des Parteivorstandes über die völlige Angleichung der Führungsstruktur der SED an das Modell der KPdSU: Der → *demokratische Zentralismus* wurde zum Prinzip des Parteiaufbaus erklärt und ein → *Politbüro* gebildet, das „alle wichtigen Fragen der Parteiführung und Parteipolitik, besonders Fragen marxistisch-leninistischer Erziehung der Parteimitglieder, zu beraten und zu entscheiden“ hatte. Unmittelbar nach der ersten Parteikonferenz, einem Markstein der Stalinisierung der SED (→ *Stalinismus*), begann die Parteiführung offen mit der Erstellung von → *Kadernomenklaturen*. Mit diesem Schritt war eine wichtige Voraussetzung zur weiteren Zentralisierung der politischen und ökonomischen Strukturen im Rahmen eines sozialistischen Kernstaates in Deutschland erfüllt. Die im Oktober 1949 gegründete DDR basierte auf der Suprematie der SED, welche die entscheidenden Positionen im → *Ministerrat*, im → *Staats- und Verwaltungsapparat*, in der Justiz (→ *Gerichtsverfassung*), in den Sicherheitsorganen (→ *Staatssicherheit*; → *Bewaffnete Kräfte*), in den → *Massenmedien* (→ *Meinungsmonopol*) und im → *Bildungswesen* besetzte. Die SED dominierte die gleichgeschalteten „bürgerlichen“ Parteien (→ *Blockpolitik*; → *Nationale Front*) und leitete die → *Massenorganisationen* an.

Partei und Staat

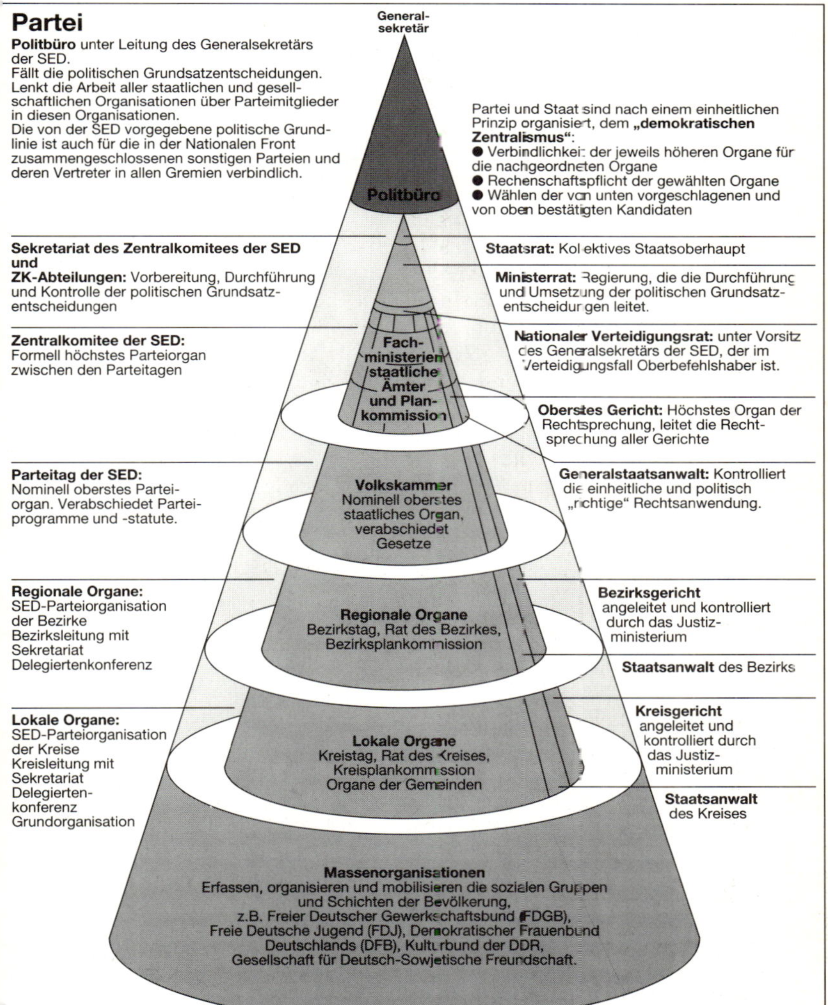

lenspiegel Bundesrepublik Deutschland/Deutsche Demokratische Republik, ein Vergleich, hrsg. vom Bundesministerium für innerdeutsche ehungen, 3. neugestaltete Ausgabe, Bonn 1986, S. 17)
llen: Zusammengestellt nach den geltenden Rechtsnormen, vor allem: DDRV; Statut der SED v. 22.5.1976; MRG; NVRG; VKGO

Der nach der Gründung der DDR im Juli 1950 stattfindende III. Parteitag der SED ersetzte den Parteivorstand durch ein → *Zentralkomitee*, wählte Walter Ulbricht zum Generalsekretär und verabschiedete ein neues Statut, welches das Fraktionsverbot in der SED verankerte. Der Parteitag forderte den „Kampf gegen Spione und Agenten", eine Etikettierung, die sich vor allem auf Sozialdemokraten, die „Schumacher-Agenten", die „Tito-Clique" und die „Trotzkisten" bezog. Seit Mai 1949 wurden in den Ländern Ost- und Südosteuropas Schauprozesse gegen prominente Parteiführer inszeniert, in die 1950 auch die SED einbezogen wurde. Die Partei verlor ungefähr 320 000 Mitglieder, nach offiziellen Angaben schloß die SED 150 696 Mitglieder aus. 1950 wurde auch das → *Ministerium für Staatssicherheit* gegründet.

1952 forcierte die SED den Aufbau des Sozialismus in der DDR. Die 2. Parteikonferenz beschloß den „planmäßigen Aufbau des Sozialismus" durch „verschärften Klassenkampf". Die SED setzte neue Konzeptionen in der Schul- und Kulturpolitik durch und proklamierte eine neue „werktätige Intelligenz". Der → *sozialistische Realismus* wurde alleingültige Kunstrichtung, die moderne Kunst wurde als formalistisch und kosmopolitisch verurteilt (→ *Kulturpolitik*). Die beschleunigte Übertragung sowjetischer Methoden auf die DDR verschärfte die inneren Spannungen, die sich vor allem im Ansteigen der Flüchtlingszahlen (→ *Fluchtbewegung*) bemerkbar machten.

Vom 17. Juni 1953 bis zum Bau der Berliner Mauer 1961: Am 5. März 1953 starb Stalin. Wenige Wochen nach seinem Tod wurde die SED-Führung nach Moskau zitiert. Gestützt auf die von der Sowjetischen Kontrollkommission (Nachfolgeorganisation der SMAD) vorgelegten Zahlen über die Flucht aus der DDR („So sind vom Januar 1951 bis April 1953 447 000 Personen nach Westdeutschland geflüchtet."), hatte das Politbüro der KPdSU einen Beschluß „zur Gesundung der politischen Lage in der DDR" gefaßt. Die KPdSU korrigierte nun den von ihr gebilligten Kurs „auf einen beschleunigten Aufbau des Sozialismus in Ostdeutschland". Die SED mußte vorerst auf die Kollektivierung der Landwirtschaft verzichten, den Druck auf Gewerbetreibende und die Kirchen (→ *Kirchen und Kirchenpolitik*) zurücknehmen und das politische Strafrecht mildern. Am 9. Juni 1953 räumte das Politbüro der SED „eine Reihe von Fehlern" ein. In der Parteizentrale entbrannte ein offener Machtkampf, Rudolf Herrnstadt und Wilhelm Zaiser forderten die Ablösung Ulbrichts und stützten sich dabei auf den sowjetischen KGB-Chef Lawrenti Berija. Nach dessen Sturz traf das gleiche Schicksal auch seine deutschen Gefolgsleute. Der zwischenzeitlich angeschlagene Generalsekretär Ulbricht nutzte zudem geschickt den Volksaufstand am

→ *17. Juni* und dessen Niederschlagung zur Festigung seiner Macht. Er konnte sich behaupten, da die sowjetische KP angesichts der unruhigen Lage keinen Führungswechsel wollte. Seine Opponenten schloß er aus dem Politbüro aus, und gleichzeitig setzte er eine erneute Säuberung in der SED in Gang: Von den 1952 „gewählten" Mitgliedern der 15 Bezirksleitungen schieden knapp zwei Drittel bis zum IV. Parteitag im Jahre 1954 aus, nahezu drei Viertel der im Juni 1953 tätigen 1. und 2. Kreissekretäre verloren ihre Funktion. Die SED bildete aus hauptamtlichen Mitarbeitern auch aus dem Staatsapparat und den Massenorganisationen „Parteiaktivs", um inner- und außerhalb der Partei die Linie des Politbüros offensiv zu vertreten. Zudem schuf sie 1953 mit den „Kampfgruppen der Arbeiterklasse" eine paramilitärische Parteitruppe in den Betrieben.

Die von der Sowjetunion 1955 verkündete „Zwei-Staaten-Theorie" entsprach tatsächlich einer sowjetischen Existenzgarantie für die DDR. Gewissermaßen als Kompensation für ihr Legitimationsdefizit bei der eigenen Bevölkerung und für ihren wachsenden Rückstand im innerdeutschen Systemwettbewerb baute die DDR den Sicherheitsapparat weiter aus und forcierte die allgemeine Militarisierung der Gesellschaft. 1956 bildete die SED auf Weisung der KPdSU durch Umbenennung und Aufstockung der Kasernierten Volkspolizei eine Nationale Volksarmee (→ *Bewaffnete Kräfte*), die allerdings als einzige Armee des Ostblocks auch in Friedenszeiten dem Oberkommmando des → *Warschauer Pakts* unterstellt blieb.

Die nächste Herausforderung für die SED kam aus der Sowjetunion. Die auf dem 20. Parteitag der KPdSU im Februar 1956 von Nikita S. Chruschtschow eingeleitete Entstalinisierung hatte auch für die SED Folgen. Ulbricht setzte die Entstalinisierung in der DDR um, begrenzte sie aber auch sofort. Stalin war nun zwar kein Klassiker des → *Marxismus-Leninismus* mehr, zugleich wurde jedoch jeder Bezug des Stalinismus zur SED und zur DDR zurückgewiesen und die Entstalinisierung zu einem internen Problem der Sowjetunion erklärt. Ulbricht regelte die Rehabilitierung von Opfern des „Sozialdemokratismus" und der „Anti-Titoismus-Kampagne" der frühen 50er Jahre unter Ausschluß der Öffentlichkeit: Inhaftierte Sozialdemokraten wurden begnadigt und insgesamt rund 21 000 Häftlinge entlassen. Dennoch formierte sich erneut eine intellektuelle und politische Opposition in der SED. Ulbricht lehnte jede „Fehlerdiskussion" ab und isolierte seine Widersacher. Er setzte auf die ökonomische Stärkung der DDR. Die 3. Parteikonferenz der SED beschloß 1956 den zweiten → *Fünfjahrplan*, der den Arbeitern eine spürbare Steigerung ihres → *Lebensstandards* versprach.

Die von der Sowjetunion niedergeschlagene ungarische Revolution 1956 und der „polnische Oktober" demonstrierten die Sprengkraft der Entstalinisierung für die kommunistische Parteiherrschaft. Ulbricht tat alles, um das Übergreifen dieser Systemkrise des sozialistischen Lagers auf die DDR zu verhindern. Er formulierte erneut sehr deutlich die Staatsraison der DDR: Bedingungslose Anpassung an die aktuelle Politik der Hegemonialmacht, die im Gegenzug das Satelliten-Regime stabilisieren sollte. Mit sowjetischer Rückendeckung gelang es ihm 1957, seine innerparteilichen Kontrahenten Karl Schirdewan und Ernst Wollweber aus der Parteispitze zu drängen und seine Macht als „Erster Sekretär", der die Zentralgewalt von Partei und Staat auf seine Person konzentrierte, zu festigen.

Der V. Parteitag der SED 1958 befaßte sich vor allem mit der Wirtschaftspolitik. Die Bundesrepublik sollte in kürzester Frist in Pro-Kopf-Produktion und -Verbrauch überholt werden. Weiterhin beschloß der Parteitag, die Kollektivierung der → *Landwirtschaft* voranzutreiben. Eine verstärkte ideologische Kampagne durch die Verkündung der „Zehn Grundsätze der sozialistischen Moral" wurde ergänzt um eine entsprechende Geschichtsschreibung, welche die herausragende Rolle der SED in der deutschen Arbeiterbewegung festschrieb. Die von der Sowjetunion 1958 ausgelöste Berlin-Krise und die Kollektivierung der Landwirtschaft führten erneut zu einer Existenzkrise der DDR, so daß die Flüchtlingszahlen dramatisch anstiegen. In Abstimmung mit der Sowjetunion bereitete die SED diesem Exodus am 13. Aug. 1961 mit dem → *Mauerbau* und der weiteren Befestigung der innerdeutschen Grenze → *Grenzregime*) ein Ende.

1961 - 1971: Ökonomische Reformen, internationale Anerkennung und Führungswechsel: Die Abriegelung der DDR vom Westen erforderte in der Gesellschaft eine Neugestaltung der Beziehungen zwischen der Partei und der Bevölkerung. Offene Gewalt rückte in den Hintergrund, Wohlstandsmehrung und Propagierung eines DDR-Eigenbewußtseins (→ *Kultur*; → *Sport*) gewannen an Bedeutung. Gefördert wurde dieser Kurs der SED auch durch den 22. Parteitag der KPdSU, der im Oktober 1961 eine zweite Phase der Entstalinisierung einleitete. Die SED übernahm nun die Verurteilung Stalins uneingeschränkt, entfernte sein Denkmal in Berlin, benannte Straßen um und tilgte seinen Namen aus den Geschichtsbüchern. Der VI. Parteitag 1963 verabschiedete erstmals ein Parteiprogramm, das in seinen wesentlichen Bestandteilen dem neuen Parteiprogramm der KPdSU von 1961 folgte. Kern war unter der Überschrift „Der umfassende Aufbau des Sozialismus" die ausführliche Erläuterung der Aufgaben der Partei in der DDR und somit die inhaltliche

Bestimmung ihres → *Führungsanspruchs*, der alle Bereiche der Politik, der Ideologie, der Wissenschaften, der Technik, der Wirtschaft, der Kultur und des Alltags umfaßte. Im Schlußteil des Programms beschäftigte sich die SED mit der Systemauseinandersetzung in Deutschland. Sie bekräftigte den Charakter der DDR als sozialistischer Kernstaat der deutschen Nation und verhieß ihren Anhängern und Gegnern: „Der Sozialismus ist die Zukunft des ganzen deutschen Volkes." Der Parteitag geriet auch zu einem Forum für die Auseinandersetzung zwischen der KPdSU und der KP Chinas (→ *Kommunistische Bewegung*). Diszipliniert schrien die Parteitagsdelegierten den chinesischen Gastredner nieder.

Nach dem VI. Parteitag galt für die SED im Gegensatz zur KPdSU der Sozialismus nicht mehr als kurzfristige Übergangsperiode zwischen Kapitalismus und Kommunismus, sondern als „relativ selbständige sozialökonomische Formation". Ihren umfassenden Lenkungsanspruch wollte sie durch das → *Neue ökonomische System* der Planung und Leitung effektivieren, wobei ihre Politik ideologisch weiterhin auf dem Marxismus-Leninismus basierte. In der Kulturpolitik gestattete die Parteiführung nur kurzzeitig reformerische Spielräume. Durch eine umfassende Qualifizierung der Kader des Parteiapparates suchte die SED die Voraussetzungen zu schaffen, um ihren Führungsanspruch umzusetzen, den sie 1968 in der → *Verfassung* auch staatsrechtlich festschrieb.

Als sich Ende der 60er Jahre die völkerrechtliche Anerkennung der DDR als zweiter deutscher Teilstaat (→ *Außenpolitik*) abzeichnete, förderte die SED mit ihrer → *Westarbeit* Diskussionen um die Anerkennung der DDR in der Bundesrepublik (→ *SED und deutsche Frage*). Mit aktiver Beteiligung an der → *sozialistischen Bruderhilfe* reagierte die SED 1968 auf den tschechoslowakischen Reformprozeß. Die Interessenidentität zwischen SED und KPdSU in der tschechoslowakischen Frage berührte jedoch nicht die Probleme der Deutschland- und Berlin-Politik. Die Konflikte um die Vertragspolitik mit der Bundesrepublik trugen zum Ende der Amtszeit Ulbrichts als → *Generalsekretär* bei.

1971 - 1985: Vom Machtantritt Honeckers bis zum Vorabend der Krise: Der im Einverständnis mit dem Generalsekretär der KPdSU, Leonid I. Breshnew, inthronisierte Erich Honecker orientierte sich wieder stärker an der Linie der KPdSU. Die nun als ideologische Abweichung gewertete Politik Ulbrichts, vor allem seine Theorie vom Sozialismus als relativ selbständiger sozialökonomischer Formation wurde korrigiert. Der VIII. Parteitag im Juni 1971 formulierte als „Hauptaufgabe" der SED die „weitere Erhöhung des materiellen und kulturellen Lebensniveaus des Volkes auf der Grundlage eines hohen Entwicklungstempos der sozialistischen Produktion, der Erhöhung der Effektivität, des wissenschaftlich-technischen Fortschritts und des Wachstums der Arbeitsproduktivität". Die SED-Propagandisten verkürzten diese Zielbestimmung auf das Schlagwort von der „Einheit von Wirtschafts- und Sozialpolitik". Priorität in der → *Sozialpolitik* hatten → *Bauwirtschaft und Wohnungswesen*; die SED verkündete das Versprechen, bis 1990 drei Millionen Wohnungen fertigzustellen.

Die wichtigste ideologische Neuerung der SED in der Ära Honecker war der Versuch, die DDR als eigenständige Nation zu konstituieren, in Verbindung mit einer verstärkten Abgrenzungspolitik gegenüber der Bundesrepublik (→ *SED und deutsche Frage*). Die Verfassungsänderung von 1974 tilgte den Bezug auf die deutsche → *Nation* und verband statt dessen in Artikel 6 die DDR „für immer und unwiderruflich mit der Union der Sozialistischen Sowjetrepubliken".

Die mit Honeckers Amtsantritt verbundenen Hoffnungen auf eine flexiblere → *Kulturpolitik* wurden mit der Ausbürgerung von Wolf Biermann 1976 und dem Hausarrest für Robert Havemann schnell und endgültig begraben. Als Reaktion auf diesen Schritt entstand unter den Schriftstellern erstmals eine sich offen artikulierende Opposition (→ *Widerstand, Opposition und Verweigerung*). Ende der 70er Jahre begann der beschleunigte Niedergang der → *Wirtschaft* in der DDR. In den 80er Jahren gewannen daher die → *innerdeutschen Wirtschafts- und Finanzbeziehungen* für die DDR an Gewicht. Daneben wurde die SED mit einer → *Friedensbewegung* im eigenen Lande und einer Welle von Ausreiseanträgen konfrontiert (→ *Fluchtbewegung*).

Der KPdSU-Generalsekretär Gorbatschow und das Ende der SED: Die Vorboten für die letzte Phase der SED-Herrschaft waren 1979 der sowjetische Einmarsch in Afghanistan und die Bewegung für nationale Selbstbestimmung und Demokratisierung in Polen 1980/81 (→ *sozialistische Bruderhilfe*). 1985 wurde Michail S. Gorbatschow Generalsekretär der KPdSU, der im Zuge von Reformen die sozialistischen Staaten in ihre Eigenständigkeit entließ; Ende der 80er Jahre revidierte die Sowjetunion die Breshnew-Doktrin von der begrenzten Souveränität der sozialistischen Staaten schrittweise. Konfrontiert mit der sowjetischen Reformpolitik begann die SED, eine eigenständige Politik gegenüber der sowjetischen Vormacht zu betonen. In seiner Rede zum 70. Gründungstag der KPD am 29. Dez. 1988 prägte Honecker die neue Propagandaformel vom „Sozialismus in den Farben der DDR".

Solche Formeln konnten freilich die Reformunfähigkeit der SED nicht mehr überdecken. Ihre Herrschaftsgrundlagen brachen nach und nach zusammen:

1. Die Sowjetunion nahm ihre Existenzgarantie für die totalitäre Macht der SED in und über die DDR zurück. 2. Die DDR-Ökonomie stand vor dem Bankrott. Das Machtmonopol der Partei in der Wirtschaft hatte zum Verschleiß der Infrastruktur geführt und die Planwirtschaft sich als strukturell unfähig zu wissenschaftlich-technischen Innovationen und zur Bedürfnisbefriedigung der Konsumenten erwiesen. 3. Das Machtmonopol der Partei und das Fraktionsverbot hatten jeden innerparteilichen Reformansatz erstickt und in der Führung der SED keinen Generationswechsel zugelassen. 4. Die nationale Frage hatte die SED weder im Innern der DDR noch gegenüber der Bundesrepublik lösen können. Der Versuch Honeckers, mit den → *Geraer Forderungen* die endgültige Anerkennung der DDR durch die Bundesrepublik durchzusetzen, war gescheitert. Auf alle diese Probleme besaß die SED im Herbst 1989 keine politischen Antworten. Anstöße von Politbüro-Mitgliedern, mit sowjetischer Unterstützung Honecker als SED-Generalsekretär abzulösen, blieben bei Gorbatschow ohne Resonanz. Erst die Zuspitzung der Krise Anfang Oktober 1989 – Gorbatschow mahnte bei seinem Besuch zum 40. Jahrestag zu Reformen; die Leipziger Montagsdemonstration am 9. Oktober setzte in der DDR faktisch das Demonstrationsrecht durch – zwang die Honecker-Gegner im SED-Politbüro zum Handeln. Der Versuch des neuen Generalsekretärs, Egon Krenz, die SED nochmals zu stablisieren, scheiterte mit der Öffnung der Mauer am 9. Nov. 1989 (→ *Zusammenbruch der DDR*). In dieser Situation des politischen Umbruchs traten erstmals Mitglieder der SED in der 43jährigen Parteigeschichte demonstrativ in Erscheinung und erzwangen gegen Krenz die Einberufung eines außerordentlichen Parteitags.

Die Reformkommunisten in der SED wagten in dieser Situation des politischen Umbruchs und der politischen Unruhe den Generationenwechsel und nahmen eine letzte Parteisäuberung vor. Anläßlich der Amtseinführung von Generalleutnant Schwanitz als Leiter des in Amt für Nationale Sicherheit umbenannten MfS sprach Ministerpräsident Hans Modrow von neuen Kadern, die jetzt Verantwortung im Staat und für die Partei übernehmen sollten: „Wir werden auf manchem Gebiet uns mit jungen Leuten zusammenfinden müssen, die in der zweiten und dritten Reihe bis jetzt gearbeitet haben, und unter denen kluge Köpfe sind, die darauf warten, daß man sie mobilisiert. Wer hat denn Gregor Gysi vorher groß gekannt, wer hat ihn wirklich ernst und zu Rat genommen. Das sind aber heute Leute, mit denen man reden kann.“ Am 1. Dezember strich die → *Volkskammer* den Führungsanspruch der SED aus der Verfassung, und zwei Tage später fand die letzte Sitzung des SED-Zentralkomitees statt. Als letzte Tat beschloß das ZK die Parteiausschlüsse der vormaligen Führung. Sie trafen u.a. den ehemaligen Generalsekretär Erich Honecker, den früheren Ministerpräsidenten Willi Stoph und den Minister für Staatssicherheit, Erich Mielke. Den schnellen Untergang der SED als Partei verhinderte die zweite Führungsebene. Die 1. Bezirkssekretäre erzwangen den Rücktritt von Politbüro und Zentralkomitee und bildeten einen „Arbeitsausschuß“, der die Partei führen und einen außerordentlichen „Erneuerungs“-Parteitag vorbereiten sollte. Dem Arbeitsausschuß gehörten Markus Wolf, Gregor Gysi und Lothar Bisky an. Aber die Fixierung auf die Sowjetunion als Schutzmacht blieb. Auf dem Parteitag im Dezember 1989 zitierte Modrow auch Gorbatschow, um die Auflösung der SED abzuwenden: „Werdet ihr die Partei retten? Werdet ihr klug genug sein?“ Die Auflösung unterblieb. Die marxistisch-leninistische Parteikonzeption wurde zwar aufgegeben, aber aus der SED wurde auf diesem Parteitag die SED/PDS (→ *PDS*).

Parteiaufbau und Herrschaftsmechanismen:

Die 1989 ca. 2,3 Mio. Mitglieder und Kandidaten der SED (19% aller DDR-Bewohner über 18 Jahre) waren primär nach dem „Produktionsprinzip“, d.h. an ihren Arbeitsplätzen, organisiert. Nur Parteimitglieder, die in Betrieben mit weniger als drei Genossen tätig waren bzw. nicht mehr im Arbeitsprozeß standen, wurden in „Wohnparteiorganisationen“ zusammengefaßt. Die Mitgliederzahlen stiegen von 1,3 Mio. im April 1946 auf 1,8 Mio. im September 1947, pendelten zwischen 1,4 und 1,7 Mio. bis Ende der 60er Jahre und stiegen über 1,9 Mio. im Juni 1971 und 2,2 Mio. im April 1981 sowie auf 2,3. Mio. im April 1986.

Ein straffer organisatorischer Aufbau war für die SED – wie für alle kommunistischen Parteien – keine bloß technische Frage, sondern von hoher politischer Bedeutung. Bis 1950 wurde gemäß dem sowjetischen Vorbild eine der Lehre von der „Partei neuen Typus“ entsprechende Organisationsstruktur geschaffen. Wichtigstes Prinzip war dabei der → *demokratische Zentralismus*, eine streng hierarchische Ordnung. Als besonders einsatzbereite Kerntruppe innerhalb der SED wurden „Parteiaktivs“ aufgebaut. Aufgrund dieser Merkmale kann die SED als Massenpartei wie auch als Kaderpartei bezeichnet werden. In den folgenden 20 Jahren wurde der Parteiapparat systematisch zum dominierenden Machtinstrument in den Händen einer kleinen Führungselite ausgebaut. Bis 1989 blieb die Organisationsstruktur weitgehend unverändert. Die folgende Darstellung bezieht sich auf den Stand Ende der 80er Jahre.

Höchstes Parteiorgan war nach dem Statut der → *Parteitag,* der in der Praxis jedoch eine reine Propagandaveranstaltung darstellte. Tatsächliches Machtzentrum war der enge Zirkel um den jeweiligen Generalsekretär, der aus Sekretären des ZK und anderen Mitgliedern des Politbüros bestand. Die in diesen Gremien getroffenen Entscheidungen waren für die regionalen Gliederungen der Partei wie auch für die Staatsorgane verbindlich. 1960 beschloß das Politbüro, daß staatliche Tätigkeiten berührende ZK- bzw. Politbüro-Beschlüsse dem Ministerrat bzw. dessen Präsidium unverändert vorzulegen waren, womit dem Staatsapparat die Möglichkeit der Modifizierung entzogen wurde. Zuständig für die „Durchstellung" der Beschlüsse, ihre Konkretisierung und Umsetzung war der ebenfalls regional gegliederte Parteiapparat, an dessen Spitze die ZK-Abteilungen standen. Eine besonders wichtige Rolle spielte dabei die Abteilung Parteiorgane. Der gesamte Apparat des ZK beschäftigte etwa 2 000 Personen.

Die Kontrolle der Durchführung von zentralen Anordnungen geschah auf doppelte Weise: Zum einen waren staatliche Repräsentanten, von denen viele ohnehin Parteimitglieder waren, der Partei Rechenschaft schuldig, daneben gab es Parteiorgane der SED in jeder Behörde, in jedem Betrieb wie auch in den → *Massenorganisationen.* Diese wurden vom zentralen Parteiapparat für die Einhaltung der jeweiligen Linie unmittelbar verantwortlich gemacht (→ *Führungsanspruch*; → *Staats- und Verwaltungsapparat*).

Zum Schutz von „Einheit und Reinheit der Partei", d.h. zur Sicherung der Macht der SED-Führung, waren auf allen Ebenen die Parteikontroll-Kommissionen tätig, die bei entsprechenden Verstößen gegen die Parteidisziplin Verfahren einleiteten, die mit Parteistrafen bis hin zum Ausschluß enden konnten (→ *Kritik und Selbstkritik*). Von den Funktionären und auch von Mitgliedern wurde die Unterordnung unter Entscheidungen der Parteiführung bezüglich des beruflichen Werdegangs erwartet, auch das Privatleben sollte nach den „Normen der sozialistischen Moral" gestaltet werden. Ein Spezifikum kommunistischer Parteidisziplin war auch das Verbot von „Fraktionsmacherei", das zur Bekämpfung jeglicher innerparteilicher Opposition gegen die aktuelle Parteiführung diente.

Der Parteiapparat war die unkontrollierte eigentliche Exekutive des SED-Staates. Dennoch ist die vor allem in der westlichen DDR-Forschung der 70er und 80er Jahre häufig gebrauchte Bezeichnung „bürokratische Herrschaft" für die ostdeutsche Diktatur irreführend, da sie zu sehr an eine nach spezifischen Rationalitätskriterien relativ autonom handelnde Bürokratie im Sinne Max Webers erinnert. Der bürokratische SED-Apparat dagegen war vollständig von seiner politischen Führungsebene und deren jeweiliger „Linie" abhängig. Häufig griffen übergeordnete Funktionäre auch auf informellen Wegen in laufende Verfahren ein. Die Rationalität dieser Bürokratie erschöpfte sich in der Umsetzung und Erfüllung der Machtpolitik der SED-Führung.

Es gab drei regionale Organisationsebenen, in denen es je nach funktionalen Erfordernissen noch Unterteilungen bzw. Zusammenfassungen gab:

- Die unterste Ebene bildeten 59 000 Grundorganisationen in Betrieben, Staatsorganen oder Wohngebieten. 4 600 größere Grundorganisationen (mit jeweils mehr als 150 Mitgliedern) waren in 29 000 Abteilungsparteiorganisationen unterteilt. Diese wurden wie auch kleinere Grundorganisationen nochmals in 96 000 Parteigruppen gegliedert. Von 88 000 Parteisekretären waren 4 700 hauptamtlich tätig. Diese waren neben einem Funktionär der Kreisebene für die Anleitung der Parteigruppen zuständig.
- Von 265 Kreisparteiorganisationen bzw. Stadtbezirksorganisationen (in Großstädten) wurden 242 nach territorialen Prinzipien gebildet, die übrigen 23 waren funktionale Gliederungen in zentralen Staatsorganen, Universitäten und den wichtigsten → *Kombinaten.* Eine Kreisleitung hatte durchschnittlich 60 Mitglieder. Die eigentliche Parteiarbeit leisteten die Sekretariate, die auch die lokalen Machtzentren darstellten und weitgehend parallel zu den Staatsorganen (Rat des Kreises) gegliedert waren. In der Regel verfügten sie über einen Apparat von 30 bis 50 hauptamtlichen Mitarbeitern. Monatlich mußten Lageanalysen erstellt werden. Der 1. Sekretär einer Kreisleitung war Kadernomenklatur des ZK, die übrigen gehörten der Nomenklatur der Bezirksleitung an.
- Neben den 15 territorialen Bezirksparteiorganisationen gab es noch diejenigen von NVA und Grenztruppen sowie die „Gebietsorganisation Wismut" für die Genossen der Uranerzgruben. Die Bezirksleitungen hatten ca. 75 bis 80 Mitglieder, ihre Sekretariate beschäftigten 180 bis 250 Mitarbeiter. Die wichtigsten Aufgaben bestanden neben der Anleitung der lokalen Staatsorgane sowie der Kreisparteiorganisationen in der Zusammenstellung von Informationen für die Parteiführung. Die Sekretäre gehörten zur Nomenklatur des ZK, die 1. Sekretäre waren alle ZK-Mitglieder.

Als Finanzierungsquellen für ihren Apparat dienten der SED neben den Beiträgen ihrer Mitglieder auch Staatszuschüsse sowie offizielle und inoffizielle Parteibetriebe im In- und Ausland. Auch einige Jahre nach dem Ende der DDR kann von genauen Kenntnissen, insbesondere über das Finanznetz des MfS-Offiziers im besonderen Einsatz (OibE), Schalck-Golodkowski, keine Rede sein.

Manfred Wilke/Klaus Schroeder/Steffen Alisch

Literaturhinweise:

Ammer, Thomas: Die Machthierarchie der SED, in: Materialien der Enquete-Kommission, a.a.O., Bd. II, 2.
Malycha, Andreas: Partei von Stalins Gnaden? Die Entwicklung der SED zur Partei neuen Typs in den Jahren 1946 bis 1950, Berlin 1996.
Prieß, Lutz: Die Kreisleitungen der SED im politischen Herrschaftssystem der DDR, ihre Strukturen und Aufgaben, in: Materialien der Enquete-Kommission, a.a.O., Bd. II, 4.
Richert, Ernst: Macht ohne Mandat, Köln, Opladen (2. Aufl.) 1963.
Schroeder, Klaus (Hrsg.): Geschichte und Transformation des SED-Staates, Berlin 1994.
Stephan, Gerd-Rüdiger (Hrsg.): „Vorwärts immer, rückwärts nimmer!“ Interne Dokumente zum Zerfall von SED und DDR 1988/89, Berlin 1994.
Spittmann, Ilse (Hrsg.): Die SED in Geschichte und Gegenwart, Köln 1987.

Sozialistische Einheitspartei Deutschlands: totalitäre Merkmale

Die SED erhob einen absoluten Herrschafts- und Führungsanspruch. Dieser galt vom Kriegsende bis zum Dezember 1989 ungebrochen. Das von der SED in der DDR praktizierte Herrschaftssystem war totalitär; denn die „Einheitspartei der Arbeiterklasse“ suchte, gestützt auf die Ideologie des Marxismus-Leninismus bzw. dessen stalinistische Spielart, die Bürger gleichmäßig zu formen, zu beeinflussen und in das propagierte Gesellschaftsideal des → *Sozialismus* zu integrieren. Dabei griff sie auch auf repressive Maßnahmen zurück (→ *Totalitarismus*).

Die totalitäre Herrschaft bzw. Diktatur der SED wurde auch durch die → *Blockpolitik* nicht begrenzt, sondern eher kaschiert und damit perfektioniert. Die enge Verflechtung von Staats- und Parteiapparat sorgte zusätzlich für die Durchsetzung der Beschlüsse der SED. Hinzu kommt außerdem, daß auch in der DDR der Marxismus-Leninismus in seiner jeweiligen Auslegung durch die kommunistische Partei als unfehlbare Leitideologie mit absolutem Wahrheitsanspruch galt, deren Durchsetzung mit allen Mitteln abzusichern war. Entgegen einer heute weit verbreiteten Meinung diente diesem Mittel nicht in erster Linie der von der SED aufgebaute und ständig vergrößerte Repressionsapparat, sondern eine Überzeugungsarbeit, die das gesamte → *Bildungswesen*, die → *Massenmedien*, alle Bereiche der Kultur (→ *Kulturpolitik*) und des gesellschaftlichen Lebens bestimmte. Zu dieser Überzeugungsarbeit gehörten aber auch alle Strategien, durch die nicht restlos in das System eingebundene Gruppen und Institutionen, wie z.B. die → *Kirchen*, zu innerer Anpassung und zunehmender Übereinstimmung gebracht werden sollten. Erst dann, wenn diese Strategien scheiterten, wurden die Instrumentarien der Überwachung, inneren Durchdringung und Zersetzung eingesetzt.

Kennzeichnend für die SED-Diktatur war aber auch das Fehlen einer Gewaltenteilung und die höchst begrenzte Geltung allgemein gültiger Rechtsnormen. Das machte die Bürger vom Wohlwollen der Machthaber abhängig und erzwang Wohlverhalten und Anpassung bereits in vielen Angelegenheiten des Alltags. Die Massenmedien realisierten täglich das → *Meinungsmonopol* der SED bis in Beiträge hinein, die sich z.B. ausschließlich an Kinder richteten. Alle Teilbereiche der → *Wirtschaft* wurden nach ideologischen Vorgaben direkt und indirekt durch die SED angeleitet und überwacht. Ebenfalls totalitäre Züge trug die Aneignung der Geschichte durch die SED (→ *Geschichtsauffassung*), die insbesondere den → *Antifaschismus*, schließlich aber auch die gesamte „Nationalgeschichte der DDR" als Legitimationsinstrument mißbrauchte.

Die Herrschaft der SED wurde durch das Ministerium für → *Staatssicherheit* umfassend abgesichert. Dieses perfektionierte den → *Terror* allmählich so weit, daß es auf brutale Sanktionen in dem Maße verzichten konnte, in dem es als Repressionsinstrument in den Köpfen der Menschen ständig gegenwärtig war. Der Bau der Mauer 1961 vollendete den totalitären Charakter der SED-Herrschaft, versetzte er die Bürger doch für lange Zeit in eine Situation, in der man vor den Zumutungen des Regimes nur noch in wenige Bereiche des Privatlebens ausweichen konnte. Die SED-Führung blieb jedoch bemüht, auch solche „Nischen" der Privatheit zu durchdringen und aufzulösen.

Der totalitäre Charakter der SED-Herrschaft wurde im allgemeinen Bewußtsein je länger, je mehr nur noch partiell wahrgenommen. Das erklärt sich zum einen daraus, daß große Teile der Bevölkerung mit einzelnen, von der SED propagierten Zielen übereinzustimmen glaubten. Die Ideale des Antifaschismus, der Friedenspolitik, der Sozialpolitik, die Vision der Gleichheit aller und die Utopie des Sozialismus fanden breite Zustimmung. Eine kaum genauer zu bewertende Rolle spielte auch die vermeintliche Dauerhaftigkeit der Parteiherrschaft, die unterschiedlichste Formen der inneren und äußeren Anpassung förderte. Zudem gestaltete die scheinbare, von der SED-Führung initiierte Liberalisierung bestimmter gesellschaftlicher Bereiche die Diktatur des SED-Staates komfortabel. Das steigerte einerseits die Funktionstüchtigkeit des Systems im Sinne der Parteielite und lähmte andererseits Opposition und → *Widerstand*. Schließlich darf nicht unterschätzt werden, in welchem Ausmaße die Zustimmung, die das SED-Regime auch im linken Lager des westlichen Auslandes und der Bundesrepublik fand, sowie die sich ständig ausweitende äußere Anerkennung des Staates die Wahrnehmung dieser Diktatur lähmte.

Im Rückblick muß die SED-Herrschaft als ein importiertes totalitäres Regime interpretiert werden, welches völlig von der sowjetischen Führung abhängig war, deren politische, wirtschaftliche und gesellschaftliche Kursänderungen ihren Niederschlag in der DDR fanden. Das Eingreifen der sowjetischen Führung verschärfte einerseits den Druck innerhalb der DDR, in der die Furcht vor aktiver Einmischung seit dem Volksaufstand vom → *Siebzehnten Juni* 1953 lebendig war, schuf andererseits aber auch immer wieder innerparteilichen Oppositionsgruppen und schließlich der Bevölkerung der DDR überhaupt die Möglichkeit, an die Führung der sowjetischen Hegemonialmacht zu appellieren. Der Charakter der SED-Herrschaft als abgeleitetes totalitäres System wurde vollends deutlich, als Opposition und Widerstand in der DDR sich gegenüber und vor der SED-Führung auf die sowjetische Führung unter Gorbatschow und dessen Politik beriefen.

Peter Maser

Sozialistische Errungenschaften

Der Begriff gehörte zum Parteisprachgebrauch der SED. Bezeichnenderweise wurde er alltags- und umgangssprachlich nicht benutzt, höchstens in ironischer Anspielung auf Scheinerfolge der DDR. Von sozialistischen Errungenschaften wurde also ausschließlich in der → *Agitation und Propaganda* geredet. Der Begriff findet sich regelmäßig in Berichten von Partei- und Staatsfunktionären, in Agitations- und Propagandamaterialien der → *SED*, des → *Staats- und Verwaltungsapparates* und der → *Massenorganisationen* sowie in ideologisch ausgerichteten Präambeln von Gesetzestexten.

Der Begriff wurde formal und inhaltlich äußerst verschwommen verwandt, stets jedoch zur Abgrenzung gegenüber dem westlichen Wirtschafts- und Gesellschaftssystem und der bürgerlichen Demokratie oder – wie es im DDR-Sprachgebrauch hieß – in der ideologischen Auseinandersetzung mit dem Klassengegner (→ *Klassen und Klassenkampf*). Unter sozialistischen Errungenschaften (oder „grundlegenden

Errungenschaften“, „Errungenschaften der Werktätigen“ u.a.) wurden im Selbstverständnis der SED sowohl all jene ökonomischen, politischen, sozialen und kulturellen Eigenheiten des sozialistischen Systems verstanden, die auf Grund der veränderten Eigentumsverhältnisse die angeblichen Vorzüge des Sozialismus gegenüber dem westlichen Wirtschafts- und Gesellschaftssystem ausmachten, als auch die jeweils aktuellen Erfolge ihrer Politik.

Zu den grundlegenden sozialistischen Errungenschaften zählte die SED die Verstaatlichung von Betrieben und Banken, die → *Bodenreform* und die Schaffung der → *LPG*, die Herausbildung und Entwicklung der sozialistischen → *Demokratie* und Kultur (→ *Kulturpolitik*), das einheitliche sozialistische Bildungssystem (→ *Bildungswesen*), behauptete Erfolge in der → *Sozialpolitik* wie etwa die „Vermeidung“ der Arbeitslosigkeit (→ *Arbeit*), stabile, durch Subventionen niedrig gehaltene Mieten (→ *Bauwirtschaft und Wohnungswesen*) und stabile Preise bei den Grundnahrungsmitteln, niedrige Fahrtkosten für öffentliche Verkehrsmittel, die Krippen und Kindergärten.

Weitere sozialistische Errungenschaften wurden in den verschiedenen Entwicklungsphasen unterschiedlich benannt: in den 50er und 60er Jahren z.B. die sog. Großbauten des Sozialismus wie das Wasserkraftwerk und die Maxhütte Unterwellenborn (eine Jugendinitiative der → *FDJ* unter dem Motto „Max braucht Wasser“), das Eisenhüttenkombinat Ost, der Überseehafen Rostock, in den 70er und 80er Jahren u.a. das Wohnungsbauprogramm der SED.

Der Verweis auf die sozialistischen Errungenschaften zielte gleichzeitig auf eine identitätsstiftende Wirkung zwischen Partei- und Staatsführung und Volk, Werktätigen und Politik der SED nach innen („Wir sind gemeinsam stolz auf unsere sozialistischen Errungenschaften“) und eine entsprechende, daraus resultierende gemeinsame Abwehr nach außen. („Wir müssen unsere sozialistischen Errungenschaften schützen.“) Aus diesem Grunde spielte der Begriff für die Mitarbeiter von → *Polizei*, Armee, → *Staatssicherheit* und Justiz eine besondere Rolle. Sie definierten ihre Aufgaben und Zielstellungen als „Schutz der sozialistischen Errungenschaften“. Entsprechend findet sich auch der Hinweis auf den Schutz der sozialistischen Errungenschaften in all jenen Gesetzen, die die Aufgaben der genannten Staatsorgane definieren (u.a. Wehrgesetzgebung oder Gesetz über die Aufgaben und Befugnisse der Deutschen Volkspolizei).

Anka Schaefer

Sozialistische Gesetzlichkeit

Der Begriff der Gesetzlichkeit stammt aus dem russischen Staatsrecht vor der Revolution und bezeichnete ein Prinzip, das schon damals in charakteristischer Weise hinter dem „Rechtsstaat" zurückblieb, nämlich die Bindung des Zaren an die von ihm selbst erlassenen Gesetze. Nach der russischen Revolution propagierte Lenin diesen Begriff als „revolutionäre Gesetzlichkeit" gegen die auf Karl Marx' „Absterben des Rechts" gestützte Tendenz zur Abschaffung des Rechts. Allerdings wollte schon Lenin bei „außerordentlichen Umständen" Abweichungen von den Gesetzen zulassen. Stalin wandelte die „revolutionäre" zur „sozialistischen Gesetzlichkeit" und änderte ihren Inhalt von einem – wenn auch eingeschränkten – Prinzip zum Schutz der Bürger zum Prinzip der rücksichtslosen und brutalen Verfolgung von angeblichen Gesetzesbrechern, sogar unter „Beiseiteschiebung" von „überholten" Gesetzen.

In der DDR wagte man zunächst nicht, diese Perversion der Gesetzlichkeit offen zu vertreten. Statt dessen zog man den marxistischen Begriff des historischen „Gesetzes" heran und begründete mit dieser Homonymität eine instrumentale Rechtsauffassung, die die jederzeitige Außerachtlassung der juristischen Gesetze ermöglichte (→ *Rechtsverständnis*). Außerdem entwickelte man den Begriff der Parteilichkeit als Gegenbegriff zur Gesetzlichkeit. Als 1954 ein Parteimitglied wegen Tierquälerei zu einem Jahr Gefängnis verurteilt worden war, weil es als Betriebsleiter einen streunenden Hund halbtot geschlagen und in eine Grube voll glühender Asche geworfen hatte („Hund von Mühlhausen"), hob das Oberste Gericht der DDR das Urteil auf, da der Hund vom Klassenfeind auf das Betriebsgelände geschickt worden sei, um den offiziellen Wachhund abzulenken. Die Justizministerin Hilde Benjamin verlangte auf dem IV. Parteitag der SED 1954 eine „parteiliche Anwendung der Gesetze" und definierte die „sozialistische Gesetzlichkeit" als „Einheit von strikter Einhaltung der Gesetze und Parteilichkeit ihrer Anwendung". 1961 wurde diese Definition zwar offiziell aufgegeben, doch war die Auslegung und Anwendung der Gesetze immer noch stark von politischen Vorgaben beeinflußt.

Friedrich-Christian Schroeder

Literaturhinweise:

Kirchheimer, Otto: Politische Justiz, Kap. VII, Neuwied, Berlin 1965.
Schroeder, Friedrich-Christian: Wandlungen und Konstanten der „sozialistischen Gesetzlichkeit", in: Recht in Ost und West, 1959, S. 358-362.

Sozialistische Persönlichkeit

Nach marxistischem Verständnis ist das menschliche Wesen in seiner Wirklichkeit bestimmt als „ensemble der gesellschaftlichen Verhältnisse“ (→ *marxistisches Menschenbild*). Karl Marx geht zwar auch von der Existenz menschlicher Individuen als erster Voraussetzung der Geschichte aus. Aber, wie er in den „Grundrissen der politischen Ökonomie“ formuliert: „Die Gesellschaft besteht nicht aus Individuen, sondern drückt die Summe der Beziehungen, Verhältnisse aus, worin diese Individuen zueinander stehen.“ Alle Fähigkeiten und Eigenschaften, welche die besondere, unwiederholbare Qualität jedes einzelnen ausmachen, sind entscheidend durch die Gesellschaft geprägt. Insofern ist jedes Individuum auch eine Persönlichkeit; denn im engeren marxistischen Sinne wird unter Persönlichkeit verstanden, wer durch sein „produktives, politisches, geistig-kulturelles und sittliches Handeln auf die gesellschaftliche Entwicklung einwirkt.“ (Georg Klaus/Manfred Buhr) Allgemeines Merkmal der Persönlichkeit ist also die gesellschaftliche Tätigkeit, die den Menschen aus der übrigen Welt hervorhebt.

Zur historischen Persönlichkeit werden bestimmte Menschen nur dann, wenn sie dank ihrer Fähigkeiten die historisch bedingten Interessen ihrer jeweiligen Klasse erkennen und vertreten. Solche Persönlichkeiten treten vor allem hervor in Zeiten gesellschaftlichen Umschwungs, großer sozialer Veränderungen, Konflikte und Revolution; sie setzen ihre Fähigkeiten dazu ein, den gesellschaftlichen Fortschritt voranzutreiben. Historische Persönlichkeiten gab es nach marxistischem Geschichtsverständnis in allen Epochen der Menschheitsgeschichte. Sie konnten sich im Feudalismus oder im Kapitalismus jedoch nur vereinzelt als Vertreter der herrschenden Klasse entfalten. Erst im → *Sozialismus* bekämen mit dem Fortschreiten der Gesellschaft alle Werktätigen die Möglichkeit, sich zu Persönlichkeiten zu entwickeln.

Theorie der sozialistischen Persönlichkeit im Selbstverständnis der SED: Nach marxistischer Ideologie ist die Entwicklung des Menschen als Persönlichkeit ein geschichtlicher Prozeß, in dem objektive und subjektive Faktoren eine Einheit bilden. Als grundlegende Zäsur für die Persönlichkeitsbildung gilt die Errichtung der sozialistischen Gesellschaftsordnung, da jene qualitativ neue gesellschaftliche Verhältnisse geschaffen habe bzw. herstellen werde. Innerhalb der Arbeiterklasse vollziehe sich die geschichtliche Herausbildung qualitativ neuer Merkmale im Arbeitsprozeß, vor allem aber im Klassenkampf für die revolutionäre Umgestaltung der Gesellschaft, denn hier erstarke das Gefühl und Bewußtsein proletarischer Solidarität. Es genüge jedoch für die

Entwicklung der Persönlichkeit nicht, die Ausbeutung und Unterdrückung im Kapitalismus zu beseitigen und neue sozialistische Lebensbedingungen zu schaffen, sondern unter Führung der marxistisch-leninistischen Partei (→ *Führungsanspruch der SED*) müsse zur sozialistischen Persönlichkeit erzogen werden (→ *Bildungswesen*).

Die SED leitete die Legitimation, die Inhalte der Erziehung zur sozialistischen Persönlichkeit zu bestimmen, aus ihrem Selbstverständnis ab. Danach verfügte sie als kommunistische Partei über die wissenschaftlichen Einsichten und notwendigen Erfahrungen im Klassenkampf. Folglich wurden die Kenntnisse der „Klassenkämpfe der Arbeiterklasse" und das historische Vorbild der „proletarischen Revolutionäre" ebenso als notwendige Voraussetzung für die Erziehung der sozialistischen Persönlichkeit angesehen wie etwa die Kenntnisse der Geschichte der kommunistischen Parteien oder der Programmatik der SED.

Es wurde zwischen der Prägung des Bewußtseins durch den wissenschaftlichen Sozialismus und der alltäglichen Aneignung des Klassenbewußtseins durch Individuen wie auch durch die Arbeiterklasse unterschieden. Während jedoch der wissenschaftliche Erkenntnisprozeß des Sozialismus historisch unwiderruflich vollzogen sei, entwickele sich das Alltagsbewußtsein immer neu. Die Aufgabe der kommunistischen Partei sei es daher, die sozialistische Ideologie in die Gesellschaft hineinzutragen. Diese Konzeption definierte Axiome des wissenschaftlichen Sozialismus als Widerspiegelung von objektiven Gesetzmäßigkeiten und bewertete gleichzeitig das empirisch vorfindbare Alltagsbewußtsein als bloße Erscheinungsform.

Die Prägung des politischen Bewußtseins durch den wissenschaftlichen Sozialismus war im Verständnis der SED – vor allem in den Kampagnen nach dem VIII. Parteitag – ein wesentliches Merkmal der sozialistischen Persönlichkeit. Nach Gerhart Neuner bilden die sozialistische Weltanschauung, die ideologische Bewußtheit und die sozialistische Moral (→ *Moral und Ethik*) den Kern der Persönlichkeit. Die Prägung und Entfaltung dieser Eigenschaften standen folglich im Mittelpunkt der schulischen – und außerschulischen – Erziehung sozialistischer Persönlichkeiten.

Erziehungsziel sozialistische Persönlichkeit: Das Jugendgesetz von 1974 füllte das Erziehungsziel näher aus (→ *Jugend und Jugendpolitik*): „Vorrangige Aufgabe bei der Gestaltung der entwickelten sozialistischen Gesellschaft ist es, alle jungen Menschen zu Staatsbürgern zu erziehen, die den Ideen des Sozialismus treu ergeben sind, als Patrioten und Internationalisten denken und handeln, den Sozialismus stärken und gegen alle Feinde zuverlässig schützen. [...] Es ist ehrenvolle Pflicht der Jugend, die revolutionären Traditionen der Arbeiterklasse und die Errungenschaften des Sozialismus zu achten und zu verteidigen, sich für Frieden und Völkerfreundschaft einzusetzen und antiimperialistische Solidarität zu üben. [...] Ihr Streben, sich den Marxismus-Leninismus, die wissenschaftliche Weltanschauung der Arbeiterklasse, anzueignen, wird allseitig gefördert."

Der Persönlichkeit in der sozialistischen Gesellschaft werden dabei folgende Eigenschaften zugeordnet:

- gesellschaftliches Verantwortungsbewußtsein; d.h. fähig zu sein, Zusammenhänge von Produktion und Gesellschaft zu erkennen und an ihrer Gestaltung mitzuwirken;
- Kollektivität in den sozialen Beziehungen, vor allem im beruflichen Bereich;
- wissenschaftliche Weltanschauung als Merkmal des politischen Bewußtseins der sozialistischen Persönlichkeit.

Sogenannte allseitig entwickelte sozialistische Persönlichkeiten zeichnen sich weiterhin durch „revolutionäres Kämpfertum", „hohes sozialistisches Bewußtsein" und durch „die volle Entfaltung ihrer produktiven und intellektuellen, ihrer sozialen, politischen, moralischen, ihrer künstlerischen und physischen Beziehungen und Betätigungsweisen und durch eine dadurch mögliche reiche Individualität" aus. In diesem Konstrukt wurden Aufgaben und Eigenschaften der Persönlichkeit miteinander verbunden, die in keinem logischen Zusammenhang stehen. Es wurden spezifische, nicht ausschließlich sozialistische Eigenschaften zudem mit politisch-ideologischen Aufgaben kombiniert (→ *Erziehung*).

Aneignung sozialistischer Werte: Der Erziehung im Kindes- und Jugendalter – vor allem in der Oberschule – wurde große Bedeutung für die Ausprägung der allseitig entwickelten sozialistischen Persönlichkeiten zugemessen, da sich in diesen Lebensabschnitten Charakter und Talent der Heranwachsenden formen. Die SED beobachtete deshalb kritisch die Erfüllung der von ihr festgelegten Ziele ideologischer Erziehung (→ *Bildungswesen*).

Die sozialistische Persönlichkeit besaß Leitbildfunktion für das einheitliche Konzept ideologischer Erziehung in den Bildungseinrichtungen. Nur insofern die im Erziehungsprozeß vermittelten Wertorientierungen und Verhaltensweisen mit den Zielen von Partei und Staat übereinstimmten, erfüllten sie ihre Funktion, zur höheren Entwicklung der Persönlichkeit im Sozialismus zu führen (→ *Erziehung*). Die Werte „Überlegenheit des Sozialismus", sein „humanistischer und demokratischer Charakter", seine „Friedensliebe" wurden immer im Kontrast zur „untergehenden kapitalistischen Gesellschaft" gesehen, die entsprechend mit negativen Attributen versehen wurde. Die Erziehung zur sozialistischen Persönlichkeit wurde damit auch zur wesentlichen Aufgabe in der Auseinandersetzung mit dem Klassenfeind erklärt.

Die Erziehung zur sozialistischen Persönlichkeit verfehlte ihre selbst gesetzten Ziele: Sie prägte keine selbständig handelnden Persönlichkeiten. Sie zwängte vielmehr die jungen Menschen in die Normen einer sozialistischen Gesellschaft, deren erlebte Wirklichkeit im Widerspruch zur propagierten Ideologie stand.

Udo Margedant

Literaturhinweise:

Lemke, Christiane: Persönlichkeit und Gesellschaft. Zur Theorie der Persönlichkeit in der DDR, Opladen 1980.
Neuner, Gerhart: Zur Theorie der sozialistischen Allgemeinbildung, Berlin (Ost) 1973.
Sozialismus und Persönlichkeit, hrsg. von einem Autorenkollektiv unter der Leitung von Leonid Archangelski, Berlin (Ost) 1980.

Sozialistische Umwälzung

Nach der Phase der → *antifaschistisch-demokratischen Umwälzung* in den Anfangsjahren der SBZ/DDR bildete die sozialistische Umwälzung die zweite und entscheidende Etappe auf dem Weg in die sozialistische Gesellschaftsordnung der DDR. In der Präambel zur Verfassung von 1968 werden die „Errungenschaften der antifaschistisch-demokratischen und der sozialistischen Umwälzung der gesellschaftlichen Ordnung" ausdrücklich als Grundlage der DDR hervorgehoben. Diese Umwälzungen wurden nicht auf einmal, sondern phasenweise und im Verlauf längerer Zeiträume vorgenommen, so daß der Stand der sozialistischen Umwälzung in den einzelnen Bereichen und in den einzelnen Jahren unterschiedlich weit fortgeschritten war. Daraus ergeben sich bei Rückblicken bisweilen verschiedene Eindrücke, je nach dem betrachteten Zeitabschnitt.

Entsprechend der → *marxistischen Philosophie* war das Ziel aller Maßnahmen im Zuge der sozialistischen Umgestaltung die Entmachtung des Individuums und seine Einordnung in das → *Kollektiv* der sozialistischen Gemeinschaft, insbesondere der Produktionsgemeinschaft. Bekannt ist vor allem die sozialistische Umgestaltung der → *Wirtschaft* mit ihren verhängnisvollen, bis heute nachwirkenden negativen Folgen. In den ersten Jahren der SBZ bzw. DDR betrafen → *Enteignungen* und Kollektivierungen zunächst Großgrundbesitzer (→ *Bodenreform*) und Industriebetriebe, dann aber auch die bäuerlichen Familienbetriebe (→ *Landwirtschaft*). Ab 1972 wurden kleine Betriebe, Geschäfte, Gaststätten (→ *Betriebe*) und das → *Handwerk* ebenfalls umgestaltet. Die freiberuflich Tätigen wurden in kollektive Einrichtungen eingeordnet (→ *Gesundheitswesen*; → *Rechtsanwälte*; → *Bauwirtschaft*), Kulturschaffende und Leistungssportler wurden durch → *Privilegien* und Repressionen zur Konformität angehalten (→ *Kulturpolitik*; → *Sport*).

Die sozialistische Umwälzung betraf also mehr oder weniger alle Strukturen, in denen menschliches Leben abläuft. Die Familie als individuelles Lebenszentrum wurde (angesichts der entsprechenden Erfahrungen in der Frühzeit der Sowjetunion) nicht angetastet, jedoch gab es eine Reihe von Maßnahmen, die sie in ihrer Bedeutung mehr oder weniger deutlich herabsetzten. Die → *Betriebe* übernahmen familiäre Funktionen durch Sozialeinrichtungen (→ *Vorschulerziehung*), kulturelle Einrichtungen, Freizeitgestaltung, Ferienplanung, Wohnungsvergabe, Vorsorge, Zuteilung von Mangelwaren usw. und wurden so zu Lebensmittelpunkten für die Werktätigen ausgebaut. Die Pflicht zur Arbeit für alle, namentlich auch für Frauen (→ *Frauen- und Familienpolitik*), tat ein übriges, die Bedeutung des Betriebs im Sinne der marxistischen Anthropologie zu stärken und die Familie als selbständigen Faktor einzuschränken. Das galt vor allem auch für die Erziehung der Kinder (→ *Vorschulerziehung*). Auch die Möglichkeiten, über die Ausbildung der Kinder zu entscheiden, waren stark eingeschränkt (→ *Bildungswesen*; → *Zulassungsbedingungen*).

Das gesamte Bildungswesen wurde erheblichen Veränderungen gegenüber dem bürgerlich geprägten Staat unterzogen. Das gegliederte Schulwesen wurde aufgegeben zugunsten einer Einheitsschule mit → *polytechnischer Bildung* und → *Erziehung*. Nachdem sich aber Begabungsauslese als notwendig erwiesen hatte, wurde eine Erweiterte Oberschule eingerichtet, die zum Abitur führte. Nicht die Eltern, sondern die Lehrer trafen aber die Auswahl für die Zulassung. Die → *Hochschulen und Universitäten* wurden tiefgreifenden Veränderungen namentlich in der dritten Hochschulreform von 1968 unterworfen (Beseitigung von Lehrstühlen und Instituten, Verschulung, Kaderentwicklungsprogramme, Verdrängung geisteswissenschaftlicher Fächer) Die Auslagerung der Forschung an → *Akademien* führte zu erheblichen Veränderungen der Wissenschaftslandschaft (→ *Wissenschaft und Forschung*).

Ideologische Grundlage dieser Veränderungen waren das → *marxistische Menschenbild,* die → *marxistische Philosophie,* der → *Marxis-*

mus-Leninismus und die hieraus abgeleitete Erziehung zur → *sozialistischen Persönlichkeit*.

An die Stelle selbständiger Vereine und Verbände traten → *Massenorganisationen*, die jede soziale Gruppe, Altersgruppe, Berufsgruppe oder Interessengemeinschaft erfaßten und gemäß ihrem Organisationsmonopol strukturierten. Wie alle anderen gesellschaftlichen Einrichtungen hatten auch sie zu dem Ziel beizutragen, die Menschen in der DDR zu sozialistischen Persönlichkeiten zu formen.

Vom sozialistischen Regime besonders bekämpft wurden der christliche Glaube und die christlichen Kirchen (→ *Atheismus*; → *Kirchen*). Das breit entwickelte christliche Sozialwesen verkümmerte. Christliche Moralvorstellungen (→ *Moral und Ethik*), das darin gründende Menschenbild mit seinen grundlegenden politischen Implikationen der individuellen Würde und Selbstverantwortung sowie das Rechtswesen (→ *Grund- und Menschenrechte*; → *Rechtsverständnis*) wurden bekämpft und negiert. Da der Anteil kirchlich Gebundener in der DDR von ca. 70% auf 30% der Bevölkerung sank, kann von einer Entchristianisierung gesprochen werden.

Es gelang jedoch nicht, Kirchen und kirchliche Organisationen generell einer sozialistischen Umdeutung und Gleichschaltung zu unterziehen, obwohl in Konkurrenz zu den Kirchen ein sozialistischer Kult mit quasireligiösen Elementen (→ *Feiern*; → *Jugendweihe*) ins Leben gerufen wurde.

Beim Rückblick auf die Geschichte des → *Marxismus-Leninismus* zeigt sich, daß die sozialistische Umwälzung erstaunlich genau die Vorgaben befolgte, die Karl Marx und Friedrich Engels bereits im Kommunistischen Manifest von 1848 entwickelt hatten. Die von ihnen angemahnten Aufhebungen von Strukturen und Einrichtungen der bürgerlichen Gesellschaft reichten u.a. von Forderungen nach Enteignungen des Privateigentums an Produktionsmitteln über Verstaatlichungen von Banken und Verkehr, Aufhebung von Familie und Ehe, Arbeitszwang für alle bis zur einheitlichen Erziehung der Kinder.

Roswitha Wisniewski

Sozialistischer Realismus

Der sozialistische Realismus war die offizielle Literatur- und Kunstdoktrin der DDR. Im Grundsatz hielt die SED daran bis Ende der 80er

Jahre fest. Tatsächlich hatte sich der sozialistische Realismus vom ideologischen Dogma der Literatur- und Kunstpolitik der frühen 50er Jahre vor allem nach dem Bau der Mauer 1961 zum Opportunitätsprinzip entwickelt. Inhaltlich erweitert und damit ausgehöhlt, sollte er vor allem dem Zweck dienen, politisch unliebsame Werke ohne nähere Begründung abzulehnen.

Bemühte sich die sowjetische Besatzungsmacht (→ *SMAD*) in den ersten Nachkriegsjahren noch um eine offene → *Kulturpolitik*, so änderte sie diesen Kurs mit der Verschärfung des → *Kalten Krieges*. Die Auffassung, daß es unterschiedliche Wege zum → *Sozialismus* gäbe, mußte der Vorstellung weichen, daß die Sowjetunion das richtungsweisende, allein maßgebliche Vorbild sei. Mit der Propagierung des sozialistischen Realismus wurde die stalinistische Kulturpolitik eingeleitet.

Der sozialistische Realismus tauchte als Begriff erstmals 1932 in der Sowjetunion auf. Zwei Jahre später fand er auf dem I. Sowjetischen Schriftstellerkongreß Eingang in das Statut des Sowjetischen Schriftstellerverbandes. Stalin wollte damit erreichen, daß alle Schriftsteller und Künstler die führende Rolle der KPdSU anerkennen und sich ihren ideologischen Vorgaben beugen. Die sowjetischen Kulturoffiziere in der SBZ propagierten den sozialistischen Realismus und setzten ihn, unterstützt von den führenden Kulturfunktionären der SED, als allgemein gültige, offizielle, das heißt verbindliche künstlerische Methode durch.

Dies geschah in zwei Schritten. Der Leiter der Kulturabteilung der SMAD, Alexander Dymschiz, eröffnete in der „Täglichen Rundschau" die Formalismuskampagne. Als formalistisch brandmarkte er Werke, die eine „pessimistische Weltsicht" verbreiteten. Er erkannte darin Züge eines überkommenen Subjektivismus und Individualismus, die einem bürgerlich-dekadenten Bewußtsein entsprangen. Die Formalismuskampagne richtete sich gegen die Vertreter des Expressionismus, Dadaismus, Kubismus und Konstruktivismus, gegen die abstrakte Kunst, den Bauhaus-Stil, die Zwölf-Ton-Musik und die literarische Moderne.

Ungeachtet der politischen Standpunkte der Schriftsteller und Künstler traf der Formalismusvorwurf u.a. im Ausland Pablo Picasso, Salvadore Dali, George Elliot, Jean-Paul Sartre, im eigenen Land die Maler Arno Mohr und Ernst Barlach, die Schriftsteller Bertolt Brecht und Arnold Zweig, die Musiker Hanns Eisler und Paul Dessau, um nur einige bekannte Namen hervorzuheben. Mit der radikalen Ablehnung der Moderne erstickte der Formalismusvorwurf das künstlerisch-literarische

Leben in der frühen DDR. Traditionen wurden abgeschnitten und die künstlerische Entwicklung einschneidend gehemmt. In der Kulturpolitik führte die Formalismuskampagne zu zahlreichen Aufführungs-, Ausstellungs- und Druckverboten oder erzwang erhebliche Überarbeitungen bereits erschienener Werke. Mit der Propagierung des sozialistischen Realismus als zukunftsweisende künstlerische Methode zeigten die SMAD und die SED wenig später auf, wie → *Literatur* und Kunst im Sozialismus fortan gestaltet werden sollten.

Drei Grundprinzipien wurden dabei unter Berufung auf Engels, Lenin und Stalin in den Mittelpunkt gerückt:
– die wahrheitsgetreue Darstellung der Realität,
– die Forderung nach sozialistischer → *Parteilichkeit*,
– nach Volksverbundenheit und Volkstümlichkeit.

Letztendlich entscheidend dafür, ob ein Werk die Zustimmung der Kulturfunktionäre der SED fand, war seine parteipolitische Ausrichtung. Gefordert wurden eine aufbauende, positive Gesamtperspektive, ein Held, der auf der Seite der Arbeiter und Bauern dem Sozialismus zum Sieg verhilft, sowie ein Stoff aus der Gegenwart, in dem die Tatkraft der Partei und die Leistung des Wiederaufbaus nachdrücklich in Szene gesetzt werden konnte. Die Auseinandersetzung mit der jüngsten Vergangenheit, Nationalsozialismus und Krieg, sollte der Verheißung einer besseren Zukunft weichen.

Um dieser Konzeption Geltung zu verschaffen, richtete die SED mit dem Amt für Literatur und Verlagswesen sowie der Staatlichen Kommission für Kunstangelegenheiten Institutionen ein, die für eine breite, systematische Lenkung und Förderung von Literatur und Kunst Sorge tragen sollten. Diese Bündelung der Macht stellte die Schriftsteller und Künstler vor die Wahl, zu Kündern von Parteidirektiven zu werden oder zu verstummen. Viele folgten dem Ruf der SED. Der sozialistische Realismus nahm in den frühen 50er Jahren Literatur und Kunst in einem Ausmaß politisch in die Pflicht, wie keine andere Parteidoktrin zuvor.

Günther Rüther

Sozialpolitik

Begriff und allgemeine Entwicklung: Den Begriff Sozialpolitik verwendete die Staats- und SED-Führung in der frühen DDR selten. Er galt ihr als Sammelbezeichnung für solche Maßnahmen, mit denen das kapitalistische Gesellschaftssystem versuche, die Existenzunsicherheit der Arbeiter zu überdecken, um deren revolutionäres Potential zu zähmen. In der DDR hingegen habe die sozialistische Transformation von Wirtschaft und Gesellschaft die Ausbeutung aufgehoben. Eine Soziale Frage könne hier nicht entstehen. Sozialismus sei selbst Sozialpolitik im umfassenden Sinne. In ihm bedürfe es keiner gesonderten Sozialpolitik für einzelne Problemgruppen und -lagen. Gleichwohl praktizierte die DDR Sozialpolitik im materiellen Sinn. Die Verfassung von 1949 formulierte soziale Grundrechte (u.a. Recht auf Arbeit und Urlaub, Schutz von Ehe und Familie). Die Praktiker benutzten den Begriff auch in den 50er Jahren, um Arbeitsgebiete wie die Sozialversicherung, Gesundheits-, Familien- und Wohnungspolitik, das Arbeitsrecht und Maßnahmen zur Überwindung der Kriegsfolgen und zur Integration der Vertriebenen zusammenzufassen. Sie argumentierten freilich, nur im Sozialismus sei „wirkliche" Sozialpolitik möglich.

Die ideologische Unsicherheit hinsichtlich der Einordnung von Sozialpolitik verschwand nach 1963 allmählich. Unmittelbar nach Kriegsende hatte das Schwergewicht der sozialpolitischen Praxis auf Nothilfemaßnahmen und dem Wiederauf- und Umbau der Sozialversicherung gelegen. Mit dem Versuch, im Rahmen des → *Neuen Ökonomischen Systems* die gesellschaftliche Planung und Lenkung zu verbessern und dabei Hebel der persönlichen materiellen Interessiertheit einzuführen, erhielt die Sozialpolitik auch in der Theorie mehr Aufmerksamkeit. Doch noch bis Ende der 60er Jahre stellte die offizielle Programmatik die Sozialpolitik weit hinter die Wirtschaftspolitik zurück. Das Parteiprogramm der SED von 1963 verwandte den Begriff nur beiläufig. Er trat weiter nach vorn, als Walter Ulbricht in seinem Referat beim VII. Parteitag 1967 die Entwicklung der Sozialpolitik besonders herausstellte (Förderung der Familie, Sicherung bei Krankheit und im Alter, Verbesserung der Arbeitsbedingungen) und als die DDR-Verfassung von 1968 postulierte, das Recht auf Schutz der Gesundheit und der Arbeitskraft werde unter anderem durch „eine umfassende Sozialpolitik" gewährleistet (Art. 35).

Erich Honecker stellte, als er 1971 Ulbricht ablöste, die Erhöhung des materiellen und kulturellen Lebensstandards in den Vordergrund. Damit wurde die Sozialpolitik Bestandteil der vor allem wachstumsorientierten Gesamtpolitik. Das war der Durchbruch der Sozialpolitik in der DDR, dem Begriff und der Sache nach. Ein gemeinsamer Beschluß des → *ZK der SED*, des Bundesvorstands des → *FDGB* und des → *Ministerrats* der DDR leitete 1972/73 eine sozialpolitische Schwerpunktverlagerung ein. Zuvor hatten, zur Unterstützung des wirtschaftlichen

Wachstums, die Sozialversicherung, → *Gesundheits-*, → *Bildungs-* und Beschäftigungspolitik im Vordergrund gestanden. Nun erhielten die Wohnungs- und die Bevölkerungspolitik Priorität: Die Wohnungsfrage sollte bis 1990 gelöst (→ *Bauwirtschaft*) und die Vereinbarkeit von Mutterschaft und Erwerbstätigkeit gewährleistet werden.

Anfang der 70er Jahre erreichte der Begriff Sozialpolitik den Höhepunkt seiner Karriere: Seither galt die Formel „Einheit von Wirtschafts- und Sozialpolitik" parteioffiziell als Markenzeichen des DDR-Sozialismus. Damit war die Sozialpolitik ins Zentrum der Programmatik gerückt und angezeigt, daß die Wirtschaftspolitik allein gesellschaftliche Probleme nicht lösen kann. Zugleich jedoch ließ es die Einheitsformel nicht zu, eigenständige sozialpolitische Interessen zu finden, zu artikulieren und durchzusetzen. Sie band die Entscheidung zwischen konkurrierenden Zielen, z.B. zwischen ökonomischer Effizienz und sozialer Sicherheit, an die zentrale Steuerung durch Staat und Partei und damit an deren Machtmonopol. Schließlich signalisierte die bis zum Ende der DDR beibehaltene Einheitsformel der Bevölkerung, daß der → *Lebensstandard* mit fortschreitender Produktivität, aber auch nicht stärker, steigen solle.

Die Entwicklung verlief jedoch anders. Seit den frühen 70er Jahren wuchsen die Soziallasten überproportional an. Insbesondere die Belastungen durch Subventionen für Grundnahrungsmittel, Mieten, Verkehrstarife, Kinderbekleidung usw. stiegen. 1989 machten sie ein Viertel der staatlich geplanten Ausgaben aus (→ *Staatshaushalt*). Die DDR hatte die Verbilligung des Grundbedarfs inzwischen zu ihrem Markenzeichen gemacht und ihre Legitimität eng an ihre sozialpolitischen Leistungen gebunden. Der Preis für den Machterhalt in den 80er Jahren – ein Preis, zu dem u.a. auch die Kosten der überdimensionierten staatlichen Bürokratien und des Unterdrückungsapparats zu rechnen sind – bestand schließlich im ökonomischen Niedergang und Bankrott.

Einzelne Handlungsfelder und Gruppen: Sogleich nach Kriegsende begann die → *SMAD* mit Hilfe von SED und FDGB eine sozialistisch geprägte Sozial- und Arbeitsrechtsordnung aufzubauen. Die überkommene gegliederte Sozialversicherung wurde zu einer zentral gelenkten Einheitsversicherung umgebaut. Diese umfaßte zum einen die vom → *FDGB* verwaltete Sozialversicherung der Arbeiter und Angestellten, zum andern die Sozialversicherung bei der Staatlichen Versicherung (bis 1968 Deutsche Versicherungs-Anstalt) für die nicht dem FDGB angehörenden Mitglieder von Produktionsgenossenschaften, Inhaber von Handwerks- und Gewerbebetrieben, freiberuflich Tätigen usw. Der Beitragssatz betrug für die Arbeiter und Angestellten mehr als 40 Jahre lang unverändert 10% des Arbeitseinkommens bis zur Bemessungsgrenze von 600 Mark, also höchstens 60 Mark. Zusätzlich zahlten die Betriebe anfangs ebenfalls 10%, seit 1978 12,5%. Selbständige trugen den Beitrag allein (20% der beitragspflichtigen Einkünfte, höchstens 120 Mark im Monat). Da die Beiträge die Leistungen nicht deckten, gab der Staat Zuschüsse: 1960 21% und 1987 47% der Leistungen. Die rechnerische Höchstrente betrug bei 50 Arbeitsjahren zuletzt im November 1989 440 Mark (ab 1. Dez. 510 Mark) im Monat (→ *Renten*). Das durchschnittliche Bruttoeinkommen in den volkseigenen und genossenschaftlichen Betrieben lag 1987 bei rund 1 100 Mark. Im Durchschnitt betrug die Altersrente in den 60er Jahren 36% und 1987 41% der Nettolöhne und -gehälter. Die Rente war nicht dynamisiert, so daß sich die Kluft zwischen den Arbeits- und den Renteneinkommen im Alter immer mehr vergrößerte. Deshalb schlossen die meisten Arbeitnehmer (Ende der 80er Jahre etwa 80%) eine Freiwillige Zusatzrentenversicherung (1971 eingeführt) ab. Ferner existierten Sonder- und Zusatzversorgungssysteme.

Hinterbliebene wurden lange Zeit nur unterstützt, wenn sie arbeitsunfähig oder im Rentenalter waren oder Kinder zu betreuen hatten. Erst 1973 wurde eine auf zwei Jahre begrenzte Hinterbliebenenrente in Höhe der Mindestrente eingeführt. Nur wenn der Angehörige durch einen Unfall gestorben war, lagen die Zahlungen höher. Kriegsbeschädigtenrente wurde bei einem Körperschaden von zwei Dritteln geleistet. Sie wurde stets in Höhe des höchsten Mindestbetrages gezahlt. Die Mindestrente betrug 1971 160 bzw. 170 Mark und zuletzt 470 Mark monatlich.

Die Sozialfürsorge verlor im Laufe der Zeit praktische Bedeutung, da fast alle Bürger in der Sozialversicherung waren. Die (ohnehin minimale) Arbeitslosenunterstützung wurde zum 1. Jan. 1978 abgeschafft. Jeder Arbeitnehmer habe das Recht auf einen Arbeitsplatz und außerdem die Pflicht zur Arbeit, folglich könne keine Arbeitslosigkeit existieren.

Das öffentliche → *Gesundheitswesen* war nach dem Krieg schrittweise verstaatlicht und zentralisiert worden. Die DDR baute ein flächendeckendes Netz öffentlicher Polikliniken, Krankenhäuser, Ambulatorien und staatlicher Gemeinschaftspraxen auf. Es gab kaum freiberuflich tätige Ärzte. Im Krankheitsfall stand den Versicherten neben der ärztlichen Versorgung sechs Wochen lang ein Krankengeld von 90% des Nettoarbeitseinkommens – anstelle von Lohnfortzahlung – zu. Das Krankengeld bei länger andauernder Krankheit war niedriger.

Auf den Gebieten Arbeitsschutz und Arbeitsrecht führte die SBZ/DDR schon früh Lohngleichheit, unabhängig von Geschlecht und

Alter, ein. Die Lohnpolitik oszillierte zwischen der Nivellierung der Löhne und ihrer leistungsbezogenen Differenzierung. Die Spanne der Entlohnung war stets weit geringer als im Westen. Den Mutterschutz und die Kinderbetreuung baute die DDR sehr stark aus (u.a. Mutterschaftsurlaub, Kinderkrippen, -gärten), um die Frauenerwerbstätigkeit zu steigern und die Kinder von Anfang an in das sozialistische System einzubinden (→ *Bildungspolitik*).

Eigenständige Mitbestimmung in den Unternehmen gab es nicht. Die Betriebsräte wurden schon in der Besatzungszeit entmachtet und durch FDGB-Betriebsgewerkschaftsleitungen ersetzt. Der → *FDGB* war eine weisungsabhängige, in den Herrschaftsapparat der SED eingebundene zentralistische Einheitsgewerkschaft ohne Streikrecht.

In der → *Bau- und Wohnungswirtschaft* bestand die öffentliche Zwangswirtschaft bis zum Ende der DDR. Ihre Kennzeichen: Zuteilung der Wohnungen, starker Mieterschutz, Mieten unterhalb der Kosten. Die Bauwirtschaft wurde staatlich zentral gelenkt. Berlin, Leipzig und wenige andere Zentren wurden gegenüber den anderen Regionen bevorzugt. Genossenschaftlicher bzw. Volkseigener Wohnungsbau drängte den privaten zurück. Großsiedlungen an der Peripherie der Industriegebiete wurden wegen ihrer Kostenvorteile gegenüber den alten Stadtteilen bevorzugt. Die industrielle Fertigung (Plattenbauweise) dominierte, das Wohnumfeld wurde meist ungenügend einbezogen. Der Wohnungsbestand verfiel, die Wohnqualität sank rapide. Die Wohnverhältnisse waren eine Keimzelle sozialer Unzufriedenheit.

Insgesamt umschloß die DDR-Sozialpolitik eine dichte Basissicherung auf niedrigem Leistungsniveau. Sie war stark auf das Arbeitsverhältnis ausgerichtet und sollte die wirtschaftliche Leistungsfähigkeit unterstützen. Dies war bei denjenigen Einrichtungen besonders deutlich, die eine hohe Frauenerwerbsquote ermöglichen sollten. Stärker als im Westen waren die Betriebe Träger sozialpolitischer Einrichtungen. Die produktionsfernen Lebenslagen (Rentner) wurden weit weniger berücksichtigt.

Beurteilung: Die DDR-Sozialpolitik wies eine Reihe spezifischer Deformationen und Verkürzungen auf:

1) Die Partei- und Staatsführung der DDR besaß das Monopol, Sozialpolitik zu definieren und zu formulieren. Mit Ausnahme von Rudimenten bei den → *Kirchen* gab es keine konkurrierenden Kräfte. Ferner besaß die Partei- und Staatsführung der DDR das Monopol, soziale Leistungen einzusetzen.

2) Freiheitliche Formen sozialstaatlichen Handelns gab es nicht, z.B. fehlte in der Sozialversicherung das Element der Selbstverwaltung gesellschaftlicher Kräfte. Diese waren vielmehr vollständig zur Abstüt-

zung der SED-Herrschaft in Dienst genommen und faktisch weisungsgebunden. Damit fehlten die Widerlager, die die Sozialpolitik im demokratischen Staat braucht, damit die Gefahr der Entmündigung nicht virulent wird, welche im Konzept der sozialen Sicherung durch den Staat angelegt ist. In der DDR war die Sozialpolitik ein Instrument, um den einzelnen sozial zu kontrollieren und die Gesellschaft von oben zu steuern.

3) Der Staat hatte als Eigentümer der meisten Produktionsmittel faktisch das Beschäftigungsmonopol. Er übte direkten Einfluß auf alle wichtigen Lebensbereiche aus. Er steuerte die Arbeitsbeziehungen durch Arbeitsplatzgarantie und staatliche Lohnpolitik bei gleichzeitig starker Beschränkung der Arbeitnehmerrechte. Er setzte die Sozialpolitik stärker zum sozialen Schutz, weniger zum gesellschaftlichen Ausgleich ein.

4) Die Sozialpolitik war in der DDR nie ein eigenständiger Politikbereich, sondern hatte dienende Funktion. Die Sozialpolitik sollte nach dem Willen der DDR-Führung ein Ansporn sein, um die Arbeitsproduktivität zu steigern und das Wirtschaftswachstum zu beschleunigen. Sie war den Erfordernissen der Wirtschaftspolitik untergeordnet. Strukturell sollte sie zur Vereinheitlichung der Gesellschaft und damit zur Verwirklichung des Sozialismus beitragen.

Für die Legitimation der politischen Herrschaft hatte die Sozialpolitik stets besonders große Bedeutung. Da die DDR-Staats- und Parteiführung nicht durch freie Wahlen legitimiert war, die Repression keine Legitimation bot und die Chiffren der Propaganda nicht hinreichten, erlangte die praktische Sozialpolitik im Sinne → *sozialistischer Errungenschaften* wichtige und im Zeitverlauf offensichtlich mehr und mehr entscheidende legitimatorische Funktion für die SED-Herrschaft. Die Sozialpolitik sollte zum einen den Legitimitätsmangel der politischen Herrschaft und Ordnung der DDR kompensieren und Ansprüche auf politische Teilhabe durch Verweis auf sozialpolitische Leistungen ruhigstellen. Die Hinweise auf soziale Leistungen sollten zum andern den Mangel an ökonomischer Effizienz, insbesondere das Defizit bei der Arbeitsproduktivität, überdecken, der sowohl hinsichtlich des ideologischen Anspruchs auf Überlegenheit des eigenen Wirtschafts- und Gesellschaftssystems als auch beim Vergleich mit der Bundesrepublik offenkundig war. Gerade der letztere Vergleich war für die DDR stets prekär. Anfangs steuerte sie einen offensiven Kurs, indem sie ankündigte, sie werde die Bundesrepublik binnen kurzem ökonomisch überholen, und indem sie argumentierte, sie sei dem Westen bei der Abrechnung mit dem Nationalsozialismus, beim Engagement für die nationale Einheit sowie bei den Sozialleistungen überlegen. Tatsächlich aber sah sich die DDR durch die westdeutsche Entwicklung in die Defensive gedrängt. So reagierte sie auf die Rentenreform 1957 in der Bundesrepublik (Dynamisierung und Anhebung des Rentenniveaus um 60%) mit einer moderaten Erhöhung der Renten. Eine Dynamisierung wie im Westen, so argumentierte Ulbricht intern, könne sich die DDR ökonomisch nicht leisten.

Mit dem Wechsel von Ulbricht zu Honecker traten an die Stelle der Fernziele als Legitimation für die SED-Herrschaft stärker die gegenwärtigen „Errungenschaften" bei der Versorgung der Bevölkerung. Die sozialpolitischen Verbesserungen in den frühen 70er Jahren orientierten sich an einem ähnlichen Kurswechsel, den die KPdSU beim XXIV. Parteitag 1971 vollzogen hatte und dienten im übrigen auch dazu, zu verhindern, daß die damaligen Arbeiterunruhen in Polen auf die DDR übergriffen. Inzwischen waren ältere Legitimationsmuster der SED-Herrschaft wie die Verschärfung des Klassenkampfs im Innern und die angebliche imperialistische Bedrohung aus dem Westen durch den Abschluß der Enteignungen und durch die internationale Entspannung (Schlußakte von Helsinki 1975) überholt.

An Stelle dieser älteren Muster wurde etwa ab Mitte der 70er Jahre die Sozialpolitik zur zentralen Legitimationsbasis der SED-Herrschaft. Sie verlor dabei ihren deutschlandpolitisch offensiven Charakter und wurde, als sich die DDR-Führung von der Vorstellung einer gemeinsamen deutschen Nation abwandte, verstärkt zur Abgrenzung von der Bundesrepublik eingesetzt. Dort herrsche soziale Unsicherheit. Die DDR hingegen vermittle „soziale Sicherheit und Geborgenheit". Diese auch in Gesetzestexten anzutreffende Formel suggeriert gesamtgesellschaftliche Harmonie und negiert die Existenz konkurrierender Interessen. Während Legitimität in einer offenen Demokratie im allgemeinen dadurch entsteht, daß die Existenz von Konflikten akzeptiert wird und diese in vereinbarten Formen und Institutionen ausgetragen werden, stützte sich die von der DDR-Führung beanspruchte Legitimität auf Emotionalität und die Vorstellung einer Gemeinschaft ohne Interessenkonflikte. Als Gegenleistung für die Vermittlung von „sozialer Sicherheit und Geborgenheit" erwartete die Staats- und Parteiführung von der Bevölkerung Fügsamkeit und Dankbarkeit. Die Sozialpolitik war stark von traditionellen Vorstellungen obrigkeitsstaatlich-paternalistischer Fürsorge geprägt. Es gab aber auch neue Elemente, z.B. die umfangreiche Frauenerwerbstätigkeit (→ *Frauenpolitik*). Die Funktion der Faktoren erschließt sich im einzelnen erst im Zusammenhang mit den revolutionären und totalitären Elementen der SED-Herrschaft.

Die Sozialpolitik in der früheren DDR gehörte nach dem Selbstverständnis der SED zu den stärksten Stützen ihrer Herrschaft (→ *sozialistische Errungenschaften*; → *Gesundheitswesen*). Dennoch war dies offenkundig keine tragfähige Basis zur Legitimation der SED-Diktatur. Die Bevölkerung übertrug die Zustimmung zu einzelnen Leistungsbereichen nicht auf das gesamte politische System. Insofern scheiterte die Absicht der DDR-Führung, durch Ausbau der Sozialleistungen die elementaren Defizite in anderen Bereichen zu kompensieren. Zudem klafften zwischen Anspruch und Wirklichkeit der Sozialpolitik Lücken. Die produktionsfernen Bereiche wurden von der Sozialpolitik vernachlässigt. Viele Rentner verelendeten relativ und fühlten sich durch die Bevorzugung der jungen Familien bei den Finanztransfers und den sozialen Diensten (es gab weit mehr und besser ausgestattete Plätze in den Krippen usw. als in den Altenheimen) benachteiligt. Der Wohnungsbau wurde vom Verfall der Bausubstanz konterkariert. Das Gesundheitswesen hatte Mängel bei der medizinisch-technischen Ausstattung und bei der Versorgung mit Medikamenten; die Arbeitsbedingungen dort und der bauliche Zustand waren schlecht. Die Subventionierung des Grundbedarfs führte zu zahlreichen negativen volkswirtschaftlichen Effekten, u.a. zur Verschwendung von Ressourcen (z.B. von Heizenergie), aber auch zu sozialpolitischen Negativeffekten: Da die Subventionen des Grundbedarfs durch Preisaufschläge beim gehobenen Bedarf mitfinanziert wurden, waren die Empfänger niedriger Sozialeinkommen vom gehobenen Bedarf weitgehend ausgeschlossen. Das Fehlen von (offener) Arbeitslosigkeit schließlich wurde durch verdeckte Arbeitslosigkeit (→ *Arbeit*) erkauft, die für den notorischen Produktivitätsrückstand (gegenüber der Bundesrepublik) und für den Effizienzmangel der gesamten Volkswirtschaft mitverantwortlich war.

Günther Schulz

Literaturhinweise:

Frerich, Johannes/Frey, Martin: Handbuch der Geschichte der Sozialpolitik in Deutschland. Bd. 2: Sozialpolitik in der Deutschen Demokratischen Republik, München, Wien 1993.

Hockerts, Hans Günter: Grundlinien und soziale Folgen der Sozialpolitik in der DDR, in: Kaelble, Hartmut u.a. (Hrsg.): Sozialgeschichte der DDR, Stuttgart 1994, S. 519-544.

Hockerts, Hans Günter: Soziale Errungenschaften? Zum sozialpolitischen Legitimitätsanspruch der zweiten deutschen Diktatur, in: Kocka, Jürgen/Puhle, Hans-Jürgen/Tenfelde, Klaus (Hrsg.): Von der Arbeiterbewegung zum moder-

nen Sozialstaat. Festschrift für Gerhard A. Ritter zum 65. Geburtstag, München u.a. 1994, S. 790-804.
Hoffmann, Dierk: Sozialpolitische Neuordnung in der SBZ/DDR. Der Umbau der Sozialversicherung 1945-1956, München 1996.
Kusch, Günter u.a.: Schlußbilanz – DDR. Fazit einer verfehlten Wirtschafts- und Sozialpolitik, Berlin 1991.
Vortmann, Heinz: Die soziale Sicherheit in der DDR, in: Weidenfeld, Werner/Zimmermann, Hartmut (Hrsg.): Deutschland-Handbuch. Eine doppelte Bilanz 1949–1989, Bonn 1989, S. 326-341.

Sport und Sportpolitik

Die DDR hat 1968 durch die Aufnahme des Grundrechts auf Körperkultur, Sport und Erholung, die „der allseitigen körperlichen und geistigen Entwicklung der Bürger" dienen sollten, in Artikel 18 der Verfassung diesem schon frühzeitig geförderten Lebensbereich eine hohe soziale und politische Bedeutung eingeräumt. Die erstmalige Verankerung von Sport und Körperkultur – freilich unter der folgenschweren Prämisse als „Elemente der sozialistischen Kultur" – in einer deutschen → *Verfassung* sollte eine zielstrebige und erfolgsorientierte Sportpolitik demonstrieren, deren Grundsätze und Direktiven die Partei- und Staatsführung in 95 Beschlüssen festlegte. Die Verwirklichung nach angepaßten Strategien vollzog sich im komplexen zentralistischen System der sportlichen Organe (→ *Deutscher Turn- und Sportbund*) und Institutionen von Partei und Staat (Staatl. Komitee, ab 1970 Staatssekretariat für Körperkultur und Sport). Steuerung und Durchsetzung, die zwischen ideologischer Rechtfertigung und pragmatischem Leistungsstreben pendelten, lagen fast vier Jahrzehnte in den Händen des ZK-Mitgliedes Manfred Ewald; zuerst als Staatssekretär (1952–1960), danach als Präsident des DTSB (1961–1988) und NOK der DDR (1973–1989).

Ziele: Die zentral gelenkte Sportpolitik vollzog sich auf den drei Ebenen der Innen-, Deutschland- und Außenpolitik. In der Innenpolitik mischten sich zahlreiche Faktoren: „ideologieüberschreitende Sinngebungen wie Gesundheit, Körpererfahrung, soziales Lernen, Wohlbefinden oder Wiederherstellung der Arbeitskraft", Sport als „Lebensbedürfnis", schulisches Grundfach und lebenslange Selbsterfahrung der Bürger, wie es das Programm des Sozialismus, eine frühere Parole Walter Ulbrichts variierend, formulierte: „Jedermann an jedem Ort – jede Woche mehrmals Sport" (1968). Der augenscheinlich politisch unverfängliche Sport sollte nicht nur in Schule (→ *Bildungswesen*) und

Hochschule, den → *Bewaffneten Kräften* und den → *Massenorganisationen* bei der Leistungsmobilisation mitwirken; die Erfolge solcher ständigen Kampagnen sind umstritten.

Die verbale Orientierung an den Prinzipien des → *Marxismus-Leninismus* und der sozialistischen Solidarität, besonders mit der sowjetischen Führungsmacht, erwies sich als Alibi für das nahezu im Stil klassisch kapitalistischer Rationalität angepaßte Überlegenheitsstreben als sportliche Weltmacht. Denn der Sport diente „als strukturbestimmender Bereich" der Gesellschaft unverblümt zum Zwecke der Entwicklung des → *Sozialismus* nach DDR-Interpretation und als Waffe der Klassenauseinandersetzung. Die von der Partei- und Staatsspitze gebilligten Pläne und Verpflichtungen enthielten stets konkrete gesellschaftspolitische Zielvorgaben zur Steigerung der Leistungsfähigkeit, Produktivität und Verteidigungsbereitschaft, z.B. durch das Sportabzeichen „Bereit zur Arbeit und Verteidigung der Heimat".

Das sorgfältig geplante und auf höchste Effektivität zielende System des Sports mit vorrangiger Förderung des Hochleistungssports sollte durch seine Erfolge u.a. sowohl die Identifikation mit dem Arbeiter-und-Bauernstaat vorantreiben als auch im beständigen Vergleich mit der Bundesrepublik nach der Devise „Die BRD besiegen und überholen" für propagandistisch eindrucksvolle Pluspunkte sorgen. Dabei machte der Sport alle Etappen und Wendungen der Deutschlandpolitik mit: von gesamtdeutschen Meisterschaften und der Parole „Deutsche an einen Tisch" über die agitatorische und organisatorische Unterstützung der Spaltung bis hin zur Speerspitze beim permanenten Versuch, den West-Berliner Sport aus der Integration in die Organisationen der Bundesrepublik zu separieren, um die „Drei-Staaten-Theorie" praktisch umzusetzen.

Für die internationale Anerkennung und Reputationsverbesserung bildete die Arena des Sports eine außenpolitisch besonders wirkungsvolle Bühne mit weltweiter Resonanz. Auf ihr konnte sich die DDR nicht nur als erfolgreicher, sondern vor allem als souveräner Staat darstellen. Es war der Sportsektor, auf dem DDR-Organisationen als erste gleichberechtigt mit den Verbänden der Bundesrepublik in die internationale Gemeinschaft aufgenommen wurden. Diese Taktik unterlief den Alleinvertretungsanspruch der Hallstein-Doktrin und besiegelte de jure die politisch von der Bundesrepublik noch bis in die 60er Jahre in Frage gestellte Teilung.

Diesem Ziel standen lange die auch in der Bundesrepublik nicht unumstrittenen Gesamtdeutschen Olympiamannschaften im Wege. Konrad Adenauer sah in ihnen einen Schritt, um die DDR „hoffähig" zu machen. Von 1956 bis 1964 starteten nach dem Willen des Internationalen Olympischen Komitees (IOC) und seines Präsidenten Avery Brundage die deutschen Sportler bei Olympischen Spielen in einem gemeinsamen Team. Es wurde nach vorherigen Qualifikationen unter oft schwierigen politischen und organisatorischen Auseinandersetzungen gebildet. 1965 beendete das IOC die Ära gesamtdeutscher Mannschaften, schrieb zugleich die Zugehörigkeit West-Berlins zum Sport der Bundesrepublik fest. 1968 starteten bereits zwei getrennte Mannschaftsteile noch unter den gemeinsamen Symbolen. 1968 anerkannte das IOC das Nationale Olympische Komitee (NOK) der DDR mit allen Rechten. So trat die DDR 1972 erstmals in Sapporo und danach in München mit einer eigenständigen Mannschaft und den DDR-Symbolen (→ *Staats- und Parteisymbole*) an, die erst eine Verordnung der Bundesregierung in der Bundesrepublik zulassen mußte. Die großen Erfolge der DDR-Sportler in München vertieften die weltweite, vom Fernsehen unterstützte propagandistische Wirkung.

Die in „selbständigen und souveränen" Mannschaften (Honecker 1972) mit allen protokollarischen Rechten auftretenden Athleten der DDR erfüllten nicht nur einen geplanten sportlichen Erfolgsauftrag als „führende Sportnation", gelegentlich sogar vor der Sowjetunion und den USA, sondern demonstrierten auch die gleichberechtigte Eigenständigkeit, kompensierten Defizite oder verharmlosten Makel wie die Mauer oder den Schießbefehl: Die „Diplomaten im Trainingsanzug" trugen gemäß der Parteilinie zur „Stärkung der DDR" bei. Der olympische Leistungsausweis unterstreicht die Wirkung dieser sportpolitischen Marketing-Kampagne „in allen wichtigen Sportarten mit zur Weltspitze zu gehören und eine solche einmal errungene Position dann auch wieder zu behaupten". (Ulbricht 1960) DDR-Sportler gewannen von 1956 bis 1988 572 olympische Medaillen, darunter 204mal Gold. Der von Moskau erzwungene Olympiaboykott 1984 (Los Angeles) hat den DDR-Spitzensport in einem augenscheinlichen Leistungshoch schwer getroffen.

Die direkten Beziehungen zwischen beiden deutschen Dachverbänden Deutscher Sportbund (DSB) und DTSB litten von Anfang an unter strategischen Vorgaben und der Ausbeutung durch die Politik. Die deutsch-deutschen Kontakte wurden vom DSB primär als Beitrag zur menschlichen Brückenfunktion gesehen. Die DDR hingegen suchte solche Treffen zu begrenzen und in die eigenen Interessen einzubinden. Zweimal brach der DSB die Beziehungen ab: 1952 wegen der DDR-Propaganda und Schikanen gegen West-Berlin sowie 1961 nach dem Mauerbau. Erst 1966 wurden die Beziehungen auf niedrigem Niveau wieder aufgenommen. Der lange umstrittene Abschluß eines Protokolls zwischen beiden deutschen Dachverbänden, in dem die Berlin-Regelung des IOC von der DDR anerkannt wurde, erlaubte ab 1974 gesicherte Sportbeziehungen. Sie wurden jedoch nach Gutdünken der DDR restriktiv behandelt und immer wieder politisch und propagandistisch instrumentalisiert. Wettkämpfe auf unterer Ebene waren in der Minderzahl, Jugendvergleiche blieben praktisch ausgeschlossen. Während 1957 noch 1 530 Veranstaltungen stattfanden, sanken die Kontakte 1973 auf ganze elf, ehe nach 1974 zwischen 37 (1974) und 141 (1988) Begegnungen erreicht wurden.

Strukturen: Im zentralistisch organisierten, operativ gelenkten und konsequent kontrollierten Sport verzahnten sich die Organisationen des Sports mit den Partei- und Staatsorganen nicht nur auf der oberen Kommandoebene und bei der Auswahl der → *Kader* eng. Unter der Führung der Partei galten die Sportverbände als gesellschaftliche Körperschaften, die nach einer verräterischen Festlegung wenigstens „nach außen selbständig in Erscheinung" treten sollten.

Die grundsätzlichen, auch personellen Entscheidungen traf das → *Politbüro*, in dem nach Erich Honecker von 1971 bis 1986 Paul Verner und danach Egon Krenz für Sport und Verteidigung verantwortlich zeichneten. Über wesentliche Probleme befanden Walter Ulbricht oder Erich Honecker persönlich. Das Bindeglied zwischen dem Sport und dem Politbüro bildete die Abteilung Sport beim ZK der SED. Sie beeinträchtigte generell nicht die Vorrangstellung und Führungsposition Manfred Ewalds. Das Staatssekretariat für Körperkultur und Sport, die „oberste Instanz auf allen Gebieten der Körperkultur und des Sports in der DDR", war jedoch faktisch Ewald beigeordnet; diese Konstruktion schloß persönliche und sachliche Gegensätze nicht aus. Das Staatssekretariat war vor allem für den Kinder-, Jugend-, Hochschul-, Studenten-, Freizeit- und Erholungssport sowie für die staatlichen Investitionsmittel für den Leistungssport zuständig. Ihm unterstanden u.a. der bedeutsame Wissenschaftliche Rat, die → *Deutsche Hochschule für Körperkultur* und der Sportmedizinische Dienst (SMD). Der SMD führte auch die befohlenen, streng geheimen und als „unterstützende Mittel" getarnten pharmakologischen Manipulationen durch, die sogar gesetzwidrige Eingriffe wie die Virilisation minderjähriger Mädchen in Kauf nahmen.

Die Steuerung und Erfolgsüberprüfung des Spitzensports als einer eigenständigen „Produktionseinheit" lag bei der Leistungssportkommission der DDR. Unter Vorsitz des weisungsberechtigten Manfred Ewald vereinte dieses geheime zentrale Parteigremium als Steuerungs- und

Kontrollorgan alle mit dem Spitzensport und der Talentsuche befaßten Ministerien und Sportorgane. Die Umsetzung der Leistungssportbeschlüsse erfolgte unter der Aufsicht und Verantwortung der Partei mit eigenen Kommissionen in den Bezirken und Kreisen. In diese Hierarchie waren alle Förderungsbereiche des → *Deutschen Turn- und Sportbundes* der DDR von den 17 000 Trainingszentren über die 33 Kinder- und Jugendsportschulen bis zu den 29 Sportclubs sowie die praxisnahe Mitwirkung von Wissenschaft, Sportmedizin und Technik integriert.

Entsprechend dem olympischen Zyklus galt für den Spitzensport im Gegensatz zur Wirtschaft ein Vier-Jahres-Plan, der Erfolgs- und ideologische Vorgaben enthielt und für den vielfältige Ressourcen bereitstanden. Von den 1988 für den Sport aufgewendeten (offiziellen) 2,3 Mrd. Mark flossen rund 600 Mio. dem Hochleistungssport zu. Am vorrangigen Prestige Olympischer Spiele orientierte sich vor allem ab 1968 die konsequent forcierte leistungssportliche Aufrüstung. Sie klammerte zweckrational weniger medaillenträchtige oder besonders aufwendige Sportarten, wie Basketball, Eishockey, Reiten, Tennis, Federball, aus und konzentrierte sich auf jene Disziplinen, die entsprechend dem vorherrschenden Medaillenfetischismus eine reiche Erfolgsausbeute boten, besonders Leichtathletik, Schwimmen, Turnen, Ringen, Rudern, Kanu, Eisschnellauf und Skilanglauf. Ausgenommen von der eingeschränkten Förderung blieb das Sorgenkind Fußball. Dieser Volkssport konnte zum Ärger der Funktionäre trotz mancher Teilerfolge, so dem 1:0-Sieg in Hamburg über die Bundesrepublik bei der Weltmeisterschaft 1974, weder die Popularität noch die Qualität des von den Fans in der DDR bewunderten westdeutschen Fußballs erreichen.

Die Kommandozentrale im DTSB war das Sekretariat, in den Fachverbänden die Generalsekretäre aus der parteikonformen → *Kadernomenklatur*. Sie wirkten zumeist als wichtige Scharniere in der ständigen Verbindung zur Partei und zu den über den Sport wachenden und ihn auf allen Ebenen durchdringenden Mitarbeitern der Staatssicherheit.

Methoden: Die DDR-Sportpolitik setzte die gesamte Palette erzieherischer, wissenschaftlicher, ideologischer und disziplinierender Möglichkeiten ein, um die vielschichtigen und keineswegs nur auf politische Interessen gerichteten Ziele zu erreichen. Die Sonderrolle des Hochleistungssports hingegen verlagerte die Schwerpunkte. Daher traten in der Praxis die pädagogischen oder massensportlichen Aspekte oft in den Hintergrund, wenngleich viele Bürger hier einen wichtigen Freiraum fanden. Die ständigen kritischen Orientierungen aus der Führungsspitze beweisen die Defizite, die selbst neue Vorgaben und Direktiven nicht abzubauen vermochten. Sowohl im Schulsport als auch im Breitensport der DDR hat sich trotz allem viel Selbstverantwortung, Eigeninitiative und Ehrenamtlichkeit erhalten, weil man sich nicht allein auf Lehrpläne, Befehle oder ideologische Utopien wie die Erziehung zum neuen sozialistischen Menschen (→ *marxistisches Menschenbild*) berufen hat. Dennoch stand auch der politisch-ideologische Zustand der Sportgemeinschaften an der Basis unter permanenter mißtrauischer Aufsicht von Partei und Staat.

Der Spitzensport als politisches Aushängeschild geriet mit seinem gesamten Umfeld unter den Bedingungen eines „Hochsicherheitstrakts" zwangsläufig ins Kontrollsystem der → *Staatssicherheit*, die auch die Ausforschung der leistungssportlichen Gegner des Westens betrieb. Die Kaderkontrolle begann bei der Talentsuche und der Delegierung in die Kinder- und Jugendsportschulen, wo das MfS mit seiner den Sport kontrollierenden Hauptabteilung XX/3 seine Mitarbeiter ebenso einsetzte wie in den Leistungszentren der Sportclubs. Angesichts der verbreiteten Furcht vor politischer und menschlicher Unzuverlässigkeit, Republikflucht und „Verrat" von Geheimnissen aus allen Bereichen des Leistungssports, der ihr dienenden Wissenschaft und Technik, „wo die ideologische Diversion zum Tragen kommt" (Erich Mielke), entstand ein engmaschiges Netz operativer Kontrollen. Darin verfingen sich zahlreiche, opponierende, unangepaßte oder nur durch Verfehlungen auffallende (und erpreßbare) Athleten, Trainer und Wissenschaftler. Sie fielen nicht selten Denunzianten aus den eigenen Reihen zum Opfer. Sportdelegationen für das Nichtsozialistische Ausland, vor allem bei Olympischen Spielen, waren ebenso wie wissenschaftliche Kader von MfS-Mitarbeitern und Zuträgern durchsetzt. Selbst über die regelmäßige Einnahme von Dopingmitteln führte das MfS teilweise Buch.

Zur Disziplinierung und zum Erhalt oft nur äußerlicher Systemkonformität diente neben vielfältigen materiellen Anreizen und Vorteilen, einschließlich offiziell bestrittener Geldprämien für Medaillen und Titel, sowie der gewährleisteten sozialen Absicherung vor allem die ständige Furcht vor gravierenden Degradierungen und einschneidenden Sanktionen. Dazu zählten der Entzug von → *Privilegien*, sportliche Rückstufungen (Ausdelegierung), die berufliche und gesellschaftliche Ausgrenzung oder gar Haft bei schwerwiegenden Verstößen gegen die „sozialistische Moral". Das Regime und seine Helfershelfer schreckten nicht vor vorsätzlichen Eingriffen in menschliche und familiäre Beziehungen und offenen Verletzungen der Menschenrechte zurück.

Kommandomäßige Organisation und Planung, ausgeklügelte Methodik und integrierte praxisnahe Begleitung durch die Wissenschaft legten den Grundstein zur Leistungsexplosion des Spitzensports. Die DDR-Sportpolitik hielt bis zuletzt an sportlichen Kampfaufträgen und einem chauvinistischen Feindbild fest, das die Medien auftragsgemäß zu verfestigen suchten. Zu den Erfolgen trug wesentlich die Verzahnung dreier Bereiche bei: die engmaschige Talentförderung einschließlich der Kinder- und Jugendspartakiaden, das professionelle Umfeld der Kader mit 5 000 Trainern und die teils skrupellose Nutzung aller Ressourcen. Das schloß als Teilaspekt den weitreichenden Einsatz von Dopingmitteln ein, obwohl er auch nach DDR-Recht verboten war. Diese komplexe geschlossene Struktur war systemimmanent. Selbst die teilweise Übertragung in ein anderes Gesellschafts- und Sportsystem demokratischer Prägung erscheint wegen der konträren politischen und sozialen Umfeldstrukturen illusorisch. Diese Problematik trat konkret beim Aufbau demokratischer und eigenverantwortlicher Vereins- und Verbandsstrukturen in den neuen Bundesländern auf und betraf weniger die durchaus erfolgreichen Anpassungsbemühungen im Spitzensport oder die Neustrukturierung sportbetonter Schulen.

Hans-Dieter Krebs

Literaturhinweise:

Berendonk, Brigitte: Doping. Von der Forschung zum Betrug, Reinbek 1992.

Bernett, Hajo: Körperkultur und Sport in der DDR. Dokumentation eines geschlossenen Systems, Schorndorf 1994.

Der Bundesbeauftragte für die Unterlagen des Staatssicherheitsdienstes der ehemaligen DDR (Hrsg.): Zur Tätigkeit des Ministeriums für Staatssicherheit im Leistungssport. Ein vorläufiges Rechercheergebnis, Berlin 1994.

Franke, Werner: Funktion und Instrumentalisierung des Sports in der DDR. Pharmakologische Manipulation (Doping) und die Rolle der Wissenschaft, in: Materialien der Enquete-Kommission, a.a.O., Bd. III, 2, S. 904-1143.

Holzweißig, Gunter: Sport und Politik in der DDR, Berlin 1988.

Krebs, Hans-Dieter: Die politische Instrumentalisierung des Sports in der DDR, in: Materialien der Enquete-Kommission, a.a.O., Bd. III, 2, S. 1314-1369.

Krebs, Hans-Dieter: Sport, in: Weidenfeld, Werner/Korte, Karl-Rudolf (Hrsg.): Handwörterbuch zur deutschen Einheit, Frankfurt/M. 1993, S. 594 ff.

Sprache und Politik

George Orwells Roman „1984“ kreist um die Rolle der Sprache in der Politik. Der Autor will verdeutlichen, daß eine geschlossene Ideologie eine für Veränderungen verschlossene Sprache voraussetzt. Als gemeinsames Merkmal totalitärer Sprachmanipulation arbeitet er die intendierte Desinformation heraus, die den Sinn und die Bedeutung von Wörtern in ihr Gegenteil verkehrt oder nur einen Teil des jeweiligen Bedeutungsspektrums gelten lassen will.

Die Sprachpolitik der deutschen Kommunisten konnte auf den Ansätzen der nationalsozialistischen Sprachzerstörung aufbauen. Allerdings wies die kommunistische Sprachpolitik im Vergleich zur nationalsozialistischen Manipulation zwei Unterschiede auf. Sie hatte erstens mehr als vier Jahrzehnte Zeit, die politische Begrifflichkeit nach ihren politischen Zwecken zu formen. Zweitens basierte die kommunistische Sprachlenkung auf der marxistischen Ideologie und auf ihren Schlußfolgerungen für die Sprache, wie sie Karl Marx in seiner Schrift „Die deutsche Ideologie" festgehalten hat. Hingegen hatte die nationalsozialistische Sprachlenkung sozusagen intuitiv stattgefunden, d.h., sie war nicht in theoretische Überlegungen über die Funktion und Bedeutung der Sprache eingebettet.

Es ist sicherlich kein Zufall, daß Stalin auf der Höhe seiner Macht sich in mehreren Aufsätzen mit der Rolle der Sprache beim Aufbau der sozialistischen Gesellschaft befaßt hat. Der sowjetische Diktator hat den politisch nur scheinbar harmlosen Gegenstand der Sprache benutzt, um den für den Marxismus völlig neuen Begriff der „Revolution von oben" auch durch sprachliche Mittel einzuführen. Er wollte mit diesen Aufsätzen klarmachen, daß die faktische Herrschaft der Sowjets nun auch sprachlich zementiert werden müsse. Die Hoffnungen auf eine sozialistische Utopie hat Stalin in diesen Aufsätzen in die Zwangsjacke der kommunistischen Ideologie gesteckt. Er folgerte daraus, daß „die Sprache ein Werkzeug des Kampfes und der Entwicklung der Gesellschaft" sei. Insofern war es nur konsequent, daß Stalin das Wörterbuch als die allerwichtigste Waffe in seinem Arsenal bezeichnete.

Daß die Führung eines kommunistischen Staates, die alle Machtmittel in ihrer Hand bündelt, auf die Sprache Einfluß zu nehmen und sie zu lenken versucht, ergibt sich aus ihrer Ideologie. Sie verlangt, alle Maßnahmen zu ergreifen, um den Sozialismus zu verwirklichen. Georg Klaus, führender Philosoph und Kybernetiker in der DDR der 60er Jahre, definierte als Aufgabe der Sprache der Politik, sie habe die Verhaltensweise von Menschen zu beeinflussen: „Es soll mit ihrer Hilfe das Verhalten der Menschen in der Produktion, im öffentlichen Leben, ihr moralisches Verhalten so geändert werden, daß damit den Zielen des Aufbaus des Sozialismus maximal gedient wird."

Das wichtigste Instrument der Sprachlenkung in der DDR waren – den Tagesbefehlen des Propagandaministeriums im Dritten Reich vergleichbar – die strikt zu befolgenden sog. Empfehlungen der SED-Agitationsbürokratie an die Chefredaktionen der → *Massenmedien* (→ *Meinungsmonopol*). Sie galten nicht nur für kommentierende Stellungnahmen, sondern auch für Begriffe und ihre Bedeutungen.

Die politische Sprache der SED war emotional aufgeladen, pflegte superlativistische Wendungen, hatte eine ausgeprägte Vorliebe für Begriffe aus dem militärischen Bereich, sie war stark schematisiert und arbeitete häufig mit extremen Bewertungen. „Man findet Formeln und feste Wendungen häufiger und stereotyper, den Satzbau substantivischer und abstrakter als in vergleichbaren westdeutschen Texten; vor allem fällt, vom Inhaltlichen her gesehen, ein hohes Maß an massivem Eigenlob für den eigenen Bereich und massiver Polemik für den politischen Gegner, ein relativ hoher Anteil an sprachlich rhetorischen Elementen des Appellierens und Beeinflussens auf. Dieses gleichzeitige Hervortreten von Elementen der Verwaltungssprache in der DDR, das in der Literatur und in der Umgangssprache in der DDR oft kritisiert oder ironisiert wird, ist nicht auf Veränderungen in der Sprache, sondern in erster Linie auf die besondere Funktion der Massenmedien als Distributoren des Meinungs- und Formulierungsmonopols von Partei- und Staatsapparat zurückzuführen." (Manfred Hellmann)

Auffällig war vor allem der polarisierende Charakter der politischen Sprache in der DDR, zu dem vor allem die „Frontwörter der Politik" beitrugen. Darunter waren als Gegensatz benutzte Begriffspaare zu verstehen wie Kapitalismus – Sozialismus, Bürgertum – Arbeiterklasse, Bourgeoisie – Proletariat, Idealismus – Materialismus, Metaphysik – Dialektik, Formalismus – Realismus. Mit diesen oft benutzten Begriffspaaren machte man gegen den politischen Gegner Front und hob gleichzeitig die eigene Position hervor. Häufig wurden diese Begriffspaare mit Adjektiv-Paaren verknüpft, die überhaupt keinen Zweifel mehr an der Frontstellung ließen, wie etwa: faschistisch – antifaschistisch, antihumanistisch – humanistisch, chauvinistisch – national, antidemokratisch – demokratisch, militaristisch – friedliebend, reaktionär – demokratisch.

Die politische Sprache der DDR war eine Sprache, die Parteinahme verlangte, sie war auf Entweder-Oder schematisiert, andere Positionen als Pro und Kontra sollten möglichst ausgeschlossen werden. Was in dieses Schema nicht paßte, wurde vergröbert, verzerrt, zurechtgerückt, um darin eingeordnet werden zu können. Die SED vertrat die radikale Position, daß es „in Wirklichkeit keinen Mittelweg, keinen ‚dritten' Weg zwischen Bourgeoisie und Proletariat, zwischen Reaktion und Demokratie" gab. Unter dem alles beherrschenden Grundsatz der → *Parteilichkeit* und den Geboten und Verboten der Sprachlenkung hat sich die Sprache der Politik in der DDR zu einer von Klischees befrachteten, von rasterhaften Wendungen und gebetsmühlenartiger Formelhaftigkeit gekennzeichneten Sprache entwickelt, deren Monotonie Leblosigkeit anzeigte.

Die politische Sprache in der DDR war ideologisch fest angebunden, sie wurde unter den Gesichtspunkten ideologischer Opportunität gelenkt, in ihrem Ausdrucksreichtum eingeengt und erschwerte Kommunikation. Ihre Aufgabe war weniger Kommunikation als Aktion.

Dennoch muß vor der Gleichsetzung, Sprachlenkung sei Menschenlenkung, gewarnt werden. Die oft beschworene Macht des Wortes besteht nicht darin, daß es Ideen und Intentionen transportiert, die vom Empfänger als Befehle unmittelbar in das Denken oder gar die Tat umgesetzt werden. Außerdem bieten die durch Erziehung selbstverständlich gemachten sprachlichen Traditionen sicherlich einen gewissen Immunschutz gegen politisch motivierte Umdeutungen und Verkürzungen. Die Wirkung einer politischen Propagandasprache sollte deshalb in erster Linie nicht in den rein sprachlichen Elementen der Propaganda gesucht werden, sondern in außersprachlichen Faktoren. Wenn die politische Sprache der SED so lange Zeit Wirkungen auf das Bewußtsein der Menschen in der DDR hatte, dann war dies weniger eine Wirkung der Sprache selbst, sondern eher eine Folge ihrer öffentlichen Monopolisierung durch die SED. Die Parteilichkeit, Einheitlichkeit und monolithische Geschlossenheit der politischen Sprache in der DDR haben einen konkurrierenden und den möglichen Einfluß der SED-Sprache korrigierenden Sprachgebrauch in der Öffentlichkeit nicht zugelassen.

Außerhalb der Öffentlichkeit war dies vollständig anders. Privat wurde so gesprochen, daß man sich exakt verständigen konnte, daß auch die lexikalischen Bedeutungen der Wörter in vollem Umfang genutzt wurden. Wer privat von Freiheit sprach, der bezog sich auf die Person als Träger und Nutznießer von Freiheit. Wer den Begriff in der Öffentlichkeit benutzte, der mußte als Referenzrahmen des Begriffes Freiheit das Volk, die Gesellschaft oder das Kollektiv verwenden. Zwischen dem Sprechen in der Öffentlichkeit und dem privaten Sprechen gab es eine Zwischenebene, in der sich die beiden Sphären der Kommunikation miteinander vermischten.

Das halböffentliche oder das halbprivate Sprechen über Politik erforderte eine hohe sprachliche Sensibilität der Sprecher wie der Zuhörer. Es waren nur winzige Nuancen, die z.B. in einem politischen Gespräch am Arbeitsplatz den wirklichen Standort eines Sprechers enthüllten. So konnte die Sprache der Politik in der DDR auch zu einem Medium der Nichtanpassung werden. Hinzu kam, daß die Programme des westdeutschen Fernsehens und Hörfunks, die mehr als 80% der DDR-Bürger einschalteten, den freiheitlichen Umgang mit dem Wort präsentierten. Die Bürger der DDR waren Meister nicht nur der Verschlüsselung ihrer persönlichen Überzeugung, sondern ebenso auch Meister der Entschlüsselung. Niemand konnte zwischen den Sätzen besser hören und zwischen den Zeilen das Verschwiegene oder das Neue besser entschlüsseln als sie.

In der Schlußphase der DDR behauptete die SED-Führung, die Intentionen der sowjetischen Begriffe wie Glasnost und Perestroika längst verwirklicht zu haben. Die Parole „Von der Sowjetunion lernen, heißt siegen lernen" war längst zu den Akten gelegt worden. Die begreifbare Skepsis der SED gegenüber der Gorbatschow-Politik steigerte sich bis zur offenen Ablehnung und Sabotage. Insofern war es alles andere als zufällig, daß eine einzige Formulierung von Gorbatschow bei einer Straßenbegegnung anläßlich des 40. Jahrestages der DDR in Ost-Berlin die Opposition ermutigte und die Demonstrationen zum Sturz des Regimes der SED initiierte: „Wer zu spät kommt, den bestraft das Leben." Wenn eine Parole als Initialzündung für die Umwälzung in der DDR wirkte, dann war es diese. Die Menschen in der DDR verstanden sehr bald, daß der oberste Gralshüter der kommunistischen Ideologie mit den zu spät Kommenden Honecker und die SED meinte. Es ist nicht ohne Konsequenz und auch nicht ohne Ironie, daß die Menschen in der DDR – an Bertolt Brecht anknüpfend – die von der SED totgeschlagene Vokabel „Volk" benutzten, um diesem Wort in dem wirkungsmächtigen Schlachtruf „Wir sind das Volk" einen erneuerten und selbstbewußten Inhalt zu verleihen.

In der Terminologie der kommunistischen Ideologie hätten die großen Manifestationen des Herbstes 1989 als „Konterrevolution" gebrandmarkt werden müssen. Daß diese Kennzeichnung ausblieb, daß die offiziellen Medien in der DDR die Opposition als „Volksbewegung" kennzeichneten, das war ein schon unüberhörbarer Hinweis auf die Schwäche des Systems. Im Herbst 1989 wurden neue Begriffe in Umlauf gesetzt. Es waren die Begriffe „Volksbewegung" und „Wende" und auch der Verzicht auf die Brandmarkung „Konterrevolution", die der SED den Schlüsselbegriff des ideologischen Sanktuariums aus der Hand wanden, nämlich das Wort „Revolution". Mit dieser semantischen Operation kam dem Kommunismus als Ideologie der Kern seiner Begrifflichkeit abhanden.

Gleichwohl, ein Restbestandteil seines ideologischen Gebäudes, nämlich der Begriff → *Sozialismus*, hatte damals noch eine gewisse Chance. Zwar wurde der real existierende Sozialismus der SED bekämpft. Dennoch plädierten viele Intellektuelle und Kirchenvertreter, die bei den Massendemonstrationen als Redner hervortraten, im Herbst des Jahres 1989 noch für eine sozialistische Zukunft. Die ersten Programme der Oppositionsgruppen hielten den Sozialismus noch für eine unabdingbare Voraussetzung für eine bessere DDR.

Aber diese Hoffnung auf eine sozialistische Alternative zur Bundesrepublik war eine vorübergehende; sie war die Hoffnung von intellektuellen Wortführern der Manifestationen. Das Volk, die Masse der Demonstranten, dachte keineswegs an einen „Dritten Weg", an eine mildere Form des Sozialismus, es war schon gar nicht bereit, ihn zu gehen. Das Volk schmiedete sehr bald die Losung „Wir sind *das* Volk" um in „Wir sind *ein* Volk". Komplettiert wurde dieser Kampfruf durch einen Vers der ersten Strophe der DDR-Nationalhymne von Johannes R. Becher, die jahrelang wegen ihres gesamtdeutschen Charakters nicht gesungen werden durfte: „Deutschland, einig Vaterland". Spätestens seit Dezember 1989 waren es diese beiden Losungen, die alle Demonstrationen beherrschten. Damals wurde klar, daß die Menschen nicht bereit waren, sich mit einer wie auch immer begründeten Eigenstaatlichkeit der DDR anzufreunden.

Im Wahlkampf zur Volkskammer gewannen dann jene Begriffe und Formeln an Anziehungskraft, die aus bundesdeutschen Wahlkämpfen bekannt sind: Einheit, Freiheit, Gerechtigkeit, Solidarität. Nicht erstaunlich ist, daß der alte Slogan von Ludwig Erhard „Wohlstand für alle" eine ungeheure Verbreitung gewann. Er wurde nur noch übertroffen durch den Begriff Soziale Marktwirtschaft, der geradezu zur Zauberformel wurde. Gleichzeitig gewannen Begriffe Resonanz wie Pluralismus, Konsens, Dialog, die man bisher überhaupt nicht oder nur mit eingeschränkter Bedeutung benutzt hatte. Diese Begriffe wurden nach den semantischen Benutzungsregeln der Bundesrepublik verwendet. Nun waren der Niedergang und das völlige Aus für die Begriffe Sozialismus, Kommunismus und alle ihre Satellitenvokabeln gekommen. Der Antritt der Regierung Lothar de Maizières in Ost-Berlin antizipierte sprachlich die Wiedervereinigung. Seine Regierungserklärung benutzte die zentralen Begriffe der Politik in der Denotation und Konnotation, wie sie in der liberalen Demokratie üblich sind.

Wolfgang Bergsdorf

Literaturhinweise:

Bergsdorf, Wolfgang: Sprache und Politik, München, Wien 1978.

Bergsdorf, Wolfgang: Die Wiedervereinigung der deutschen Sprache, in: Ders.: Deutschland im Streß, München 1993.

Hellmann, Manfred: Artikel „Sprache“, in: DDR-Handbuch, a.a.O., Bd. 2, S. 1261-1265.
Klaus, Georg: Sprache und Politik, Berlin (Ost) 1971.
Picaper, Jean Paul: Kommunikation und Propaganda in der DDR, Stuttgart 1976.

Staat

Marxistisches Staatsverständnis: Generell wird der Staat als Machtinstrument der herrschenden Klasse verstanden. Als geschichtliche Erscheinung sei er untrennbar mit der Entstehung des Privateigentums (→ *Eigentum*) verbunden und existiere, solange es antagonistische Klassengesellschaften (→ *Klassen*) gebe.

Für Karl Marx ist der Staat „Herrschaftsausschuß der besitzenden Klasse“ und „illusorisches Gemeinwesen“, demnach also mehr als die bloße Diktatur von Klassen über Klassen. Die Geschichte habe bewiesen, daß die staatliche Ordnung in den meisten Fällen von denen, die dieser Macht unterworfen sind, als notwendig hingenommen und sogar anerkannt wurde und werde. Der Staat sei daher zugleich eine Form der Gemeinschaft, „der Ausdruck des Willens seiner Bürger“. Jedoch würden im bürgerlichen demokratischen Staat persönliches Interesse und Gemeinwohl nicht oder nur in seltenen Augenblicken zusammenfallen. Damit blieben letztlich auch Unfreiheit und Unterdrückung in diesen Klassenstaaten unaufhebbar. Friedrich Engels fügt der Marxschen Staatstheorie die These der klassenlosen Urgesellschaft hinzu. Das dialektische Entwicklungsschema von dieser Gesellschaftsform über Klassengesellschaften zur klassenlosen kommunistischen Gesellschaft (→ *Marxismus-Leninismus*) suggeriert, daß mit der Aufhebung der Klassengliederung auch die Einrichtungen, die ihrer Verewigung dienten, verschwinden werden.

Marx und Engels unterscheiden in der Staatstheorie von dem bürgerlichen Klassenstaat die Klassenherrschaft des Proletariats, deren Ziel die Aufhebung aller Klassenherrschaft sei. Der Staat als Übergangsprodukt der Zivilisation „stirbt ab“ (Friedrich Engels), wenn sich die wahre menschliche Gemeinschaft jenseits der Klassengesellschaft verwirklicht habe.

Lenin preßt die differenzierte Betrachtungsweise von Marx in die Formel: „ Der Staat entsteht dort, dann und insofern, wo, wann und wiefern die Klassengegensätze objektiv *nicht* versöhnt werden *können*. Und umgekehrt: Das Bestehen des Staates beweist, daß die Klassengegensätze unversöhnlich sind.“ („Staat und Revolution“) Da die Funktion des bürgerlichen Staates darauf beruhe, die Arbeiterklasse dauerhaft auszubeuten, ließen sich die Institutionen des bestehenden (kapitalistischen) Staates und sein Apparat (→ *Verfassung*; → *Staats- und Verwaltungsapparat*) auch nicht für die Befreiung der Arbeiterklasse ausnutzen. Dies könne vielmehr nur durch die sozialistische → *Revolution* geschehen, deren Inhalt u.a. die Errichtung der Herrschaft der neuen Klasse sei. Lenin unterscheidet die Zerstörung des bürgerlichen Staates von der Aufhebung des Staates. Letzteres sei das Endziel des Geschichtsprozesses und die Perspektive einer ferner Zukunft.

Staat und Nation: Der Zusammenhang von Staat und → *Nation* wird in der marxistisch-leninistischen Literatur wenig reflektiert. Die Nationswerdung erfolge erst auf der Stufe völlig herausgebildeter kapitalistischer Staaten, sei also wie der Staat eine geschichtliche Erscheinung antagonistischer Klassengesellschaften. Politisch konstituiere sich die Nation im Staat, welcher der Ausdruck ihrer Unabhängigkeit und Selbstbestimmung sei. Während der Staat das Machtinstrument der herrschenden Klasse sei, wird die Nation als eine soziale Einheit verstanden, die alle Klassen und Schichten umfasse. Entsprechend dem marxistischen Geschichtsbild wird die gesetzmäßige Tendenz der Entwicklung von Nationen unterstellt. Lenin faßte diese Gesetzmäßigkeit in die These: „Der Nationalstaat ist im Kapitalismus die Regel und die ‚Norm'; der Staat von bunter nationaler Zusammensetzung ist etwas Rückständiges oder eine Ausnahme". („Über das Selbstbestimmungsrecht der Nationen") Danach müßte auch bei Nationen, die keinen eigenen Staat besitzen, diese gesetzmäßige Tendenz wirksam sein. Gleichwohl ist bei Marxisten strittig, ob der Staat ein Merkmal der Nation sei. Dies gilt auch bezogen auf das Verhältnis von sozialistischem Staat und sozialistischer Nation.

Der sozialistische Staat wird – auf einer höheren Stufe der geschichtlichen Gesetzmäßigkeit – verstanden als „Ausdruck der Souveränität der sozialistischen Nationen und zugleich als das wichtigste Instrument der Arbeiterklasse, sowohl die weitere Entwicklung als auch die gleichzeitige Annäherung der Nationen und ihren Zusammenschluß zu höheren Formen der internationalen Gemeinschaft planmäßig zu leiten." (Alfred Kosing) Im → *Sozialismus* weise das Verhältnis von Staat und Nation demnach qualitativ neue Züge auf, da mit der Überwindung der Klassenunterdrückung auch die Formen nationaler Unterdrückung beseitigt würden. Da es im Sozialismus keine Faktoren gäbe, welche die gesetzmäßige Tendenz aller Nationen zur Bildung eigener Staaten unterdrückten, sei die sozialistische Nation grundsätzlich durch einen eigenen Staat charakterisiert (→ *SED und deutsche Frage*).

Staatsverständnis in der DDR: Die marxistisch-leninistische Theorie vom Staat als notwendiger Form der Organisation der Klassengesellschaften wurde von der KPD/SED als ideologische Leitlinie übernommen:

1. Mit der Gründung der DDR sei ein sozialistischer Staat entstanden, der begonnen habe, die Funktionen der → *Diktatur des Proletariats* auszuüben. Die Staatsgründung habe sich als entscheidende Zäsur erwiesen, „die den Umschlag von der antifaschistisch-demokratischen Umwälzung zur sozialistischen Revolution" (Badstübner) markierte. Bis Ende des 60er Jahre wurde dieser Staat der DDR als „Arbeiter- und Bauern-Macht" bezeichnet, ein Begriff, der 1952 aus der sowjetischen Staatslehre übernommen worden war. Das Kleine Politische Lexikon definiert in der Ausgabe von 1967 die Arbeiter- und Bauern-Macht dadurch, „daß die proletarische Staatsmacht in dem Bündnis der führenden Arbeiterklasse mit der Masse der Bauernschaft (sowie dem Kleinbürgertum, der Intelligenz und anderen nichtproletarischen Werktätigen) ihre Klassengrundlage hat." (→ *Blockpolitik*; → *Nationale Front*)

Auf der 2. Parteikonferenz der → *SED* 1952, die den Aufbau des → *Sozialismus* zur grundlegenden Aufgabe erhob, wurde ausdrücklich erklärt, daß die Staatsmacht als Hauptinstrument zur Schaffung der Grundlagen des Sozialismus im Zuge des weiteren Fortschreitens der → *sozialistischen Umwälzung* ständig zu festigen sei. Diese nach der marxistisch-leninistischen Staatstheorie erste Periode des sozialistischen Staates habe vorrangig das Ziel zu verfolgen, die Ausbeutung des Menschen durch den Menschen aufzuheben.

2. Der V. Parteitag der SED 1958 leitete die „Endphase der Übergangsperiode vom Kapitalismus zum Sozialismus" (1958–1961) ein, in der die sozialistische Staatsmacht weiter „vervollkommnet" würde, d.h. die → *Kaderpolitik* im Staatsapparat wurde verstärkt und der → *Staatsrat* als neues Organ eingeführt.

3. Die Verfassung von 1974 kennzeichnet in Artikel 1 die DDR ausdrücklich als „sozialistischen Staat der Arbeiter und Bauern" und in der Fassung von 1968 als „sozialistische Nation". In diesen Formulierungen spiegelt sich das Verständnis der DDR wider, sozialistische Nation und sozialistischer (Klassen)staat der Arbeiter und Bauern als Ergebnis des geschichtlichen Prozesses zu sein, der mit der Verwirklichung der „nationalen Selbstbestimmung" in der entwickelten sozialistischen Gesellschaft der DDR (→ *SED und deutsche Frage*) den Abschluß einer wichtigen Entwicklungsphase erreicht habe. Die Verfassung bezeichnete die DDR als sozialistischen Staat der politischen Organisation al-

ler Werktätigen und gleichzeitig Machtorgan der → *Diktatur des Proletariats*.

4. Nach dem Selbstverständnis der SED befand sich die DDR ab dem VIII. Parteitag 1971 in der Phase der entwickelten sozialistischen Gesellschaft. In dieser zweiten Periode konzentriere der sozialistische Staat alle Kräfte darauf, die Vorzüge des Sozialismus zu entfalten und „die vielfältigen Widersprüche zwischen den Klassen und Schichten, einschließlich kapitalistischer Überreste, in einem komplizierten Entwicklungsprozeß der sozialistischen gesellschaftlichen Beziehungen zu überwinden und die entwickelte, reife sozialistische Gesellschaft aufzubauen." (Georg Klaus/Manfred Buhr) Im Mittelpunkt der staatlichen Leitungstätigkeit sollten die Erhöhung des materiellen und kulturellen Lebensniveaus des Volkes auf den Grundlagen der steigenden sozialistischen Produktion, des wissenschaftlich-technischen Fortschritts und des Wachstums der Arbeitsproduktivität stehen (→ *Wirtschaft*; → *Sozialpolitik*; → *Bildungswesen*; → *Kulturpolitik*). Gleichzeitig würden sich die Merkmale der sozialistischen deutschen Nation weiter ausprägen.

5. Die anvisierte dritte Periode des sozialistischen Staates und der reifen, entwickelten sozialistischen Gesellschaft, in welcher schließlich der Staat absterben würde, könnte jedoch erst dann eingeleitet werden, wenn die internationale Klassenkampfsituation grundsätzlich durch den weltweiten Sieg des Sozialismus gelöst wäre.

Staat und Partei: Die SED erhob für sich den uneingeschränkten → *Führungsanspruch*; denn nach der Ideologie des → *Marxismus-Leninismus* besaß die kommunistische Partei im sozialistischen Klassenstaat das Erkenntnismonopol. Sie nahm folglich die politische Führung wahr, während die Durchführung der politischen Grundentscheidungen Aufgabe des → *Staats- und Verwaltungsapparats* unter Anleitung und Kontrolle des Parteiapparats war. Der Führungsanspruch der SED war auch rechtlich in der → *Verfassung* von 1968 abgesichert. Damit wurde zugleich die Souveränität des Volkes eingeschränkt bzw. auf diejenige der kommunistischen Partei reduziert (→ *Parlamentsverständnis*).

Es gab keine klare Trennung der Aufgaben von Partei und Staat. Die Grenzen zwischen Partei- und Staatsführung waren institutionell nicht eindeutig festgelegt und personell wegen überlappender Mitgliedschaften nicht feststellbar. Nach dem Sprachgebrauch in den 80er Jahren lagen die „Zielfindung" und die „Gestaltung der politischen Organisation" in den Händen der Partei, die auch die Staatsorgane „anleiten" sollte. Die „Suprematie" der SED (Siegfried Mampel) über die Staatsmacht wurde umfassend gesichert: Staats- und Parteiapparat waren auf allen Ebenen weitgehend kompatibel gegliedert. Alle Beschlüsse der Partei, die staatliche Tätigkeiten betrafen, waren für die Staatsorgane verbindlich (Beschluß des Politbüros vom 12. Juli 1960). SED-Mitglieder besetzten leitende Funktionen im Staatsapparat und die Inhaber staatlicher Leitungsfunktionen waren in die Beschlußgremien der Partei eingebunden. Das System der → *Kadernomenklatur* ermöglichte es der SED, eine gezielte → *Kaderpolitik* zu betreiben. Zur Sicherung des Machtmonopols trug der immense Sicherheitsapparat wesentlich bei. Das Ministerium für → *Staatssicherheit* war jedoch nicht „Staat im Staate", sondern vielmehr „Schild und Schwert der Partei".

Der sozialistische Staat der DDR negierte die Grundprinzipien jedes liberalen, parlamentarischen Regierungssystems: Die Gewaltenteilung bzw. Gewaltenverschränkung wurde durch die Festlegung eines „obersten" Organs und die führende Rolle der Partei (→ *demokratischer Zentralismus*) aufgehoben; die Einparteiherrschaft trat an die Stelle eines Mehrparteiensystems und verhinderte die Organisation und Artikulation pluralistischer Meinungen und Interessen; die führende Rolle der Partei unterdrückte jede Opposition.

Udo Margedant

Literaturhinweise:

Badstübner, Rolf: Geschichte der Deutschen Demokratischen Republik, Berlin (Ost) 1984.

Brunner, Georg: Staatsapparat und Parteiherrschaft in der DDR, in: Materialien der Enquete-Kommission, a.a.O., Bd. II, 2, S. 989-1029.

Kolakowski, Leszek: Die Hauptströmungen des Marxismus, 3 Bde., München, Zürich (Neuausg.) 1988.

Kosing, Alfred: Nation in Geschichte und Gegenwart. Studie zur historisch-materialistischen Theorie der Nation, Berlin (Ost) 1976.

Mampel, Siegfried: Die sozialistische Verfassung der Deutschen Demokratischen Republik, Frankfurt/M. (3. Aufl.) 1996.

Staatsangehörigkeit, deutsche

Am 20. Febr. 1967 verabschiedete die Volkskammer ein „Gesetz über die Staatsbürgerschaft der Deutschen Demokratischen Republik" (Staatsbürgerschaftsgesetz). Dadurch wurde das bis dahin zumindest formell auch in der DDR geltende Reichs- und Staatsangehörigkeitsgesetz vom 22. Juli 1913 aufgehoben. Alle Menschen in Mitteldeutschland sollten künftig „Staatsbürger der DDR" sein. Die Bundesrepublik hielt dessen ungeachtet an der (gesamt-)deutschen Staatsangehörigkeit fest und berief sich auf den Tatbestand „Deutschland in den Grenzen vom 31. Dezember 1937". Auch Art. 4 → *Grundlagenvertrag*, wonach keiner der beiden Staaten den anderen international vertreten oder in seinem Namen handeln konnte, änderte hieran nichts, da ein Protokollvermerk der Bundesrepublik zum Grundvertrag ausdrücklich feststellte, daß „Staatsangehörigkeitsfragen durch den Vertrag nicht geregelt" worden sind. Das Grundvertragsurteil des Bundesverfassungsgerichts (BVerfGE 36, S. 1 ff) präzisierte die Rechtslage wie folgt: „Art. 16 GG geht davon aus, daß die ‚deutsche Staatsangehörigkeit', die auch in Art. 116 Abs. 1 GG in Bezug genommen ist, zugleich die Staatsangehörigkeit der Bundesrepublik Deutschland ist. Deutscher Staatsangehöriger im Sinne des GG ist also nicht nur der Bürger der Bundesrepublik Deutschland." „Unbeschadet jeder Regelung des Staatsangehörigkeitsrechts in der DDR" mußte die Bundesrepublik „jeden Bürger der DDR, der in den Schutzbereich der Bundesrepublik und ihrer Verfassung" geriet, „gemäß Art. 116 Abs. 1 und 16 GG als Deutschen wie jeden Bürger der Bundesrepublik behandeln". (Urteilsbegründung B.V. 5). Auch im Hinblick auf den diplomatischen Schutz durfte es für die Bundesrepublik „auch künftig keinen rechtlichen Unterschied zwischen den Bürgern der Bundesrepublik und den ‚anderen' Deutschen" geben. (Urteilsbegründung B.V. 7).

Damit waren keineswegs alle staatsangehörigkeitsrechtlichen Probleme gelöst. Das Staatsangehörigkeitsrecht entwickelte sich in Ost und West weiter auseinander, und es stellte sich die Frage, ob die deutsche Staatsangehörigkeit auch dann erworben wird, wenn das DDR-Recht vom Bundesrecht abweicht.

Nach einer im Schrifttum namentlich von Zieger vertretenen Auffassung begründete auch der Staatsangehörigkeitserwerb aufgrund des vom Bundesrecht abweichenden Rechts der DDR – z.B. Erwerb der Staatsbürgerschaft durch Aushändigung des Personalausweises der DDR oder durch Eintragung des Kindes in den Personalausweis der Mutter – die deutsche Staatsangehörigkeit i.S. des Grundgesetzes. Diese Meinung verwies auf die im Grundvertragsurteil angesprochene Verpflichtung, wonach „die Bundesrepublik Deutschland jeden Bürger der DDR, der in den Schutzbereich der Bundesrepublik Deutschland und ihrer Verfassung" geriet, „gem. Art. 116 I und 16 GG als Deutschen wie jeden Bürger der Bundesrepublik Deutschland zu behandeln" hatte. Eine die Änderung des Staatsangehörigkeitsrechts in beiden Teilen Deutschlands berücksichtigende fortbildende Interpretation sollte nach dieser Ansicht im übrigen am ehesten dem Sinn der im Grundgesetz verankerten einheitlichen deutschen Staatsangehörigkeit und damit dem Wiedervereinigungsgebot der Präambel entsprechen. Nach dieser Auffassung konnte allenfalls mit dem Instrument des in den deutsch-deutschen Beziehungen grundsätzlich anwendbaren ordre public einer dem Gesetzeszweck zuwiderlaufende Einbürgerung durch DDR-Behörden die Folgewirkung für die deutsche Staatsangehörigkeit versagt werden.

Demgegenüber wurde darauf hingewiesen, daß auf die gesetzlichen Erwerbstatbestände des Staatsangehörigkeitsrechts der DDR nicht abzuheben sei; das Grundvertragsurteil habe sich nicht zu der Frage geäußert, wer deutscher Staatsbürger ist. Diese Frage richte sich gem. Art. 124, 73 Nr. 2 GG ausschließlich nach Bundesrecht. Aus dem Verfassungsprinzip der einheitlichen deutschen Staatsangehörigkeit wie aus dem Wiedervereinigungsgebot lasse sich kein stillschweigender Verweis auf DDR-Recht herleiten. Hoheitsakte fremder Staatsgewalt könnten den Status der Deutschen im Sinne des Grundgesetzes nicht begründen.

Im „Teso“-Beschluß entschied das Bundesverfassungsgericht (BVerfGE 77, 137) am 21. Okt. 1987, daß die Verleihung der DDR-Staatsbürgerschaft zugleich die deutsche Staatsangehörigkeit vermittelt, und betonte damit erneut die verfassungsrechtliche Bedeutung des Wiedervereinigungsgebots.

Die Anerkennung einer separaten Staatsbürgerschaft der DDR auch durch die Bundesrepublik blieb die beständige Forderung Ost-Berlins (→ *Geraer Forderungen*).

In der Zeit der staatlichen Trennung war die deutsche Staatsangehörigkeit das sichtbare Moment der Verknüpfung aller Deutschen. Die Rufe der Bürger in Leipzig, Dresden und Ost-Berlin „Wir sind ein Volk“ hätten im Herbst 1989 nicht aufgenommen werden können, wenn das Konzept der einen Staatsangehörigkeit in den 70er Jahren aufgegeben worden wäre.

Dieter Blumenwitz

Literaturhinweise:

Blumenwitz, Dieter: Das neue Staatsbürgerschaftsgesetz der DDR, in: Jahrbuch für Ostrecht, Bd. VIII/1 (1967), S. 175 ff.

Blumenwitz, Dieter: Die deutsche Staatsangehörigkeit und der deutsche Staat, in: JuS 1988, S. 607 ff.

Hecker, Hellmuth: Bibliographie zum Staatsangehörigkeitsrecht in Deutschland, Frankfurt/M. 1976.

Hecker, Hellmuth: Materialien zum Staatsangehörigkeitsrecht in Deutschland, Herrenalb 1985.
Makarow, Alexander N./v. Mangoldt, Hans: Deutsches Staatsangehörigkeitsrecht, Neuwied (3. Aufl.) 1986.
Riege, Gerhard: Die Staatsbürgerschaft der DDR, Berlin (Ost) (2. Aufl.) 1986.
Zieger, Gottfried: Das Verhältnis der Staatsangehörigkeitsregelungen in den beiden deutschen Staaten, in: NJW 1984, S. 699 ff.
Ziemske, Burkhardt: Die deutsche Staatsangehörigkeit nach dem Grundgesetz (1995) 2. Abschnitt: Das Staatsangehörigkeitsrecht der ehemaligen DDR, S. 173ff.

Staatsanwaltschaft

Die nach sowjetischem Vorbild in der DDR errichtete Staatsanwaltschaft war ein „zentrales Organ der einheitlichen sozialistischen Staatsmacht" (Staatsanwaltschaftsgesetz vom 7. April 1977). Für die Staatsanwälte, die durchgängig der → *SED* angehörten, waren die Anweisungen, Beschlüsse und Maßnahmen der SED unmittelbar verbindlich. Kennzeichnend für die Organisation war eine straffe Zentralisierung. Der Generalstaatsanwalt, der die Staatsanwaltschaft leitete, wurde von der → *Volkskammer* für fünf Jahre gewählt. Ihm unterstanden in den Bezirken der Bezirksstaatsanwalt und in den Kreisen der Kreisstaatsanwalt. Der Generalstaatsanwalt war der Volkskammer und zwischen ihren Tagungen dem → *Staatsrat* verantwortlich und rechenschaftspflichtig, er konnte jederzeit von der Volkskammer abberufen werden. Alle Staatsanwälte wurden vom Generalstaatsanwalt berufen und abberufen, sie waren ihm verantwortlich und an seine Weisungen gebunden. Einer der Stellvertreter des Generalstaatsanwalts, die vom Staatsrat zu bestätigen waren, war der Militäroberstaatsanwalt, der zugleich Generalleutnant der NVA war; ihm unterstanden die Militärstaatsanwälte bei der Nationalen Volksarmee.

Die juristische Ausbildung an der Universität war grundsätzlich, aber nicht zwingend Voraussetzung für die Berufung zum Staatsanwalt. Maßgebend war die Ergebenheit gegenüber der Arbeiterklasse und dem sozialistischen Staat, außerdem politisches Wissen und Lebenserfahrung. Verantwortlich für eine der führenden Rolle der SED entsprechende Auswahl und politische Disziplinierung der → *Kader* war der Generalstaatsanwalt.

Der Aufgabenkreis umfaßte vornehmlich die Vorbeugung und Bekämpfung der → *Kriminalität*, die Leitung des Ermittlungsverfahrens, die Anklageerhebung und -vertretung sowie Übergabe geringfügiger Sachen an die gesellschaftlichen Gerichte. In politischen Strafsachen (sog. 1 a-Verfahren) führte das MfS die Untersuchung. Erst zur Anklageerhebung wurde der Staatsanwaltschaft die Sache übergeben. Wichtiger als die Mitwirkung in Zivil-, Familien- und Arbeitsrechtsverfahren war die Wahrnehmung der allgemeinen Gesetzlichkeitsaufsicht, durch die die Staatsanwaltschaft in Verwirklichung der Beschlüsse der SED über die Einhaltung der (parteilichen) → *sozialistischen Gesetzlichkeit* zu wachen hatte. Während der 40jährigen Dauer des Regimes wechselte die Bedeutung dieser Kontrollfunktion je nach dem, wie sie als Hebel der sozialistischen Umgestaltung und Souffleur der Rechtsprechung instrumentalisiert wurde.

Rudolf Wassermann

Literaturhinweise:

Behlert, Wolfgang: Die Generalstaatsanwaltschaft, in: Rottleuthner, Hubert (Hrsg.): Steuerung der Justiz in der DDR, Köln 1994, S. 287 ff.
Grasemann, Hans-Jürgen: Die Anleitung der Staatsanwaltschaft, in: Materialien der Enquete-Kommission, a.a.O., Bd. IV, S. 487-532.

Staatshaushalt

Im zentralgelenkten Einheitsstaat der DDR bestand im Gegensatz zur Bundesrepublik mit ihrem Nebeneinander der Haushalte der einzelnen selbständigen Gebietskörperschaften und einer bundesstaatlichen Verteilung der Steuerertragshoheit seit 1951 nur ein zentral geführter „einheitlicher Staatshaushalt".

Aufbau: Über Grundfragen entschied ausschließlich die Zentralstaatsregierung (Organisation der Haushaltswirtschaft, Mittelbeschaffung des Staates und Ausgabenpolitik). Das unter ihrem Oberbefehl verwaltete Budget gliederte sich in die Haushalte 1. der obersten Staatsorgane (Zentralstaats- oder Republikhaushalt), 2. der 15 Bezirke (einschließlich Ost-Berlin) und der 227 Kreise, 3. der Gemeinden und Gemeindeverbände (2. und 3. = örtliche Haushalte) und 4. der Sozialversicherung für Arbeiter und Angestellte und Mitglieder der Produktionsgenossenschaften.

Der Staatshaushalt umfaßte somit auf der Einnahmenseite sämtliche Geldeinnahmen (Abgaben, Steuern, Erwerbseinkünfte, Gebühren) der zentralen und örtlichen Haushalte und die Beitragseinnahmen der Sozialversicherung. Auf der Verwendungsseite des Etats wurden alle Geldbeträge ausgewiesen, die von den Haushaltsinstanzen aufgewendet wurden, um die innen- und außenpolitischen Ziele der SED zu verwirklichen und die Produktion von öffentlichen Gütern für die Gesellschaft zu finanzieren. Eine Besonderheit bestand darin, daß die vereinigte Haushaltsbilanz durch die Einbeziehung eines Teils der Betriebsfinanzen verlängert wurde; d.h., es wurden rein rechnerisch auch die geplanten oder erzielten Gewinne der Staatsbetriebe (→*VEB*) und Betriebsvereinigungen (→ *Kombinate*) hinzugefügt. Obwohl die aus den Gewinnen der staatlichen Produktionsorganisationen gebildeten betrieblichen Finanzfonds nicht vom Staat über den Haushalt umverteilt wurden, da diese zu den dezentralen Finanzfonds gehörten, welche die VEB und Kombinate in bestimmtem Umfang nach ihren betrieblichen Zielen verwenden durften, wurden diese dennoch seit 1965 als Einnahmen und Ausgaben des Staates geführt. Damit unterstrich der sozialistische Staat ausdrücklich sein primäres Verfügungsrecht über den gesamten in den Staatsunternehmen erwirtschafteten Mehrwert (Reineinkommen).

Steuer- und haushaltspolitische Kompetenzverteilung und Steuerquellen: Nach der Verfassung von 1968/1974 (Art. 9, Abs. 4) stand die Steuerhoheit nur der → *Volkskammer* zu, die allein Steuergesetze erlassen konnte, während die regionalen Exekutivorgane nur eine begrenzte Verwaltungshoheit bei der Haushaltsdurchführung besaßen. Die hierbei erzielten Einnahmen durften den Gemeindehaushalten zugeführt werden. Im Widerspruch zur Verfassung wurden jedoch die meisten Steuer- und Abgabengesetze durch die Regierung (Ministerrat, Ministerium der Finanzen) auf dem Verordnungswege erlassen. Die Haushaltsmittel, welche die Gebietsverwaltungen zur Finanzierung ihrer öffentlichen Aufgaben benötigten, wurden ihnen in der Regel zu mehr als der Hälfte durch zentral bemessene Zuweisungen aus dem Zentralhaushalt zur Verfügung gestellt. Die übrigen Einkünfte bezogen die örtlichen Staatsorgane aus Einnahmequellen, die ihnen aus Zweckmäßigkeitserwägungen zugewiesen worden waren. Hierzu gehörten in einem begrenzten Ausmaß die Abführungen (Betriebssteuern) der bezirks- und örtlich geleiteten staatlichen und genossenschaftlichen Wirtschaftsbetriebe. Die für die Gemeindekassen bestimmten Abgaben umfaßten die Grundsteuer, die Vergnügungssteuer, die Hundesteuer und die Kurtaxen. Reichten die Finanzmittelzuweisungen nicht aus, um die speziellen öffentlichen Aufgaben finanzieren und erfüllen zu können, durften die örtlichen Staatsorgane dennoch keine öffentlichen Anleihen zur Zeichnung anbieten. Dieses Verbot sollte auch ein Wiederaufleben eines Kapitalmarktes im DDR-Sozialismus verhindern.

Die Verfassungen von 1968 und 1974 gestanden den Gebietsverwaltungen zwar zu, „eigene Einnahmen“ zu erzielen und „über ihre Verwendung [zu] verfügen“, ohne jedoch die Einnahmenarten präzis zu benennen und diese damit als originäre Bezirks- oder Gemeindesteuern anzuerkennen. Erst bei der Verabschiedung der jährlichen Haushaltspläne wurde darüber entschieden, welche Finanzmittelausstattung die örtlichen Staatsorgane insgesamt erhalten sollten und welche einzelnen Steuereinkünfte sie in ihre Kassen leiten durften. Diese restriktiven Maßnahmen dienten dazu, die Zentralmacht zu stärken, die Bezirke, Kreise und Gemeinden in finanzieller Abhängigkeit zu halten und eine echte föderative und kommunale Selbstverwaltung nicht aufkommen zu lassen. Von den Einkünften flossen in der Regel fast 80% in den zentralen Staatshaushalt. Diese Benachteiligung der Bezirke, Kreise und Gemeinden (ausgenommen Ost-Berlin) bei der Verteilung materieller und finanzieller Ressourcen war ein systemtypisches Merkmal des SED-Zentralismus. Das führte u.a. zu einem beträchtlichen Verfall der gebietswirtschaftlichen und kommunalen Infrastruktureinrichtungen und der Wohnbausubstanz in den Territorien. Die Empörung hierüber war 1989 einer der Gründe für den Aufstand der Bevölkerung und den Sturz des SED-Regimes.

Verknüpfung des Staatshaushalts mit den territorialen Haushalten: Die Budgets der Bezirke, Kreise und Gemeinden wurden in den Einheitshaushalt schrittweise nach dem Schachtelprinzip integriert. Dementsprechend enthielt jeder Haushalt auf den verschiedenen Ebenen der Staatsverwaltung die Etats der untergeordneten Gebietseinheiten mit den vollen Einnahmen und Ausgaben.

Maßgebend für die Haushaltsführung der kleineren Gebietseinheiten war die Unterordnung unter die Haushaltspolitik der jeweils zuständigen größeren Gebietseinheit. Dabei wurde der Gehorsam der regionalen Volksvertretungen und ihrer Verwaltungen (Räte) gegenüber dem Willen der jeweils übergeordneten Staatsorgane durch Macht-, Lenkungs- und Disziplinierungsmittel erzwungen. Die Regierung hatte darüber hinaus die Vollmacht, direkt mit operativen Direktiven in die laufende Haushaltsdurchführung der Gebietsverwaltungen einzugreifen.

Aufstellung und Bedeutung des Staatshaushalts: Der jährlich verabschiedete Staatshaushaltsplan bildete das finanzielle Handlungsprogramm der SED-Führung und der DDR-Regierung. Das Gesetz über die Staatshaushaltsordnung der DDR von 1968 kennzeichnete den Plan als „ein wichtiges Instrument der vorausschauenden, planenden und organisierenden Führungstätigkeit des sozialistischen Staates“. Weiter heißt es dort: „Der sozialistische Staat nimmt im Rahmen der sozialistischen

Planwirtschaft mit Hilfe des Staatshaushaltes aktiven Einfluß auf die allseitige Verwirklichung des gesellschaftlichen Systems des Sozialismus."

Um von vornherein Widersprüche zwischen der güterwirtschaftlichen und der finanziellen Volkswirtschaftsplanung zu verhindern und um keine Disproportionen zwischen Güter- und Geldkreislauf aufkommen zu lassen, mußte jeder Staatshaushaltsplan im Detail auf den für den gleichen Planzeitraum vorgesehenen Jahresvolkswirtschaftsplan (→ *Wirtschaft*) abgestimmt werden. Er basierte somit auf dem Zielprogramm des Volkswirtschaftsplanes. Methodisch suchte die Wirtschaftsführung die angestrebte „Einheit von materieller und finanzieller Planung" dadurch zu erreichen, daß die Einzelhaushalte auf allen Ebenen der Staatsverwaltung nach einheitlichen Planungsprinzipien aufgestellt und nach einem zeitlich genau festgelegten Ablaufschema der einzelnen Projektierungsschritte geplant wurden.

Innerhalb des Staatsapparates oblag dem Ministerium der Finanzen (MdF) die Aufstellung und Abrechnung des Staatshaushaltsplanes. Die fertiggestellte Plan- und Ist-Bilanz wurde dann dem Ministerrat zur Bestätigung vorgelegt und von dort zur Beschlußfassung in die Volkskammer eingebracht. Den Abschluß der sich jährlich wiederholenden Planungsprozedur bildete die gleichzeitige Verabschiedung des Volkswirtschaftsplanes und des Staatshaushaltsplanes durch die Volkskammer als Gesetz. Damit wurde gleichzeitig auch der Haushaltsrahmen für die Bezirkshaushalte und für alle anderen örtlichen Haushalte festgelegt.

Im Wirtschaftssystem der DDR war der Staatshaushalt das bei weitem größte Kapitalsammelbecken. Über zwei Drittel des Volkseinkommens wurden jedes Jahr im Haushalt konzentriert und für die Verwirklichung ausgewählter Stabilisierungs-, Stimulierungs- und Umverteilungsmaßnahmen eingesetzt. Allein dieses gewaltige Finanzierungspotential sicherte dem Öffentlichen Gesamthaushalt einen beherrschenden Einfluß unter den sonst noch von der Wirtschaftsführung eingesetzten geld- und finanzpolitischen Instrumenten. Infolgedessen wurde der Staatshaushaltsplan auch zu Recht als „Hauptfinanzplan der Volkswirtschaft" bezeichnet.

Funktionen des Staatshaushalts: Unabhängig von der Dominanz der güterwirtschaftlichen vor der monetären Wirtschaftslenkung besaß in der DDR die Finanz- und Haushaltspolitik eine große Bedeutung a) für die indirekte und direkte Lenkung und Stimulierung der Wirtschaftsprozesse und b) für die Stabilisierung der Wirtschaftsabläufe. Im Hinblick auf c) die Umverteilung des Volkseinkommens nach politischen Prioritäten übertraf der DDR-Staatsetat jedoch bei weitem diejenige Rolle, die in der Bundesrepublik dem Öffentlichen Gesamthaushalt auf diesem Gebiet zukommt. Denn im Vergleich zur Marktwirtschaft der Bundesrepublik mußte das Budget in der Staatswirtschaft der DDR beträchtlich mehr Aufgaben bei der Finanzierung der Wirtschaft übernehmen. Daher umfaßte der Haushalt auch dort in hohem Maße Wirtschafts- und Finanzierungsaktivitäten, die in der Bundesrepublik in den Entscheidungs- und Finanzbereich der privaten Unternehmen fallen.

Im SED-Staat mußte die Haushaltspolitik ein nahezu unbegrenztes Volumen an Förderungs-, Stabilisierungs-, Umverteilungs- und Kontrollaufgaben übernehmen, weil in einer staatlichen Planwirtschaft fast die gesamte Palette der in der Volkswirtschaft produzierten Güter in öffentliche Güter umgewandelt wird. Einen staatsfreien Raum gab es in dieser Ordnung im Bereich der Wirtschaft, der Gesellschaft und der Kultur praktisch nicht.

Zu den systemtypischen Finanzierungsaufgaben des Staatshaushaltes in der DDR gehörten vor allem: 1. die Bereitstellung der Finanzmittel für die Beschaffung der Erstausstattung neugegründeter Industrie-, Bau- und Versorgungsbetriebe mit betriebsnotwendigen Anlagen, Ausrüstungen und Umlaufmitteln; 2. die Mitfinanzierung kompletter neuer Werksteile in bestehenden Staatsbetrieben; 3. die Übernahme der während des Wirtschaftsjahres entstandenen Verluste der staatseigenen Betriebe und Kombinate; 4. die Sanierung ertragsschwacher Staatsbetriebe; 5. die Zahlung von Zuschüssen an diejenigen Einzelbetriebe, Kombinate und Versorgungsunternehmen, welche Nahrungsgüter, Industriewaren und Versorgungsleistungen erzeugten, die auf staatlichen Befehl unter den Gestehungskosten verkauft werden mußten; 6. die Finanzierung aller Meliorationen in der Landwirtschaft und sämtlicher Investitionen im Bereiche der Wasserwirtschaft; 7. die Gewährung von Preiszuschlägen für landwirtschaftliche Qualitätsprodukte und die Finanzierung sonstiger produktionsfördernder Maßnahmen im Bereich der Land- und Forstwirtschaft und 8. die Finanzierung eines beträchtlichen Teils der Forschungs- und Entwicklungsaktivitäten durch die Unterhaltung staatseigener Forschungszentren und durch die Vergabe von objektgebundenen Forschungsaufträgen an Betriebe und Kombinate. Die Staatsführung betrachtete diese massive Kapitallenkung als den besten Weg, um eine an den staatlichen Prioritäten orientierte „hocheffektive Strukturpolitik in Produktion und Investition“ durchzusetzen.

Rolle der Volkskammer: Nach der Verfassung war sie haushaltspolitisch zuständig für den Beschluß des jährlichen Haushaltsplanes in Gesetzesform und die Billigung der durch die Regierung vorgelegten Haushalts(ab)rechnung. Die → *Volkskammer* durfte sich einer Bekämpfung von Machtmißbrauch und Mißwirtschaft der SED-Führung nicht widmen. Infolgedessen richteten sich ihre Rechtsüberwachungsmaßnahmen und ihre Aktivitäten zur Haushaltskontrolle und Finanzrevision nur darauf sicherzustellen, daß die von der SED-Führung und der Regierung vorgegebenen Ziele des Volkswirtschaftsplanes auch tatsächlich verwirklicht wurden.

Eine kontroverse Debatte über die Haushaltspolitik der DDR-Regierung hat es in der Volkskammer zu keinem Zeitpunkt gegeben. Während der gesamten 40 Jahre des Bestehens der DDR sind alle Staatshaushaltspläne in der Volkskammer einstimmig verabschiedet worden. Kein Volkskammerabgeordneter, der nicht dem Politbüro der SED oder der SED-Regierung angehörte, dürfte jemals in der DDR vor der Verabschiedung des Staatshaushalts eine vollständige Haushaltsbilanz zu Gesicht bekommen haben.

Finanzverwaltung: Im Unterschied zur Bundesrepublik ist in der DDR keine selbständige Finanzverwaltung mit eigener Kassenführung errichtet worden. Bei der Liquidation der Länder im Jahre 1952 und dem Umbau der Staatsverwaltung wurden die Finanzämter aufgelöst. Ihre Aufgaben übernahmen unselbständige Abteilungen innerhalb der allgemeinen inneren Staats- und Wirtschaftsverwaltung. Die Instanzenpyramide der DDR-Finanzorgane lehnte sich unmittelbar an die territoriale Gliederung des Staatsgebietes an (Republik, Bezirk, Kreis; → *Verwaltungsgliederung*). Sämtliche für Haushaltsfragen zuständigen Instanzen auf den einzelnen Verwaltungsebenen wurden ab 1952 in die jeweiligen Leitungsorgane der Staats- und Wirtschaftsverwaltung integriert.

Gemäß dem allgemeinen Organisationsprinzip des → *demokratischen Zentralismus* waren alle „Finanzorgane" verpflichtet, die Weisungen des jeweils übergeordneten finanzpolitischen Leitungsorgans zu befolgen. An der Spitze dieser Befehlspyramide befand sich das Ministerium der Finanzen, mit dem sämtliche Finanzorgane nach dem Liniensystem verbunden waren. Die kassenmäßige Abwicklung der Eintreibung von Steuern und die Auszahlung von Subventionen und Finanzzuschüssen lief seit den 50er Jahren über die Staatsbank der DDR (→ *Geld- und Währungswesen*).

Staatliche Finanzrevision: Als Rechnungshof sozialistischer Art gehörte zu den Finanzorganen auch die Staatliche Finanzrevision. Ihr oblag die regelmäßige rechnungsmäßige Überprüfung der praktischen Umsetzung der Haushaltspläne und die Kontrolle der zielgerechten

Durchführung der haushaltspolitischen Entscheidungen. Anders als beim Bundesrechnungshof der Bundesrepublik besaßen ihre Mitglieder keine richterliche Unabhängigkeit. Die Staatliche Finanzrevision der DDR war vielmehr eine weisungsgebundene Sonderbehörde, die der direkten Leitung durch den Minister der Finanzen unterstand. In jedem der 15 Bezirke unterhielt sie eine Filiale (Inspektion).

Der Kontrollbereich dieser Revisionsbehörde erstreckte sich auf a) die gesamte Staatswirtschaft (VEB, Kombinate), b) alle staatlichen Geld- und Kreditinstitute, c) die staatlichen Versicherungsunternehmen und d) sämtliche Massenorganisationen.

Über die Ergebnisse der Ermittlungen wurden Prüfungsberichte mit „Bemerkungen" angefertigt, in denen beurteilt wurde, ob die Verwendung der Finanzmittel plankonform, sparsam, zweckmäßig und gesetzestreu erfolgt war. Sie wurden nur einem kleinen Kreis von Politbüro- und Regierungsmitgliedern vorgelegt und sind niemals veröffentlicht worden. Eine öffentliche Kritik der Staatlichen Finanzrevision am Finanzgebaren der Staatsorgane und Staatsbetriebe war im Einparteienregime der SED undenkbar.

Steuerlicher Rechtsschutz: Seit der Staatsgründung hatte sich die SED-Führung geweigert, unabhängige Verwaltungsgerichte zu errichten, um so die Bürger gegen Akte behördlicher Willkür zu schützen. In gleicher Weise hintertrieb sie auch die Tätigkeit von unabhängigen Finanzgerichten. Der Ende 1949 gesetzlich versprochene Aufbau von Rechtsmittelinstanzen zur Entscheidung von Streitigkeiten in Steuerfragen (Landesfinanzgerichte und ein Zentralfinanzgericht; → *Steuern*) ist nie erfolgt. Ebenso trat das 1950 im Abgabengesetz vorgesehene Rechtsmittelverfahren nicht in Kraft. Zweck dieser gezielten Verweigerung eines steuerlichen Rechtsschutzes war, die SED-Steuerpolitik so ungehindert als Klassenkampf- und Enteignungsinstrument gegen die Privatwirtschaft und gegen politisch unbequeme Bürger einsetzen zu können. Für Bürger, die gegen verhängte Steuerbescheide Einspruch erheben oder Beschwerden einlegen wollten, war nur ein nahezu aussichtsloser Rechtsmittelweg zugelassen. Sie konnten Beschwerden nur bei den staatlichen Finanzorganen (Abteilungen Finanzen der Räte der Kreise und Bezirke; Abgabenbehörden) vorbringen, die eben diese beanstandeten Steuerbescheide erlassen hatten.

Einnahmen des Staatshaushalts: Die Steuern der Betriebe (VEB) und Kombinate der Staatswirtschaft waren zusammen mit den von den Banken gezahlten Abführungen (Gewinnabführungen, sonstige Abgaben) die einträglichste Einnahmenquelle. Diese Art der Mittelbeschaffung ist für alle sozialistischen Wirtschafts- und Finanzsysteme charakteristisch. Im Zeitraum von 1985 bis 1988 kassierte der DDR-Fiskus im Durchschnitt zwei Drittel seiner Einkünfte (Gesamteinnahmen ohne Beiträge zur Sozialversicherung) durch die Eintreibung von „Unternehmenssteuern“, Amortisationsabführungen und sonstigen betrieblichen Abgaben (→ *Steuern*).

Ausgaben des Staatshaushalts: a) Gestützt auf die hohe Konzentration von Kapital im Sammelbecken Staatshaushalt, nutzte die Wirtschaftsführung die von ihr dirigierte Verteilung des Budgetkapitals dazu, um von der Geldseite her die Ziele der staatlichen Investitions-, Wachstums- und Strukturpolitik zu verwirklichen. Damit übereinstimmend war die „sozialistische Wirtschaft“ (VEB, Kombinate, LPG usw.) nicht nur der größte Steuerzahler, sondern auch der größte Kostgänger des Staatshaushalts.

Für die Subventionierung und direkte Förderung der Staatswirtschaft und der genossenschaftlichen Betriebe in der Landwirtschaft gab die Wirtschaftsführung der DDR in den 80er Jahren zwischen 35–38% aller Haushaltsmittel aus (Gesamtausgaben ohne die Beitragseinnahmen der Sozialversicherung). 1988 erhielten Betriebe dieses Wirtschaftssektors rund 94 Mrd. Mark aus der Staatskasse. Im Vergleich zur Ausgabenentwicklung der anderen Haushaltsposten wurden in den 80er Jahren die Ausgaben für die Sanierung, Stützung und Förderung der Staatswirtschaft mit am stärksten angehoben (1981–1988 um rund 82%).

Diese jährliche Aufstockung der Finanzhilfen und Fördermittel für die Staatswirtschaft und die LPG stand jedoch im krassen Widerspruch zu den wiederholten Ankündigungen der für die Wirtschaftspolitik zuständigen SED-Politbüromitglieder. Denn im Zusammenhang mit der „weiteren Vervollkommnung des Systems der Leitung und Planung der Volkswirtschaft“ sollten vielmehr die Subventionierung der VEB und Kombinate drastisch eingeschränkt, diese finanziell stärker auf eigene Füße gestellt und so der Staatshaushalt nach und nach von Geldtransfusionen an die Staatswirtschaft entlastet werden. Von den zu diesem Zweck angekündigten und eingeleiteten Maßnahmen zur Reform der Wirtschaftslenkung und zur Erhöhung der Eigenverantwortung der Staatsunternehmen erhoffte man, daß sie einen Rationalisierungs- und Effizienzschub in der Staatswirtschaft auslösen würden. Auf diese Weise sollte die „volle wirtschaftliche Rechnungsführung“ der VEB und Kombinate hergestellt, endlich die „Eigenerwirtschaftung der Mittel zur Finanzierung des Produktionsverbrauchs und der Investitionen“ erreicht und damit zugleich das Kosten-Nutzen-Denken der Betriebs- und Kombinatsleitungen wesentlich gestärkt werden. Keines dieser Ziele wurde tatsächlich erreicht. Statt dessen nahm die Abhängigkeit der Unternehmensleitungen von den dirigistischen Entscheidungen der Wirtschaftsbürokratie immer mehr zu.

Von den Subventions- und Fördermitteln flossen in den 80er Jahren rund zwei Drittel in die Industrie (vor allem in die Bereiche Bergbau, Metallurgie, Energiewirtschaft, Chemie), nicht zuletzt deshalb, um eine eigene, vom Ausland unabhängige Energie- und Schwerindustriebasis schaffen zu können (Gesetz über den Staatshaushaltsplan 1988).

b) Haushaltsaufwendungen für Preisstützungssubventionen: Am meisten expandierten in den 80er Jahren die Subventionen zur Stützung von niedrigen Endverbraucherpreisen bei Grundnahrungsmitteln und sozialpolitisch bedeutsamen Industriewaren (z. B. Kinderbekleidung, Schulartikel, Lehrbücher) und zur Beibehaltung von Mini-Tarifen im Personenverkehr und bei den öffentlichen Versorgungsleistungen (Anstieg 1980–1988 von 16,85 Mrd. auf 49,81 Mrd. Mark). Rund zwei Drittel dieser gigantischen Summe verschlang die dirigistische Absenkung der Verbraucherpreise für Lebensmittel unter die Gestehungskosten dieser Güter. Mit welchem Tempo die Subventionierung eines Teils der Verbrauchsgüternachfrage und der nicht mehr überschaubare Wirrwarr der Interventionen zur Verbrauchslenkung der Wirtschaftsführung „aus dem Ruder lief“, offenbaren folgende Kennziffern: Zu Beginn der Honecker-Mittag-Ära (1971) subventionierte der Staat den Kauf von Lebensmitteln im Einzelhandel im Werte von 100 Mark noch mit bescheidenen 14,90 Mark und den von Industriewaren nur mit 2,80 Mark. 1980 betrug der Subventionsanteil bei Lebensmitteln bereits 15,60 Mark und bei Industriewaren 10,30 Mark, und 1988 wurde bei diesen beiden Gütergruppen ein Subventionsanteil von 52,00 Mark bzw. 18,30 Mark erreicht.

Spätestens ab Mitte der 80er Jahre war die explosiv angewachsene Subventionslast bei den konsumtiven Ausgaben nicht mehr finanzierbar. In der DDR wurden diese „Ausgaben zur Sicherung stabiler Preise für die Bevölkerung“ als eine der herausragendsten → *sozialistischen Errungenschaften* gepriesen. In Wirklichkeit aber setzte die SED bei den Verbrauchern die erzieherische Wirkung von Preisen auf der Grundlage der Herstellungskosten außer Kraft und förderte eine gigantische Verschwendung knapper Güter.

c) Ausgaben für den Wohnungsbau und die Wohnraumbewirtschaftung: Mit der Machtübernahme Honeckers erhielt der Wohnungsbau für fast zwei Jahrzehnte den höchsten Stellenwert in der Sozialpolitik der SED (→ *Bauwirtschaft und Wohnungswesen*). Dies spiegelt sich auch in der Expansion der Haushaltsausgaben für den Wohnungsbau (Neubau, Modernisierung und Reparaturen), für die Bewirtschaftung des

Wohnungsbestandes und für die Subventionierung der festzementierten Mini-Mieten wider.

d) Drittgrößter Posten des Staatsetats waren die Ausgaben für die Gewährung sozialer Leistungen. Sie umfaßten (a) die Zahlung von Zuschüssen zur Deckung der Ausgabenlücke bei der Sozialversicherung und (b) die Ausgaben für die Bereitstellung bestimmter sozialer Leistungen außerhalb der Sozialversicherung. Die Sozialversicherung konnte ihren Ausgabenbedarf nur etwa zur Hälfte aus Beitragseinnahmen decken. Rund 8–11% aller Budgetausgaben dienten in den 80er Jahren sozialen Zwecken. Hiervon beanspruchten die Zuschüsse zur Sozialversicherung etwa 85% (→ *Sozialpolitik*).

e) Volkskammer, Regierungsapparat und Staatsverwaltung: Für die Staatskasse war die → *Volkskammer* ein höchst preiswertes Staatsorgan. Den Fiskus kostete das „oberste staatliche Machtorgan der DDR" von allen Staatsinstanzen am wenigsten (1980 nur 6,4 und 1988 11 Mio. Mark). Demgegenüber kostete selbst der nur selten in Erscheinung tretende → *Staatsrat* den Steuerzahler mehr (1980 8,7 Mio. und 1988 rund 13,7 Mio. Mark). Knapper und einleuchtender als durch diese Finanzkennziffern läßt sich die Mißachtung, die das SED-Regime der Volkskammer entgegenbrachte, und die Bedeutungslosigkeit dieser obersten Volksvertretung nicht nachweisen.

f) Militär und Rüstung: Die SED-Staatsführung wies 1988 offen 16,38 Mrd. Mark (einschließlich Zivilverteidigung) für den Militär- und Rüstungsetat aus (Anstieg gegenüber 1980 um 66,3%). Die hier aufgeführten Ausgaben vermitteln kein vollständiges Bild der Militär- und Rüstungsausgaben der DDR bis 1989. Dies liegt daran, daß ein erheblicher Teil der Kosten für die Armee (NVA), die Rüstung und für militärische Hilfsdienste aus dem offiziell vorgezeigten Verteidigungsetat ausgegrenzt wurde. Diese Aufwendungen mußten entweder von den Betrieben der Staatswirtschaft übernommen werden, oder sie wurden in anderen Ausgabenposten des Staatshaushalts versteckt.

Zu den Aufwendungen, die eindeutig militärischen Zwecken dienten, jedoch nicht als Militärausgaben ausgewiesen wurden, gehörten auch die Ausgaben für die Kampfgruppen der Arbeiterklasse in den Betrieben, die Grenztruppen, die beiden Wachregimenter des MfS und des Ministeriums des Innern, die Grenzbefestigungen, die sonstigen Verteidigungsbauten, die Wehrforschung, der Ausbau und die Modernisierung der Rüstungsbetriebe und die vormilitärische Ausbildung in der FDJ und in der GST.

g) Die Ausgaben für die innere Absicherung der politischen Herrschaft der SED, die Aufrechterhaltung der öffentlichen Ordnung und die

Abriegelungsmaßnahmen an den Grenzen bildeten auch in den 80er Jahren einen der Ausgabenschwerpunkte des Staatshaushalts. Für die Finanzierung dieser Maßnahmen wurden nach amtlichen Angaben 1988 knapp 6 Mrd. Mark an Haushaltsmitteln benötigt. Etwa zwei Drittel dieser Mittel kassierte der riesige Apparat des MfS. Für die Unterhaltung der Grenztruppen, die Instandhaltung und Verstärkung der tiefgestaffelten Sperranlagen und für die Gewährleistung einer „hohen Wachsamkeit an den Grenzen zum Imperialismus" dürfte die Regierung der DDR in der zweiten Hälfte der 80er Jahre zwischen 1,2 bis 1,5 Mrd. Mark pro Jahr aufgewendet haben. Umgerechnet auf die knapp 8,6 Mio. Beschäftigten im Jahre 1988 kosteten damals die Unterhaltung und Ausrüstung der Streitkräfte, die Sperrmaßnahmen an den Grenzen und der Finanzbedarf des MfS jeden Berufstätigen der DDR zwei Monatsgehälter.

Hannsjörg F. Buck

Literaturhinweise:

Buck, Hannsjörg F.: Finanzsystem, in: DDR-Handbuch, a.a.O., Bd. 1, Köln 1985, S. 400-411.

Buck, Hannsjörg F.: Formen, Instrumente und Methoden zur Verdrängung, Einbeziehung und Liquidierung der Privatwirtschaft in der SBZ / DDR, in: Materialien der Enquete-Kommission, a.a.O., Bd. II, 2, S. 1070-1213.

Gurtz, Johannes/Kaltofen, Gotthold: Der Staatshaushalt der DDR. Grundriß, Berlin (Ost) (2. Aufl.) 1982.

Haase, Herwig: Grundzüge und Strukturen des Haushaltswesens der DDR, Berlin 1978.

Staatsrat

Der Staatsrat wurde im September 1960 als Organ der → *Volkskammer* geschaffen, dessen Vorsitzender neben der Funktion eines Staatsoberhaupts der DDR insbesondere deren außenpolitische Vertretung wahrzunehmen hatte. Bis dahin war oberster Repräsentant der DDR „Staatspräsident" Wilhelm Pieck mit lediglich nominellen Befugnissen gewesen. Der Staatsrat wurde mit Ausnahme von 1973 bis 1976, als Willi Stoph dieses Amt innehatte, ansonsten vom → *Generalsekretär* der SED geleitet (1960–1973 Walter Ulbricht, 1976–1989 Erich Honecker, Oktober 1989 – März 1990 Egon Krenz).

Stellvertreter des Vorsitzenden waren die Vorsitzenden der Blockparteien Gerald Götting (CDU), Manfred Gerlach (LDPD), Heinrich

Homann (NDPD), Ernst Mecklenburg (DBD) und für die SED Willi Stoph, Günter Mittag und Horst Sindermann. Die übrigen 18 Mitglieder des Staatsrates setzten sich aus elf weiteren Vertretern der SED sowie einem Parteilosen und je einem Funktionär von LDPD, NDPD, der FDJ, des FDGB, des Kultur- und des Frauenbundes zusammen, das heißt aus jenen Organisationen, die auch die Kandidaten für die Einheitslisten der → *Nationalen Front* stellten. Seine Zusammensetzung variierte seit 1960 nur unwesentlich, personelle Veränderungen wurden nicht immer veröffentlicht.

Mit der Konstruktion dieses Organs wurde die staatsrechtliche Legalisierung der Führungsfunktion des Generalsekretärs der SED in herausgehobenen Staatsangelegenheiten möglich. Der erste Staatsratsvorsitzende Ulbricht nutzte diese Möglichkeit in den 60er Jahren im Interesse der internationalen Anerkennungspolitik der DDR bei Auslandsreisen in die Dritte Welt; sein Nachfolger Honecker in den 70er Jahren im Rahmen des KSZE-Prozesses, des geregelten innerdeutschen Verhältnisses und für den Auf- und Ausbau von diplomatischen Beziehungen der DDR zu Staaten der demokratischen westlichen Gemeinschaft.

Dem Staatsrat oblag u.a. das Recht der Ratifizierung und Kündigung von Staatsverträgen und anderen ratifizierungsbedürftigen internationalen Verträgen, die Ausschreibung von Wahlen zu allen Volksvertretungen, die Berufung der Mitglieder des → *Nationalen Verteidigungsrates,* die Aufsicht über die Oberste Gerichtsbarkeit sowie das Anmestierecht. Nach den ersten freien Volkskammerwahlen vom März 1990 stellte der Staatsrat seine Tätigkeit ein, ohne daß er durch Verfassungsänderung offiziell aufgelöst wurde.

Fritz Schenk

Staatssicherheit, Ministerium für (MfS)

Das MfS, dessen Organe auch als „die Staatssicherheit" oder als „Staatssicherheitsdienst" der DDR bezeichnet wurden, war für die → *SED* und ihre Politbürokratie konstitutives Herrschaftsinstrument ihrer Diktatur: „Schild und Schwert der Partei". Das MfS vereinigte in sich DDR-interne Überwachungs- und Unterdrückungsfunktionen mit DDR-externen Aufklärungs- und Diversionsfunktionen. Im MfS bündelten sich die durch Gesetz nicht definierten Kompetenzen einer politischen Geheimpolizei, eines mit exekutiven Befugnissen ausgestatteten Untersuchungsorgans bei „Staatsverbrechen", NS- und Kriegsverbrechen sowie bei „Straftaten gegen die staatliche Ordnung" und eines geheimen Nachrichtendienstes. Als „Behörde eigener Verantwortung" (Otto Nuschke) unterlag das MfS keiner parlamentarischen Kontrolle. Dem Wachregiment „Feliks Dzierzynski", das mit 11 700 Angehörigen zuletzt Divisionsstärke erreicht hatte, waren als Verfügungstruppe des MfS besondere Repressions- und Objektsicherungsaufgaben zugewiesen.

Die Bildung des MfS erfolgte vier Monate nach Gründung der DDR durch Gesetz vom 8. Febr. 1950, durch das die bis dahin dem Ministerium des Innern unterstellte Hauptverwaltung zum Schutze der Volkswirtschaft zum MfS verselbständigt und unter Einbeziehung der politischen Kommissariate 5 der Volkspolizei (K 5) zu einem weitverzweigten Geheimpolizei- und Sicherheitsapparat ausgebaut wurde. Die Spionage gegen West-Berlin und die Bundesrepublik oblag in den ersten Jahren allerdings dem am 1. Sept. 1951 unter der Legende eines Instituts für Wirtschaftsforschung (IWF) gebildeten Außenpolitischen Nachrichtendienst (APN) in der Verantwortung des Ministeriums für Auswärtige Angelegenheiten (MfAA). Nach dem Aufstand vom → *Siebzehnten Juni* wurde das MfS durch Ministerratsbeschluß vom 23. Juli 1953 dem Ministerium des Innern als Staatssekretariat für Staatssicherheit (SfS) eingegliedert. Zudem wurde der APN mit Wirkung vom 1. Sept. 1953 der Zuständigkeit des MfAA entzogen und dem SfS als Hauptabteilung XV zugeordnet. Durch Ministerratsbeschluß vom 24. Nov. 1955 erhielt das SfS wieder den Status eines eigenständigen Ministeriums. Mit Wirkung vom 1. Juni 1956 wurde die Hauptabteilung XV zur Hauptverwaltung A (Aufklärung) umgebildet.

Von Einzelbestimmungen wie in der Strafprozeßordnung oder im Volkspolizei-Gesetz abgesehen, sind Aufgaben und Zuständigkeiten des MfS durch Gesetz niemals präzise definiert worden. Ein internes, als Geheime Verschlußsache klassifiziertes „Statut des Staatssekretariats für Staatssicherheit" vom 15. Okt. 1953 ordnete das SfS ohne nähere Bestimmung in die „bestätigte Struktur des Ministeriums des Innern" ein. Ausdrücklich wurden „die Beschlüsse und Direktiven des ZK bzw. des Politbüros der SED" zur Basis seiner Arbeit erklärt – wie übrigens schon dem Gesetz über die Bildung des MfS ein entsprechender Beschluß des Politbüros der SED vom 24. Jan. 1950 zugrunde gelegen hatte. Erst in zweiter Linie verwies das Statut des SfS auf „die Gesetze und Verordnungen bzw. die Anweisungen des Ministerpräsidenten sowie die Befehle und Anordnungen des Ministers des Innern".

Laut Artikel 3 hatte das SfS „die Voraussetzungen zu schaffen und die Maßnahmen zu treffen, die die Sicherheit des Staates, die Festigung der Staatsmacht und die Aufrechterhaltung der öffentlichen Ordnung gewährleisten“ sollten. Dazu wurde dem SfS in Artikel 4 das Recht zuerkannt, bei begründetem Verdacht „Verhaftungen von feindlichen Spionen, Agenten und Diversanten vorzunehmen“ sowie „alle erforderlichen Untersuchungen bis zum Schlußbericht an die Organe der Justiz zu führen“, ferner „zur Aufdeckung, Unterbindung und Entlarvung feindlicher Tätigkeit die Zensur, die Beobachtung und die Verwendung technischer Mittel (Abhören) durchzuführen“, und schließlich „in Westdeutschland, Westberlin und der Deutschen Demokratischen Republik effektiv arbeitende Agenturen zu errichten und zu unterhalten“. Der nach innen repressive, nach außen aggressive Charakter der Staatssicherheit als Machtinstrument der SED war mithin sogar aus dem Statut erkennbar.

Durch Beschluß des → *Nationalen Verteidigungsrates* vom 30. Juli 1969 wurde ein neues Statut des Ministeriums für Staatssicherheit in Kraft gesetzt. Das MfS, „ein Organ des Ministerrates“, sollte gemäß § 1 „als Sicherheits- und Rechtspflegeorgan die staatliche Sicherheit und den Schutz“ der DDR gewährleisten. Im Prinzip beließ es auch das zweite Statut bei der Priorität von Parteibeschlüssen gegenüber staatlichen Normen in ihrer Verbindlichkeit für das MfS. Erst danach wurden Verfassung, Gesetze und andere Normen des Staates „als Grundlage seiner Tätigkeit“ benannt.

Als Hauptaufgabe schrieb das Statut in § 2 dem MfS zu, „feindliche Agenturen zu zerschlagen, Geheimdienstzentralen zu zersetzen und andere politisch-operative Maßnahmen gegen die Zentren des Feinde durchzuführen“ sowie deren „geheime subversive Pläne und Absichten [...] offensiv aufzudecken“, ferner Straftaten, „insbesondere gegen die Souveränität der Deutschen Demokratischen Republik, den Frieden, die Menschlichkeit und Menschenrechte sowie gegen die Deutsche Demokratische Republik aufzudecken“ und „zu untersuchen“. Darüber hinaus hatte das MfS „die zuständigen Partei- und Staatsorgane rechtzeitig und umfassend über feindliche Pläne, Absichten und das gegnerische Potential sowie über Mangel und Ungesetzlichkeiten zu informieren“, „die staatliche Sicherheit in der Nationalen Volksarmee und den bewaffneten Organen zu gewährleisten“ und im Zusammenwirken mit dem Ministerium für Nationale Verteidigung (MfNV) und dem MdI „die Staatsgrenze mit spezifischen Mitteln und Methoden zu schützen“, einschließlich der Aufgabe, im Zusammenwirken mit der Zollverwaltung „den grenzüberschreitenden Verkehr zu sichern“. Nicht zuletzt war das MfS darauf verpflichtet, „alle erforderlichen Maßnahmen für den Verteidigungszustand vorzubereiten und durchzusetzen".

Durch § 8 wurde bestimmt, daß der Minister das MfS „nach dem Prinzip der Einzelleitung" leiten und „persönlich für die gesamte Tätigkeit des MfS verantwortlich" sein sollte. Als „beratendes Organ des Ministers" sah das Statut in § 11 ein Kollegium vor, dessen Bildung auch im ersten Statut in Artikel 8 bereits festgelegt worden war. Die Mitglieder des Kollegiums – zuletzt dreizehn – wurden vom Minister berufen. Konkret gehörten dem Kollegium des MfS die Stellvertreter des Ministers sowie Leiter wichtiger Hauptabteilungen und gleichrangiger Struktureinheiten an, ferner der 1. Sekretär der SED-Kreisleitung im MfS.

Während seines fast 40jährigen Bestehens leiteten das MfS die Minister Wilhelm Zaisser (1950–1953), Ernst Wollweber (1953–1957, davon 1953–1955 als Staatssekretär) und Erich Mielke (1957–1989). Ihrer politischen Herkunft nach kamen sie aus der KPD der Weimarer Republik, erfuhren ihre politische Prägung in der Sowjetunion und verfügten sämtlich über Erfahrungen im kommunistischen Untergrundkampf.

Nach dem Stand von 1989 gliederte sich die Zentrale des MfS in Berlin-Lichtenberg in 13 Hauptabteilungen und 20 selbständige Abteilungen, mehrere Stäbe, Verwaltungen und zentrale Arbeitsgruppen – darunter die für die Erarbeitung von Lageanalysen und Befehlsentwürfen zuständige Zentrale Auswertungs- und Informationsgruppe (ZAIG) – sowie in die Hauptverwaltung A.

Vertikal stützte sich das MfS auf die Verwaltung (Ost-)Berlin und 14 Bezirksverwaltungen (BV) in den Bezirken der DDR. Zeitweilig existierte auch eine besondere „Verwaltung Wismut" zur Sicherung des → *Uranbergbaus*. Auf Kreisebene waren den BV Kreisdienststellen (KD) des MfS nachgeordnet, zuletzt 211. In einigen Schwerpunktbetrieben und an Universitäten existierten besondere „Objektdienststellen" (OD), so z. B. im Kernkraftwerk Greifswald, im Gaskombinat „Schwarze Pumpe" und an der Technischen Universität Dresden.

Dem Verständnis des MfS als „Schild und Schwert der SED" entsprechend wurden die hauptamtlichen Mitarbeiter gemäß § 13 des Statuts „zu unverbrüchlicher Treue zur Partei der Arbeiterklasse und zur Arbeiter-und-Bauern-Macht" erzogen und durch einen Fahneneid gebunden. Zur politisch-ideologischen Anleitung und Disziplinierung unterhielt die SED im MfS ihre Parteiorganisationen auf allen Ebenen, deren Spitze der 1. Sekretär der Kreisleitung der SED im MfS (zuletzt Generalmajor Horst Felber) bildete. Seine Tätigkeit erfolgte unter

Die Organisationsstruktur des Ministerium

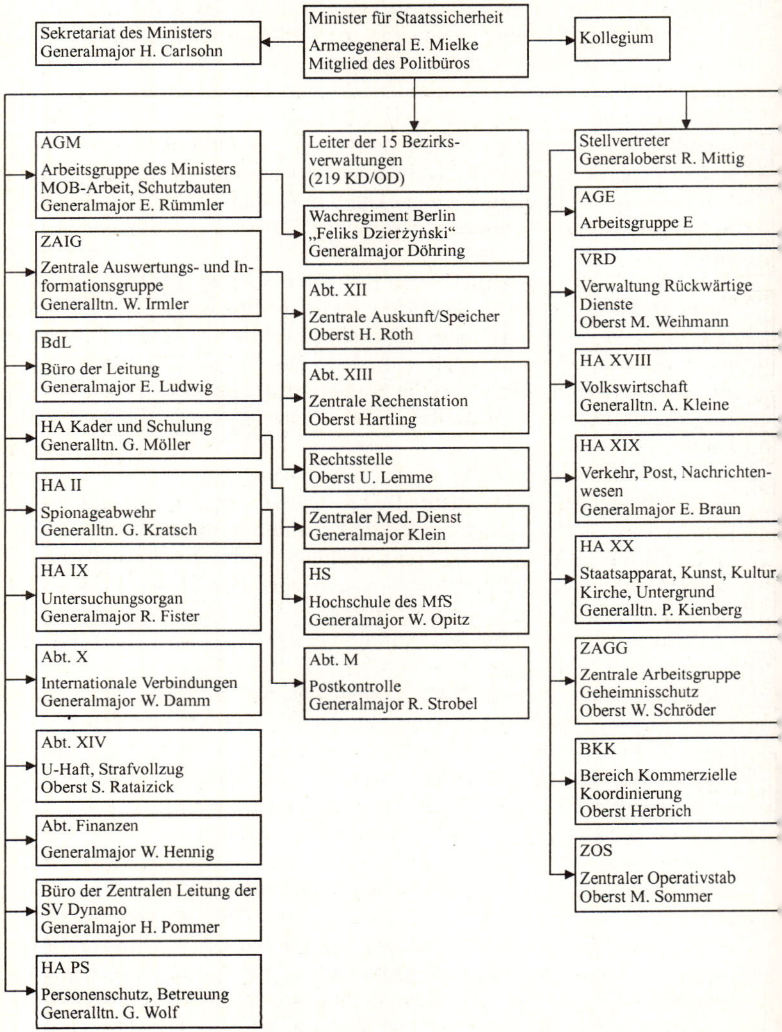

für Staatssicherheit 1989

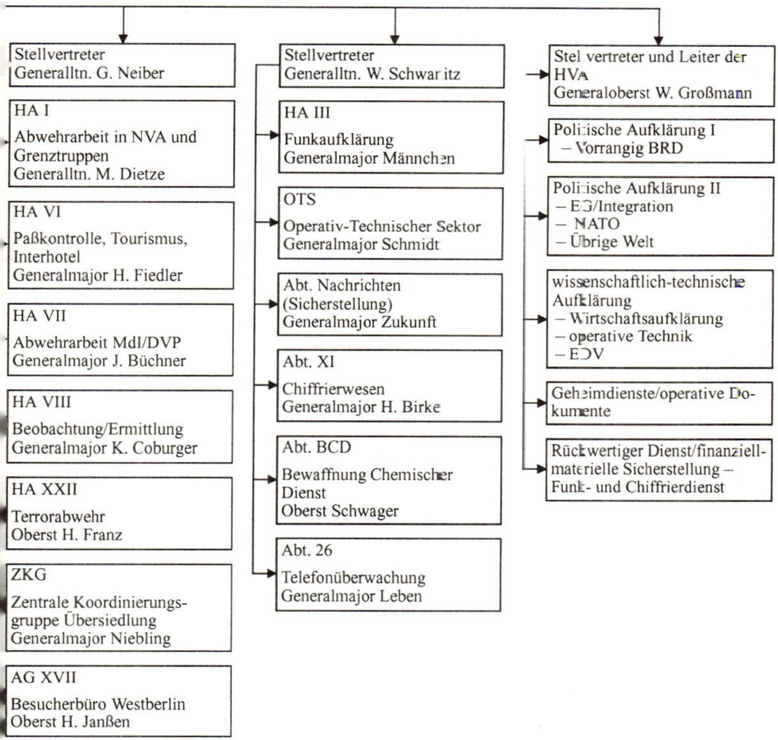

Quelle: Der Bundesbeauftragte für die Unterlagen des Staatssicherheitsdienstes der ehemaligen DDR (Hrsg.): Die Organisationsstruktur des Ministeriums für Staatssicherheit 1989. Vorläufiger Aufriß nach dem Erkenntnistand von Juni 1993, Reihe A, Dokumente, Nr 2/93, Berlin 1993 (2. erw. Aufl. als MFS-Handbuch).

Anleitung durch die Abteilung für Sicherheitsfragen im ZK der SED, die ihrerseits unter der Kontrolle des jeweils für die Militär- und Sicherheitspolitik zuständigen Sekretärs des ZK (zeitweilig Erich Honecker bzw. Egon Krenz) tätig war.

Im Laufe seines Bestehens erfuhr das MfS eine personelle Expansion, die zur Bevölkerungsstärke der DDR in einem grotesken Mißverhältnis stand. Nach Statistiken des Bundesbeauftragten für die Unterlagen des Staatssicherheitsdienstes der ehemaligen Deutschen Demokratischen Republik (BStU) wuchs der Personalbestand des MfS von 1 000 (1950) über 8 800 (1952), 14 400 (1957), 19 100 (1961), 52 700 (1973) auf 91 000 (1989) (einschließlich Wachregiment, Offiziere im besonderen Einsatz und hauptamtlicher → *IM*).

Zur Gewährleistung einer von der Regierung Hans Modrow selbst so genannten „totalen flächendeckenden Überwachungsarbeit" unterhielt das MfS ein verdecktes, weitverzweigtes, konspirativ abgeschirmtes Informationsnetz, in dem zuletzt 173 000 Spitzel und Zuträger, Inoffizielle Mitarbeiter (IM) und Gesellschaftliche Mitarbeiter für Sicherheit (GMS) aller Kategorien erfaßt und tätig waren. Nach Mielkes Devise „Wir müssen alles erfahren" war die Überwachung in praktisch allen Bereichen des staatlichen, gesellschaftlichen und privaten Lebens wirksam. Besonders konzentrierte sie sich jedoch auf den kirchlichen Raum und die Grenzsicherung. Geworben wurden die IM teils auf „materieller Basis" (Bezahlung, berufliche Förderung, soziale Privilegierung), teils durch politisch-ideologische Überzeugung, seltener durch Nötigung.

Die Überwachung der DDR umfaßte weiterhin die systematische und gezielte Kontrolle des grenzüberschreitenden Post- und Paketverkehrs sowie des grenzüberschreitenden Fernsprech- und Fernschreibverkehrs durch spezielle Diensteinheiten des MfS. Die Untersuchungsorgane des MfS, konkret die Hauptabteilung IX – offiziell auch als Hauptabteilung Untersuchung bezeichnet – und die ihr nachgeordneten Abteilungen IX in den BV mit einem Gesamtpersonalbestand von 1 244 Vernehmungsoffizieren (Stand 1989), waren für das Ermittlungsverfahren im engeren Sinne und für die inquisitorische Untersuchung politischer Strafsachen zuständig. Zwar waren sie formell an die Vorschriften der Strafprozeßordnung gebunden, sie unterlagen auch der formellen Aufsicht durch die Staatsanwaltschaft, aber tatsächlich konnten sie weithin unumschränkt schalten und walten, zumal das MfS über eigene, jeder Kontrolle entzogene Untersuchungsgefängnisse in Ost-Berlin sowie in den Bezirksstädten der DDR verfügte. Um Beschuldigte zur Anklage vor Gericht zu bringen, scheuten die Untersuchungsorgane des MfS auch nicht davor zurück, Geständnisse unter physischem oder psychischen Druck zu erzwingen, durch Mißhandlungen, Isolationshaft, Schlafentzug oder Vernehmungsprotokolle zu fälschen. „Verletzungen der sozialistischen Gesetzlichkeit" wurden 1956 von der SED selbstkritisch eingeräumt.

Für den inneren Spannungsfall und den Verteidigungszustand sahen Planungen des MfS, die bis zur Objektvorbereitung gediehen waren, die Einrichtung von Internierungs- und Isolierungslagern in der DDR vor, in denen Ausländer und „Bürger der BRD" bzw. als feindlich eingestufte „DDR-Bürger" in Haft genommen werden sollten. Entsprechende Listen mit Zehntausenden von Namen wurden seit 1967 in allen BV und KD des MfS angelegt und bis 1989 aktualisiert – als „spezifisch-operative Maßnahmen" im Rahmen der „Mobilmachungsarbeit".

Im Spannungsfall wie im Verteidigungszustand waren die Spitze des MfS sowie die Leiter der BV und KD dem NVR und dessen Hauptstab bzw. den Bezirks- und Kreiseinsatzleitungen unterstellt. Den Vorsitz im NVR hatte der → *Generalsekretär der SED* inne. Er übte somit die oberste Kommandogewalt in der DDR aus. Vorsitzende der Bezirks- und Kreiseinsatzleitungen waren die 1. Sekretäre der SED. Sie waren jeweils auf ihrer Ebene unmittelbar weisungsbefugt auch gegenüber den entsprechenden Leitungskadern der Staatssicherheit.

Zur fachlich-politischen Qualifizierung seiner hauptamtlichen Mitarbeiter unterhielt das MfS als zentrale Schulungseinrichtung die auch mit Promotionsrecht ausgestattete → *Juristische Hochschule* in Potsdam-Eiche, die konspirativ abgeschirmt sowohl ein Direktstudium mit Internatsbetrieb als auch ein Fernstudium ermöglichte. Voraussetzung für die Zulassung zum Studium, das mit dem Examen als „Diplom-Jurist" abschloß, war eine mindestens dreijährige Zugehörigkeit zum MfS. Die Hauptverwaltung A besaß in Belzig, später in Goosen bei Erkner zusätzlich eine eigene Schulungseinrichtung.

Wichtigstes Aktionsfeld des MfS war zu jeder Zeit die DDR selbst mit dem Ziel der Überwachung ihrer Bevölkerung und der Unterdrückung ihrer oppositionellen und widerständigen Kräfte sowie einer umfassenden Kontrolle der Wirtschaft und des Verkehrswesens im Auftrag der SED. Das MfS war nicht „Staat im Staate", sondern handelte immer im direktem Auftrag der Partei. Die Untersuchungsorgane des MfS haben durch ihren Zugriff auf das Ermittlungsverfahren die Entscheidungen der politischen Strafjustiz weithin präjudiziert. Ohne die Überwachungs- und Unterdrückungsfunktion des MfS wäre die Diktatur der SED im Innern der DDR nicht zu realisieren gewesen.

Allerdings hatte das MfS seine Aktionsfelder auch außerhalb der DDR, zumal in West-Berlin und der Bundesrepublik, wo es konspirativ Ermittlungshandlungen, Zersetzungsmaßnahmen und (besonders in den 50er Jahren) Menschenraubaktionen durchführte. Mehrere hundert Fälle (nach vorläufigen Recherchen annähernd 600) politischer Entführungen nach Ost-Berlin und in die DDR sind registriert worden. Opfer von Verschleppungen waren DDR-Flüchtlinge, „Verräter" aus den Reihen der SED, Überläufer aus den „bewaffneten Organen" einschließlich MfS, Mitarbeiter der Ostbüros von SPD, CDU und FDP sowie des DGB und antikommunistischer Zentren in West-Berlin sowie politisch unbequeme Journalisten und Mitarbeiter westlicher Nachrichtendienste.

Besonders eklatante Menschenraubfälle waren: Dr. Walter Linse, Leiter der Abteilung Wirtschaftsrecht beim Untersuchungsausschuß freiheitlicher Juristen (UfJ), 1952 auf offener Straße in West-Berlin überfallen, niedergeschlagen und gewaltsam in die DDR entführt, 1953 von einem sowjetischen Militärtribunal in Ost-Berlin zum Tode verurteilt und in Moskau hingerichtet; Sylvester Murau, ehemaliger Major der Staatssicherheit in der BV Schwerin, nach seiner Flucht in den Westen 1955 aus Heubach bei Darmstadt in die DDR verschleppt, zum Tode verurteilt und hingerichtet; Robert Bialek, ehemaliger Generalinspekteur der Volkspolizei, nach seiner Flucht 1956 durch Beibringen eines Betäubungsmittels bewußtlos gemacht und aus West-Berlin nach Ost-Berlin entführt, in der DDR verschollen; Dr. Erwin Neumann, leitender Mitarbeiter des UfJ, 1958 während einer Segeltour auf dem Wannsee durch einen IM in DDR-Gewässer manövriert und hier festgenommen, 1959 zu lebenslangem Zuchthaus verurteilt, 1967 in Isolationshaft verstorben; Manfred Smolka, ehemaliger Leutnant der Grenzpolizei, nach seiner Flucht 1959 bei Nordhalben/Oberfranken in die DDR entführt, 1960 zum Tode verurteilt und hingerichtet; Heinz Brandt, Gewerkschaftsjournalist, Verfolgter des NS-Regimes, 1961 aus West-Berlin entführt, 1962 vom Obersten Gericht der DDR zu 13 Jahren Zuchthaus verurteilt, 1964 aufgrund internationaler Proteste „begnadigt".

Soweit das MfS für Spionage zuständig war, wurde sie in der Hauptsache von der Hauptverwaltung A getragen. Nach Ermittlungen des Verfassungsschutzes fielen in West-Berlin und der Bundesrepublik zwischen 80 und 85% aller erkannten Spionageaufträge auf die als „sozialistische Kundschafter an der unsichtbaren Front" verklärten MfS-Agenten und -Spione. Neben der HV A gehörten auch andere Diensteinheiten des MfS, insbesondere die für „Spionageabwehr" zuständige Hauptabteilung II und die für die Unterdrückung regimefeindlicher Kräfte zuständige Hauptabteilung XX, zu den Trägern von

MfS-Spionage. Die dem MfNV unterstellte „Verwaltung Aufklärung“ war speziell auf Militär- und Rüstungsspionage orientiert.

Von den aufsehenerregenden Spionageaffären ist an den Fall Günter Guillaume zu erinnern, des „Spions im Kanzleramt“, an die Fälle Gabriele Gast (Bundesnachrichtendienst) und Klaus Kuron (Bundesamt für Verfassungsschutz) sowie an den Fall Rainer Rupp (Deckname „Topas“) und seiner Ehefrau Ann-Christine (Deckname „Türkis“), einer Spitzenquelle der HV A im Internationalen Stab der NATO in Brüssel. Solche und andere Spionagefälle waren nicht zuletzt deshalb so gravierend, weil alle wesentlichen Erkenntnisse der MfS-Spionage auch dem KGB zuflossen, dem sowjetischen Geheimpolizei- und Sicherheitsapparat, der im MfS durch Verbindungsoffiziere bis 1989 präsent war.

Bis Ende der 50er Jahre erfolgten Anleitung und Kontrolle des MfS durch das KGB mittels seiner Instrukteure, ab 1955 „Berater“ genannt, die in erheblichem Umfang am Aufbau des MfS mitgewirkt haben. Später wurden die Beziehungen zwischen MfS und KGB auf eine kooperative, vertraglich gestützte Ebene gehoben. Seit 1979 war das MfS auch in das „System der vereinigten Erfassung von Daten über den Gegner“ (russ. Abk.: SOUD) integriert, einer elektronischen Datenbank der Warschauer-Pakt-Staaten, deren Zentralrechner in Moskau eingerichtet war. Das MfS konnte über die ZAIG sowohl Daten in das SOUD einspeisen als auch abrufen. Noch 1989 reichte die Zusammenarbeit zwischen dem MfS und dem KGB bis zu gemeinsamen Arbeitsplänen zur Bekämpfung oppositioneller Bestrebungen, z.B. in einem für die Jahre 1986–1990 bestimmten Arbeitsplan der Hauptverwaltung XX und der V. Verwaltung des KGB, die ein ähnliches Aufgabenprofil wie die HA XX besaß.

Die unter Ministerpräsident Hans Modrow gebildete Regierung der DDR teilte am 17. Nov. 1989 die Umwandlung des MfS in ein „Amt für Nationale Sicherheit“ (AfNS) mit. Das war ein untauglicher Versuch, wichtige Strukturen und personelle Bestände des MfS zu erhalten. Unter dem Druck demokratischer Kräfte beschloß die Modrow-Regierung am 14. Dez. 1989 die Auflösung des AfNS. Versuche, als Ersatz einen „Verfassungsschutz der DDR“ und einen „Nachrichtendienst der DDR“ zu etablieren, scheiterten am Widerstand der demokratischen Opposition.

Der Apparat des MfS/AfNS wurde im Laufe des Jahres 1990 liquidiert, sein Personal entlassen oder in Rente geschickt. Seine Karteien und Aktenbestände, insgesamt 178 laufende Kilometer, wurden kurz vor ihrer bereits befohlenen Vernichtung durch spontan entstandene

Bürgerkomitees weitgehend gesichert. Seit 1992 sind die Akten in den Archiven des BStU zugänglich. Vernichtet oder beiseite geschafft wurden allerdings die meisten Akten der HV A sowie sämtliche elektronische Datenträger des MfS.

Karl Wilhelm Fricke

Literaturhinweise:

Das Ministerium für Staatssicherheit, in: Materialien der Enquete-Kommission, a.a.O., Bd. VIII.

Fricke, Karl Wilhelm: Die DDR-Staatssicherheit. Entwicklung/Strukturen/Aktionsfelder, Köln (3. Aufl.) 1989.

Fricke, Karl Wilhelm: Akten-Einsicht. Rekonstruktion einer politischen Verfolgung, Berlin 1995.

Gill, David/Schröter, Ulrich: Das Ministerium für Staatssicherheit. Anatomie des Mielke-Imperiums, Berlin 1991.

Richter, Michael: Die Staatssicherheit im letzten Jahr der DDR, Weimar, Köln 1996.

Siebenmorgen, Peter: „Staatssicherheit" der DDR. Der Westen im Fadenkreuz der Stasi, Bonn 1993.

Staats- und Parteisymbole

Die DDR war ein Staat, der von seinen Bürgern verlangte, „Farbe zu bekennen". Wer es zu etwas bringen wollte, tat gut daran, seine Weltanschauung deutlich sichtbar zu dokumentieren. Und nichts eignete sich dazu besser als das Parteiabzeichen der führenden politischen Kraft im Lande, der → *Sozialistischen Einheitspartei Deutschlands*. SED-Mitglieder – Genossen – fungierten im wahrsten Sinne des Wortes als Träger, als Propagandisten des vorgegebenen Geschichtsbildes: der Einheit der Arbeiterklasse im sozialistischen deutschen Staat – symbolisiert durch zwei verschlungene Hände vor dem Hintergrund einer roten Fahne. Die Vorlage für das Parteiabzeichen der SED lieferte ein Foto. Es zeigt den KPD-Führer Wilhelm Pieck und den SPD-Vorsitzenden Otto Grotewohl in dem historischen Augenblick, in dem sie die Vereinigung ihrer Parteien durch einen Händedruck feierlich besiegeln. Die Geburtsstunde der SED im April 1946 markierte den ersten Schritt auf dem Weg zum deutschen Teilstaat DDR.

Als die DDR im Oktober 1949 gegründet wurde, schmückte sie sich mit den gleichen Farben wie die Bundesrepublik: schwarz-rot-gold. Auf dem 3. Deutschen Volkskongreß (→ *Volkskongreßbewegung*), der am 29. und 30. Mai 1949 in der Deutschen Staatsoper Berlin abgehalten wurde, hatten die 2 016 Delegierten den Antrag gebilligt, Schwarz-Rot-Gold in der Verfassung der DDR zu verankern. Schwarz-Rot-Gold war auch der erste Stander am Wagen von Staatspräsident Wilhelm Pieck – auf rotem Grund die Amtsbezeichnung „Präsident", auf goldenem Grund das Kürzel „D.D.R.". Doch im Gegensatz zur Bundesrepublik war die DDR de facto ein Zwei-Flaggen-Staat. Neben die offizielle Staatsflagge trat von Anfang an die rote Fahne der Arbeiterklasse. Das war schon so am 11. Okt. 1949, als fast eine Million Menschen „Unter den Linden" aufmarschierten, um dem „ersten deutschen Arbeiter- und Bauern-Staat" ihre Reverenz zu erweisen. In seinem Werk „Aus meinem Leben" erinnert sich Erich Honecker: „Die Tribüne, auf die sich Wilhelm Pieck und die anderen Repräsentanten der Arbeiter-und-Bauern-Macht unter dem Beifall Zehntausender begaben, war mit roten und schwarz-rot-goldenen Fahnen und mit Blumen geschmückt." Die Entscheidung für Schwarz-Rot-Gold lag nach dem Selbstverständnis der Ostberliner Machthaber ganz auf der Linie der Partei- und Staatsideologie: „Diese Gestaltung der Staatsflagge beruht auf den revolutionären Traditionen des Kampfes der fortschrittlichen Kräfte des deutschen Volkes für eine einheitliche demokratische Republik und die Beseitigung der feudal-junkerlichen Herrschaft aus dem Jahre 1848" (Wörterbuch zum Sozialistischen Staat, Berlin 1974).

Ein Jahrzehnt lang traten beide deutsche Staaten in der internationalen Arena mit der gleichen Flagge auf. Die DDR begann jedoch schon sehr bald damit, sich auch in ihrer Staatssymbolik von der Bundesrepublik abzusetzen. In Anlehnung an das sowjetische Staatswappen Hammer und Sichel kreierte man 1950 ein Emblem mit einem Hammer im Ährenkranz, dem 1953 ein Zirkel hinzugefügt wurde. „Hammer und Zirkel im Ährenkranz symbolisieren die führende Rolle der Arbeiterklasse als Träger der Staatsmacht und ihr festes Bündnis mit der Klasse der Genossenschaftsbauern und der Intelligenz. (Wörterbuch zum Sozialistischen Staat, Berlin 1974).

Durch das Gesetz über das Staatswappen und die Staatsflagge der DDR vom 26. Sept. 1955 wurde das Hammer-und-Zirkel-Emblem offiziell zum Staatswappen der Arbeiter-und-Bauern-Republik. Vier Jahre später, am 1. Okt. 1959, wurde es in die Staatsflagge aufgenommen. Das war der Auftakt zu einem zehnjährigen deutsch-deutschen Flaggenkrieg. Die Bonner Regierung betrachtete das Zeigen der „Spalterflagge" als unvereinbar mit ihrem Alleinvertretungsanspruch für Deutschland. Nicht zuletzt durch eine äußerst erfolgreiche Sportpolitik gelang es der DDR, ihre Staatsflagge international zu etablieren.

Schließlich sah sich Bonn gezwungen, Flagge und Hymne der DDR bei internationalen Sportveranstaltungen auch auf dem Territorium der Bundesrepublik zu dulden. Ein entsprechender Kabinettsbeschluß wurde am 22. Juli 1969 gefaßt. Ab 1979 durften Staatssymbole der DDR praktisch ohne Einschränkung bei internationalen Veranstaltungen in der Bundesrepublik gezeigt werden. Und 1987 beim Besuch Erich Honeckers in Westdeutschland wehte die „Spalterflagge" dann vor dem Bundeskanzleramt in Bonn.

Henning von Löwis

Staats- und Verwaltungsapparat

Der → *Marxismus-Leninismus* sieht im → *Staat* das wichtigste Instrument zum Aufbau und zur Sicherung des → *Sozialismus*. Mit der bolschewistischen → *Revolution* in dem industriell rückständigen Rußland von 1917 wurde der Staat zum alles entscheidenden und alles bestimmenden Faktor des „sozialistischen Aufbaus". Unter dieser Losung wurde sowohl die Industrialisierung des rückständigen Rußlands als auch der Aufbau der → *Diktatur des Proletariats* verstanden. Das sowjetische Staatsverständnis gehört zu den ideologisch-politischen Voraussetzungen für die Staatskonzeption der SED (→ *Verfassung*).

Die Vorgeschichte des SED-Staats- und Verwaltungsapparats: Die Sowjetunion unter der totalitären und doktrinären Herrschaft Stalins war bestrebt, den von ihren Truppen am Ende des Zweiten Weltkriegs eroberten Staaten und Territorien das Sowjetsystem zu oktroyieren und diese ihrem Regime gleichzuschalten und einzugliedern. Für die SBZ hieß das, daß bereits während des Krieges sowohl personelle wie organisatorische Voraussetzungen dafür geschaffen wurden (→ *Inititiativgruppen*; → *SED*). Mit Befehl Nr. 17 vom 25. Juli 1945 der → *SMAD* wurden in Berlin elf deutsche Verwaltungen eingerichtet: für Verkehr, Nachrichtenwesen, Brennstoffe, Industrie, Ackerbau, Finanzen, Arbeitskräfte, Erziehung (→ *Entnazifizierung*), Justiz, Gesundheit und Handel. Die personellen und organisatorischen Zuarbeiten hierfür leisteten die kommunistischen → *Initiativgruppen*. Dieser SMAD-Befehl und die personellen Entscheidungen wurden bis Mitte September 1945 geheimgehalten. Erst nach dem Beitritt Frankreichs zum Potsdamer Abkommen (→ *Vier Mächte*) gab die SMAD die Errichtung der Zentralverwaltungen unter ihrer Weisungsbefugnis bekannt.

Mit Befehl Nr. 138 vom 4. Juni 1947 faßte die SMAD die Zentralverwaltungen in der Deutschen Wirtschaftskommission (DWK) unter Führung von Heinrich Rau (Vorsitzender) und seinen Stellvertretern Bruno Leuschner (Sequester, Planung und Finanzen) und Fritz Selbmann (Reparationen, Produktion und Verteilung) zusammen.

Mit Befehl Nr. 32 vom 12. Febr. 1948 erweiterte die SMAD Struktur, Aufgaben und personelle Zusammensetzung der DWK und übertrug ihr vor allem noch deutlichere Weisungsbefugnisse gegenüber den Ländern und örtlichen Organen ihrer Zone. Neben Rau, Leuschner und Selbmann (alle SED) wurden im Rahmen der → *Blockpolitik* als weitere Stellvertreter Luitpold Steidle (CDU) und Prof. Hermann Kastner (LDPD) berufen. Die erweiterte DWK setzte sich aus 17 Hauptverwaltungen zusammen, welche die wesentlichen Branchen der Wirtschaft und Versorgung repräsentierten. Hinzu kamen die (damals nicht offiziell genannten) Hauptverwaltungen für Gesundheitswesen, Justiz, Volksbildung, Inneres und Reparationen.

Nach diesem seit Sommer 1945 systematisch betriebenen Aufbau einer vorstaatlichen zentralen Administration für die gesamte SBZ wurden nach Gründung der DDR die Hauptverwaltungen der DWK in Ministerien umbenannt.

Das Ressort-System des Sozialismus: Bezüglich des Aufbaus der parteilichen wie staatlichen Organisation herrschte das Prinzip des → *demokratischen Zentralismus*. Dies besagte, daß Ausgangspunkt und Motor aller theoretischen wie praktischen Bewegungen und Veränderungen in der sozialistischen Gesellschaft die Partei (→ *Führungsanspruch*) zu sein hatte. Praktisch hieß das, daß die → *SED* und ihr Führungsapparat die tragende Säule, gewissermaßen der Mittelbau im Gesamtsystem, waren. Das Sekretariat des ZK bildete quasi die Regierung der Partei. An der Spitze stand der → *Generalsekretär*.

Neben der zentralistischen Ressortgliederung der Partei (→ *ZK*) stand der SED die zweite Säule des sozialistischen Leitungssystems zur Verfügung: der Staats- und Verwaltungsapparat mit dem → *Ministerrat* an der Spitze, den Räten der Bezirke (bis 1952 Regierungen der Länder), den Räten der Kreise, Städte und Gemeinden.

Die dritte Säule bildeten die Parteien und Massenorganisationen in der → *Nationalen Front*, die → *Volkskammer* mit ihren Ausschüssen, die Bezirkstage (bis 1952 Landtage), Kreistage, Stadtverordneten- und Stadtbezirksversammlungen sowie Gemeindevertretungen. Sie waren vor allem Träger jener Masseninitiativen und -aktionen (sozialistische Wettbewerbe, Sonderprogramme im Energie-, Produktions- und Versorgungswesen, zur Kollektivierung der Landwirtschaft, Einbringung der Ernte usw.), die eine demokratische Legitimation in der Bevölkerung oder durch sie vorspiegeln sollten.

Eine Sonderstellung nahmen der → *Staatsrat* und der → *Nationale Verteidigungsrat* ein.

Planungs- und Durchführungsabläufe: Entsprechend dem vertikal wie horizontal nach Ressorts gegliederten Gesamtsystem war Ausgangspunkt jeder Entwicklung die entsprechende Vorplanung mit den zuständigen Fach- und Querschnittsabteilungen des ZK der SED. Insbesondere der Ministerrat, dessen einzelne Ressorts (Ministerien, Staatliche Kommissionen und Komitees, Staatssekretariate mit eigenem Geschäftsbereich und sonstige zentrale staatliche Verwaltungen) in der Regel die gleichen Bezeichnungen trugen wie die für sie zuständigen und mit ihnen korrespondierenden Abteilungen des ZK der SED, war bloßes Ausführungsorgan der Parteidirektiven.

Gemäß dem in der Verfassung vorgegebenen Grundsatz vom → *Führungsanspruch der SED* hatte sich die Entwicklung der SBZ/DDR in dogmatisch festgelegten historischen Etappen zu vollziehen: Die erste Phase bis zur Gründung der DDR wurde parteiamtlich als „Vollendung der bürgerlich-demokratischen Revolution“ bezeichnet. Wichtigste Maßnahmen waren die Enteignung der Groß- und Mittelbauern (→ *Bodenreform*), von Industrie- und Handelsbetrieben (Bildung der → *VEB*), Aufbau des Arbeiter-und-Bauern-Staates (→ *Staat*), Festigung der SED-Herrschaft (→ *Nationale Front*). Die zweite Phase umfaßte die „Schaffung der materiell-technischen Basis für den Aufbau der Grundlagen des Sozialismus“ und die 50er Jahre bis zum Bau der Berliner Mauer. Wichtigste Maßnahmen dieser Etappe waren die völlige innere Gleichschaltung der DDR mit dem System der UdSSR, ihre Eingliederung in den → *Rat für Gegenseitige Wirtschaftshilfe* (RGW) und den Warschauer Pakt, die Kollektivierung der → *Landwirtschaft*, die Ideologisierung des geistigen Lebens, die Verstaatlichung noch verbliebener Reste der mittelständischen Wirtschaft und eine Fülle organisatorischer Veränderungen im Unterstellungsverhältnis der Staatsbetriebe unter die Ressortministerien (Vereinigungen Volkseigener Betriebe). Die Zeit bis Mitte der 70er Jahre galt als „Periode des Aufbaus der entwickelten (oder auch vollendeten) sozialistischen Gesellschaft“. Wichtigste Maßnahmen waren Versuche mit einem → *Neuen Ökonomischen System* (NÖS), das die Bürokratie abbauen und den Unternehmen größere Handlungsfreiheit geben sollte, Zwangseingliederung von Handwerk, Handel und freien Berufen in staatlich reglementierte Genossenschaften. Die Endphase der Herrschaft unter Honecker stand unter der Aufgabe des weiteren Ausbaus der „Einheit von Wirtschafts- und Sozialpolitik“, und alle diese Etappen und die in ihnen vorgenommenen tiefgreifenden gesellschaftlichen und strukturellen Veränderungen sollten die Überlegenheit des Sozialismus gegenüber dem historisch zum Absterben verurteilten Imperialismus beweisen, insbesondere jedoch gegenüber der Bundesrepublik.

Charakteristisch für die Verwaltungspraxis des Gesamtsystems ist der während der 45jährigen SED-Herrschaft unverändert gebliebene Arbeitsrhythmus. Die Arbeitswoche begann dienstags mit der wöchentlichen Sitzung des SED-Politbüros, das in kritischen Zeiten bis zu 100 Tagesordnungspunkte zu beraten hatte. Seine Beschlüsse wurden mittwochs in den Kollegien der Staatsressorts ausgewertet und in den Geschäftsgang gegeben – entweder als Anweisungen an die unterstellten Organe oder als Beschlußvorlagen für den Ministerrat und sein Präsidium. Donnerstags tagten der Ministerrat und sein Präsidium und gaben den Parteibeschlüssen Verordnungs- oder Anordnungscharakter. Nur weniges wurde der Volkskammer als Gesetzesvorlage zugeleitet. Freitags kamen wieder die Kollegien der zentralen Staatsorgane zusammen. Im ersten Teil ihrer Beratungen gaben sie die Beschlüsse des Ministerrates zur Durchführung in den Geschäftsgang, im zweiten Teil verabschiedeten sie jene Beschlußvorlagen für die nächste Sitzung des SED-Politbüros, die jeweils bis Samstag mittags über das für sie zuständige Mitglied des Politbüros in der Parteizentrale abzuliefern waren. Aus den Entscheidungsgremien Politbüro und Ministerrat sind weder ernsthafte Debatten noch ordentliche Beschlußfassungen mit Abstimmungen bekannt. Es genügte nach entsprechendem Vortrag die positive Beantwortung der Frage, daß die Beschlußvorlage unter den zuständigen Ressorts abgestimmt sei und insbesondere das Einverständnis der sog. Querschnittsinstanzen (Planung, Material, Finanzen usw.) vorliege. Damit war der Beschluß sanktioniert.

Diese Verwaltungspraxis der sozialistischen Gesamtgesellschaft erforderte einen Personalaufwand, der um ein Vielfaches über dem in demokratisch verfaßten Staaten mit marktwirtschaftlichen Ordnungen liegt. Die dem System innewohnenden Reibungen zwischen sog. Fachfunktionären, deren technisch-wirtschaftliche Kenntnisse sich durchaus mit denen ihrer westlichen Kollegen messen ließen, und den sog. Systemfunktionären, die vor allem über die Befolgung der reinen Parteilehre wachten, machten einen wesentlichen Teil der Auseinandersetzungen im SED-Politbüro aus.

Fritz Schenk

Literaturhinweise:

Brunner, Georg: Staatsapparat und Parteiherrschaft in der DDR, in: Materialien der Enquete-Kommission, a.a.O., Bd. II, 2, S. 989-1029.
Mampel, Siegfried: Die sozialistische Verfassung der Deutschen Demokratischen Republik, Frankfurt/M. 1972.

Stalinismus

Im engeren Sinne bezeichnet der Begriff das gesellschaftliche und politische System, das von Josef Stalin (1879–1953) in der Sowjetunion von 1925 an errichtet, durchgesetzt und praktiziert wurde. Nach dem Zweiten Weltkrieg wurden dann auch die Länder mit einbezogen, in denen nach sowjetischem Muster eine sozialistische Ordnung aufgebaut wurde.

Ideengeschichtliche Zuordnung: Stalin trug wenig zum Theoriegebäude des → *Marxismus-Leninismus* bei; er war in erster Linie ein Mann praktischen Handelns. 1924 begann Stalin in einer Vorlesungsreihe an der Swerdlow-Universität zentrale Aussagen Lenins in knappe und eingängige Definitionen zu fassen. Seine dogmatische Festlegung Lenins faßte er erstmals 1926 in „Fragen des Leninismus" zusammen. 1938 veröffentlichte er dann das Handbuch für alle ideologischen Probleme: „Über den dialektischen und historischen Materialismus". Im gleichen Jahr erschien seine offizielle Parteigeschichte der KPdSU, die fortan die Funktion erhielt, jeweils den rechten Weg vor allem durch die Interpretation des dialektischen Materialismus als der „Weltanschauung der marxistisch-leninistischen Partei" zu weisen.

Stalin verstand den Leninismus als die Weiterentwicklung des Marxismus in der Epoche des Imperialismus: „Der Leninismus ist die Theorie und Taktik der proletarischen Revolution im allgemeinen, die Theorie und Taktik der Diktatur des Proletariats im besonderen" („Über die Grundlagen des Leninismus"). Bereits Lenin hatte anerkannt, daß in einem unterentwickelten Land wie Rußland der einzig mögliche Weg zum Sozialismus nur über den in der Macht der Partei der Arbeiterklasse verankerten „Staatskapitalismus" führen könne. Stalins Theorie setzte an diese Stelle ihr Konzept eines Aufbaus des „Sozialismus in einem Land". Dieses war eine Mystifikation: Stalin erklärte den in der Sowjetunion vom Staat kontrollierten industriellen Sektor einfach als „sozialistisch". Folglich habe die Sowjetunion bereits mit dem Aufbau des → *Sozialismus* durch die staatlich kontrollierte Planwirtschaft (→ *Wirtschaft*) begonnen.

Die Gleichsetzung von verstaatlichtem → *Eigentum* mit Sozialismus bildet eine zentrale Aussage dieser stalinistischen Ideologie der herrschenden Staatsbürokratie, die auf der dogmatischen Festlegung Lenins in einem geschlossenen System von Prinzipien gründet. Hierzu zählen vor allem: die proletarische → *Revolution* in der Epoche des Imperialismus, die Diktatur des Proletariats (→ *Staat*), die Rolle der marxistisch-leninistischen Partei als Avantgarde des Proletariats (→ *Führungsanspruch*), der → *demokratische Zentralismus* und die Bündnispolitik. Solche Prinzipien wurden von Stalin – und auch seinen Nachfolgern – in der Praxis sehr flexibel angewandt. Der Stalinismus ist neben dem italienischen Faschismus und dem Nationalsozialismus eine der markantesten Ausprägungen des → *Totalitarismus*.

Herrschaftstechniken: Die „führende Rolle der Partei" bedeutete den Anspruch der KPdSU, alle Entscheidungen über die gesamte Gesellschaft zu treffen. Innerhalb der Partei war das Entscheidungsmonopol der Parteiführung, dem Politbüro, vorbehalten, in dem der Generalsekretär (seit 1922 Stalin) die eigentliche Macht ausübte. Von der Partei unabhängige Organisationen bzw. eine Opposition wurden nicht zugelassen.

Die Führungsrolle wurde durch ein System von Parteisekretären in Wirtschaft, Wissenschaft und Verwaltung institutionalisiert. In den Streitkräften gab es darüber hinaus eine politische Verwaltung mit einem Netz von Polit-Offizieren (Politruk) auf allen Ebenen. Die orthodoxe Kirche, die zunächst hart bekämpft worden war, wurde weitestgehend instrumentalisiert. Auch der gesamte Bereich der Kultur (→ *sozialistischer Realismus*) und der Medien wurde gleichgeschaltet (→ *Parteilichkeit*; → *Agitation und Propaganda*; → *Kritik und Selbstkritik*).

Strukturprinzip der KPdSU war der → *demokratische Zentralismus*, der strikte Disziplin in dem Sinne bedeutete, daß die unteren Parteiorganisationen Weisungen der oberen ähnlich einem militärischen Befehl auszuführen hatten. Aber es konnten auch jedem Parteimitglied Parteiaufträge erteilt werden. Über deren Ausführungen wurden Vermerke in der Kaderakte (→ *Kaderpolitik*) angelegt.

Die neuen, meist jungen Kader erlebten zu Hunderttausenden einen rapiden sozialen Aufstieg und dankten dies der Stalinführung mit absoluter Loyalität. Sie wurden hierfür mit einem abgestuften System von → *Privilegien* (Zugang zu knappen Gütern, Titeln, Orden, Datschen usw.) belohnt. Alle Kader waren in das System der → *Nomenklatur* eingebunden.

Ein weiteres Prinzip zur Herrschaftssicherung war das Verbot innerparteilicher Fraktionsbildung. Jeder Versuch, abweichende Vorstellungen von der Parteilinie auch nur zu diskutieren, konstituierte so eine „parteifeindliche Gruppe“. Weitere Merkmale waren Parteiwahlen „von unten nach oben“, Rechenschaftsberichte „von oben nach unten“ sowie Kritik und Selbstkritik.

Die Diktatur des Proletariats schloß im Verständnis Stalins „unbedingt den Begriff der Gewalt“ ein. Jedoch setzte er Diktatur des Proletariats nicht mit der Partei gleich, denn dann ginge man davon aus, „daß man die Autorität der Partei auf Gewalt aufbauen kann, was absurd und mit dem Leninismus völlig unvereinbar ist. Die Autorität der Partei beruht auf dem Vertrauen der Arbeiterklasse“ („Zu den Fragen des Leninismus“). In der praktischen Politik wandte Stalin das Mittel der Gewalt verstärkt ab Ende der 20er Jahre an. Nach 1925 verstärkte er zunächst den Kampf gegen sog. Abweichler. Als Hauptfeinde galten Trotzkisten und im Ausland Sozialdemokraten. Das Bekämpfen realer und imaginärer Feinde und Sündenböcke war ein grundsätzlicher Wesenszug des Stalinismus.

Unter der Parole des sich verschärfenden Klassenkampfes (→ *Klassen und Klassenkampf*) führte Stalin seine Politik „von der Einschränkung der Ausbeutertendenzen des Kulakentums“ zur „Liquidierung des Kulakentums als Klasse“. Es wurden nahezu alle Bauern zum Eintritt in Kolchosen gezwungen. Wer dies nicht tat, kam in ein Arbeitslager oder wurde physisch liquidiert. „Klassenkampf“ war darüber hinaus das Synonym für die in der Regel gewaltsame Beseitigung aller sozialen Schichten, die als politische Gegner gesehen wurden. Das waren die Unternehmer, der selbständige Mittelstand, das selbständige Handwerk sowie die kritische Intelligenz. Soweit sie nicht ins Ausland flüchten konnten, wurden sie getötet oder in Arbeitslager gebracht. Die Gesamtzahl solcher Opfer des Klassenkampfes wird auf über 20 Mio. Menschen geschätzt. Stalin stellte auf dem XVII. Parteitag 1934 voller Stolz fest: „Die Liquidierung der parasitären Klassen hat zum Verschwinden der Ausbeutung des Menschen durch den Menschen geführt.“

1935 setzten die großen „Tschistki“ (Säuberungen) ein. Diese Verhaftungs- und Hinrichtungswellen in der Partei, im Staatsapparat, in der Armee und in der Wirtschaft betrafen nicht nur die tatsächlichen, sondern vor allem auch die potentiellen Gegner Stalins, seine eigenen Anhänger, deren Freundeskreise sowie Verwandtschaft. Sie alle wurden als „Volksfeinde“ bezeichnet. Nicht nur die Sicherheitsorgane, sondern alle Sowjetbürger wurden zu strikter Wachsamkeit aufgefordert und angetrieben. So entstand – gerade auch unter den Kadern – ein Klima der Denunziationen, des „Zwiedenkens“ und der Angst.

Die 1918 als „Tscheka“ begründete Geheimpolizei hat eine wesentliche Rolle für den Machterhalt gespielt. Unter den Initialbegriffen GPU, OGPU, NKWD, NKGB, MWD, MGB und ab 1954 KGB bekannt und gefürchtet, war sie eine die Sowjetunion durchziehende und kontrollierende überdimensionierte Organisation. Sie war vor allem das Instrument, das unter Stalin im Klassenkampf und bei den Säuberungen eingesetzt wurde. Ihr oblag die Kontrolle der Wirtschaft, der Streitkräfte, der Kirchen und des gesamten gesellschaftlichen und politischen Lebens. Auch die staatliche Verwaltung der Arbeitslager (GULag), die Bewachung der Grenzen, die Polizeiverwaltung und natürlich Spionage, Gegenspionage und ein ausgedehntes Informantennetz wurden von ihr betrieben.

Zu den stalinistischen Herrschaftstechniken gehörte auch eine weitgehende Abgrenzung gegenüber dem Ausland. Regelmäßige Kontakte oder gar Ehen mit Ausländern waren durchweg verboten. Zurückgekehrte Kriegsgefangene galten als Spione oder Verräter. Juden wurden als „Kosmopoliten“ verunglimpft.

Neben diesen Elementen der Herrschaftssicherung erwies sich der → *Personenkult* um Lenin, der auf Stalin übertragen wurde, als sehr funktional. Indem man Lenin als gleichsam unfehlbar verehrte, untermauerte man auch die Stellung seiner Schüler, insbesondere die von Stalin. Der Begriff des Personenkults sollte nach Stalins Tod das politische System der KPdSU dadurch mit retten helfen, daß einige Aspekte des Stalinismus der Person Stalin als Entartungen angelastet wurden, ohne den Sozialismus als solchen in Frage zu stellen. Die kritiklose Verherrlichung Stalins erlebte ihren ersten Höhepunkt an seinem 50. Geburtstag und dauerte knapp drei Jahre über seinen Tod hinaus. Stalin wurde in dieser Zeit quasireligiös zum höchsten Genius und Retter der Menschheit, zum größten Politiker, Philosophen und Feldherrn aller Zeiten hochstilisiert. In jeder schriftlichen oder mündlichen Verlautbarung war dem Rechnung zu tragen.

Nachwirkungen des Stalinismus: Programme einer „Entstalinisierung“ gab es unter Chruschtschow (1956–1961) und unter Gorbatschow (ab 1987). Einige der Strukturmerkmale stalinistischer Herrschaft wurden modernisiert, offener Terror mehr und mehr durch strukturelle Unterdrückung ersetzt und der Personenkult auf die Nachfolger Stalins bezogen. Versuche, die totalitäre Struktur zu beseitigen, stießen jedoch auf Widerstand der Nomenklatur. Auch nach dem Zerfall der Sowjetunion sind in Rußland und anderen ehemals sozialistischen Ländern die Nachwirkungen der Stalinzeit noch spürbar. Auf lange Sicht am einschneidendsten hat sich die Liquidierung ganzer Gesellschaftsschichten (Unternehmer, Bauern, Handwerker) ausgewirkt, die heute überall fehlen.

Stalinismus in der SBZ/DDR: Die Strukturelemente des Stalinismus, die für die Sowjetunion charakteristisch waren, traten im wesentlichen auch in der SBZ/DDR in Erscheinung.

Schon während des Zweiten Weltkrieges hatte Stalin in einem Gespräch mit dem jugoslawischen Kommunisten Milovan Djilas seine Entschlossenheit bekundet, den Deutschen sein System aufzuzwingen: „Dieser Krieg ist nicht wie in der Vergangenheit; wer immer ein Gebiet besetzt, erlegt ihm auch sein eigenes gesellschaftliches System auf. Jeder führt sein eigenes System ein, so weit seine Armee vordringen kann." Stalins Okkupationspolitik in Deutschland nach 1945 war konsequent an dieser Maxime orientiert.

Allerdings wußte sich Stalin dabei in Interessenkongruenz mit den deutschen Kommunisten (→ *Sowjetunion und SBZ/DDR*). So konnte gemeinsam eine „Revolution von oben" inszeniert werden, die bereits in den ersten Nachkriegsjahren radikale Veränderungen in den politischen und sozialökonomischen Strukturen der SBZ bewirken sollte. Über die Erfordernisse einer → *Entnazifizierung*, Demokratisierung und Entmilitarisierung weit hinausreichend, wurden schon frühzeitig die Fundamente des Marxismus-Leninismus in stalinistischer Ausprägung gelegt oder verbreitet. Die → *antifaschistisch-demokratische Umwälzung*, die → *Bodenreform*, die Enteignung von „Nazi- und Kriegsverbrechern", der Übergang zur zentralistischen Planwirtschaft sowie die Besetzung von Schlüsselpositionen mit kommunistischen Kadern waren von Anfang an als Revolution von oben im Sinne des Stalinismus angelegt.

Sofort nach der auf dem Vereinigungsparteitag (21./22. April 1946) vollzogenen Fusion von KPD und SPD setzte die Transformation der SED zu einer „Partei neuen Typus" ein. Auf der Grundlage der „Geschichte der KPdSU (B)/ Kurzer Lehrgang" wurde die SED politisch-ideologisch diszipliniert. Alle innerparteiliche Demokratie wurde mittels des Rituals von → *Kritik und Selbstkritik* unterdrückt. Parteikontrollkommissionen zur „organisatorischen Festigung der Partei" und „ihrer Säuberung von feindlichen und entarteten Elementen" wurden geschaffen. Nach der Umstrukturierung im Parteiaufbau, welche die Bürokratisierung der SED zur Folge hatte, wurde 1951 eine umfassende Parteisäuberung durchgeführt. Hiervon wurden über 150 000 ehemalige Sozialdemokraten und andere „parteifeindliche Elemente" erfaßt. Viele flüchteten nach West-Berlin oder in die Bundesrepublik, nicht wenige verschwanden in Zuchthäusern der DDR oder in Zwangsarbeitslagern der UdSSR.

Zwar wurde der als „führende Rolle der Partei" umschriebene Totalitätsanspruch der SED durch ein dem Stalinismus an sich widersprechendes Mehr-Parteien-System zeitweilig noch verschleiert, aber die Verhinderung demokratischer Wahlen sowie die Gleichschaltung der Parteien (→ *Blockpolitik*) und → *Massenorganisationen* ließen an den realen Machtverhältnissen keinen Zweifel aufkommen. Der → *demokratische Zentralismus* wurde zum bestimmenden Strukturprinzip nicht nur der marxistisch-leninistischen Partei und der anderen Blockparteien, sondern auch von Staatsaufbau und Verwaltung (→ *Staats- und Verwaltungsapparat*; → *Verfassung*).

Der → *Marxismus-Leninismus* in seiner stalinistischen Version wurde in der DDR Staatsdoktrin mit allen sich daraus für das Erziehungswesen, für Wissenschaft und Kultur sowie für die Medien ergebenden Konsequenzen. Die Staatsmacht wurde als „Hauptinstrument" der SED „bei der Schaffung der Grundlagen des Sozialismus" definiert. Das Recht verkam zu dem „zum Gesetz erhobenen Willen der Arbeiterklasse und ihrer marxistisch-leninistischen Partei." In der zweiten Verfassung der DDR vom 6. April 1968 wurde der Führungsanspruch der SED auch verfassungsrechtlich sanktioniert. Insoweit war auch die Ära nach Stalin in der DDR von der stalinistischen Interpretation der Rolle der Partei geprägt.

Die Bildung eines an Aufbau und Arbeitsweise der sowjetischen Geheimpolizei orientierten MfS durch Gesetz vom 8. Febr. 1950 bedeutete schon eine besonders folgenschwere Maßnahme zur Etablierung eines sozialistischen Systems stalinistischer Prägung in der DDR. Für die SED hatte die → *Staatssicherheit* von Anfang an konstitutives Machtinstrument zu sein – „Schild und Schwert der Partei", bestimmt dazu, ihre Herrschaft durchzusetzen und zu sichern. Allerdings mißbrauchte die Politbürokratie den Überwachungs- und Unterdrückungsapparat des MfS auch zur Eliminierung jeder innerparteilichen Opposition und zur Austragung von Machtkämpfen in der Führungsspitze der SED.

Wie die Staatssicherheit, so degenerierten auch Polizei und Armee zu Herrschaftsinstrumentarien in der Gewalt der SED. Nach dem Vorbild der Sowjetarmee hatte die SED speziell die NVA und die Grenztruppen der DDR durch ein System von Politorganen und Politoffizieren einerseits, durch Parteiorganisationen in den → *Bewaffneten Kräften* andererseits voll unter politischer Kontrolle.

Auch der Kult um die Person Stalins, ein weiteres Attribut des Stalinismus, nahm in der SED ähnlich groteske Züge an wie in der KPdSU. In parteioffiziellen Verlautbarungen wie in den Medien ließ die Politbürokratie Stalin als „Fortsetzer und Vollender der unsterblichen Werke von Marx, Engels und Lenin", als „tiefgründigen Forscher und kühnen Denker", „weisen Staatslenker", „anerkannten Führer der Weltfriedensfront" usw. verherrlichen. Erst die verbale Verurteilung des Stalinkults durch die 3. Parteikonferenz der SED (24.–30. März 1956), die sich der neuen Linie in Moskau anschloß, setzte dem Stalinkult im Staat der SED ein Ende. Stalin durfte fortan nicht mehr als „Klassiker" des Marxismus-Leninismus gelten. Dennoch wurde der Personenkult in der DDR nicht ausgemerzt, sondern er lebte, auf Ulbricht und, nach dem Machtwechsel 1971, auf Honecker bezogen in modifizierten Formen fort, indem die Generalsekretäre zu schier unfehlbaren Führern der Partei stilisiert wurden.

Ansätze einer verhaltenen „Entstalinisierung" führten in der DDR ähnlich wie in der Sowjetunion ab 1956/57 zur Einschränkung brutaler Gewaltanwendung und hemmungsloser Terrorherrschaft. Die Repressionsmechanismen wurden nun subtiler, Bürger- und Menschenrechte wurden bis zum Ende der SED-Diktatur nicht gewährt. Neues Umschlagen in offenen Terror war strukturell keineswegs ausgeschlossen, wie z.B. die Planungen zur Einrichtung von Isolierungslagern für politisch Andersdenkende in Zeiten innerer Krisen dokumentarisch beweisen. Der „Sozialismus in den Farben der DDR" endete in der „poststalinistischen" Sklerose der SED.

Als das Politbüro der SED am 17. Okt. 1989 Honeckers Rücktritt beschloß, versuchten zwar Funktionäre wie Egon Krenz und Hans Modrow, die Macht der SED durch Verabschiedung eines „Aktionsprogramms" zu retten, das die Demokratisierung der DDR und ihre „Wende" zum „sozialistischen Rechtsstaat" verhieß, aber die politische Verfallskrise des poststalinistischen Regimes und der ökonomische Ruin der DDR hatten längst Dimensionen erreicht, die den → *Zusammenbruch* unausweichlich machten. Die Macht der SED, die einst durch den Stalinismus begründet wurde, zerbrach unter der Erblast des Stalinismus. Trotzdem ist die → *PDS*, die aus der SED hervorging, in ihrer Programmatik wie in Teilen ihrer Mitgliedschaft bis heute nicht frei von poststalinistischen Relikten.

Karl Wilhelm Fricke/Wolfgang Pfeiler

Literaturhinweise:

Duhnke, Horst: Stalinismus in Deutschland, Köln 1955.

Peter, Antonio/Maier, Robert (Hrsg.): Die Sowjetunion im Zeichen des Stalinismus, Köln 1991.

Pfeiler, Wolfgang: Das Deutschlandbild und die Deutschlandpolitik Josef Stalins; in: Deutschland Archiv 12 (1979).

Ruge, Wolfgang: Stalinismus – Eine Sackgasse im Labyrinth der Geschichte, Berlin 1991.

Wolkogonow, Dimitri: Stalin. Triumph und Tragödie, Düsseldorf, Wien 1993.

Stasi-Akten

Die Akten des Ministeriums für → *Staatssicherheit* (MfS) spiegeln die geheimpolizeiliche und nachrichtendienstliche Tätigkeit dieses wichtigsten Herrschaftsinstruments der SED-Diktatur wider. Sie wurden im Revolutionsherbst 1989 und in den ersten Monaten des Jahres 1990 durch den Einsatz zahlreicher mutiger DDR-Bürger gesichert, die die Auflösung dieses verhaßten Unterdrückungs- und Bespitzelungsorgans erzwangen und überwachten. Überliefert sind ca. 180 000 laufende Meter (lfm) Material (Schriftgut, spezifische Speichermedien wie Ton- und Magnetträger, Filme, Videos, Fotos u. a.) aus dem gesamten Zeitraum des 40jährigen Bestehens der DDR. Das Schriftgut stammt zu rund 40% aus dem Ministerium selbst und zu 60% aus den 15 Bezirksverwaltungen sowie den 211 Kreis- und 7 Objektdienststellen. Rund 58 000 lfm Schriftgut wurden bis 1989 vom Staatssicherheitsdienst selbst archiviert, 56 600 lfm befanden sich bis zum Zeitpunkt der Auflösung noch in den einzelnen Diensteinheiten (Hauptabteilungen, Abteilungen, Bezirksverwaltungen), und 16 800 lfm wurden zerrissen aufgefunden. Darüber hinaus sind u.a. noch ca. 962 000 Fotodokumente, 32 000 Dias, 160 300 Tonbänder, 560 Filme und 7 739 Magnetbänder überliefert.

Eingeschränkte Nutzungsmöglichkeiten der Unterlagen gehen zumeist auf die gezielte Aktenvernichtung und -verunordnung durch Mitarbeiter des Staatssicherheitsdienstes vor der Besetzung ihrer Dienstgebäude durch Oppositionsgruppen zurück. Auch die weiteren Auflösungsmaßnahmen wie Umlagerungen und Zusammenführung von Unterlagen führten zur Zerstörung wesentlicher Registraturzusammenhänge. Fast völlig vernichtet wurden die Akten der Hauptverwaltung Aufklärung (Auslandsspionage) im Zuge der ihr zugebilligten Selbstauflösung.

In den Unterlagen des Staatssicherheitsdienstes sind millionenfache Verstöße gegen die Menschen- und Persönlichkeitsrechte aufgezeichnet. Gleichzeitig erlauben sie einen Einblick in Denkweise und Herrschaftswissen der Partei- und Staatsführung der DDR. Zwar können die Stasi-Akten nicht ausschließliche Quelle zur geschichtlichen Aufarbeitung von über 40 Jahren SED-Herrschaft sein, zur Beleuchtung zahlreicher wichtiger Bereiche der DDR-Wirklichkeit sind sie jedoch unverzichtbar: Zu nennen sind vor allem Herrschaftsstrukturen und → *Unterdrückungsmechanismen*, speziell die Ausübung des politischen → *Strafrechts* und die Überwachung der Bevölkerung, sowie → *Widerstand, Opposition und Verweigerung* und vom Regime geheimgehaltene Mißstände.

Als nachrichtendienstliche und geheimpolizeiliche Organisation sowie als Untersuchungsorgan in politischen Strafsachen richtete der Staatssicherheitsdienst der DDR seine Arbeit primär auf Personen aus. Personen, die als politisch gefährlich oder gefährdet galten, oder solche, die er selbst nutzte oder zu nutzen beabsichtigte, standen im Zentrum seiner „operativen" Tätigkeit. Dabei sind primär personenbezogene Unterlagen entstanden und überliefert worden. Sachakten waren zumeist Ausfluß der internen Organisation oder Synthesen und Analysen, deren Gehalt wiederum überwiegend auf personenbezogenen Vorgängen basierte. Die Basis des MfS-Schriftgutes sind daher Vorgänge und Akten zu Personen und Personengruppen. Deren wichtigste sind: Untersuchungsvorgänge, operative Vorgänge (OV), Akten operativer Personenkontrollen (OPK), Vorgänge zu → *Inoffiziellen Mitarbeitern* sowie Feindobjektakten. Neben diesen zentral registrierten Vorgängen und Akten sind dezentral geführte Ablagen der Diensteinheiten und Handakten der einzelnen Mitarbeiter überliefert. Dazu zählen insbesondere die Büroablagen aus den Sekretariaten, Stäben und Arbeitsgruppen verschiedener Leiter, Materialien der Auswertungs-, Informations- und Kontrollorgane, Zentrale Materialablagen der operativen Diensteinheiten, die Examensarbeiten und Schulungsmaterialien der → *Juristischen Hochschule Potsdam* sowie die Kaderakten (→ *Kaderpolitik*) der hauptamtlichen Mitarbeiter. In den Archiven des MfS sind zudem auch größere Aktenbestände anderer Herkunft überliefert, die der Staatssicherheitsdienst für seine Zwecke nutzte: Unterlagen der Staatsanwaltschaften der DDR, des (konspirativ tätigen) Arbeitsgebietes I der Kriminalpolizei und aus der NS-Zeit.

Die Unterlagen des Staatssicherheitsdienstes werden seit Dezember 1991 durch die Behörde des Bundesbeauftragten für die Unterlagen des Staatssicherheitsdienstes der ehemaligen Deutschen Demokratischen Republik verwahrt (Stasi-Unterlagen-Gesetz – StUG vom 20. Dez. 1991). Die Behörde begann ihre Arbeit allerdings schon am 3. Okt. 1990 (Rechtsgrundlage: → *Einigungsvertrag*). Schon durch ein Gesetz der freigewählten Volkskammer vom 24. Aug. 1990 war die Grundentscheidung für die Öffnung der Akten erfolgt. Im Interesse der einst unterdrückten Bevölkerungsmehrheit sollte die Aktenöffnung der „politischen, historischen und juristischen Aufarbeitung" der Vergangenheit dienen. Mit diesem im Parlament von rechts bis links unterstützten Gesetz war einer Forderung der DDR-Bevölkerung und der Bürgerbewegung entsprochen worden.

Joachim Gauck

Literaturhinweise:

Erster und Zweiter Tätigkeitsbericht des Bundesbeauftragten für die Unterlagen des Staatssicherheitsdienstes der ehemaligen Deutschen Demokratischen Republik, Berlin 1993, 1995.

Gauck, Joachim: Die Stasi-Akten. Das unheimliche Erbe der DDR, Reinbek bei Hamburg 1991.

Henke, Klaus-Dietmar/Engelmann, Roger (Hrsg.): Aktenlage. Die Bedeutung der Unterlagen des Staatssicherheitsdienstes für die Zeitgeschichtsforschung, Berlin 1995.

Statistik

Die amtliche Statistik der DDR war geleitet von der Staatlichen Zentralverwaltung für Statistik (SZS). Im Unterschied zum westdeutschen Pendant, dem Statistischen Bundesamt (StBA) war die SZS regional zentralisiert und nicht fachlich unabhängig. Sie unterstand formal dem → *Ministerrat*, faktisch wurde sie aber geführt vom → *ZK der SED* und dabei besonders von Günter Mittag. Anders als das StBA war die SZS auch zuständig für die Rechnungslegung der Betriebe, die zentrale Datenverarbeitung und die Ausbildung im Fach Statistik an den Hochschulen.

Bei zentraler Planung war die Statistik vor allem ein Instrument der Plankontrolle der DDR-Volkswirtschaft. Deshalb ging es auch in der DDR-Statistik in erster Linie um die detaillierte Erfassung möglichst vieler Kennziffern des betrieblichen Rechnungswesens, Schnelligkeit und Vollständigkeit (Totalerhebungen statt Stichproben) des Berichtswesens, Kontrolle der Daten und rationelle Datenverarbeitung. Dagegen waren die Rechte der Befragten (berichtspflichtige Betriebe), die allgemeine Information der Öffentlichkeit mit aggregierten Daten und die internationale Zusammenarbeit von geringem Interesse bzw. Gegenstände, die ausschließlich politisch von der Parteiführung entschieden wurden.

Hinsichtlich Geheimhaltung und Machtverteilung waren die Verhältnisse in Ost- und Westdeutschland ziemlich genau gegensätzlich:

1. Während das StBA Mikrodaten (Einzelangaben der Befragten) geheimzuhalten hat (Datenschutz), aber Makrodaten (zusammengefaßte Zahlenangaben, Ergebnisse statistischer Berechnungen und Schätzungen) zur Unterrichtung von Wirtschaft, Verwaltung und der allgemeinen Öffentlichkeit im großen Umfang und nach eigenem Ermessen veröffentlicht, waren Makrodaten in der DDR geradezu Staatsgeheimnis (um so strenger gehütet, je aggregierter die Daten waren), und die Öf-

fentlichkeitsarbeit wurde bis ins Detail (z.B. textliche Kommentierung von Zahlenangaben) vom ZK vorgeschrieben und überwacht. Die SZS hatte grundsätzlich Ergebnisse nur wenigen Parteifunktionären – oft nur Mittag persönlich – zugeleitet, die darüber nach eigenem Ermessen verfügten. Es konnte keine Zeile und keine Zahl ohne Zustimmung des ZK veröffentlicht werden. Viele Makrodaten waren selbst hohen Partei- und Leitungsfunktionären nicht zugänglich. Über Angaben einzelner Betriebe konnte dagegen in Zeitungen berichtet werden.

2. In einer Marktwirtschaft hat die amtliche Statistik im Interesse des Datenschutzes und der Vermeidung unnötiger Erhebungen eine relativ schwache Position gegenüber den Befragten, sie muß sich um Akzeptanz von Erhebungen bemühen, sie ist aber andererseits als Informationsservice für alle (informationelle Infrastruktur) fachlich unabhängig. In der DDR waren die Verhältnisse genau umgekehrt. Den befragten Betrieben gegenüber hatte die SZS eine starke Position, andererseits wurde sie aber von der auftraggebenden Partei- und Staatsführung bevormundet und gegängelt. Nicht nur über die Öffentlichkeitsarbeit und die Personalpolitik der SZS wurde im ZK entschieden, auch über die Definition von Erhebungsmerkmalen (z.B. Begriff der „Industriellen Warenproduktion", Abgrenzungen der „Wohnungen", was wurde als „Industrieroboter" gezählt usw.) und die Anwendung statistischer Methoden (z.B. Konstruktion eines Indexes, Berechnung von Wachstumsraten, Warenauswahl bei der Preis- und Produktionsstatistik usw.).

Man wird der politischen Rolle der amtlichen Statistik der DDR nicht gerecht, wenn man nur die äußere Organisation (Eingliederung in den Staatsapparat, Zuständigkeiten) oder die Organisation der Datenverarbeitung beschreibt. Es sind auch die Arbeitsbeziehungen zwischen SZS und ZK und das Selbstverständnis der SZS zu betrachten. Danach hatte sie die → *Agitation und Propaganda* der Partei gegenüber den Werktätigen und dem Ausland zu unterstützen. Kennzeichnend für die Arbeitsbeziehungen waren:

1. Die strenge Kontrolle durch das ZK, insbesondere bei internationalen Kontakten (auch leitende Mitarbeiter wurden vom Dienst entfernt, wenn ihre Familie noch Westkontakte hatte; das Auftreten der DDR-Delegationen im Ausland war durch Direktiven streng geregelt, in denen auch bestimmt war, welche politische Aussagen erfolgen sollten und welche unterbleiben mußten).

2. Fast täglich wurde die SZS vom ZK zu Stellungnahmen, Ausarbeitungen und speziellen Untersuchungen beauftragt, und die daraufhin erarbeiteten Papiere der Statistiker wurden im ZK begutachtet und nicht selten heftig kritisiert.

3. Das ZK schrieb die Textgestaltung vor (oft mit sog. vorwärtsweisenden Formulierungen, mit denen ungünstige Ergebnisse beschönigt wurden), gab Anweisungen bei Definitionen und Methoden und erteilte Veröffentlichungsverbote (so hatte z.B. Mittag 1976 die Weisung erteilt, die Veröffentlichungen über den Außenhandel auf die Hälfte zu reduzieren und nur den Außenhandelsumsatz insgesamt, nicht mehr Export und Import getrennt auszuweisen, so daß ein Handelsbilanzüberschuß oder -defizit nicht mehr erkennbar war).

4. Die Geheimhaltungspraxis führte dazu, daß die SZS fast bei jeder Anfrage jede Auskunft verweigern mußte, und sie trug sehr dazu bei, das Vertrauen in die SZS zu untergraben und die SZS von den Statistik-Nutzern zu isolieren. Sie verlangte einen erheblichen Kontrollaufwand und war auch zunehmend schwerer durchsetzbar angesichts neuer technischer Möglichkeiten der Informationsgesellschaft und der steigenden Anforderungen an Transparenz und Zahlenlieferung, die von internationalen Organisationen ausgingen.

Der Konflikt, einerseits international mitzuwirken und sich als führende Industrienation darzustellen, andererseits aber auch sich nicht in die Karten schauen zu lassen, hat dem Statistik-System der DDR ab Mitte der 80er Jahre zunehmend zu schaffen gemacht. Dabei fühlte sich die DDR auch mehr und mehr von der UdSSR im Stich gelassen, die sich im Zeichen von Glasnost aufgeschlossener zeigte gegenüber internationalen Organisationen und westlichen Konzepten und Methoden in der Statistik. Der Geheimhaltung ist aber zu verdanken, daß ein System lange aufrechterhalten werden konnte, in dem sogar nicht unerhebliche Manipulationen an Statistiken vorkamen:

1. Relativ harmlos waren die Änderung der Warenauswahl bei der Preis- und Produktionsstatistik oder die sog. Basisbereinigung. Stieg der Preis einer Ware (oder sank die Produktion), so wurde diese Ware durch eine andere ersetzt und bei der Berechnung von Wachstumsraten wurde, damit diese größer erschienen, nicht selten der jeweilige Basiswert nachträglich verringert. Schon vor, größtenteils aber erst nach der Wende wurde auch bekannt, daß von der SED-Spitze Definitionen vorgeschrieben wurden, die im Ergebnis zu „geschönten" Daten führen mußten. Das betraf vor allem politisch brisante Themen, wie fertiggestellte Wohnungen, Industrieroboter, CAD/CAM-Arbeitsplätze usw. Nicht bekannt war aber das z.T. große Ausmaß der damit verbundenen Schönung. Aus einem internen Papier der SZS geht z.B. hervor, daß die DDR per 31. Aug. 1982 einen Bestand von 17 268 „Industrierobotern" gem. DDR-Definition hatte, jedoch nur 1 005 nach der international üblichen Definition, die Zahlen verhielten sich also wie 1:17, und die Überschätzung war nicht gering.

2. Zu einer Irreführung des Westens kam es vor allem beim Handel mit dem „nichtsozialistischen Wirtschaftsgebiet“ (NSW). Eine Analyse von Archivunterlagen im Auftrag der Enquete-Kommission „Aufarbeitung von Geschichte und Folgen der SED-Diktatur“ zeigt, daß offenbar statistische Daten nachträglich „korrigiert“ und so geändert an internationale Organisationen (UNO, RGW) weitergegeben wurden und daß manche Unklarheiten (für den Westen) der DDR-Außenhandelsstatistik durchaus gewollt waren.

Es wurde wiederholt, z.T. von Mittag persönlich festgelegt, aus einem Außenhandelsdefizit (Importüberschuß) ein Plus (Exportüberschuß) durch derartige „Korrekturen“ gemacht. Dabei zeigte sich, daß offensichtlich versucht wurde, den Eindruck ständig zunehmender Exporte und eines beständigen Exportüberschusses gegenüber dem NSW zu erwecken. Den Archivunterlagen sind auch Formulierungen zu entnehmen, wie z.B. „Abgeleitet von den Erfahrungen der Vorjahre ist eine möglichst geringe Erhöhung der tatsächlichen Angaben die Voraussetzung, um auch zukünftig glaubwürdige Ergebnisse veröffentlichen zu können“ oder: „Es wird gewährleistet, daß die vorzunehmenden Korrekturen [...] durch die Organe des RGW und der UNO nicht nachprüfbar sind“ usw.

Man ging im Westen davon aus, daß die amtliche Statistik der DDR unter dem Druck der Parteiführung zwar zu einer (unseriösen) Erfolgspropaganda gezwungen war, nicht aber davon, daß sie zumindest in Teilen evtl. sogar „gefälscht“ war. In Westdeutschland wurde dies auch in Verkennung der klassenkämpferischen Rolle der DDR-Statistik bis zuletzt (Sommer 1989) nicht durchschaut, was wohl auch erheblich zur ökonomischen Überschätzung der DDR beigetragen hat.

Bei einer Beurteilung der Arbeit der SZS sollten nicht vorschnell hieraus Schlüsse gezogen werden, denn es ist zu berücksichtigen:

1. Der politische Aspekt des Wirkens der SZS sowie die politische Abhängigkeit der SZS vom ZK sind nur ein Aspekt der Tätigkeiten der SZS. Es gab natürlich auch die Alltagsarbeiten des Sammelns von Daten, Überprüfens von Belegen usw., die keine politischen Implikationen hatten, und in diesem Punkt unterschied sich die SZS sicher nicht von den Statistikbehörden anderer, auch westlicher Länder.

2. Die Qualitätsmaßstäbe für eine „gute“ amtliche Statistik waren in Ost und West sehr unterschiedlich, und gemessen an den Maßstäben einer Planwirtschaft und dem daraus erwachsenen Selbstverständnis der Statistik hat die SZS sicher eine gute Arbeit geleistet. Hinzu kommt, daß über politisch motivierte unseriöse Praktiken oder gar Manipulationen nicht auf mittlerer oder gar unterer Ebene der SZS entschieden

wurde, d.h., daß so etwas für die meisten Mitarbeiter außerhalb ihrer Einflußmöglichkeiten lag.

Es ist andererseits aber auch nicht zutreffend, daß die beschriebenen Praktiken erst in einer späteren Phase der Entwicklung der DDR stattfanden. Die Gängelung der Partei und Einflußnahme auf Methoden und Ergebnisse läßt sich mit Dokumenten schon in den 60er Jahren belegen und die Praxis, fast alle Statistiken als Staatsgeheimnis zu behandeln, auch leicht bis in die 50er Jahre zurückverfolgen.

Peter von der Lippe

Literaturhinweise:

Fischer, Peter: Entwicklung der amtlichen Statistik in der sowjetischen Besatzungszone Deutschlands und der DDR – 1945 bis 1990, in: Jahrbücher für Nationalökonomie und Statistik, Bd. 231/5 (1994), S. 597 ff.

von der Lippe, Peter: Die gesamtwirtschaftlichen Leistungen der DDR-Wirtschaft in den offiziellen Darstellungen, Die amtliche Statistik der DDR als Instrument der Agitation und Propaganda der SED, in: Materialien der Enquete-Kommission, a.a.O., Bd. II, 2, S. 1973-2193

Ders.: Die politische Rolle der amtlichen Statistik in der ehemaligen DDR, in: Jahrbücher für Nationalökonomie und Statistik, Bd. 215/6, 1996, S. 641-674.

Steuern

Im DDR-Sozialismus besaßen rechtsstaatliche Steuerprinzipien keine Geltung. Eine Besteuerung der Steuersubjekte nach den Prinzipien der Gleichmäßigkeit, der Allgemeinheit, der Gerechtigkeit und der Beachtung der steuerlichen Leistungsfähigkeit wurde ausdrücklich abgelehnt. Eine sozialistische Regierung könne ihre Steuerpolitik nicht nach den überlebten Grundsätzen einer bürgerlich-kapitalistischen Klassengesellschaft ausrichten, dies behindere in der Übergangsperiode zwischen Kapitalismus und Sozialismus die Überwindung der privatwirtschaftlichen Wirtschaftsordnung und sabotiere den angestrebten Aufbau eines sowjet-sozialistischen Wirtschaftssystems. Infolgedessen gab es in der DDR nicht nur ein, sondern mindestens fünf verschiedene Steuersysteme. Diese unterschieden sich bei natürlichen Personen danach, ob es sich bei den Besteuerten um Werktätige oder um Kapitalisten handelte, und bei den juristischen Personen danach, ob sich die besteuerten Betriebe in staatlichem, genossenschaftlichem oder privatem Eigentum befanden.

Dementsprechend umfaßten die Steuern in der DDR fünf Gruppen von Pflichtzahlungen an den Fiskus: 1. Abgaben der Staatswirtschaft; 2. Steuern der genossenschaftlichen Wirtschaftsbetriebe und ihrer Mitglieder; 3. Steuern der restlichen Privatbetriebe und ihrer Eigentümer; 4. Steuern der privaten Haushalte und 5. Gemeindesteuern.

Entsprechend der sozialistischen Eigentumsverteilung bei Wirtschaftsunternehmen waren die Abgaben der Staatswirtschaft (→ *Staatshaushalt*) die bei weitem einträglichste Einnahmenquelle. Rund zwei Drittel aller Haushaltseinkünfte (ohne die Beitragseinnahmen der Sozialversicherung) gingen in den 80er Jahren aus dieser Steuerquelle ein. Geordnet nach der Reihenfolge ihrer fiskalischen Ergiebigkeit gehörten folgende Steuerarten zu den Abgaben der Staatswirtschaft: a) die Gewinnsteuer (Nettogewinnabführung/NGA); b) die Lohnsummensteuer; c) die Produktions- und Handelsfondsabgabe (PFA/HFA) und d) ein Konglomerat sonstiger Abführungen (z. B. Amortisationsabführungen und Bodennutzungsgebühren).

Die aufkommensstärkste Einzelsteuer des DDR-Steuersystems war ab 1980 die der Staatswirtschaft abverlangte Gewinnsteuer. Sie wurde nicht als einheitlicher Steuersatz erhoben. Vielmehr legte die Wirtschaftsführung die Steuerschuld – ausgehend von der im jährlichen Betriebsplan verlangten Gewinnerzielung – für jedes Planjahr neu und für jeden Betrieb gesondert fest, und zwar als absoluten Betrag in Mark. Die sich hieraus ergebenden betriebsindividuellen Steuersätze waren der wichtigste finanzpolitische Hebel, mit dem die Wirtschaftsführung versuchte, die Ersparnis- und die Kapitalbildung der VEB und Kombinate entsprechend den Planzielen zu regulieren und damit zugleich Einfluß auf ihre Investitionsaktivitäten zu nehmen.

Die am 1. Jan. 1984 eingeführte Lohnsummensteuer (Beitrag für gesellschaftliche Fonds) war die jüngste Unternehmenssteuer. Sie war im Unterschied zur NGA und PFA als Kostensteuer konstruiert worden. Die Höhe der jährlichen Steuerforderung belief sich auf 70% bezogen auf den betrieblichen Lohnfonds (Lohnsumme). Durch diesen hohen Abgabesatz zu Lasten des Betriebsergebnisses (steuerliche Verteuerung des Arbeitskräfteeinsatzes) sollte Druck auf die Betriebe ausgeübt werden, überschüssige Arbeitskräfte freizusetzen und für einen rationelleren Einsatz der Beschäftigten zu sorgen. Angesichts der „weichen Budgetrestriktionen" bei den Betriebsfinanzen blieb jedoch dieser finanzpolitische Hebel ohne einen meßbaren Erfolg.

Die Produktions- und Handelsfondsabgabe wurde Ende der 60er Jahre eingeführt. Sie betrug in der Regel gleichbleibend 6% bezogen auf das in den Betrieben eingesetzte Produktivvermögen (Anlagen und materielle Umlaufmittel). Bezugsgrundlage dieser Steuer war bis Anfang der 80er Jahre der Anschaffungswert der Produktionsmittel und danach der Nettowert der eingesetzten Kapitalgüter, also Anschaffungswert minus Abschreibungen. Gezahlt wurde die PFA aus dem Nettogewinn. Durch diese Besteuerung des Kapitaleinsatzes, die als Ersatz für die nicht vorhandene Verzinsung des eingesetzten Kapitals diente, sollte die sparsame Inanspruchnahme und ein effizienter Einsatz von Kapitalgütern gefördert werden.

Zu den Steuern der nichtverstaatlichten Wirtschaft gehörten a) die Steuern der „sozialistischen Genossenschaften" und ihrer Mitglieder in der → *Landwirtschaft*, im → *Handwerk* und im → *Binnenhandel* und b) die Steuern der restlichen privaten Handwerks- und Gewerbebetriebe und ihrer Eigentümer.

Entsprechend der systemtypischen Differenzierung der Besteuerung nach Eigentumsformen, Betriebsarten und Produktionsrichtungen in der Landwirtschaft zahlten z.B. die LPG für Pflanzenproduktion ab 1984 an den Fiskus zwei Steuern: a) einen nach der Bodengüte gestaffelten Festbetrag in Mark je Hektar bewirtschafteter Nutzfläche und b) eine progressiv ansteigende Gewinnsteuer in Abhängigkeit vom erzielten Nettoertrag, wobei der höchste Steuersatz 70% betrug. Für die ihnen von der Genossenschaft ausgezahlten Arbeitsentgelte brauchten die Mitglieder der LPG nicht noch einmal Steuern zu bezahlen.

Die der Privatwirtschaft (Privatunternehmer, juristische Personen) auferlegten Steuern (Einkommen- und Körperschaftsteuer, Kapitalertragsteuer, Gewerbesteuer, Umsatz- und Vermögensteuer) waren sämtlich ihrer Art nach aus der Steuergesetzgebung des Deutschen Reiches vor 1945 übernommen worden. Der Gesetzgeber der DDR hatte diese Steuern jedoch sozialistisch umgeformt, um sie als Klassenkampfinstrument zur Fesselung, Verdrängung und Liquidation der Privatwirtschaft nutzen zu können. So betrug der Höchstsatz der rasch progressiv ansteigenden Einkommensteuer auf Einkünfte aus Unternehmertätigkeit und Kapitalnutzung 90% und derjenige bei der Körperschaftsteuer für die noch übriggebliebenen Kapitalgesellschaften sogar 95%. Hierdurch sollte der Privatwirtschaft Kapital entzogen und dieses durch Umverteilung über den Staatshaushalt zum Aufbau sozialistischer Staatsbetriebe verwendet werden.

Die der Bevölkerung auferlegten Steuern bestanden in den 80er Jahren in der Regel zu 97% aus der kombinierten Umsatz- und Verbrauchssteuer (produktgebundene Abgaben) und aus der Lohnsteuer der Arbeiter und Angestellten. Die restlichen 3% entfielen auf die Einkünfte aus der Kraftfahrzeug-, Erbschaft-, Grunderwerb- und Vermögensteuer, aus Gemeindesteuern (→ *Staatshaushalt*) und stammten aus der Besteuerung des Arbeitseinkommens der freiberuflich tätigen Selbständigen. Diese nicht der Einkommensteuer unterworfene freischaffende Intelligenz wurde zur Förderung ihrer Regimetreue steuerlich privilegiert. Ausgehend von den gleichen Freigrenzen wie bei der Lohnsteuer wurden bis zu einem Jahreseinkommen von 36 000 Mark die Einkommen der privilegierten Gruppe 1, also Schriftsteller, Künstler, Ärzte und Erfinder, zunächst progressiv besteuert und dann von dieser Einkommensgrenze an gleichbleibend mit einem Höchstabgabesatz von 30% belegt. Der Gruppe 2, dazu zählten die selbständigen Gebrauchsgraphiker, Projektanten, Architekten, Kunsthandwerker, Dolmetscher u.a., wurde ab 100 000 Mark Jahreseinkommen ein Proportionalsteuerhöchstsatz von 60% auferlegt.

Die „produktgebundenen Abgaben" wurden in Form differenzierter steuerlicher Teuerungszuschläge auf einzelne Konsumwaren erhoben. Dabei belegte der staatliche Steuereinnehmer ausschließlich industrielle Verbrauchsgüter und in der Regel nur Genußmittel mit solchen Teuerungszuschlägen. Die Höhe der Steuer entsprach jeweils der Differenz, die zwischen dem niedrigeren Betriebsabgabepreis (staatlich diktierter Produzentenpreis) und dem höheren Industrieabgabepreis bestand (staatlich diktierter Endverbraucherpreis), den die Binnenhandelsbetriebe und Letztverbraucher bezahlen mußten (→ *Löhne und Preise*). Mit jedem Erwerb eines Konsumgutes wurde die Steuer auf die Verbraucher überwälzt. Sie belastete damit eindeutig die Verbrauchsausgaben der privaten Haushalte.

Diese Art sozialistischer Umsatz- und Verbrauchsbesteuerung hatte zur Folge, daß es in der Volkswirtschaft und im Binnenhandel Tausende von unterschiedlichen Umsatz- und Verbrauchssteueraufschlägen gab. Um nicht die Empörung der geschröpften Konsumenten herauszufordern, wurde die Höhe der steuerlichen Teuerungszuschläge streng geheimgehalten. Mit hohen Abgaben wurden fast ausnahmslos die Umsätze bei Genußmitteln, Importwaren und „luxuriösen" langlebigen, technischen Gebrauchsgütern belastet. Dagegen enthielten die Einzelhandelspreise für Grundnahrungsmittel und die Verbraucherpreise für sozialpolitisch bedeutsame Industriewaren (Babybekleidung, Kinderschuhe, Schulartikel, Lehrbücher, Arzneien) zumeist keine Steueraufschläge. Im Gegenteil, sie wurden in der Regel durch die Gewährung von Preisstützungssubventionen sogar zu Preisen unter den Gestehungskosten verkauft. Diese Maßnahme wurde als sozialpolitische Errungenschaft angepriesen. Denn so könnten die Bezieher kleiner und mittlerer Einkommen, die sich bei ihren Einkäufen mit einem entsprechend kleineren und ausgedünnten Warenkorb zufriedengeben mußten, von einer harten Verbrauchsbesteuerung verschont bleiben.

In der DDR ist es der Wirtschaftsführung zu keiner Zeit gelungen, Geldmenge und kaufkräftige Nachfrage nur in dem Maße anwachsen zu lassen wie das Leistungsvermögen der Konsumgüterindustrie erhöht und das Verbrauchsgüterangebot zu staatlichen Festpreisen gesteigert werden konnte (→ *Geld- und Währungswesen*). Infolge der unterproportionalen mengenmäßigen Erhöhung der Warenbereitstellung und der zumeist nicht nachfragegerechten Struktur des Konsumgüterangebotes entstand bei den privaten Haushalten ein Geldüberhang und damit eine zurückgestaute Inflation. Diese mußte vom Staat bekämpft werden, um Störungen der zentralgelenkten Wirtschaftsabläufe durch vagabundierende Kaufkraftmengen zu verhindern. Mit Hilfe einer kräftigen Verbrauchsbesteuerung der Umsätze bei „Luxusgütern" verfügte nun die Wirtschaftsführung über ein flexibles Mittel, um damit einen Teil der überschüssigen, im Einzelhandel ökonomisch nicht sinnvoll verwertbaren Kaufkraft abzuschöpfen und diese in die Staatskasse zu leiten. Die so erzielten Einnahmen setzte der Fiskus dann auch für die Finanzierung der Subventionen zur Stützung der für sakrosankt erklärten Minipreise für Güter des Grundbedarfs ein. Außerdem bot diese flexibel einsetzbare Steuer- und Preispolitik der Wirtschaftsführung die Möglichkeit, den Verbrauch der Bevölkerung in die von ihr gutgeheißenen Richtungen zu lenken und so Angebot und Nachfrage etwas besser aufeinander abzustimmen. Von 1980–1984 betrug die durchschnittliche Steuerbelastung der Konsumausgaben der privaten Haushalte beim Einkauf von Genußmitteln und industriellen Verbrauchsgütern rund 58%. 1985–1988 erreichte die durchschnittliche Belastung des privaten Verbrauchs durch steuerliche Teuerungszuschläge in den Konsumgüterpreisen einen Anteilssatz von rund 52%. Demnach war der Fiskus der DDR in dieser Zeit bei jedem Einkauf von Genußmitteln und Industriewaren im Einzelhandel in Höhe von 100 Mark mit einer Staatskasseneinnahme von durchschnittlich 52 Mark beteiligt.

Hannsjörg F. Buck

Literaturhinweise:

Buck, Hannsjörg F.: Steuerpolitik im Ost-West-Systemvergleich, Berlin 1982.
Buck, Hannsjörg F.: Steuern, in: DDR-Handbuch, a.a.O., Bd. 2, S. 1311-1331.
Ehlert, Willi/Gebhardt, Gerd/Gurtz, Johannes u.a. (Hrsg.): Sozialistische Finanzwirtschaft, (Hochschullehrbuch), Berlin (Ost) 1981.

Gurtz, Johannes/Kaltofen, Gotthold: Der Staatshaushalt der DDR. Grundriß, Berlin (Ost) (2. Aufl.) 1982.
Haase, Herwig E.: Hauptsteuern im Sozialistischen Wirtschaftssystem, Berlin 1980.
Spiller, Hans: Das Steuersystem der DDR, in: Internationale Wirtschaftsbriefe, Nr. 12/1987, S. 275-390.

Stiftung Archiv der Parteien und Massenorganisationen in der DDR im Bundesarchiv

→ SAPMO

Strafrecht

In der DDR diente das Strafrecht nicht nur dem Schutz allgemein anerkannter Rechtsgüter wie Leben, körperliche Unversehrtheit, Eigentum und Funktionieren der Verwaltung, sondern vor allem dem Schutz des politischen Systems. So war im politischen Strafrecht über die Staatsordnung hinaus auch die „Gesellschaftsordnung" geschützt. Außerdem wurden bereits die ideologischen Grundlagen des Systems, die systemtreue Gesinnung der Unterworfenen mit Strafvorschriften abzuschirmen versucht.

Dies führte zur Schaffung zahlreicher Äußerungsdelikte. So wurde die „Diskriminierung" der gesellschaftlichen Verhältnisse, Repräsentanten oder anderer Bürger der DDR wegen ihrer staatlichen oder gesellschaftlichen Tätigkeit als „Staatsfeindliche Hetze" mit Freiheitsstrafe bis zu zehn Jahren bestraft (§ 106 StGB). Hinzu kamen Strafvorschriften gegen die „Bekundung der Mißachtung der Gesetze" (§ 214 StGB) und die Herabwürdigung der staatlichen Ordnung oder staatlicher Organe, Einrichtungen oder gesellschaftlicher Organisationen oder von deren Tätigkeit oder Maßnahmen (§ 220 StGB). Außerdem versuchte das System, das Gelangen negativer Nachrichten ins Ausland mit Strafvorschriften zu verhindern. Schon ein Hilferuf an westliche karitative Organisationen oder an das Fernsehen wurde daher als „Landesverräterische Nachrichtenübermittlung" (§ 99 StGB) oder als „Ungesetzliche Verbindungsaufnahme" (§ 219 StGB) bestraft. Wer sich dem System entziehen wollte, unterlag der Bestrafung wegen „Republikflucht" (später „Ungesetzlicher Grenzübertritt" genannt, § 213 StGB). Alle diese Tatbestände waren so unscharf formuliert, daß die

Grenzen des Erlaubten für den Bürger nicht mehr sichtbar waren. Unscharfe Tatbestände, die gegen nonkonformistisches Verhalten angewendet wurden, waren auch „Rowdytum“ (§ 215 StGB) und die „Beeinträchtigung der öffentlichen Ordnung und Sicherheit durch eine asoziale Lebensweise“ (§ 249 StGB). In den meisten Fällen war schon die Vorbereitung von Straftaten strafbar. Selbst die weiten und unscharfen Tatbestände wurden von der Rechtsprechung noch über ihren Wortlaut hinaus ausgeweitet. Umgekehrt war nicht nur die Selbstverteidigung, sondern auch die Verteidigung der „sozialistischen Staats- und Gesellschaftsordnung“ straflos.

Den Schwangerschaftsabbruch ließ die DDR seit 1965 bei sozialen Belastungen zu. 1972 führte sie die Straflosigkeit bei Abbruch innerhalb der ersten drei Monate der Schwangerschaft ein (sog. Fristenlösung). In die Strafbarkeit der Homosexualität mit Jugendlichen waren auch Frauen einbezogen. 1989 wurde die Strafbarkeit auf den Mißbrauch von Jugendlichen unter 16 Jahren beschränkt. Diese Vorschriften haben inzwischen zu entsprechenden Reformen in der Bundesrepublik geführt.

Die Art der Bekämpfung des strafbaren Verhaltens und insbesondere ihre Strenge (in der DDR „Strafpolitik“ genannt) haben sich im Laufe der Existenz der DDR gewandelt, wobei sich die Lehre von den Ursachen der → *Kriminalität* auswirkte. Anfangs herrschte das brutale stalinistische Abschreckungsstrafrecht. Von den nach der Entstalinisierung 1956 geplanten Milderungen blieben nur diejenigen für den Diebstahl von Volkseigentum und die Einführung der bedingten Verurteilung übrig. Ab 1961 erfolgte aber ein Ausbau „erzieherischer Maßnahmen“. Insbesondere wurde die Behandlung kleinerer Strafsachen durch aus Betriebskollegen gebildete Konfliktkommissionen eingeführt. Diese selbst galten als „Maßnahme der strafrechtlichen Verantwortlichkeit“; die von den Kommissionen verhängten „Erziehungsmaßnahmen“ (Verpflichtung zu Entschuldigung, Schadensersatz oder gemeinnütziger Arbeit, Rüge, Geldbuße) traten demgegenüber in den Hintergrund.

Gerichtliche Strafen waren die Freiheitsstrafe, die Geldstrafe und die → *Todesstrafe*. Die Aussetzung der Freiheitsstrafe zur Bewährung galt als eigenständige Strafe der „Verurteilung auf Bewährung“ und wurde meist durch eine „Bürgschaft des Arbeitskollektivs“ und eine Verpflichtung zur Bewährung am Arbeitsplatz mit entsprechenden Aufsichtsfunktionen begleitet. Eine Aussetzung des Strafrestes zur Bewährung war jederzeit möglich, wurde aber regelmäßig erst spät gewährt, vor allem bei einem „Freikauf“ durch die Bundesrepublik.

Nach Abbüßung der Freiheitsstrafe war eine Polizeiaufsicht bis zur Dauer von fünf Jahren zulässig und wurde häufig verhängt. Von den „Zusatzstrafen" waren neben dem allgemein üblichen Entzug der Fahrerlaubnis und anderer Erlaubnisse, dem Verbot bestimmter Tätigkeiten und der Einziehung von Mitteln oder Früchten der Straftat vor allem die → *Aufenthaltsbeschränkung* genannte Verbannung und die Einziehung des gesamten Vermögens schwerwiegend; letztere stürzte die ganze Familie in Not.

Infolge ihres überzogenen Strafrechts produzierte die DDR weitaus mehr Strafgefangene als die Bundesrepublik und als ihre veralteten Strafanstalten aufnehmen konnten. Die Folge waren unerträgliche Haftbedingungen; ein strenger und auf Brechung der Persönlichkeit abzielender → *Strafvollzug* kam hinzu. Zur Schaffung von neuem Raum in den Gefängnissen mußte die DDR regelmäßig umfangreiche → *Amnestien* erlassen.

Infolge ihrer ideologischen Verpflichtung auf einen ständigen Rückgang der → *Kriminalität* sah die DDR umfassende Maßnahmen zur Kriminalitätsverhütung vor. Hierzu gehörten neben der erwähnten Aufsicht über Strafentlassene und den Konflikt- und Schiedskommissionen als Einübung von rechtstreuem Verhalten für die Beteiligten die Verantwortlichkeit von Betriebs- und Behördenleitern für die Beseitigung von Kriminalitätsursachen und die Kriminalitätsvorbeugungsprogramme der örtlichen Volksvertretungen und der Betriebe. Außerdem konnten schon „kriminell gefährdete Bürger" unter Aufsicht gestellt werden.

Friedrich-Christian Schroeder

Literaturhinweis:

Schroeder, Friedrich-Christian: Das Strafrecht des realen Sozialismus, Opladen 1983.

Strafvollzug

Der Strafvollzug war einer der wesentlichen Indikatoren für den wahren Charakter des Staatssozialismus in der DDR. Er wies Eigenheiten auf, die sich nur vor dem Hintergrund des → *Klassenkampfes* der SED und der Probleme der deutschen Teilung begreifen lassen. Ihm kam von Anfang an eine Schlüsselrolle zur Machtsicherung der Partei zu. Die Ausdehnung und Verschärfung des politischen → *Strafrechts* führte zur

Ausschaltung von Regimekritikern und Systemgegnern, politisch Andersdenkenden, Flucht- und Ausreisewilligen und zur Kriminalisierung jeglicher Opposition. Die Vielzahl dieser Strafverfahren und exemplarisch hohe Strafen „produzierten" → *politische Häftlinge*, die für das Strafvollzugspersonal „Verbrecher und Feinde des Friedens und des Fortschritts" waren. Da die Taten der politischen Gefangenen grundsätzlich als Verbrechen gewertet wurden, erfolgte im Vollzug keine Trennung von den „Allgemeinkriminellen". Gleichwohl war der Anteil politischer Gefangener in den großen Strafvollzugseinrichtungen in Bautzen, Berlin-Rummelsburg, Brandenburg-Görden, Bützow-Dreibergen, Cottbus, Torgau und Waldheim sowie in Görlitz, Halle, Hoheneck und Hohenleuben unverhältnismäßig hoch.

In diesen besonders berüchtigten Haftanstalten gehörten bis in die 80er Jahre Knebelungen, Schläge mit dem Schlagstock, der Knebelkette oder mit dem Schlüsselbund, Faustschläge und Fußtritte zum Alltag. So hat die → *Zentrale Erfassungsstelle Salzgitter* seit 1961 625 Körperverletzungen registriert, die zuverlässig als Ausdruck des in der DDR bestehenden Gewaltregimes gewertet werden können. Weitere 2 000 Mißhandlungen an politischen Häftlingen wurden erfaßt, die keine erkennbare politische Motivation hatten und sich als gesetzwidrige Übergriffe einzelner Strafvollzugsbediensteter darstellten, die von den Leitern der Strafvollzugsanstalten stillschweigend geduldet oder sogar billigend in Kauf genommen wurden. Beschwerden betroffener Gefangener haben in keinem Fall zu Konsequenzen geführt, waren jedoch oft Anlaß zu tage- oder wochenlanger strenger Isolierung, zu verschärftem Arrest unter menschenunwürdigen Bedingungen und Schikanen (z. B. zeitweilige Unterbringung in einer Stehzelle oder ständige Unterbrechung der Nachtruhe durch Einschalten des Lichts). Zwar berichten die Gefangenen aus den 50er Jahren weitaus schlimmere Zustände als die Inhaftierten der 70er und 80er Jahre. Doch werden gleichlautend die psychischen Belastungen durch Haftbedingungen geschildert: unzumutbare Enge in überfüllten Hafträumen, mangelhafte und nicht ausreichende sanitäre Einrichtungen, ungenießbares, manchmal auch ekelerregendes Essen, unzureichende und verzögerte medizinische Versorgung und ärztliche Betreuung, gegenüber dem Zivilleben unverhältnismäßig hohe Arbeitsnormen bei mangelndem Gesundheits- und Arbeitsschutz, auf Schikanen angelegte militärische Hausordnungen und scharfe Disziplinarstrafen.

Auch die Strafvollzugseinrichtungen hat das MfS (→ *Staatssicherheit)* mit einem dichten Informationsnetz zur „politisch-operativen Sicherung" des Strafvollzugs überspannt. Die Zelleninformatoren (ZI) waren zumeist Gefangene, die über ihre Mithäftlinge berichten sollten. Zwischen ihnen und den in U-Haft bearbeiteten Zielpersonen bestand zuletzt ein Verhältnis von 1:5. Für ihre Spitzeldienste, auch gegenüber dem Wach- und Aufsichtspersonal, wurden den Zelleninformatoren Begünstigungen, Belohnungen und auch vorzeitige Haftentlassung in Aussicht gestellt.

Die 1989/90 möglich gewordenen Besichtigungen der in jeder Hinsicht heruntergekommenen Haftanstalten und die heute zugänglichen Unterlagen haben das besondere Elend des Strafvollzugs in der DDR und die im Westen dokumentierten Menschenrechtsverletzungen in allen Hafteinrichtungen bestätigt. In kaum einem Bereich war der Gegensatz zwischen den gesetzlichen Vorgaben und der Wirklichkeit größer als im Strafvollzug, dessen gesetzliche Grundlage (Strafvollzugsgesetz vom 7. März 1977) in § 2 bestimmte: „Inhalt und Gestaltung des Vollzuges der Strafe mit Freiheitsentzug werden durch das humane Wesen des sozialistischen Staates bestimmt. Den Strafgefangenen ist ihre Verantwortung als Mitglieder der Gesellschaft bewußt zu machen. Sie sind zu erziehen, künftig die Gesetze des sozialistischen Staates einzuhalten und ihr Leben verantwortungsbewußt zu gestalten. Die sozialistische Gesellschaft gewährleistet ihre Verantwortlichkeit für die Erziehung der Strafgefangenen während des Vollzuges insbesondere durch die Verwirklichung des Rechts der Strafgefangenen auf Arbeit sowie durch differenzierte Mitwirkung geeigneter gesellschaftlicher Kräfte im Vollzugsprozeß und bei der langfristigen Vorbereitung der Wiedereingliederung in das gesellschaftliche Leben."

Hans-Jürgen Grasemann

Literaturhinweise:

Finn, Gerhard/Fricke, Karl Wilhelm: Politischer Strafvollzug in der DDR, Köln 1981.

Fricke, Karl Wilhelm: Zur Menschen- und Grundrechtssituation politischer Gefangener in der DDR, Köln 1986.

Terror

Schon Marx und Engels haben die „schöpferische Rolle der Gewalt" in der Geschichte prinzipiell bejaht. „Die politische Gewalt im eigentlichen Sinn ist die organisierte Gewalt einer Klasse zur Unterdrückung einer anderen", hieß es im „Kommunistischen Manifest". In anderem Zusammenhang bekannte sich Marx vorbehaltlos und ausdrücklich zum „revolutionären Terrorismus" als einem Mittel, „die mörderischen Todeswehen der alten Gesellschaft, die blutigen Geburtswehen der neuen Gesellschaft abzukürzen". Lenin, der die revolutionäre Ideologie ohne Skrupel in revolutionäre Realität umsetzen wollte, sprach „die bittere, aber unbestreitbare Wahrheit" aus, daß es „entgegen den Heuchlern und Phrasenhelden unmöglich sei", zur Sicherung der Revolution „ohne Terror auszukommen". Die Konsequenz seiner Auffassungen führte zur rigorosen Anwendung politischer Gewalt und revolutionären Terrors einschließlich ihrer uneingeschränkten Rechtfertigung, wo und wann immer der Herrschaft der Bolschewiki tatsächlich oder vermeintlich Widerstand entgegengesetzt wurde. „Das Gericht soll den Terror nicht beseitigen", schrieb Lenin 1918, „sondern ihn prinzipiell, klar, ohne Falsch und ohne Schminke begründen und gesetzlich verankern." Damit war speziell dem Justizterror der Sowjetmacht revolutionäre Schein-Legalität zuerkannt. Die terroristischen Exzesse unter der Diktatur Stalins waren damit vorbestimmt.

Auch die Politbürokratie der SED hat, wo das politisch zweckdienlich erschien, also im Interesse ihrer Herrschaft lag, zu keiner Zeit gezögert, in der DDR Gewalt und Terror einzusetzen. Ganz im Sinne von Marx und Lenin hielt sie „revolutionären Terror" für „gerecht" und ließ ihn zu verschiedenen Zeiten durch die Volkspolizei, durch den → *Staatssicherheitsdienst* und durch die Strafjustiz praktizieren, wo sie ihre Politik auf andere Weise nicht durchsetzen oder sichern konnte. Exemplarisch dafür waren besonders die → *Zwangsaussiedlungen* an der Demarkationslinie 1952 und 1961 (→ *Strafrecht,* → *Strafvollzug*) sowie terroristische Massenaktionen zur Vollendung der Zwangskollektivierung in der → *Landwirtschaft* 1960. Nach dem Bau der Berliner Mauer 1961 (→ *Mauerbau)* – der in seinen Folgen für die Bevölkerung selbst terroristische Gewalt in historisch beispiellosem Ausmaß bedeutete – wurde kollektiver Terror durch FDJ-Brigaden zur Unterbindung des Empfangs westlicher Rundfunk- und Fernsehsendungen in der Aktion „Blitz kontra NATO-Sender" ausgeübt. Die Planung und Vorbereitung von Isolierungslagern in der DDR, in die nach vom MfS bereits zusammengestellten Listen regimekritische Bürgerinnen und Bürger in Spannungszeiten als „potentielle Klassenfeinde" eingewiesen werden sollten, sind ein Indiz dafür, daß die SED bis hinein in die Endzeit der DDR den Terror als letztes Mittel der Politik nicht verworfen, sondern in das Kalkül ihrer Partei- und Staatsräson einbezogen hat.

Karl Wilhelm Fricke

Theater

In den ersten Nachkriegsjahren spielten die Theater in der SBZ, kaum anders als in den Westzonen, Klassiker, vor allem in der Zeit des Nationalsozialismus ausgegrenzte internationale Autoren, wie Jean Anouilh, Jean Giraudoux, Jean-Paul Sartre, Thomas Stearns Eliot, Thornton Wilder, Tennessee Williams und Eugene O'Neill sowie Werke deutscher Exilanten: Georg Kaisers „Die Spieldose", Ferdinand Bruckners „Die Rassen", Friedrich Wolfs „Professor Mamlock". Die sowjetische Besatzungsmacht schien nicht nur an der Wiederherstellung des Theaterlebens (1946 waren wieder 75 Bühnen ständig bespielt), sondern auch an einem vielfältigen Repertoire interessiert. Lediglich in der Regie- und Schauspielkunst war von Anbeginn eine einseitige Propagierung sowjetischer ästhetischer Normen auffällig. Vor allem die psycho-physischen Techniken Konstantin Sergejwitsch Stanislawskis, die der Darstellung einer „neuen Wahrhaftigkeit" von Gefühlen und Konflikten auf der Bühne dienen sollten, beschäftigten sich zunehmend mit der Abbildung „gesellschaftlicher Wahrheit" im Sinne des Kommunismus. Wie schon in den 30er Jahren in der Sowjetunion folgte die von Stanislawski propagierte Spiel- und Schauspielkunst auch in der SBZ/DDR als Einübung einer „historisch-konkreten Darstellung der Wirklichkeit in ihrer revolutionären Entwicklung" der Doktrin des → *sozialistischen Realismus*. Andersartige künstlerische Ausdrucksformen wurden auf Weisung der Kulturbürokratie der SED totgeschwiegen, als „formalistisch" diffamiert oder verboten. Selbst originär sozialistische Traditionslinien, die etwa von Friedrich Wolf und Bertolt Brecht vertreten wurden und das Theater der 20er Jahre mitgeprägt hatten, spielten bis 1957 eine untergeordnete Rolle. Den „Kristallnächten der Funktionäre" (Alfred Kantorowicz) fallen 1951/52 mehr als 30 Stücke und Inszenierungen zum Opfer (u.a. Karl Orffs „Antigone" in Dresden und „Das Verhör des Lukullus" von Bertolt Brecht/Paul Dessau in Berlin).

Die „neue Wirklichkeit" verlangte „Produktionsstücke", deren Schauplatz in der Regel eine Fabrik war, in der es um die Steigerung der Leistung ging; die Gegenhandlung bestand aus Obstruktion und Entlarvung von Saboteuren. Sieger war wie in Karl Grünbergs „Golden fließt der Stahl" (1949) der „positive Held". „Brigadestücke", die den „neuen Menschentyp", den „Aktivisten" darstellten, zu denken ist an Hermann Werner Kubschs „Die ersten Schritte" (1950), wechselten mit sowjetischen Revolutionsdramen. Demgegenüber konnte z.B. Samuel Becketts „Warten auf Godot" erst 25 Jahre nach der Premiere auf einer DDR-Bühne gespielt werden. Mit der 1951 gebildeten Spielplankommission förderte der Staat „Stücke und Spielplankonzeptionen, die mithalfen, das […] sozialistische Staatsbild und sein Publikum zu formen", so heißt es 1972 in dem DDR-halbamtlichen Rückblick „Theater in der Zeitenwende", „sie übernahm den Auftrag, die Interessen des neuen Staates vor allem gegen reaktionäre Einflüsse der spätbürgerlichen Ideologie im Theaterleben durchzusetzen". Zu diesem Zweck wurde von 1950 bis 1954 die Zahl der an den Theatern Beschäftigten von 10 600 auf 16 000 erhöht. Die Subventionen wuchsen im gleichen Zeitraum von 143 auf 168 Mio. Mark an. 1951 gab es 77, 1955 bereits 88 Theater. 1953 wurde das letzte Privattheater geschlossen.

Die Spielzeit 1953/54 wies 140 Inszenierungen von Werken deutscher Klassik, 113 des Welttheaters, 145 zeitgenössischer deutscher Stücke, 132 von Klassikern Rußlands und der Sowjetunion, 52 aus den Volksdemokratien sowie 16 aus dem westlichen Ausland aus. Ein weitverzweigtes Abstechersystem ermöglichte es, Aufführungen auch in entlegenen Orten anzubieten. So besuchten 1951 10,6 Mio., 1954 16,5 Mio. Menschen die Bühnen in der DDR.

Die seit 1952 von der SED geforderte „nationale Geschichtsbetrachtung" diente der Ausrichtung der Vergangenheit auf die DDR. Stücke wie Friedrich Wolfs „Thomas Münzer" (1953), Hedda Zinners „Lützower" (1955), Jean Kurt Forests „Der arme Konrad" (1959) sind vor diesem Hintergrund zu sehen. Weitere zentrale Themen waren der Kampf gegen den „Bonner Separatstaat" und die „Entlarvung des Imperialismus", zu erwähnen wären in diesem Zusammenhang Hans Pfeiffers „Zwei Ärzte" (1959) oder Kubas (Pseudonym.: Kurt Barthel) „terra incognita" (1964).

Das in der stalinistischen Phase geprägte harmonische Gesellschaftsbild blieb das ideologische Gebot bis zum Herbst 1989 (→ *Kulturpolitik*). Kursänderungen – meist im Rhythmus der Plenartagungen des Zentralkomitees – waren stets der Versuch, mit veränderten Methoden affirmatives Verhalten zu sichern. Ob das „neue Lebensgefühl" im Unterhaltungstheater „mit dem Lächeln des Siegers" (1963/64), im „Befragen der Realität" auf den „Bitterfelder Wegen" (1959–1973), „als sozialistische Menschengemeinschaft" (1976–1981), „ohne Tabus" (1971), „in den Farben der DDR" (1971–89) vermittelt wurde: Ziel blieb stets die Durchsetzung der Interpretationshoheit der SED. Wegen „Dekadenz" wurden vom Frühjahr 1957 bis Herbst 1959 von insgesamt 63 Intendanten 22 abgesetzt. 1964/65 kam es auf den 50 Schauspielbühnen statt der 50 „geplanten" Gegenwartsstücke nur zu 14 Uraufführungen. Von diesen fanden lediglich fünf die Zustimmung der SED. Die wichtigsten Stücke der 60er Jahre – Peter Hacks' „Die Sorgen und die Macht"

(1958/62) und „Moritz Tassow“ (1965), Heiner Müllers „Bau“ (1965) und „Philoktet“ (1965) sowie Volker Brauns „Kipper Paul Bauch“ (1962/67) – gelangten entweder gar nicht oder nur unter weitgehendem Ausschluß der Öffentlichkeit auf die Bühne. Die Taktik war stets, politische Unbotmäßigkeit als Kunstfehler anzuprangern.

Angesichts des Rückgangs der Theaterbesucher (1965/66 waren es keine 12 Mio. mehr) wurde 1966 die „Leistungsfinanzierung“ eingeführt, um erfolgreiche Werbung und rationelleres Arbeiten an den Theatern zu fördern. Im gleichen Jahr kam es zur Gründung des Verbandes der Theaterschaffenden, um die politisch-ideologische Schulung enger mit den berufsständischen Besonderheiten zu verknüpfen. Anfang der 70er Jahre klassifizierte die Kulturbürokratie die Theater der DDR, indem sie vier Leistungsstufen schuf: zur Klasse A gehörten drei Berliner Bühnen, dazu die Theater in Dresden, Leipzig, Halle, Weimar, Rostock und Karl-Marx-Stadt (Chemnitz); zur Klasse B Magdeburg, Erfurt, Frankfurt/Oder und Gera. Der Rest war Klasse C. Dem Berliner Ensemble kam eine Ausnahmestellung zu.

Die Strangulierung des dramatischen Schaffens und die Einschränkung des künstlerischen Ausdrucks hatten zu diesem Zeitpunkt bereits zu einer von der → *Zensur* unbemerkten intensiven Befassung mit den Vermittlungsformen und der Handwerklichkeit der darstellenden Künste geführt. Das „Wie“ des Theaterspiels nahm unausgesprochen den gesellschaftlichen Kontext auf. Veranstaltungen wie die „Berliner Festtage“, die „Arbeiterfestspiele“ oder die „Ostseewoche“, ursprünglich als Gegenveranstaltungen zu den „Berliner Festwochen“, den „Ruhrfestspielen“ und der „Kieler Woche“ geplant, erlangten künstlerischen Rang.

Das Deutsche Theater unter Wolfgang Langhoff galt bis zum Bau der Mauer auch personell als eines der Zentren deutschsprachigen Theaters; hier wirkten neben der Tradition des Hauses auch die westlichen Einflüsse stärker als anderswo fort. Wolfgang Heinz‘ Inszenierungen von Stücken Maxim Gorkis („Ssomow und andere“, 1957; „Die Kleinbürger“, 1959; „Sommergäste“, 1959; „Feinde“, 1967) stellten eine klare Absage an die vulgärmarxistische Realismusauffassung dar. Wolfgang Heinz‘ Co-Regie mit Adolf Dresen – der sich zuvor wegen seiner Greifswalder „Hamlet“-Inszenierung einer Hetzkampagne ausgesetzt sah – von Goethes „Faust I“ war Ausdruck des Widerstands auch kommunistischer Künstler gegen den Anpassungsdruck der SED.

Benno Besson schrieb ebenfalls Theatergeschichte: „Der Frieden“ von Aristophanes in der Übertragung von Peter Hacks (1962), „Der Drache“ von Jewgeni Lwowitsch Schwarz (1965) und „Ödipus Tyrann“ nach Sophokles und Hölderlin von Heiner Müller (1967) paßten in kein

Schema der offiziösen Ästhetik. „Der Frieden“ wirkte wie ein Freiheitsrausch, ein Ausbruch von Sinnlichkeit, der wie eine Verheißung den totalitären Alltag in Frage stellte. „Der Drache“ in Horst Sagerts Labyrinth-Bühne beschrieb die allbekannten Diktaturschäden. „Ödipus“ war ein hochartifizieller Versuch, in dem der Protagonist, ein Außenseiter, sogar seine Verkrüppelung als stolze Isolation ausstellte.

Brechts Ziel einer kritischen, historischen, den Verhältnissen ihre scheinbare Natürlichkeit raubende Darstellung mittels der Verfremdungstechnik, die er im „Kleinen Organon für das Theater“ (1949) beschrieb, lief der herrschenden Doktrin ebenso entgegen wie seine „Thesen zur Stanislawski-Konferenz“ (1953) oder seine „Katzgraben-Notate“ (1953), weil er gesellschaftliche Konflikte nicht beschönigte, sondern eigenständiges Denken mobilisierte. Die Tätigkeit des Berliner Ensembles, das 1949 von Brechts Frau Helene Weigel geschaffen wurde, hat nicht nur das europäische und Welttheater nachhaltig beeinflußt, sondern auch als Korrektiv zur jeweils herrschenden Kulturpolitik der DDR gewirkt.

Inszenierungen wie „Mutter Courage und ihre Kinder“ (1949), „Der kaukasische Kreidekreis“ (1951) und „Leben des Galilei“ (1956) setzten unausweichliche Maßstäbe für das professionelle Selbstverständnis der am Theater verbundenen Künste. Der internationale Erfolg des Berliner Ensembles veranlaßte das SED-Regime, sich dieser Geltung zu bemächtigen. Gastinszenierungen in westlichen Ländern oder in der Dritten Welt wurde meist nur für Brechts Stücke stattgegeben. Nach Brechts Tod 1956 beherrschte sein Modell eines „Theaters der Veränderbarkeit“ für mehr als ein Jahrzehnt die in- und ausländischen Theaterkonzepte. Jedoch kam es bereits in den 60er Jahren zu einer zunehmenden Musealisierung des Berliner Ensembles. Daran änderte auch die zeitweilig erfolgreiche Intendanz Ruth Berghaus‘ (1971–1976) nach dem Tode von Helene Weigel (1971) nichts, obwohl sie einzelne herausragende Inszenierungen mit Heiner Müllers Bearbeitung von Fjodor Wassiljewitsch Gladkows „Zement“ (1973), Frank Wedekinds „Frühlings Erwachen“ und August Strindbergs „Fräulein Julie“ schuf; sie vermochten jedoch die schleichende Umfunktionierung des Berliner Ensembles in ein systemdienendes Staatstheater nicht aufzuhalten.

Andererseits wurden neuere internationale Entwicklungen (Peter Stein, Nuria Espert, Giorgio Strehler, Juri Ljubimow, Tadashi Suzuki) zu unumgänglichen Herausforderungen. Auch ästhetische Texte wie Peter Brooks „Der leere Raum“ und Jan Kotts „Shakespeare heute“ fanden viel Beachtung und wirkten für die Regisseure der 70er und 80er Jahre identitätsstiftend. Die Bühne wurde mehr und mehr zu einem politischen Forum. Daran hatten viele teil: Regisseure wie Manfred Karge und Matthias Langhoff, aber auch Schriftsteller wie Christoph Hein und Kurt Bartsch, die mit mutigen neuen Stücken das Theater überraschten.

Die zunehmenden Reglementierungen der SED wurden immer häufiger mit Verweigerungen beantwortet: Parteiaustritte, Ausreiseanträge, freiberufliche Tätigkeiten stiegen 1976 mit der → *Ausbürgerung* Wolf Biermanns unaufhörlich an. Der Exodus an Talenten wie Stefan Schütz, Thomas Brasch, Benno Besson, Adolf Dresen, Alexander Lang, Jürgen Gosch, Manfred Krug, Hilmar Thate, Angelica Domröse, Jutta Hoffmann kam dem westlichen deutschsprachigen Theater zugute. Jedoch erregten auch noch danach, besonders in den 80er Jahren, Inszenierungen am Deutschen Theater („Sommernachtstraum", 1980), Experimente des Regieinstituts („Untergang des Zentauren", 1980), die Ensemblearbeit am Maxim Gorki Theater mit Anton Pawlowitsch Tschechows „Drei Schwestern" (1988), die Projekte junger Regisseure in der Provinz, etwa in Bautzen, Schwedt oder Anklam, Heiner Müllers „Macbeth" auf der Volksbühne (1982), oder Volker Brauns „Übergangsgesellschaft" (1988) und Christoph Heins „Ritter der Tafelrunde" (1989) in Dresden Aufsehen, weil sie sich dem verordneten kulturpolitischen Kurs entgegenstellten und damit dem Theater in der DDR neue Impulse gaben. Sie trugen maßgeblich zum aufrechten Gang der Bürger bei. Das seit dem V. Theaterkongreß 1985 herrschende Chaos aus Unübersichtlichkeit und Aufweichung der Kulturpolitik erwuchs zum Nährboden für Abgesänge an das Regime, dessen berühmtester die weitgehend von Schauspielern organisierte Demonstration des 4. November 1989 auf dem Alexanderplatz wurde.

Heinz-Uwe Haus

Literaturhinweise:

Haus, Heinz-Uwe: Als die Regisseure Gras wachsen hörten, in: Neue Zeit vom 21.04.1994.
Mittenzwei, Werner (Hrsg.): Theater in der Zeitenwende, 2 Bde., Berlin 1972.
Profitlich, Ulrich(Hrsg.): Dramatik der DDR, Frankfurt/M. 1987.
Theaterarbeit. 6 Aufführungen des Berliner Ensembles, Berlin (3. Aufl.) 1967.

Todesstrafe

Die Todesstrafe war in der DDR nicht nur für Mord, sondern auch für Staatsverbrechen wie Hochverrat, Spionage, Terror, Diversion und Sabotage angedroht. Insgesamt sind in der DDR etwa 200 Todesstrafen verhängt und überwiegend auch vollstreckt worden, darunter allein 32 in den berüchtigten → *Waldheimer Prozessen* von 1950 und 13 im Juli 1953. Wegen Mordes ergingen nur 23 Todesurteile. Mindestens zwei Todesurteile wurden von Walter Ulbricht persönlich angeordnet. In den letzten Jahren der DDR ging die Anwendung der Todesstrafe zurück, doch sind auch unter Honecker noch mehrere Todesurteile verhängt und vollstreckt worden. Die Todesstrafe wurde bis 1968 durch Enthauptung, danach durch Erschießen vollstreckt.

Abgeschafft wurde die Todesstrafe 1987 kurz vor dem Besuch Erich Honeckers in der Bundesrepublik. Inzwischen war der → *Strafvollzug* zu einem derartig persönlichkeitsbrechenden Instrument gemacht worden, daß die Todesstrafe kaum noch eine erhöhte Abschreckungswirkung entfalten konnte. Die Begründung der Abschaffung mit dem „humanistischen Wesen der sozialistischen Gesellschaft" war im übrigen ein Affront Honeckers gegenüber Gorbatschow, weil in der Sowjetunion kurz zuvor gerade die Beibehaltung der Todesstrafe mit dem „sozialistischen Humanismus" begründet worden war, da sie zur Verhinderung von Tötungsdelikten unerläßlich sei.

Friedrich-Christian Schroeder

Totalitarismus

Totalitarismusbegriff: Der Begriff Totalitarismus wurde erstmals 1923 von dem liberalen Journalisten und Politiker Giovanni Amendola (1882 bis 1926) mit Bezug auf den Faschismus Benito Mussolinis verwendet. Später hat Mussolini diesen Begriff usurpiert und als Selbstbezeichnung für das eigene System gebraucht: „Alles im Staat, nichts außerhalb des Staates, grausamer totalitärer Wille." Gegen Ende der 20er Jahre erfolgte die Ausweitung des Begriffs auf den totalitären kommunistischen oder faschistischen Einheitsstaat. Als totalitäre Regime wurden der italienische Faschismus, das Dritte Reich Adolf Hitlers und die Sowjetunion Stalins (→ *Stalinismus*) aufgrund des dort praktizierten Herrschaftsanspruchs und der Gleichschaltung der Gesellschaft bezeichnet. Ihre völlig unterschiedlichen ideologischen Ausrichtungen spielten dabei eine nachgeordnete Rolle.

Die verschiedenen seitdem entwickelten Totalitarismuskonzeptionen heben gemeinsam hervor, daß sich der totalitäre Staat erstens grundlegend vom Typus des demokratischen Verfassungsstaats abhebt, zweitens von der autoritären Diktatur und drittens von allen früheren Formen der Autokratie (Despotie). Der Totalitarismus wird damit gleichermaßen als antidemokratisch, pseudodemokratisch und postdemokratisch erkannt. Als totalitär gelten jene Gesellschaftssysteme, die die Bürger durch eine Ideologie zu formen und zu mobilisieren suchen. Allumfassende Kontrolle der Bürger und repressiver Zwang spielen dabei eine hervorragende Rolle.

Wer aber nur auf den Zwangscharakter totalitärer Regime abhebt, vernachlässigt eine seiner wichtigsten Komponenten: Totalitäre Staaten entwickeln eine Vielzahl von Integrationsmechanismen, die darauf zielen, einen beträchtlichen Teil der Bevölkerung ideologisch zu mobilisieren und zu vereinnahmen. Totalitäre Regime instrumentalisieren die Sehnsüchte und Utopien der Menschen, versprechen einen totalen geschichtlichen Umbruch und Neuanfang und verheißen denjenigen, die daran glauben, die Gewinnung eines endgültigen Heilszustandes. Raymond Aron und Eric Voegelin haben angesichts der zahlreichen religiösen Phänomene in den totalitären Diktaturen Ende der 30er Jahre den Begriff der Politischen Religion geprägt. Wie in den großen Religionen gibt es in totalitären Systemen „reine Lehren“ und „Rechtsgläubigkeit“, „heilige Schriften“, „Ketzer und Häretiker“, „Inquisition und Ketzerprozesse“, „liturgische Feierrituale“, Ansätze zu einer „neuen Zeitrechnung“ und die liturgisch inszenierte Verehrung von „Heilsbringern“ und priesterlichen Führungspersönlichkeiten: „Ohne diesen quasi-religiösen Eifer ihrer Anhänger sind viele Züge der modernen Despotien kaum erklärbar: die Unempfindlichkeit gegenüber Kritik und Anfechtung, das Bewußtsein, auf der richtigen Seite zu stehen und eine historische Mission zu erfüllen, die Gehorsams- und Leidensbereitschaft – oft bis zur Selbstverleugnung und Selbstvernichtung“ (Hans Maier).

Der Totalitarismus ist einerseits gewiß ein „Phänomen des 20. Jahrhunderts“ (Gerhard Leibholz), auch aufgrund seiner „Gier nach Zustimmung“ (Dolf Sternberger) zu seiner pseudo-demokratischen Legitimierung und der sich daraus zwangsweise ergebenden Mechanismen von Täuschung und Verschleierung. Andererseits hat es in der Geschichte der Menschheit immer wieder Phasen einer besonders autokratisch-despotischen Herrschaft gegeben (etwa Sparta im fünften vorchristlichen Jahrhundert). Die moderne Technik hat das Aufkommen des Totalitarismus begünstigt. Die Mobilisierung der Massen durch den Einsatz entsprechender Verkehrsmittel, die Ideologisierung der Bevölkerung durch die strikte Lenkung der Medien und die konspirative

Überwachung der Bürger durch moderne Nachrichtentechnik spielen bei der Durchsetzung totalitärer Herrschaftsansprüche eine hervorragende Rolle. Zugleich begrenzen die Möglichkeiten der modernen Technik, insbesondere im Bereich der Medien und überhaupt der Nachrichtentechnik, aber die „Vervollkommnung" totalitärer Regime und können bei ihrer Überwindung sogar eine wichtige Rolle spielen.

Der Begriff Totalitarismus bezieht sich nicht nur auf die empirisch-analytische Ebene, sondern ist vielmehr auch eng mit den Grundlagen demokratischer Verfassungsstaaten verknüpft. Insofern dient er ebenso deren Selbstverständigung und -verteidigung. Die Doppelnatur des Begriffs erklärt maßgeblich die Heftigkeit wie die Gereiztheit des Streits über den Totalitarismusansatz. Die SED-Lehrbücher definierten die „Lehre vom Totalitarismus" als die „gegenwärtig in den kapitalistischen Hauptländern [...] am weitesten verbreitete ideologische Erscheinungsform des Antikommunismus".

Theoriegeschichte: Die Geschichte der Totalitarismustheorien ist eine Geschichte wechselvoller Wandlungen. Die verschiedenen Phasen der Totalitarismusforschung sind zum Teil auch Reflexe auf Veränderungen in den als totalitär klassifizierten Herrschaftsordnungen. Zum Teil spiegeln sie Verschiebungen im politischen Koordinatensystem westlicher Demokratien wider. So blieb die jeweils aktuelle Politik nicht ohne Einfluß auf die Geltungskraft von Totalitarismustheorien. Mehr noch: Kaum eine andere Konzeption ist im Bereich der Politikwissenschaft innerhalb weniger Jahre – je nach dem Zeitgeist – derart unterschiedlich bewertet worden.

In den 20er und 30er Jahren war die vergleichende Totalitarismuskonzeption – von einzelnen Ansätzen abgesehen – noch nicht voll entfaltet. Das erste wissenschaftliche Symposium über den „totalitären Staat" im November 1939 bezog sich auf die Sowjetunion und das Dritte Reich gleichermaßen, nachdem bereits zuvor die Begriffsbildung „totalitär" für das Hitler-Regime und die Sowjetunion Stalins allgemein geläufig geworden war. Der Amerikaner Carlton J. H. Hayes faßte damals die spezifischen Züge des modernen Totalitarismus in folgenden Punkten zusammen: 1. Er monopolisiert alle Gewalten und schaltet das freie Spiel der Kräfte aus. 2. Der Totalitarismus stützt sich auf die Massen. 3. Die totalitäre Diktatur bedient sich neuer Mittel der Propaganda. 4. Sie übt beträchtliche Anziehung durch ihren missionarischen Eifer aus. 5. Der Totalitarismus hat ein neuartiges System von Methoden und Techniken entwickelt, um seinen Einfluß geltend machen zu können. 6. Gewalt und Macht dienen nicht nur als Mittel zum Zweck, sondern werden um ihrer selbst willen ausgeübt. Der Totalitarismus stellt eine Revolte gegen die historische Kultur des Westens dar und sagt dieser einen tödlichen Kampf an.

Nach dem Überfall Deutschlands auf die Sowjetunion wurde die Totalitarismuskonzeption kaum noch auf die Sowjetunion bezogen. Als jedoch das Zweckbündnis zur Niederschlagung des Dritten Reiches zwischen der Sowjetunion und den westlichen Demokratien an sein Ende kam, trat eine erneute Zäsur ein. In der Zeit des → *Kalten Krieges* erlebte die Totalitarismuskonzeption ihre Blüte. Ihre Protagonisten gehörten zu einem beträchtlichen Teil zu den (zumeist rassisch verfolgten) Emigranten aus dem Dritten Reich (Hannah Arendt, Franz Borkenau, Ernst Fraenkel, Gerhard Leibholz, Richard Löwenthal, Franz Neumann, Sigmund Neumann). Für diese Wissenschaftler war es selbstverständlich, daß man nicht glaubwürdig antifaschistisch sein konnte, ohne zugleich antikommunistisch zu sein.

Zu den bedeutendsten Totalitarismuskonzeptionen gehören das Sechspunktesyndrom von Carl J. Friedrich und Zbigniew K. Brzezinski. Danach werden totalitäre Regime bestimmt durch eine straff organisierte Massenpartei, eine Ideologie mit Endzeitanspruch, ein System der Geheimpolizei, die auch vor der Anwendung von → *Terror* nicht zurückschreckt, das Monopol der Massenkommunikationsmittel (→ *Meinungsmonopol*), das Waffenmonopol sowie die zentrale Lenkung der Wirtschaft. Ebenso wichtig wurde Hannah Arendts Version, nach der der Totalitarismus durch die Fusion von Ideologie und Terror gekennzeichnet wird und darauf zielt, „die Spontaneität als menschliche Verhaltensweise abzuschaffen und den Menschen in ein Ding zu verwandeln".

Diese und andere Totalitarismuskonzeptionen erhoben mit spezifischen Gewichtungen den Anspruch, unterschiedliche und gegensätzliche politische Ordnungsformen speziell unter dem Aspekt der Herrschaftstechnik als totalitär zu klassifizieren. Der Hinweis auf unterschiedliche Ziele totalitärer Systeme sowie auf deren unterschiedliche soziale Basis erschüttert nicht den Kern jener Konzeptionen, die die Herrschaftstechnik zu erfassen suchen. Wissenschaftliche Totalitarismusansätze haben niemals von einer völligen Gleichartigkeit der Systeme gesprochen. Auch Friedrich und Brzezinski, beide Verfechter einer „identifizierenden" Totalitarismusinterpretation, verstanden ihr „basically alike"-Prinzip nicht im Sinne einer Identität. „Rot" ist in der Tat nicht gleich „braun", aber die Gegensätzlichkeit in manchen Punkten schließt Vergleichbarkeit und Verwandtschaft in anderen nicht aus.

In dem Maße, wie sich die Beziehungen zwischen den Großmächten entspannten, verlor auch der Totalitarismusbegriff zur Kennzeichnung und als Interpretationsmuster kommunistischer Systeme an öffentlicher Bedeutung. Er galt vielfach als anachronistisch und als eine Gefahr für die Entspannungspolitik. Zudem hatten sich die kommunistischen Staaten nach dem Tode Stalins gewandelt: Massenhafte „Blutsäuberungen" (Richard Löwenthal) gehörten der Vergangenheit an und wurden durch verfeinerte Formen der Repression ersetzt. Dabei spielte auch der Zwang zu ökonomischer Effizienz und Modernisierung der Gesellschaft eine Rolle, ohne daß dadurch der ideologische Herrschaftsanspruch gemindert worden wäre. Deshalb konnte von einer Konvergenz der Systeme niemals die Rede sein.

Vor dem Hintergrund der 68er-Bewegung in den westlichen Demokratien geriet ein antitotalitäres Demokratieverständnis in Teilen des intellektuellen Milieus gegenüber einem ideologisierten → *Antifaschismus* immer mehr ins Hintertreffen. Aber noch aus einem anderen Grund wurde das Totalitarismuskonzept in Frage gestellt: Angesichts der furchtbaren Hinterlassenschaften des Nationalsozialismus galt der Versuch, linke und rechte Ausprägungen diktatorischer Systeme unter den Oberbegriff des Totalitarismus zu fassen, vielfach als Relativierung der Einzigartigkeit des NS-Systems und als Verharmlosung seines verbrecherischen Charakters, so daß nur noch ein allenfalls formaler Vergleich mit begrenzter Aussagekraft möglich erschien. Die „Tabuisierung des Totalitarismusbegriffs" (Karl Dietrich Bracher) war seit der Verschiebung des politischen Koordinatensystems Ende der 60er Jahre und mancher Begriffsumdeutungen bei Intellektuellen besonders in Deutschland kaum noch aufzuhalten.

Die Konzeption des Totalitarismus erlebte erst in den 80er Jahren aufgrund verschiedener Faktoren und unter dem Einfluß osteuropäischer Dissidenten eine Renaissance. Die mangelnde Reformfähigkeit kommunistischer Systeme war offenkundig geworden. Manche Wissenschaftler sprachen dagegen wegen des Bedeutungsverlustes der Ideologie davon, die Sowjetunion hätte sich zusammen mit ihren Satellitenstaaten in eine autoritäre Richtung verändert. Von besonderer Bedeutung ist bei dieser Betrachtungsweise die Unterscheidung zwischen autoritären und totalitären Diktaturen.

Als wegweisend muß die Theorie des Hispano-Amerikaners Juan J. Linz gelten. Für diesen stellt das autoritäre Ordnungsmodell im Gegensatz zum totalitären System eine eigenständige Staats- bzw. Herrschaftsform dar. Linz differenziert dabei zwischen dem Grad des politischen Pluralismus, der ideologischen Ausrichtung und der gelenkten politischen Mobilisation. Gehe eine totalitäre Ordnung in Monismus auf, lasse eine autoritäre begrenzten Pluralismus zu. Mache sich ein totalitäres System die Durchsetzung einer ausgearbeiteten Ideologie zur Aufrechterhaltung seines Herrschaftsanspruchs zum Ziel, so begnüge sich ein autoritäres, an Traditionen anknüpfendes Regime mit einer nicht festgefügten Geisteshaltung. Lege ein totalitäres System auf vollständige politische Mobilisation Wert, bescheide sich ein autoritäres mit der politischen Apathie seiner Bürger.

Die marxistisch-leninistische Forschung hat der Totalitarismusforschung verständlicherweise keine guten Seiten abgewinnen können und stets nur von der „Totalitarismus-Doktrin" als Instrument des → *Antikommunismus* gesprochen. Allerdings ist in der zweiten Hälfte der 80er Jahre diese Kritik im Zuge der Propagierung des „Neuen politischen Denkens", wonach im Atomzeitalter der Friede der absolute Wert sei, etwas differenzierter geworden. Seit dem Zusammenbruch der sozialistischen Regime greifen einige frühere Apologeten des → *Marxismus-Leninismus* den Totalitarismusbegriff gelegentlich sogar positiv auf (wie Gerhard Lozek).

Sowjetunion und Drittes Reich als Prototypen totalitärer Diktaturen: Die Sowjetunion, besonders unter der Herrschaft des → *Stalinismus,* und das Dritte Reich unter Hitler, zumal in der Kriegszeit, gelten als Prototypen totalitärer Herrschaft. Mit ihrem nackten Terror, symbolisiert durch den GULag und Auschwitz, sind die beiden „Großtotalitarismen" (Imanuel Geiss) verantwortlich für Millionen von Toten. Richtete sich der sowjetische Totalitarismus insbesondere nach innen (Klassenfeinde), so der Nationalsozialismus nach außen (Rassenfeinde). Der sozialen Vernichtung bestimmter Schichten (z.B. der Kulaken) in der Sowjetunion entsprach die biologische Vernichtung bestimmter Bevölkerungsgruppen (vor allem Juden, Sinti und Roma) in Deutschland. Jede ausschließliche Fixierung auf Gewalt, Unterdrückung und Terror alleine verkennt jedoch, daß Kommunismus und Nationalsozialismus auch eine Vielzahl von Gläubigen aufgrund der durchgängigen Ideologisierung, ihrer utopischen Zielstellungen und repressiven Massenpropaganda hervorgebracht haben. Die totalitäre Herrschaft wurde also nicht nur durch Zwang zusammengehalten, sondern konnte sich auch auf eine erhebliche – jedenfalls zeitweise – Zustimmung bei den ihr unterworfenen Bürgern stützen.

Es wäre jedoch verfehlt, nur die kommunistische Herrschaft in der Sowjetunion und das nationalsozialistische Regime in Deutschland als totalitär zu klassifizieren, wenngleich sich die totalitären Elemente bei diesen besonders kraß ausprägten. Schließlich wurden und werden in anderen Staaten ebenfalls totalitäre Herrschaftssysteme errichtet, etwa in China, dem bevölkerungsreichsten Land der Erde. Auch die DDR-

Diktatur läßt sich als totalitäres Regime interpretieren (→ *SED*), wenngleich in der zweiten Hälfte der 80er Jahre aufgrund einer Reihe unterschiedlicher Faktoren der repressive Charakter zurückgegangen war. Man kann aber auch an die islamisch-fundamentalistisch geprägten Regime der Gegenwart denken. Angesichts einer zumeist auf Nationalsozialismus und Kommunismus verkürzten Totalitarismusforschung bedarf es heute einer vertieften Totalitarismuskonzeption, die sich neuen, über den europäisch-westlichen Kulturkreis hinausgreifenden totalitären Herausforderungen gewachsen weiß, mögen diese nun dualistisch, chiliastisch oder apokalyptisch geprägt sein.

Die Totalitarismusforschung nach dem Zusammenbruch der sozialistischen Regime: Der unvorhergesehene und abrupte Niedergang kommunistischer Herrschaftsordnungen wirft die Frage nach der Plausibilität der Totalitarismuskonzeption erneut auf. Für die einen ist diese nach dem plötzlichen Zerfall der illegitimen Herrschaftsordnungen und den unvorstellbaren Zerstörungen, die diese hinterlassen haben, hinreichend erwiesen. Für die anderen hingegen wurde die Allmacht der totalitären politischen Führung und deren Wille, um jeden Preis an der Macht zu bleiben, weit überschätzt. Wie immer man diesen Streit bewerten mag: Die lange Zeit andauernde Tabuisierung des Begriffs des Totalitarismus ist verschwunden. Heute wird die Totalitarismusforschung auch von den meisten derjenigen nicht in Frage gestellt, die diese vor dem Schlüsseljahr 1989 für überholt hielten oder als Ausfluß des Kalten Krieges ablehnten.

Der Totalitarismusbegriff bietet für die Forschung ein unentbehrliches Instrument zur Beschreibung und Analyse jener Systeme, die sich aufgrund ihres totalitären Herrschaftsanspruchs ebenso von demokratischen Verfassungsstaaten wie von autoritären Ordnungsformen unterscheiden. Die Aufrechterhaltung des Totalitarismusansatzes besagt aber keineswegs, daß andere Analysekonzepte deshalb an Bedeutung verlieren müßten. Kommunismus- und Faschismusforschung werden in ihren Erkenntnismöglichkeiten nicht prinzipiell von der Totalitarismusforschung tangiert, da sie von einer anderen Vergleichsebene aus operieren.

Die Totalitarismuskonzeption ist auch als Schlüsselbegriff für das Legitimitätsverständnis des demokratischen Verfassungsstaates unverzichtbar. Wer dessen Delegitimierung vorbauen will, muß den vielfältigen, nicht nur von Befürwortern totalitärer Herrschaft angewandten Abwehrstrategien zur Eliminierung des Ansatzes entgegensteuern. Der Verzicht auf das Instrumentarium des Totalitarismusansatzes würde die Abkehr von bewährten Legitimationsmustern des demokratischen Verfassungsstaates begünstigen und indirekt sogar ermöglichen, daß totalitäre Regime, Bewegungen und Ideologien, die nach wie vor bestehen, aktiviert oder reaktiviert werden können.

In Zukunft wird es verstärkt auch darauf ankommen, die Wechselwirkungen zwischen rechten und linken totalitären Systemen, Bewegungen und Ideologien zu untersuchen, nach dem Zusammenhang bei der Entstehung unterschiedlicher Totalitarismen zu fragen und die Interaktionen totalitärer Systeme zu analysieren. Dabei muß eine ausschließliche ex post-Betrachtung vermieden werden. Die immanente Interpretation totalitärer Systeme kann wesentliche Beiträge zur Beantwortung folgender Fragen leisten: Wie konnten sich die totalitären Diktaturen etablieren? Welche Faktoren waren wichtig für ihr Funktionieren? Was ermöglichte die Überwindung der totalitären Herrschaft?

Die Historisierung der kommunistischen Systeme, also ihre um Abstand bemühte Einordnung, sollte schneller vorangehen, als das mit dem Dritten Reich geschah. Gegenwärtig weist die historische Aufarbeitung erstaunliche, von Volkspädagogik nicht freie Parallelen zur deutschen Vergangenheitsbewältigung der 50er Jahre auf. Abrechnung, teilweise in personalistischer Manier, dominiert ebenso wie eine das Element des Terrors nahezu verabsolutierende Sichtweise. Allerdings wird sich jede Historisierung totalitärer Regime auch vor deren Opfern zu rechtfertigen haben und darf deren Ansprüche auf Rehabilitation, juristische Wiedergutmachung und Gedenken nicht verkürzen. Die wichtigste Lehre aus dem Zusammenbruch totalitärer Ordnungen – zunächst rechter und dann linker – sollte aber das Bekenntnis zu einer freiheitlich-demokratischen Ordnung sein. Wer zukünftig totalitäre Systeme, Bewegungen und Ideologien bannen will, muß deren Vergangenheit kritisch und vergleichend aufarbeiten.

Eckhard Jesse

Literaturhinweise:

Arendt, Hannah: Elemente und Ursprünge totaler Herrschaft. I. Antisemitismus – II. Imperialismus – III. Totale Herrschaft, München (Neuausgabe) 1986.

Autorenkollektiv unter Leitung von Gerhard Lozek: Die Totalitarismus-Doktrin im Antikommunismus. Kritik einer Grundkomponente bürgerlicher Ideologie, Berlin (Ost) 1985.

Friedrich, Carl J. unter Mitarbeit von Zbigniew K. Brzezinski: Totalitäre Diktatur, Stuttgart 1957.

Glaeßner, Gert-Joachim: Kommunismus – Totalitarismus – Demokratie. Studien zu einer säkularen Auseinandersetzung, Frankfurt/M. 1995.

Gleason, Abbott: Totalitarianism. The Inner History of the Cold War, New York, Oxford 1995.
Hornung, Klaus: Das totalitäre Zeitalter. Bilanz des 20. Jahrhunderts, Berlin, Frankfurt/M. 1993.
Jesse, Eckhard (Hrsg.): Totalitarismus im 20. Jahrhundert. Eine Bilanz der internationalen Forschung, Baden-Baden 1995.
Maier, Hans (Hrsg.): Totalitarismus und Politische Religionen. Konzepte des Diktaturenvergleichs, Paderborn 1996.
Nolte, Ernst: Der europäische Bürgerkrieg 1917–1945. Nationalsozialismus und Bolschewismus, Frankfurt/M. 1987.
Seidel, Bruno/Jenkner, Siegfried (Hrsg.): Wege der Totalitarismus-Forschung, Darmstadt (3. Aufl.) 1974.

Umweltpolitik

Allgemein: Die Umweltpolitik der ehemaligen DDR hat nach rund 40 Jahren zentraler Planwirtschaft (→ *Wirtschaft*) zu einem erschreckenden Maß an Umweltschäden und auch -risiken geführt. Die Ursachen hierfür sind in erster Linie im politischen und ökonomischen System zu sehen. Das zentralistische politische System spiegelte sich auch in der Umweltpolitik wider. Wie alle gesellschaftlich relevanten Vorgänge bestimmte und plante die SED zentral auch den Bereich des Umweltschutzes, d.h. der normalen Staatsverwaltung war der SED-Parteiapparat übergeordnet. In den Parteileitungen der verschiedenen Ebenen gab es Spiegelabteilungen entsprechend denen der staatlichen Verwaltung.

§ 3 Absatz 3 Landeskulturgesetz der DDR zeigt deutlich, wer die Prioritäten in der Umweltpolitik festlegte: „Der Ministerrat hat in seiner Verantwortung für die zentrale staatliche Planung und Leitung zu gewährleisten, daß bei unterschiedlichen Standpunkten zur Durchführung grundsätzlicher landeskultureller Aufgaben den gesamtgesellschaftlichen Interessen der Vorrang gegeben wird."

Die Propaganda der DDR-Ideologen brachte das Thema Umweltschutz auf eine einfache Formel: kapitalistische Profitgier gleich Umweltzerstörung; sozialistischer Gemeinsinn und sozialistische Produktion gleich Umweltschonung.

Umweltpolitische Belange wurden in der DDR bereits 1968 durch die Festschreibung des Umweltschutzes in Artikel 15 der Verfassung formell institutionalisiert – damit sogar früher als in der Bundesrepublik. Die Umweltgesetzgebung entsprach in weiten Bereichen (z. B. im Abfallrecht) dem internationalen Standard. Sie war jedoch im wesentlichen eine Scheingesetzgebung. Bestehende Vorschriften wurden meist nicht eingehalten und ihre Verletzung immer häufiger geduldet und selten sanktioniert. Zudem wurden zahlreiche Ausnahmen z.B. für die NVA, die Wismut oder auch Parteifunktionäre gemacht.

Tatsächlich standen somit die realen Umweltverhältnisse in krassem Widerspruch zur Ideologie. Ziele wie die Konsolidierung der Wirtschaft, die Sicherung der Rohstofflage, die Aufrechterhaltung der Verteidigungsbereitschaft und sogar die Erhöhung des Konsumniveaus hatten Vorrang vor dem Umweltschutz. Die uneingeschränkte Ausbeutung bzw. Nutzung von Ressourcen, wie Wasser und Energie, wurde zudem als Gradmesser des Lebensstandards, als Technik-Fortschritt einer modernen Industriegesellschaft gewertet.

Aufgrund der angespannten wirtschaftlichen Lage standen für die Durchsetzung der Umwelt-Gesetze ebenso wie für die Bereitstellung von Material und Ausrüstungen für Neubau und Sanierung nur wenig finanzielle Mittel zur Verfügung. Der chronische Devisenmangel führte u.a. auch dazu, daß moderne Technik aus dem westlichen Ausland, wenn überhaupt, nur für Prestigeobjekte zur Verfügung stand. Umweltschutz bestand daher zu weiten Teilen vorrangig in der Reparatur technisch überholter, veralteter Anlagen.

Das Innovationspotential der DDR ging mit den Jahren deutlich zurück. Gründe hierfür waren: Geldmangel für Umweltforschung, Überordnung wirtschaftlicher und gesellschaftspolitischer Ziele, Isolation (auch) auf wissenschaftlichem Terrain.

Gemäß dem Parteiprogramm der SED (1976, IX. Parteitag) sollte die Umweltpolitik dazu beitragen, die „Natur als unversiegbarer Quell des Lebens, des materiellen Reichtums, der Gesundheit und der Freude der Menschen zu erhalten und rationell zu nutzen.“ Wesentliche rechtliche Grundlage für den Umweltschutz bildete das „Gesetz über die planmäßige Gestaltung der sozialistischen Landeskultur in der DDR – Landeskulturgesetz“ vom 14. Mai 1970 als Fortsetzung und Erweiterung des von 1954 stammenden Naturschutzgesetzes. Aus der Präambel des Landeskulturgesetzes geht jedoch eindeutig hervor, daß sich der Umweltschutz der sozialistischen Staats- und Wirtschaftsführung unterordnen mußte: „In der Deutschen Demokratischen Republik dienen die Natur und ihre Reichtümer dem Volk [...]“.

Spätestens seit Mitte der 70er Jahre wurde die Umweltpolitik zumeist wirtschaftlichen sowie außen- und auch sicherheitspolitischen Interessen geopfert. Hauptziel war die Sicherung der sozialistischen Staatsmacht gegenüber der imperialistischen Bedrohung. Demzufolge konnten die Ansätze einer Umweltgesetzgebung wie auch der Aufbau einer entsprechenden Umweltverwaltung nicht verhindern, daß die ehemalige DDR im praktischen Umweltschutz versagte. Zu den Institutionen der Umweltverwaltung gehörten: seit 1971 das Ministerium für Umweltschutz und Wasserwirtschaft (später: Ministerium für Naturschutz, Umweltschutz und Wasserwirtschaft) mit entsprechenden Umweltabteilungen in den Bezirken und Kreisen (seit 1975), eine staatliche Umweltinspektion (seit 1985) sowie das Staatliche Amt für Atomsicherheit und Strahlenschutz in Berlin (SAAS, seit 1962). Zum Versagen des Umweltschutzes trug bei, daß das zentrale Planungssystem für Betriebe keinen Anreiz zum umweltschonenden Umgang mit natürlichen Ressourcen bot, da ökologische Abgaben (z.B. im Abwasserbereich) auf die Abnehmer abgewälzt werden konnten und höhere Gewinne an den → *Staatshaushalt* abgeführt werden mußten.

Die DDR suchte zudem den Umweltschutz als Vehikel für ihre internationale Selbstdarstellung zu nutzen. Zu nennen sind in diesem Zusammenhang Verpflichtungen im Rahmen des RGW, aber auch die Teilnahme an umweltrelevanten Spezialprogrammen der UNO.

Als sich die Umwelt- und Ökologiediskussion innerhalb der DDR-Opposition zu einem der Themen für die politische Auseinandersetzung mit Staat und Partei entwickelte – Auslöser hierfür war insbesondere die Reaktorkatastrophe in Tschernobyl –, beschloß die Regierung im November 1986, alle wesentlichen quantitativen und qualitativen Umweltdaten unter Geheimhaltung zu stellen. Weitgehend entsprach allerdings dieser Beschluß längst der Praxis der zurückliegenden Jahre. Denn die übertriebene Geheimhaltung unterschiedlichster Daten kennzeichnete gerade das SED-Regime. Im Bereich Wasser wurde z.B. ein Lageplan einer gewöhnlichen Abwasserleitung als vertrauliche Dienstsache behandelt, oder Datenreihen aus Trinkwasseranalysen wurden gar als vertrauliche Verschlußsache, also als Staatsgeheimnis, eingestuft. Mit diesen Geheimhaltungmaßnahmen sollte die Umweltdebatte aus der öffentlichen Diskussion verbannt werden. Darüber hinaus machte sie wissenschaftliche Umweltarbeit fast unmöglich.

Exzessiver Umgang mit natürlichen Ressourcen: Der rücksichtslose Umgang des SED-Regimes mit Natur und Umwelt war nicht allein durch zeitweilige Störfälle gekennzeichnet. Der Regelfall war eher eine ganze Reihe von permanenten Extrembelastungen. Die Politik exzessiven Ressourcenabbaus führte zu großflächigen Natur- und Landschaftszerstörungen und zu erheblichen Beeinträchtigungen für die Gesundheit der Menschen, der Wälder, Gebäude und Denkmäler.

Dabei kam der Braunkohle die größte Bedeutung als Energieträger und Rohstoff zu. Grund hierfür waren vor allem die Autarkiebestrebungen der DDR. Braunkohle war ausreichend verfügbar, und so wurden die Förderung wie auch ihr Einsatz in Veredelungsanlagen bis in die 2. Hälfte der 80er Jahre ständig erhöht: so von 225,5 Mio. Tonnen pro Jahr 1960 auf 301 Mio. Tonnen pro Jahr 1989. Die intensive Braunkohlenförderung hatte eine energie- und rohstoffwirtschaftliche Monokultur zur Folge. So betrug der Anteil der Braunkohle am Primärenergieverbauch 70% und an der Elektrizitätserzeugung 80%.

Kippen, Halden und Restlöcher in großer Dimension, insbesondere im Mitteldeutschen und dem Lausitzer Braunkohlenrevier, sind unübersehbare Zeugen des immensen Tagebaus, dem zahlreiche Orte und Landschaften zum Opfer fielen. Damit einher ging die großflächige Verödung von Landschaften und auch der Verlust von Heimat für zahlreiche Menschen. Zwar schrieb das Berggesetz vom 12. Mai 1969 vor, die in „Ausübung des Untersuchungs-, Gewinnungs- und Speicherrechts genutzten Bodenflächen nach der Beendigung der bergbaulichen Nutzung unverzüglich, qualitätsgerecht und vorrangig für landwirtschaftliche Zwecke wieder nutzbar zu machen.“ Doch die Realität wich von dieser Vorgabe erheblich ab. Allein die devastierten Flächen (ca. 122 000 ha in der Industrieregion Leipzig-Bitterfeld-Halle-Merseburg und im Lausitzer Revier) wurden rekultiviert; teilweise jedoch in nur ungenügender Form.

Doch neben den schweren Folgen für landschaftliche Strukturen bringen besondere Gefährdungen die in den in vielen Tagebaurestlöchern verbrachten Altablagerungen aus der Braunkohlenveredelungsindustrie und der Chemischen Industrie (wie z.B. Teerseen, Chemiehalden und Aschedeponien) mit sich. Darüber hinaus stellen vor allem Veränderungen der geomorphologischen Verhältnisse, die Zerstörung der über Jahrtausende gewachsenen Bodenstrukturen sowie die nachhaltige Veränderung des Wasserhaushaltes weitere Gefahren und nicht immer vorhersehbare Risiken für Mensch und Natur dar.

Auch beim Umgang mit dem natürlichen und scheinbar unbegrenzt nutzbaren Gut Wasser handelte das SED-Regime rücksichtslos und kaum in die Zukunft planend. Stark verunreinigte Gewässer bis hin zu ökologisch zerstörten Gewässerabschnitten und in Gewässer eingeleitete hohe Abwasserlasten waren unvermeidbare Folgen der bis an ihre Leistungsgrenzen betriebenen übermäßigen Trinkwasser- und Brauchwassernutzung für die Industrie, der Bewässerung in der Landwirtschaft sowie der nur sehr lückenhaft bzw. gar nicht durchgeführten Abwasserbehandlung.

Der individuelle Trinkwasserverbrauch wurde gerade durch die drastische Subventionierung der Wasserpreise deutlich verstärkt. Der nahezu kostenlose Wasserverbrauch stieg ständig und galt als Gradmesser des Lebensstandards. Der sorglose Umgang mit wassergefährdenden Stoffen, z.T. fehlenden Entsorgungsmöglichkeiten, und allgemeine Mängel bei der Instandhaltung und Wartung von Anlagen führten besonders in industriellen Ballungsgebieten häufig zu großflächigen und schwerwiegenden Grundwasserverunreinigungen. Auflagen der Gewässeraufsicht konnten mangels Wirtschaftskraft kaum umgesetzt werden.

Im Abwasserbereich war die Situation ähnlich katastrophal. In ganz Ostdeutschland führte die desolate Abwasserentsorgung im kommunalen wie im industriellen Bereich dazu, daß noch zu Beginn der 90er Jahre mehr als zwei Drittel des Abwassers völlig unbehandelt in Saale, Mulde, Weiße Elster und andere Flüsse gelangten.

Der Mangel an Baustoffen und die damit verbundene Limitierung der Bauleistungen führten letztlich die Planungen der Staatlichen Gewässeraufsicht, z.B. auf Grundlage des DDR-Wassergesetzes die wasserrechtlichen Regelungen zur abwassertechnischen Erschließung von neuen Wohngebieten und Eigenheimen zu treffen, ad absurdum.

Die somit in erster Linie wirtschaftlich bedingte Unterlassung des Auf- und Ausbaus der Wasserentsorgung führte – um nur ein Beispiel zu nennen – im Januar 1987 in Dresden zur Katastrophe: In diesem Monat fiel aufgrund eines technischen Defekts die Kläranlage (Dresden-Kaditz), die für das gesamte Dresdner Stadtgebiet zuständig war, aus. Die Anlage, 1910 erbaut und seinerzeit die modernste Kläranlage Europas, wurde nach einer teilweisen Modernisierung im Jahre 1956 äußerst schlecht instandgehalten. In den 80er Jahren plante der Ministerrat Maßnahmen zur Verbesserung der Wasserqualität der Elbe. Obwohl die Rekonstruktion und Erweiterung der Dresdner Kläranlage ein zentraler Bestandteil dieser Planung war, wurden für die zügige Realisierung keine Kapazitäten bereitgestellt, so daß es nur zu geringer Bautätigkeit kam. Die Katastrophe ereignete sich dann im Januar 1987, als erhebliche Regenfälle das Hochwasser der Elbe noch verstärkten. Als Folge des Ausfalls des Regenwasserpumpenwerks wurde die gesamte Kläranlage einschließlich der offenliegenden Motoren des Pumpenwerks überflutet. Zwar wurden die Regenwassermotoren in späteren Jahren wieder instandgesetzt, alle anderen Teile der Kläranlage wurden jedoch bis zum Herbst 1989 nicht mehr in Betrieb genommen. Sämtliche Abwässer des Dresdner Stadtgebietes wurden somit unbehandelt in die Elbe eingeleitet.

Auch die hohe Schadstoffbelastung der Luft führte zu erheblichen Beeinträchtigungen für die Gesundheit der Menschen, aber gleichzeitig auch zu schweren Schädigungen von Gebäuden und Denkmälern.

Auch die Waldschäden nahmen beträchtlich zu. Betrug die Waldschadensfläche 1983 noch 12%, so waren es 1988 bereits 44,4%.

Hohe Bevölkerungsdichte, starke Industrialisierung, veraltete Anlagen mit fehlender bzw. unzureichender Abgasreinigung und Rohbraunkohle als dominanter Energieträger waren traditionell die Hauptursachen für Schwefeldioxidemissionen. Hierbei rangierte die DDR pro Flächeneinheit an erster Stelle in Europa. In Sachsen zeichnete sich sogar noch eine verschärfte Situation ab: 1989 war die Menge des emittierten Schwefeldioxids doppelt so hoch wie die Gesamtmenge der alten Bundesländer. Auch der Staubauswurf lag erheblich über dem Gesamtwert der alten Bundesrepublik. Hauptverursacher waren vor allem die Großfeuerungsanlagen in Industrie und Energiewirtschaft. Als Haupthemmnis für die Senkung der Schwefeldioxidbelastung erwies sich das starre Festhalten an einem Energiekonzept, das auf eine ständige Steigerung der Rohbraunkohleförderung gerichtet war, ohne gleichzeitig die Kraftwerke zu modernisieren und z.B. die Luftreinhaltetechnik auf den ökologisch erforderlichen Stand zu bringen. Aber auch die Ausrüstung nahezu der Hälfte aller Haushalte mit Kohle-Heizöfen sowie die wenig effiziente Wärmedämmung von Wohnungen trug ihren Teil, insbesondere in den Wintermonaten, zur Luftbelastung bei.

Seit 1985 gab es eine Staatliche Umweltschutzinspektion mit der Aufgabe, Luftschadstoffe emittierende Anlagen zu begutachten, zu bewerten und zu kontrollieren. Das schloß jedoch die Schornsteinerhöhung mit ein. Hier war auch der entscheidende Unterschied zur bundesrechtlichen Auffassung zu sehen. In der DDR wurde die „Politik der hohen Schornsteine“ vertreten. Obwohl zahlreiche Immissionsgrenzwerte vorgegeben waren, konnte unter bestimmten Bedingungen jederzeit eine emittierende Anlage errichtet werden. Die Immissionszusatzbelastung konnte in vielen Fällen durch möglichst hohe Ableitung der Schadstoffe gering gehalten werden. Allerdings gab die Staatliche Umweltinspektion nur Stellungnahmen ab, die sich auf die Empfehlung zur Ablehnung oder Zustimmung einer Anlage an einem bestimmten Standort bezogen. Die Entscheidung über die Genehmigung wurde letztlich von der Staatlichen Planungskommission (→ *Wirtschaft*) getroffen, und dort wurde eher wirtschaftspolitischen Interessen als Umweltschutzaspekten der Vorrang eingeräumt.

Am Beispiel der Verfügbarkeit automatischer SO_2-Meßgeräte wird deutlich, wie schwierig sich in der Praxis z.B. die Immissionsüberwachung darstellte. Erst Mitte der 70er Jahre stand ein automatisches Meßgerät in begrenzter Stückzahl zur Verfügung. Die manuelle Probennahme und die Bestimmung des Schadstoffgehaltes im Labor war daher lange Zeit die Regel. Geräte zur Bestimmung anderer Komponenten befanden sich jedoch nur in Einzelfällen in der Entwicklung. Zur Produktion kam es hingegen nie. Allein das SO_2-Nachfolgegerät wurde in den 80er Jahren in Kleinserie durch das Zentrum für Umweltgestaltung gefertigt. Ursache hierfür war, daß für den Kauf von Meßtechnik seitens des Staates keine oder nur in Ausnahmefällen Devisen zur Verfügung gestellt wurden. Der Versuch, über den Rat für gegenseitge Wirtschaftshilfe (RGW) eine Lösung zu finden und z.B. für den Gesamtbedarf der sozialistischen Länder Geräte zu entwickeln und in wirtschaftlichen Dimensionen auch zu produzieren, schlug fehl.

Bei den Stickoxiden gehörte die DDR zu den wenigen Ländern, die seit Beginn der 80er Jahre eine Senkung des Ausstoßes von Stickoxiden im Verkehrswesen um ca. 15% realisieren konnten. Der eigentliche Grund hierfür lag jedoch in erster Linie in ökonomischen Zwängen: Benzin wurde knapp. Hier sei ergänzt, daß die DDR sich in einer vollständigen Abhängigkeit von Ölimporten aus der damaligen UdSSR befand. Das Öl mußte zudem gegen „harte Währung" erworben werden. Aufgrund (weltweit) steigender Ölpreise war die DDR immer weniger in der Lage, den stark gestiegenen Exportgegenwert aufzubringen. Als Resultat dieser Entwicklung wurden die Ölimporte aus der UdSSR spürbar reduziert (→ *Außenwirtschaft*). Den Rohstoff Benzin bzw. Öl einzusparen gelang vor allem durch die Verlagerung der Gütertransporte von der Straße auf Schienen und Wasserstraßen bei gleichzeitiger Elektrifizierung des Streckennetzes, der Optimierung der Gütertransporte (→ *Verkehrspolitik*) und Geschwindigkeitsbegrenzungen im Straßenverkehr.

Ein besonders charakteristisches Beispiel für Widersprüchlichkeit und geplante Inkonsequenz der DDR-Umweltpolitik ist die Abfallwirtschaft. Ihr lagen gesetzliche Regelungen zugrunde, die internationalem Standard entsprachen, jedoch offensichtlich nicht zur Anwendung kamen.

Besonders eklatant wirkte sich diese Situation bei der Endablagerung von Abfällen aus. Tatsächlich gab es in der DDR, bis auf einzelne Ausnahmen, keine Deponien, die den gesetzlichen Normen entsprachen. So war z.B. eine Basisabdichtung schon allein aus finanziellen Gründen nicht realisierbar. Die Abfallablagerung oblag den Städten und Gemeinden, so daß nahezu jede einen eigenen Müllablagerungsplatz hatte. Ebenso nutzten viele Industrie- und Landwirtschaftsbetriebe eigene Müllplätze; häufig wurden jedoch Abfälle direkt auf dem Betriebsgelände gelagert oder unkontrolliert über andere Umweltmedien abgegeben. Industrieabfälle wurden in Energieerzeugungsanlagen verbrannt, ohne daß entsprechende Rauchgasreinigungsanlagen vorhanden waren.

Die Abfallablagerung war in der Regel gekennzeichnet durch eine oftmals unzureichende Beachtung ökologischer Belange bei der Standortwahl, durch ungenügende bauliche Vorkehrungen zum Schutz der Böden und Gewässer, vor allem des Grundwassers, durch die mangelhafte Einhaltung vorgeschriebener Einbautechnologien sowie durch fehlende oder nur mangelhaft installierte Kontroll- und Überwachungseinrichtungen.

Im Bereich der Abfallwirtschaft flossen in den 80er Jahren nicht unbedeutende Mittel in die Forschung, um spezifische Verfahren zum Wiedereinsatz industrieller Abprodukte und Reststoffe zu entwickeln. Doch konnten auch hier aufgrund der angespannten wirtschaftlichen Lage nur wenige Ergebnisse großtechnisch umgesetzt werden. Techniken zur Verwertung von Abfällen wurden jedoch nicht vorrangig aus Umweltschutzgründen entwickelt, ebensowenig wie das Einsammeln von gebrauchten Glasflaschen und anderen Sekundärrohstoffen, das unter dem Namen SERO-System bekannt geworden ist. Der stetige Rohstoffmangel erforderte die Suche nach Verfahren zur Wiederverwendung auch von bereits weiterverarbeiteten Rohstoffen.

Dem Naturschutz kam nur eine sehr untergeordnete Rolle zu, obwohl auch in diesem Bereich der Umweltpolitik entsprechende Normen vorlagen. Rechtliche Grundlage für Naturschutz und Landschaftspflege waren ab 1954 das Naturschutzgesetz, davor das Reichsnaturschutzgesetz (1935) und seit 1970 das Landeskulturgesetz. Die Ergebnisse des dafür zuständigen Ministeriums für Land-, Forst- und Nahrungsgüterwirtschaft auf dem Gebiet von Naturschutz, Landschaftspflege und Artenschutz müssen jedoch äußerst differenziert beurteilt werden. 1988 existierten auf dem Gebiet der DDR zahlreiche Naturschutzgebiete, Naturdenkmäler und Landschaftsschutzgebiete mit einer an der Gesamtfläche gemessenen Fläche von knapp 20%. So konnten einerseits einzigartige Landschaften (z.B. Elbsandsteingebirge) sowie national und international bedeutende Vorkommen gefährdeter Tier- und Pfanzenarten (z.B. Fischotter, Weißstorch, Seeadler) bewahrt werden. Andererseits wurden bei der Ausweisung dieser Flächen Zugeständnisse (zahlreiche Ausnahmeregelungen) gegenüber der Roten Armee, der Nationalen Volksarmee, volkswirtschaftlich als wesentlich eingestuften Industrien und der Landwirtschaft bis hin zu den Privatjagdgebieten der Partei- und Staatsführung gemacht.

Die geringe Bedeutung, die dem Naturschutz beigemessen wurde, spiegelte sich auch in der Anzahl der hauptamtlichen Personalstellen in der Naturschutzverwaltung wider: Nur drei Planstellen pro Bezirksverwaltung, eine halbe Planstelle pro Kreisverwaltung und fünf Wissenschaftlerstellen für fachbehördliche Aufgaben waren vorgesehen.

Die flächendeckenden Immissionswirkungen und Gewässerverunreinigungen, die Übernutzung der Wälder, der großräumige Braunkohleabbau, die einseitig produktionsorientierte Landwirtschaft und die Massentierhaltung sowie die Übernutzung der Wälder führten zur Zerstörung von besonders schützenswerten Landschaften. Doch konnte durch das Engagement von Vereinen und Verbänden sowie des ehrenamtlichen Naturschutzes mehr Verständnis für wildlebende Tiere und Pflanzen geweckt und damit eine zurückgehende Verfolgung erreicht werden. Jedoch gelang es nicht, Großschutzgebiete höherer Kategorie, wie z.B. Nationalparks, zu errichten. Landschaftsschutzgebiete erreichten mit 22,5% zwar einen hohen Flächenanteil, fanden aber in der Planungs- und Wirtschaftspraxis nur wenig Beachtung, da es de facto keine Raumordnung und Landschaftsplanung gab.

Der Vollzug der naturschutzrechtlichen Regelungen war jedoch allgemein Spielball politischer Direktiven und in das Belieben der jeweils leitenden Partei- und Staatsfunktionäre gegeben. Infolge mangelnder verwaltungstechnischer Grundlagen waren deren Entscheidungen, wie z.B. Ausnahmeregelungen in Schutzgebieten oder die Ablehnung von Unterschutzstellungen, oftmals allein an der politischen oder auch persönlichen Zweckmäßigkeit ausgerichtet. Die mangelnde Rechtmäßigkeit und fehlende fachliche Zweckmäßigkeit des Handelns der Verwaltung konnten oftmals nur durch Druck von der Basis, wie durch Eingaben ökologisch interessierter Bürger oder auch Aktivitäten ehrenamtlicher Naturschützer, in gewissem Umfang positiv ausgeglichen werden.

Ökologische Bedeutung der Wismut: Die Hinterlassenschaften der Wismut, vornehmlich in Ostthüringen und Südwestsachsen, stellen Umweltschäden in bisher noch nicht dagewesener Dimension dar. Ländereien wurden willkürlich in Anspruch genommen und in Sperrzonen verwandelt, zahlreiche Ortschaften völlig zerstört und umgesiedelt, wie z.B. Lichtenberg und Gessen in Thüringen oder auch der ehemals europaweit bedeutende Kurort Oberschlema, radioaktiv kontaminiertes Abraummaterial – z.T. direkt neben Wohnhäusern – zu riesigen Halden aufgetürmt und einst schöne Gebirgstäler, wie Helmsdorf bei Zwickau, mußten Schlammabsetzanlagen von Aufbereitungsbetrieben weichen. Neben den extremen Umweltbelastungen hat der → *Uranbergbau* aber auch Tausenden von Menschen das Leben gekostet, die hauptsächlich an Silikose starben (→ *Gesundheitswesen*).

Ökologische Bürgerbewegungen: Die erheblichen Umweltbelastungen, wie z.B. die besonders in den Wintermonaten für jeden einzelnen spürbare, die Atemwege reizende Luft, bewirkten bei zahlreichen Menschen eine gewisse Sensibilität für Natur und Umwelt. Doch räumten die Menschen in der DDR eigenen Aktivitäten kaum eine Chance zur Veränderung der Situation ein. Diese „Ohnmacht“ und daraus folgende Resignation resultierten zum großen Teil daraus, daß umweltgerechtes Verhalten in der DDR kaum propagiert wurde, einmal abgesehen von der staatlich geförderten Sammlung und Abgabe von wiederzugebrauchenden Glasflaschen, Papier und Alttextilien usw. Doch diejenigen, die eine Verbesserung ihrer Lebensqualität anstrebten, reagierten recht unterschiedlich auf die Umweltsituation: Migration aus Gebieten mit erheblicher Umweltbelastung, wie z.B. der Industrieregion Halle-Leipzig, oder Engagement in „staatlichen“ oder oppositionellen Umweltgruppen.

Im Gegensatz zur bundesrepublikanischen Ökologiebewegung der 70er und 80er Jahre sammelten sich für die Umwelt engagierte Menschen in der DDR vorrangig im kirchlichen Milieu, in der Kunst und Literatur, sprich in Nischen, die eine begrenzte Individualisierung und relativ freie Artikulation eigener Überzeugungen unter dem SED-Regime ermöglichten. Dieses Phänomen macht deutlich, daß die Ökologiebewegung im wesentlichen eine Bewegung von politisch engagierten Menschen war, die Wege suchten, sich gegen eine totalitäre Staatsmacht zur Wehr zu setzen. Und da die DDR sich das Thema „Umweltvorsorge“ sozusagen auf die Fahnen geschrieben hatte, befaßte man sich mit einem „legitimierten“ Thema.

Zur ökologischen Bewegung gehörten Gruppen, seit Ende der 70er Jahre größtenteils unter dem Dach der Kirche, wie ARGUS in Potsdam oder die „Umweltbibliothek“ in Berlin. Über die Mitgliederstärken der Gruppen, die über etwa 54 Orte der DDR verteilt waren, können kaum zuverlässige Angaben gemacht werden, da eine Mitgliedschaft oder auch nur ein unterstützendes Engagement zum persönlichen Schutz häufig nicht erfaßt wurde. Daneben gab es seit 1980 die staatlich lizensierte „Gesellschaft für Natur und Umwelt“ (GNU) im Kulturbund der DDR (davor „Natur- und Heimatfreunde“) mit ca. 60 000 Mitgliedern (1990). Wesentliches Ziel der Gründung der GNU war es, die entstehende ökologische Bewegung in staatliche Bahnen zu lenken und Umweltgruppen mit „staatsgefährdenden“ Zielen zu kriminalisieren.

Ein wesentlicher Schwerpunkt der Umweltarbeit lag neben Baumzählungen, Baumpflanzungen und -pflege in der Erfassung und Kartierung gefährdeter Pflanzen- und Tierarten, Bestandsaufnahmen in Naturschutz- und Landschaftsschutzgebieten und der Formulierung von erforderlichen Schutzmaßnahmen.

Das generelle Dilemma für die ökonomieorientierte Staats- und Parteiführung bestand darin, daß, neben den oppositionellen, selbst die „staatlichen" Naturschützer immer mehr die Abstellung der Ursachen für die desolate Umweltsituation forderten. Während sich jedoch die Mitglieder der „offiziellen" Umweltorganisation im Rahmen der ihr zugestandenen gesellschaftlichen Freiräume bewegten und keinen aktiven Protest organisierten, entwickelte sich die Umweltarbeit der oppositionellen Gruppen bald zur politischen Konfrontation mit Staat und Partei. Hierbei spielte vor allem die wachsende Einsicht eine Rolle, daß mit den existierenden politischen Strukturen in der DDR effektiver Natur- und Umweltschutz nicht zu realisieren war. So entwickelte sich aus den „Umweltblättern", herausgegeben von der „Umweltbibliothek" in Ost-Berlin, eine politische Untergrundzeitschrift der Opposition. Der Pleiße-Gedenkmarsch in Leipzig wurde, ursprünglich organisiert, um auf die Verschmutzung der Pleiße und anderer Flüsse in der DDR aufmerksam zu machen, zu einer politischen Demonstration von Oppositionellen und Ausreisewilligen. Dies wiederum wurde von den Behörden noch 1989 zum Anlaß genommen, Ausreisewilligen die Ausreise in Aussicht zu stellen, sofern sie sich nicht am Pleiße-Gedenkmarsch (damals in Leipzig zum Welt-Umwelttag) beteiligen würden.

Die Nichtbewältigung der ökologischen Krise hat daher sicher auch einen Beitrag zur Selbstzerstörung der DDR geleistet.

Arnold Vaatz

Literaturhinweise:

Jordan, Carlo: Umweltzerstörung und Umweltpolitik in der DDR, in: Materialien der Enquete-Kommission, a.a.O., Bd. III, 3, S. 1770-1790.

Umweltsanierung in den neuen Bundesländern, Forum Wissenschaft, Studie Nr. 17, hrsg. vom Arbeitskreis „Kritische Ideologie" des BdWi, Marburg 1992.

Umweltblätter, INFO-Blatt des Friedens- und Umweltkreises Zionsgemeinde, hrsg. von der Umweltbibliothek in Berlin (Ost), Juli 1989.

Umweltbericht der DDR, Berlin 1990.

Wurzeln der Umweltbewegung: Die „Gesellschaft für Natur und Umwelt" (GNU) im Kulturbund der DDR, hrsg. vom Forum Wissenschaft, Studien Bd. 18, Marburg 1993.

Sächsisches Staatsministerium für Umwelt und Landesentwicklung (Hrsg.): Umweltbericht 1994, Dresden 1994.

Unterdrückungsmechanismen

Zu den Wesensmerkmalen totalitärer Herrschaft zählt stets ein System staatlicher und gesellschaftlicher Kontrollen und Zwänge, das die Herrschenden gegen die ihrer Macht unterworfenen Menschen einsetzen, um sie zu regimekonformen Verhaltensweisen zu veranlassen und jede kritische oder systemwidrige Einstellung zu unterbinden (→ *Totalitarismus*; → *SED*).

Solange die SED ihre Herrschaft ausüben konnte, war das auch in der DDR nicht anders. Unter der Diktatur der Staatspartei entwickelte die Politbürokratie ein in sich abgestimmtes System spezifischer Unterdrückungsstrukturen und -mechanismen, das durchaus der Unterdrückungsfunktion entsprach, die dem Staat der SED bereits frühzeitig zugewiesen wurde. Schon 1953 attestierte Walter Ulbricht der DDR als Staat „die Funktionen der Diktatur des Proletariats", zu denen nach der Staatsdoktrin der SED neben den wirtschaftlich-organisatorischen und kulturell-erzieherischen Funktionen ausdrücklich auch repressive Funktionen zählten, mittels derer die SED „die Unterdrückung der volksfeindlichen Kräfte" gesichert wissen und ihren Herrschaftsanspruch gegen den einzelnen Bürger, die einzelne Bürgerin durchsetzen wollte, um die für jedes totalitäre Regime typische Mobilisierung der Massen zu verwirklichen. Auch der Instrumentalcharakter des Rechts, das als der zum Gesetz erhobene Wille der Partei begriffen wurde, erklärte sich aus dieser Auffassung. Existenz und Einsatz politischer und gesellschaftlicher Unterdrückungsmechanismen folgten aus dem gegebenen ideologischen Zusammenhang. Konkret reichten sie von der Überwachung und Kontrolle des Individuums wie des Kollektivs in Staat und Gesellschaft bis zum zielgerechten Einsatz von Polizei- und Justizterror gegen Personen und Personengruppen („Klassenfeinde"), bis zur Planung und Vorbereitung von Isolierungslagern für als „feindlich-negativ eingestellt" oder „politisch unzuverlässig" eingestufte „Elemente". Im Kontext zur Politik der SED, die selbst Wandlungen unterlag, konnten sich auch die Unterdrückungsmechanismen wandeln.

Träger repressiver Maßnahmen waren in der Hauptsache die Deutsche Volkspolizei (→ *Polizei*) und ihre Freiwilligen Helfer sowie das MfS (→ *Staatssicherheit*) und das anonyme Heer seiner Spitzel. Des weiteren waren die Freiwilligen Helfer der Grenztruppen, die → *Arbeiter- und Bauerninspektion*, die „Arbeiterkontrolleure" des FDGB sowie die „Kontrollposten" der FDJ in das innere Überwachungs- und Unterdrückungssystem einbezogen. Nicht zuletzt gehörten dazu auch die Strafgerichte der DDR und das ihnen zur Verfügung stehende Sanktionensystem strafrechtlicher Normen zum Schutze des Regimes und zur Verfolgung politisch Andersdenkender.

Vor diesem Hintergrund ist generell zu berücksichtigen, daß das Überwachungs- und Unterdrückungssystem in der DDR jederzeit von der Politbürokratie der SED gesteuert und kontrolliert wurde. Die „führende Rolle“ der marxistisch-leninistischen Partei schlug sich auch in den repressiven Strukturen und Mechanismen in Staat und Gesellschaft nieder.

Entsprechend dem Gebot allseitiger Wachsamkeit waren Überwachungs- und Unterdrückungsmechanismen selbst innerhalb der SED wirksam. Sie zielten sowohl auf individuelle Disziplinierung als auch auf kollektiven Zwang. Die Statuten der SED von 1950, 1963 und 1976 enthielten übereinstimmend die für jedes Parteimitglied zwingende Verpflichtung, „in allen Fragen politische Wachsamkeit zu üben und sich stets bewußt zu sein, daß Wachsamkeit der Parteimitglieder auf jedem Gebiet und in jeder Lage notwendig ist.“ Aus dieser Sicht waren für stalinistische Kaderparteien wie die SED auch periodische „Säuberungen“ der Partei von „schädlichen“ und „feindlichen Elementen“ notwendig, die sich jeweils gegen „Abweichler“ von der Linie der Partei richteten (→ *SED*).

Im realsozialistischen Alltag der DDR war das System der Unterdrückungsmechanismen für den einzelnen Bürger, die einzelne Bürgerin höchst unterschiedlich wahrnehmbar. Soweit es die Arbeit der Volkspolizei betraf, trat es ihnen in Gestalt des ABV gegenüber, des Abschnittsbevollmächtigten der DVP, zumeist eines Unterleutnants oder Leutnants der DVP, der 1952 nach sowjetischem Vorbild in der Volkspolizei eingeführt wurde. Der ABV unterstand dem zuständigen Volkspolizeikreisamt (VPKA), hatte aber relativ eigenverantwortlich polizeiliche Aufgaben im Wohngebiet einer Stadt oder einer Gemeinde wahrzunehmen. Seit 1955 konnte er sich in seinem Dienst auf besondere „Vertrauenspersonen“ in der Bevölkerung stützen, die ihm inoffiziell Informationen zutrugen.

Zu den dienstlichen Obliegenheiten des ABV zählte die regelmäßige Kontrolle des sog. Hausbuches. Laut polizeilicher Meldeordnung hatte in der DDR nicht nur die An- und Abmeldung von in der DDR wohnhaften Bürgerinnen und Bürgern sowie von aus West-Berlin, Westdeutschland oder dem Ausland Einreisenden bei dem zuständigen VPKA zu erfolgen, sondern auch das Führen eines Hausbuches in jeder Wohnung und in jeder Gemeinschaftsunterkunft war darin zwingend vorgeschrieben. In dieses Hausbuch, für das der Wohnungseigentümer, -besitzer oder -verwalter verantwortlich war, mußten alle

Personen mit ständigem oder zeitweiligem Aufenthalt in der betreffenden Wohnung eingetragen werden. Auch Verwandte oder Freunde aus der DDR, die sich länger als drei Tage aufhielten, und solche aus West-Berlin, Westdeutschland oder dem Ausland, die für länger als 24 Stunden eingereist waren, mußten im Hausbuch vermerkt werden. Jederzeit war folglich eine Übersicht über Besuche in einer Wohnung möglich. Eben diese Einsichtnahme war in der Regel Sache des ABV. Stellte er bei einer Kontrolle operativ relevante Sachverhalte fest, wurden sie über das VPKA der zuständigen MfS-Dienststelle zugeleitet. Der Volkspolizei war dies zwingend vorgeschrieben.

In ihrem Dienst aktiv unterstützt wurden die ABV durch Freiwillige Helfer der Volkspolizei, d. h. durch sorgfältig ausgesuchte und geschulte ehrenamtliche Hilfspolizisten, die sich durch einen besonderen Ausweis legitimieren konnten. Sie wurden seit 1952 zur Unterstützung der DVP eingesetzt und waren befugt, Mitteilungen zur Weiterleitung an die Volkspolizei entgegenzunehmen, gegen ordnungswidrige Handlungen einzuschreiten, Personalien festzustellen, verdächtige Personen der nächsten Polizeidienststelle zuzuführen und die Hausbücher zu kontrollieren. Zuletzt waren in der DDR 174 000 Freiwillige Helfer der Volkspolizei registriert.

Neben den Freiwilligen Helfern der Volkspolizei existierten in der DDR Freiwillige Helfer der Grenztruppen (FHG), Zivilpersonen, die im Grenzgebiet wohnhaft waren und dort ehrenamtlich Aufgaben zur Unterstützung der Grenztruppen übernahmen. Die FHG entstanden gleichzeitig mit den Freiwilligen Helfern der Volkspolizei. 1952 waren die Grenztruppen als „Deutsche Grenzpolizei" noch dem MdI, später dem MfS unterstellt, ehe sie 1961 dem Verteidigungsministerium zugeordnete wurden. Die Freiwilligen Helfer der Grenztruppen wurden bestätigt und verpflichtet, trugen bei dienstlichen Einsätzen Uniformen der Grenztruppen ohne Rangabzeichen, versehen mit einer Armbinde, und erhielten eine Schießausbildung, trugen jedoch keine Waffen. Die Zahl der FHG, die von der Staatssicherheit auf ihre Zuverlässigkeit besonders überprüft wurden, belief sich in den 80er Jahren auf rund 3 000.

Die Freiwilligen Helfer der Volkspolizei waren nicht mit den offiziell so genannten Inoffiziellen Kriminalpolizeilichen Mitarbeitern (IMK) und Kriminalpolizeilichen Kontaktpersonen (KK) identisch, die – im einzelnen noch in verschiedene Kategorien eingeteilt – nach dem Vorbild der Inoffiziellen Mitarbeiter des MfS vom Dienstzweig „Kriminalpolizei" der DVP im Arbeitsbereich I (Bekämpfung der Schwerkriminalität) geworben und konspirativ eingesetzt wurden. Status und Aufgaben dieser Polizeispitzel waren vom Minister des Innern und

Chef der DVP in einer besonderen Richtlinie „Über die inoffizielle und vertrauliche Zusammenarbeit des Arbeitsgebietes I der Kriminalpolizei mit Bürgern der Deutschen Demokratischen Republik" in allen Details geregelt. Während die IMK bei der Kriminalitätsbekämpfung unmittelbar eingesetzt wurden und insofern den Repressionsmechanismen des Regimes zugerechnet werden mußten, wurden die KK zur „vertraulichen Zusammenarbeit" herangezogen, ohne daß sie unmittelbar in operative polizeiliche Vorgänge eingebunden waren.

Speziell der Arbeitsbereich I der Kriminalpolizei war zur „ständigen und unmittelbaren Zusammenarbeit" mit dem MfS verpflichtet. Vielfach waren Führungspositionen im Arbeitsbereich I mit Offizieren im besonderen Einsatz (OibE) aus dem MfS besetzt, so daß diese Zusammenarbeit reibungslos gewährleistet war. Das Beispiel macht anschaulich, wie die verschiedenen Unterdrückungsmechanismen in der DDR zu einem einheitlichen System zusammengeschlossen waren.

Parallel zu den IKM/KK-Netzen der DVP und aus der Sicht der Bevölkerung ungleich gefährlicher waren die engmaschigen IM-Systeme des MfS in der DDR, seine konspirativ geknüpften Informationsnetze aus → *Inoffiziellen Mitarbeitern*, die im buchstäblichen Sinne eine flächendeckende Überwachung der Bevölkerung realisieren sollten. Nach jüngsten Forschungen der Stasi-Unterlagen-Behörde waren in der Endzeit der DDR 173 000 Inoffizielle Mitarbeiter aller Kategorien einschließlich der Gesellschaftlichen Mitarbeiter für Sicherheit (GMS) vom MfS verpflichtet worden. Nach der zuletzt gültigen Richtlinie 1/79 für die Arbeit mit Inoffiziellen Mitarbeitern und Gesellschaftlichen Mitarbeitern für Sicherheit des Ministers für Staatssicherheit wurden je nach ihrer Einsatzrichtung folgende Kategorien von Stasi-Spitzeln unterschieden: „IM der Abwehr mit Feindverbindung", „IM zur Führung anderer IM und GMS", „IM für einen besonderen Einsatz" sowie „IM zur Sicherung der Konspiration und des Verbindungswesens". Unter GMS verstand das MfS Menschen mit „staatsbewußter Einstellung", die zu einer „vertrauensvollen Zusammenarbeit" mit dem MfS bereit waren, ohne daß sie konspirativ tätig wurden.

Schon die Vielfalt der IM-Kategorien in den IM/GMS-Netzen des MfS läßt ermessen, in welchem Umfang in der DDR Überwachung und Bespitzelung praktiziert und operativ eingesetzt werden sollten. Sie wirkten sich als Unterdrückungsmechanismen auch vorbeugend aus, insofern sie regimekonforme Verhaltensweisen der Menschen zur Folge hatten, die von ihrer Furcht vor der Überwachung durch das MfS bestimmt waren.

Im Interesse einer flächendeckenden Überwachung wurde die IM/GMS-Tätigkeit durch die Kontrolle des Brief- und Paketpostverkehrs und durch die Überwachung des Fernsprechverkehrs seitens des MfS ergänzt. Konkrete Regelungen dazu hatte der Minister für Staatssicherheit in den zuletzt gültigen Dienstanweisungen Nr. 3/85 zur politisch-operativen Kontrolle und Auswertung von Postsendungen durch die Abteilungen M bzw. Nr. 1/84 über die Aufgaben der Diensteinheiten der Linie 26 erlassen. Sie sanktionierten Kontroll- und Abhörpraktiken, die seit den 50er Jahren in anderen Befehlen und Dienstanweisungen niedergelegt worden waren. Die Staatssicherheit arbeitete zu diesem Zweck eng mit der Deutschen Post (der DDR) und mit der Zollverwaltung der DDR zusammen. Zur Überwachung des Brief- und Paketpostverkehrs verteilten sich Kontrollstellen schwerpunktartig auf Leit- oder Knotenpostämter in Ballungsgebieten, Verkehrszentren, Häfen und Garnisonsstädten, sog. „M-Punkte", in denen Briefsendungen geöffnet, gelesen, gegebenenfalls abgeschrieben oder kopiert und wieder in den Verkehr gegeben wurden. Die Kontrollen erfolgten zumeist auftragsgebunden unter Nutzung spezieller Adressenkarteien und spezifischer Schriftenspeicher. Da kontrollierte Postsendungen ohne Öffnungsvermerk wieder geschlossen wurden, soweit der Inhalt nicht der Beschlagnahme unterlag, blieb der Empfänger in der Regel ahnungslos. Erst wenn aufgrund von Verdachtsmomenten ein Ermittlungsverfahren eingeleitet wurde, in dessen Verlauf der Betroffene zur Vernehmung kam, konnte die Postkontrolle für ihn offenbar werden.

Die für die konspirative Telefonüberwachung von Fernsprechteilnehmern in der DDR zuständigen Diensteinheiten der Abteilung 26 verfügten zuletzt über 31 sog. Endstellen und 279 technische Stützpunkte. Dadurch war das MfS in der Lage, DDR-weit 3 780 Fernsprechanschlüsse und 50 Telexteilnehmer gleichzeitig zu überwachen. Operativ wichtige Erkenntnisse aus der Auswertung wurden der auftragerteilenden Diensteinheit des MfS zugänglich gemacht.

In Fällen, in denen das MfS besondere Verdachtsmomente für gegeben ansah, konnten Abhörtechnik (Wanzen) oder optische Technik (Videokameras) gezielt in Wohnungen installiert werden. Einen gesetzlichen Schutz vor „Lauschangriffen" kannte die DDR nicht.

Ein Überblick über die Unterdrückungsmechanismen, mit denen das Regime der SED die Bevölkerung in Schach hielt, wäre unvollständig ohne Erwähnung der Arbeiter- und Bauerninspektion, der „Arbeiterkontrolleure" des FDGB und der „Kontrollposten" der FDJ. Bei aller Verschiedenheit der Organisation, Aufgabenstellung und Arbeitsweise stellten sie für die DDR systemtypische Repressionsstrukturen dar.

Die Arbeiter- und Bauerninspektion wurde 1963 als eine Form der „Volkskontrolle" geschaffen, als „gesellschaftlich-staatliches Kontrollorgan" der DDR, um die „tatsächliche Durchführung" von Beschlüssen und Direktiven von Partei und Regierung „vor Ort" zu kontrollieren. Die ABI, deren Vorläufer die bereits 1946 geschaffenen „Volkskontrollausschüsse" mit der Zentralen Kontrollkommission bzw. die 1952 daraus hervorgegangene Zentrale Kommission für Staatliche Kontrolle waren, unterstanden zugleich dem Zentralkomitee der SED und dem Ministerrat der DDR. Die ehrenamtlich für sie tätigen „Volkskontrolleure" sollten vor allem die Erfüllung der Wirtschaftspläne sichern helfen und Mißstände in der Versorgung aufdecken. Mit der ABI wirkten die „Arbeiterkontrolleure" des FDGB eng zusammen. Als von der zuständigen Betriebsgewerkschaftsleitung bestellte Kontrollfunktionäre hatten sie in Industriebetrieben und auf Baustellen die Plandisziplin zu überwachen. Ihre jugendspezifische Variante bildeten die „Kontrollposten" der FDJ in „sozialistischen Betrieben", Verwaltungen und Schulen. Nach ihrem Selbstverständnis sollten sie Rückständigkeit und Mängel aufspüren und anzeigen. Aus ihrer Aufgabenstellung ergab sich für die ABI häufig die Notwendigkeit eines engen Zusammenwirkens mit der Volkspolizei und der Staatssicherheit, insofern die von der ABI aufgedeckten Mißstände strafrechtliche Konsequenzen zeitigen sollten. Der Vorwurf der „Sabotage" wurde eilfertig erhoben.

Es bedarf keines Nachweises, daß das politische Strafrecht der DDR schon von den Tatbeständen her als Unterdrückungsinstrument gedacht war. Solche im Strafgesetzbuch normierten Delikte wie „landesverräterische Nachrichtenübermittlung", „Diversion", „staatsfeindlicher Menschenhandel", „staatsfeindliche Hetze" oder „verfassungsfeindlicher Zusammenschluß" machten ihren repressiven Charakter durch sich selbst offenkundig. Auch bestimmte „Straftaten gegen die staatliche und öffentliche Ordnung" wie „Widerstand gegen staatliche Maßnahmen", „ungesetzlicher Grenzübertritt", „Beeinträchtigung staatlicher oder gesellschaftlicher Tätigkeit" und „ungesetzliche Verbindungsaufnahme" waren zu allgemeiner Disziplinierung im Sinne des Regimes und zur Unterdrückung politisch Andersdenkender eigens geschaffen. Das Sanktionensystem des DDR-Strafrechts entsprach dieser Einschätzung. Politische Delikte waren mit unverhältnismäßig hohen Freiheitsstrafen belegt, in schweren Fällen konnte bis 1987 die Todesstrafe verhängt werden, und die Strafgerichte zögerten auch nicht, das Strafrecht repressiv anzuwenden. Der Strafvollzug an politisch Verurteilten diente nicht der Erziehung, sondern der Unterdrückung. Selbst die Todesstrafe wurde in der DDR bis in die 80er Jahre hinein verhängt und vollstreckt. Die 1961 erfolgte Einführung der „Aufenthaltsbeschränkung" und der „Arbeitserziehung" in das Strafrecht bewies, daß die SED bis dahin nur im Sowjet-Strafrecht bekannte Repressionsmechanismen auf die DDR zu übertragen entschlossen war.

Sowjetischem Beispiel – dem GULag-System – entsprach schließlich auch die Planung und Vorbereitung von Isolierungslagern in der DDR, in die in Zeiten innerer Krisen und „konterrevolutionärer Konflikte“ nicht nur Regimegegner, sondern auch „politisch unsichere Elemente“ eingewiesen werden sollten. Umfangreiche Namenslisten „zur Erfassung von Personen für die Zuführung in Isolierungslager“ waren vom Arbeitsbereich I der Kriminalpolizei in Zusammenarbeit mit der Staatssicherheit bereits aufgestellt. Auch die Reglements der Isolierungslager, die nicht mit den für Ausländer im Kriegsfall gedachten Internierungslagern zu verwechseln waren, lagen bereits ausgearbeitet vor.

Zusammenfassend ist festzustellen, daß das System repressiver Strukturen und Mechanismen in der DDR die logische Konsequenz einer Staats- und Rechtsauffassung war, die ihren Charakter als Instrument der herrschenden Partei nie geleugnet, sondern frühzeitig postuliert hat. Die Unterdrückungsfunktion, die dem Staat unter der Diktatur der SED attestiert war, ist niemals verschleiert, sondern im Gegenteil offen gerechtfertigt worden. Das in diesem Kontext entwickelte System staatlicher und gesellschaftlicher Unterdrückungsmechanismen war allerdings stets in Kombination mit ideologischen Mechanismen, mit der Manipulation der Menschen durch die SED-gelenkten und -kontrollierten Massenmedien sowie mit der Indoktrination im Erziehungs- und Bildungswesen zu sehen. Auch die Kaderpolitik war dabei zu berücksichtigen, insoweit sie nicht nur die Auslese „zuverlässiger Kader“ für alle wichtigen Positionen in Staat und Gesellschaft gewährleisten sollte, sondern durch personalpolitische Kontrolle auch zu verhindern hatte, daß im Sinne des Regimes „unsichere Kader“ in wichtige Positionen gelangen konnten. Von ihrem politisch-ideologischen Anspruch her glaubte die Diktatur der SED die ihrer Macht unterworfenen Menschen ihrem Regime total ausgeliefert, aber Theorie und Praxis klafften auch hier auseinander. Im Alltag der DDR lernten die Menschen im Laufe der Zeit, sich auf das Regime einzustellen und sich ihm anzupassen, sie entwickelten Abwehr- und Verteidigungshaltungen, mit denen sie sich zumindest partiell dem totalen Zugriff des Regimes zu entziehen und Zuflucht in „private Nischen“ zu finden vermochten.

Karl Wilhelm Fricke

Literaturhinweise:

Löw, Konrad (Hrsg.): Totalitarismus. Schriftenreihe der Gesellschaft für Deutschlandforschung, Bd. 23, Berlin 1988.
Weber, Jürgen (Hrsg.): Der SED-Staat. Neues über eine vergangene Diktatur. Akademiebeiträge zur politischen Bildung, Bd. 27, München 1994.

Uranbergbau

Unter dem Tarnnamen „Wismut" wurde im Süden der ehemaligen DDR seit 1946 an zahlreichen Standorten intensiver Uranbergbau betrieben. Die gesamte Nachkriegsproduktion beläuft sich auf 215 559 Tonnen Uran. Dies entspricht etwa 13% der gesamten weltweiten Uranproduktion bis zum Jahr 1990. Die DDR war damit hinter den Vereinigten Staaten und Kanada der drittgrößte Uranproduzent der Welt. Aus dem geförderten Erz wurden zunächst handverlesene oder mechanisch sortierte Konzentrate des Uranminerals Pechblende hergestellt, später wurde in großen chemischen Aufbereitungsanlagen das handelsübliche Uranerzkonzentrat „Yellow cake" (chem.: Ammoniumdiuranat) mit rund 70% Urangehalt produziert und verpackt. Das gesamte Uran wurde mit sowjetischer Militärbegleitung in die UdSSR geliefert. In der DDR fand keine Weiterverarbeitung statt, industrielle Anlagen zur Isotopenanreicherung oder Brennelementfertigung waren dort nicht vorhanden. In der Sowjetunion wurde das in der DDR geförderte Uran zunächst ausschließlich für das Kernwaffenprogramm, später auch für die Herstellung von Brennelementen für Kernkraftwerke verwandt.

Von Anfang an war der Uranbergbau unter sowjetischer Führung unter größtmöglicher Geheimhaltung betrieben worden. Der Wismut-Komplex entwickelte sich zu einem Staat im Staate mit einem fast lückenlosen System von Hilfs- und Nebenbetrieben. Es umfaßte Transporteinrichtungen, eigene Telekommunikationsnetze, Bau- und Montagebetriebe ebenso wie Planungs- und Ingenieurkapazitäten, Laboreinrichtungen, Erkundungs- und Bohrbetriebe u.a. Für die Wismut bestanden eine eigene Gewerkschaft, eine eigene Parteiorganisation, eigene Ferienheime, ein eigenes Gesundheitswesen, berufliche Ausbildungszentren, Sicherheitsorgane und eine eigene Organisationseinheit der → *Staatssicherheit* mit direkten Verbindungen zur Berliner Zentrale und zum sowjetischen Geheimdienst KGB. Umfangreiche Dokumente und Berichte belegen die intensive und hinsichtlich ihres Detaillierungsgrades geradezu grotesk wirkende Überwachung der Geheimhaltung durch die Wismut-Staatssicherheit. Auch gegenüber der Bevölkerung in den vom Uranbergbau betroffenen Regionen war die Abschottung des geheimen Uranbergbaukomplexes nahezu perfekt. Eine kritische Auseinandersetzung in der Öffentlichkeit oder gar Bürgerproteste gegen Maßnahmen der Wismut und insbesondere gegen die fortschreitende Umweltbeeinträchtigung waren undenkbar.

Genehmigungsrechtlich genoß das Unternehmen Wismut insbesondere auf dem Gebiet des Strahlenschutzes aufgrund seiner Zweistaatlichkeit ebenfalls eine Sonderstellung in der DDR. Betrieb und Stillegung von Einrichtungen wurden nicht von den für den Vollzug des Atom- und Strahlenschutzes zuständigen Behörden genehmigt, sondern beruhten weitgehend auf Vereinbarungen der Unternehmensleitung mit Behörden oder lediglich auf Entscheidungen des Generaldirektors.

Die geschichtliche Entwicklung des Uranbergbaus in der ehemaligen DDR ist in der unmittelbaren Nachkriegszeit durch die besatzungsrechtliche Situation geprägt: Bereits im Herbst 1945 begannen sowjetische Geologen mit der Auswertung historischer Archivunterlagen des bis ins Mittelalter zurückreichenden Bergbaus im sächsischen Erzgebirge und mit ersten Erkundungsarbeiten auf Uranerz. 1946 wurde die Gewinnung von Uranerz aus alten Halden, Stollen und Schächten der damaligen Sachsenerz-Bergwerke AG unter der Leitung von Einheiten der Sowjetarmee aufgenommen. 1947 erfolgte zur Abdeckung von Reparationsansprüchen die Überführung der Bergwerksunternehmen in sowjetisches Eigentum. Es entstand die sowjetische „Staatliche Aktiengesellschaft (SAG) Wismut“ mit Sitz in Moskau. Bis zum Jahr 1954, in den sog. wilden Jahren der Wismut, war die Tätigkeit dieser Gesellschaft bedingungslos auf Produktion ausgerichtet. Arbeitskräfte wurden aus der gesamten Besatzungszone zu in der Regel sechsmonatiger Arbeit unter Tage zwangsrekrutiert. Ländereien wurden willkürlich in Anspruch genommen und in Sperrzonen verwandelt. Besonders tragisch sind die Folgen des in dieser Zeit beim Vortrieb und Abbau angewandten sog. Trockenbohrverfahrens. Die dabei von den Bergarbeitern eingeatmeten radioaktiven Staubpartikel in Verbindung mit hohen Konzentrationen des radioaktiven Edelgases Radon in der Atemluft führten und führen aufgrund der langen Latenzzeiten heute noch zu einer Vielzahl an Lungenkrebserkrankungen. Bisher sind 5 500 Todesfälle infolge Strahlenkrebs bei Mitarbeitern der Wismut bekannt (→ *Gesundheitswesen*).

Erst Mitte der 50er Jahre verbesserten sich die Arbeitsbedingungen in den Bergwerken allmählich unter zunehmendem deutschen Einfluß. Am 1. Jan. 1954 wurde die bis dahin rein sowjetische Gesellschaft auf der Grundlage eines Regierungsabkommens für die DDR geöffnet und firmierte seit dieser Zeit als „Sowjetisch-Deutsche Aktiengesellschaft (SDAG) Wismut“ mit Sitz in Chemnitz. DDR und UdSSR hielten je die Hälfte der Anteile an der Gesellschaft und entsandten jeweils drei Vertreter in das Aufsichtsorgan des Unternehmens. Erstmals waren auch in den Führungsebenen deutsche Mitarbeiter zugelassen, allerdings eng „betreut“ von sowjetischen Kollegen. In den folgenden Jahren konnten wesentliche Verbesserungen der Sicherheits- und Arbeitsschutzbedingungen in den Produktionsbetrieben erreicht werden.

Seit Mitte der 70er Jahre war die Uranproduktion rückläufig. Obwohl der Bergbau noch bis über das Jahr 2000 hinaus projektiert war, waren die letzten Jahre der SDAG Wismut geprägt von dem sowjetischen Wunsch nach vorzeitiger Beendigung der Uranbezüge. DDR-Regierung und Unternehmensleitung versuchten demgegenüber, an der ursprünglichen Produktionsplanung festzuhalten. Regierungsverhandlungen, in denen dieser Dissens hätte geklärt werden sollen, wurden vom deutschen Einigungsprozeß überholt.

Im sog. Überleitungsabkommen vom Oktober 1990 wurde zwischen der Bundesrepublik Deutschland und der Sowjetunion vereinbart, den Uranbergbau zu beenden und mit den Stillegungs- und Sanierungsarbeiten zu beginnen. Eine Fortführung des Uranbergbaus wäre nach westlichen Maßstäben schon aufgrund der niedrigen Urangehalte im Erz (unter 0,1%) nicht wirtschaftlich gewesen. Die DDR-Aktienanteile an der SDAG Wismut gingen am Tag der Wiedervereinigung auf die Bundesrepublik Deutschland über. Nach weiteren Verhandlungen trat im Dezember 1991 ein Regierungsabkommen in Kraft, das die Übertragung des sowjetischen Anteils an der Gesellschaft auf die Bundesrepublik Deutschland und die Freistellung der Sowjetunion von Verpflichtungen bei der Stillegung und Sanierung vorsieht. Eine Beteiligung der Sowjetunion an der Finanzierung der Stillegungs- und Sanierungsarbeiten war aufgrund der von der DDR früher eingegangenen völkerrechtlichen Vereinbarungen in diesen Verhandlungen nicht durchsetzbar.

Die jahrzehntelange ungehemmte Gewinnung und Verarbeitung von Uranerzen haben Landschaft und Umwelt in Sachsen und Thüringen nachhaltig geschädigt. Mit Einstellung des Uranbergbaus wurden die erheblichen Umweltbelastungen und die Gesundheitsrisiken deutlich sichtbar. Der intensive Bergbau in dichtbesiedeltem Gebiet hat in der Uranbergbauregion durch eine Vielzahl von Schachtanlagen, Halden, Schlammteichen und einem großen Tagebaurestloch am Rande der thüringischen Stadt Ronneburg deutliche Spuren hinterlassen. Die Folgende Tabelle gibt eine Übersicht über die Größe der Anlagen und Betriebsflächen der Wismut.

Sanierungsgebiete und Anlagen der SDAG Wismut in Sachsen und Thüringen
(Standorte Ronneburg/Drosen, Seelingstädt, Crossen, Aue, Pöhla, Königstein und Dresden-Gittersee) im Jahr 1991

Gesamtfläche aller Betriebe über Tage		37	km^2
davon bergbaulich beeinträchtigt		24	km^2
Ausdehnung des Bergbaugebietes (einschl. unter Tage)		110	km^2
Länge der Grubenhohlräume	ursprünglich	7 480	km
	davon offen	1 400	km
Anzahl der Tagesschächte		56	
Tagebau Lichtenberg (Ostthüringen)	Ausdehnung	1,6	km^2
	Volumen	84	Mio. m^3
	Tiefe	160	m
Abraumhalden im Bergbaugebiet	Anzahl	48	
	Fläche	15,2	km^2
	Volumen	311	Mio. m^3
Schlammteiche (Absetzanlagen)	Anzahl	14	
	Fläche	7,2	km^2
	Inhalt	169	Mio. m^3

Unmittelbar nach der Wiedervereinigung wurde mit der Bestandsaufnahme und Bewertung der Umweltbelastungen und mit ersten Maßnahmen zur Stillegung der Anlagen und zur Sanierung der kontaminierten Flächen begonnen. Das Sanierungsprojekt Wismut ist auf etwa 15 Jahre angelegt und wird aus Mitteln des Bundes finanziert. Die gesellschaftsrechtliche und administrative Zuständigkeit liegt beim Bundesministerium für Wirtschaft. Durch eine Verpflichtungsermächtigung im Bundeshaushalt ist die Finanzierung der Projektkosten in Höhe von 13 Mrd. DM sichergestellt. Die Verantwortung für die Durchführung der Stillegungs- und Sanierungsarbeiten vor Ort hat die bundeseigene WISMUT GmbH. Dieses Unternehmen ist durch das WISMUT-Gesetz vom 12. Dez. 1991 aus der früheren SDAG Wismut entstanden und wurde 1992 vollständig zu einem Sanierungsbetrieb umstrukturiert. Hilfs- und Nebenbetriebe wurden abgespalten und 1994/95 privatisiert. Gegenüber rund 40 000 Beschäftigten des ehemals kombinatsartig strukturierten Produktionsbetriebes Ende der 80er Jahre führen heute 4 000 Arbeitnehmer die Stillegungs- und Sanierungsarbeiten durch.

Der ostdeutsche Uranbergbau hat 43 Jahre lang Landschaft und Menschen im Süden der ehemaligen DDR geprägt. Der Wismut-Komplex ist Bestandteil der deutschen Nachkriegsgeschichte, aber auch – international betrachtet – ein wesentlicher Baustein des nuklearen Wettrüstens der Supermächte. Der Name „Wismut" steht für viele Einzelschicksale, für Umweltbelastungen und -zerstörungen ebenso wie für beachtliche bergbau- und ingenieurtechnische Leistungen.

Diethard Mager

Literaturhinweise:

Alfred-Wegener-Stiftung (Hrsg.): Themenheft „Wismut-Konzepte und Technologien. Eine Herausforderung an interdisziplinäre Zusammenarbeit", in: Geowissenschaften 11/1996, S. 443-449.
Beleites, Michael: Altlast WISMUT. Ausnahmezustand, Umweltkatastrophe und das Sanierungsproblem im deutschen Uranbergbau. Mit einem Vorwort von Arnold Vaatz, Frankfurt/M. 1992.
Brüske-Hohlfeld, Irene/Möhner, Matthias/Kreienbrock, Lothar/Gerken, Michael: Strahlenbelastung im Uranerzbergbau, in: Spektrum der Wissenschaft, Dossier 1/1997, S. 85-88.
Gatzweiler, Rimbert/Mager, Diethard: Altlasten des Uranbergbaus. Der Sanierungsfall WISMUT, in: Die Geowissenschaften, 11/93, Berlin 1993, S. 164-172.
Karlsch, Rainer: Ein Staat im Staate. Der Uranbergbau der Wismut AG in Sachsen und Thüringen, in: Aus Politik und Zeitgeschichte, B 49-50/93, S. 14-22.
Karlsch, Rainer/Schröter, Harm (Hrsg.): Strahlende Vergangenheit. Studien zur Geschichte des Uranbergbaus der Wismut, St. Katharinen 1996.
Mager, Diethard: Wismut – Die letzten Jahre des ostdeutschen Uranbergbaus, in: Bundesministerium des Inneren (Hrsg.): Am Ende des realen Sozialismus. Beiträge zu einer Bestandsaufnahme des SED-Staates, Bonn 1996.
Mager, Diethard: Das Wismut-Gesetz: Hintergründe, Zusammenhänge und erste Bilanz, in: Zeitschrift für Bergrecht, 137/1996, S. 289-308.

Verband der Kleingärtner, Siedler und Kleintierzüchter der DDR (VKSK)

Ziel: Dem VKSK fiel im totalitären Herrschaftssystem der SED als Hilfsorganisation zur Erfassung und Manipulation der Bevölkerung die

Aufgabe einer „sinnvollen" – mit körperlich aktiver Erholung, Erhaltung und Verschönerung der Umwelt verbundenen – Freizeitgestaltung zu. Das sollte mit der Erbringung volkswirtschaftlicher Leistungen bei der Erzeugung von Obst, Gemüse, Honig, Eiern, Fleisch, Fellen usw. kombiniert werden. Wichtig war dabei, daß die Ende der 80er Jahre mehr als 830 000 Kleingärtner oft Flächen bearbeiteten, die nicht oder nur schwer land- oder forstwirtschaftlich nutzbar waren. In den Wohngebieten waren die Sparten der VKSK u.a. an der Gestaltung gärtnerischer Anlagen im Rahmen der Bürgerinitiative „Schöner unsere Städte und Gemeinden – mach mit" beteiligt. Dazu kamen die Organisation von Leistungsschauen von Rassetieren, von Tanzveranstaltungen und von vielfältigen anderen Vergnügungen in den Kleingartenanlagen.

Mitglieder des Verbandes waren Kleingärtner, Wochenendsiedler (Datschen-Besitzer), Züchter von Rassegeflügel, Rassekaninchen, Edelpelztieren, Rassehunden, Rassekatzen, Ziegen, Milchschafen, Ziergeflügel, Exoten und Kanarien sowie Imker. Bei der Vergabe der begehrten Parzellen sollten Arbeiter und kinderreiche Familien bevorzugt werden, um so die Eingliederung des angeblich staatstragenden Proletariats in die sozialistische Lebensgemeinschaft und die SED-Familienpolitik zu unterstützen. Von dieser politischen Instrumentalisierung des VKSK spürte die Masse seiner Mitglieder allerdings wenig und betrachtete ihre Mitgliedschaft eher als Flucht in eine unpolitische Nische.

Geschichte: Bis 1954 bestanden in der SBZ/DDR örtliche – teilweise vom → *FDGB* angeleitete – Kleingarten- und Siedlervereine sowie Tierzuchtsparten, die 1954 zu Kreisverbänden zusammengefaßt und 1959 zum VKSK als Massenorganisation vereinigt wurden. Die Mitglieder des Verbandes erzeugten einen erheblichen Teil des in der DDR produzierten Gemüses und Obstes, von Eiern, Honig und Kaninchenfleisch. Eine Aufwertung erfuhr der VKSK durch den Beschluß des → *ZK der SED* vom 3. Aug. 1977, in dessen Folge neue Kleingartenanlagen zur aktiven Erholung und zur verstärkten Erzeugung landwirtschaftlicher und tierischer Produkte geschaffen wurden. Als der Zeitpunkt der deutschen Vereinigung absehbar war, konstituierte sich am 7. Juli 1990 ein Verband der Garten- und Siedlerfreunde der DDR (VGS) als Nachfolgeorganisation (Auflösung der VKSK zum 31. Dez. 1990). Die Verträge über Eigentum und Nutzung an Grundstücken bekam der VGS übertragen, das Vermögen des VKSK sollte an sich neu formierende größere (vorwiegend Tierzüchter-) Vereine übertragen werden.

Organisation: Der VKSK zählte 1982 ca. 1 214 Mio. Mitglieder in ungefähr 8 000 Kleingartenanlagen. Die insgesamt 17 500 Sparten/Fachsparten waren als Grundeinheiten in Kreis- und Bezirksverbänden zusammengefaßt. Oberstes Gremium war der Verbandstag, der den Zentralvorstand wählte; der Verein war Bestandteil der → *Nationalen Front* der DDR und gab die Zeitschriften „Garten und Kleintierzucht“, „Kleingärtner und Siedler“, „Rassegeflügelzüchter“, „Imker“, „Kleintierzüchter“ und „Der Hund“ heraus. Für die Anleitung durch die SED war die Abteilung Landwirtschaft im ZK der SED zuständig. Am Ende der DDR waren ca. 3,5 Mio. Ostdeutsche mit der Tätigkeit des VKSK verbunden.

Rainer Eckert

Verfassung

Entwicklung: Die erste Verfassung der DDR, die auf den Entwurf der SED (1946) zurückging und vom 3. Volkskongreß 1949 gebilligt wurde (→ *Volkskongreßbewegung*), trat am 7. Okt. 1949 in Kraft. Im Gegensatz zu den zeitgenössischen Verfassungen der osteuropäischen Staaten folgte diese Verfassung – im Hinblick auf die damals noch offene deutsche Frage und auf die deutschlandpolitischen Ziele der Sowjetunion und der SED – nicht dem Vorbild der Stalin-Verfassung von 1936, sondern lehnte sich stark an die Weimarer Verfassung an. Sozialistisches Gedankengut kam nur punktuell zum Tragen. Die Verfassungsstruktur entsprach im wesentlichen den Grundsätzen der Demokratie, des Parlamentarismus, der Rechtsstaatlichkeit und der Bundesstaatlichkeit. Das parlamentarische Regierungssystem wurde allerdings an zwei Stellen empfindlich durchbrochen: Die Regierungsbildung sollte auf der Grundlage des Blocksystems erfolgen, und die Gewaltenteilung wurde zugunsten der Gewaltenkonzentration bei der Volkskammer aufgegeben.

Da die kommunistisch-totalitäre Einparteidiktatur bei Gründung der DDR bereits voll etabliert war, kam den Verfassungsbestimmungen von Anfang an nur eine geringe Bedeutung zu. Nachdem die 2. Parteikonferenz der SED im Juni 1952 den „Aufbau des Sozialismus“ verkündet hatte, wurden die letzten formalen Reste der Demokratie, der Rechts- und Bundesstaatlichkeit rasch beseitigt, ohne daß man die entgegenstehenden Verfassungsbestimmungen einer Änderung wert befunden hätte. So wurden die Länder im Juli 1952 ohne Verfassungsänderung abgeschafft. Zu einer förmlichen Verfassungsänderung kam es in der

Folgezeit nur dreimal, nämlich zur Vorbereitung der offiziellen Gründung der NVA und der Einführung der Wehrpflicht (1955), bei Auflösung der nach Abschaffung der Länder noch über sechs Jahre fortbestehenden Länderkammer (1958) und anläßlich der Ersetzung des Präsidenten der Republik durch einen → *Staatsrat* (1960). Die letzte Verfassungsänderung bewirkte einen Wandel vom Typ der Ministerrats- zur Staatsratsverfassung.

Die Verabschiedung einer zweiten, unter ideologischen Gesichtspunkten zeitgemäßen „sozialistischen" Verfassung ließ lange auf sich warten. Im Laufe des Jahres 1967 wurde in der ZK-Abteilung der SED für Staats- und Rechtsfragen ein Verfassungsentwurf erarbeitet. Die → *Volkskammer* wurde erst in die Endphase des verfassunggebenden Prozesses einbezogen. Ursprünglich sollte die Verfassung lediglich von der Volkskammer gebilligt werden. Aber durch die Demokratisierungsprozesse im „Prager Frühling" sah sich Ulbricht zu einer zusätzlichen, scheindemokratischen Legitimierung genötigt; die Verfassung wurde nach einer „Volksaussprache" durch einen Volksentscheid (6. April 1968) bestätigt. Im Gegensatz zur gesamtdeutsch angelegten Gründungsverfassung ging die neue Verfassung von der Zwei-Staaten-Theorie aus, bekannte sich aber zur Einheit der deutschen → *Nation* und zum Auftrag der sozialistischen Vereinigung beider deutscher Staaten (→ *SED und deutsche Frage*). Die eigentliche Bedeutung der Verfassungsgebung bestand in der längst überfälligen ideologisch-verfassungspolitischen Flurbereinigung, indem das obsolete formelle Verfassungsrecht dem einfachgesetzlichen materiellen Staatsrecht und teilweise auch der politischen Wirklichkeit angeglichen wurde. So wurde die Praxis der totalitären SED-Diktatur mit der ausdrücklichen Verankerung des → *Führungsanspruchs der SED* abgesichert.

Die neue Verfassung war bald nach ihrer Verabschiedung durch die politische Entwicklung teilweise überholt. Als Ergebnis der militärischen Besetzung der Tschechoslowakei im August 1968 verhärtete sich der innenpolitische Kurs. Die neue Ost- und Deutschlandpolitik der Bundesregierung bewirkte eine Veränderung der Deutschlandkonzeption der SED. Der Machtwechsel von Ulbricht zu Honecker brachte eine Anpassung an die sowjetische Generallinie und einen Bedeutungsverlust des Staatsrats mit sich. All diese Veränderungen fanden mit einiger zeitlicher Verzögerung ihren Niederschlag in der Totalrevision der Verfassung, die die Volkskammer am 27. Sept. 1974 recht unvermittelt beschloß.

Die Verfassung von 1968/74 blieb formell bis zum → *Beitritt* der DDR zur Bundesrepublik am 3. Okt. 1990 in Kraft. In der Übergangsphase vom Zusammenbruch der SED-Herrschaft bis zur Wiedervereinigung wurde sie in der vordemokratischen Phase (Oktober 1989 bis März 1990) und nach den ersten freien Wahlen am 18. März 1990 wiederholt geändert. Die erste Änderung war die Streichung des → *Führungsanspruchs der SED* am 1. Dez. 1989 durch die Volkskammer. Einen grundsätzlichen Wandel markierten auch die am 17. Juni 1990 verabschiedeten „Verfassungsgrundsätze", die sich zu den Prinzipien eines „freiheitlichen, demokratischen, föderativen, sozialen und ökologisch orientierten Rechtsstaats" bekannten.

Verfassungsprinzipien: Anders als in der Bundesrepublik war es in der DDR nicht üblich, von Verfassungsprinzipien zu sprechen, obwohl Abschnitt I der Verfassung von 1968/74 unter der Überschrift „Grundlagen der sozialistischen Gesellschafts- und Staatsordnung" diverse Aussagen zum politischen System, zur Wirtschaftsordnung und zur Kulturordnung traf. Die wichtigsten Aussagen betrafen die Verbindlichkeit der marxistisch-leninistischen Ideologie und den Führungsanspruch der SED. Den Aussagen zur sozialistischen → *Demokratie* kam angesichts der totalitären Parteidiktatur nur propagandistische Bedeutung zu. Die Wirtschaftsverfassung beruhte auf der Dominanz des „sozialistischen", d.h. vorwiegend staatlichen Eigentums an Produktionsmitteln (→ *Eigentum*) und der zentralen Planwirtschaft (→ *Wirtschaft*). Ein Rechtsstaat wollte die DDR nicht sein; erst unter dem auswärtigen Reformdruck (→ *Sowjetunion und SBZ/DDR*) wurde im Sommer 1988 die Vokabel vom „sozialistischen Rechtsstaat" aufgegriffen. Statt dessen bekannte sich die Verfassung zum Prinzip der → *sozialistischen Gesetzlichkeit*, deren Doppeldeutigkeit eine flexible und parteiliche, der jeweils geltenden rechtspolitischen Generallinie entsprechende Handhabung des Rechts ermöglichte. In außenpolitischer Hinsicht begriff die Verfassung die DDR als „untrennbaren Bestandteil der sozialistischen Staatengemeinschaft" im Rahmen des immerwährenden und unwiderruflichen Bündnisses mit der Sowjetunion (Art. 6, Abs. 2 u. 3).

Grundrechte: Die Verfassung enthielt einen umfangreichen Grundrechtskatalog, der sich von der international üblichen Systematik und Gewichtung augenfällig unterschied. An seiner Spitze standen die politischen Teilhaberechte, darauf folgten die sozialen Leistungsrechte, ein deutlich geringerer Stellenwert kam den fast ausnahmslos unter einem Gesetzesvorbehalt stehenden persönlichen Freiheitsrechten zu, und schließlich gab es Grundpflichten. Theoretisch wurden die Grundrechte dadurch entwertet, daß die von der SED definierten „gesellschaftlichen Interessen" eine immanente Grundrechtsschranke darstellten und daß die Rechte und Pflichten als eine Einheit begriffen wurden.

Im praktischen Rechtsleben spielten die Grundrechte überhaupt keine Rolle (→ *Grund- und Menschenrechte*). Ihre eigentliche Bedeutung lag auf dem Gebiet der Propaganda.

Verfassungsorgane: Die formale Struktur der zentralen Staatsorganisation war nach dem Prinzip der Gewalteneinheit entworfen. Hiernach sollte die gesamte Staatsgewalt bei der Volkskammer konzentriert sein. Alle übrigen Verfassungsorgane sollten von ihr personell und sachlich abhängig sein. Tatsächlich wurden die Abgeordneten nicht frei gewählt, sondern nach der Einheitsliste der → *Nationalen Front* akklamatorisch bestätigt (→ *Wahlen*). Auch die theoretische Allzuständigkeit kontrastierte in auffälliger Weise mit der praktischen Ohnmacht der Volkskammer. Mit ständig rückläufiger Sitzungsfrequenz trat sie in den 80er Jahren jährlich nur noch zu zwei bis drei eintägigen Sitzungen zusammen, um die ihr unterbreiteten Gesetzesvorlagen und politischen Entscheidungen einstimmig zu verabschieden.

Der 1960 als zusätzliches persönliches Machtinstrument Ulbrichts errichtete Staatsrat war ursprünglich als oberstes politisches Leitungsgremium und Hüter der Verfassung konzipiert. Mit dem Vorsitz des Staatsrats übernahm der → *Generalsekretär* der SED die Funktion des Staatsoberhauptes. Mit der Entmachtung Ulbrichts im Mai 1971 verlor der Staatsrat maßgeblich an Gewicht und erlangte erst erneut eine gewisse Bedeutung, nachdem Honecker im Oktober 1976 den Vorsitz übernommen hatte. Durch die Verfassungsrevision von 1974 waren seine Befugnisse inzwischen allerdings erheblich beschnitten worden. In der Honecker-Ära war die Beschlußtätigkeit des Staatsrats minimal. Im Vordergrund standen die herkömmlichen Funktionen eines Staatsoberhaupts vornehmlich auf dem Gebiet der auswärtigen Gewalt, die aber vom Vorsitzenden und nicht vom Gremium ausgeübt wurden.

Der ebenfalls seit 1960 bestehende → *Nationale Verteidigungsrat* war als ein Hilfsorgan des Staatsrats zur zentralen Leitung und Koordinierung der Verteidigungs- und Sicherheitsmaßnahmen berufen. Zu seinem Vorsitzenden wurde von der Volkskammer immer der jeweilige Parteichef gewählt, während die übrigen Mitglieder vom Staatsrat berufen wurden, ohne daß ihre Namen bekanntgegeben worden wären. Im Hinblick auf die Geheimhaltung, die Person des Vorsitzenden und die formaljuristisch beträchtlichen Rechtsetzungs-, Verwaltungs- und Notstandskompetenzen wurde seinerzeit vielfach angenommen, daß der Nationale Verteidigungsrat im militär- und sicherheitspolitischen Entscheidungsprozeß eine wichtige Rolle gespielt habe. Tatsächlich hielt er jährlich nur zwei bis drei Sitzungen ab, in denen vornehmlich militärische Struktur- und Personalfragen, nicht aber Angelegenheiten der Staatssicherheit behandelt wurden.

Eine größere Bedeutung kam dem → *Ministerrat* auf dem Gebiet der Wirtschafts- und Sozialpolitik zu, indem er die Rahmenvorgaben der Parteiführung konkretisierte und die staatliche Verwaltung leitete. Über seine personelle Zusammensetzung wurde im → *Politbüro* entschieden. Die anschließende formelle Regierungsbildung ging so vonstatten, daß die Volkskammer auf Vorschlag der SED-Fraktion den Vorsitzenden wählte und mit der Regierungsbildung beauftragte, dann die von diesem vorgelegte Ministerliste bestätigte und die somit gewählten Ministerratsmitglieder durch den Vorsitzenden in ihr Amt berufen wurden. Eine Richtlinienkompetenz des Vorsitzenden war nicht vorgesehen und auch nicht erforderlich, da die Richtlinien der Politik von der Parteiführung bestimmt wurden. Trotzdem war die Rechtsstellung des Vorsitzenden stark, da er gegenüber allen Mitgliedern des Ministerrats das Weisungsrecht und die Disziplinarbefugnis besaß und deren Entscheidungen wegen Rechtswidrigkeit aufheben konnte. Das Verhältnis zwischen dem Vorsitzenden und den Mitgliedern war demjenigen zwischen einem Vorgesetzten und seinen Untergebenen angenähert. Zwar war der Vorsitzende des Ministerrats kein Regierungschef im funktionalen Sinne, aber er war ohne Zweifel der oberste Verwaltungschef der DDR.

Verwaltungsorganisation: Der Verwaltungsaufbau war durch die Organisationsgrundsätze des → *demokratischen Zentralismus* und der Gewalteneinheit bestimmt. In vertikaler Hinsicht gliederte sich die DDR zuletzt in 15 Bezirke, 227 Kreise und 7 587 Gemeinden. Die allgemeine Verwaltungsorganisation war in all diesen Gebietseinheiten einheitlich geregelt. Rein äußerlich ähnelte sie der Magistratsverfassung insofern, als jede Volksvertretung (Bezirkstag, Kreistag, Stadtverordnetenversammlung, Gemeindevertretung, Stadtbezirksversammlung) einen „Rat" als kollegiales Beschluß- und Vollzugsorgan wählte, der wiederum monokratisch geleitete „Fachorgane" für einzelne Verwaltungszweige bildete. Die Leiter der Fachorgane wurden vom Rat nach Abstimmung mit dem Leiter des übergeordneten Fachorgans und mit nachträglicher Bestätigung durch die Volksvertretung berufen und waren überwiegend Ratsmitglieder. Verwaltungschef der Gebietseinheit und Vertreter des Rates war der von der Volksvertretung gewählte Vorsitzende. Die genannten Bestellungsprozeduren wurden freilich vom Nomenklatursystem überlagert, so daß tatsächlich alle örtlichen Verwaltungsfunktionäre von einer SED-Dienststelle eingesetzt wurden.

Nach dem Prinzip der „doppelten Unterstellung" war jeder Rat seiner Volksvertretung und dem höheren Rat, jedes Fachorgan seinem Rat und dem höheren Fachorgan gleichzeitig untergeordnet. Im Falle der

Räte besaß nur die vertikale Unterstellung tatsächliches Gewicht, da die Volksvertretungen kaum eine realpolitische Bedeutung hatten. Komplizierter stellte sich die Lage der Fachorgane dar, da in Gestalt des Rates und seines Vorsitzenden auf der einen und des übergeordneten Fachorgans und seines Leiters auf der anderen Seite reale Verwaltungsmächte einander gegenüberstanden und die zweckmäßige Abstimmung der allgemeinen regional-lokalen mit den besonderen Ressortinteressen ein systemimmanentes Sachproblem bildete. Das Rückgrat der allgemeinen Verwaltungsorganisation war der Weisungsstrang, der beim Vorsitzenden des Ministerrats begann, über die Ratsvorsitzenden der Bezirke und Kreise bis zu den Bürgermeistern reichte und somit die einzelnen Verwaltungsebenen miteinander verband.

Manche Verwaltungszweige wurden von den Zentralbehörden (Ministerien) als „Sonderverwaltungen" unmittelbar geleitet, ohne daß im Wege der „doppelten Unterstellung" eine organisatorische Verbindung zu den allgemeinen Verwaltungsbehörden bestanden hätte. Beispiele hierfür waren die zentralgeleitete → *Wirtschaft*, das Post- und → *Fernmeldewesen*, die Versicherungen, die Vertragsgerichtsbarkeit, der auswärtige Dienst und der Außenhandel. Die Apparate der Herrschaftssicherung (Staatssicherheitsdienst, Armee) waren der Leitungsstruktur des Ministerrats weitgehend entzogen und vom Staatsapparat getrennt.

Rechtspflege: Der Funktionsbereich der Rechtsprechung beschränkte sich auf Straf-, Zivil-, Familien- und Arbeitsrechtssachen. In Ermangelung einer Verwaltungs- und Verfassungsgerichtsbarkeit gab es jedenfalls bis zum 1. Juli 1989 für den Bürger keinen gerichtlichen Rechtsschutz gegen Maßnahmen der öffentlichen Gewalt. Die wirtschaftsrechtlichen Streitigkeiten innerhalb des „sozialistischen" Sektors gehörten zum Aufgabenbereich des Staatlichen Vertragsgerichts, das zu Recht als ein oberstes Verwaltungsorgan angesehen wurde.

Die dreistufige Gerichtsorganisation sollte auf dem Prinzip der Einheitsgerichtsbarkeit beruhen, nach dem die Kreisgerichte grundsätzlich in erster Instanz, die Bezirksgerichte grundsätzlich als Berufungsinstanz und in einigen schweren Strafsachen in erster Instanz sachlich zuständig waren und das Oberste Gericht hauptsächlich als Leitungsorgan mit ausnahmsweise erst- und zweitinstanzlichen Zuständigkeiten fungierte. Dieses Prinzip wurde allerdings in zweierlei Hinsicht relativiert. Erstens bestand für Militärstrafsachen in Gestalt der Militärgerichte und der Militärobergerichte eine Sondergerichtsbarkeit, die indes dem Obersten Gericht nachgeordnet war. Zweitens verfügte die staatliche Gerichtsbarkeit über einen gesellschaftlichen Unterbau, indem in allen größeren staatlichen Betrieben, Behörden und Einrichtungen Konfliktkommissionen und in den Städten, Gemeinden und Produktionsgenossenschaften Schiedskommissionen als gesellschaftliche Gerichte wirkten, über die fast die gesamte erstinstanzliche Arbeitsrechtsprechung abgewickelt wurde und die außerdem straf- und zivilrechtliche Bagatellsachen behandelten. Dem Obersten Gericht stand in bezug auf die nachgeordneten Gerichte im Zeichen des demokratischen Zentralismus eine Leitungskompetenz zu, in deren Wahrnehmung es normative, für alle Gerichte verbindliche Leitungsentscheidungen treffen und auf dem Kassationswege grundsätzlich binnen Jahresfrist rechtskräftige Entscheidungen aller Gerichte aufheben konnte.

Die richterliche Unabhängigkeit wurde in der Verfassung zwar verkündet, war aber in Wirklichkeit kaum vorhanden. Eine persönliche Unabhängigkeit war schon deshalb nicht gegeben, weil es dem Richterstatus an den Elementen der Unabsetzbarkeit und Unversetzbarkeit fehlte: Die Richter wurden für die relativ kurze Zeit von fünf Jahren von der stufengleichen Volksvertretung gewählt und konnten wegen einer Pflichtverletzung unter Umgehung eines förmlichen Disziplinarverfahrens vorzeitig abberufen werden. In ihrer Rechtsprechungstätigkeit sollten die Richter an sich frei von Weisungen sein, doch war ihre sachliche Unabhängigkeit dadurch beeinträchtigt, daß sie auf die → *sozialistische Gesetzlichkeit* und damit auf die Parteilichkeit verpflichtet waren, deren Beachtung mit Hilfe des Führungsinstrumentariums der SED durchgesetzt wurde.

Die strikt zentralistisch aufgebaute „Staatsanwaltschaft“ unter der Leitung des von der Volkskammer für fünf Jahre gewählten Generalstaatsanwalts nahm nicht nur in der Justiz-, sondern in der gesamten Staatsorganisation eine hervorragende Stellung ein. Sie war nicht nur eine Strafverfolgungsbehörde, sondern nach sowjetischem Muster als Hüterin der „sozialistischen Gesetzlichkeit“ konzipiert, die eine totale Rechtsaufsicht über Verwaltung, Rechtsprechung und Wirtschaft ausüben sollte.

Georg Brunner

Literaturhinweise:

Brunner, Georg: Das Staatsrecht der Deutschen Demokratischen Republik, in: Isensee, Josef/Kirchhof, Paul (Hrsg.): Handbuch des Staatsrechts der Bundesrepublik Deutschland, Bd. 1, Heidelberg 1987, S. 385-447.

Brunner, Georg: Die Verwaltung in der SBZ und DDR, in: Jeserich, Kurt G. A./Pohl, Hans/von Unruh, Georg-Christoph (Hrsg.): Deutsche Verwaltungsgeschichte, Bd. 5, Stuttgart 1987, S. 1218-1283.

Brunner, Georg (Hrsg.): Menschenrechte in der DDR, Baden-Baden 1989.
Mampel, Siegfried: Die sozialistische Verfassung der Deutschen Demokratischen Republik. Kommentar, Frankfurt/M. (3. Aufl.) 1996.
Staatsrecht der DDR. Lehrbuch, Berlin (Ost) (2. Aufl.) 1984.
Verwaltungsrecht. Lehrbuch, Berlin (Ost) (2. Aufl.) 1988.

Verkehrspolitik

Den Verkehrsbereich der DDR zeichneten über 40 Jahre äußerst ungünstige Entwicklungsbedingungen aus. Das hatte sowohl mit der schwierigen Ausgangssituation zu tun (Zerstörung infolge von Kriegseinwirkungen, Demontagen, Reparationsleistungen usw.) als auch mit den quantitativ und qualitativ neuen Anforderungen, wie sie sich aus der Abkopplung der ostdeutschen Wirtschaft aus der Vorkriegsdeutschlands und dem Aufbau völlig neuer Verkehrsströme herleiteten. Daß der Verkehrsbereich allerdings bis zuletzt ein Nadelöhr im Wirtschaftsgeschehen der DDR blieb und ihm nicht die notwendige Beachtung als Wirtschaftsfaktor zuteil wurde, ist prinzipiell dem Ordnungssystem der Zentralverwaltungswirtschaft anzulasten.

Die Verkehrspolitik als Teil der Wirtschaftspolitik war vollständig eingebunden in die die gesamte → *Wirtschaft* prägenden Mittel, Methoden und Praktiken der Planung, Lenkung und Überwachung. Ein feinmaschiges System von Vorgaben, Normativen, Kennziffern der Planung und Abrechnung, von Sanktionen, Ver- und Geboten bildete den Rahmen für die Verkehrsbedienung der Wirtschaft wie der Bevölkerung. Der Verkehrsbereich war Teil der Kommandowirtschaft der SED. Die Verkehrspolitik war damit ausschließlich von den Vorgaben der SED-Führung abhängig, richtete sich nach deren politischen und militärischen Zielsetzungen (z.B. denen des Warschauer Paktes) sowie den jeweiligen wirtschaftspolitischen Schwerpunkten. Den Verkehrsträgern und -nutzern blieben unter diesen Umständen kaum Freiräume für eigenständige Entscheidungen. Da der Verkehrssektor weitestgehend verstaatlicht war, erbrachten sog. volkseigene Unternehmen beinahe alle Verkehrsleistungen. Auf den privaten und halbstaatlichen Sektor entfielen nur marginale Anteile.

Systemlogisch gab es deshalb auch kaum Ansätze eines freien Wettbewerbs zwischen den Verkehrsträgern. Die zentrale Administration legte die Verkehrsträgerstruktur fest, auch wenn damit keine ökonomisch befriedigende Arbeitsteilung zwischen ihnen zu erzielen war. Solche staatlichen Eingriffe gingen sogar so weit, daß der Verkehrsnutzer kaum noch eine Wahl über den Verkehrsträger treffen konnte. Die Verkehrsleistungen wurden den Bedarfsträgern zugeteilt, häufig ungeachtet deren konkreter Bedürfnisse. Auch das Investitionsverhalten der Verkehrsträger, deren Leistungsangebot, das technische Niveau ihrer Anlagen und des rollenden Materials, die Gestaltung der Frachtpreise sowie die Tarifpolitik unterlagen ausschließlich der zentralen Entscheidungsgewalt.

Die SED-Führung behandelte die Entwicklung des Verkehrssektors von Anfang an als Randproblem, wie schon aus der knappen Zuteilung von Investitionsmitteln deutlich wird. Während die produktionsorientierten Investitionen in die Grundstoff- und verarbeitende Industrie jahrzehntelang absoluten Vorrang genossen, hatten sich die Verkehrsträger mit ständig geringer werdenden Investitionsmitteln zu begnügen. So stiegen beispielsweise die volkswirtschaftlichen Gesamtinvestitionen in den 40 Jahren DDR nominal um das 21fache, die des Nachrichten- und Transportwesens aber nur um das 12fache, womit sie einen Anteil an den Gesamtinvestitionen von jährlich 8 bis 10% erreichten. Diese Investitionspolitik blieb für den Verkehrssektor nicht folgenlos. Die Leistungsfähigkeit der Verkehrsinfrastruktur sank von Jahr zu Jahr. Insbesondere die seit Ende der 70er Jahre von der SED-Führung verfolgte Wirtschaftspolitik verschärfte den Konflikt zwischen dem Angebot an und der Nachfrage nach Verkehrsleistungen ganz beträchtlich, wie aus nachfolgenden verkehrspolitischen Schwerpunkten ersichtlich wird:

1. Verstärkte Monopolstellung des Verkehrsträgers Eisenbahn. Dazu sollte die Sanierung und Elektrifizierung der Eisenbahn schwerpunktartig vorangetrieben werden. Die dadurch erhofften Kapazitätsgewinne wurden für die stark ansteigenden Braunkohlentransporte (einschließlich Abraum) und für die Übernahme eines Teils der Straßengütertransporte benötigt. Doch die geplanten Zielstellungen wurden nur teilweise erreicht. Die Folge waren gravierende Qualitätsabstriche und Störungen im Wirtschaftsverkehr sowie bei der Personenbeförderung. Der Elektrifizierungsgrad mit einem Anteil von 28% elektrifizierter Strecken an der Gesamtstreckenlänge Ende 1989 reichte weder für eine moderne Wirtschaft aus, noch stand diese Kapazität uneingeschränkt zur Verfügung, weil ein Teil dieser Strecken auf alkaligeschädigten Betonschwellen ruhte. Für andere Sanierungswünsche, etwa an den Bahnanlagen und Bahnhöfen, an Eisenbahnbrücken und beim rollenden Material, standen kaum investive Mittel zur Verfügung. Trotzdem hatte die Eisenbahn die Hauptlast unter den Verkehrsträgern zu tragen.

2. Zurücknahme des Straßengüterverkehrs. Weil Kraftstoff eingespart werden sollte, die Straßen und Autobahnen zunehmend verfielen, die eigene Fahrzeugindustrie den inländischen Bedarf nicht decken

konnte und ein flexibler Straßengütertransport nicht in das SED-Verkehrskonzept paßte, wurde mit allen administrativen Mitteln die Politik der Verlagerung der Güter von der Straße auf die Schiene betrieben. Damit verbundene empfindliche Störungen und Hemmnisse im gesamten Wirtschaftsablauf wurden bewußt in Kauf genommen. Innerhalb des Straßenverkehrs genoß der Werkverkehr Priorität, während der gewerbliche Güterverkehr nur eine untergeordnete Rolle spielte.

3. Bewußte Einschränkung des motorisierten Individualverkehrs. Die Bevölkerung mußte zwischen preiswertem, weil hoch subventioniertem, qualitativ jedoch immer schlechter werdendem öffentlichen Personennahverkehr und einem eingeschränkten motorisierten Individualverkehr wählen. Der Fahrzeugbau produzierte auf niedrigem technischen Niveau und mit geringer Produktivität. Seine Kapazitäten reichten keinesfalls aus, um die Bevölkerungsnachfrage zu decken. Die Folgen waren auch hier Überalterung des PKW-Bestandes sowie steigender Ersatzteil- und Reparaturbedarf. Ein unzureichend entwickeltes Straßen- und Service- sowie Tankstellennetz beschränkte den PKW-Verkehr zusätzlich. Investitionsmittel für den Straßenbau wurden vorrangig für die Anbindung von Neubaugebieten und für den Ersatz von Straßen in den Braunkohlentagebauregionen verwendet.

4. Vernachlässigung der Binnenschiffahrt. Das ostdeutsche Gebiet war zu gering durch Flüsse und Kanäle erschlossen, bzw. die Industriestandorte lagen abseits schiffbarer Wasserwege. Für größere Vorhaben fehlten die Mittel. Außerdem waren die Wasserstraßen nicht ausreichend ausgebaut und die Anlagen aus den Vorkriegsjahren weitgehend verschlissen.

5. Die Reduzierung der zivilen Luftfahrt stand weitgehend im Einklang mit dem Reiseverbot für DDR-Bürger. Außerdem wurde der Inlandflugverkehr aus energiepolitischen Gründen eingestellt. Jahrzehntelange Unterversorgung mit Investitionen führte auch bei diesem Verkehrsträger zu nur noch bedingt einsatzfähigen Anlagen und zu stark überaltertem flugtechnischen Gerät.

Rosemarie Schneider

Literaturhinweise:

Rampp, Brian: Die Verkehrswirtschaft Ostdeutschlands – eine Analyse ihres Verfalls und seiner Ursachen, München 1993.

Schneider, Rosemarie: Eisenbahngüterverkehr, Realisierung der Aufgabenstellung nach dem X. Parteitag der SED. FS-Analyse (Forschungsstelle für gesamtdeutsche wirtschaftliche und soziale Fragen, Berlin) Nr. 3/1985.

Schneider, Rosemarie: Anpassungsprobleme der Deutschen Reichsbahn, FS-Forschungsbericht 1992.

Vertriebene (Umsiedler)

In der SBZ wurden die infolge des Zweiten Weltkrieges aus den früheren deutschen Reichsgebieten östlich der Oder und Neiße sowie den deutschen Siedlungsgebieten in Ostmittel-, Ost- und Südosteuropa vertriebenen Deutschen zunächst als Flüchtlinge, später als Umsiedler oder Neubürger (in der Bundesrepublik Deutschland als Vertriebene bzw. Heimatvertriebene) bezeichnet. Der Begriff des Umsiedlers war auf Anordnung der → *SMAD* seit dem 8. Okt. 1945 in der gesamten SBZ verbindlich vorgeschrieben.

Lebten 1939 auf dem Territorium der späteren SBZ 16 745 385 Einwohner, so wurde 1946 ein Bevölkerungsstand von 18 488 316 registriert. Bis Ende 1946 wurden in der SBZ insgesamt 3,6 Mio. Vertriebene aufgenommen. Ihr Anteil an der Gesamtbevölkerung betrug 20,8%. Der landsmannschaftlichen Gliederung nach befanden sich 1946 unter ihnen 1 079 000 Schlesier, 841 000 Sudetendeutsche, 491 000 Ostpreußen, 505 000 Pommern, 318 000 Deutsche aus Posen, Westpreußen und Danzig, 230 000 Ostbrandenburger, 93 000 Deutsche aus Ungarn, Rumänien und dem damaligen Jugoslawien sowie 78 000 aus anderen osteuropäischen Staaten. Am 31. März 1949 hatten nach offiziellen Angaben die Umsiedlerämter der SBZ insgesamt 4 442 313 Vertriebene (25% der Bevölkerung) erfaßt.

In einer Veröffentlichung des Bundesministeriums für gesamtdeutsche Fragen aus dem Jahr 1969 wurde festgestellt, daß sich die Zahl der Vertriebenen bis zum → *Mauerbau* im Verlauf der → *Fluchtbewegung* in die Bundesrepublik auf rund 1,7 Mio. reduzierte. Es wurde darauf hingewiesen, daß Verbindliches über die tatsächliche Größenordnung aufgrund fehlender oder nicht zugänglicher Unterlagen kaum gesagt werden konnte. Die im Jahr 1949 verfügte Einstellung der gesonderten statistischen Erfassung der Vertriebenen, verbunden mit dem Verbot des behördlichen Gebrauchs der Termini Umsiedler und Neubürger erschwerte weitere Angaben.

Die Ankunft einer großen Anzahl von Vertriebenen in den Jahren 1944/45 machte erhebliche Anstrengungen zu ihrer Aufnahme und regionalen Verteilung erforderlich. Da die Vertriebenen zunächst in überlastete, bombengeschädigte städtische Regionen drängten, bemühte sich die SMAD gemeinsam mit der im September 1945 gegründeten Zentralverwaltung für deutsche Umsiedler, die neu Hinzugekommenen in ländlichen Gebieten unterzubringen. Die Folge war eine Fehlverteilung der Vertriebenen auf nicht genügend tragfähige Räume. Wie die statistische Übersicht ausweist, schaffte Abhilfe, daß die Vertriebenen nach Sachsen und Thüringen umgelenkt wurden, wo in industriellen Bereichen Arbeiter u.a. im → *Uranbergbau* sowie in der Textilindustrie gesucht wurden.

Entwicklung der regionalen Verteilung der Vertriebenen in der SBZ

Länder	Dezember 1945 Flüchtlinge/Vertriebene			August 1946 Flüchtlinge/Vertriebene			März 1949 Flüchtlinge/Vertriebene		
	in Tsd.	in % aller Umsiedler	in % der Wohnbevölkerung	in Tsd.	in % aller Umsiedler	in% der Wohnbevölkerung	in Tsd.	in % aller Umsiedler	in% der Wohnbevölkerung
Sachsen	439	17,7	9,2	545	16,4	10,1	989	22,3	17,1
Thüringen	581	17,1	17,2	549	16,5	19,2	681	15,3	23,0
Mecklenburg	631	25,4	36,6	851	25,5	41,7	987	22,2	46,5
Sachsen-Anhalt	581	23,4	16,7	766	23,0	19,0	1062	23,9	24,8
Brandenburg	406	16,4	19,5	619	18,6	24,9	723	16,3	27,4
zusammen	2482	100	17,1	3330	100	19,8	4442	100	25,0

Quelle: Schneider, Dieter Marc: Zentralverwaltung für deutsche Umsiedler, in: Broszat, M./Weber, H. (Hrsg.), SBZ-Handbuch, München 1990, S. 240.

In der SBZ waren 1947 schon mehr Vertriebene in der Industrie und im Handwerk (34,2%) tätig als in der Landwirtschaft (29,5%). Bis zum 1. Okt. 1947 erhielten im Rahmen der → *Bodenreform* insgesamt 85 701 Vertriebene eine Neubauernstelle und damit 708 338 ha Land aus dem Bodenfonds zugewiesen. Bis zum 1. Jan. 1950 stieg die Zahl auf 91 155 Vertriebene. Dies entsprach einem Anteil von 43,4% aller Neubauern der DDR. Zählt man die mithelfenden Familienangehörigen hinzu, so wurden etwa 350 000, d.h. 8,1% aller Vertriebenen, in den landwirtschaftlichen Produktionsprozeß eingeschaltet. Von 1946 bis 1952 mußten 80 632 (38,4%) aller eingerichteten Neubauernstellen wieder aufgegeben werden. Ab Juli 1952 setzte die Politik der Zwangskollektivierung ein, die im April 1960 endete, nachdem der Rest der verbliebenen selbständigen Bauern kollektiviert worden war.

Alle Versuche zur landsmannschaftlichen Gruppenbildung oder zur Etablierung von Interessenvertretungen der Vertriebenen in der SBZ/DDR waren seit 1950 aus politischer Rücksichtnahme auf die sozialistischen Nachbarländer verboten und wurden unnachgiebig bekämpft. Unmittelbar nach der Vereinigung Deutschlands entstanden in den fünf neuen Bundesländern Landsmannschaften und Landesverbände der Vertriebenen, die im Bund der Vertriebenen (BdV) zusammengeschlossen sind.

Anders als die Vertriebenen in der Bundesrepublik erhielten die Vertriebenen in der ehemaligen SBZ/DDR keine vergleichbaren Eingliederungs- und Entschädigungsleistungen. Im → *Einigungsvertrag* vom 31. Aug. 1990 wurden die Kriegsfolgengesetze grundsätzlich nicht in das zu übertragende Bundesrecht aufgenommen, da sie als weitgehend abgeschlossen betrachtet wurden. Ein Teil dieser Gesetze wurde im Einigungsvertrag auch formal zum Abschluß gebracht, ein weiterer Teil – z.B. der Lastenausgleich – im Kriegsfolgenbereinigungsgesetz vom 21. Dez. 1992. Das Vertriebenenzuwendungsgesetz vom 27. Sept. 1994 sieht vor, jedem am 3. Okt. 1990 im Beitrittsgebiet lebenden Vertriebenen eine einmalige Zuwendung von 4 000 DM zu gewähren. Antragsberechtigt sind gut eine Million Vertriebene.

Marion Frantzioch-Immenkeppel

Literaturhinweise:

Bundesministerium für gesamtdeutsche Fragen (Hrsg.): A bis Z. Ein Taschen- und Nachschlagebuch über den anderen Teil Deutschlands, Bonn 1969.

Forschungsgesellschaft für das Weltflüchtlingsproblem-AWR (Hrsg.): Aufnahme und Integration der Vertriebenen in der DDR als wissenschaftliche Aufgabe, Königswinter 1991.

Seraphim, Peter Heinz: Die Heimatvertriebenen in der Sowjetischen Besatzungszone, Bonn 1955.

Verwaltungsgliederung

Am Anfang der sowjetischen Besatzungsherrschaft, nach Auflösung Preußens durch alliierten Kontrollratsbeschluß und Bildung der Länder Sachsen, Thüringen, Sachsen-Anhalt, Brandenburg und Mecklenburg hatte das sowjetische Besatzungsgebiet Deutschlands durchaus Ansätze zur Entwicklung einer demokratischen und bundesstaatlichen Ordnung (ähnlich den Westzonen Deutschlands) gezeigt. Jedoch wurden in der SBZ sehr schnell die Weichen in Richtung auf die Bildung eines Zentralverwaltungsstaats gestellt: 1948 wurde die Deutsche Wirtschaftskommission (DKW) gebildet, 1949 wurden deren Strukturen und Kompetenzen erweitert und 1949 zur Regierung ausgeweitet. Der Beschluß der 2. SED-Parteikonferenz vom Juli 1952 zum „Aufbau des Sozialismus" hatte die Auflösung der fünf Länder und deren Ersatz durch 15 Verwaltungsbezirke zur Folge.

Wichtigste Maßnahme auf diesem Wege war die Auflösung der Länder. Sie war Folge der bis Sommer 1952 zu mehr als 70% vollzogenen Verstaatlichung der Gesamtwirtschaft, deren einzelne Zweige vorwiegend von den Fachministerien der Zentralregierung verwaltet wurden und die fest in das inzwischen entwickelte System der zentralen Planwirtschaft sowjetischen Typs integriert waren. Darüber hinaus entsprachen die Landesverfassungen, die Zusammensetzung der Landtage und Landesregierungen nicht mehr den durch die SED geschaffenen Realitäten, denn seit den ersten und einzigen demokratischen Landtagswahlen von 1946 hatten keine weiteren stattgefunden. Die Länderkompetenzen waren durch die Praxis bereits weitestgehend aufgehoben.

Oberstes Verwaltungsorgan war der → *Ministerrat* (Regierung) der DDR. Seine Fachinstanzen waren Ministerien, staatliche Kommissionen und Komitees, Staatssekretariate mit eigenem Geschäftsbereich, zentrale Ämter und Zentralverwaltungen. Sie gliederten sich in branchenbezogene Fachorgane (in der Regel Ministerien) zur direkten Anleitung von → *Volkseigenen Betrieben* (VEB) oder → *Kombinaten* über entsprechende Hauptverwaltungen dieser Fachministerien. Zahl, Kompetenzen und Unterstellungsverhältnisse der Fach- oder Branchenministerien haben in der DDR-Geschichte vielfach variiert. Ihnen vorgeschaltet (und nach Anzahl und Kompetenzen in der DDR-Geschichte im wesentlichen gleichgeblieben) waren die „Staatliche Plankommission" (als „Organ der Partei und des Staates zur Planung und Leitung der Volkswirtschaft") sowie die „klassischen" oder Querschnitts-Ministerien und -verwaltungen für Finanzen, Arbeit, Soziales, Preise und Löhne, Materialwirtschaft, → *Außenwirtschaft* und Zusammenarbeit mit dem → *Rat für Gegenseitige Wirtschaftshilfe* (RGW), Auswärtiges, Inneres, → *Staatssicherheit*, Verteidigung, Justiz, → *Bildungswesen*, Kultur und örtliche Organe. Der Zentralgewalt waren die Staatsbank und Banken für Außenhandel und Investitionen unterstellt. Im Ministerrat hatten 45 Ressorts Sitz und Stimme, mit allen Ämtern und zentralen Einrichtungen umfaßte er, je nach Schwerpunktsetzungen durch Beschlüsse der SED, bis zu 100 Behörden.

Die Räte der 15 Bezirke (Cottbus, Dresden, Erfurt, Frankfurt/Oder, Gera, Halle, Karl-Marx-Stadt, Leipzig, Magdeburg, Neubrandenburg, Potsdam, Rostock, Schwerin, Suhl und Ost-Berlin), 227 Kreise, Städte, Stadtbezirke und Gemeinden (insgesamt 7 587 Gemeindeeinheiten) waren entsprechend dem Prinzip des → *demokratischen Zentralismus* allgemeine „Organe der Staatsgewalt", an zentrale Pläne und Weisungen gebunden. Kommunale Selbstverwaltung gab es nicht.

Alle örtlichen Räte widerspiegelten das System der branchenbezogenen Ressortgliederung der Zentralgewalt. Wie diese, so waren auch die Bezirksverfassungen nach pseudodemokratischem Muster vorgegeben: „Legislative" sollte der Bezirkstag sein. Er wurde alle fünf Jahre entsprechend des auch für die Volkskammer geltenden Einheitsschlüssels der → *Nationalen Front* gewählt. Die Bezirkstage zählten, je nach Bevölkerungsgröße, zwischen 190 und 250 Abgeordnete und sollten mindestens viermal im Jahr zusammentreten. Ihre Arbeit vollzog sich in Kommissionen für Planung, Koordinierung, Statistik, Finanzen und Haushalt, Örtliche Versorgungswirtschaft, Land-, Forst- und Nahrungsgüterwirtschaft, Handel und Versorgung, Bau- und Wohnungswesen, Verkehrs- und Straßenwesen, Bildung, Kultur, Gesundheits- und Sozialwesen, Landschaftskultur und Wasserwirtschaft, kulturelle Massenarbeit, Sport, Sicherheit und Wehrerziehung, Freizeitgestaltung und ähnliches – je nach Schwerpunktstellung der politischen Massenarbeit gab es bis zu 30 Kommissionen und Unterkommissionen.

„Exekutive" waren die von den Bezirkstagen per Akklamation gewählten Räte der Bezirke. Sie bestanden aus dem Vorsitzenden, einem Ersten und sechs bis zehn Stellvertretern und einfachen Mitgliedern. Ihre Ressorts entsprachen im wesentlichen den Strukturen der Kommissionen. Die Arbeitspraxis war allerdings der in Demokratien diametral entgegengesetzt: Nicht die Bezirkstage kontrollierten die Räte, sondern die Vorsitzenden der Räte stellten den Abgeordneten der Bezirks- und Kreistage (Aufbau und Aufgabenstellung der Kreise entsprachen im Grundsatz denen der Bezirke) die jeweiligen Aufgaben zur massenpolitischen Unterstützung der von den Zentralbehörden vorgegebenen Planaufgaben. Dies galt vor allem für die Planung, Leitung und Kontrolle der Tätigkeit kleinerer Unternehmen, der Genossenschaften des Handwerks und der freien Berufe sowie das örtliche Bildungs-, Gesundheits- und Sozialwesen im Rahmen der staatlichen Pläne für die jeweils zuständige Körperschaft. Die Vorrangstellung der Zentralbehörden und der von diesen direkt geleiteten Großbetriebe und Kombinate brachte es mit sich, daß die örtlichen Organe weder Einfluß auf industrielle Standortfragen noch auf solche der kommunalen Infrastruktur hatten. Sie waren auftragsgebundene Hilfsorgane des Zentralstaats.

Dies war zugleich auch der Hintergrund für die hohe Anzahl von Kreisen, die nach dem Vollzug der Einheit und der Wiedergründung der Länder Mecklenburg-Vorpommern, Brandenburg, Sachsen-Anhalt, Sachsen und Thüringen dann um fast ein Drittel reduziert wurden.

Analog zur hierarchischen Gliederung des organisatorischen Gefüges bestand die personelle Ordnung nach „Nomenklaturen" (→ *Kader-*

nomenklatur). Die höchste Gruppe stellten die Mitglieder und Kandidaten des SED-Politbüros und die Sekretäre des ZK der SED. Ihr folgten die Mitglieder des Präsidiums des Ministerrates, des Staatsrates, des Präsidiums der Volkskammer, die Vorsitzenden der Blockparteien und Massenorganisationen in der Nationalen Front, die Vorsitzenden der Bezirksräte und Ersten Sekretäre der SED-Bezirksleitungen sowie herausgehobene Sektoren- und Abteilungsleiter des ZK der SED. Die dritte Kategorie stellten die übrigen Mitglieder des Ministerrates, Mitglieder der Kollegien in Ministerien und anderen zentralen Staatsorganen (Staatssekretäre, stellvertretende Minister), Leiter zentraler Ämter und Verwaltungen, stellvertretende Vorsitzende der Bezirksräte und SED-Bezirksparteileitungen, herausgehobene Kombinatsleiter sowie Wissenschaftler und Künstler. Die letzte und breiteste Gruppe umfaßte Abteilungs- und Sektorenleiter der zentralen Staatsorgane (nach westlichen Kategorien vom Leitenden Ministerialrat bis zum Ministerialdirektor), Vorsitzende der Kreise und SED-Kreissekretäre, Bürgermeister von Städten über 30 000 Einwohnern, Kombinatsleiter, Wissenschaftler, Künstler und Personen, die die „Kader-Reserve" der SED für höhere Systemfunktionen bildeten.

Organisationsstruktur und personale Hierarchie sicherten auf diese Weise die Funktionsfähigkeit des „demokratischen Zentralismus", allerdings zum Preis einer Überbesetzung und ressortmäßigen Übergliederung, woran das System letztlich erstickt ist.

Fritz Schenk

Literaturhinweis:

Brunner, Georg: Die Verwaltung in der SBZ und DDR, in: Jeserich, Kurt G.A./Pohl, Hans/von Unruh, Georg-Christoph (Hrsg.): Deutsche Verwaltungsgeschichte, Bd. 5, Stuttgart 1987, S. 1218-1283.

Verwaltungsrechtsschutz

Der für den Rechtsstaat wesentliche gerichtliche Verwaltungsrechtsschutz bestand in der DDR nicht, weil er im Widerspruch zu der Lehre von der Einheit der Staatsgewalt gestanden hätte. Die Verwaltungsgerichte wurden 1952 im Zuge der Verwaltungsneugliederung durch interne Anweisung des Ministeriums des Innern aufgelöst; die ordentlichen Gerichte erklärten sich für unzuständig. Ersatzformen des

Verwaltungsrechtsschutzes waren die allgemeine Gesetzlichkeitsaufsicht der → *Staatsanwaltschaft*, das nur in wenigen Fällen vorgesehene Beschwerderecht und das → *Eingabenrecht*.

Friedrich-Christian Schroeder

Vier Mächte

Als die Vier Mächte werden die Hauptalliierten der Anti-Hitler-Koalition – USA, Großbritannien, Frankreich und Sowjetunion – bezeichnet. Sie hatten 1945 die oberste Regierungsgewalt hinsichtlich Deutschlands übernommen. Auch nach der Gründung der Bundesrepublik Deutschland und der DDR und der sukzessiven Übertragung der Souveränität auf die beiden deutschen Teilstaaten hielten sie rechtlich an der Möglichkeit einer Wiederausübung umfassender Hoheitsgewalt fest, ebenso wie an ihren Rechten und Verantwortlichkeiten in bezug auf Berlin und Deutschland als Ganzes. Volle Souveränität erhielt erst das vereinte Deutschland mit dem Zwei-plus-Vier-Vertrag.

Die von den Vier Mächten in Anspruch genommenen Rechte wurzeln in der bedingungslosen Kapitulation der deutschen Streitkräfte im Mai 1945 und dem Fehlen einer handlungsfähigen deutschen Regierung. Sie haben ihren klarsten Ausdruck in der Berliner Erklärung vom 5. Juni 1945 gefunden (→ *Deutschlandpolitik*). Auf der Grundlage dieser übernommenen Rechte ergingen die weitreichenden Potsdamer Beschlüsse (2. Aug. 1945), die die deutschen Ostgebiete bis zum Abschluß eines Friedensvertrags der Verwaltung Polens und der Sowjetunion unterstellten, wurden die Besatzungszonen nach im wesentlichen bereits 1944 vereinbarten Grundsätzen und eine gemeinsame Verwaltung für Berlin (Alliierte Kommandantur) ungeachtet der Aufteilung in vier Besatzungssektoren geschaffen sowie entscheidend auf die territoriale, politische und wirtschaftliche Struktur Deutschlands eingewirkt. So erließ der Alliierte Kontrollrat, der für Deutschland als Ganzes betreffende Angelegenheiten zuständig war, seit September 1945 zahlreiche Gesetze, etwa zur Aufhebung von NS-Recht und betreffend die Auflösung Preußens, bis die Sowjetunion im März 1948 ihre Teilnahme an seinen Sitzungen einstellte. Auch die Durchführung der Kriegsverbrecherprozesse (Nürnberger Militärgerichtshof) beruhte auf einer Vereinbarung der Vier Mächte vom 8. Aug. 1945. Am intensivsten konnten die Mächte in ihrer jeweiligen Besatzungszone auf die lokale, regionale und schließlich staatliche Reorganisation, zunächst auf Länderebene, einwirken. Letztlich führte dies 1949 einerseits zum Zusammenschluß der drei Westzonen (Trizone) und zur Schaffung des Grundgesetzes für die Bundesrepublik Deutschland, dem die drei Militärgouverneure mit gewissen Vorbehalten ihre Genehmigung erteilten, und andererseits zur Gründung der DDR.

Die Wiedererrichtung staatlicher Gewalt auf deutschem Boden führte zunächst zu einer Verrechtlichung und damit genaueren Definition der Besatzungsbefugnisse. In der Bundesrepublik Deutschland trat am 21. Sept. 1949 zu diesem Zweck ein von den drei westlichen Militärgouverneuren erlassenes Besatzungsstatut in Kraft, dessen Revision 1951 den Handlungsspielraum der Bundesrepublik erweiterte. Mit der Ausübung der obersten alliierten Gewalt wurde nunmehr die Alliierte Hohe Kommission betraut. Parallel dazu wurden durch sowjetische Erklärung vom 11. Nov. 1949 die Verwaltungsfunktionen, die bis dahin die → *SMAD* wahrgenommen hatte, auf die Organe der DDR übertragen; an die Stelle der SMAD trat die Sowjetische Kontrollkommission. Dabei ließen weder die Westmächte noch die Sowjetunion Zweifel daran, daß sie jederzeit zur Wiederausübung umfassender Hoheitsgewalt berechtigt seien, wenn dies die innere Entwicklung, die Erfüllung ihrer völkerrechtlichen Verpflichtungen oder die Sicherheit ihrer Streitkräfte erforderten.

Im Zuge der Verschärfung des Ost-West Konflikts (→ *Kalter Krieg*) veränderte sich die Stellung der beiden Staaten in Deutschland gegenüber den jeweiligen Besatzungsmächten (→ *Deutschlandpolitik*; → *Sowjetunion und SBZ/DDR*; → *SED und deutsche Frage*). Die Sowjetunion erklärte bereits am 25. März 1954 die Aufnahme von Beziehungen zur DDR „wie mit anderen souveränen Staaten" und räumte ihr die Freiheit ein, nach eigenem Ermessen über die inneren und äußeren Angelegenheiten „einschließlich der Frage der Beziehungen zu Westdeutschland" zu entscheiden. Im September 1955 wurde die Sowjetische Kontrollkommission aufgelöst; das Oberkommando der → *Gruppe der Sowjetischen Streitkräfte in Deutschland* blieb jedoch erhalten. Am 5. Mai 1955 trat der Deutschlandvertrag zwischen der Bundesrepublik Deutschland und den drei Westmächten in Kraft (→ *Deutschlandpolitik*). Er räumte der Bundesrepublik die volle Macht eines souveränen Staates über ihre inneren und äußeren Angelegenheiten ein; doch behielten sich die drei Mächte nicht nur nach näherer Maßgabe des Vertrages Rechte und Verantwortlichkeiten in bezug auf die Stationierung von Streitkräften in Deutschland und den Schutz ihrer Sicherheit vor, sondern auch ihre bisherigen „Rechte und Verantwortlichkeiten in bezug auf Berlin und Deutschland als Ganzes einschließlich der Wiedervereinigung Deutschlands und einer friedensvertraglichen Regelung" (→ *Deutschlandpolitik*; → *SED und deutsche Frage*).

Diese Vorbehalte der Westmächte einerseits, der Sowjetunion andererseits zeigen, daß den beiden deutschen Staaten keine volle Souveränität übertragen wurde. Im Falle der DDR kam die Einschränkung der Souveränität durch das Prinzip des sozialistischen Internationalismus hinzu, das 1968 als „Breschnew-Doktrin" formuliert wurde, tatsächlich aber auch schon in den 50er Jahren in Geltung war (→ *Sozialistische Bruderhilfe*). Die Vier Mächte behielten sich ein Teilstück der 1945 übernommenen obersten Regierungsgewalt zurück. Beide deutschen Staaten wiesen daher einen (dinglichen) Souveränitätsdefekt auf, der ihnen die Rechtsmacht nahm, allein, aber auch gemeinsam über den rechtlichen, vor allem territorialen Status Deutschlands ohne Mitwirkung der Alliierten zu verfügen (→ *Oder-Neiße-Grenze*).

Inhaltlich bezogen sich die alliierten Rechte und Verantwortlichkeiten auf Berlin und Deutschland als Ganzes. Sie bildeten die Grundlage für zahlreiche Deutschlandkonferenzen der Vier Mächte. Besondere Bedeutung kam indes ihrer Verantwortung für → *Berlin* zu. Nachdem die gemeinsame Verwaltung Berlins durch den Auszug der Sowjetunion aus der Alliierten Kommandantur schon 1948 faktisch beendet war, wurde durch die sowjetische Blockade des Zugangs zu Berlin, durch die Berlin-Krise von 1958/61, den Bau der Mauer 1961 und durch die zunehmende, auch militärische Eingliederung des Ostteils Berlins in die DDR als Hauptstadt der verbliebene besatzungsrechtliche Vier-Mächte-Status der Stadt und damit die Anwesenheit der westalliierten Truppen immer stärker gefährdet, auch wenn gemeinsame Institutionen wie die Luftsicherheitszentrale und die Verwaltung des Spandauer Gefängnisses für Kriegsverbrecher aufrechterhalten blieben. Erst mit Inkrafttreten des von den Vier Mächten abgeschlossenen Berlin-Abkommens von 1971 konnte der Status quo gesichert werden. Die rechtliche Mitwirkung der beiden deutschen Staaten beschränkte sich auf den Abschluß von Durchführungsabkommen.

Vor allem durch das Berlin-Abkommen selbst, aber auch durch den Abschluß der Verträge von Moskau und Warschau (1970) und des Grundlagenvertrags zwischen beiden deutschen Staaten (1972) wurden die Rechte und Verantwortlichkeiten der Vier Mächte aktualisiert. Dies kam in den jeweiligen Notenwechseln der Bundesrepublik mit den drei Westmächten zum Abschluß der Ostverträge und der Erklärung der Vier Mächte vom 9. Nov. 1972 zur Aufnahme beider deutscher Staaten in die Vereinten Nationen zum Ausdruck. Hier wurde unmißverständlich festgestellt, daß die Rechte und Verantwortlichkeiten der Vier Mächte in keiner Weise berührt wurden. Auch die Sowjetunion ließ gegenüber der DDR daran nie einen Zweifel, sosehr sie deren Etablierung als eigenständigen zweiten deutschen Staat auch unterstützte.

Für die → *Deutschlandpolitik* war es von großer Bedeutung, daß es der Bundesrepublik schon im Deutschlandvertrag 1954 im Verhältnis zu den Westmächten gelungen war, den alliierten Rechten und Verantwortlichkeiten inhaltlich den Weg auf das gemeinsame Ziel zu weisen: „ein wiedervereinigtes Deutschland, das eine freiheitlich-demokratische Verfassung, ähnlich wie die Bundesrepublik, besitzt und das in die europäische Gemeinschaft integriert ist" (Art. 7). Den fremdnützigen, auf die Vereinigung Deutschlands bezogenen Charakter der Viermächterechte, wie er auch in ihrer gleichzeitigen Qualifikation als „Verantwortlichkeiten" deutlich wird, hatte auch die Sowjetunion in der Souveränitätserklärung von 1954 bejaht und nie ausdrücklich widerrufen, auch wenn sie zeitweise versuchte, den Inhalt der Rechte und Verantwortlichkeiten zu verunklaren und nur auf die Bundesrepublik Deutschland und Berlin (West) zu beziehen. Insgesamt wurde das Selbstbestimmungsrecht des deutschen Volkes zunehmend als Begrenzung der Viermächterechte erkannt. Beide gemeinsam aber erlaubten sie, vom Fortbestand des Deutschen Reiches und damit der auch die DDR-Bürger einbeziehenden deutschen Staatsangehörigkeit auszugehen und politische Bestrebungen in beiden deutschen Staaten, die diesen rechtlichen Status als politische Verhandlungsmasse ansehen und ggf. aufheben wollten, zurückzuweisen.

Die schwierige Frage, in welchem genauen Verhältnis sich Selbstbestimmungsrecht des deutschen Volkes und Rechte und Verantwortlichkeiten der Vier Mächte befanden, mußte, als der Weg zur deutschen Einheit durch den Umbruch 1989/90 freigeworden war, nicht beantwortet werden, da es zu einem vertraglich-konsentierten Zusammenwirken der beiden deutschen Staaten und der Vier Mächte kam. Im Zwei-plus-Vier-Vertrag vom 12. Sept. 1990 wurden die äußeren Grenzen beider deutscher Staaten als die Grenzen Deutschlands festgelegt und die Bestätigung der Ostgrenze einem besonderen Vertrag zwischen Deutschland und Polen überlassen (→ *Oder-Neiße-Grenze*). Weiter wurden wichtige Fragen der Zahl und Stationierung deutscher Streitkräfte und der Abzug sowjetischer Truppen aus Deutschland geregelt. Im übrigen wurde die Fähigkeit Deutschlands, über seine Bündniszugehörigkeit frei zu entscheiden, bekräftigt. Vor allem aber erklärten die Vier Mächte mit Inkrafttreten des Vertrages ihre Rechte und Verantwortlichkeiten in bezug auf Berlin und Deutschland als Ganzes für beendet und lösten alle entsprechenden Einrichtungen auf. Demgemäß wurde festgestellt, daß Deutschland nunmehr die volle Souveränität über seine inneren und äußeren Angelegenheiten hat. Da der Vertrag bis zum Vollzug der Vereinigung am 3. Okt. 1990 noch nicht ratifiziert war, setzten die Vier Mächte zum Zeitpunkt der Vereinigung die Wirksamkeit ihrer Rechte und Verantwortlichkeiten bis zum Inkrafttreten des Vertrages aus. Von diesem Zeitpunkt an (15. März 1991) datiert der endgültige Abschluß der Nachkriegszeit.

Eckart Klein

Literaturhinweise:

Blumenwitz, Dieter: Die Überwindung der deutschen Teilung und die Vier Mächte, Berlin 1990.
Ress, Georg: Die Rechtslage Deutschlands nach dem Grundlagenvertrag vom 21. Dezember 1972, Berlin, Heidelberg, New York 1978.
Rumpf, Helmut: Land ohne Souveränität, Karlsruhe (2. Aufl.) 1973.
Schenk, Rainer: Die Viermächteverantwortung für Deutschland als Ganzes, Frankfurt/M. 1976.
Schiedermair, Hartmut: Der völkerrechtliche Status Berlins nach dem Viermächte-Abkommen vom 3. September 1971, Berlin, Heidelberg, New York 1975.
Zieger, Gottfried: Vier-Mächte-Verantwortung für Deutschland als Ganzes, Berlin 1990.

Volkseigene Betriebe (VEB)

VEB entstanden nach 1945 aus enteigneten und verstaatlichten → *Betrieben*. Bis Mitte 1948 hatte man insgesamt 9 281 gewerbliche Unternehmen enteignet. Sie existierten zunächst bis 1951 als unselbständige Filialbetriebe der ihnen vorgeordneten Vereinigungen Volkseigener Betriebe (VVB). Wesentlich ist zudem, daß die Befehle der → *SMAD* in der Nachkriegszeit nicht in allen Fällen sofort zu einer Bildung von VEB führten, sondern zum Teil erst auf dem Umweg über Sowjetische Aktiengesellschaften (SAG) erfolgten.

Anfang 1952 erhielten die VEB den Status selbständig wirtschaftender Einheiten. Frühzeitig rückte mit dem Aufbau der Wirtschaft nach dem Krieg und der Durchsetzung einer sozialistischen Planwirtschaft der volkseigene Produktionsbetrieb in den Mittelpunkt zentralplanwirtschaftlicher Aktionen der SED. Diesem und allen anderen VEB hatte man die Aufgabe zugewiesen, das vom Staat zugeteilte sachliche und finanzielle Vermögen effizient zu nutzen sowie Erzeugnisse und Leistungen auf der Grundlage staatlicher Pläne zur Verfügung zu stellen. Damit waren u.a. auch die Übernahme und Anerkennung des Prinzips der wirtschaftlichen Rechnungsführung (Realisierung des Wirtschaftlichkeitsprinzips auf Betriebsebene ohne Gefährdung der zentralen Steuerung) nach sowjetischem Vorbild oder Abgaben an den Staatshaushalt verbunden. Die Bildung von VEB entsprach der von der SED angestrebten Verwirklichung der Vergesellschaftung der Produktionsmittel im Sinne des klassischen Marxismus. Dieses vergesellschaftete → *Eigentum* hatte jedoch eindeutig den Charakter von Staatseigentum. Mit Blick auf ihre formalrechtliche Konstruktion hatten VEB rechtlich und ökonomisch den Status selbständiger Wirtschaftseinheiten im Rahmen der plangelenkten staatlichen Wirtschaft. Sämtliche VEB waren nach westlicher Statistik und Begriffsdefinition Unternehmen (rechtlicher Status). Sie bestanden in der Regel aus einer Vielzahl örtlich getrennter Produktionsstätten.

Die Leitungsorganisation eines VEB erfolgte nach dem in der Organisationslehre von Zentralverwaltungswirtschaften geltenden Prinzip der Einzelleitung und persönlichen Verantwortung. Wie die Praxis zeigte, führte diese personenbezogene Haftung keinesfalls zu einer Qualifizierung der VEB-Führung. Grund hierfür war die Tatsache, daß sämtliche Funktionsträger ständig bemüht waren, jede Entscheidung breit abzusichern, möglichst diffuse Verantwortlichkeiten zu erzeugen und damit persönliche Risiken zu minimieren. Die Befugnisse der Leiter waren vor allem auf Grund der in Form von Gesetzen und Plankennziffern vorgegebenen Aktionsbedingungen stark eingeschränkt.

Die Zahl der VEB ist seit Anfang der 60er Jahre ständig geschrumpft, während deren Beschäftigungszahl permanent angestiegen ist. Dieser Konzentrationsprozeß war eng mit der letzten Verstaatlichungskampagne verbunden: Mit dieser Mitte 1972 abgeschlossenen Aktion wurden alle halbstaatlichen und privaten Betriebe in Industrie und Bauwesen sowie industriell produzierende Produktionsgenossenschaften (PGH) aufgelöst und in VEB überführt. Im Rahmen der Kombinatsreform (→ *Kombinate*) Ende der 70er Jahre sind die meisten VEB organisatorisch in großen Kombinaten zusammengefaßt worden. Die bis dahin noch zu einem gewissen Grad wendigen Zulieferer verloren mit ihrer Eingliederung in Kombinate vollends ihre Flexibilität. Damit hatte die Zahl der selbständigen VEB durch eine erneute organisatorische Zentralisierung weiter abgenommen. Insgesamt ist die Zahl der Industriebetriebe (ohne Betriebe der Wasserwirtschaft) ab Ende 1958 bis Ende 1989 von 17 030 auf 3 374 vermindert worden.

Hinter der Idee der Konzentration und Zentralisierung stand der Gedanke, daß Großbetriebe leistungsfähiger seien als kleine und mittlere

Betriebe. Darüber hinaus erhoffte sich die Partei- und Wirtschaftsführung Erleichterungen bei der Wirtschaftslenkung.

Die zunehmende Fülle und Komplexität der an die VEB herangetragenen Aufgaben hatten 1967 (VII. SED-Parteitag) zur Begründung einer Sozialistischen Betriebswirtschaft (SBW) und im weiteren Zeitverlauf zu speziellen SBW geführt. Die SBW war als eine primär praxisbezogene Unterweisung zum wirtschaftlichen, betrieblichen sowie sozialen Geschehen zu verstehen und durch eine produktive und eine ideologische Grundfunktion gekennzeichnet. Die produktive Funktion wurde durch Ziele der → *Wirtschaftspolitik* und daraus resultierenden betrieblichen Funktionen vorgegeben. Die ideologische Funktion war eng verbunden mit der Sicherung gesellschaftspolitischer Beschlüsse der SED und einer Festigung der Partei und aller ihr gleichgeschalteten staatstragenden Organisationen. Davon ausgehend existierte die SBW ebenso als Disziplin der marxistisch-leninistischen Wirtschaftswissenschaften, und sie diente im gegebenen Zusammenhang der wissenschaftlichen Erkenntnisgewinnung und -vermittlung.

Klaus Krakat

Literaturhinweise:

Buck, Hannsjörg F.: DDR-Wirtschaft im Umbruch, in: Fischbach, Günter (Hrsg.): DDR-Almanach '90. Daten. Informationen. Zahlen, Stuttgart, München, Landsberg 1990, S. 132-138.

Gutmann, Gernot/Buck, Hannsjörg F.: Die Zentralplanwirtschaft der DDR – Funktionsweise, Funktionsschwächen und Konkursbilanz, in: Kuhrt, Eberhard (Hrsg.): Am Ende des realen Sozialismus, Bd. 2: Die wirtschaftliche und ökologische Situation der DDR in den achtziger Jahren, Opladen 1996, S. 34ff.

Volkskammer

Die „Volkskammer der DDR" ist aus der → *Volkskongreßbewegung* hervorgegangen, mit der die SED im Auftrag der UdSSR die sowjetische Deutschlandpolitik seit 1947/48 in allen Besatzungszonen unterstützen und dieser eine „demokratische Massenbasis" verleihen sollte. Nach Verbot dieser Bewegung in den Westzonen „wählte" der Volkskongreß im März 1948 einen Deutschen Volksrat für die SBZ. Am 7. Okt. 1949 benannte er sich in Provisorische Volkskammer der DDR um, wählte die erste Provisorische Regierung und deklarierte die Volkskongreßbewegung zur Nationalen Front des demokratischen Deutschlands (seit 1973 → *Nationale Front* der DDR). Nach den ersten Volkskammerwahlen vom Oktober 1950 entfiel der Begriff provisorisch sowohl im Titel der Volkskammer wie in dem der Regierung.

Von allen Einrichtungen der DDR unterhalb der Kommandoebene des SED-Politbüros und seines zentralen Parteiapparates hatten die Volkskammer wie die Delegiertenkonferenzen der örtlichen Organe die wenigsten Kompetenzen. Das ergab sich bereits aus dem feststehenden Zahlenverhältnis der Fraktionen und der Zusammensetzung der Abgeordneten. Die Volkskammer hatte bis 1963 466 und danach 500 Mitglieder. Mit 127 Abgeordneten stellte die SED die größte Fraktion. Mit je 52 Abgeordneten folgten die Blockparteien CDU, LDPD, NDPD und DBD. Die → *Massenorgansiationen* stellten insgesamt 165 Abgeordnete: FDBG (68), DFD (35), FDJ (40) und Kulturbund (22). Da SED-Mitgliedschaften in diesen Organisationen nicht nur erlaubt, sondern Regel waren, es zudem wie in allen Einrichtungen auch in der Volkskammer eine Betriebsparteiorganisation der SED gab, war deren absolute Mehrheit nie gefährdet. Bis 1989 ist diese allerdings auch nicht auf die Probe gestellt worden. Die Volkskammer trat jährlich nur wenige Male zusammen, verabschiedete vor allem die Gesetze über den Volkswirtschaftsplan und den Staatshaushalt mit einstimmigen Voten per Akklamation und diente ansonsten hauptsächlich als Zustimmungskulisse für außenpolitische Erklärungen der SED-Führer.

Die Volkskammerwahlen vom 18. März 1990 waren die ersten und zugleich die letzten freien Wahlen in der SBZ/DDR. Bei ihr gewannen u.a. die CDU 163 Mandate (40,59%), die DSU 25 Mandate (6,27%), der Zusammenschluß aus Freien Demokraten und Liberalen 12 Mandate (5,28%), die SPD 88 Mandate (21,76%), die unter Ministerpräsident Lothar de Maizière auch die erste frei gewählte Koalitionsregierung der DDR bildeten, am 1. Juli 1990 die Wirtschafts-, Währungs- und Sozialunion mit der Bundesrepublik Deutschland gründeten und am 3. Okt. 1990 die deutsche Einheit wiederherstellten. Die in PDS umbenannte SED erhielt 66 Mandate (16,32%).

Fritz Schenk

Volkskongreßbewegung

Im Zuge der Deutschlandpolitik der Sowjetunion (→ *Sowjetunion und SBZ/DDR*; → *SED und deutsche Frage*) erklärte im September 1947 der II. Parteitag der SED den „Kampf um die Einheit Deutschlands“ zur

Hauptaufgabe. Im Vorfeld der alliierten Außenministerkonferenz vom November/Dezember 1947, auf der die alliierten Mächte noch einmal über die Lösung der Deutschlandfrage verhandelten, rief die SED zu einem „deutschen Volkskongreß für Einheit und gerechten Frieden" auf.

Ziel der Volkskongreßbewegung sollte die Mobilisierung des „ganzen Volkes" sein; ein Anspruch, der von der tatsächlichen Zusammensetzung des am 6. und 7. Dez. in Berlin zusammengetretenen 1. Volkskongresses keineswegs eingelöst wurde. Die 2 215 „Delegierten", von denen trotz des teilweisen Verbots der Volkskongreßbewegung durch die Westmächte 664 aus den Westzonen kamen, waren nach einem undurchsichtigen Verfahren von Landtagen, Parteien, → *Massenorganisationen* oder Betriebsversammlungen entsandt worden. Der wenig später in den Westen geflohene Erich Gniffke, Mitglied des Zentralsekretariats der SED und früherer Sozialdemokrat, berichtete von 62% SED- und 10% (West-)KPD-Mitgliedern unter den Teilnehmern. Die deutliche Dominanz der SED kam vor allem durch die Einbeziehung der Massenorganisationen zustande. Der Volkskongreß verabschiedete eine Entschließung, in der u.a. der Abschluß eines Friedensvertrags und eine gesamtdeutsche Regierung gefordert wurde, und er wählte neben einem Ständigen Ausschuß eine 17köpfige Delegation unter Leitung der SED-Vorsitzenden Pieck und Grotewohl, die der Londoner Konferenz diese Forderungen vorlegen sollte. Die Delegierten erhielten allerdings kein britisches Visum.

Der am 17./18. März 1948 stattfindende 2. Volkskongreß wählte gemäß den Forderungen des SED-Parteivorstands, denen sich auch der LDPD-Vorsitzende Külz weitgehend angeschlossen hatte, einen 400köpfigen „Deutschen Volksrat" (3/4 der Mitglieder stammten aus der SBZ), der mit quasiparlamentarischen Funktionen und Gremien ausgestattet wurde (Präsidium, Sekretariat, Ausschüsse). In allen Gremien verfügte die SED über die absolute Mehrheit, die sie entgegen dem Konsensprinzip der → *Blockpolitik* auch ausnutzte, um CDU und LDPD zu überstimmen. Mit dem Volksrat war erstmals ein zentrales repräsentatives Gremium für die SBZ geschaffen worden, das die Bedeutung der Landtage als Legislative einschränkte. Der Volksrat zog sehr schnell Länderkompetenzen an sich und verstärkte dadurch Zentralisierungseffekte, die auf der Verwaltungsebene bereits mit der Gründung der „Deutschen Wirtschaftskommission" im Jahre 1947 gegeben waren.

Der 3. Volkskongreß vom 15./16. Mai 1949 wurde dann erstmals mit Einheitsliste „gewählt" und mit einem Plebiszit über folgende Sätze verbunden: „Ich bin für die Einheit Deutschlands und einen gerechten Friedensvertrag. Ich stimme darum für die nachstehende Kandidatenliste zum

Dritten Deutschen Volkskongreß." Trotz auf Weisung der Innenminister der Länder durchgeführter Manipulationen (ca. 2–7% vorher als ungültig eingestufter Stimmen wurden nach einer ersten Zählung nachträglich als Ja-Stimmen gewertet), kam es noch zu 34,2% Nein- und 6,7% ungültigen Stimmen (bei einer Wahlbeteiligung von 95,3%), was angesichts der gigantischen Propagandakampagne im Vorfeld und der suggestiven Formulierung allgemein als Niederlage der SED angesehen wurde.

Im 3. Volkskongreß saßen 1 441 Delegierte aus der SBZ und 647 aus den Westzonen. Der Ende Mai gewählte 2. Volksrat hatte 330 ostdeutsche und wiederum 100 kooptierte westdeutsche Mitglieder. Auf seiner konstituierenden Sitzung nahm der 2. Volksrat den im März von seinem Vorgänger verabschiedeten Entwurf einer „Verfassung der Deutschen Demokratischen Republik" an. Diese basierte auf dem Entwurf zu einer „Reichsverfassung", den die SED schon 1946 vorgelegt hatte. Nachdem der Volksrat dann im Juli die „Weiterentwicklung der Volkskongreß-Bewegung" zur → *Nationalen Front* debattiert hatte, erklärte er sich am 7. Okt. offiziell zur „Provisorischen Volkskammer der DDR".

Auf die beteiligten Westdeutschen gründete die SED den Anspruch, daß die aus der Volkskongreßbewegung hervorgegangene DDR ihrem Charakter nach eigentlich ein gesamtdeutscher Staat sei (→ *SED und deutsche Frage*). Für die SED hatte die Volkskongreßbewegung somit eine doppelte Funktion: Während die Wahlen zum 3. Volkskongreß als Plebiszit für die deutsche Einheit propagiert wurden und damit auch für die → *Westarbeit der SED* von Bedeutung waren, arbeitete die Partei längst an der Vertiefung der Spaltung des Landes und installierte den mittelbar aus diesen Wahlen hervorgegangenen und von ihr dominierten Volksrat als angeblich legitime Vertretung eines ostdeutschen Separatstaates.

Klaus Schroeder/Manfred Wilke

Literaturhinweis:

Koch, Manfred: Volkskongreßbewegung und Volksrat, in: SBZ-Handbuch, a.a.O., S. 349-357.

Vormilitärische Ausbildung

Die vormilitärische Ausbildung war fester Bestandteil der Erziehung und Bildung zu → *sozialistischen Persönlichkeiten*, in deren Rahmen die allseitige Wehrbereitschaft hergestellt und Jugendliche systematisch auf den Dienst in den → *Bewaffneten Kräften* vorbereitet wurden. Sie hatte die spezielle Aufgabe, einerseits die für den Wehrdienst erforderlichen militärpolitischen, militärischen und militärtechnischen Kenntnisse und Fertigkeiten zu vermitteln und andererseits solche psychischen und physischen Fähigkeiten auszuprägen, die den besonderen Belastungen dieses Dienstes angemessen waren. Das primäre Ziel der vormilitärischen Ausbildung bestand letztlich darin, junge Menschen möglichst reibungslos den Erfordernissen der Militärpolitik der SED anzupassen. Nachwuchssorgen der NVA in den 70er Jahren, die insbesondere durch die Einführung hochtechnisierter Militärtechnik ausgelöst wurden, machten sie noch dringlicher. Von der vormilitärischen Ausbildung versprach man sich Abhilfe. Sie sollte das geistige (Freund-Feind-Bild) und das praktische (körperliche Fitneß und militärische bzw. militärtechnische Fähigkeiten) Rüstzeug schaffen und für den nötigen Nachwuchs zur Optimierung der „sozialistischen Landesverteidigung" sorgen. Für die materielle bzw. finanzielle Absicherung der vormilitärischen Ausbildung hatten in erster Linie die örtlichen Volksvertretungen sowie staatliche und wirtschaftsleitende Organe, aber auch Betriebe und Kombinate zu sorgen.

Als Bestandteil des „einheitlichen sozialistischen Bildungssystems" (→ *Bildungswesen*) setzte die vormilitärische Ausbildung im Kindergarten ein und reichte über die allgemeinbildenden Schulen und die Berufsschulen bis zu den Fach- und Hochschulen bzw. Universitäten. In den staatlichen Kindergärten äußerte sie sich vor allem in Form von Patenschaften mit Einrichtungen der NVA. In Form von Begegnungen mit Soldaten und anderen Waffenträgern sollten bei den Kindern gegenüber diesen Berufsgruppen „freundschaftliche Gefühle" und „Dankbarkeit" (Schutz der unmittelbaren Heimat) geweckt und gefördert werden. Kriegsspielzeug in Kindergärten war eine alltägliche Erscheinung und wurde offiziell als sinnvolle Methode bewertet, den Spieltrieb der Kinder zu nutzen.

Die Schule hatte an diesen ersten Erfahrungen anzuknüpfen. Bei den Schülern sollte das Vertrauen in die → *Bewaffneten Kräfte* des sozialistischen Systems vertieft und ein von Mißtrauen und Haß durchsetztes unversöhnliches Feindbild gegenüber dem kapitalistischen System – namentlich gegenüber der Bundeswehr und den USA-Streitkräften – entwickelt werden. Gleichzeitig setzten praktische militärische und paramilitärische Übungen ein, die bis zum 14. Lebensjahr vor allem von der → *Pionierorganisation* veranstaltet wurden. Höhepunkte bildeten dabei die einmal jährlich durchgeführten „Pioniermanöver". Unter Ausnutzung von Elementen der Abenteuerromantik lernten die Kinder im freien Gelände unter anderem, wie man Agenten jagt, Geländeskizzen anfertigt, Grenzen sichert und mit Kompaß und Karte umgeht. 12- bis 14jährigen Schülern standen verkleinerte Panzerattrappen des sowjetischen Typs T-34 zur Verfügung, mit denen sie in die Rolle eines künftigen „Panzerschützen" schlüpfen konnten. Als Vorstufe zu späteren Schießübungen mit Kleinkaliber-Gewehren standen in diesem Alter auch Schießwettbewerbe mit Luftgewehren auf dem Programm.

Für die 15- und 16jährigen galten die „Hans-Beimler-Wettkämpfe" der → *FDJ* als Höhepunkt in der vormilitärischen Ausbildung. Basierend auf einer 1967 zwischen dem Zentralrat der FDJ, dem Ministerium für Volksbildung und dem Zentralvorstand der → *GST* getroffenen Vereinbarung, hatten die Jugendlichen in diesem Rahmen wehrsportliche Einzel- und Mannschaftswettkämpfe (die das Schießen mit Kleinkalibergewehren einschlossen) zu bestreiten. Darüber hinaus wurde diese Altersgruppe seit September 1978 einem obligatorischen Wehrunterricht ausgesetzt. Er hatte die Jugendlichen auf „die Ehrenpflicht zum Schutze des Friedens [...] vorzubereiten", ihre „Wehrmotivation zu festigen" und unter anderem ihre „systematische und planmäßige Vorbereitung [...] auf die Anforderungen des Wehrdienstes [...] zu unterstützen". Im Mittelpunkt der praktischen vormilitärischen Ausbildung standen ein zwölf Ausbildungstage umfassendes Wehrlager für die männlichen Jugendlichen (wer dieses Lager ablehnte, hatte zusammen mit den weiblichen Jugendlichen einen gleichlangen Kurs in der Sanitätsausbildung zu absolvieren) sowie drei „Tage der Wehrbereitschaft", die in Zusammenarbeit mit den verschiedensten Trägern der „sozialistischen Wehrerziehung" (→ *Militarisierung der Gesellschaft*) einen krönenden Abschluß zu bilden hatten.

In den Erweiterten Oberschulen sowie während der Facharbeiterausbildung und des Studiums übernahm vor allem die → *GST* die Fortführung der vormilitärischen Ausbildung. Sie verstand sich als „Schule der unmittelbaren Vorbereitung der Jugend auf den Wehrdienst" und spezialisierte sich seit 1982/83 auf die Laufbahnausbildung in der NVA (u.a. motorisierte Schützen, Militärkraftfahrer, Funker usw.).

Offiziellen Angaben zufolge waren über 90% der männlichen Jugendlichen im Alter zwischen 16 und 18 Jahren in eine „kontinuierliche vormilitärische Grund- und Spezialausbildung einbezogen". Daß zur Sicherung der vormilitärischen Ausbildung im Laufe der Jahre immer mehr vom indirekten zum direkten gesetzlichen Zwang übergegangen wurde, belegt, daß offensichtlich große Teile der Bevölkerung mit der Wehrpolitik der SED im allgemeinen und mit der vormilitärischen Ausbildung im besonderen nicht konform gingen (→ *Militarisierung der Gesellschaft*).

Bernd Eisenfeld

Literaturhinweise:

Eisenfeld, Bernd: Wehrerziehung in der DDR, in: Friedenssicherung als pädagogisches Problem in beiden deutschen Staaten, hrsg. von Paul Ackermann/Winfried Glashagen, Stuttgart 1982, S. 95-111.
Schirrmeister, Karl-Günter: Erziehung zum Haß. Geistige Militarisierung in der DDR, Bonn 1987.
Schlechte, Klaus-Dieter/Vogler, Otto: Wehrerziehung in der DDR, Materialien zur politischen Bildung, hrsg. von der Niedersächsischen Landeszentrale für politische Bildung, Hannover 1984.

Vorschulerziehung

Schon 1946 galten die Kindergärten in der SBZ nominell als Vorstufe der demokratischen Einheitsschule, 1965 wurden auch die Kinderkrippen in das „einheitliche sozialistische Bildungssystem“ einbezogen. Seit 1976 hießen beide zusammen Kindereinrichtungen der Vorschulerziehung. Administrativ, institutionell und personell blieben aber beide Bereiche getrennt, unbeschadet der gleichgerichteten politischen Erziehungsabsichten, die in staatlichen Programmen festgelegt wurden (für die Kinderkrippen zuerst 1968 und dann 1985, für die Kindergärten das erste schon 1952, dann weitere bis 1985). Die Krippen für Kinder bis zu drei Jahren lagen in der Zuständigkeit des Ministeriums für Gesundheitswesen, die Kindergärten gehörten zum Ministerium für Volksbildung, wodurch zugleich ihre schulvorbereitende Funktion unterstrichen wurde.

Der Ausbau beider Vorschuleinrichtungen erfolgte primär aus ökonomischen Gründen mit dem Ziel, mehr Frauen in der Volkswirtschaft zu beschäftigen. Die Versorgung mit Krippenplätzen (ohne Dauerheime und Saisoneinrichtungen) stieg von knapp 10% im Jahre 1960 auf 55,6% 1989, diejenige mit Kindergartenplätzen in demselben Zeitraum von 46,1 auf 95,1%. In der Bevölkerung waren Vorbehalte gegen Kinderkrippen stark verbreitet, sie wurden nur als Notbehelf für arbeitende oder studierende Mütter angesehen. Obwohl wissenschaftliche Untersuchungen über negative Auswirkungen frühkindlicher Krippenerziehung der Öffentlichkeit vorenthalten wurden, blieben die Mängel nicht verborgen. Das galt insbesondere für die Wochenkinderkrippen, auf die Eltern mit Schichtarbeit angewiesen waren.

Die Kindergärten für Kinder vom vollendeten 3. Lebensjahr bis zur Einschulung nach beendetem 6. Lebensjahr hatten seit dem Anfang der 50er Jahre proklamierten Aufbau des Sozialismus auch eine im weitesten Sinne politisch-ideologische Erziehungsfunktion zu erfüllen. So hieß es z.B. in dem von der Akademie der Pädagogischen Wissenschaften der DDR 1973 herausgegebenen Band „Zur Arbeit mit dem Bildungs- und Erziehungsplan": „Die Arbeiterklasse hat mit dem Kindergarten ein Instrument zur Verwirklichung ihres Bildungs- und Erziehungszieles geschaffen. Mit Hilfe des Erziehungs- und Bildungsplanes soll ihre Führungsrolle im Kindergarten durchgesetzt werden." Dazu gehörten neben der Kollektiv- und Arbeitserziehung auch schon „Elemente der Wehrerziehung" (z.B. durch Kasernenbesuche und Kriegsspiele). Obwohl generell die Kindergärten – im Unterschied zu den Krippen – vom größten Teil der Bevölkerung akzeptiert wurden, regte sich seit den 80er Jahren Widerstand gegen eine solche → *Militarisierung* der Vorschulerziehung, ähnlich wie bei den Protesten gegen den Wehrunterricht an den Schulen.

Nur am Rande wurden von den Behörden durch die → *Kirchen* unterhaltene Kindergärten toleriert, die um 1980 nur ca. 2,5% aller Kindergartenbesucher umfaßten.

Mit der formal freiwilligen, faktisch aber weitgehend obligatorischen ganztägigen Betreuung und Erziehung im Kindergarten besaß das Schulwesen in der DDR einen breiten Unterbau. In den 60er und 70er Jahren sprach man daher von einem „System der Schulvorbereitung" bei den Fünf- und Sechsjährigen; der Kindergarten sollte bestimmte Vorleistungen für den Anfangsunterricht und zugleich für kollektives Verhalten in der Schule erbringen. In der didaktischen Diskussion und in der pädagogischen Praxis blieb es aber schließlich doch beim Vorrang der altersgemäßen spezifischen Formen der Kindererziehung gegenüber einer frühzeitigen Verschulung, auch wenn der Unterschied gegenüber dem offenen Curriculum in den Kindergärten der Bundesrepublik, das auf der pluralistischen Trägerschaft und einer starken pädagogischen Autonomie beruht, bis zum Ende der DDR bestehenblieb.

Oskar Anweiler

Literaturhinweise:

Liegle, Ludwig: Vorschulerziehung, in: Vergleich von Bildung und Erziehung in der Bundesrepublik Deutschland und in der Deutschen Demokratischen Republik, Köln 1990, S. 157-170.

Waterkamp, Dietmar: Handbuch zum Bildungswesen der DDR, Berlin 1987, S. 62-97.

Wachsamkeit

Als Verhaltensnorm und darauf bezogene Verhaltensweise war die Wachsamkeit – auch häufig als „revolutionäre Wachsamkeit“ charakterisiert – ein politisch-psychologisch wichtiges Moment zur Indoktrination in der DDR. Bei der Suggerierung von Feindbildern und speziell bei der Erziehung der jungen Generation zum Haß war die permanente Aufforderung zur Wachsamkeit unverzichtbar. In der auf die innere Festigung des Regimes gerichteten → *Agitation und Propaganda* gab es kaum ein Postulat, das so häufig beschworen wurde wie das Postulat der Wachsamkeit: „Wachsam sein heißt, den Menschen in seinen Beziehungen zu anderen Menschen und in seiner Einstellung zur Arbeit zu betrachten und ihn nach den Ergebnissen seiner Arbeit zu beurteilen.“ Aus dieser 1954 von Ernst Wollweber, damals Chef der Staatssicherheit, auf dem IV. Parteitag der SED formulierten Auffassung war als Konsequenz der Wachsamkeit geradezu zwangsläufig die Notwendigkeit einer flächendeckenden Überwachung der Bevölkerung zu folgern. Insofern standen Wachsamkeit und Überwachung in der DDR zueinander in dialektischer Beziehung.

In den Statuten der → *SED* und der → *FDJ* war die Erziehung zur Wachsamkeit besonders verankert. Jeder Genosse, jede Genossin der SED hatte sich „stets bewußt zu sein, daß Wachsamkeit der Parteimitglieder auf jedem Gebiet und in jeder Lage notwendig ist“ (Statut 1950, 1963 und 1976). Im Statut der FDJ (1976) war jedem Mitglied zur Pflicht gemacht, „wachsam gegenüber den Anschlägen der Feinde des Friedens und des Sozialismus zu sein“. Ähnlich wurde im Statut der → *Gesellschaft für Sport und Technik* (1964) jedes Mitglied verpflichtet, „Klassenwachsamkeit gegenüber den Anschlägen der Feinde des Friedens und des Sozialismus zu üben“. → *Geheimnisträgern* war laut einschlägiger Direktive zur Pflicht gemacht, nicht nur selber „Wachsamkeit und Disziplin zu üben“, sondern auch „durch vorbildliches Verhalten erzieherischen Einfluß auf andere Bürger zu nehmen und die revolutionäre Wachsamkeit zu fördern.“

Karl Wilhelm Fricke

Wahlen

Wahlverständnis des Marxismus-Leninismus: Nach marxistischem Verständnis sind „die politischen und sozialen Wurzeln der Macht [...] nicht im Wahlsystem, sondern in den Klassenverhältnissen der Gesellschaft begründet". Die Legitimität der Macht der Arbeiterklasse sei demnach auf die historische Mission der Arbeiterklasse und auf die objektiven Gesetze der gesellschaftlichen Entwicklung gegründet. Eine legitimatorische Wirkung von Wahlen verneint der → *Marxismus-Leninismus* also ausdrücklich. Einmal errungen, gilt die Vormachtstellung der Partei der Arbeiterklasse als unanfechtbar, sie kann somit auch nicht durch einen empirisch festgestellten Volkswillen widerrufen werden.

Funktionen der sozialistischen Wahl: Wahlen dienten ausschließlich der Machtsicherung der herrschenden Staatspartei SED. Folgende Funktionen lassen sich im einzelnen unterscheiden:

- *Propagandafunktion:* Die „Wahlen" genannten Akklamationsabstimmungen dienten der Verschleierung der faktischen Allmacht der SED. Sie sollten dem Regime international demokratische Respektabilität und darüber indirekt auch innenpolitische Stabilität verschaffen.
- *Integrationsfunktion:* Während sie Teil*habe* verweigerte, unternahm die SED große Anstrengungen, um Teil*nahme* zu maximieren und die Bevölkerung umfassend einzubinden. Durch die mit großem propagandistischen Aufwand vorbereiteten Wahlen sollte die „gesellschaftliche Tätigkeit" der Bürger – etwa bei der Kandidatenaufstellung oder als Wahlhelfer – aktiviert und ihre Kooperationsbereitschaft gestärkt werden.
- *Mobilisierungsfunktion:* Im Rahmen eines „sozialistischen Wettbewerbs zu Ehren der Wahlen" organisierte die SED „freiwillige Selbstverpflichtungen", vor allem im Bereich der materiellen Produktion. Diese zusätzlichen Leistungen waren von vornherein eingeplant und für die DDR-Wirtschaft unverzichtbar.
- *Legitimierungsfunktion:* Indirekt rechtfertigte die SED durch die Wahlen ostentativ ihren „demokratischen" Legitimationsanspruch, indem sie als Beweis für die behauptete „objektive" Übereinstimmung ihrer Politik mit den gesellschaftlichen Interessen auf die regelmäßigen 99-Prozent-Ergebnisse verwies.

DDR-Wahlrecht: Charakteristisches Merkmal des Wahlsystems war die Einheitsliste, auf der die Blockparteien (→ *Blockpolitik*) und → *Massenorganisationen* ihre Kandidaten auf Grundlage des von der SED diktierten Wahlprogramms der → *Nationalen Front* zu dem ebenfalls von der SED abgesegneten „gemeinsamen Wahlvorschlag“ vereinigten. Folgerichtig war auf den Stimmzetteln keine Möglichkeit vorgesehen, durch Ankreuzen Präferenzen kundzutun. Als Wahlakt galt nicht das geheime Kenntlichmachen des Stimmzettels, sondern das öffentlich-demonstrative Einwerfen des unveränderten Stimmzettels in die Wahlurne („Zettelfalten“). Das verbriefte Recht, den Stimmzettel „unbeobachtet vorzubereiten“, war damit wertlos; Kabinenbenutzer waren als Abweichler identifizierbar.

Wahlfälschungen: Trotz Drucks auf die Wähler und wahlrechtlicher Grauzonen konnte die SED Wahlergebnisse von 99% nur durch massive, auch nach DDR-Recht strafbare Wahlfälschungen erreichen. Diese fanden auf allen Ebenen statt: bei der Stimmenauszählung im Wahllokal ebenso wie bei der Zusammenfassung der Ergebnisse. Die Wahlbeteiligung wurde durch Streichung von Nichtwählern aus den Wählerlisten künstlich erhöht. Regelmäßig gab die SED-Führung konkrete Vorgaben für das zu erzielende Wahlergebnis. Nach 1989 sind zahlreiche SED-Funktionäre wegen Wahlfälschung verurteilt worden.

Bereits in den 50er Jahren hatte es verbreitet Proteste gegen die Einheitswahl gegeben. Diese wurden in den 80er Jahren wieder lauter. 1986 scheiterte der Versuch Berliner Basisgruppen, organisierte Wahlfälschungen nachzuweisen. Im Mai 1989 gelangen jedoch in einigen Wahlbezirken in Ost-Berlin und anderen Städten der DDR Wahlbeobachtung und der statistische Nachweis systematischer Manipulationen. Dieser trug erheblich zur Delegitimierung der SED bei und wirkte als wichtiger Katalysator für die Entstehung einer breiten Bürgerbewegung in den folgenden Monaten.

Hans Michael Kloth

Literaturhinweise:

Graf, Herbert/Seiler, Günther: Wahl und Wahlrecht im Klassenkampf, Berlin (Ost) 1971.
Lapp, Peter Joachim: Wahlen in der DDR, Berlin 1982.

Währungs-, Wirtschafts- und Sozialunion (WWS)

Bundesinnenminister Wolfgang Schäuble hielt schon Mitte Dezember 1989 eine Wirtschafts- und Währungsgemeinschaft mit der DDR für notwendig, um den Strom der Übersiedler einzudämmen. Ein so weitgehender, die Souveränität der DDR in zentralen Bereichen aufhebender Schritt schien damals aber noch nicht möglich. Um sich auf die im „Zehn-Punkte-Plan“ Bundeskanzler Kohls vorgesehenen „konföderativen Strukturen“ vorzubereiten, entwarf das Bundesfinanzministerium (BMF) lediglich ein „Stufenprogramm“. Es sah eine Währungsunion als „Krönung“ eines jahrelangen Reform- und Transformationsprozesses in der DDR vor, zweckmäßig erst, wenn die Leistungsfähigkeit der DDR-Wirtschaft sich dem westdeutschen Niveau angenähert hatte. Das „Krönungsmodell“ entsprach der Lehrmeinung vieler Nationalökonomen.

Mitte Januar 1990 waren „Zehn-Punkte-Plan“ und „Stufenprogramm“ von der Entwicklung bereits überholt. Staat und Wirtschaft der DDR lösten sich auf. Der Exodus hielt an, im Januar siedelten jede Woche über 15 000 Personen in die Bundesrepublik über. Zweifel an der Lebensfähigkeit der DDR gab es ab Mitte Januar auch in Moskau (→ *Sowjetunion und SBZ/DDR*). Zugleich verschärfte sich die ökonomische Krise in der Sowjetunion selbst; Gorbatschow brauchte westliche Wirtschaftshilfe, die in erster Linie von der Bundesrepublik erwartet werden konnte. Am 30. Jan. wurde bekannt, daß Gorbatschow beim Besuch Modrows in Moskau auf dem Fortbestand der DDR nicht beharrt hatte. Bundeskanzler Kohl glaubte nun, die staatliche Einheit schneller erreichen zu können, als er bisher angenommen hatte.

Die Idee, der DDR bald eine Währungsunion anzubieten, war inzwischen Thema der öffentlichen Auseinandersetzung. Am 19. Jan. 1990 hatte die SPD-Bundestagsabgeordnete Ingrid Matthäus-Maier, noch im Gegensatz zur Mehrheit ihrer Fraktion, einen baldigen deutschdeutschen Währungsverbund als „Signal zum Bleiben“ gefordert. Ähnlich äußerte sich Kurt Biedenkopf (CDU). Ab 21. Jan. riefen Bürger der DDR auf Demonstrationen: „Kommt die DM, bleiben wir, kommt sie nicht, geh’n wir zu ihr“. Aus dem Direktorium der Bundesbank und von führenden Ökonomen kamen Warnungen. Mit der Währungsunion werde sich ein einheitliches Preis- und Lohnniveau, aber erst viel später ein einheitliches Produktivitätsniveau herausbilden. Noch auf längere Zeit würden die meisten Unternehmen der DDR im Wettbewerb nicht bestehen können, hohe Arbeitslosigkeit werde die Folge sein. Im Februar allerdings nahm die Zahl der Ökonomen zu, die wegen der zur Einheit drängenden Entwicklung den „Krönungsweg“ zur Währungsunion nicht mehr für anwendbar hielten.

Die richtungweisende Entscheidung: Seit dem 29. Jan. lag im BMF ein „Stichtagsmodell“ vor. Danach sollte die Währungsunion mit der umfassenden Einführung der Marktwirtschaft verbunden werden. Ähnlich wie die meisten Wirtschaftsforschungsinstitute schätzte das BMF die Arbeitsproduktivität in der DDR auf 40% des Westniveaus. Da die Löhne bei einem Drittel des Westniveaus lägen, sei nicht zu befürchten, daß bei einer Umstellung der Löhne 1:1 die DDR-Unternehmen in den Konkurs getrieben würden. Voraussetzung sei, daß die Löhne nicht schneller als die Arbeitsproduktivität stiegen. Der überdimensionierte und veraltete Industriesektor würde allerdings schrumpfen müssen; erst allmählich würden in Dienstleistungszweigen und in der Bauwirtschaft genügend neue Arbeitsplätze entstehen. Die sozialen Probleme in der Übergangszeit würden durch westdeutsche Finanzhilfen gemildert werden müssen.

Der Bundesregierung mußten nun die politischen Vorteile der schnellen Währungsunion überwältigend, ihre ökonomischen Risiken hingegen beherrschbar erscheinen. Sie würde den Bürgern der DDR Hoffnung auf rasche Verbesserung ihrer Lebensbedingungen geben, den Exodus eindämmen und im bereits einsetzenden Volkskammer-Wahlkampf den DDR-Parteien, die sich mit den Bonner Regierungsparteien verbündet hatten, Stimmen bringen. Vor allem aber würde sie ein entscheidender Schritt zur Einheit sein, der jetzt gewagt werden konnte. Am 6. Febr. legten sich die Vorsitzenden von CDU, CSU und FDP fest. Am 7. Febr. beschloß das Kabinett, der DDR Verhandlungen über eine Währungs- und Wirtschaftsunion anzubieten.

Die Verhandlungen und ihre Ergebnisse: Bei seinem Besuch in Bonn am 13. Febr. wurde Modrow ein „Angebotspapier" überreicht. Zeitgleich mit der Einführung der DM in der DDR sollten die notwendigen Voraussetzungen für die Einführung der sozialen Marktwirtschaft durch Rechtsangleichung auf den zentralen Feldern der Wirtschaftsordnung geschaffen werden. Der Regierung der DDR gingen die Souveränitätseinschränkungen, die mit dem Bonner Modell verbunden waren, zu weit. Ablehnen konnte Modrow das Angebot aber nicht; die Mehrheit der Ostdeutschen forderte inzwischen die schnelle Währungsunion. Lediglich eine Minderheit, außer der ehemaligen Führungsschicht vor allem Teile der Bürgerbewegungen und auch der Ost-SPD, lehnte sie ab, sei es, weil sie die DDR und mit ihr die Chance für einen reformierten Sozialismus so lange wie möglich erhalten wollte, sei es, weil sie hohe Arbeitslosigkeit als Folge der Leistungsschwäche der DDR-Betriebe fürchtete. Eine „Gemeinsame Expertenkommission zur Vorbereitung einer Währungsunion und Wirtschaftsgemeinschaft" wurde gebildet. Bemerkenswert war, daß diese Kommission, der auf der DDR-Seite überwiegend Führungskräfte des alten Systems angehörten, schon am

13. März Einvernehmen über die allgemeinen Grundsätze der Währungs- und Wirtschaftsunion erzielte: stabile Währung, durchgreifende marktwirtschaftliche Reformen, solide Staatsfinanzen, wirksame soziale Absicherung. Die Volkskammerwahlen am 18. März 1990 und die langwierigen Beratungen über die Regierungsbildung führten dazu, daß offizielle Verhandlungen der beiden Regierungen über den Staatsvertrag erst am 25. April beginnen konnten und unter Zeitdruck standen, wenn die Währungsunion, wie von beiden Seiten gewünscht, noch vor den Sommerferien in der DDR kommen sollte.

In der Frage des Umtauschkurses hatte die Bundesbank seit Ende März eine grundsätzliche Umstellung der Geldbestände 2:1 gefordert; lediglich für eine Kopfquote von 2 000 Mark sollte 1:1 gelten. Die laufenden Zahlungen wie Löhne oder Mieten sollten ebenfalls 2:1 umgestellt werden. Lohnzuschläge waren vorgesehen, um die reale Kaufkraft der Arbeitnehmer zu sichern, wenn es nach Wegfall der Subventionen zu Preiserhöhungen bei Gütern des Grundbedarfs kam. Auch BMF und Wirtschaftsministerium teilten diese Position. Maßgebend war die Sorge um Inflation als Folge übermäßiger Ausweitung der Geldmenge und Arbeitslosigkeit als Folge zu hoher Lohnkosten. Der Bundeskanzler und Bundesarbeitsminister Blüm wollten den DDR-Bürgern, die bei Geldbeständen auf hohe Kopfquoten, bei Löhnen auf 1:1 drängten, entgegenkommen. Die endgültige Regelung sah für Geldbestände grundsätzlich 2:1, aber nach dem Alter gestaffelte Kopfquoten 1:1 (für Personen unter 15 Jahren 2 000 DM, zwischen 15 bis 59 Jahren 4 000 DM, über 60 Jahren 6 000 DM) vor; für laufende Zahlungen wurde 1:1 vereinbart. Für den 2:1 reduzierten Betrag der Geldbestände wurde den Sparern ein Anteilsrecht am volkseigenen Vermögen „nach seiner vorrangigen Nutzung für die Strukturanpassung der Wirtschaft und für die Sanierung des Staatshaushalts“ in Aussicht gestellt. Alle Schulden, auch die der Betriebe und der Kommunen, wurden 2:1 umgestellt. Die DDR konnte dabei ihren Standpunkt, die Schulden der Betriebe, Wohnungsbaugesellschaften und Kommunen zu streichen, nicht durchsetzen. Für die Streichung dieser Schulden sprach, daß sie Verrechnungen innerhalb des planwirtschaftlichen Systems darstellten und ihnen in vielen Fällen keine ausreichenden Vermögenswerte gegenüberstanden. Dagegen stand das Interesse von Bundesregierung und Bundesbank, den Bund nicht mit zusätzlichen Ausgleichsforderungen von weit über 100 Mrd. DM zu belasten; dies hätte das internationale Vertrauen in die DM erschüttert. Bei der Privatisierung der Betriebe in den folgenden Jahren sah sich die Treuhandanstalt allerdings gezwungen, die Altschulden der Betriebe in vielen Fällen teilweise oder ganz zu übernehmen, während die Altschulden der Kommunen jahrelang zu Auseinandersetzungen mit Bonn führten.

In der Frage der sozialen Sicherung schlug die Bundesregierung anfangs eine „Ergänzung“ der Währungs- und Wirtschaftsunion durch eine „Sozialgemeinschaft“ vor. Sie fürchtete, die sofortige Übertragung der gesamten westdeutschen Sozialordnung auf die DDR würde die Umstrukturierung der Wirtschaft behindern und auch zu teuer werden. De Maizière beharrte auf einem Maximum an sozialen Sicherungen. Die Bundesregierung kam seiner Position schließlich weit entgegen. Die „Sozialunion“ trat im Titel des Vertrages gleichrangig neben die Währungs- und Wirtschaftsunion, Symbol dafür, daß die westdeutsche Sozialordnung auf Ostdeutschland übertragen werden sollte. Kurz vor der Unterzeichnung des Vertrages noch offene Punkte, so die Forderung der ostdeutschen Seite nach einem Zuschlag für die Bezieher niedriger Renten, wurden nach einem Gespräch zwischen Kohl und de Maizière im Sinne der DDR-Regierung geregelt.

In der Eigentumsfrage gelangten die Delegationen zu keiner Einigung; sie mußte aus den Verhandlungen über den Staatsvertrag ausgeklammert und getrennt weiterberaten werden. Strittig war zunächst die Forderung der DDR-Seite, die nach sowjetischem Besatzungsrecht vollzogenen Enteignungen der Zeit von 1945 bis 1949 nicht rückgängig zu machen. Hier gab de Maizière nicht nach. Die Westseite akzeptierte schließlich seine Position, auch weil sie annahm, die Zustimmung der Sowjetunion zur Wiedervereinigung wäre sonst gefährdet. Die Verhandlungen über die → *Enteignungen* nach 1949 wurden schwierig, weil die DDR-Seite natürlichen und juristischen Personen, die ihren Sitz nicht in der DDR hatten, für eine Übergangsfrist von zehn Jahren nur ein Erbpachtrecht mit Vorkaufsrecht einräumen wollte. Das hätte Investitionen westlicher Unternehmen erheblich behindert. Eine Einigung gelang erst kurz vor Vertragsabschluß mit der Formel, daß Investoren Grundstücke in Gewerbegebieten und an „speziellen Standorten“ in ausreichender Zahl zum Erwerb überlassen werden sollten (Anlage IX Staatsvertrag). Ob für die Enteignungen nach 1949 grundsätzlich „Rückgabe vor Entschädigung“ gelten sollte, wie es die Bundesregierung anstrebte, oder aber „Entschädigung vor Rückgabe“, wie es der vorherrschenden Meinung in der DDR und auch in der westdeutschen SPD entsprach, war bei Abschluß des Staatsvertrages noch nicht entschieden. Erst die „Gemeinsame Erklärung zur Regelung offener Vermögensfragen“ vom 15. Juni 1990 brachte Fortschritte. Die DDR-Regierung akzeptierte für Enteignungen nach DDR-Recht das Prinzip der Rückgabe. Es wurden aber umfangreiche Ausnahmen vereinbart. So sollte das Entschädigungsprinzip gelten, wenn Grundstücke und Gebäude in „redlicher Weise“ erworben worden waren oder sie bei gewerblicher Nutzung nicht ohne erhebliche Beeinträchtigung der Unternehmen zurückgegeben werden konnten.

Konsens bestand über die Notwendigkeit, den Unternehmen der DDR die Anpassung an die Marktwirtschaft zu erleichtern. Die ostdeutsche Seite neigte anfangs zu Importzöllen und Kontingenten für Westwaren; die westdeutsche Seite wollte eine innerdeutsche Handelsgrenze möglichst vermeiden. Um so energischer drängte die ostdeutsche Seite auf Finanzhilfen an Unternehmen. Es gelang nicht, detaillierte Strukturanpassungsmaßnahmen festzulegen; der Vertrag beschränkte sich daher auf Grundsätze. Konkret wurde ein Kreditrahmen von 25 Mrd. DM für die Treuhandanstalt bis Ende 1991 zur Förderung der Strukturanpassung der Unternehmen vereinbart. Um den Ost-Export zu stützen, wurden der DDR Hermes-Kredite und zusätzliche Finanzhilfen zugesichert. In der Frage des Umweltschutzes kam es rasch zu einer Einigung. Für Neuanlagen sollten die westdeutschen Umweltschutz- und Sicherheitsanforderungen gelten. Bei bestehenden Anlagen sollten so bald wie möglich entsprechende Anforderungen vorgeschrieben werden.

Ein besonders schwieriges Problem bildete die Deckung der Defizite in den öffentlichen Haushalten der DDR (→ *Staatshaushalt*). Der Finanzbedarf der DDR ließ sich nicht ermitteln. So war es nur möglich, die Funktionsfähigkeit von Staat und Sozialversicherung durch zweckgebundene Finanzzuweisungen und einen Kreditrahmen vorläufig zu sichern und die Kontrolle Bonns über die Ausgaben der DDR zu gewährleisten. Die Einzelheiten der Einbindung Ostdeutschlands in den föderalistischen Finanzverbund waren nicht nur zwischen Ost-Berlin und Bonn, sondern auch zwischen Bund und Ländern umstritten; sie wurden im Rahmen der Verhandlungen über den → *Einigungsvertrag* geregelt.

Der Vertrag über Währungs-, Wirtschafts- und Sozialunion (Staatsvertrag) wurde am 18. Mai 1990 unterzeichnet. Am 21. Juni stimmten Bundestag und Volkskammer mit jeweils großer Mehrheit zu. Die Beratungen in der Volkskammer zeigten, daß in allen Fraktionen mit Ausnahme von PDS und Bündnis 90/Grüne die Überzeugung vorherrschte, der Regierung de Maizière sei es gelungen, die Interessen der Bürger Ostdeutschlands in den wesentlichen Fragen zu wahren.

Folgen: Am 1. Juli 1990 trat die WWS in Kraft. Bürger, öffentliche Verwaltung und Unternehmen der DDR erhielten über 180 Mrd. DM, das entsprach einer Umtauschrate von 1,8 Mark für 1 DM. Der Inlandsabsatz der ostdeutschen Unternehmen ging drastisch zurück; die Verbraucher hielten Westprodukte für besser, was oft, aber nicht immer zutraf. Hinzu kam, daß Westunternehmen in den ostdeutschen Markt drängten, während die ostdeutschen Hersteller oft Schwierigkeiten hatten, sich in Vertrieb und Lieferbedingungen rasch anzupassen. Mit dem Zerfall der Sowjetunion brach 1991 auch der Ost-Export zusammen.

Das reale Inlandsprodukt Ostdeutschlands, schon seit Anfang 1990 rückläufig, schrumpfte 1991 auf weniger als zwei Drittel des Niveaus von 1989. Ende 1991 gab es in den neuen Bundesländern und Ost-Berlin 1 Mio. registrierte Arbeitslose; hinzu kam eine „verdeckte" Arbeitslosigkeit (Kurzarbeit, Arbeitsbeschaffungs-, Fortbildungs- und Umschulungsmaßnahmen oder Vorruhestand) von fast 2 Mio. 1992 setzte kräftiges Wachstum ein, aber erst 1994 war der Tiefpunkt der Beschäftigung erreicht. Das Bruttoinlandsprodukt je Einwohner, 1991 bei 30% des Westniveaus, stieg bis zum 2. Halbjahr 1994 auf 50%. Der Aufschwung zeichnete sich zuerst im Baugewerbe ab; Handwerk und Dienstleistungen folgten. Die Industrie erholte sich nur langsam. Ende 1994 war der schwierigste Teil der Aufbauphase bewältigt. Die Privatisierung der in der Treuhandanstalt (THA) zusammengefaßten Unternehmen war zum größten Teil abgeschlossen. Sie brachte der THA Einnahmen von etwa 70 Mrd. DM; ihnen standen Ausgaben für Sanierung, Stillegung, Entschuldung der Betriebe und für Sozialpläne von über 330 Mrd. gegenüber. Ende 1994 waren moderne Produktionsanlagen im Werte von 400 Mrd. DM entstanden, je etwa zur Hälfte als Folge öffentlicher Transferleistungen und privater Investitionen.

Schneller als die Wertschöpfung stieg das Einkommen je Einwohner. Die durchschnittlichen Arbeitseinkommen und auch die Renten lagen im zweiten Halbjahr 1990 bei einem Drittel, vier Jahre später bei über 70% des Westniveaus. Diese Abkopplung der Einkommensentwicklung vom wirtschaftlichen Wachstum wurde durch öffentliche Transferleistungen ermöglicht. Im ganzen betrugen die öffentlichen Nettoleistungen an die neuen Bundesländer von 1991 bis 1994 489 Mrd. (Deutsche Bundesbank, Monatsbericht Juli 1995).

Bewertung: Die Diskussion, ob beim Staatsvertrag und den anschließenden Regelungen Fehler gemacht wurden, hält bis heute an. Produktionseinbruch und hohe Arbeitslosigkeit waren nach der Währungsunion unvermeidbar. Vor allem in der Industrie entsprachen die Erzeugnisse nicht den Verbraucherwünschen, die Produktionsanlagen waren veraltet und oft auch verschlissen. Die Arbeitsproduktivität war so gering, daß die Lohnstückkosten, trotz der anfangs noch niedrigen Löhne, in vielen Fällen höher waren als bei westlichen Konkurrenten.

Um wettbewerbsfähig zu werden, brauchten die ostdeutschen Unternehmen neue Produkte und neue Produktionsanlagen. Beides erforderte nicht nur viel Kapital, sondern auch Marktkenntnis, technisches Wissen und Zeit. An allem mangelte es.

Aus eigener Kraft konnten die meisten Unternehmen daher nicht überleben. Auch die THA wäre nicht in der Lage gewesen, die Unternehmen zur Wettbewerbsfähigkeit zu führen. Sie hätte dafür viel zu wenig Personal gehabt; auch war sie als staatliche Behörde wenig geeignet, schwierigste unternehmerische Funktionen auszuüben. Der schnellste Weg, ein Unternehmen zu sanieren, war somit in der Regel die Übernahme durch ein Westunternehmen, das nicht nur über Kapital und Wissen, sondern auch über Absatzmärkte und eine Vertriebsorganisation verfügte.

Zu den unvermeidbaren Hemmnissen des „Aufschwungs Ost“ gehörte, daß Industriezweige, die in Westdeutschland schrumpften oder stagnierten, wie Eisen und Stahl, Textil und Bekleidung, Schiffbau, Chemie, in Ostdeutschland besonders stark vertreten waren. Für diese „Schrumpfbranchen“ ließ sich privates Kapital nur bei extrem hohen Subventionen gewinnen, die aus politischen Gründen zwar nicht selten gewährt wurden, in jedem Fall aber die Überkapazitäten noch vergrößerten.

Das Prinzip „Rückgabe vor Entschädigung“ gilt vielen als erhebliches Investitionshemmnis. Andererseits zeigte sich oft, daß weniger die Rechtslage an sich als die langsame Arbeit der Grundbuch- und Vermögensämter sowie die unzureichende Kapazität der Gerichte die Klärung der Vermögensverhältnisse erschwerte. Kritik wird auch an der zu schnellen Angleichung der Löhne an das Westniveau geübt. Die Lohnentwicklung ist dem Staatsvertrag allerdings nicht anzulasten. Eine Umstellung auch der Löhne 2:1 hätte nichts genutzt, weil die Bürger der neuen Länder und die Gewerkschaften um so energischer auf rasche Angleichung gedrängt hätten. Kritisch wird nach wie vor die Finanzierung überwiegend durch Kreditaufnahme und nicht durch Steuererhöhungen beurteilt. Da für die folgenden Jahre mit erheblichen Steuermehreinnahmen gerechnet wurde, erschienen der Koalition im Sommer 1990 Steuererhöhungen sachlich nicht unbedingt notwendig und wegen der in Westdeutschland verbreiteten Sorge vor den Kosten der Einheit politisch auch nicht ratsam.

In der entscheidenden Frage gab es keine Alternative. Wer die deutsche Einheit wollte, mußte 1990 die WWS wagen. Weiteres Abwarten hätte die Teilung verlängert und den Beginn der Angleichung der Lebensverhältnisse hinausgeschoben. Vielleicht hätte Zögern die Wiedervereinigung sogar verhindert. In eigenem Staat und aus eigener Kraft aber hätten die Bürger der DDR den Aufbau ihres ruinierten Landes in Jahrzehnten nicht bewältigen können.

Dieter Grosser

Literaturhinweise:

Gros, Jürgen: Entscheidung ohne Alternative?, Mainz 1994.
Korte, Karl-Rudolf: Die Chance genutzt? Die Politik zur Einheit Deutschlands, Frankfurt/M., New York 1994.
Schäuble, Wolfgang: Der Vertrag. Wie ich über die deutsche Einheit verhandelte, Stuttgart 1991.
Waigel, Theo/Schell, Manfred: Tage, die Deutschland und die Welt veränderten, München 1994.

Waldheimer Prozesse

Mit der Auflösung der → *Sowjetischen Speziallager* Anfang 1950 übernahm die DDR von der Besatzungsmacht 194 weibliche und 3 234 männliche Häftlinge zur Aburteilung, die bereits mehrere Jahre in den Lagern verbracht hatten. Es waren angeblich Kriegs- und Naziverbrecher, die nicht zur Entlassung kommen sollten. Warum diese Frauen und Männer nicht von Sowjetischen Militärtribunalen verurteilt worden waren, wie in vielen vergleichbaren Fällen auch, ist nicht bekannt. Den DDR-Behörden wurden auch keine Akten übergeben, sondern nur jeweils eine Seite umfassende Haftbegründungen, die in fast allen Fällen nur pauschale Vorwürfe über eine Zugehörigkeit zu einer NS-Organisation enthielten, selten persönliche Belastungen. 20 Frauen und 142 Männer waren sogar wegen irgendwelcher Nachkriegsvergehen, z.B. wegen Klebens antisowjetischer Plakate, in Haft genommen worden.

Diese Häftlinge wurden im Februar 1950 aus den Speziallagern Buchenwald, Bautzen und Sachsenhausen in die bereits der Volkspolizei unterstellte Strafanstalt Waldheim (Sachsen) gebracht, wo sie – nach entsprechender politischer Schulung des Wachpersonals – einem besonders brutalen Verwahrsystem unterworfen wurden. 43 Häftlinge starben noch vor den Prozessen. Einzige Verbesserung ihrer Lage war der ab März 1950 mögliche Schriftverkehr mit den Angehörigen, der in den Jahren der Speziallagerhaft unterbunden war.

Unter direkter Leitung des → *ZK der SED*, des Innenministeriums und des Justizministeriums begann eine in der deutschen Rechtsgeschichte einmalige Aktion. Während die SED linientreue Staatsanwälte und Richter aussuchte und politisch indoktrinierte, wurden über die Häftlinge hauptsächlich von Kriminalpolizei-Schülern erst einmal Akten zusammengestellt (Fragebogen, Lebenslauf, Vermögenserklärung), die die Grundlage für die Anklageschriften (Soll: 150 Stück pro Tag) abgaben. Als die Untersuchungsgruppen in einen Wettbewerb traten, gab es im Mai 1950 auch über 260 Anklageschriften pro Tag. Unter der Scheinfirmierung „Sonderstrafkammern des Landgerichts Chemnitz" begannen am 26. April sechs Strafkammern den „Probebetrieb" und verurteilten in vier Tagen nur 53 Häftlinge. Es wurden deshalb bis Mitte Mai 20 Kammern gebildet, die schließlich bis zum 8. Juni an 21 Verhandlungstagen über 2 000 Verurteilungen „schafften". Insgesamt verurteilten diese „Gerichte", ohne Zeugen zu hören und nur bei Höchststrafen in Anwesenheit eines Scheinverteidigers, in durchschnittlich etwa 20 Minuten dauernden Verhandlungen 3 320 Personen: 5 bis zu 4 Jahren, 290 zwischen 10 und 14 Jahren, 1 901 zwischen 15 und 25 Jahren, 146 zu lebenslanger Haft, 31 zum Tode. Der Rest der ursprünglich eingelieferten Häftlinge war verstorben oder verhandlungsunfähig. Es gab keine Freisprüche. Bis auf zehn Schauprozesse, die die Aktion als gerechtfertigt darstellen sollten, fanden alle Prozesse im Zuchthaus Waldheim unter Ausschluß der Öffentlichkeit statt. Kein einziges Waldheim-Urteil hat einer rechtsstaatlichen Überprüfung standgehalten.

Am 4. Nov. 1950 wurden im Keller des Zuchthauses Waldheim 24 Todesurteile durch Strangulieren vollstreckt und die Hinrichtung durch Fälschung der Todesurkunden kaschiert. Im Sommer 1952 kamen 997 Waldheim-Verurteilte frei, bei 1 024 wurde die Strafe erheblich herabgesetzt. 1954 wurden 693 Verurteilte begnadigt, 1955 kamen 709 vorzeitig frei. Der letzte in Waldheim Verurteilte wurde 1964 freigelassen.

Gerhard Finn

Literaturhinweise:

Eisert, Wolfgang: Die Waldheimer Prozesse – der stalinistische Terror 1950. Ein dunkles Kapitel der DDR-Justiz, München 1993.

Otto, Wilfriede: Die „Waldheimer Prozesse" 1950. Historische, politische und juristische Aspekte im Spannungsfeld zwischen Antifaschismus und Stalinismus, in: Hefte zur DDR-Geschichte, Nr. 12/1993, S. 5-27.

Warkentin, Falco: Die Waldheimer „Prozesse" der Jahre 1950/52, in: Materialien der Enquete-Kommission, a.a.O., Bd. IV, S. 849-879.

Warschauer Pakt

Die Warschauer Vertragsorganisation (Warschauer Pakt) war das sicherheitspolitische Bündnis zwischen der UdSSR und Bulgarien, Ungarn, der DDR, Polen, Rumänien, der Tschechoslowakei und Albanien (1962 suspendiert und 1968 Mitgliedschaft gekündigt). Der ihr zugrundeliegende Warschauer Vertrag über Freundschaft, Zusammenarbeit und gegenseitige Unterstützung wurde am 14. Mai 1955 zunächst auf 20 Jahre geschlossen und 1975 um zehn Jahre, 1985 um weitere zehn Jahre verlängert.

Der Vertragstext umfaßt elf Artikel und wird von einem Protokoll über die Errichtung des in Art. 5 vorgesehenen Vereinten Kommandos ergänzt, das zwischen den Vertragspartnern für gemeinsame Zwecke nach vereinbarten Grundsätzen gemeinsam eingesetzt werden sollte. Als oberstes politisches Leitorgan wirkte gemäß Art. 6 des Vertrags ein Politischer Beratender Ausschuß, „in dem jeder Teilnehmerstaat des Vertrages ein Regierungsmitglied oder einen anderen besonders ernannten Vertreter delegiert." Dieser Ausschuß war ermächtigt, Hilfsorgane einzusetzen, d.h., dem Vertrag eine ständige Organisation zu geben: die sog. Warschauer Vertragsorganisation, die mit einem zivilen Generalsekretär versehen, aber tatsächlich von der Sowjetführung geleitet wurde.

Das Vereinte Kommando wurde von einem hohen Sowjetmilitär, im allgemeinen einem Marschall der Sowjetunion, als Oberbefehlshaber geführt. Die Verteidigungsminister oder andere militärische Führer waren stellvertretende Oberbefehlshaber mit dem vertraglichen Auftrag, die für die Vereinten Streitkräfte zur Verfügung gestellten nationalen Streitkräfte zu führen. Ein gemeinsamer internationaler Stab mit ständigen Vertretern der Generalstäbe der beteiligten Staaten wurde aufgestellt. Dieser Stab sollte nach dem Protokolltext von 1955 sein Hauptquartier in Moskau einrichten, wurde dann aber wie auch das Generalsekretariat in Warschau installiert.

Erster Oberkommandierender war Marschall Iwan Konew, mit Marschall Georgi Shukow der berühmteste unter den militärischen Führern der Roten Armee im Zweiten Weltkrieg. Er hat den Großaufmarsch des Warschauer Pakts 1961 während der Berlin-Krise mit mehr als einer Million Mann Truppen organisiert. Die sowjetische Intervention 1968 in die damalige ČSSR wurde im Rahmen des Warschauer Paktes durchgeführt (→ *Sozialistische Bruderhilfe*). Der letzte Oberkommandierende war Marschall Kulikow, der das Hauptquartier auflöste.

Der Vertrag beruft sich in Art. 4 ausdrücklich auf das Recht „individueller oder kollektiver Selbstverteidigung in Übereinstimmung mit

Art. 51 der Satzung der Organisation der Vereinten Nationen" sowie auf den grundsätzlichen Gewaltverzicht in den internationalen Beziehungen und die Verpflichtung zur Wahrung der internationalen Sicherheit und des Friedens. Neben den Organisationsleitlinien enthielt er in Art. 3 eine umfassende politische Konsultationsklausel „in allen internationalen Fragen, die ihre gemeinsamen Interessen berühren", und insbesondere im Falle „der Gefahr eines bewaffneten Angriffs auf einen oder mehrere" von ihnen. In Art. 4 wurde ausdrücklich die Bündnisklausel mit der Verpflichtung zum sofortigen Beistand „mit allen Mitteln, die ihnen erforderlich scheinen, einschließlich der Anwendung von militärischer Gewalt" genannt. Die Vertragspartner verpflichteten sich außerdem in Art. 7, nicht an Bündnissen oder Koalitionen teilzunehmen, die dem Vertragszweck zuwiderliefen. Nach Art. 9 war der Vertrag offen für „alle friedlichen Staaten", die bereit waren, an der Wahrung „des Friedens und der Sicherheit der Völker" teilzunehmen. Art. 11 mit den Schlußbestimmungen sah vor, daß der Vertrag außer Kraft treten sollte, sobald ein „europäischer Vertrag über kollektive Sicherheit" in Kraft getreten wäre.

Systematik, Inhalt und bestimmte Formeln des Warschauer Vertrags spiegeln den sechs Jahre früher, im April 1949 in Washington, geschlossenen atlantischen Bündnisvertrag (NATO) wider. Sie weisen aus, daß es der damaligen Sowjetführung Chruschtschow-Bulganin vor allem auf eine politische Erwiderung auf die Wiederbewaffnung und die Aufnahme der Bundesrepublik in die NATO und die neugegründete WEU ankam. Die UdSSR hatte zuvor, mit Protestnoten vom 13. Nov. 1954, versucht, die Verwirklichung dieser Abkommen zu verhindern und „neue Maßnahmen zur Wahrung der Sicherheit der friedliebenden Länder" angekündigt. In ihrer Propaganda bezeichnete sie die Wiederbewaffnung der Bundesrepublik als eine Maßnahme, „den deutschen Militarismus wiederzubeleben" und „das remilitarisierte Westdeutschland" in „eine militärische" Gruppierung einzufügen.

Obwohl der Warschauer Pakt (WP) als defensive Reaktion auf die Errichtung der NATO und die Wiederbewaffnung der Bundesrepublik präsentiert wurde, war die → *Wiederbewaffnung* in der DDR in Form der Kasernierten Volkspolizei und der Truppen des SSD samt der Grenzpolizei schon seit sechs Jahren im Gange. Die Aufstellung der NVA (→ *Bewaffnete Kräfte*) unter sowjetischer Kontrolle und mit sowjetischer Ausrüstung war lange vorbereitet worden und konnte deshalb auch schnell vollzogen werden.

Der Warschauer Pakt war für Moskau von Anfang an ein Instrument, seine Vorherrschaft im osteuropäischen Machtbereich und insbesondere seine vorgeschobene strategische Position in Deutschland, dem wichtigsten Garnisonsstaat DDR, zu konsolidieren. Die militärische Kontrolle der sozialistischen Staaten Osteuropas trug erheblich auch zur politischen Kontrolle der Regierungsapparate bei, ebenso der Verbund der politischen Polizeien und Sicherheitsdienste unter sowjetischer Kuratel. Die militärischen Ausrüstungen waren standardisiert und eine weitgehende logistische und militärökonomische wie rüstungstechnische Abhängigkeit aller Partner von der UdSSR organisiert. Insoweit war der WP ein imperiales sowjetrussisches Bündnis, eine hegemoniale Machtkonstruktion. Als solche erschien sie auch den Verbündeten der UdSSR. Die Präsenz der Sowjetarmee und die militärische Integration im Warschauer-Pakt-System bot ihnen zwar Schutz, schloß sie aber zugleich nach außen ab.

Die politisch-militärische Kontrollfunktion des Warschauer Pakts wurde bereits 1956 mit dem Einmarsch der Sowjetunion in Ungarn und vor allem 1968 während der bewaffneten Intervention in die verbündete Tschechoslowakei deutlich. Beide Länder blieben von Sowjettruppen besetzt. Während des Prager Frühlings wie auch bei der militärischen Bedrohung Polens durch die Sowjetarmee (inklusive der in Polen als Warschauer-Pakt-Kräfte stationierten Sowjetdivisionen) während der „Solidarność-Krise" und der Verhängung des Kriegsrechtsregimes 1980–1981 war der Warschauer Pakt auch politisches Interventionsinstrument zur Exekution des Bündniszwangs im Sinne der „Breschnew-Doktrin" (→ *sozialistische Bruderhilfe*). Diese politische Natur des Bündnisses mit der UdSSR war es, die Tito bereits 1948–1949 zum Bruch mit Moskau und zur Orientierung Jugoslawiens zur bewaffneten Neutralität bewegt, später Albanien zum Austritt aus dem Warschauer Pakt und Rumänien zur Distanzierung im Warschauer Pakt ohne Mitwirkung an der militärischen Integration veranlaßt hatte.

Die Präsentation des Warschauer Pakts als ein Gegenstück zur NATO und seine politische Gleichsetzung mit dem westlichen Bündnis hatte für die UdSSR in der Konfrontation wie in der Détente-Epoche nützliche Wirkung im Westen. Die Mitgliedstaaten des Pakts machten sich über die fundamentale politische Realität des Zwangsbündnisses zur direkten Kontrolle keine Illusionen: Als 1990 die Kommunistischen Regime in Osteuropa entmachtet wurden, forderten zunächst die ČSSR (später CSFR) und Ungarn den Abzug der Sowjettruppen und die Auflösung des Warschauer Pakts samt den bilateralen Beistandsverträgen mit der UdSSR, was dann auch vereinbart wurde, nachdem Polen, Rumänien und Bulgarien sich dieser Forderung angeschlossen hatten.

Vor seiner Selbstauflösung mit Wirkung vom 1. April 1991 hatte der Warschauer Pakt das Mitglied DDR im Zuge der deutschen Einheit am 24. Sept. 1990 durch förmlichen Austritt verloren. Seine Auflösung einschließlich der bilateralen Beistandsverträge war für die verbliebenen osteuropäischen Verbündeten die Priorität, um die militärpolitische Klammer zu lösen, die die UdSSR mit dem Kontrollsystem des Paktes um sie gelegt hatte. Eine Zwischenlösung für den Übergang auf Zeit war in Warschau, Prag und Budapest Anfang 1990 in Aussicht genommen worden: Auflösung der Militärorganisation und Reduzierung des Paktes auf einen Konsultationsrahmen zur Wahrung gemeinsamer Interessen in Rüstungskontrolle und Sicherheitsfragen. Doch nachdem Moskau 1990 auf einer Verpflichtung bestanden hatte, daß keiner der vormaligen Verbündeten einem anderen Bündnis oder einer Koalition mit anderen Staaten, die die UdSSR als gegen ihre Sicherheitsinteressen gerichtet ansehen könnte, beitreten dürfe, reagierten zunächst Prag, dann Budapest und Warschau mit der Forderung nach definitiver Lösung aller Bindungen an die UdSSR.

Lothar Rühl

Literaturhinweise:

Hacker, Jens: Der Ostblock. Entstehung, Entwicklung und Stuktur 1939–1980, Baden-Baden 1983.

Rühl, Lothar: Zeitenwende in Europa. Der Wandel der Staatenwelt und der Bündnisse, Stuttgart 1990.

Wehrdienstverweigerer

Seit Einführung der Wehrpflicht im Januar 1962 gab es Wehrpflichtige, die sowohl den Dienst an der Waffe als auch den waffenlosen Wehrdienst als → *Bausoldat* verweigerten.

Das Wehrpflichtgesetz sah für Männer einen 18monatigen Grundwehrdienst bis zum vollendeten 26. Lebensjahr (im Falle eines zeitweiligen Ausschlusses oder eines „böswilligen" Entzuges bis zum 35. Lebensjahr) und einen Reservistendienst für Fähnriche und Offiziere bis zum 50. Lebensjahr (im Falle des Verteidigungszustandes bis zum 60. Lebensjahr) vor. Der Reservistendienst war ursprünglich auf maximal 24 Monate begrenzt. Mit dem neuen Wehrpflichtgesetz vom März 1982 wurde er für Wehrpflichtige, die unter einem Jahr oder keinen

Wehrdienst geleistet hatten, auf maximal 36 Monate ausgedehnt. Wer seinen Pflichten (Erfassung, Musterung und Einberufung) nicht nachkam, wurde mit Gefängnisstrafe bedroht. Zur Erfüllung der Wehrpflicht gab es zunächst weder verfassungsrechtlich noch gesetzlich eine Alternative. Ab September 1964 bot sich den Wehrpflichtigen der Ausweg in einen waffenlosen Wehrdienst (→ *Bausoldaten*). Das ursprünglich insbesondere von kirchlichen Vertretern geforderte Recht (→ *Kirchen*) auf vollständige Wehrdienstverweigerung konnte jedoch erst nach der Wende im Jahre 1990 eingelöst werden.

Die offizielle Zurückweisung des Rechtes auf Wehrdienstverweigerung stützte sich im wesentlichen auf die marxistisch-leninistische Theorie, wonach sozialistische Systeme angeblich einen friedensimmanenten und kapitalistische einen kriegsimmanenten Charakter tragen (→ *Marxismus-Leninismus*), Wehrdienstverweigerung im Sozialismus demgemäß Friedensdienstverweigerung, im Kapitalismus hingegen Kriegsdienstverweigerung bedeute.

Somit blieb für die Wehrdienstverweigerer von Anfang an nur die „Alternative" einer Gefängnisstrafe. Bis zur Einführung des waffenlosen Wehrdienstes nahmen etwa rund 1 500 erfaßte bzw. gemusterte Wehrpflichtige dieses Risiko in Kauf. Bis zum Sommer 1989 lassen sich anhand der bisher zugänglich gewordenen Dokumente insgesamt rund 6 000 Wehrpflichtige ausmachen, die den Wehrdienst verweigerten. Diese Größenordnung dürfte die unterste Grenze abstecken. Der höchste Stand ergab sich im Frühjahr 1989 mit 0,2% des gemusterten wehrpflichtigen Jahrganges.

Der rechtliche Umgang mit den Wehrdienstverweigerern war unterschiedlich. In der Zeit zwischen 1962 und 1964 fiel die Praxis verhältnismäßig liberal aus: Strafverfahren und Inhaftierungen bildeten die Ausnahme, und Gerichtsurteile reichten von Bewährungsstrafen bis zu Inhaftierungen zwischen vier und acht Monaten. Die Lage verschärfte sich jedoch nach Einführung des waffenlosen Wehrdienstes drastisch. Bis 1982 gab es insgesamt rund 2 900 Verurteilungen wegen Wehrdienstverweigerung. Zuständig dafür war die Militärgerichtsbarkeit der DDR. Das Strafmaß betrug mindestens 18 Monate Haft. Dabei traf es überwiegend (rund 90%) und in einer kontinuierlichen Größenordnung wehrpflichtige Zeugen Jehovas, die in der DDR ohne Schutz und Solidarität einer Kirche auskommen mußten. Die übrigen verteilten sich im wesentlichen auf → *Bausoldaten*, die aus Gewissensgründen den weiteren Dienst in den Baueinheiten verweigerten, auf Reservisten, die als vereidigte Soldaten der Einberufung zum Reservistendienst widerstanden (erzwungen auch deshalb, weil diesen

Reservisten der Status eines Bausoldaten verwehrt wurde) sowie auf ausreisewillige Wehrpflichtige.

Ab 1983 begann sich die Lage wieder zu verbessern. Abgestimmt zwischen der SED-Spitze und der Armeeführung wurden immer weniger Wehrdienstverweigerer einberufen und seit 1986 nur noch in Ausnahmefällen (so beispielsweise Verweigerungen nach Dienstantritt) Inhaftierungen vollzogen. Hintergrund bildete die Zunahme von Wehrdienstverweigerern vor allem aus dem Kreis der Antragsteller auf ständige Ausreise (→ *Fluchtbewegung*; → *Ausreise*) und von kirchlich gebundenen Wehrpflichtigen. Sie zu verschonen und auf diese Weise einen weiteren Zuwachs in Kauf zu nehmen, hielt man offensichtlich für sinnvoller, als sich durch Inhaftierungen schwer kalkulierbare Konflikte aufzuladen. So hätte man im Frühjahr 1988 allein 450 Antragsteller, die sich im Rahmen von Einberufungsüberprüfungen zur Wehrdienstverweigerung bekannten, inhaftieren müssen. Inhaftierungen kirchlich gebundener Wehrdienstverweigerer konnten ebenfalls nicht erwünscht sein. Sie hätten dem Staat-Kirche-Verhältnis neue Belastungen in einer Zeit zugeführt, in der die SED-Führung mehr denn je darauf bedacht war, mit Hilfe kirchlicher Repräsentanten die DDR nach innen und außen als stabiles Staatswesen erscheinen zu lassen. So schlug der Minister für Nationale Verteidigung, Armeegeneral Heinz Keßler, vor, trotz des weiteren sprunghaften Anstiegs von Wehrdienstverweigerern auch in den Jahren 1988 und 1989 auf deren Einberufung zu verzichten. Begründet wurde das unter anderem auch mit verstärkten Aktivitäten der UNO zur Thematik der Wehrdienstverweigerung. Als es im Frühjahr 1989 dennoch zu Inhaftierungen von 53 Wehrdienstverweigerern kam, wurden diese nach Abstimmung mit Armeegeneral Keßler durch Generalsekretär Honecker umgehend aufgehoben.

Da sich die Wehrdienstverweigerer von vornherein den verfassungsrechtlichen und gesetzlichen Grundlagen der DDR versperrten, galten sie generell als Staatsfeinde. Entsprechend fielen die Diskriminierungen in den staatlichen Ausbildungs- und Arbeitsbereichen aus. Schutz und Solidarität fanden die kirchlich gebundenen Wehrdienstverweigerer zumeist unter dem Dach der Kirchen. Dort brachten sie sich auch zumeist in die basisorientierte Friedens-, Öko- und Menschenrechtsbewegung ein. Mitte der 80er Jahre entstand in der DDR der „Freundeskreis (Wehrdienst) Totalverweigerer", der hauptsächlich auf die Abschaffung der Wehrpflicht und die Entmilitarisierung der Gesellschaft (→ *Militarisierung der Gesellschaft*; → *Vormilitärische Ausbildung*) zielte.

Bernd Eisenfeld

Literaturhinweise:

Eisenfeld, Bernd: Kriegsdienstverweigerng in der DDR – ein Friedensdienst? Genesis, Befragung, Analyse, Dokumente, Frankfurt/M. 1978.
Koch, Uwe/Eschler, Stephan: „Zähne hoch, Kopf zusammenbeißen". Dokumente zur Wehrdienstverweigerung in der DDR von 1962–1990, Kückenshagen 1994.

Westarbeit der SED

Westarbeit meint die operative Umsetzung der west- und deutschlandpolitischen Ziele der SED in der Bundesrepublik. Nach der offiziellen Parteiprogrammatik galt als strategisches Ziel der Westpolitik die Herbeiführung einer revolutionären Umwälzung und die Errichtung des Sozialismus in ganz Deutschland. In der politischen Praxis verschoben sich jedoch die Prioritäten schon sehr früh auf das Streben nach voller völkerrechtlicher Anerkennung der staatlichen Existenz der DDR und damit die Durchsetzung einer formellen internationalen Akzeptanz des SED-Regimes (→ *Außenpolitik;* → *SED und deutsche Frage*).

Die Westarbeit umfaßte die allgemeine → *Agitation und Propaganda* der SED in der Bundesrepublik und in West-Berlin sowie gezielte Versuche zur Einflußnahme auf westdeutsche Politiker, Unternehmer, Gewerkschaftsfunktionäre, Journalisten, Wissenschaftler und andere Persönlichkeiten des öffentlichen Lebens. Wenn auch die Leitorientierung der Westpolitik durch die sowjetische Führungsmacht erfolgte (→ *Sowjetunion und SBZ/DDR*), so trug die Verantwortung für die politische Umsetzung die SED.

In die Westarbeit waren einbezogen: Ministerien, alle anderen staatlichen Institutionen der DDR, die Blockparteien, der → *Deutsche Turn- und Sportbund*, → *FDJ*, → *FDGB* und weitere in der DDR existierende → *Massenorganisationen*, außerdem die Außenhandelsbetriebe und die Binnenschiffahrt.

Die Westarbeit wurde seit 1959 von einer speziellen Kommission beim Politbüro koordiniert. Diese Einrichtung firmierte zuerst als Kommission für gesamtdeutsche Arbeit bzw. Zentrale Gesamtdeutsche Kommission beim Politbüro. Nach dem Mauerbau wurde sie als Westkommission beim Politbüro geführt. Zuständig für die Westarbeit der SED war in den 60er und 70er Jahren Albert Norden, Mitglied des SED-Politbüros und des ZK-Sekretariats. In den 80er Jahren übernahm Hermann Axen diese Funktion 1965 erhielt die Westkommission beim Politbüro den Status eines beratenden Gremiums. Alle Leitungsaufgaben wurden der Abteilung 62 (später Abteilung 70 bzw. Westabteilung) überantwortet, die bis dahin selbst gegenüber anderen Einrichtungen im → *ZK* der SED als Apparat der Westkommission abgeschirmt und verdeckt gearbeitet hatte. Die Westabteilung des ZK wurde 1984 in Abteilung für Internationale Politik und Wirtschaft (IPW) des ZK der SED umbenannt. Abteilungsleiter der Westabteilung bzw. der Abteilung IPW waren Heinz Geggel bis 1972, Herbert Häber bis 1985 und Gunter Rettner bis 1989. Die Westabteilung bzw. Abteilung IPW des ZK leitete sowohl die Westarbeit anderer Einrichtungen des SED-Zentralkomitees, der SED-Bezirksleitungen, der Massenorganisationen und Blockparteien, aber auch seit 1972 den Parteivorstand der DKP bzw. in West-Berlin der SEW an. Ihre personelle Ausstattung lag über alle Jahre in einer Größenordnung von ca. 40 politischen Funktionären und einigen technischen Mitarbeiterinnen und Mitarbeitern.

Außer der Westkommission bzw. Westabteilung existierte im ZK-Apparat bis 1972 die Abteilung Arbeitsbüro, die mit der Anleitung der illegalen KPD bzw. seit 1968 der DKP befaßt war, sowie die Abteilung Verkehr, die u.a. für den Geld- und Materialtransport zugunsten der KPD/DKP zuständig war. In den 50er Jahren war der Aufgabenbereich des Arbeitsbüros weiter gefaßt und beinhaltete im Rahmen der operativen Arbeit in der Bundesrepublik insbesondere auch die auf SPD und DGB gerichtete Einflußpolitik. Die Leitung des Arbeitsbüros oblag seit 1952 Erich Glückauf, einem altgedienten kommunistischen Funktionär. Er wurde 1959 auf Beschluß des Politbüros der SED in die Parteiführung der verbotenen KPD delegiert und war bis 1968 als Mitglied in deren Politbüro.

Neben den im Apparat der SED und ihren Massenorganisationen tätigen Abteilungen unterstützten diverse andere Einrichtungen die SED-Westarbeit. Herausragende Bedeutung auf diesem Gebiet hatte das → *Institut für internationale Politik und Wirtschaft (IPW)*, das sich vorwiegend mit der Analyse von Politik und Wirtschaft der Bundesrepublik befaßte. Das IPW wurde gemäß einem Beschluß des Politbüros vom 6. Juli 1971 eingerichtet. Direktor war in der Gründungszeit kurzzeitig Herbert Häber, der von dem langjährigen Sektorenleiter der ZK-Westabteilung und späterem ZK-Mitglied Max Schmidt abgelöst wurde. Das IPW wurde direkt von der Westabteilung des ZK der SED angeleitet und erhielt aus dem zentralen Parteiapparat einen erheblichen Teil seiner Forschungsaufgaben zugewiesen. Es verfügte über einen Personalbestand von ca. 450 Mitarbeitern.

Forschungsaufträge über die Bundesrepublik wurden desweiteren an das → *Institut für Marxismus-Leninismus* beim ZK der SED, an die Akademie für Gesellschaftswissenschaften beim ZK der SED, an die Akademie der Wissenschaften der DDR und an andere wissenschaftliche Einrichtungen (→ *Akademien*) vergeben. In der universitären Forschung existierten zwei Zentren der „BRD-Forschung", eines an der Ost-Berliner Humboldt-Universität, das andere an der Karl-Marx-Universität Leipzig.

Außer Auftragsforschung für Partei- und Regierungsabteilungen fiel den einschlägigen wissenschaftlichen Experten auch die Aufgabe zu, in den zahlreichen Begegnungen mit Kollegen aus der Bundesrepublik das dortige DDR-Bild zu beeinflussen und in der westlichen Forschungslandschaft die Interessen der SED zu vertreten. Ein Beispiel für diese Tätigkeit war das zwischen Vertretern der Akademie für Gesellschaftswissenschaften beim ZK der SED und der Grundwertekommission des Parteivorstands der SPD ausgearbeitete gemeinsame Papier über den „Streit der Ideologien und die gemeinsame Sicherheit".

Besondere Einrichtungen, die die Westarbeit der SED auf staatlichem Gebiet umzusetzen hatten, bestanden als Abteilungen im Nationalrat der → *Nationalen Front* und im Ministerium für Auswärtige Angelegenheiten der DDR, wo eine „Westberlin-Abteilung" und eine „Abteilung BRD" tätig waren. Von 1965 bis 1971 existierte ein Staatssekretariat für gesamtdeutsche bzw. später westdeutsche Fragen, geleitet von Joachim Herrmann, das unter der direkten Kontrolle Walter Ulbrichts stand und 1971 wieder aufgelöst wurde. Die „Abteilung BRD" des DDR-Außenministeriums leitete in Zusammenarbeit mit der Westabteilung des ZK auch die Tätigkeit der Ständigen Vertretung der DDR in Bonn an. Schließlich sind die auf die Bundesrepublik zielenden Apparate des MfS (→ *Staatssicherheit*) und hier vor allem die von Markus Wolf geführte Spionageabteilung HV A zu nennen, die ausschließlich im Rahmen der politischen Vorgaben der SED-Führung tätig wurden.

In der Bundesrepublik verfügte die SED mit KPD bzw. später DKP und der SEW in West-Berlin samt deren zahlreichen Unterorganisationen über einen zusätzlichen Interventionsapparat, der es in einigen gesellschaftlichen Bereichen wie den Gewerkschaften, den Hochschulen und in kulturellen Einrichtungen zu beträchtlicher Wirkung brachte, die weit über die an Wahlergebnissen abzulesende Zustimmung hinausging.

Tönten in den 50er Jahren noch die Propagandaphrasen von KPD und SED vom „Sturz des Adenauer-Regimes" und einer Wiedervereinigung, so versuchte das Regime nach dem Mauerbau zunehmend mit allen Mitteln, die verwandschaftlichen und gesellschaftlichen, kirchlichen und kulturellen Westbeziehungen und -bindungen der DDR-Bevölkerung zu unterbinden. In der ersten Hälfte der 60er Jahre blieb die Westarbeit noch an dem langfristigen Ziel einer Wiedervereinigung unter sozialistischen Vorzeichen orientiert. Nach Bildung der Großen Koalition in Bonn 1966 aber wurden Zug um Zug alle gesamtdeutschen Bezüge aus der Parteiideologie entfernt. Seit 1971 verfocht die SED die These von der Existenz einer eigenen sozialistischen Nation DDR (→ *SED und deutsche Frage*).

Auch der strategische Ansatzpunkt änderte sich. Bis Mitte der 60er Jahre hatte die Einflußpolitik der SED in der Bundesrepublik auf eine Differenzierung in der SPD und den Gewerkschaften gezielt, die im Prinzip dem Konzept einer „Einheitsfront von unten" folgte, wie es schon in den 20er Jahren von der Kommunistischen Internationale entwickelt und von der KPD in der Weimarer Zeit praktiziert worden war. Das heißt, die Partei- und Gewerkschaftsbasis sollte gegen ihre Führungen ausgespielt und unter den Einfluß kommunistischer Kader gebracht werden. In den 60er Jahren suchte die SED deshalb gezielte Kontaktaufnahme zu denjenigen Funktionsträgern in Gewerkschaften, in der SPD, in Kirchen und Jugend- und Studentenorganisationen, die von ihr als positive und realistische Kräfte eingeschätzt wurden. Durch die vom Ministerium für Staatssicherheit gesteuerte geheimdienstliche Infiltrationsstrategie sollten gleichzeitig Einflußagenten auf wichtige Positionen plaziert werden.

Im Zuge der Entspannungs- und Vertragspolitik der 70er Jahre erhielt die Westarbeit der SED in der Bundesrepublik eine neue Dimension. Gegenüber der regierenden SPD zielte ihr Vorgehen nicht mehr in erster Linie auf eine Differenzierung zwischen unteren oder mittleren Parteiebenen und der Parteiführung, sondern auf die Zusammenarbeit mit den „realistischen" Kräften einerseits und die Isolierung aller den Absichten der SED und des sowjetischen Machtblocks entgegenstehenden politischen Positionen andererseits. Unter Erich Honecker verfolgte die SED-Führung konzentriert den Kurs einer Anerkennungspolitik in Raten. Der Bundesrepublik Deutschland sollte scheibchenweise die völkerrechtliche Anerkennung der DDR abgerungen werden. Auf die aus der Sicht der SED noch ungelösten Probleme zielten – nach Grundlagenvertrag, dem UNO-Beitritt der beiden deutschen Staaten und der Unterzeichnung der KSZE-Schlußakte – die bis zum Ende der DDR immer wieder erneuerten → *Geraer Forderungen* Erich Honeckers.

Schon vor dem Regierungswechsel zur christlich-liberalen Koalition in Bonn 1982 hatte sich die SED bemüht, auch in der CDU/CSU zu Erfolgen zu kommen. Sie suchte damit ihre zunächst primär auf das linke politische und gesellschaftliche Spektrum zielende Differenzierungspolitik auszuweiten. Die SED-Führung unter Erich Honecker konnte in den 80er Jahren trotz der zunehmenden Auflösungserscheinungen im sowjetischen Block ein wachsendes Gewicht im innenpolitischen Prozeß der Bundesrepublik erlangen. Dem kam entgegen, daß sich politische Akteure mit ihren Beziehungen zur DDR und anderen sozialistischen Staaten profilieren wollten und konnten. Insbesondere sozialdemokratische Landes- und Kommunalpolitiker und die Partei der Grünen anerkannten nach 1985 einzelne Geraer Forderungen Erich Honeckers als berechtigt. Die Anerkennung einer eigenen DDR-Staatsbürgerschaft und Überlegungen, das Wiedervereinigungsgebot aus der Präambel des Grundgesetzes zu streichen, fanden nicht wenige Befürworter, sogar im Deutschen Bundestag. Die Westarbeit der SED schien noch kurz vor dem Zusammenbruch der DDR Früchte zu tragen.

Jochen Staadt

Literaturhinweise:

Löw, Konrad: ... bis zum Verrat der Freiheit. Die Gesellschaft der Bundesrepublik und die „DDR“, München 1993.

Richter, Karl: Die trojanische Herde, Köln 1959.

Schneider, Johannes: KP im Untergrund, München 1963.

Schröder, Jürgen: Die Westarbeit der SED am Beispiel der DKP, in: Materialien der Enquete-Kommission, a.a.O., Bd. V 3, S. 2294-2330.

Staadt, Jochen: Versuche der Einflußnahme der SED auf die politischen Parteien der Bundesrepublik nach dem Mauerbau, in: Materialien der Enquete-Kommission, a.a.O., Bd. V, 3, S. 2406-2600.

Staadt, Jochen: Die geheime Westpolitik der DDR 1960–1970, Berlin 1993.

Wettbewerb, sozialistischer

Ein Grundproblem der sozialistischen Planwirtschaft der DDR bestand in der Stimulierung der Betriebe und der Beschäftigten, die zentralen Planvorgaben bei der Ausarbeitung der Betriebspläne zu überbieten und die verbindlichen Jahrespläne in zeitlicher, quantitativer und qualitativer Hinsicht zu erfüllen (→ *Wirtschaft*). Da die materielle Stimulierung mittels des → *Prämiensystems* die Interessen der Betriebe eher darauf richtete, möglichst leicht erfüllbare Planauflagen zu erhalten, versuchte man, durch vielfältige Formen der „Masseninitiative“ die gewünschten Verhaltensweisen zu erreichen. Hierbei stand der vom → *FDGB* und den Betriebsgewerkschaftsleitungen organisierte sozialistische Wettbewerb im Vordergrund.

Inhalt und Ziel dieses Wettbewerbs ergaben sich aus den jeweiligen Kombinats- und Betriebsplänen. Auf der Grundlage zentraler und kombinatsinterner Planauflagen hatte der Betriebsleiter eine Wettbewerbskonzeption auszuarbeiten, die in die Betriebskollektivverträge aufgenommen wurde und somit ebenfalls Plancharakter hatte. Es war Aufgabe der Betriebsgewerkschaftsleitung, angeleitet und unterstützt von der Betriebsparteiorganisation, diese Konzeption in Wettbewerbsverpflichtungen der Arbeitskollektive umzusetzen. Der Wettbewerb war also weniger auf Leistungsverbesserungen einzelner Beschäftigter bezogen; er sollte vielmehr eine planmäßige und gleichmäßige Mehrleistungsverpflichtung aller am Produktionsprozeß Beteiligten hervorbringen.

Im Mittelpunkt der Wettbewerbsaufgaben standen die Erhöhung der Arbeitsproduktivität, die Senkung der Selbstkosten, die Einsparung von Material, Energie und Arbeitskraft, Qualitätsverbesserungen, die Beschleunigung des wissenschaftlich-technischen Fortschritts und eine raschere Überführung neuer Produktionsverfahren und Produkte in die Fertigung. Hierzu wurden detaillierte Kennziffern festgelegt, die in die Wirtschaftliche Rechnungsführung des Betriebes eingingen und deren Einhaltung laufend kontrolliert wurde.

Spezielle Formen des sozialistischen Wettbewerbs waren vor allem die Neuerer- und die → *Aktivistenbewegung*. Auch hierbei ging es nicht um beliebige Verbesserungsvorschläge, sondern um thematisch und zeitlich fest umrissene Aufgaben der Planerfüllung. Über Inhalt und Ziel von zu erarbeitenden Neuerervorschlägen mußten zuvor Vereinbarungen mit der Betriebsleitung abgeschlossen werden. 1988 nahmen 34% der Berufstätigen an der Neuererbewegung teil.

Die Beteiligung am sozialistischen Wettbewerb war für alle Berufstätigen – auch in den Verwaltungen – eine „moralische“, d.h. politisch-ideologische Verpflichtung; sie galt als Ausdruck für den Entwicklungsstand des sozialistischen Bewußtseins der Menschen.

Hannelore Hamel

Literaturhinweise:

Erdmann, Kurt: Sozialistischer Wettbewerb, in: DDR-Handbuch, a.a.O., Bd. 2, Köln (3. Aufl.) 1985, S. 1192-1208.

Hartmann, Martin: Die Neuererbewegung, Köln 1988.

Widerstand, Opposition und Verweigerung

Begrifflich lassen sich Widerstand, Opposition und Verweigerung als Synonyme für politische Gegnerschaft bzw. als Verhaltensweisen definieren, die auch mit dem von Martin Broszat geprägten Begriff Resistenz umschrieben werden können – Resistenz als Versuch wirksamer Abwehr, Begrenzung und Eindämmung der in der DDR errichteten Herrschaft der SED oder ihres demokratisch illegitimen Machtanspruchs.

Seitens der Herrschenden wurde widerständiges und oppositionelles Verhalten in der DDR prinzipiell kriminalisiert: „In sozialistischen Staaten existiert für eine Opposition gegen die herrschenden gesellschaftlichen und staatlichen Verhältnisse keine objektive politische oder soziale Grundlage." Folgerichtig duldete die Politbürokratie der SED keine legale Opposition, weder parlamentarisch noch außerparlamentarisch. In der → *Volkskammer* hat es bis zum Sturz Erich Honeckers nur ein einziges Mal Nein-Stimmen und Stimmenthaltungen gegeben: am 9. März 1972 bei der Beschlußfassung über das Gesetz über die Unterbrechung der Schwangerschaft.

Widerstand, Opposition und Verweigerung hatten Sanktionen zur Folge: politische Diskriminierung, soziale Ausgrenzung, → *Berufsverbot*, → *Ausbürgerung* und (vor allem) strafrechtliche Verfolgung. Trotzdem reichte, wie im Abschlußbericht der Enquete-Kommission des Deutschen Bundestages festgehalten wurde, Resistenz in der Realität der SBZ/DDR „von der Verweigerung bis zum individuellen Protest, vom bewußten, demonstrativen Aufbegehren bis zu sozialdemokratischem, christlich-demokratischem und liberalem Widerstand, der sich in Gruppen organisierte, von kommunistischer Dissidenz bis zu innerparteilicher Opposition, von politischen Streiks bis zur spontanen Massenaktion und zu Unruhen, von der Bildung offen agierender Gruppen und Bürgerinitiativen bis zum Widerstand, der sich konspirativ gesammelt und aktiv gehandelt hat".

Historisch ist politische Gegnerschaft in der SBZ/DDR bereits aus der ersten Nachkriegszeit nachweisbar. Erste Konflikte spitzten sich zu, als sich 1945 der LDPD-Vorsitzende, Waldemar Koch, sowie die beiden CDU-Vorsitzenden, Andreas Hermes und Walther Schreiber, gegen entschädigungslose Enteignungen im Zuge der → *Bodenreform* ausgesprochen hatten. Obwohl demokratisch gewählt, wurden sie zum Rücktritt genötigt.

Als die KPD in Ost-Berlin und in der SBZ zu ihrem auf die Vereinigung mit der → *SPD* zur SED orientierten Kurs überging, löste sie alsbald sozialdemokratische Opposition gegen die Fusion aus, die vielfach in Widerstand umschlug. Sozialdemokratische Resistenz trat bis weit über die Mitte der 50er Jahre zutage. Ca. 5 000 frühere SPD-Mitglieder sind bis 1956 durch sowjetische Militärtribunale oder Gerichte der DDR deswegen zu hohen Freiheitsstrafen verurteilt worden.

Parallel dazu ist das erste Nachkriegsjahrzehnt durch oppositionelles und widerständiges Verhalten in den Reihen von → *CDU* und → *LDPD* gekennzeichnet. 1947 wurden die beiden CDU-Vorsitzenden Jakob Kaiser und Ernst Lemmer von der SMAD aus ihren Wahlämtern entfernt, nachdem sie sich der SED-gesteuerten → *Volkskongreßbewegung* verweigert hatten. Allein aus der CDU sind bis 1956 rund 1 500 Funktionsträger und Mitglieder verhaftet und in die Gefängnisse verbracht worden, weil sie sich der politischen Gleichschaltung zu widersetzen versucht hatten. Die LDPD durchlief einen ähnlich konfliktreichen Umschmelzungsprozeß zur Blockpartei.

Bürgerliche Opposition sammelte sich auch an Universitäten, insofern sich zu verschiedenen Zeiten von der CDU oder von der LDPD getragene Studentengruppen bildeten, die eine politische Alternative zur → *FDJ* darstellten. Mehrere Hundert Studenten wurden in den Jahren bis 1950 verurteilt: Ewald Ernst, Manfred Klein und Georg Wracidlo in Ost-Berlin, Horst Hennig in Halle und Wolfgang Natonek in Leipzig. In Rostock wurden die Studenten Arno Esch, Gerhard Blankenburg und Heinrich Puchstein zum Tode verurteilt. Sie wurden in Moskau hingerichtet.

Zur Programmatik nahezu aller Oppositions- und Widerstandsgruppen unter der Diktatur der SED zählte die Forderung nach freien → *Wahlen*. Die Verweigerung freier Wahlen bedingte vor allem bei den ersten Volkskammerwahlen, die 1950 gemeinsam mit Landtagswahlen und Gemeindewahlen abgehalten wurden, erhebliche Widerstandsaktivitäten. Strafprozesse gegen widerständige Oberschüler vor den Landgerichten Schwerin, Dresden und Zwickau demonstrierten gnadenlose Härte im Strafausspruch. Zuchthausstrafen bis zu 15 Jahren waren nicht unüblich. Der Oberschüler Hermann Joseph Flade wurde in erster Instanz zum Tode, in zweiter Instanz zu 15 Jahren Zuchthaus verurteilt, weil er selbstgefertigte Flugblätter gegen den Wahlterror der SED verbreitet und sich seiner Festnahme mit einem Taschenmesser widersetzt hatte.

Vor diesem politischen Hintergrund ist eine Protest- und Verweigerungshaltung in Betracht zu ziehen, die sich über die Jahre hinweg als Flucht- und Abwanderungsbewegung aus der DDR manifestiert hat und die einer permanenten „Abstimmung mit den Füßen“ gleichkam. Die

Zahl derer, die die DDR verließen, belief sich von 1949 bis zur totalen Abgrenzung am 13. Aug. 1961 auf rund 2,7 Mio. (→ *Fluchtbewegung*).

Opposition und Widerstand wurden in besonderem Maße provoziert, als die 2. Parteikonferenz der SED (2.–5. Juli 1952) mit ihren Beschlüssen über den „Aufbau des Sozialismus" (→ *Sozialismus*) eine radikale Verschärfung des Klassenkampfes einleitete. Seit Herbst 1952 kam es in Industriebetrieben punktuell zu Streiks, als Reaktion auf die Kollektivierung der Landwirtschaft setzte auf dem Lande Bauernflucht ein. In der Jungen Gemeinde der evangelischen → *Kirchen* intensivierten sich Regimekritik und Resistenz so stark, daß sie am 27. April 1953 regierungsamtlich zur „illegalen Organisation" erklärt wurde.

Die Destabilisierung der DDR nahm schließlich solche Ausmaße an, daß sich die Politbürokratie der SED auf Intervention der Moskauer Führung zur Politik des Neuen Kurses veranlaßt sah (Beschlüsse des Politbüros vom 9. und des Ministerrates vom 11. Juni 1953), die Lockerungen des Regimes auf verschiedenen Gebieten verhieß. Indes war die innere Krise der DDR bereits außer Kontrolle geraten. Am 16. Juni kam es in Ost-Berlin zum Aufstand der Bauarbeiter in der Stalinallee, der am → *Siebzehnten Juni* 1953 auf die wichtigsten Industriezentren der DDR übergriff. Nach jüngsten Forschungen kam es in mehr als 560 Städten und Gemeinden zu Streiks, Demonstrationen und Unruhen. Über 167 von 217 Stadt- und Landkreisen wurde der Ausnahmezustand verhängt – praktisch übernahm die Sowjetarmee eine Zeitlang wieder die Macht. Der Aufstand scheiterte an ihrer bewaffneten Gewalt. 24 Menschen verloren ihr Leben durch sowjetischen Waffeneinsatz – acht starben durch Schüsse der Volkspolizei. Mindestens 18 Aufständische wurden durch sowjetische Standgerichte zum Tode verurteilt und erschossen. Rund 1 600 Teilnehmer des 17. Juni wurden durch DDR-Gerichte zu großteils hohen Freiheitsstrafen verurteilt. Zum Tode verurteilt wurden Erna Dorn, eine am 17. Juni in Halle aus dem Gefängnis befreite Strafgefangene, der NS-Verbrechen angelastet worden waren, sowie der Gärtner Ernst Jennrich in Magdeburg. Der Aufstand vom Siebzehnten Juni 1953 war die erste revolutionäre Erhebung unter den Bedingungen einer stalinistischen Diktatur. Durch ihn wurde für spätere Volksaufstände in Ungarn, Polen und der Tschechoslowakei ein historisches Fanal gesetzt.

Im „politischen Tauwetter" während der zweiten Hälfte der 50er Jahre entstanden an mehreren wissenschaftlichen Instituten, in Redaktionen und Lektoraten in Ost-Berlin, Halle, Jena und Leipzig sowie in Potsdam vielfach oppositionelle Gruppierungen, die teils einen „besonderen deutschen Weg zum Sozialismus" diskutierten und eine „revisionistische Alternative“ zum orthodoxen → *Marxismus-Leninismus* verfochten (Walter Janka und Wolfgang Harich) und die teils auch an den Idealen der parlamentarischen Demokratie und der bürgerlichen Gesellschaft orientiert waren wie der „Eisenberger Kreis“ (Thomas Ammer, Hans Frömel, Peter Herrmann u.a.) oder die von Heinrich Blobner und Arno Seifert inspirierte Studentengruppe in Halle. Eine geistig-politische Auseinandersetzung mit diesen Kräften hat die SED niemals geführt – ihr stärkstes Argument hieß Zuchthaus.

Im Kontext zur Politik der Vollkollektivierung der → *Landwirtschaft* verstärkten sich 1959/60 Opposition und Verweigerung auf dem Lande in erheblichem Maße. Es mehrten sich Versuche, sich dem Eintritt in eine → *LPG* zu widersetzen, in einzelnen Fällen kam es zu Protestaktionen, die auch Brandstiftungen einschlossen. Die Flucht- und Abwanderungswelle unter Bauern stieg erneut sprunghaft an.

Mit dem → *Mauerbau* äußerten sich Widerstand und Verweigerung in neuen Formen. Fluchthilfe erschien als Ausdruck neuer Resistenz. Hunderte junger Menschen, Studenten zumal, fanden sich in Ost- und West-Berlin zusammen, um Menschen, häufig Freunde und Familienangehörige, zur Flucht aus dem ungeliebten Staat zu verhelfen. Von der Beschaffung ausländischer Reisepässe, die ein scheinlegales Passieren der DDR-Grenzkontrollen ermöglichten, reichte die Fluchthilfe bis zur Ausschleusung von Flüchtlingen in umgebauten Kraftfahrzeugen oder durch Fluchttunnel unter der Mauer.

Nachdem die Volkskammer am 24. Jan. 1962 durch Gesetz die allgemeine Wehrpflicht in der DDR eingeführt hatte, äußerte sich widerständiges und oppositionelles Verhalten in vielhundertfacher Wehrdienstverweigerung, die das Regime schließlich dazu veranlaßte, im Wege einer Verordnung des → *Nationalen Verteidigungsrates* vom 7. Sept. 1964 die Ableistung eines waffenlosen „Wehrersatzdienstes“ für Wehrdienstverweigerer einzuführen. Er war in besonderen Einheiten der NVA abzuleisten, bei den sog. → *Bausoldaten*. Trotzdem mehrten sich die Fälle, in denen junge Menschen sich als Totalverweigerer bekannten.

Eine neue Welle der Opposition überflutete das Land, als sich auch in der DDR Protest gegen die Niederwerfung des Prager Frühlings durch Interventionstruppen aus fünf Warschauer-Pakt-Staaten regte (→ *sozialistische Bruderhilfe*); etwa 400 Verhaftungen wurden in diesem Zusammenhang verzeichnet.

Der Führungswechsel Ulbricht/Honecker belebte zwar kurzfristige Hoffnungen auf eine Öffnung der DDR nach Westen und auf inneren Wandel des Regimes, zumal mit Inkrafttreten des zwischen beiden deutschen Staaten geschlossenen → *Grundlagenvertrages* vom 21. Dez. 1972 sowie unter dem Einfluß des KSZE-Prozesses nach Unterzeichnung der Helsinki-Schlußakte am 1. Aug. 1975 durch Honecker, aber gerade die dadurch genährten Hoffnungen auf mehr Freizügigkeit für Menschen und Meinungen wurden so bitter enttäuscht, daß sie neue Verweigerung und neues Verlangen nach legaler Ausreise hervorriefen. Punktuell begannen sich Bürgerrechtsinitiativen in der zweiten Hälfte der 70er Jahre zusammenzufinden.

Zeitgleich regten sich innerhalb der protestantischen → *Kirchen* politische Kräfte, die allmählich die Funktion einer systemimmanenten Opposition übernahmen, auch wenn parteioffiziell Opposition mit einem Tabu belegt war. Pazifistische Initiativen und Bürgerrechtsgruppen gingen dazu über, den legalen Handlungsspielraum und die Öffentlichkeit der Kirche zu nutzen. Sie stellten die Legitimationsgrundlagen der SED-Macht in Frage, die auf dem Anspruch des „wahren Antifaschismus" (→ *Antifaschismus*) und auf der Gleichsetzung von Sozialismus und Frieden beruhten.

Eine Vorreiterrolle spielten schon seit Mitte der 60er Jahre Friedensgruppen, die sich zunächst vorwiegend aus Wehrdienstverweigerern und ehemaligen → *Bausoldaten* zusammensetzten. Durch Protesthandlungen, regionale Strukturbildung und Öffentlichkeitsarbeit sowie durch eine sozialethische Argumentation widersetzten sie sich vor allem der → *Militarisierung* und Disziplinierung der DDR-Gesellschaft, forderten gesellschaftspolitische Alternativen (u.a. Abbau von Feindbildern, zivilen Ersatzdienst) und ermutigten zur Zivilcourage. Zu den Aktivisten der frühen Zeit zählten Christoph Berger und Bernd Eisenfeld sowie die Initiatoren der ersten überregional ausgerichteten Friedensseminare in Königswalde und Meißen, Hans Jörg Weigel und Rudolf Albrecht. Zahlreiche später zu Bedeutung gekommene Oppositionelle waren Wehrdienstverweigerer oder Bausoldaten.

Die Umweltbewegung entwickelte sich Mitte der 70er Jahre punktuell durch die Initiative kirchlicher Kreise, die sich mit der Verantwortung der Schöpfung beschäftigten. 1975 wurde Hans Peter Gensichen Leiter des kirchlichen Forschungsheims in Wittenberg, das zu einem wichtigen Informationszentrum ökologischer Gruppen wurde und zur Strukturbildung beitrug. Gleichzeitig bildeten sich die ersten Umweltgruppen. In Anlehnung und unter Berufung auf den KSZE-Prozeß formierten sich Menschenrechtsinitiativen in den Kirchen, deren prominentester Wortführer für einige Jahre der Görlitzer Bischof Joachim Fränkel war. Entgegen der SED, die nach marxistisch-leninistischem Verständnis die Menschenrechte als Privilegien verstand, die sie nach

Erreichung ihrer sozialistischen Ziele zuteilen könne, forderte der Bischof: „Anerkennung des Vorgegebenseins der grundlegenden Menschenrechte bedeutet die Respektierung d(ies)er Pluralität und damit echte Toleranz, durch die zwar der ideologische Führungsanspruch der Partei nicht aufgehoben, aber begrenzt wird."

In der kirchlichen Basis entfalteten sich Aktivitäten, die die Einschränkung der Religionsfreiheit und der Freizügigkeit unter Berufung auf die Helsinki-Schlußakte beanstandeten. Zu den Aktivisten gehörte der Pfarrer Ulrich Woronowicz, in dessen Menschenrechtsgruppe auch Aufnäher und Erkennungszeichen mit dem Symbol des „Korb 3" hergestellt wurden. Zu einer wichtigen Formation der kirchlichen Opposition wurde die „Offene Arbeit", die unangepaßte Jugendliche und soziale Sondergruppen seit Ende der 60er Jahre sammelte und aktivierte. Ihre führenden Vertreter waren die Pfarrer Frieder Burckhard und Walter Schilling, die auch aktiv die Gegenwehr gegen repressive Methoden des MfS organisierten.

Alle diese Gruppierungen und Initiativen forderten direkt und indirekt die Demokratisierung der DDR, da sie die sozialen und rechtlichen Probleme nur für lösbar hielten, wenn der Bevölkerung politische Partizipation zuteil würde. Bereits 1972 war der Erfurter Propst Heino Falcke in einem großen Referat „Christus befreit, darum Kirche für andere" auf der Synode des → *Bundes der Evangelischen Kirchen* in Dresden für Meinungsfreiheit eingetreten. Den Sozialismus hatte er nur als „verbesserlichen Sozialismus" anerkennen wollen.

Einen Mobilisierungsschub für die kirchliche Opposition löste die erschütternde Selbstverbrennung des Pfarrers Oskar Brüsewitz am 18. Aug. 1976 in Zeitz als Protest gegen die Kirchen- und Jugendpolitik der SED aus. Im November des gleichen Jahres wurde der kommunistisch-dissidentische Liedermacher Wolf Biermann ausgebürgert; er war schon vorher in der Prenzlauer Kirche aufgetreten. Die durch die → *Ausbürgerung* ausgelöste Protestwelle von Schriftstellern und Künstlern wurde auch von kirchlichen Gruppen mitgetragen, was, wie in Jena, zu Verhaftungen und zu weiteren Ausbürgerungen führte. Schriftsteller wie Reiner Kunze, der 1977 zur Ausreise genötigt wurde, und kritische junge Marxisten hielten zunehmend die Verbindung zur kirchlichen Opposition und wurden von dieser in den folgenden Jahren fast ganz sublimiert.

1978 leisteten Oppositionelle Widerstand gegen die Einführung des obligatorischen Wehrunterrichts an allgemeinbildenden Schulen. In der Folge bildeten sich zahlreiche neue Friedenskreise. Die Ereignisse in Polen und der Kampf der dortigen Gewerkschaftsbewegung Solidarnosć seit 1980 regten auch die DDR-Opposition an, ohne daß diese eine größere Basis für ihre Anliegen finden konnte. 1981 und 1982 nahm die Arbeit der Friedensgruppen gleichwohl umfangreiche Ausmaße an. Mit der Friedensfrage konnten in der DDR durch die Opposition die innere Demokratisierung und partiell auch die offene deutsche Frage thematisiert werden. Die erste Friedensdekade im Herbst 1980, die von den Kirchen der Bundesrepublik und der DDR initiiert worden war, bot auf Anregung des sächsischen Landesjugendpfarrers Harald Bretschneider das Symbol „Schwerter zu Pflugscharen" an, das 1981/82 von vielen Menschen angenommen wurde. Trotz der Verbote und Übergriffe der Sicherheitsorgane trugen bis zu hunderttausend Menschen einen Aufnäher mit diesem Symbol. Auf Anregung des Dresdner Pfarrers Christoph Wonneberger kam es 1981 und 1982 zu massenhaft erhobenen Forderungen zur Einführung eines Sozialen Friedensdienstes als eines echten Wehrersatzdienstes. Ebenfalls 1982 ging von Rainer Eppelmann und dem marxistischen Regimekritiker Robert Havemann der „Berliner Appell" aus, der zur Friedenssicherung den Abzug der Besatzungstruppen forderte und die deutsche Frage aufwarf.

Auf dem Höhepunkt der → *Friedensbewegung* fanden 1982 und 1983 zahlreiche öffentliche Demonstrationen statt. Öffentlichkeit wurde auch durch große Friedensgottesdienste und -gebete, sog. Friedenswerkstätten, Fahrraddemonstrationen, Aufrufe, Samisdat-Veröffentlichungen u.a. hergestellt. Zu einer landesweiten Strukturbildung trug das erstmals 1983 in Ost-Berlin auf Initiative von Hans Jochen Tschiche durchgeführte Treffen von Friedens- und Umweltgruppen „Frieden konkret" bei, das jährlich bis zum Ende der DDR abgehalten wurde. 1982 versuchte die SED gewaltsam, die Friedensbewegung zu zerschlagen. Es kam zu Verhaftungen, Nötigungen zur Ausreise und Abschiebungen wie im Fall Roland Jahn in Jena.

Seit 1984 konsolidierte sich die Opposition, neue Gruppen bildeten sich und entwickelten neue Formen der politischen Auseinandersetzung mit der SED. Verstärkt wurden die Bemühungen um Vernetzung der Gruppen, etwa die landesweite Gruppierung „Solidarische Kirche", und um eine wirksamere Öffentlichkeitsarbeit. Inhaltlich verschob sich die Arbeit zugunsten der Menschenrechtsproblematik. Als politisches Ziel wurde auch die Blockfreiheit anvisiert, um die DDR aus dem sowjetischen Machtbereich herauszulösen.

In der Mitte der 80er Jahre traten einzelne Gruppen hervor, die die Bindungen an die Kirchen als Einschränkung ihrer Aktionsfähigkeit betrachteten. 1986 wurde die bedeutendste unabhängige Gruppe, die „Initiative Frieden und Menschenrechte" (IFM) in Berlin gegründet, die allerdings weiterhin die Kommunikationsstrukturen der Kirche nutzte. In ihr wirkte u.a. der langjährige Oppositionelle Gerd Poppe. 1986 wurde die Umweltbibliothek an der Ost-Berliner Zionskirche eröffnet, die zu einem wichtigen Informations- und Kommunikationszentrum oppositioneller Gruppen gedieh.

Gleichzeitig erlebten Samisdat-Zeitschriften einen beachtlichen Aufschwung. Die fachliche Qualität oppositioneller Theoriebildung und die Kritik an den Verhältnissen in der DDR nahm zu. Bereits 1977 hatte Rudolf Bahro sein Buch „Die Alternative", eine Fundamentalkritik des real existierenden Sozialismus, im Westen veröffentlicht. Er war dafür ins Gefängnis geworfen worden. Studien zur Uranindustrie von Michael Beleites, zu den Menschenrechten von Peter Eisenfeld und zur Energiepolitik von Sebastian Pflugbeil, Ausstellungen und Materialsammlungen zu tabuisierten Themen wie dem Verfall der Innenstädte in der DDR u.a. unterlegten die sozialethische Kritik mit empirischem Material. 1989 veröffentlichte Rolf Henrich sein Buch „Der vormundschaftliche Staat" über das Versagen des Sozialismus, wofür er mit Berufsverbot als Rechtsanwalt belegt wurde.

Die teilweise erheblichen Unterschiede in den Orientierungen wurden trotz inhaltlicher Auseinandersetzungen zwischen und in den Oppositionsgruppen noch weitgehend verdeckt, da die Übermacht des gemeinsamen politischen Gegners zur Zusammenarbeit nötigte. In den Gruppen waren sowohl demokratisch-sozialistische wie zivilgesellschaftliche, bürgerlich-demokratische Vorstellungen verbreitet. Außerdem sorgte die nahezu vollständige Einbindung in kirchliche Strukturen und der erhebliche Anteil von Christen in der Opposition für einen Konsens in den Motivationen, der Unterschiede und Gegensätze überbrückte. Trotzdem kam es zu Diskussionen innerhalb der Opposition über politische Schlüsselfragen. Zu den Wortführern gehörte der Vordenker der Opposition Edelbert Richter. 1987 ergriff eine Gruppe um Stephan Bickhardt, Wolfgang Ullmann u.a. die Initiative gegen „Geist und Logik der Abgrenzung", die auf der Synode des Bundes der Evangelischen Kirchen in Görlitz öffentlich gemacht wurde. Die deutsche Frage wurde auch auf den Kirchentagen 1988 und 1989 behandelt.

Ungeachtet nachhaltiger Repression machte sich etwa seit 1987 ein spürbarer Kontrollverlust der SED und des MfS gegenüber der Opposition bemerkbar. Im April 1987 gab es eine erwähnenswerte Aktion: Die meisten der etwa 350 Teilnehmer des vom Friedenskreis Dresden-Johannstadt gestalteten Meißner Friedensseminars stimmten einem an Honecker gerichteten Brief zu, in dem Glasnost in der DDR gefordert wurde.

Einen Gegenschlag versuchten die Sicherheitsorgane in der Nacht vom 24. zum 25. Nov. 1987 mit der Besetzung der Umweltbibliothek. Die kräftige Solidarisierungswelle veranlaßte die SED-Führung jedoch zum Einlenken und zur Entlassung der Verhafteten, unter ihnen Wolfgang Rüddenklau. Am 17. Jan. 1988, als anläßlich einer Rosa-Luxemburg-Demonstration der SED Oppositionelle für die Freiheit der Andersdenkenden demonstrierten, erfolgten abermals Verhaftungen und Abschiebungen. Betroffen waren führende Oppositionelle wie Stefan Krawczyk, Freya Klier, Ralf Hirsch, Werner Fischer, Bärbel Bohley, Vera Wollenberger, Regina und Wolfgang Templin. Solidaritätsveranstaltungen und Mahnwachen führten in der Folgezeit zu einer kräftigen Mobilisierung regimekritischer Potentiale.

Politische Bedeutung für die Opposition in der DDR gewann seit 1988 zudem der „Konziliare Prozeß für Gerechtigkeit, Frieden und Bewahrung der Schöpfung", der noch einmal die enge Verbindung von Opposition und Kirchen aufzeigte. Auf → *ökumenischen Versammlungen* in Dresden und Magdeburg wurde zu wichtigen politischen Fragen Stellung genommen, auch zur deutschen Frage.

Dennoch war das Verhältnis der Opposition zu den Kirchen ambivalent. Die Kirchen wollten und konnten sich selbst nicht als Opposition verstehen, in ihnen waren auch stets Kräfte am Werk, die entweder aus freien Stücken oder in Zusammenarbeit mit den Staatsorganen die Opposition behinderten oder sogar bekämpften. Andererseits setzten sich Oppositionsgruppen überwiegend aus Theologen und christlichen Laien zusammen, die sich selbst als kirchliche Gruppen verstanden. Lange Jahre profitierte die Opposition von der sozialethischen, friedensethischen und theologischen Arbeit der Kirchen. Der kirchliche Rechtsrahmen und die christliche Grundhaltung haben im übrigen dazu beigetragen, der rigorosen Repression durch das MfS standzuhalten.

1989 hatte die Politbürokratie der SED der Opposition kaum noch etwas entgegenzusetzen. Schon im Januar konnte sie Demonstrationen in Leipzig kaum noch beherrschen. Die große Aktion der Opposition zur Kontrolle der Kommunalwahlen am 7. Mai 1989, der Versuch, unabhängige Kandidaten aufzustellen oder zum Wahlboykott aufzurufen, sowie die Aufdeckung der Wahlfälschungen und der Versuch, Strafanzeige wegen Wahlfälschung zu erstatten, führten zu weiteren Demonstrationen in Ost-Berlin und in einer Reihe von Großstädten der DDR. Nach den Juni-Ereignissen in China, dem Massaker auf dem Platz des Himmlischen Friedens in Peking, wuchs die Entschlossenheit der Opposition.

Zeitgleich vermochte die Politbürokratie der SED den massenhaft anschwellenden Flüchtlingsstrom nicht mehr einzudämmen. Tausende

Menschen setzten sich im Sommer 1989 über die Tschechoslowakei und Ungarn ab. Am 11. Sept. öffnete die Regierung in Budapest ihre Grenze nach Österreich, so daß Tausende ehemaliger DDR-Bürger in die Bundesrepublik gelangten. Die Staatskrise der DDR erreichte ihren Kulminationspunkt. Im September begannen die Oppositionsgruppen nach monatelanger Vorbereitung, sich zu Bürgerbewegungen oder Parteien zu formieren. Nach MfS-Unterlagen konnten sie auf mindestens 120 Gruppen aufbauen, die durch kirchliche Kreise ergänzt wurden. Bis November traten die Sozialdemokratische Partei (SDP), Demokratie jetzt, Neues Forum (NF), Demokratischer Aufbruch (DA), Vereinigte Linke und die Grünen in Erscheinung. Den größten Zulauf hatte das NF. Ein ungestümer Formierungsprozeß ging Hand in Hand mit einer gewaltig anwachsenden Demonstrationsbewegung der DDR-Bevölkerung. Ausgangspunkt waren Proteste gegen Wahlfälschungen und Friedensgebete in den evangelischen Kirchen, in denen Oppositionelle, aber auch Ausreise-Antragsteller eine entscheidende Rolle spielten. Die Initialzündung ging von den Friedensgebeten in der Leipziger Nikolaikirche aus. Die Verhinderung des gewaltsamen Einschreitens der Sicherheitsorgane am 9. Okt. bedeutete eine Vorentscheidung. Die Ostberliner Demonstration am 4. Nov. mit rund einer halben Million Teilnehmern machte den Prozeß des Machtverfalls unumkehrbar (→ *Zusammenbruch der DDR*).

Auf Initiative der Opposition wurde ein → *Runder Tisch* gebildet. Zu seinen wichtigsten Beschlüssen zählte die Auflösung des MfS. Mit der Demokratisierung der DDR und der Zerschlagung der Diktatur der SED hatte die Opposition ihr wichtigstes politisches Ziel erreicht.

Ehrhart Neubert/Karl Wilhelm Fricke

Literaturhinweise:

Fricke, Karl Wilhelm: Opposition und Widerstand in der DDR. Ein politischer Report, Köln 1984.

Meckel, Markus/Gutzeit, Martin: Opposition in der DDR. Zehn Jahre kirchliche Friedensarbeit – kommentierte Quellentexte, Köln 1994.

Möglichkeiten und Formen abweichenden und widerständigen Verhaltens und oppositionellen Handelns, in: Materialien der Enquete-Kommission, a.a.O., Bd. VII.

Neubert, Erhart: „Obwohl der scheinbar tiefe Frieden ..." Zur Genese der systemimmanenten protestantisch geprägten Opposition in der DDR – 1972 bis 1978, in: Helwig, Gisela (Hrsg.): Rückblicke auf die DDR. Festschrift für Ilse Spittmann-Rühle, Köln 1995, S. 45 ff.

Rüddenklau, Wolfgang: Störenfried. DDR-Opposition 1986–1989. Mit Texten aus den „Umweltblättern", Berlin 1992.

Wiederbewaffnung

Die Wiederbewaffnung in der SBZ/DDR begann am 2. Juli 1948. Ein Befehl Stalins von diesem Tage forderte die Aufstellung kasernierter Bereitschaften in einer Stärke von 10 000 Mann. Als Ausbilder dieser Truppe, die mit militärischen Waffen nach militärischen Vorschriften übte, wurden ausgesuchte Kader der ehemaligen deutschen Wehrmacht vom Mannschafts- bis zum Generalsrang aus sowjetischen Kriegsgefangenenlagern bereitgestellt. Am 18. Juni 1949 veranlaßte Stalin die Schaffung von Schulen in der SBZ zur Heranbildung von 35 000 Unteroffizieren und 10 000 Offizieren. 150 zuverlässige höhere SED-Funktionäre sollten auf seine Anordnung hin an eine sowjetische Infanterieschule geholt und dort in einem zwölfmonatigen Kurs zu militärischen Spitzenkadern ausgebildet werden. Zu den folgenden Ausführungsbestimmungen gehören Befehle der SMAD (vom 8. Aug. 1949 nachweisbar), denen zufolge 24 Infanterie-, acht Artillerie- und drei Panzerabteilungen mit jeweils 950, 750 bzw. 1 100 Mann auszubilden waren und die Zahl der Schulen von sieben auf elf erhöht wurde. Die sowjetischen Besatzungsbehörden regelten das zu absolvierende militärische Programm in allen Einzelheiten, darunter ein Netzwerk von Beratern aus den sowjetischen Streitkräften, das sich in alle Schulen und Einheiten hinein erstreckte, mit klar festgelegten Kontroll- und Berichtsaufträgen sowie streng hierarchisch aufgebauter Gliederung. Am 25. Mai 1950 ordnete Stalin den Aufbau von Marinekadern mit einer Stärke von zunächst knapp 3 000 Mann und im Januar 1951 eine Umorganisation der Heerestruppen an. Die vorherigen kleinen, jeweils nur aus Angehörigen einer einzigen Waffengattung bestehenden Einheiten wurden zu größeren gemischten Verbänden zusammengefügt. Es entstanden 24 gleichartig gegliederte und ausgerüstete Kaderformationen mit einer Sollstärke von insgesamt 60 000 Mann. Am 15. Nov. 1951 wies Stalin das Streitkräfteministerium der UdSSR an, in den folgenden drei Jahren 220 deutsche Luftwaffenpiloten auf sowjetischen Stützpunkten auszubilden. Gleichzeitig begannen die sowjetischen Behörden in der DDR den Grundstock für entsprechendes Bodenpersonal zu schaffen.

Die Wiederbewaffnung in der SBZ/DDR zeichnete sich durch mehrere Besonderheiten aus. Sie fand unter der unmittelbaren Regie der Besatzungsmacht statt, die alle Maßnahmen veranlaßte, mittels ihrer Berater Aufsicht führte und der einschlägigen Hauptabteilung innerhalb der 1947 aufgebauten Deutschen Verwaltung des Innern lediglich Verwaltungsfunktionen übertrug. Zentrale Wichtigkeit maß die sowjetische

Führung dem Gesichtspunkt der politischen Kaderauswahl bei. Als oberster Grundsatz galt, daß es sich bei militärischem Personal um zuverlässige Kommunisten handeln müsse. Ein doppeltes, aus sowjetischen Beratern und „Politikkulturleitern" der SED bestehendes Kontrollsystem diente der Überwachung nicht zuletzt auch in politischer Hinsicht. Schwerpunkt der militärischen Ausbildung in der ersten Zeit war die Übung von Formen des Kleinkriegs wie insbesondere des Straßenkampfes.

Die Aufstellung deutscher Militärkader durch die sowjetische Besatzungsmacht stand in klarem Widerspruch zu den Vier-Mächte-Vereinbarungen der Nachkriegszeit. Hinzu kam, daß die antiwestliche Propaganda bis Mitte der 50er Jahre sich ganz wesentlich auf die Anklage einer „Remilitarisierung" Westdeutschlands stützte und auf die vereinbarte Entmilitarisierung des besiegten Deutschlands pochte. Daher mußte die Wiederbewaffnung in der SBZ/DDR unter striktester Geheimhaltung erfolgen. Auch in den internen Dokumenten wurden Tarnbezeichnungen verwendet. Die – eindeutig mit militärischen Charakteristika ausgestatteten – Formationen wurden als „kasernierte Polizeitruppen" bezeichnet. Das brachte freilich die ostdeutschen Soldaten in eine schwierige Situation. Sie durften sich mit ihren Uniformen nicht öffentlich zeigen und erhielten so nicht selten das Gefühl des Ausgestoßenseins. Rekruten, die sich für den angeblich polizeilichen Dienst hatten anwerben lassen, reagierten anschließend oft mit Ablehnung auf die ihnen dann begegnende militärische Wirklichkeit. Stimmung und Moral in den Formationen zeigten nicht zuletzt auch aus diesen Gründen weithin eine negative Tendenz.

In der „Stalin-Note" an die Westmächte vom 10. März 1952 wurde erstmals die Forderung nach „nationalen Streitkräften" für das wiederzuvereinigende Deutschland formuliert. Dieser Vorschlag wurde das Startzeichen einer Kampagne für eine deutsche Nationalarmee. In der DDR hieß es mit zunehmender Deutlichkeit, es gehe um die „Verteidigung der Heimat", also Ostdeutschlands. Zugleich wurden vormilitärische Organisationen wie die → *Gesellschaft für Sport und Technik* ins Leben gerufen. Auf der 2. Parteikonferenz der SED gehörte die Schaffung „nationaler Streitkräfte" zu den erhobenen Forderungen. Wie es scheint, war ein entsprechender Beschluß bereits in der Vorbereitung. Dieser hätte, als Gegenmaßnahme gegen die damals geplante Aufstellung westdeutscher Einheiten im Rahmen der Europäischen Vertragsgemeinschaft, die ostdeutschen Militärkader öffentlich legitimiert. Da sich jedoch die westdeutsche Wiederbewaffnung hinauszögerte, hielt

Stalin einen derartigen Schritt nicht für politisch zweckmäßig. Nach dem Tod des sowjetischen Führers wurde die militärische Planung revidiert. Zwei Territorialverwaltungen wurden aufgelöst, das Streitkräfteziel von zwölf auf sieben Divisionen (zwei Armeegruppen zu je drei Divisionen zuzüglich einer Eingreifreserve in Potsdam) verringert. Er handelte sich dabei nur um infanteristische und mechanisierte Verbände; Panzerformationen wurden der DDR weiterhin nicht zugebilligt. In Dresden entstand eine Militärakademie.

Während der Unruhen im Juni 1953 erwiesen sich die militärischen Truppen vielfach als unzuverlässig. Dagegen „bewährten" sich in der Regel die seit 1948 ebenfalls aufgestellten kasernierten Grenzpolizeieinheiten und die Verbände des 1950 geschaffenen MfS (→ *Staatssicherheit*). Diese beiden Organisationen blieben daher in der Folgezeit unverändert, während das Militär durch umfangreiche Entlassungen gesäubert wurde. Die SED-Führung setzte im übrigen die im Frühjahr 1953 begonnene Aufstellung von „Kampftruppen der Arbeiterklasse" in allen großen Betrieben und Verwaltungen systematisch fort. Die Ausbildung dieser Kräfte wurde an Bürgerkriegsszenarien orientiert. Als weiteres Instrument zur inneren Sicherung des Regimes entstanden ab Ende 1954 Innere Truppen. 1954/55 hielt die östliche Seite noch strikt an der Lesart fest, daß es kein Militär in der DDR gebe. Dementsprechend wurde bei Abschluß des Warschauer Pakts am 14. Mai 1955 der Vorbehalt formuliert, daß der ostdeutsche Staat erst nach einer noch vorzunehmenden Aufstellung eigener Streitkräfte in das Vereinte Oberkommando aufgenommen werden könne. Die DDR-Regierung ließ noch einige Zeit verstreichen, bis sie erklärte, daß militärische Verbände formiert würden. Erst am 18. Jan. 1956 erließ sie ein Gesetz über die Nationale Volksarmee. Daraufhin verfügte der → *Warschauer Pakt* am 28. Jan. 1956, daß die ostdeutsche Seite künftig im Vereinten Oberkommando vertreten sei.

Gerhard Wettig

Literaturhinweise:

Militärgeschichtliches Forschungsamt (Hrsg.): Vom Kalten Krieg zur deutschen Einheit. Analysen und Zeitungsberichte, München 1995.

Thoß, Bruno (Hrsg.): Volksarmee schaffen – ohne Geschrei! Studien zu den Anfängen einer „verdeckten Aufrüstung" in der SBZ/DDR, München 1994.

Wettig, Gerhard: Neue Erkenntnisse aus sowjetischen Geheimdokumenten über den militärischen Aufbau in der SBZ/DDR 1947–1952, in: Militärgeschichtliche Mitteilungen 23 (1994), S. 199-219.

Wiedergutmachung

Wiedergutmachung bezeichnet die Übernahme staatlicher Verantwortung und daraus folgender Entschädigung für die Verbrechen der nationalsozialistischen Gewalt- und Willkürherrschaft. Meist handelt es sich hierbei um Verordnungen bzw. gesetzliche Regelungen wie Renten, Sozialmaßnahmen sowie die Restitution, also die Wiedereinsetzung in frühere Eigentumsrechte von natürlichen Personen bzw. deren Nachkommen und juristischen Personen, die in der Zeit des Nationalsozialismus verfolgt wurden. Neuere Untersuchungen zeigen, daß West- und Ostdeutsche mit der Wiedergutmachung verschiedene Inhalte verbinden. Für die Mehrheit der Westdeutschen ist die Wiedergutmachung beinahe gleichbedeutend mit der individuellen Entschädigung der jüdischen Opfer des Holocausts. Maßgeblich beeinflußt wurde diese Auffassung durch die Wiedergutmachungspolitik von Bundeskanzler Konrad Adenauer.

Für die Bürger in der ehemaligen DDR standen die umfangreichen Reparationen infolge des Potsdamer Abkommens im Vordergrund. In der älteren Generation überwog sogar die Auffassung, die DDR hätte alleine für die Verbrechen der NS-Diktatur gehaftet.

Eine umfassende Wiedergutmachung im westdeutschen Sinne hat in der DDR nicht stattgefunden. Während die Bundesrepublik ihre Verantwortung für die Verbrechen des nationalsozialistischen Regimes anerkannte und als Folge an die Überlebenden des Holocausts sowie an Israel und jüdische Organisationen Wiedergutmachung leistete, lehnte die DDR dies stets ab. Erst am 9. Febr. 1990 erkannte der letzte SED-Ministerpräsident, Hans Modrow, die Mitverantwortung der DDR für den Holocaust an. Mit der Erklärung „Wir bitten alle Juden um Verzeihung“ entschuldigte sich die erste freigewählte Volkskammer am 12. April 1990 für die Fehler und Versäumnisse der SED.

Die SED-Führung hatte es abgelehnt, die DDR in der Rechtsnachfolge des Deutschen Reiches zu sehen. Sie erhob den Anspruch, antifaschistischer Staat zu sein, und lehnte jede Mitverantwortung für die Verbrechen des NS-Regimes ab. Dieses antifaschistische Staatsdogma (→ *Antifaschismus*) hatte in den vier Jahrzehnten der DDR-Geschichte erhebliche Auswirkungen. Die SED instrumentalisierte die NS-Vergangenheit und unterband gleichzeitig eine offene Auseinandersetzung mit der nationalsozialistischen Willkürherrschaft. Als Folge wurde auch die Ermordung der europäischen Juden durch Nazi-Deutschland im Sinne der sozialistischen Geschichtsinterpretation verzerrt dargestellt.

Dies zeigte sich vor allem beim Umgang der SED mit den ehemaligen Konzentrationslagern auf dem Territorium der DDR. Die → *Nationalen Mahn- und Gedenkstätten* hatten vor allem einem Zweck zu dienen: der moralischen Festigung des SED-Führungsanspruches nach innen und nach außen. Die These, die DDR habe Faschismus, Rassismus und Antisemitismus mit Stumpf und Stiel ausgerottet, war fester Bestandteil der SED-Agitation und Propaganda, vor allem in der politisch-moralischen Auseinandersetzung mit der Bundesrepublik. Die Desinformationskampagnen der DDR hatten zum Ziel, die bundesrepublikanische Demokratie in die Nähe des Nationalsozialismus zu rücken bzw. deren Spitzenrepräsentanten als unbelehrbare Nationalsozialisten zu diffamieren. Die Drahtzieher dieser Operationen waren das ZK der SED sowie das MfS. Dies wurde in der Bundesrepublik und im westlichen Ausland meist verdrängt oder nicht zur Kenntnis genommen. Die SED-Aktionen dagegen stießen in breiten Kreisen der bundesrepublikanischen Öffentlichkeit, vor allem im linksorientierten Meinungsspektrum, auf offene Ohren und fanden Unterstützung. Beispiele waren die antisemitischen Aktionen der DDR während des Eichmann-Prozesses in Jerusalem 1961, die Attacken gegen den Bundespräsidenten Lübke, die großen bundesdeutschen NS-Gerichtsverfahren in den 60er oder 70er Jahren. Daß es auch in der DDR NS-belastete Spitzenfunktionäre gab, verschwieg die SED aus politischen Gründen ebenso wie die antisemitischen Ausschreitungen und zahlreichen Schändungen jüdischer Friedhöfe in der DDR.

Politisch motiviert war auch die Einteilung in „Opfer des Faschismus“ und „Kämpfer gegen den Faschismus“ in der SBZ. Entsprechend dieser Sprachregelung waren die jüdischen Überlebenden der Konzentrationslager „Opfer“, die politischen NS-Gegner aber „Kämpfer“: eine Stigmatisierung, die in den ersten Nachkriegsmonaten nicht selten zu einer offenen Benachteiligung der wenigen tausend Juden in der SBZ bei Fürsorgemaßnahmen führte. Zudem hatten diese Juden nicht automatisch einen Anspruch auf Unterstützung.

Den Charakter eines Almosens hatte auch das Kernstück der personellen DDR-Wiedergutmachung, die „Anordnung zur Sicherung der rechtlichen Stellung der anerkannten Verfolgten des Naziregimes“ der Deutschen Wirtschaftskommission vom 5. Okt. 1949. Anspruch auf die darin festgelegten sozialen Leistungen, wie Alters- und Invaliditätsrenten, Berücksichtigung bei der Wohn- und Gewerberaumvergabe, hatten nur Verfolgte, die auf dem Territorium der DDR lebten. 1949 sollen dies insgesamt etwa 50 000 Menschen gewesen sein.

Im April 1965 erließ die DDR-Regierung die „Verordnung über Ehrenpensionen für Kämpfer gegen den Faschismus und für Verfolgte des

Faschismus sowie für deren Hinterbliebene", die anerkannten Gegnern des NS-Regimes gehobene Sozialrenten garantierte. Auch diese Verordnung diskriminierte die Verfolgten insofern, als „Kämpfer" höhere Renten erhielten. Nicht anspruchsberechtigt waren im Ausland lebende NS-Opfer. 1990 übernahm die Bundesrepublik die Versorgung von circa 12 000 Ehrenpensionären.

Eine allgemeine Restitution von NS-Geschädigten erfolgte in der DDR nicht. Indes war Thüringen das erste Land in Nachkriegsdeutschland, das die Restitution von Opfern des NS-Systems regelte. Am 15. Sept. 1945 hatte der oberste Chef der SMAD, Marschall Georgi Shukow, das sog. Thüringer Wiedergutmachungsgesetz erlassen. Thüringen blieb jedoch bis zur Auflösung der DDR-Länder 1952 das einzige Land der SBZ/DDR, das in geringem Umfang jüdisches Eigentum zurückerstattete. Zumeist wurde das „arisierte" deutschjüdische Eigentum „Volkseigentum" oder blieb in Privatbesitz. Eine Ausnahme bildete das Eigentum der jüdischen Gemeinden. Laut Befehl Nr. 82 der SMAD vom 29. April 1949 sollten die „demokratischen Organisationen" ihr Eigentum zurückerhalten. Dazu zählten ursprünglich auch die jüdischen Gemeinden der SBZ. Ausgenommen von der Restitution war die damals noch Gesamt-Berliner Jüdische Gemeinde. Die sowjetischen Besatzungsbehörden stoppten die Wiedereinsetzung der Berliner Jüdischen Gemeinde in ihre alten Eigentumsrechte nach der Flucht des Gemeindepräsidenten, Heinz Galinski, im November 1948 in den Westen der Stadt. 1953 beendete die DDR auch die Restitution der übrigen jüdischen Gemeinden. Als Folge blieben die jüdischen Gemeinden in der DDR auf die finanzielle Unterstützung durch die DDR-Regierung angewiesen.

Innerhalb der SED läßt sich für die Jahre 1947–1950 eine heftige Kontroverse bezüglich der Wiedergutmachung nachweisen. Dabei standen sich als Wortführer die Politbüro-Mitglieder Walter Ulbricht und Paul Merker gegenüber. Während der Mexiko-Emigrant Merker eine moderate Wiedergutmachung auch für im Ausland lebende Juden forderte, lehnten Ulbricht und die Justizabteilung im ZK der SED dies entschieden ab. Unterstützt wurde Merker von dem Juristen Leo Zuckermann (SED) und dem jüdischen Volkskammerabgeordneten Julius Meyer (SED), der im April 1948 Kontakt zu dem israelischen Konsul in München, Chaim Yachil, und dem Vertreter der Jewish Agency, Eliyahu Livneh, aufnahm. Dieser Richtungsstreit wurde jedoch mit der Entmachtung Merkers im August 1950 abrupt und endgültig beendet.

Merkers Verhaftung im November 1952 und Diffamierung als Zionist und „Subjekt der USA-Finanzoligarchie" im Zusammenhang mit dem antisemitischen Slansky-Prozeß in Prag stellte auch die Weichen für die Wiedergutmachungspolitik der DDR gegenüber Israel. Gegen das Luxemburger Abkommen vom 10. Sept. 1952 zwischen der Bundesrepublik Deutschland, Israel und jüdischen Organisationen in der Diaspora polemisierte die SED-Führung und versuchte, es zu torpedieren. Dabei stellte sich die DDR bewußt auf die Seite der schärfsten Gegner der westdeutschen Wiedergutmachungspolitik in der arabischen Welt. Ziel dabei – wie auch in den folgenden Jahren – war, das Verhältnis zwischen der Bundesrepublik und den arabischen Staaten zu zerstören bzw. die Hallstein-Doktrin zu durchbrechen und die Anerkennung des SED-Regimes in Nahost voranzutreiben sowie Handelskontakte zu knüpfen. Aus diesem Grund blieben auch die diplomatischen Initiativen der israelischen Botschaft gegenüber der ostdeutschen Vertretung in Moskau in den Jahren 1953 bis 1955 erfolglos. Mit dem Ausbruch des Suez-Krieges im Herbst 1956 stellte sich die DDR noch eindeutiger auf die Seite der arabischen Staaten. Als Walter Ulbricht im Februar 1965 die Vereinigte Arabische Republik Ägypten besuchte, verglich er Israel mit West-Berlin und stellte damit indirekt das Existenzrecht des jüdischen Staates in Frage. Während des Sechs-Tage-Krieges im Juni 1967 lieferte die DDR an die kriegführenden arabischen Staaten Waffen und verglich Israel mit Hitler-Deutschland (→ *Außenpolitik*).

Als die DDR 1973 in die UNO aufgenommen wurde, konfrontierte Israel den SED-Staat erneut mit Wiedergutmachungsforderungen. Dies lehnte die SED-Führung unter Berufung auf das Völkerrecht ab. 1988 begann sich das Verhältnis der DDR zu Israel zu entspannen. Die DDR habe ihre Verpflichtungen aus dem Potsdamer Abkommen buchstabengetreu erfüllt, lautete das Ost-Berliner Standardargument. Im Januar 1989 besuchte der für Kirchenfragen zuständige Staatssekretär, Kurt Löffler, Israel. Eine Regelung zur Wiedergutmachungsfrage scheiterte an der Weigerung der DDR.

Unter Berufung auf die genannte völkerrechtliche Position handelte und argumentierte die DDR gegenüber allen westlichen Staaten, wo mit dieser Begründung auch Ansprüche auf Reparationen und Entschädigungen für Vermögensverluste aus dem Zweiten Weltkrieg abgewehrt wurden. Besonders engagiert setzten sich die USA für die NS-Opfer ein. Mit der Aufnahme diplomatischer Beziehungen im September 1974 verlangte Washington von der SED-Führung, daß sie Gespräche über Wiedergutmachung mit jüdischen Organisationen führe. Nur bei der Regelung der jüdischen Forderungen werde man die Erweiterung des bilateralen Handels und die Gewährung der Meistbegünstigungsklausel für die DDR in Erwägung zu ziehen.

Aus diesem Grund versuchte die DDR im November 1976 mit der Überweisung einer einmaligen Summe von 1 Mio. US-$ die jüdischen Ansprüche beizulegen. Die Conference of Jewish Material Claims (CJMC) wies die Annahme der Summe empört zurück. Die Verhandlungen gingen dennoch auf unteren Ebenen weiter. Trotz der DDR-Besuche namhafter Vertreter der Claims Conference, des Präsidenten des Jüdischen Weltkongresses und der Vermittlungstätigkeit des Vorsitzenden des Zentralrats der Juden in Deutschland konnte bis zum Ende der DDR keine Einigung erzielt werden.

Stefan Meining

Literaturhinweise:

Arndt, Siegfried Theodor/Eschwege, Helmut/Honigmann, Peter/Mertens, Lothar: Juden in der DDR. Geschichte-Probleme-Perspektiven, Köln 1988.

Goschler, Constantin: Paternalismus und Verweigerung. Die DDR und die Wiedergutmachung für jüdische Verfolgte des Nationalsozialismus, in: Benz, Wolfgang (Hrsg.): Jahrbuch für Antisemitismusforschung, Bd. 2, Frankfurt/M., New York 1992, S. 93-117.

Goschler, Konstantin: Wiedergutmachung. Westdeutschland und die Verfolgten des Nationalsozialismus 1945–1951, München 1992.

Jelinek, Yeshagahn A.: Eine wechselvolle Reise: Die deutsch-israelischen Bemühungen 1952–1965, in: Langguth, Gerd (Hrsg.): Adenauers Weichenstellungen für die heutige Politik, Köln 1994, S. 115 ff.

Kessler, Ralf/Peter, Hartmut Rüdiger: Wiedergutmachung im Osten Deutschlands 1945-1953. Grundsätzliche Diskussionen und die Praxis in Sachsen-Anhalt, Frankfurt/M. 1996.

Wolffsohn, Michael: Die Deutschland-Akte. Juden und Deutsche in Ost und West, München 1995.

Wirtschaft

Der politökonomische Anspruch: 1. Trotz der Anstrengungen, des Fleißes und des Einfallsreichtums vieler in den Betrieben und Einrichtungen der ehemaligen DDR arbeitenden Menschen weist die Schlußbilanz der Wirtschaft ein ausgesprochenes Fiasko aus. Um die Tragweite dieser Feststellung ermessen zu können, muß man das Ergebnis von rund 45 Jahren ökonomischen Geschehens mit dem Anspruch konfrontieren, den die politökonomische Theorie hinsichtlich der Leistungsfähigkeit einer sozialistisch gestalteten Ordnung des Wirtschaftslebens erhob.

2. So wird in dem aus dem Russischen übersetzten Lehrbuch „Politische Ökonomie", das 1955 in erster Auflage in Ost-Berlin erschien, folgendes ausgeführt: „Mit der Entstehung und Entwicklung der sozialistischen Produktionsverhältnisse entstehen auf der Basis der neuen ökonomischen Bedingungen neue ökonomische Gesetze und werden wirksam: das ökonomische Grundgesetz des Sozialismus, das Gesetz der planmäßigen (proportionalen) Entwicklung der Volkswirtschaft, das Gesetz der stetigen Steigerung der Arbeitsproduktivität, das Gesetz der Verteilung nach Arbeitsleistung und andere." Dabei bestünden die wesentlichen Züge und Erfordernisse des „ökonomischen Grundgesetzes" in der „Sicherung der maximalen Befriedigung der ständig wachsenden materiellen und kulturellen Bedürfnisse der gesamten Gesellschaft durch ununterbrochenes Wachstum und stetige Vervollkommnung der sozialistischen Produktion auf der Basis der höchstentwickelten Technik" und die des „Gesetzes der planmäßigen (proportionalen) Entwicklung" darin, „daß die Gesellschaft die Volkswirtschaft planmäßig leitet, daß die einzelnen Produktionszweige planmäßig zu einem einheitlichen Ganzen verbunden, in ihrer Entwicklung die notwendigen Proportionen gewahrt, die Arbeitskräfte sowie die materiellen und finanziellen Mittel so rationell und nutzbringend wie möglich ausgenutzt werden". Durch die Beachtung der Erfordernisse dieser „Gesetze" sei ein krisenfreier Verlauf des Wirtschaftsgeschehens gewährleistet, und das sei „der größte Vorzug des Sozialismus gegenüber dem Kapitalismus", denn eine solche störungsfreie Entfaltung des ökonomischen Prozesses sichere „eine für die bürgerliche Ordnung unerreichbare Einsparung an Mitteln und eröffnet alle Möglichkeiten für das ununterbrochene, schnelle und allseitige Wachstum der Produktion im Interesse der Volksmassen".

Die Bilanz der Fakten: Nach Berechnungen des Statistischen Bundesamtes, die aufgrund der heute verfügbaren DDR-Unterlagen vorgenommen wurden, lag die Wirtschaftsleistung in der DDR pro Kopf im Jahre 1990 nur bei knapp einem Drittel derjenigen in Westdeutschland, erreichte mithin nach fast einem halben Jahrhundert seit Kriegsende die Größenordnung von der eines Schwellenlandes. Die jährliche Zuwachsrate des produzierten Nationaleinkommens nahm kontinuierlich von 5,5% im Jahre 1984 bis auf 1,7% im Jahre 1989 ab. Der Fünfjahrplan 1986 bis 1990 hatte demgegenüber jedoch ein durchschnittliches jährliches Wachstum von 4,8% vorgesehen.

Die durchschnittliche Arbeitsproduktivität in der Wirtschaft der DDR wurde für die zweite Hälfte der 80er Jahre auf allenfalls 30% der westdeutschen errechnet. Dabei war der Abstand der Produktivitätsniveaus in Westdeutschland und in Ostdeutschland seit den 60er Jahren immer größer geworden.

Der für die Gütererzeugung eingesetzte Kapitalstock war zu einem erheblichen Teil technologisch veraltet und verschlissen, war in nicht wenigen Produktionsbereichen nach westlichen Maßstäben gerechnet praktisch nicht mehr verwendbar. Von einem „ununterbrochenen Wachstum" und einer „stetigen Vervollkommnung der sozialistischen Produktion auf der Basis der höchstentwickelten Technik" – wie Lenin einst prophezeite, als er die Arbeitsproduktivität als „das Allerwichtigste, das Ausschlaggebende für den Sieg der neuen Gesellschaftsordnung" bezeichnete – war also keine Rede.

Die Verkehrsinfrastruktur des Landes war weithin veraltet und völlig überlastet (→ *Verkehrspolitik*). Das Streckennetz der Deutschen Reichsbahn war zu etwa 30% zwei- oder mehrgleisig ausgebaut, rund 28% waren elektrifiziert. Ein großer Teil der Staats- und Bezirksstraßen wies erhebliche Schäden in der Fahrbahndecke auf. Ausbauprofile der Fernverkehrsstraßen sowie viele niveaugleiche Schienenübergänge hielten den Erfordernissen eines modernen Straßenverkehrs nicht stand.

Die Bevölkerung der DDR verfügte Anfang 1990 über ein Geldvermögen von knapp 180 Mrd. DM. Ein quantitativ kaum zuverlässig schätzbarer Teil dieses Betrages lag deshalb auf Bankkonten, weil man vielfach jene Waren nicht kaufen konnte, die man eigentlich erwerben wollte. Um ein neues Auto – einen Trabant oder einen Wartburg – kaufen zu können, bedurfte es einer Wartefrist von 13 bis 18 Jahren.

Während der mengenmäßige Pro-Kopf-Verbrauch an hochsubventionierten Nahrungs- und Genußmitteln (sieht man von Südfrüchten und anderen Importen ab) im großen und ganzen zumindest mengenmäßig zufriedenstellend war, war die Versorgung mit industriell hergestellten Konsumgütern eines gehobeneren Bedarfs sowohl quantitativ als auch qualitativ sehr schlecht (→ *Staatshaushalt*; → *Lebensstandard*). Engpässe bei Dienstleistungen – so bei Reparaturen und beim Angebot von Ersatzteilen – waren an der Tagesordnung. Grundsätzlich war der Standard der langlebigen Haushaltsgüter hinsichtlich der technischen Ausstattung, des Bedienungskomforts, der Reparaturanfälligkeit und des Energieverbrauchs niedrig. Im Lehrbuch der „Politischen Ökonomie" war jedoch angekündigt worden: „Im Sozialismus ist das Wachstum der Bedürfnisse (der Kaufkraft der Massen) die Triebkraft der sozialistischen Produktion und treibt diese voran. Das ständige Wachstum der sozialistischen Produktion ist die materielle Grundlage für die unentwegte Steigerung des Verbrauchs des Volkes."

Die Tatsache, daß die Wohnungsmieten seit Ende des Krieges auf dem Niveau von 1936 eingefroren wurden und die Mieten von Neubauten seit den 50er Jahren praktisch unverändert geblieben waren, führte dazu, daß sich viele Wohnhäuser in einem erbarmungswürdigen Zustand befanden, weil Reparaturen unterblieben, und wertvolle Bausubstanz immer mehr verfiel.

Die Bewohner der DDR hatten in Europa die höchste Umweltbelastung zu ertragen (→ *Umweltpolitik*). Infolge der völlig ungenügenden Abgasreinigung bei der Verwendung schwefelhaltiger Braunkohle zur Energieerzeugung war die Luft einer außerordentlich hohen Belastung mit SO_2 ausgesetzt. Obwohl die DDR nur halb so groß war wie die damalige Bundesrepublik Deutschland, emittierte sie ab Mitte der 80er Jahre doppelt bis fünfmal soviel SO_2 wie diese (5,1–5,6 Mio. Tonnen pro Jahr). Je Einwohner gerechnet, war diese Emissionsmenge z.B. 1988 17mal höher als in Westdeutschland. Die extensive Ausbeutung der Braunkohlenlager entzog der Land- und Forstwirtschaft jedes Jahr über 3 000 ha fruchtbaren Boden. Lediglich ein Drittel davon wurde wieder rekultiviert. Nur noch auf einer Wegstrecke von 17% der Hauptwasserläufe konnte Rohwasser entnommen und zu Trinkwasser aufbereitet werden. Infolge einer weithin verantwortungslosen Entsorgungspraxis wurde der Boden an Tausenden von Stellen ohne Schutzvorkehrungen als Auffangbecken für Siedlungs- und Industriemüll mißbraucht.

Eine Arbeitsgruppe unter Leitung des Vorsitzenden der Staatlichen Plankommission, Gerhard Schürer, hatte 1989 in einem geheimgehaltenen Bericht an das Politbüro unter anderem festgestellt, daß die Auslandsverschuldung der DDR gegenüber den westlichen Ländern unerträglich geworden war. Sollte sie im Jahre 1990 – so wurde dargelegt – nicht weiter ansteigen, dann wäre es notwendig gewesen, einen so hohen Anteil der Güterproduktion für Exporte aufzuwenden, daß dadurch der Konsum der DDR-Bevölkerung um 25–30% reduziert worden wäre. Mit anderen Worten: Die DDR war in bezug auf das westliche Ausland praktisch bankrott.

Funktionsweise und Funktionsprobleme des Wirtschaftssystems: 1. Was war nun letztlich die Ursache dafür, daß das ökonomische Bemühen der in der einstigen DDR wirtschaftenden Menschen so wenig Erfolg hatte? Der Grund war der, daß sich das Wirtschaftsgeschehen im Rahmen einer zentralverwaltungswirtschaftlichen Ordnung abspielte, die ökonomische Fehlsteuerungen bewirkte.

Systemstiftend war die zentral-administrative Planung des alltäglichen Wirtschaftsprozesses. Vermittels der Bilanzierungsmethode – eines spezifischen Planungsinstruments (→ *Planungsmechanismen in der Wirtschaft*) – und vermittels einer Wirtschaftsadministration, die mehrstufig hierarchisch aufgebaut war, wollte man den volkswirtschaftlichen Gesamtprozeß auf jene Ziele hin ausrichten, die von den politischen Spitzengremien – also vom → *Politbüro des ZK der SED*, vom → *ZK* und vom → *Ministerrat* – verfolgt wurden. Die praktische Planungsarbeit oblag der Staatlichen Plankommission als dem Stabsorgan der politischen Führungsspitze, die mit einer Reihe von Fachministerien sowie mit einer Reihe anderer Ministerien und zentraler Ämter zusammenarbeitete und der eine Reihe von nachgeordneten Planungsinstanzen in fachlicher oder territorialer Aufgliederung unterstand. Gemäß ihrem Statut vom 9. August 1973 war die Staatliche Plankommission als juristische Person und Organ des Ministerrats der DDR sowohl für die Planung des volkswirtschaftlichen Geschehens in Plänen verschiedenster Fristigkeiten und deren Abstimmung mit den entsprechenden Plänen der übrigen Mitgliedsländer des Rates für gegenseitige Wirtschaftshilfe (RGW) als auch für die Kontrolle der Durchführung dieser Pläne der politischen Führungsspitze gegenüber verantwortlich (§1, §2 Abs. 4). Um ihre Aufgaben erfüllen zu können, gab man ihr das Recht, „...von Staatsorganen, wirtschaftsleitenden Organen und wissenschaftlichen Einrichtungen im Rahmen des Verantwortungsbereiches dieser Organe und Einrichtungen Analysen, prognostische Einschätzungen, Informationen im Prozeß der Planung und Plandurchführung, Gutachten, Stellungnahmen und Unterlagen anzufordern...“ (§9). Trotz ihrer außerordentlich starken Stellung, welche die Staatliche Plankommission im Gefüge der Planungsorganisation und der staatlichen Einrichtungen hatte, wurde ihre Arbeit – wie Gerhard Schürer, ihr letzter Vorsitzender, berichtet – häufig dadurch erheblich behindert und sie zur Aufstellung von Plänen genötigt, die sie selbst als undurchführbar einschätzte, weil subjektive Wunschvorstellungen, unrealistische politische Ziele oder einfach Besserwisserei der in den Spitzen von Staats- und Parteigremien agierenden Personen dies erforderlich machte.

Komplement der zentralen Planung war das Rechtsinstitut des Kollektiveigentums an den sachlichen Produktionsmitteln, zu dem das Volkseigentum und das Eigentum sozialistischer Genossenschaften zählten. Charakteristisch für die Wirtschaftsordnung der DDR war ferner die staatliche Fixierung von Preisen. Preise dieser Art waren freilich nicht geeignet, über die sich ständig verändernden Knappheitsgrade zu informieren. Zentrale Planung und staatliches Eigentum an den Produktionsmitteln ließen auch wenig Raum für selbstbestimmtes Handeln der Betriebe. → *Volkseigene Betriebe* waren keine selbständig disponierenden Wirtschaftseinheiten, sondern Organe der Erfüllung behördlich verordneter Planbefehle. Das galt auch für die → *Außenwirtschaft*. Diese unterlag sowohl güterwirtschaftlich wie geldwirtschaftlich einem staatlichen Außenwirtschaftsmonopol. Es beinhaltete ein Außenhandels-, ein Valuta- und ein Außenhandelstransportmonopol.

2. Die Pläne, die in dem erwähnten Organisationsnetz der Planung und Leitung ausgearbeitet wurden, lassen sich nach ihren Laufzeiten unterscheiden. Die → *Fünfjahrpläne* – gelegentlich auch Siebenjahr- oder Dreijahrpläne – enthielten Kennziffern und Bilanzen, die die materiellen Aufgaben der Industrie, der Bauwirtschaft, des Verkehrswesens, des Handels und der Landwirtschaft festlegten. Fünfjahrpläne entstanden in einem mehrphasigen Arbeitsprozeß, an dem sowohl zentrale und territoriale Planungsorgane als auch Betriebe und Kombinate beteiligt waren und in dem es gewisse Abstimmungsprozeduren mit den anderen Ländern des RGW gab. Indem man die Fünfjahrpläne in Jahrespläne unterteilte, wollte man eine Koordination zwischen Fünfjahr- und Jahresvolkswirtschaftsplanung erreichen.

Durch zeitlich parallele Ausarbeitung des Jahresvolkswirtschaftsplans (materielle Planung) und monetärer Pläne (finanzielle Planung), in denen die staatlich gelenkten Geldbeziehungen und Geldbestände (Geldfonds) disponiert wurden, versuchte man, eine Einheit von materieller und finanzieller Planung herzustellen. Bei diesen finanziellen Plänen handelte es sich in erster Linie um die Planung des Staatshaushalts, der Kreditgewährung seitens der staatlichen Banken an die Wirtschaft, des Bargeldumlaufs, der Finanzbeziehungen zwischen den Einzelwirtschaften und der Geldbestände der Kombinate, der Betriebe und des Versicherungswesens sowie der internationalen Valuta- und Finanzbeziehungen (→ *Geld- und Währungswesen*). Die erstrebte Einheit von materieller und finanzieller Planung erhielt ihre Bedeutung aus der Tatsache, daß das Geld in Zentralverwaltungswirtschaften auch die Funktion eines Instruments der Leistungs- und Planerfüllungskontrolle hat (Staatskontrolle durch die Mark).

Der Grundgedanke der Abstimmung von güterwirtschaftlichen und geldwirtschaftlichen Plänen, also der Herstellung der Einheit von materieller und finanzieller Planung, bestand darin, das System der geldwirtschaftlichen Pläne so aus den güterwirtschaftlichen Plänen heraus zu entwickeln, daß die Wirtschaft mit den Geldmitteln versorgt wurde, die für die geplanten Transaktionen erforderlich waren. Dabei sollte eine Überversorgung mit Geld vermieden wurde, damit güterwirtschaftliche und geldwirtschaftliche Größen und Transaktionen so miteinander verzahnt wurden, daß die Finanztransaktionen ein getreues

Spiegelbild der naturalen Vorgänge darstellten. Man wußte freilich in der DDR, daß es sich bei dieser Einheit von materieller und finanzieller Planung um ein letztlich ungelöstes Grundproblem sozialistischer Zentralverwaltungswirtschaften handelte.

3. Eine solche Wirtschaftsordnung weist „eingebaute“ Konstruktionsfehler auf. Zunächst muß man sich der Tatsache bewußt sein, daß die zentralverwaltungswirtschaftliche Ordnung in der DDR unverzichtbare Grundlage der politischen Ordnung war. Es ist bekannt, daß die verschiedenen Teile einer Gesellschaftsordnung – politische, rechtliche, kulturelle und wirtschaftliche Ordnung – nicht in beliebiger Weise ausgestaltet und miteinander kombiniert werden können, sondern daß die Teilordnungen interdependent sind. So besteht eine Beziehung zwischen der Form wirtschaftlicher Planung und der Lebensgestaltung, denn Plandispositionen über die Verwendung knapper Güter und Faktoren enthalten unvermeidlich auch Entscheidungen darüber, welche und wessen Ziele verwirklicht werden können oder nicht. Wird aber in einer Volkswirtschaft der gesamte Wirtschaftsprozeß im wesentlichen zentral entschieden, wie das in der DDR der Fall war, dann ist eben die zentrale Entscheidungsinstanz – im konkreten Fall das Politbüro der SED – das eigentliche Subjekt des Wirtschaftens, die Gesamtheit der Bevölkerung hingegen weitgehend nur dessen Objekt. Da die Wirtschaftspläne aber auch verwirklicht werden sollen, ist es erforderlich, das Verhalten der Menschen umfassend zu steuern und zu kontrollieren, wozu jede Form konkurrierender wirtschaftlicher und politischer Willensbildung zumindest insoweit unterbunden werden muß, als diese sich auf die Realisierung der politisch gesetzten Ziele des Wirtschaftens negativ auswirken könnte. Die politische Führung muß daher volle Herrschaftsgewalt über die meinungsbildenden Medien, also über Presse, Rundfunk und Fernsehen besitzen, damit diese nicht Quelle für konkurrierende Willensbildung werden.

In der zentral-administrativ geplanten Wirtschaft der DDR war das gesamtwirtschaftliche Geschehen darauf ausgerichtet, jene Ziele des Wirtschaftens zu verwirklichen, die entsprechend den Präferenzen der politischen Spitzengremien von besonderer Bedeutung waren. Die individuellen Ziele der Menschen konnten also lediglich in jenem Ausmaß durch Bereitstellung von Konsumgütern realisiert werden, wie dies der politischen Führung opportun erschien. Das hatte dann eben Versorgungsmängel zur Folge, machte mithin die Wirtschaft wenig produktiv im üblicherweise verstandenen Sinn.

4. Darüber hinaus muß man das Bestehen einer die Macht einer Elite sichernden zentralverwaltungswirtschaftlichen Ordnung deshalb mit

schweren ökonomischen Nachteilen erkaufen, weil das Wissen, das für die Gestaltung des Wirtschaftsprozesses erforderlich ist, auf die Gesamtheit der am Wirtschaftsprozeß beteiligten Menschen aufgeteilt, in den Köpfen der einzelnen also verstreut vorhanden ist und sich allenfalls teilweise zentralisieren läßt. Die Wissensbasis der Planungsinstanzen in der DDR war daher unvermeidbar immer zu schmal. Dies bewirkte, daß die Planungsgremien bei der Bewältigung ihrer Aufgabe auf die Mitwirkung der Betriebe selbst angewiesen waren. Dies zwang jedoch dazu, den Kombinaten und den Betrieben begrenzte Entscheidungsfreiräume zu geben und zu versuchen, die Beschäftigten durch Prämien und andere Anreize dazu zu bewegen, ihre Entscheidungsspielräume so auszufüllen, daß dabei das ihnen verfügbare, aber nicht zentralisierbare Wissen über die vielfältigen konkreten Gegebenheiten von Ort und Zeit zumindest zum Teil doch noch so genutzt wurde, daß die gesetzten politischen Ziele des Wirtschaftens einigermaßen erreichbar waren. Dies ist freilich in keiner der Zentralverwaltungswirtschaften wirklich zureichend gelungen, auch nicht in der DDR.

Auf die Wissenslücken der Entscheidungsgremien reagierten die Betriebe mit einer Politik der „weichen Pläne". Durch Falschinformationen während der Phase der Ausarbeitung der betrieblichen Planprojekte versuchten sie mit offenbar beträchtlichem Erfolg, die Planungsinstanzen über ihre tatsächliche Leistungsfähigkeit und über ihre Leistungserfordernisse zu täuschen. Dazu fühlten sie sich auch nicht zuletzt deshalb genötigt, weil den Betrieben während der laufenden Periode häufig Produktionsfaktoren unvorhergesehen zum Zweck der Bewältigung spezifischer Staatsaufgaben einfach wieder entzogen wurden. Diese betriebsegoistische Politik der „weichen Pläne" wurde durch betriebliche Autarkiebestrebungen und durch das Unterhalten illegaler Tauschbeziehungen flankiert. Eine florierende Schattenwirtschaft auf der Grundlage erheblichen Erfindungsreichtums der Menschen verhinderte letztlich, daß die ökonomische Misere noch größer wurde, als sie es war.

Gernot Gutmann

Literaturhinweise:

Buck, Hannsjörg F./Gutmann, Gernot: Das Scheitern der Zentralverwaltungswirtschaft – eine ökonomische Schlußbilanz der DDR im Überblick, in: Kuhrt, Eberhard/Buck, Hannsjörg F./Holzweißig, Gunter (Hrsg.): Am Ende des realen Sozialismus, Bd. 2, Leverkusen 1996.

Bundesministerium für innerdeutsche Beziehungen (Hrsg., im Auftrag des BMI): Materialien zum Bericht zur Lage der Nation im geteilten Deutschland 1987, Bonn 1987.

Gutmann, Gernot: Wirtschaft der DDR, in: Handwörterbuch der Wirtschaftswissenschaft (HdWW), Bd. 8, Stuttgart, New York, Tübingen, Göttingen, Zürich 1980, S. 735-762.
Gutmann, Gernot/Klein, Werner: Herausbildungs- und Entwicklungsphasen der Planungs-, Lenkungs- und Kontrollmechanismen im Wirtschaftssystem; in: Materialien der Enquete-Kommission, a.a.O., Bd. II, 3, S. 1579-1647.
Schürer, Gerhard: Gewagt und verloren. Eine deutsche Biographie, Frankfurt/Oder (2. Aufl.) 1996.

Wissenschaft und Forschung

Wissenschaftsverständnis: Wissenschaft als Gesamtheit der Erkenntnisse und deren Darstellung, Begründung und Vermehrung durch Forschung ist namentlich seit dem Zeitalter der Aufklärung in Europa in den Mittelpunkt der gesellschaftlichen, politischen und kulturellen Tätigkeit getreten. Auch die DDR-Führung sah in der Wissenschaft den „mächtigsten Hebel des gesellschaftlichen Fortschritts".

In der Bewertung, gesellschaftlichen Einordnung und Organisation von Wissenschaft und Forschung wird allerdings gerade auch auf diesem Feld der gravierende Unterschied zwischen real existierendem Sozialismus und freiheitlicher Demokratie sichtbar. Die Anfänge und Grundideen modernen wissenschaftlichen Denkens reichen in Europa bis ins Mittelalter zurück. Seit dem 8. Jh. ist jene christlich begründete, europäische Tradition nachweisbar, die durch Freiheit und Selbstverantwortung des Individuums und durch ein differenziertes, Unterschiede und Eigeninitiativen respektierendes und nutzendes Gemeinschaftsverständnis geprägt ist. In der Aufklärung wurden Vorurteilslosigkeit, Objektivität und methodische Diszipliniertheit als Prämissen wissenschaftlicher Haltung geradezu zum Ideal unabhängigen, mündigen Menschentums erhoben. In Deutschland fand dieses Wissenschaftsverständnis seinen vollendeten Ausdruck bei Wilhelm von Humboldt (1767–1835).

Von diesen anthropologischen Voraussetzungen her wurde die Garantie der Freiheit von Wissenschaft, Forschung und Lehre seit der Mitte des 19. Jhs. auch in deutschen Verfassungen verankert (§ 152 Paulskirchenverfassung von 1849; Art. 5, Abs. 3 Grundgesetz der Bundesrepublik Deutschland). Das gilt auch noch für die Verfassung der DDR von 1949 (Art 34, Abs. 1). In der DDR-Verfassung von 1968 findet sich diese Garantie der Freiheit der Wissenschaft jedoch nicht mehr. Wissenschaft soll jetzt nur noch, gleichgeschaltet wie alle Zweige des sozialistischen Bildungssystems, die Bürger befähigen, „die sozialistische Gesellschaft zu gestalten und an der Entwicklung der sozialistischen Demokratie schöpferisch mitzuarbeiten" (Art. 17). Damit verabschiedete sich die DDR aus der Tradition freiheitlichen Wissenschaftsverständnisses.

Das Wissenschaftsverständnis der DDR mit der ihm entsprechenden Organisationsform erwuchs aus dem marxistischen Verständnis vom Menschen als Teil eines gesamtgesellschaftlichen Produktionsprozesses. Die Produktion von Ideen wurde ebenso wie die materielle Produktion als gesellschaftlicher Prozeß begriffen und als spezifische Form des gesellschaftlichen Bewußtseins. Wissenschaftliche Erkenntnis wurde nicht in erster Linie als Selbstzweck verstanden, sondern als Dienst an der wachsenden Beherrschung der Natur und der sozialen Zusammenhänge, was die Berechtigung zur Lenkung implizierte.

Die Schwierigkeiten, die der materialistischen Anthropologie des Marxismus-Leninismus aus dem Vorhandensein von Wissenschaft und Forschung erwachsen, spiegelten sich in der intensiven Diskussion um die Definition von Begriffen wie Wissenschaft, Forschung, Wissenschaftlichkeit, Wahrheit. Ein eigenes Institut für Theorie, Geschichte und Organisation der Wissenschaft wurde an der Akademie der Wissenschaften der DDR gegründet, um Fragen dieser Art zu diskutieren und zu klären.

Weit verbreitet und offiziell akzeptiert war die Definition von Wissenschaft als Produktionsfaktor und als wichtigste Produktivkraft für die Vollendung des historischen Prozesses im Kommunismus. Gerade durch die Verwandlung der Wissenschaft in eine Produktivkraft werde sich, so die Annahme, die Überlegenheit des Sozialismus über den Kapitalismus erweisen: „Unter den Bedingungen des Kapitalismus sind diesem Prozeß Grenzen gesetzt, die sich vor allem aus dem Privateigentum an Produktionsmitteln, aus dem Charakter der kapitalistischen Produktionsverhältnisse ergeben. Im Sozialismus kann sich die Verwandlung der Wissenschaft in eine Produktivkraft ungehindert durch soziale Schranken vollziehen. [...] Es ist von entscheidender Bedeutung, daß die umfassende Entwicklung der Wissenschaft als Produktivkraft nicht als spontaner Prozeß erfolgt, sondern planmäßig durch die Partei der Arbeiterklasse gelenkt wird, wobei die Wissenschaft selbst als Grundlage der Leitung der gesellschaftlichen Prozesse dient" (Klaus und Buhr: Philosophisches Wörterbuch. 8. Aufl. 1972). Seit dem VIII. Parteitag der SED im Jahr 1971 wurde statt der Produktivkraftfunktion stärker die theoretische Grundlegung für die Ausgestaltung des Gesellschaftssystems der DDR als Aufgabe der Wissenschaft hervorgehoben. Sie sollte Instrument zur Leitung der gesellschaftlichen Entwicklung sein.

Ende der 70er Jahre war es unübersehbar, daß die DDR im wissenschaftlich-technischen Wettbewerb der Systeme weit hinter den westlichen Demokratien zurückblieb. „Wer mit diesem hohen Tempo des wissenschaftlich-technischen Fortschritts und seiner breiten effektiven Anwendung nicht Schritt halten kann, wer auf einigen Gebieten die Spitzenpositionen nicht zumindest mitbestimmen kann, wird seine internationale ökonomische Position und als Folge dessen auch politischen Einfluß verlieren" (6. Tagung der Gemeinsamen Kommission der Ökonomen der UdSSR und der DDR). Das Erreichen von „Weltniveau" wurde als Ziel vorgegeben, und es wurden vorsichtig Schritte eingeleitet, die zu mehr Effizienz führen sollten. Sie stellen Annäherungen an das verschmähte Konzept freiheitlicher Wissenschaft dar bis hin zu leistungsabhängiger Bezahlung. Vor allem wurde die Förderung von begabten Kindern in Eliteeinrichtungen gefordert. Auch begann sich die Einsicht Bahn zu brechen, daß soziale Unterschiede in der ersten Phase der kommunistischen Gesellschaftsformation womöglich erforderlich seien und deshalb geduldet werden müßten. Der Zusammenbruch der DDR mit dem real existierenden Sozialismus als ideologischer Grundlage hat die weitere Beantwortung solcher Fragen, die den DDR-Machthabern von der von ihnen falsch interpretierten Wirklichkeit aufgezwungen wurden, überflüssig gemacht.

Wissenschaftspolitik der SED: Entsprechend der Bedeutung, die der Wissenschaft für den Erweis der Richtigkeit und Überlegenheit des marxistisch-leninistischen-sozialistischen Systems zugesprochen wurde, legte die SED auf eine systemkonforme, gut lenkbare Wissenschaftsorganisation und Wissenschaftsförderung größten Wert. Forschung wurde organisiert in Akademie-Forschung, Hochschulforschung und Industrieforschung. Der Zurückdrängung der Forschung an den → *Hochschulen* stand der Ausbau der Forschung an den → *Akademien* gegenüber.

Das Prinzip der Selbststeuerung der Wissenschaft wurde von der SED nach anfänglicher Duldung mehr und mehr außer Kraft gesetzt. Namentlich die 3. Hochschulreform von 1968/69 verwandelte die Universitäten in der DDR aus Stätten der Einheit von Forschung und Lehre mit vielen gleichgestellten Professoren in den verschiedensten Disziplinen und in weitgehend unabhängigen Instituten und Lehrstühlen in zentralistisch durchorganisierte Betriebe, die unter dem Diktat der SED, der Rektoren und Prorektoren, unter Gruppenzwängen, jeden Freiraum nehmenden Lehrplänen und dem Marxismus-Leninismus als „Oberwissenschaft" wissenschaftlich zu arbeiten hatten (→ *Hochschulen*). Gründungen oder Umstrukturierungen von Instituten wurden durch die SED festgelegt, die Berufung der leitenden Wissenschaftler wurde durch die SED gelenkt, Hochschulen und Akademien unterstanden SED-Kreisleitungen. Die SED wirkte bei den Entscheidungen über die Vergabe von Forschungsmitteln, die Festsetzung und Kontrolle wichtiger Forschungsprojekte maßgeblich mit. Kontrolle und Konzeptionsbewertung der Forschungsprogramme wurde von Wissenschaftlichen Räten ausgeübt. Sie galten insbesondere auch als „Instrumente der Partei zur Verwirklichung der Parteibeschlüsse in den Gesellschaftswissenschaften" und der Beratung bei politisch-ideologischen Fragen auf der Grundlage des Marxismus-Leninismus. Die einzelnen Wissenschaftler waren gezwungen, ihre Arbeit hinsichtlich des Wertes für die sozialistische Gesellschaft zu legitimieren. Dafür gab es zwei Begründungsmuster: Herausstellung des Nutzens des jeweiligen Forschungsergebnisses für die sozialistische Gesellschaft und/oder des ideologischen Gewinns, der damit in der internationalen Klassenauseinandersetzung erzielt werden sollte. Diese Rechtfertigung bildete freilich bisweilen nur eine äußere Umrahmung für den ansonsten wissenschaftlich anspruchsvollen Inhalt.

Die Forschung erfolgte nach Plänen unterschiedlich hohen Ranges. Sie konnte in zentralen Staatsplänen (sog. ZP-Themen, meist unter Parteikontrolle), in Plänen auf Ministeriumsebene (ZM-Themen) oder lediglich in Plänen der Universitäten und Akademien verankert sein. Entsprechend unterschiedlich war die Ausstattung mit Forschungsmitteln.

Von besonderer Bedeutung für die DDR war die Industrieforschung. Die Betriebe der volkseigenen Industrie der DDR hatten eigene Abteilungen für Wissenschaft, Forschung und Technik. Die Planung und Durchführung von Forschungsthemen erfolgte nach dem „Plan Wissenschaft und Technik Teil 1" (PWT 1) zur Verfahrens-, Geräte- und Anlagenentwicklung und dem „Plan Wissenschaft und Technik Teil 2" (PWT 2), der Rationalisierungsvorhaben betraf. Die von den volkseigenen Betrieben (VEB) vorgelegten Planvorschläge mußten durch das übergeordnete Kombinat bestätigt und hinsichtlich Durchführung und Finanzierung kontrolliert werden. Auch wurden Themen von übergeordneten Kombinaten oder vom Industrieministerium vorgegeben (→ *Planungsmechanismen*; → *Fünfjahrplan*). Die Pläne setzten die auf Parteitagen der SED beschlossenen Hauptzielvorstellungen um. Staatsplanthemen, Investitionen, Zuweisung von Arbeitskräften und Material wurden auf entsprechende Betriebe konzentriert, und zwar gemäß folgender Wertung: Landesverteidigung, Export in das nichtsozialistische Wirtschaftsgebiet, Export in das sozialistische Wirtschaftsgebiet, Planerfüllung Inland und Konsumgüter.

Die Industriebetriebe vergaben Forschungsaufträge an die Akademie der Wissenschaften und an Hochschulen. Dadurch wurde mitunter eine direkte Umsetzung von Forschungsergebnissen in die Industrieproduktion erreicht, vor allem aber die ideologisch bedingte Einordnung der Hochschulen in den gesamtgesellschaftlichen Produktionsprozeß. Forschungshemmend wirkten sich nicht nur die Abhängigkeit von übergeordneten Stellen aus, sondern auch die Schwierigkeiten, Literatur des (westlichen) Auslands zu benutzen, an internationalen Fachtagungen teilzunehmen, persönliche Fachkontakte zu knüpfen oder z.B. „westliche" Messestände bei der Leipziger Messe zu besuchen. Die Erlaubnis dazu mußte zuvor beantragt und die Fragen mußten eingereicht und genehmigt werden. Diese politischen und bürokratischen Vorgaben wirkten sich insgesamt negativ auf die Kreativität in der Industrieforschung der DDR aus, so daß oft gute Teilleistungen nicht wirksam werden konnten.

Politisch als wichtig erachtete Forschungsarbeiten wurden oft geheimgehalten. Das galt insbesondere auch für Forschung in militärischen und anderen sicherheitsrelevanten Bereichen, zur Ökonomie und zu den Sozialwissenschaften sowie für sportwissenschaftliche Untersuchungen (z.B. zu Trainingsmethoden von Leistungssportlern). Auch viele Dissertationen unterlagen der Geheimhaltung (→ *Juristische Hochschule*). Die extensive Geheimhaltung hatte zur Folge, daß der wissenschaftliche Informationsaustausch auf interdisziplinärer wie fachwissenschaftlicher Ebene überhaupt nicht oder nur eingeschränkt möglich war.

Dem Vorbild der Sowjetunion folgend, wurde im Zuge der 3. Hochschulreform 1968/69 die Akademie der Wissenschaften der DDR zur zentralen Forschungseinrichtung umstrukturiert. Im Mittelpunkt standen – entsprechend der → *marxistischen Philosophie* – Naturwissenschaft und Technik. Hier lag aber auch der Schwerpunkt der ideologisch ausgerichteten Forschung. So war es z.B. Aufgabe des Instituts für Allgemeine Geschichte, Untersuchungen zu weltgeschichtlichen Prozessen durchzuführen, um zur weiteren Ausarbeitung und Verbreitung des marxistisch-leninistischen Geschichtsbildes beizutragen und damit die internationale Tätigkeit der Partei der Arbeiterklasse zu unterstützen und das sozialistische Bewußtsein in der DDR zu festigen.

Das besondere Gewicht, das der ideologischen Durchdringung der Gesellschaft zugemessen wurde, kommt in der Einrichtung eines Instituts für Gesellschaftswissenschaften beim ZK der SED zum Ausdruck, das → *Kader* für die Durchsetzung des Marxismus-Leninismus im gesellschaftswissenschaftlichen Bereich ausbildete. Wissenschaftler dieses Instituts waren auch für den Fall einer Wiedervereinigung auf sozialistischer Basis für die Besetzung von geistes- und sozialwissenschaftlichen Lehrstühlen in der Bundesrepublik vorgesehen, um die marxistisch-leninistische Umerziehung durchzuführen.

1963/64 wurde der Ruf nach „konkreter Sozialforschung" laut, die bis dahin ausgeklammert worden war. Eine marxistisch-leninistische Soziologie wurde an den Universitäten und Hochschulen, an den Akademien und in „soziologischen Labors" von Großbetrieben etabliert. Das Institut für marxistisch-leninistische Soziologie am Institut für Gesellschaftswissenschaften beim ZK der SED wurde zu einer Art Leitinstitut. Wissenschaftliches Zentrum der Jugendforschung wurde das 1966 gegründete Zentralinstitut für Jugendforschung in Leipzig, das direkt dem Ministerrat unterstellt wurde. Die Ergebnisse dieses Instituts waren für die SED so entmutigend, daß sie nicht mehr veröffentlicht werden durften. Die institutseigene Zeitschrift „Jugendforschung" wurde eingestellt.

Personalstruktur: An Hochschulen und Akademien (Forschungseinrichtungen) gab es die duale Grundstruktur von Professoren und Dozenten einerseits sowie (meist unbefristeten) wissenschaftlichen Mitarbeitern andererseits. Die Qualifizierung erfolgte über das Diplom oder die Hauptprüfung als Studienabschluß. Sie war Grundlage für die Promotion A (Doktor eines Wissenschaftszweiges) und – seit 1971 statt der Habilitation – die Promotion B mit der Verleihung des Grades Dr. sc. (scientiae, „Doktor der Wissenschaften").

Nach dem Willen der SED sollten sich die Wissenschaftler und Hochschullehrer der entwickelten sozialistischen Gesellschaft „durch eine von hoher politisch-moralischer Verantwortung getragene, von der marxistisch-leninistischen Weltanschauung geprägte, schöpferische und dem Sozialismus dienende Arbeit" auszeichnen (Beschluß des Politbüros des ZK der SED vom 18. März 1980). Diese politische Ausrichtung war die Grundlage für eine wissenschaftliche Karriere an einer Hochschule oder Forschungseinrichtung. Darüber hinaus wurde fachliche Qualifikation verlangt – jedoch war sie bei starkem Engagement für die SED gelegentlich nur von eingeschränkter Bedeutung, so daß es sogar Rektoren gab, die keine Promotion aufweisen konnten.

Bis zum Beginn der 70er Jahre konnten auch parteilose Professoren berufen werden, jedoch ging ihr Anteil ständig zurück.

Mittels Kaderentwicklungsprogrammen wurde die politische Personalplanung auf Jahre im voraus betrieben. In diesen Programmen wurde festgelegt, wer wann auf welche Professur berufen werden sollte. Vor allem Mitglieder von CDU, LDPD, NDPD und DBD wurden nur selten und nach einem Quotenschlüssel berufen. Im Mittelbau konnten sich bisweilen qualifizierte Wissenschaftler halten, die wegen ihrer politischen Einstellung keine Berufung erhielten. In der DDR wurden fast nur Hausberufungen durchgeführt. Ein Grund dafür mag die dadurch gegebene einfachere Handhabung bei Überwachung und Planung durch die SED und die Staatssicherheit gewesen sein. Erst allmählich wird deutlich, daß so mancher Wissenschaftler der Staatssicherheit als IM diente.

Der Personalbestand an Wissenschaftlern, namentlich auch im Mittelbau, war – gemessen an westlichen Maßstäben – überdimensional groß. Das führte z.B. in den geisteswissenschaftlichen Fächern – vermutlich gewollt – zu engster Spezialisierung. Da auch die Nachwuchswissenschaftler in der Regel auf Dauer angestellt waren, bildete sich eine Versorgungsmentalität heraus, die nicht immer die Leistungsbereitschaft förderte.

Zur Förderung des wissenschaftlichen Nachwuchses wurde das Forschungsstudium eingerichtet, für das besonders begabte Studierende schon frühzeitig ausgewählt wurden. Dieses Studium begann in der Regel nach der Hauptprüfung und setzte die bis dahin bereits erfolgte Spezialisierung fort, so daß eine recht enge Ausrichtung entstand. Eine besondere Einrichtung zur Förderung des wissenschaftlichen Nachwuchses in der DDR war die Aspirantur. Für berufstätige Doktoranden gab es planmäßige dreijährige Aspiranturen mit völliger Freistellung von der Berufstätigkeit oder außerplanmäßige Aspiranturen mit einem jährlichen vierwöchigen Arbeitsurlaub sowie einem wöchentlichen Freistellungstag. Einjährige Teilaspiranturen dienten dem Aufenthalt an einer auswärtigen Hochschule.

Die in der DDR propagierte Frauenförderung hatte im Wissenschaftsbereich nur wenig praktische Folgen. Obwohl etwa die Hälfte der Studierenden weiblich war, stellten Frauen nur etwa ein Drittel der wissenschaftlichen Mitarbeiter und weniger als 5% der Professoren und Dozenten (→ *Frauen- und Familienpolitik*).

Insgesamt läßt sich feststellen, daß die politische Bevormundung und zentrale Lenkung der Wissenschaft und Forschung sowie Materialmängel dem Niveau nicht förderlich waren. Die Behinderung innovativer Selbständigkeit war eine der Ursachen für den wirtschaftlichen Bankrott der DDR. Gleichwohl gab es auch gute wissenschaftliche Leistungen, die trotz dieser Behinderungen erbracht wurden. Nicht-systemkonformes wissenschaftliches Arbeiten erhielt sich in den Nischen des staatlich kontrollierten Wissenschaftsapparates.

Nach der Wende wurde auf der Grundlage von Art. 38 des Einigungsvertrages die Einpassung von Wissenschaft und Forschung in die gemeinsame Wissenschaftsstruktur der Bundesrepublik Deutschland vollzogen. Es erfolgte der Neuaufbau der Foschungslandschaft nach den Empfehlungen des Wissenschaftsrates und den Beschlüssen der Bund-Länder-Kommission für Bildungsplanung und Forschungsförderung.

Roswitha Wisniewski

Literaturhinweise:

Anweiler, Oskar (Hrsg.): Vergleich von Bildung und Erziehung in der Bundesrepublik Deutschland und in der Deutschen Demokratischen Republik, Köln 1990.

Bericht der Enquete-Kommission, in: Materialien der Enquete-Kommission, a.a.O., Bd. 1, S. 178-778.

Haritonow, Alexandr: Sowjetische Hochschulpolitik in Sachsen 1945–1949. Dresdner Historische Studien 1, Köln, Weimar, Wien 1995.

Wissenschaft und Technik, Protokoll der 33. Sitzung, in: Materialien der Enquete-Kommission, a.a.O., Bd. III, 2, S. 357-414.

Wissenschaftliches Symposium zur Situation der Universitäten und außeruniversitären Forschungseinrichtungen in den neuen Ländern: am 23. und 24. März 1994 in Halle/Saale, hrsg. von Gunnar Berg, Leipzig, Berlin, Heidelberg, Barth 1994.

Zensur

Im sozialistischen Teil Deutschlands gab es die Zensur als politisches Instrument schon, bevor die DDR selbst gegründet wurde. Die → *SMAD* legte sie jedoch bereits 1946 in deutsche Hände zurück. Erster deutscher Zensor nach der nationalsozialistischen Diktatur wurde der Schriftsteller Erich Weinert in seiner Eigenschaft als Vorsitzender des „Kulturellen Beirats für das Verlagswesen“. Die Zensur gehörte zur DDR wie die SED. Sie schuf die für die Überwachung notwendigen staatlichen Einrichtungen und bestellte die Kontrolleure. Die offiziellen Bezeichnungen dieser Ämter wechselten, mal hießen sie „Amt für Literatur- und Verlagswesen“ (1951) oder „Staatliche Kommission für Kunstangelegenheiten“, denn nicht nur das gesamte Schriftgut, sondern auch Kunst, Theater, Musik und Grafik sahen sich einer entschiedenen staatlichen Kontrolle ausgesetzt. Noch mehr galt dies für Hörfunk, Fernsehen und die → *Massenmedien*. Für sie zeichnete das → *Politbüro der SED* unmittelbar zuständig.

Den nachhaltigsten Einfluß übte die 1963 gegründete „Hauptverwaltung Verlage und Buchhandel“ aus. Sie stand unter der Leitung des stellvertretenden Kulturministers Klaus Höpke, der es bis zum Ende der DDR maßgeblich in der Hand hatte, welche Bücher erscheinen durften.

Der SED-Staat fürchtete die schöpferische Phantasie, weil er stets in der Sorge lebte, ihm könnte das → *Meinungsmonopol* entgleiten. Deshalb variierte der institutionelle Rahmen und die Art und Weise, wie die Zensur ausgeübt wurde. Der Gedanke sie abzuschaffen, fand jedoch von offizieller Seite nie eine ernsthafte Erwägung.

Dennoch kann nicht von einer einheitlichen Handhabung der Zensur ausgegangen werden. Mit der politischen Großwetterlage änderte sich auch das „Zensurklima“. Während des → *Stalinismus* wurden strengere Maßstäbe angelegt als z.B. in den Jahren nach dem Machtwechsel von Ulbricht zu Honecker 1971. So kam es für Autoren und Leser immer wieder zu Überraschungen. Seit den 70er Jahren spielte bei den Entscheidungen zunehmend auch eine Rolle, wie Bücher aus der DDR in der Bundesrepublik rezensiert wurden und welches Ansehen die Autoren sich inzwischen im Westen erwerben konnten. Die DDR bemühte sich um internationale Anerkennung. Es kam ihr deshalb nicht gelegen, der Zensur bezichtigt zu werden. Demgegenüber kannte die politische Führung in der 50er Jahren keinerlei Skrupel, z.B. Bertolt Brecht, Arnold Zweig oder Hanns Eisler zu zensieren. Wenn auch nicht widerspruchslos, so beugten diese sich doch der Zensur, obwohl es damals noch möglich war, in den Westen zu gehen.

Letzten Endes gab es keinen Autor in der DDR, der nicht mit den Mechanismen der Zensur Bekanntschaft machte. Große Bedeutung fällt in diesem Zusammenhang der → *Selbstzensur* zu. Darunter wird der vorbeugende Gehorsam des Autors verstanden, nur das zur Veröffentlichung einzureichen, was nicht von vornherein der Ablehnung sicher war. Dazu zählte der Verzicht, politisch besonders sensible Themen aufzugreifen: die Arbeit der → *Staatssicherheit*, die Grenzbefestigungen (→ *Grenzregime*) und die → *Mauer* in Berlin, die Freundschaft mit der UdSSR, die Nationale Volksarmee, der → *Führungsanspruch* der SED, die wachsende Umweltverschmutzung oder auch das Thema der Zensur selbst.

Da die Zensoren eingereichte Texte grundsätzlich nicht selbst, sondern nur in Rücksprache mit den Autoren veränderten, liegt im gewissen Sinne auch dann eine Selbstzensur vor, wenn der Autor auf Veranlassung der Behörden oder Verlage Korrekturen am Manuskript vornahm; ausschlaggebend dafür waren fast immer politische Gründe. Da jeder Schriftsteller den Wunsch hat, seine Gedanken auch einem größeren Leserkreis zugänglich zu machen, nennt Günter de Bruyn dieses Verhalten „verständlich und verächtlich“ zugleich.

Günther Rüther

Literaturhinweise:

Loest, Erich: Der vierte Zensor. Vom Entstehen und Sterben eines Romans in der DDR, Köln 1984.
Wichner, Ernst/Wiesner, Herbert (Hrsg.): Zensur in der DDR. Geschichte, Praxis und „Ästhetik“ der Behinderung von Literatur, Berlin 1991.

Zentrale Erfassungsstelle Salzgitter

Nach dem Bau der → *Mauer* in Berlin und den ersten Opfern des → *Schießbefehls* beschlossen die Justizminister und Senatoren der Bundesrepublik im Herbst 1961 die Errichtung der Zentralen Erfassungsstelle der Landesjustizverwaltungen in Salzgitter, die zur Beweissicherung solche in der DDR begangenen Gewaltakte registrieren sollte, die den Verdacht einer strafbaren Handlung begründen, für deren Verfolgung in der Bundesrepublik jedoch keine örtliche Zuständigkeit einer Staatsanwaltschaft gegeben war:

- Tötungshandlungen einschließlich der Versuchshandlungen, die im Zusammenhang mit der Beschränkung der Freizügigkeit oder unter Mißachtung der Menschenwürde zur Durchsetzung der Ziele des SED-Regimes begangen, angeordnet oder geduldet werden,
- Unrechtsurteile, die aus politischen Gründen zu exzessiven, mit den Grundsätzen schuldangemessenen Strafens nicht zu vereinbarenden Strafen gelangen,
- Mißhandlungen im Strafvollzug, wenn sie als Ausdruck des politischen Gewaltsystems der DDR erkennbar sind,
- Handlungen, die den Verdacht einer Straftat nach 234 a StGB (Verschleppung) und 241 a StGB (politische Verdächtigung) begründen.

Als Vorermittlungsbehörde sollte die Erfassungsstelle die Voraussetzungen für eine spätere Strafverfolgung der Täter schaffen. Zugleich sollte sie potentielle Täter von der Begehung von Straftaten abschrecken und sie auf das Unrecht ihres Handelns aufmerksam machen.

Durch die Einleitung von rund 42 000 Vorermittlungsverfahren zwischen 1961 und 1989 wurde Salzgitter zum Synonym für die systematische Registrierung staatlicher Unrechtshandlungen der DDR, der Ort, an dem Unmenschlichkeit aktenkundig gemacht wurde. Für die DDR-Führung und ihre gleichgeschaltete Presse (→ *Massenmedien*) war die Erfassungsstelle „eines der übelsten Überbleibsel des Kalten Krieges, Spionagezentrum, amtliche Institution des Revanchismus und der groben Einmischung in die inneren Angelegenheiten der DDR". Den Mitarbeitern der Erfassungsstelle drohte das Strafgesetzbuch der DDR eine Freiheitsstrafe von bis zu zehn Jahren an.

Seit der Wiederherstellung der staatlichen Einheit hat die Dienststelle, die seitdem Zentrale Beweismittel- und Dokumentationsstelle heißt, ihre Vorermittlungsvorgänge an die örtlich und sachlich zuständigen Staatsanwaltschaften zur Einleitung von strafrechtlichen Ermittlungsverfahren durch die für den Tatort zuständige Justiz abgegeben. Allein bei der Berliner Justiz wurden 1 000 Ermittlungsverfahren wegen versuchter oder vollendeter Tötung von DDR-Flüchtlingen an der Grenze und mehrere tausend Ermittlungsverfahren gegen Richter und Staatsanwälte wegen des Verdachts der Rechtsbeugung und Freiheitsberaubung anhängig. Nach Beendigung ihrer Mitwirkung an der Überprüfung von Richtern und Staatsanwälten der DDR sowie anderen Angehörigen des öffentlichen Dienstes stehen die Aktenbestände der Dienststelle, die inzwischen an den Sitz der Generalstaatsanwaltschaft Braunschweig verlegt ist, für Amtshilfeersuchen zuständiger Behörden und für Auskünfte in Rehabilitierungsverfahren zur Verfügung.

Hans-Jürgen Grasemann

Literaturhinweis:

Sauer, Heiner/Plumeyer, Hans-Otto: Der Salzgitter-Report. Die Zentrale Erfassungsstelle berichtet über Verbrechen im SED-Staat, Frankfurt/M., Berlin (2. Aufl.) 1993.

Zentralkomitee (ZK) der SED

Das ZK war nominell das höchste Führungsgremium der SED zwischen den Parteitagen. In der politischen Praxis lag die tatsächliche Macht allerdings beim Sekretariat des ZK, bei dessen Apparat und vor allem beim → *Politbüro* und dem → *Generalsekretär*.

1925 wurde aus der Zentrale der KPD das Zentralkomitee. Bei der Gründung übernahm die SED von der SPD die Bezeichnung Parteivorstand für dieses Gremium. Schon 1950 wurde hieraus wieder das ZK.

Dem ersten ZK von 1950 gehörten 51 Mitglieder und 30 Kandidaten an. Mit der ständigen Vergrößerung des ZK in den folgenden Jahren ging seine politische Bedeutung immer mehr zurück, was sich auch an den größer werdenden Abständen zwischen den einzelnen Plenartagungen zeigte. Tagte das ZK zunächst viermal jährlich, so kam es am Ende der SED-Herrschaft nur noch zweimal im Jahr zusammen. In den 60er Jahren versuchte die Parteiführung zwischenzeitlich, die ökonomische Kompetenz des ZK und seines Apparats durch die Zuwahl von Wirtschaftsexperten bzw. durch deren Mitarbeit in erweiterten Plenarsitzungen zu erhöhen. Gelegentlich wurden danach im ZK insbesondere Fragen der Wirtschaftspolitik kontrovers diskutiert. In den letzten zwanzig Jahren seiner Existenz hatte das ZK wieder rein repräsentativen Charakter. Es gab nur schriftlich vorbereitete und in der Regel vom ZK-Apparat vorab genehmigte Diskussionsbeiträge.

Die Mitglieder und Kandidaten des ZK wurden nach den Prinzipien des → *demokratischen Zentralismus* von der amtierenden Parteiführung nominiert und auf einer Vorschlagsliste dem Parteitag präsentiert, der durch einstimmige Akklamation den Wahlvorschlag bestätigte. Nach diesem Verfahren „wählte“ z.B. 1986 der XI. Parteitag 165 Mitglieder und 57 Kandidaten des ZK. Angehörige des Partei- und Staatsapparates dominierten bei weitem. Zum ZK gehörten u.a. alle Mitglieder (21) und Kandidaten (5) des Politbüros, alle Ersten Sekretäre der Bezirksleitungen der SED (16 inkl. der Gebietsleitung Wismut), 17 Abteilungsleiter des ZK-Apparates, 36 Minister, stellvertretende Minister und Staatssekretäre, 21 Leiter von → *Massenorganisationen* und einige MfS-Generäle. Unter den ZK-Angehörigen, die offiziell in Industrie und Landwirtschaft tätig waren, gab es neben 30 Generaldirektoren von → *Kombinaten*, Leitern von mittleren Industrie- und Landwirtschaftsbetrieben, acht Brigadieren bzw. Meistern auch einen Arbeiter. Der Altersdurchschnitt betrug 1986 bei den Mitgliedern 64, bei den Kandidaten 52 Jahre (1963 hatte der Durchschnitt bei 45 Jahren gelegen).

Protokollarisch rangierten bei offiziellen Anlässen Mitglieder und Kandidaten des ZK vor Ministern. Auch waren die Sekretariate des ZK gegenüber Ministern weisungsbefugt. Obwohl das ZK nur repräsentativen Charakter hatte, so war doch für den einzelnen Funktionsträger seine ZK-Mitgliedschaft von großer Bedeutung. In ihr kam das politische Gewicht der eigenen Position oder der vertretenen Institution im Gefüge der SED-Diktatur zum Ausdruck.

Formal waren die Aufgaben und Befugnisse des ZK allerdings gewichtig; so bestätigte ein vom Parteitag neu konstituiertes ZK die

„Wahlvorschläge" für das Politbüro, den Generalsekretär sowie die Zentrale Revisionskommission. Bei den folgenden turnusmäßigen Plenarsitzungen wurde der zumeist vom Generalsekretär vorgetragene Bericht des Politbüros jeweils zur Kenntnis genommen und in der Diskussion „bestätigt". In den Herbsttagungen mußte schließlich der vom eigenen Apparat „bestätigte" Entwurf der Staatlichen Plankommission zum Staatshaushalts- bzw. Volkswirtschaftsplan für das folgende Jahr „bestätigt" und der Volkskammer zur formalen Beschlußfassung übergeben werden.

Spannend verliefen allein die 10. bis 12. Tagung des letzten ZK im Herbst/Winter 1989. Während des 10. Plenums vom 8. bis 10. Nov. kam es erstmals zu kontroversen Debatten, u.a. über das gewaltsame Vorgehen der Sicherheitskräfte in Leipzig, Dresden und Berlin im Oktober. Das ZK bestätigte in der Sitzung eine leicht modifizierte Vorlage des Politbüros zu Reisefragen, deren Verlesung durch das Politbüromitglied Schabowski auf einer Pressekonferenz wenige Stunden später zur Maueröffnung führte. Tragweite und Folgen ihres Beschlusses erkannten wohl die wenigsten ZK-Mitglieder, vor allem rechneten sie nicht mit dieser Reaktion „ihres" Volkes. Auf dieser Tagung wurde das ZK erstmals mit reellen Zahlen zur katastrophalen Wirtschaftslage der DDR, insbesondere zur Auslandsverschuldung, bekanntgemacht. Diese galten bis dahin als streng geheim und waren nur dem engsten Führungskreis der Partei bekannt. Viele ZK-Mitglieder fühlten sich hintergangen. Dennoch war man zu einem harten Kurswechsel immer noch nicht willens oder fähig: Das ZK beschloß gegen den Willen der erstmals aufmüpfigen Parteibasis, die einen Sonderparteitag forderte, die Einberufung einer Parteikonferenz. Wenige Tage später sah sich das erneut zusammengetretene ZK aufgrund des unübersehbaren Zerfalls sowohl der SED-Herrschaft als auch der Partei selbst gezwungen, einen Sonderparteitag für Mitte Dezember einzuberufen, der die Lage in der DDR und die Partei stabilisieren sollte. Am 3. Dez. traten Politbüro und ZK geschlossen zurück, nachdem Honecker und weitere Politbüromitglieder noch vom ZK aus der Partei ausgeschlossen worden waren.

Weitaus bedeutungsvoller für den politischen Prozeß als das ZK selbst war dessen Sekretariat. Seine zuletzt zwölf Sekretäre gehörten auch dem Politbüro an. Wie dieses tagte auch das ZK-Sekretariat zumeist wöchentlich im Turnus unter Leitung des → *Generalsekretärs*, der zugleich Verwaltungschef der innerparteilichen Administration von Berufsfunktionen war.

Die Aufgabenverteilung zwischen beiden Gremien war nicht eindeutig. Das Politbüro erhob einen universellen Zuständigkeitsanspruch, während im ZK-Sekretariat mit Hilfe des ZK-Apparates die technisch-organisatorische und kaderpolitische Vorbereitung und Ausführung dieser Entscheidungen getätigt wurden. ZK-Sekretäre hatten großen Einfluß auf die Erstellung von Vorlagen für das Politbüro, da diese in der Regel im eigenen Apparat erarbeitet wurden. Weitere Aufgaben des ZK-Sekretariats bestanden in der „Anleitung“ und Kontrolle des gesamten Staats- und Parteiapparats sowie der Vorbereitung von Personalentscheidungen (→ *Kaderpolitik*), Parteitagen, ZK-Tagungen usw.

Der ZK-Apparat war das wichtigste Exekutivorgan der Partei. Seine Aufgabenstruktur doppelte gewissermaßen die staatliche Verwaltung, um sie besser „anzuleiten“. Die etwa 2 000 Mitarbeiter waren in mehr als 40 Abteilungen tätig (vgl. Schaubild), die alle gesellschaftlichen und volkswirtschaftlichen Bereiche erfaßten. Neben solchen mit politischen Aufgaben, z.B. Agitation, Kader, Internationale Verbindungen, Kirchen- und Sicherheitsfragen, in der u.a. Strategien zur „Zersetzung“ der Opposition entworfen wurden, gab es auch Abteilungen mit vorwiegend verwaltungstechnischen Aufgaben (z.B. Verwaltung der parteieigenen Wirtschaftsbetriebe). Mit der Abteilung Verkehr schuf sich das ZK ein Informationsnetz einschließlich eines eigenen Kurierdienstes. Von besonderer Bedeutung für die Planwirtschaft waren die Abteilungen, die sich mit Energie, Roh- und Grundstoffen, Wasserwirtschaft, verschiedenen Zweigen der Industrie, dem Handel, der Versorgung, der Bauwirtschaft usw. befaßten. Die jeweiligen Abteilungsleiter unterstanden einem Sekretär des ZK. Hierbei wurden Machtkonzentrationen besonders deutlich. So kontrollierte z.B. der Honecker-Vertraute Günter Mittag, ZK-Sekretär für Wirtschaft, zuletzt neun ZK-Abteilungen. Die Ressortgliederung des ZK-Apparates wurde innerparteilich immer wieder kritisiert, geändert wurde sie nie. Die zentrale Ressortgliederung setzte sich in der regionalen betrieblichen Parteiorganisation fort.

Zum ZK-Apparat gehörte auch die Zentrale Parteikontrollkommission (ZPKK), die vom ZK gewählt wurde. Im Zuge der Umwandlung der SED zu einer „Partei neuen Typus“ war 1948 die ZPKK nach dem Vorbild der KPdSU eingerichtet worden, ihre Vorsitzenden wurden Hermann Matern und Otto Bachwitz. Zu ihren Aufgaben gehörten der Kampf gegen „Parteifeinde“, gegen den Mißbrauch von Funktionen, den Bruch der Parteidisziplin, z.B. durch „Verleumdungen führender Genossen“ usw. Die ZPKK konnte Parteistrafen wie Rügen und Parteiausschluß verhängen, sie war zugleich für die Revision von Parteistrafen zuständig. Der letzte Leiter der ZPKK war Erich Mückenberger, vor 1946 Mitglied der SPD.

Der ZK-Apparat war die hierarchische Spitze der Partei, nachgeordnet waren die Bezirks- und Kreisleitungen. Ebenso wie die ZK-Sekre-

Sekretariat des Zentralkomitee der SED

Generalsekretär des ZK: Erich Honecker	Abteilung Büro des Politbüro
	Abteilung Kaderfragen
	Abteilung Verkehr
Sekretär des ZK: Hermann Axen	Abteilung Internationale Verbindungen
	Abteilung Internationale Politik und Wirtschaft
	Abteilung Auslandsinformation
Sekretär des ZK: Horst Dohlus	Abteilung Parteiorgane
	Abteilung Finanzverwaltung und Parteibetriebe
	Abteilung Verwaltung der Wirtschaftsbetriebe
	Leitung der Parteiorganisation
	Leitung der Betriebsgewerkschaftsleitung beim ZK der SED
	Redaktion »Neuer Weg«
Sekretär des ZK: Kurt Hager	Abteilung Wissenschaften
	Abteilung Kultur
	Abteilung Volksbildung
	Abteilung Gesundheitspolitik
	Redaktion »Einheit«
	Akademie für Gesellschaftswissenschaften beim ZK der SED
	Parteihochschule »Karl Marx« beim ZK der SED
	Institut für Marxismus-Leninismus beim ZK der SED
Sekretär des ZK: Werner Krolikowski	Abteilung Landwirtschaft

Sekretär beim ZK: Joachim Herrmann	Abteilung Agitation
	Abteilung Propaganda
	Abteilung Befreundete Parteien
Sekretär des ZK: Werner Jarowinsky	Abteilung Handel, Versorgung und Außenhandel
	Arbeitsgruppe Kirchenfragen
Sekretär des ZK: Egon Krenz	Abteilung Sicherheitsfragen
	Abteilung Staats- und Rechtsfragen
	Abteilung Jugend
	Abteilung Sport
Sekretär des ZK: Günter Mittag	Abteilung Planung und Finanzen
	Abteilung Forschung und technische Entwicklung
	Abteilung Grundstoffindustrie
	Abteilung Maschinenbau und Metallurgie
	Abteilung Bauwesen
	Abteilung Leicht-, Lebensmittel und Bezirksgeleitete Industrie
	Abteilung Transport- und Nachrichtenwesen
	Abteilung Gewerkschaften und Sozialpolitik
	Abteilung Soz. Wirtschaftsführung
	Zentralinstitut für Soz. Wirtschaftsaufführung beim ZK der SED
Sekretär des ZK: Inge Lange	Abteilung Frauen
Sekretär des ZK: Günter Schabowski	1. Sekretär der Bezirksleitung Berlin

Quelle: Hans Modrow (Hrsg.): Das Große Haus. Berlin 1994.

tariate auf zentraler Ebene besaßen Bezirks- und Kreisleitungen gegenüber der bezirklichen und örtlichen Staatsverwaltung Anweisungsbefugnis und bestimmten die Personalpolitik auf Grundlage ihrer Nomenklaturordnung.

Daneben unterhielt der ZK-Apparat auch „wissenschaftliche" Parteiinstitute (Akademie für Gesellschaftswissenschaften beim ZK der SED; → *Institut für Marxismus-Leninismus*; Zentralinstitut für sozialistische Wirtschaftsführung beim ZK der SED; Parteihochschule „Karl Marx" beim ZK der SED sowie inoffiziell das → *Institut für Internationale Politik und Wirtschaft*).

Klaus Schroeder/Manfred Wilke

Literaturhinweise:

Alt, Helmut: Die Stellung des Zentralkomitees der SED im politischen System der DDR, Köln 1987.
Förtsch, Eckart: Die SED, Stuttgart 1969.
Richert, Ernst: Macht ohne Mandat. Staatsapparat in der Sowjetischen Besatzungszone Deutschlands, Köln, Opladen (2. Aufl.) 1963.

Zersetzung

Methoden der Zersetzung wandte das MfS (→ *Staatssicherheit*) hauptsächlich gegen Personen und Personengruppen an, die mit dem Ziel des strafrechtlich relevanten Nachweises staatsfeindlicher Tätigkeit gegen die DDR, von Diensteinheiten des MfS in sog. Operativen Vorgängen (OV) „bearbeitet" wurden. Zweck der Zersetzungsmaßnahmen war nach einer Richtlinie des Ministers für Staatssicherheit Erich Mielke vom Januar 1976, durch das Ausnutzen und Verstärken von Angst und von Differenzen unter sog. feindlich-negativen Kräften, diese zu zersplittern, zu lähmen, zu desorganisieren und sie untereinander und von der Umwelt zu isolieren.

„Feindlich-negative" Handlungen sollten so vorbeugend verhindert, eingeschränkt oder unterbunden werden. „Feindlich-negativ" waren für das MfS u.a. Mitglieder von staatsunabhängigen Friedens,- Ökologie- und Menschenrechtsgruppen (→ *Friedensbewegung*; → *Widerstand, Opposition und Verweigerung*), Ausreiseantragsteller (→ *Fluchtbewegung;* → *Ausreise*), aktive Christen sowie Personen und Organisationen in der Bundesrepublik und im Ausland, die das MfS der politischen Untergrundtätigkeit gegen die DDR verdächtigte. Gegen letztere wendete das MfS häufig Zersetzungsmaßnahmen an, weil sie von der DDR aus kaum strafrechtlich zu verfolgen waren. Konspirative Zersetzungsmaßnahmen gegen Oppositionelle im eigenen Land erwiesen sich oft als wirkungsvoller im Sinne der Politik des SED-Regimes als offene Repressionen wie Inhaftierung. Paralysiert, zur Untätigkeit gezwungen und in „Freiheit“ befindlich, waren die Opfer weit weniger gefährlich als inhaftierte „Märtyrer“.

Um Widerstand und Veröffentlichungen westlicher Massenmedien vorzubeugen, bemühte sich das MfS, auf keinen Fall als Urheber von Zersetzungsmaßnahmen erkannt zu werden. Formen dieses verdeckten, „leisen Terrors“ waren, gemäß einschlägiger MfS-Richtlinien, die systematische Diskreditierung des öffentlichen Rufes, des Ansehens und des Prestiges der Opfer durch wahre, überprüfbare diskreditierende Angaben sowie unwahrer, aber glaubhafter, nicht widerlegbarer und damit ebenfalls diskreditierender Behauptungen. Das MfS organisierte berufliche und gesellschaftliche Mißerfolge, untergrub das Selbstvertrauen, den Glauben an Ideale, Vorbilder und die persönliche Perspektive, erzeugte Mißtrauen, Neid, Rivalitäten und gegenseitige Verdächtigung in Gruppen unter Ausnutzung persönlicher Schwächen einzelner Mitglieder und paralysierte sie im Zusammenwirken mit anderen Staatsorganen durch Arbeitsplatzbindungen, → *Berufsverbote*, Einberufungen zum Wehrdienst und → *Ausbürgerungen*.

Um diese Maßnahmen zu realisieren und deren Ergebnisse und Wirkungen festzustellen, setzte das MfS als wichtigstes Mittel der Zersetzung → *Inoffizielle Mitarbeiter* ein. Weitere Mittel und Methoden waren u.a. das Versenden anonymer oder pseudonymer Briefe und Telegramme, Telefonanrufe, der Einsatz kompromittierender Fotos, die gezielte Verbreitung von Gerüchten, Desinformation und Indiskretionen, die Vorladung zu staatlichen Dienststellen und Organisationen unter glaubhaften und unglaubhaften Vorwänden, um Mißtrauen, Angst und Zweifel zu schüren. Da verschiedene Formen, Mittel und Methoden der Zersetzung einzeln und einmalig angewandt relativ wirkungslos blieben, kombinierte das MfS stets mehrere Maßnahmen in einer, meist längerwährenden Zersetzungsaktion miteinander.

Grundlage für Zersetzungsmaßnahmen waren die Erkenntnisse einer pervertierten, an der → *Juristischen Hochschule* des MfS gelehrten sog. Operativen Psychologie. Die → *Stasi-Akten* dokumentieren zynisch als „operative Pannen“ bezeichnete Fälle, wo Zersetzungsmaßnahmen außer Kontrolle gerieten und mit dem Suizid der Opfer endeten. Überliefert sind auch Zersetzungspläne einzelner Diensteinheiten des MfS, die bewußt die physische Vernichtung der Opfer einkalkulierten.

Thomas Auerbach

Literaturhinweis:

Fuchs, Jürgen: Unter Nutzung der Angst. Die leise Form des Terrors – Zersetzungsmaßnahmen des MfS, in: BF informiert 2/1994.

Zivilrecht

Durch das Zivilrecht als Zweig des einheitlichen sozialistischen Rechts regelte der sozialistische Staat der DDR die persönlichen und vermögensrechtlichen Beziehungen der Menschen in seinem Machtbereich auf der Grundlage des → *Marxismus-Leninismus* und der führenden Rolle der → *SED*.

Dem Klassencharakter des sozialistischen Rechts entsprechend, orientierte sich das Zivilrecht an den durch Enteignungen hergestellten sozialistischen Produktionsverhältnissen, also am sozialistischen → *Eigentum*. Es verstand sich als Instrument der Planung und Leitung gesellschaftlicher Prozesse und war durch die Dominanz der von der SED definierten „gesellschaftlichen" Interessen gegenüber den privaten gekennzeichnet, was durch die Behauptung ihrer liberalen Stimmung verschleiert wurde. Das persönliche Eigentum wurde vom sozialistischen Eigentum abgeleitet; es war nur zulässig an Arbeitseinkünften und Ersparnissen, an der Ausstattung der Wohnung und des Haushalts, an Gegenständen des persönlichen Bedarfs, an Sachen, die für die Berufsausbildung, Weiterbildung und Freizeitgestaltung erworben wurden, an Grundstücken und Gebäuden zur Befriedigung der Wohn- und Erholungsbedürfnisse sowie an vermögensrechtlichen Ansprüchen aus Urheber-, „Neuerer"- und Erfinderrechten. Vorgeschrieben war, daß jedermann „die gesellschaftlichen Erfordernisse" zu berücksichtigen und die „Regeln des sozialistischen Zusammenlebens" einzuhalten habe. Rechte durften nur entsprechend ihrem „gesellschaftlichen Inhalt" und ihrer „Zweckbestimmung" ausgeübt werden, eine den „Grundsätzen der sozialistischen Moral" (→ *Moral und Ethik*) widersprechende Rechtsverfolgung war unzulässig.

Der Kernbereich des Zivilrechts war in dem am 1. Jan. 1976 in Kraft getretenen Zivilgesetzbuch (ZGB) vom 19. Juni 1975 niedergelegt. Bis dahin galt formell das Bürgerliche Gesetzbuch (BGB), das allerdings in weiten Teilen materiell außer Kraft gesetzt wurde. Entsprechend der marxistisch-leninistischen Lehre von der friedlichen Revolution galten die Rechtsinstitute, Rechtsprinzipien und Rechtsnormen des BGB in der Phase der → *antifaschistisch-demokratischen Umwälzung* auf dem Wege zum Sozialismus nicht einfach fort, sondern erfuhren, da das Recht nach marxistisch-leninistischer Lehre stets den Bedürfnissen der herrschenden Klasse zu dienen hat, eine grundsätzliche inhaltliche Änderung, wobei es vor allem Aufgabe der Gerichte war, in den übernommenen („sanktionierten") Normen des BGB den neuen sozialistischen Inhalt sichtbar zu machen. Gesetzgeberische Eingriffe in das „sanktionierte" Zivilrecht resultierten vor allem aus der grundlegenden Umgestaltung der Eigentumsverhältnisse und aus den Mechanismen der Wirtschaftsplanung im Zusammenhang mit der Ausdehnung des volkseigenen Sektors auf alle Zweige der Volkswirtschaft. 1951 wurde ein besonderes Vertragssystem für die Warenlieferung der volkseigenen und der ihr gleichgestellten Wirtschaft entwickelt, das weite Teile des Schuldrechts gegenstandslos machte und 1956 zum „Gesetz über das Vertragssystem in der sozialistischen Wirtschaft" ausgebaut wurde. Ebenfalls aus dem Zivilrecht ausgegliedert wurden insbesondere das Arbeitsrecht (Gesetzbuch der Arbeit vom 12. April 1961) und das Familienrecht (Familiengesetzbuch vom 20. Dez. 1965), so daß vom Zivilrecht als dem „Recht der Reste" gesprochen wurde.

Dem Zivilgesetzbuch stellte das SED-Politbüro nach dem VIII. Parteitag der SED die Aufgabe, das BGB vom Aufbau bis in die Begriffswahl hinein durch ein den Nichtjuristen verständliches sozialistisches Gesetzbuch abzulösen und darin die „Leitung" derjenigen Beziehungen festzulegen, die die Bürger bei der „Befriedigung ihrer materiellen und kulturellen Bedürfnisse" eingehen. Um jede Rechtskontinuität zu zerstören, durch die möglicherweise „bürgerliches Rechtsdenken" hätte bewahrt werden können, verzichtete das Zivilgesetzbuch auf einen vor die Klammer gezogenen Allgemeinen Teil und ordnete das Zivilrecht nicht nach Rechtsinstituten, sondern nach Lebensbereichen.

Es gliederte sich in sieben Teile: 1. Grundsätze des sozialistischen Zivilrechts; 2. Das sozialistische und das persönliche Eigentum; 3. Verträge zur Gestaltung des materiellen und kulturellen Lebens; 4. Nutzung von Grundstücken und Gebäuden zum Wohnen und zur Erholung; 5. Schutz des Lebens, der Gesundheit und des Eigentums vor Schadenszufügung; 6. Erbrecht; 7. Besondere Bestimmungen für einzelne Zivilrechtsverhältnisse. Hauptgegenstand war das Versorgungsrecht, mithin das rechtliche Instrumentarium zur Verwirklichung der staatlichen Versorgungstätigkeit gegenüber der Bevölkerung, nicht jedoch die Beziehungen der Betriebe untereinander. Konsumentenfreundliche Regelungen, die das ZGB als bürgerfreundlich erscheinen lassen sollten, kamen jedoch angesichts der anhaltend schlechten Versorgungslage und wegen des mangelnden Vertrauens in die zur Parteilichkeit verpflichtete Justiz (→ *Gerichtsverfassung*), die an die Prozeßsachen vom Klassenstandpunkt heranzugehen hatte, kaum zum Zuge. In der Praxis machten mietrechtliche Konflikte etwa ein Drittel aller Zivilsachen aus, 20% der Prozesse betrafen Fragen der Schadenshaftung außerhalb vertraglicher Beziehungen.

Rudolf Wassermann

Literaturhinweise:

Göhring, Joachim/Dost, Axel: Zivilrecht, in: Heuer, Uwe-Jens (Hrsg.): Die Rechtsordnung der DDR, Baden-Baden 1995.
Westen, Klaus u.a.: Das neue Zivilrecht der DDR nach dem Zivilgesetzbuch von 1975, Berlin 1977.

Zulassungsbedingungen im Bildungswesen

Die Verfassung der DDR von 1974 räumt in den Artikeln 25 und 26 jedem Bürger das gleiche Recht auf Bildung ein. Ausdrücklich wird die Möglichkeit des Übergangs zur nächsthöheren Bildungsstufe entsprechend dem Leistungsprinzip, allerdings auch entsprechend den gesellschaftlichen Erfordernissen und unter Berücksichtigung der sozialen Struktur der Bevölkerung garantiert (Art. 26).

Die Schule der DDR war nach offiziellen Verlautbarungen eine Einheitsschule (→ *Bildungswesen*), die allen Schülern den gleichen Lehrstoff und die gleichen Ausbildungsmöglichkeiten bot: für Eliten und Sonderbegabungen war in einer von Gleichheitsregelungen bestimmten Lehr- und Lernwirklichkeit wenig Platz, wenn man von wenigen Spezialschulen (1989 weist die Statistik einen Anteil von etwa 1% aller Schüler aus) absieht. Die Förderung von besonderen Begabungen erfolgte vor allem über außerschulische Einrichtungen (→ *Bildungswesen*). Die Polytechnische Oberschule (POS) als obligatorische Schule sollte Grundlage für berufliche Tätigkeiten wie für alle weiterführenden Bildungsgänge sein. Der Weg zur Hochschule entweder über die Erweiterte Oberschule (EOS) oder über die → *Berufsausbildung* mit Abitur blieb einem geringen Prozentsatz der Schüler vorbehalten. Entgegen den staatlichen Planungsvorgaben, die in den 70er und 80er Jahren 12 bis 15% der Altersgruppe der 19- bis 21jährigen den Zugang zum Studium erlaubten, strebten immer mehr Eltern für ihre Kinder einen zum Hochschulzugang qualifizierenden Schulabschluß an (in den 80er Jahren etwa 45%). Deshalb wurden Auslese und Zulassungsverfahren notwendig.

Der Übergang zur EOS war jedoch nicht von den Wünschen der Eltern oder der Schüler selbst abhängig. Vielmehr trafen die Lehrer die Entscheidung, die ihnen für eine zukünftige „Kaderstellung" geeignet erscheinenden Schüler für die entsprechende Bildungslaufbahn zu „delegieren". Der Klassenlehrer hatte über diejenigen Schüler, die das Lehrerkollegium als geeignet ansah, ein Gutachten zu erstellen. Dabei ging es nicht nur um die Bewertung der schulischen Leistungen, sondern vor allem auch um die Einschätzung der gesellschaftlichen Betätigung und der staatsbürgerlichen Haltung der einzelnen Kandidaten.

Wie wichtig das politische Engagement der Schüler genommen wurde, erklärte die Volksbildungsministerin Margot Honecker noch im Jahre 1989 auf dem IX. Pädagogischen Kongreß: „Unsere Zeit ist eine kämpferische Zeit. Sie braucht eine Jugend, die kämpfen kann, die den Sozialismus stärken hilft, die für ihn eintritt, die ihn verteidigt mit Wort und Tat, und wenn nötig, mit der Waffe in der Hand."

Die staatlichen Vorgaben in der Schulpolitik führten im Laufe der Jahre zu einem inflationären Anwachsen von Bestnoten, die kaum noch Aussagen über das tatsächliche Leistungsniveau der Studienanfänger zuließen.

Die Absolventen der EOS und der Abiturklassen mit Berufsausbildung reichten ihre Bewerbungsschreiben über den Direktor der jeweiligen Schule bei der gewünschten Universität oder Hochschule ein; Berufstätige bewarben sich über die Kaderabteilung ihrer Betriebe. Auf diesem Wege sollten Mehrfachbewerbungen ausgeschlossen werden. Eine Zulassungskommission überprüfte nun anhand der eingereichten Unterlagen die jeweilige Bewerbung nach bestimmten Kriterien. Von den zukünftigen Studenten wurde dabei erwartet:

„– die aktive Mitwirkung an der Gestaltung der sozialistischen Gesellschaft und die Bereitschaft zur aktiven Verteidigung des Sozialismus;
– der Nachweis hoher fachlicher Leistung verbunden mit dem Streben, das Wissen und Können ständig zu vervollkommnen;
– die Bereitschaft, alle Forderungen der sozialistischen Gesellschaft vorbildlich zu erfüllen und nach dem erfolgreichen Abschluß des Studiums ein Arbeitsverhältnis entsprechend der Verordnung von [...] abzuschließen" (Anordnung über die Bewerbung 1971, S.186).

Ausschlaggebend für die Zulassung des einzelnen zum Studium waren in der DDR stets die im Vordergrund stehenden politischen Ziele der SED. Der Partei ging es dabei zum einen um die Herausbildung → *sozialistischer Persönlichkeiten*; daneben stand das Ziel der Herausbildung qualifizierter Nachwuchskader (→ *Kader*). Die Volkswirtschaftspläne enthielten auch die Sollzahlen für zu besetzende Studienplätze. Zum Kreis der sozial erwünschten Studenten zählten – vor allem nominell – die Arbeiter- und Bauernkinder wegen ihres „Klassenbewußtseins" (→ *Hochschulen und Universitäten*), aber auch Abkömmlinge der → *Intelligenz*. Die Hochschulzulassung war zwar auf dem Papier einem Abiturienten generell gewährt, die Studienerlaubnis führte den einzelnen aber nicht unbedingt zu dem Beruf, den er angestrebt hatte, oder auf die Universität, an der er gern studiert hätte. Für ideologisch besonders profilierte Berufsrichtungen, vor allem Juristen und Offiziere, galten besondere, der Öffentlichkeit nicht bekannte Zulassungsbedingungen.

Die Zulassungen zum Hochschulstudium wurden mit der langfristigen Arbeitskräfteplanung abgestimmt. Dabei begann die Berufslenkung schon in der 6. Klasse der POS, wenn die Kinder 11 oder 12 Jahre alt waren. Sie wurde an der EOS und an den Universitäten fortgesetzt und diente u.a. dem Ziel, den Bewerber auch in unbeliebte Berufe zu lenken. Überstieg die Zahl der Bewerbungen die Zahl der freien Kapazitäten an den Universitäten, so erhielten nicht zugelassene Interessenten ein Angebot, in weniger stark besetzten Fächern zu studieren; oder sie hatten sich für eine nichtakademische Berufsausbildung zu entscheiden.

Bereits bei der Zulassung zum Studium mußten sich die zukünftigen Studenten verpflichten, später als → *Kader* dort ihre Arbeit aufzunehmen, wo der Staat sie einzusetzen gedachte.

Sabine Gries/Klaus W. Tofahrn

Literaturhinweise:

Voigt, Dieter/Voß, Werner/Meck, Sabine: Sozialstruktur der DDR, Darmstadt 1987.
Voigt, Dieter/Gries, Sabine: Karriereangebote, Karrieremuster und Eliterekrutierung, in: Materialien der Enquete-Kommission, a.a.O., Bd. III, 3, S. 1901-2033.

Zusammenbruch der DDR und deutsche Einheit

Der Weg in den Zusammenbruch: Der finalen Krise der DDR, die mit der Öffnung des Eisernen Vorhangs an der ungarisch-österreichischen

Grenze begann und in die Wiederherstellung der deutschen Einheit einmündete, ging eine Reihe von Entwicklungen voraus, deren krisenhaftes Potential zunächst unterschätzt wurde, teils weil das Ausmaß der Probleme nur wenigen erkennbar war, teils auch, weil chronische Schwierigkeiten zu dem gewohnten Bild gehörten und, aus der Sicht der SED-Führung, auch in den 80er Jahren als beherrschbar galten.

Ein Schlaglicht voraus warfen die Ereignisse in Polen. Die Wahl eines polnischen Papstes mit den entsprechenden Rückwirkungen in der polnischen Öffentlichtkeit, die Gründung und schließliche Anerkennung einer unabhängigen Gewerkschaft deuteten die künftige Entwicklung an. Selbst die Verhängung des Kriegsrechtes erwies sich als zwiespältiges Signal, denn in der Folgezeit wurde deutlich, daß die oppositionelle Bewegung in Polen auch durch Gewaltmaßnahmen nicht mehr zu zerschlagen war. Zudem zeigte sich, daß die Sowjetunion ein unmittelbares Eingreifen in Polen, mit dem sie auch die Verantwortung für die innenpolitische und wirtschaftliche Stabilisierung des Landes übernommen hätte, zu vermeiden suchte.

Daß die wirtschaftliche Situation nicht nur in den Bündnisstaaten, sondern auch in der Sowjetunion selbst die Handlungsmöglichkeiten einzuengen begann, deutete sich im Herbst 1981 an, als die Sowjetunion das Kontingent der Erdöllieferungen an die DDR zu dem durch den RGW-Preisbildungsmechanismus begünstigten Preis reduzierte (→ *Außenwirtschaft*). Diese Maßnahme verschärfte die bereits wirtschaftlich äußerst schwierige Situation der DDR. Sie belastete neben dem Energiehaushalt auch die angespannte Außenhandels- und Zahlungsbilanz der DDR. Die Westverschuldung war 1980 auf ca. 25 Mrd. VM (Valutamark, entsprechend DM) gestiegen und wuchs in den Folgejahren weiter an (→ *Finanzierung des Systems*). Das Ausmaß des wirtschaftlichen Niedergangs wurde von den zuständigen führenden SED-Funktionären systematisch verschleiert; über die wirtschaftliche Lage gab es in West und Ost zahlreiche Illusionen bis hinein in die SED-Führung. Erst die von Planungschef Gerhard Schürer am 31. Okt. 1989 dem Politbüro vorgelegte „Analyse der ökonomischen Lage der DDR mit Schlußfolgerungen" machte intern die Situation deutlich.

Die Notwendigkeit westlicher Valuta-Einkünfte beeinflußte in den 80er Jahren auch die Deutschlandpolitik der SED immer stärker und nötigte sie, abweichend von ihrer Abgrenzungspolitik (→ *SED und deutsche Frage*; → *Deutschlandpolitik*), bundesdeutschen Wünschen nach menschlichen Erleichterungen, insbesondere nach Verbesserung der Reisemöglichkeiten und Verdichtung der innerdeutschen Kontakte, entgegenzukommen, auch wenn daraus aus ihrer Sicht negative Rückwirkungen für die innere Stabilität der DDR resultieren konnten.

Die entscheidende Voraussetzung für den Zusammenbruch war die Politik von Glasnost, Perestroika und Neuem Denken in der Außenpolitik, mit der Gorbatschow seit 1985 versuchte, die gesellschaftliche Stagnation und insbesondere die wirtschaftliche Krise des sozialistischen Systems in der Sowjetunion zu überwinden (→ *Sowjetunion und SBZ/DDR*). Aus Aussagen von Zeitzeugen (z.B. W. Daschitschew vor der Enquete-Kommission, 28, Okt. 1993) geht hervor, daß bei dieser Neueinschätzung der Kosten-Nutzen-Relation der sowjetischen Westpolitik die Überspannung der wirtschaftlichen Kräfte der Sowjetunion durch ihre Militärausgaben (Mittelstreckenrüstung, Afghanistan) eine wesentliche Rolle gespielt hat. Der 1985 begonnene Reformversuch in der Sowjetunion ermutigte auch in den verbündeten Staaten einschließlich der DDR Reformtendenzen innerhalb der kommunistischen Parteien und oppositionelle Kräfte und Bewegungen; gleichzeitig wuchs in der Öffentlichkeit der Erwartungsdruck in Richtung auf eine effektive Reformpolitik. Entscheidend war, daß die sowjetische Führung unter Gorbatschow seit Ende 1987 die Breschnew-Doktrin widerrief und ihren Verbündeten „Wahlfreiheit" zubilligte. Bis 1989 blieb allerdings ungewiß, ob diese Freiheit der Wahl des eigenen Weges nur innerhalb des sozialistischen Systems galt oder auch die Möglichkeit einschloß, den Weg aus der sozialistischen Gesellschaft und dem Bündnis mit der Sowjetunion hinaus einzuschlagen, und insbesondere, ob diese weitestmögliche Auslegung gegebenenfalls auch für den sowjetisch kontrollierten Teil Deutschlands, die DDR, gelten würde.

Immerhin ging die Sowjetunion so weit, daß sie auf der Wiener KSZE-Nachfolgekonferenz gegen den Widerstand der DDR und Rumäniens im Januar 1989 einem Schlußdokument zustimmte, das weitgehende östliche Zugeständnisse im Bereich der Menschenrechte und der menschlichen Kontakte enthielt und auch damit den Erwartungsdruck auf die DDR-Führung erhöhte.

Diese auswärtigen Faktoren begünstigten zugleich die seit Ende der 70er Jahre neu herangewachsene innere Opposition (→ *Widerstand*), die in einer ständig zunehmenden Zahl von Gruppen Gestalt gewann. Hier wurden die konspirativen Strukturen der SED-Herrschaft (Verweigerung von Öffentlichkeit und öffentlicher Diskussion) aufgebrochen und politisch-moralisch delegitimiert. Die unabhängigen Gruppen, zunächst nur innerhalb und ab Mitte der 80er Jahre auch zunehmend außerhalb der Evangelischen → *Kirchen*, wichtige Persönlichkeiten innerhalb des BEK in der DDR selbst, aber auch in der katholischen Kirche sowie zahlreiche Künstler schufen eine kritische Gegenöffentlichkeit, die auch durch die Staatssicherheit nicht mehr zurückgedrängt werden konnte und über die westlichen Massenmedien auch in die DDR hineinwirkte. Oppositionelle Aktivitäten verdichteten sich seit dem Jahresbeginn 1988, insbesondere die Luxemburg-Liebknecht-Demonstration am 12. Jan. 1988. Die Gegenmaßnahmen des Staates zeigten die wachsende Unsicherheit der SED-Führung (→ *Widerstand*; → *Bürgerrechtsbewegung*). Das Verbot der sowjetischen Zeitschrift „Sputnik“ am 19. Nov. 1988, die mit 180 000 Exemplaren in der DDR vertrieben wurde, und verschiedener sowjetischer Filme, die durch Glasnost und Perestroika geprägt waren, machte die Spannungen zwischen der SED und der sowjetischen Führungsmacht auch einer breiten Öffentlichkeit sichtbar.

Im März 1989 wandte sich das PEN-Zentrum der DDR einstimmig gegen die Verfolgung des tschechischen Schriftstellers Václav Havel. Im April rief die → *Ökumenische Versammlung* in Dresden zu einer Umgestaltung des Sozialismus auf. Die Wahlfälschungen bei den Kommunalwahlen im Mai und die Zustimmung der SED-Führung zu dem Massaker auf dem Platz des Himmlischen Friedens in Peking im Juni 1989 lösten Proteste bis weit in die SED selbst aus.

Die Phasen des Zusammenbruchs: Der Zusammenbruch der DDR vollzog sich in drei Abschnitten. Der erste reichte von der Öffnung der ungarisch-österreichischen Grenze bis zum Fall der Berliner Mauer, der zweite vom 9. Nov. 1989 bis zur freien Volkskammerwahl am 18. März 1990, der dritte bis zum 3. Okt 1990.

Die zunächst am deutlichsten sichtbare Absage an den SED-Staat vollzogen die in den 80er Jahren wachsende → *Fluchtbewegung* und → *Ausreise*. Der Druck nahm zu, seit Ungarn im Mai 1989 begonnen hatte, die Grenzsperranlagen abzubauen, auch wenn die Grenze vorläufig noch geschlossen blieb und militärisch bewacht wurde. Während der Sommerferien sammelten sich Tausende von Ausreisewilligen in Ungarn, in den bundesdeutschen Botschaften in Prag und in Warschau sowie in der Ständigen Vertretung in Ost-Berlin. In Ungarn war bereits ein weitreichender systemändernder Reformprozeß im Gange: Das Land, mit 17 Mrd. Dollar im Westen verschuldet, war auf die Zusammenarbeit mit dem Westen angewiesen; die kommunistische Führung war seit Anfang 1989 dabei, die führende Rolle der Kommunistischen Partei zurückzunehmen und mit der Einführung eines Mehrparteiensystems den Weg zur Demokratie einzuschlagen. Am 25. Aug. 1989 fand in Bonn eine Unterredung von Ministerpräsident Nemeth und Außenminister Horn mit Bundeskanzler Kohl und Außenminister Genscher statt. Am 26. Aug. setzte die ungarische Führung das Reiseabkommen mit der DDR, das sie zur Zurückweisung ausreisewilliger DDR-Einwohner nötigte, außer Kraft; am 10. Sept. 1989 öffnete sie die Grenze nach Österreich und ermöglichte damit die Flucht von Tausenden DDR-Einwohnern. Am 30. Sept. konnten Außenminister Genscher und Kanzleramtsminister Seiters den Flüchtlingen auf dem Prager Botschaftsgelände der Bundesrepublik mitteilen, daß die DDR-Führung ihrer Ausreise zugestimmt hatte; an den Folgetagen rollten Sonderzüge von Prag und Warschau durch die DDR in die Bundesrepublik. Ihre Durchfahrt löste, besonders in Dresden, heftige Demonstrationen gegen das Regime und Auseinandersetzungen mit der Polizei aus.

Gleichzeitig verstärkten sich die Aktionen der Oppositionsbewegung, obwohl es der Staatssicherheit gelungen war, die Gruppen bis in ihre Führungsebenen hinein zu durchsetzen. Seit dem 2. Okt. wurden die Mahnwachen in der Ost-Berliner Gethsemanekirche gehalten. In der ganzen DDR erhoben die Menschen in Friedensgebeten und bei Kirchenkonzerten die Forderung „Keine Gewalt!" Von Mitte September bis Anfang Oktober 1989 wurden zahlreiche neue oppositionelle Gruppen offiziell begründet (→ *Bürgerrechtsbewegung;* → *SPD*). In den bisherigen Blockparteien wurden Umgestaltungen von der Basis her eingeleitet.

Die gespenstisch anmutenden Feiern zum 40. Jahrestag der DDR am 7. Okt. lösten eine Welle von Massendemonstrationen in der ganzen DDR aus („Wir sind das Volk!"). Am 9. Okt. mahnten Generalmusikdirektor Kurt Masur u.a. öffentlich in Leipzig zu Besonnenheit und friedlichem Dialog. 70 000 Menschen demonstrierten an diesem Tag in der Messestadt für demokratische Reformen, ohne daß die von den Sicherheitskräften vorbereitete gewaltsame Niederschlagung tatsächlich exekutiert wurde. Bei den Verantwortlichen dürfte die Erkenntnis mitgewirkt haben, daß für Gewaltmaßnahmen sowjetische Unterstützung nicht mehr zu erwarten war. An der Leipziger Montagsdemonstration am 16. Oktober beteiligten sich 120 000 Menschen. Am 23. Oktober waren es bereits 300 000, gleichzeitig gab es große Demonstrationen in Dresden, Halle, Magdeburg, Plauen, Ost-Berlin und vielen anderen Städten. Die größte Demonstration „für Presse-, Meinungs- und Versammlungsfreiheit", zu der Berliner Künstler aufgerufen hatten, fand am 4. Nov. mit fast einer Mio. Teilnehmern auf dem Ost-Berliner Alexanderplatz statt. Die Demonstranten forderten: „Das Volk sind wir – gehen sollt ihr", „Stasi in die Produktion" und „Stalinismus – Nein danke". Die SED und ihr nahestehende Intellektuelle versuchten, diese Demonstration als Manifestation für eine SED-geführte gebremste Reformpolitik zu gestalten, doch dieser Versuch fand bei den Demonstranten keine Zustimmung.

Unter dem Druck der anhaltenden Massendemonstrationen vollzog sich der Sturz der SED-Diktatur innerhalb weniger Wochen. Am 18. Okt. trat Honecker zurück und machte seinen Platz für Egon Krenz frei. Der am 6. Nov. veröffentlichte Entwurf eines Reisegesetzes, das wegen seiner einschränkenden Unbestimmtheit als Ansatzpunkt für neue staatliche Willkür verstanden wurde, wirkte eher destabilisierend. Am 7. Nov. trat der DDR-Ministerrat unter Willi Stoph geschlossen zurück. Einen Tag später folgte ihm das gesamte Politbüro des ZK der SED.

Die ökonomische Bilanz, die der neue SED-Generalsekretär Ende Oktober von einer Arbeitsgruppe unter Leitung von Planungschef Schürer erstellen ließ, erbrachte die Erkenntnis einer nicht mehr beherrschbaren Westverschuldung und die Empfehlung führender Wirtschaftsfachleute, notfalls in Verhandlungen mit der Bundesrepublik das bestehende → *Grenzregime*, einschließlich der Mauer, als Gegenleistung gegen hohe Kredite zur Disposition zu stellen. Eine Sondierung der neuen DDR-Führung, ob die Bundesregierung zur kurz- und mittelfristigen Gewährung von Krediten in Höhe mehrerer Mrd. DM bereit sei, wurde am 7. und 8. Nov. mit der Forderung nach Preisgabe der führenden Rolle der Partei, Zulassung von Oppositionsgruppen und Anberaumung freier Wahlen beantwortet. Die DDR-Führung geriet damit in den Zangendruck zwischen Demonstranten und Bundesregierung, die deren Forderungen aufgriff und politisch umsetzte. Der Versuch der SED, die Reisen und ständigen Ausreisen aus der DDR durch eine neue Verordnung zu regeln, führte in einer Kombination aus Handlungswillen, Unaufmerksamkeit und Desorganisation zu der Presseerklärung von Politbüromitglied Schabowski am 9. Nov. 1989, die von den Menschen in Ost-Berlin und in der DDR als sofortige Öffnung der Mauer verstanden und in diesem Sinne durchgesetzt wurde. Damit entfiel eine der entscheidenden Herrschaftsgrundlagen der SED.

Die zweite Phase des Zusammenbruchs – von der Öffnung der innerdeutschen Grenze bis zur Volkskammerwahl am 18. März 1990 – war gekennzeichnet von einem rapiden und durchgreifenden Machtverfall der SED und der von ihr getragenen Regierungsorgane. Während Millionen von Besuchern die endlich eröffnete Möglichkeit nutzten, den Westteil Berlins und die Bundesrepublik selbst kennenzulernen, nahmen die Massendemonstrationen gegen das SED-Regime unvermindert ihren Fortgang, ebenso der Ausreise- und Flüchtlingsstrom, jetzt über die innerdeutschen und innerberliner Grenzen. Die entscheidende und immer dringlicher werdende Aufgabe war es, den Menschen eine positive, von ihnen selbst bejahte politische Perspektive zu eröffnen.

Die am 13. Nov. 1989 unter Hans Modrow gebildete neue DDR-Regierung war hierzu nicht in der Lage. Ihre Politik zielte darauf, den von der Bevölkerung ausgehenden Druck durch minimale Konzessionen und durch Ablenkung des revolutionären Impulses in folgenlose Diskussionen aufzufangen und so die SED-Herrschaft über die kritische Phase hinweg zu retten und zu restaurieren. Symptomatisch für diese Politik war der Versuch, das MfS in der abgewandelten Gestalt eines Amtes für Nationale Sicherheit am Leben zu erhalten. Es gehört zu den Verdiensten des Zentralen → *Runden Tisches* in Berlin, diesen Versuch der Regierung Modrow abgewehrt zu haben.

Die Bevölkerung erfuhr erst jetzt, in welchem Umfang die führende Partei die Gesellschaft mit Hilfe des MfS durchsetzt, gelenkt und kontrolliert hatte. Der SED, deren ZK und neues Politbüro Anfang Dezember zurücktraten, gelang es nicht mehr, durch eine in zwei Schritten (Dezember 1989/Januar 1990) vollzogene Umbenennung die Wahl einer neuen Parteiführung, das Aufgreifen einiger Reformforderungen und durch die aufgefrischten Selbstpräsentation als „antifaschistische" Kraft Vertrauen in der Bevölkerung zu gewinnen.

Die entscheidende Wendung, die die Ereignisse in dieser zweiten Phase nahmen, bestand darin, daß bald nach der Maueröffnung die Forderung nach Wiedervereinigung Deutschlands laut wurde und in der Folgezeit mehr und mehr in den Mittelpunkt trat. Die Rufe „Wir sind *ein* Volk" und „Deutschland einig Vaterland" beherrschten mehr und mehr das Bild der Massendemonstrationen.

Die Transformation der SED-Diktatur vollzog sich in dem keineswegs spannungsfreien Beziehungsgeflecht von Volkskammer, Regierung Modrow, dem Zentralen Runden Tisch, an dem alle relevanten politischen und gesellschaftlichen Gruppen beteiligt waren, und zahllosen Bürgerforen und Dialogveranstaltungen in der ganzen DDR. Grundsätzlich war die Frage zu lösen, ob man einen radikalen Bruch mit dem Sozialismus erreichen wollte oder eine Reform des SED-Sozialismus. Der „Aufruf für eine eigenständige DDR" vom 26. Nov. 1989, der neben altbewährten SED- und MfS-Kadern auch von zahlreichen Bürgerrechtlern, Künstlern und Kirchenvertretern unterzeichnet wurde, skizzierte noch die Perspektive, die DDR als „eine sozialistische Alternative zur Bundesrepublik zu entwickeln". Solche Konzeptionen eines „Dritten Weges" basierten auf einem Bild von der Bundesrepublik, das unübersehbare Ähnlichkeiten mit dem der SED-Propagandisten hatte, und setzten die Perspektive eines „verbesserlichen Sozialismus“ fort, die auch bei jenen Rückhalt fand, die die Verhältnisse im SED-Staat ablehnten.

Die Vorverlegung der Volkskammerwahlen auf den 18. März 1990 und die Wiederholung der Kommunalwahlen am 6. Mai 1990, denen der Runde Tisch und die Volkskammer Ende Januar 1990 zustimmten, beschleunigten die Entwicklung. Um angesichts des rapiden Ansehensverfalls des Kabinetts Modrow den inneren Reformprozeß bis zu den freien Volkskammerwahlen zu stabilisieren, traten am 5. Febr. Vertreter von acht oppositionellen Gruppen (T. Böhm, Unabhängiger Frauenverband; R. Eppelmann, Demokratischer Aufbruch; S. Pflugbeil, Neues Forum; M. Platzek, Grüne Liga; G. Poppe, Initiative Frieden und Menschenrechte; W. Romberg, SPD; K. Schlüter, Grüne Partei; W. Ullmann, Demokratie Jetzt) einer „Regierung der nationalen Verantwortung“ als Minister ohne Geschäftsbereich bei. Anfang 1990 war eine Situation entstanden, in der der Runde Tisch und die Regierung noch für eine eigenständige „DDR-Identität“ eintraten, während sich die Mehrheit der Bevölkerung längst für ein möglichst rasches Ende der DDR entschieden hatte.

Die Bundesregierung griff die Forderung der Demonstranten auf und setzte die Wiederherstellung der Einheit Deutschlands auf die internationale Agenda. Am 28. Nov. 1989 legte der Bundeskanzler dem Bundestag seinen Zehn-Punkte-Plan vor, der in einem etappenweisen Vorgehen den Weg zu einer bundesstaatlichen Ordnung in Gesamtdeutschland, d. h. zur Wiedergewinnung der staatlichen Einheit, eingebunden in eine gesamteuropäische Architektur, skizzierte (→ *Einigungsvertrag*; → *Deutschlandpolitik)*. Der Plan war bewußt vorsichtig formuliert, vermied die frühzeitige Festlegung auf Einzelheiten und auf einen konkreten Zeitplan, gab aber die allgemeine Richtung und damit die notwendige und von den Menschen gewollte Perspektive vor. Mit diesem Plan übernahm die Bundesregierung die Initiative in den innerdeutschen und internationalen Verhandlungen. Die Begrüßung des Bundeskanzlers durch jubelnde Menschenmengen in Dresden bei seinem Treffen mit Ministerpräsident Modrow am 19. und 20. Dez. zeigte, daß dieses Programm den Wünschen der Menschen entsprach und daß der Weg zur Vereinigung schneller zurückzulegen sein würde als zunächst angenommen. Als Ministerpräsident Modrow bei seinem Besuch in Bonn am 14./15. Febr. 1990 einen Solidarbeitrag von ca. 15 Mrd. DM zu erreichen versuchte, der im Effekt die alte, demokratisch nicht legitimierte Regierung nochmals gestützt hätte, wies die Bundesregierung dies zurück und schlug ihrerseits eine Maßnahme vor, die über die Bewältigung der aktuellen Schwierigkeiten hinaus eine politische Perspektive enthielt: eine gesamtdeutsche → *Währungs-, Wirtschafts- und Sozialunion*, für die erste vorbereitende Gespräche im Februar 1990 begannen und die Verhandlungen nach der Volkskammerwahl zügig vorangebracht wurden.

Die Perspektive der deutschen Einheit stieß in der internationalen Öffentlichkeit auf ein gemischtes Echo. Widerstand leistete zunächst die sowjetische Führung – Gorbatschow warnte in Briefen auch an die USA-Regierung vor der Vereinigung und setzte sich für die „Nachkriegsrealitäten“ und die Durchführung von Vier-Mächte-Konferenzen ein –, aber auch die europäischen Verbündeten in EG und NATO, insbesondere Großbritannien und Frankreich, zeigten Vorbehalte. Entscheidend war, daß eine Stabilisierung der DDR nicht möglich war – auch der Flüchtlingsstrom hielt unvermindert an –, die Menschen in der DDR ihre Forderung unzweideutig zum Ausdruck brachten und die für Moskau wichtigsten politischen Verhandlungspartner Bonn und Washington diese Forderung nachdrücklich vertraten. Die USA unterstützten die Verwirklichung des Selbstbestimmungsrechtes der Deutschen uneingeschränkt, sofern die Bundesrepublik in die NATO und die Europäische Gemeinschaft integriert bleibe, die Einheit im Interesse der europäischen Stabilität friedlich und schrittweise entstehe und die bestehenden Außengrenzen bestätigt würden. Am 10./11. Febr. 1990 erklärte Gorbatschow gegenüber Bundeskanzler Helmut Kohl sein Einverständnis damit, daß die Deutschen selbst über ihre staatliche Einheit, deren Zeitpunkt und den Weg dorthin entschieden; die Frage des internationalen Status Deutschlands blieb damit noch offen. Am 14. Febr. 1990 vereinbarten die Außenminister der beiden deutschen Staaten und der Vier Mächte, daß sie auf „Zwei-plus-Vier“-Ebene die internationalen Aspekte der deutschen Einheit erörtern würden. Die Volkskammerwahl vom 18. März 1990 bekräftigte das Votum der DDR-Bevölkerung für die Einheit.

Die Regierung der Großen Koalition (Allianz für Deutschland – also CDU, DSU, DA –, SPD und Freie Demokraten) trat an mit dem Ziel, die Einheit auf dem Wege des Art. 23 GG (a. F.), mittels entsprechender deutsch-deutscher Verträge zu vollziehen. Innere Spannungen in dieser Regierung verstärkten sich im Vorfeld der Bundestagswahlen und führten dazu, daß am 20. Aug. die SPD die Große Koalition verließ.

Wichtigste Etappen in dieser Phase waren auf innerdeutscher Ebene die Kommunalwahlen vom 6. Mai 1990 – sie bestätigten insgesamt das Ergebnis der Volkskammerwahlen –, die Herstellung der → *Währungs-, Wirtschafts- und Sozialunion*, der Vertrag zur Durchführung gesamtdeutscher Wahlen, der Beschluß der Volkskammer zum → *Beitritt* und der → *Einigungsvertrag*.

Die außenpolitische Absicherung der deutschen Einheit erfolgte in einem Geflecht von zwei- und mehrseitigen Verhandlungen und Gesprächen. Das Hauptgewicht der Beratungen lag weniger bei den Zwei-plus-Vier-Außenministertreffen (Bonn 5. Mai 1990, Berlin 22. Juli 1990, Paris 17. Juli 1990, Moskau 12. Sept. 1990), sondern vor allem bei den bilateralen Verhandlungen und Gesprächen in dem Dreieck Washington-Bonn-Moskau. Die Sowjetunion, die zunächst vorgeschlagen hatte, für das zu vereinende Deutschland noch ein mehrjähriges Vier-Mächte-Kontrollregime zu vereinbaren, und die dann Modelle einer Doppelmitgliedschaft Deutschlands in beiden Bündnissen in die Diskussion gebracht hatte, stimmte schließlich den westlichen Vorschlägen zu. Erleichtert wurde dies durch Gesprächsfortschritte hinsichtlich der strategischen Abrüstung (amerikanisch-sowjetische Gipfelbegegnung von Malta, 31. Mai bis 3. Juni 1990) und durch Erklärungen der NATO, die den Warschauer-Pakt-Staaten Freundschaft und Zusammenarbeit anboten und eine Änderung der Strategie, einschließlich der strategischen Rolle der Nuklearwaffen, in Aussicht stellten (8. Juni und 6. Juli 1990).

Den endgültigen Durchbruch in den Verhandlungen brachte der Besuch von Bundeskanzler Kohl, Außenminister Genscher und Finanzminister Waigel in Moskau und im Kaukasus am 15. und 16. Juli 1990. Dabei wurden die wesentlichen Bedingungen der Wiederherstellung der deutschen Einheit vereinbart. Demnach sollte Deutschland nach der Wiedervereinigung die volle Souveränität erhalten, einschließlich des Rechtes, über seine Bündniszugehörigkeit zu entscheiden. Die Vier-Mächte-Rechte sollten beendet und die → *Oder-Neiße-Grenze* als endgültig anerkannt werden. Deutschland verzichtete weiterhin auf Massenvernichtungswaffen und kündigte die Reduzierung seiner Streitkräfte innerhalb von drei bis vier Jahren auf 370 000 Mann an; die Sowjetunion würde im gleichen Zeitraum ihre Streitkräfte aus Deutschland abziehen; für die Dauer dieser Übergangsphase sollten westalliierte Truppen auf deutschen Wunsch in Berlin stationiert bleiben. Gleichzeitig sollten in der Übergangsphase keine NATO-Einrichtungen auf das Territorium der früheren DDR ausgedehnt werden, das auch danach von ausländischen Truppen und Kernwaffen frei bleiben würde. Über den Abzug der sowjetischen Truppen wurden später, am 12. Okt. 1990, zusätzliche Vereinbarungen abgeschlossen, dabei sicherte die Bundesregierung zur Finanzierung des Truppenabzugs einen Betrag von 15 Mrd. DM zu, größtenteils für den Bau von Wohnungen in der Heimat der zurückkehrenden Soldaten.

Am 12. Sept. 1990 unterzeichneten die sechs Außenminister in Moskau den „Vertrag über die abschließende Regelung in bezug auf Deutschland." Am 24. Sept. wurde mit der Unterzeichnung eines Protokolls durch den DDR-Abrüstungs- und Verteidigungsminister sowie den Oberkommandierenden der Warschauer-Pakt-Truppen der Austritt der DDR aus dem östlichen Bündnis vollzogen. Ein deutsch-sowjetischer „Vertrag über gute Nachbarschaft, Partnerschaft und Zusammenarbeit" folgte am 9. Nov. 1990, ein deutsch-polnischer Vertrag, der die Oder-Neiße-Grenze abschließend bestätigte, am 14. Nov. 1990. Der Zwei-Plus-Vier-Vertrag wurde mit Hinterlegung der letzten – der sowjetischen – Ratifizierungsurkunde im März 1991 rechtskräftig. Bereits am 1. Okt. 1990 hatten die Vier Mächte ihre Sonderrechte in bezug auf Deutschland ausgesetzt. Damit hatte Deutschland zum Zeitpunkt seiner Wiedervereinigung auch seine volle Souveränität wiedererlangt.

Ursachen des Zusammenbruchs der DDR: Diese lagen nicht in ihrer Schlußphase, sondern in ihren Wurzeln. Der SED-Staat trat an als Herrschaftsorganisation der kommunistischen Partei, die auch nach der Vereinigung mit der SPD zur SED in der Bevölkerung keine Mehrheit hinter sich hatte und überdies als Werkzeug eines fremden Besatzungsregimes verstanden wurde. Der Anspruch, Kernstaat und Modell Gesamtdeutschlands zu sein, war damit von vornherein illusionär. Der SED-Staat litt von seinen ideologischen und historischen Ursprüngen her an einem demokratischen und nationalen Legitimationsdefizit, das er nie zu überwinden vermochte und durch die Errichtung der Mauer 1961 öffentlich beglaubigte. Die Ineffizienz des zentralverwaltungswirtschaftlichen Systems führte zusätzlich zu einem wachsenden wirtschaftlichen Rückstand in der innerdeutschen Systemkonkurrenz gegenüber dem freiheitlich und sozial-marktwirtschaftlich verfaßten Westdeutschland. Der SED-Staat war an seinem Ende immer noch ein diktatorisch regierter Zwangsstaat, naturgemäß ohne eigene nationale Identität und stand zusätzlich vor dem Bankrott. Was ihn stabilisierte, war die sowjetische Existenzgarantie und die hierdurch gedeckte Abschottung gegenüber dem Westen mit Hilfe der Mauer. In dem Augenblick, wo die Existenzgarantie entzogen wurde, stand das Regime zur Disposition.

Anders als bei den östlichen Nachbarstaaten wurde mit dem Regime auch die staatliche Existenz selbst in Frage gestellt. Die Teilung Deutschlands war begründet durch den Systemgegensatz der Besatzungsmächte; in den beiden deutschen Staaten wiederholte sich auf nationaler Ebene der weltweite Systemkonflikt. In dem Augenblick, wo er beendet oder durch Entkräftung der einen Seite entschieden wurde, stellte sich auch die Frage nach der Existenzberechtigung einer eigenständigen DDR. Diese Konsequenz ist in den 80er Jahren vom Ausland her, z.B. von polnischen und tschechischen Oppositionellen, mit größerer Klarheit gesehen worden als von vielen in Deutschland.

Die Wiederherstellung der Einheit Deutschlands war die natürliche Folge des Zusammenbruchs des SED-Regimes. Gleichwohl war es nicht selbstverständlich, daß sie erreicht wurde. Denn die deutsche Teilung wurde inzwischen von vielen als Element eines insgesamt stabilen Zustands in Europa angesehen, und sie hatte insbesondere aus der Sicht der ehemaligen europäischen Kriegsgegner Deutschlands den Aspekt einer Sicherungsfunktion gegenüber einer eigenständigen deutschen Großmachtpolitik und von ihr möglicherweise ausgehenden Bedrohungen nie ganz verloren. In der Situation von 1989/90 die natürliche Lösung auch möglich zu machen, hieß, Vorbehalte gegen die deutsche Einheit, wie berechtigt oder unberechtigt sie im einzelnen sein mochten, zu berücksichtigen und zu überwinden. Es hieß insbesondere, die Einheit dadurch auf Dauer zu stabilisieren, daß sie nicht im Widerspruch, sondern im Grundkonsens mit den Nachbarn erreicht wurde. Die Gemeinsamkeit des Interesses der Deutschen und ihrer Nachbarn an der sicheren Einbindung Deutschlands in das atlantische Bündnis und die Europäische Gemeinschaft bot hierfür eine stabile Grundlage.

Daß es gelang, die Wiedervereinigung außenpolitisch durchzusetzen, war in der Hauptsache das Ergebnis dreier Faktoren. Grundlegend waren die Massendemonstrationen in der DDR. Angesichts des Nachdrucks, mit dem die Deutschen den Wunsch nach Wiederherstellung ihrer staatlichen Einheit vertraten, konnte am Ziel der deutschen Selbstbestimmung kein Zweifel bleiben. Notwendig war zweitens die Politik der Bundesregierung, die diese Forderung aufgriff und ebenso umsichtig wie entschlossen politisch umsetzte. Dritter und nicht weniger wichtiger Faktor war die Unterstützung durch die USA, durch die es möglich wurde, den Widerstand der Sowjetunion und vorhandene Vorbehalte bei anderen europäischen Staaten zu überwinden.

Die äußere Vereinigung Deutschlands ist 1990 erfolgt. Die innere ist ein Prozeß, der längere Zeit in Anspruch nehmen wird. Dabei geht es nicht nur um die Angleichung der materiellen Lebensverhältnisse, die, angesichts der 1989 vorgefundenen Ausgangslage und der inzwischen gesamtwirtschaftlich verschlechterten Rahmenbedingungen, eine vorrangige Aufgabe bleibt. Nicht weniger wichtig aber ist das geistige und mentale Zusammenwachsen der Deutschen nach 45 Jahren der Trennung und sich verschieden ausprägender Erfahrungswelten in West und Ost. Die Aufarbeitung der SED-Diktatur und ihrer Folgen ist noch lange nicht abgeschlossen. Dabei kommt es, in den alten wie in den neuen Bundesländern, darauf an, die Vergangenheit des SED-Staates und der deutschen Teilung mit Nüchternheit und unverzerrt zu sehen, aufgeschlossen zu sein für die Erfahrungen, unter denen man im je anderen Teil des Landes herangewachsen ist und gelebt hat, und die Gemeinsamkeiten im Blick zu behalten, durch die die Einheit der Nation auch in der Zeit der staatlichen Teilung erhalten geblieben ist.

Rainer Eppelmann/Manfred Speck

Literaturhinweise:

Baker, James A.: Drei Jahre, die die Welt veränderten. Erinnerungen, Berlin 1996.
Eppelmann, Rainer: Fremd im eigenen Haus. Mein Leben im anderen Deutschland, Köln 1993.
Hertle, Hans-Hermann: Chronik des Mauerfalls. Die dramatischen Ereignisse um den 9. November 1989, Berlin 1996.
John, Antonius: Rudolf Seiters. Einsichten in Amt, Person und Ereignisse, Bonn 1991.
Kohl, Helmut: Ich wollte Deutschlands Einheit. Dargestellt von Kai Diekmann und Ralf Georg Reuth, Berlin 1996.
Korte, Karl-Rudolf: Die Chance genutzt? Die Politik zur Einheit Deutschlands, Frankfurt/M., New York 1994.
Wettig, Gerhard: Niedergang, Krise und Zusammenbruch der DDR. Ursachen und Vorgänge, in: Kuhrt, Eberhard in Verbindung mit Hannsjörg F. Buck und Gunter Holzweißig (hrsg. im Auftrag des Bundesministeriums des Innern): Die SED-Herschaft und ihr Zusammenbruch, Leverkusen 1996, S. 379-455.

Zwangsaussiedlungen

Innerhalb der DDR hat es eine Vielzahl politisch motivierter Zwangsumsiedlungen nach stalinistischem Vorbild gegeben. In weniger als 48 Stunden wurden z.B. zahlreiche Familien 1950/51 aus Oberhof im Thüringer Wald und im Frühjahr 1953 aus Seebädern an der Ostsee (Aktion „Rose“) vertrieben. Die betroffenen Besitzer meist lukrativer Ferienhäuser wurden mit Hilfe konstruierter Wirtschaftsstrafverfahren z.T. inhaftiert, und ihr Eigentum wurde entzogen, um es dem staatlichen FDGB einzuverleiben. Daneben gibt es eine unbekannte Zahl einzelner ähnlicher, mit → *Enteignungen* verbundener Vertreibungen.

Die Zwangsaussiedlungen aus dem Sperrgebiet an der ehemaligen Demarkationslinie, das im Mai 1952 auf Weisung der Sowjets errichtet worden war, sind eine besondere Form von Zwangsumsiedlungen. Als „Säuberungen“ deklariert, wurden sie in vier ZK-Direktiven zum →

Grenzregime gefordert, begannen Ende Mai 1952 und endeten 1988. Betroffen waren etwa 4% der Grenzbevölkerung – vorwiegend von zwei großen Aktionen.

Dabei wurden die Opfer nach Vorschrift geheimer MdI-Befehle aus vorhandenen Unterlagen der VP, der DGP und des MfS ausgesucht und ohne Vorankündigung, Gerichtsbeschluß und wirksame Widerspruchsmöglichkeit unter Waffenandrohung und entwürdigenden Bedingungen in Kreise verschleppt, die das Grenzgebiet nicht berührten. Dort wurden sie größtenteils in verlassenen, verwahrlosten Gebäuden untergebracht und unter Beobachtung gestellt. Ihre Häuser und Wohnungen wurden anschließend wieder bewohnt. Der Zutritt zum Grenzsperrgebiet war ihnen unter Strafandrohung verboten. Gezielte Zeitungsnotizen in der SED-Parteipresse und Kategorien in den MdI-Befehlen diskriminierten und diskreditierten die Betroffenen und sorgten dafür, daß die Zwangsaussiedlungen in der DDR zu einem Tabuthema wurden. Die im Widerspruch zur Verfassung stehende, gewaltsame Vertreibung bedeutete für die meisten Opfer ein schweres Trauma mit oft gravierenden Langzeitfolgen. Von 1952 bis 1988 wurde in Einzelfällen eine unbekannte Zahl von Familien ausgesiedelt – meist wenn ein jugendliches Mitglied gegen die Grenzordnung verstoßen hatte.

Aktion „Ungeziefer": Unter diesem Decknamen wurden die Aussiedlungen 1952 gemäß § 2 der Verordnung vom 26. Mai 1952 gegenüber den Opfern als „vorübergehende Maßnahme" deklariert, von einer zentralen Regierungskommission mit dem Staatssicherheitsminister Zaisser an der Spitze vorbereitet. Zugrundeliegende Weisungen der Sowjets, nur im 500 m-Gebiet eine „Säuberung von feindlichen, verdächtigen und kriminellen Elementen" vorzunehmen und Alteingesessene wohnen bleiben zu lassen, wurden nicht eingehalten. Im Zeitraum vom 29. Mai bis 13. Juni wurden nach endgültigem Beschluß „Operativer Kommissionen" des ZK 8 351 Personen, hauptsächlich Alteingesessene aus dem gesamten Sperrgebiet, mit unbekanntem Ziel per Eisenbahn in rückwärtig gelegenes Gebiet vorwiegend desselben Landes verschleppt (nach Angaben aus zentralen Dokumenten der SED 1989 Personen in Mecklenburg, 148 in Brandenburg 2 148 nach Sachsen-Anhalt, 3 540 in Thüringen und 546 in Sachsen). Die Aktion, von den Kirchen in mutiger Weise heftig kritisiert, löste eine enorme Fluchtbewegung aus, die die Bundesrepublik vor große wirtschaftliche Probleme stellte. ADN dementierte die Aktion mittels einer geschickt plazierten Halbwahrheit. Entgegen ersten Festlegungen wurde das Eigentum der ausgesiedelten 887 bäuerlichen Betriebe nach der 2. Parteikonferenz der SED durch die Verordnung vom 17. Juli 1952 (→

Enteignungen) entzogen, Grund und Boden überwiegend entschädigungslos.

Aktion „Festigung“: Ohne Weisungen durch die Sowjets beschloß das SED-Politbüro am 16. Aug. 1961 erneut eine „Säuberung“ des Grenzgebietes. Um den Schein der Rechtmäßigkeit zu wahren, wurde das Präsidium des Ministerrats veranlaßt, einen entsprechenden Beschluß zu fassen. Erste gehäufte Aussiedlungen gab es, nachdem die Verordnung über → *Aufenthaltsbeschränkungen* in Kraft getreten war – auch an der Grenze zwischen dem Bezirk Potsdam und West-Berlin –, in der Mehrzahl jedoch ohne Gerichtsbeschluß. Am 30. Aug. hat es „auf Beschluß der BEL“ in den drei Grenzkreisen des Bezirkes Schwerin eine „Probeaktion“ gegeben, von der 162 Personen betroffen waren. Im Unterschied zu 1952 gab es für die Aktion „Festigung“ keine zentralen Weisungen. In jedem Bezirk war die Bezirkseinsatzleitung eigenverantwortlich und nutzte eigene Decknamen – „Osten“: Schwerin mit dem Kreis Grevesmühlen des Bezirkes Rostock, „Neues Leben“: Magdeburg, „Kornblume“: Erfurt, „Blümchen“: Suhl, „Grenze“: Gera, „Frische Luft“: Karl-Marx-Stadt. Sechs gemischte Arbeitsgruppen aus Offizieren von MfS, MdI und NVA, angeleitet von Erich Mielke, sorgten für eine gewisse Koordinierung. Am 3. Okt. gegen 6.00 Uhr morgens wurde 3 273 Personen gleichzeitig der Befehl zur Aussiedlung überbracht und mit der Durchsetzung begonnen. 3 175 Opfer waren am Abend mit ihrem Hausrat in rückwärtige Kreise – meist desselben Bezirkes – verschleppt. Wenn ein Ort mehrere Familien aufzunehmen hatte, mußten sie aus verschiedenen Grenzkreisen stammen. Die Aussiedlungsquote lag bei 1% und schwankte von 0,4 (Kreis Sonneberg) bis 3,8% (Kreis Plauen). Alle Erwachsenen bekamen eine Kennzeichnung in geheimen Polizeikarteien, ihre Lebensweise wurde lange Zeit ständig kontrolliert und beeinflußt.

Unter den 920 betroffenen Familien waren 332 Hauseigentümer, 209 besaßen Bauernhöfe. Sie wurden 1962 auf Grund § 10 des Verteidigungsgesetzes der DDR enteignet, „um jegliche weitere persönliche oder eigentumsmäßige Verbindung zum Grenzsperrgebiet zu beseitigen“. Die Entschädigungssumme kam auf ein vom Staat errichtetes Sperrkonto, von dem in der Regel über Schuldbuchforderungen jährlich max. 3 000 Mark abgehoben werden konnten.

Im MfS wurde ausgiebig und bis 1965 an der Auswertung der Aktion „Festigung“ gearbeitet. Eine der dort erstellten Dokumentationen wurde als „gute Arbeitsgrundlage in der Durchführung ähnlicher Aktionen“ und „Nachschlagewerk“ bezeichnet. Nach dem Muster der Aktion wurden im Jahre 1965 im Auftrage des NVR „Grundsätze für die

Evakuierung und Dezentralisierung“ von Teilen der Bevölkerung im Verteidigungsfall erarbeitet.

Inge Bennewitz

Literaturhinweise:

Bennewitz, Inge/Potratz, Rainer: Zwangsaussiedlungen an der innerdeutschen Grenze, Berlin 1994.

Anhang

Chronologischer Überblick zur Geschichte der DDR

Abkürzungsverzeichnis

Auswahlbibliographie

Herausgeber, Autoren, Koordinatoren

Personenregister

Stichwortregister

SOZIALISTISCHE

Chronologischer Überblick zur Geschichte der DDR

1945

5.–11. Febr.	Konferenz der Alliierten in Jalta.
7.–9. Mai	Bedingungslose Kapitulation der deutschen Wehrmacht.
5. Juni	Einsetzung des Alliierten Kontrollrats in Berlin.
9. Juni	Bildung der SMAD in der SBZ.
10. Juni	Zulassung von Parteien und Gewerkschaften in der SBZ.
15. Juni	Gründung des FDGB; Gründung der SPD in Berlin.
26. Juni	Gründung der CDU in Berlin.
1.–3. Juli	Rückzug der amerikanischen und englischen Truppen aus Sachsen, Thüringen und Mecklenburg.
5. Juli	Gründung der LDPD in Berlin.
14. Juli	Bildung der „Einheitsfront der antifaschistisch-demokratischen Parteien".
17. Juli–2. Aug.	Potsdamer Konferenz.
3.–11. Sept.	Verordnung der Länder- und Provinzialverwaltungen zur Durchführung der Bodenreform in der SBZ; Beginn der Enteignung des größeren land- und forstwirtschaftlichen Grundbesitzes.

1946

7. März	Gründung der FDJ.
21.–22. April	Gründungsparteitag der SED.
30. Juni	Volksentscheid in Sachsen über die Enteignung der Großbetriebe.
24. Juli–16. Aug.	Verordnungen der Länder- und Provinzialverwaltungen von Thüringen, Sachsen-Anhalt, Mark Brandenburg und Mecklenburg über die „Enteignung von Kriegsverbrechern und Naziaktivisten".
20. Okt.	Wahl zu den fünf Landtagen und den Kreistagen in der SBZ.

1947

6.–9. Juni	Konferenz der Ministerpräsidenten der deutschen Länder in München.

14. Juni	Gründung der Deutschen Wirtschaftskommission (DWK)
6./7. Dez.	1. Volkskongreß tritt auf Initiative der SED in Berlin zusammen.

1948

26. Febr.	Ende der Entnazifizierung in der SBZ.
9. März	Übernahme der zentralen Lenkung und Leitung der Wirtschaft in der SBZ durch die DWK.
20. März	Die sowjetischen Vertreter verlassen den Alliierten Kontrollrat.
23. April	Gründung der Vereinigung Volkseigener Betriebe (VVB).
29. April	Gründung der DBD.
25. Mai	Gründung der NDPD.
18.–20. Juni	Währungsreform in den drei Westzonen.
23./24. Juni	Beginn der Berlin-Blockade durch die Sowjetunion.
24.–28. Juni	Währungsreform in der SBZ.

1949

12. Mai	Ende der Berliner Blockade.
24. Mai	Inkrafttreten des Grundgesetzes der Bundesrepublik Deutschland.
29. Mai–3. Juni	Auf dem 3. Volkskongreß wird der Entwurf einer „Verfassung der Deutschen Demokratischen Republik“ angenommen.
7. Okt.	Gründung der DDR.
12. Okt.	Volkskammer bestätigt Provisorische Regierung; Otto Grotewohl erster Ministerpräsident.

1950

8. Febr.	Bildung des Ministeriums für Staatssicherheit.
6. Juli	Görlitzer Vertrag zwischen der DDR und Polen über Oder-Neiße-Grenze.
25. Juli	Wahl Walter Ulbrichts zum Generalsekretär der SED.
29. Sept.	Aufnahme der DDR in den RGW.
15. Okt.	Gemeinsame Kandidatenlisten der Nationalen Front bei den Wahlen zur Volkskammer, zu den Landtagen, Kreistagen und Gemeindevertretungen.

1951

20. Sept.	Interzonenhandelsabkommen zwischen der Bundesrepublik und der DDR (Berliner Abkommen).

1952

10. März	„Stalin-Note“ zur deutschen Frage an die Westmächte.
26. Mai	DDR-Ministerrat beschließt die völlige Abriegelung der Grenze zur Bundesrepublik.
9.–12. Juli	2. Parteikonferenz der SED beschließt „planmäßige Errichtung der Grundlagen des Sozialismus in der DDR“; Zusammenschluß der Bauern zu landwirtschaftlichen Produktionsgenossenschaften (LPG).
23. Juli	Auflösung der Länder in der DDR; Einteilung in 14 Bezirke und 217 Kreise.

1953

9. Juni	SED leitet die Politik des „Neuen Kurses“ ein.
17. Juni	Volksaufstand in Ost-Berlin und der DDR.

1955

18. Aug.	Ministerrat der DDR beschließt Verordnung über die Einführung von Produktionsgenossenschaften des Handwerks (PGH).
20. Sept.	Vertragliche Anerkennung der „vollen Souveränität“ der DDR durch die Sowjetunion.

1956

18. Jan.	Gesetz zur Schaffung der Nationalen Volksarmee (NVA).
25. Okt.	Volksaufstand in Ungarn.

1957

1. Nov.	Erich Mielke wird Minister für Staatssicherheit.

1958

10. Nov.	Chruschtschow verkündet Berlin-Ultimatum.

1959

3. Juni	Mit dem Gesetz über die landwirtschaftlichen Produktionsgenossenschaften (LPG) verschärft sich der Druck auf die Bauern.

1960

12. Sept.	Konstituierung des Staatsrats der DDR unter dem Vorsitz von Walter Ulbricht.

1961

13. Aug.	Bau der Mauer in Berlin.

1963

15. Juli	Staatsrat bestätigt „Richtlinie für das Neue Ökonomische System der Planung und Leitung der Volkswirtschaft“.

1964

4. Mai	Jugendgesetz der DDR.
24. Sept.	Willi Stoph wird Vorsitzender des Ministerrates.

1965

25. Febr.	Gesetz über das einheitliche sozialistische Bildungssystem.

1967

20. Febr.	Gesetz über die Staatsbürgerschaft der DDR.
28. Aug.	Einführung der 5-Tage-Arbeitswoche.

1968

9. April	Inkrafttreten der neuen Verfassung der DDR.
20./21. Aug.	Okkupation der ČSSR durch die Truppen des Warschauer Pakts.

1969

10. Juni	Gründung des Bundes der Evangelischen Kirchen in der DDR (BEK).

1970

19. März	Treffen zwischen Bundeskanzler Brandt und DDR-Ministerpräsident Stoph in Erfurt.

1971

3. Mai	Erich Honecker wird Erster Sekretär des ZK der SED und damit Nachfolger Ulbrichts an der Parteispitze.
3. Sept.	Unterzeichnung des Viermächteabkommens über Berlin.

1972

26. Mai	Unterzeichnung des Verkehrsvertrags zwischen der Bundesrepublik Deutschland und der DDR.
3. Juni	Inkrafttreten des Transitabkommens.
21. Dez.	Unterzeichnung des Grundlagenvertrags zwischen der Bundesrepublik Deutschland und der DDR.

1973

18. Sept.	DDR und Bundesrepublik Deutschland werden Mitglieder der UNO.

1974

14. März	Protokoll über die Errichtung „Ständiger Vertretungen“ in Ost-Berlin und in Bonn.
7. Okt.	Ergänzung und Änderung der Verfassung der DDR.

1975

30. Juli–1. Aug.	KSZE-Gipfelkonferenz in Helsinki.

1976

1. Jan.	Inkrafttreten des neuen Zivilgesetzbuches der DDR an Stelle des BGB.
18.–22. Mai.	IX. Parteitag der SED beschließt neues Programm und Statut; Erich Honecker wird Generalsekretär.
16. Nov.	Ausbürgerung Wolf Biermanns

1977

16. Juni	Volkskammer verabschiedet neues Arbeitsgesetzbuch.

1978

Sept.	Einführung des Wehrunterrichts in der DDR.

1981

11.-13. Dez.	Bundeskanzler Helmut Schmidt ist zu einem „Arbeitsbesuch" in der DDR.
15. Dez.	Verhängung des Ausnahmezustandes in Polen.

1983

9. Nov.	Offizieller Staatsakt zum 500. Geburtstag Martin Luthers.

1986

6. Mai	Kulturabkommen zwischen der Bundesrepublik Deutschland und der DDR wird in Ost-Berlin unterzeichnet.
19. Sept.	Erste innerdeutsche Städtepartnerschaft zwischen Saarlouis und Eisenhüttenstadt.

1987

27. Aug.	Gemeinsames Papier von SPD und SED: „Der Streit der Ideologien und die gemeinsame Sicherheit".
7.–11. Sept.	Offizieller Arbeitsbesuch Honeckers in der Bundesrepublik Deutschland.

1988

17. Jan.	Festnahmen am Rande der offiziellen Luxemburg-Liebknecht-Demonstration.
18. Nov.	Deutsche Ausgabe der sowjetischen Zeitschrift „Sputnik" wird in der DDR verboten.

1989

7. Mai	Registrierung von Wahlfälschungen bei den Kommunalwahlen durch Oppositionelle.
10./11. Sept.	Ungarn läßt Fluchtwillige aus der DDR in den Westen ausreisen.
19. Sept.	Mit dem „Neuen Forum" beantragt erstmals eine Oppositionsgruppe die offizielle Zulassung als Vereinigung.
2. Okt.	Massendemonstration in Leipzig.
6./7. Okt.	DDR begeht den 40. Jahrestag ihrer Gründung unter Teilnahme von Gorbatschow; Gründung der „Sozialdemokratischen Partei in der DDR" (SDP).
18. Okt.	Egon Krenz löst Honecker als Generalsekretär der SED ab.

7. Nov.	Rücktritt der DDR-Regierung.
9. Nov.	Öffnung der Mauer in Berlin und der innerdeutschen Grenze.
13. Nov.	Wahl Hans Modrows zum Vorsitzenden des Ministerrates.
28. Nov.	Vorlage des Zehn-Punkte-Plans zur Deutschlandpolitik von Bundeskanzler Helmut Kohl.
1. Dez.	Volkskammer beschließt, die führende Rolle der SED in der Verfassung zu streichen.
3. Dez.	Rücktritt des Politbüros und des ZK der SED.
7. Dez.	Erste Sitzung des Zentralen Runden Tisches in Ost-Berlin.
24. Dez.	Aufhebung der Visapflicht und des Mindestumtauschs für DDR-Besucher aus der Bundesrepublik und West-Berlin.

1990

21. Febr.	Volkskammer bekennt sich zur Einheit Deutschlands.
18. März	Erste freie Parlamentswahlen in der DDR.
12. April	Lothar de Maizière wird Ministerpräsident einer Koalitionsregierung.
6. Mai	Erste freie Kommunalwahlen in der DDR.
21. Juni	Volkskammer und Deutscher Bundestag verabschieden den Staatsvertrag über die Wirtschafts-, Währungs- und Sozialunion sowie eine Entschließung zur polnischen Westgrenze.
2. Juli	Wirtschafts-, Währungs- und Sozialunion tritt in Kraft.
22. Juli	Volkskammer verabschiedet das Ländereinführungsgesetz.
23. Aug.	Volkskammer der DDR beschließt den Beitritt zur Bundesrepublik Deutschland mit Wirkung vom 3. Oktober 1990.
31. Aug.	Unterzeichnung des Einigungsvertrags.
12. Sept.	Zwei-plus-Vier-Vertrag.
3. Okt.	Die DDR tritt dem Geltungsbereich des Grundgesetzes der Bundesrepublik Deutschland bei. Wiedererrichtung der Länder auf dem Gebiet der ehemaligen DDR.
2. Dez.	Erste gesamtdeutsche Bundestagswahl.

Abkürzungsverzeichnis

ABI	Arbeiter-und-Bauerninspektion
ABM	Anti Ballistic Missile (Antiraketenrakete)
ABV	Abschnittsbevollmächtigter
ACDP	Archiv für Christlich-Demokratische Politik der Konrad-Adenauer-Stiftung
ACZ	Agrochemische Zentren
AdK	Akademie der Künste der DDR
ADN	Allgemeiner Deutscher Nachrichtendienst
AdW	Akademie der Wissenschaften der DDR
AfG	Akademie für Gesellschaftswissenschaften beim ZK der SED
AfNS	Amt für Nationale Sicherheit
AGB	Arbeitsgesetzbuch der DDR
AGCK	Arbeitsgemeinschaft Christlicher Kirchen in der DDR
Agit/Prop	Agitation und Propaganda
AIV	Agrar-Industrie-Vereinigung
ANC	Afrikanischer Nationalkongreß von Südafrika
APN	Außenpolitischer Nachrichtendienst
Argus	Argumentationen
ASMW	Amt für Standardisierung, Meßwesen und Warenprüfung
BBK	Berliner Bischofskonferenz
BdV	Bund der Vertriebenen
BEK	Bund der Evangelischen Kirchen in der DDR
BEL	Bezirkseinsatzleitungen
BGB	Bürgerliches Gesetzbuch
BGH	Bundesgerichtshof
BGHSt	Entscheidungen des Bundesgerichtshofes in Strafsachen
BGL	Betriebsgewerkschaftsleitung
BHG	Bäuerliche Handelsgenossenschaften
BISS	Berliner Institut für Sozialwissenschaftliche Studien GmbH
BIZ	Bank für internationalen Zahlungsausgleich
BK	Berliner Konferenz europäischer Katholiken
BKV	Betriebskollektivvertrag
BLN	Bank für Landwirtschaft und Nahrungsgüterwirtschaft
BMF	Bundsministerium für Finanzen
BOK	Berliner Ordinarienkonferenz
BPO	Betriebsparteiorganisation
BSB	Betrieb mit staatlicher Beteiligung

BStU	Bundesbeauftragter für die Unterlagen des Staatssicherheitsdienstes der ehemaligen Deutschen Demokratischen Republik
BSV	Blinden- und Sehschwachen-Verband der DDR
BSV	Bund der Stalinistisch Verfolgten
BV	Bezirksverwaltung
BVerfG	Bundesverfasungsgericht
BVerfG(E)	Bundesverfassungsgerichtsentscheidungen
BzG	Beiträge zur Geschichte der deutschen Arbeiterbewegung
CDU	Christlich-Demokratische Union Deutschlands
CENTO	Central Treaty Organization (Zentrale Pakt-Organisation)
CFK	Christliche Friedenskonferenz
CJMC	Conference of Jewish Material Claims
CMEA	Council for Mutual Economic Assistance (→ RGW)
COCOM	Coordinating Committee for East-West Trade Policy (Komitee zur Überwachung der Embargobestimmungen im Ost-West-Handel)
COMECON	Council for Mutual Economic Assistance (→ RGW)
CSU	Christlich-Soziale Union
DA	Demokratischer Aufbruch
DA	Deckadresse
DABA	Deutsche Außenhandelsbank AG
DBD	Demokratische Bauernpartei Deutschlands
DBK	Deutsche Bischofskonferenz
DDP	Deutsche Demokratische Partei
DEFA	Deutsche Film-Aktiengesellschaft
DFD	Demokratischer Frauenbund Deutschlands
DGB	Deutscher Gewerkschaftsbund
DGP	Deutsche Grenzpolizei
DHfK	Deutsche Hochschule für Körperkultur
DHZ	Deutsche Handelszentrale
DIZ	Deutsches Institut für Zeitgeschichte
DJ	Demokratie Jetzt
DKP	Deutsche Kommunistische Partei
DOSAAF	Freiwillige Unionsgesellschaft zur Förderung der Land-, Luft- und Seestreitkräfte
DSB	Deutscher Sportbund
DSF	Gesellschaft für Deutsch-Sowjetische Freundschaft
DSV	Deutscher Schriftstellerverband
DT	Decktelefon
DTSB	Deutscher Turn- und Sportbund
DVdI	Deutsche Verwaltung des Innern
DVP	Deutsche Volkspolizei (→ VP)
DWI	Deutsches Wirtschaftsinstitut
DWK	Deutsche Wirtschaftskommission

EAC	European Advisory Commission
ECE	Economic Committee for Europe
EG	Europäische Gemeinschaft
EKD	Evangelische Kirche in Deutschland
EKKI	Exekutivkomitee (Moskau)
EOS	Erweiterte Oberschule
EV	Einigungsvertrag
EWG	Europäische Wirtschaftsgemeinschaft
FDGB	Freier Deutscher Gewerkschaftsbund
FDJ	Freie Deutsche Jugend
FDP	Freie Demokratische Partei
FGB	Familiengesetzbuch
FHG	Freiwillige Helfer der Grenztruppen
FIM	Inoffizielle Mitarbeiter in Führungsposition (→ IM)
FIS	Feindlich-Ideologische Stützpunkte
FKS	Forschungsinstitut für Körperkultur und Sport
FRELIMO	Frente de Liberatação de Moçambique (Befreiungsfront von Moçambique)
FZR	Freiwillige Zusatzrentenversicherung
GHI	Geheimer Hauptinformator (→ IM)
GI	Geheimer Informator (→ IM)
GG (a.F.)	Grundgesetz (alte Fassung)
GKO	Staatliches Komitee für Verteidigung der UdSSR
Gkdos	Geheime Kommandosache
GM	Geheimer Mitarbeiter (→ IM)
GME	Geheimer Mitarbeiter im besonderen Einsatz
GMS	Gesellschaftliche Mitarbeiter für Sicherheit
GNU	Gesellschaft für Natur und Umwelt im Kulturbund der DDR
GPG	Gärtnerische Produktionsgenossenschaften
GPU	frühere Bezeichnung für → KGB
GSF	Gesellschaft für Strahlen- und Umweltforschung
GSSD	Gruppe Sowjetischer Streitkräfte in Deutschland
GST	Gesellschaft für Sport und Technik
GULag	sowjetisches Straf- und Arbeitslager
GVG	Gerichtsverfassungsgesetz
GVS	Geheime Verschlußsache
HA	Hauptabteilung
HFA	Handelsfondsabgabe
HO	Handelsorganisation
HRG	Hochschulrahmengesetz
HVA	Hauptabteilung Aufklärung, MfS
IBWZ	Internationale Bank für wirtschaftliche Zusammenarbeit
IDH	Innerdeutscher Handel
IfGA	Institut für Geschichte der Arbeiterbewegung

IFM	Initiative Frieden und Menschenrechte
IM	Inoffizieller Mitarbeiter
IMB	IM der Abwehr mit Feindverbindung bzw. zur unmittelbaren Bearbeitung im Verdacht der Feindtätigkeit stehender Personen
IME	Inoffizieller Mitarbeiter im besonderen Einsatz
IMEMO	Institut für Weltwirtschaft und internationale Beziehungen
IMF	Inoffizieller Mitarbeiter der inneren Abwehr mit Feindverbindung zum Operationsgebiet (→ IM)
IMK	1. Inoffizieller Mitarbeiter zur Sicherung der Konspiration des Verbindungswesens (→ IM) 2. Inoffizielle Kriminalpolizeiliche Mitarbeiter
IML	Institut für Marxismus-Leninismus beim ZK der SED
IMS	Inoffizieller Mitarbeiter zur politisch-operativen Durchdringung und Sicherung des Verantwortungsbereichs (→ IM)
IMV	Inoffizieller Mitarbeiter, der unmittelbar an der Bearbeitung und Entlarvung im Verdacht der Feindtätigkeit stehender Personen mitarbeitet (→ IM)
IOC	International Olympic Committee
IPW	Institut für Internationale Politik und Wirtschaft
IWF	Institut für Wirtschaftsforschung
JGG	Jugendgerichtsgesetz
JHS	Juristische Hochschule des MfS in Potsdam
K	Kommissariat
KAP	Kooperative Abteilungen der Pflanzenproduktion
KB	Kulturbund zur demokratischen Erneuerung Deutschlands
KD	Kreisdienststelle
KfL	Kreisbetrieb für Landtechnik
KGB	Komitet Gossudarstwennoi Besopasnosti (Staatssicherheitsdienst der UdSSR)
KIM	Volkseigene Kombinate für industrielle Mast
KK	Kriminalpolizeiliche Kontaktperson
KO	konspiratives Objekt
KoKo	Kommerzielle Koordinierung (= Bereich Kommerzielle Koordinierung im Ministerium für Außenhandel der DDR)
Kominform	Kommunistisches Informationsbüro
Komintern	Kommunistische Internationale
Konsum	Konsumgenossenschaften
KP	Kommunistische Partei
KPC	Kommunistische Partei der Tschechoslowakei
KPD	Kommunistische Partei Deutschlands
KPdSU	Kommunistische Partei der Sowjetunion
KSE	Konventionelle Sicherheit in Europa

KSZE	Konferenz über Sicherheit und Zusammenarbeit in Europa
KVP	Kasernierte Volkspolizei
LDP	s. LDPD
LDPD	Liberal-Demokratische Partei Deutschlands (zunächst bis 1951 LDP)
LN	Landwirtschaftliche Nutzfläche
LPG	Landwirtschaftliche Produktionsgenossenschaft
MAK-Bilanzen	Material-, Ausrüstungs- und Konsumgüterbilanzen
MdF	Ministerium der Finanzen
MdI	Ministerium des Innern
MEA	Marx-Engels-Werkausgabe
MEGA	Marx-Engels-Gesamtausgabe
MfAA	Ministerium für Auswärtige Angelegenheiten
MfNV	Ministerium für Nationale Verteidigung
MfS	Ministerium für Staatssicherheit
MGB	frühere Bezeichnung für → KGB
MPLA	Movimento Popular da Libertação de Angola (Volksbefreiungsbewegung Angolas)
MTS	Maschinen-Traktoren-Station
MVD	ab 1946 Bezeichnung für das sowjetische Innenministerium
MWD	frühere Bezeichnung für → KGB
NATO	Nordatlantisches Verteidigungsbündnis
ND	Neues Deutschland
ndl	neue deutsche literatur (Zeitschrift)
NDPD	National-Demokratische Partei Deutschlands
NF	Neues Forum
NGA	Nettogewinnabführung
NKGB	frühere Bezeichnung für → KGB
NKVD	Bezeichnung für das sowjetische Innenministerium bis 1946 (→ MVD)
NKWD	Narodny Komissariat Wnutrennich Del (Volkskommissariat des Inneren in der UdSSR, dem die Geheimpolizei unterstellt ist)
NMG	Nationale Mahn- und Gedenkstätte
NOK	Nationales Olympisches Komitee der DDR
NÖS/NÖSPL	Neues Ökonomisches System der Planung und Leitung der Volkswirtschaft
NS	Nationalsozialismus
NSDAP	Nationalsozialistische Deutsche Arbeiterpartei
NSW	Nichtsozialistisches Wirtschaftsgebiet
NVA	Nationale Volksarmee
NVR	Nationaler Verteidigungsrat
OD	Objektdienststellen

OdF	Opfer des Faschismus
OECD	Organization for Economic Cooperation and Development
OG	Oberstes Gericht der DDR
OGS	Obst, Gemüse, Speisekartoffeln
OGPU	frühere Bezeichnung für → KGB
OHS	Offiziershochschule
OibE	Offizier im besonderen Einsatz
OPK	Akten operativer Personenkontrollen
ÖSS	Ökonomisches System des Sozialismus
OV	Operative Vorgänge
RAF	Rote Armee Fraktion
PDS	Partei des Demokratischen Sozialismus
PFA	Produktionsfondsabgabe
PGH	Produktionsgenossenschaft des Handwerks
PHV	Politsche Hauptverwaltung im → MfNV
PID	Politisch-Ideologische Diversion (→ FIS)
PKK	Parteikontrollkommission der SED
PLO	Palästinensische Befreiungsorganisation
POS	Polytechnische Oberschule
PVAP	Polnische Vereinigte Arbeiterpartei
PWT	Plan Wissenschaft und Technik
RGW	Rat für gegenseitige Wirtschaftshilfe (→ COMECON; → CMEA)
RIAS	Rundfunk im Amerikanischen Sektor
RStGB	Reichsstrafgesetzbuch
RuStAG	Reichs- und Staatsangehörigkeitsgesetz
S	Sicherheit
SAAS	Staatliches Amt für Atomsicherheit und Strahlenschutz in Berlin
SAG	Sowjetische Aktiengesellschaften
SALT	Strategic Arms Limitation Talks (Gespräche über eine Begrenzung strategischer Waffen)
SAPMO	Stiftung Archive der Parteien und Massenorganisationen der DDR im Bundesarchiv, Berlin
SAW	Sächsische Akademie der Wissenschaften zu Leipzig
SBW	Sozialistische Betriebswirtschaft
SBZ	Sowjetische Besatzungszone
SDAG	Sowjetisch-Deutsche Aktiengesellschaft, Wismut
SDI	Strategic Defense Initiative (Programm für strategische Raketenabwehr, USA)
SDP	Sozialdemokratische Partei
SEATO	South-East Asia Treaty Organization (Südostasienpakt)
SED	Sozialistische Einheitspartei Deutschlands
SERO	Sekundärrohstoffverwertung
SfS	Staatssekretariat für Staatssicherheit

SMAD	Sowjetische Militäradministration in Deutschland
SMD	Sportmedizinischer Dienst
SoFD	Sozialer Friedensdienst
SÖI	Sozialistische Ökonomische Integration
SOUD	System der vereinigten Erfassung von Daten über den Gegner (russ. Abt.)
SPD	Sozialdemokratische Partei Deutschlands
SPK	Staatliche Plankommission
SSD	Staatssicherheitsdienst
START	Strategic Arms Reduction Talks (Gespräche über die Verminderung strategischer Waffen)
StBA	Statistisches Bundesamt
StBG	Staatsbürgerschaft
StGB	Strafgesetzbuch
StHG	Staatshaftungsgesetz
StPO	Strafprozeßordnung
StUG	Stasi-Unterlagen-Gesetz
SWAPO	Südwestafrikanische Volksorganisation
SZS	Staatliche Zentralverwaltung für Statistik
TGL	Technische Normen, Gütevorschriften und Lieferbedingungen
THA	Treuhandanstalt
TSI	Treuhandstelle für den Interzonenhandel
UfJ	Untersuchungsausschuß freiheitlicher Juristen
UNO	United Nations Organization
UOKG	Union der Opferverbände kommunistischer Gewaltherrschaft
URANIA	Gesellschaft zur Verbreitung wissenschaftlicher Kenntnisse
VdgB	Vereinigung der gegenseitigen Bauernhilfe
VDK	Verband Deutscher Konsumgenossenschaften
VdN	Verfolgte des Naziregimes
VEB	Volkseigener Betrieb
VEG	Volkseigenes Gut
VELKD	Vereinigte Evangelisch-Lutherische Kirche Deutschlands
VGS	Verband der Garten- und Siedlerfreunde der DDR
VK	Volkskammer
VKSK	Verband der Kleingärtner, Siedler und Kleintierzüchter
VM	Valutamark
VOS	Vereinigung der Opfer des Stalinismus
VP	Volkspolizei (offiziell: → DVP)
VPG	Gesetz über die Aufgaben und Befugnisse der → DVP
VPKA	Volkspolizeikreisamt
VS	Verschlußsache
VVB	Vereinigung Volkseigener Betriebe

VVN	Vereinigung der Verfolgten des Naziregimes
VVS	Vertrauliche Verschlußsache
WEU	Western European Union (Westeuropäische Union)
WIP	Wissenschaftler-Integrations-Programm
WP	Warschauer Pakt
WtB	Waren des täglichen Bedarfs
WTZ	Wissenschaftlich-technische Zusammenarbeit
WWS	Währungs-, Wirtschafts- und Sozialunion
ZAIG	Zentrale Auswertungs- und Informationsgruppe
ZBE	Zwischenbetriebliche Einrichtung
ZfG	Zeitschrift für Geschichtswissenschaft
ZGB	Zivilgesetzbuch
ZIG	Zentralinstitut für Geschichte an der Akademie der Wissenschaften der DDR
ZK	Zentralkomitee der SED
ZM-Themen	Pläne auf Ministeriumsebene
ZPA	Zentrales Parteiarchiv der SED
ZP-Themen	Zentrale Staatspläne
ZPKK	Zentrale Parteikontrollkommission der SED

Auswahlbibliographie

Die Zusammenstellung enthält eine Auswahl grundlegender und aktueller – überwiegend seit 1990 erschienener – Literatur (Monographien, Nachschlagewerke, Sammelbände und Dokumentationen; jedoch keine Einzelbeiträge aus Handbüchern, Sammelbänden und Zeitschriften). Die Zuweisung zu Sachgruppen erfolgt im Zweifelsfall nach dem vorrangigen Themenschwerpunkt. Ausgewählte Titel aus der DDR-Produktion, aus denen staats- und parteioffizielle Lehrmeinungen und Auffassungen entnommen werden können, sind in einer gesonderten Gruppe zusammengefaßt.
Unter den Stichwortartikeln des Lexikons sind außerdem zu einzelnen Fragen und Aspekten Literaturhinweise angegeben. Dort sind auch entsprechende Beiträge aus den Materialien der Enquete-Kommission einzeln ausgewiesen.

1. Allgemeine Nachschlagewerke

Barth, Bernd-Rainer/Links, Christoph/ Müller-Enbergs, Helmut/Wielgols, Jan (Hrsg.): Wer war Wer in der DDR. Ein biographisches Handbuch, Frankfurt/M. (3. Aufl.) 1996.

Baumgartner, Gabriele/Hebig, Dieter (Hrsg.): Biographisches Handbuch der SBZ/DDR 1945 - 1990. Bd. 1, München 1996.

Broszat, Martin/Weber, Hermann (Hrsg.): SBZ-Handbuch. Staatliche Verwaltungen, Parteien, gesellschaftliche Organisationen und ihre Führungskräfte in der Sowjetischen Besatzungszone Deutschlands 1945 - 1949, München (2. Aufl.) 1993.

Buch, Günther: Namen und Daten wichtiger Personen der DDR, Berlin (4. Aufl.) 1987.

DDR-Handbuch. Wissenschaftliche Leitung Hartmut Zimmermann, hrsg. vom Bundesministerium für innerdeutsche Beziehungen, 2 Bde., Köln (3. Aufl.) 1985.

Fischer, Alexander (Hrsg.): Die Deutsche Demokratische Republik. Daten, Fakten, Analysen, Freiburg, Würzburg 1988.

Herbst, Andreas/Ranke, Winfried/Winkler, Jürgen (Hrsg.): So funktionierte die DDR, Bde. 1-2: Lexikon der Organisationen und Institutionen. Bd. 3: Lexikon der Funktionäre, Reinbek 1994.

Kernig, Claus u.a.: Sowjetsystem und demokratische Gesellschaft. Eine vergleichende Enzyklopädie, Freiburg, Basel, Wien 1966.

(Taschenbuchausgabe: Marxismus im Systemvergleich, Frankfurt/M. 1973/74).

Materialien der Enquete-Kommission „Aufarbeitung von Geschichte und Folgen der SED-Diktatur in Deutschland“; 9 Bde. in 18 Teilbden., hrsg. vom Deutschen Bundestag, Baden-Baden 1995.

Systematische Bibliographie von Zeitungen, Zeitschriften und Büchern zur politischen und gesellschaftlichen Entwicklung der SBZ/DDR auf der Grundlage der Bestände des Zentralinstituts für sozialwissenschaftliche Forschung der FU Berlin und von Beständen des Gesamtdeutschen Instituts - Bundesanstalt für gesamtdeutsche Fragen, hrsg. von Walter Völkel. Bd. 1: Geschichte und politisches System der SBZ/DDR, Opladen 1986; Bd. 2: Wirtschaft, Opladen 1987; Bd. 3: Gesellschaft, Bildung, Kirchen, Opladen 1989.

Thomsen, Horst/ Siefkes, Frauke: Die neuen Bundesländer. Bibliographie zur wirtschaftlichen und sozialen Entwicklung, Kiel (2.Aufl.) 1991.

Weidenfeld, Werner/Korte, Karl-Rudolf (Hrsg.): Handbuch zur deutschen Einheit, (Neuausg.), Frankfurt/M. 1996.

Zur Arbeit der Enquete-Kommission Mecklenburg-Vorpommern. „Leben in der DDR, Leben nach 1989 – Aufarbeitung und Versöhnung.“ Anträge, Debatten, Berichte. Aufarbeitung und Versöhnung, Bd. 1 ff., Schwerin 1996 ff.

2. Zeitschriften, Reihen und Periodika

Analysen und Berichte, hrsg. vom Bundesbeauftragten für die Unterlagen des Staatssicherheitsdienstes der ehemaligen Deutschen Demokratischen Republik, Reihe B, Berlin 1994 ff.

Aus Politik und Zeitgeschichte. Beilage zur Wochenzeitung Das Parlament, Bonn 1951 ff.

BF informiert, hrsg. vom Bundesbeauftragten für die Unterlagen des Staatssicherheitsdienstes der ehemaligen Deutschen Demokratischen Republik, Abteilung Bildung und Forschung, Berlin 1993 ff.

Das Historisch-politische Buch, Göttingen 1953 ff.

Deutsche Studien, hrsg. von der Ost-Akademie, Lüneburg 1963 ff.

Deutschland Archiv. Zeitschrift für Fragen der DDR und der Deutschlandpolitik, Köln, Opladen 1968 ff.

Deutschland-Report, hrsg. im Auftrag der Konrad-Adenauer-Stiftung, Melle 1987 - 1995.

Die DDR. Realitäten Argumente, hrsg. von der Friedrich-Ebert-Stiftung, Heft 1 - 97, Bonn 1971 - 1990.

Dokumente, hrsg. vom Bundesbeauftragten für die Unterlagen des Staatssicherheitsdienstes der ehemaligen Deutschen Demokratischen Republik, Berlin 1994 ff.

Dokumente zur Deutschlandpolitik. Reihe I-V, hrsg. vom Bundesministerium des Innern (bis 1961 vom Bundesministerium für innerdeutsche Beziehungen), Frankfurt/M. 1961ff.; München 1996 ff.

Europa Archiv, hrsg. von der Deutschen Gesellschaft für Auswärtige Politik, Bonn, Jg. 1 - 49 (1946/47 - 1994). Fortsetzung siehe: *Internationale Politik.*
Geschichte in Wissenschaft und Unterricht, Stuttgart 1950 ff.
Internationale Politik, hrsg. von der Deutschen Gesellschaft für Auswärtige Politik, Bonn 1995 ff.
Kirche im Sozialismus. Zeitschrift zu Entwicklungen in der DDR, Berlin 1974 - 1990.
Neue Politische Literatur, Wiesbaden 1956 ff.
Osteuropa, hrsg. von der Deutschen Gesellschaft für Osteuropakunde, Stuttgart 1951 ff.
SBZ-Archiv. Dokumente – Berichte – Kommentare zu gesamtdeutschen Fragen, Köln 1950 - 1968.
Schriftenreihe der Gesellschaft für Deutschlandforschung, Berlin 1980 ff.
Tätigkeitsbericht des Forschungsbeirats für Fragen der Wiedervereinigung Deutschlands, hrsg. vom Bundesministerium für gesamtdeutsche Fragen, 5 Berichte, Bonn 1952 ff.
Texte zur Deutschlandpolitik, hrsg vom Bundesministerium für innerdeutsche Beziehungen. Reihe I (12 Bde.), II (8 Bde.), III (9 Bde.), Bonn 1968 - 1991.
Vierteljahrshefte für Zeitgeschichte, hrsg. vom Institut für Zeitgeschichte, Stuttgart 1953 ff.
Zeitschrift für Geschichtswissenschaft, Berlin 1953 ff.

3. Gesamtdarstellungen und Geschichte (siehe auch Titel unter Nr. 12 der Auswahlbibliographie)

Agde, Günther (Hrsg.): Kahlschlag. Das 11. Plenum des ZK der SED 1965. Studien und Dokumente, Berlin 1991.
Baring, Arnulf: Der 17. Juni 1953, Berlin 1965 (Neuaufl. 1983).
Beier, Gerhard: Wir wollen freie Menschen sein. Der 17. Juni 1953, Köln 1993.
Bender, Peter: Unsere Erbschaft. Was war die DDR – was bleibt von ihr? Hamburg, Zürich 1992.
Cerny, Jochen (Hrsg.): Brüche, Krisen, Wendepunkte. Neubefragung von DDR-Geschichte, Leipzig, Jena, Berlin 1990.
Creuzberger, Stefan: Die sowjetische Besatzungsmacht und das politische System der SBZ, Köln, Weimar 1996.
Diedrich, Torsten: Der 17. Juni 1953 in der DDR. Bewaffnete Gewalt gegen das Volk, Berlin 1991.
Eckert, Rainer/Plato, Alexander von/Schütrumpf, Jörg (Hrsg.): Wendezeiten – Zeitenwende. Zur „Entnazifizierung“ und „Entstalinisierung“, Hamburg 1991.
Eichhorn, Alfred (Hrsg.): Nach langem Schweigen endlich sprechen. Briefe an Walter Janka, Berlin 1990.

Eisenmann, Peter/Hirscher, Gerhard (Hrsg.): Bilanz der zweiten deutschen Diktatur, München 1993.

Engler, Wolfgang: Die zivilisatorische Lücke. Versuche über den Staatssozialismus, Frankfurt/M. 1992.

Eppelmann, Rainer: Wendewege. Briefe an die Familie, hrsg. von Dietmar Herbst, Bonn, Berlin 1992.

Eppelmann, Rainer: Fremd im eigenen Haus. Mein Leben im anderen Deutschland, Köln 1993.

Erler, Peter/Laude, Horst/Wilke, Manfred (Hrsg.): „Nach Hitler kommen wir." Dokumente zur Programmatik der Moskauer KPD-Führung 1944/45 für Nachkriegsdeutschland, Berlin 1994.

Faulenbach, Bernd/Meckel, Markus/Weber, Hermann (Hrsg.): Die Partei hatte immer recht. Aufarbeitung von Geschichte und Folgen der SED-Diktatur, Essen 1994.

Fischer, Alexander (Hrsg.): Teheran, Jalta, Potsdam. Die sowjetischen Protokolle von den Kriegskonferenzen der „Großen Drei", Köln 1968.

Fischer, Alexander: Sowjetische Deutschlandpolitik im Zweiten Weltkrieg 1941 - 1945, Stuttgart 1975.

Fischer, Alexander (Hrsg.): Studien zur Geschichte der SBZ/DDR, Berlin 1993.

Fricke, Karl Wilhelm: Warten auf Gerechtigkeit. Kommunistische Säuberungen und Rehabilitierungen. Bericht und Dokumentation, Köln 1971.

Friedrich, Wolfgang-Uwe: DDR. Deutschland zwischen Elbe und Oder, Stuttgart 1989.

Furet, François: Das Ende der Illusion. Der Kommunismus im 20. Jahrhundert, München, Zürich 1996.

Garton Ash, Timothy: Ein Jahrhundert wird abgewählt. Aus den Zentren Mitteleuropas. 1980 - 1990, München, Wien 1990.

Garton Ash, Timothy: Im Namen Europas. Deutschland und der geteilte Kontinent, München 1993.

Glaeßner, Gert-Joachim (Hrsg.): Die DDR in der Ära Honecker: Politik, Kultur, Gesellschaft, Opladen 1988.

Glaeßner, Gert-Joachim: Die andere deutsche Republik. Politik und Gesellschaft in der DDR, Opladen 1989.

Hagen, Manfred: DDR – Juni '53. Die erste Volkserhebung im Stalinismus, Stuttgart 1992.

Helwig, Gisela (Hrsg.): Rückblicke auf die DDR. Festschrift für Ilse Spittmann-Rühle zum 65. Geburtstag, Köln 1995.

Hertle, Hans-Hermann: Chronik des Mauerfalls. Die dramatischen Ereignisse um den 9. November 1989, Berlin 1996.

Hertle, Hans-Hermann: Der Fall der Mauer. Die unbeabsichtigte Selbstauflösung des SED-Staates, Opladen 1996.

Hockerts, Hans Günter (Hrsg.): Das Adenauer-Bild in der DDR, Bonn 1996.

Hölder, Egon (Hrsg.): Im Trabi durch die Zeit. 40 Jahre Leben in der DDR, vorgelegt vom Statistischen Bundesamt in Wiesbaden, Stuttgart 1992.

Hoffmann, Dieter u.a. (Hrsg.): Robert Havemann. Dokumente eines Lebens, Berlin 1991.

Hoffmann, Dierk/Schmidt, Karl-Heinz/Skyba, Peter (Hrsg.): Die DDR vor dem Mauerbau. Dokumente zur Geschichte des anderen deutschen Staates 1949 - 1961, München 1993.

Hornung, Klaus: Das totalitäre Zeitalter. Bilanz des 20. Jahrhunderts, Frankfurt/M., Berlin 1993.

Janka, Walter: Schwierigkeiten mit der Wahrheit, Reinbek 1989.

Kalt, Hans: Stalins langer Schatten. Das Scheitern des sowjetischen Modells, Köln 1994.

Karlsch, Rainer: Allein bezahlt? Die Reparationsleistungen der SBZ/DDR 1945 - 53, Berlin 1993.

Keiderling, Gerhard (Hrsg.): Gruppe Ulbricht in Berlin. April bis Juni 1945. Eine Dokumentation, Berlin 1993.

Kleßmann, Christoph: Die doppelte Staatsgründung. Deutsche Geschichte 1945 - 1955, Bonn (4. Aufl.) 1986.

Kleßmann, Christoph: Zwei Staaten, eine Nation. Deutsche Geschichte 1955 - 1970, Bonn 1988.

Kleßmann, Christoph/Wagner, Georg (Hrsg.): Das gespaltene Land. Leben in Deutschland 1945 - 1990, München 1993.

Knötzsch, Dieter: Innerkommunistische Opposition. Das Beispiel Robert Havemann, Opladen 1968.

Koop, Volker: Zwischen Recht und Willkür. Die Rote Armee in Deutschland, Bonn 1996.

Köpke, Horst / Wiese, Friedrich Franz: Mein Vaterland ist die Freiheit. Das Schicksal des Studenten Arno Esch, Rostock 1990.

Kowalczuk, Ilko-Sascha/Mitter, Armin/Wolle, Stefan (Hrsg.): Der Tag X – 17. Juni 1953. Die „Innere Staatsgründung" der DDR als Ergebnis der Krise 1952/54, Berlin (2. Aufl.) 1996.

Krug, Manfred: Abgehauen, Düsseldorf 1996.

Krusch, Hans-Joachim/Malycha, Andreas (Hrsg.): Einheitsdrang oder Zwangsvereinigung? Die Sechziger-Konferenzen von SPD und KPD 1945 und 1946, Berlin 1990.

Kruse, Joachim von (Hrsg.): Weißbuch über die „Demokratische Bodenreform" in der Sowjetischen Besatzungszone Deutschlands. Dokumente und Berichte, München (erw. Neuaufl.) 1988

Kuhrt, Eberhard, hrsg. in Verbindung mit Hannsjörg F. Buck und Gunter Holzweißig im Auftrag des Bundesministeriums des Innern: Am Ende des realen Sozialismus. Beiträge zu einer Bestandsaufnahme der DDR-Wirklichkeit in den achtziger Jahren, Leverkusen 1996 ff.
bisher erschienen:
Bd. 1: Die SED-Herrschaft und ihr Zusammenbruch, 1996.
Bd. 2: Die wirtschaftliche und ökologische Situation in den achtziger Jahren, 1996.

Lang, Jochen von: Erich Mielke. Eine deutsche Karriere, Berlin 1991.

Lemke, Michael: Die Berlinkrise 1958 bis 1963. Interessen und Handlungsspielräume der SED im Ost-West-Konflikt, Berlin 1995.

Leonhard, Wolfgang: Spurensuche. 40 Jahre nach „Die Revolution entläßt ihre Kinder“, Köln 1992.

Leonhard, Wolfgang: Die Revolution entläßt ihre Kinder, Köln, Berlin 1955.

Link, Werner: Der Ost-West-Konflikt. Die Organisation der internationalen Beziehungen im 20. Jahrhundert, Stuttgart 1980.

Löw, Konrad (Hrsg.): Verratene Treue. Die SPD und die Opfer des Kommunismus, Köln 1994.

Lüdtke, Alf: Alltagsgeschichte. Zur Rekonstruktion historischer Erfahrungen und Lebensweisen, Frankfurt/M., New York 1989.

Marquardt, Bernhard: Der Totalitarismus – ein gescheitertes Herrschaftssystem. Eine Analyse der Sowjetunion und anderer Staaten Ost-Mitteleuropas, Bochum (2. Aufl.) 1992.

Materialien zum Bericht zur Lage der Nation: 1971, 1972, 1974 und 1987, hrsg. vom Bundesministerium für innerdeutsche Beziehungen, Opladen 1971 ff. und Bonn 1987.

Mathiopoulos, Margarita: Rendezvous mit der DDR: Politische Mythen und ihre Aufklärung, Düsseldorf 1994.

Mehls, Hartmut (Hrsg.): Im Schatten der Mauer. Dokumente. 12. August bis 29. September 1961, Berlin 1990.

Mehringer, Hartmut (Hrsg.): Von der SBZ zur DDR: Studien zum Herrschaftssystem in der Sowjetischen Besatzungszone und in der Deutschen Demokratischen Republik. Schriftenreihe der Vierteljahreshefte für Zeitgeschichte, Sondernummer, München 1995.

Merz, Kai-Uwe: Kalter Krieg als antikommunistischer Widerstand. Die Kampfgruppe gegen Unmenschlichkeit 1948 - 1959, München 1989.

Mitter, Arnim/Wolle, Stefan: Untergang auf Raten. Unbekannte Kapitel der DDR-Geschichte, München 1993.

Müller, Sylvia/Florath, Bernd (Hrsg.): Die Entlassung. Robert Havemann und die Akademie der Wissenschaften 1965 - 66, Berlin 1996.

Naimark, Norman M.: The Russians in Germany. A History of the Soviet Zone of Occupation 1945 - 1949, Cambridge, Mass. (2. Aufl.) 1996.

Niethammer, Lutz/Hartewig, Karin u.a. (Hrsg.): Der „gesäuberte“ Antifaschismus. Die SED und die kommunistischen Kapos von Buchenwald. Dokumente, Berlin 1994.

Nolte, Ernst: Deutschland und der Kalte Krieg, Stuttgart (2. Aufl.) 1985.

Podewin, Norbert: Walter Ulbricht. Eine neue Biographie, Berlin 1995.

Przybylski, Peter: Tatort Politbüro. Bd. 1: Die Akte Honecker, Berlin 1991; Bd. 2: Honecker, Mittag und Schalck-Golodkowski, Berlin 1992.

Rößler, Ruth-Kristin/Erler, Peter (Hrsg.): Die Entnazifizierungspolitik der KPD/SED 1945 - 1948. Dokumente und Materialien, Goldbach 1994.

Rothe, Ilona: Verraten, Vertrieben, Verkauft, Verhöhnt. Dokumente, Tatsachen, Hintergründe zur Aktion „Ungeziefer“, „Kornblume“, Erfurt 1992.

Ruge, Wolfgang: Stalinismus. Eine Sackgasse im Labyrinth der Geschichte, Berlin 1991.

Rühle, Jürgen/Holzweißig, Gunter: 13. August 1961, Köln (3. Aufl.) 1988.

Schenk, Fritz: Mein doppeltes Vaterland. Erfahrungen und Erkenntnisse eines geborenen Sozialdemokraten, Würzburg 1981.

Schirdewan, Karl: Aufstand gegen Ulbricht, Berlin 1994.

Schöllgen, Gregor: Geschichte der Weltpolitik von Hitler bis Gorbatschow 1941 - 1991, München 1996.

Schroeder, Klaus (Hrsg.): Geschichte und Transformation des SED-Staates: Beiträge und Analysen, Berlin 1994.

Spittmann, Ilse (Hrsg.): Die DDR unter Honecker, Köln 1990.

Spittmann, Ilse/Fricke, Karl Wilhelm (Hrsg.): 17. Juni 1953. Arbeiteraufstand in der DDR, Köln (2. Aufl.) 1988.

Spittmann, Ilse/Helwig, Gisela (Hrsg.): DDR-Lesebuch. Von der SBZ zur DDR 1945 - 1949, Köln 1989.

Spittmann, Ilse/Helwig, Gisela (Hrsg.): DDR-Lesebuch. Stalinisierung 1949 - 1955, Köln 1991.

Steinlein, Reinhard: Die gottlosen Jahre, Berlin 1993.

Timmermann, Heiner (Hrsg.): DDR-Forschung – Bilanz und Perspektiven, Berlin 1995.

Weber, Hermann: DDR. Dokumente zur Geschichte der DDR 1945 bis 1985, München (3. Aufl.) 1987.

Weber, Hermann: Aufbau und Fall einer Diktatur. Kritische Beiträge zur Geschichte der DDR, Köln 1991.

Weber, Hermann: Die DDR 1945 - 1990, München (2. Aufl.) 1993.

Weber, Jürgen (Hrsg.): Der SED-Staat. Neues über eine vergangene Diktatur, München 1994.

Wiczek, Bernd (Hrsg.): Berlin – Hauptstadt der DDR 1949 - 1989. Utopie und Realität, Baden-Baden 1995.

Wolffsohn, Michael: Die Deutschland-Akte. Juden und Deutsche in Ost und West, München 1995.

Zieger, Gottfried (Hrsg.): Recht, Wirtschaft, Politik im geteilten Deutschland. Festschrift für Siegfried Mampel, Köln u.a. 1983.

Zimmer, Dieter: „Auferstanden aus Ruinen..." Von der SBZ zur DDR, Stuttgart 1989.

4. Politisches System, SED, Parteien und Massenorganisationen

Alt, Helmut: Die Stellung des Zentralkomitees der SED im politischen System der DDR, Köln 1987.*Bouvier, Beatrix*: Ausgeschaltet: Sozialdemokraten in der sowjetischen Besatzungszone und in der DDR 1945 - 1953, Bonn 1996.

Bouvier, Beatrix: Ausgeschaltet: Sozialdemokraten in der sowjetischen Besatzungszone und in der DDR 1945-1953, Bonn 1996.

Boyer, Christoph: „Die Kader entscheiden alles ...“ Kaderpolitik und Kaderentwicklung in der zentralen Staatsverwaltung der SBZ und der frühen DDR (1945 - 1952), Dresden 1996.

Brandt, Hans-Jürgen: Die Kandidatenaufstellung zu den Volkskammerwahlen in der DDR. Entscheidungsprozesse und Auswahlkriterien, Baden-Baden 1983.

Dralle, Lothar: Von der Sowjetunion lernen ... Zur Geschichte der Gesellschaft für Deutsch-Sowjetische Freundschaft, Berlin 1993.

Eckelmann, Wolfgang/Hertle, Hans-Hermann/Weinert, Rainer: FDGB intern. Innenansichten einer Massenorganisation der SED, Berlin 1990.

Freiburg, Arnold/Mahrad, Christa: FDJ. Der sozialistische Jugendverband der DDR, Opladen 1982.

Frölich, Jürgen (Hrsg.): „Bürgerliche“ Parteien in der SBZ/DDR. Zur Geschichte von CDU, LDP(D), DBD und NDPD 1945 bis 1953, Köln 1995.

Gill, Ulrich: FDGB. Die DDR-Gewerkschaft von 1945 bis zu ihrer Auflösung 1990, Köln 1991.

Gotschlich, Helga (Hrsg.): „Links und links und Schritt gehalten ... „Die FDJ: Konzepte – Abläufe – Grenzen, Berlin 1994.

Hajna, Klaus (Hrsg.): Länder Bezirke Länder. Zur Territorialstruktur im Osten Deutschlands 1945 - 1990, Frankfurt/M. u.a. 1995.

Hauschild, Christoph: Die örtliche Verwaltung im Staats- und Verwaltungssystem der DDR, Baden-Baden, Berlin 1991.

Henkel, Rüdiger: Im Dienste der Staatspartei. Über Parteien und Organisationen der DDR, Baden-Baden 1994.

Jänicke, Martin: Der Dritte Weg. Die antistalinistische Opposition gegen Ulbricht seit 1953, Köln 1964.

Klein, Eckart u.a.: Bürger und Staat. Eine vergleichende Untersuchung zu Praxis und Recht der Bundesrepublik Deutschland und der Deutschen Demokratischen Republik. Materialien zur Lage der Nation, hrsg. vom Bundesministerium für innerdeutsche Beziehungen, Köln 1990.

König, Klaus (Hrsg.): Verwaltungsstrukturen der DDR, Baden-Baden 1991.

Lapp, Peter Joachim: Der Ministerrat der DDR. Aufgabe, Arbeitsweise und Struktur der anderen deutschen Regierung, Opladen 1982.

Lapp, Peter Joachim: Die „befreundeten Parteien“ der SED. DDR-Blockparteien heute, Köln 1988.

Luchterhandt, Otto: Der verstaatlichte Mensch. Die Grundpflichten des Bürgers in der DDR, Köln 1985.

Ludz, Peter Christian: Parteielite im Wandel. Funktionsaufbau, Sozialstruktur und Ideologie der SED-Führung. Eine empirisch-systematische Untersuchung, Köln, Opladen (2. Aufl.) 1968.

Mählert, Ulrich: Die Freie Deutsche Jugend 1945 - 1949. Von den „Antifaschistischen Zusammenschlüssen“ zur SED-Massenorganisation. Die Erfassung der Jugend in der Sowjetischen Besatzungszone, Paderborn 1995.

Malycha, Andreas (Hrsg.): Auf dem Weg zur SED. Die Sozialdemokratie und die Bildung einer Einheitspartei in den Ländern der SBZ. Eine Quellenedition, Bonn 1995.

Malycha, Andreas: Partei von Stalins Gnaden? Die Entwicklung der SED zur Partei neuen Typs in den Jahren 1946 bis 1950, Berlin 1996.

Mampel, Siegfried: Die sozialistische Verfassung der Deutschen Demokratischen Republik. Kommentar. Mit einem Nachtrag über die Rechtsentwicklung bis zur Wende im Herbst 1989 und das Ende der sozialistischen Verfassung, Frankfurt/M. (3. Aufl.) 1996.

Meuschel, Sigrid: Legitimation und Parteiherrschaft in der DDR. Zum Paradox von Stabilität und Revolution in der DDR 1945 - 1989, Frankfurt/M. 1992.

Meyer, Gerd: Die DDR-Machtelite in der Ära Honecker, Tübingen 1991.

Mielke, Henning: Die Auflösung der Länder in der SBZ/DDR, Stuttgart 1995.

Neugebauer, Gero: Partei und Staatsapparat in der DDR. Aspekte der Instrumentalisierung des Staatsapparates durch die SED, Opladen 1978.

Richert, Ernst: Macht ohne Mandat, Köln, Opladen (2. Aufl.) 1963.

Richter, Michael: Die Ost-CDU 1948 - 1952. Zwischen Widerstand und Gleichschaltung, Düsseldorf (2. Aufl.) 1991.

Richter, Michael/Rißmann, Martin (Hrsg.): Die Ost-CDU. Beiträge zu ihrer Entstehung und Entwicklung, Weimar 1995.

Riklin, Alois/Westen, Klaus: Selbstzeugnisse des SED-Regimes. Das Nationale Dokument. Das erste Programm der SED. Das vierte Statut der SED, Köln 1963.

Rißmann, Martin: Kaderschulung in der Ost-CDU. Zur geistigen Formierung einer Blockpartei, Düsseldorf 1995.

Schneider, Eberhard: Die politische Elite der ehemaligen DDR. Eine empirische Untersuchung, Köln 1991.

SED – Programm und Statut von 1976. Text, Kommentar, Didaktische Hilfen, hrsg. von Eberhard Schneider, Opladen 1977.

Sommer, Ulf: Die Liberal-Demokratische Partei Deutschlands. Eine Blockpartei unter der Führung der SED, Münster 1996.

Spittmann, Ilse (Hrsg.): Die SED in Geschichte und Gegenwart, Köln 1987.

Suckut, Siegfried: Blockpolitik in der SBZ/DDR 1945 bis 1949. Die Sitzungsprotokolle des zentralen Einheitsfrontausschusses. Quellenedition, Köln 1986.

Weber, Hermann (Hrsg.): Parteiensystem zwischen Demokratie und Volksdemokratie. Dokumente und Materialien zum Funktionswandel der Parteien und Massenorganisationen der SBZ/DDR 1945 - 1950, Köln 1982.

Weber, Hermann/Staritz, Dietrich (Hrsg.): Kommunisten verfolgen Kommunisten. Stalinistischer Terror und „Säuberungen“ in den kommunistischen Parteien Europas seit den dreißiger Jahren, Berlin 1993.

5. Ideologie, Kultur, Wissenschaft, Bildung und Medien

Anweiler, Oskar: Schulpolitik und Schulsystem in der DDR, Opladen 1988.

Anweiler, Oskar u.a.: Vergleich von Bildung und Erziehung in der Bundesrepublik Deutschland und in der Deutschen Demokratischen Republik,

hrsg. vom Bundesministerium für innerdeutsche Beziehungen, Köln 1990.
Anweiler, Oskar u.a. (Hrsg.): Bildungspolitik in Deutschland 1945 - 1990. Ein historisch-vergleichender Quellenband, Bonn 1992.
Arendt, Hannah: Elemente und Ursprünge totaler Herrschaft, Frankfurt/M. (2. Aufl.) 1962.
Arnold, Heinz Ludwig (Hrsg.): Feinderklärungen. Literatur und Staatssicherheitsdienst, München 1993.
Arnold, Heinz Ludwig/Mayer-Gosau, Frauke (Hrsg.): Literatur in der DDR. Rückblicke, München 1991.
Aron, Raymond: Demokratie und Totalitarismus, Hamburg 1976.
Baske, Siegfried (Hrsg.): Bildungspolitik in der DDR 1963 - 1976. Berlin, Wiesbaden 1979.
Baske, Siegfried/Engelbert, Martha (Hrsg.): Zwei Jahrzehnte Bildungspolitik in der Sowjetzone Deutschlands. Dokumente, 2 Bde., Heidelberg 1966.
Bauerkämper, Arnd u.a.: Gesellschaft ohne Eliten? Die Führungsgruppen der DDR als Gegenstand der zeithistorischen Forschung, Berlin 1997.
Beck, Thomas: Liebe zum Sozialismus – Haß auf den Klassenfeind. Sozialistisches Wehrmotiv und Wehrerziehung in der DDR, Lüneburg 1983.
Bochenski, Joseph M./Niemeyer, Gerhart (Hrsg.): Handbuch des Weltkommunismus, Freiburg, München 1958.
Böthig, Peter/Michael, Klaus: MachtSpiele. Literatur und Staatssicherheit im Fokus Prenzlauer Berg, Leipzig 1993.
Braun, Matthias: Drama um eine Komödie. Das Ensemble von SED und Staatssicherheit, FDJ und Kultusministerium gegen Heiner Müllers „Die Umsiedlerin oder das Leben auf dem Lande" im Oktober 1961, Berlin (2. Aufl.) 1996.
Bruyn, Günter de: Vierzig Jahre. Ein Lebensbericht, Frankfurt/M. 1996.
Cloer, Ernst/Wernstedt, Rolf (Hrsg.): Pädagogik in der DDR. Eröffnung einer notwendigen Bilanzierung, Weinheim 1994.
Dietrich, Gerd: Politik und Kultur in der SBZ 1945 - 1949, Berlin u.a. 1993.
Döbert, Hans: Wege zur Hochschule in der DDR. Eine bildungsgeschichtliche Dokumentation, Frankfurt/M. 1994.
Döbert, Hans: Curricula in der Schule – DDR und ostdeutsche Bundesländer, Köln 1995.
Dokumente zur DDR- „Exil"-Literatur. Wolf Biermann, Jürgen Fuchs, Günter Kennert, Reiner Kunze, Hans-Joachim Schädlich u.a., Berlin 1991.
Eckert, Rainer/Kowalczuk, Ilko-Sascha/Stark, Isolde (Hrsg.): Hure oder Muse? Klio in der DDR, Berlin 1994.
Eckert, Rainer/Faulenbach, Bernd (Hrsg.): Halbherziger Revisionismus: Zum postkommunistischem Geschichtsbild, Landsberg 1996.
Emmerich, Wolfgang: Kleine Literaturgeschichte der DDR, Leipzig (erw. Neuauflage) 1996.
Feist, Günter/Gillen, Eckhart/Vierneisel, Beatrice (Hrsg.): Kunstdokumentation. SBZ/DDR 1945 - 1990. Aufsätze – Berichte – Materialien, Köln 1996.

Fest, Joachim: Der zerstörte Traum. Vom Ende des utopischen Zeitalters, Berlin 1991.

Fetscher, Iring: Der Marxismus. Philosophie, Ideologie, Soziologie, Ökonomie, Politik, München 1973.

Fetscher, Iring: Der Marxismus. Seine Geschichte in Dokumenten, München (3. Aufl.) 1989.

Fischer, Alexander/Heydemann, Günther (Hrsg.): Geschichtswissenschaft in der DDR, 2 Bde., Berlin 1988.

Fischer, Andreas: Das Bildungssystem der DDR. Entwicklung, Umbruch und Neugestaltung seit 1989, Darmstadt 1992.

Friedrich, Carl J./Brzezinski, Zbigniew: Totalitäre Diktatur, Stuttgart 1957.

Fuchs, Hans-Jürgen/Petermann, Eberhard (Hrsg.): Bildungspolitik in der DDR 1966 - 1990, Dokumente, Wiesbaden 1991.

Geißler, Gert/Wiegmann, Ulrich: Schule und Erziehung in der DDR. Studien und Dokumente, Neuwied, Kriftel, Berlin 1995.

Geißler, Gert/Wiegmann, Ulrich: Pädagogik und Herrschaft in der DDR. Die parteilichen, geheimdienstlichen und vormilitärischen Erziehungsverhältnisse, Frankfurt/M. 1996.

Geißler, Gert/Blask, Falk/Scholze, Thomas: Schule: „Streng vertraulich!" Die Volksbildung der DDR in Dokumenten, hrsg. vom Ministerium für Bildung, Jugend und Sport des Landes Brandenburg, Bd. 1: Geschichte, Struktur und Funktion der DDR-Volksbildung, Berlin 1996.

Geserick, Rolf: 40 Jahre Presse, Rundfunk und Kommunikationspolitik in der DDR, München 1989.

Gillen, Eckhart/Haarmann, Rainer (Hrsg.): Kunst in der DDR, Köln 1990.

Groth, Joachim-Rüdiger (Hrsg.): Literatur im Widerspruch. Gedichte und Prosa aus 40 Jahren DDR, Köln 1993.

Groth, Joachim-Rüdiger: Widersprüche. Literatur und Politik in der DDR 1949 - 1989. Zusammenhänge, Werke, Dokumente, Frankfurt/M. 1994.

Grunenberg, Antonia: Aufbruch der inneren Mauer, Politik und Kultur in der DDR 1971 - 1989, Bremen 1990.

Grunenberg, Antonia: Antifaschismus – ein deutscher Mythos, Reinbek 1993.

Hain, Simone/Stroux Stephan/Schroedter Michael: „Die Salons der Sozialisten". Kulturhäuser in der DDR, Berlin 1996.

Hallberg, Bo: Die Jugendweihe. Zur deutschen Jugendweihetradition, Göttingen (2. Aufl.) 1979.

Helwig, Gisela (Hrsg.): Schule in der DDR, Köln 1988.

Herzberg, Guntolf: Abhängigkeit und Verstrickung. Studien zur DDR-Philosophie, Berlin 1. Aufl. 1996 (Forschungen zur DDR-Geschichte, Bd. 8).

Holzweißig, Gunter: Sport und Politik in der DDR, Berlin 1988.

Holzweißig, Gunter: Massenmedien in der DDR, Berlin (2. Aufl.) 1989.

Holzweißig, Gunter: Klassenfeinde und „Entspannungsfreunde". Westmedien im Fadenkreuz von SED und MfS, Berlin 1995.

Holzweißig, Gunter: Zensur ohne Zensor. Die SED-Informationspolitik, Bonn 1997.

Jäger, Manfred: Kultur und Politik in der DDR 1945 - 1990, Köln (erw. Neuaufl.) 1995.
Jaide, Walter/Hille, Barbara (Hrsg.): Jugend und Sport in den neuen Bundesländern, Opladen 1992.
Jesse, Eckhard (Hrsg.): Totalitarismus im 20. Jahrhundert. Eine Bilanz der internationalen Forschung. Schriftenreihe der Bundeszentrale für politische Bildung 336, Bonn 1996.
Kalkbrenner, Jörn: Urteil ohne Prozeß. Margot Honecker gegen Ossietzky-Schüler, Berlin 1990.
Kapferer, Norbert: Das Feindbild der marxistisch-leninistischen Philosophie in der DDR 1945 - 1988, Darmstadt 1990.
Klier, Freya: Lüg Vaterland. Erziehung in der DDR, München 1990.
Kolakowski, Leszek: Die Hauptströmungen des Marxismus. Entstehung – Entwicklung – Zerfall. 3 Bde., München, Zürich (Neuaufl.) 1989.
Krönig, Waldemar/Müller, Klaus-Dieter: Anpassung – Widerstand – Verfolgung. Hochschule und Studenten in der SBZ und DDR 1945 - 1961, Köln 1994.
Kuhrt, Eberhard/Löwis, Henning von: Griff nach der deutschen Geschichte, Paderborn 1988.
Langenhucher, Wolfgang R. u.a.(Hrsg.): Kulturpolitisches Wörterbuch Bundesrepublik Deutschland/Deutsche Demokratische Republik im Vergleich, Stuttgart 1983.
Langguth, Gerd (Hrsg.): Autor, Macht, Staat. Literatur und Politik in Deutschland. Ein notwendiger Dialog, Düsseldorf 1994.
Lemke, Christiane: Persönlichkeit und Gesellschaft. Zur Theorie der Persönlichkeit in der DDR, Opladen 1980.
Löw, Konrad: Totalitarismus, Berlin 1988.
Löw, Konrad: Der Mythos Marx und seine Macher. Wie aus Geschichten Geschichte wird, München 1996.
Luckner, Manfred: Die Martin-Luther-Universität im Staatssozialismus der DDR, in: Berg, Gunnar/Hartwich, Hans-Hermann (Hrsg.): Martin-Luther-Universität. Von der Gründung bis zur Neugestaltung nach zwei Diktaturen, Opladen 1994, S. 117-140.
Maier, Hans: Politische Religionen. Die totalitären Regime und das Christentum, Freiburg 1995.
Maier, Hans (Hrsg.): „Totalitarismus“ und „Politische Religionen“. Konzepte des Diktaturvergleichs, Paderborn 1996.
Mehlig, Johannes: Die sogenannte III. Hochschulreform in der DDR, in: Deutscher Hochschulverband (Hrsg.): Almanach Bd. 8, Bonn 1995.
Meyer, Hansgünter: Intelligenz, Wissenschaft und Forschung in der DDR, Berlin, New York 1991.
Minholz, Michael/Stirnberg, Uwe: Der Allgemeine Deutsche Nachrichtendienst (ADN). Gute Nachrichten für die SED, München u.a. 1995.
Morgner, Martin: Deckname „Maske“. Die Künstlergemeinschaft Mecklenburg 1980/81. Eine Dokumentation, Berlin 1995.

Muschter, Gabriele/Thomas, Rüdiger (Hrsg.): Jenseits der Staatskultur. Traditionen autonomer Kunst in der DDR, München 1992.

Overesch, Manfred: Buchenwald und die DDR oder die Suche nach der Selbstlegitimation, Göttingen 1995.

Rauhut, Michael: Beat in der Grauzone. DDR-Rock 1964 bis 1972. Politik und Alltag, Berlin 1993.

Rüther, Günther: Zwischen Anpassung und Kritik. Literatur im real existierenden Sozialismus der DDR, Melle 1989.

Rüther, Günther: „Greif zur Feder, Kumpel." Literatur, Politik und Kultur in der DDR, Düsseldorf (2. Aufl.) 1992.

Schabowski, Günter: Abschied von der Utopie. Die DDR – das deutsche Fiasko des Marxismus, Stuttgart 1994.

Schirrmeister, Karl-Günther: Erziehung zum Haß. Geistige Militarisierung in der DDR, Stuttgart 1987.

Schmitt, Karl: Politische Erziehung in der DDR. Ziele, Methoden und Ergebnisse des politischen Unterrichts an den allgemeinbildenden Schulen der DDR, Paderborn 1980.

Schneider, Ilona Katharina: Weltanschauliche Erziehung in der DDR. Normen – Praxis – Opposition. Eine kommentierte Dokumentation, Opladen 1995.

Schreier, Gerhard: Förderung und Auslese im Einheitsschulsystem. Debatten und Weichenstellungen in der SBZ/DDR 1946 bis 1989, Köln 1996.

Spanger, Hans-Joachim: Die SED und der Sozialdemokratismus. Ideologische Abgrenzung in der DDR, Köln 1982.

Steul, Willi (Hrsg.): Genosse Journalist. Eine Sonderreihe im Deutschlandradio, Köln 1996.

Strobel, Karl (Hrsg.): Die deutsche Universität im 20. Jahrhundert, Greifswald 1994.

Strobel, Karl/Schmirber, Gisela (Hrsg.): Drei Jahrzehnte Umbruch der deutschen Universitäten, Köln 1996.

Strunk, Peter: Zensur und Zensoren. Medienkontrolle und Propagandapolitik unter sowjetischer Besatzungsherrschaft in Deutschland, Berlin 1996.

Voigt, Dieter (Hrsg.): Elite in Wissenschaft und Politik. Empirische Untersuchungen und theoretische Ansätze, Berlin 1987.

Voigt, Dieter/Mertens, Lothar (Hrsg.): DDR-Wissenschaft im Zwiespalt zwischen Forschung und Staatssicherheit, Berlin 1995.

Vorsteher, Dieter (Hrsg.): Parteiauftrag: Ein neues Deutschland. Bilder, Rituale und Symbole der frühen DDR, München 1997.

Walther, Joachim: Sicherungsbereich Literatur. Schriftsteller und Staatssicherheit in der Deutschen Demokratischen Republik, Berlin 1996.

Waterkamp, Dietmar: Handbuch zum Bildungswesen der DDR, Berlin 1987.

Wichner, Ernst/Wiesner, Herbert (Hrsg.): Zensur in der DDR. Geschichte, Praxis und „Ästhetik" der Behinderung von Literatur, Berlin 1991.

Wicke, Peter/Müller, Lothar (Hrsg.): Rockmusik und Politik. Analysen, Interviews und Dokumente, Berlin 1995.

6. Justiz, MfS und Repressionsapparat

Alexy, Robert: Mauerschützen, Göttingen 1993.

Ammer, Thomas/Memmler, Hans-Joachim (Hrsg.): Staatssicherheit in Rostock. Zielgruppen, Methoden, Auflösung, Köln 1991.

Amos, Heike: Justizverwaltung in der SBZ/DDR. Arbeiten zur Geschichte des Rechts in der DDR, Köln, Weimar, Wien 1996.

Bastian, Uwe: Auf zum letzten Gefecht ... Dokumentation über die Vorbereitung des MfS auf den Zusammenbruch der DDR-Wirtschaft, Berlin 1994.

Beckert, Rudi: Die erste und letzte Instanz. Schau- und Geheimprozesse vor dem Obersten Gericht der DDR, Goldbach 1995.

Bennewitz, Inge/Potratz, Rainer: Zwangsaussiedlungen an der innerdeutschen Grenze, Berlin 1994.

Berbig, Roland u.a. (Hrsg.): In Sachen Biermann. Protokolle, Berichte und Briefe zu den Folgen einer Ausbürgerung, Berlin 1994.

Bibliographie zum Staatssicherheitsdienst der DDR: zusammengestellt von Hildegard von Zastrow, hrsg. vom Bundesbeauftragten für die Unterlagen des Staatssicherheitsdienstes der ehemaligen DDR, Berlin (2. erw. Aufl.) 1996.

Bohnsack, Günter/Brehmer, Herbert: Auftrag: Irreführung. Wie die Stasi Politik im Westen machte, Hamburg 1992.

Brunner, Georg: Einführung in das Recht der DDR, München (2. Aufl.) 1979.

Brunner, Georg (Hrsg.): Menschenrechte in der DDR, Baden-Baden 1989.

Das Arbeitsgebiet I der Kriminalpolizei. Aufgaben, Struktur und Verhältnis zum Ministerium für Staatssicherheit, hrsg. vom Bundesbeauftragten für die Unterlagen des Staatssicherheitsdienstes der ehemaligen DDR, Berlin 1994.

Der Bundesbeauftragte für die Unterlagen des Staatssicherheitsdienstes der ehemaligen DDR (Hrsg.):

- BF informiert:
  - Nr. 3/1993: *Müller-Enbergs, Helmut*: IM-Statistik 1985 - 1989, Berlin 1993.
  - Nr. 2/1994: *Fuchs, Jürgen*: Unter Nutzung der Angst. Die „leise Form" des Terrors – Zersetzungsmaßnahmen des MfS, Berlin 1994.
  - Nr. 3/1994: *Engelmann, Roger:* Zu Struktur, Charakter und Bedeutung der Unterlagen des Ministeriums für Staatssicherheit, Berlin 1994.
  - Nr. 5/1994: *Süß, Walter:* Entmachtung und Verfall der Staatssicherheit. Ein Kapitel aus dem Spätherbst 1989, Berlin 1994.
  - Nr. 16/1994: *Gieseke, Jens:* Doktoren der Tschekistik. Die Promovenden der „Juristischen Hochschule" des MfS, Berlin 1994.
  - Nr. 1/1995: *Engelmann, Roger/Schumann Silke:* Kurs auf die entwickelte Diktatur.Walter Ulbricht, die Entmachtung Ernst Wollwebers und die Neuausrichtung des Staatssicherheitsdienstes 1956/57, Berlin 1995.

Nr. 12/1996: *Niemann, Andreas/Süß, Walter:* „Gegen das Volk kann nichts mehr entschieden werden". MfS und SED im Bezirk Neubrandenburg 1989. (Die Entmachtung der Staatssicherheit in den Regionen, Teil 1), Berlin 1996.

Nr. 13/1996: *Löhn, Hans-Peter:* „Unsere Nerven lagen allmählich blank". MfS und SED im Bezirk Halle. (Die Entmachtung der Staatssicherheit in den Regionen, Teil 2), Berlin 1996.

Nr. 14/1996: *Fingerle, Stephan/Gieseke, Jens:* Partisanen des Kalten Krieges. Die Untergrundtruppe der Nationalen Volksarmee 1957 bis 1962 und ihre Übernahme durch die Staatssicherheit, Berlin 1996.

Nr. 15/1996: *von Zastrow, Hildegard (Bearb.):* Bibliographie zum Staatssicherheitsdienst der DDR, Berlin (2. erw. Aufl.) 1996.

Nr. 16/1997: *Vollnhals, Clemens:* Die kirchenpolitische Abteilung des Ministeriums für Staatssicherheit, Berlin 1997.

- Reihe A, Dokumente:

Nr. 2/1993: Die Organisationsstruktur des Ministeriums für Staatssicherheit 1989. Vorläufiger Aufriß nach dem Erkenntnisstand von Juni 1993 (2. erw. Aufl. als MFS-Handbuch), Berlin 1993.

Nr. 1/1992: *Die Inoffiziellen Mitarbeiter.* Richtlinien, Befehle, Direktiven, 2 Bde., Berlin 1992.

Nr. 1/1994: *MfS und Leistungssport.* Ein Recherchebericht, Berlin 1994.

Nr. 2/1994: *Förster, Günter:* Die Dissertationen an der „Juristischen Hochschule" des MfS. Eine annotierte Bibliographie, Berlin 1994.

Nr. 1/1995: *Schumann, Silke (Bearb.):* Vernichten oder Offenlegen? Zur Entstehung des Stasi-Unterlagen-Gesetzes, eine Dokumentation der öffentlichen Debatte 1990/1991, Berlin 1995.

- Reihe B, Analysen und Berichte:

Nr. 2/1993: *Müller-Enbergs, Helmut:* Das Zusammenspiel von Staatssicherheitsdienst und SED nach der Selbstverbrennung des Pfarrers Oskar Brüsewitz aus Rippicha am 18. August 1976, Berlin 1993.

Nr. 1/1995: *Auerbach, Thomas*: Vorbereitung auf den Tag X. Die geplanten Isolierungslager des MfS, Berlin 1994.

Nr. 1/1996: *Wegmann, Bodo/Tantzscher, Monika:* SOUD. Das geheimdienstliche Datennetz des östlichen Bündnissystems, Berlin 1996.

Nr. 2/1996: *Süß, Walter:* Zu Wahrnehmung und Interpretation des Rechtsextremismus in der DDR durch das MfS, Berlin 1996.

- Reihe B, Aus der Veranstaltungsreihe des Bundesbeauftragten:
  Nr. 2/1995: *Gauck, Joachim u.a.:* Verfolgung und die Folgen. Über den Umgang mit den Opfern, Berlin 1995.
  Nr. 1/1997: *Ausreisen oder dableiben?* Regulierungsstrategien der Staatssicherheit, Berlin 1997.

- MfS-Handbuch: Anatomie der Staatssicherheit. Geschichte, Struktur und Methoden, Berlin 1995 ff.:
  Bisher erschienen:
  Teil III 6: *Förster, Günter:* Die Juristische Hochschule des MfS, 1996.
  Teil III 10: *Haendcke-Hoppe-Arndt, Maria:* Die Hauptabteilung XVIII: „Volkswirtschaft", 1997.
  Teil III 16: *Wunschik, Tobias:* Die Hauptabteilung XXII: „Terrorabwehr", 1995.
  Teil III 17: *Eisenfeld, Bernd:* Die Zentrale Koordinierungsgruppe, Bekämpfung von Flucht und Übersiedlung, 1995.
  Teil IV 1: *Gieseke, Jens:* Die hauptamtlichen Mitarbeiter des Ministeriums für Staatssicherheit, 1995.
  Teil V 1: *Wiedmann, Bernd (Bearb.):* Die Organisationsstruktur des MfS 1989, 1995.

Dreier, Ralf/Eckert, Jörn/Mollnau, Karl A. (Hrsg.): Rechtswissenschaft in der DDR 1949 - 1971. Dokumente zur politischen Steuerung im Grundlagenbereich, Baden-Baden 1996.

Eckert, Jörn: Die Babelsberger Konferenz vom 2./3. April 1958, Baden-Baden 1993.

Eckert, Jörn/Hattenhauer, Hans: Zivilgesetzbuch der DDR vom 19. Juni 1975, Goldbach 1995.

Eisert, Wolfgang: Die Waldheimer Prozesse. Der stalinistische Terror 1950. Ein dunkles Kapitel der DDR-Justiz, Esslingen, München 1993.

Erster und zweiter Tätigkeitsbericht des Bundesbeauftragten für die Unterlagen des Staatssicherheitsdienstes der ehemaligen DDR, Berlin 1993 und 1995.

Filmer, Werner/Schwan, Heribert (Hrsg.): Opfer der Mauer. Die geheimen Protokolle des Todes, München 1991.

Finn, Gerhard: Sachsenhausen 1936 - 1950. Geschichte eines Lagers, Bad Münstereifel (2. Aufl.) 1988.

Finn, Gerhard: Die politischen Häftlinge in der Sowjetzone 1945 - 1959, Köln (Nachdruck) 1989.

Finn, Gerhard: Buchenwald 1936 - 1950. Geschichte eines Lagers, Bad Münstereifel 1991.

Finn, Gerhard: Mauern – Gitter – Stacheldraht. Beispiele politischer Verfolgung in der Sowjetischen Besatzungszone und in der DDR, Bad Münstereifel 1996.

Finn, Gerhard / Fricke, Karl Wilhelm: Politischer Strafvollzug in der DDR, Köln 1981.

Florath, Bernd/Mitter, Armin/Wolle, Stefan (Hrsg.): Die Ohnmacht der Allmächtigen. Geheimdienste und politische Polizei in der modernen Gesellschaft, Berlin 1992.

Freiburg, Arnold: Kriminalität in der DDR, Opladen 1981.

Fricke, Karl Wilhelm: Politik und Justiz in der DDR. Zur Geschichte der politischen Verfolgung 1945 - 1968. Bericht und Dokumentation, Köln 1979.

Fricke, Karl Wilhelm: Zur Menschen- und Grundrechtssituation politischer Gefangener in der DDR, Köln (2. Aufl.) 1988.

Fricke, Karl Wilhelm: Die DDR-Staatssicherheit. Entwicklung, Strukturen, Aktionsfelder, Köln (3. Aufl.) 1989.

Fricke, Karl Wilhelm: MfS intern. Macht, Strukturen, Auflösung der DDR-Staatssicherheit. Analyse und Dokumentation, Köln 1991.

Fricke, Karl Wilhelm: Akten-Einsicht. Rekonstruktion einer politischen Verfolgung, Berlin (4. Aufl.) 1996.

Fricke, Karl Wilhelm/Marquardt, Bernhard: DDR Staatssicherheit – Das Phänomen des Verrats – Die Zusammenarbeit zwischen MfS und KGB, Bochum 1995.

Fuchs, Jürgen: „... und wann kommt der Hammer?“ Psychologie, Opposition und Staatssicherheit, Berlin 1990.

Furian, Gilbert: Der Richter und sein Lenker. Politische Justiz in der DDR, Berlin 1992.

Gatow, Hanns-Heinz: Vertuschte SED-Verbrechen. Eine Spur von Blut und Tränen. Mit einem Vorwort von Joachim Siegerist, Hamburg 1991.

Gauck, Joachim: Die Stasi-Akten. Das unheimliche Erbe der DDR, Reinbek 1991.

Gill, David/Schröter, Ulrich: Das Ministerium für Staatssicherheit. Anatomie des Mielke-Imperiums, Berlin 1991.

Gräf, Dieter: Im Namen der Republik. Rechtsalltag in der DDR, München 1988.

Gräf, Dieter: Handbuch der Rechtspraxis in der DDR, Düsseldorf 1988.

Henke, Klaus-Dietmar (Hrsg.): Wann bricht schon einmal ein Staat zusammen! Die Debatte über die Stasi-Akten auf dem 34. Historikertag 1992, München 1993.

Henke, Klaus-Dietmar/Engelmann, Roger (Hrsg.): Aktenlage. Die Bedeutung der Unterlagen des Staatssicherheitsdienstes für die Zeitgeschichtsforschung, Berlin (2. Aufl.) 1996.

Isensee, Josef (Hrsg.): Vergangenheitsbewältigung durch Recht. Drei Abhandlungen zu einem deutschen Problem, Berlin 1992.

Knechtel, Rüdiger/Fiedler, Jürgen: Stalins DDR. Berichte politisch Verfolgter, Leipzig 1991.

Koop, Volker: „Den Gegner vernichten." Die Grenzsicherung der DDR, Bonn 1996.

Kunze, Reiner: Deckname „Lyrik". Eine Dokumentation, Frankfurt/M. 1990.

Lieser-Triebnigg, Erika: Recht in der DDR. Einführung und Dokumentation, Köln 1985.

Lochen, Hans-Hermann/Meyer-Seitz, Christian: Die geheimen Anweisungen zur Diskriminierung Ausreisewilliger. Dokumente der Stasi und des Ministeriums des Innern. Texte mit Einführung und Anmerkungen, Köln 1992.

Loest, Erich: Die Stasi war mein Eckermann oder: Mein Leben mit der Wanze, Göttingen 1992.

Luderssen, Klaus: Der Staat geht unter – das Unrecht bleibt. Regierungskriminalität in der ehemaligen DDR, Frankfurt/M. 1992.

Mampel, Siegfried: Der Untergrundkampf des Ministeriums für Staatssicherheit gegen den Untersuchungsauschuß Freiheitlicher Juristen in Berlin (West), Berlin 1994.

Meinel, Reinhard/Wernicke, Thomas (Hrsg.): Mit tschekistischem Gruß. Berichte der Bezirksverwaltung für Staatssicherheit Potsdam 1989, Potsdam 1990.

Mitter, Armin/Wolle, Stefan (Hrsg.): Ich liebe euch doch alle! Befehle und Lageberichte des MfS Januar – November 1989, Berlin 1990.

Mothes, Jörn u.a. (Hrsg.): Beschädigte Seelen. DDR-Jugend und Staatssicherheit, Bremen 1996.

Müller, Klaus: Die Lenkung der Strafjustiz durch die SED – Staats- und Parteiführung der DDR am Beispiel der Aktion Rose, Frankfurt/M. 1995.

Müller-Enbergs, Helmut (Hrsg.): Inoffizielle Mitarbeiter des Ministeriums für Staatssicherheit. Richtlinien und Durchführungsbestimmungen, Berlin 1996.

Naucke, Wolfgang: Die strafjuristische Privilegierung staatsverstärkter Kriminalität, Frankfurt/M. 1996.

Richter, Michael: Die Staatssicherheit im letzten Jahr der DDR, Weimar, Köln 1996.

Rosenau, Henning: Tödliche Schüsse im staatlichen Auftrag: die strafrechtliche Verantwortung von Grenzsoldaten für den Schußwaffengebrauch an der deutsch-deutschen Grenze, Baden-Baden 1996.

Rottleuthner, Hubert (Hrsg.): Steuerung der Justiz in der DDR, Köln 1994.

Saß, Ulrich/Suchokeletz, Harriet von (Hrsg.): „feindlich-negativ". Zur politisch-operativen Arbeit einer Stasi-Zentrale. Aus einem Bericht der Arbeitsgruppe zur Untersuchung der nach innen gerichteten Tätigkeit des MfS in den achtziger Jahren im Bezirk Neubrandenburg, Berlin 1990.

Schacht, Ulrich (Hrsg.): Hohenecker Protokolle. Aussagen zur Geschichte der politischen Verfolgung von Frauen in der DDR, Berlin 1989.

Schädlich, Hans Joachim (Hrsg.): Aktenkundig, mit Beiträgen von Wolf Biermann, Jürgen Fuchs, Joachim Gauck, Lutz Rathenow, Vera Wollenberger u.a., Berlin 1992.

Schell, Manfred/Kalinka, Werner: Stasi und kein Ende. Die Personen und Fakten, Bonn 1992.

Schild und Schwert der Partei. Das Wirken des Ministeriums für Staatssicherheit – insbesondere im Bezirk Karl-Marx-Stadt, hrsg. von der Friedrich-Ebert-Stiftung, Chemnitz 1992.

Schlomann, Friedrich-Wilhelm: Operationsgebiet Bundesrepublik. Politik, Wissenschaft, Wirtschaft. Die Spionage der DDR, München (3. Aufl.) 1986.

Schlomann, Friedrich-Wilhelm: Die Maulwürfe. Noch sind sie unter uns, die Helfer der Stasi im Westen, München 1993.

Schmidt, Siegfried: Stasi-Aktion Rose, Göhren auf Rügen 1994.

Schöneburg, Volkmar: Kalter Krieg und Strafrechtspolitik in der DDR. Der Strafgesetzentwurf von 1953, Goldbach 1996.

Schroeder, Friedrich-Christian: Das Strafrecht des realen Sozialismus, Opladen 1983.

Schuller, Wolfgang: Geschichte und Struktur des politischen Strafrechts in der DDR bis 1968, Ebelsbach 1980.

Sélitrenny, Rita/Weichert, Thilo: Das unheimliche Erbe. Die Spionageabteilung der Stasi, Leipzig 1991.

Siebenmorgen, Peter: „Staatssicherheit" der DDR. Der Westen im Fadenkreuz der Stasi, Berlin 1993.

Stasi intern. Macht und Banalität, hrsg. vom Leipziger Bürgerkomitee zur Auflösung des MfS/AfNS, Leipzig 1992.

Stiller, Werner: Im Zentrum der Spionage, Mainz (2. Aufl.) 1986.

Suckut, Siegfried (Hrsg.): Wörterbuch der Staatssicherheit. Definitionen des MfS zur „politisch-operativen" Arbeit, Berlin (2. durchgeseh. Aufl.) 1996.

Suckut, Siegfried/Süß, Walter (Hrsg.): Staatspartei und Staatssicherheit, Berlin 1997.

Thiemann, Ellen: Stell dich mit den Schergen gut. Erinnerungen an die DDR – Meine Wiederbegegnung mit dem Zuchthaus Hoheneck, München (Neuausg.) 1990.

Vollnhals, Clemens: Das Ministerium für Staatssicherheit. Ein Instrument totalitärer Herrschaftsausübung, Berlin 1994.

Weberling, Johannes: Stasi-Unterlagen-Gesetz. Kommentar, Köln u.a. 1993.

Werkentin, Falco: Politische Strafjustiz in der Ära Ulbricht, Berlin 1995.

Westen, Klaus u.a.: Das neue Zivilrecht der DDR nach dem Zivilgesetzbuch von 1975, Berlin 1977.

Wolf, Stephan: Einblick. Geschichte und Verflechtungen des MfS in der ehemaligen DDR, Berlin 1990.

Wollenberger, Vera: Virus der Heuchler. Innenansicht aus Stasi-Akten, Berlin 1992.

Worst, Anne: Das Ende eines Geheimdienstes. Oder: Wie lebendig ist die Stasi?, Berlin 1991.

Wüllner, Fritz/Messerschmidt, Manfred/Fricke, Karl Wilhelm: Das Torgau-Tabu. Wehrmachtstrafsystem – NKWD-Speziallager – DDR-Strafvollzug, Leipzig 1993.

Zwangsaussiedlungen in Deutschland. Erlebnisberichte, Dokumente. Aktion „Ungeziefer" Juni 1952, Aktion „Kornblume" Oktober 1961, hrsg. vom regionalen Arbeitskreis Thüringen des Bundes der in der DDR Zwangsausgesiedelten, Erfurt 1992.

7. Wirtschaft, Sozialpolitik und Umwelt

Bajohr, Walter (Hrsg.): Das Erbe der Diktatur, Berlin 1992.

Belwe, Katharina: Mitwirkung im Industriebetrieb der DDR. Planung – Einzelleitung – Beteiligung der Werktätigen an Entscheidungsprozessen des VEB, Opladen 1979.

Belwe, Katharina/Klinger, Fred: Der Wert der Arbeit – Aspekte des sozialen Wandels in der industriellen Arbeitswelt der DDR, Köln 1986.

Bertram, Hans/Nickel, Hildegard Maria u.a. (Hrsg.): Berichte der Kommission für die Erforschung des sozialen und politischen Wandels in den neuen Bundesländern e.V. (KSPW), Bd. 1 ff., Opladen 1996.

Buchheim, Christoph (Hrsg.): Wirtschaftliche Folgelasten des Krieges in der SBZ/DDR, Berlin 1995.

Buck, Hannsjörg F.: Steuerpolitik im Ost-West-Systemvergleich, Berlin 1982.

Buck, Hannsjörg F.: Von der staatlichen Kommandowirtschaft der DDR zur Sozialen Marktwirtschaft des vereinten Deutschland. Sozialistische Hypotheken, Transformationsprobleme, Aufschwungchancen, Düsseldorf 1991.

Bust-Bartels, Axel: Herrschaft und Widerstand in den DDR-Betrieben, Frankfurt/M., New York 1980.

Der Bereich Kommerzielle Koordinierung und Alexander Schalck-Golodkowski. Werkzeuge des SED-Regimes. Bericht des 1. Untersuchungsausschusses des Deutschen Bundestages, ein Textband, drei Anlagenbände und ein Anhangband, Bonn 1994.

Eckart, Karl/Wollkopf, Hans-Diedrich: Landwirtschaft in Deutschland. Veränderungen der regionalen Agrarstruktur in Deutschland zwischen 1960 und 1992, Leipzig 1994.

Frerich, Johannes/Frey, Martin: Handbuch der Geschichte der Sozialpolitik in Deutschland, Bd. 2: Sozialpolitik in der Deutschen Demokratischen Republik, München, Wien 1993.

Fricke, Weddig/Märker, Klaus: Enteignetes Vermögen in der Ex-DDR, München 1996.

Gutmann, Gernot (Hrsg.): Das Wirtschaftssystem der DDR, Stuttgart, New York 1986.

Haase, Herwig E.: Das Wirtschaftssystem der DDR. Eine Einführung, Berlin (2. Aufl.) 1990.

Haendcke-Hoppe, Maria/Merkel, Konrad (Hrsg.): Umweltschutz in beiden Teilen Deutschlands, Berlin 1986.

Hamel, Hannelore (Hrsg.): Soziale Marktwirtschaft – Sozialistische Planwirtschaft. Ein Vergleich Bundesrepublik Deutschland – DDR, München (5. Aufl.) 1989.

Hamel, Hannelore/Leipold, Helmut: Wirtschaftsreformen in der DDR. Ursachen und Wirkungen, Marburg 1987.

Hartmann, Martin: Die Neuererbewegung, Köln 1988.

Hartwig, Karl-Hans/Thieme, H. Jörg (Hrsg.): Transformationsprozesse in sozialistischen Wirtschaftssystemen. Ursachen, Konzepte, Instrumente, Heidelberg u.a. 1991.

Hoffmann, Dierk: Sozialpolitische Neuordnung in der SBZ/DDR. Der Umbau der Sozialversicherung 1945 - 1956, München 1996.

Hofmann, Peter/Stingl, Kurt (Hrsg.): Marktwirtschaft in der DDR. Chancen und Herausforderungen, Berlin 1990.

Hübner, Peter: Konsens, Konflikt und Kompromiß. Soziale Arbeiterinteressen und Sozialpolitik in der SBZ/DDR 1945 bis 1970, Berlin 1995.

Kaelble, Hartmut/Kocka, Jürgen/Zwahr, Hartmut: Sozialgeschichte der DDR, Stuttgart 1994.

Karlsch, Rainer/Schröter, Harm (Hrsg.): Strahlende Vergangenheit. Studien zur Geschichte des Uranbergbaus der Wismut, St. Kathrinen 1996.

Knabe, Hubertus: Umweltkonflikte im Sozialismus. Möglichkeiten und Grenzen gesellschaftlicher Problemartikulation in sozialistischen Systemen. Eine vergleichende Analyse der Umweltdiskussion in der DDR und Ungarn, Köln 1993.

Kusch, Günter/Montag, Rolf/Specht, Günter/Wetzker, Konrad: Schlußbilanz – DDR. Fazit einer verfehlten Wirtschafts- und Sozialpolitik, Berlin 1991.

Lampert, Heinz: Theorie und Praxis der Sozialpolitik in der DDR, Marburg 1989.

Leipold, Helmut: Wirtschafts- und Gesellschaftssysteme im Vergleich, Stuttgart (5. Aufl.) 1988.

Leptin, Gert: Deutsche Wirtschaft nach 1945. Ein Ost-West-Vergleich, Opladen (3. Aufl.) 1980.

Matschke, Werner: Die industrielle Entwicklung in der Sowjetischen Besatzungszone Deutschlands (SBZ) von 1945 bis 1948, Berlin 1988.

Merkel, Ina/Mühlberg, Felix: Wunschwirtschaft. DDR-Konsumkultur in den 60er Jahren, Köln (2. Aufl.) 1996.

Merl, Stephan/Schinke, Eberhard (Hrsg.): Agrarwirtschaft und Agrarpolitik in der ehemaligen DDR im Umbruch, Berlin 1991.

Naumann, Gerhard/Trümpler, Eckard: Von Ulbricht zu Honecker. 1970 ein Krisenjahr der DDR, Berlin 1990.

Paucke, Horst: Chancen für die Umweltpolitik und Umweltforschung. Zur Situation in der ehemaligen DDR, Marburg 1994.

Pirker, Theo/Lepsius, Rainer M./Weinert, Rainer/Hertle, Hans H. (Hrsg.): Der Plan als Befehl und Fiktion. Wirtschaftsführung in der DDR. Gespräche und Analysen, Opladen 1995.

Rampp, Brian: Die Verkehrswirtschaft Ostdeutschlands. Eine Analyse ihres Verfalls und seiner Ursachen, München 1993.

Rösler, Markus/Schwab, Elisabeth/Lambrecht, Markus (Hrsg.): Naturschutz in der DDR, Bonn 1990.

Schneider, Gernot: Wirtschaftswunder DDR. Anspruch und Realität, Köln (2. Aufl.) 1990.

Schwarzer, Oskar: Das ordnungspolitische Experiment mit der sozialistischen Zentralplanung am Beispiel der SBZ/DDR: Eine Effizienzanalyse (1945 - 1989), Quellenband, Stuttgart 1997.

Stinglwagner, Wolfgang: Die Energiewirtschaft der DDR, Bonn 1985.

Thalheim, Karl C.: Die wirtschaftliche Entwicklung der beiden Staaten in Deutschland, Opladen (3. Aufl.) 1988.

Thiele, Wilhelm (Hrsg.): Das Gesundheitswesen der DDR. Aufbruch oder Einbruch?, Sankt Augustin 1990.

Vollmer, Uwe: Arbeitslosigkeit in sozialistischen Planwirtschaften, Stuttgart, Jena, New York 1994.

Wensierski, Peter: Ökologische Probleme und Kritik an der Industriegesellschaft in der DDR heute, Köln 1988.

Wieczorek, Hans H.: Umweltschäden in der DDR, Berlin 1992.

Zank, Wolfgang: Wirtschaft und Arbeit in Ostdeutschland 1945 - 1949, München 1987.

8. Gesellschaft

Berendonk, Brigitte: Doping. Von der Forschung zum Betrug, Reinbek 1992.

Bernett, Hajo: Körperkultur und Sport in der DDR. Dokumentation eines geschlossenen Systems, Schorndorf 1994.

Bessel, Richard/Jessen, Ralph (Hrsg.): Die Grenzen der Diktatur. Staat und Gesellschaft in der DDR, Göttingen, Zürich 1996.

Eckart, Gabriele: So sehe ick die Sache. Protokolle aus der DDR, Köln 1984.

Friedrich, Walter/Griese, Hartmut (Hrsg.): Jugend und Jugendforschung in der DDR. Gesellschaftspolitische Situationen, Sozialisation und Mentalitätsentwicklung in den achtziger Jahren, Opladen 1991.

Geißler, Rainer: Die Sozialstruktur Deutschlands. Ein Studienbuch zur sozialstrukturellen Entwicklung im geteilten und vereinten Deutschland, Opladen 1992.

Gensicke, Thomas: Mentalitätsentwicklungen im Osten Deutschlands seit den 70er Jahren, Speyer 1992.

Hanke, Irma: Alltag und Politik: Zur politischen Kultur einer unpolitischen Gesellschaft, Opladen 1987.

Helwig, Gisela: Jugend und Familie in der DDR. Leitbild und Alltag im Widerspruch, Köln 1984.

Helwig, Gisela (Hrsg.): Jugendkriminalität in beiden deutschen Staaten, Bielefeld 1985.

Helwig, Gisela: Frau und Familie. Bundesrepublik Deutschland – DDR, Köln (2. Aufl.) 1987.

Helwig, Gisela/Nickel, Hildegard Maria (Hrsg.): Frauen in Deutschland 1945 - 1992, Bonn, Berlin 1993.

Hennig, Friedrich/Friedrich, Walter (Hrsg.): Jugend in der DDR. Daten und Ergebnisse der Jugendforschung vor der Wende, Weinheim, München 1991.

Hille, Barbara: Familie und Sozialisation in der DDR, Opladen 1985.

Hille, Barbara: Nicht nur Blauhemden. Die Situation der Jugendlichen in der ehemaligen DDR, Melle 1991.

Hille, Barbara/Jaide, Walter (Hrsg.): DDR-Jugend. Politisches Bewußtsein und Lebensalltag. Vergleiche mit der Bundesrepublik, Opladen 1990.

Huinink, Johannes/Mayer Karl Ulrich (Hrsg.): Kollektiv und Eigensinn. Lebensverläufe in der DDR und danach, Berlin 1995.

Maaz, Hans-Joachim: Der Gefühlsstau. Ein Psychogramm der DDR, Berlin 1990.

Meyer, Gerd/Riege, Gerhard/Strützel, Dieter (Hrsg.): Lebensweise und gesellschaftlicher Umbruch in Ostdeutschland, Erlangen, Jena 1992.

Müller-Rückert, Gabriele: Familienleben und Geschlechterverhältnis in der ehemaligen DDR, Bielefeld 1993.

Niemann, Heinz: Meinungsforschung in der DDR. Die geheimen Berichte des Instituts für Meinungsforschung an das Politbüro der SED, Köln 1993.

Niethammer, Lutz/Plato, Alexander von/Wierling, Dorothee: Die volkseigene Erfahrung. Eine Archäologie des Lebens in der Industrieprovinz der DDR, Berlin 1991.

Reich, Jens: Abschied von den Lebenslügen. Die Intelligenz und die Macht, Berlin 1992.

Schulze, Edeltraud (Hrsg.): DDR-Jugend. Ein statistisches Handbuch, Berlin 1995.

Thaa, Winfried/Häuser, Iris/Schenkel, Michael/Meyer, Gerd: Gesellschaftliche Differenzierung und Legitimitätsverfall des DDR-Sozialismus, Tübingen 1992.

Timmermann, Heiner (Hrsg.): Sozialstruktur und sozialer Wandel in der DDR, Saarbrücken 1988.

Voigt, Dieter (Hrsg.): Die Gesellschaft der DDR. Untersuchungen zu ausgewählten Bereichen, Berlin 1984.

Voigt, Dieter/Voss, Werner/Meck, Sabine: Sozialstruktur der DDR, Darmstadt 1987.

Wehling, Hans-Georg (Hrsg.): Politische Kultur in der DDR, Stuttgart 1989.

Winkler, Gunnar (Hrsg.): Sozialreport DDR 1990. Daten und Fakten zur sozialen Lage in der DDR, Bonn 1990.

9. Kirchen

Besier, Gerhard: Der SED-Staat und die Kirche. Bd. 1: Der Weg in die Anpassung, München 1993; Bd. 2: 1969 - 1990, Die Vision vom „Dritten Weg", Berlin 1995; Bd. 3: 1983 - 1991, Höhenflug und Absturz, Berlin, Frankfurt/M. 1995.

Besier, Gerhard/Wolf, Stephan (Hrsg.): „Pfarrer, Christen und Katholiken." Das Ministerium für Staatssicherheit der ehemaligen DDR und die Kirchen, Neukirchen-Vluyn (2. Aufl.) 1992.

Boese, Thomas: Die Entwicklung des Staatskirchenrechts in der DDR von 1945 bis 1989. Unter besonderer Berücksichtigung des Verhältnisses von Staat, Schule und Kirche, Baden-Baden 1994.

Bräuer, Siegfried/Vollnhals, Clemens (Hrsg.): „In der DDR gibt es keine Zensur." Die Evangelische Verlagsanstalt und die Praxis der Druckgenehmigung 1954 - 1989, Leipzig 1995.

Dähn, Horst: Konfrontation oder Kooperation? Das Verhältnis von Staat und Kirche in der SBZ/DDR 1945 - 1980. Mit einem Vorwort von Reinhard Henkys, Wiesbaden 1982.

Dohle, Horst: SED und Kirche. Eine Dokumentation ihrer Beziehungen 1968 - 1989, Neukirchen-Vluyn 1995.

Friebel, Thomas: Kirche und politische Verantwortung in der sowjetischen Zone und der DDR 1945 - 1969. Eine Untersuchung zum Öffentlichkeitsauftrag der evangelischen Kirchen in Deutschland, Gütersloh 1992.

Goeckel, Robert F.: Die evangelische Kirche und die DDR. Konflikte, Gespräche, Vereinbarungen unter Ulbricht und Honecker, Leipzig 1995.

Goerner, Martin Georg: Die Kirche als Problem der SED. Strukturen kommunistischer Herrschaftsausübung gegenüber der evangelischen Kirche 1945 bis 1958, Berlin 1997.

Grande, Dieter/Schäfer, Bernd: Zur Kirchenpolitik der SED. Auseinandersetzungen um das Katholikentreffen 1983 - 1987, Leipzig 1994.

Hartweg, Frédéric (Hrsg.)/Heise, Joachim (Bearb.): SED und Kirche. Eine Dokumentation ihrer Beziehungen. Bd. 1: 1946 - 1967, Neukirchen-Vluyn 1995.

Helwig, Gisela/Urban, Detlef (Hrsg.): Kirchen und Gesellschaft in beiden deutschen Staaten, Köln 1987.

Henkys, Reinhard (Hrsg.): Bund der Evangelischen Kirchen in der DDR. Dokumente zu seiner Entstehung, Witten 1970.

Henkys, Reinhard (Hrsg.): Die evangelischen Kirchen in der DDR. Beiträge zu einer Bestandsaufnahme, München 1982.

Heydemann, Günther/Kettenacker, Lothar (Hrsg.): Kirchen in der Diktatur. Drittes Reich und SED-Staat, Göttingen 1993.

In besonderer Gemeinschaft. Gemeinsame Worte des Bundes der Evangelischen Kirchen in der DDR und der EKD, hrsg. vom Kirchenamt der EKD, Hannover 1989.

Kaiser, Gert/Frie, Ewald (Hrsg.): Christen, Staat und Gesellschaft in der DDR, Frankfurt/M. 1996.

Kandler, Karl-Hermann: Die Kirchen und das Ende des Sozialismus. Betrachtungen eines Betroffenen, Asendorf 1991.

Kirche als Lerngemeinschaft. Dokumente aus der Arbeit des Bundes der Evangelischen Kirchen in der DDR, hrsg. vom Sekretariat des Bundes der Evangelischen Kirchen in der DDR, Berlin (Ost) 1981.

Knauft, Wolfgang: Katholische Kirche in der DDR. Gemeinden in der Bewährung 1945 - 1980, Mainz (3. Aufl.) 1982.

Lange, Gerhard/Pruß, Ursula/Schrader, Franz/Seifert, Siegfried (Hrsg.): Katholische Kirche – Sozialistischer Staat DDR. Dokumente und öffentliche Äußerungen 1945 - 1990, Leipzig (2. Aufl.) 1992.

Lethio, Pirko: Religionsunterricht ohne Schule. Die Entwicklung der Lage und des Inhalts der evangelischen Christenlehre in der DDR, Münster 1983.

Lingner, Olaf: Friedensarbeit in der Evangelischen Kirche der DDR 1978 - 1987, Gütersloh 1989.

Linke, Dietmar: Theologiestudenten der Humboldt-Universität. Zwischen Hörsaal und Anklagebank, Neukirchen-Vluyn 1994.

Maser, Peter: Glauben im Sozialismus. Kirchen und Religionsgemeinschaften in der DDR, Berlin 1989.

Maser, Peter: Kirchen und Religionsgemeinschaften in der DDR 1949 - 1989. Ein Rückblick auf vierzig Jahre in Daten, Fakten und Meinungen, Konstanz 1992.

Maser, Peter/Wilke, Manfred: Die Gründung des Bundes der evangelischen Kirchen in der DDR. Materialien aus dem Zentralen Parteiarchiv der SED und dem Archiv der Ost-CDU, Berlin 1994.

Materne, Ulrich/Balders, Günter (Hrsg.): Erlebt in der DDR. Berichte aus dem Bund der Evangelisch-Freikirchlichen Gemeinden, Wuppertal, Kassel 1995.

Mau, Rudolf: Eingebunden in den Realsozialismus? Die Evangelische Kirche als Problem der SED, Göttingen 1994.

Müller-Enbergs, Helmut/Schmoll, Heike/Stock, Wolfgang: Das Fanal. Das Opfer des Pfarrers Brüsewitz und die evangelische Kirche, Frankfurt/M., Berlin 1993.

Neubert, Ehrhart: Vergebung oder Weißwäscherei? Zur Aufarbeitung des Stasiproblems in den Kirchen, Freiburg 1993.

Ökumenische Versammlung für Gerechtigkeit, Frieden und Bewahrung der Schöpfung: Dresden – Magdeburg – Dresden. Eine Dokumentation, hrsg. von der Aktion Sühnezeichen/Friedensdienste e.V., Berlin 1990.

Pilvousek, Josef (Bearb.): Kirchliches Leben im totalitären Staat. Seelsorge in der SBZ/DDR 1945 - 1976. Quellentexte aus den Ordinariaten und Bischöflichen Ämtern, Leipzig 1994.

Pollack, Detlef: Kirche in der Organisationsgesellschaft. Zum Wandel der gesellschaftlichen Lage der evangelischen Kirchen in der DDR, Stuttgart, Berlin, Köln 1994.

Raabe, Thomas: SED-Staat und katholische Kirche. Politische Beziehungen 1949 - 1961, Paderborn u.a. 1995.

Reiher, Dieter (Hrsg.): Kirchlicher Unterricht in der DDR von 1949 - 1990. Dokumentation eines Weges, Göttingen 1992.

Rendtorff, Trutz (Hrsg.): Protestantische Revolution? Kirche und Theologie in der DDR: Ekklesiologische Voraussetzungen, politischer Kontext, theologische und historische Kriterien, Göttingen 1993.

Schmutzler, Georg-Siegfried: Gegen den Strom. Erlebtes aus Leipzig unter Hitler und der Stasi, Göttingen 1992.

Schönherr, Albrecht: Zum Weg der evangelischen Kirchen in der DDR, Berlin (Ost) 1986.

Schönherr, Albrecht: ... aber die Zeit war nicht verloren. Erinnerungen eines Altbischofs, Berlin 1993.

Schröter, Ulrich/Zeddies, Helmut (Hrsg.): Nach-Denken. Zum Weg des Bundes der Evangelischen Kirchen in der DDR, Frankfurt/M. 1995.

Schultze, Harald (Hrsg.): Das Signal von Zeitz. Reaktionen der Kirche, des Staates und der Medien auf die Selbstverbrennung von Oskar Brüsewitz 1976. Eine Dokumentation, Leipzig (2.Aufl.) 1993.

Schultze, Harald/Zachhuber, Waltraut (Hrsg.): Spionage gegen eine Kirchenleitung. Detlef Hammer – Stasi-Offizier im Konsistorium Magdeburg, Magdeburg 1995.

Seidel, J. Jürgen: Aus den Trümmern 1945. Personeller Wiederaufbau und Entnazifizierung in der evangelischen Kirche der Sowjetischen Besatzungszone. Einführung und Dokumente, Göttingen 1996.

Stupperich, Robert: Otto Dibelius. Ein evangelischer Bischof im Umbruch der Zeiten, Göttingen 1989.

Vollnhals, Clemens (Hrsg.): Die Kirchenpolitik von SED und Staatssicherheit, Berlin 1996.

Winter, Friedrich: Die Evangelische Kirche in Berlin-Brandenburg im Spiegel staatlicher Akten der DDR, hrsg. vom Konsistorium der Evangelischen Kirche in Berlin-Brandenburg, Berlin 1994.

Zander, Helmut: Die Christen und die Friedensbewegung in beiden deutschen Staaten. Beiträge zu einem Vergleich für die Jahre 1978 bis 1987, Berlin 1989.

Zimmermann, Wolf-Dieter: Kurt Scharf. Ein Leben zwischen Vision und Wirklichkeit, Göttingen 1992.

10. Außenpolitik und Militärwesen

Ablaß, Werner E.: Zapfenstreich. Von der NVA zur Bundeswehr, Düsseldorf 1992.

Backerra, Manfred (Hrsg.): NVA. Ein Rückblick in die Zukunft. Zeitzeugen berichten über ein Stück deutscher Militärgeschichte, Köln 1992.

Bald, Detlef (Hrsg.): Die Nationale Volksarmee. Beiträge zu Selbstverständnis und Geschichte des deutschen Militärs von 1945 - 1990, Baden-Baden 1992.

Baron, Udo: Die Wehrideologie der Nationalen Volksarmee der DDR, Bochum 1993.

Bruns, Wilhelm: Außenpolitik der DDR, Berlin 1985.

Bulla, Marcel: Zur Außenpolitik der DDR. Bestimmungsfaktoren, Schlüsselbegriffe, Institutionen und Entwicklungstendenzen, Melle 1988.

Die Nationale Volksarmee im Rahmen des Warschauer Paktes, hrsg. vom Arbeitskreis für Wehrforschung, München 1980.

Farwick, Dieter (Hrsg.): Ein Staat – Eine Armee. Von der NVA zur Bundeswehr, Frankfurt/M., Bonn 1992.

Forster, Thomas M.: Die NVA. Kernstück der Landesverteidigung der DDR. Vorwort von Helmut Bohn, Köln (6. Aufl.) 1983.

Gießmann, Hans-Joachim: Das unliebsame Erbe. Die Auflösung der Militärstruktur der DDR, Baden-Baden 1992.

Gutmann, Gernot/Haendcke-Hoppe, Maria (Hrsg.): Die Außenbeziehungen der DDR, Heidelberg 1981.

Holzweißig, Gunter: Militärwesen in der DDR, Berlin 1985.

Jacobsen, Hans-Adolf/Leptin, Gerd/Scheuner, Ulrich/Schulz, Eberhard (Hrsg.): Drei Jahrzehnte Außenpolitik der DDR, Wien 1979.

Kabus, Andreas: Auftrag Windrose. Der militärische Geheimdienst der DDR, Berlin 1993.

Kubina, Michael/Wilke, Manfred (Hrsg.): „Hart und kompromißlos durchgreifen." SED contra Polen 1980/81. Geheimakten der SED-Führung über die Unterdrückung der polnischen Demokratiebewegung, Berlin 1995.

Küchenmeister, Daniel (Hrsg.): Honecker – Gorbatschow. Vieraugengespräche, Berlin 1993.

Lapp, Peter Joachim: Frontdienst im Frieden. Die Grenztruppen der DDR, Koblenz (2. Aufl.) 1987.

Naumann, Klaus (Hrsg.): NVA – Anspruch und Wirklichkeit nach ausgewählten Dokumenten, Berlin, Bonn, Herford 1993.

Prieß, Lutz/Kural, Václav/Wilke, Manfred: Die SED und der „Prager Frühling" 1968. Politik gegen einen „Sozialismus mit menschlichem Antlitz", Berlin 1996.

Schönbohm, Jörg: Zwei Armeen und ein Vaterland. Das Ende der Nationalen Volksarmee, Berlin 1992.

Tantzscher, Monika: „Maßnahme Donau und Einsatz Genesung". Die Niederschlagung des Prager Frühlings 1968/69 im Spiegel der MfS-Akten, hrsg. vom Bundesbeauftragten für die Unterlagen des Staatssicherheitsdienstes der ehemaligen DDR, Berlin 1994.

Thoß, Bruno (Hrsg.): Volksarmee schaffen – ohne Geschrei! Studien zu den Anfängen einer „verdeckten Aufrüstung" in der SBZ/DDR 1947 - 1952, München 1994.

Weilemann, Peter R. u.a.: Die Westpolitik der DDR. Beziehungen der DDR zu ausgewählten westlichen Industriestaaten in den 70er und 80er Jahren, Melle 1989.

Wenzel, Otto: Kriegsbereit. Der Nationale Verteidigungsrat der DDR 1960 bis 1989, Köln 1995.

11. Deutsche Frage und Deutschlandpolitik

Adenauer, Konrad: Erinnerungen. 4 Bde., Stuttgart 1965 ff.

Birke, Adolf M.: Nation ohne Haus. Deutschland 1945 - 1961, Berlin 1989.

Blumenwitz, Dieter: Was ist Deutschland?, Bonn (3. Aufl.) 1989.

Buschfort, Wolfgang: Das Ostbüro der SPD. Von der Gründung bis zur Berlin-Krise, München 1991.

Diemer, Gebhard/Kuhrt, Eberhard: Kurze Chronik der deutschen Frage, München (2. Aufl.) 1993.

Diepgen, Eberhard (Hrsg.): Berlinpolitik. Rechtsgrundlagen, Risiken und Chancen, Berlin 1989.

Dokumente zur Berlin-Frage 1944 - 1986, hrsg. von der Deutschen Gesellschaft für Auswärtige Politik, 2 Bde., München 1987.

Eisenmann, Peter/Hirscher, Gerhard (Hrsg.): Dem Zeitgeist geopfert. Die DDR in Wissenschaft, Publizistik und politischer Bildung, Mainz, München 1992.

Fischer, Alexander (Hrsg.): Vierzig Jahre Deutschlandpolitik im internationalen Kräftefeld, Köln 1989.

Friedrich, Wolfgang-Uwe (Hrsg.): Die USA und die Deutsche Einheit 1945 - 1990, Frankfurt/M., New York 1991.

Fritsch-Bournazel, Renata: Die Sowjetunion und die deutsche Teilung. Die sowjetische Deutschlandpolitik 1945 - 1979, Opladen 1979.

Frohn, Axel: Neutralisierung als Alternative zur Westintegration. Die Deutschlandpolitik der Vereinigten Staaten von Amerika 1945 - 1949, Frankfurt/M. 1985.

Geißel, Ludwig: Unterhändler der Menschlichkeit. Erinnerungen, Stuttgart 1991.

Genscher, Hans-Dietrich: Erinnerungen, Berlin 1995.

Graml, Hermann: Die Alliierten und die Teilung Deutschlands. Konflikte und Entscheidungen 1941 - 1948, Frankfurt/M. 1985.

Haack, Dieter/Hoppe, Hans-Günter/Lintner, Eduard/Seiffert, Wolfgang (Hrsg.): Das Wiedervereinigungsgebot des Grundgesetzes, Köln 1989.

Hacker, Jens: Deutsche Irrtümer. Schönfärber und Helfershelfer der SED-Diktatur im Westen, Frankfurt/M., Berlin (3. Aufl.) 1994.

Horn, Hannelore (Hrsg.): Berlin als Faktor nationaler und internationaler Politik, Berlin 1988.

Hübsch, Reinhard/Frölich, Jürgen (Hrsg.): Deutsch-deutscher Liberalismus im Kalten Krieg. Zur Deutschlandpolitik der Liberalen 1945 - 1970, Baden-Baden 1997.

Innerdeutsche Beziehungen: Die Entwicklung der Beziehungen zwischen der Bundesrepublik Deutschland und der Deutschen Demokratischen Republik 1980 - 1986. Eine Dokumentation, hrsg. vom Bundesministerium für innerdeutsche Beziehungen, Bonn 1986.

Löw, Konrad: ... bis zum Verrat der Freiheit. Die Gesellschaft der Bundesrepublik und die „DDR", München (Neuaufl.) 1994.

Münch, Ingo von (Hrsg.): Dokumente des geteilten Deutschland, 2 Bde., Stuttgart 1968 und 1974.

Nakath, Detlef (Hrsg.): Deutschlandpolitiker der DDR erinnern sich, Berlin 1995.

Pfeiler, Wolfgang: Deutschlandpolitische Optionen der Sowjetunion, Melle 1987.

Plück, Kurt: Der schwarz-rot-goldene Faden. Vier Jahrzehnte erlebter Deutschlandpolitik, Bonn 1996.

Rehlinger, Ludwig A.: Freikauf. Die Geschäfte der DDR mit politisch Verfolgten 1963 - 1989, Berlin 1991.

Ress, Georg: Die Rechtslage Deutschlands nach dem Grundlagenvertrag vom 21. Dezember 1972, Berlin, Heidelberg 1978.

Schiedermair, Hartmut: Der völkerrechtliche Status Berlins nach dem Viermächteabkommen vom 3. September 1971, Berlin, Heidelberg, New York 1975.

Schwarz, Hans-Peter (Hrsg.): Entspannung und Wiedervereinigung. Deutschlandpolitische Vorstellungen Konrad Adenauers 1955 - 1958, Stuttgart 1979.

Schwarz, Hans-Peter: Vom Reich zur Bundesrepublik Deutschland. Im Widerstreit der außenpolitischen Konzeption in den Jahren der Besatzungsherrschaft 1945 - 1949, Stuttgart (2. Aufl.) 1980.

Schwarz, Hans-Peter (Hrsg.): Die Legende von der verpaßten Gelegenheit. Die Stalin-Noten vom 10. März 1952, Stuttgart 1982.

Staadt, Jochen: Die geheime Westpolitik der SED 1960 - 1970, Berlin 1993.

Staadt, Jochen: Dem Westen zugewandt. Die Deutschlandpolitik der SED 1971 - 1985, Berlin 1996.

Timmermann, Heiner (Hrsg.): DDR-Forschung. Bilanz und Perspektiven, Berlin 1995.

Tyrell, Albrecht: Großbritannien und die Deutschlandpolitik der Alliierten 1941 - 1945, Frankfurt/M. 1987.

Wagner, Wolfgang: Die Entstehung der Oder-Neiße-Linie in den diplomatischen Verhandlungen während des Zweiten Weltkriegs, Stuttgart (3. Aufl.) 1964.

Weidenfeld, Werner (Hrsg.): Geschichtsbewußtsein der Deutschen. Materialien zur Spurensuche einer Nation, Köln 1987.

Weidenfeld, Werner (Hrsg.): Politische Kultur und deutsche Frage, Köln 1989.

Weidenfeld, Werner (Hrsg.): Deutschland. Eine Nation – doppelte Geschichte. Materialien zum deutschen Selbstverständnis, Köln 1993.

Wendler, Jürgen: Die Deutschlandpolitik der SED 1952 - 1958. Publizistisches Erscheinungsbild und Hintergründe der Wiedervereinigungsrhetorik, Köln, Weimar, Wien 1991.

Wetzlaugk, Udo: Berlin und die deutsche Frage, Köln 1985.

Wetzlaugk, Udo: Die Alliierten in Berlin, Berlin 1988.

Wilms, Dorothee: Freiheit in Europa – Zukunft für Deutschland. Gedanken zur deutschen Frage, Stuttgart 1989.

Zehn Jahre Deutschlandpolitik. Die Entwicklung der Beziehungen zwischen der Bundesrepublik Deutschland und der Deutschen Demokratischen Republik 1969 - 1979. Bericht und Dokumentation, hrsg. vom Bundesministerium für innerdeutsche Beziehungen, Melsungen 1980.

Zieger, Gottfried: Die Haltung der SED und DDR zur Einheit Deutschlands 1949 - 1987, Köln 1988.

Zieger, Gottfried: Vier-Mächte-Verantwortung für Deutschland als Ganzes, Berlin 1990.

Zündorf, Benno: Die Ostverträge. Die Verträge von Moskau, Warschau, Prag, das Berlin-Abkommen und die Verträge mit der DDR, München 1979.

12. Opposition, Widerstand und Verweigerung

Beleites, Michael: Untergrund. Ein Konflikt mit der Stasi in der Uran-Provinz, Berlin 1991.

Bohley, Bärbel/Fuchs, Jürgen u.a.: 40 Jahre DDR. Und die Bürger melden sich zu Wort, Berlin 1989.

DDR – Das Manifest der Opposition. Eine Dokumentation. Fakten – Analysen – Berichte, München 1978.

Dietrich, Christian/Schwabe, Uwe (Hrsg.): Freunde und Feinde. Friedensgebete in Leipzig zwischen 1981 und dem 9. Oktober 1989, Leipzig 1994.

Dowe, Dieter/Eckert, Rainer (Hrsg.): Von der Bürgerbewegung zur Partei. Die Gründung der Sozialdemokratie in der DDR. Diskussionsforum im Berliner Reichstag am 7. Oktober 1992, Bonn 1993.

Ehring, Klaus/Dallwitz, Martin (d.i. Knabe, Hubertus): Schwerter zu Pflugscharen. Friedensbewegung in der DDR, Reinbek 1982.

Eisenfeld, Bernd: Kriegsdienstverweigerung in der DDR – ein Friedensdienst?, Frankfurt/M. 1978.

Findeis, Hagen/Pollack, Detlef/Schilling, Manuel: Die Entzauberung des Politischen. Was ist aus den politisch alternativen Gruppen der DDR geworden? Interviews mit ehemals führenden Vertretern, Leipzig, Berlin 1994.

Fricke, Karl Wilhelm: Selbstbehauptung und Widerstand in der SBZ, Bonn (2.Aufl.) 1966.

Fricke, Karl Wilhelm: Opposition und Widerstand in der DDR. Ein politischer Report, Köln 1984.

Friedensbewegung in der DDR. Texte 1978 - 1982, hrsg. von Wolfgang Büscher, Peter Wensierski und Klaus Wolschner, Hattingen 1982.

Gutzeit, Martin/Meckel, Markus: Opposition in der DDR. Zehn Jahre kirchliche Friedensarbeit, kommentierte Quellentexte, Köln 1994.

Harich, Wolfgang: Keine Schwierigkeiten mit der Wahrheit. Zur nationalkommunistischen Opposition 1956 in der DDR, Berlin 1993.

Haufe, Gerda/Bruckmeier, Karl (Hrsg.): Die Bürgerbewegungen in der DDR und in den ostdeutschen Ländern, Opladen 1993.

Henrich, Rolf: Der vormundschaftliche Staat. Vom Versagen des real existierenden Sozialismus, Reinbek 1989.

Jande, Martin: Formierung und Krise der DDR-Opposition, Berlin 1996.

Jordan, Carlo/Kloth, Hans Michael (Hrsg.): Arche Nova. Opposition in der DDR. Das „Grün-ökologische Netzwerk Arche" 1988 - 90, Berlin 1995.

Kaff, Brigitte (Hrsg.): „Gefährliche politische Gegner": Widerstand und Verfolgung in der sowjetischen Zone/DDR, Düsseldorf 1995.

Kleßmann, Christoph (Hrsg.): Kinder der Opposition. Berichte aus Pfarrhäusern in der DDR, Gütersloh 1993.

Knabe, Hubertus (Hrsg.): Aufbruch in eine andere DDR. Reformer und Oppositionelle zur Zukunft ihres Landes, Reinbek 1989.

Koch, Uwe/Eschler, Stephan: „Zähne hoch – Kopf zusammenbeißen." Dokumente der Wehrdienstverweigerung in der DDR 1962 - 1990, Kückenshagen 1994.

Kroh, Ferdinand (Hrsg.): „Freiheit ist immer Freiheit ..." Die Andersdenkenden in der DDR, Frankfurt/M., Berlin 1988.

Krone, Tina/Schult, Reinhard (Hrsg.): „Seid untertan der Obrigkeit." Originaldokumente der Stasi-Kirchenabteilung XX/4, Berlin 1992.

Kuhrt, Eberhard: Wider die Militarisierung der Gesellschaft. Friedensbewegung und Kirche in der DDR, Melle 1984.

Matthias-Domaschk-Archiv Jena (Hrsg.): Die „Andere Geschichte", Erfurt 1993.

Meckel, Markus/Gutzeit, Martin: Opposition in der DDR. Zehn Jahre kirchliche Friedensarbeit – kommentierte Quellentexte, Köln 1994.

Mühlen, Patrik von zur: Der „Eisenberger Kreis". Jugendwiderstand und Verfolgung in der DDR 1953 - 1958, Bonn 1995.

Müller-Enbergs, Helmut (Hrsg.): Was will die Bürgerbewegung?, Augsburg 1992.

Müller-Enbergs, Helmut/Schulz, Marianne/Wielgohs, Jan (Hrsg.): Von der Illegalität ins Parlament. Werdegang und Konzepte der neuen Bürgerbewegungen, Berlin 1991.

Pollack, Detlef (Hrsg.): Die Legitimität der Freiheit. Politisch alternative Gruppen in der DDR unter dem Dach der Kirche, Frankfurt/M. u.a. 1990.

Poppe, Ulrike/Eckert, Rainer/Kowalczuk, Ilko-Sascha (Hrsg.): Zwischen Selbstbehauptung und Anpassung. Formen des Widerstandes und der Opposition in der DDR, Berlin 1995.

Probst, Lothar: Ostdeutsche Bürgerbewegungen und Perspektiven der Demokratie. Entstehung, Bedeutung und Zukunft, Köln 1993.

Rüddenklau, Wolfgang: Störenfried. DDR-Opposition 1986 - 1989. Mit Texten aus den „Umweltblättern", Berlin 1992.

Sauer, Heiner/Plumeyer, Hans-Otto: Der Salzgitter-Report. Die Zentrale Erfassungsstelle berichtet über Verbrechen im SED-Staat, Frankfurt/M., Berlin (2. Aufl.) 1993.

Wielgohs, Jan/Schulz, Marianne/Müller-Enbergs, Helmut: Bündnis 90. Entstehung, Entwicklung, Perspektiven. Ein Beitrag zur Parteienforschung im vereinten Deutschland, Berlin 1992.

13. Zusammenbruch der DDR, staatliche Vereinigung und innere Wiedervereinigung Deutschlands

Altendorf, Ralf/Jesse, Eckhard (Hrsg.): Das wiedervereinigte Deutschland, Düsseldorf 1995.

Andert, Reinhold/Herzberg, Wolfgang: Der Sturz. Erich Honecker im Kreuzverhör, Berlin, Weimar (2. Aufl.) 1991.

Auf dem Wege zur wirtschaftlichen Einheit Deutschlands. Jahresgutachten 1990/91 des Sachverständigenrates zur Begutachtung der gesamtwirtschaftlichen Entwicklung, Stuttgart 1990.

Bahrmann, Hannes/Links, Christoph: Chronik der Wende, 2. Bde., Berlin 1994 ff.
Bd. 1: Die DDR zwischen 7. Oktober und 18. Dezember 1989, Berlin 1994.
Bd. 2: Stationen der Einheit. Die letzten Monate der DDR, Berlin 1995.

Baker, James A.: Drei Jahre, die die Welt veränderten, Berlin 1996.

Baule, Bernward/Süssmuth, Rita (Hrsg.): Hannah Arendt und die Berliner Republik. Fragen an das vereinigte Deutschland, Berlin 1996.

Becker, Ulrich/Becker, Horst/Ruhland, Werner: Zwischen Angst und Aufbruch. Das Lebensgefühl der Deutschen in Ost und West nach der Wiedervereinigung, Düsseldorf 1992.

Behrend, Manfred (Hrsg.): Der schwere Weg der Erneuerung: Von der SED zur PDS. Eine Dokumentation, Berlin 1991.

Berg, Stefan: Das lange Leben der DDR. Ostdeutsche zwischen Emanzipation und Nationalismus, Berlin 1995.

Bergsdorf, Wolfgang: Deutschland im Streß, München 1993.

Blumenwitz, Dieter: Die Überwindung der deutschen Teilung und die Vier Mächte, Berlin 1990.

Bortfeldt, Heinrich: Von der SED zur PDS. Wandlung zur Demokratie?, Bonn, Berlin 1992.

Breuel, Birgit (Hrsg.): Treuhand intern. Tagebuch, Frankfurt/M., Berlin 1993.

DDR 1990. Zahlen und Fakten, hrsg. vom Statistischen Bundesamt, Stuttgart 1990.

Deppe, Hans-Ulrich (Hrsg.): Gesundheitssystem im Umbruch. Von der DDR zur BRD, Frankfurt/M. u.a. 1993.

Die wirtschaftliche Integration in Deutschland. Perspektiven, Wege, Risiken. Jahresgutachten 1991/92 des Sachverständigenrates zur Begutachtung der gesamtwirtschaftlichen Entwicklung, Stuttgart 1991.

Fischer, Alexander/Heydemann, Günther (Hrsg.): Die politische ‚Wende' 1989/90 in Sachsen. Rückblick und Zwischenbilanz, Weimar, Köln, Wien 1995.

Fischer, Wolfram/Hax, Herbert/Schneider, Hans-Karl: Die Treuhandanstalt. Das Unmögliche wagen. Forschungsberichte, Berlin 1993.

Fritze, Lothar: Innenansicht eines Ruins. Gedanken zum Untergang der DDR, München 1993.

Gahlen, Bernhard (Hrsg.): Von der Plan- zur Marktwirtschaft. Eine Zwischenbilanz, Tübingen 1992.

Geißler, Rainer (Hrsg.): Sozialer Umbruch in Ostdeutschland, Opladen 1993.

Giesen, Bernd/Leggewie, Claus (Hrsg.): Experiment Vereinigung. Ein sozialer Großversuch, Berlin 1991.

Glatzer, Wolfgang/Noll, Heinz-Herbert (Hrsg.): Lebensverhältnisse in Deutschland. Ungleichheit und Angleichung, Frankfurt/M., New York 1992.

Grabner, Wolf-Jürgen (Hrsg.): Leipzig im Oktober. Kirchen und alternative Gruppen im Umbruch der DDR, Analysen zur Wende, Berlin 1990.

Gransow, Volker/Jarausch, Konrad H. (Hrsg.): Die deutsche Vereinigung. - Dokumente zu Bürgerbewegung, Annäherung und Beitritt, Köln 1991.

Gröner, Helmut/Kanzenbach, Erhard/Mayer, Otto G. (Hrsg.): Wirtschaftspolitische Probleme der Integration der ehemaligen DDR in die Bundesrepublik, Berlin 1991.

Gros, Jürgen: Entscheidung ohne Alternativen? Die Wirtschafts-, Finanz- und Sozialpolitik im deutschen Vereinigungsprozeß 1989/90, Mainz 1994.

Grosser, Dieter/Bierling, Stephan/Kurz, Friedrich: Die sieben Mythen der Wiedervereinigung. Fakten und Analysen zu einem Prozeß ohne Alternative, München 1991.

Gutmann, Gernot (Hrsg.): Die Wettbewerbsfähigkeit der ostdeutschen Wirtschaft. Ausgangslage, Berlin 1995.

Gutmann, Gernot/Wagner, Ulrich (Hrsg.): Ökonomische Erfolge und Mißerfolge der deutschen Vereinigung. Eine Zwischenbilanz, Stuttgart 1994.

Hankel, Wilhelm: Die sieben Todsünden der Vereinigung. Wege aus dem Wirtschaftsdesaster, Berlin 1993.

Henrich, Dieter: Nach dem Ende der Teilung. Über Identitäten und Intellektualität in Deutschland, Frankfurt/M. 1993.

Herles, Helmut/Rose, Ewald (Hrsg.): Vom Runden Tisch zum Parlament, Bonn 1990.

Hoffmann, Christa: Stunden Null? Vergangenheitsbewältigung in Deutschland 1945 und 1989, Berlin 1992.

Hollitzer, Tobias (Hrsg.): Einblick in das Herrschaftswissen einer Diktatur – Chance oder Fluch? Plädoyers gegen die öffentliche Verdrängung, Opladen 1996.

Iwan, Klaus: Nach der Wende. Chaos ohne Ende, Leichlingen 1995.

Jarausch, Konrad H.: Die unverhoffte Einheit 1989 - 1990, Frankfurt/M. 1995.

Jesse, Eckhard/Mitter, Arnim (Hrsg.): Die Gestaltung der deutschen Einheit. Geschichte – Politik – Gesellschaft, Bonn 1992.

Joas, Hans/Kohli, Martin (Hrsg.): Der Zusammenbruch der DDR. Soziologische Analysen, Frankfurt/M. 1992.

Jugendwerk der Deutschen Shell (Hrsg.): Jugend '92. Lebenslagen, Orientierungen und Entwicklungsperspektiven im vereinigten Deutschland, 4 Bde., Opladen 1992.

Kiessler, Richard/Elbe, Frank: Ein runder Tisch mit scharfen Ecken. Der diplomatische Weg zur deutschen Einheit, Baden-Baden 1993.

Kleinhenz, Gerhard (Hrsg.): Sozialpolitik im vereinten Deutschland I, Berlin 1991.

Kohl, Helmut: „Ich wollte Deutschlands Einheit". Dargestellt von Kai Diekmann und Ralf Georg Reuth, Berlin 1996.

Korte, Karl-Rudolf: Die Chance genutzt? Die Politik zur Einheit Deutschlands, Frankfurt/M., New York 1994.

Koschyk, Hartmut/Weiß, Konrad (Hrsg.): Von Erblasten und Seilschaften. Die Folgen der SED-Diktatur und Gefahren für die Demokratie, München 1996.

Kuhn, Ekkehard: Gorbatschow und die deutsche Einheit. Aussagen der wichtigsten russischen und deutschen Beteiligten, Bonn 1993.

Lampe, Ernst-Joachim (Hrsg.): Die Verfolgung von Regierungskriminalität der DDR nach der Wiedervereinigung. Deutsche Wiedervereinigung, Bd. II, Köln 1993.

Lampert, Heinz: Sozialpolitische Probleme der Umgestaltung in der DDR. Konsequenzen für die Deutschlandpolitik, Königswinter 1990.

Lang, Jürgen/Moreau, Patrick/Neu, Viola: Auferstanden aus Ruinen ...? Die PDS nach dem Super-Wahljahr 1994, Sankt Augustin 1995.

Leipzig im Herbst, hrsg. vom Bürgerkomitee Leipzig, Leipzig 1990.

Lepenies, Wolf: Folgen einer unerhörten Begebenheit. Die Deutschen nach der Vereinigung, Berlin 1992.

Lichtblau, Karl: Von der Transfer- in die Marktwirtschaft. Strukturpolitische Leitlinien für die neuen Bundesländer, Köln 1995.

Lindner, Bernd u.a.: Demonteure. Biographien des Leipziger Herbst, Bielefeld 1992.

Löw, Konrad (Hrsg.): Ursachen und Verlauf der deutschen Revolution 1989, Berlin 1991.

Maizière, Lothar de: Anwalt der Einheit. Im Gespräch mit Christine de Maizière, Berlin 1996.

Moreau, Patrick: PDS. Anatomie einer postkommunistischen Partei, Bonn 1992.

Moreau, Patrick/Lang, Jürgen: Was will die PDS?, Frankfurt/M. 1994.

Moreau, Patrick/Lang, Jürgen: Linksextremismus. Eine unterschätzte Gefahr?, Bonn 1995.

Münch, Ingo von (Hrsg.): Dokumente der Wiedervereinigung Deutschlands, Stuttgart 1991.

Muszynski, Bernhard (Hrsg.): Deutsche Vereinigung. Probleme der Integration und der Identifikation, Opladen 1991.

Nakath, Detlef/Stephan, Gerd-Rüdiger: Countdown zur deutschen Einheit, Berlin 1996.

Neubert, Ehrhart: Eine protestantische Revolution, Berlin 1991.

Nolte, Dirk/Sitte, Ralf/Wagner, Alexandra (Hrsg.): Wirtschaftliche und soziale Einheit Deutschlands. Eine Bilanz, Köln 1995.

Noske, Heiner (Hrsg.): Der Rechtsstaat am Ende? Analysen, Standpunkte, Perspektiven, München, Landsberg 1995.

Pechmann, Roland/Vogel, Jürgen (Hrsg.): Das Jahr 1989 in Presseartikeln und Stasi-Dokumenten, Braunschweig 1991.

Pilz, Frank/Ortwein, Heike: Das vereinte Deutschland, Stuttgart 1992.

Pond, Elizabeth: Beyond the Wall. Germany´s Road to Unification, Washington, D.C. 1993.

Priewe, Jan/Hickel, Rudolf: Der Preis der Einheit. Bilanz und Perspektiven der deutschen Vereinigung, Frankfurt/M. 1991.

Probst, Lothar: Der Norden wacht auf. Zur Geschichte des politischen Umbruchs in Rostock im Herbst 1989, Bremen 1993.

Richter, Michael: Die Revolution in Deutschland 1989/90. Anmerkungen zum Charakter der „Wende", Dresden 1995.

Ridinger, Rudolf: Transformation im Wandel, Bonn 1995.

Rühl, Christof (Hrsg.): Institutionelle Reorganisation in den neuen Ländern. Selbstverwaltung zwischen Markt und Zentralstaat, Marburg 1992.

Rühl, Lothar: Zeitenwende in Europa. Der Wandel der Staatenwelt und der Bündnisse, Stuttgart 1990.

Sarel, Benno: Arbeiter gegen den „Kommunismus". Zur Geschichte des Proletarischen Widerstandes in der DDR (1945 - 1958), Göttingen, Berlin (2. Aufl.) 1991.

Schabowski, Günter: Das Politbüro. Ende eines Mythos. Eine Befragung, hrsg. von Frank Sieren und Ludwig Koehne, Reinbek 1990.

Schabowski, Günter: Der Absturz, Berlin 1991.

Schäuble, Wolfgang: Der Vertrag. Wie ich über die deutsche Einheit verhandelte, Stuttgart 1991.

Scheuch, Erwin K.: Wie deutsch sind die Deutschen? Eine Nation wandelt ihr Gesicht, Bergisch-Gladbach 1991.

Schmähl, Winfried (Hrsg.): Sozialpolitik im Prozeß der deutschen Vereinigung, Frankfurt/M., New York 1992.

Schneider, Rolf: Volk ohne Trauer. Notizen nach dem Untergang der DDR, Göttingen 1992.

Schröder, Richard: Deutschland schwierig Vaterland. Für eine neue politische Kultur, Freiburg 1993.

Schröder, Richard: Vom Gebrauch der Freiheit. Gedanken über Deutschland nach der Wiedervereinigung, Stuttgart 1996.

Schüddekopf, Charles (Hrsg.): „Wir sind das Volk!", Flugschriften, Aufrufe und Texte einer deutschen Revolution, Reinbek 1990.

Schüller, Alfred u.a.: Zur Tranformation von Wirtschaftssystemen. Von der sozialistischen Planwirtschaft zur sozialen Marktwirtschaft, Marburg (2. Aufl.) 1991.

Schwilk, Heino/Schacht, Ulrich (Hrsg.): Die selbstbewußte Nation, Frankfurt/M., Berlin 1994.

Seibel, Wolfgang (Hrsg.): Verwaltungsreform und Verwaltungspolitik im Prozeß der deutschen Einigung, Baden-Baden 1993.

Siebert, Horst: Das Wagnis der Einheit. Eine wirtschaftspolitische Therapie, Stuttgart 1992.

Siedler, Wolf Jobst: Der Verlust des alten Europa. Ansichten zur Geschichte und Gegenwart, Stuttgart 1996.

Sinn, Gerlinde u. Hans-Werner: Kaltstart. Volkswirtschaftliche Aspekte der deutschen Vereinigung, Tübingen 1991.

Stephan, Gerd-Rüdiger (Hrsg.): Vorwärts immer, rückwärts nimmer! Interne Dokumente zum Zerfall von SED und DDR 1988/89, Berlin 1994.

Stern, Klaus/Schmidt-Bleibtreu, Bruno: Verträge und Rechtsakte zur Deutschen Einheit, Bd. 2: Einigungsvertrag, München 1990.

Stern, Klaus (Hrsg.): Vier Jahre deutsche Einheit: Verbesserung der gesetzlichen, administrativen und finanzstrukturellen Rahmenbedingungen in der Bundesrepublik Deutschland, München 1995.

Suhl, Klaus (Hrsg.): Vergangenheitsbewältigung 1945 und 1989. Ein unmöglicher Vergleich?, Berlin 1994.

Teltschik, Horst: 329 Tage. Innenansichten der Einigung, Berlin 1991.

Thaysen, Uwe: Der Runde Tisch oder Wo blieb das Volk? Der Weg der DDR in die Demokratie, Opladen 1990.

Thies, Jochen/Wagner, Wolfgang (Hrsg.): Das Ende der Teilung. Der Wandel in Deutschland und Osteuropa, Bonn 1990.

Und diese verdammte Ohnmacht. Report der Unabhängigen Untersuchungskommission zu den Ereignissen vom 7./8. Oktober 1989 in Berlin, Berlin 1991.

Veen, Hans-Joachim (Hrsg.): *Eine* Jugend in Deutschland?, Opladen 1994.

Veen, Hans-Joachim/Zelle, Carsten: Zusammenwachsen oder Auseinanderdriften? Eine empirische Analyse der Werthaltungen, der politischen Prioritäten und der nationalen Identifikationen der Ost- und Westdeutschen, Sankt Augustin (2. Aufl.) 1995.

Villain, Jean: Die Revolution verstößt ihre Väter. Aussagen und Gespräche zum Untergang der DDR, Bern 1990.

Voigt, Dieter/Mertens, Lothar (Hrsg.): Umgestaltung und Erneuerung im vereinigten Deutschland, Berlin 1993.

Vom Zentralplan zur sozialen Marktwirtschaft. Erfahrungen der Deutschen beim Systemwechsel, hrsg. von der Ludwig-Erhard-Stiftung, Bonn, Stuttgart 1992.

Wagner, Gert (Hrsg.): Lebenslagen im Wandel. Basisdaten und -analysen zur Entwicklung in Ostdeutschland, Frankfurt/M. 1991.

Waigel, Theo/Schell, Manfred: Tage, die Deutschland und die Welt veränderten. Vom Mauerfall zum Kaukasus. Die Deutsche Währungsunion, München 1994.

Walters, Vernon A.: Die Vereinigung war vorhersehbar. Hinter den Kulissen eines entscheidenden Jahres, Berlin 1994.

Weber, Jürgen/Piazolo, Michael (Hrsg.): Eine Diktatur vor Gericht. Aufarbeitung von SED-Unrecht durch die Justiz, München 1995.

Wegner, Manfred: Bankrott und Aufbau. Ostdeutsche Erfahrungen, Baden-Baden 1995.

Wilke, Manfred/Fischer, Alexander (Hrsg.): Probleme des Zusammenwachsens im wiedervereinigten Deutschland, Berlin 1994.

Wuttke, Carola/Musiolek, Bernd (Hrsg.): Parteien und politische Bewegungen im letzten Jahr der DDR. Oktober 1989 bis April 1990, Berlin 1991.

Zelikow, Philip/Rice, Condoleezza: Sternstunde der Diplomatie. Die deutsche Einheit und das Ende der Spaltung Europas, Berlin 1997.

Zur wirtschaftlichen und sozialen Lage in den neuen Bundesländern, hrsg. vom Statistischen Bundesamt, Wiesbaden 1992 f.

Zwahr, Hartmut: Ende einer Selbstzerstörung. Leipzig und die Revolution in der DDR, Göttingen 1991.

14. Staats- bzw. parteioffizielle Literatur aus der DDR

Ahrbeck, Rosemarie: Die allseitig entwickelte Persönlichkeit, Berlin (Ost) 1979.

Arbeitsgesetzbuch der DDR und andere Rechtsvorschriften, Berlin (Ost) 1980.

Armee für Frieden und Sozialismus. Geschichte der Nationalen Volksarmee der DDR, Berlin (Ost) (2. Aufl.) 1987.

Außenpolitik der DDR. Sozialistische deutsche Friedenspolitik, hrsg. vom Institut für Internationale Beziehungen, Berlin (Ost) 1982.

Badstübner, Rolf (Leiter des Autorenkollektivs): Geschichte der Deutschen Demokratischen Republik, Berlin (Ost) (3. Aufl.) 1987.

Benjamin, Hilde: Zur Geschichte der Rechtspflege der DDR, Berlin (Ost).
a) 1945 - 1949, Berlin (Ost) 1976.
b) 1949 - 1961, Berlin (Ost) 1980.
c) 1945 - 1949, Berlin (Ost) 1982.

Benjamin, Hilde u.a.: Aus Reden und Aufsätzen, Berlin (Ost) 1982.

Bodenrecht der DDR, hrsg. von einem Autorenkollektiv, Berlin (Ost) 1989, Goldbach (Nachdruck) 1995.

Brühl, Reinhard: Armee für Frieden und Sozialismus. Geschichte der Nationalen Volksarmee der DDR, Berlin (Ost) (2. Aufl.) 1987.

Demokratischer Frauenbund Deutschlands. Geschichte des DFD, hrsg. vom Bundesvorstand des DFD, Leipzig 1989.

Der demokratische Zentralismus. Theorie und Praxis, hrsg. von der Akademie für Staats- und Rechtswissenschaft der DDR, Berlin (Ost) 1981.

Die NVA in der sozialistischen Verteidigungskoalition. Auswahl von Dokumenten und Materialien 1955/56 bis 1981, Berlin (Ost) 1982.

Doernberg, Stefan: Die Geburt eines neuen Deutschland 1945 - 1949. Die antifaschistisch-demokratische Umwälzung und die Entstehung der DDR, Berlin (Ost) (2. Aufl.) 1959.

Dokumente der Sozialistischen Einheitspartei Deutschlands. Beschlüsse und Erklärungen des Zentralkomitees sowie seines Politbüros und seines Sekretariats, hrsg. vom Zentralkomitee der SED, Bde. I-XXI, Berlin (Ost) 1951 - 1989.

Dokumente zur Außenpolitik der Deutschen Demokratischen Republik, 33 Bde., Berlin (Ost) 1954 ff.

Dokumente zur Geschichte des Schulwesens in der Deutschen Demokratischen Republik, hrsg. von der Kommission für deutsche Erziehungs- und Schulgeschichte der Deutschen Akademie der Wissenschaften zu Berlin. Monumenta Paedagogica VI, VII/1, VII/2, XVI/1 und XVI/2, Berlin (Ost) 1969 - 1975.

Dokumente zur Geschichte des Schulwesens in der Deutschen Demokratischen Republik 1973 - 1980/81, Berlin (Ost) 1986.

Geschichte der deutschen Arbeiterbewegung, hrsg. vom Institut für Marxismus-Leninismus beim ZK der SED, Bde. 6-8, Berlin (Ost) 1966.

Geschichte der Deutschen Volkspolizei, hrsg. von einem Autorenkollektiv, Bd. I (1945 - 1961), Bd. II (1961 - 1985), Berlin (Ost) (2. Aufl.) 1987.

Geschichte der SED. Abriß, Berlin (Ost) 1978.

Gesetzbuch der Arbeit der DDR und andere arbeitsrechtliche Vorschriften, Berlin (Ost) 1975.

Gesetz über die örtlichen Vertretungsorgane in der DDR. Kommentar, Berlin (Ost) 1989, Goldbach (Nachdruck) 1995.

Grandke, Anita: Familienförderung als gesellschaftliche und staatliche Aufgabe, Berlin (Ost) 1981.

Günther, Karl-Heinz u.a.: Das Bildungswesen der Deutschen Demokratischen Republik, Berlin (Ost) (3. Aufl.) 1989.

Gurtz, Johannes/Kaltofen, Gotthold: Der Staatshaushalt der DDR. Grundriß, Berlin (Ost) (2. Aufl.) 1987.

Hahn, Erich/Kosing, Alfred: Marxistisch-leninistische Philosophie, Berlin (Ost) 1982.

Handbuch für die politische Arbeit in Truppenteilen und Einheiten der Nationalen Volksarmee. Inhaltliche und methodische Hinweise für Kommandeure, Politarbeiter und Funktionäre der Partei- und Massenorganisationen, Berlin (Ost) 1988.

Handbuch gesellschaftlicher Organisationen in der DDR. Massenorganisationen, Verbände, Vereinigungen, Gesellschaften, Genossenschaften, Komitees, Ligen, Berlin (Ost) 1985.

Handbuch Militärisches Grundwissen, NVA-Ausgabe, Berlin (Ost) (15. Aufl.) 1986.

Heitzer, Heinz (Hrsg.): DDR-Geschichte in der Übergangsperiode (1945 bis 1961), Berlin (Ost) 1987.

Honecker, Margot: Zur Bildungspolitik und Pädagogik in der Deutschen Demokratischen Republik, Berlin (Ost) 1986.

Klassenkampf, Tradition, Sozialismus, hrsg. vom Zentralinstitut für Geschichte, Berlin (Ost) 1974.

Klaus, Georg/Buhr, Manfred: Philosophisches Wörterbuch, 2 Bde., Leipzig (13. Aufl.) 1976 und Berlin 1985 (verschiedene Nachdrucke und Lizenzausgaben).

Kleines Politisches Wörterbuch, hrsg. unter der Leitung von Gertrud Schütz, Berlin (Ost) (7. Aufl.) 1988.

Klohr, Olof (Hrsg.): Religion und Atheismus heute, Berlin (Ost) 1966.

Kommentar zum Familiengesetzbuch der Deutschen Demokratischen Republik vom 20. Dezember 1965, hrsg. vom Ministerium der Justiz, Berlin (Ost) (5. Ausgabe) 1982, Goldbach (Nachdruck) 1996.

Kommentar zum Gesetz über das Vertragswesen in der sozialistischen Wirtschaft vom 25. März 1982, hrsg. vom Staatlichen Vertragsgericht, Berlin (Ost) 1989, Goldbach (Nachdruck) 1995.

Kommentar zum Strafgesetzbuch der Deutschen Demokratischen Republik, hrsg. vom Ministerium der Justiz, Berlin (Ost) (5. Ausgabe) 1987, Goldbach (Nachdruck) 1995.

Kommentar zum Zivilgesetzbuch der Deutschen Demokratischen Republik vom 19. Juni 1975, hrsg. vom Ministerium der Justiz, Berlin (Ost) (2. Ausgabe) 1985, Goldbach (Nachdruck) 1995.

Kosing, Alfred: Nation in Geschichte und Gegenwart. Studie zur historisch-nationalistischen Theorie der Nation, Berlin (Ost) 1976.

Kosing, Alfred: Wörterbuch der marxistisch-leninistischen Philosophie, Berlin (Ost) 1985.

Laabs, Hans-Joachim u.a. (Hrsg.): Pädagogisches Wörterbuch, Berlin (Ost) 1987.

Lozek, Gerhard: Die Totalitarismus-Doktrin im Antikommunismus. Kritik einer Grundkomponente bürgerlicher Ideologie, Berlin (Ost) 1985.

Manz, Günter/Winkler, Gunnar (Hrsg.): Sozialpolitik, Berlin (Ost) 1985.

Marxistisch-Leninistische Staats- und Rechtstheorie. Lehrbuch, Berlin (Ost) (3. Aufl.) 1980.

Neuner, Gerhart: Allgemeinbildung, Berlin (Ost) 1989.

Protokolle des I. bis XI. Parteitages der Sozialistischen Einheitspartei Deutschlands, hrsg. von der Sozialistischen Einheitspartei Deutschlands, Berlin (Ost) 1946 - 1986.

Reinhold, Otto: Die Gestaltung unserer Gesellschaft. Die theoretische Konzeption der entwickelten sozialistischen Gesellschaft und die gesellschaftspolitische Strategie der SED, Berlin (Ost) 1986.

Riege, Gerhard: Die Staatsbürgerschaft der DDR, Berlin (Ost) (2. Aufl.) 1986.

Schmidt, Walter u.a. (Hrsg.): Deutsche Geschichte in zwölf Bänden, Bd. 9: Die antifaschistisch-demokratische Umwälzung, der Kampf gegen die Spaltung Deutschlands und die Entstehung der DDR von 1945 bis 1949, hrsg. von Rolf Badstübner u.a., Berlin (Ost) 1989.

Sozialismus und Persönlichkeit, hrsg. von einem Autorenkollektiv unter der Leitung von Leonid Archangelski, Berlin (Ost) 1980.

Sozialistisches Bildungsrecht: Allgemeine Bestimmungen. Textausgabe, hrsg. vom Ministerium für Volksbildung, Berlin (Ost) 1988.

Staatliche Dokumente zur sozialistischen Jugendpolitik in der Deutschen Demokratischen Republik, hrsg. vom Amt für Jugendfragen beim Ministerrat der DDR, o. J. Berlin (Ost).

Staatsrecht der DDR. Lehrbuch, hrsg. von der Akademie für Staats- und Rechtswissenschaft der DDR, Berlin (Ost) (2. Aufl.) 1984, Goldbach (Nachdruck) 1995.

Statistisches Jahrbuch 1989 der Deutschen Demokratischen Republik, hrsg. von der Staatlichen Zentralverwaltung für Statistik, 34. Jahrgang, Berlin (Ost) 1989.

Verfassungen der Deutschen Demokratischen Republik. Dokumente und Kommentare, hrsg. von Klaus Sorgenicht u.a., 2 Bde., Berlin (Ost) 1969.

Verwaltungsrecht. Lehrbuch, hrsg. von der Akademie für Staats- und Rechtswissenschaft der DDR, Berlin (Ost) (2. Aufl.) 1988, Goldbach (Nachdruck) 1995.

Winkler, Gunnar (Hrsg.): Geschichte der Sozialpolitik der DDR 1945 - 1985, Berlin (Ost) 1989.

Wirtschaftsrecht für staatswissenschaftliche Ausbildung. Grundriß, hrsg. von einem Autorenkollektiv am Lehrstuhl Wirtschaftsrecht an der Akademie für Staats- und Rechtswissenschaften, Berlin (Ost) 1986, Goldbach (Nachdruck) 1995.

Zivilprozeßrecht der DDR. Kommentar zur Zivilprozeßordnung, Berlin (Ost) 1987, Goldbach (Nachdruck) 1995.

Zivilrecht. Lehrbuch. Leitung und Gesamtredaktion: Joachim Göhring und Martin Posch, Berlin (Ost) 1981, Goldbach (Nachdruck) 1995.

Herausgeber, Autoren, Koordinatoren

Manfred Agethen, geb. 1948 in Bochum, Dr. phil., wissenschaftlicher Mitarbeiter im Historischen Archiv des Bereichs Wissenschaftliche Dienste der Konrad-Adenauer-Stiftung.
Artikel: Bodenreform – Christliche Friedenskonferenz (CFK) – Gesellschaft für Deutsch-Sowjetische Freundschaft (DSF).

Steffen Alisch, geb. 1964 in Freiberg/Sachsen, Dipl.-Politologe, wissenschaftlicher Mitarbeiter im Forschungsverbund SED-Staat an der Freien Universität Berlin.
Artikel: Freier Deutscher Gewerkschaftsbund (FDGB) – Institut für internationale Politik und Wirtschaft (IPW) (Co-Autor) – Internationalismus, proletarischer und sozialistischer (Co-Autor) – Sozialistische Einheitspartei Deutschlands (SED) (Co-Autor).

Oskar Anweiler, geb. 1925 in Rawicz/Polen, Dr. phil., Professor em. für Pädagogik an der Ruhr-Universität Bochum.
Artikel: Berufsausbildung – Erwachsenenbildung – Fachschulen – Polytechnische Bildung – Vorschulerziehung.

Thomas Auerbach, geb. 1947 in Leipzig, Dipl.-Sozialpädagoge, Mitarbeiter in der Abteilung Bildung und Forschung beim Bundesbeauftragten für die Unterlagen des Staatssicherheitsdienstes der ehemaligen DDR, Berlin.
Artikel: Zersetzung.

Udo Baron, geb. 1963 in Bremen, M. A., wissenschaftlicher Referent für Bündnis 90/Die Grünen für die Enquete-Kommission „Deutsche Einheit".
Artikel: Aufarbeitung (Co-Autor).

Udo Bartsch, geb. 1942 in Waldenburg/Schlesien, Dr. phil., Referatsleiter im Bundesministerium des Innern.
Artikel: Kulturbund.

Michael Beintker, geb. 1947 in Berlin, Dr. theol.habil., Professor für Systematische Theologie mit dem Schwerpunkt Reformierte Theologie an der Universität Münster.
Artikel: Marxistisches Menschenbild.

Andreas von Below, geb. 1946 in Kassel, Dr. phil., stellvertretender Leiter des Bereichs Politische Bildung und Leiter der Hauptabteilung Bildungswerke der Konrad-Adenauer-Stiftung.
Artikel: Geraer Forderungen.

Inge Bennewitz, geb. 1941 in Dömitz/Elbe, Dipl.-Chemikerin, freie Journalistin.
Artikel: Zwangsaussiedlungen.

Wolfgang Bergsdorf, geb. 1941 in Bensberg, Dr. phil., Ministerialdirektor im Bundesministerium des Innern und Professor für Politische Wissenschaft an der Universität Bonn.
Artikel: Sprache und Politik.

Dieter Blumenwitz, geb. 1939 in Regensburg, Dr. jur., Professor für Staats- und Völkerrecht an der Universität Würzburg.
Artikel: Grundlagenvertrag – Oder-Neiße-Grenze – Staatsangehörigkeit, deutsche.

Henner Jörg Boehl, geb. 1960 in Günzburg a. d. Donau, Dr. jur., M. A., Referent der CDU/CSU-Bundestagsfraktion.
Artikel: Beitritt.

Georg Brunner, geb. 1936 in Budapest, Dr. jur., Professor für Öffentliches Recht, Allgemeine Staatslehre und Ostrecht, Direktor des Instituts für Ostrecht an der Universität zu Köln.
Artikel: Eigentum – Führungsanspruch der SED – Verfassung.

Günter Buchstab, geb. 1944 in Lauchheim/Württ., Dr. phil., Mitglied der Geschäftsleitung und Leiter des Bereichs Wissenschaftliche Dienste und des Archivs für Christlich-Demokratische Politik der Konrad-Adenauer-Stiftung.
Artikel: Christlich-Demokratische Union Deutschlands (CDU) – SAPMO (Stiftung Archiv der Parteien und Massenorganisationen der DDR im Bundesarchiv).

Hannsjörg F. Buck, geb. 1934 in Dinslaken/Rhld., Dipl.-Volkswirt, Dr. rer. pol., wissenschaftlicher Referent im Bundesarchiv.
Artikel: Bauwirtschaft und Wohnungswesen – Staatshaushalt – Steuern.

Stefan Creuzberger, geb. 1961 in Calw, Dr. phil., Wissenschaftsredakteur der Zeitschrift OSTEUROPA in Aachen.
Artikel: Sowjetische Militäradministration in Deutschland (SMAD).

Udo Diel, geb. 1960 in Düsseldorf, Dipl.-Jurist, Referent im Referat Grundsatzfragen und Leistungsrecht der Rentenversicherung, Bundesministerium für Arbeit und Sozialordnung.
Artikel: Renten.

Karl Eckart, geb. 1939 in Brakelsiek, Dr. rer. nat., Professor für Angewandte Geographie an der Gerhard-Mercator-Universität-Gesamthochschule-Duis-

burg; Vorsitzender der Gesellschaft für Deutschlandforschung und Leiter der Fachgruppe Geographie und Raumplanung.
Artikel: Landwirtschaft.

Rainer Eckert, geb. 1950 in Potsdam, Dr. phil., Leiter der Projektgruppe Leipzig des Hauses der Geschichte der Bundesrepublik Deutschland.
Artikel: Entnazifizierung – Massenorganisationen – Schulungswesen der SED – Verband der Kleingärtner, Siedler und Kleintierzüchter der DDR (VKSK).

Bernd Eisenfeld, geb. 1941 in Falkenstein/Vogtland, Betriebswirt, wissenschaftlicher Mitarbeiter in der Abteilung Bildung und Forschung beim Bundesbeauftragten für die Unterlagen des Staatssicherheitsdienstes der ehemaligen DDR, Berlin.
Artikel: Ausreise – Bausoldaten – Fluchtbewegung – Militarisierung der Gesellschaft – Vormilitärische Ausbildung – Wehrdienstverweigerer.

Rainer Eppelmann, geb. 1943 in Berlin, Pfarrer, Mitglied des Deutschen Bundestages und Vorsitzender der beiden Enquete-Kommissionen zur Aufarbeitung der SED-Diktatur.
Artikel: Bürgerrechtsbewegung (Co-Autor) – Zusammenbruch der DDR und deutsche Einheit (Co-Autor).

Gerhard Finn, geb. 1930 in Berlin, Journalist, Vorsitzender der Union der Opferverbände kommunistischer Gewaltherrschaft, Berlin, und des Häftlingsbeirates Buchenwald 2, Weimar.
Artikel: Häftlinge, politische – Nationale Mahn- und Gedenkstätten – Opfer der SED-Diktatur – Schau- und Geheimprozesse – Waldheimer Prozesse.

Bernd-Reiner Fischer, geb. 1955 in Görlitz, Dr. paed., wissenschaftlicher Mitarbeiter am Institut für Allgemeine Pädagogik, Abteilung Empirische Bildungsforschung und Methodenlehre, der Humboldt-Universität zu Berlin.
Artikel: Erziehung, politisch-ideologische.

Günter Förster, geb. 1934 in Görlitz/Sachsen, Dipl. rer. pol., Referent beim Bundesbeauftragten für die Unterlagen des Staatssicherheitsdienstes der ehemaligen DDR, Berlin.
Artikel: Juristische Hochschule Potsdam (JHS) (Co-Autor).

Marion Frantzioch-Immenkeppel, geb. 1956 in Bonn, Dr. phil., Oberregierungsrätin, Referentin im Bundesministerium des Innern.
Artikel: Vertriebene (Umsiedler).

Karl Wilhelm Fricke, geb. 1929 in Hoym, Dr. phil. h. c., Publizist, Köln.
Artikel: Ausbürgerung – Geheimnisträger – Initiativgruppen der KPD – Kadernomenklaturen – Kaderprogramme – Staatssicherheit, Ministerium für

(MfS) – Stalinismus (Co-Autor) – Terror – Unterdrückungsmechanismen – Wachsamkeit – Widerstand, Opposition und Verweigerung (Co-Autor).

Wolfgang-Uwe Friedrich, geb. 1952 in Bodenwerder/Weser, Dr. phil. habil., Professor für Politische Wissenschaft an der Universität Hildesheim, Leiter des Deutsch-Amerikanischen Arbeitskreises, Hannover.
Artikel: Antikommunismus – Nation – Revolution – SED und deutsche Frage.

Jürgen Frölich, geb. 1955 in Kassel, Dr. phil., stellvertretender Leiter des Archivs des Deutschen Liberalismus.
Artikel: Liberal-Demokratische Partei Deutschlands (LDPD) – Nationaldemokratische Partei Deutschlands (NDPD).

Joachim Gauck, geb. 1940 in Rostock, Bundesbeauftragter für die Unterlagen des Staatssicherheitsdienstes der ehemaligen DDR, Berlin.
Artikel: Stasi-Akten.

Jörg-Dieter Gauger, geb. 1947 in Lüdenscheid, Dr. phil., Leiter der Abteilung Bildung und Hochschulen des Bereichs Wissenschaftliche Dienste der Konrad-Adenauer-Stiftung, Lehrbeauftragter für Politische Wissenschaft an der Universität Bonn.
Artikel: Diktatur des Proletariats – Parteilichkeit (Co-Autor) – Personenkult (Co-Autor).

Hans Geisler, geb. 1940 in Lauban/Schlesien, Dr. rer. nat., Mitglied des Sächsischen Landtags, Sächsischer Staatsminister für Soziales, Gesundheit und Familie.
Artikel: Gesundheitswesen.

Martin Georg Goerner, geb. 1957 in Dessau, Dr. phil., wissenschaftlicher Mitarbeiter im Sekretariat der Enquete-Kommission des Deutschen Bundestages „Überwindung der Folgen der SED-Diktatur im Prozeß der deutschen Einheit“.
Artikel: Sozialismus (Co-Autor).

Dieter Gräf, geb. 1944 in Ronneburg, Jurist, Referatsleiter im Bundesamt zur Regelung offener Vermögensfragen, Berlin.
Artikel: Rechtsanwälte.

Hans-Jürgen Grasemann, geb. 1946 in Hannover, Dr. jur., Abteilungsleiter in der Staatsanwaltschaft Braunschweig.
Artikel: Strafvollzug – Zentrale Erfassungsstelle Salzgitter.

Sabine Gries, geb. 1953 in Bochum, Dipl. rer. soc., wissenschaftliche Mitarbeiterin an der Universität Bochum.

Artikel: Juristische Hochschule Potsdam (JHS) (Co-Autorin) – Reisekader und Auslandskader (Co-Autorin) – Zulassungsbedingungen im Bildungswesen (Co-Autorin).

Dieter Grosser, geb. 1929 in Schweidnitz, Dr. rer. pol., Professor em. für Politikwissenschaft an der Universität München.
Artikel: Währungs-, Wirtschafts- und Sozialunion (WWS).

Gernot Karl Gutmann, geb. 1929 in Freiburg/Br., Prof. Dr. Dr. h. c., Professor em. für wirtschaftliche Staatswissenschaften an der Universität zu Köln.
Artikel: Aktivistenbewegung – Neues Ökonomisches System – Planungsmechanismen in der Wirtschaft – Wirtschaft.

Maria Haendcke-Hoppe-Arndt, geb. 1937 in Berlin, Dipl.-Volkswirtin, wissenschaftliche Mitarbeiterin beim Bundesbeauftragten für die Unterlagen des Staatssicherheitsdienstes der ehemaligen DDR, Berlin.
Artikel: Außenwirtschaft – Innerdeutsche Wirtschafts- und Finanzbeziehungen.

Hannelore Hamel, geb. 1930 in Troisdorf, Dr. rer. pol., Akademische Oberrätin an der Forschungsstelle zum Vergleich wirtschaftlicher Lenkungssysteme der Universität Marburg.
Artikel: Fünfjahrplan – Prämiensystem – Rat für Gegenseitige Wirtschaftshilfe (RGW) – Wettbewerb, sozialistischer.

Leo Haupts, geb. 1927 in Aachen, Dr. phil., Professor em. für Neuere Geschichte an der Universität zu Köln.
Artikel: Siebzehnter Juni 1953.

Heinz-Uwe Haus, geb. 1942 in Zehdenick/Havel, Dr. phil., freier Schauspielregisseur und Kulturwissenschaftler, Professor für Regiemethodik an der Universität Delaware (Newark, USA).
Artikel: Theater

Ulrich von Hehl, geb. 1947 in Viersen, Dr. phil., Professor für Neuere und Neueste Geschichte an der Universität Leipzig.
Artikel: Berliner Bischofskonferenz – Katholische Kirche.

Steffen Heitmann, geb. 1944 in Dresden, Sächsischer Staatsminister der Justiz.
Artikel: Kirchenjuristen.

Gisela Helwig, geb. 1940 in Essen, Dr. phil., verantwortliche Redakteurin des Deutschland Archiv – Zeitschrift für das vereinigte Deutschland, Köln.
Artikel: Frauen- und Familienpolitik.

Barbara Hille, geb. 1940 in Hannover, Dr. rer. nat., Leiterin des Arbeitsbereichs Familie, Jugend, Soziale Dienste im Institut für Entwicklungsplanung und Strukturforschung an der Universität Hannover.
Artikel: Freie Deutsche Jugend (FDJ) – Jugendklubs – Jugend und Jugendpolitik – Pionierorganisation.

Gunter Holzweißig, geb. 1939 in Aue, Dr. phil., Leitender Regierungsdirektor im Bundesarchiv, Lehrbeauftragter am Institut für Kommunikations- und Medienwissenschaft an der Universität Leipzig.
Artikel: Agitation und Propaganda – Allgemeiner Deutscher Nachrichtendienst (ADN) – DEFA – Massenmedien – Mauerbau – Meinungsmonopol.

Klaus Hornung, geb. 1927 in Heilbronn, Dr. phil., Professor em. für Politikwissenschaft an der Universität Hohenheim, Präsidiumsmitglied des Studienzentrums Weikersheim.
Artikel: Marxismus-Leninismus.

Manfred Jäger, geb. 1934 in Ilmenau/Thüringen, freier Publizist.
Artikel: Kulturpolitik.

Eckhard Jesse, geb. 1948 in Wurzen/Leipzig, Dr. phil., Professor für Politikwissenschaft an der Technischen Universität Chemnitz-Zwickau.
Artikel: Totalitarismus.

Karl-Hermann Kandler, geb. 1937 in Dresden, Dr. theol. habil., Kirchenrat, Professor für Systematische Theologie an der Universität Leipzig, Geschäftsführer des Landeskirchlichen Prüfungsamtes der Evangelisch-Lutherischen Landeskirche Sachsens.
Artikel: Bund der Evangelischen Kirchen in der DDR (BEK).

Rainer Karlsch, geb. 1957 in Stendal, Dr. oec., Institut für Wirtschaftsgeschichte an der Humboldt-Universität in Berlin.
Artikel: Kriegsschäden, Demontagen und Reparationen.

Manfred Kittlaus, geb. 1937 in Berlin, Leitender Direktor beim Polizeipräsidenten Berlin und Leiter der Zentralen Ermittlungsstelle Regierungs- und Vereinigungskriminalität (ZERV).
Artikel: Grenzregime – Regierungskriminalität (Co-Autor) – Schießbefehl.

Eckart Klein, geb. 1943 in Oppeln, Dr. jur., Professor für Staatsrecht, Völkerrecht und Europarecht an der Universität Potsdam, Mitglied des Menschenrechtsausschusses der Vereinten Nationen.
Artikel: Bürger und SED-Staat – Demokratischer Zentralismus – Vier Mächte.

Werner Klein, geb. 1939 in Gießen/Lahn, Dr. rer. pol., Akademischer Oberrat im Staatswissenschaftlichen (Volkswirtschaftlichen) Seminar der Universität zu Köln.
Artikel: Geld- und Währungswesen.

Hans Michael Kloth, geb. 1964 in Hamburg, M. A. (Oxon), Politikwissenschaftler, Mitarbeiter am Projekt „Wortprotokoll Zentraler Runder Tisch" an der Universität Lüneburg.
Artikel: Wahlen.

Hans-Helmuth Knütter, geb. 1934 in Stralsund, Dr. phil., Professor für Politikwissenschaften an der Universität Bonn.
Artikel: Antifaschismus

Klaus Krakat, geb. 1936 in Potsdam, Dr rer. pol., Bundesministerium des Innern.
Artikel: Handwerk und Gewerbe – Industriepolitik – Kombinate – Volkseigene Betriebe (VEB).

Hans-Dieter Krebs, geb. 1932 in Heidenheim/Brenz, lic. soc. pol., freier Publizist, Bergheim (Erft).
Artikel: Deutsche Hochschule für Körperkultur (DHfK) – Deutscher Turn- und Sportbund (DTSB) – Sport und Sportpolitik.

Konrad Kühne, geb. 1955 in Weidenhain/Torgau, Dipl.-Volkswirt, wissenschaftlicher Mitarbeiter im Archiv für Christlich-Demokratische Politik des Bereichs Wissenschaftliche Dienste der Konrad-Adenauer-Stiftung.
Artikel: Arbeiter- und Bauerninspektion – Demokratische Bauernpartei Deutschlands (DBD) – Landwirtschaftliche Produktionsgenossenschaften (LPG).

Eberhard Kuhrt, geb. 1946 in Eberswalde, Referatsleiter im Bundesministerium des Innern.
Artikel: Alliierte Konferenzen über Deutschland – Geschichtsauffassung – Historisches Erbe und Tradition.

Peter Joachim Lapp, geb. 1941 in Elbing/Ostpr., Dr. rer. pol., Redakteur im DeutschlandRadio, Funkhaus Köln.
Artikel: Auszeichnungen – Bewaffnete Kräfte – Gesellschaft für Sport und Technik (GST).

Hans Lindemann, geb. 1928 in Zittau, Publizist, Präsidiumsmitglied der Internationalen Assoziation deutschsprachiger Medien.
Artikel: Sorben.

Jan Lipinsky, geb. 1966 in Waldbröl, M. A., Historiker, Doktorand an der Universität Bonn.
Artikel: Sowjetische Speziallager.

Peter Michael von der Lippe, geb. 1942 in Immenstadt/Allgäu, Dr. rer. pol., Professor für Statistik an der Universität Essen.
Artikel: Statistik.

Hans-Hermann Lochen, geb. 1949 in Duisburg, Referatsleiter im Bundesministerium der Justiz.
Artikel: Reiseregelungen.

Günther von Lojewski, geb. 1935 in Berlin, Dr. phil., Intendant des SFB (Sender Freies Berlin).
Artikel: Elektronische Medien.

Henning von Löwis of Menar, geb. 1948 in Freiburg/Elbe, Dr. phil., Redakteur im DeutschlandRadio, Funkhaus Köln.
Artikel: Antiimperialistische Solidarität – Staats- und Parteisymbole.

Sabine Lugert, geb. 1952 in Zschopau, Dipl.-Informatikerin, Leiterin Büro für qualitative Netzwerkforschung, Mitarbeiterin im Forschungsverbund SED-Staat der Freien Universität Berlin.
Artikel: Betrieb.

Diethard Mager, geb. 1954 in Stuttgart, Dr. rer. nat., Referatsleiter im Bundesministerium für Wirtschaft, Lehrbeauftragter an der Universität Erlangen-Nürnberg.
Artikel: Uranbergbau.

Udo Margedant, geb. 1942 in Neuwied/Rhein, Dr. phil., wissenschaftlicher Mitarbeiter des Bereichs Wissenschaftliche Dienste der Konrad-Adenauer-Stiftung, Professor für Geschichte an der Universität/Gesamthochschule Wuppertal.
Artikel: Bildungswesen und Bildungspolitik – Sozialistische Persönlichkeit – Staat.

Bernhard Marquardt, geb. 1950 in Wernigerode, Dr. rer. oec., wissenschaftlicher Mitarbeiter der Enquete-Kommission des Deutschen Bundestages „Aufarbeitung von Geschichte und Folgen der SED-Diktatur in Deutschand".
Artikel: Akademien – Institut für internationale Politik und Wirtschaft (IPW) (Co-Autor) – Institut für Marxismus-Leninismus beim ZK der SED (IML) – Polizei – Regierungskriminalität (Co-Autor).

Peter Maser, geb. 1943 in Berlin, Dr. theol., Professor für Kirchengeschichte an der Evangelisch-Theologischen Fakultät der Universität Münster, Sach-

verständiges Mitglied der Enquete-Kommission „Überwindung der Folgen der SED-Diktatur im Prozeß der deutschen Einheit".
Artikel: Aufarbeitung (Co-Autor) – Freikirchen – Juden und Jüdische Gemeinden – Kirchen und Kirchenpolitik – Ökumenische Versammlung – Sozialistische Einheitspartei Deutschlands: totalitäre Merkmale.

Sabine Meck, geb. 1955 in Hattingen, Dr. rer. soc., Lehrbeauftragte an der Universität Bochum.
Artikel: Intelligenz (Co-Autorin) – Reisekader und Auslandskalender (Co-Autorin).

Stefan Meining, geb. 1964 in München, M. A., Journalist beim Bayerischen Fernsehen.
Artikel: Wiedergutmachung.

Lothar Mertens, geb. 1959 in Leverkusen, Dr. rer. soc., Dr. phil., wissenschaftlicher Mitarbeiter an der Ruhr-Universität Bochum.
Artikel: Kader und Kaderpolitik (Co-Autor).

Horst Möller, geb. 1943 in Breslau, Dr. phil., Professor für Neuere und Neueste Geschichte an der Universität München, Direktor des Instituts für Zeitgeschichte in München.
Artikel: Der SED-Staat – die zweite Diktatur in Deutschland.

Patrick Moreau, geb. 1951 in Wetzlar, Dr. phil. rer. pol. habil., Forschungszentrum Marc Bloch des Französischen Außenministeriums, Berlin.
Artikel: Partei des Demokratischen Sozialismus (PDS).

Helmut Müller-Enbergs, geb. 1960 in Haltern/Westfalen, Dipl.-Politologe, wissenschaftlicher Mitarbeiter in der Abteilung Bildung und Forschung des Bundesbeauftragten für die Unterlagen des Staatssicherheitsdienstes der ehemaligen DDR, Berlin.
Artikel: Inoffizielle Mitarbeiter (IM).

Gabriele Muschter, geb. 1946 in Oranienbaum bei Dessau, Kunsthistorikerin, Berlin.
Artikel: Bildende Kunst.

Viola Neu, geb. 1964 in Ludwigshafen/Rh., M. A., wissenschaftliche Mitarbeiterin des Bereiches Forschung und Beratung der Konrad-Adenauer-Stiftung.
Artikel: Demokratischer Frauenbund Deutschlands (DFD).

Ehrhart Neubert, geb. 1940 in Herschdorf/Thüringen, Pfarrer, Studienreferent in der Studien- und Begegnungsstätte der EKD.

Artikel: Erfahrene DDR-Wirklichkeit – Atheismus – Feiern, sozialistische – Gesellschaft und gesellschaftliche Aktivitäten – Jugendweihe – Widerstand, Opposition u. Verweigerung (Co-Autor).

Günter Nooke, geb. 1959 in Forst/Lausitz, Dipl.-Physiker, Abteilungsleiter Controlling in der Geschäftsstelle des Steuerungs- und Budgetausschusses für die Braunkohlesanierung.
Artikel: Kollektiv – Macht und Autorität.

Heinrich Oberreuter, geb. 1942 in Breslau, Dr. phil., Direktor der Akademie für Politische Bildung, Tutzing, und Professor für Politikwissenschaft an der Universität Passau.
Artikel: Parlamentsverständnis.

Wolfgang Pfeiler, geb. 1931 in Erfurt, Dr. phil., Professor für Politikwissenschaften an der Universität Greifswald.
Artikel: Friedliche Koexistenz – Stalinismus (Co-Autor).

Kurt Plück, geb. 1925 in Unna, Dr. phil., Ministerialdirektor a. D. im Bundesministerium für Innerdeutsche Beziehungen.
Artikel: Innerdeutsche Verbindungen.

Gerd Poppe, geb. 1941 in Rostock, Dipl.-Physiker, Mitglied des Deutschen Bundestages, außenpolitischer Sprecher der Fraktion Bündnis 90/Die Grünen.
Artikel: Bürgerrechtsbewegung (Co-Autor) – Friedensbewegung.

Lutz Rathenow, geb. 1952 in Jena, Dipl.-Germanist/Geschichte, freier Schriftsteller.
Artikel: Selbstzensur.

Michael Richter, geb. 1952 in Berlin, Dr. phil., wissenschaftlicher Mitarbeiter am Hannah-Arendt-Institut für Totalitarismusforschung an der Technischen Universität Dresden.
Artikel: Antifaschistisch-demokratische Umwälzung.

Dieter Rössner, geb. 1945 in Gotha, Dr. jur., Professor für Kriminologie, Strafrecht, Jugendstrafrecht und Strafvollzug an der Universität Halle-Wittenberg.
Artikel: Jugendstrafrecht.

Lothar Rühl, geb. 1927 in Köln, Dr. d'Etudes et de Recherches Politiques, Professor am Forschungsinstitut für politische Wissenschafts- und Europafragen, Sozialwissenschaftliche Fakultät der Universität zu Köln.
Artikel: Warschauer Pakt.

Günther Rüther, geb. 1948 in Cuxhaven, Dr. phil., Mitglied der Geschäftsleitung und Leiter des Bereichs Politische Bildung der Konrad-Adenauer-Stiftung, Lehrbeauftragter an der Universität Bonn.
Artikel: Literatur – Sozialistischer Realismus – Zensur.

Friederike Sattler, geb. 1964 in Gronau/L., M. A., wissenschaftliche Mitarbeiterin im Forschungsverbund SED-Staat an der Freien Universität Berlin.
Artikel: Sozialdemokratische Partei Deutschlands (SPD).

Anka Schaefer, geb. 1951 in Dresden, Dr. phil., Geschäftsführerin der Gruntvig-Stiftung e.V. für bürgerbewegte politische Bildung in Brandenburg.
Artikel: Sozialistische Errungenschaften.

Wolfgang Schäuble, geb. 1942 in Freiburg i. Br., Dr. jur., Mitglied des Deutschen Bundestages, Vorsitzender der CDU/CSU-Bundestagsfraktion.
Artikel: Einigungsvertrag.

Fritz Schenk, geb. 1930 in Helbra/Lutherstadt Eisleben, freier Publizist.
Artikel: Ministerrat – Staatsrat – Staats- und Verwaltungsapparat – Verwaltungsgliederung – Volkskammer.

Erwin K. Scheuch, geb. 1928 in Köln, Dr. rer. pol., Professor em. für Soziologie an der Universität zu Köln, Vorstandsvorsitzender der Kölner Gesellschaft für Sozialforschung.
Artikel: Klassen und Klassenkampf – Privilegien.

Walter Schilling, geb. 1938 in Essen, Dr. phil., Oberst a. D., freier Publizist.
Artikel: Gruppe Sowjetischer Streitkräfte in Deutschland (GSSD).

Frank Schneider, geb. 1942 in Großerkmannsdorf, Dr. phil. s.c., Professor für Musikwissenschaft, Intendant des Konzerthauses Berlin/Schauspielhaus am Gendarmenmarkt und des Berliner Symphonie-Orchesters.
Artikel: Musik.

Gernot Schneider, geb. 1940 in Leipzig, Dr. oec., Professor für Wirtschaftswissenschaftliche Aspekte des Designs an der Kunsthochschule Berlin Weißensee, Hochschule für Gestaltung.
Artikel: Binnenhandel – Lebensstandard – Löhne und Preise.

Rosemarie Schneider, geb. 1939 in Magdeburg, Dipl.-Wirtschaftlerin, Referentin im Bundesministerium des Innern.
Artikel: Fernmeldewesen und Postdienst – Verkehrspolitik.

Rupert Scholz, geb. 1937 in Berlin, Dr. jur., Mitglied des Deutschen Bundestages, Professor für Öffentliches Recht an der Universität München.
Artikel: Berlin.

Friedrich-Christian Schroeder, geb. 1936 in Güstrow, Dr. jur., Professor für Strafrecht, Strafprozeßrecht und Ostrecht an der Universität Regensburg, Vorstand des Instituts für Ostrecht München, Sachverständiges Mitglied der Enquete-Kommission zur Aufarbeitung der SED-Diktatur.
Artikel: Amnestie – Aufenthaltsbeschränkung – Eingabenrecht – Kriminalität – Rechtsverständnis – Sozialistische Gesetzlichkeit – Strafrecht – Todesstrafe – Verwaltungsrechtsschutz.

Klaus Schroeder, geb. 1949 in Travemünde, Dr. rer. pol. habil., Privatdozent, Leiter der Arbeitsstelle Politik und Technik sowie (zusammen mit Manfred Wilke) Leiter des Forschungsverbundes SED-Staat an der Freien Universität Berlin.
Artikel: Generalsekretäre der SED (Co-Autor) – Kritik und Selbstkritik (Co-Autor) – Parteitage und -konferenzen der SED (Co-Autor) – Politbüro des ZK der SED (Co-Autor) – Sozialistische Einheitspartei Deutschlands (SED) (Co-Autor) – Volkskongreßbewegung (Co-Autor) – Zentralkomitee (ZK) der SED (Co-Autor).

Helga Schubert, geb. 1940 in Berlin, Fachpsychologin der Medizin, Dr. h. c., Schriftstellerin.
Artikel: Schriftstellerverband.

Günther Schulz, geb. 1950 in Morsbach/Sieg, Dr. phil., Professor für Wirtschafts- und Sozialgeschichte an der Universität zu Köln.
Artikel: Sozialpolitik.

Manfred Speck, geb. 1946 in Neuss, Leiter der Abteilung für Grundfragen der Innenpolitik und Sport im Bundesministerium des Innern.
Artikel: Zusammenbruch der DDR und deutsche Einheit (Co-Autor).

Jochen Staadt, geb. 1950 in Bad Kreuznach, Dr. phil., Forschungsverbund SED-Staat an der Freien Universität Berlin.
Artikel: Westarbeit der SED.

Klaus Stern, geb. 1932 in Nürnberg, Dr. jur., Professor für öffentliches Recht an der Universität zu Köln, Richter des Verfassungsgerichtshofs des Landes Nordrhein-Westfalen.
Artikel: Grund- und Menschenrechte.

Siegfried Suckut, geb. 1945 in Müden/Krs. Celle, Dr. rer. pol., Fachbereichsleiter und stellvertretender Leiter in der Abteilung Bildung und Forschung beim Bundesbeauftragten für die Unterlagen des Staatssicherheitsdienstes der ehemaligen DDR, Berlin.
Artikel: Blockpolitik – Nationale Front.

Wolfgang Templin, geb. 1948 in Jena, Dipl.-Philosoph, wissenschaftlicher Mitarbeiter der „Arbeitsgemeinschaft 13. August“ (Haus am Checkpoint Charlie).
Artikel: Parteilichkeit (Co-Autor) – Personenkult (Co-Autor).

Uwe Thaysen, geb. 1940 in Scherrebeck/Dänemark, Dr. phil., Professor für Politologie an der Universität Lüneburg, Chefredakteur der Zeitschrift für Parlamentsfragen.
Artikel: Runder Tisch.

Klaus W. Tofahrn, geb. 1946 in Dinslaken, Dr. Sportwiss., Lehrbeauftragter an der Universität Bochum.
Artikel: Zulassungsbedingungen im Bildungswesen (Co-Autor).

Reinhard Turre, geb. 1941 in Mühlhausen/Thüringen, Dr. theol., Direktor des Diakonischen Werks in der Kirchenprovinz Sachsen e.V.
Artikel: Moral und Ethik.

Arnold Vaatz, geb. 1955 in Weida/Thüringen, Mitglied des Landtags und Staatsminister für Umwelt und Landesentwicklung des Landes Sachsen.
Artikel: Umweltpolitik.

Hans-Joachim Veen, geb. 1944 in Straßburg/Elsaß, Dr. phil., Honorarprofessor für Vergleichende politische Systemforschung an der Universität Trier, Mitglied der Geschäftsleitung und Leiter des Bereichs Forschung und Beratung der Konrad-Adenauer-Stiftung.
Wissenschaftliche Gesamtkoordination

Dieter Voigt, geb. 1936 in Tsingtau/China, Dr. phil., Professor für Soziologie an der Universität Bochum.
Artikel: Berufsverbot – Intelligenz (Co-Autor) – Kader und Kaderpolitik (Co-Autor).

Uwe Vollmer, geb. 1958 in Velbert/Rhld., Dr. rer. oec., Professor für Volkswirtschaftslehre an der Universität Leipzig.
Artikel: Arbeit.

Rudolf Wassermann, geb. 1925 in Letzlingen, Dr. jur., Oberlandesgerichtspräsident a. D., Mitglied des Niedersächsischen Staatsgerichtshofs, Herausgeber und verantwortlicher Redakteur der Vierteljahresschrift „Recht und Politik“.
Artikel: Enteignungen – Gerichtsverfassung – Staatsanwaltschaft – Zivilrecht.

Jürgen Weber, geb. 1944 in Kaiserslautern, Dr. phil., Dozent an der Akademie für Politische Bildung, Tutzing.
Artikel: Demokratie, sozialistische.

Peter R. Weilemann, geb. 1949 in Kaiserslautern, Dr. rer. pol., stellvertretender Leiter des Bereichs Forschung und Beratung der Konrad-Adenauer-Stiftung und Lehrbeauftragter an der Universität zu Köln.
Artikel: Außenpolitik – Kalter Krieg.

Dirk Wentzel, geb. 1963 in Duisburg, Dr. rer. pol., wissenschaftlicher Hochschulassistent am Lehrstuhl für Wirtschaftstheorie II an der Universität Marburg.
Artikel: Finanzierung des Systems.

Otto Wenzel, geb. 1929 in Prag, Dr. phil., Oberstudiendirektor a. D., Lehrbeauftragter für Politik an der Technischen Fachhochschule Berlin.
Artikel: Nationaler Verteidigungsrat (NVR).

Gerhard Wettig, geb. 1934 in Gelnhausen, Dr. phil., Leiter des Forschungsbereichs Außen- und Sicherheitspolitik am Bundesinstitut für ostwissenschaftliche und internationale Studien in Köln, Herausgeber und Chefredakteur der Vierteljahresschrift „Außenpolitik" (deutsche und englische Ausgabe).
Artikel: Phasen des DDR-Sozialismus – Imperialismus – Kommunistische Bewegung – Sowjetunion und SBZ/DDR – Wiederbewaffnung.

Manfred Wilke, geb. 1941 in Kassel, Dr. rer. pol., Professor für Soziologie an der Fachhochschule für Wirtschaft, Berlin, (zusammen mit Klaus Schroeder) Leiter des Forschungsverbundes SED-Staat an der Freien Universität Berlin, Mitglied der beiden Enquete-Kommissionen zur Aufarbeitung der SED-Diktatur.
Artikel: Generalsekretäre der SED (Co-Autor) – Internationalismus, proletarischer und sozialistischer (Co-Autor) – Kritik und Selbstkritik (Co-Autor) – Parteitage und -konferenzen der SED (Co-Autor) – Politbüro des ZK der SED (Co-Autor) – Sozialismus (Co-Autor) – Sozialistische Bruderhilfe und die SED – Sozialistische Einheitspartei Deutschlands (SED) (Co-Autor) – Volkskongreßbewegung (Co-Autor) – Zentralkomitee (ZK) der SED (Co-Autor).

Dorothee Wilms, geb. 1929 in Grevenbroich, Dr. rer. pol., Bundesminister für Bildung und Wissenschaft (1982-1987) und für innerdeutsche Beziehungen (1987–1991) a. D., Mitglied des Deutschen Bundestages (1976-1994) und der ersten Enquete-Kommission zur Aufarbeitung der Folgen der SED-Diktatur.
Artikel: Deutschlandpolitik.

Roswitha Wisniewski, geb. 1926 in Stolp/Pommern, em. o. Professorin für Germanistik an der Universität Heidelberg, Mitglied des Deutschen Bundestags (1976-1994) und der ersten Enquete-Kommission zur Aufarbeitung der SED-Diktatur.
Artikel: Hochschulen und Universitäten – Marxistische Philosophie – Sozialistische Umwälzung – Wissenschaft und Forschung.

Personenregister

Sachregister

Durch Fettdruck hervorgehobene Stichworte und Seitenzahlen verweisen auf eigene Lexikonartikel.